国家清史编纂委员会·文献丛刊

中国荒政书集成

第六册

主编 李文海 夏明方 朱浒

天津古籍出版社

国家清史编纂委员会出版编委会

本书被列为国家古籍整理出版“十五”重点规划

本书出版得到国家古籍整理出版专项经费资助

高等学校全国优秀博士学位论文作者专项资金资助项目

教育部人文社会科学重点研究基地重大项目清代灾荒研究

中国人民大学“十五”“二一一工程”清史子项目

高淳义学义仓辑略

清道光二十六年刻本

（清）王检心 纂

吴四伍 点校

高淳义学义仓辑略序

凡亲民之吏，教养为难。试骤语以“教养之术，开之自上；教养之资，取之自民”，鲜不骇且异者，诚以民不得尽处有余之时，为有余之人，而吾使自养之、自教之，以乐观其成也。今之为吏者，视事下车，拊循临问，创一事，立一法，捐廉俸以为倡，复眂朊仕殷户等差，乐劝输将，意非不美；而或假蠹胥劣衿之手，侵渔吞噬，实惠未沾，弊端滋集，其事几与钓采华名等是，诚不如民自养之自教之为得也。而善察民情者，则又不必民尽处有余之时，为有余之人，使之图教养而无不足。何者？风俗之患，习所不当习，用所不当用，力穷财耗，隐为民患，而不自知慎所习而教之本立，节所用而养之源裕。鼓妖惑众，焚顶烧指，穷无益之力，耗有尽之财，皆宜屏而绝之也。子涵明府摄篆淳溪，其学醇而正，其风廉且能。旧俗迎神、事鬼、赛会、增华、白猴、五猖、先锋、太保各名，不经尤甚，士民连裳掎袨，醵饮剧游，费以巨万。明府悯其所习所用之非而蚩蚩者愚也，剀切敦谕，敛其散钱，改作义仓义学，使知弃末而返本，背伪而归真。数月规模具，期年功效成。委曲纤悉，无不备者，亦无待余言之详。饮食教诲，化俗型方，可谓孅矣。昔汤文正公奏毁三吴淫祠，民害以远；兹之除弊兴利，一举两得，倘所谓“教养之术，开之自上；教养之资，取之自民”者非与？夫何骇异之有！余来金陵甫四阅月，悉心察吏，以敦本笃实为先，如明府者，善政尚不止此。以是为江南良吏，吾乡与有荣焉。愿凡为吏者，思教养之难，以图其易，实力奉行，蒸蒸焉，不期而入于古。此又得余心之同然，而更望明府之进于此而有为也。

道光柔兆敦牂且月上澣日，真源徐广缙记于金陵司署

高淳县义学义仓记

今之长民者，每语人曰：民无良民。若是其无良也，何以孔子观于乡而知饮蜡皆有道也？今之察吏者，每语人曰：吏无良吏。若是其无良也，何以史公叙列传而合侨豹皆称循也？夫一邑中有悍民、有愿民，民有恶俗、有美俗，恶而为美，悍而为愿，孰转移之而斡旋之也？善为吏者，惇礼义，笃忠信，无贪利之心，无干誉之见，优而柔之，鼓而舞之，使民藉敛忘其费，职业忘其劳，所恶不待禁而除，所好不待劝而集，习尚风化不待喻而一。禁而除，劝而集，喻而一，吏之次也。吏丧民则吏良，民听吏则民良，丧愈挚而听愈驯，则吏民俱良。观王君子涵之临民高淳，与高淳之民之从化，益知古人不我欺也。高淳本溧水县乡镇，自明宏治四年始析置县，迄今且三百年。民风素淳质，惟俗竞赛神，城乡会场有五猖、白猴、先锋、太保诸名目，每年会产纳赋二千余金。一年所入息，十倍于赋。崇神聚醵，尽饰美观，除租息不敷外，会长赔累，甚有破家者。其他敕厨、款宾、廉幕、舆马，费复不赀，民皆苦之。王君上其事，以为民俗所贵，莫如朴诚，衣食本源，必由勤俭。淳邑地处狭僻，男耕女织，民有古风。惟赛会靡滥，统合邑核之，一年消耗不下数万金，侈汰夸耀，日甚一日。积奢致匮，饥寒将至，殊为吏民隐忧。窃计各会地亩，系众民已出之财，禁会留产，必致有名无实。若就地设立义学、义仓，以公用之费归公用，庶可正本清源，不令自止。余批答之，如其详。恐民情之中变也，复出示剀切劝喻，以坚其黜邪崇正之心。不匝月，上游亦均报可，逾年事竣。王君列其册为三：曰劝设义学学名暨馆师董事姓名、学徒人数册；曰劝设义仓贮谷数目暨董事姓名册；曰白鹿精舍乡书院碑记、约规册。凡设义学一百七十七所，凡设义仓一百四十五所，存谷四百石有奇。册上，乞言于余，勒石垂远。余惟昔之循吏，若鲁恭、吴祐、刘宽、颍川四长，传所称仁信笃诚，使人不欺者也；王堂、陈宠，传所称委任贤良，职事自理者也。王君之为吏，可谓仁信笃诚，使人不欺矣，而委任贤良职事自理，余亦与有荣焉。守令者，天子所使正人心、厚风俗者也。今王君吏治之所就表表卓卓，固高淳士民迁善改过之速，抑王君之转移斡旋能致之，而后知吏与民果皆非无良也。胥吾境而悉化于此，固所至愿。书以报王君，将使《史》、《汉》循吏传诸贤不得专美于古，而孔子所叹王道之易易，且于吾民庶几遇之也。

道光二十六年岁次丙午仲夏，赐进士出身朝议大夫兼护盐巡道知江宁府事大兴徐青照撰

高淳义学义仓辑略序

吾读《鲁论》而知“性本相近，习始相远”也，吾读《孟子》而知“人性皆善”也。吾摄篆淳溪，而性近习远与人性皆善之说益确信而无疑。惟皇降衷，若有恒性。谁无父子？乃自异端邪说中之，而父子之亲离矣。谁无君臣？乃自异端邪说中之，而君臣之义背矣。谁无夫妇？谁无昆弟？谁无朋友？乃自异端邪说中之，而夫妇之别、长幼之序、朋友之信胥失矣。此其咎不在性而在习，而民之所以习于不善者，其咎不在民而在上。正学不明，人不知性，所终日征逐者，非纷华靡丽之事，即虚怪诞妄之言。至于民彝物则之实，阴阳消长之几，与夫正本清原之论，从未有议及者。于是驰骛眩瞀，辗转迷惑，不用力于人道之所宜，而专营求于鬼神之所不可知，吃斋念佛，如醉如狂，承讹袭谬，恬不为怪，虽有指其为非者，而若罔闻知。呜乎！其弊也久矣。高淳民情素朴，而俗多淫祀。敛钱作会，广置田产，以为谄鬼媚神之资。甚至有父子分析，夫妇乖离，兄弟兴讼，国课不完，朋比作奸，而顶礼焚香，日向淫鬼邪神长跪祈福者，岂其性使然哉？亦习俗为之也。余初下车，日坐堂皇，清厘积案，见其无情实者，多因事开导，委曲晓谕，久之而知其病根在是。爰出示禁止，取其会资，设立义学、义仓。民始疑且骇。余再三劝勉，谕以淫祀无福，所有会中面具、旗帜，对众焚毁，用释群疑。期月义学、义仓成，民皆欣然，喜谓：惠我子弟，无逾此举。然后知始之疑且骇者，习俗之锢蔽；终之欣然喜者，天性之流露。人性皆善，不信然与！抑又闻之，在下位，不获乎上，民不可得而治矣。斯举也，赖各大宪严切批示，宽以时日，故得从容办理，以蒇厥事。而徐仲升方伯又为之撰序，徐稚兰太守且为之作记，格外优奖，无非与人为善之深心，即无非倡明正学之至意，而我皇上久道化成之盛治，庶可由此而进矣。用是付诸梓人，俾各义学、义仓遵守之，无复狃于积习，而共复其本性，永不为异端邪说所惑焉，于人心风俗未必无小补云尔。

道光二十六年岁在丙午孟冬大雪后八日，内乡王检心谨序于金陵寓邸

高淳义学义仓辑略

内乡王检心子涵甫纂

禁会设学仓第一示

为永禁迎神作会，以正民俗而裕民生事。照得本邑旧俗神会甚多，查核征册两忙钱粮，竟至两千余金。计一年租息，何止十倍。其会最不经者，则有白猴、五猖、先锋、太保等名目。每届会期，聚集多人，花台演戏，旗鼓沿街，结彩张灯，俾夜作昼，既酒食之是谋，复废时而失业，其滋扰之难堪，皆尔等所身受。本县上年莅任，检阅志乘，见有邑人吴越彦深知其害，上书张前县请示禁革。纵观大意，尚不如现在之甚。比时即拟查办，因事未亲见，犹在迟疑。本年各处会场，踵事增华，如狂如醉。即如城隍会，除原有经费之外，值年会首仍需赔钱一百余千文；其余迎宾、接眷各户，尚多浮费。众口一词，以为苦累，势成积重，欲罢不能。一处如此，其他可知。统阖邑而计之，每年耗费不下数万金，因之宵小愈多，盖藏日竭。地方隐忧，孰甚于此。至于妇女入庙看戏烧香，匪徒随场聚赌，尤坏人心风俗。是以先为示禁。幸赖明理士庶交相劝勉，业已大著成效。可见越礼犯分之事，一经训饬，无不猛省。亟应就此转移，俾苏众困。如谓此数百年之胜会，一旦骤革，未必人人乐从，乃不达时务之论。凡民间善举，自不可轻废。此等恶风，如避水火，去之惟恐不速。大约起会之由，约有数端：或因祈年报岁，或因选胜征歌，或因此有彼无，或因免灾保福。殊不知神道聪明正直，灾祥显应，视乎其人之自取。既不为烧香而锡福，自不因停会而降灾，其理明白易晓。且现在湖北青莲教敛钱结会，各省传徒惑众，钦奉上谕严拿惩办，务绝根株。此而不加查禁，将来受害不止耗费物力。今以七月初一日起，凡聚众迎神作会，一概永远禁革。原有田产租息，各就地段设立义学，以为膏火之资，一处经费不足，就近并为一学。愿作义仓，亦听其便。馆地仓基，即以庙屋充用。从此弦诵相闻，凶荒足备，家无顽惰之童，野有稻粮之积。比之作会演戏，孰利孰害？老成经事皆以为是，少年浮薄必以为非。本县为吾民生计起见，深愿前车共鉴，身体力行，急图改辙，勿因阻于众好，而莫可如何，勿因历久相安，而见不及此。除传地保谕遵外，合行剀切出示晓谕。为此示仰绅商士庶人等知悉，各将此示细细体会，及时筹议。先将完粮户名，于下忙造串以前，赴房更正。如设义学，即改为某处义学；如立义仓，即改为某处义仓。仍限九月内查明田产租息实在数目，公议章程，联名具呈，以凭汇禀上宪，明立文案，以垂永久。实守土者之深幸。若仍习焉不察，肆行无忌，三尺具在，决不宽贷。其各凛遵毋违。特示。

禁会设学仓第二示

为酌定规约，再行晓谕事。照得前因神会甚多，大耗民财，应俱改为义学、义仓，并将完粮户名，于下忙造串以前先行更正，一面会议禀复。业已指明祸福利害，剀切出示在案。兹查各会经理人请改义学、义仓，已有二千余户。未改之会，仍复不少。至如何设学设仓，亦未据一处议明具禀。本县此举实为阖邑生计，若只改户名而事无实济，将来覆辙相寻，仍可迎神作会，殊非正本清源之道。所有未改各会，现已比差饬催外，合将酌定规约出示晓谕。为此示仰士庶人等知悉：凡应改义学、义仓，立即遵照，妥为定议，统限本月内禀覆，毋再观望迟延，致干差提。特示。

计开：

义学规约八条

一、淳邑神会甚多，每会钱粮一两及一钱或七八分不等，以有用之财，为无益之事，殊为可惜。今劝令改为义学，而一会出息，不足办一义学之事，必合数会或十会或二十会出息，方能成一义学。惟是钱粮不一，户亦不一姓，并为一户完纳，必多不便。今拟各会钱粮，仍归原经理之人完纳，而原经理之人，即作义学董事。至于董事人数多者，即以二人管理一季之事，轮流分办，周而复始。每岁夏秋二季，各董事将所收花利会齐登簿算明，共入若干，该用若干，该余若干，存贮公所，不准私用。该董事等务须和衷商酌，秉公办理，更不得各执已见，稍有侵吞，致妨善举。至于馆地，祠堂庙宇皆可，但以宽敞洁净为主。

一、义学首重择师，必须品行端方，文理清通者，方可以为师。而义学中出息多少不等。今酌定出息，除完粮外，有足钱五十余千文者，延生员中之有品学者为师。入学贽仪二千文，修金足钱三十千文，火食足钱八千文，弟子以十五人为率。有足钱三十余千文者，延童生中之有品学者为师。入学贽仪一千文，修金足钱二十千文，火食足钱八千文，弟子以十人为率，修金四季支送，余钱存贮公所，以备荒年义学之用。该董事务于每岁季冬，即将来年所延之师姓名并本年所入若干、所用若干、余钱若干，一并开单禀县，以备查考。

一、义学原为贫士而设，必须真正贫寒无力攻书者，方准来学。至于有余之家，自当专延名师，以教子弟，不得吝惜束修。毋许以义学中自家亦捐有钱，强行来学，致占寒士地位。

一、义学所以培养人材，何地无才，何人不可为学？倘加意教育，自有真儒名臣出于其中。该董事及义学中师弟，其各勉之。勿虚过日月，勿旷误功课，本县有厚望焉。

一、义学教人之法，须供至圣先师孔子神位于中，每日入学，师率弟子向上一揖，出学又一揖。朔望，师率弟子行三跪九叩首礼，崇先圣志景仰也。读书以四书、五经、十三经及程朱诸大儒语录为主，余力则阅纲目诸书。此外闲杂书籍不得存留义学中，致令弟子取阅，长其邪心。写字须临王右军及颜柳欧赵帖。每日临帖十余行，呈师批阅；不能临帖者，师为临仿摹写。读文须择清真雅正之文，逐细讲解。时下腐烂之文，不许授读。

一、义学弟子不拘年纪长幼，读书须要口齿清白，字义分晰。倘有错讹，师即为改正。平仄音韵，尤宜细为辨别。书法须要端楷，不许潦草。该董事等按月抽查，若果书能背熟、字能端正、文能清析，本月较前月有长进者，格外优奖纸笔足钱一百文。倘功夫荒废，请师责惩。如有秉性顽劣，三次教训不改者，公议逐出。

一、义学之师，必须有品学者，方可延聘。倘一时访查不确，误为延聘，以致功夫荒废，或一月不到馆，或数月不到馆者，该董事等即禀请随时更延名师，不必拘一年期满，致令子弟荒功。若师品学兼优，功夫纯实者，该董事等务须加意敬礼，以示尊师重道之至意。

一、义学开馆、解馆，即遵照开印、封印之日为定。每岁开馆，弟子与师行再拜礼毕，复与董事等行再拜礼。解馆礼亦然。该董事务须视义学子弟如自己子弟，认真经理。即是积德行善，实际子孙必有兴者；慎勿支应故事，漠不关心也。本县于每岁四时季尾，亲自下乡，查验功课，酌行赏罚，以示劝惩。或因公下乡，顺道稽查。此系为地方培植人才起见，其各体此意努力办理。

义仓规约四条

一、神会改为义学，须计经费酌量合并。义仓乃备荒之举，便可随地创行，不必并计原有田亩。每年所收稻麦，除交纳钱粮外，无论多少，即于本区高燥处所就地堆积，祠堂庙宇各听其便。遇有灾荒之年，全数散放。陈陈相因，不准借动，致归无着。

一、建造廒房费用无出，故令暂贮祠堂庙宇。如年年丰稔，积谷已多，即便公同议建，以为久远之计。实用仓谷若干，准其报县开销。现在收获稻麦，晒晾干洁，由原经理人秉公注帐、封志、堆贮，随时揭榜本区，俾众共闻共见。仍于下忙完粮之便，开单报县，下年报数，将上届存数接续开明。

一、二麦不比稻谷，难以久贮。俟有成数，易谷归仓。偶遇大灾年分，始准散放。寻常歉年，不得轻动。其散放之法，各归各区，以极贫次贫为断。仍由经理人秉公查开户口，按所存仓谷计口核数应得若干，造册禀县，出示定期散给，以杜争多竞少。力可支持之家，即前已捐资，亦不准给；新来之户，委系穷难无力，仍一体散发。

一、已捐田亩，系各户已出之财。今将神会改立义仓，永为地方救荒之资。凡尔经理人等，务须实力奉行，慎重出纳。地方别项公事，不准卖产动谷。每年开印后，本县亲历抽查。如果经理得宜，面加奖赏；侵亏欺隐，从严究罚。

禁会设学仓第三示

为再行晓谕事。照得本境神会俱已饬改义学、义仓，酌定规约先后出示，并通禀各上宪在案。兹因立信乡檀村地方赵元恩等请改义学会名，甚属不经，经本县亲诣查勘，尚无习教诵经情事。当起出面具九个、画轴一件，面具则刻木镂金，绘肖五色；画轴则施丹着粉，罗列诸神。据称每值会期，雇人装扮，头戴面具，身穿戏衣，击鼓鸣锣，游行街市。查律载：军民装扮神像，鸣锣击鼓，迎神赛会，杖一百，罪坐为首之人等语。神道聪明正直，灾祥显应，不能妄施。似此刻木为面，即谓灵爽凭依，断无是理。倘非应祀之神，更属荒诞之甚。况恭逢圣世，际会昌期，凡兹社鬼、城狐、山精、木魅，久已匿迹销声，曷敢现形作祟。当令赵元恩等环跪大堂，将面具、画轴对众烧毁，以释群疑。并又向伊等明白开导，从前作会原为祈福，今若按律治罪，反为得祸，咸称已知悔悟，从宽取结省释。亦在案。查各会面具、旗帜，所在皆有，必得全行销毁，始净根株。惟饬差查起，恐涉滋扰，合再出示晓谕。为此示仰士庶人等知悉：禁会以来，业已数月，现在秋成丰稔，灾疫不生，各户所省浮费：便可留为正用。可见出会、媚神，全无丝毫益处。少年浮薄之辈，亦当晓然于心，勿敢再有阻挠。且事已上陈，断断不能中止。所有各会面具、旗帜，地保即协同经理人立即销毁净尽。一面遵照前示规约，迅将如何设学设仓并销毁面具、旗帜情由，赴案切实具禀。本邑民情最称淳厚，作会耗财实为闾阎大病。用是不惮烦言，一再申禁。倘敢阳奉阴违，以为会名已改，遂毕乃事，仍将面具、旗帜存留，一经查出，按律治罪。如有阻止之人，并许首事呈请提究，将首事免其治罪。地保徇隐，并干重究不贷。其各凛遵毋违。特示。

禁会设学仓第四示

为再行出示劝谕事。照得严禁迎神、作会，改设义学、义仓，原欲取无益之费，为有益之举，所以正人心、维风俗，为吾民计者，至深远也。兹本县轻舆减从，周历巡查，虽深山穷谷，靡所不到。所有义仓一百四十余处已皆认真盘量，面谕该董事等实贮无亏，不准私用，以为备荒之资。至于义学一百七十余处，必为学徒正句读、辨音义，或讲书，或背书，或认字，不遗一处，不漏一人。其中有前已牧牛，今因有义学而始从学者；又有曾经入学读书，后为家贫改业数年，今因有义学而复从学者。众口一词，谓义学之设，贫民得以攻书，为惠不浅。本县查阅一过，深为喜悦。惟是董事中认真经理者固多，而苟且支应者亦不少；所延馆师，加意教育者原不乏人，而疏于训诲者亦难悉数。爰将讲究礼法、启迪有方之义学馆师，若崇教乡廪生唐冠云，生员陈殿华、孔宪嵘、杨湘，文童邢廷骧、史纪勋，立信乡生员李峥嵘、李文桂，文童吴克明，永成乡廪生葛泰，生员周文蔚，文童李端如、李东来、王毓兴、陈殿桢、夏毓文、卞光荣，游山乡生员孔昭馨，监生蒋启茂、孔昭令，文童夏鼎、荀瑞旺、濮尚作、孔敬德、杨廷攀，安兴乡文童李文耀、王铨金，唐昌乡生员芮泰来，文童杨承长、陈祈容、陈学桂、芮汉税、芮有荣、叶明增、芮成功、叶崇恩、赵梦庚，共三十七名，面加奖励记功。并将规矩疏略、教诲懈惰之义学馆师，若崇教乡生员三名、文童一名，立信乡生员一名、文童一名，永成乡文童二名，游山乡生员一名、文童二名，唐昌乡生员一名、文童一名，共十三名，面加训斥记过。本县不忍显言其人。至于安兴乡高开士旷废馆课，出外烧香，尤属荒谬。已饬据该董事等另延馆师。其余义学，或有规矩而学徒不尽识字，或规矩不尽合而学徒尚有数人识字，亦谆谕勤加启迪，并俱颁发弟子规诸书，面嘱为学徒讲解。俟本县再诣查验，酌定赏罚，合行出示晓谕。为此示仰义学董事及馆师知悉：嗣后务宜认真办理，不得虚应故事。已记功者，益加勉励，切毋始勤终怠；已记过者，急须振作，幸勿再蹈故辙；未记功过者，亦当激发天良，必求尽心教导，为学徒开先路，为自己存阴骘。本县与人为善，宥人自新，身率诸生培植人才，此等苦心、苦口，合邑应共谅之。倘再悠悠忽忽，不知振奋，本县为整顿文教起见，决不能听其终误人子弟也。义仓各董事等，即遵谕实贮，无负本县储蓄御荒至意。倘敢侵亏挪用，定著该董事等赔补。其各凛遵毋违。特示。

严禁高碗示

为严禁高碗以节糜费事。照得本邑神会业已全行禁革，改为义学、义仓，一俟周历查明，即行通详立案。兹恭查城隍尊神，载在祀典。凡属士民，理宜崇奉。每届寿诞之期，设供一桌，演戏一台，原不便概行禁止。惟是供品中，向有高碗之设，起初高仅一二尺，所装亦不过干鱼腊肉。近年该首事等互相赌赛，每碗高至七八尺，所装之物，海菜居其大半，上加彩罩，金碧辉煌。神案之前共有二十四碗之多。事毕收回，即广邀亲友，以享胙为名，酒食征逐，累月经旬。一碗所需经费，约钱四五十串，合而计之，何止千串。不如是，则同事讥评；不如是，则被人耻笑。读书明礼之士，无不口道其非，特以习俗所染，欲罢不能。始作俑者，遗害无穷。值年首事四起，每起九人。其中贫富正自不齐，甚有揭债变产勉强将事者。迨至赤贫无力，尚须央人顶替，始脱此累。伏思祀神所以致诚敬，似此糜费奢华，转为亵渎之极。现在后殿倾颓，亟应修整，何如节此浮费，以为工料之资。除谕知外，合行出示严禁。为此示仰各年首事人等即便遵照。自本年城隍尊神寿诞为始，永远不准再设高碗，装用海菜等件。俟所省之钱，积有成数，公同修理后殿，以垂不朽。如敢故违以及改易名色，巧为供献，届期责成地保据实禀县，定干重咎。该庙道士容隐，一并提究不贷。各宜禀遵毋违。特示。

禁会设学仓通禀

敬禀者：窃惟人生大要，全在守朴守诚。衣食本源，更宜克勤克俭。趋向不端，世风日下，浮华竞尚，生计必艰。平居以相炫为能，积久遂因仍成俗。卑县地处偏僻，男耕女织，饶有古风。惟习俗崇信鬼神，城乡会场甚多。每年会产，上下忙钱粮竟至二千余两。一年租息，何止十倍。乾隆年间，即有邑人吴越彦，深以歌酒之会，大耗民财，上书张前令，请示禁革。原书载在志乘，纵观大意，尚不如现在之甚。卑职每逢朔望，宣讲圣谕广训，即已切实告诫，使愚顽渐知悔悟。而本年春夏以来，各处迎神作会，增华炫巧，仍复不少。当又随时查禁，实亦未能尽止，总由积习已深，闾阎阴受其累而不觉。计一会开销，原有租息以外，首事尚须赔贴。此外，各户接眷、留宾浮费，更难悉数。统阖邑而计之，一年所耗不下数万金。虽经卑职密访严查，并无习教诵经等事，而侈靡之习，日甚一日，殊为地方隐忧。因思各会田地系众人已出之财，禁会留产必致有名无实，若就地段设立义学、义仓，以原有之费，仍归公用，便可正本清源，不禁自止。随经指陈利害祸福，剀切出示，一切神会概行禁止。饬将完粮户名，或改义学，或改义仓，于下忙开征以前，赴房更正。一面公同议禀。嗣因观望不前，复又拟定义学规约八条、义仓规约四条出示谕催。已据该经理人陆续改正户名前来，核计义学十居六七，义仓十居三四。究竟如何设立，所发规约果否遵行，未据该经理人禀覆。惟是体察舆情，老成经事咸以为是，少年浮薄必以为非，尚须设法劝导，以期循名责实。合无伏乞宪恩俯赐严切批示，再由卑职抄录晓谕，俾知事已上陈，不能中止，一律遵设义学、义仓，从此弦诵相闻，凶荒有备。不惟闾阎生计日足，而风俗人心亦可渐期归厚。合将原有会产劝改义学、义仓缘由，开具规约清折肃泐通禀。恭请金安，伏惟慈鉴。

再，现改义学、义仓，虽有成数，仍当分别并计，统俟确有端倪，另行据实申报，合并陈明。卑职检心谨禀。奉总督部堂壁批开：仰江宁布政司核明饬遵，仍候护抚、学部院批示，缴折存。又奉护抚部院文批开，该县城乡各处，向有迎神会场，增华炫巧，侈靡成习，实于风俗、人心大有关系。经该县剀切劝导，将一切神会之费改设义学、义仓，酌拟规条，谕饬改正户名，俾节浮费而归实用。洵为移风易俗起见。江宁布政司转饬该县，再行设法劝谕，务使愚顽咸知悔悟，以收返朴还淳之效，勿任阳奉阴违，是为至要。并候督部堂、学部院批示，此缴折存。又奉督、学部院张批开：查迎神赛会，本干例禁。据该县禀请革除积习，将民间会产租息改为义学、义仓之用，极于地方风俗大有裨益，亟应剀切劝谕，俾各知踊跃，襄成善举。江宁布政司即饬妥为办理，务期永远遵行，毋致废弛。仍候督部堂、抚部院批示，缴规约存。又奉署江宁布政使司查批开：查民间迎神赛会，律有专条，习俗相沿，罔知顾忌，地方官早应严行禁革。据禀该县境内乡愚无知，每年迎神作会，置有公产。该令出示严禁，切实告诫，将已置公产，各就地段，改设义学、义仓，移风易俗，教养有方，足见尽心民事。仰江宁府转饬妥为办理，并饬将分立义学、义仓共有几处、其会产田亩每年所收租息若干、义学经费需用若干，义仓积谷何人经管，妥议章程通禀。一面出示晓谕，嗣后民人如再有迎神赛会之事，即将首事之人严拿，按律惩办，毋得始勤终怠。切切。仍候各院宪批示，录报。并候臬司巡道批示，缴规约折存。又奉署江宁盐巡道陈批开：据禀以会产改为义学、义仓，实属善举，深堪嘉尚。仰江宁府饬即妥为劝改，以垂永久。仍候督、抚、学三院宪暨藩、臬宪批示，录报缴折存。又奉江宁府正堂徐批开，查迎神、赛会，殊干例禁，既经该县指陈祸福利害，概行剀切示禁，饬将所置会产，劝谕各经理人分设义学、义仓，以正风俗而营生计，洵属实心民事。仰即如禀妥为办理，次第禀报查考。仍候各宪批示，缴规约折存。

详禁会设学仓请立案文

为禁会改学改仓及专设乡书院已有成数，查验造册，详请立案事。窃照卑县民俗崇信鬼神，本城暨崇教等七乡地方，置产作会，不一而足。其最不经者，有白猴、五猖、先锋、太保等名目，实为耗财伤化之大害。乾隆年间，邑人吴越彦上书张前令，请示禁革。原书载入志乘。势成积重，欲罢不能。各会田亩，本系众人捐出，禁会留产，必致有名无实，拟令改为义学、义仓，便可正本清源，不禁自止。即于道光二十五年六月间，指陈祸福，出示劝谕。嗣因疑惧不前，复又酌定义学规约八条、义仓规约四条，剀切谕催，如能翻然知悔，宽其既往之咎。旋据各会经理人改正义学、义仓户名，当将办理情形，开具规约清折，通禀具报，声明尚须循名责实，设法劝导。奉批妥为办理等因。又经录批出示，比保挨催。先有立信乡檀村地方民人赵元恩等请改义学，系青脸会户名，尤为荒诞之极。经卑职亲诣确查，并无习教诵经情事，起出面具九个、画轴一幅，似系五猖、五显之类。讯据供称，即名青脸五猖会，每届会期，雇人装扮，游行街市。当即明白譬喻，将面具、画轴对众烧毁。赵元恩等咸知悔悟，取结省释。其余五猖等会存有面具，亦所不免，逐一追起，恐涉滋扰。复照案示禁，勒限销毁。再有存留，照律治罪。查各会每年钱粮多至二千余两，实在迎神赛会固属不少，其中并有宗祠祭祀，筹备考费而误立会名者；又有产已卖出，虚立会名，未经过户者；又有绝户遗产，立会存公，以为立继承祧者；又有施茶施药诸善举而混立会名者。总缘积习相沿，不知忌讳。今既革此嚣风，自应循其名实，以免向隅。自九月起至十二月止，据该经理人请将二十五年所收租息稻谷，分别遵设义学、义仓，陆续禀覆前来。除另禀免改各会随案更正，妥协户名注册外，计崇教乡并设义学三十四堂，分设义仓四十一处；立信乡义学三十二堂，义仓十三处；永丰乡外排一保，义学二堂；永成乡义学三十五堂，义仓三十四处；游山乡义学三十一堂，义仓二十一处；安兴乡义学十五堂，义仓二十八处。唐昌乡义学二十八堂，义仓八处。统计义学一百七十七堂，义仓一百四十五处，共贮谷四百八石三斗五合。又永丰乡内排二十二保，并设乡书院一处，并称义学义仓乡书院。并于二十五年起，以后按年遵办，不再迎神赛会等情。义仓即就原改户名，仍归原人经理；义学以道、德、仁、礼、敬、信、性七字，分乡书给跋语匾额，告示规约。经理人作为学中董事，责令开馆之日，报明学徒，示期查验。乡书院宗朱子白鹿书院之意，取名白鹿精舍，另撰规约、碑记，书给匾额。十一月初九日开课，亲诣扃试，取定名次，出榜晓谕。二十六年正月，据各义学开报学徒人数，即于二月起至四月止，卑职自备夫马、饭食，轻舆减从，周历各乡，细心查验。亲为学徒正句读，辨音义，背书认字习礼。每人发给弟子规等书，令其诵习讲解。不遗一处，不漏一人。启迪有方之馆师三十七名，面加奖励、记功；教诲懈惰之馆师十三名，面加训斥、记过。又有旷废外出之馆师一名，饬据董事即行更换。其余各馆师，或有规矩学徒不尽识字，或能识字规矩不尽合法，亦经谆谕勤加启迪。各乡义仓俱与义学相近，查学之便，挨户盘量，见数实贮无亏。谕令慎重堆贮，不得颗粒挪用。察看民情，访诸士论，禁会之初，不免人怀观望，且有浮薄之辈造言阻挠。现在义学已成，贫寒子弟既可习业从师，牧竖村童渐能知书识礼。白鹿精舍之设，因该乡距城较远，书院两课往来不易，士民议将该一乡会产贴资，在于三元观专设乡书院，俾生童等就近肄业。每课计有生员二十余名，童生五十余名。义仓即以初报之数为准，按年存贮，积少成多。虽有典守晒晾之烦，偶遇凶荒，便可接济口食，以无益为有益，似皆乐于有成。各处会场，亦俱不敢兴举。随于查竣之后，遍行出示晓谕，俾众闻知。惟是本意重在禁会，凡开报租息稻数，只能核其完粮正银，约略计算，是以各学修脯不能尽照规约。盖会租多寡不齐，穷乡僻壤，限于道路，又合并不便，既经就地设馆，即难责其如数。并间有好义士民，酌量捐钱存公生息，以补租息之不足。至义仓，原系各就会产，零星积成，该经理人各有专司，并而为一，诸多窒碍。内有数户总贮一仓，出于伊等自愿，事属创始，只能听从其便。统俟积谷较多，再为分乡建立仓廒。所有按季查学，按年查仓，并白鹿精舍各事宜，悉照原定规约，慎重办理；并随时查禁，不准迎神赛会。嗣后每年三月，仍将义学乡书院办理情形及义仓增贮谷数申报一次，以免堕废而垂久远。合将禁会设学设仓及专设乡书院已有成数，亲诣查验各缘由，分别造册备文通详，仰祈宪台鉴核立案。再者，义学、乡书院经费，系以改会租息充用，即属民捐民办，请免开报细数并免报销，合并声明。除详抚、督、学院宪暨臬、藩、巡宪外，为此备由具申，伏乞照详施行。

计详送：

义学清册一本，义仓清册一本，白鹿精舍乡书院碑记规约清册一本，朱子白鹿洞揭示集解一本，弟子规一本。

江宁布政使司徐札开为转饬事。奉总督部堂壁批开，该县详禁会劝改义学、义仓，并专设乡书院一案由，奉批据详，禁会改立学仓，并设乡书院等情，具见尽心教养，力挽浇风，深堪嘉尚。仰江宁布政司核明，转饬立案，仍候抚学部院批示，缴册存。又奉巡抚部院李批开，该令权篆高淳，即将地方积年陋习锐意革除，民间亦能观感，洵堪嘉尚。惟义学设至一百七十余处之多，义仓设至一百四十余处，现在仅止贮谷四百余石，似属散而难稽，恐致日久废弛。应否酌量归并，仰江宁布政司饬再体察情形，切实具覆。倘因乡村相距窎远，或有不便归并之处，自以仍旧为妥。总期随时认真经理，毋任有初鲜终，以挽浇风而全善举。仍将每年办理义学、书院情形及义仓增贮谷数通禀查考，并候督抚部堂院批示，缴册存。又奉督学部院张批开，江宁布政司核明通详立案，仍候督抚部堂院批示，缴册存各等因，到司。奉此，并据该县具详前来，合就转饬，札到该县，立即遵照，速将设立义学、义仓，再行体察情形，切实具覆。其义仓积谷，倘因乡村相距窎远，或有不便归并之处，自以仍旧为妥。总期随时认真经理，毋任有初鲜终，以挽浇风而全善举。仍将每年办理义学、书院情形及义仓增贮谷数通报查考，均毋违延。切速切速。此札。又奉署臬宪积批开：据送各册存核，仰江宁府饬候各院宪暨藩司、巡道批示缴，又奉护理江宁盐巡道徐批开：据送各册碑约存查江宁府衙门，饬候各院宪暨藩臬二司批，此致又奉江宁府正堂徐批开：据详已悉，具见兴利除弊，一片婆心，虽《史》、《汉》循吏何多让焉，可嘉可敬之至。仍候各宪批示。至文内所叙清册五本，查送到清册仅只三本；其朱子白鹿洞揭示集解、弟子规二本，未据并送，仍即补送备查毋迟，此缴。

详覆义仓请免归并并增设义学文

为详覆义仓请免归并，并增设义学事。窃照卑职前将禁会改学改仓及专设乡书院已有成数，查验造册，具文通详，奉批立案，并奉抚宪宪台批开：该令权篆高淳，即将地方积年陋习，锐意革除，民间亦能观感，洵堪嘉尚。惟义学设至一百七十余处之多，义仓设至一百四十余处，现在仅止贮谷四百余石，似属散而难稽，恐致日久废弛。应否酌量归并，仰江宁布政司饬再体察情形，切实具覆。倘因乡村相距窎远，或有不便归并之处，自以仍旧为妥。总期随时认真经理，毋任有初鲜终，以挽浇风而全善举。仍将每年办理义学书院情形及义仓增贮谷数，通报查考等因。奉此，遵查义仓之设，本系各就会产零星积存，经理各有专司，并而为一，诸多窒碍。内有数户总贮一仓，出于伊等自愿，拟俟积谷较多，再为分乡建立仓廒。奉批前因，复悉心体察。卑县向分崇教、立信、永丰、永成、游山、安兴、唐昌等七乡。永丰一乡，于内排二十二保并设乡书院一处，外排一保设义学二堂，并未设有义仓。其余六乡，除义学外，仅积谷四百八石零，而又分贮一百四十余处之多，诚如抚宪、宪台批示，散而难稽，恐致日久废弛。惟查经理之人，即系从前会首，乡区既多，众情难一。建仓既工料无出，归并复流弊多端，似应仍如卑职前议，听从其便，就地积存。统俟贮谷较多，以一半预荒救口，以一半分乡设仓。此项会产，本属众人公资。今兹积贮，即为合村命脉。经理稍有侵渔，不难随时举发。惟有慎守规约，认真盘查，不存有初鲜终之见，自可毋虞日久废弛。正在详覆间，据邢向时等禀诉：夏姓与邢姓，将藕塘花利欲兴猴子会，随经提案查讯。即据夏余考等俯首认咎，愿将藕塘出息，并各按年捐资，添设义学，来岁延师教读。具禀请示。当经给发广德义学匾式规约。又据武生朱天培等禀，史德荣等有史关圣会，禀改户名，不将会资七折钱八两零贴归该本敬义学应用。并据史德荣等禀诉，伊等本村无学，愿将会资并按年捐添钱文，设学一堂，延师文童陈邦钧，学徒十一名，即于六月二十六日开馆。具禀请示。当经给发立敬义学匾式规约，复亲往查验，发给弟子规等书。该朱天培等义学，亦不愿与史德荣等合并，所有拨回之钱，已饬自行筹补，以足学用。除将办理乡书院及学仓情形谷数，按年通报，一面随时确查，如有复行赛会，即当照例惩办，并俟夏余考等来岁开馆，造册另送外，合将义仓贮谷请免归并及增设义学缘由，造册具文申详，仰祈宪台鉴核，批示立案，实为公便。除径详抚、督、学院宪暨臬、藩、巡宪外，为此备由具申，伏乞照详施行。

计详

送增设义学清册一本。

江宁布政使司徐札开，为遵批转饬事。奉总督部堂壁批：该县详覆义仓请免归并并增设义学一案由，奉批如详立案。仰江宁布政司转饬遵照，仍候抚、学部院批示，缴册存。又奉巡抚部院李批开：所办尚具实心，然必五年乃克有成，尤在继莅斯土者之行之以力。仰江宁布政司核饬立案，仍令将每年办理义学书院情形以及义仓增贮谷数，随时通报查考。并候督部堂、学部院批示，缴册存。又奉督学部院张批开：江宁布政司核饬立案，仍候督部堂、学部院批示，缴册存，各等因到司。奉此，并据该县具详前来，合就转饬，札到该县，立即遵照认真经理，仍将每年办理义学书院情形及义仓增贮谷数随时造册，通详查考。均毋违延。切切。此札。

崇教乡义学三十四处

倡道义学跋

此倡道义学也。道之在今日，全赖有志斯道者以为之倡，而道始常明、常行于天下。无人倡明此道，而人遂不知道之当明；无人倡行此道，而人遂不知道之当行。今与在城诸生约，须是倡明此道，使七乡之明道者知道皆可明；倡行此道，使七乡之行道者知道皆可行，庶不负设学之初心也夫。

讲道义学跋

此讲道义学也。今人讲道多以口，不知道在吾身，必以身讲道；在吾心，必以心讲。身讲者，凡身之所接，身之所处，无不求合乎道，而道之贯澈于吾身者，皆以身讲之矣。心讲者，凡心之所注，心之所契，无不潜孚乎道，而道之蕴蓄于吾心者，皆以心讲之矣。果以身讲，果以心讲，方可谓之讲道。

谋道义学跋

此谋道义学也。人凡事皆欲用谋，以求必得。而独至于道，则不知用谋。不知用谋，必不能得道。君子造谋于未得道之先，多方以探道之真；设谋于初求道之际，百计以窥道之奥；运谋于既得道之后，更竭心力，以穷道之变化。定其谋于道中，不虚其谋于道外，是之谓善用谋。

谋道义学记

孔子曰：务民之义，敬鬼神而远之，可谓知矣。又曰：未能事人，焉能事鬼。煌煌圣训，诚足为万世法哉！淳人信鬼，迎神作会，比比皆然。余心悯之，爰出示谕禁令，改设义学，意欲倡明正学，使人知有圣道而邪说自息也。陈子士达笃，实君子也。惜字公局，既赖其力以成，又与陆子上珍、胡子嘉桢、杨子廷柏请设义学于文昌宫，计其会十八户，得足钱二十三千三百有奇。余又拨别会足钱十三千五百余文，以益之。而颜其额曰：谋道义学。孔子有言：君子谋道不谋食。非迂论也。道在天下，尽人同具；道在吾心，万理具足。人而不知谋道，故伥伥乎莫知所之。果其善自为谋而以道为的，不为偏僻怪异之言，不为曲学阿世之行，惟于日用伦常间深思此道而实体之，自知此道为大中至正之道，而非异端妖言所能惑矣。陈子勉之，诵孔子之言，学孔子之道，不误于所谋，并使义学中弟子俱不误于所谋，因而劝化一邑之人皆不误于所谋，陈子诸人之力也。余之所厚望也。是为记。

考道义学跋

此考道义学也。道学不明，人心无主，惑于佛老，流于杂霸，汩没于训诂词章。此而语之以道，其谁从而考究之。不知道在人心，不考之则不著。果能深察此道为吾心身所不容离之道，而取古今之成法以考之，借师友之论辨以考之，使此道昭著于吾身，并昭著于天下，异端邪说何自而入焉？

守道义学跋

此守道义学也。入斯学者，当思道在吾心，勿待外求；严以守之，无失其常；入尽孝道，出尽弟道；见善斯爱，见恶斯惩；专学其学，不为纷华所诱。方可谓之有道，方可谓为能守。

明道义学跋

此明道义学也。不敬父母，而敬不经之邪神淫鬼；不听师长教训，而听信端公女巫之妖言。虽由愚民无知，实由此道不明，故相习成风，而恬不为怪耳。有心世道者倡明正学，使人知道即在伦常日用，而不必索诸杳冥，则道明矣。

信道义学跋

此信道义学也。道者，人所共由之路也，人不能舍其路而弗由人，奈何舍其道而弗由乎？曰惟不信道之故。果能深思此道为须臾不可离之道，即必深信此道为须臾不可离之道。信道则专心学道，而不为习俗所囿矣。

体道义学跋

此体道义学也。伦常日用，无非是道，无非是心。心与道为体，而无一息之能离，则心即道，道即心。是之谓体道，有体认之识焉。认得本来面目，方知道实吾之本体。有体验之功焉，验之于身心而不爽，方知力行实由于身体。学者深思而自得之，于以体道不难矣。

志道义学跋

此志道义学也。人之一身，利欲攖其中，纷华扰其外，方不知道为何物，而欲其立志向道难矣。不知道即在心，非由外来，有志于道而道即在此，非有求于世也，非有取于人也。自己有道，自己立志，何难之有？人特未之思耳。

履道义学跋

此履道义学也。日在道中，而不知其所履即道，由于不自察。日出道外而不知其舍道无履，由于不自反。自察自反，则当前即是道。偶一举足，而已在于道；到处皆是道，随其所之而不离乎道。无履非道，非道无履，学道者思之。

达道义学跋

此达道义学也。道者，人所共由之路也，故谓之达道。人人有君臣，当思君臣之道，何以贵礼与忠；人人有父子，当思父子之道，何以贵慈与孝；人人有夫妇、昆弟、朋友，当思夫妇、昆弟、朋友之道，何以贵倡与随，友与恭，言而有信。思之则必践之，践之则道达矣。

乐道义学跋

此乐道义学也。性分中有真乐，初非以道在而乐之也。然为学之初，必先求乐道。人之不求道者，每以求道为至苦；人之不得道者，又以不得道为可忧。不知道非予人以苦，人不求道，徒自苦耳。道亦不必徒忧，果能得道，何忧之有？求道自可得道，欲乐自可得乐，至于乐道，而真乐亦无不在矣。

问道义学跋

此问道义学也。道之体至大，不问则不能明其体；道之用至广，不问则不能达其用。而问道又非仅浮慕其名也。必真有明道之功，而后知道之犹有未明者，不可不问；必真有体道之力，而后知道之犹有未体者，不可不问。问之于人，宜先学之于己；学之于己，更能问之于人，道其庶几乎？

悟道义学跋

此悟道义学也。悟者，吾心也。吾心之灵妙，无所不通，故用其心于道之纲领，而道之纲领必能悟；用其心于道之条目，而道之条目必能悟。能悟道则由此可以悟彼，由始可以悟终，由偏端可以悟全体，由一节可以悟万变。于以求道，何道不可求？于以得道，何道不可得？

求道义学跋

此求道义学也。凡物之在人者，不可求；即求，亦未必能得。而道之在我者，不可失；既失，又岂可不求？未求之先，道虽失而仍在我；方求之时，道在我必不容其失；既求之后，道不失而可常在我。求其在我，随求随得，岂若求其在人者之无一可恃哉？

任道义学跋

此任道义学也。人人有道，人人行道。及语之以任道，则逡巡畏缩，而不敢任。不知人而不任道，于道无损；而道本在人，而人不任之，实可耻。人而能任道，于道亦无加；

而我欲任道，而道即在我，实甚便。知其可耻，而任之必力；知其甚便，而任之必勇。岂可曰道远于人而诿为异人任哉？

重道义学跋

此重道义学也。人而以道为可重，则道重；人而以道为不必重，而道仍重。道之重，由道而非由人也。然人之所以见重于天下者，以人之有道也，道能重人也。道之所以常重于天下者，以人之行道也，人亦能重道也。人既能重道而不肯重道，何以自重于天下哉？

思道义学跋

此思道义学也。道本可明而人不肯明，由不思道所以可明；道本可行而人不肯行，由不思道所以可行。诚思道本我宜明之道，并思我本有明道之资，则有不明道而不止者矣。诚思道本我宜行之道，并思我本有行道之资，则有不行道而不止者矣。这个思字，是人生梦觉关。一思便得，如之何弗思？

广道义学跋

此广道义学也。道本无所不包，无所不在，然必待人以广之，则道乃充塞于天地之间。何以广之？即其本欲行道之心，扩而充之而已。人能充无欲害人之心，则无时无处不以爱人利物为念，而仁之道广；人能充无穿窬之心，则无时无处不以悖礼败度为戒，而义之道广。

凝道义学跋

此凝道义学也。人每谓惟圣人能凝道，不知人人有道，人人能凝道。试于伦常日用间验之，人果能尽君臣有义之道，则有义之道即凝于人矣。人果能尽父子有亲之道，则有亲之道即凝于人矣。人果能尽夫妇有别、长幼有序、朋友有信之道，则有别、有序、有信之道即凝于人矣。人本能凝道而自不凝道，可哀也夫！

造道义学跋

此造道义学也。道在躬行，不在口说。今人谈仁说义，多能言道之精微，及深窥其造道之功，则每不能身体力行，以进究斯道之蕴奥。是于圣贤道理，只当一场话说过，无怪其终身为道外人也。而今为学，须是专心致志，深造乎道，必使义精仁熟，以诣其极，方是真能造道者。

闻道义学跋

此闻道义学也。终日讲道，而未能闻道，与不讲道同；终日谋道，而未能闻道，与不谋道同，闻道于人，而未能闻道于己，虽闻道而未有诸己也。闻道以耳，而未能闻道以心，虽闻道而未得于心也。闻道而果有诸己，则真能闻道于己矣。闻道而果得于心，则真能闻道以心矣。学道者自思果闻道否？

入道义学跋

此入道义学也。人得天地之理，以生此身，已入乎道中。自是以往，由少而壮，由壮而老，皆入道之日也。或居中国，或适异域，皆入道之地也。乃人不知其身常入乎道中，而反以不能入道自诿，何哉？诚思道无往而不在，则舍道即别无所入。虽欲不入乎道中，而究不能出乎道外也。

修道义学跋

此修道义学也。夫道一而已矣，而混淆乎道者，不啻千万途。自有清净无为之说，而道遂为清净无为之说所淆；自有虚无寂灭之说，而道遂为虚无寂灭之说所淆；自有训诂词章之说，而道遂为训诂词章之说所淆。修道之君子，一切黜而去之，非道之书不观，非道之言不言，非道之行不行，庶几异端可熄，而大道可明。

行道义学跋

此行道义学也。人多自谓其知道，至问其何以行道，则又逊谢不遑。彼固谓人而知道，是亦足矣。吾则谓其不能行道，犹未得为知道也。知道者，于此道而知之，必能于此道而行之；于彼道而知之，必能于彼道而行之。到得道无不行，即道无不知，而知行并进之功益切，而知行合一之理亦益明。

得道义学跋

此得道义学也。求利者争欲得利，求名者争欲得名，至语之以道，则视为天下必不可得之物。非惟不求得之，并将不欲得之，且或以为得之不便于己，而直弃而去之。呜呼！其亦不思而已矣。诚思道为我之故物，失之自我，得之亦自我；我果欲得道，道未有不可得者。岂若求利者之未必得利，求名者之未必得名哉！

遵道义学跋

此遵道义学也。今天下有大中至正之道焉，一人遵之而咸宜，千万人遵之而胥顺，一世遵之而无违，千万世遵之而罔越。乃世人不察，不知遵循正道，而欲别辟邪途以自误；不肯遵守大道，而直思入小径以自便。无惑乎触目皆荆棘，举足尽榛芜，终其身为道外人也。

适道义学跋

此适道义学也。今天下有道焉，易适也，亦难适也。道本在我，我自适之，岂不甚易？然吾方欲适道，而或有纷歧之途以乱之，则有误于所适者矣。又或力有未逮，半途而辄废，则有阻于所适者矣。何难如之，惟不畏其难适，而常以为易适，定一道以为依归，而奋力以往，急起直追，不造道之极，不止也。如此乃可谓适道。

尽道义学跋

此尽道义学也。这个道，是人人可尽底而人人都不能尽道。何也？只为人不肯深思此道是我底命根，故于道悠悠忽忽，时而偶合乎道而彼不知，时而背离乎道而彼亦不知。而今学道，须要检摄自家身心，使皆与道合，庶几修道而道无不明，体道而道无不得。这个道方有能尽底日期。

配道义学跋

此配道义学也。道不能自行，必待其人而后行。人何以行道？必养浩然之气以配之，而道始得其助以行。人皆有浩然之气可以配道，而不知集义以生气，则气不得其养，即道不得其配，而人遂不能行道。故欲行道先求配道，欲配道先求养气，欲养气先求集义。

由道义学跋

此由道义学也。谁不为人臣，谁能由其为臣之道，谁可不由其为臣之道？谁不为人子，谁能由其为子之道，谁可不由其为子之道？谁不为人弟，谁能由其为弟之道，谁可不由其为弟之道？谁不为人友，谁能由其为友之道，谁可不由其为友之道？我辈各自思于子臣弟友之道，果能由乎？果可不由乎？

久道义学跋

此久道义学也。今人岂无一二合道之事，特患不能久耳？圣人所行之道，皆人人可行之道，亦人人能行之道，只是一个能久，故道遂为圣人独有之道。我辈今日学道，须知吾所可行之道，即是吾所可久之道；须知吾所能行之道，即是吾所能久之道。学圣人之道，先学其能久，则圣人之道自可为我之道矣！

传道义学跋

此传道义学也。天下皆可以传道之人，而道卒不得其传。非道不传于人，实人不能传其道也。诚知道以能明而传，则必求明道以传之；诚知道以能行而传，则必求行道以传之。人皆能明道，即皆能以明道者传道；人皆能行道，即皆能以行道者传道。人慎勿高视夫传道，而不求其所以传道。

立信乡义学三十三处

修德义学跋

此修德义学也。得之于心者为德，得之于身者亦为德，乌可不修！何以修之？去其身心之私欲而已。人各有德，人各能去其身心之私欲以修德。到得私欲净尽，天德纯全，方能尽修德底分量。

成德义学跋

此成德义学也。成人有德，由于小子有造，未有始基不端而能成其德者。果能知德而不迷于异端，修德而不杂于榛芜，立德而不摇于外物，进德而不废于半途，庶几德性坚定而有德矣。有德而德成矣。

据德义学跋

此据德义学也。德本在心，非有外也。但不知所以存养之，则德非其所有矣。据之者，知德之非取自他人，而持守而勿失；并知德之具足无欠阙，而保全而勿亏，如据物然。必使邪说不能摇，外诱不能夺，而其心始快，而其学乃专。

执德义学跋

此执德义学也。德之在人，至纯至备，亦至易失。求其不失，而常蓄德于心，功在执。执于一日，一日此德；执于百年，百年亦此德。天下之德，贯以一心；一心之德，包乎天下。合动静常变而皆执一德以运量之，是之谓有德。

进德义学跋

此进德义学也。道得于心，谓之德。不有明德之功以进之，则德已明而复昏；不有成德之功以进之，则德已成而复败。进进不已，如日之升焉，由始明而进于大明；如乐之作焉，由小成而进于大成。此之谓有德，此之谓进德。

明德义学跋

此明德义学也。人皆有德，德无不明，乃人多自昏其德者，气拘之物蔽之也。不为气所拘而力化气禀之偏，不为物所蔽而力祛物欲之累，则德之本明者无不明，德之已明者可常明。学者试自己体验一番，自知德不可不明，明德之功不可缓矣。

知德义学跋

此知德义学也。德命于天，无少欠阙；德成于人，无容亏损。然非深知德之切于己，必不能实致其修德之功；非真能实致其修德之功，亦必不能深知德之切于己。有知德之君子出焉，洞见本源，躬行实践，自完其天，自全其人，庶几自有其德矣。

立德义学跋

此立德义学也。德也者，受于天，备于性，气禀不能囿，物欲不能侵者也。我辈欲为天地立心，为万物立命，必先为一己立德。立于静而静无不存其德，立于动而动无不察其德，立于一时而一时无不表其德，立于万世而万世无不传其德。然能立与否，仍在我自决之而已。

尊德义学跋

此尊德义学也。尊无二上是为德，乃人不知所以尊之，则德亵；尊之而天下之物犹有可以尚之，则德乃亵。诚能视德为独尊之德，而万物莫与并其尊，视德为常尊之德，而万世莫敢易其尊，斯为尊德之至矣。

昭德义学跋

此昭德义学也。天之德，无所蔽，天固常昭其德；人之德，无所昏，人亦常昭其德。

人果能使其德常昭，则声色不能惑其德，货利不能迷其德，举凡天下可嗜可爱之物，皆不能汩没其德，而人德之昭然者，无异于天德之昭然矣。

友德义学跋

此友德义学也。今人相交，非以势合，即以利合，到得势败利尽，相倾相轧，并相顾若不相识。昔人所以有绝交之论也。若能不论势利而惟以德为友，则善可相劝，过可相规，即处困苦患难之地，亦可倚为助。友德顾不重哉！

浴德义学跋

此浴德义学也。德之本体，本自光洁，何待于浴？浴德者，因德为物欲所污，故必洗濯以还其本然也。身有垢，犹必浴之，德有污，岂可不浴？学者自思德如何要浴，又如何浴法，当必有振奋其精神，日新又新，不容自已者矣！

好德义学跋

此好德义学也。人惟不好德，故丧失其德而不自知。诚知德为天下至美之物而好之必笃，虽别有天下至美之物，无以易乎其德。诚知德为天下至贵之德而好之独崇，虽别有天下至贵之物，无以加乎其德。故好德为修德之实功，且为据德之先务。

振德义学跋

此振德义学也。不振奋则德不进，不振兴则德不立，故振德为最要。德之已昏而不能明者，必自振之，以觉其迷。德之已失而难复得者，必自振之，以反其本然，而能自振者卒鲜，非修德凝道之君子，其孰能提振斯人之志气，而使之鼓舞以新其德乎？

贵德义学跋

此贵德义学也。人皆以高爵大官为贵，而不知己之良贵惟德。不贵己之良贵，而但贵人之所贵，是谓轻德；贵己之良贵，而或以贵人所贵之心间之，仍谓之轻德。惟视己之良贵，为天下至贵之物，贵己之良贵，即觉天下更无一可贵之物，如此方谓之贵德。

同德义学跋

此同德义学也。人本同有此德，乃自好利之人多于好德之人，而人遂不同德；自修名之人多于修德之人，而人益不同德。惟深知德为人所同具之德而同心好之，深知德为人所同得之德而同心修之，斯无人不好德，无人不修德，虽有好利修名之人，亦将转而为好德修德之人。是之谓同德。

居德义学跋

此居德义学也。人皆以广屋大厦为居，而不知以天下之广居为居。诚以天下之广居为居，则有非德无居者矣。德之为量甚大，足以包罗乎古今，足以涵容乎天下，人果以德为居，必有超出乎流俗而不为流俗所囿者。故德为天下之广居，而居德即为居天下之广居。

辅德义学跋

此辅德义学也。我自有德而自修之，原无借于人之辅我也。然而无人以辅之，或以非德而冒认为德，并恐似德而反乱乎德。辅德者，以自辅立德之基，以人辅广德之助，并以自辅为受人辅之地，以人辅益征自辅之专，庶几德因自辅而日固，更因人辅而愈明。是为善辅德。

备德义学跋

此备德义学也。人之不肯修德者，每谓自己无德，即有德亦未必能备德。不知人皆有恻隐之心，即皆备仁之德；人皆有羞恶之心，即皆备义之德；人皆有辞让是非之心，即皆备礼与智之德。既已备德于己，又乌可不修德哉！

聚德义学跋

此聚德义学也。人德本是凝聚底，只为有个声色货利心肠，德遂丧失沦亡而不自觉。而今入德，须是大加翕聚一番，使德之已失者复聚，德之已聚者常聚。又须知聚德初非难事，人自有德，人自聚之，非有求于人也；德自在心，仍于心聚之，亦非来自外也。

入德义学跋

此入德义学也。德非有出也，胡为而有入。入德云者，沉其心，以与德合，如人之出而复入尔。方其入德之始，力探此德之大原而潜入之，不肯于德之外稍寄其踪；推其入德之终，实穷此德之究竟而深入之，直欲于德之中常守其范。以此入德，真能入德矣。

崇德义学跋

此崇德义学也。今试问天下有加于德之上者乎？则必曰：惟德独崇也。又试问有能使天下无加于德之上者乎？则又曰：德甚难崇也。畏其难崇而即不崇之，德之本崇者仍崇；不畏其难崇而力求崇之，德之本崇者益崇。故德必以崇为极诣，而崇德实入德者之极功。

恒德义学跋

此恒德义学也。亘万古而不易其心，是谓恒。人而无恒，欲明德而不恒为明，则德之已明者复昏矣；欲修德而不恒为修，则德之已修者复杂矣；欲新德而不恒为新，欲崇德而不恒为崇，则德之已新者复污，德之已崇者复隳矣。“不恒其德，或承之羞。”《大易》之言，所当三复。

新德义学跋

此新德义学也。历万古而常新者，德也。人而自新其德，而德之本新者依然；人即不自新其德，而德之本新者仍依然。知其本新而必新之，旧染之污不能浼，知其本新而常新之，洁白之天可复还。苟日新日日新，又日新新，德之功也，人其知之否？

显德义学跋

此显德义学也。天下未有隐僻而可以为德者，以德本至显也。天下未有深求隐僻之理而可以进德者，以德必当显也。德本显而不能显其本显之德，则德之本显者转不显矣。德当显而不求显其当显之德，则德之当显者终不显矣。至于不显而遂谓德本不显也，德岂不显乎哉？

观德义学跋

此观德义学也。观人之德易，观己之德难。观人之德，而即能与人之德比隆难；观己之德，而即能使己之德无亏更难。知观人之德难，而必以观之者借警于人；知观己之德难，而必以观之者策励夫己。然后观不徒观，而德可日进矣！

怀德义学跋

此怀德义学也。于德之已失而后怀之，不若于德之未失而先怀之。于德之未失而先怀之，尤当于德之已得而常怀之。怀德之君子，常恐德之有失，而怀于德未失之先，并怀于德已得之后。何以怀之？其道在主敬以立德之体、穷理以究德之用而已。

达德义学跋

此达德义学也。知、仁、勇三者，天下之达德也。我辈自思有知之德否？果有知，则必全知之德。而后可自思有仁之德否？果有仁，则必全仁之德。而后可自思有勇之德否？果有勇，则必全勇之德。而后可知仁勇如何全法？孔子曰：好学近乎知，力行近乎仁，知耻近乎勇。入德之要，尽于三言。实心体之，方不负此达德。

庸德义学跋

此庸德义学也。今人多看得这个德奇怪异常，故茫然无据，不知进德有如何妙法。倘返而自思：谁不为人子？谁不为人臣？谁不为人弟？谁不为人友？子臣弟友之德是那个没有底？那一件不是庸常道理？有何奇异，有何艰难？人特不肯实力进德耳，德岂有不庸者哉？

尚德义学跋

此尚德义学也。人多以诈力相尚，而不知德义之可贵，故自已不务德，而于世之有德者，亦不肯崇之重之而实有以尚之。尚德之君子，深知古今之所最重者惟德，独能于举世尚诈尚力之际，特取此德以为一己立身之准，并取此德以为千秋传道之宗，斯真能识所尚矣。

允德义学跋

此允德义学也。信能有是德于己，谓之允德。我辈本有仁之德，未必信能有仁之德；本有义之德，未必信能有义之德；本有礼与智之德，未必信能有礼与智之德。仁义礼智，非信不成，故四端不言信，以信实贯乎仁义礼智之中也。允信也，果允德乎？则信能有德矣。

宣德义学跋

此宣德义学也。这个德本是宣著底，只因人为物欲所蔽，故终日昏愦而不知自宣其德。诚如德无不明而未明求明，已明益求明；知德无不新而未新求新，已新益求新。斯宣德于静，而德之显著于静者无不宣；宣德于动，而德之显著于动者无不宣。到得无时不宣德，无处不宣德，乃可谓为宣德。

广德义学跋

此广德义学也。德本是至广底，间以私意则隘矣。人莫不思广其德，杂以妄念，则不能广矣。而今为学，须知这个德，是天之所以命我者，并知这个德，可以涵盖乎天下而无所限量，无所阻塞。于是真悟真修，真修真悟，无德宜求存其德，有德宜求充其德，积渐推扩出来，使德在一心，而天下万世无不入吾度内，方尽广德底分量。

永成乡义学三十五处

本仁义学跋

此本仁义学也。仁者，天地生物之心也。是人之大本也，人得天地生物之心以生，即有是仁，即宜以仁为本。人而不仁，是无本矣，无本即不可为人矣。故为学之要在本仁。

求仁义学跋

此求仁义学也。仁，人心也。反而求之，即在矣。人谁无心？人谁无仁？人谁不能求仁？试于日用、动静、语默之间，切实检点，使此心不放，即是求仁之方。有志斯道者，其体验之。

存仁义学跋

此存仁义学也。仁本在心，舍之则亡，操之则存。非别有一心以存仁，亦非别有一仁以存于心。心与仁无两物，存仁与存心，亦无两事。人能存此心以存仁，则满腔子纯是天理流行，尚何患学之不进哉！

依仁义学跋

此依仁义学也。仁之在心，非有二也。依之云者，心与仁须臾不离，未尝一息。或间云：尔时时存心，时时依仁，事事存心，事事依仁，极之造次于是，颠沛于是，造次颠沛亦无不依仁。人不知依仁，人顾可无心乎？其各于自己心上体认。

守仁义学跋

此守仁义学也。天下不可一日而无人，人不可一日而不仁。所患仁而不能守，斯丧失其仁而不自知。守之之道，在遏人欲而存天理。学者须是于日用间，不为纷华靡丽所动，而常以圣贤道理自持，则所守者严而仁在我矣。

体仁义学跋

此体仁义学也。仁者，人之体也。人有是仁，则有是体；人无是仁，则无是体。非无是体也，人无是仁，则略无生气，虽具人形而嗒然若丧。诚能以仁为体，则满腔子纯是生意，充周洋溢施于四体，无非仁之发见流行。故曰：君子体仁，足以长人。

辅仁义学跋

此辅仁义学也。人自有仁，人自全其仁，非可诿于人也。其仁与不仁，己自知之，非人所及知也。然而无人以辅之，有颓惰委靡而不自振者矣，且有将就冒认而不自觉者矣。曾子曰以友辅仁，切近之功也。求仁者，盍慎于取友。

亲仁义学跋

此亲仁义学也。仁者之心公，公则不徇私，而人每以为难亲；仁者之情厚，厚则不过刻，而人每乐其易亲。知其难亲而必求亲之，私欲日化而心无不公矣。知其易亲而常日亲之，刻薄尽去而情无不厚矣。故亲仁为最要。

怀仁义学跋

此怀仁义学也。怀利之人必忘仁，怀仁之人必忘利。君臣父子兄弟各有当尽之道，各有欲尽之情，怀仁以相接，自然恩明而谊美。若舍仁而怀利，则争端日起，祸有不可胜言者。故为学须先怀仁。

履仁义学跋

此履仁义学也。仁者，人之生理也。人浑身都是仁，理所充周，则浑身皆必以仁为主宰。谓之履仁者，亦曰人本全体皆仁。虽一举足，亦不能外仁云尔。学者不能与仁为一，必先履仁。履仁则非仁勿履，所履皆仁，无时无处而非仁之所流行矣。

当仁义学跋

此当仁义学也。骤而语人以仁，人未有敢当者。不知仁者人也，人皆欲当人，人独不能当仁乎？不能当仁，必不能当人。既欲当人，必先求当仁。人自有仁，人自当之，何难之有？人皆有仁，人皆当之，何让之有？我辈皆欲当人，返而自思，能当仁否？

蹈仁义学跋

此蹈仁义学也。天地生人而仁，即贯彻于人之身心，虽欲不仁而不能，虽欲不蹈仁而不能。乃人多不仁，人多不蹈仁，弗思故也。诚思人而不仁则非人，人而不蹈仁则别无蹈，必有惕然于中，一举足而不敢忘仁者矣。

志仁义学跋

此志仁义学也。仁本在心，欲之则至。乃自古仁者少，不仁者多，何也？曰：惟不立志之故。诚能有志于仁，则即其立志之时而已无不仁，非别取一仁以用吾志，实专一其志以用于仁，仁非在外，志亦非在外。人各有志，人各有仁，尚其志仁。

好仁义学跋

此好仁义学也。人未有不好至美之物者，而仁则天下至美之物；人未有不好至贵之物者，而仁则天下至贵之物。知仁为至美而不能好之，必非真知其美者也；知仁为至贵而不能好之，必非真知其贵者也。是必真知其美而诚心好之，真知其贵而专心好之，方可谓为好仁。

得仁义学跋

此得仁义学也。仁本在我，而我失之，我岂自甘于不仁；我既失仁，而不求得之，我必将终于不仁。果其深知仁之不可失，而存养以操其仁，省察以去其不仁，则仁之命于天者，我得以还其天，仁之备于心者，我得以全其心，而并非得之自外也，我固有之也。

成仁义学跋

此成仁义学也。人皆欲成就一个人，及深窥其心术之微，而私欲锢于中，利害牵于外，有不能成仁者矣。不能成仁，必不能成人。古今来大圣大贤，特立独行，一家非之而不顾，一国非之而不顾，天下非之而不顾，亦以欲成其仁也。能成其仁，何患不能成人哉！

行仁义学跋

此行仁义学也。这个仁无时不可行，无处不可行，无人不可行。孩提知爱其亲，即是孩提之行仁。儿童相处不作践人，即是儿童之行仁；推而至于一家，相亲相爱，无所争竞，便是行仁于一家；推而至于国与天下，除暴安良，使万物各得其所，便是行仁于国与天下。

安仁义学跋

此安仁义学也。仁是人之安身立命处，而人多不察。究之人而不仁，清夜自思，必有不安者矣。何也？不仁之人，自私自利，外虽若安，内实不安。为仁之人，自刻自惕，外虽不安，内实能安。故人而能安其心，能安其身，能安其家，能安其国与天下，由其能安仁也。

处仁义学跋

此处仁义学也。仁人之安宅也，人未有不处安宅者，而顾可不处仁乎？知仁为吾一人之安宅，而吾一人必安心以处之；并知仁为天下人之安宅，而吾尤愿与天下人共处之。一人处仁而一人安，人人共处仁而人人俱安。故人欲择所处，莫如处仁。

识仁义学跋

此识仁义学也。天地以生物为心，天地之仁也。人以天地生物之心为心，人之仁也。

识得此意，则视万物为一体，而民胞物与之量宏；不识此意，则视骨肉如路人，而损人利己之心险。而要非难识也。人能于待人接物时，无存一欲害人之心，便是仁。从此察识而扩充之，便可识仁。

力仁义学跋

此力仁义学也。人人说为仁，人人都不肯为仁，岂真仁之难为哉？只缘为仁之人，悠悠忽忽，不肯着实用力，故虽亦尝为仁而终远于仁。果能实用其力，以深思仁之本真，更竭尽其力以扩充仁之本量，庶几力之所至，即仁之所至，而力因仁而益励，仁亦因力而愈纯矣。

同仁义学跋

此同仁义学也。仁本人所同得之理。行仁者，必使人皆全其同然之性。不能使人皆全其同然之性，必不能自全其所同得之理。我辈自思：何人不有仁？何人不当全其仁？何人果能自全其仁？何人果能使人皆全其仁？果能自全其仁，乃可谓之仁；果能自全其仁并使人皆自全其仁，乃可谓之同仁。

克仁义学跋

此克仁义学也。纯乎天理而无人欲之私，谓之仁。天理患其杂，何由而能纯；人欲患其炽，何由而能无；故克仁难。这个克字最有力。克去其人欲之私，必使私念不留；私念稍留，非仁也。克全其天理之公，必使理念常充；理念不充，非仁也。故克仁为最切要功夫。

友仁义学跋

此友仁义学也。仁者不凌物，人每爱其易亲而友之。仁者不徇情，人每畏其难近而不友。究之爱而友者不知仁，畏而不友者亦不知仁，皆不能友仁也。友仁者，必其心克符仁者之心，而仁者始乐与之友；即其心不克符仁者之心，而其心常欲深窥仁者之心，而仁者亦肯与之友。故友仁全在友者之心。

宽仁义学跋

此宽仁义学也。不宽则失于苛细，不足以行仁；太宽又失于姑息，亦不足以行仁；宽而得中，是谓宽仁。为政宜然，教人亦宜然。教人之法，严其规矩，宽其时日，以养其仁心，使学者从容涵泳，日化其私见，去其妄念而不自觉。斯得宽仁之道矣。

问仁义学跋

此问仁义学也。仁，人心也。人自问其心，则知仁矣。故问仁于人，不若问仁于己。己心自有仁，而己自问之，何必徒问仁于人？而问仁于己，尤必问仁于人。己心未能仁，而人先能仁，何得不问仁于人？既问仁于人，以求仁之归，即问仁于己，以践仁之实，是为善问仁。

宏仁义学跋

此宏仁义学也。仁道本宏，而不得人以宏之，则仁终虚悬而无薄。何以宏之？老吾老以及人之老，幼吾幼以及人之幼，宏仁之道也。我辈自思各有老，即各老之因而及于人之老，使各得老其老。各有幼，即各幼之因而及于人之幼，使各得幼其幼，庶几能宏仁乎？

广仁义学跋

此广仁义学也。仁恩及于一人，谓之仁。仁恩遍于天下，亦谓之仁。为仁而不至于仁遍天下，不可谓之广仁。初学为仁，如何便能广仁？须是今日能仁及一人，明日又能仁及一人，日日积之，至于无人不被其仁，则广仁矣。故学者虽不能有广仁之实事，要不可无广仁之度量。

积仁义学跋

此积仁义学也。当下能扫去私欲，则当下即是仁。故古人有立地皆仁之说。然亦须渐次积累，驯而至于成仁。如今日得一仁，今日便积一仁；明日得一仁，明日便积一仁。日日积之，到得无一日不仁，方始是仁，方始完得积仁底分量。

全仁义学跋

此全仁义学也。一念之仁谓仁，全体皆仁亦谓之仁。为仁而不能全体皆仁，虽有一念之仁，而不可谓为全仁。初学为仁，未能遽求全体皆仁，须是由一念之仁推而充之，至于全体皆仁，则全仁矣。今人多谓全仁是圣人事，我辈岂能全仁？不知仁人心也，人皆有心，独不能全仁乎？

近仁义学跋

此近仁义学也。孔子曰：刚毅木讷，近仁。今人皆有刚毅木讷之质，而每远于仁者，习为之也。刚者能胜物，失其刚之质，则未能胜物以保其仁；毅者能不息，失其毅之质，则未能不息以全其仁；木者多朴实，讷者多简默，失其木与讷之质，则未能朴实、简默以守其仁。诚思近仁之质，人皆有之，而复还其刚毅木讷之本，然何人不可由近仁而进于仁乎？

兴仁义学跋

此兴仁义学也。今人皆能有仁者之心，即可自兴其存仁之心；人皆能有仁者之事，即可自兴其行仁之事。然而不待人而自兴者，惟纯于仁者能之。下此，则必有所观感，而后兴起求仁者。自思一日所接，岂无能存仁人之心者乎？胡不自兴其存仁之心？岂无能行仁人之事者乎？胡不自兴其行仁之事？人皆能兴仁，则人皆仁者矣！

纯仁义学跋

此纯仁义学也。纯乎天理而无一毫人欲之私，是为纯仁。我辈为仁，须是以纯仁为极则，而先立志于仁，以端其趋向；用力于仁，以振其精神；友仁，以广切磋之助；同仁，以大胞与之怀。到得以仁为履而无时不当仁，以仁为体而无处不蹈仁，依仁而初非矫饰，安仁而初无勉强，方是纯仁地位。

显仁义学跋

此显仁义学也。仁之理本显著于天下，而无人以显之，则仁或隐而不显。诚使富贵而能行仁，凡富贵之所以泽润生民，恩被遐方者，固无不可显其仁。贫贱而能行仁，凡贫贱之所以随分自尽，量力所及者，亦无不可显其仁。仁必待人而后显，人亦因能仁而始显，慎无自安于不仁而不知显仁。

居仁义学跋

此居仁义学也。今人多欲居广屋大厦，而不知天下之广屋大厦惟仁。舍仁不居而欲别求安宅，吾未见其能安也。果欲求安，莫若居仁。居仁则随其所处，皆在于仁，而无往非见仁之地，即无往非可居之地，不必见异而思迁，自可安居而无恐。人谁无仁，人谁无居，人试自视其所居果在于仁否？

游山乡义学三十一处

习礼义学跋

此习礼义学也。人而无礼，不可谓人，是当习礼。升降拜跪，礼文也。敬父母则思孝，敬师长则思顺，礼意也。习礼文更习礼意，才是善习礼。勉之慎之，勿饰虚文。

崇礼义学跋

此崇礼义学也。礼本崇而人反卑之，则礼失。崇之者须知礼，辨贵贱，明长幼，截然而不可紊，秩然而不可乱，至尊崇，无容亵也。有礼之人，学问高而品望亦高；无礼之人，志趣污而名节亦污。礼可不崇哉？

循礼义学跋

此循礼义学也。礼有节文，无太过，亦无不及。循其礼之自然，则动容周旋，无不中礼；倘不循其自然而有所矫拂，必至失礼之真。学者试于出入语默间深察而实体之，便知自然之礼不容违，而循礼之功不容缓矣。

问礼义学跋

此问礼义学也。人不知礼由于自是而不问。诚能问礼之源、问礼之流，并问礼之节文、度数，讲解于平日，考究于临时，虽有不合礼者寡矣。然问人尤须自问也，行礼而少有差失。人或未知自己未有不知者，自问自责，是为善问礼。

立礼义学跋

此立礼义学也。人皆欲自立于天地之间，而精神不固，仪文不娴，每伥伥乎莫知所之，以不学礼故也。学礼则耳目有定向，手足有定所，出入起居俱有定规，卓然克自树立而不为流俗所摇夺矣。不学礼，无以立此言。当三复。

序礼义学跋

此序礼义学也。物得其序之谓礼。几案必正，则几案有序；书籍必整，则书籍有序。足容重，手容恭，目容端，口容止，则足与手、目与口皆有序。函丈之间，事事有序，时时有序，是之谓礼，是之谓序礼。

修礼义学跋

此修礼义学也。礼有大中至正之规，合此则是礼，违此则非礼。修礼者，去其非礼，以求其是礼云尔。非礼勿视，非礼勿听，非礼勿言，非礼勿动。孔门十六字，心法也。即修礼之事也。修礼者，其知之。

约礼义学跋

此约礼义学也。人而无礼，则浑身骨头都是散底。跛倚以临，箕踞以坐，皆不能约之以礼故也。孔子教人，必约之以礼，使人知揖让进退之节、坐作立趋之容，于以约束其身心而不至放逸焉。学礼之君子，其谨守之。

考礼义学跋

此考礼义学也。古礼亦有难行者，须考之于今，以变通之。今礼有不可从者，须考之于古，以革改之。至于古礼有必当复者，须博考先儒之论辨以求其合。今礼亦有可行者，须详考当时之典章以正其俗。考礼顾不难哉！考礼顾不急哉！

好礼义学跋

此好礼义学也。时时有礼可守，处处有礼可行，而好礼者少，故当礼者难见其人。好礼之君子，一若天下可嗜可爱之物，无有过于礼者，而于礼之在吾身斯须不可去。作事稍有不合于礼，其心不安也。故学者首在好礼。

秉礼义学跋

此秉礼义学也。礼为人之准则，不秉之则茫无把握，莫知适从。惟秉礼以为之主，冠昏丧祭必守其经，酬酢往来必顺其轨，秩然有序以相接，灿然有文以相交，是为守礼之人，人必敬之而取法焉。故秉礼最为急务。

隆礼义学跋

此隆礼义学也。人多将礼字看得轻易，故简率狎侮而不肯守礼。惟是隆重其礼，知礼至贵而无可亵，虽天下之物无以加之，则日用行习之间，有不由礼而其心不安，惟由礼而其品始高者，斯为隆礼之至矣。

明礼义学跋

此明礼义学也。礼本灿陈于天壤且昭著于吾身。自不知礼者昧之，则礼以暗汶而不明；自不行礼者杂之，则礼以混淆而不明；自株守夫礼而不识变通者拘之，则礼以迂远而愈不能明。明礼之君子，行其典礼而观其会通，庶几得礼之真。

复礼义学跋

此复礼义学也。礼本吾所固有，自有非礼以扰之而礼失。复礼者，复还吾固有之礼而已，非自外来也。虽云失之，而吾固有之礼自在也。复礼功夫甚难，亦甚易。非礼不去，则礼不复，何难如之；礼自在吾，吾自复之，何易如之。学者慎勿畏其难，必勉为其易。

执礼义学跋

此执礼义学也。君臣之礼，在上下判然而不逾。父子之礼，在情谊蔼然而不乖。夫妇之礼，在内外截然而不乱。长幼之礼，在尊卑秩然而不紊。朋友之礼，在往来肃然而不狎。人皆有这个礼，惟执礼之君子能始终守之而不变。学者其以执礼为先务。

知礼义学跋

此知礼义学也。农工商贾，皆谓学者为知礼。学者试自思之，果知礼否？不知礼而徒冒知礼之名，可愧。不知礼而不求知礼之实，更可耻。事事有礼，处处有礼，父子兄弟之间莫不有礼。简策具在，可考而知也。故吾乐与学者言礼。

近礼义学跋

此近礼义学也。太过非礼，不及亦非礼。节其太过，文其不及，庶几近礼。不近礼，则我以为礼，而人以为非礼。果近礼，则行礼于人而人心安，而我心亦安。然非讲明有素，不近礼而我不自知，即近礼而我亦不自知也。

惇礼义学跋

此惇礼义学也。礼所以固人肌肤之会、筋骸之束，非浮薄子弟所能行也。礼本至实而不浮，必有惇实之心而后可以守礼。礼本至厚而不薄，必有惇厚之意而后可以崇礼。至于守礼而礼之至实者，仍还其至实矣。至于崇礼而礼之至厚者，仍还其至厚矣。

通礼义学跋

此通礼义学也。有古人通行之礼，必通考古人所行之礼而折衷之，方可以会通其典礼。有今人通行之礼，必通览今人所行之礼而裁度之，方可以通达其礼文。故通礼甚难，通礼之人亦甚少。然学者却不可以其难而遂不求通，正当以通礼之人少而必力求其通。

爱礼义学跋

此爱礼义学也。礼为天下至贵之物，不可令其失，亦不忍令其失。乃自不爱礼者视之，则礼之得也不足贵，礼之失也亦不足惜。岂知礼之在天下，原不以人之爱与不爱为重轻，而维礼之君子，必于礼之未失而珍爱宝贵之必加，且于礼之既失而爱惜保护之无已。

观礼义学跋

此观礼义学也。义学是观礼之地，须是讲究礼法，揖让拜跪均无失礼，使农工商贾观之，知读书明礼之士实远迈于流俗，庶几观感兴起，好礼之人从此日多。倘跛倚以临，箕踞以坐，行走无序，嬉笑无度，是与贩竖牧童等矣！何以为义学中弟子乎？

用礼义学跋

此用礼义学也。君臣必用礼，乃成其为君臣；父子必用礼，乃成其为父子；夫妇、昆弟、朋友必用礼，乃成其为夫妇、昆弟、朋友。学者自思一日之间，交接往来，何一非五伦中人？何一可以不用礼？倘不用礼，则伦常乖舛，礼意失而礼文亦失，尚得自列于人类乎？

由礼义学跋

此由礼义学也。今试责人以不由礼，人必拂然怒彼，固谓其非不能由礼也。又试望人以由礼，人必皇然谢彼，固谓其实不能由礼也。以非不能由礼之质，而有实不能由礼之名。礼负人乎？人负礼乎？人而不甘负礼也，必先由礼。由礼，则礼之大原无不可溯，礼之度数无不可详矣。

成礼义学跋

此成礼义学也。三加不具，不足以成冠礼；六礼不备，不足以成昏礼。自始殁以至殡葬附身附棺之物，不能诚信，不足以成丧礼。自始灌以至彻俎初献、亚献、三献，稍有懈怠，不足以成祭礼。即弟子入学，自早起以至晚眠，不能恪守规矩，恭敬师长，不足以成一日之礼。弟子自思果能成礼否？教弟子者，自思果能使弟子成礼否？

守礼义学跋

此守礼义学也。这个礼，无时不有，无处不有。人不守礼，则时而合礼，时而不合礼，且或有礼失而不自知者矣。守礼之人，如守坚城。一毫非礼，不容相干。即或有似礼非礼之事，亦必严其捍卫，峻其防闲，不使稍有假借于其中。到得随其所行，不但得礼之文，并且得礼之意，斯为善守礼。

维礼义学跋

此维礼义学也。礼之不敝于天下，有人以维之也。有一人以维之而千万人之行礼者，皆取法于维礼之一人；有千万人以维之而一人之明礼者，已共著于维礼之千万人。人人能明礼，人人能行礼，即人人能维礼。人而果能维礼乎？吾愿与天下之学礼者进质之。

尽礼义学跋

此尽礼义学也。礼有其分，过其分，非礼；不及其分，亦非礼。尽其无过不及之分，乃为尽礼。礼在君臣，则君令臣共之礼必尽。礼在父子，则父慈子孝之礼必尽。礼在夫妇、昆弟、朋友，则夫倡妇随、兄友弟恭、朋友有信之礼必尽。能尽礼，尚何至有过与不及之失哉！

重礼义学跋

此重礼义学也。礼者，天理之节文。不重礼，则不能重天理。礼者，人事之仪则。不重礼，则不能重人事。不重天理，即是自绝于天。不重人事，即是自绝于人。自绝于天，何以自重于天地？自绝于人，何以自重于人类？故人而欲自重于天地，必重天理之节文；人而欲自重于人类，必重人事之仪则。

传礼义学跋

此传礼义学也。自不明礼者昧礼，而礼之当明者失其传。自不行礼者悖礼，而礼之当行者失其传。传礼之君子，修明先王之礼，使人知礼之当明者，无人不可明；力行先王之礼，使人知礼之当行者，无人不可行。至于无人不明礼，无人不行礼，则无人不传礼矣。

敬礼义学跋

此敬礼义学也。知礼之人，未有不能敬者。而不敬亦不可谓礼。须是于日用伦常中，无往不以礼为准则，而又必本一主敬之心，以贯彻于周旋进退之际，使人之见之者皆谓其能以敬行礼也。即不知礼者，见其敬礼，亦且顿生其恭敬，而不敢以非礼相干。是为真能敬礼。

全礼义学跋

此全礼义学也。人之所以为人者，礼而已矣。礼有经有曲，有常有变，一不合礼则无以得斯礼之全体，即无以全人道之大本。全礼者，守礼之大经，而纲领无不正，尽礼之委曲，而节文无不备。遇值其常，而礼不以常而或改；势处其变，而礼不以变而少亏。果能全礼，方可谓为全人。

安兴乡义学十六处

居敬义学跋

此居敬义学也。敬者，人之宅也。人不能敬，则所居危殆；人而能敬，则所居安稳。人未有居家而不求安稳者，即未有欲居学而可不求居敬者。居敬之义大矣。如何是敬，如何是居，敬学者其思之。

守敬义学跋

此守敬义学也。人虽至愚，未有不知宜敬者，特患不能守耳。须是有事时如此敬，无事时亦如此敬，接人时如此敬，未接人时亦如此敬，常常守此敬心，以为一身之主，庶敬心日固而学益进矣。

笃敬义学跋

此笃敬义学也。孔子曰：行笃敬，虽蛮貊之邦行矣。又曰：行不笃敬，虽州里行乎哉？由此观之，笃实方有辉光，庄敬乃可日强。惟笃而后能敬，亦惟敬愈见其笃也。入斯学者，奈何弗笃？奈何弗笃敬？

主敬义学跋

此主敬义学也。人之为学，全凭一心，心而不敬，则昏惰放逸，无所不至。须是整齐严肃，衣冠必正，瞻视必尊，无一念不敬，无一时不敬，无一事不敬，常以敬为主，则一切客感之私，皆退听矣。故欲为学，必先主敬。

诚敬义学跋

此诚敬义学也。主一之谓敬，无适之谓一。一者诚而已矣。能诚，然后能敬。我辈须是一心一意要学古人，不以人为间之，不以物欲扰之。惟恃此真诚之念，以与道契合，这才是敬，这才是诚敬。

持敬义学跋

此持敬义学也。敬本在心，稍纵即逝，是宜持敬。把捉，非持也。持之之法，此心本敬但执持不放云尔。不必太着力，太着力便成把捉，便不自在，便非真能持敬。学者须切身体验一番，方知如何是敬，如何是持敬。

久敬义学跋

此久敬义学也。朋友之道，敬则能久。乃人往往暂处则相敬，久居则相慢，凶终隙末，曷胜浩叹！惟是有善而敬以劝之，有过而敬以规之，朝夕聚晤，肃然相对，无戏侮之意，有严惮之心，庶几交道可久，而为学亦互有益。

庄敬义学跋

此庄敬义学也。程子甚爱表记“庄敬日强”之语。盖人能庄敬，则内念不生，外物不扰，此心虚明，湛然纯一，精神强固，无所亏损。以之修德，则日进而不已；以之任道，则独立而不惧。无穷之学问，皆由庄敬之一心成之。人不可庄敬哉！

思敬义学跋

此思敬义学也。敬者，人心之本体，不思则不知敬；不知敬，则不知认本体。善学者，时时刻刻思量这个敬，并知敬不是兀然一物，却是明明白白底我心本然之体，不必把持，不必矜张，只还他个常惺惺法，便自无事。

祇敬义学跋

此祇敬义学也。心本不昏，能敬则明；心本不放，能敬则凝。事以敬而能成，人以敬而能合。敬之所关大矣哉！古人云：敬，德之聚也。又曰：能敬必有德。学者欲入德，必先祗敬。整齐严肃，便是祗敬之法。试于日用动静间大加收敛一番，看看是何气象。

恒敬义学跋

此恒敬义学也。狂夫顽童，偶遇先生长者，亦有能敬之时。所患者不能恒敬耳。果能见师长如此敬，不见师长亦如此敬，偶见师长如此敬，常见师长亦如此敬，这才是个恒敬。能恒敬，则学问因敬而日进，德业因敬而日大矣。

克敬义学跋

此克敬义学也。未事有偷惰之心者，不克敬；临事有怠慢之心者，不克敬；既事有忽忘之心者，亦不克敬。克敬于始，悚惕以肃其志；克敬于中，严翼以励其气；克敬于终，振奋以警其神明。人不克敬，我独克敬；人皆克敬，我亦克敬。果其克敬，则兢兢业业，胸中不留纤毫之私矣。

执敬义学跋

此执敬义学也。敬者，圣学之所以成始而成终也。不常为执守，则敬于一时移一时而已，不能敬；敬于一处易一处而已，不能敬。其何以成始而成终。故敬难，敬而能执持不懈尤难。又须知执敬非把捉之谓，把捉便非敬之本体，便不能久。若欲久敬，须是执持着，使此心有归宿，自然常惺惺。

本敬义学跋

此本敬义学也。凡事皆以敬为本，而人每不能本敬以作事，故悠忽怠缓，学业隳而事功亦隳。果其本敬以为学，而格物穷理必原主敬，即本敬以作事，而往来酬酢皆行吾敬。斯天下无无本之学问，亦无无本之事功，而敬之为本，与人之皆当以敬为本，遂为人之所共知而举，无敢自失其本。

爱敬义学跋

此爱敬义学也。人之不能敬人者，多由不爱人；而爱人者，又或不能敬人。而今为学，须是常以爱人为心，而即推其爱人之心以致敬于人；又须常以敬人为心，而即本其敬人之心以致爱于人。到得无人不爱，方成其为立爱之君子；到得无人不敬，方成其为立敬之君子。

立敬义学跋

此立敬义学也。人之不能自立者，以其不敬也。少时不能敬，少时无以自立；壮年不能敬，壮年无以自立；老耄不能敬，老耄更无以自立。人而无以自立，尚得为人乎？故人而欲为人，必求有以自立；欲求有以自立，必求能敬。人而能敬，则无时无处不致其敬，而其人遂卓然自立于天地之间。

唐昌乡义学二十八处

惇信义学跋

此惇信义学也。人情日薄，所由不信也。而今为学，须是以惇厚之心，行其信，使应事接物，处处从厚而不薄，方能言而有信。信乃人之本，民无信不立。惇信之教，必先学者勖之，革薄从忠自此始。

履信义学跋

此履信义学也。信者，人之履也。人不可一刻而无履，即不可一刻而无信。一出一入，所履惟信；一言一动，所履惟信，即遇横逆之人，办艰大之事，处危困之地，所履亦惟信。随其所往，惟信是从，则信之所孚，人必助之，逆境皆顺境矣。《易》曰：履信思乎顺。此之谓也。

笃信义学跋

此笃信义学也。道在古人，则宜信古人；道在今人，则宜信今人；道在吾心，则宜信吾心。乃人往往不能信，即信亦往往不能笃，无怪其不能学道也。诚知吾心本有皆备之道，而信之必笃，且深信吾心之道，即古人已行之道，即今人共由之道，而务学以得之，斯可谓真能笃信者矣。

讲信义学跋

此讲信义学也。无人不宜信，无事不宜信，无处不宜信，是宜讲信。讲信以口，不若讲信以身；讲信以身，不若讲信以心。口信易，身信难；身信易，心信难。心无不讲信，自然接人无不讲信，应事无不讲信，到处无不讲信，是谓善讲信。

彰信义学跋

此彰信义学也。信在天下，本自彰著。自诈谖者，以二三乱之，而信之本真晦；自疑似者，以文貌假之，而信之本真愈晦。彰信者，在信一心以信天下而已。天下不吾信而吾之信，自彰天下。果吾信而吾之信益彰，即遇不信之人，值难信之时，处难信之事，而吾之信亦无不彰。此之谓彰信。

考信义学跋

此考信义学也。我辈为学，不敢轻信古人，亦不敢不信古人，必考之于古，以求其信；不敢轻信今人，亦不敢不信今人，必考之于今，以求其信。考之于古而可信也，即以吾之所考者信古人，自不至为古人所欺；考之于今而可信也，即以吾之所考者信今人，自不至为今人所欺。如此方可谓考信。

好信义学跋

此好信义学也。人每看得接人处事，可以信，可以不信。故己以欺诈往人，以欺诈来信，义何由而明？好信者深知，信是人心真实不欺之理，而诚心好之，真有不信不可以为人，惟信乃可以为人者。故其接人处事，无诈无虞，惟信是主，而不肯稍有不信，以负其好信之心。

诚信义学跋

此诚信义学也。大奸似忠，大佞似信。盖其本无真实不欺之心，故外假忠信之名以欺世。果能以信为我躬之所，不可须臾离，即以信为涉世之所，不可顷刻少，虽人以不信来，而我亦以信往，人以假信来，而我亦以诚信往，无时无处不用其诚信，乃为真能诚信。

崇信义学跋

此崇信义学也。人惟将信字看得轻微，故不肯专用其信。倘知信为天下至贵之理，而尊而崇之，何至复有不信者乎？故人人知崇信，则人人能信矣。时时知崇信，则时时能信矣。处处知崇信，则处处能信矣。崇信是最紧要事，如何是信，信如何崇法，人须理会得。

昭信义学跋

此昭信义学也。我本有信而人信之，而我之信昭。我本有信而人未信之，是我之信犹未昭。须是今日如此信，明日仍如此信；遇此人如此信，遇彼人亦如此信。久之，信义昭著于天下，虽未与共事之人，亦闻风向慕，咸知我之真能信也。是谓昭信。

贵信义学跋

此贵信义学也。人每看得信字可有可无，故时而信，时而不信，而不肯以信为贵。不知人之所以贵于万物者，以其信也。人不以信为贵，则亦不能贵于万物矣。人而欲贵于万物，必先贵信。能以信为贵，则视天下之物举莫能加于信之上，而独见其贵，而其人亦遂独贵于万物。

明信义学跋

此明信义学也。人不能信，多由信之理不明。须是深思人之所以为人者，非信不立；并思人之所以待信而立者，实非可以然可以不然之事。平日既讲明信之本然，临事复明著信之当然，庶几随其所遇皆明信之人，随其所处皆明信之地，而信之理遂显明于天下。

尚信义学跋

此尚信义学也。仁义礼智，非信不成，故君子尚信。信能行此仁，则所以行仁者，必实能仁；信能行此义，则所以行义者，必实能义；信能行此礼与智，则所以行礼与智者，必实能礼与智。仁义礼智，皆尚信以维持之，而仁非假仁，义非假义，礼非假礼，智非假智，是为真能尚信。

尊信义学跋

此尊信义学也。尝见世之人，遇能信之人则尊而敬之，非尊其人，实尊其信也。遇不信之人则卑而贱之，非卑其人，实卑其不信也。知不信之可卑，愈知信之可尊。果能以信为尊，则视天下之尊无二上者，不在势位而在信，信固有超出乎天下之上，而为天下之所同尊者焉。人其奈何不尊信。

友信义学跋

此友信义学也。同学之人，皆友也。友而不信，何以为友？与此友能信，与彼友不能信，又何以为友？友责我之信，我亦责友之信。友因我责其信而友必求信，我亦因友责我之信而我必求信。纵使友或以不信待我，我断不可以不信待友。如此方是友信。

近信义学跋

此近信义学也。人多在文貌上求，故矜情饰貌，全无一点真实念头贯彻于中。何由近信？曾子曰：正颜色，斯近信矣。此语专为致饰于外者下针砭。颜色如何正法？正颜色而近信，颜色方能得其正。我辈为学，须先把务外底心肠去了，只存一个实心，不欺己，亦不欺人，才是近信底学问。

克信义学跋

此克信义学也。这个信，本是人生俱有底，只因为习俗所染，见人之以诡谲居心而得济其欲也，则亦学其诡谲，而居心遂不克信；见人之以诈谖处事而得逞其能也，则亦效其诈谖，而处事遂不克信。既不克信，即不克为人。我辈欲为人，须要有一个诚实无伪底心，方为克信。

忠信义学跋

此忠信义学也。中心为忠，必不自欺其心。使此心常得其中，方谓之忠。人言为信，必能自实其言，使所言无负于人，方谓之信。忠以立信之体，不能忠，必不能信。信以达忠之用，果能信，始见其忠。我辈未能信，须先尽忠；能尽忠，自必求信。到得无一言不信，而人亦不忍欺之，这才是忠信。

本信义学跋

此本信义学也。人以信为本。人而无信，则无本矣。出一言而不本于信，后虽有能信之言，而人亦不信其言。制一行而不本于信，后虽有能信之行，而人亦不信其行。本信者，言以信为本，不信之言必无言；行以信为本，不信之行必无行。到得言无不信，行无不信，方为有本之人。

守信义学跋

此守信义学也。人虽至愚，未有不知讲信者；人虽至顽，未有不能履信者。特信于一时，尚易以自勉；信于终身，每难以自推。惟积诚心以守之，使信之全于己者，历常变而不渝，信之及于人者，经久暂而不易，庶几真知讲信，即守其所知而非空言讲信；真能履信，即守其所能而非偶然履信。

体信义学跋

此体信义学也。天地以信生物，而春夏秋冬不愆其期。人得天地之信以生，即以信为体，无信则无体矣。故人必体天地之信以为体，出入起居，体信而立，应事接物，体信而行，大而纲常伦纪，小而日用饮食，无不体信以为准则。盖人之一身，即小天地也。天地惟信，乃成其为天地；人惟体信，方可与天地参。

全信义学跋

此全信义学也。信于一时，而不能信于时时；信于一事，而不能信于事事。偶然之信，不可谓全信。全信者，一时必信，即时时必信，虽欲指一时不信之隙而无从；一事必信，即事事必信，虽欲求一事不信之处而不得。无论处顺境如此信，即处逆境亦如此信，可以此信存，亦可以此信亡，可以此信生，亦可以此信死，才当得这“全信”二字。

止信义学跋

此止信义学也。信者，人之所止也。当止于信而不止于信则失其所止矣。诚思言而不信，即非言得其所止；而言无不信，行而不信，即非行得其所止，而行无不信。且上交不以欺上为心，而上交必止于信；下交不以欺下为心，而下交必止于信。盖惟此信为我辈安身立命处。故人必知其所止，而后可以为人。

结信义学跋

此结信义学也。这个信，本是真实无妄之理结成底。人不能履信，而信失；人不能守信，而信仍失。欲全其信，须是深思这个信底道理。真积而力行之，使其信结聚于中，无有缺陷，固结于内，不至败坏，复还自然，结成吾信之本体，方是真个能信底人，方是真个能结信底人。

贞信义学跋

此贞信义学也。尾生白公之信，非信之正也，以其不贞也。贞信者，须是辨其贞于未言未行之先，使所言所行之必本于信者，无不本于贞；守其贞于既言既行之后，使所言所行之常止于信者，无不止于贞。庶几言以贞而言全其信，行以贞而行全其信，乃可谓为贞信。

孚信义学跋

此孚信义学也。信未能孚合于人，而欲人信之，难矣。信果能孚合于人，而人犹不信之，亦鲜矣。我辈为学，未能使吾之信孚合于天下，当先使吾之信孚合于一心。果能使吾之信孚合于一心，则信在一心，即信在天下。吾之信已孚于天下，天下亦断无不信吾之信。

征信义学跋

此征信义学也。稽古不求其可征，必有以为荒远而不信者矣。居今不求其可征，必有以为迂诞而不信者矣。今日为学，须是于古人之所已行者，求可征于古，而必笃信之以博古；于今人之所已行者，求可征于今，而必笃信之以通今。斯其学非无征之学，亦无轻信之失。

广信义学跋

此广信义学也。信于一人，而不能信于人人，不可谓广信；信于一时，而不能信于时时，不可谓广信；信于一事，而不能信于事事，亦不可谓广信。广信者，以信为主，而推而广之。无论所接何人，所处何时，所办何事，皆有一片至诚恻怛之意贯注于其中，到得无人不信，无时不信，无事不信，方尽广信底分量。

永丰乡义学二处、白鹿精舍一处

复性义学跋

此复性义学也。天与人以形，即与人以性，性无不善。有不善者，气质杂之也。张横渠曰：形而后有气质之性。善反之，则天地之性存焉。善反之功，复性之学也。性本善，故宜复。复性之道，在化气质以还天地。学者自思果能变化气质否？

尽性义学跋

此尽性义学也。万理皆备于吾性。性中本有君臣之义，行其义，则君臣之性尽；性中本有父子之亲，全其亲，则父子之性尽；性中本有夫妇之别、长幼之序、朋友之信，严其别，循其序，明其信，则夫妇、长幼、朋友之性尽。人人能尽性，人人不肯尽性，可惜可叹！

白鹿精舍记

道之不绝于今日，岂非天哉！道之行也，由于人心，道之废也，亦由于人心。人心正，则大道行；人心不正，则大道废。吴俗信鬼，从古已然。自汤文正公巡抚江南，奏毁淫祠，而人心始日趋于善。然锢蔽已深，终未尽革。甲辰孟冬，余摄篆淳溪，喜其男耕女织，俗颇近古。而迎神作会，踵事增华，又惜其为邪说所诬，而不明大道也。乙巳季夏，出示谕禁，即以其会中出息，劝设义学、义仓。数月之间，士民悔悟，渐次禀改，已有成数。而永丰乡生监钱上涛、孙成钧、谷中芳等首先倡率，禀请于仲冬九日在沧溪三元观考课，其资即取诸各会。计其会八百四十余户，得钱五百六十余千文。按年贴付，人俱乐从。余嘉其义，届期亲诣点名扃试。多士济济，恪遵礼法，盖彬彬乎咸有向善心焉。余益信人心之易归于正，而大道之不绝于今日也。抑余更有为诸生望者。奇异怪诞非道，偏曲驳杂亦非道。道者，人所共由之路也。君臣有君臣之道，得其道则君令臣共，而君臣之伦尽；父子有父子之道，得其道则父慈子孝，而父子之伦尽；夫妇、昆弟、朋友有夫妇、昆弟、朋友之道，得其道则夫倡妇随、兄友弟恭、朋友有信，而夫妇、昆弟、朋友之伦尽。何人不有五伦？何人不当尽道？惟其不能尽道，故设学以教之。教之之道，亦教其尽此五伦之道，非徒令其作文已也。然即以作文而论，文中所言，何一非五伦之道？诸生自思平日所存之心，与所言合否？平日所行之事，与所言合否？若与所言合，则平日所存之心，所行之事得矣。倘与所言不合，则平日所存之心、所行之事失矣。得也，己自知之，己自勉之。失也，己自知之，己自改之。即此便是改过迁善。实际爰题其额曰“白鹿精舍”而为之记。昔朱子白鹿洞揭示，首列五伦，次即以博学、审问、慎思、明辨、笃行著为学之序，而修身、处事、接物之要备举焉，且终之以反求诸己。诸生诚能于朱子之言，反复潜玩，而切身体验之，吾道其行矣乎！至于宋时筑永丰圩，有白鹿行踪之异，虽传此事，于义无取焉。且朱子尝筑武夷精舍、竹林精舍，皆与学者讲明圣道于其中。余自愧于道无闻，何敢冒讲学之名，惟是诸生各自有心，各自有道，窃愿诸生各自体认，以还其所得于天之本然。故既锡以名，复胪举规约九条勒诸贞珉，以垂永久。

计开：

白鹿精舍规约九条

一、白鹿精舍，原因禁会而设。永丰乡内排地保计二十二名，神会八百四十七户。会田完粮正银五百六十九两二钱七分八厘，每年贴付白鹿精舍足钱五百六十九千二百七十八文，以为考课生童之费。该经理人已分保各具认状，按年贴付，定于十月内缴齐。该董事查收注帐，短少拖欠，禀县差追。倘再有迎神作会者，亦由该董事禀县究办。

一、选举监生孙成钧、刘启贤、吴兆魁、文童徐位升四人为董事，出入细帐，详记簿内。每年十二月停课之后，开具清单，禀县查核。一面另开清单，粘贴三元观门首，俾众共览。

一、延师须择品行端方、学问醇粹者，无论本乡与外乡俱可。每年修金足钱五十千文，贽金二千文，每节二千文，每月火食四千文。住院肄业者，自备资斧。每逢课期，一乡生童晨刻齐集，务须整肃衣冠，听师点名。扃门命题，一文一诗，日入缴卷，不准继烛。

一、考课所取生员前五名，首名给足钱五百文；其余四名，给足钱四百文。所取童生前十名，首名给足钱四百文；其余九名，给足钱三百文，以示奖励。其钱于次课缴卷后给发。倘次课不到，即行扣存。

一、考课饭资，缴卷时，每名折给足钱五十文，以归简便。

一、每年十课，每月课期俱定于初九日。二月开课，十二月停课。中间无故停课者，许课中该生童禀县查察。该生童有三课不到者，该董事即告知该生童宗祠经理人，扣其科场考费，不得徇情，以示惩警。

一、董事等备买四书五经，登簿存贮。本乡有家道实系赤贫者，给与诵读。倘家道充裕，及虽不甚裕而力可自置者，不得强行索取，该董事亦不得滥给。

一、本乡有年幼聪颖、家道贫寒者，许告知该董事，请与面试，酌量给发膏火，以助有成。

一、每年所余钱文，杜买高腴田亩，以备荒年之用。所收租钱，由该董事一手经理，注明簿内。同所收会中钱文，禀县查核。数年后余钱愈多，酌量增课。

救荒煮粥成法

清道光二十七年刻本

（清）豫省赈恤劝捐局　辑
惠清楼　点校

救荒煮粥成法

督办赈恤劝捐局河南即补道邹、粮储盐法道庚、布政使司王、按察使司吴、开归陈许道陶、候补道周，为劝谕捐资煮赈事。照得豫省灾赈一事，我皇上首发帑金三十万两，继发帑金六十万两，复两颁谕旨，一则曰：富户殷商，捐资助赈，克成善举；一则曰：绅民念切桑梓，必有推解恐后者，该抚善为抚循劝诱之。大哉王言。盖合亿万苍生之心以为心，是以当国用繁多之际，不惜九十万大帑，生养吾民，而仍虑灾区太广，灾民太众，大帑不敷赈用，以为豫省绅民，具有天良，必有体圣心以为心者，必有以亿万苍生之心为心者，铢积寸累，总与灾黎有益。煌煌圣训，至一至再，殆深有望于豫省好义者也。该绅民食毛践土，久被生成，宜何如感泣涕零，出己资以纾九重之忧，以救乡里之厄耶！且本省各宪捐资为倡，其捐银百两者，给匾奖励，捐银二百两以上者，按数优奖，分别奏咨办理。前已札致各牧令，明示差等，旧章具在，操券可期。该绅民具有见闻，想已深知深信。况为善无不报，荒岁救饥，每一举动，即活数千百人，其费不多，其善至巨，其食报获福尤速。凡载籍所记，故老所传者，偻指殆难以数计。该绅民等试思平素积缩浮用，积累家资，无非为子孙长久计。值此大灾，只须稍出己财，即可上慰圣主之焦劳，下博此身之荣显，而积功累德，尤能贻厥孙谋。一举而三善，备善行而百福臻，计莫便于此，效莫速于此。此何时也，此何事也，此何等功德也！有不欣喜乐从，输将恐后者乎？即使收获不丰，积贮有限，有不勉力为之者乎？惟仁心必济以仁术，术之至易至速而至普者，莫如煮粥救饥，实胜于平粜、给钱、给衣诸事。盖平粜必有钱来籴，只济次贫，给钱则恐其多用，给衣则恐其当卖，惟此煮粥一法，无论冻久饿久者，得此一两碗下腹，即可因饱得暖，起死回生，颗粒都有速效。而计口购粮，计粮积薪，其用数不多，其赈期可久，大约以万人食粥计之，每日费不及百千；以十二月、正月、二月九十日计之，每邑捐费不过七八千千，而万人得活，功德无量矣。捐愈多则活人愈多，功德益无量矣。本司道等目击情形，不忍坐视，谨择救荒诸书中至切至要者，录出吕新吾先生《赈粥十五法》、黄慎斋先生《煮麦粥法》、魏叔子先生《担粥法》三篇，刊示各邑，其资多力足者，当如吕法之分地设厂，多多益善，而资少力薄者，即兼用黄法魏法，亦足济急。此为灾黎求生计，实亦为该绅民保富积福计，不加抑勒，动以天良，该绅民其深思之而力行之，无负我皇上两番谆谕，无负司牧者一片婆心也。特谕。

道光二十七年十一月　日

明山西巡抚吕新吾先生赈粥十五法

一、广煮粥之地。饥民无定方，而煮粥有定处，若不多设处所，以粥就民，恐奔走于场，难宿于家。或朝食一来，暮食一来，十里之外，不胜奔疲，不便一也；壮丁就粥，便可随在歇止，而老病之父母、幼弱之小儿、羞怯妇女饿死于家，其谁看管，不便二也；乞粥以归，不惟道远难携，亦且妄费难察，不便三也。不如十里之内，就近村落寺观之处，各设一场，庶于人情为便。

二、择煮粥之人。旧日监督主管，多委里甲老人。嗟夫！难言之矣。无迫切之心，则痛痒不关，而事必苟；无综理之才，则点察失当，而事恒不详；无镇压之力，则强者多、暴者先而惠不均。故定煮粥之法，当选煮粥之人，先令之讲求。讲求既明，正印官亲与问难。如于立法之外另有良法者，即行奖赏，则人人各奏其能，而仁术益详矣。

三、行劝谕之令。善不独行，当与善者共之。正印官执一簿籍，少带人数，各裹糇粮，遍到乡村，看得衣食丰足，房舍齐整之家，便入其门，亲自劝勉。或愿舍米粮若干，或愿煮粥若干日、饲养若干人，务尽激劝之言，无定难从之数。如有所许，即令自登簿籍，先送牌坊等样，为之奖励。

四、别食粥之人。凡来食粥者，报名在官，立簿一扇，分为三等六班。老者不耐饿，另为一等，粥先给，稍加稠；病者不可群，另为一等，粥先给；少壮另为一等，最后给。此谓三等。造次颠沛之时，男女不可无辨。男三等在一边，女三等在一边，是谓六班。

五、定散粥之法。擂鼓一通，食粥之人，男坐左边，以老病壮为序；女坐右边，亦然。每人一满碗，周而复始。大率止于两碗，老病者加一碗半碗可也。每日夕人给炒豆一碗。

六、分管粥之役。大粥场立总管一人、掌簿二人、司积二人。管米豆俱以廉干者为之。每锅灶头一人，炊手一人，壮妇人更好，柴夫一人，水夫十人，皆以食粥中之壮者为之。但有惰慢及作弊者，即时杖逐。

七、计煮粥之费。凡米须积在粥厂严密之处，司积者自带锁钥，每日每人以三合为率。食粥之人，每日增减不同，掌簿先一夕日落，报名数于司积，令某锅煮米若干。司积冒开米豆者，每一升罚一担。灶头克减米豆者，不论多少，重责革出。

八、查盈缩之数。不分军民良贱，不论本土流民，除强壮充实男女不可轻收外，其余但系面黄肌瘦之人。尫羸褴褛之状，即准收簿。每簿分男女二扇，每班常余纸数叶，以备早晚续到之人。其人以日为序，如正月初一日赵甲，某府某县人，见在何处居住，有子无子。初二初三，以次登记。

九、备煮粥之具。布袋若干条，大锅若干口，木杓若干只（杓与碗大），木椀若干个（椀令食粥者自备甚便，但大小不一，恐多寡不同），大木杓若干个，水桶若干只。柴薪不可多得，即差少壮食粥之人，令其拾采。

十、广煮粥之处。须行各州县一齐通煮，使穷民各就其便，而流来之人不致结聚。但一场过五百人，须将流民拨于别场。有父子夫妻，一同随拨，盖结聚易，离散难。老病妇女何害，少壮男子不散，必为盗于地方。接熟之日，照归流民法，各发原籍，更为得所。

十一、备草荐。饥病之人，坐卧无所，亦易生疾。州县将谷稻稿秸，织为草荐，令之铺地，庶不受湿。有力之家，平日织千百，或冬月施予丐子，或饥年散给粥厂，大阴德事。事完另行奖励。

十二、奖有功。如果有功无过者，原委人役，大则送牌，小则花红鼓乐，送至其家，以示优厚。

十三、旌好义。看其费米之多寡，而定其旌赏之重轻，或送牌坊，或给免帖，或给冠带可也。

十四、赈流民。过往流民，倘过粥厂，每人给粥三碗、炒豆一碗；仍问姓名登记，以便查考。

十五、贮煮粥器皿。天道无十年之熟，一切煮粥器皿，须令收藏，备造一册存库。委付一人收掌，不许变价，及被人花费。

此上皆吕公之良法，可谓曲尽人情。由此推之，若辰刻令人食粥一餐，随以米三合给之，代其下次之粥，民不守候二餐，误其一日之他图；官不为民过劳，日有两番之料理，不尤简且便哉！

煮麦粥法

黄慎斋澄日用大麦磨成面子，每面子八升，加以碎米二升，调成糊粥。遇饥荒之年，择一倚傍庙宇空处，对面搭棚十间，两头设立木栅门，门派二役把守。其栅内砌土灶五眼，用大锅五口，满贮清水，烧令滚沸，预将米粉麦面二八拌匀，堆贮棚内，一锅水滚，入麦面搅匀，顷刻浓熟可吃。用大杓约一大椀，自东栅门放饥民，鱼贯而入，就锅与一大杓，挨次给散，令其由西栅而出。一人掌杓施粥，其调煮之人，即于第二锅内下面调搅，顷刻入熟。二锅散完，即散三锅。次第以至五锅，而第一锅又早水滚可用矣。锅不必洗，人不停手，灶下十人，灶上十人，共二十人替换，足供是役。计面粉每升可调三四杓，济饥民三四人，以三四石计，可济千人。每日调粥十余石，则济四五千人。初不虑其拥挤也，自卯末辰初，散至午末竣事。计麦面米粞之价，较米价止十分之五，而人工费用器具，又省十分之七八矣。其便有五：一、价贱则经费可充可久；一、面粉粗于米粥，非实在饥民，不来争食；一、米粞拌入麦面之中，厂内人不能偷窃；一、熟可现吃，非若冷粥伤人脾胃；一、顷刻成熟可吃，非若米粥，必隔夜烧煮，不费人工时候。如境遇大荒，城乡分设四厂，可无受饥之民矣。但须预于十日前，发米磨粞，发大麦磨面，责成磨坊碾部，陆续磨运堆贮，以供应用毋缺。查大麦面子，淮扬徐海贫民藉以日食，收买甚易；江以南则须买麦焙熟再用，以免伤人脾胃。

此最简最便法也，省粮、省柴、省人工，以万人食粥计之，只须每日七八十千文，已可敷用。再加担粥十余挑，散给老病闺女、不能行走者。两法并济，境内可无冻馁之人。实较吕法省简易办，而救饥则一也。

担粥法

魏叔子禧曰：担粥法无定额，无定期，亦无定所。每晨用白米数斗煮粥，分挑至通衢若郊外。凡遇贫乞，令其列坐，人给一杓。每担需米五六升，可给五六十人之餐，十担便延五六百人一日之命。或数日、或旬日，更有仁人继之，诸命又可暂延。无设厂之劳，有活人之实，既可时行时止，又且无功无名，量力而行，随人能济众，每日有仁方矣。此崇祯辛巳嘉善陈龙正赈粥之法也。老病闺女不能赴厂者，均可救饥。当与煮麦粥法并用。

明张氏曰：担粥须用有盖水桶，外用小蓝，备盐菜碗箸。

道光丁未年十一月，豫省赈恤劝捐局刊

辰州府义田总记

清道光二十八年刻本

（清）雷震初　纂
惠清楼　点校

辰州府义田总记序 一*

理民者，以教养为先；备荒者，以积谷为重。有所养，然后教能行；有所备，然后荒可救。慨自井田废而豪强兼并，跨连阡陌，于是多富民而尤多贫民。偶遇凶馑，或贷富赈贫，而贫富交病。思昔豫备之政，固莫善于积贮矣！如魏李悝之平粜、汉耿寿昌之常平、隋长孙平之义仓、宋朱文公之社仓，皆深得《王制》、《周礼》之遗意焉。然创始之艰难，尤在奉行之弗替。耿寿昌之常平始甚益民，后刘般以侵刻百姓，不得其平而罢。长孙平之义仓，初亦小民均利，后因贮在民间，多有损失。又议置仓州郡，一遇发赈，受惠者皆近郭之人，而远乡僻壤不沾龠合。文公社仓立法详备，而当黄震通判广德军时，社仓大弊，众不敢议。震乃别买田六百亩，以其租代社仓息，而民称便。故说者谓：社仓不如常平，常平仓不如常平田。盖以有粜无赈，且虑侵渔。若买田而岁收其租，赈贷减粜，皆可随时损益。即遇侵渔而田园固在，修举不难，视常平义社诸法兼之且胜之矣。辰州居万山中，地硗确而民勤苦。远方贩运不至，一遇旱涝，无以助常平官仓之缓急。太守雷君震初慨然思有以济之，乃捐俸为倡，绅富慕义，争出囊橐，共得若干，置田建仓，曰义田、义仓，岁收其粟而贮之，择绅士司其事。其言详备，集而刊之，曰《义田总记》。将以流传久远，为惠于辰之民于无穷也。既移守长沙，以代粮使督运北上，道出武昌，谒余且呈其书请序。其有合于常平田之良法，而得豫备积贮之遗意欤！何其用心之勤恳若是也！辰之民得所养，将兴于教矣，又何虑凶馑之无以救乎！是可编为二千石楷法，而君切切然集而刊之者，盖欲流传于后，俾来者踵而修之。而余见昔之常平义社诸仓之良法，犹且日久弊废，则斯田斯仓也，能弗鉴诸？爰书以弁其端。

道光二十八年季春中澣，诰授荣禄大夫、太子太保、兵部尚书兼都察院右都御史、总督湖广等处地方军务兼理粮饷裕泰撰

辰州府义田总记序 二*

震初雷君之守辰州也，甫下车，饬吏治，绥民业，整纲挈领，不期年而百废具举，俗阜风淳。其往也，有来暮之歌；其行也，有去思之颂。人第知其化理政成，而孰知其经营筹画，以济芸生于不虞者。诚不独富岁多赖乐利而敦庞，盖其绸缪至计既豫且周，宜司牧者之所矜式也。辰州界连黔省，极楚南境，山多田少，户鲜盖藏。前守王君有义仓之举，君踵其议，妥酌葳事。继有慨于义仓，以陈易新，不无辗转流弊，遂率绅士董劝置义田以垂永久。年丰则取之于地，岁歉则资之于仓，诚法良而意美，或亦与《周官》荒政十二相表里。噫！自井田之法废，而三代后之民始无恒产，无恒产遂无恒心，无恒心而匪僻奸宄辄出于法之所不及禁，与政之所不及防。此亦势之所必至而事之所不免者。若君之为此，岂患是欤！《传》曰：有备无患。《管子》曰：仓廪实而知礼节。吾于此邦有厚幸焉。负斯民之责者，不当以是为成宪耶！顾其德泽深长，意黔安遐迩正不知若何家尸而户祝，其亦可以风矣。爰书数语而弁诸简端。

道光二十九年岁次己酉春正月，湖南布政使阳羡万贡珍荔门序

辰州府义田总记序　三*

义仓之为制古矣，相沿既久，弊窦滋生。少积之则不足以备荒，多积之则朽蠹而不可用。又其间胥吏之侵蚀，官司之那移，卒然有急，相顾而束手者，皆是也。若辰州义田之制有异焉。辰郡介山溪间，土狭而民众，耕稼不足自给，惟远方米船之往来者是资。每遇河涨，商贩辄不前。雷公震初之守辰也，深患之。于是因前守所置义仓而为之，推广其意，捐置田若干顷亩，岁歉则出谷以赈民，岁丰则粜谷以增田。田日增而田常存，谷屡粜而谷无损，较之积谷于仓，有利无弊。制既立，辰之民赖之，因综其事之始末，颜曰《义田总记》纪实也。夫事非创始之难，而常患继起之不力。自古贤智之士，为民捍患，兴利遗迹具存，而后之人或不能变通以尽其利，斯乃前人之所憾也。义田之制善矣。使后来者无隳厥功，更防微而杜弊焉！他郡邑又从而慕效之，其为泽岂有涯耶！余自莅任以来，幸获屡丰，然而凶荒旱涝何地无之，惟有备乃无患。是所重望于良二千石者。是为序。

道光二十八年季夏，诰授资政大夫、兵部侍郎兼都察院右副都御史、巡抚湖南等处地方提督军务兼理粮饷陆费瑔撰

辰州府义田全图*

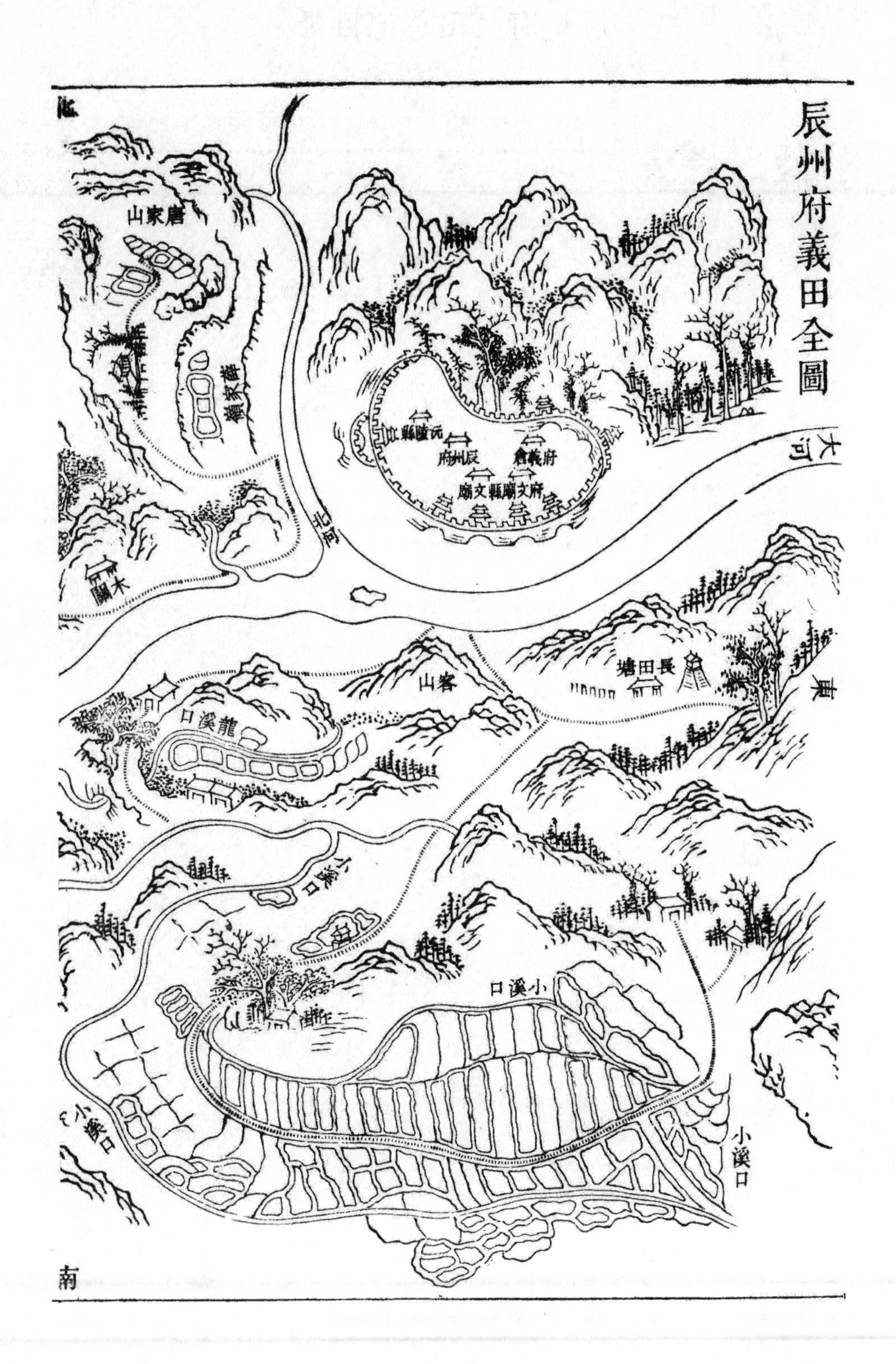
辰州府義田全圖
北
唐家山
沅陵縣
辰州府
府義倉
府文廟
縣文廟
大河
北河
木關
客山
長田塘
龍溪口
六溪口
小溪口
小溪口
小溪口
東
南

辰州府义田总记目录

辰州府义田总记　上卷

敬禀者：窃照卑府于道光二十二年十月仰蒙宪檄，承乏辰州。凡地方一切事宜，悉承指示周详，无微不至。因于办公之次，体访民间瘠苦，思有以推广宪虑，筹计于未然者，则以备荒一事最为切要。伏查辰郡各属，山多田少，地瘠民贫，既鲜盖藏，且无筹备。而府治踞山临水，食指万家，所恃者惟来往米船，此外则素无积贮。故每遇河流涨溢，商贩不前，阖郡嗷嗷，斯饥可悯。卑前府王见炜因有义仓之举，并酌议章程，禀明各前宪，荷蒙批示，饬令妥协办理在案。卑府愚昧之见，以为有治法必须有治人，而与民谋身家，尤贵济民于久远。义仓之设积谷防饥，立法诚善已，乃行之未久即不能无弊者。谷虞其霉变，司仓务者必禀请出陈。迨谷粜为钱，值地方另有急需，因有以公济公之说，权且那移。绅士不敢抗违，不得不暂为隐忍，以致一官交卸，于义仓项下，不过以虚款入交。至日久宕悬，后遂渐归无着。卑府通盘筹画，窃以为积谷于仓，经理既万难妥善，不若积谷于地，仓箱可长冀丰盈。因作《劝买义田说》，厘为四则，于朔望宣讲圣谕后，进绅士耆老而与之谋。该绅士以次相商，咸以为善。当经卑府首先倡捐银一千两，即有沅、泸两县绅士王友恭、李光明、张开谟、唐世泰、许文耀、汪树兰、陈拔先、姚时涵、张化兴、尹大久、罗肇雍、余廷栋、吴云汉等，各请《劝买义田说》一册，互相劝谕，并一面勘买义田。去后，现截至四月二十日止，共据劝捐银七千五百两有奇，共已买水田二顷一十余亩，召佃取租，计每岁可收净谷三百七十余石。除俟捐有成数，再将得买义田总计若干亩，绘图贴说，并将捐输较多者，另行分别详请议叙奖励外，所有卑府《劝买义田说》一册及现在办理情形，合先具禀宫保大人 大人俯赐察核，训示遵行。再，卑府义仓查系卑前府王守就县仓废址捐建，因地势低潮、木渐朽腐，现复饬令原派首事张化兴等，于仓后山坡高厂处，另建新廒二十间，以资储蓄。即于四月二十日开工修造，合并禀明。除禀督抚宪暨粮藩臬巡宪外，卑府成朴谨禀。

计禀呈《劝买义田说》一册。

道光二十五年五月初十日

右禀各宪

道光二十五年五月二十七日，奉巡宪吕批：该府倡捐廉俸，并作《劝买义田说》四则，与绅士相商，即互相捐出银七千余两之多，买田收租，开工另建新廒，俾仓储日臻充裕，永保无患。实属尽心民事，办理妥善。而地方绅士各知将义急公，踊跃输将，亦堪嘉尚。希再督率，妥为劝捐，俟有成数，即将得买义田绘图贴说，并捐输绅士姓名、银数造册，详请分别议叙奖励。一面督令首事，将仓廒赶紧修造，务须工坚料实，不可稍有偷减，虚糜经费。切切。仍候督抚宪暨各司道批示。缴册存。

道光二十五年六月初七日，奉藩宪万批：此案已奉抚宪批司另檄行知矣，仰即遵照。仍候督部堂暨各司道批示。缴册存。

道光二十五年六月初七日，奉藩宪万转奉抚部院陆费批：据禀辰郡山多田少，素鲜盖藏。现在劝买义田积谷防饥，极见留心民瘼，图匮于丰。洵称地方善举，可嘉之至。仰布政司转饬照办。俟捐买义田截有成数，即行开具顷亩数目并置买价值，具详立案。一面将捐输较多之户详请议叙，以示奖励。该府务当督率绅士人等妥为筹办，不可稍有抑勒，并不得令官役经手，是为至要。切切。仍候督部堂批示。缴说册存等因。奉此合行札饬。札到该府，立即遵照。俟捐买义田办有成数，即开具顷亩数目并置买价值通详立案。一面将捐输较多之户，取造册结赍司，以凭照例详请议叙，毋稍迟延。切切。此札。

道光二十五年六月初十日，奉粮宪邓批：据禀已悉。仰候督抚宪暨各司道指示。缴册存。

道光二十五年六月十八日，奉藩宪万转奉督宪裕批：积谷备荒，本为地方要务。该府现就义仓推广变通，倡捐劝谕，置买义田，较义仓尤为可恃。查阅义田说剀切详明，甚属可嘉。仰南布政司转饬妥为办理。仍候抚部院批示。缴册存等因。奉此。查此案前奉抚宪批司，业经札饬办理。兹奉前因，合亟札行。札到该府，立即遵照前令批饬，妥为办理毋违。此札。

右照录批禀四件、宪札二件。

辰郡之有义仓，仓贮谷四千余石，系王前府见炜禀明劝捐以备缓急者。本府抵任，接收方前府交代，尚有应交缴存谷价钱一千九百五十四千文。当即查传首事，谕令随时请领，陆续买补矣。因思陈谷既已出粜，自应上紧易新，于仓储始为有益。似此因循延诿，恐日久不无亏缺。本府通盘筹画，思有以济民于久远而长此有备无患者，则莫如多买义田，使义仓岁岁入新，俾仓储日臻充裕。设遇不虞，庶实有可恃。惟本府意见如此，特再为阖郡绅商士庶人等剀切言之。

一、义谷捐之于民，而籍其数于官，复选派公正绅士互相纠察，已可保无私粜、隐匿诸弊矣。乃往往犹有亏缺者，则以谷易钱之后，民不能禁官不因公那用也。今本府另劝义田，除将前短义谷如数买补归仓外，如绅商士庶人等果能踊跃捐输，则由本府总计现买义田若干亩、岁可收租谷若干石，详明各宪立案。一面慎选首事，妥为经理。从此取谷于地，岁有所增而斯仓永无空乏矣。

一、义谷积之于富，而散之于贫，酌盈剂虚，立法固已尽善矣。所虑者，谷易为钱、钱未买谷之际，设遇水旱，米贩不来，而郡城素鲜盖藏，专赖商船接济，嗷嗷万口，其何以苟延旦夕乎？今本府广劝义田，除将旧存义谷加谨封贮外，如绅商士庶人等果能辗转劝捐，则由本府综计捐数多寡，尽买义田，召募殷实佃户，按年交租。纵有偏灾，而义仓之谷陈陈相因，当不至官民束手也。

一、义谷必出陈易新，或春放秋收，始可免谷粒霉变。乃地方绅士或恐粜存谷价别有那移，每于应粜之时，必饰词延宕，以致谷多红朽。今本府力祛其弊，特劝义田，如绅商士庶人等果能捐有成数，则以每年所收新谷，定次年应放陈谷。如本年收新谷三百石，则次年只出陈谷三百石；本年收新谷五百石，则次年只出陈谷五百石，使仓储永远充盈。而每年粜谷无多，即粜价亦属无多，首事亦易于经理。至买补之时，当不致别虞支绌矣。

一、义谷或全数散济，或减价平粜，地方官自能因时制宜，传谕该首事遵办。惟仓谷全出之后，或岁仍告饥，何处求不涸之仓，使斯民常常保聚乎！今本府力图其继，急劝义田，如绅商士庶人等果能不惜捐费，则由本府催令首事等速买上等水田，使旱涝皆有所获。如今年收谷三百石，或全数动用，明年又可收新谷三百石；今年收谷五百石，或全数动用，明年又可收新谷五百石。从此凶荒有备，长享太平。当亦阖郡生民所同深庆幸者也。

以上四条皆本府仰体各宪德意，悉心筹画，作未雨绸缪之计，为裘成集腋之谋。所期谕到即捐，慎勿迁延观望。则本府当分别实捐数目，详请议叙奖励，断不使向风慕义者，纷纷埋没也。

右劝买义田说。

为劝买义田截有成数，另建义仓据报工竣，详请批示饬遵事。案照辰州一府山多田少，地瘠民贫，既鲜盖藏，且无筹备。历邀宪鉴在案。卑府于二十二年十月抵任，每于办公之次，思有以推广宪虑，筹计于未然者，则以备荒一事最为切要。因变通积贮义谷成法，作《劝买义田说》，并首先倡捐银一千两，传谕沅、泸两县绅士王友恭等，分途劝谕，截至四月二十日止，共劝捐银七千五百两有奇，共已买溶田二顷一十余亩，计每岁可收净谷三百七十余石。并因旧建义仓，地势低潮，木渐朽腐，饬令原派首事张化兴等，于仓后山坡高厂处，另建新廒二十间，以资储蓄。即于四月二十日开工各等情，于五月初十日分晰具禀，并将《劝买义田说》呈请核示各在案。嗣奉宪台批饬妥办，遵复转谕各首事，共相遵照。去后，现截至六月二十六日止，据首事王友恭、李光明、张开谟、唐世泰、许文耀、汪树兰、陈拔先、姚时涵、张化兴、尹大久、罗肇雍、余廷栋、吴云汉等，共劝捐银一万一千零五十五两，连卑府倡捐银一千两，共银一万二千零五十五两。共已买溶田二百一十三丘，截长补短牵连折算，共二顷五十五亩二分。共用田价银九千四百七十五两一钱，岁可收净谷九百一十八石七斗四升。召佃耕种，按五五交租，岁可收上仓净谷五百零五石三斗零七合。又卑府另建义仓，据首事张化兴等呈报，自本年四月二十开工之日起，多集夫匠赶速修建，现于六月二十六日一律工竣。卑府即亲诣逐一履勘，计东西对向仓廒二十间，分内外四栋，编列“治本于农，务兹稼穑、俶载南亩、我艺黍稷、税熟贡新”二十字。腰墙外南向五谷神祠一栋三间，祠后西向走廊一栋八间，为盘晾谷石之所；二门外东向官厅二间，为各首事勾稽出入之所；大门一座，额以“辰州府义仓”五字。所有各处木料，均改用一色杉木。砖石等项，均经挑选，委系工坚料实，并无草率偷减。卑府随查核该首事呈出修建支销各簿，共用过工料银一千九百六十五两七钱二分，均系实用实销，亦无虚糜浮冒。除再确查义田顷亩、坐落某乡，暨每岁上仓谷数，及另建义仓，分别绘图贴说，另文赍呈，一面酌定条规，勒石以垂永久，一面确核绅士商民所捐银数及修建工料，分造清册，并加具印结，另行详请分别议叙奖励外，所有劝买义田顷亩暨岁收租谷各实数，及另建义仓工竣日期，并勘收各缘由，理合具文详请宪台俯赐察核批示饬遵。再，泸溪县东南乡浦市地方，与沅陵县所辖之浦市犬牙相错，泸溪士民在浦市居住者，业据各首事劝令一体捐助。其泸溪境内离浦市较远各处，以及辰溪、溆浦两县，应由各该县因地制宜，仿照遵办，合并声明，除径详督抚部堂院暨粮藩臬巡宪外，为此备由具申，伏乞照详施行。

道光二十五年六月二十七日

右详各宪。

敬禀者：窃照卑府劝买义田并另建义仓一案，前经卑府首先倡捐银一千两，谕饬沅、泸两县各首事分途劝办，随将劝办情形驰禀钧鉴，并将《劝买义田说》一册录呈训示各在案。嗣奉宪台批饬妥办，遵复转谕各首事共相遵照。去后。现截至六月二十六日止，据首事王友恭等共劝捐银一万一千零五十五两，连卑府倡捐，共银一万二千零五十五两。共已买溶田二百一十三丘，牵连折算，共计二顷五十五亩二分。共用田价银九千四百七十五两一钱，岁可收谷九百一十八石七斗四升。召佃耕种，按五五交租计，岁可收上仓净谷五百零五石三斗零七合。又另建义仓，据首事张化兴等呈报，自本年四月二十开工之日起，多集夫匠赶速修建，现于六月二十六日一律工竣。计东西对向仓廒各十间，编列"治本于农、务兹稼穑、俶载南亩、我艺黍稷、税熟贡新"二十字，缭以重墙，间以门栅。此外五谷神祠走廊、官厅、大门、二门均系如式修造，并无草率偷减。所用工料银一千九百六十五两七钱二分，亦系实用实销，委无虚糜浮冒各情弊。除由卑府酌定条规，勒石以垂永久，并将劝买义田顷亩，暨岁收租谷各实数及另建义仓工竣日期，另文详报外，理合禀请宫保大人大人俯赐察核批示祇遵。再方前守任内移交义仓谷价钱文，现已催令各首事如数买补，分贮"治"字、"本"字、"于"字、"农"字、"务"字、"兹"字、"稼"字、"穑"字、"俶"字等九廒，共计谷四千四百零八石六斗一升，取有实贮在仓各甘结附卷。合并禀明。除禀督抚宪暨粮藩臬巡宪外，卑府成朴谨禀。

道光二十五年六月二十七日

右禀各宪。

道光二十五年八月十三日，奉巡宪吕批：据详已悉。仰即确查义田顷亩、坐落地名、每年应纳谷数及另建义仓，分别绘图贴说，酌定条规，书勒石碑以垂久远；一面确核绅士商民等所捐银数并修建工料，分造清册，加具印结，另行详请分别议叙奖励。切切。仍候两院宪暨各司道批示。再，泸、辰、溆三县应由各该县因地制宜，仿照遵办，并饬知照。此缴。同日又奉巡宪吕批：据廪已悉。仰即查照另详批示办理，仍候两院宪暨各司道批示缴。

道光二十五年八月十四日，奉藩宪万转奉抚部院陆费批：据该前府雷守详劝买义田顷亩、岁收租谷实数及另建义仓工竣日期一案，奉批：此案已于另禀批示，仰布政司查照，转饬知照办理，仍一面确查义田顷亩、坐落乡村、每岁上仓谷数，及另建义仓，分别绘图贴说，并酌定条规；及绅士商民所捐银数，造具册结，详情议叙，以示鼓励。毋稍冒滥迟延。切切。仍候督部堂批示缴等因。奉此，合行札饬。札到该府，立即遵照院批事理，确查义田坐落及另建义仓，分别绘图贴说，并将捐户姓名、银数造具册结赍司，以凭详请照例议叙，均毋违延。切切。此札。同日又奉藩宪万转奉抚部院陆费批：据该前府雷守禀劝买义田顷亩、岁收租谷实数及另建义仓工竣日期。奉批：查此案前据该府具禀，当经本部院批饬妥协办理在案。兹据禀由该府倡捐银两并劝买义田顷亩，暨岁收租谷各实数，建立义仓现已一律工竣等情。本部院查：治本于农，为牧民之首务。该府敦本务急，倡劝捐输，置买义田，建仓贮谷，实属备荒之善政。兹已告成，殊堪嘉尚。准如禀立案，以垂久远。仰布政司转饬知照，督饬首事人等，妥为经理，以期善作善成之效。并不得令官役人等经手，以免侵蚀而杜浮冒。切切。仍候督部堂批示缴等因。奉此合行札饬。札到该府，立即遵照督令首事人等妥为经理，并不得令官役人等经手，以免侵蚀而杜浮冒。切切。此札。

道光二十五年八月十八日，奉藩宪万批：此案已奉抚宪批司，另檄行知矣。仰即遵照办理，仍候督部堂暨臬司各道批示缴。同日又奉藩宪万批：此案已奉抚宪批司，另檄行知矣。仰即遵照办理，仍候督部堂暨臬司各道批示缴。

道光二十五年八月十八日，奉臬宪徐批：据详及另禀均悉。仰候两院宪暨粮道、巡道、藩司批示缴。

道光二十五年八月二十六日，奉粮宪邓、兼理粮宪高批：据详已悉。仍候督抚宪暨各司、道批示缴。同日又奉粮宪邓、兼理粮宪高批：据禀已悉。仍候督抚宪暨各司、道批示缴。

道光二十五年八月二十九日，奉藩宪万转奉督宪裕批：据该前府雷守详劝买义田顷亩、岁收租谷实数及另建义仓工竣日期，奉批，仰再确查义田顷亩、坐落某乡暨每岁上仓谷数及另建义仓，分别绘图呈赍查核。一面酌定条规，勒石以垂永久；并确核绅士商民所捐银数及修建工料，分造清册，加具印结，另行详请奖励。毋迟。仍候抚部院批示缴等因。奉此。查此案前奉抚宪批司，当经札饬遵办在案。兹奉前因，合亟札饬。札到该府，立即遵照前今批饬办理毋违。此札。同日又奉藩宪万转奉督宪裕批：据该前府雷守禀劝买义田、岁收租谷实数及另建义仓工竣日期，奉批，已据另详批示矣。仰南布政司查照遵行。仍候抚部院批示缴等因。奉此。查此案前奉抚宪批司，业经转饬遵办在案。兹奉前因，合就札行。札到该府，立即遵照前今批饬办理毋违。此札。

右照录批详四件、批禀三件、宪札四件。

具甘结。义仓首事许文耀、张开谟、尹大久、余廷栋，今于大老爷台前，实结得生等同原派首事张化兴等，奉谕盘仓，据原首事计，原存谷二千六百五十一石五斗九升五合，又宪任命首事张化兴买补方宪任内谷一千六百五十九石九斗八升，二共谷四千三百一十一石五斗七升五合。因有年月较远之谷，气头廒底虫蛀鼠耗，共车得净谷四千零七石零八升六合，计折耗谷三百零四石四斗八升九合。奉宪谕，生等领价照数买补，又找买方宪任内短缺谷九十七石零三升五合。总计上仓净谷四千四百零八石六斗一升。委系车净实贮，并无短收，所具甘结是实。

道光二十五年六月二十六日

右义仓首事甘结。

为详明立案事。窃照卑府倡劝捐置买义田，并迁建义仓一案，前据义仓首事廪生张开谟等呈称：窃生等遵谕劝捐，共计收银一万二千零五十五两。除置买义田共用田价银九千四百七十五两一钱，又重建义仓共用工料银一千九百六十五两七钱二分外，余银六百一十四两一钱八分。内除禀蒙饬发郡城鼎兴典具领银一百二十九两五钱五分，按月一分五厘生息，作为每年应完义田粮银外，下余银四百八十四两六钱三分，按市价易钱七百二十六千九百四十五文。现用价钱四百一十千文，契买铺店二所，岁可获租钱四十千文。又禀蒙饬发义和银号具领钱二百六十千文，按年一分五厘生息，岁可获息钱三十九千文，应请作为义仓岁修及各首事、仓书、斗级辛资费用。下余钱五十六千九百四十五文，均经补砌各处田坎并埋立界碑。用讫理合检齐各借领并新旧房契，恳请立案等情。据此，除将各借领并新旧房契粘连附卷外，相应将捐买义田并捐建义仓余剩银两发商生息，并置买铺店取租作为每年应完粮银及岁修辛资等项费用缘由，详明宪台，俯赐查核立案，批示饬遵。除径详督、抚宪暨粮、藩、臬、巡宪外，为此备由具申，伏乞照详施行。

道光二十五年六月二十八日

右详各宪。

道光二十五年九月二十八日，奉巡宪吕批：如详立案，仍候两院宪暨各司、道批示缴。

道光二十五年九月二十九日，奉臬宪徐批：据详已悉。仰候两院宪暨藩司、各道批示缴。

道光二十五年九月二十九日，奉粮宪邓、兼理粮宪高批：据详已悉。仰候督、抚宪暨各司、道批示缴。

道光二十五年十月十一日，奉藩宪万转奉督宪裕批：据辰州府详捐置义田并迁建义仓一案。奉批，仰南布政司核饬立案，仍候抚部院批示缴。又于九月十三日奉抚部院陆费批：查此案前据该府具禀，当经札饬妥协办理在案。兹据详廪生张开谟等捐输银两置买义田、建修义仓完竣，余剩银两发典生息，并置买铺店收租，以作岁修完粮等项之用等情。办理极为周妥，殊堪嘉尚。仰布政司转饬遵照，督率首事人等谨守章程，妥为经理，以期善作善成之效。毋任官役吏胥假手，以免日久废弛侵蚀。切切。仍候督部堂批示缴各等因。奉此，合就札行。札到该府，即便遵照毋违。此札。

道光二十五年十月十六日，奉藩宪万批：此案已奉两院宪批示，另札行知矣。仰即知照，仍候臬司、各道批示缴。

右照录批详四件、宪札一件。

具借领。典商杨鼎兴，今领到大老爷台前，捐发完纳义田钱粮兵谷原本市平元银一百二十九两五钱五分，月利一分五厘，不计闰，计每年应缴元息银二十三两三钱二分。届期由义田首事支用，不敢迟误。所具借领是实。

道光二十五年六月二十八日具

右照录杨鼎兴借领一纸。

具借领。银匠董义和，今领到大老爷台前，捐发义仓岁修原本九九典钱八十千文，年利一分五厘，不计闰。按年由义仓首事支用，不敢迟误。所具借领是实。

道光二十五年六月二十八日具

具借领。银匠董义和，今领到大老爷台前，捐发义田田正、田副辛资原本九九典钱八十千文，年利一分五厘，不计闰。届期由义田首事支用，不敢迟误。所具借领是实。

道光二十五年六月二十八日具

具借领。银匠董义和，今领到大老爷台前，捐发粮房辛资原本九九典钱五十千文，月利一分五厘，不计闰。届期由府粮房支用，不敢迟误。所具借领是实。

道光二十五年六月二十八日具

具借领。银匠董义和，今领到大老爷台前，捐发加增斗级饭食原本九九典钱五十千文，月利一分五厘，不计闰。按春秋二季，由义仓斗级支用，不敢迟误。所具借领是实。

道光二十五年六月二十八日具

右照录董义和借领四纸。

立断卖房屋、铺店地基人张显庸，今因家下要钱，用度无从设凑，母子并祖母商议，自愿将父手受分之业，在上西关清泰巷外正街内房屋一间、外铺店一间、内外厮屋晒楼，俱属业内。前抵大街，后抵陈姓墙为界，左抵贾姓为界，右抵郭姓屋基为界，其墙系二姓公墙。载明四至，欲行出卖于人。先尽家族，无人承受，自请引领王惠先，引到义田首事许文耀、张开谟、尹大玖、余吉中，转引到辰州府大老爷雷价买，凭中三面议定价钱二百一十千文，所有酒食画字一并在内。其钱卖主母子亲手领足；其房屋铺店，一切任从首事招佃收租管业。此系受己之业，并未包卖他人寸土。今欲有凭，立此断卖房屋、铺店地基文契为据。

引领王惠先

凭中见钱许文耀、张开谟、尹大玖、余吉中

道光二十五年六月十六日，立断卖房屋地基人张显庸亲笔立

立赁铺屋人李昌华，今赁到辰州府台前，清泰巷口正街铺屋一间，言定佃租钱每年二十二千文。其钱三节交义仓首事许文耀、张开谟、尹大玖、余廷栋收讫，不得短少。恐口无凭，立此为据。

凭中刘大龙

代笔江白泉

道光二十五年七月初一日立

立断卖房屋、铺店地基人孙义，今因要钱用度，无从得处，情愿将私置上西关施家巷大街（右首靠山前抵大街，后左一半系万家墙，右一半系本家墙；左首临街，一截柱脚抵李姓宅，后截地基抵李墙；右首有墙直出大墙）自置楼屋一重、二间铺店，连地基一并在内，出卖与人。自请引领张正纪，引到义仓首事许文耀、张开谟、尹大玖、余吉中，转引到辰州府大老爷雷价买，当时三面议定，时值价钱二百串文正，酒食画字一并在内。其钱卖主亲手领足；其房屋铺店，一切任从首事招佃收租管业。此系私置之业，并未包卖他人寸土。今欲有凭，立此断卖文契为据。

引领张正纪

凭中见钱许文耀、张开谟、尹大玖、余吉中

道光二十五年六月初五日立断卖房屋、铺店地基人孙义亲笔立

立赁铺屋仁盛染坊，今赁到辰州府台前，上西关施家巷口正街铺屋全间，言定每年佃租钱二十二千文。其钱三节交义仓首事许文耀、张开谟、尹大玖、余廷栋收讫，不得短少。恐口无凭，立此为据。

凭中江馥亭

道光二十五年七月初一日立

具禀。义仓首事张开谟、余廷栋
田首事许文耀、尹大久呈为呈明立案事。窃生等面奉宪谕，以吏部奏定捐输议叙章程条款，内开一绅士商民人等，有乐善好施、急公报效，捐输谷石银两以备公用者，该督抚查明所捐谷石，每石以银一两计算等因，当经生等将劝捐谷一万一千零五十五石，作为劝捐银一万一千零五十五两，报明案下，转报在案。惟现在时价，每谷一石，只易钱一千二百五十文及一千一百五十文不等。查生等勘买义田，实用钱九千四百七十五千一百文；修建义仓，实用钱一千九百六十五千七百二十文；二共实用钱一万一千四百四十千零八百二十文，按现在时价，只须纹银六千八百四十余两。是报明银数较多，实用银数较少。生等公同集议，应请将实用钱一万一千四百四十千有零，作为实用银一万一千四百四十两零八钱二分，俯赐转报庶生等劝捐谷石，既归于实用实销，而绅士商民人等所捐谷石，仍可以每谷一石抵银一两，仰邀议叙。理合检齐劝捐、勘买修建各簿据，并开具清单，呈请大老爷台前核明立案。实为公便。

计连清单一纸：

一、收劝捐谷一万一千零五十五石，除拨入修建府文庙谷一千二百五十二石外，净有谷九千八百零三石。内初次劝捐谷五千四百五十五石，每石照时价折钱一千二百五十文，共折收钱六千八百一十八千七百五十文；二次劝捐谷四千三百四十八石，每石照时价折钱一千一百五十文，共折收钱五千千零零零二百文。

一、收宪台捐发纹银一千两，合元银一千零六十六两六钱六分六厘七毫。除提出发商生息并置买铺店等项银六百一十四两一钱八分外，尚有元银四百五十二两四钱八分六厘七毫，每两照时价易钱一千五百文，共易钱六百七十八千七百三十文。

以上共收钱一万二千四百九十七千六百八十文。

一、支置买义田钱九千四百七十五千一百文。

一、支修建义仓钱一千九百六十五千七百二十文。

一、支拨入修建府文庙钱一千零五十六千八百六十文。

以上共支钱一万二千四百九十七千六百八十文。

道光二十五年六月二十七日具

为捐办事竣并案详请议叙以示鼓励事。窃照卑府文庙，因年久未修，渐就倾圮。又卑府素无积贮，卑前府王守捐建义仓，复因地势较低，木渐腐朽，所贮义谷亦多霉变，亟须设法筹备。前据阖郡绅士王友恭、张开谟等议请分案捐办，当经卑府将捐办情形并兴工各日期，分别禀详。嗣于道光二十五年六月二十四日重修府文庙工竣，道光二十五年六月二

十六日迁建义仓工竣。又卑府劝买义田，亦于六月二十六日截有成数。复经先后详报各在案。兹据沅陵县孝廉方正、候选训道王友恭，捐职千总张化兴，举人张兆萸，生员汪树兰，泸溪县生员陈拔先，溆浦县候选通判严正坊等呈称：府文庙年久将圮，屡因工程浩繁，骤难兴建。又府义仓系王前府任内就县仓废址捐建。该处地势低潮，木已腐朽，启验谷质亦多霉变。当经禀蒙案下捐发重修府文庙银一千六百两，又蒙捐发劝买义田及迁建义仓银一千两，并抄发《劝买义田说》，谕令职等分案捐办。旋据郡属四县各绅士商民踊跃捐输，一面由职等拟定首事，承办工料，将府文庙、义仓全行折卸，遵照选定各日期，兴工修建；一面采买义田。兹于六月二十四、六等日，府文庙、义仓先后工竣，采买义田亦截有成数。均经职等先后禀蒙转报在案。查此次重修府文庙，捐银二百两至一千两以上者，共七千二百二十三两三钱；二十两以上至六十两者，共三千五百二十六两四钱。总共银一万零七百四十九两七钱。劝买义田并迁建义仓，捐银二百两至一千两者，共四千九百两；百两以上者，共一千九百零四两；二十两以上至八十两者，共五千二百五十一两。总共银一万二千零五十五两。所有劝捐董事、督修、乐输各姓名，自应遵例分案造册呈报。除重修府文庙劝捐出力之武生许文耀、采买义田劝捐出力之生员尹大久，自愿不邀议叙外，其董事劝捐、督修文庙最为出力之廪生张开谟，董事劝捐出力最多之廪生吴云汉，采买义田、督修义仓最为出力之监生余廷栋，董事劝捐出力最多之监生李光明，应请援照成案，给予议叙。至捐输银两者，除溆浦县绅士、现任安徽安庆府知府舒梦龄捐银三百两，前任河南郑州知州严正基捐钱五百千，折银三百三十三两三钱，自愿不邀议叙外，所有重修府文庙捐银三百两以上及三百两之候选训导杨寿崧等六名，捐银二百两之俊秀严立谦等七名，捐银二十两至六十两之廪生石大焜等一百一十八名；劝买义田及迁建义仓捐银三百五十两及三百两之俊秀康淳等八名，捐银二百两之俊秀张顺侯等七名，捐银一百两以上之许震川等一十七名，捐银二十两至八十两之郭三义等一百一十七名，统将姓名、银数分别勒石永垂。理合将收用银两，重修府文庙、迁建义仓工程、采买义田丘段顷亩、岁收租谷各数目及董事劝捐、督修、采卖、乐输各姓名，开具清册呈阅。并恳亲诣履勘，据实绘图造册，详请分别议叙等情。据此，卑府当即亲诣府文庙、义仓逐一勘估，委系工坚料实，并无侵渔浮冒。其采买百羊坪等处义田，亦经饬委试用从九品唐淳驰赴查勘，土性均极细腻。所议价值，询之原业户，亦经照数领足，并无丝毫克扣。该绅士商民及董事人等，咸知慕义急公，殊堪嘉尚，自应给予嘉奖，以示鼓励。查例载：绅士商民人等，有捐修文庙义仓及捐输银两以备公用者，捐银在数十两以上，由地方官奖以花红匾额；一百两以上，督抚奖以匾额；其二百两以上者，给予九品顶戴；三百两以上者，给予八品顶戴，并造具清册送部。又现任各官知县，捐银九百两，议予加一级；六品以下各官，捐银二百两以上，议予纪录一次各等语。今卑府重修府文庙，除卑府捐廉外，计官绅士民共捐银九千一百四十九两七钱。采买义田，迁建义仓，除卑府捐廉外，计绅士商民共捐银一万一千零五十五两。二共捐银二万零二百零四两七钱。除捐银数十两由卑府自行奖励，以及捐银百两以上另册详请给匾外，内惟捐银三百三十三两三钱之前任河南郑州知州严正基，捐银三百两之现任安徽安庆府知府舒梦龄，自愿不邀议叙。此外，捐银三百两以上及三百两之候选训导杨寿崧、俊秀康淳等一十四名，捐银二百两之俊秀严立谦、张顺侯等一十四名，应请照例分别议予纪录一次，及〔给〕予八品、九品顶戴。又董事劝捐、督修、采买各绅士，内除重修府文庙劝捐出力之武生许文耀，采买义田劝捐出力之生员尹大久自愿不邀议叙外，所有董事劝捐、督修文庙最为出力之廪生张开谟，劝捐出力最多之廪生吴云汉，采买义田、督修义仓最为出力之监生余廷栋，董事劝捐出力最多之监生李光明，应请援照成案，一并给予议叙。除重修府文庙，卑府倡捐银一千六百两，劝买义田、迁建义仓，卑府倡捐银一千两，不敢仰邀议叙外，相应将前项工程支用工料银两、置买义田坐落村庄、丘段顷亩、租谷数目，及劝捐、督修、采买、乐输各姓名，分别造具清册，并分绘各图，加具印结，备文详请宪台俯赐察核、核转，深为公便。再，此案工程并劝买义田，均系官民捐办，邀免造册送部。又，重修府文庙，溆浦县知县陈锡麟捐银九百四十两，署凤凰厅同知、前任沅陵县知县洪庆华捐银三百两，知州衔署沅陵县事宁乡县知县郭世闻捐银二百五十两，署辰溪县知县张长庚捐银二百两，例得议叙，合并声明。除径详抚、督、学宪暨粮、藩、巡、臬宪外，为此备由，申乞照详施行。

计申赍：府文庙工程册一本，捐输册一本，府文庙图说一纸，府义仓工程册一本，义田顷亩租谷册一本，捐输册一本，义仓图说一纸，义田图说一纸，请给匾额册一本，粘连印甘结一套。

道光二十五年六月二十八日

右详各宪。

道光二十五年九月二十八日，奉巡宪吕批：既据径详，仰候两院宪、学院暨各司道批示，缴册结绘图存。

道光二十五年九月二十九日奉臬宪徐批：据详已悉。仰候两院宪、学院暨藩司、各道批示，缴图册存。

道光二十五年九月二十九日，奉粮宪邓、兼理粮宪高批：据详已悉。仰候抚、督、学宪暨各司、道批示，缴册结图说存。

道光二十五年十月十一日，奉学宪陈批：据详重修府文庙，置买义田，迁建义仓事竣，并案请叙缘由，已悉。仰候督抚部堂院批示，缴册结存。

右照录批详四件。

为劝买义田截有成数等事。今将卑府倡劝捐置买义田坐落村庄、丘段顷亩，及每年交纳租谷数目，理合分晰，开造清册呈核。须至册者。

计开：

一、买李林瀚水田一契，坐落百羊坪、梅冲、唐家山、黑丛溶等处，计大小义田五十五丘，折计二十六亩五分九厘，每年交租谷五十二石六斗五升七合。

一、买罗配玉水田一契，坐落薛家岭，共义田连接三丘，折计五亩，每年交租谷九石九斗。

一、买张心瑞水田一契，坐落竹山坳，共义田大小一十四丘，折计三十八亩零六厘，每年交租谷七十五石三斗五升。

一、买向德扬水田一契，坐落岩桥溪，共义田大小二十二丘，折计二十六亩九分五厘，每年交租谷五十三石三斗五升。

一、买赵向氏水田一契，坐落岩桥溪，共义田二丘，折计三亩九分，每年交租谷七石七斗。

一、买张化兴水田一契，坐落黄金冲、莲蓬塘、颜家包、陈家屋门首等处，共大小义田三十九丘，折计二十二亩六分七厘，每年交租谷四十四石九斗三升五合。

一、买彭大鹏水田一契，坐落小溪口，共大小义田一十二丘，折计二十二亩五分，每年交租谷四十四石五斗五升。

一、买彭竹书水田一契，坐落小溪口义田一丘，折计三亩一分，每年交租谷六石一斗六升。

一、买彭践修水田一契，坐落小溪口，共义田二丘，折计二亩八分八厘，每年交租谷五石七斗二升。

一、买彭业谦水田一契，坐落小溪口，共义田大小二丘，折计三亩五分六厘，每年交租谷七石零四升。

一、买彭昫升水田一契，坐落小溪口，共义田四丘，折计六亩，每年交租谷一十一石八斗八升。

一、买彭昫升、张大受水田一契，坐落小溪口，共义田三丘，折计六亩六分六厘，每年交租谷一十三石二斗。

一、买彭业湘水田一契，坐落小溪口，共义田大小一十一丘，折计一十二亩三分三厘，每年交租谷二十四石四斗二升。

一、买彭业澍水田一契，坐落小溪口，义田一丘，折计一亩三分三厘，每年交租谷二石六斗四升。

一、买彭业安水田一契，坐落小溪口，共义田大小九丘，折计一十二亩九分，每年交租谷二十五石五斗二升。

一、买李福高水田一契，坐落小溪口，义田一丘，折计一亩三分三厘，每年交租谷二石六斗四升。

一、买李吉高水田一契，坐落小溪口，共义田大小一十三丘，折计二十四亩零二厘，每年交租谷四十七石五斗七升五合。

一、买陈宏珊水田一契，坐落小溪口，共大小义田五丘，折计四亩二分，每年交租谷八石二斗五升。

一、买彭昫升水田一契，坐落小溪口，共义田连接二丘，折计二亩四分四厘，每年交租谷四石八斗四升。

一、买彭谢氏水田一契，坐落小溪口，共义田大小六丘，折计九亩三分三厘，每年交租谷一十八石四斗八升。

一、买石光琋、[石光]全水田一契，坐落龙溪口，共义田连接六丘，折计一十九亩四分五厘，每年交租谷三十八石五斗。

以上共买义田二十一契，共计二百一十三丘，折计二顷五十五亩二分，召佃耕种，按五五收租，每年应交租谷五百零五石三斗零七合，理合登明。

道光二十五年六月二十八日

右义田顷亩租谷册。

为捐买义田并捐建义仓工竣等事。今将卑府捐户及董事劝捐各绅士姓名、年貌、三代籍贯，开造清册呈核。须至册者。

计开：

一、俊秀康淳，捐银三百五十两，现年十五岁，身中、面白、无须，沅陵县民籍。曾祖常安（故），祖世瑚（故），父文鉴（故）。

一、俊秀杨寿嵘，捐银三百五十两，现年二十六岁，身中、面白、无须，沅陵县民籍。曾祖正杰（故），祖胜极（故），父万铭（存）。

一、俊秀章顺亿，捐银三百两，现年十九岁，身中、面白、无须，沅陵县民籍。曾祖正龙（故），祖天桢（存），父心辉（存）。

一、俊秀杨凌云，捐银三百两，现年四十岁，身中、面白、有须，沅陵县民籍。曾祖文畅（故），祖光闾（故），父如苞（存）。

一、俊秀陈阶蔚，捐银三百两，现年二十五岁，身中、面白、无须，江西新淦县民籍。曾祖必胜（故），祖尔锦（存），父懿善（存）。

一、俊秀赵志贤，捐银三百两，现年五十二岁，身中、面白、有须，陕西朝邑县民籍。曾祖渊（故），祖连城（故），父学献（故）。

一、俊秀尹宏清，捐银三百两，现年六十七岁，身中、面白、有须，沅陵县民籍。曾祖文澜（故），祖应芬（故），父胜闾（故）。

一、俊秀许畅亭，捐银三百两，现年三十岁，身中、面白、无须，沅陵县民籍。曾祖朝元（故），祖成琳（故），父文炽（存）。

以上八名各捐银三百两以上及三百两，应请照例给予八品顶戴。

一、俊秀张顺俟，捐银二百两，现年五十八岁，身中、面白、有须，沅陵县民籍。曾祖正茂（故），祖天伸（故），父心益（故）。

一、俊秀杨忠，捐银二百两，现年十五岁，身中、面白、无须，江西丰城县民籍。曾祖际轫（故），祖亭（存），父玳（故）。

一、俊秀杨义，捐银二百两，现年十六岁，身中、面白、无须，江西丰城县民籍。曾祖尚位（故），祖际涛（故），父璧（存）。

一、俊秀费德燠，捐银二百两，现年二十六岁，身中、面白、无须，江苏吴县民籍。曾祖孝友（故），祖杰（存），父潮（存）。

一、俊秀钟廷勋，捐银二百两，现年三十岁，身中、面白、无须，泸溪县民籍。曾祖坤秀（故），祖显明（故），父仁昭（存）。

一、俊秀杨元智，捐银二百两，现年五十九岁，身中、面白、有须，陕西大荔县民籍。曾祖昭（故），祖一枝（故），父本（故）。

一、俊秀张朝弼，捐银二百两，现年二十八岁，身中、面白、无须，沅陵县民籍。曾祖贵斌（故），祖志遥（故），父春台（存）。

以上七名各捐银二百两，应请照例给予九品顶戴。

一、监生余廷栋，采买义田、督修义仓最为出力，现年三十四岁，身中、面白、无须，沅陵县民籍。道光二十年由俊秀在本省捐监。曾祖云从（故），祖美轩（故），父殿选（故）。

一、监生李光明，董事劝捐出力最多，现年五十五岁，身中、面白、有须，沅陵县民籍，嘉庆十三年由俊秀在湖北省捐监。曾祖锡爵（故），祖昌政（故），父文煌（故）。

以上二名均系董事劝捐、督修出力之人，理合登明。

道光二十五年六月二十八日

右请给议叙册。

辰州府义仓全图

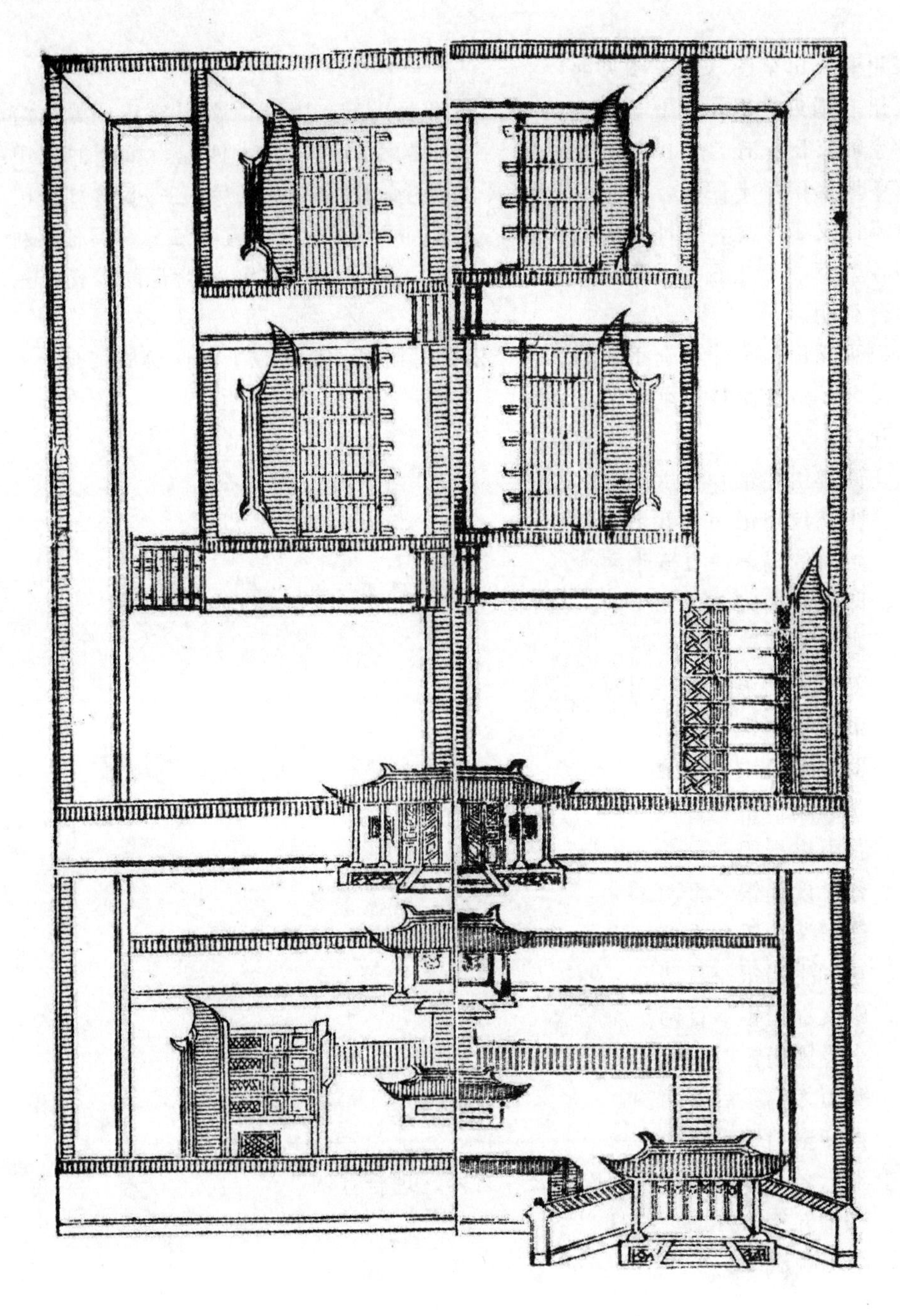

辰州府义仓全图（乙巳年季夏月重建）

辰州府捐建义仓，坐落府城北门内迤西，后倚高坡，前临大街，计新修大门一栋三间，额以“辰州府义仓”五字。大门内东向官厅一栋二间、二门一座；南向五谷神祠一栋三间，祠后西向走廊八间。东西对向仓廒二十间，分内外两院。内院八廒，编列“治本于农务兹稼穑”八字；外院十二廒，编列“俶载南亩我艺黍稷税熟贡新”十二字。廒可贮谷五百余石。廒外固以重墙，间以门栅，以昭慎重。理合登明。

辰州府义田全图（按：图见前）

辰州府捐买义田，计百羊坪、梅冲义田四十八丘，唐家山义田三丘，黑丛溶义田四丘，薛家岭义田三丘，竹山坳义田一十四丘，岩桥溪义田二十四丘，黄金冲义田一十五丘，莲蓬塘义田一十四丘，陈家屋门首义田四丘，颜家包义田六丘，小溪口义田七十二丘，龙溪口义田六丘，共计义田二百一十三丘，折计二顷五十五亩二分。召佃耕种，岁可收官斛谷九百一十八石七斗四升，按五五收租，每岁应收官斛净谷五百零五石三斗零七合。理合登明。

为捐买义田并捐建义仓工竣等事。今将卑府捐银一百两以上，照例应请宪台奖以匾额之捐户姓名，造册呈核。须至册者。

计开：

一、许震川捐银一百六十两。

一、张鸿仪捐银一百五十两。

一、姚瑞五捐银一百五十两。

一、印如斗捐跟一百二十两。

一、廖荣捐银一百二十两。

一、刘心斋捐银一百零四两。

一、戴宗杜捐银一百两。

一、罗致中捐银一百两。

一、张大鹏捐银一百两。

一、张万琳捐银一百两。

一、张仲度捐银一百两。

一、李海荣捐银一百两。

一、李和生捐银一百两。

一、康文锦捐银一百两。

一、李春圃捐银一百两。

一、罗恒太捐银一百两。

一、吉彦士捐银一百两。

以上十七名，各捐银一百两以上及一百两，理合登明。

道光二十五年六月二十八日

右请给匾额册。

具甘结。沅陵县孝廉方正、候选训导王友恭，捐职千总张化兴，举人张兆萸，生员汪树兰，泸溪县生员陈拔先，溆浦县候选通判严正坊，今于与甘结，为重修府文庙，并劝买义田，重修义仓工竣等事，实结得候选训导杨寿崧、俊秀康淳、生员杨光宇、俊秀符德慧、袁美傅、李培、杨寿嵘、章顺亿、杨凌云、陈阶蔚、赵志贤、尹宏清、许畅亭、生员陈世馨、俊秀严立谦、张振先、张先春、梁开基、董绍瑚、张馨、张顺侯、杨忠、杨义、费德燠、钟廷勋、杨元智、张朝弼，及董事劝捐、督修采买出力之廪生张开谟、吴云汉、监生余廷栋、李光明，均系身家清白，踊跃急公，自愿捐输，并无抑勒，亦无侵渔、浮冒、克扣情事。所具甘结是实。

道光二十五年六月　日

右甘结。

湖南辰州府今于

与印结，为重修府文庙并劝买义田、重修义仓工竣等事。结据卑府属沅陵县孝廉方正、候选训导王友恭，捐职千总张化兴，举人张兆萸，生员汪树兰，泸溪县生员陈拔先，溆浦县候选通判严正坊公同结称，实结得候选训导杨寿崧、俊秀康淳、生员杨光宇、俊秀符德慧、袁美傅、李培、杨寿嵘、章顺亿、杨凌云、陈阶蔚、赵志贤、尹宏清、许畅亭、生员陈世馨、俊秀严立谦、张振先、张先春、梁开基、董绍瑚、张馨、张顺侯、杨忠、杨义、费德燠、钟廷勋、杨元智、张朝弼，及董事劝捐、督修采买出力之廪生张开谟、吴云汉、监生余廷栋、李光明，均系身家清白，踊跃急公，自愿捐输，并无抑勒，亦无侵渔、浮冒、克扣情事等情。据此，卑府覆查无异，理合加具印结。须至印结者。

道光二十五年六月　日。

右粘连印结。

为抄详札饬事。照得本府劝买义田一案，所有价买义田顷亩、岁收租谷实数及另建义仓工竣日期，业于六月二十八日详明各宪在案。除俟奉到批示，另札行知外，合先抄详札饬。札到该县，即便知照。此札。

计连抄详一纸。

道光二十五年六月二十九日

右行沅陵、泸溪、辰溪、溆浦四县。

敬禀者：窃卑府捐买义田，业经截有成数；又捐建义仓，业已工竣，当经先后具文详报。复将义田顷亩、岁收谷数、义仓工程，及劝捐、采买、督修、乐输各姓名，分造清册，并分绘各图，加具印结，归于重修府文庙案内，一并详请议叙，仰祈宪鉴各在案。卑府愚昧之见，以为劝捐义谷，多在谷价平减之时，苟绅士得人，则办理可期妥善。至捐买义田，则春间催耕，秋间收谷，常年出陈，荒年减粜，一切事宜必须加意详慎，方可事经久远。兹卑府悉心酌核，共得章程十二条，另缮清册，恭呈核定，以凭刊刻成本，发交各首事永远遵守。再，义仓、义田各银钱谷石，悉责成各首事妥为经理，毫不假手官役人等，以免侵蚀。至该首事等年终报销及收放各款，则仍由卑府督饬仓书，详加覆核，以防各首事日久滋弊。是否有当，理合禀请宫保大人、大人训示祗遵。除禀督、抚宪暨粮、藩、巡、臬宪外，卑府成朴谨禀。

计禀呈义仓义田章程一册。

道光二十五年六月二十九日

右禀各宪。

道光二十五年九月二十九日，奉巡宪吕批：既据径禀，仰候两院宪暨各司、道批示，缴册存。

道光二十五年十月初六日，奉臬宪徐批：据禀已悉。仰候两院宪暨藩司、各道批示，缴册存。

道光二十五年十月十一日，奉粮宪邓、兼理粮宪高批：据禀已悉。仰候督、抚宪暨各司、道批示，缴册存。

道光二十五年十月十一日，奉藩宪万转奉督部堂裕批：府禀赍义仓、义田章程一案，奉批：查核所议各条尚属妥协。惟当行之以实力，方期经久无弊。仰南布政司转饬该府，即行刊刻发交各绅士，责成实力妥办。该府亦不时稽察，毋任玩忽。切切。仍候抚部院批示，缴册存。又于九月二十一日，奉抚部院陆费批：查阅章程所议各条，均属周详妥洽，具见该府念切民瘼，可嘉之至。惟善作尤贵善成，方能经久无弊。仰布政司即饬接任知府，查照现议章程，实心妥办，并饬将章程一册刊刻成本，发交各绅士永远遵行，毋致日久废弛。切切。仍候督部堂批示，缴册存等因。奉此合就札行。札到该府，即便遵照毋违。此札。

道光二十五年十月十一日，奉藩宪万批：此案已奉两院宪批司另札行知矣，仰即知照。仍候臬司、各道批示，缴册存。

右照录批禀四件、宪札一件。

为捐买义田并捐建义仓工竣等事。今将卑府酌拟义仓、义田章程十二条，缮具清册呈核。须至册者。

计开：

慎　始

一、经理义仓，派仓正一人、仓副一人，由本府发给辰州府义仓首事图记一颗，责成该首事常川经管。每遇收放谷石，饬令斗级过斛过挡，务须公平；验收谷粒必须一律干洁，勿任搀杂。所有各廒口以及内院外院两重门栅，除常时封锁外，如遇开仓日期，该首事赴府请领钥匙自行开锁，事竣照旧锁固，请领印封，小心粘贴，立将钥匙缴府。此外走廊八间、五谷神祠三间、官厅二间，由首事照料关闭，均不得留人居住，或私立学馆。除由本府不时稽查，有则驱逐外，该首事并干严饬。

一、经理义田，派田正一人、田副一人，由本府发给义田首事图记一颗，责成该首事随时赴乡，周历稽查。如各佃户有惰农自安，或转佃渔利，以及开垦山坡，或于收获后私种二麦，即由该首事赴府呈明，将该佃户传案革退，另召妥佃承领耕种。倘该首事有意徇隐，别经发觉，除将该佃户拘案责革外，定将该首事一并严饬。

一、义仓、义田收放谷石及收支各项银钱，现经本府订簿盖印，一样三本一存内署、一存粮房、一发首事。每印簿一本分上下两册，上册专记收谷、收银、收钱各数，下册专记放谷、支银、支钱各数。遇有收放谷石及收支各项银钱，由各该首事核明确数，即将印簿送至粮房。请领存署印簿同存房印簿，由该房查照，逐一登记，以昭核实。

一、义仓收放谷石，除于印簿登记外，每年于年终由该首事另造管收，除在清册一本赍府备查。

一、义仓原存陈谷及本府任内买补新谷，均经各首事眼同车净，按五百石一廒加意封贮，以防亏折。第气头、廒底、虫蛀、鼠食，意中之折耗，仍难保其必无。惟折耗过多，现派之首事则必须确切根究，禀候核办，不得随同徇隐，并干严诘。

一、义仓每年出陈及荒年平粜，所有谷价，现经传谕各典令，其于每次交收后，即妥为收存，不得私相那用。并由本府发给“辰州府正堂雷谕：此项钱文专候买谷，凭印簿支用，不得因别项公事权且那移，致干著赔”。图记一颗，各典于收存谷价钱数上，即将此图记盖用，以杜瞻徇而免抑勒。

一、义仓大门以内二门以外旧有厢房一间，著派斗级一人，常川居住，专司看守，以防不虞。

积　贮

一、王前府劝捐义谷，实存官斛四千四百零八石六斗一升，内方前府动缺谷一千七百五十七石零一升五合，现经本府如数买补。又历任盘折谷三百零四石四斗八升九合，亦经本府如数买补。总计实存官斛净谷四千四百零八石六斗一升，仍符原贮之数，取有首事实贮存仓甘结附卷。

一、本府新买义田，每年实收上仓净谷五百零五石三斗零七合。

一、收贮义谷以万石为率，现计原存谷及每年所收租谷，十年后即可得九千四百六十一石六斗八升，作为母仓。此后岁入新谷五百零五石三斗零七合，即出陈谷五百零五石三斗零七合，将粜价交典首事，即另购义田，仍按五五收租，于义仓附近另建仓廒，按年收贮，作为子仓。以次推及浦市等处，设遇荒歉，庶城乡均有可恃。

一、十数年后，浦市建立子仓，收纳租谷，所有应行各事，宜即照城仓核定章程，由浦市首事遵循妥办，不得妄为更易。

召　佃

一、本府新买义田二百一十三丘，召佃耕种，均按五五交租，并无增多减少。

一、现在佃户二十九名，分种义田二十七处，由本府饬备印照二十七张，发给各佃户永远收执，以免无知之徒妄冀夺佃。该佃户务即加意耕种，于每年收获后，即将租谷依限完纳。倘不知力作或意存拖欠，定将该佃户传案责比，仍饬令义田首事另召妥佃领种交租。

一、更换新佃，即将旧佃执照追缴，由粮房查明丘段及应交租谷数目，另换新照，呈请印发新佃收执，以杜朦混。

收　谷

一、每年八月收纳租谷，先期由粮房造具各佃户花名清册，注明应完租谷，备具串票。如本年佃户二十九名，分种义田二十七处，则用串票二十七张订为一册，挨次编号，呈请盖印，发交义仓首事收领，于佃户完谷后，由编号处分截一半交佃户收执。统俟租谷收竣，首事将截存串根具禀赍府粮房，即查照清册，逐户核销，务须年清年款。

一、佃户完纳租谷，由义仓首事发给收谷印串，即盖用义仓首事验讫戳记，俾免弊混重征。

一、每年收纳租谷，该义仓首事于照数收齐后，即出具收纳某年分租谷若干石存某字廒，委系实贮甘结，同收租串根一并具禀缴府。

一、每年租谷上仓后，该仓斗级即出具某年分租谷，眼同义仓某首事实贮某字廒，不敢扶同捏饰甘结，赍府备查。

一、每年收纳租谷外，尚有应买新谷五百石。该义仓首事即于八月底九月初一律买齐，统俟归仓后，出具买补某年分仓谷五百石，委系实贮甘结，斗级即照依收纳租谷式样，出具义仓某首事买补某年分仓谷，实贮某字廒，不敢扶同捏饰甘结，一并赍府。

完　粮

一、现买义田二百一十三丘，契载额粮九石四斗五升九合，除照额交纳钱粮兵谷外，所有应出一切杂差，已饬县立案永免。

一、每年交纳兵谷钱粮，由义田首事自封投柜，掣获收照几纸，开单赍府粮房，即按年收存并立簿登记，以备查考。

出　陈

一、每年春夏之交，青黄不接之际，准定出粜陈谷五百石。该义仓首事于粜竣后，即将粜价交典，俟秋谷登场，采买新谷五百石，核明谷价，持印簿支领。其五百石谷价以外余剩钱文，仍由该典扣存，俟另买义田并另建义仓应用。

一、各典收存粜价，议明无利。至买谷时，见印簿即付，不得延诿。

平　粜

一、郡城一带偶遇荒歉，必须平粜，由义仓、义田各首事公同具呈，听候本府分别轻重，酌定谷数，先期出示晓谕，自某日起至某日止，按照四乡轮流粜卖，俾小民不致向隅。

一、平粜谷数，自一升起至五斗止，如有徇情多卖，致奸商因此渔利，除将斗级枷号、义仓示众、满日责革外，该义仓首事并干严饬。

一、平粜谷价，于每日封仓后，该首事即核明钱数多寡，交典收存。统俟平粜事竣，总计各典共收存粜价若干，开具清单并检齐印簿呈府，候饬粮房核明，于存署、存房各印簿逐一登注，以备稽核。

一、浦市距府较远，设遇荒歉，郡城平粜，该处小民若听其赴郡买食，不足以示矜恤。著责成浦市首事察看情形，赴府具呈，候本府酌定应粜谷数，饬令郡城首事照数盘运，即协同浦市首事于该市适中之地，遵照章程零星粜卖。统俟粜竣，即由各该首事将粜价运交郡城各典收存，仍开具清单，检齐印簿，照依郡城平粜，事竣由粮房查照核办，以归画一。

一、郡城平粜，由本府佥派老练差役二名；浦市平粜，由本府移知粮府佥派老练差役二名，专司弹压。所有差役饭食及首事随时酌添人夫，每日每名准支给钱八十文，即于平粜谷价内核实支销。

一、郡城及浦市平粜谷价，统交郡城各典收存。各典存钱亦议明无利，专候买谷，凭印簿支用。倘因别项公事私相那移，以致亏缺，即着落各典照数赔缴，俾地方义举不致无著。

支　款

一、义仓岁修及一切零费，每年筹备钱十二千文，由仓正撙节支用。如有节省，按年存记，另备要需。

一、现买义田应完钱粮兵谷，每年需市平元银二十三两三钱二分。如以后添买义田，再按额照加。

一、义仓首事，现定仓正一人，每年准支用辛资钱三十千文；仓副一人，每年准支用辛资钱十千文。俟仓储推广，随时议增。

一、义田首事，现派田正一人，每年准支用辛资钱九千文；田副一人，每年准支用辛资钱三千文。俟添买义田，随时议增。

一、义仓、义田各事宜，均归粮房承办。每年著发给辛资钱九千文，以资办公。

一、义仓斗级二名，除仓门左右各铺户每年地租钱四千二百文及新加地租钱二千二百文仍赏给该斗级支用外，所有每年春季著加给饭食钱三千文，每年秋季著加给饭食钱六千文，以资津贴。

收　款

一、发银匠董义和原本九九典钱八十千文，年利一分五厘，不计闰，取有借领附卷。计每年应交息钱一十二千文，以备义仓岁修。

一、发典商杨鼎兴原本市平元银一百二十九两五钱五分，月利一分五厘，不计闰，取有借领附卷。计每年应交元息银二十三两三钱二分，以备完纳钱粮兵谷。

一、契买张显庸清太巷外正街铺店一所，又孙义施家巷大街铺店一所，立有卖契二纸，各粘连老契二纸附卷。每年约收租钱四十千有零，以备义仓仓正、仓副一年辛资；余剩租钱另簿存记。

一、发银匠董义和原本九九典钱八十千文，年利一分五厘，不计闰，取有借领附卷。计每年应交息钱一十二千文，以备义田田正、田副一年辛资。

一、发银匠董义和九九典钱五十千文，月利一分五厘，不计闰，取有借领附卷。计每年应交息钱九千文，以备粮房辛资。

一、发银匠董义和九九典钱五十千文，月利一分五厘，不计闰，取有借领附卷。每年应交息钱九千文，以备春秋季加给斗级饭食。

首　事

一、仓正曰正，得人甚难。现派仓正廪生张开谟、田正武生许文耀，均能任怨任劳，实力办公。惟义仓之事较多，义田之事较简，该张、许二生，应按年轮流接充，以均劳逸；遇有要事，仍公同商办，毋许推诿。

一、仓副、田副专资学习。现派仓副国学生余廷栋、田副庠生尹大久，均属结实可靠。惟按年亦应轮流更替，以资历练。

一、浦市分派义仓首事需用沅陵一人、泸溪一人。沅陵如李光明、罗肇雍、汪树兰、姚时涵，泸溪如吴云汉、陈拔先，人皆稳练，遇有应办之事，即于此六人公举二人，以专责成。

一、现派各首事遇有他事告退，须先择才具醇正者，公举一人，以凭派令接充。如一时乏人，不准交卸。

善　后

一、义仓义田一切章程，均经本府悉心酌核。虽分叙处近于繁琐，惟公事不厌详慎，所望各首事永远遵守，毋负本府一片苦心。

附　记

一、捐建义仓一所，坐落府城北门内迤西，后倚高坡，前临大街，计修大门一栋三间，额以“辰州府义仓”五字。大门内东向官厅一栋二间二门一座，南向五谷神祠一栋三间。西向走廊八间。东西对向仓廒二十间，分内外两院。内院八廒，编列“治本于农务兹稼穑”八字；外院十二廒，编列“俶载南亩我艺黍稷税熟贡新”十二字。廒可贮谷五百石，固以重墙，间以门栅，以昭慎重。首事余廷栋督修，绘有全图存卷。

一、捐买义田二十一契，计百羊坪、梅冲义田四十八丘，唐家山义田三丘，黑丛溶义田四丘，薛家岭义田三丘，竹山坳义田十四丘，岩桥溪义田二十四丘，黄金冲义田十五丘，莲蓬塘义田十四丘，陈家屋门首义田四丘，颜家包义田六丘，小溪口义田七十二丘，龙溪口义田六丘，共计义田二百一十三丘，岁可收官斛谷九百一十八石七斗四升。召佃认种，按五五交租，以纾农力。首事许文耀、张开谟、余吉中、尹大久采买，逐段弓丈埋立界石，刊刻碑记，绘有全图存卷。

以上义仓义田章程十二条。理合登明。

道光二十五年六月二十九日

右义仓义田章程。

谕义仓首事知悉：照得郡城重建义仓，现派仓正一人、仓副一人，由本府发给辰州府义仓首事图记一颗，责成该首事常川经管。每遇收放谷石，饬令斗级过斛过挡，务须公平；验收谷粒，必须一律干洁，勿任搀杂。所有各廒口以及内院外院两重门栅，除常时封锁外，如遇开仓日期，该首事赴府请领钥匙，自行开锁，事竣照旧锁固，请领印封小心粘贴，立将钥匙缴府。此外走廊八间、五谷神祠三间、官厅二间，由该首事照料关闭，均不得留人居住或私立学馆，致干严诘等因。除详明各宪并刊刻木牌悬示义仓，俾各首事等咸知遵守外，合并摘录章程，颁谕饬遵。谕到，该首事即将图记祗领，一切事件加意遵照，毋负委任。切切。此谕。

计开：

一、仓正、田正得人甚难。现派仓正廪生张开谟、田正武生许文耀，均能任怨任劳，实力办公。惟义仓之事较多，义田之事较简，该张、许二生，应按年轮流更换，以均劳逸。遇有要事，仍公同商办，毋许推诿。

一、仓副、田副专资学习。现派仓副国学生余廷栋、田副庠生尹大久，均属结实可靠。惟按年亦应轮流更替，以资历练。

一、仓正、田正、仓副、田副遇有他事告退，须择才具醇正者，先行公举一人，以凭派令接充。如一时乏人，不准交卸。

一、仓正一人，每年准支用辛资钱三十千文；仓副一人，每年准支用辛资钱十千文。俟仓储推广，随时议增。

计发图记一颗。

道光二十五年六月二十八日

右渝义仓首事。

右义仓首事图记。

谕义田首事知悉：照得本府于百羊坪、梅冲、唐家山、黑丛溶、薛家岭、竹山坳、岩桥溪、黄金冲、莲蓬塘、陈家屋门首、颜家包、小溪口、龙溪口等处，捐买大小义田二百一十三丘，岁收上仓官斛净谷五百零五石三斗零七合。现派田正一人、田副一人，由本府发给辰州府义田首事图记一颗，责成该首事随时赴乡，周历稽查。如各佃户有惰农自安，或转佃渔利，以及开垦山坡，或于收获后私种二麦，即由该首事赴府呈明，将该佃户传案革退，另召妥佃承领耕种。倘该首事有意徇隐，别经发觉，除将该佃户拘案责革外，定将该首事一并严饬等因。除详明各宪，并刊刻木牌悬示义仓，俾各首事等咸知遵守外，合并摘录章程，颁谕饬遵。谕到，该首事即将图记祗领，一切事件加意遵照，毋负委任。切切。此谕。

计开：

一、田正、仓正得人甚难。现派田正武生许文耀、仓正廪生张开谟，均能任怨任劳，实力办公。惟义仓之事较多，义田之事较简，该许、张二生，应按年轮流更换，以均劳逸。遇有要事，仍公同商办，毋许推诿。

一、田副、仓副专资学习。现派田副庠生尹大久、仓副国学生余廷栋，均属结实可靠。惟按年亦应轮流更替，以资历练。

一、田正、仓正、田副、仓副遇有他事告退，须择才具醇正者，先行公举一人，以凭派令接充。如一时乏人，不准交卸。

一、田正一人，每年准支用辛资钱九千文；田副一人，每年准支用辛资钱三千文。俟添买义田，随时议增。

计发图记一颗。

道光二十五年六月二十八日

右谕义田首事。

右义田首事图记。

谕郡城典商知悉：照得本府重建义仓，实贮义谷四千余石；又劝买义田，计每年准收租谷五百零五石三斗零七合。现经详定章程，每年于青黄不接之际，出粜陈谷五百石，以平市价；如遇荒歉，则减价平粜，以济民食。惟常年出陈，荒年平粜，所有粜价，必须交典收存，以备买谷归补。诚恐该典收存前项钱文后，或地方另有别项公事，私相那［挪］用，该典不能阻止。今由本府发给“辰州府正堂雷谕：此项钱文，专候买谷，凭印簿支用，不得因别项公事权且那移，致干著赔”图记一颗，以便该典于收存谷钱数上，即将此图记盖，用以杜瞻徇而免抑勒等因。除详明各宪外，合并摘录章程，颁谕饬遵。谕到，该典商即将图记祗领，永远遵照。切切。此谕。

计开：

一、每年春夏之交青黄不接之际，准定出粜陈谷五百石。该义仓首事于粜竣后，即将粜价交典，俟秋谷登场，采买新谷五百石，核明谷价，持印簿支领。其五百石谷价以外余剩钱文，仍由该典扣存，俟另买义田并另建义仓应用。

一、各典收存粜价，议明无利，至买谷时见印簿即付，不得延诿。

一、郡城及浦市平粜谷价，统交郡城各典收存。各典存钱，亦议明无利，专候买谷，凭印簿支用。倘因别项公事私相那移，以致亏短，即着落各典照数赔缴，俾地方义举不致无着。

计发图记一颗。

道光二十五年六月二十八日

右谕郡城典商。

右给典商图记。

具甘结。义仓田首事　今于大老爷台前实结得本年分义田所上车净、晒干官斛租谷五百零五石三斗零七合，均经生等如数量收，实贮某字廒，并未短少合勺。所具甘结是实。

道光　年　月　日

右收谷甘结式。

具甘结。义仓斗级　　今于大老爷台前实结得义田所上车净晒干官斛租谷五百零五石三斗零七合，小的等奉谕随同首事　　按期如数量收，实贮某字廒，不敢扶同捏饰。所具甘结是实。

道光　年　月　日

右义仓斗级随同首事收谷甘结式。

义仓斗级李世良、陈君梁呈

计开：

府义仓门首左右各铺店佃户姓名：

覃世英，原租钱一千二百文，加钱八百文。

周伟，原租钱一千四百文，加钱六百文。

张明仁，原租钱八百文，加钱四百文。

段大魁，原租钱八百文，加钱四百文。

道光二十五年六月二十八日

右照录新加地租清单。

辰州府义田总记　下卷

义田首事许文耀、张开谟、尹大久、余吉中呈。今将采买义田二百一十三丘，经生等带同各佃户逐丘履勘。所有各义田约收谷数并应交义仓谷数，理合开单呈核。

计开：

一、买李林瀚百羊坪、梅冲水田一契，共田五十五丘，每年约收官斛谷九十五石七斗四升。按五五交租计，每年应交义仓官斛租谷五十二石六斗五升七合。

一、买罗配玉薛家岭水田一契，共田三丘，池塘半口，每年约收官斛谷一十八石。按五五交租计，每年应交义仓官斛租谷九石九斗。

一、买张心瑞竹山坳白泥池水田一契，共田一十四丘，每年约收官斛谷一百三十七石。按五五交租计，每年应交义仓官斛租谷七十五石三斗五升。

一、买向德扬岩桥溪水田一契，共田二十二丘，每年约收官斛谷九十七石。按五五交租计，每年应交义仓官斛租谷五十三石三斗五升。

一、买赵向氏岩桥溪水田一契，共田二丘，每年约收官斛谷一十四石。按五五交租计，每年应交义仓官斛租谷七石七斗。

一、买张化兴黄金冲等处水田一契，共田三十九丘，每年约收官斛谷八十一石七斗。按五五交租计，每年应交义仓官斛租谷四十四石九斗三升五合。

一、买彭大鹏小溪口中溶水田一契，共田一十二丘，每年约收官斛谷八十一石。按五五交租计，每年应交义仓官斛租谷四十四石五斗五升。

一、买彭竹书小溪口水田一契，计田一丘，每年约收官斛谷一十一石二斗。按五五交租计，每年应交义仓官斛租谷六石一斗六升。

一、买彭践修小溪口外溶水田一契，共田二丘，每年约收官斛谷十石零四斗。按五五交租计，每年应交义仓官斛租谷五石七斗二升。

一、买彭业谦小溪口水田一契，共田二丘，每年约收官斛谷一十二石八斗。按五五交租计，每年应交义仓官斛租谷七石零四升。

一、买彭昀升小溪口中溶水田一契，计田四丘。

一、买彭昀升、张大受小溪口水田一契，计田三丘。

以上二契，共田七丘，每年约官斛谷四十五石六斗。按五五交租计，每年应交义仓官斛租谷二十五石零八升。

一、买彭业湘小溪口中溶水田一契，共田一十一丘，每年约收官斛谷四十四石四斗。按五五交租计，每年应交义仓官斛租谷二十四石四斗二升。

一、买彭业澍小溪口中溶水田一契，计田一丘，每年约收官斛谷四石八斗。按五五交租计，每年应交义仓官斛租谷二石六斗四升。

一、买彭业安小溪口水田一契，共田九丘，每年约收官斛谷四十六石四斗。按五五交租计，每年应交义仓官斛租谷二十五石五斗二升。

一、买李福高小溪口中溶水田一契，计田一丘，每年约收官斛谷四石八斗。按五五交租计，每年应交义仓官斛租谷二石六斗四升。

一、买李吉高小溪口水田一契，共田一十三丘，每年约收官斛谷八十六石五斗。按五五交租计，每年应交义仓官斛租谷四十七石五斗七升五合。

一、买陈宏珊小溪口水田一契，共田五丘，每年约收官斛谷一十五石。按五五交租计，每年应交义仓官斛租谷八石二斗五升。

一、买彭昀升小溪口外溶水田一契，共田二丘，每年约收官斛谷八石八斗。按五五交租计，每年应交义仓官斛租谷四石八斗四升。

一、买彭谢氏小溪口水田一契，共田六丘，每年约收官斛谷三十三石六斗。按五五交租计，每年应交义仓官斛租谷一十八石四斗八升。

一、买石光琳、[石光]全龙溪口水田一契，共田六丘，每年约收官斛谷七十石。按五五交租计，每年应交义仓官斛租谷三十八石五斗。

道光二十五年六月二十六日

右义田约收谷数。

湖南辰州府正堂雷为颁给执照事。照得本府谕令义仓首事许文耀、张开谟、尹大久、余吉中等，按照时价置买义田，召佃耕种，按五五交租，以资积贮等因，业经详明各宪在案。兹有　　　义田　　　丘，据该佃户　　　，情愿认种，投具领状前来，除粘连附卷外，合行给照饬遵为此，照给该佃户永远收执。所有领种前项义田，务须加意耕种，于每年收获后，即于八月三、六、九日，运交府义仓车净晒干官斛谷　石　斗　升　合　勺，不得迟延拖欠，致干追比。如有无知之徒妄议增租夺佃，许尔持照赴府禀候严究。须至执照者。

右照给佃户　　　准此。

道光　年　月　日

右佃户执照式。

附　记

一、白羊坪、梅冲等处义田五十八丘：唐家山一号、二号、三号田三丘、黄池塘二号田一丘、四十号田一丘，佃户郑世福领种；黄池塘三十四号田一丘，佃户周德五领种；陇尾一号、陇尾二号田二丘、黄池塘三号至六号田四丘、十一号田一丘，佃户唐士金领种。黄池塘七号田一丘，十七号田一丘，十九号田一丘，三十号、三十一号田二丘，三十八号田一丘，佃户赵思明领种；陇尾三号、陇尾四号、陇尾五号田三丘，黄池塘十八号田一丘，佃户侯大祥领种；金鸡坪八号田一丘，黄池塘一号坝口田一丘、三十二号田一丘、湾豆田一丘，黑丛溶二号、三号田二丘，佃户郑世奇领种；凉水田一丘，黄池塘十三号十四号田二丘、二十三号田一丘、三十三号田一丘、三十五号至三十七号田三丘、三十九号田一丘，佃户尹士相领种。黑丛溶一号、四号田二丘，黄池塘八号至十号田三丘、十二号田一丘、十五号十六号田二丘、二十号至二十二号田三丘、二十四号至二十九号田六丘，佃户侯明杰领种；薛家岭一号、二号、三号田三丘，佃户侯大铭领种。

一、竹山坳义田一十四丘：岩板田一丘、洗脚田一丘、落尾田一丘、方田一丘、鲁师溶大田一丘、接水田一丘、定田一丘、婆田连接二丘、靴田一丘、下节田一丘、湾田一丘、长田一丘、苦李田一丘，佃户张心瑞领种。

一、岩桥溪义田二十四丘：一号至二十二号田二十二丘，佃户向德扬领种；长田一丘、小秧田一丘，佃户颜可华领种。

一、黄金冲等处义田三十九丘：黄金冲一号至十五号田十五丘，莲蓬塘一号至十二号田十二丘、小田二丘，陈家屋门首一号至三号田三丘、小田一丘，颜家包一号至六号田六丘，佃户张廷位领种。

一、小溪口义田七十二丘：中溶小秧田一丘、大秧田一丘、岩板田一丘、边田二丘、岩磴田二丘、沙田一丘、殿上田一丘，小溪边港田一丘、刘家田一丘、它田一丘，佃户彭大鹏领种；银杏坪大田一丘，佃户彭业芬领种；外溶杨柳田连接二丘，佃户彭克勤领种；殿门首大边田一丘、小团田一丘，佃户彭业谦领种；中溶黄陶田连接二丘、岩脚田连接二丘、彭张田三丘，佃户彭昀升领种；中溶何家田一丘、腰带田一丘、大方田一丘、陶湾田一丘、黄陶田一丘、内槛蛇田一丘、四斗田湾墨斗田一丘、内槛一丘、三角丘田一丘、油房田一丘、边担田一丘，佃户彭业湘领种；中溶坝口圳丘子田一丘，佃户彭业澍领种；中溶何家田一丘、腰带田一丘、岩脚田三丘、内槛一丘，田湾屋门首大田一丘、内槛一丘，四斗田湾岩嘴岭圳外田一丘，佃户彭业安领种；中溶腰带田一丘，佃户李福高领种；下舒家田一丘，老文龙田大小二丘，新文龙田连接二丘，后溶岩屋孔下首田一丘、大方田一丘，中溶腰带田一丘、老黄园田大小四丘、松山园田一丘，佃户李吉高领种；舒家田一丘、行路田一丘、蛇田一丘、打水田一丘，外小荒坪一则黄塘湾田一丘，佃户彭登云领种；外溶边坦田连接二丘，佃户彭昀升领种；岩脚大秧田一丘，中溶大方田一丘，后溶老司田一丘、葫芦田连接三丘，佃户彭业澍富洋芳领种。

一、龙溪口义田六丘：正溶一号至六号田接连六丘，佃户张正湘、宋添光领种。

右附记二十五年分各佃户领种义田丘数。

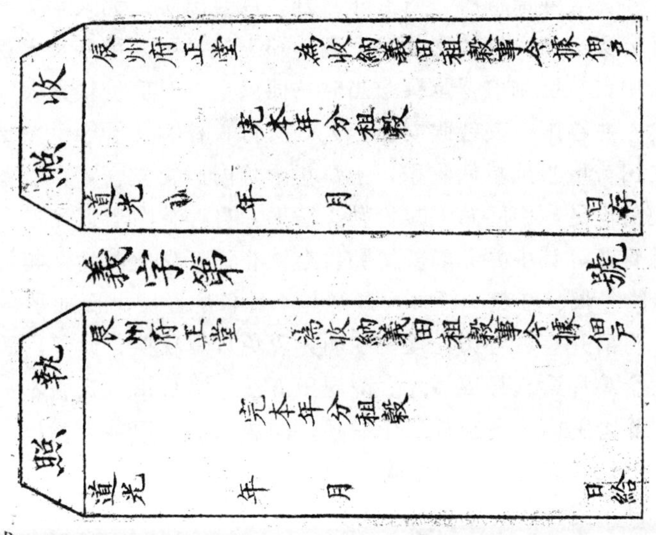
收照
辰州府正堂 為收納義田租穀事今據佃户
完本年分租穀
道光 年 月 日存
義字第 號
執照
辰州府正堂 為收納義田租穀事今據佃户
完本年分租穀
道光 年 月 日給

右完租串票式。

附　记

一、百羊坪梅冲等处佃户九名：郑世福，应交租谷五石零一升六合；周德五，应交租谷四石三斗八升九合；唐士金，应交租谷六石七斗三升七合五勺；赵思明，应交租谷三石一斗三升五合；侯大祥，应交租谷四石二斗二升九合五勺；郑世奇，应交租谷九石五斗五升九合；尹士相，应交租谷八石四斗零九合五勺；侯明杰，应交租谷一十一石一斗八升一合五勺；侯大铭，应交租谷九石九斗。

一、竹山坳佃户一名：张心瑞，应交租谷七十五石三斗五升。

一、岩桥溪佃户二名：向德扬，应交租谷五十三石三斗五升；颜可华，应交租谷七石七斗。

一、黄金冲等处佃户一名：张廷位，应交租谷四十四石九斗三升五合。

一、小溪口佃户十六名：彭大鹏，应交租谷四十四石五斗五升；彭业芬，应交租谷六石一斗六升；彭克勤，应交租谷五石七斗二升；彭业谦，应交租谷七石零四升；彭昀升，应交租谷二十五石零八升；彭业湘，应交租谷二十四石四斗二升；彭业澍，应交租谷二石六斗四升；彭业安，应交租谷二十五石五斗二升；李福高，应交租谷二石六斗四升；李吉高，应交租谷四十七石五斗七升五合；彭登云，应交租谷八石二斗五升；彭昀升，应交租谷四石八斗四升；彭业澍富泮芳，应交租谷一十八石四斗八升。

一、龙溪口佃户二名：张正湘、宋添光，应交租谷三十八石五斗。

右附记二十五年分各佃户花名并应交义仓谷数。

立断卖百羊坪梅冲水田文契人李林瀚，男必仁、必德、必兴，今因要钱用度，无从设凑，父子商议，情愿将道光二十三年对搽堂弟林澍受分祖业，坐落土名唐家山水田三丘，黑丛溶水田四丘，正溶金鸡坪第八号水田一丘、陇尾田五丘、湾豆田一丘、凉水田一丘，又正溶黄池塘水田大小四十丘，共五十五丘，田间水沟一节在内，上至古井坝口，下抵路边，计种子一石七斗，实载原额粮一石五斗三升，欲要出卖，无人承买。因本府大老爷雷捐廉，并劝捐沅邑公买义田，自请引领尹九高、郑玉先，引到承办义田首事许文耀、张开谟、尹大玖、余吉中，转引到府署承买，当时三面议定，时值价钱九大钱一千串零十千文正。所有画字酒食一并在内。其钱眼同在内人等交付，林瀚父子亲手领足，并未包卖他人寸土。其田任从义田首事永远招佃收租，于每年十月内运交义仓，存贮备用。即由各首事照粮纳税。此系粮清价足，中间并无减价勒买情事。再，林澍于道光二十三年对搽林瀚祖业，业经卖与戴姓管业，其中并无隐匿情弊。今欲有凭，立此断卖文契，永远为据。

计粘李林澍搽约一张、红契一纸外，老契与本姓各房连契不便随带，业将老契面呈府署，眼同各首事，将前开有名各田丘逐一注明，以免日后狡执。此契内唐家山田三丘，黑丛溶田四丘，正溶金鸡坪第八号田一丘、陇尾田五丘、湾豆田一丘、凉水田一丘，又正溶黄池塘田四十丘，除老契内十九丘外二十一丘，同唐家山等田共十五丘，均于李姓各房连契，并李林瀚、林澍二人搽约内逐一批明。

引领尹九高、郑玉先

凭中见钱李林澍、许文耀、张开谟、尹大玖、余吉中

道光二十四年十月三日立断卖百羊坪梅冲水田文契人李林瀚亲笔，同男必仁、必德、必兴立

右照抄李林瀚卖契一纸。

立推粮字人李林瀚，今将十一都一图九甲实粮一石五斗三升推与辰州府义田，照数收入，了纳粮差，并无存留合勺。今恐无凭，立此推粮字为据。

凭中契内人等

道光二十五年正月初十日李林瀚立。

右照录李林瀚推粮字一纸。

立断卖水田文契人罗配玉，今因要钱正用，无从得处，情愿将己手私置之业，坐落土名薛家岭中溶水田连接三丘、池塘半口，计种子三斗，册载额粮二斗一升六合，欲行出卖于人，无人承受。因辰州府大老爷雷捐廉并劝捐公买义田，自请引领张正纪引到义田首事许文耀、张开谟、尹大玖、余吉中，转引到府署承买。当时三面议定，时值价钱一百八十千文正。其钱眼同在内人等亲手领足，所有酒水一并在内。此系自置之业，并未包卖他人寸土。其田自截日为始，任从义田首事招租管业，了纳国赋。恐口无凭，立此断卖水田文契为据。

计粘红契一纸。

引领张正纪

凭中胡万纯

见钱罗春臣

道光二十五年六月十八日立断卖水田文契人罗配玉亲笔立

右照抄罗配玉卖契一纸。

立推粮字人罗配玉，今将八都十里九甲柱名罗配玉额粮二斗一升六合，凭中契内人等，推与辰州府义田收粮入柱，并未存留合勺。今欲有凭，立此推粮字约为据。

凭中契内人等

道光二十五年六月十八日罗配玉笔立

右照录罗配玉推粮字一纸。

立断卖水田文契人张心瑞，同男张顺安，今因家下要钱使用，无从得处，父子商议，情愿将受分之业，坐落土名竹山坳，小地名白泥池岩，板田一丘、洗脚田一丘、上落尾田一丘、方田一丘，鲁师溶大田一丘、接水田一丘、定田一丘、塛田连接二丘、靴田一丘、下节田一丘、湾田一丘、长田一丘、苦李田一丘，共计大小水田十四丘，计种子二石二斗，册载额粮九斗七升八合，欲行出卖，无人承受。自请引领周师汝引到义田首事许文耀、张开谟、尹大玖、余吉中，转引到辰州府大老爷雷台前捐廉并劝捐公买义田，向前承买。当时三面议定，时值价钱一千三百七十千文正，酒食画字一并在内。其钱心瑞父子亲手领足，其田任从首事招佃收租、了纳粮差。此系心瑞父子情愿，中间并无强逼。恐口无凭，立此断卖水田文契为据。

计粘红契九纸。契内洗脚田一丘、湾田一丘、长田一丘，与卖主连契未揭，张心瑞批，周昌言笔。

引领周师汝

凭中见钱许文耀、张开谟、尹大玖、余吉中

道光二十五年六月初六日立断卖水田文契人张心瑞立，周昌言代笔

右照抄张心瑞卖契一纸。

立推粮字人张心瑞，今将七都九里三甲额粮九斗七升八合，推于辰州府义田收纳入柱，并未存留合勺。今恐无凭，立此推粮字约为据。

凭中契内人等

道光二十五年六月初六日周昌言笔立

右照录张心瑞推粮字一纸。

立断卖水田文契人向德扬，今因要钱用度，无从设凑，情愿将祖遗之业，坐落土名岩桥溪，共大小水田二十二丘，计种子二石七斗，载额粮九斗三升，外众溶傍田山地俱属在内，欲行出卖，先尽族内，无人承受。自请引领张履亭，引到承买义田首事许文耀、张开谟、尹大玖、余吉中，转引到辰州府大老爷雷捐廉并劝捐公买义田。当时三面议定，时值价钱九百三十千文正，画字酒食一并在内。其钱眼同在内人等，德扬亲手领足。此系祖遗之业，并未包卖他人寸土。其田任从义田首事招佃管业。其众溶傍田在内山地，亦任首事管业，不准开挖种植。恐口无凭，立此断卖水田文契为据。

计粘红契十九纸，白禀一合据呈明遗失，印契三纸。

引领张履亭

凭中见钱许文耀、张开谟、尹大玖、余吉中

道光二十五年五月初二日立断卖水田文契人向德扬亲笔立

右照抄向德扬卖契一纸。

立推粮字约人向德扬，今将八都七里十三甲额粮九三升，当凭契内人等，推于辰州府义田收粮入柱，并未存留合勺。今欲有凭，立此推粮字约为据。

道光二十五年五月初二日立

右照录向德扬推粮字一纸。

立断卖水田文契人赵向氏，同男赵启怀、启悦，今因家下要钱使用，无从得出，母子商议，情愿将受分之业，坐落土名岩桥溪正溶长田一丘，碑溶口旁山小秧田一丘，计种子三斗，载额粮一斗二升七合，欲行出卖，无人承受。自请引领颜可华，引到承办义田首事许文耀、张开谟、尹大玖、余吉中，转引到辰州府大老爷雷台前，捐廉并劝捐公买义田，向前承买。当时三面议定，时值价钱一百四十千文正，画字酒食一并在内。其钱眼同在内人等，向氏母子亲手领足。其田任从义田首事招佃收租，了纳国赋。此系受分之业，并未包卖他人寸土。恐口无凭，立此断卖水田文契为据。

计粘红契一纸，其有田间山地照依老契，一并在内管业。

引领颜可华

凭中见钱许文耀、张开谟、尹大玖、余吉中

道光二十五年六月十五日立断卖水田文契人赵向氏、同男赵启怀、启悦立，赵启怀亲笔

右照抄赵向氏卖契一纸

立推粮字人赵启怀、启悦，今将八都十五里九甲柱名赵启怀、启悦各柱名下额粮六升三合五勺，共粮一斗二升七合，推于辰州府义田收纳入柱，并未存留合勺。今欲有凭，立此推粮字约为据。

凭中契内人等

道光二十五年六月十五日赵启怀笔立

右照录赵向氏推粮字一纸。

立断卖水田文契人张化兴，同男本正等，今因家下要钱使用，无从设凑，父子商议，情愿将己手得置并受分祖业，坐落土名黄金冲接连水田大小一十五丘，又莲蓬塘水田大小一十四丘，颜家包水田六丘，陈家屋门口水田四丘，四共水田大小三十九丘，计种二石一斗，册载额粮共一石五斗一升四合五勺，欲行出卖，无人承买。今因本府大老爷雷捐廉并劝捐沅邑公买义田，自请引领张廷位，引到承买义田首事许文耀、张开谟、尹大玖、余吉中，转引到府署承买。当日议定时置〔值〕价钱九百千文整，画字酒食一并在内。其钱眼同在内人等交付，张姓卖主亲手领足，并未包卖他人寸土。其田任从义田首事永远招佃收租，于每年十月内运交义仓，存贮备用。即由各首事照粮纳税，并无减价勒买情事。今欲有凭，立此断卖水田文契，永远为据。

计粘上首印契一纸。此契内黄金冲田十五丘，与卖主连契未揭。

引领张廷位

凭中见钱许文耀、张开谟、尹大玖、余吉中

道光二十四年十月十五日立断卖水田文契张化兴亲笔，本正等同立

右照抄张化兴卖契一纸。

立推粮字人张晋贤，今将土名莲蓬塘黄金冲等处水田，卖于义仓为业，共册载额粮一石五斗一升四合五勺，在于东隅二甲柱名张本正名下推出。今推于本府大老爷雷捐买义田所委承办首事张开谟、许文耀等名下收入，了纳粮差，其中并无存留合勺。今欲有凭，立此为据。

凭中袁册书并契内人等

道光二十五年正月初十日张晋贤，即化兴亲笔立

右照录张化兴推粮字一纸

立断卖水田文契人彭大鹏，同男业先、业恒等，今因家中要钱用度，无从设凑，父子兄弟商议，情愿将祖遗受分之业，坐落土名小溪口中溶小秧田一丘、大秧田一丘、岩板田一丘、边田二丘、岩磴田二丘、沙田一丘、殿上田一丘、小溪边港田一丘、刘家田一丘、它田一丘，共计水田大小一十二丘，计种子一石、载粮七斗一升四合，欲要出卖与人，先尽族内，无人承受。因辰州府大老爷雷捐廉并劝捐沅邑公买义田，自请引领张大兆，引到承买义田首事许文耀、张开谟、尹大玖、余吉中，转引到府署承买。三面议定，时值价钱八百六十千文正，画字酒食一并在内。其钱眼同在内人等交付鹏父子亲手领足，并未包卖他人寸土。其田任从义田首事永远招佃收租，于每年十月内运交义仓，存贮备用。即由各首事照粮纳税，并无减价勒买情事。今欲有凭，立此断卖水田文契，永远为据。

计粘红契三纸。此契内边田二丘与彭昀升同契已揭。又沙田一丘、殿上田一丘、溪边港田一丘、刘家田一丘、它田一丘共五丘，均与卖主连契未揭，已经批明未揭之契。再彭昀升边田二丘，已卖与辰州府义田管业。

引领张大兆

凭中见钱许文耀、张开谟、尹大玖、余吉中

道光二十四年十月十八日立断卖水田文契人彭大鹏，同男业先、业恒、业美、业德、业增同立，彭业先亲笔

右照抄彭大鹏卖契一纸。

立推粮字人彭大鹏，今将五都三里一甲柱名彭鹍伯粮七斗一升四合，推与辰州府义田收粮入柱，并未存留合勺。兹欲有凭，立此推粮字为据。

凭中契内人等

道光二十五年三月十五日具

右照录彭大鹏推粮字一纸。

立断卖水田文契人彭竹书，今因家中要钱用度，无从设凑，情愿将祖遗受分之业，坐落土名银杏坪大田一丘，计种一斗一升，载额粮九升八合，欲行出卖，先尽族内，无人承受。因辰州府大老爷雷捐廉并劝捐公买义田，自请引领彭克勤，引到承买义田首事许文耀、张开谟、尹大玖、余吉中，转引到府署承买。当时三面议定，时值价钱一百一十七千六百文正，画字酒食一并在内。其钱眼同在内人等亲手领足，并未包卖他人寸土。其田任从义田首事永远招佃收租。今欲有凭，立此断卖水田文契为据。

计粘红契一纸。

引领彭克勤

凭中见钱许文耀、张开谟、尹大玖、余吉中

道光二十五年正月二十四日立断卖水田文契人彭竹书立

右照抄彭竹书卖契一纸

立推粮字约人彭竹书，今将五都四图一甲

柱名彭泽沛一升三合、彭业精六升九合、彭业焕一升六合，凭中契内人等，推于辰州府义仓收纳入户，并未存留合勺。今欲有凭，立此推粮字约为据。

道光二十五年六月初九日彭竹书立

右照录彭竹书推粮字一纸。

立断卖水田文契人彭践修，今因家中要钱用度，无从设凑，情愿将祖遗受分之业，坐落土名小溪口外溶杨柳田连接二丘，计种子一斗二升，载粮八升五合，欲要出卖，先尽族内，无人承受。因辰州府大老爷雷捐廉并劝捐公买义田，自请引领彭登云，引到承买义田首事许文耀、张开谟、尹大玖、余吉中，转引到府承买。当时三面议定，时值价钱一百零九千二百文正，画字酒食一并在内。其钱眼同在内人等交付践修亲手领足，并无包卖他人寸土。其田任从义田首事永远招佃收租。今欲有凭，立此断卖水田文契为据。

计粘红契二纸。

引领彭登云

凭中见钱许文耀、张开谟、尹大玖、余吉中

道光二十五年正月二十四日立断卖水田文契人彭践修立，彭克勤亲笔

右照抄彭践修卖契一纸。

立推粮字约人彭践修，今将五都四图一甲柱名彭业焕一升、业精五升五合、业畅一升、业谦一升，凭中契内人等，推于辰州府义仓收纳入户，并未存留合勺。今欲有凭，立此推粮字约为据。

道光二十五年六月初九彭践修立

右照录彭践修推粮字一纸。

右照录彭业谦推粮字一纸。

立断卖水田文契人彭昀升，今因家中要钱用度，无从设凑，情愿将祖遗受分之业，坐落土名小溪口中溶黄陶湾水田连接二丘，又岩脚山水田连接二丘，共计大小水田四丘，计种二斗四升，载粮一斗八升九合，欲行出卖，先尽族内，无人承受。因辰州府大老爷雷捐廉并劝捐公买义田，自请引领张大兆，引到承买义田首事许文耀、张开谟、尹大玖、余吉中，转引到府承买。当时三面议定，时值价钱二百二十六千八百文正，画字酒食一并在内。其钱眼同在内人等交付，昀升亲手领足，并无包卖他人寸土。其田任从义田首事永远招佃收租。今欲有凭，立此断卖水田文契为据。

计粘红契一纸。契内岩脚山田二丘，与卖主连契未揭。

引领张大兆

凭中见钱许文耀、张开谟、尹大玖、余吉中

道光二十五年正月二十四日立断卖水田文契人彭昀升立，彭业端亲笔

右照抄彭昀升卖契一纸。

立推粮字约人彭昀升，今将五都三里一甲彭大昂柱名载粮五升六合、彭鲲伯柱名载粮一斗三升三合，推于辰州府义田，凭中契内人等纳粮入户。今欲有凭，立此推粮字约为据。

道光二十五年三月十五日彭昀升立

右照录彭昀升推粮字一纸。

立断卖水田文契人彭昀升、张大受，今因家中要钱用度，无从设凑，二家商议，情愿将先年合伙之田，坐落土名小溪口中溶水田大小三丘，计种子三斗，载额粮二斗一升，欲要出卖，先尽二家族内，无人承受。因辰州府大老爷雷捐廉并劝捐公买义田，自请引领张大兆，引到承买义田首事许文耀、张开谟、尹大玖、余吉中，转引到府承买。当时三面议定，时值价钱二百五十二千文正，画字酒食一并在内。其钱眼同在内人等交付彭昀升、张大受二家亲手领足，并无包卖他人寸土。其田任从义田首事永远招佃收租。今欲有凭，立此断卖水田文契为据。

计粘红契一纸，白禀一合。据呈明遗失印契一纸。

引领张大兆

凭中见钱许文耀、张开谟、尹大玖、余吉中

道光二十五年正月二十四日立断卖水田文契人彭昀升、张大受立，张大受亲笔

右照抄彭昀升、张大受卖契一纸。

立推粮字人彭昀升，今将五都三里一甲柱名彭大昂粮一斗零五合，推于辰州府义田收粮入柱，并无存留合勺。今欲有凭，立此推粮字为据。

道光二十五年三月十五日彭昀升立

右照录彭昀升推粮字一纸。

立推粮字人张大受，今将七都十里四甲柱名张运桢粮一斗零五合，推于辰州府义田收粮入柱，并无存留合勺。今欲有凭，立此推粮字为据。

道光二十五年六月十八日张大受立

右照录张大受推粮字一纸。

立断卖水田文契人彭业湘，今因家中要钱用度，无从设凑，情愿将祖遗受分之业，坐落土名小溪口中溶何家田一丘、腰带田一丘、大方田一丘，土名黄陶湾水田一丘，又黄陶水田一丘、槛蛇田一丘，共二丘，四斗，田湾墨斗田一丘、内槛一丘，共二丘，三角丘水田一丘、油房田一丘、边担田一丘，共计水田十一丘，计种六斗，载粮三斗八升八合五勺，欲行出卖，先尽族内，无人承受。因辰州府大老爷雷捐廉并劝捐公买义田，自请引领张大兆，引到承买义田首事许文耀、张开谟、尹大玖、余吉中，转引到府承买。当时三面议定，时值价钱四百六十六千二百文正，画字酒食一并在内。其钱眼同在内人等交付业湘亲手领足，并未包卖他人寸土。其田任从义田首事永远招佃收租。今欲有凭，立此断卖水田文契为据。

计粘红契四纸。契内边担田一丘，与卖主连契未揭；何家田一丘，与业安连契同卖。

引领张大兆

凭中见钱许文耀、张开谟、尹大玖、余吉中

道光二十五年正月二十四日立断卖水田文契人彭业湘立、弟彭业端亲笔

右照抄彭业湘卖契一纸。

立推粮字人彭业湘，今将五都二里一甲柱名彭业宽粮三斗八升八合五勺，推于辰州府义田，凭中契内人等收粮入户。今欲有凭，立此推粮字约为据。

道光二十五年三月十五日彭业湘立

右照录彭业湘推粮字一纸。

立断卖水田文契人彭业澍母子兄弟，今因家中要钱用度，无从设凑，情愿将祖遗受分之业，坐落土名中溶坝口圳丘子田一丘，计种子八升，载粮四升二合，欲要出卖，先尽族内，无人承受。因辰州府大老爷雷捐廉并劝捐公买义田，自请引领彭登云，引到承买义田首事许文耀、张开谟、尹大玖、余吉中，转引到府承买。当时三面议定，时值价钱五十千零四百文，画字酒食一并在内。其钱眼同在内人等交付业澍亲手领足，并无包卖他人寸土。其田任从义田首事永远招佃收租。今欲有凭，立此断卖水田文契为据。

此田与卖主连契未揭。

引领彭登云

凭中见钱许文耀、张开谟、尹大玖、余吉中

道光二十五年正月二十四日立断卖水田文契人彭业澍亲笔立

右照抄彭业澍卖契一纸。

立推粮字约人彭业澍，今将五都四里一甲柱名彭大魁粮四升二合，推于辰州府义仓收纳入户，并未存留合勺。今欲有凭，立此推粮字约为据。

道光二十五年六月初九日彭业澍笔立

右照录彭业澍推粮字一纸。

立断卖水田文契人彭业安，今因家中要钱用度，无从设凑，情愿将祖遗受分之业，坐落土名小溪口中溶何家田一丘、腰带田一丘、岩脚山田三丘、内槛一丘，共田四丘，田湾屋门首大田一丘、内槛一丘，共田二丘，四斗田湾岩嘴岭圳外水田一丘，共计水田大小九丘，计种子五斗八升，载粮四斗零六合，欲要出卖，先尽族内，无人承受。因辰州府大老爷雷捐廉并劝捐公买义田，自请引领张大兆，引到义田首事许文耀、张开谟、尹大玖、余吉中，转引到府承买。当时三面议定，时值价钱四百八十七千二百文正，画字酒食一并在内。其钱眼同在内人等交付业安亲手领足，并未包卖他人寸土。其田任从义田首事永远招佃收租。今欲有凭，立此断卖水田文契为据。

计粘红契四纸，白禀一合。据呈明腰带田一丘印契遗失。

引领张大兆

凭中见钱许文耀、张开谟、尹大玖、余吉中

道光二十五年正月二十四日立断卖水田文契人彭业安、兄彭业端亲笔立

右照抄彭业安卖契一纸。

立推粮字人彭业安，今将五都三里一甲柱名彭业湘粮四斗零六合，推于辰州府义田收纳入户。今欲有凭，立此推粮字约为据。

道光二十五年三月十五日彭业安立

右照录彭业安推粮字一纸。

立断卖水田文契人李福高，今因家中要钱用度，无从设凑，情愿将得买之业，坐落土名小溪口中溶腰带田一丘，计种子六升，载粮三升，欲行出卖，先尽族内，无人承受。因辰州府大老爷雷捐廉并劝捐公买义田，自请引领张大兆，引到承买义田首事许文耀、张开谟、尹大玖、余吉中，转引到府承买。当时三面议定，时值价钱五十千零两四百文正，画字酒食一并在内。其钱眼同在内人等交福高亲手领足，并未包卖他人寸土。其田任从义田首事永远招佃收租。今欲有凭，立此断卖水田文契为据。

计粘红契一纸。

引领张大兆

凭中见钱许文耀、张开谟、尹大玖、余吉中

道光二十五年正月二十四日立断卖水田文契人李福高立、李正敏代笔

右照抄李福高卖契一纸。

立推粮字约人李福高，今将五都四里一甲柱名彭业畅粮三升，推于辰州府义仓收纳入户，并未存留合勺。今欲有凭，立此推粮字约为据。

道光二十五年三月十八日李懋修笔立

右照录李福高推粮字一纸。

立断卖水田文契人李吉高，同姓李思忠，今因家中要钱用度，无从设凑，叔侄商议，情愿将祖遗受分之业，坐落土名小溪口下舒家田一丘、老文龙田大小二丘、新文龙田连接二丘，后溶岩屋孔下首水田一丘、大方田一丘。中溶腰带田一丘。老黄园水田大小共四丘。松山园水田一丘，共计水田大小十三丘，计种子一石一斗，载额粮七斗五升六合，欲行出卖，先尽族内，无人承受。因辰州府大老爷雷捐廉并劝捐公买义田，自请引领张大兆、彭登云，引到承买义田首事许文耀、张开谟、尹大玖、余吉中，转引到府承买。当时三面议定，时值价钱九百零八千二百文正，画字酒食一并在内。其钱眼同在内人等交付李吉高叔侄亲手领足，并无包卖他人寸土。其田任从义田首事永远招佃收租。今欲有凭，立此断卖水田文契为据。

计粘红契四纸，白禀一合。据呈明下舒家田一丘，又腰带田一丘印契遗失。

引领张大兆、彭登云

凭中见钱许文耀、张开谟、尹大玖、余吉中

道光二十五年正月二十四日立断卖水田文契人李吉高，同侄笔立李思忠亲笔

右照抄李吉高卖契一纸。

立推粮字人李吉高，今将五都三里一甲柱名李正刚粮七斗五升六合，推于辰州府义田收纳入柱，并未存留合勺。今欲有凭，立此推粮字约为据。

道光二十五年正月二十四日李吉高同侄思忠笔立

右照录李吉高推粮字一纸。

立断卖水田文契人陈宏珊，今因要钱用费，将先年得买彭姓之业出卖，坐落土名舒家田一丘、行路田一丘、蛇田一丘、打水田一丘，外小荒坪一则黄塘湾田一丘，载粮一斗六升，自请引领彭业敏，引到义田首事许文耀、张开谟、尹大玖、余吉中，转引到府宪大老爷雷捐廉并劝捐买置义田，议定时值价钱一百五十七千五百文。其钱亲手领足，其田任从义田首事招佃纳粮。今欲有凭，立此文契为据。

计粘红契一纸。

引领彭业敏

凭中吕绍新、陈玉殿

道光二十五年正月二十四日立断卖水田文契人陈宏珊立，代笔堂侄陈昌达

右照抄陈宏珊卖契一纸。

立推粮字人陈宏珊，今将五都五图十甲柱名宏珊粮一斗六升，凭中契内人等，推于辰州府义田收粮入柱，并未存留合勺。兹欲有凭，立此推粮字为据。

道光二十五年六月二十日具

右照录陈宏珊推粮字一纸。

立断卖水田文契人彭昫升，今因家中要钱用度，无从设凑，情愿将祖遗受分之业，坐落土名小溪口外溶边担田连接二丘，计种子一斗，载额粮七升七合，欲行出卖，先尽族内，无人承受。因辰州府大老爷雷捐廉并劝捐公买义田，自请引领彭登云，引到承买义田首士许文耀、张开谟、尹大玖、余吉中，转引到府承买。当时三面议定，时值价钱九十二

千四百文正，画字酒食一并在内。其钱眼同在内人等亲手领足，并未包卖他人寸土。其田任从义田首事永远招佃收租。兹欲有凭，立此断卖水田文契为据。

卖主老契内有秧田一丘、版水溪口田一丘未卖，不便揭出老契。

彭昀升笔

引领彭登云

凭中见钱许文耀、张开谟、尹大玖、余吉中

道光二十五年五月初一日立此断卖水田文契人彭昀升立，彭直斋代笔

右照抄彭昀升卖契一纸。

立推粮字约人彭昀升，今将五都三里一甲柱名彭大昂粮七升七合，推于辰州府义田，凭中契内人等纳粮入户，并未存留合勺。今欲有凭，立此推粮字约为据。

道光二十五年五月初十日彭昀升笔立

右照录彭昀升推粮字一纸。

立断卖水田文契彭谢氏，今因要钱用度，与母弟相商，情愿将夫主受分之业，坐落土名小溪口岩脚山大秧田一丘、中溶大方田一丘、后溶老司田一丘，又葫芦田连接三丘，契载额粮二斗九升四合，计种子三斗，欲行出卖，先尽族内，无人承受。自请引领彭登云，引到义田首事许文耀、张开谟、尹大玖、余吉中，转引到辰州府大老爷雷捐廉并劝捐公买义田。三面议定时值价钱三百五十二千八百文正，画字酒食一并在内。其钱眼同在内人等同弟彭业澍、业富、业泮、业芳等亲手领足，其田任从义田首事招佃收租，并未包卖他人寸土。今欲有凭，立此断卖水田文契为据。

计粘红契三纸。此田老契内只有实粮二斗六升五合，新契内多写二升九合，仍照老契收粮。澍笔批：契内老司田一丘与卖主桐树田连契未揭。

引领彭登云

凭中见钱许文耀、张开谟、尹大玖、余吉中、彭业富、彭业泮、彭业芳

道光二十五年五月初一日立断卖水田文契人彭谢氏立，彭业澍代笔

右照抄彭谢氏卖契一纸。

立推粮字约人彭业澍，今将五都四里一甲柱名彭大魁额粮二斗六升五合，推于辰州府义田纳粮入户，凭中义田首事人等，并未存留升斗合勺。今欲有凭，立此推粮字约为据。

道光二十五年五月初一日彭业芳笔立

右照录彭谢氏推粮字一纸。

立断卖水田文契人石光琋、石光全，今因要钱用度，无从设凑，情愿将父手受分之业，坐落土名龙溪口内正溶大小水田接连六丘，左右山地各宽一丈，埋岩为界，契载额粮五斗九升五合，计种一石。两面荒山不准开挖。其田地欲行出卖于人，自请引领宋天光、张正湘，引到义田首事许文耀、张开谟、尹大玖、余吉中，转引到辰州府大老爷雷捐廉并劝捐公买义田。三面议定，时值价钱六百八十千文正，画字酒水一并在内。其钱卖主兄弟亲手领足，其田并地基任凭义田首事纳粮招租，卖主不得异言。兹欲有凭，立此断卖文契为据。

计粘红契一纸

引领宋天光、张正湘

凭中见钱许文耀、张开谟、尹大玖、余吉中

道光二十五年三月初八日立断卖水田文契人石光琋、石光全同立，石光琋亲笔

右照抄石光琋卖契一纸。

立推粮字人石山峰，今将本柱十一都一里八甲内粮五斗九升五合，推于义田柱内收粮入柱。此据。凭中契内人等。

道光二十五年三月初八日石佩珍笔立

右照录石光琋推粮字一纸。

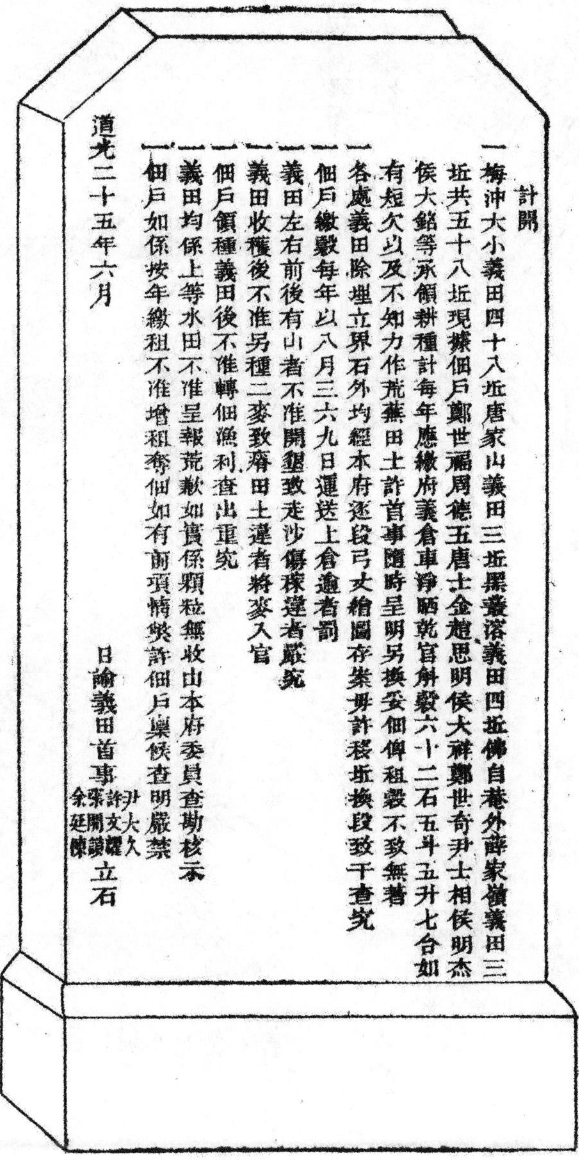

計開

一梅沖大小義田四十八坵唐家山義田三坵黑叢溶義田四坵佛自巷外薛家嶺義田三坵共五十八坵現據佃戶鄭世福周德玉唐士金趙思明侯大祥鄭世奇尹士相侯明杰侯大銘等承領耕種計每年應繳府義倉車淨晒乾官斛穀六十二石五斗五升七合如有短欠以及不知力作荒蕪田土許首事隨時呈明另換妥佃俾租穀不致無著

一各處義田除埋立界石外均經本府逐段弓丈繪圖存案毋許移坵換段致干查究

一佃戶繳穀每年以八月三六九日運送上倉逾者罰

一義田左右前後有山者不准開墾致走沙傷稼違者嚴究

一義田收穫後不准另種二麥致瘠田土違者將麥入官

一佃戶領種義田後不准轉佃漁利查出重究

一義田均係上等水田不准呈報荒歉如實係顆粒無收由本府委員查勘核示

一佃戶如係按年繳租不准增租奪佃如有前項情弊許佃戶稟候查明嚴禁

道光二十五年六月　日
諭義田首事尹大久 許文耀 張開謙 余延棟立石

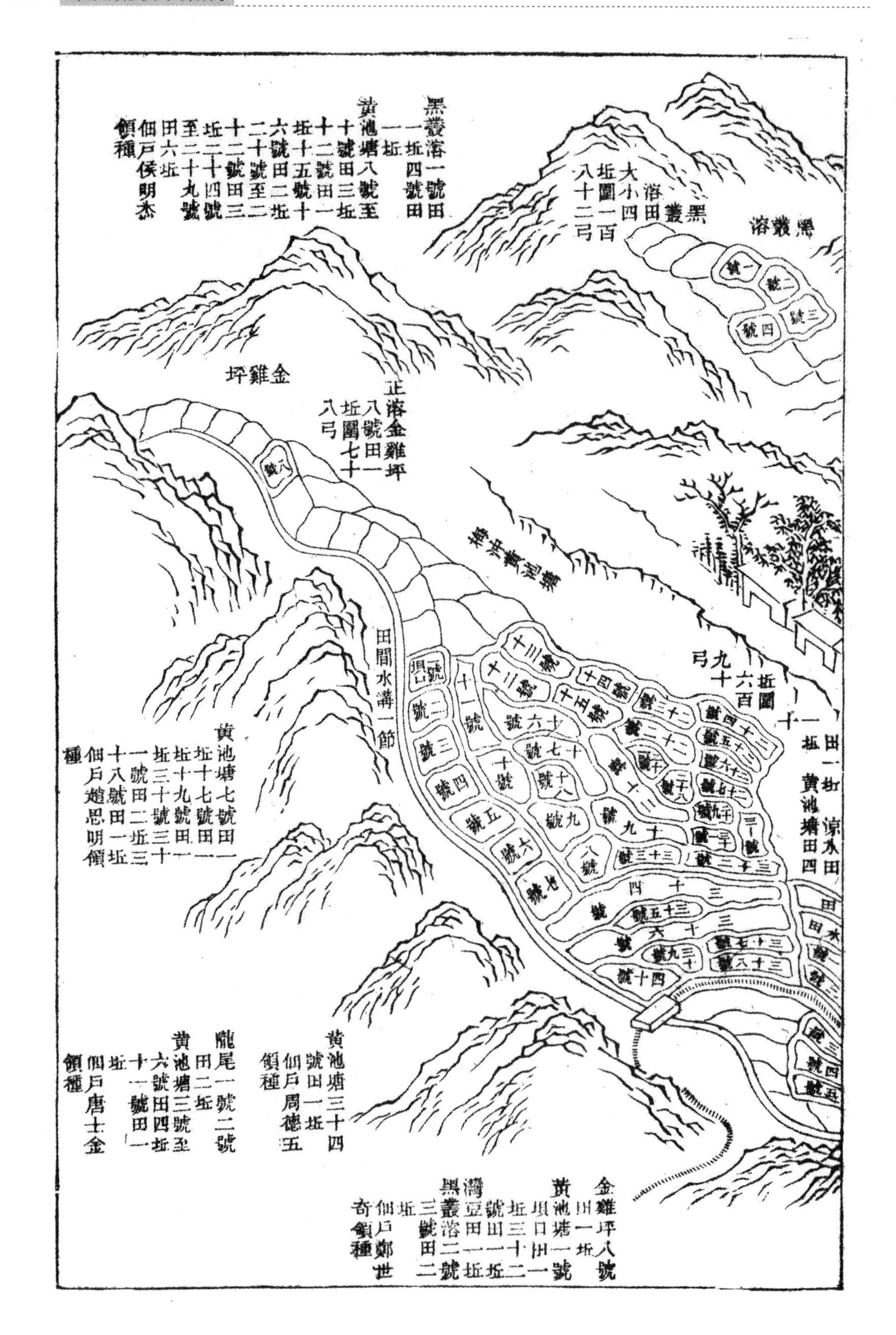
黑叢溶一號田一坵四號田一坵
黃池塘八號至十號田三坵十二號田一坵十五號十六號田二坵二十號至二十二號田三坵二十四號至二十九號田六坵
佃戶侯明杰領種
黑叢溶田大小四坵圖一百八十二弓
黑叢溶
金雞坪
正溶金雞坪八號田七十一坵圖八弓
梅井黃池塘
田間水溝一節
坵圖六百九十弓
一十一
田一坵
涼水田
黃池塘田四
黃池塘七號田一坵十七號田一坵十九號田一坵三十號三十一號田二坵三十八號田一坵
佃戶趙恩明領種
黃池塘三十四號田一坵
佃戶周德五領種
龍尾一號二號田二坵
黃池塘三號至六號田四坵十一號田一坵
佃戶唐士金領種
金雞坪八號田一坵
黃池塘一號壩口田一坵三十二號田一坵
灣豆田一坵
興叢溶二號三號田二坵
佃戶鄭世奇領種

百羊坪梅沖等處義田圖
唐家山一號
田一坵圍
一百二十
三弓
二號三號田
二坵圍六
十七弓
黃池塘二號
田一坵四
十號
田一
坵
佃戶
鄭世
福領
種
唐家山
一號
二號
三號
百羊坪
佛自門
庵
辰州府
義田
池塘
一號
二號
三號
薛家嶺一號二
號三號田接
連三坵圍三
百一十弓
池塘半口圍五
十七弓
佃戶侯大銘
領種
五坵
灣豆
隴尾田
涼水田一坵
黃池塘十三號
十四號田二
坵二十三號
田一坵三十
三號田一坵
三十五號至
三十七號
田三坵三
卜九號田
一坵
佃戶尹士
相領種
隴尾三號四
號五號田
三坵
黃池塘十八
號田一坵
佃戶侯大
祥領種

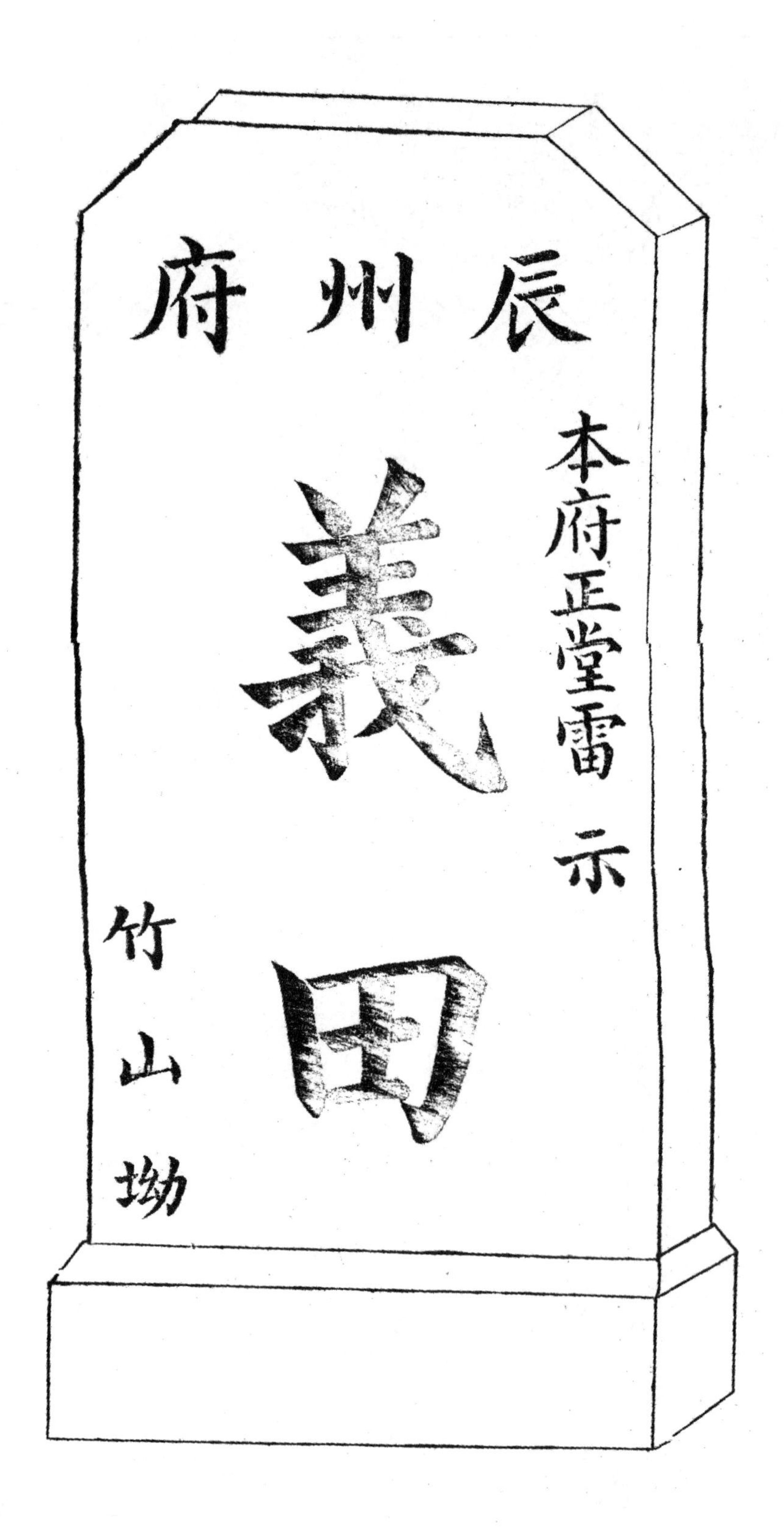
辰州府
本府正堂雷 示
義田
竹山坳

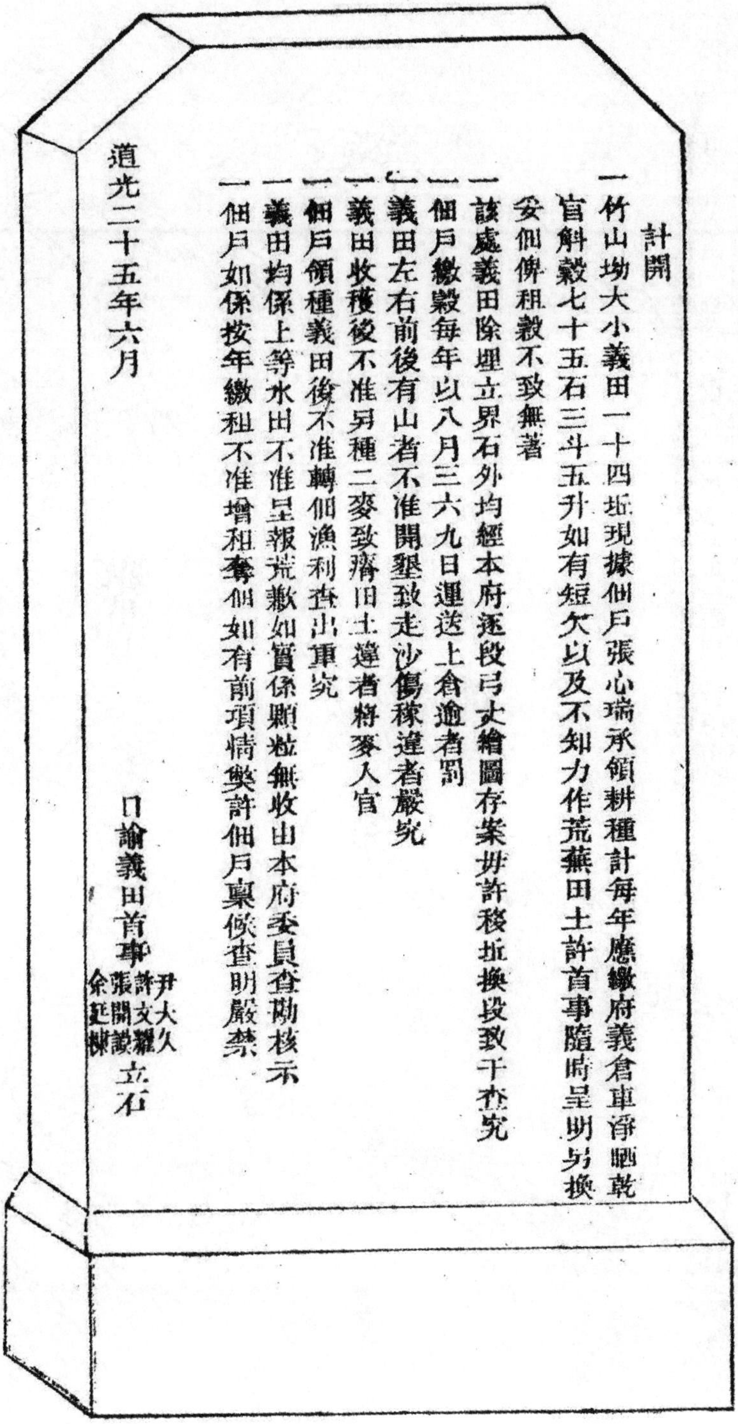

計開

一竹山坳大小義田一十四坵現據佃戶張心瑞承領耕種計每年應繳府義倉車淨晒乾官斛穀七十五石三斗五升如有短欠以及不知力作荒蕪田土許首事隨時呈明另換妥佃俾租穀不致無著

一該處義田除埋立界石外均經本府逐段弓丈繪圖存案毋許移坵換段致干查究

一佃戶繳穀每年以八月三六九日運送上倉逾者罰

一義田左右前後有山者不准開墾致走沙傷稼違者嚴究

一義田收穫後不准另種二麥致瘠田土違者將麥入官

一佃戶領種義田後不准轉佃漁利查出重究

一義田均係上等水田不准呈報荒歉如實係顆粒無收由本府委員查勘核示

一佃戶如係按年繳租不准增租奪佃如有前項情弊許佃戶稟候查明嚴禁

口諭義田首事 尹大久 許文耀 張開謨 余廷棟 立石

道光二十五年六月

岩板田一坵圖九十一弓　洗脚田一坵圖一百一十三弓　落尾
田一坵方田一坵魯師落大田一坵接水田一坵圖二百七十二弓
定田一坵婁田連接二坵靴田一坵圖四百零七弓　下節田一坵
灣田一坵長田一坵圖四百三十九弓　苦李田一坵圖一百五十
五弓　以上一十四坵佃戶張心瑞領種
民州府義田
竹山坳
岩板田
洗脚田
落尾田
方田
魯師落大田
接水田
定田
上婆田
下婆田
靴田
下節田
灣田
長田
苦李田

竹山坳義田圖

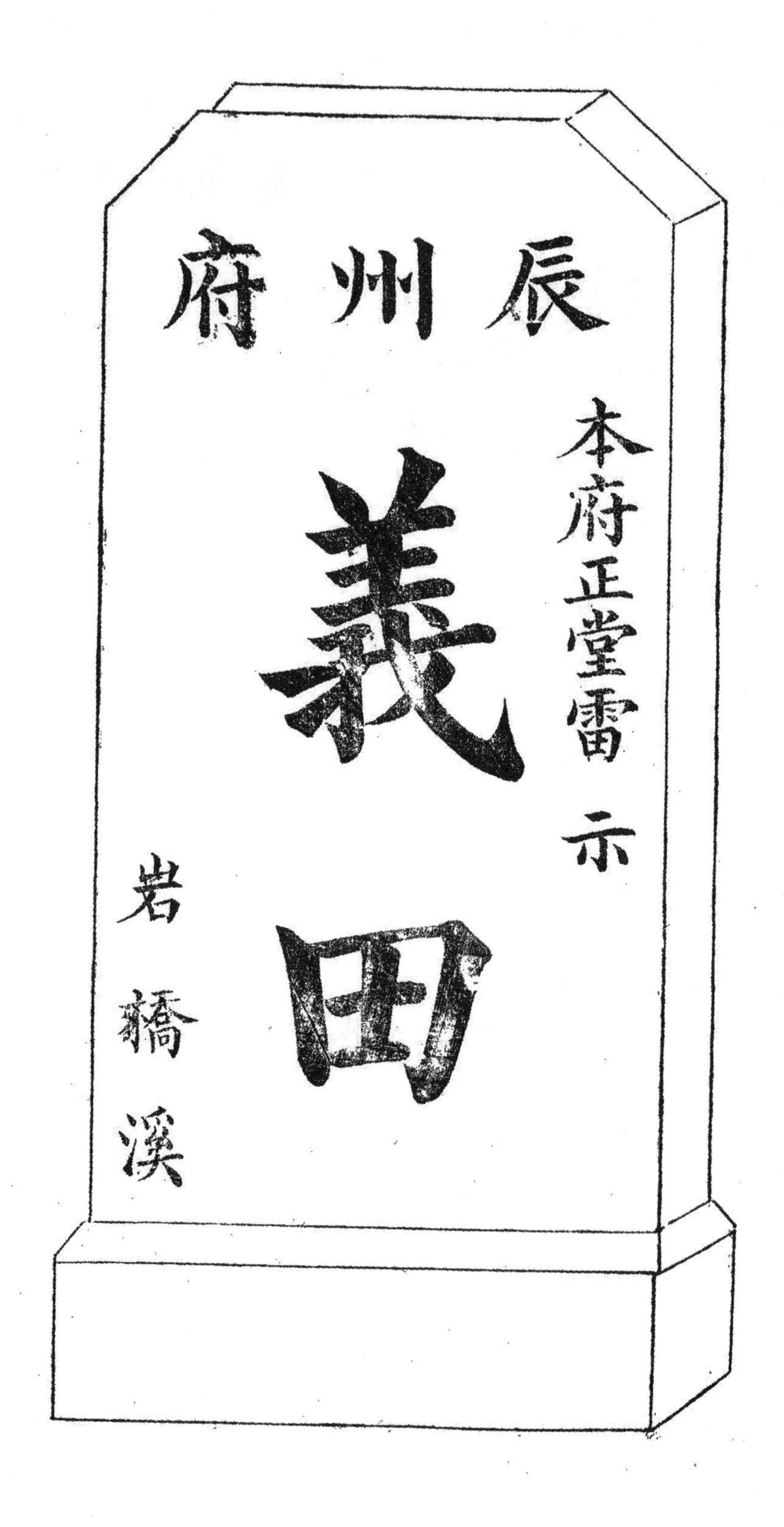
辰州府
本府正堂雷 示
義田
岩䢅溪

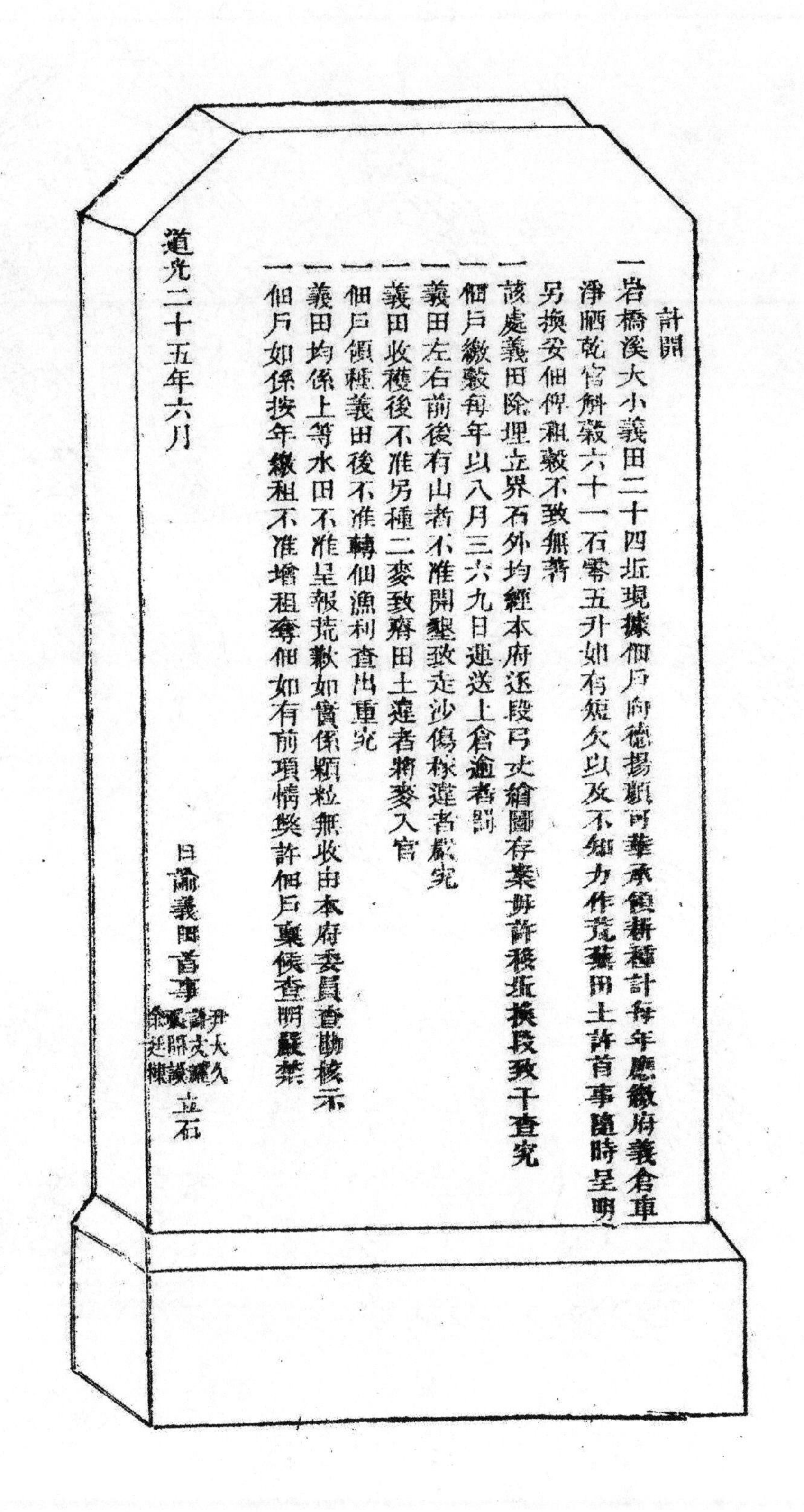
計開
一岩橋溪大小義田二十四坵現據佃戶向德揚顏可華承領耕種計每年應繳府義倉車
淨晒乾官斛穀六十一石零五升如有短欠以及不細力作荒蕪田土許首事隨時呈明
另換妥佃俾租穀不致無著
一該處義田除埋立界石外均經本府逐段弓丈繪圖存案毋許移坵換段致干查究
一佃戶繳穀每年以八月三六九日運送上倉逾者罰
一義田左右前後有山者不准開墾致走沙傷禾違者嚴究
一義田收穫後不准另種二麥致瘠田土違者將麥入官
一佃戶領種義田後不准轉佃漁利查出重究
一義田均係上等水田不准呈報荒歉如實係顆粒無收由本府委員查勘核示
一佃戶如係按年繳租不准增租奪佃如有前項情弊許佃戶稟候查明嚴禁
道光二十五年六月
日諭義田首事
尹大久
許文灝
余廷棟
立石

一號
二號
三號
四號
五號
六號
小秧田
長田
七號
八號
號
岩橋溪
十七號
十八號
十九號
二十號
二十一號
二十二號
號接連九坵圖七百二十八弓又二十二號一坵圖九十七弓小秧田一坵隔五十二弓
岩橋溪田一號至二十二號田二十二坵佃戶向德揚領種
長田一坵小秧田一坵佃戶顏可華領種

岩橋溪義田圖
辰州府義田
九
十號
十一號
十二號
十三號
十四號
十五號
十六號
岩橋溪田一號至六號接連六坵圍二百九十二弓又長田一坵接連七號至十二號共田七坵圍九百三十一弓又十三號坵二十一

辰州府
本府正堂雷 示
義田
黃金沖等處

計開

一黃金沖大小義田一十五坵蓮蓬塘大小義田一十四坵顔家包義田六坵陳家屋門首義田四坵共三十九坵現據佃戶張廷位承領耕種計每年應繳府義倉車淨晒乾官斛穀四十四石九斗三升五合如有短欠以及不知力作荒蕪田土許首事隨時呈明另換妥佃俾租穀不致無着

一各處義田除埋立界石外均經本府逐段弓丈繪圖存案毋許移坵換段致干查究

一佃戶繳穀每年以八月三六九日運送上倉逾者罰

一義田左右前後有山者不准開墾致走沙傷稼違者嚴究

一義田收穫後不准另種二麥致瘠田土違者將麥入官

一佃戶領種義田後不准轉佃漁利查出重究

一義田均係上等水田不准呈報荒歉如實係顆粒無收由本府委員查勘核示

一佃戶如係按年繳租不准增租奪佃如有前項情弊許佃戶稟候查明嚴禁

日諭義田首事 尹大久 許文耀 張開鋐 余廷棟 立石

道光二十五年六月

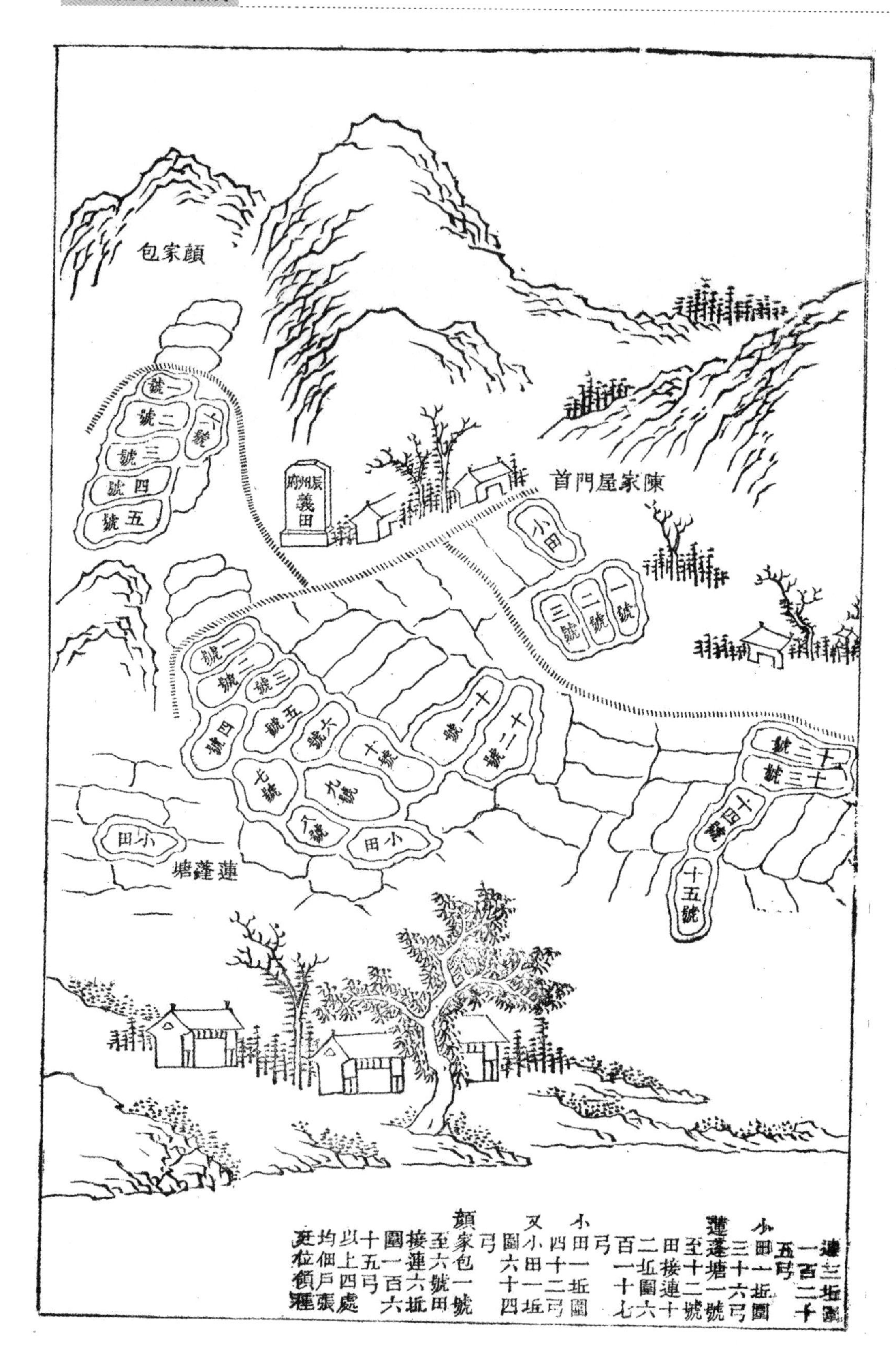

包家顏
辰州府
義田
陳家屋門首
一號
二號
三號
四號
五號
六號
小田
一號
二號
三號
四號
五號
六號
七號
八號
九號
十號
十一號
十二號
小田
小田
蓮蓬塘
十三號
十三號
十四號
十五號
蓮三坵圖
一百二十
五弓
小田一坵圖
三十六弓
蓮蓬塘一號
至十二號
田接連十
二坵圖六
百一十七
弓
小田一坵圖
四十二弓
又小田一坵
圖六十四
弓
顏家包一號
至六號田
接連六坵
圖一百六
十五弓
以上四處
均佃戶張
庭位領種

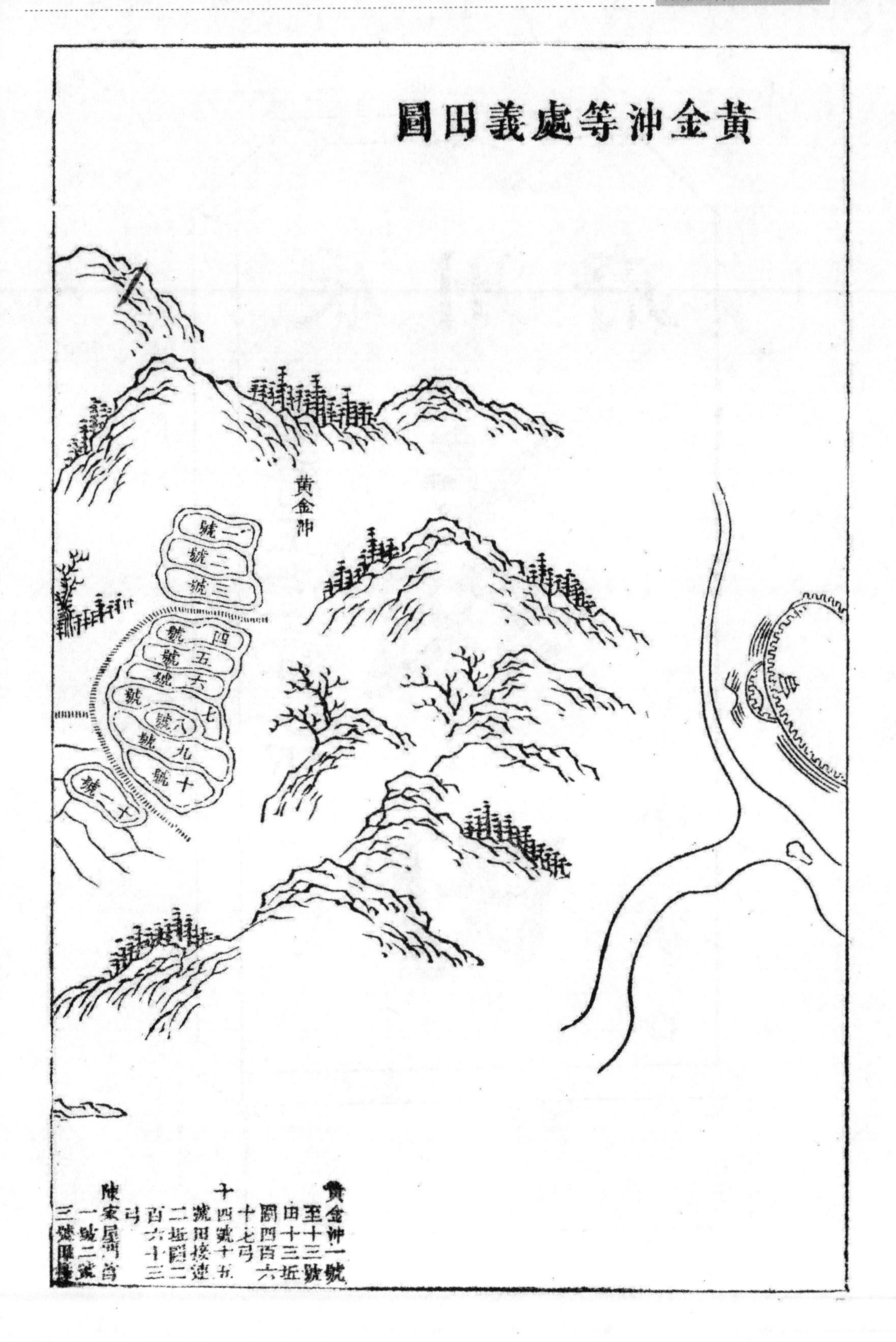
黃金沖等處義田圖
黃金沖
一號
二號
三號
四號
五號
六號
七號
八號
九號
十號
十一號
黃金沖一號至十三號田十三坵圖四百六十七弓
十四號十五號田接連二坵圖二百六十三弓
陳家屋灣首一號二號三號畢

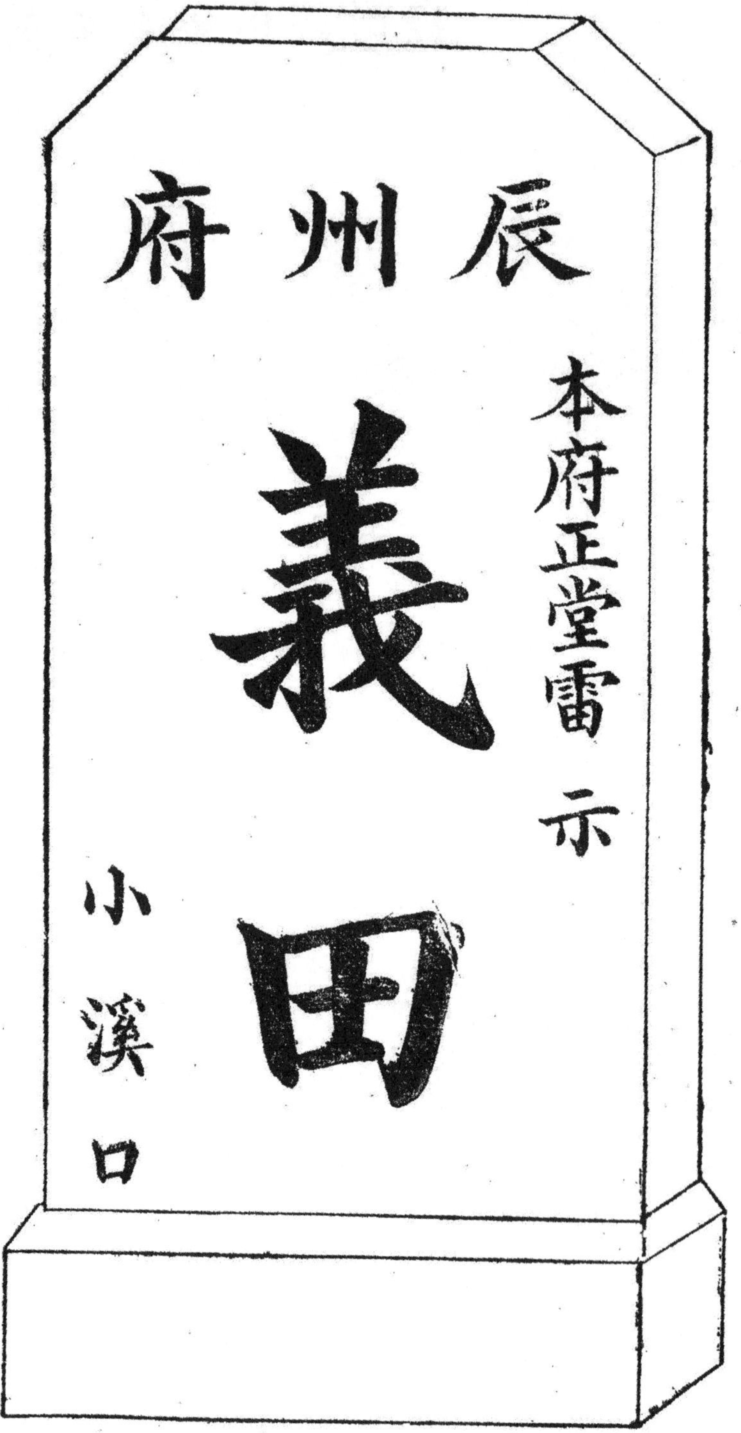

辰州府

本府正堂雷示

義田

小溪口

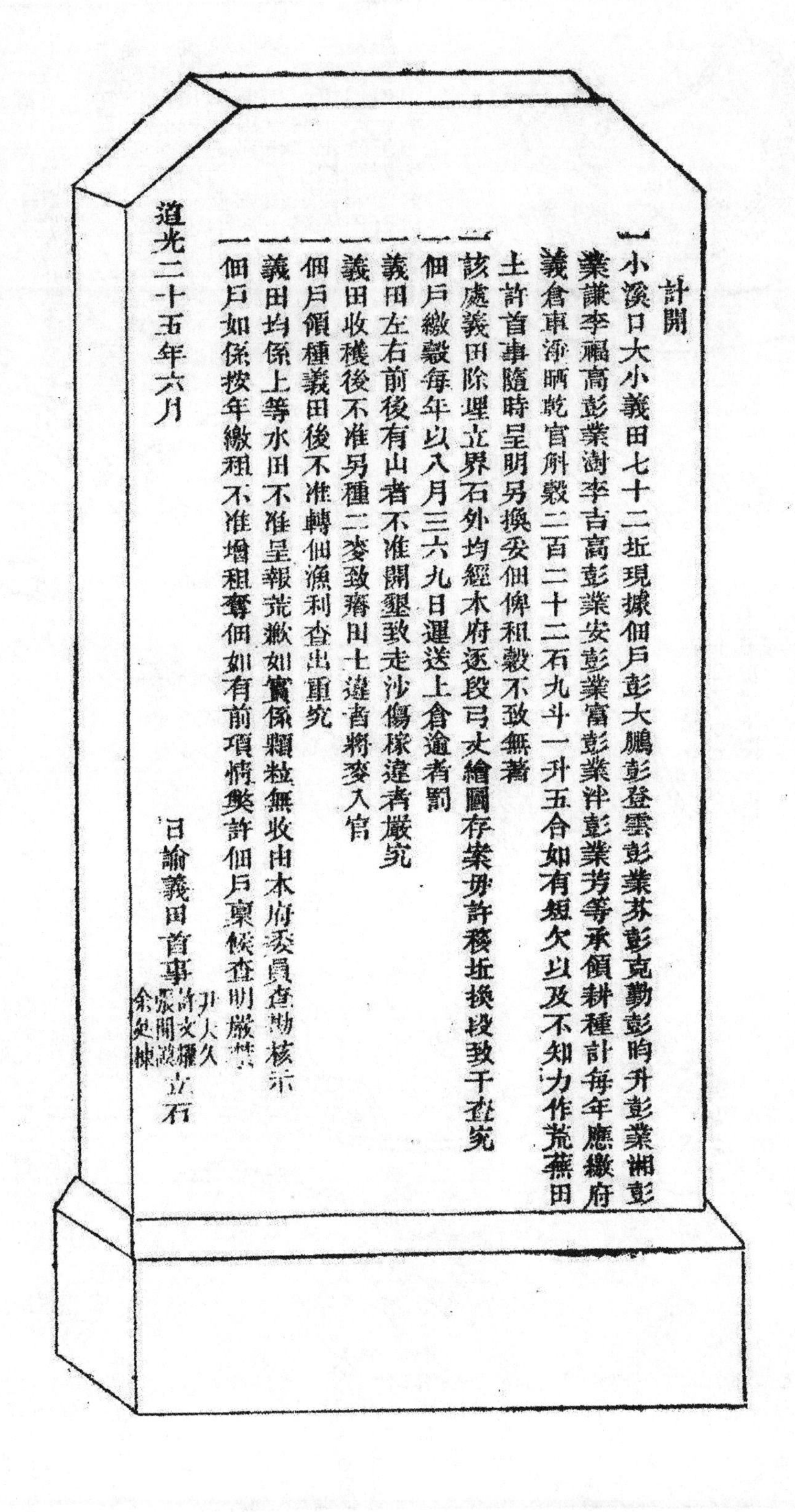
計開
一小溪口大小義田七十二坵現據佃戶彭大鵬彭登雲彭業苏彭克勤彭昫升彭業湘彭
業謙李福高彭業澍李吉高彭業安彭業富彭業泮彭業芳等承領耕種計每年應繳府
義倉車淨晒乾官斛穀二百二十二石九斗一升五合如有短欠以及不知力作荒蕪田
土許首事隨時呈明另換妥佃俾租穀不致無著
一該處義田除埋立界石外均經本府逐段弓丈繪圖存案毋許移坵換段致干查究
一佃戶繳穀每年以八月三六九日運送上倉逾者罰
一義田左右前後有山者不准開墾致走沙傷稼違者嚴究
一義田收穫後不准另種二麥致瘠田土違者將麥入官
一佃戶領種義田後不准轉佃漁利查出重究
一義田均係上等水田不准呈報荒歉如實係顆粒無收由本府委員查勘核示
一佃戶如係按年繳租不准增租奪佃如有前項情弊許佃戶稟候查明嚴禁
道光二十五年六月
日諭義田首事
尹大久
許文耀
張開讓
余先棟
立石

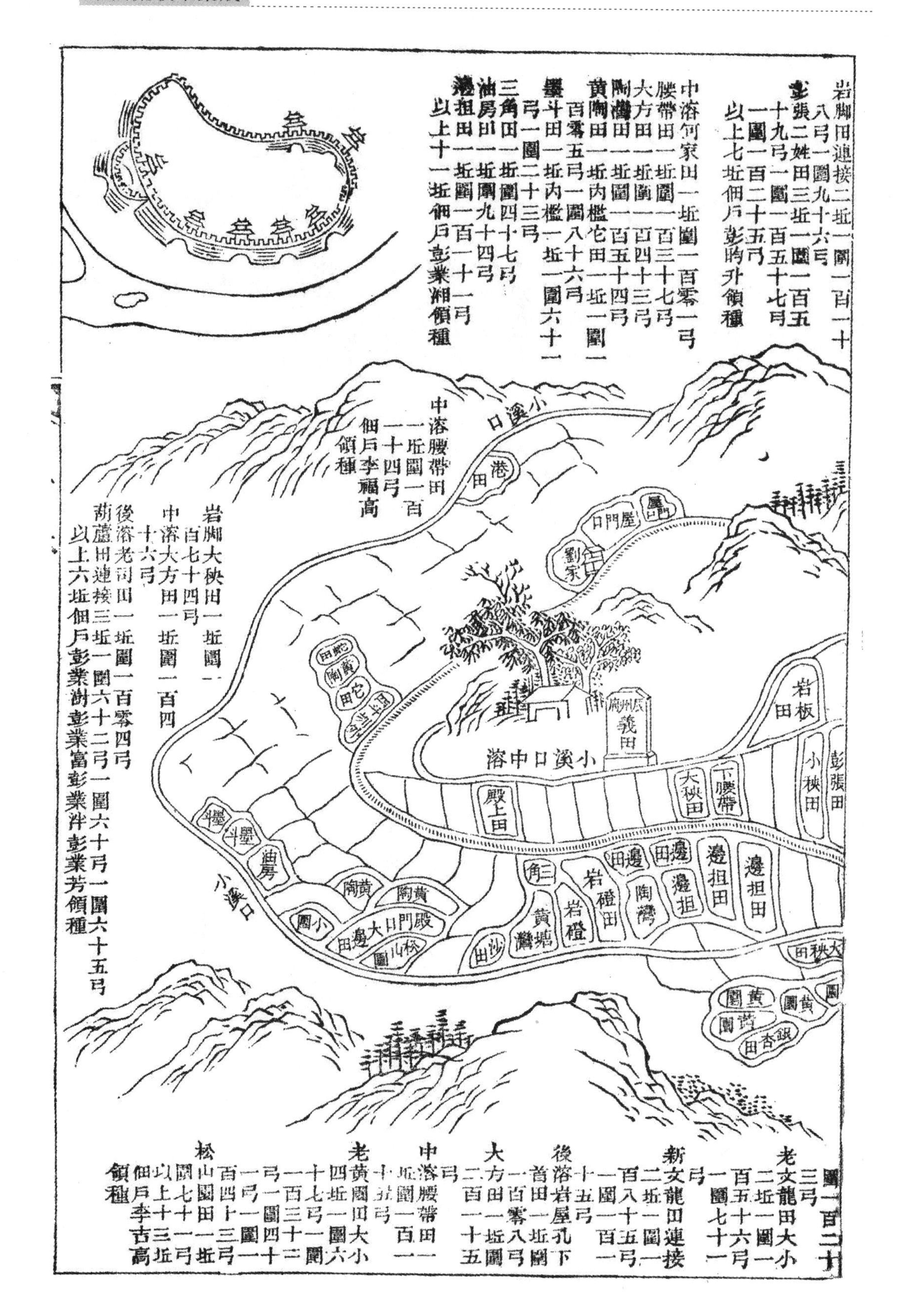
岩脚田連接二坵一圖一百一十八弓一圖九十六弓
彭張二姓田三坵一圖一百五十九弓一圖一百五十七弓一圖一百二十五弓
以上七坵佃戶彭昫升領種
中溶何家田一坵圖一百零一弓
腰帶田一坵圖一百三十七弓
大方田一坵圖一百四十三弓
陶灣田一坵圖一百五十四弓
黄陶田一坵内檻窄田一坵一圖一百零五弓一圖八十六弓
墨斗田一坵内檻一坵一圖六十一弓一圖二十三弓
三角田一坵圖四十七弓
油房田一坵圖九十四弓
邊担田一坵圖一百一十一弓
以上十一坵佃戶彭業湘領種
中溶腰帶田一坵圖一百一十四弓
佃戶李福高領種
岩脚大秧田一坵圖一百七十四弓
中溶大方田一坵圖一百四十六弓
後溶老祠田一坵圖一百零四弓
葫蘆田連接三坵一圖六十二弓一圖六十弓一圖六十五弓
以上六坵佃戶彭業澍彭業富彭業泮彭業芳領種
小溪口
巷田
劉家
小溪口中溶
義田
岩板田
彭張田
小秧田
下腰帶
大秧田
殿上田
邊担田
岩磴田
陶灣
三角
沙田
油房
銀杏田
圖一百二十三弓
老文龍田大小二坵一圖一百五十六弓一圖七十一弓
新文龍田連接二坵一圖一百八十五弓一圖一百一十五弓
後溶岩屋孔下首田一坵圖一百零八弓
大方田一坵圖二百一十五弓
中溶腰帶田一坵圖一百一十五弓
老黄圖田大小四坵一圖六十七弓一圖一百三十二弓一圖四十一弓一圖一百四十三弓
松山圖田一坵圖七十一弓
以上十三坵佃戶李古高領種

小溪口義田圖
中滸小秋田一坵圖一百三十二弓
大秋田一坵圖一百八十弓
岩板田一坵圖一百二十弓
邊田二坵一圖八十九弓一圖五十四弓
岩磴田二坵一圖一百弓一圖九十八弓
小溪邊港田一坵圖一百一十七弓
殿上田一坵圖一百四十弓
劉家田一坵圖一百六十弓
蛇田一坵圖一百一十四弓
沙田一坵圖六十七弓
以上十二坵佃戶彭大鵬領種
舒家田一坵圖一百零五弓
行路田一坵圖一百三十二弓
蛇田一坵圖一百五十八弓
打水田一坵圖一百一十八弓
黃塘灣田一坵圖九十一弓
以上五坵佃戶彭登雲領種
外滸楊柳田連接二坵一圖一百一十三弓一圖八十弓
以上二坵佃戶彭克勤領種
中滸黃陶田連接二坵一圖一百一十八弓一圖一百三十弓
銀杏田一坵圖一百六十六弓佃戶彭業林領種
小溪口後滸
小溪口中滸
小溪口外滸
壩口
大方田
卽岩板田
老司田
大方田
下何家
上何家
彭張
腰帶田
腰帶田
腰帶田
大方田
彭張田
老文龍
老文龍
新文龍
新文龍
上楊柳
下楊柳
舒家田
舒家田
圳坵田
岩脚
岩脚
岩脚
岩脚
岩脚
岩脚
中滸壩口圳坵子田一坵圖一百一十八弓佃戶彭業澍領種
殿門口大邊田一坵圖一百五十五弓
小圍田一坵圖六十七弓
以上二坵佃戶彭業謙領種
中滸何家田一坵圖八十弓
腰帶田一坵圖一百二十弓
岩脚田三坵內檻一坵一圖一百二十一弓一圖一百六十二弓一圖七十弓一圖六十九弓
田灣屋門口大田一坵內檻一坵一圖一百二十二弓一圖一百五十六弓
四斗田灣岩嶅檳圳外田一坵圖一百六十六弓
以上九坵佃戶彭業安領種
外滸邊担田連接二坵一圖一百二十七弓一圖五十九弓
以上二坵佃戶彭昫升領種
下舒家田一坵

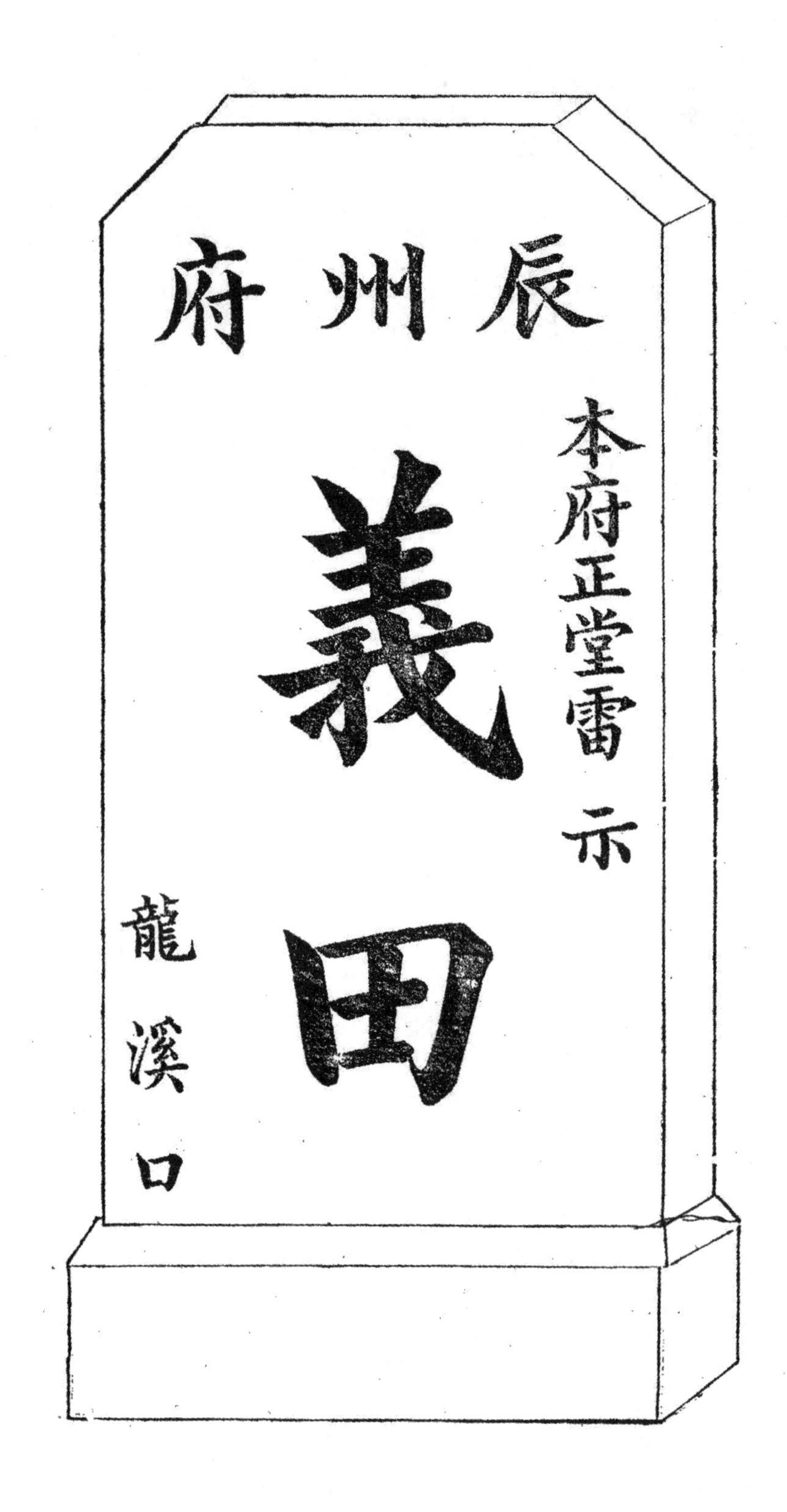
辰州府
本府正堂雷示
義田
龍溪口

計開

一龍溪口接連義田六坵現據佃戶張正湘宋添光承領耕種計每年應繳府義倉車淨曬乾官斛穀三十八石五斗如有短欠以及不知力作荒蕪田土許首事隨時呈明另換妥佃俾租穀不致無著

一該處義田除埋立界石外均經本府逐段弓丈繪圖存案毋許移坵換段致干查究

一佃戶繳穀每年以八月三六九日運送上倉逾者罰

一義田左右前後有山者不准開墾致走沙傷稼違者嚴究

一義田收穫後不准另種二麥致瘠田土違者將麥入官

一佃戶領種義田後不准轉佃漁利查出重究

一義田均係上等水田不准呈報荒歉如實係顆粒無收由本府委員查勘核示

一佃戶如係按年繳租不准增租奪佃如有前項情弊許佃戶稟候查明嚴禁

道光二十五年六月　　日諭義田首事尹大久 許文耀 張開謨 余廷棟立石

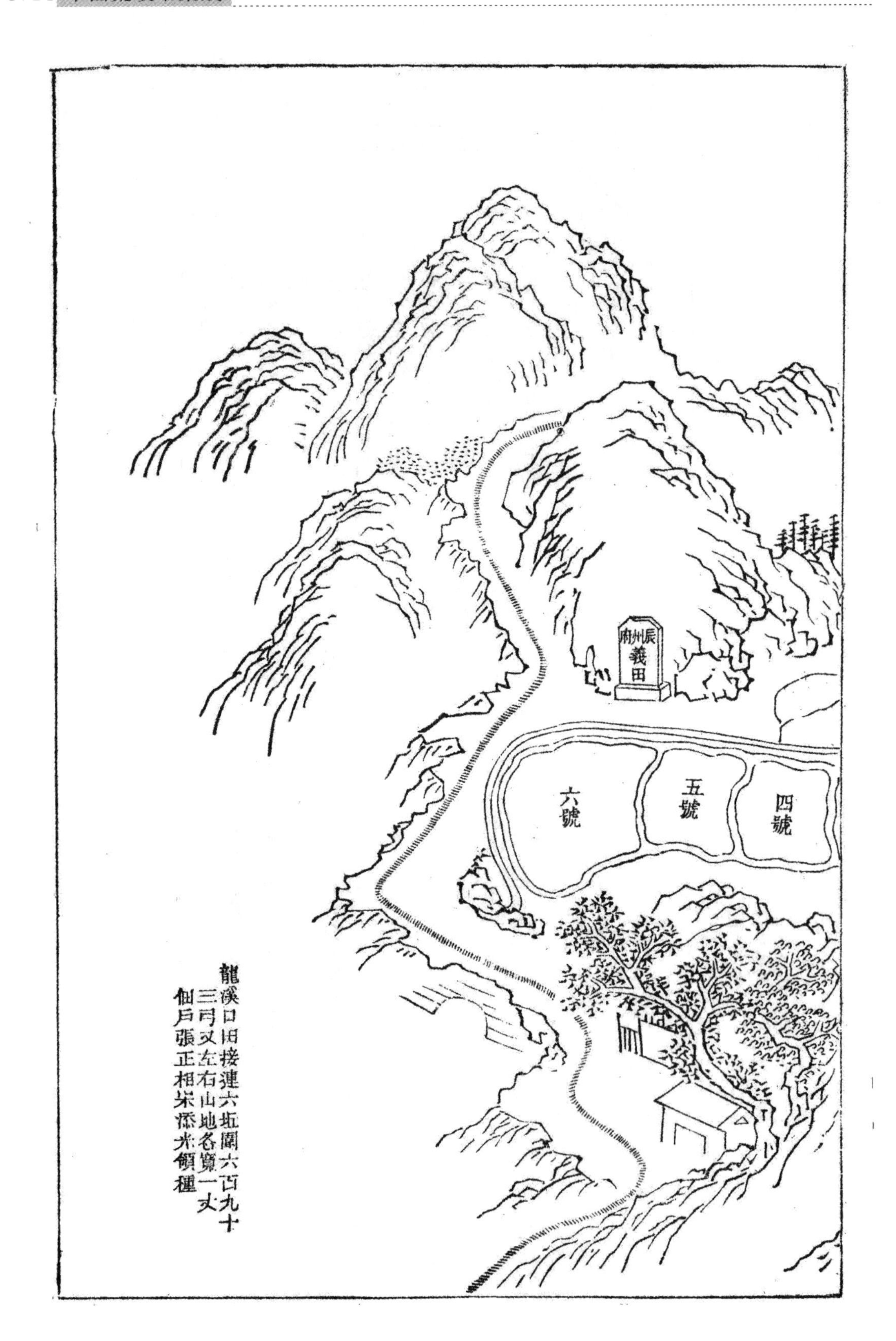
辰州府
義田
六號
五號
四號
龍溪口田接連六坵園六百九十
三弓又左右山地各寬一丈
佃戶張正相宋添光領種

龍溪口義田圖
一號
二號
三號

具呈义田首事许文耀、张开谟、尹大久、余吉中为禀请札县以便收粮事。缘宪台捐廉并劝捐买置义田，生等奉命价买，业已告竣。共该收入义田额粮九石四斗五升九合，各卖户名目、都图及粮数粘单呈电。但粮册在县，所有应收之粮，宜归各粮册，分立辰州府义田柱名。是以呈恳大老爷台前札县，俟明春造册之期，照单载都图，饬各册书收粮立柱，以便生等了纳国赋并随粮兵谷若干。至本邑有粮者，均有夫征。义田系官业，一切杂差，亦恳札县立案永免。深为德便。

计粘粮单一纸。

李林瀚：十一都一里九甲，粮一石五斗三升；罗佩玉：八都十里九甲，粮二斗一升六合；张心瑞顺安：七都九里三甲，粮九斗七升八合；向国荣：八都七里十三甲，粮九斗三升；赵启怀悦：八都十五里九甲，粮一斗二升七合；张本正：东隅二甲，粮一石五斗一升四合五勺；彭鲲伯：五都三里一甲，粮八斗四升七合；彭业精：五都四里一甲，粮一斗二升四合；彭泽沛：五都四里一甲，粮一升三合；彭业焕：五都四里一甲，粮二升六合；彭业畅：五都四里一甲，粮四升；彭业谦：五都四里一甲，粮一斗五升八合；彭大昂：五都三里一甲，粮二斗三升八合；彭业宽：五都三里一甲，粮三斗八升八合五勺；彭大魁：五都四里一甲，粮三斗零七合；彭业湘：五都三里一甲，粮四斗零六合；李正刚：五都三里一甲，粮七斗五升六合；张运祯：七都十里四甲，粮一斗零五合；陈宏珊：五都五里十甲，粮一斗六升；石山峰：十一都一里八甲，粮五斗九升五合。共粮九石四斗五升九合。

道光二十五年六月二十三日

右义田首事禀并粮单。

为禀请札饬以便收粮事。据义田首事许文耀、张开谟、尹大久、余吉中禀称：缘宪台捐廉并劝捐置买义田，生等奉命价买，业已告竣。共该收入义田额粮九石四斗五升九合，各卖户名目、都图及粮数粘单呈电。但粮册在县，所有应收之粮，宜归各粮册，分立辰州府义田柱名。是以呈恳札县，俟明春造册之期，照单载都图，饬各册书收粮入柱，以便生等了纳国赋并随粮兵谷若干。至本邑有粮者，均有夫征。义田系官业，一切杂差，亦恳札县立案永免，深为德便。计粘粮单一纸等情。据此，除禀批候饬县，转饬各册书遵办可也。粘单存外，合亟札饬。札到该县，即便遵照转饬各册书遵办，并将一切杂差立案永免。仍将遵办缘由，先行具报查考毋违。此札。

计连粮单一纸。

五都三里一甲：彭鲲伯，粮八斗四升七合；李正刚，粮七斗五升六合；彭业湘，粮四斗零六合；彭业宽，粮三斗八升八合五勺；彭大昂，粮二斗三升八合。

五都四里一甲：彭大魁，粮三斗零七合；彭业谦，粮一斗五升八合；彭业精，粮一斗二升四合；彭业畅，粮四升；彭业焕，粮二升六合；彭泽沛，粮一升三合。

五都五里十甲：陈宏珊，粮一斗六升。

七都九里三甲：张心瑞顺安，粮九斗七升八合。

七都十里四甲：张运桢，粮一斗零五合。

八都七里十三甲：向国荣，粮九斗三升。

八都十里九甲：罗佩玉，粮二斗一升六合。

八都十五里九甲：赵启怀悦，粮一斗二升七合。

十一都一里八甲：石山峰，粮五斗九升五合。

十一都一里九甲：李林瀚，粮一石五斗三升。

东隅二甲：张本正，粮一石五斗一升四合五勺。

以上共粮九石四斗五升九合。

道光二十五年六月二十六日

右行沅陵县。

署湖南沅陵县为申覆事。道光二十五年六月二十六日，奉宪台札开：据义田首事许文耀、张开谟、尹大久、余吉中禀称：缘宪台捐廉并劝捐置买义田，生等奉命价买，业已告竣。共该收入义田额粮九石四斗五升九合，各卖户名目、都图及粮数粘单呈电。但粮册在县，所有应收之粮，宜归各粮册，分立辰州府义田柱名。是以呈恳札县，俟明春造册之期，照单载都图，饬各册书收粮入柱，以便生等了纳国赋并随粮兵谷若干。至本邑有粮者，均有夫征。义田系官业，一切杂差，亦恳札县立案永免，深为德便。计粘粮单一纸等情。据此，除禀批候饬县，转饬各册书遵办可也。粘单存外，合亟札饬。札到该县，即便遵照转饬各册书遵办，并将一切杂差立案永免。仍将遵办缘由，先行具报查考毋违。此札。计连粮单一纸等因。奉此，除转饬该管各里长遵照办理，并俟二十六年春间造册之期，照依粮单收粮立柱外，所有遵办缘由，理合具文申覆宪台查核，为此备由，申乞照验施行。

道光二十五年六月二十八日

右照录沅陵县申文。

为札饬改正事。案据义田首事许文耀、张开谟、尹大久、余吉中呈称：切生等奉谕置买义田，所有各卖户名目、都图、粮数，前经粘单呈电，恳请札县，照单开都图，饬各册书收粮立柱在案。兹查有李正刚一名，原柱名系李大高、李友金，又张运祯一名，原柱名系张应元，理合据实检举，恳请饬县改正等情。据此合亟专札饬知。札到该县，立即遵照转饬各册书查明更正。切切。此札。

道光二十五年六月二十八日

右行沅陵县。

重建辰州府义仓记

辰郡有义仓，自王前府见炜始。王前府图匮于丰，劝捐义谷五千余石，就县仓旧址，为仓廒十六间，以资储蓄。至道光十七年，请终养去任，计捐谷上仓者，已四千余石矣。壬寅冬，予奉命守辰。下车之后，执簿勾核，仓仅贮谷二千六百五十一石五斗九升五合。询之首事，知为某前府以谷易钱，复为某某县某事借用。予怃然者久之，因拟仿常平田成法，劝买义田。又恐小民未信，因循至甲辰冬，始以所拟《劝买义田说》，抄写多本，并自捐俸钱一千六百千，择郡城绅士许文耀等分任其事。时浦市有李光明者，复集各绅士协办劝捐。阅九月，竟积捐资逾万。因命首事等，以钱九千四百七十五千一百文，购上等溶田二百一十三丘，召佃耕种。按五五交租，岁可收上仓净谷五百零五石三斗零七合。先期以王前府所建仓，地势较低，木渐朽腐，派首事余廷栋督工，历六十六日，用工料钱一千九百六十五千七百二十文，于仓后高阜处，另建新廒二十间，间以重墙，固以门栅，复添建走廊一栋八间、五谷神祠一栋三间，重建官厅二间，新修大门一栋三间，于道光二十五年六月二十六日，一律工竣。所有前府动缺谷，亦经如数买补。即于是月二十九日详明各宪，请分别议叙，以示鼓励。并酌定章程，刊刻木牌，俾首事等永远遵守，而自记其崖略如此。时道光二十五年岁次乙巳六月吉日，赐进士出身知湖南辰州府事、奏调长沙府知府关中雷成朴记并书，义仓首事张开谟、余廷栋，义田首事许文耀、尹大久勒石。

右重建辰州府义仓记。

今将劝捐义谷、采买义田各首事并捐输义谷各绅士、商民姓名，开列于后。

计开：

劝捐义谷、采买义田沅陵县首事：许文耀、张开谟、尹大久、余吉中。

劝捐义谷沅、泸两县首事：张化兴、李光明、汪树兰、罗肇雍、姚时涵、吴云汉、唐世泰、陈拔先。

捐输义谷各绅士商民：

康淳，捐谷三百五十石；杨寿嵘，捐谷三百五十石；章顺亿，捐谷三百石；杨凌云，捐谷三百石；陈阶蔚，捐谷三百石；杨玉明，捐谷三百石；瞿大廷，捐谷二百五十石；张顺侯，捐谷二百石；杨忠，捐谷二百石；费德燠，捐谷二百石；杨义，捐谷二百石；丰太典，捐谷二百石；钟广裕，捐谷二百石；泸溪县油行，捐谷六百六十石；沅陵县油行，捐谷四百四十石；张鸿仪，捐谷一百五十石；姚瑞五，捐谷一百五十石；豫章馆，捐谷一百五十石；印如斗，捐谷一百二十石；廖荣，捐谷一百二十石；刘心斋，捐谷一百零四石；戴宗杜，捐谷一百石；罗致中，捐谷一百石；张大鹏，捐谷一百石；张万琳，捐谷一百石；张仲度，捐谷一百石；三义典，捐谷一百石；恒吉典，捐谷一百石；康文锦，捐谷一百石；李春圃，捐谷一百石；罗恒太，捐谷一百石；吉彦士，捐谷一百石；忠义宫，捐谷一百石；李逸斋，捐谷八十石；蒋以功，捐谷八十石；李占苞，捐谷八十石；胡有才，捐谷八十石；连发店，捐谷七十石；龚国来，捐谷六十石；向超宽，捐谷六十石；杨惟明，捐谷六十石；丁可珍，捐谷六十石；廉希舟，捐谷五十五石；李光恒，捐谷五十五石；余凤芝，捐谷五十石；田万龄，捐谷五十石；张廷献，捐谷五十石；杨昌银，捐谷五十石；董光耀，捐谷五十石；刘致泰，捐谷五十石；张启美，捐谷五十石；瞿海顺，捐谷五十石；向洪举，捐谷五十石；张绍钺，捐谷五十石；张绍铭，捐谷五十石；罗维贤，捐谷五十石；李之景，捐谷五十石；姚源生，捐谷五十石；蒋宗韩，捐谷五十石；蒋宗欧，捐谷五十石；邓正盛，捐谷四十五石；杨玉和，捐谷四十五石；唐中益，捐谷四十五石；黄彝，捐谷四十石；李上林，捐谷四十石；孙万章，捐谷四十石；高步瀛，捐谷四十石；罗万玉，捐谷四十石；邬盛全，捐谷四十石；姚全五，捐谷四十石；邬永清，捐谷四十石；杨文榜，捐谷四十石；张宏烈，捐谷三十五石；邓天榜，捐谷三十五石；邓含英，捐谷三十五石；刘家训，捐谷三十五石；张世谦，捐谷三十五石；姚受德，捐谷三十五石；尹宏清，捐谷三十石；陈海林，捐谷三十石；罗绍瑶，捐谷三十石；何文春，捐谷三十石；彭盛顺，捐谷三十石；贾陶轩，捐谷三十石；郑舜山，捐谷三十石；张永年，捐谷三十石；彭大荣，捐谷三十石；邓士丕，捐谷三十石；谭永谦，捐谷三十石；吉礼佑，捐谷三十石；姚华科，捐谷三十石；吉明鹤，捐谷三十石；唐子先，捐谷三十石；陈福元，捐谷二十五石；舒炳庭，捐谷二十五石；李天湖，捐谷二十二石五斗；李天舟，捐谷二十二石五斗；邬元昌，捐谷二十石；张化兴，捐谷二十石；潘尚乾，捐谷二十石；许昆源，捐谷二十石；宋文魁，捐谷二十石；姚微真，捐谷二十石；周大镐，捐谷二十石；王清泉，捐谷二十石；邓金沛，捐谷二十石；邓鸿声，捐谷二十石；李正仁，捐谷二十石；朱士美，捐谷二十石；王全记，捐谷二十石；汪泽乾，捐谷二十石；李来仪，捐谷二十石；李恒森，捐谷十八石；黄应礼，捐谷十八石；宋士禹，捐谷十六石；胡元兴，捐谷十五石；张廷永，捐谷十五石；宋本仪，捐谷十五石；宋本代，捐谷十五石；宋本儒，捐谷十五石；宋本佳，捐谷十五石；张启甲，捐谷十五石；黄翿，捐谷十三石；宋大熠，捐谷十二石；张柱明，捐谷十二石；郭治宪，捐谷十石；刘光宝，捐谷十石；张正清，捐谷十石；印源发，捐谷十石；罗富松，捐谷十石；罗富斗，捐谷十石；姚荣官，捐谷十石；宋琢堂，捐谷五石。

右碑阴刊刻捐输义谷各士民姓名谷数。

为移明事。窃照敝府劝捐义谷，照时价折钱，饬派首事张开谟等采买义田二百一十三丘，召佃耕种，按五五交租计，每岁应收上仓净谷五百零五石三斗零七合。又另建义仓一所。均经详明各宪，并将各捐户归于捐修府文庙案内，照例详请议叙各在案。兹值卸事，相应移明，同全卷一并移送。为此合移贵府，请烦查照施行。

计移送卷匣一个。内：禀请核示卷一宗（劝捐并详请议叙等事），详明立案卷一宗（岁修等事，房契借领附），田契卷一宗（另附总册一本），颁给执照卷一宗（首事收谷结附）；收放谷石并收支各项银钱印簿三本（一本发首事），廒口簿二本（一本发首事），义田全图二纸（一纸发首事），义田弓丈图二册（一册发首事），义仓全图二纸（一纸发首事），串票板一块（存粮房），仓廒钥匙二十把，内外仓门总钥匙二把。

道光二十五年九月十四日

右移新任辰州府移文。

湖南布政使司万为札饬事。案奉抚部院陆费札开：照得本部院于道光二十五年十一月初一日，会同督部堂恭折具奏湖南辰州府官绅士民捐置义田，修建义仓，请议叙一折。除俟奉到朱批，另行恭录札知外，所有折稿，合行札发。为此，仰司官吏即便移行查照，仍飞饬该府，刻日补造图说、册结一分，详送备案。其捐银不及议叙各士民，逐一查明，照例分别酌给花红匾额，以示奖励。所有捐修文庙一案，亦应由司即饬现任辰州府邓守覆加查勘，议详核办，以归核实。毋违。计发折稿一本等因。奉此，合就札行。为此札仰该守即便遵照札饬事理，刻日补造义仓、义田图说、册结五本赍司，以凭呈送。所有捐修文庙一案，应由该守覆加查勘，出具勘结，并补送图说、册结五本套，议详赍司核办，均毋违延。切切。此札。

计抄折稿一纸。

奏为官绅士民捐置义田，并修建义仓，循例奏恳恩施，给予议叙，以示鼓励，仰祈圣鉴事。窃据湖南辰州府知府雷成朴详称：辰郡各属山多田少，民间素鲜盖藏。偶值水旱歉收，外来米贩不前，阖郡即嗷嗷待哺。是积谷备荒，尤关切要，亟宜图匮于丰，熟为筹计。因思郡城义仓现贮谷四千四百余石，为数无多，且积久易于霉变，不若捐置义田，佃种收租，按年出陈易新，实于储备多有裨益。该府首先倡捐银一千两，并据董事监生余廷栋等互相劝捐，共收银一万二千五十五两。内用价银九千四百七十五两有奇，置买义田二顷五十五亩二分，召佃认种交租，每岁仓收净谷五百五石三斗七合。并因旧建义仓地势低潮，谷难久贮，另于仓后高阜之处，添建宽大新廒二十间，共用工料银一千九百六十五两有奇。尚余银六百一十四两零，发典生息，作为每年完纳义田粮银及义仓岁修之用。所置义田，经该府委员丈量明确，造具坐落村庄、顷亩、印册存案，并给予各佃印照备查。添建义仓，于本年四月二十日开工，六月二十六日工竣，亦经该府勘验，一律如式坚固，委无草率偷减。所有议给义田契价及修建义仓动用工料，均系该绅士董事人等实心经理，尚属急公，应请照例议叙等情，绘具图说册结，议立章程，详由藩司万核详请奏前来。臣覆核所议，均属周妥，堪以经久。查例载，绅士商民人等捐修义仓等项，捐银二百两以上者，给予九品顶戴；三四百两以上者，给予八品顶戴；又劝捐董事、出力生监，概给予九品顶戴等语。今辰州府捐置义田并修建义仓，该官绅士民人等踊跃劝输，集资成事，自应循例给予议叙。内除捐银一千两之前任辰州府调任长沙府知府雷成朴及捐银三百两之现任安徽安庆府知府舒梦龄、前任河南郑州知州严正基，据详不敢仰邀议叙，及捐数不及议叙者，由臣分别奖励外，所有册报捐银三百两以上之俊秀康淳、杨寿嵘、章顺亿、杨凌云、陈阶蔚、赵志贤、尹宏清、许畅亭等八名，捐银二百两之俊秀张顺侯、杨忠、杨义、费德燠、钟廷勋、杨元智、张朝弼等七名，以及劝捐、督修始终出力之董事监生余廷栋、李光明二名，合无仰恳圣恩俯准，给予照例分别议叙，以示鼓励。除将图说册结咨部查核外，理合会同湖广总督臣裕泰折具奏，伏乞皇上圣鉴训示。再，前项捐置义田及修建义仓，均系士民自行经理，官吏并不经手银钱，应请免其造册报销，合并陈明。谨奏。

右照录藩宪行辰州府札一件。

湖南布政使司万为知照事。案奉抚宪陆费札开：道光二十六年闰五月十五日准吏部咨开，文选司案呈吏科抄出本部题前事一案，相应抄单知照可也等因，到本部院。准此。合就札行。为此仰司官吏即便转饬遵照，造具各三代履历、年貌清册，并取具地方官切实印结，详咨给照饬领毋迟。计单一纸，内开：议得内阁抄出湖南巡抚陆费奏称：据湖南辰州府知府雷成朴详称，辰郡各属山多田少，民间素鲜盖藏。偶值水旱歉收，外来米贩不前，阖郡即嗷嗷待哺。是积谷备荒，尤关切要，亟宜图匮于丰，熟为筹计。因思郡城义仓现贮谷四千四百余石，为数无多，且积久易于霉变，不若捐置义田，佃种收租，按年出陈易新，实于储备多有裨益。该府首先倡捐银一千两，并据董事监生余廷栋等互相劝捐，共收银一万二千五十五两。内用价银九千四百七十五两有奇，置买义田二顷五十五亩二分，召佃认种交租，每岁仓收净谷五百五石三斗七合。并因旧建义仓，地势低潮，谷难久贮，另于仓后高阜之处，添建宽大新廒二十间，共用工料银一千九百六十五两有奇。尚余银六百一十四两零，发商生息，作为每年完纳义田粮银及义仓岁修之用。所置义田，经该府委员丈量明确，造具坐落村庄顷亩印册存案。该绅士董事人等。实心经理，尚属急公，应请照例议叙等情，绘具图说册结，议立章程，详请循例给予议叙。内除捐银一千两之前任辰州府调任长沙府知府雷成朴及捐银三百两以上之现任安徽安庆府知府舒梦龄、前任河南郑州知州严正基，据详不敢仰邀议叙，及捐数不及议叙者，由臣分别奖励外，所有册报捐银三百两以上之俊秀康淳、杨寿嵘、章顺亿、杨凌云、陈阶蔚、赵志贤、尹宏清、许畅亭等八名，捐银二百两之俊秀张顺侯、杨忠、杨义、费德燠、钟廷勋、杨元智、张朝弼等七名，以及劝捐、督修始终出力之董事监生余廷栋、李光明二名，合无仰恳给予议叙，以示鼓励。除将册结咨部查核外，理合会同湖广总督臣裕恭折具奏等因。于道光二十五年十一月二十日奉朱批：该部议奏，余依议。钦此。钦遵抄出到部，查定例议叙职衔、顶戴人员题准后，行知该督抚，即造具三代履历、年貌清册，并饬令地方官出具切实印结，备文请领吏部填写执照，封发该督抚转饬该员收执。遇有开捐事例，准其照捐职人员之例，一体报捐等语。应将捐银三百两之俊秀康淳、杨寿嵘、章顺亿、杨凌云、陈阶蔚、赵志贤、尹宏清、许畅亭等，各给予八品顶戴；捐银二百两之俊秀张顺侯、杨忠、杨义、费德燠、钟廷勋、杨元智、张朝弼与未经捐银仅系董事出力之监生余廷栋、李光明等，各给予九品顶戴。至该抚原奏内声称捐银一千两之长沙府知府雷成朴、捐银三百两以上之现任安徽安庆府知府舒梦龄、前任河南郑州知州严正基，据详不敢仰邀议叙，及捐数不及议叙者，分别奖励等语，应如所请办理等因具题。于道光二十六年四月十六日奉旨：依议。钦此。又奉督宪裕札准咨同前由各等因。奉此，合就札行。为此仰府官吏即便知照毋违。此札。

右照录藩宪行辰州府札一件。

湖南布政使司为知照事。案奉宪台札开：道光二十六年闰五月十五日准吏部咨开：文选司案呈吏科抄出本部题前事一案，相应抄单知照可也等因，到本部院。准此，合就札行。为此仰司官吏即便转饬遵照，造具各三代履历、年貌清册，并取具地方官切实印结，详咨给照饬领毋违。计单一纸，内开：议得内阁抄出湖南巡抚陆费奏称：据湖南辰州府知府雷成朴详称，辰郡各属山多田少，民间素鲜盖藏。偶值水旱歉收，外来米贩不前，阖郡即嗷嗷待哺。是积谷备荒，尤关切要，亟宜图匮于丰，熟为筹计。因思郡城义仓现贮谷四千四百余石，为数无多，且积久易于霉变，不若捐置义田，佃种收租，按年出陈易新，实于储备多有裨益。该府首先倡捐银一千两，并据董事监生余廷栋等互相劝捐，共收银一万二千五十五两。内用价银九千四百七十五两有奇，置买义田二顷五十五亩二分，召佃认种交租，每岁仓收净谷五百五石三斗七合。并因旧建义仓地势低潮，谷难久贮，另于仓后高阜之处，添建宽大新廒二十间，共用工料银一千九百六十五两有奇。尚有余银六百一十四两零，发商生息，作为每年完纳义田粮银及义仓岁修之用。所置义田，经该府委员丈量明确，造具坐落村庄顷亩印册存案。该绅士董事人等实心经理，尚属急公，应请照例议叙等情，绘具图说册结，议立章程，详请循例给予议叙。内除捐银一千两之前任辰州府调任长沙府知府雷成朴及捐银三百两以上之现任安徽安庆府知府舒梦龄、前任河南郑州知州严正基，据详不敢仰邀议叙，及捐数不及议叙者，由臣分别奖励外，所有册报捐银三百两以上之俊秀康淳、杨寿嵘、章顺亿、杨凌云、陈阶蔚、赵志贤、尹宏清、许畅亭等八名，捐银二百两之俊秀张顺侯、杨忠、杨义、费德燠、钟廷勋、杨元智、张朝弼等七名，以及劝捐、督修始终出力之董事监生余廷栋、李光明二名，合无仰恳给予议叙，以示鼓励。除将册结咨部查核外，理合会同湖广总督臣裕恭折具奏等因。于道光二十五年十一月二十日奉朱批：该部议奏。余依议。钦此。钦遵抄出到部，查定例议叙职衔顶戴人员题准后，行知该督抚，即造具三代履历、年貌清册，并饬地方官出具切实印结，备文请领吏部填写执照，封发该督抚，转给该员收执。遇有开捐事例，准其照捐职人员之例，一体报捐等语。应将捐银三百两之俊秀康淳、杨寿嵘、章顺亿、杨凌云、陈阶蔚、赵志贤、尹宏清、许畅亭等，各给予八品顶戴；捐银二百两之俊秀张顺侯、杨忠、杨义、费德燠、钟廷勋、杨元智、张朝弼，与未经捐银，仅系董事出力之监生余廷栋、李光明，各给予九品顶戴。至该抚原奏内声称，捐银一千两之长沙府知府雷成朴、捐银三百两以上之现任安徽安庆府知府舒梦龄、前任河南郑州知州严正基，据详不敢仰邀议叙，及捐数不及议叙者，分别奖励等语，应如所请办理等因具题。于道光二十六年四月十六日奉旨：依议。钦此。又奉督宪裕札准咨同前由各等因。奉此，除转饬钦遵知照外，查此案绅士康淳等捐置义田，修建义仓，前据该府造具各三代履历、年貌清册及切实印结到司，当经呈请咨送查照册开各年貌三代，分填执照颁发。旋奉宪台签饬，俟部覆到日，再行咨送等因，行司在案。兹奉大部覆准分别给予八、九品顶戴，所有应颁议叙执照，理合具文详请宪台察阅，将前赍到康淳等年貌、三代册结，咨送吏部查照册造，按名分填议叙执照，封发来南，以凭转发给领。为此照详。

右照录藩宪呈抚宪详文一件。

兵部侍郎湖南巡抚部院陆费为知照事。道光二十六年十一月十四日准吏部咨开文选司案呈本部咨前事一案，相应抄单知照可也。计执照十七张等因，到本部院。准此，所有执照，合行札发。为此札仰该府即便遵照查明，转给各绅士毋违。此札。

计单一纸。

准湖南巡抚陆费咨称：据布政使万详称，湖南辰州府捐置义田并捐建义仓议叙案内之绅士康淳等，奉部题准，分别给予八、九品顶戴在案，理合造具年貌、三代册结，咨部查照，按名填发执照，封发来南，以便转发给领等情，相应咨部查照施行等因前来。应查照原题，按照册开姓名填写执照，盖用堂印，封发该抚，转给各绅士收执。如有缘事斥革以及病故等情，仍将原照送部查销可也。

右照录抚宪行辰州府札一件。

真州救荒录

华南农学院图书馆藏抄本

（清）王检心　撰

（另据中国国家图书馆藏抄本增补）

朱浒　惠清楼　点校

《真州救荒录》点校说明

清人王检心撰《真州救荒录》，据编者所知，目前国内仅中国国家图书馆和原华南农学院图书馆有藏，均为抄本。其中，国家图书馆所藏抄本共两种，一同名，凡四册八卷；一为《真州灾赈汇编》，二册八卷，内容与前者无异。华南农学院抄本，现藏华南农业大学中国农史研究室，系梁家勉先生抄录于1950年代，共七卷，缺卷八。此次点校以华南农学院抄本为底本，并与国家图书馆藏同名抄本互勘，增补卷八。前抄本正文中所有“△”、“△△”，一律依后一抄本改为“卑”、“卑职”；其错简之处亦予更正，并附注说明。

真州救荒录总目

真州救荒录序

《周礼》以荒政十二聚万民，言聚者，不使流亡也。古今宗其意而善法者，先时筹之，及时行之耳。又皆谓凶荒之岁，不待其困，即有所以苏之，民得不流亡，而上亦宽手足。一旦菑变非常，奔走无路，田庐尽废，错壤已非，得免死亡而出，千百为群，号呼入都市，此王政所不及施、守令所不知备者。道光二十八年，仪征江涨之菑也。当是时，运道东泄而下河灾，扬子不落而江都灾。扬子固门户，不东下则西溢矣，故没仪三洲二边滩，及三十二坊地。灾特甚，江北流民不能纳，乃资其南渡，入苏松，入宣歙，逾年而后归，其在道路者半矣。仪则自灾及赈，三月而民不流，皆仰县官食算，人则四万八千百余口，岂寡弱哉！又何易谈也。灾民之不出，果不轻去其乡耶？忍首邱、栖大泽，濒死而至此者，岂无为而然哉！不然则非赍而后食之论也。余知司马治仪，束身如素士，远请托教，令所必行，二年如一日。及余之去仪，闻诸舟人曰：此南鄙淮海辰湘之逋逃薮也。若侵吾侪业，招携而把持者众矣，洲捆则饮乐吹笙竽，停捆则群聚而谋夕。今官非前比，日理民，夜则巡江上，布络营汛，水陆声相通，虽严寒除夕不归息。亡人皆自逸，民不闭户，而盐仍荒，吾侪之穷命也。于是知司马得民一言请命而民信矣，知司马能使人无一夫或失而食不后时矣。其荒政，仁政也。自宋以下，言者代出，深明其义者数家，皆自成其学者也。至司马之书，一时之公牍文告耳，不落一简，不易一字，次前后而存之者，使人知反复陈请，得赈之难，丁宁告诫，任人善使之不易也。事不师古则违法，事尽师古则违行。荒政之不合者，曰弛力，曰舍禁，曰眚礼，曰杀哀，曰蕃乐，曰索鬼神。故不及设局当耕牛，即散利薄征也。禁买灾民赈票，即除盗贼也。唯多昏宜亟行，女去则家减食，礼杀则民有妇，且群处又非风俗所宜言，特请通饬行之，泽远矣。仪之有慈幼堂、育婴堂、暂栖所、普泽局，皆灾荒前所立。司马且于义赈，有以资不足，于是又类恤灾民衣、灾民药，是非保息与荒政并耶？聚之必有以养之，大王政也。故慈幼、养老、振穷、恤贫、宽疾、安富之次，于十二政者有以哉！道光二十九年七月，甘泉治晚杨亮顿首序。

自　序

呜呼！吾忍言救荒哉！救荒无善策，吾敢言有善策哉！但救于已救之后，不若救于未荒之前。余莅真两载，清厘积案，严禁私押，驭吏胥以保富，除匪棍以安商，而民不加富，商不加多，心窃忧之。戊申夏，水势日甚，余恐埂堤不坚，亲往督筑。吏止之曰：差催可矣。余弗听，日自督催，民鼓舞奋兴，昼夜修理。而水益大，埂益高，雨益多，决益甚，余益悔督修之晚也。内河外江，庐舍漂没，尸棺横流。余驾小舟，亲自打捞，瘗埋高阜，席片馍饼，按名散给，而死者不可复生，存者未必不亡，皆余之罪。请仓谷二万石，劝捐两万余缗，正赈万一千余金，月月放赈，救死弗赡。欲其家给人足，民皆饱暖，余亦未敢信。欲施衣而不能尽人皆给，施药而不能使人不病，慈幼堂广收幼孩，而未收者岂皆不宜收？暂栖所栖留残疾，而当栖者岂能皆栖？恤婴堂恤婴于未生之前，而三百名以外，不能使婴尽恤；育婴堂育婴于已生之后，而一百名以外，不能保婴皆育。凡此皆吾所日夜兢惕，朝夕企望，而有志未逮者也。尚敢言救荒哉！收当耕牛四百余只，亲往稽查，以牛之肥瘦，验牧夫之勤惰，信赏必罚，令行禁止，活数百物命，免宰杀苦，有耕种乐而已。收当以外，未能尽收当。心无穷，而功则有限。言之滋愧，尚敢言救荒哉！陆制军为中丞时，尝谓余曰：汝所禀，吾皆批允。果能一一行之否？余曰：已行方敢禀，未行不敢禀也。满目哀鸿，总竭尽心力，尚未能皆为拯救，倘再摭拾浮词，空言无补，何以上对大君，中对祖宗，下对万民乎！今岁己酉，水较去岁更大，民较去岁更窘，余适奉讳，因交代留扬，弗得归。言救荒者，多艳称余真州事，且索稿本传抄。余闻益赧然，谓余尚未得古人救荒之万一，敢言救荒哉！索者不已。友人曰：此亦一片心血所聚也。当此拯溺如救焚之时，刊而行之，未始不可救千万人之命也。余乃删其繁冗，去其重复，存其要旨，标其大纲，分为八卷，付诸欹劂。知我者谅余苦心，匡所不及，因时制宜，损益变通，余所有志未逮者，皆推而行之，灾民之厚幸也。余虽执鞭以从，所甘心焉。是为序。

道光二十九年，岁次己酉六月，上浣内乡王检心谨序于扬州寓邸之复性书屋

真州救荒录卷一

内乡王检心子涵纂

查勘水灾各事宜

通禀近江圩岸冲破被淹情形（戊申六月二十三日）

敬禀者：窃卑县地方叠次得雨，均经禀报，并因潮汛陡长，沿江近河低洼圩田多有积水，卑职督率农佃加筑保护各缘由，已于禀内声明各在案。六月十八九日，东风大作，江潮愈大，兼之二十日断续阴雨，东风不息，潮水漫入田内，车戽不及，致将圩岸冲破，田禾被淹。据各地保禀报前来，卑职现即驰诣东、南、西三乡，周历查勘，督令农佃，将被淹处所多集人夫，赶紧加筑车救，设法堵御。俟宣泄疏消及以后何如情形另行禀报外，合将续得雨泽，并沿江外圩低田被淹，赶紧车救情形，肃泐驰禀。

通禀六月二十九日田禾被淹愈甚（戊申七月初一日）

敬禀者：窃卑县地方叠次得雨，嗣因潮汛陡长，沿江近河低洼圩田多有积水，并六月十八九日东风大作，江潮愈大，二十日断续阴雨，风威不止，潮水漫入田内，车戽不及，致将圩岸冲破，田禾被淹。据各坊地保禀报，卑职亲诣东、南、西三乡，督令农佃，将被淹处所多集人夫，赶紧加筑车救堵御。所有沿江外圩低田被淹各缘由，均经先后禀报在案。兹于二十九日午后，又得雷雨三寸，高阜山田得此透雨，禾苗滋润畅茂。惟东、南、西三乡被淹田亩，积水较前更深，势难宣泄。其腹里近河圩田本有积水，诚恐日久淹漫，禾苗难免受伤，卑职现在饬带巡典各员分赴各坊，亲督农佃，将被淹处所设法戽救，积水之区，赶紧疏消。仍望天气晴霁，山水不来，江潮速退，里圩田亩方可无虞。除俟察看实在情形随时另禀外，合将卑境复得雷雨，沿江圩田禾苗被淹、近河田亩积水愈深各缘由，肃泐驰禀。

通禀被淹情形及捐放馍饼（戊申七月初六日）

敬禀者：窃卑县地方入夏后，雨水过多，江潮盛涨。卑职饬带巡典各员分赴各坊，亲督乡保农佃人等加筑圩岸，昼夜堵御。嗣于六月十八九日，东风大作，江潮愈大。二十、二十九等日，断续阴雨，风威不止，潮水漫入田内，车戽不及，致将圩岸冲破，沿江外圩漕芦田亩俱被水淹。据各坊地保农民禀报，其近河里圩田地积水愈深。卑职复又督饬农佃赶救，设法宣泄戽救。无如东风昼夜不息，潮水有长无消，在田禾苗，诚恐淹浸日久，难免受伤。各缘由，均经先后禀报在案。发禀后，卑职坐船又赴被淹各处，复加查勘，勘得东乡与江都毗连之四都坊及三乙坊、都天庙坊、旧港坊、东边滩沿江外圩漕芦田亩，因入夏后雨水过多，江潮泛涨，迨六月十八九及二十、二十九等日，东风大作，复得雷雨，致将圩埂冲破，田禾被淹。又勘得西乡与六合县毗连之白茅墩坊及下游之青山坊、甘草山坊、一戗港坊、西边滩及南乡之黄泥滩坊、萧公庙坊、北薪洲、补薪洲、永兴洲沿江外圩漕芦田亩，委因江潮异涨，及六月间雨水过多，风狂浪涌，外圩埂岸冲破，禾苗被淹。田内现在水深五六尺不等，田水相平，难以车救，情形极重。被淹居民，已由卑职捐备馍饼、席片，用船渡送，妥为抚辑，不致流离失所。卑职舍舟登陆，又勘得西乡之西门外坊腹里被淹田亩，水无去路，无从宣泄，及东乡之东门里坊，并逼近运河之河北坊、天安庄坊、朴树湾坊，亦因入夏以来雨水过多，潮水日长，兼之六月断续阴雨，东风大作，山水下注，致将近河圩田间被水淹。现在田内水深二三尺不等，田水相平，势难车救。卑职勘毕后，又据北乡之北门外坊地保禀报，初四日风狂浪涌，河埂冲破，保护不及，圩田被淹，及城厢内外附近城河之天安桥、八字桥、南门里、南门外、马驿街、二坝、三坝、四坝、五坝园地、房屋、道路俱被水淹。卑职复勘无异。以上腹里被淹田地，情形稍轻，被水居民毋庸安抚。仍有卑境与江都同在一圩之四都坊、东乡之石人头等坊内圩田亩、沿江埂岸，现在严饬业佃多备桩木，加筑防堵，遇有危险，赶紧保护，昼夜防守。仍望天气晴霁，江潮稍落，东风停息，始可无虞。现在已淹田地，一片汪洋，田亩确数碍难核实。至高阜山田，连得透雨，禾苗畅茂，亦望晴日蒸晒，以冀饱绽结实。除随时察看另禀外，谨将现在被淹情形及捐放饼席、民情安静各缘由，肃泐驰禀。

第一次会禀勘灾情形（戊申七月十三日）

敬禀者：窃仪邑地方入夏后，雨水过多，江潮盛涨，嗣于六月间断续雷雨，东风大作，江潮愈大，漫入田内，难以车戽，致将圩岸冲破，沿江外圩漕芦田亩俱被水淹，近河里圩田地积水愈深，兼之东风昼夜不息，潮水有长无消。并据北乡之北门外坊地保禀报，七月初四日风狂浪涌，保护不及，圩田被淹，及城厢内外附近城河之园地、房屋、道路，俱被水淹。节经卑职检心亲诣被淹各处，逐加查勘，分别轻重情形，捐备饼席，用船渡送，妥为抚辑，民情安静各缘由，先后禀报在案。嗣奉饬委试用从九〈品〉朱士桐会勘，正在移请间，复接行知该员朱士桐另有紧要差使，改委卑职叶廷棻前诣卑县，会勘被淹村庄实在情形，绘开图折，联衔驰禀等因。卑职廷棻遵即束装，于十一日抵仪，会同卑职检心坐船，先勘得东乡与江都县毗连之四都坊，及三乙坊、都天庙坊、旧港坊东边滩，又勘得西乡与六合县毗连之白茅墩坊，及下游之青山坊、甘草山坊、一戗港坊、西边滩，及南乡之黄泥滩坊、萧公庙坊、北薪洲、补薪洲、永兴洲以上十坊三洲二边滩，除高阜田亩剔出不计外，其沿江外圩漕芦田亩，委因入夏以来，叠次得雨，积水日深，兼之六月十八九及二十、二十九等日东风大作，连得雷雨，江潮异涨，致将圩岸冲破，禾苗淹没，一望汪洋。田内现在水深五六尺不等，田水相平，万难车救。且禾苗淹浸日久，多有腐烂，情形极重。所有被水贫黎，已由卑职检心捐备竹席，令其移居高阜，并买备馍饼散放，以资口食，尚不致流离失所。又勘得东乡之东门里坊，并逼近运河之河北坊、天安庄坊、朴树湾坊，卑职等舍舟登陆，又查勘西乡之西门外坊，北乡之北门外坊，除高阜田亩未被水淹外，其近河及腹里低洼坊田园地，亦因入夏以来，雨水过多，潮水日长，兼之六月内雷雨东风，山水下注，致将田亩、道路、园地间被水淹。以上六坊，经卑职检心勘明情形，禀报时列入稍轻。不料初四日起，至初十日止，东风大作，断续阴雨，江潮更长，漫入田内，水深四五尺不等，禾苗腐烂。兹卑职等会同复勘情形，应改为次重。又会勘得城厢内外附近城河之天安桥坊、八字桥坊、南门里坊、南门外坊、马驿街坊、二坝坊、三坝坊、四坝坊、五坝坊，田地、房屋、道路，间被水淹，现在水深二三尺不等。以上九坊情形稍轻，被水居民尚可支持，毋庸安抚。卑职等今会勘得仪邑四乡田地内，除高阜山田及未被水淹田亩不计外，其余沿江外圩漕芦田亩及腹里低田，并附近城厢内外田园、房屋、道路，俱被水淹，禾苗瓜菜，多有腐烂，与卑职检心禀报情形相同。现在各坊积水甚深，实系宣泄无路，消退无期。卑职等勘毕后，复据东南乡之罗江桥坊、厂东坊、厂西坊，并东乡之东门外坊、新城坊、二十里铺坊、石人头坊地保、坊民面禀，田内本有积水，又因七月初六日狂风陡作，江潮更盛，漫入街衢，田地房屋，间有淹浸。卑职等亦查勘无异，应列稍轻内补报。卑职检心伏查各坊内所住居民，半属捆盐工人，全赖工资度日。近年盐务凋零，兹又停捆日久，惟冀佃田添补，无如又被水淹，虽由卑职检心捐备馍饼、席片，暂为抚辑，但此后为日甚长，现已倡捐劝谕，查照旧案，会同盐掣联衔禀恳运宪，并卑职检心禀请宪台，转请拨发盐义仓谷，以冀源源接济，毋庸再请抚恤。缘奉前因，合将会勘现在仪邑漕芦田地被淹轻重情形，绘开图折，联衔驰禀。再，扬卫仪帮屯运田亩，及草场学田耤田，夹杂民田之内，情形相同。所有被淹田内积水较深，顷亩细数，碍难核实，除俟水势稍退，由卑职检心再行查明，造具区图顷亩详送，其余有圩可保之处，卑职检心仍即督率业佃，多备料木，加筑防守。合并声明。

通禀内圩续破设局劝捐（戊申七月二十三日）

敬禀者：窃卑邑地方，入夏后，叠次狂风大雨，江潮泛溢，沿江外圩冲破，漕芦田亩俱被水淹。近河里圩田地，积水愈深，及城厢内外附近城河田园、道路，被水淹浸。节经卑职亲诣查勘，将捐备饼席、妥为抚辑各缘由，先后通禀在案。嗣奉本府宪台札委试用从九品叶廷菉，于七月十一日到仪，会同坐船，先看得云云，同前稿。于十三日绘开图折，联衔禀覆本府、宪台，声明倡捐劝谕，并会同南掣同知谢丞，循案禀请运司、宪台、运宪，请拨商捐盐义仓谷，以冀源源接济等缘由在案。嗣奉批准拨给五千石。又因被淹地方较广，乏食贫民甚众，不敷接济，会同谢丞禀请加增，尚未奉到批示。不料十七日起，至十九日止，又值东风大作，接连三昼夜不息，兼之节得雷雨六七寸，卑职恐内圩又有续冲，即带钱饼亲往查勘。途次又据各乡地保纷纷禀报，圩内里圩冲破，田亩续被淹浸，水深六七尺不等。卑职一面亲往，一面多办饼席钱文，饬委巡典各员，分头查勘，并备小船带往。目击灾民纷纷逃避，木簰冢堆，残堤断埂，皆有露处之人，均令搬移高阜，散给席片，搭篷栖止，或钱或饼，酌量散放，以资口食。其房在水中不能登岸者，用船渡出高处篷栖。甚有淹过房檐，隔墙呼唤有声，督令差保去其屋顶，尽数救出，亦令暂栖高阜，逐日散给馍饼。并将禀请盐义仓谷及劝捐接济缘由，遍加晓谕，令其安心待抚，毋庸外出流离。该灾民等转泣为欢，甚属安静。伏查卑境沿江近河外圩，先已冲漫，尚冀保全内圩，严督业佃，多备料木人工，通力加筑，昼夜堤防。初十日以后，天晴风定，而水仍暗长，每日二三四寸不等。十八日大汛，又值狂风三日不息，连番大雨，人力难施，以致内圩复有冲漫之处，水势较前愈大，消退无期，时将白露，不能补种。扬卫军屯田亩，错杂民田之内，被淹情形相同。卑职与南掣谢丞首倡捐廉，暂为接济。一面遴选董事，于七月二十一日，在邑庙开局劝捐。先将卑职捐廉钱五百千文，发局济用。俟盐义仓谷石领回，开具散放章程，另行具禀。此外，有圩保护之处，仍令业佃多备木料，昼夜巡防，不稍松懈。

山田水已充足，禾苗长发畅茂，惟时当伏暑，天气甚凉，雨多晴少，现仍间断阴晴，急望炎日蒸晒，方能饱绽结实。此时水势未定，朝夕情形不同，未淹之处，能否保守，尚难预定。除俟藩司宪台藩宪委员张学襄到仪，会勘开具图折，联衔另禀外，合将内圩续有冲漫及设局劝捐各缘由，肃泐驰禀。

第二次会禀勘灾情形（戊申七月二十七日）

敬禀者：窃卑仪邑境内，自入夏以来，叠次狂风大雨，江潮泛滥，沿江外圩冲破，漕芦田亩被淹，近河里圩田地、城厢内外附近城河田园、道路被水淹浸。节经卑职检心亲诣查勘，将捐备馍饼抚辑缘由，先后通禀。嗣于十七日起，东风三昼夜不息，节得雷雨六七寸，里圩续被冲破。又经卑职检心多备饼席、钱文，饬委巡典分头备船，渡送散给，以资口食，并谕知已禀请盐义仓谷劝捐接济，令其安心待济各缘由，禀报宪鉴在案。卑府梦龄奉江藩司、宪台、江藩宪札委，查勘下河各州县被水情形，应否酌量抚恤，据实禀办等因。卑府当于勘过江都通禀后，即行起程到仪，会同卑职检心周历各乡，实看得仪征之东乡四都坊、三乙坊、都天庙坊、旧港坊、东边滩，又勘得西乡之白茅墩坊、青山坊、甘草山坊、一戗港坊、西边滩，南乡之黄泥滩坊、萧公庙坊、北薪洲、补薪洲、永兴洲，以上十坊三洲二边滩，除高阜田亩剔出不计外，其沿江外圩漕芦田亩，叠因雷雨江潮异涨冲破，外圩被水淹漫，兼之六七月间东风大作，断续雷雨，里圩田亩续被冲破，情形极重。又勘得东乡之东门里坊，并逼近运河之河北坊、天安庄坊、朴树湾坊，又西乡之西门外坊，北乡之北门外坊，以上六坊，除高阜田亩未被水淹外，其近河及腹里低洼圩田园地雨水过多，潮水日长，兼之六七月间断续风雨，山水下注，里圩田亩续被冲破，情形次重。又勘得城厢内外、附近城河之天安桥坊、八字桥坊、南门里坊、南门外坊、马驿街坊、二坝坊、三坝坊、四坝坊、五坝坊，东南乡之罗家桥坊、厂东坊、厂西坊，并东乡之东门外坊、新城坊、二十里铺坊、石人头坊，以上十六坊，田园、房屋、道路间被水淹，加之七月间接连阴雨，东风不息，里圩间被冲破，情形稍轻。此卑府梦龄及卑职检心会勘之实在情形也。扬卫仪帮田亩错杂民田之内，情形相同。所有各坊被水乏食贫民，已由卑职检心首先捐廉，发交董事，分委各员督董散放，暂资接济；一面赶紧劝捐，民情尚属安静。惟地方凋敝，今昔不同。溯查上届道光二十一年，商民捐钱九千余串，今年尚恐不及此数，再当勉力续捐，同领回盐义仓谷，妥为散放，不使流离失所，毋须再行请银抚恤。至未淹有圩保护之处，卑职检心现在督率农佃多备桩木，加意防守，容俟水势稍定，同已淹田亩，由卑职检心确切查勘，分别轻重，绘图开折，另行具禀外，合将卑府梦龄等会勘仪邑沿江外圩漕芦田亩及里圩低田被淹情形，现在捐办接济毋须另请抚恤缘由，联衔禀覆。再，卑府梦龄发禀后，即行回省销委，合并陈明。

禀扬州府宪会勘灾坊情形（戊申七月二十七日）

敬禀者：窃卑邑境内自入夏以来，叠次狂风大雨，江潮泛溢，沿江外圩冲破，漕芦田亩被淹，近河里圩田地，城厢内外附近城河田园、道路被水淹浸，节经卑职亲诣查勘，将捐备馍饼抚辑缘由，先后通禀。嗣于十一日起，东风接连三昼夜不息，节得雷雨六七寸，里圩续被冲破，又经卑职多备饼席钱文，饬委巡典分头备船，渡送散给，以资口食，并谕知已禀请盐义仓谷劝捐接济，令其安心待济各缘由，禀报在案。嗣奉江藩宪札委江苏即补府宪王查勘下河各州县被水情形，应否酌量抚恤，据实禀办等因。卑职正在申请间，兹蒙顺道莅仪，会同卑职周历各乡，实勘得仪征东乡之四都坊、三乙坊、都天庙坊、旧港坊、东边滩，又勘得西乡之白茅墩坊、青山坊、甘草山坊、一戟港坊、西边滩，南乡之黄泥滩坊、萧公庙坊、北薪洲、补薪洲、永兴洲，以上十坊三洲二边滩，除高阜田亩剔出不计外，其沿江外圩漕芦田亩，叠因雷雨，江潮异涨，冲破外圩，被水淹漫，兼之六七月间东风大作，断续雷雨，里圩田亩续被冲破，情形极重。又勘得东乡之东门里坊，并逼近运河之河北坊、天安庄坊、朴树湾坊，又西乡之西门外坊，北乡之北门外坊，以上计六坊，除高阜田亩未被水淹外，其近河及腹里低洼圩田园地，雨水过多，潮水日长，兼之六七月间断续风雨，山水下注，里圩田亩续被冲破，情形次重。又勘得城厢内外、附近城河之天安桥坊、八字桥坊、南门里坊、南门外坊、马驿街坊、二坝坊、三坝坊、四坝坊、五坝坊，东乡之罗江桥坊、厂东坊、厂西坊，并东乡之东门外坊、新城坊、石人头坊、二十里铺坊，以上计十六坊，田园、房屋、道路间被水淹，加之七月间接连阴雨，东风不息，里圩间被冲破，情形稍轻。此卑职随同即补府宪王会勘之实在情形也。扬卫仪帮屯运田亩错杂民田之内，情形相同。所有各坊被水乏食贫民，已由卑职首先捐廉，发交董事，分委各员督董散放竹席、馍饼、钱文，暂资接济，一面赶紧劝捐，民情尚属安静。惟地方凋敝，今昔不同。溯查上届道光二十一年，商民捐钱九千余串，今年尚恐不及此数。如其不敷，再当勉力续捐，同领回盐义仓谷，妥为散放，不使流离失所，无须再行请银抚恤。至未淹有圩保护之处，卑职现在督率农佃多备桩木，加意防守，容俟水势稍定，同已淹田亩，由卑职确切查勘，分别查勘轻重，绘图开折，另行具禀。除将会勘仪邑沿江外圩漕芦田亩及里圩低田被淹情形，现在捐办接济毋须另请抚恤缘由，联衔通禀外，肃泐驰禀。

第三次会禀勘灾情形（戊申七月三十日）

敬禀者：窃卑邑境内，自入夏以来，叠次狂风大雨，江潮泛溢，沿江外圩冲破，漕芦田亩被淹，近河里圩田地，城厢内外附近城河田园、道路，被水淹浸，节经卑职检心亲诣查勘，将捐备磨饼抚辑缘由，先后通禀。嗣于十七日起，东风接连三昼夜不息，节得雷雨六七寸，里圩续被冲破，又经卑职检心多备饼席钱文，饬委巡典税局分头备船，渡送散给，以资口食，并谕知已禀请盐义仓谷劝捐接济，令其安心待济各缘由，亦经禀报在案。嗣奉江藩司、宪台、江藩宪札委江苏即补知府王梦龄、江苏即补府宪王查勘下河各州县被水情形，应否酌量抚恤，据实禀办等因。又经卑职检心随同王守、即补府宪王将查勘卑邑沿江外圩漕芦田地及里田被淹情形，现在捐办接济毋须另请抚恤缘由，联衔通禀。兹卑职学襄奉藩司、藩宪、宪台札委，前赴仪征，会同该县迅将被淹居民妥为安抚，毋任一夫失所，一面周历各乡，会勘实在情形，分别轻重，绘开图折，通禀核办等因。卑职学襄遵即束装抵仪，适值王守、即补府宪王在仪会同卑职检心查勘各乡被水情形，勘毕会禀后，卑职学襄复又会同卑职检心周历各乡，复加查勘。勘得东乡云云，同前稿。扬卫仪帮屯运田亩错杂民田之内，被淹亦属相同，与王守、即补府宪王会勘情形无异。所有各坊被水乏食贫民，已由卑职检心首捐廉钱五百千文，发交董事，分委各员督董散放竹席、馍饼、钱文，暂资接济，更勉力续捐，同领回盐义仓谷，妥为散放，不使失所。卑职学襄到仪后，又将卑职检心买备馍饼、席片会同散放安抚。灾民知有接济，尚属安静。仍由卑职检心赶紧劝捐，毋须再行请银抚恤。所有已淹田地，一片汪洋，实属无从疏泄。时将白露，水退无期，不能补种，惟被淹分数尚难核实。至未淹有圩保护之处，现在督同农佃多备桩木，加意防守。其余山田禾稼，委因伏暑之时，雨多晴少，天气甚凉，不甚发旺，急望炎日蒸晒，方冀饱绽。除随时察勘，另行具禀外，合将会勘仪邑被淹情形及捐备接济毋庸另行请银抚恤各缘由，先开图折联衔驰禀。

设跳济人示（戊申八月十一日）

行人病涉，设跳济之。瞽目老弱，按段扶持。来往鱼贯，拥挤鞭笞。工资运脚，捐廉备支。差保敛费，枷杖并施。

谕行人示（戊申八月二十日）

示谕来往行人知悉：照得江潮泛涨，街道淹浸，南门外为尤甚。经本县悯其病涉之苦，借备木跳，捐制木凳，并又劝谕木行借备木簰，购缆捆扎门面一间，每晚燃灯一盏，以备尔等空身往来。兹查有油米重担，亦由上面行走，以致簰沉缆断，实属不晓事体。除赶紧修整，严饬差保查阻外，合行出示禁止。此后木跳、木簰，只准空身行走。凡有油米等项重担，即自雇划船，由西门外进出，利人利己，两得其便。如敢抗违，察出并究物主。该差保拦阻不力及藉端滋扰，提案分别重处。凛遵特示。

与陈容斋同年书（八月二十日）

容斋十兄同年大人：贵治冬青铺埂堤十九日溃决，淹没四五十里，数百万生灵之命，危在旦夕。弟闻信连夜至彼，不分畛域，带同敝县业佃人等，赶紧堵塞。望吾兄即时命驾亲临，会同办理，两县百姓感戴无既。此请升安，伫候回音。不一。

真州纪事（八月二十七日）

疾风兼苦雨，江潮溢淮水。汪洋无崖岸，天心祸未已。嗟予遘斯厄，目睹不忍视。朝夕宣勤忧，哀哀我赤子。亲驾一叶舟，巡防遍田里。高厚培埂堤，力疾绝甘旨。劝谕唇焦敝，数月不自止。外圩既难保，内圩尚可恃。漫溢竟日甚，冲决顷刻耳。数十万生灵，迁移无定址。庐舍悉淹没，长夜叹无被。今夕缺衣食，自昔苦耘耔。屋脊翻白浪，树杪跃尺鱼。父母不相顾，室家欲何倚。馍饼及席片，散放夜继晷。狭路通僻巷，设法加诸彼。忽闻屋有声，啼泣在伊迩。梁上人三五，揭瓦援娣姒。流尸上游来，呼船急救死。畀之以苇箔，深埋空山里。又见浮新棺，打捞破浪起。呜呼当此境，得生亦幸矣。城厢内和外，潮来坏垣垝。木簰填街道，来往任举趾。木柁劝广设，乘舟差可拟。路灯照人行，悬挂沿门第。有跳便步趋，病涉庶无訾。有盆堪推荡，亦可安素履。妇女禁强讨，遁迹绝奸究〔宄〕。守坊群奉法，商贾愿藏市。疗疾圣散子，医药非小技。祛寒复去湿，万民庆有喜。预筹棉衣裤，岂肯异日俟。见善宜勇为，志奋气不靡。东南圩未破，加筑令如始。业佃知感奋，宛然身臂使。未许割青稻，专力求一是。保护逾八旬，或可免倾否。江都冬青铺，防范偶懈弛。决口二十丈，浪涌一何驶。接差甫归来，船泊河之涘。闻报值三更，返棹意率尔。沿途起坊夫，太息屡拊髀。选董朴树湾，陈金咸唯唯（陈风书、金典之俱愿身任其事）。物料命广购，布置有纲纪。专人赴邗上，容斋来迤逦（江都令陈容斋同年，名第诵，闻信即来）。及到六家洲，好善推钟氏（盐商钟福盛预备物料，集夫堵塞）。相见忘尔我，商量互砺砥。堵塞三昼夜，辛勤忘饭簋。桩木深排列，两头拟铁嘴。中流犹汹涌，成功屡望企。土桥小涧灞，忽如破坚垒。江水复泛涨，万家呼庚癸。众人闻兹信，面面土色似。茫茫万顷田，须臾成沼沚。钟子来言曰：我辈宜自揆。决口尚难塞，江埂何又圮。今日即竭力，铢积与寸累。延缓不济急，民间尽如毁。伤财且劳人，弃之犹敝屣。余闻无以对，伤心自切齿。瞻顾复徘徊，轻舟向岸舣。皇天胡不吊，隐忧常抱杞。民困未能苏，汗颜为禄仕。对众欲下泪，反躬自罪己。救荒活民书，披阅勤抚几。劝助延绅董，乐输志吉士。安得慷慨者，破除习俗鄙。恩惠遍闾阎，情意周桑梓。捐米放义赈，人不空釜锜。倡捐五十万，散财冀安枚。无私复无伪，清白窃自矢。光明正大心，不知有谲诡。孤忠常耿耿，明命永顾諟。吁求发义仓，请不惮长跪。再三未嫌渎，痛陈在片纸。例赈乞大府，慨切诉原委。非敢邀众誉，非敢沾乐只；非敢投时好，非敢祈青紫。祈求心无愧，方寸泯渣滓。祈求得民所，安居勿远徙。委员慎选择，去惰并去侈。贫民分极次，秉公白研揣。户口勤检查，不遗妇与婢。侵蚀同浮冒，屋漏以为耻。实惠及茕独，为民求福祉。良心原不昧，眼前皆天理。若吃子孙饭，吾辈中无此。耕牛恣宰杀，言之人发指。尽法严惩办，四境悉遵轨。设局广收当，喂养重耒耜。经费虽不资，获利实倍蓰。送草价平买，搭蓬莫屋庳。牧童须勤谨，器具亦皆庀。更恐病且毙，牛王隆礼祀。功思至百姓，禽兽无触抵。爱物实仁民，斯语谁云否。苟为目前计，腾议且肆毁。我想古仁人，贵农岂专美。买牛更买犊，高风愿窃比。

批地保曹烇等禀（戊申九月十七日）

本年水灾，既重且久，道途病涉，时深轸念。现在南门内外业已将次消退，惟查猪市通县桥一带地势低洼，水无去路，待其涸复，必须十月下旬。民居日在水中，墙坍屋塌，又兼秋深水冷，易染疾病，蒿目伤心，亟应拯救。是以饬传谕话。今既据禀称，有开沟引导之路，被淹各户并能一律遵照，尚合机宜。惟查陈国士等谊关桑梓，断无不容之理，显系该保办理不善，致生阻挠。本县已便道勘明，候即出示晓谕，定于十八日漏夜开沟引导，该保仍于沟上加盖木板，以便行走。各处墙根不准逼近，亦不准漫溢四散，致有沮洳泥淖。如敢迟延及侵渔滋扰，提案严究不贷。

真州救荒录卷二

内乡王检心子涵纂

请仓谷各事宜

第一次会禀运宪请盐义仓谷（戊申七月初八日）

敬禀者：窃照仪邑地方入夏后，雨水过多，江潮泛涨。卑职检心督同巡典，分率乡保农佃，加筑圩岸，刻刻堤防。嗣因六月内东风大雨，潮水更长，外圩冲破，漕芦田地被淹，捐散饼席，暂为抚辑。其近河里圩田地，积水愈深，虽经严督宣泄，无如东风不息，潮水有长无消，诚恐田禾久浸，难免受伤。其未破圩岸加意堵御，急望天晴潮落，方冀有秋。历经卑县将查勘情形具禀在案。伏查仪邑沿江近河漕芦圩田最为低洼，道光三年及十一、十三、二十一等年，俱被水淹，余皆积歉。本年又值潮大雨多，外圩冲破，且多漫过堤埂，较之二十一年被淹情形，不相上下。此时已届立秋，水势未平，即使迅速消退，而破圩田地补种无及。该处多系捆工之业，近来盐务凋零，全赖秋收添补。偏值收成无望，停捆又已数月，困苦情形，殊堪悯恻。现在劝谕倡捐，诚恐缓不济急，且仪邑殷户无多，亦虑难为久计。此后为日甚长，瞬交冬令，饥寒交迫，尤属不堪设想。卑职元淮等目击情形，曷忍膜视。因查历次被水年分，均蒙各前宪暨宪台怜悯穷黎，饬发盐义仓谷，以资接济。道光二十一年亦蒙拨发二万石，按坊散给，仰赖生全者，难以数计。本年被水穷民情亦相同，引领恩膏，咸深悬盼，并奉本府转奉督宪饬查被水穷民如何抚辑，该灾民因之仰望更殷。卑职元淮等与各商人筹议，亦均好善乐施，愿将捐贮之谷救济。现将被淹村庄，以资接济，并愿仍行照引捐补。合无禀恳鸿慈垂怜饥溺，俯赐拨给盐义仓谷二万石，速发下县，以便按照被水淹坊分，确查户口，均匀散放，俾口食有资，不致转乎沟壑。感戴生成，曷其有极！谨禀。

第一次禀扬州府宪转请仓谷（戊申七月初八日）

敬禀者：窃照卑县地方入夏后，雨水过多，江潮泛涨。卑职督同巡典，分率乡保农佃，加筑圩岸，刻刻堤防。嗣因六月内东风大雨，潮水愈长，外圩冲破，漕芦田地俱被水淹，捐散饼席，暂为抚辑。其近河里圩田地积水愈深，虽经严督宣泄，无如东风不息，潮水有长无消，诚恐田禾久浸，难免受伤。其未破圩岸，加意堵御，急望天晴潮落，方冀有秋。历经卑职将查勘情形具禀在案。伏查仪邑沿江近河，漕芦圩田最为低洼，道光三年及十一、十三、二十一等年，俱被水淹，余皆积歉。本年又值潮大雨多，外圩冲破，且多漫过堤埂，较之二十一年被淹情形，不相上下。此时已届立秋，水势未平，即使迅速消退，而破圩田亩补种无及。该处多系捆工之业，近来盐务凋零，全赖秋收添补。偏值收成无望，停捆又已数月，困苦情形，殊堪悯恻。现在劝谕捐输，诚恐缓不济急，且仪邑殷户无多，亦虑难为久计。此后为日甚长，瞬交冬令，饥寒交迫，尤属不堪设想。卑职目击情形，曷忍膜视！查历次被水年分，均蒙前宪转禀运宪饬发盐义仓谷，或发商捐银两，以资接济。道光二十一年亦蒙拨发二万石，按坊散放，仰赖生全者，难以数计。本年被水穷民情亦相同，引领恩膏，咸深悬盼。并奉督宪饬查被水穷民如何抚辑，该灾民因之仰望更殷。业同监掣厅与各商人筹议，亦均好善乐施，愿将已捐之谷救济现在被淹村庄，以资接济，并愿仍行照引捐补。除会禀运宪外，合无禀恳鸿慈垂怜饥溺，俯赐转请运宪拨发盐义仓谷三万石，速发下县，以便按照被淹坊分，确查户口，均匀散放，俾口食有资，不致转乎沟壑。感戴生成，曷其有极！谨禀。

禀扬州府宪散放义谷章程（戊申八月初四日）

敬禀者：窃卑县地方入夏后，雨水过多，江潮泛涨，嗣于六月间，东风大作，断续雷雨，江潮愈长，沿江外圩漕芦田地，被水淹漫，近河里圩田地，积水愈深。东风昼夜不息，潮水有长无消，兼之七月初四日，风狂浪涌，北乡之北门外及城厢附近城河园地、房屋、道路，俱被水淹。经卑职分别轻重情形，捐备馍饼，散放安抚。复据东南乡之罗江桥等坊，又因七月初六日江潮漫入，田地房屋，间有淹漫，均经先后禀报。并查照上年被水成案，现在劝谕捐输，诚恐缓不济急。且被水坊分，多系捆盐之人，近来盐务凋零，本年盐数更少，停工又已数月，卑职目击情形，曷忍膜视！又经卑职禀恳宪台转禀，并卑职随同南掣厅宪，联衔会禀运宪，饬发盐义仓谷，或发商捐银两，以资接济各缘由，禀报宪鉴在案。奉批：据禀该县圩田被淹，乏食灾黎，请发盐义仓谷三万石，以资接济等情，仰俟援案转禀运宪核示饬遵。该县即将此项谷石如何散放，妥议章程，禀覆核办，仍候运宪批示缴卑职等因。下县捧读之下，仰见宪台轸念被水贫民，无微不至。卑职悉心妥议，现已延请董事，一面劝捐，一面分委各员，带同捐恤册票，先赴沿江被水极重之区，察看迫不及待者，将大小口数填明册内，给予捐恤赈票。查完一坊，将所剩票根、赈册，备文固封送县；一面将查完户口数目，粘单出示，实贴晓谕，庶无浮捏。仍俟极重坊分查竣，再查次重各坊，逐坊查毕，开具坊名户口总折，申送备查。一俟奉到运宪批准拨发仓谷，卑职即行会同南掣厅宪，雇船备具文领，带同斗级漕斛，赴仓领回，分厂散放，委员在厂监放，断不敢假手胥役，亦不敢虚靡捐谷，以负宪台谆谆之至意也。奉批前因，合肃驰禀。再，卑境被水坊分，已会同宪委勘明轻重，绘开图折，联衔另禀，合并陈明。

第二次会禀运宪请拨盐义仓谷（戊申七月十六日）

敬禀者：窃奉宪台批发卑职元淮等请拨盐义仓谷救济被水灾黎缘由，奉批：本年启放车逻等四坝，下游田禾业已失望，又值海潮漫溢，通泰所属各场被灾，灶户荡析离居，均待抚恤。仪邑圩田虽被江水淹浸，较之灶地情形究有轻重之殊。若以一隅灾区，即拨谷三万石，则仓储有常，凭何支应？惟穷黎乏食，本司亦不忍膜视，仰候详请酌拨仓谷五千石，由该县具领散放；如有不敷，统归该县劝捐接济。仍俟奉到宪示饬遵。此缴等因。仰蒙慈祥恺恻，胞与为怀，穷灶贫黎咸沾恩泽，沐生成之德厚，益引领而情殷。惟查仪邑人民大半以盐为业，近来盐务凋零，又值停捆救月，困苦情形，已难言喻。兼遇江潮漫溢，禾稻失收，草屋茅檐，悉淹水内，嗷嗷待哺，尤属堪怜。现在被淹坊分共计三十九区，其中村庄户口难以数计。按通境地亩牵算，虽不甚多，第被淹在立秋以前，寸草无收，何异十分灾祲！该灾民等始则设法购种，继则筹措饭食、人工，经营栽插，无非挖肉补疮，全赖秋收接济。今则汪洋而叹，田庐悉付波涛，食既无资，栖亦无所，哀鸿遍野，惨目伤心，较道光二十一年情状更为迫切。现虽捐散馍饼，该灾民等虑恐不继，卑职检心即剀切晓谕，已蒙拨发盐义仓谷，不日领回散放，安心守待，不可轻去其乡。该灾民咸称二十一年被灾，蒙发仓谷，活命无穷。本年又蒙拨发，更生有赖，转泣为欢。伏查道光二十一年奉发二万石，救济坊分户口，即本年被淹之处。该年官捐银一千数百余两，商民捐钱九千数百余串，添补救济，尚在不敷。复请帑项数千两，放至来春而止。兹蒙拨发五千石，较二十一年四分之一，而仰望救全者更有甚于二十一年之饥口。从前领谷之家，近皆引颈而望，若此有彼无，殊失宪台一视同仁之德政。若就数均摊，而昔多今寡，亦不获拯救余生。若散放一次而止，终成饿莩，不过早迟间耳。卑职等目击情形，实深焦灼，屈计为日甚长，瞬交冬令，饥寒益迫，不得已为民请命，伏乞恩始恩终，援照道光二十一年旧案，拨发二万石，以资散放，俾垂死灾黎免填沟壑。感戴生全，曷其有极！至地方捐项，虽经卑职检心首倡捐廉，广为劝谕，无如大局情形，今昔不同，惟有设法妥办，得尺则尺，稍资添补，以冀仰副宪台痌瘝在抱，垂恤余生之至意。不揣冒昧，合再联衔禀乞鸿施，俯赐拨发二万石，早为饬领，不胜待命之至。谨禀。

第二次禀扬州府宪转请仓谷（戊申七月十七日）

敬禀者：窃奉宪台批发，卑职禀请转请运宪，拨发盐义仓谷，救济被水灾黎缘由，奉批：俟奉到宪示饬遵等因。仰蒙宪台暨运宪慈祥恺恻，胞与为怀，穷灶贫黎，咸沾恩泽，沐生成之德厚，益引领而情殷。惟查仪邑人民，大半以盐为业，近来盐务凋零，又值停捆数月，困苦情形，已难言喻。兼遇江潮泛溢，禾稻失收，草屋茅檐，悉淹水内，嗷嗷待哺，尤属堪怜。现在被淹坊分共计三十九区，其中村庄户口难以数计。按通境田地牵算，虽不甚多，第被淹在立秋以前，寸草无收，何异十分灾祲！该灾民等始则设法购种，继则筹措饭食人工，经营栽插，无非挖肉补疮，全赖秋收接济。今则汪洋而叹，田庐悉付波涛，食既无资，栖亦无所，哀鸿遍野，惨目伤心，较道光二十一年情状，更为迫切。现虽捐散饼馒，该民等虑恐不继，卑职即剀切晓谕，已蒙运宪拨发盐义仓谷，不日领回散放，安心守待，不可轻去其乡。该民等咸称二十一年被灾，蒙发仓谷，活命无穷。本年又蒙拨发，更生有赖，转泣为欢。伏查道光二十一年，奉发二万石，救济坊分户口，即本年被淹之处。该年官捐银一千数百余两，商民捐钱九千数百余串，添补接济，尚在不敷。复请帑项数千两，放至来春而止。兹蒙拨发五千石，较之二十一年四分之一，而仰望救全者，更有甚于二十一年之饥口。从前领谷之家，近皆引颈而望，若此有彼无，殊失运宪一视同仁之德政。若就数匀摊，而昔多今寡，亦不获拯救余生。若散放一次而止，终成饿莩，不过早迟间耳！卑职目击情形，实深焦灼，屈计为日甚长，瞬交冬令，饥寒益迫，不得已沥陈下情，为民请命，会同掣宪，禀请运宪，援照道光二十一年旧案，拨发二万石，以资散放，俾垂死灾黎免填沟壑。感戴生全，曷其有极！至地方捐项，虽经卑职首倡捐廉，广为劝谕，无如大局情形，今昔不同，惟有设法妥办，得尺则尺，稍资添补，以冀仰副痌瘝在抱，垂恤余生之至意。不揣冒昧，合再禀请，伏乞转禀运宪拨谷二万石，早为饬领，以便散放接济。至如何散放章程，俟奉到批示拨谷若干，另行禀呈。谨禀。

严禁藉灾滋扰示（戊申七月二十七日）

为严禁藉灾滋扰，以安地方事。照得沿江坊分被水成灾，经本县捐备饼席，饬委巡典税局会同绅董周历散给，本县并躬亲散放，以资接济。因念来日方长，已会同南掣厅请谷倡捐，劝办义赈，俟有成数，即查户口。该灾民具有天良，自应知感安分。兹查有游民侉匪，本无田业之人，勾结妇女，冒充灾民，向铺户居人强讨钱米，攘夺食物情事。查道光十一年水灾，下河奸民陆长树号称灾头，带领多人，沿途扰害，当经泰州拿获，奉江苏抚宪程亲临扬州，审明正法。是安分者为灾民，生事者为乱民。尔等至愚，亦当共晓，乃敢恃其强梁，举灾滋扰，实属梗顽不法。且绅商铺户值此水患，挹注维艰，现仍解囊助赈，均属勉力急公，若令不安生业，尤非保富之道。除督饬巡典带差弹压，并严拿究办外，合行出示晓谕。为此示，仰绅商铺户人等知悉：凡有前项匪徒，成群结党，或妇女出头，强壮后居，沿门滋扰者，必非真实灾民，即便指交差保按名捆解赴县，以凭尽法惩办。该匪徒等并当痛改前非，各谋生计。法网难逃，毋贻后悔。其真实灾民，亦即安心待赈，不得妄听勾结。如敢藉灾生事，一并严办扣赈。本县不时亲身稽查，倘差保弹压不力及需索留难，并准本人口禀请究惩。各宜凛遵毋违。特示。

晓谕灾民候查户口牌示（戊申七月二十七日）

捐放义赈，接济灾民，各归本处，听候查名。棍徒滋扰，地保惰巡，法不宽贷，定究正身。

谕各坊地保示（戊申七月二十八日）

示谕各坊地保知悉：照得被灾各坊现在挨查户口，散放义赈，尔等传谕本坊灾民，安静守候，毋许率众混入人家店铺，滋扰索闹。倘敢不遵，定必根查闹事人住居坊分，严提该坊地保惩究。其妇女出头者，亦必根提该夫男究办，均不宽贷。凛之速速。

第三次会禀运宪请拨盐义仓谷（戊申八月初二日）

敬禀者：案奉宪台批发卑职元淮等禀请加发盐义仓谷缘由，奉批：查本年通泰所属各场灾区较广，需谷正多，而扬郡各州县现又纷纷请领。仓储有常，实属不敷发给。仰即遵照前批，将不敷之数统归该县劝捐接济，仍俟前详奉到宪示饬遵，此缴。并蒙转奉督抚宪批准发给，派定仓口，饬知具领等因。仰沐鸿慈，曷敢再渎。惟地方大局攸关，民生仰赖，有不得不再渎陈之势，而为之请命者。缘仪邑系掣盐之所，贫民多于盐务觅活，捆抬挑扛，色目不一，人类不齐。引盐多掣，日有所进，食用不敷，田禾添补，尚不免于生事。本年春单掣引二十余万，较前大减。现已停捆数月，拮据情形，已难言喻。惟望秋单多掣，以补春单不足。讵料山水江潮同时并涨，禾稼失收，捆期尚无消息，二者俱无，尤属不堪设想。其中守分者少，欲绳之法，必先安慰其心。安慰之法，舍抚恤别无良策。此时天暖，稍可支持，转瞬交冬，冱寒风雪，无路觅食，即无处谋生。垂死之民，无所畏忌，更恐无所不为。卑职等午夜焦思，难安寝食。此请增义谷之实在缘由也。至设局劝捐，已捐者寥寥。缘仪邑富户无多，昔贫今富者固不乏人，而昔富今贫者亦复不少。溯查道光十一年水灾，蒙前宪给发商捐银五千两、谷一万石，折库纹银九千一百七十三两零；又蒙督宪拨发宪库银四千两，藩宪拨发抚赈米麦共银二万三千五百八十两，官捐银三千四百七十二两零，绅商富户捐银二万二千二百八十两零。十三年灾案，前宪札发银一千两，藩宪发抚赈银四千两，官捐钱一千二百四十千，民捐钱七千三十二千。二十一年被灾，宪台拨谷二万石，藩宪发银三千二百八十两零，官捐银一千二百两，钱九百千，绅商富户捐钱九千一百三十余千。以此类推，大有悬殊。本年捐输，竭力为之，断不能如上年之踊跃，将来捐得若干，难以预计。本年灾象比二十一年尤甚，水退无期，能否种麦，亦难预料。自秋至春，为期数月之久，用项孔多，捐资断难敷衍。通盘筹计，先请拨谷三万石，本系樽节必需之数，奉准五千石，无济于事；续请二万石，又属减而又减。彼时仅破外圩，灾坊尚少。七月望后，风雨频仍，波狂浪涌，内圩亦多淹漫。现在被淹灾坊愈多，饥口愈众，逐日放饼之资，即卑职等所捐廉款，此外尚无捐项可收，经费万分支绌。众口嗷嗷，不能中止，即使随收随放，亦属缓不济急。此又捐项不敷，必请加增义谷之实在情形也。宪台饥溺为怀，无分畛域，民灶一体，同属哀鸿，伏乞格外仁施，曲察下情，至少拨发二万石，各处匀摊，所分无几，加诸一邑，则拯救无穷。谨禀。

第三次禀扬州府宪转请仓谷（戊申八月初二日）

敬禀者：案奉运宪批示云云等因，仰沐鸿慈，曷敢再渎。惟地方大局攸关，民生仰赖，有不得不再渎陈之势，而为之请命者。缘仪邑系捆掣之所，贫民多于盐务觅活，捆抬挑扛，色目不一，人类不齐。引盐多掣，日有所进，食用不敷，田禾添补，尚不免于生事。本年春单掣引二十余万，较前大减。现又停捆数月，拮据情形，已难言喻。惟望秋单多掣，以补春单不足。讵料山水江潮同时并涨，禾稼失收，捆期尚无消息，二者俱无，尤属不堪设想。其中守分者少，欲绳之以法，必先安慰其心。安慰之法，舍抚恤别无良策。此时天暖，稍可支持，转瞬交冬，冱寒风雪，无路觅食，即无处谋生。垂死之民，无所畏忌，更恐无所不为。卑职午夜焦思，难安寝食。此请加增义谷之实在缘由也。至设局劝捐，已捐者寥寥。缘仪邑富户无多，昔贫今富者固不乏人，而昔富今贫者亦复不少。溯查道光十一年水灾，蒙前运宪给发商捐银五千两、谷一万石，折库纹银九千一百七十三两零；又蒙督宪拨发运库银四千两，藩宪拨发抚赈米麦共银二万三千五百八十两，官捐银三千四百七十二两零，绅商富户捐银二万二千二百八十两零。十三年灾案，运宪札发商捐银二千五百两，督宪发银一千两，藩宪发抚赈银四千两，官捐钱一千二百四十千，民捐钱七千三十二千。二十一年被灾，运宪发谷二万石，藩宪发银三千二百八十两零，官捐银一千二百两、钱九百千，绅商富户捐钱九千一百三十余千。以此类推，大有悬殊。本年捐输，竭力为之，断不如上年之踊跃，将来捐得若干，难以预计。本年灾象比二十一年尤甚，水退无期，能否种麦，亦难预料。自秋至春，为期数月之久，用项孔多，捐资断难敷衍。通盘筹计，先请拨谷三万石，本系樽节必需之数，奉准五千石，无济于事；续请二万，又属减而又减。彼时仅破外圩，灾坊尚少。七月望后，风雨频仍，波狂浪涌，内圩亦多淹漫。现在被水灾坊愈多，饥口愈众，逐日放饼之资，即卑职与南掣厅宪所捐廉款。此外尚无捐项可收，经费万分支绌。众口嗷嗷，不能中止，即使随收随放，亦属缓不济急。此又捐项不敷，必请加增义谷之实在情形也。除会同南掣厅宪禀请加添外，合再禀恳宪台转禀运宪，俯念民灶一体，同属哀鸿，伏乞格外仁施，曲察下情，至少拨发二万石，各处匀摊，所分无几，加诸一邑，则拯救无穷。谨禀。

通禀查写捐恤户口章程（戊申八月十一日）

敬禀者：窃奉本府、宪台转，奉江藩司、宪台、藩宪批：卑县禀内圩续被冲漫，散放饼席并开局劝捐缘由，批府饬县，督董广为劝捐，多多益善，并查明户口，同请拨盐义仓谷若干，妥为散放，务使灾黎均沾实惠，毋任一夫失所。仍将如何散放，妥议章程，通禀察夺等因。查灾赈事务，弊出多端，稽察稍疏，多一弊即少一利，全在洁己奉公，设法力行，或可汰除积习，灾民多沾实惠。至查写户口，又须委员认真，户必亲到，人必面验，实在乏食贫民，方准给票。其稍可支持，与少壮丁男，力能庸趁者，均不得滥给。至于随查书差，予以饭食，亦不得滥给恩票。盖少滥一户，灾民即可多济一户。本年风雨频仍，江潮山水并涨，卑县圩田被淹，乏食贫民，经卑职捐廉散放饼席，并酌给钱文，不致失所。一面开局劝捐，又首先捐钱，交董经理，设法劝谕。现在官民捐项，计有九千余串，尚未截数。禀请运司、宪台、运宪拨发盐义仓谷，先奉准拨五千石，实属不敷。又请添拨，蒙允共拨二万石，拟俟领回，同捐资间月轮放。惟每月每口放给若干及散放次数，须俟户口一律查定，捐资核见数目，方能派定。窃念灾区较广，灾户甚多，自秋徂春，为期数月之久，以及严冬棉袄、煮粥等事，势在必行，经费不充，便难措手。惟再设法劝谕，以冀多多益善。钱谷未放之前，仍给馍饼，以资口食。所有办理章程，暨谬拟查写户口条规，现在抄给委员查照办理。谨缮呈清折，仰祈宪鉴。如蒙允行，迅赐批示，以便刊刻告示，晓谕周知，俾益臻安贴，刁徒不致滋事，恩公两便，感德无穷。谨禀。

计开：

一、查给捐恤户口，必须家无担石，房颓业废，朝不谋夕，及孤贫老弱者，方准给食。如田虽被淹，盖藏末〔未〕尽，或有业营生，及少壮丁男、力能佣趁者，均不准给。

一、灾民中十六岁以上为大口，十六岁以下至能行走者为小口，其在繈褓者不准入册。

一、业户中有田亩散在各里，熟多荒少，或田虽被淹，家业尚可支持，并非朝不谋夕者，均不准给。

一、佃户代种业主之田，如本系奴仆、雇工，有田主可以养赡者，不准给食。

一、灾户如有兄弟子侄一家同住，而又极苦，归家长户内查给，不得花分冒领。

一、查给户口，应俟委员亲到，查明实系应给之户，当面注册给票。土豪、地棍、乡保等号召乡愚，倡为灾头，敛钱作费，于委员临查时，暗使妇女成群结队，混行哄闹，即将为首及妇女夫男严拿究办，仍将滋事之人口粮扣查，其不滋事者照给。

一、委员查写户口时，每有不肖乡保串同刁衿、地棍，指使查过村庄之灾民，携老挈幼，数十为群，跟随拥挤，混入下庄，重冒户口。其弊多由乡保，一经委员查出，即将乡保与冒领人拿究。

一、地保造呈草册，藉名需索册费，以为纸笔之需。给钱者，不应恤之户，混行造入；不给钱者，实在应恤之人，转不造入。是地保草册全不足凭。前与委员散放馍饼之时，应恤之户，已询其姓名住址，暗记手折。此次查填户口，委员亲验面给，地保无从冒混。

一、委员赴乡，薪水舟资与随查书差饭食，均系按日给发。其册票纸张，亦系发钱备办，书役毫无赔累之处。倘有需索供应使费、纸张、钱文，许乡保就近禀明委员，报县拿究。至书差恩票，一概禁除。

一、委员查过一村一庄，即将应给户口，于该处缮榜实贴，一面报县。仍俟一律查完，由委员开折通报，再于城内庙宇悬贴晓谕。如有遗漏，遵照道光八年前藩司贺、前藩宪贺新章，准令灾民悬榜，五日内呈明复查，迟则不准。

一、刁徒每藉灾赈，百计挟制，稍不遂意，捏情上控，书差每多畏缩。本年灾务，系选谨慎书办经理文案，跟随委员下乡，缮写文榜；弹压听差书役，亦选勤能之正身前往。该书差有无弊混，难逃委员耳目。有则报县拿究，不得徇情姑容。如始终勤慎，亦由委员报县奖励。倘书役并无弊混，而乡保刁民所欲未遂，捏情上控，应请押发下县，严讯究办，庶刁风可息，拖累可免。

一、散放钱文，每次大口若干、小口若干，预先串扎通足制钱。义谷大口若干、小口若干，亦较准漕斛于厂所，出示晓谕。如有私扣钱串，短少升合，均为〔惟〕经手人是问。灾民领过一次，即于票首盖用散放一次戳记，仍给灾民带回，按月持票请领。俟散完末赈，收票造报。

一、民风厚薄不齐，良者乐于为善，不良者惟利是图，蛊惑灾民，将恤票短价质押，或减折收买，以获利益。灾民鲜沾实惠，苦中更苦。业已出示谕禁，力祛前弊。如再有此等情事，即将押票买票之人严拿究办，追出原票，给还灾户。倘灾民将票遗失，准其呈明姓名坊分以及大小口数，核册补票，给执贴示厂所。拾票冒领者，将票扣销。

一、散放时，于适中地方分设厂所，以免拥挤。男左女右，由前门鱼贯而入。领到钱谷，由后门而出。某日散放某坊，先期晓示，免致跋涉等候。届期官驻厂所，仍派差弹压。

以上各条，按灾赈旧章，参以地方情形酌拟，是否可行，伏候核示。理合登明。

禀运、府二宪请饬领仓谷（戊申八月十三日）

敬禀者：窃卑职因公晋郡，叩谒崇晖，蒙以灾祲民生殷殷垂问，准拨义谷二万石，感戴鸿施，曷其有极！卑职回署后，即拟备文请领，因宪台
运宪批示尚未奉到，派拨仓口亦未奉行，自应静候饬知，曷敢汲汲！奈灾民知有二万之数，交相鼓舞，同庆更生，引领恩膏，益形盼望。现已开查户口，查竣一坊，即散放一坊，早放一日，即早施一日之惠。将见满目疮痍，咸登衽席，生机活泼，到处皆春。不揣冒昧，用再禀求，伏乞宪台电鉴，俯将奉拨义谷二万石迅派仓口，速赐
转请迅将奉拨义谷二万石速派仓口，饬知下县，以便领放。谨禀。

禀运、府二宪请全领仓谷二万石（戊申九月十五日）

敬禀者：九月十四日奉宪台
运宪札开，据该县申领义谷二万石，除谕知各仓商遵照先行斛发一半外，饬县先领一万石，运回济放。其余一万石，或俟隆冬，或俟来春，再行找领等因。本应遵照先领一半，曷敢妄渎！惟仪邑情形与他处不同，河道浅阻，一交霜降，水势消落，船只难抵东门，须俟来春三四月间，江潮涨发，方能有水浮送。嗷嗷饥口，曷能久待？若由长江行驶，水脚加重，且船到马头，距城更远，脚费愈多。现在船只齐泊扬郡，各船水脚住日，以及押船书役饭食等项，日用甚多。若仅奉发一半，而用项不能节省，冬底来春，再往请领，又多一番周折，似宜全数领回，以节縻费，加惠灾黎，更为有益。现拟九月内开厂，查完一坊，即散放一坊，可免灾民守候之苦，早领一日，早救一日之饥。况灾口甚多，先发一万石，实属不敷。既不便停厂以待，令领谷之人空劳往返，而等前待后，此有彼无，亦恐藉口滋事。卑职再四思维，请将奉拨二万石，即乘此时船齐水足，一起运回，源源散放，仍酌留余谷，来春接济。在宪案总须拨发，如此一转移间，诸多便捷。肃沥禀求，伏乞垂鉴，俯赐饬商照二万石库发转禀饬商，照二万石库发，一起领回，感戴鸿施，实无既极。谨禀。

严禁押买灾民赈票示（戊申九月十四日）

为出示严禁押买灾民赈票，以恤贫黎事。照得仪邑圩田，大水为灾，各坊乏食灾黎，节经本县捐备饼席钱文散放，复又首倡捐廉，延董设局劝捐，并又会同南掣厅请拨盐义仓谷，分委各员挨查户口，一面将办理条款，禀奉各大宪批示，通饬各处一律照办，并将条规刊刻晓谕等因，奉经录批刊刻晓谕各在案。现已先查捐恤户口，发给捐恤赈票，随后接查大赈，亦系随时给票。访闻有等藉灾牟利之人，蛊惑灾民，将赈票短价押质，或减折收买，灾民鲜沾实惠，苦中更苦。此等丧心昧良之徒，只知获取重利，不顾灾民性命，实堪痛恨，合行出示严禁。为此示，仰城乡诸色人等知悉：尔等当知被水灾民所领赈票，系救口活命之资，尔等获利押买，是于垂死之人而夺之食，其心尚堪问乎？本县耳目最周，如查有此情事，即将押票买票人锁拿赴县，尽法究惩，仍将原票追还灾户，以示格外体恤。各宜凛遵毋违。特示。

严禁米店刁难灾民以谷易米示（戊申九月十四日）

为出示严禁灾民领谷易米，店铺毋许刁难少给，以恤贫乏事。案照仪邑圩田，大水为灾，各坊乏食灾民，节经捐备饼席钱文，随地散放，复又首倡捐廉，延董设局劝捐，并又会同南掣厅请发盐义仓谷，一面分委各员挨查户口，均经通禀在案。日内义谷领回，即须散放。查乡民领得义谷，家有磨具，可以自行碾食。惟附城各灾民未必俱有磨碾，势须易米而炊。访闻上年领谷易米，城乡内外砻坊铺户居奇勒折，以多易少，殊不知灾民多易一合，则多得一合之济，其功莫大。该坊铺虽冀聚少成多，而取利于灾民救死之需，居心狠毒，未必即能致富，祸且随之。合行出示严禁。为此示，仰城乡砻坊铺户人等知悉：自示之后，如有灾民领到义谷，赴坊易米，务须公平易换，切勿居奇勒折，致使灾民吃苦。倘敢不遵，一经本县访闻，定提该坊铺人等到案，分别究罚，决不宽贷。各宜凛遵毋违。切切特示。

晓谕妇女勿庸亲自领谷示（戊申九月二十一日）

为出示晓谕事。照得被水灾民应领义赈，业经委员查照给票，择期放谷。惟念灾民赴领，道路远近不一，天气晴雨不时，一闻开厂，势必恐后争先。本县深虑拥挤，致滋意外之虞，合行示谕。为此示，仰各灾民知悉：尔等既有赈票，只须验票给谷，其病迈之老叟老妇以及少女孕妇，均令家中丁男赴领，毋庸跋涉露面。如家无丁男，或托信实之亲戚邻佑代领，均无不可，但不得听信包揽，转致吃亏。至未及岁之幼童幼女并襁褓乳孩，尤不可带赴厂所，以免挤跌惊吓。况大口给漕斛谷一斗二升，小口折半，业经出示晓谕，无虑私扣短少。倘代领人昧良侵蚀，许即指名禀县究追。此因爱老惜幼，远嫌疑，正风俗起见，各宜凛遵。如查有押票买票之人，朦混冒领，定行究罚不贷。

分期散放义谷示（戊申九月二十二日）

为晓谕分期开厂，散放义谷事。照得仪邑圩田被水成灾，各坊乏食灾黎应给捐赈户口，现据各委员纷纷查填具报前来，除将查竣坊分先行示期散放，并催各员赶查禀明各宪外，合行示期散放。为此示，仰各坊被水灾黎知悉：尔等务各遵照后开派定坊分、赴领日期，亲身自带装稻口袋，持票前赴天安寺、关帝庙厂所，每大口领稻漕斛一斗二升，小口折半，验票给发。其病迈之老叟老妇以及少女孕妇，均令家中丁男赴领，毋庸跋涉露面。如家无丁男，或托信实之亲戚邻佑代领，不得拥挤喧哗，致干吊票查究。所有已查未竣各坊，一俟委员禀报，即当挨顺坊分日期，出示散放。预行要求，从严究治。各宜凛遵毋违。特示。

姜枣锅焦汤

按本年大水为灾，自夏徂秋，应热反凉，并无盛暑酷热。低洼之处，庐舍久浸水中，半系病寒病热。领赈贫民，风雪奔驰，五更愈走愈饿。受此严寒霜雾之气，明春染病，一发不治。习闻大荒之后，必有大疫，殊堪悯恻。姜枣本可调和营卫，加以锅焦，得其谷气，能祛现在之寒，又却将来之病，一锅可饮数百人，费小益多，伏望仁人乐施，随处捐送焉。

生姜四两（冬至以后加四两），红枣二斤，锅焦十斤（如无锅焦，即用炒焦籼米七升代之）。

应用什物单

铁锅一口，（上加木接口，锅小接口升高，通计以盛水二石为度。接口及锅盖，皆须坚厚。）竹笏一个，（如锅底大，俾布袋弗致粘焦。）白布袋一个，（长二尺，宽一尺六寸，用粗厚阔布缝系苎绳收束之。）大砂缸一只，（大木盖一个，盛水六七石，宜清，忌浑秽。长流水、井水听便，塘水、坑水断断不宜。仍于缸内放贯仲一大枚，或降香一枝，五七日一换。）小缸一只，（小木盖一个，草垫亦可。盛水一两石，汤热贮入，煨以粗糠，不令过沸，不令不热。）粗碗四十个，（枣围所用状元碗也。）水桶一副，（扁担钩绳全。）水瓢二个，提桶二个，风灯一张，木烛签二个，席蓬一座，（厂前不碍出人。）砖灶一座，（火叉、火钳全。以上各物，指设厂而言。如在门首，各自捐送，即酌量置备。）柴五十斤，（草柴木柴各半。汤熟以后，留木柴余烬温之，挹注小缸之内。）火夫一名，照看人一名。（须老成耐劳、力行方便者为之。）

施放姜枣锅焦汤示（戊申九月二十四日）

示谕领赈灾民知悉：照得本年被水成灾，业经本县设局倡捐，遴选绅董劝办义赈，并设厂示期，次第散放。惟查灾坊远近不一，冬令风雪奔驰，饥寒可悯。即现届深秋，早晨亦觉微寒，自应格外体恤。兹本县捐放红枣生姜锅焦汤，每逢散放之期，于四鼓时先行炊煮，不令过沸，不冷不热，按名给吃一碗，稍御寒凉，非同赈粥，不可充饥。如敢攘夺争竞，拥挤喧哗，将滋事之人，按名拿究，决不宽贷。各宜凛遵毋违。特示。

真州救荒录卷三

内乡王检心子涵纂

劝捐义赈各事宜

劝捐第一示（戊申七月十九日）

为遵札出示劝捐以济贫民而襄善举事。案奉本府正堂吴札开，照得本年扬属八州县，或因坝水下注，或因江潮泛涨，田庐多被淹漫，小民荡析离居，嗷嗷待哺。本府目击心伤，谅贤牧令必同此怀也。现在察看被灾情形，查办抚恤，惟灾区较广，需用孔多，除府州县自捐廉俸外，必藉绅士捐输，以助赈抚之需。各属绅商富户中深明大义、情殷桑梓、乐善好施者，谅不乏人。合亟通饬。札到该县，立即延请绅董，广为劝谕，量力捐输，多多益善。俟有成数，即行通报。该绅士果能踊跃输将，共拯灾黎，事竣后，本府定当格外从优详请奖励。但不可稍事抑勒，亦不得假手吏役，致滋弊窦。仍将遵办缘由，先行通禀等因，札行下县。奉此，查仪邑地方入夏后，风雨过多，江潮盛涨，沿江近河漕芦田亩，被水淹浸，草屋茅檐，悉入水内，现在被淹贫民，嗷嗷待哺，目击情形，实堪悯恻。虽经本县捐放馍饼，权济眼前之急，此后为日甚长，难为久计。前已会同南掣禀请运宪饬发商捐盐义仓谷，只奉批发五千石，又经禀请加增，无如扬属州县被水甚重，各处分派，恐难多发，而本境被淹坊分较广，户口众多，以奉拨之义谷，断断不敷散放。溯查历年灾祲，均经好义绅富慷慨捐输，数逾巨万，活命无穷，颇得助赈之力。本年被淹情形，较道光十一年、二十一年为尤甚，谅该绅富等早起恻隐之心，各有推解之愿。除本县会同南掣首倡捐廉，并延董设局邑庙，于七月二十一日开局，广为劝捐，通禀各宪外，合行出示劝谕。为此示，仰阖邑绅商殷富人等知悉：尔等须知安贫即可保富，为善莫过救荒。当此大水为灾、穷民待救之时，正可共行其善，或捐米谷，或助银钱，踊跃输将，以为表率，愈多愈妙，阴功既积，奖励必加，切勿退缩延挨，自取不仁之毁。终须解囊，不任隐漏，曷若慷慨首列多捐，而邀美誉之为愈乎？本县以救贫保富为怀，不惮谆谆告谕，各宜凛遵。特示。

劝助义赈序（戊申七月十九日）

仪民以盐务为生，盐一减少，则生计顿失。本年春单仅二十万引，较之往年不及一半，秋单又无捆期，民情困苦，商贾废业，未有甚于此时者也。然犹幸秧苗全栽，秋禾茂盛，五谷丰登，尚可有望。乃自六月以来，江潮泛涨，东风大作，外圩皆破，田庐漂没，流离失所，伤心惨目，行路悯恻。检也不德，谬莅斯土，自愧才短，复苦力诎，昼夜忧劳，寝食俱废。亲驾小舟，周历巡防，劝谕业佃，加筑田埂。居民奋具，踊跃从事，满拟保护内圩，庶几有秋。孰意昊天不佑，水势日增，烈风暴雨，连日不息，内圩又破，哀我赤子，嗷嗷待哺。此等景况，不忍目击。检之无良，本当诛罚；小民何罪，罹此灾厄！反躬自咎，汗如雨下，恨不能舍一己之身，救万人之命。顷已捐钱，委员散放馍饼席片，而经费不给，未能遍及。会同南掣谢默卿司马，复禀请盐义仓谷，尚未奉批，亦恐缓不济急。万不得已，定于七月二十一日，设局邑庙，普劝捐助，散放义赈。先捐钱五百千文，以为之倡。真州素多好义之士，况当此颠连阽危之际，岂忍见人之将死而不救乎！古人云富者贫民之保障，又曰富者怨之府。吾邑之富者，为保障，不为怨府，贫民之幸也，检之所日夜以冀也。是为序。

劝捐第二示（戊申七月二十六日）

为再谕捐输，以恤灾黎而邀奖励事。照得本年入夏后，暴雨频施，东风屡作，江潮山水并涨，低田多被淹漫。幸腹里大圩尚可保守，山田禾稼俱望有收。惟已淹之处，时在立秋以前，颗粒无收，灾民纷纷逃避，栖食俱无。目击心伤，深堪悯恻。本县不惮跋涉劳辛，亦不避风寒暑雨，始则赴乡督加圩岸，继则叠次亲勘水灾，散放馍饼，并酌量给予钱文席片。惟本县之廉俸无多，全赖众擎共举，遴选董事，设捐局于邑庙，延绅富而会商，前经出示劝谕在案。七月二十一日开局，本县倡捐廉钱五百千文，发交局董妥为经理，分委巡典、税局各员，协董轮流赴乡，逐日散放。并蒙南掣捐钱五百千文，会同禀请运宪拨发盐义仓谷，只蒙批发五千石，继又禀请加增，未邀允准。惟念被灾坊分较多，饥口甚众，见哀鸿之遍野，实寝食而难安。此后为日甚长，瞬交冬令，饥寒益难支持。筹计须宽，经费宜裕，想好义绅士，同深恺恻，但得多捐千百两之余资，即可多救千百口之生命，造福无量，厥后必昌。溯查道光十一年水灾，商民捐银二万六千余两，二十一年捐钱九千余串，奉发义谷二万石，尚属不敷散放。本年扬属被灾甚广，请谷州县非只一处，仪邑仅准拨发五千石，较二十一年四分之一，而本年被淹情形，较上年为尤重，加以盐务凋零，现又停捆数月，民情困苦，益甚于前。更赖捐资充足，嗷嗷众口，方资起死回生。复查上届捐输，均有奖励。本年事同一例，自可援照具详。在乐施者虽无邀誉之心，而经办者断不能没其好善之行。现又叠奉各大宪札饬广为劝谕，合再示晓。为此示，仰阖邑城乡市镇绅衿富户军民人等知悉：尔等情切维桑，谊敦任恤，不拘银钱米谷，慷慨多输，推有所余，以资不足。莫谓涓埃之助，惠及难周，须知钟釜之施，亦足资其困乏（一作"赈其里党"）。务各亲身赴局，一体输将，恐后争先，谅有同志。至于大户、中户以及殷实小康之家，人所共知，不能瞒隐，董事俱廉明方正，一秉至公，放富捐贫之陋习，自可杜绝。总之愈多愈妙，愈速愈佳，勿稍吝延，是所厚望。特示。

劝捐第三示（戊申八月初五日）

为再行出示劝谕捐输，以襄善举而恤灾黎事。案照仪邑沿江外圩漕芦田亩及附近河道腹里低洼圩田，均被水淹，节经本县捐备馍饼、席片、钱文，散放接济，先后通禀并奉各大宪札饬劝捐助赈，又经倡首捐廉，设局邑庙，延请董事劝谕捐输，并将捐银议叙各条出示晓谕在案。兹查各坊被水乏食贫民，虽经本县节次捐放饼席，暂为糊口，然为日正长，亟须设法接济。现在捐输寥寥，转瞬白露，天气渐寒，贫黎待济甚殷，除催差赶请各殷富赴局捐输外，合再出示晓谕。为此示，仰城乡市镇绅耆富户军民人等知悉：自示之后，务各切念桑梓，踊跃赴局捐输，或助银钱，或助稻谷，共济灾黎，以襄善举。一俟捐项缴局，由董事给以县印缴清执照，统俟事竣，分别造册详请奖励，毋再观望吝延。切切特示。

劝捐第四示（戊申九月初六日）

为再行示谕催捐以济散放事。照得本年大水为灾，贫民乏食，经本县捐廉设局，协董劝捐，各绅商富户，切念维桑，赴局输写，截至现今止，虽已捐钱一万四千余串，而完缴寥寥。此时已届秋暮，天气渐寒，听飒飒之金风，叹嗷嗷之饥口，大赈为期尚远，捐资散放宜先。现在分查户口，不日完竣，本月即须开厂，所有各善士输捐钱文，务各赶备九八串一律典钱，源源送局，以便预为串扎过数，切勿搀杂私小，亦勿短缺钱数。如以银代钱，亦须按照市价合算，切勿潮色短平，致有暗折。盖短少一文，毛色一分，贫民即少得一文一分之惠。除饬听事吏持帖往催外，合再出示晓谕。为此示仰已捐各善士，即速赶备九八典钱送局，早早散放，免致灾民引领。想既慷慨于先，自弗吝延于后。其未书捐各户，须知当仁不让，亦即赴局书写，毋再延挨退后，致羁善举，本县有厚望焉。特示。

遵札晓谕捐输示（戊申九月十九日）

为遵札出示晓谕劝捐以全善举事。本月十七日奉本府正台吴札开，九月初十日奉宫保总督部堂李札开：照得本年被水灾区，业经体察情形，分别查办抚恤，并劝谕捐输接济，凡属贫黎，已可无虞乏食。瞬届严冬，御寒无具，久沾潮湿，疾病易生，均须设法拯救，以全生命。现在近省一带，本部堂已捐银千两，札发江宁府置备棉衣絮袄，并另置丸散，随时分给。因思江苏绅庶，素敦尚义之风，所有各府州县被水及留养灾民地方，亦当一律倡捐，赶紧捐资办理。施送医药棉衣之外，如收养幼孩、殓瘗尸棺等事，皆为目前要务，果能力求扩充，实为功德无量。全在贤有司多方劝导，以期感发奋兴。合亟特札通饬，札府立即遵照，督属倡捐，剀切示劝绅富善堂，或施棉衣以御严寒，或送医药以救疾病，或广收幼孩以免遗弃，或备棺殓瘗以免暴露，〈务各踊跃捐办，共襄善举，登穷黎于衽席。既可感召天和，积阴德于子孙，即是福田广种。一俟事竣之日，由该地方官查开捐户姓名、银数，通详请奖毋违等因，到府转饬下县等因。奉此，查仪邑被水灾民，深恐久沾潮湿，疾病易生，久经本县捐资配合丸药，于城乡市镇广为散给，并谕饬典铺，将所出棉衣、棉裤悉行存留，给价收买，并于捐项中提钱购买，以备随时施给，并示谕各堂多备棺木、收养幼孩各在案。兹奉前因，合行出示晓谕。为此示，仰各坊绅商富户人等知悉：尔等立即遵照宪饬事理，或施棉衣以御严寒，或送医药以救疾病，或广收幼孩以免遗弃，或备棺殓瘗以免暴露，〉（按：自前文“务各踊跃捐办”至此处，系华南农学院图书馆抄本所脱漏。）务各踊跃捐办，共敦任恤之谊。仍将捐办缘由，据实禀县，定当开列捐名银数，通详各宪请奖。该绅富等福田广种，德荫子孙，踊跃力行，是所厚望。特示。

通禀劝捐请谷安抚灾民及水势情形（戊申八月十一日）

敬禀者：案奉本府、宪台转，奉藩司、宪台、藩宪札，奉抚宪、宪台扎开，本年湖河盛涨，各坝齐开，下游漫淹较广，而沿江沿海地方，又值风潮为害，迭据各州厅具禀，均经批司转饬，分别妥办，其被淹较重之区，并经由司委员分诣查勘。惟贫民骤被水灾，栖食两无，遍野哀鸿，实堪悯恻。虽据禀明劝捐安抚，究竟绅富是否乐输，被水是否不致宽广，捐项能否济用，以及拨发银谷之处是否足数安抚，现在民情究竟如何，有无结队成群，四出流离，以及冒灾匪徒，藉端滋扰，转饬卑县逐一体察明确，将筹办章程以及地方实在情形，并水势有无消退、能否补种有秋，切实通禀，毋许粉饰捏混；一面劝谕贫民安分待赈，其已经他往者，亦即妥为招徕，毋任轻去其乡，是为至要等因。并奉颁发告示，广劝捐输。仰蒙宪恩优渥，饥溺为怀，不忍一夫失所，殷拳指饬，感佩难名。遵查卑境沿江近河田地，因入夏后雨泽过多，东风屡作，山水江潮同时并涨，始则外圩冲破被淹，继而里圩亦多淹漫，被水灾民，嗷嗷乏食。欲待请银抚恤，缓不济急，均经卑职独捐廉银，多备馍饼钱文，先后赴乡散放安抚，谕令迁移高阜，给以竹席搭蓬〔篷〕居住，并于宽大庙宇安顿栖止，分委卑属巡典、税局各员，轮流散放，谕令灾民安心待济，切勿远离故土，转致失所。一面会同南掣同知谢丞、南掣厅宪禀请运司、宪台、运宪拨发盐义仓谷，一面遴董设局劝捐，卑职又首捐廉钱，发交局董妥为经理，不涉书役之手，并又出示劝谕灾民，此后源源接济，不致乏食，大局颇属安静。仍密查有无冒灾匪徒，不稍松懈。是以卑境鲜有出外之人，亦无冒灾匪徒藉端滋扰。卑职逐日赴局，设法劝谕，现在官绅大户，捐钱计有九千余串，尚有中户未曾捐定，仍当极力妥劝，总冀愈多愈妙。惟收捐难于迅速，此时散放饼资，即系卑职与谢丞、掣宪捐廉之项。现在请领义谷，开查户口，俟查竣核明口数若干，酌定应给数目次数，另行分晰禀报。谷未领回，仍于捐项内买饼散放，灾民口食不致缺乏。卑职约计捐资义谷两项，目下可资接济，毋庸另请抚恤银两，历经会同委员禀明在案。至已淹田地，水退无期，时过白露，不能补种，灾象已成，轻重情形虽可概见，而实在分数尚难预定。此外有圩可保之处，严督业佃备料防险，此后如水势不长，风威不作，圩无续破，被灾之处，尚不致过于宽广，与高田俱可望其有秋。现奉藩司、宪台、藩宪饬委扬州总捕同知李安中、总捕厅宪李会同查勘，俟勘明开具图折，另行通禀。事关民瘼，卑职谨当竭力筹办，断不敢粉饰捏混，有负宪台拯恤民生之至意。缘奉前因，合将办理缘由及现在水势情形，肃泐驰禀。

通禀资送留养兼办（戊申八月十一日）

敬禀者：案奉本府、宪台转，奉藩司、宪台、藩宪札，奉宪台、督宪札开，本年江潮异涨，各属民田庐舍，俱在水中，贫黎外出求食，势所难禁。若仅办资遣，旋去复来，转不免重复之弊。自宜仿照成案，设法收养，方归实济。饬就缺分大小，及地方情形，酌量筹办，总视力所能任，不必拘定人数。一面督同绅董广为劝捐，务将本境灾民妥为安抚，毋任外出滋扰。其外来灾民，查明实属容身无地，并非假冒者，酌量收养，俟水退资遣回籍。仍查明捐数较多之户，通详请奖。并转奉抚宪、宪台札开，闻江北灾民，已由扬州渡江东下，自应查照成案，不分畛域，分别资送留养，妥为经理，俾穷黎不致流离失所，且免群聚滋事之虞。务将外来乞食饥民，收养与资送并行，刻日妥议禀办，并蒙颁发章程，饬即广为劝谕，以恤灾黎，而免失所各等因。仰蒙宪台胞与为怀，不忍一夫失所，持筹拯恤，奖劝兼施，指示殷拳，关心愈切。查卑县地方，本系弹丸小邑，民间多于鹾务谋生。近年盐务凋零，一切情形，迥非昔比。本年停捆已久，又值圩破田淹，秋成失望，贫民乏食，情甚堪怜。虽经卑职竭力劝捐，相机安抚，究属杯水车薪，灾广户多，力难为继。即又捐廉发局，遴董勸劝，散给馍饼，谕令安心待抚，俟义谷领到，又可散放，该灾民等已知源源接济，鲜有外出之人。其外来灾民到境，询有愿往熟地投亲觅食者，随时资送遣散，亦未聚集滋事。兹奉札饬前因，伏查外来灾民，因原籍无地可容，出而谋食，若经过地方稍分畛域，不加体恤，于心实所不忍；若资助遣送，诚如宪谕旋去复来，不免有重复之弊。资送与留养并行，洵属至善良策。如有冒灾匪徒混杂滋事，即当随时惩究。惟卑境亦系灾区，富户鲜少，即使各户踊跃捐输，断不能如扬镇之多。且高阜地基与宽大庙宇，俱已安顿本境灾民，外来者必须另觅栖止。亦惟遵照宪谕，总视力所能任，不必拘定人数，得能多留一人，即可多延一人之残喘。其愿投他处谋生及欲回本籍者，均各分别资送，断不敢稍存膜视，致廑慈怀。合将遵办缘由，肃泐具禀。

通禀奉发办灾条款开呈遵办登覆清折（戊申九月初二日）

敬禀者：窃奉署藩司、宪台扎开，本年入夏以来，阴雨连绵，风潮陡作，江湖海三水同时并涨，各坝齐开，以致沿江沿湖沿海地方，尽行淹漫。所有乏食贫民，现在拨款抚恤。并据各属禀报捐廉首倡，一面劝令广为捐输，以资接济。但救荒总期尽善，而立法不厌周详，抄发道光十一年被灾林升司、林升宪筹计章程，转饬逐条确核仿办。如有情形不同之处，应如何参酌而行，妥议通禀等因。回环庄诵，得有遵循。窃念本年水灾既广且重，破圩在立秋以前，田稻无收，民情困苦。虽经卑职捐备饼席钱文散放安抚，惟灾区甚广，自秋徂春，为日正长，例赈之外，必筹佐赈之需。又首先捐廉设局劝捐，请拨盐义仓谷，源源接济，灾民不致流离。历蒙宪台暨各宪垂问情形，持筹抚赈，兹复颁发章程，逐条指示，正无告穷民重庆更生之日。惟灾赈积弊多端，竭己奉公，或可稍收实效。卑职识浅材庸，不遗余力，总冀事归实济，项不虚縻。谨就卑县地方所宜，并遵办各事，开折呈电。是否有当，伏候宪示祇遵。此外如有益于民，一时耳目所不及，思虑所不到，仍当随事随时，悉心体察，另行禀办，以副痌瘝在抱之至意。肃泐具禀。

计开：

一、奉条款内开倡率劝捐以周贫乏等因。

遵查仪邑系掣捆之所，贫民多于盐务觅食，充当捆抬各工，人类不齐。近来盐务凋零，本年春单掣盐更少，五月以后，即行停捆。若辈情形拮据，已属难支。原望秋单多掣，以补春单不足，讵入夏后山水江潮并涨，圩破田淹，秋成失望，秋单又捆掣无期。若辈无以谋生，诚恐勾串灾民，藉端滋事。所有乏食贫民，并捆工人等，节经卑职捐备饼席钱文，亲自散放，并委巡典、税局，各带钱饼，备船散渡，并又首倡捐廉，遴董设局，广为劝捐。一面会同南掣同知谢丞、南掣厅宪禀请运司、宪台、运宪拨发仓谷，蒙批准二万石，尚未领回。卑职督董极力劝捐，无如富户田亦被淹，捐资未能踊跃。截至现今止，已捐钱一万四千余串，仍未截数。因思灾口嗷嗷，赈期尚远，在于已收捐项中，酌提钱文，或备钱票，或备馍饼，由董事散放接济，暂救目前。俟户口查竣，九月、十月先放捐赈，十一月接放大赈。至展赈之需，即以捐资、义谷两项续行散放，并不另请银两。计自本年九月为始，约可放至来春四月。卑职随时谕令灾民，为日虽长，而此后源源接济，切勿轻去故土，转致流离，亦勿藉灾滋事，致罹法网，大局安静。理合登明。

一、奉条款内开资送流民以免羁累等因。

遵查卑境系南北水路冲衢，上游高宝一带，灾民多由长江直下，亦间有经过卑境者。卑职询其何往，咸称原籍水尚未退，愿投熟地依亲觅食，随时雇船，给予口粮，听其自便，并未聚集滋事。前蒙宪饬，业已禀复在案，理合登明。

一、奉条款内开收养老病以免流徙等因。

遵查卑境本有暂栖所一处，年久荒废。卑职曾将上年拆毁太平庵房料，并捐资建盖瓦草房间，改为暂栖所，收养本境无依贫民，及贸易过往有病，一时无处安身者，给予药饵口粮。病痊愿去者，给资听便。曾经通禀有案。本年大水之后，必有大疫，老病贫民及穷途孤客，自必更多，即拟在于暂栖所收养，以广善举。理合登明。

一、奉条款内开收养幼孩以免遗弃等因。

遵查幼孩依人为活，若本生父母因灾遗弃，诚如宪鉴，其情已绝。有能收养抚育者，其活命之恩，比本生父母为尤重。若本生父母认领，愿送给还者，则存心仁厚，全其一体，更属可嘉。卑县向有育婴堂一所，归盐务批验大使衙门经理。卑职现遵出示，通贴晓谕，并传谕城乡地保，如有收养遗弃婴孩之人，即询其姓名，随时赴县禀报，登记档案，以便日后查考，不令该保等稍向滋扰。如无人收养，亦即随时送堂，卑职仍会同该大使，督令董事，谆嘱乳妇，用心看待。日后有人认领，仍行给还。理合登明。

一、奉条款内开劝谕业户以养农佃等因。

遵查业佃情谊，本极亲切。灾年田粮失收，佃无依靠，田主接济，此至情至理也。无如仪邑佃户刁滑者多，熟年欠租不清，设遇灾歉，即藉灾全吝，或硬搬田具，或擅拆庄房，百般恐吓，踞田不让，因此致讼者不一而足。卑职遇有此等案件，均随时传集业佃，剀切开导，有业户情愿免追者，有佃户服礼交还原物，仍旧完租者。诚如宪饬，恩义相结，亦可感召祥和。现又遵照颁发条款，出示晓谕有力业户量予资助，力薄者不必勉强。倘佃户藉灾强借凌犯，从严惩办。理合登明。

一、奉条款内开殓葬尸棺以免暴露等因。

遵查卑境向有普泽局掩埋觜骨，同仁堂施送棺材。本年破圩时，卑职亲往各乡查看。遇有漂淌棺木，随谕令普泽局董，带瘗高阜。流尸并令同仁堂给棺殓埋，注册插标记认。仍责成地保，将有无漂淌棺尸，按十日一次赴县具报，并谕令该董事等一体稽查，多备棺木。合将办理缘由登覆。

一、奉条款内开多设粜厂以平市价等因。

遵查县境自被水灾以后，粮价日增，恐有奸牙勾串商贩，囤积居奇，即经出示谕禁。一面招商挟资，自赴熟地，购买米谷，由县给发照票，买回粜卖，报明各宪在案。至常平仓谷，原应详请动用，因本年山田成熟有收，不日新谷登场，又有义谷领回，可冀接济口食，粮价不致过昂。拟俟来春青黄不接时，如须碾谷平粜，临时详请宪示。理合登明。

一、奉条款内开变通煮赈以资熟食等因。

遵查隆冬煮赈，本系救荒第一良策。贫民得食，即可果腹，又可御寒。惟煮粥弊窦多端，少失检点，食之难免生病，且厂费较重。蒙谕兼用糊面，以济不足，洵为节省之大要。隆冬应如何变通筹办之处，另行禀请宪示。理合登明。

一、奉条款内开捐给絮袄以御冬寒等因。

遵查隆冬御寒，莫如棉絮。已谕令本境典铺，将所出布衣棉裤，悉行留存，给价收买。于写查户口时，察其形状，如须给衣者，于票内暗作记号，领赈时一并给发。仍按坊分，责成本坊诚实正派之人，留心察访，如需给衣者，给票具领。倘需衣过多，而收买不足，即另置添补。至典铺本有年终让利之条，兹逢灾祲，如能格外让利，损富有限，济贫甚多。现遵札饬谕令典商会议减让，俟有端倪，另行具禀。理合登明。

一、奉条款内开劝施籽种以便种植等因。

遵查县境地居洼下，潮湿甚重，田间除麦稻外，余种菜蔬、葡萄等类，皆民间日食必须。灾民种植，既可货卖钱文，又可充饥，洵属救荒一策。县境园地，半多淹没，无种可收。现在谕高阜园丁，通融借给，俟水涸种植，理合登明。

一、奉条款内开禁止烧锅以裕谷食事等因。

遵查烧锅踹麯，最耗民食。此时灾歉已甚，粒食维艰，诚如宪饬，应行禁止。卑境非产酒之区，然非稽察严密，而市侩小人，只知贪利，不顾民食，殊为灾年之害。现遵指饬，妥为查禁，以杜暴殄。其外省来境货卖者，仍听其便，不准差役滋扰。理合登明。

一、奉条款内开收养耕牛以备春耕等因。

遵查耕牛为务农之本，终年劳苦，不同他畜，因灾贱卖，恣意宰杀，既伤物命，又误春耕。卑职访有回民艾起朋等，图贱私宰，即经亲诣查拿，讯供枷杖，起获水牛四只。一只因产倒毙，尚有三只，交号喂养。卖牛之人，免提省累。惟农佃当此灾祲，人且不给，何暇于牛？难保不再售卖，仍落屠人之手。业已遴选绅董，另案筹捐，在于北门外祈年观搭盖蓬屋，于九月初一日开局收当。次年二月三十日撤局，原本取赎，不加利息，不加喂养，另缮章程，专案报禀。理合登明。

以上各件，系按卑境情形及遵办各事，推广宪意，认真经理，不假胥吏之手，一一据实登覆。此外尚有已办事宜，附开于后。

一、查本年夏令，雨水过多，天时甚凉，道路田庐，久浸水中，秉赋稍弱之人，十病八九。医云应热反凉，水湿日久，应以寒湿例治。《景岳全书》圣散子一方，专治时行瘟疫、伤寒风湿等症。经卑职捐资配送，服之有效。古方今症，会逢其时。此后天气渐寒，是方尤为对症，已将原方改为祛寒去湿丸，磨对刊刻，具禀通送，奉批转饬灾区，一体配送。并奉宪台、督宪以药系温散，宜于寒湿加患、暑湿、伏暑等症，仍不可误服，并于札内指饬矣。仰即知照等因，遵将批示补刊方内矣，合并声明。

一、查城厢内外道路，被淹既深且广，行人病涉。经卑职捐资租借盐厂工人木跳，派委典史钱庆恩，督匠制橙搘搭，夜晚悬灯照亮。嗣因跳窄人多，间有倾跌之事，劝谕木行陈寿堂多借木植，复由卑职购缆扎簰，加跳于上。城内唐公桥至城外河西陈家湾、庙后街三处，各有三四里之遥，往来称便。合并声明。

一、查《周礼》荒政十二，十曰多婚。被灾农佃，谋食不遑，男女娶嫁，不免因此耽延。但女子长成，迁移露面，奸徒易起邪心，牙侩更生贪念，何如速成嘉礼，免致乖离。嫁衣等项，即以旧有之物，浆洗为之，业已出示劝谕。并谕读书明礼之士，随时开导，量力助以婚费，专案另禀。拨请通饬灾区，各就地方风俗一体出示劝谕，合并声明。

真州救荒录卷四

内乡王检心子涵纂

正赈各事宜

通禀请拨正赈银两（戊申八月十九日）

敬禀者：案奉藩司、宪台、藩宪札，奉宪台、抚宪札开，本年江扬等属，因江潮漫溢，坝水下注，被淹民田甚广。兹据各州县禀请抚恤，或已由司酌发银两，或已饬司委勘，为时已久。各属收成究竟如何，被淹轻重若何，尤应饬催所委各员赶紧勘明，据实通禀。其被灾较重之区，例应给赈者，亦即查明约需若干，次第办理。转饬卑县会同委员履勘，是否不致成灾，居通境十分之几，遵照新章折式，分别轻重，联衔通禀，听候亲勘等因。遵查卑县境内，沿江外圩及腹里内圩田园道路被淹各情形，节经据实通禀，嗣奉前藩司、前藩宪札委候补府王守、候补府宪王暨宪台、署藩宪、署藩司委员候补县张令诣县会勘，又将捐备安抚毋庸另请抚恤缘由，通禀在案。续奉藩司、宪台、藩宪，转奉宪台、抚宪札，查捐项绅富是否乐输，能否济用，被水是否不致宽广，以及拨发银谷之处是否足敷安抚，并水势有无消退，能否补种等因。又经查明被淹田地，灾象已成，不能补种，其余有圩之处，如无续破，与高阜山田，均可有收等情，分晰禀覆宪鉴，并禀各宪亦在案。讵料发禀后，水仍逐日增长，又值狂风大雨，内圩又有续破，以致被淹情形，较前益重，灾民愈苦愈多。正在具禀间，接奉札饬前因，伏查卑县被淹地方，民情困苦，彼时灾分未定，不能遽行请项，而遍野哀鸿，不忍膜视，是以捐备饼席钱文，妥为安抚。一面设局劝捐，并请拨义谷二万石，尚未奉到批示。原冀义谷、捐资两项可以支持，无如水势日增，内圩又破，灾区愈多，灾民愈众，有力之家又因田稻失收，捐项不能踊跃。截至现今止，仅捐钱一万二千余串。此外续捐虽尚有人，第恐为数有限，且已捐者完缴寥寥。现在安抚之资，即系捐项，随收随用。其他棉袄、煮粥以及留养、资送等事，均系出诸捐项。卑职通盘筹计，正赈无资，灾民仰望恩膏，情形迫切，不得不代为请命。惟经费有常，自当力求撙节。再四思维，应请拨发正赈银一万六千两，确查散放，俾灾民可以普沾实惠。但例赈有定，为日正长，卑邑贫民除力田外，余多盐务谋生。本年春单掣盐减少，场灶现又被淹，秋单捆掣无期，若辈无以谋生，亦宜加意安抚。将来义谷领回，同捐项钱文即为各灾民义赈、展赈之用，庶项不虚縻，民无失所，以副宪台痌瘝在抱之至意。除俟会同藩司委员、宪委、藩宪委员、扬总捕、李丞、厅宪李勘明成灾分数，绘开图折，联衔另行通禀外，知蒙垕注，合先禀覆。

禀扬州府宪转覆前请正赈银两即系冬赈之需（戊申九月初二）

敬禀者：九月初一日奉抚宪批，卑职禀捐资义谷，不敷散放，请拨正赈银两缘由，奉批：本部院前次饬司确查赈需银两若干，系指勘定灾分，例给冬赈者而言。至正赈即系抚恤，所有江属拨款给抚之处，已据该司汇详请奏。今该县藉有饬查冬赈银数之札，辄于未经勘办之先，请拨发正赈银一万六千两，殊属率混。且何以迟至此时，始请拨银抚恤？果否确实，仰江宁布政司飞饬委员，会同该县周历查勘实在成灾各处，绘开图折，据实联衔通禀，再由府司层层覆勘。其所请正赈银两，应否即归冬赈案内办理，抑应先行酌数动放，并即由司覆核，毋任饰混干咎，并候督河部堂批示缴等因。遵查卑境被淹灾民，系捐办抚绥，并不另行请银抚恤，历经禀明有案。所请正赈银两，即系冬赈之需，亦非抚恤之款。前奉饬查水势，有长无消，被淹分数未敢率定，而灾象已成，诚恐上关宪廑。通盘约计，捐资、义谷两项，只能散放义赈，以及来春展赈之需，而冬赈无款，灾民仰望恩膏，不得不代为请命。前禀声明请发正赈银一万六千两，委系备放冬赈之用，俟届期请领，现在无须先行给发。至卑境水源，自八月十八日大泛，数日之后，始见平定，已会同宪台、藩宪委员扬州总捕同知李丞勘明，极重之区成灾九分，次重之区成灾八分，稍轻之处成灾七分，以额田牵算，实在灾田居通境十分中之四分五厘。熟田钱粮，剔出征收。现在赶办图折，一俟缮齐，即会印发申，不敢延迟。灾务重件，亦不敢稍事率混，自干咎戾。缘奉前因，合将实在缘由，据实禀陈，仰祈宪台鉴核，俯赐据情转覆，实为公便。谨禀。

禀覆藩、府二宪正赈约需银两并委员会禀图折业经发申（戊申九月十五日）

敬禀者：九月初十日奉宪台、藩宪转，奉抚宪批，卑县禀捐资、义谷不敷散放，请拨正赈银两，俟委员会勘成灾分数，另开图折具禀由，奉批：本部院前次饬司确查，系指勘定灾分，例给冬赈者而言。至正赈即系抚恤，何以迟至此时，始请拨银抚恤？所请正赈银两，应否即归冬赈案内办理，抑应先行酌数动放，并即由司核覆，饬即会同委员确勘本年被灾各乡，何处成灾几分，约计实需银数，刻日禀覆核办，并将该县所请正赈银两系归冬赈办理缘由，径覆抚宪暨本署司查核等因。遵查此案前奉抚宪径批下县，即经卑职将所请正赈银两，即系冬赈之需，并非抚恤缘由，禀请本府宪台暨宪台、藩宪俯赐据情转覆，已蒙宪台批示下县。兹奉前因，伏查卑县被淹田地，节经会同委员周历查勘。计西乡白茅墩坊、青山坊、甘草山坊、一戗港坊、西边滩，南乡黄泥滩坊、萧公庙坊、北薪洲、补薪洲、永兴洲，东乡四都坊、三乙坊、都天庙坊、旧港坊、东边滩，以上十坊三洲二边滩内，除白茅墩坊、青山坊、甘草山坊内有高阜山田，成熟有收，剔除不计外，其余田地勘实成灾九分。又东乡之东门里坊、河北坊、天安庄坊、朴树湾坊，西乡之西门外坊，北乡之北门外坊，以上六坊内有高阜山田，成熟有收，剔除不计外，其余田地勘实成灾八分。又城乡内外附近城河之天安桥坊、八字桥坊、南门里坊、南门外坊、马驿街坊、二坝坊、三坝坊、四坝坊、五坝坊，东南乡罗江桥坊、广东坊、广西坊，并东乡之东门外坊、新城坊、二十里铺坊、石人头坊，勘实成灾七分。以地漕额田牵算，计居十分中之四分五厘。又勘实成灾九分芦田二万六千九百四十九亩零，以通境芦田牵算，居十分中之二分七厘九毫有奇。学田、耤田及草场各项田亩并扬卫仪帮屯田，被淹情形相同，业经会同委员绘图开折，于九月十二日联衔通禀在案。前奉饬查约需银数，卑职当思道光十一年亦系成灾九分、八分、七分，共放正赈银一万二千九百余两。本年九分灾坊比十一年较多，灾地既广，灾口愈众，约请正赈银一万六千两。兹蒙饬查实需银数，刻日禀覆等因。复查九分灾，极贫正赈三个月，次贫两个月；八分、七分灾，极贫正赈两个月，次贫一个月。应请俯照卑职前禀，酌拨正赈银一万六千两。将来大赈户口查竣，核明实需若干，如有多余，即行解还。伏乞据情转详，俾得按期散放，灾民早沾实惠。谨禀。

禀扬州府宪汇转酌拨正赈银两（戊申九月十八日）

敬禀者：九月十七日接奉宪台札饬，遵照前奉宪批，先将所请正赈银数，查照今次粘发各属禀府汇转清单，速即比较道光十一年正赈银数，仿照各属办理，飞速禀府，立等汇转，该县毋庸径覆等因。十二日会禀后，十三日复奉宪台转奉藩宪饬查被灾各乡，何处成灾几分，约计实需银数，克日禀覆核办等因。遵经卑职查明，本年西乡之白茅墩等十坊三洲二边滩勘定成灾九分，又东乡之东门里坊等六坊成灾八分，又城厢内外附近城河之天安桥等十六坊成灾七分，又成灾九分芦田二万六千九百四十九亩零。溯查道光十一年亦系成灾九分、八分、七分，共放正赈银一万二千九百余两。本年九分灾坊比十一年较多，灾地既广，灾口愈众，九分灾之极贫正赈三个月，次贫两个月，八分七分灾极贫正赈两个月，次贫一个月，请照卑职前禀，酌拨正赈银一万六千两。声明大赈户口查竣，核明实需若干，如有多余，即行解还等缘由，于十四日禀覆宪台并藩宪在案。兹奉前因，合再禀覆，仰祈垂鉴，俯照前禀汇转，实为恩便。奉发马单附缴请销。谨禀。

禀覆扬州府宪分查大赈户口委员衔名（戊申九月二十四日）

敬禀者：九月二十四日奉宪台札开，该县本年被水成灾，现在各属禀请委员查报户口之际，应照本府现在通行章程办理。倘请少不敷分派，赶查不及，必致草率遗滥，误事不浅。饬将应赈村庄户口，分派段落，多请分查。如请十人，则省中请委六人，府中请委四人。仍将遵办缘由一并禀覆等因。仰见宪台慎重灾务，垂恤贫黎之至意。遵查卑境应赈灾区共三十二坊三洲二边滩，现在分查义赈户口，系宪台饬委留扬候补县丞谢时若，并卑职续请饬委洲地缉私之候补盐大使徐友庾，暨卑县旧江司巡检李成荣、税局朱大受、署典史钱庆恩等五员，分头查写，业已将次完竣。卑职抽查暗访，该员等所查户口均系家家亲到，人人面验，当面给票，不假书差地保之手，办理极为认真。不日查写大赈户口，仍须令其分查。第灾广户多，起赈例有定限，诚如钧谕，赶查不及，必致草率误事。查卑县县丞方榆，现经卑职移请亲赴河干，督令挑夫起卸监义仓谷，并在厂弹压，散放九月分义谷。又移请教谕杨孚民、训导茅本兰在厂监放。在事共有八员，足敷查办。卑职仍轮流稽查，似可毋庸另请添委，是以未请藩宪饬委。正在具禀间，接奉前因，除将各员足敷查办缘由具禀藩宪外，合肃禀覆，仰祈垂鉴。如蒙准行，即请札饬各员遵照办理，俾益加慎重，实为德便。再，大赈户口，拟于九月分义谷放竣，即于十月初旬开查，另文申报，合并声明。

通禀覆查办大赈请示饬遵（戊申十月初一日）

敬禀者：窃奉本府宪台札开，照得本年各属被水成灾各情形，业经该县会同宪委勘报，请将乏食贫民照例给赈。兹奉宪台、督宪严札，饬令该州县厘剔弊端，认真妥办，即经转行饬将如何查放，方为无弊，速即拟议核详。值此小民困苦，大宪焦劳，守土者更将平日清、慎、勤三字倍加奋勉，尽心竭力，身亲其事，痛除积习，赏罚严明，务求认真核实，则弊窦庶可禁除。诚如宪谕，若能多尽一分心，即少造一分孽。如深居简出，苟且偷安，即所办灾务尚无侵牟克减，而访查不实，散放不公，亦属玩视民瘼，则办理不善之咎难辞。前升藩宪林颁发《查赈章程》，诚为办赈箴规，务即刻刷多本，交给委员遵办。现有新刊《查灾切要》，亦切中时弊，交与委员随时翻阅，并发告示，同摘开最要各条，札饬遵办通禀等因。遵查此案，前奉本府宪台转奉宪台、督宪札饬前因，即经卑职将遵办缘由，详请据转在案。兹奉前因，又将奉行应赈不应赈各条，同前升藩宪林颁发章程及《查灾切要》，分别备齐，俟开查大赈时，交给委员悉心查办。薪水等项，事事从丰，不受乡保之供应。地方官奉公竭己，不任书役之侵渔，自无欺朦之弊。至于市易钱价，长落不一，卑职深恐牙铺高抬，以致灾民吃苦，业经出示晓谕，按旬实报。仍由内署不时密遣亲信人暗赴店铺易换。如所易之价比报价较多，即提牙铺责惩。庶抬价之弊可绝，灾民可以多沾实惠。卑县应赈灾区三十二坊三洲二边滩，拟分八路，于十月初旬开查。委员既多，日期又宽，各坊户口自可从容查写，不致草率冒滥。查竣后，照定例起赈月分，依期开后，灾民早沐皇恩，不致引领仰望。现放义谷，卑职虑及病迈之老叟老妇以及少女孕妇，或艰于跋涉，或羞于露面，均令其家丁男赴领。如家无男丁，或托信实之亲戚邻佑代领，以恤老幼而正风俗。至年未及岁之幼童幼女，并襁褓乳孩，尤不可带赴厂所，免致挤跌惊吓。此等代领之票为数无多，倘一人而代领数十张，保非收买押当之票。若辈只知渔利，不惜灾民，居心大不可问，即严行追究，仍将原票给还原户。以上各层，亦经分别通禀请示，并出示晓谕在案。现在赴领义谷者，遇有老迈妇女人等到厂，以数十名为一排，令其入厂，前门关闭，先行给领，由后门而出，然后再放男丁之谷。自开厂以来，领谷者虽多，不甚拥挤，亦属安静。将来散放大赈，亦拟照此办理。卑职不遗余力，不惜捐资，凡有益于灾民之事，均当从实办理，以副慈怀。是否可行，仰祈宪示祇遵。谨禀。

通禀查办大赈续拟各款开呈清折请批祇遵（戊申十月初一日）

敬禀者：窃卑县被水灾民，先放义赈，历将办理情形，暨分查户口、开厂散放日期具禀在案。现在各坊水势消落，卑职示谕灾民各归本坊住址，候查大赈。惟查写义赈户口，系猝被水灾之后，乏食贫民有仍在本坊居住者，委员即在本坊查散。其搬移高阜搭蓬，或暂居庙宇，均就所在地方查验给票，委员缮榜。有集镇可贴者，均就各处实贴；其无集镇之处，贴于邑庙，咸使周知，固可杜除浮冒。而大赈户口，则须另行查写，委员亲验给票，除缮榜晓示之外，仍于灾户门首实贴门牌，注明极次大小口数，以备抽查。第查赈散赈，积习相沿，尤宜严禁书差地保，涤虑洗心，屏除故套，俾灾民均沾实惠，国帑不致虚靡。除前禀议赈条款可以循照外，卑职愚昧所及，尚有应议各条，合再禀陈，伏乞垂鉴批示祇遵。所有开查大赈户口日期，并承查衔名，随后另行通报，合并声明。

计开：

一、查写户口，应委各员宜互相稽察也。委员赴乡，户户亲到，验明给票，不假书差之手。查过一户，用门牌写明某户极次贫大小口数，实贴灾户门首。查完一坊，将该坊户口缮榜通衢。如有舛错，准予五日内呈明更正。某坊共给极次贫若干户，大小口各若干，由委员径行开折申报藩、府二宪，一面报县。县中即照报文户口，查对票根，缮贴邑庙，注明某员承查某坊字样。县中抽查，如有不符，随时指诘。倘有书差地保串同冒混，枷责示众。俟灾区一律查完，凭委员较对朱册，核算数目，由县造册，通送各宪，以备抽查。至争索赈票，多非实在灾民，而从中滋事，藉灾为头，率领老幼，多方闹索者，均非善类。生监则先移学收管，查有劣迹，据实详办，地棍则随时惩警。

一、棚栖寄居灾民，宜附坊给赈也。被水之初，本境灾民或迁移高处搭蓬〔篷〕，或寄居庙宇，查放义赈，均系随地给票。现在水虽渐落，恐尚有未尽涸复之处，难以搬回原住村庄。应传地保询明该灾民原居坊分住址，另行注册，即就所在地方查验给票，将本坊户名扣除，以免重冒。如有外县灾民寄居县境，因原籍无栖身之所，不愿回归者，询明原籍住址，亦另册登记，照次贫予以赈票，以免流离；仍开花名户口，移明原籍扣赈，以防重领。其虽系棚栖而积有余粮，或有业营生，可以支持者，不准滥给。

一、市易钱价，应严禁高抬，以恤灾民也。各处银钱，价值各有低昂，本不能一律相同。本境市价长落，在平时交易，原听其便。凡遇灾年，奸牙铺户知有赈济，每将钱价抬高，于中牟利，竟不计及少易一文，即少得一文之惠。卑职示谕牙铺，按旬据实开报。将来赈银，即照市价易值合算。通足制钱，按月分大小，串扎散放。仍随时密令亲信人暗赴钱铺易换，所易之价较多，即提牙铺责惩。倘日期宽余，邻境价善，约除盘费水脚，仍与本境稍好，自应在于价善之处易换。若明虽价善，而钱色不纯，钱数不足，并无相宜之处，仍就本境易换。此就卑境情形而论，总冀多多益善。

一、办灾经承酌给纸饭，以免藉口也。县境圩田自被淹以来，缮查文案等事，昼夜不遑，卑职严谕书差地保，涤虑洗心，不准舞弊。办事经承，予以纸饭油烛等费，差役地保，给以饭食，仅劳其力，不费其财。倘有需索等事，一经查出，立予究革。从前大赈放完，查造花名细册，通送各宪，册页繁多，缮写颇须时日，且纸张、饭食，所用亦巨。溯查道光十一年，前升宪林于江藩司、江藩宪任内，通饬内开花名细册，已于道光二年奉部删除，则本省亦毋庸纷纷造送，应此次为始，只造花名册一本，送司查核，此外一概免造等因，奉行在案。本年应否只造花名一套，余用简明册通送，伏候宪示祇遵。

一、放期应循定例，而免灾民仰望也。查十分灾，极贫例赈四个月，十月起赈，次贫三个月，十一月起赈；九分灾，极贫例赈三个月，十一月起赈，次贫两个月，十二月起赈；七、八分灾，极贫例赈两个月，十一月起赈，次贫一个月，十二月给赈。每因村庄穹远，户口繁多，不能克期查竣，以致并关散放，灾民多有嗷待之苦。本年卑境成灾九分者十坊三洲二边滩，八分灾者六坊，七分灾者十六坊，统计三十二坊三洲二边滩。拟分八路，于十月初查，一月之内，克期完竣，庶可从容查验，处处亲到，不致草率遗滥。赈银发到，赶紧易钱，按大小建月分，预为串扎，遵照定例，于十一月开放。如正月一关提前，在于岁内并放，亦按正月之大小建分别放给，以昭核复。

一、灾民赴厂领赈，宜示体恤也。设厂虽在适中之处，而乡有远有近，寒气湿气甚重，衣食不足者最易染受。卑职在于厂旁砌设锅灶，捐备姜枣锅焦熬汤，以待灾民，随到随饮，或可稍御寒凉。所费无多，贫民不无有益。前备祛寒去湿丸，本已在署施送，复于委员往查义赈时，各带一二千丸，并备五毒膏，专治无名肿毒。见有内外症，随时散给，用之甚效，要者愈多。给丸时，遵照宪台、督宪批示，告知病者，伏暑、暑湿等症不可误服。截至九月二十日止，已配送一百四十料。此后天寒水冷，恐病者愈多，并查户口，亦令委员带往施散。现蒙宪台、督宪捐廉施药，札饬遵行，卑职复将前方多为配合，于开厂给赈时，再为广给，以副慈怀。

详覆扬州府宪札饬查赈各条现已遵办（戊申十月初三日）

为严札通饬事。本年九月二十日奉宪台札，奉宫保总督部堂李札开，照得救荒以查赈为先，查赈以审户为要。本年江省大水，凡被灾较重之处，现今本部堂会同抚部院恳恩赐赈，计日即须举行。惟向来各州县里保蠹役，每有做荒、买荒之弊，串同粮户捏报，亦有径自捏报，图准转卖者。其弊在荒熟相间之处为多。又有飞庄诡名之弊，乡保勾串胥役，以少报多，将无作有，朦混请领肥己。其弊在僻远处所及邻县交界之处为多。甚至将一切老荒版荒，已经除粮之地，难以识别者，影射开报。查灾印委各员，但凭乡保引至一二被灾之处，指东话西，信以为实，不复详细踏勘。弊窦无穷，殊堪痛恨。是在府州县董率城乡保长，轻骑减从，先期亲厘灾户，分为不贫、次贫、极贫三等。除不贫户口外，将次贫、极贫口数某户若干，大书门口壁上，与众共知，委员再加确核。或择本境公正绅耆，帮同计口均户，列为等差，仍分给赈之所，俾知经理，而有司总其成。此亦以民赈民之法。万勿以灾区轻重，定于乡保之口，灾民分数，悉由书吏为奸。稽之陈篇，按之时势，大要不外乎此。合再严札通饬。札府督饬所属州县，务各激发天高，维持民困，必详必慎，无滥无遗，能多尽一分心，即少造一分孽。如敢深居简出，苟且偷安，即于办理灾赈，尚无侵牟克减，而查访不实，散放不公，玩视民瘼，虚縻国帑，天刑人祸，均不汝宽，无视告戒为具文也。并将此札，立即录行，及如何查办，方可无弊，即速拟议详核，凛之等因到府。奉此合亟通饬。札到该县，立即遵照来札指出各弊端，逐层妥议登覆，应如何查放，方可无弊，各按地方情形，悉心察核，各抒已见，妥议遵札，详候覆核转详。贤牧令素称干练有为，毋得玩视违延，切切特札等因到县。奉此遵查灾赈事务，弊出多端，已蒙督宪逐条指示，毫发无遗。诚如宪饬，查赈以审户为要。伏思地方灾祲，全在地方官留心查察。当被灾之初，携带坊图手折，或于因公赴乡之便，或密为前往，不辞劳瘁，周历履勘，将孰轻孰重情形，或灾熟相间，或全灾全熟，及邻封接壤，与老荒版荒等处，均须逐一勘明，于手折内亲自登注。仍会同委员覆加履勘灾之轻重，以所勘实在情形为定，不凭乡保之口。至业户呈报，有与所勘相同者，即于底册注明；其例不报灾之城濠、荡租、刘塘、烟粉、河滩等款，间有率行具呈者，随时批驳。亦有田在仪邑，人住别邑，并本邑居住，离田较远，未经呈报者，饬传地保庄头领勘，按照被灾轻重顷亩，分晰注册，不以书吏所禀为定，则做荒、买荒等弊，不禁自绝。卑境本年被淹田地，由外圩而至里圩，陆续冲破。卑职叠次赴乡，始则督加圩岸，继则亲放饼席，一切情形，了如指掌。复又会同委员周历履勘，如一坊之内，有山有圩，将成熟山田剔出，其余灾田，分别轻重，定以等差。乡保无从施其伎俩，灾熟分明，自无飞庄诡冒之弊。灾定之后，分查户口，首在严谕书差地保，涤虑洗心，勉为良善。第一县之大，户口繁多，全赖委员得人，方收指臂之助。被灾户口，虽有地保草册，殊不足凭。盖乡保惟利是图，难免不藉查户口需索要求，且一方〔坊〕一村之中，户口自数百而至数千不等，各家贫富不齐，家口多寡不一，以一乡保，〈安能尽知底细。各户之应赈与否，并贫之极次，均须委员面验给票。委员急公老练者，固不能任其朦混，稍涉疏忽，即中其奸计，百弊丛生，不堪设想。卑县先查义赈，系将禀定条款，每员各送一本，与之悉心讲论，户必亲到，人必面验，察其情形，当面给票，不假乡保之手。现已将次完竣，各委员均属认真，卑职抽查暗访，俱极公允。历将办理缘由通禀在案。不日开查大赈，亦即照此办理。查过一户，用门牌大书极次贫、大小口数，贴于灾户门首。查完一坊，由委员径行申报，一面照缮坊总，实贴通衢。卑县查照票根花名，缮贴邑庙，注明某员承查某坊字样，仍俟通县灾坊一律查完，凭委员较对朱册，结总通报，以备上宪抽查。至随查书差，均宽给饭食。如有妄索恩票，除不准外，仍将该书役解县惩办。诡名户口，不禁自绝。少滥一户，灾民可以多济一户，经费亦可不致虚縻。户口查毕，即须设厂散放。其积弊又有不同，或短少底串，或需索要钱，甚至老幼争往不前，被人夺票，或拥挤过甚，滋生事端。卑县拟于奉发银赈时，即就价善处，赶紧易钱，饬传钱铺人等，在于县署二堂，过数串扎。卑职仍随手抽提过数，如有短少，即令补足。开厂前数日，将某日散放某坊，并月分大小口、钱数出示晓谕，俾灾民得知，届期赴领，不致往返守候。分〉（按：前此脱漏文字，华南农学院图书馆抄本误抄入下文标有［△］处，特此更正。）设厂所，派员监放弹压，卑职仍亲往巡查。倘有厂书需索票钱、偷扣底串，均于厂所枷号示众。地棍从中滋事，亦即究办。如灾民自将赈票遗失，准其呈明，查对根册，如果相符，照数补给，仍将失票号数贴示厂所，以防冒领。倘查有牟利之徒，买票押票，赴厂具领，即提案究罚，仍将原票给还灾户。至卑邑穷民，多于盐务觅食，挑抬捆工，名色不一。即佃田之户，亦多藉资盐务。本年被灾之后，卑职捐办饼席，复又设局劝捐，请拨盐义仓谷，谕令该灾民等安心待赈，切勿远离乡井，是以外出者少。其住处被淹，或移高阜搭棚，或寄居庙宇，现在水渐消退，卑职谕令各归本庄，听候查赈。第恐未尽涸复，不能搬回，即就所在地方给赈，将原处户名扣除。如有外来灾民暂居县境，不愿回籍者，另册登记，给予次贫赈票，仍开花名，移知原籍扣赈。以上各条，亦俱缮折禀请宪示在案。其余［应赈］应除、应禁一切事宜，均须随时体察，相机办理。窃念皇恩、宪德至渥极优，而经费有常，自应力图樽〔撙〕节。不应食赈者，固不敢任其冒滥，实在应赈贫民，亦不便稍有遗漏。总之地方官竭力奉公，妥驳书差，严拿灾头地棍，稽查劣监刁生，有犯必惩，不稍姑容，印委各员不授以柄，则无挟制之端，亦无可乘之势。况蒙宪台谆谆指示，下吏得有遵循，尤当实力奉行，以冀必详必慎，无滥无遗。倘有冥顽不灵之人，从中滋弊，轻则惩究，重则详办。若辈自取其咎，问心亦可无憾。缘奉前因，合将遵办缘由据实详覆，仰祈宪台鉴核汇转，实为公便。为此备由具申，伏乞照详施行。

会禀抚宪赈将查完毋庸复请绅董（戊申十一月初四日）

敬禀者：本年十月二十八日，奉宪台札开，本年被水成灾各处，现经本部院会折奏请给赈，并饬地方官于查竣户口之后，分别悬挂门牌通榜，俾免混冒。查绅士为四民之首，耆老为一乡之望，同乡共井，较之官吏，耳目切近。即无绅耆之偏僻庄村，亦可令庄田较多及识字安分人作为董事，由地方官延访真确，责令协同办理，勿得任用丁书、胥役、圩甲、地保人等，从中滋弊。此次赈务，首重清查户口。既有门牌，又有通榜，则共见共闻，绅董尽可对众晓谕，并可市恩，亦无可滋怨。况有督查之委员，并有抽查之大员，如有前项情事，自当随时惩办。札饬遵照，并将发来告示遍贴晓谕具报等因。除将奉发告示由卑职检心分发灾区，实贴晓谕，缮折申报外，卑职安中等遵［△］查地方偶被灾祲，乏食贫民仰沐皇恩宪德，发银赈济，首重查写户口。查办不实则帑项虚縻，灾民愈苦。惟地方较广，查写户口不能不藉重委员，以资指臂。委员急公老练，不受地保之欺朦，不听吏胥之蛊惑，事事认真，自无冒滥之弊。蒙谕绅士耆老同乡共井，较之官吏，耳目切近，延访同办，实为去弊之要端。第卑县灾民户口系未奉札饬之先，于十月十五日委员一律赴乡查写径报，现已将次完竣。卑职等密访抽查，毫无弊窦，户口亦与底册相符。惟有遵奉札饬，格外留心，总冀弊绝风清。如有冒滥，定即从严详办，断不敢畏难膜视，上廑慈怀。缘奉前因，合肃禀覆。

会禀抚宪遵札查赈（戊申十一月初一日）

敬禀者：本年十月二十八日奉宪台札开，照得本年江淮扬等属被水成灾，业经本部院会同督部堂奏请分别给赈，并经饬委大员分头各处，确查户口。果系应赈之户，自应将户口据实开报，以凭查给。该地方官查竣之后，应将所报成灾分数，应赈户口月日，照例先行查示。饬将每村庄极次贫大小户口发一通榜，悬于本村，再将应领赈银若干，各发门牌，悬于灾户门首，仍各给印票，开载极次大小钱数，俟临发时校对，并蒙札发告示饬遵等因。仰见慎重赈务，杜绝弊端，于体恤灾民之中，寓警惕属僚之意。除将奉发告示实贴晓谕，并将贴过处所缮折申报外，遵查卑县查赈一切事宜，先经卑职检心遵奉宪台暨各宪札饬，认真办理，节次据实通禀。嗣于十月十五日，各委员赴乡分查户口，又经缮开承查员名坊分清折通报在案。卑职安中接奉江潘司札委总理扬属赈务，并奉颁发查赈新章，遵即驰赴仪邑，会同卑职检心悉心讲求，并谆行各委员承查户口，总须户户亲到，人人面验，分别极次贫，给予大小口数，亲填赈票，不假书役地保之手。其稍可支持者，不准冒滥，实在贫苦之户，不准遣漏。查完一户，分别极次贫大小口数，缮给门牌，实贴灾户门首。查完一村，缮花名数目总榜，咸使周知。自开查以来，各委员俱极认真，亦颇安静。各员查竣坊分户口，俱经各员径报藩司本府有案，现已将次一律完竣。蒙饬前因，卑职等伏查极次贫户口与大小口数，均于赈票门牌内分晰填明，而村庄花名数目又有总榜，自无冒混之弊。且由委员径报，地保、胥役无从捏报。惟大口应给钱数，须俟定期散放，照是月之大小建，按折报之钱价，核数串扎。给票时，碍难计数登填，缘钱价长落不定，领银先后不齐，牙铺惟利是图，固不容其抬捺，而灾民救口之资，更冀多多益善。除俟各坊一律查竣，核计月分钱数，并开放日期，先事明白晓谕，使灾民共见共闻，不致两岐。卑职等仍加意访察，如有弊端，随时禀办外，合将遵办缘由，肃泐禀覆。

禀扬州府宪灾民来春回归酌给捐资义谷（戊申十一月初五日）

敬禀者：十月初三日奉宪台转奉藩宪札，奉抚宪札开，本年江北地方被水既重，为时亦早，贫民栖食两无，遂致扶老携幼，纷纷四出。苏松等属，现在收养数目已不下数万人；此外转徙他往者，亦概可想见。虽闻赈归来，例准一体入册，而苏省留养灾民，多有不愿遽行回归就赈者，势难强其言归。第恐地保、灾棍在本籍串同捏报侵渔，应令印委各员就在籍贫民核实入册，则原报约需之数，节省自必不少。此项银两，本系该灾民分所应得，只以迟未回籍，不能请领。应否留待来春回籍后，作为赏给口粮，转饬确查。实系被灾未经外出贫民，核实开报，不得混以闻赈归来为词，按照烟户底册，冒开户口。仍先查明约需赈银，除去外出各户，核实散放之外，所有外出未放户口，计有节省若干，并将外出贫民应得赈粮，另行造册，将应否留待来春回籍作为赏给口粮之处，飞速禀府，立等核议转禀等因。遵查闻赈归来户口，定例原准补给。惟本境外出之人，须于委员承查时另行注册，归来时以上站资送花名文册为凭。其外县人民在邻境栖住食赈者，亦应于承查时另行造册。如愿回归，由所在地方备文资送，互相稽察，方免跨领重冒之弊。卑县查写正赈户口，均有房屋可验，委员亲自给票，并无仅照烟户底册，冒开户口。被水之初，间有外来流民到境，虽无上站文移，俱经卑职随时给资听便。奉饬留养之后，并无上站资送之人。如卑境灾民有于来春回归者，其在他邑业经食赈，已可概见，似不必复在本籍补给赈银。如实在贫苦，仍须接济，或酌给捐资，或酌给义谷，均毋庸动用赈银，以节帑项而杜觊觎。除俟户口一律查竣，核明实需银数，另行具禀外，缘奉前因，合先遵札禀覆，仰祈宪台核议据转。谨禀。

会禀遵札查写正赈户口（戊申十一月初八日）

敬禀者：本年十一月初五日，奉扬州府札，奉巡抚部院陆札开，照得本年江、淮、扬等属被水成灾，业经本部院会同督部堂奏请分别给赈，并经饬委大员分头各处，确查户口，果系应赈之户，自应将户据实开报，以凭查给。该地方官查竣之后，应将所报成灾分数、应赈户口月日，照例先行宣示。饬将每村庄极次贫大小户口发一通榜，悬于本村，再将应领赈银若干，各发门牌，悬于灾户门首，仍各给印票，开载极次贫大小钱数，俟临发时核对，并蒙本府抄发告示，饬令照缮多张，实贴通报等因。遵查此案，前奉抚宪札发告示二十道，即经分发各乡实贴晓谕，将贴过处所缮折申报。伏查卑县查赈一切事宜，先经卑职检心遵宪台、藩宪札发章程，暨各宪札饬，并本府应赈不应赈条示，饬令认真办理，节次据实通禀。嗣于十月十五日，各委员赴乡分查户口，又经缮开承查坊分清折通报在案。卑职安中接奉宪台、藩宪札委总理扬属赈务，并奉颁发查赈新章，遵即驰赴仪邑，会同卑职检心悉心讲求，谆行各委员承查户口，总须户户亲到，人人面验，分别极次贫，给予大小口数，亲填赈票，不假书役地保之手。其稍支持者，不准冒滥，实在贫苦之户，不准遗漏。查完一户，分晰极次贫大小口数，缮给门牌，实贴灾户门首。查完一庄，缮贴花名数目总榜，咸使周知。自开查以来，各员俱极认真，亦颇安静。各员查竣坊分户口，俱经各员径报宪台本府、藩宪本府有案，俱已将次完竣。蒙饬前因，卑职等伏查极次贫户与大小口数，均于赈票门牌内分晰填明，其坊村花名数目又有总榜，自无冒混之弊。且由委员径报，地保胥役无从捏混。惟每口应给钱数，须俟定期散放，照是月之大小建，按折报之钱价，核实串扎。给票时，碍难计数登填，缘钱价长落不定，领银先后不齐，牙铺惟利是图，固不容其抬捺，而灾民救口之资，更冀多多益善。除俟各坊一律查竣，核计月分钱数并开放日期，先事明白晓示，使灾民共见共闻，不致两岐。卑职等仍加意访察，如有弊端，随时禀办外，合将遵办缘由，肃泐禀覆。

禀扬州府宪遵札查写正赈户口（戊申十一月十一日）

敬禀者：本年十一月初五日，奉宪台札，奉巡抚部院陆札开，照得本年江、淮、扬等属被水成灾，业经本部院会同督部堂奏请分别给赈，并经饬委大员分头各处，确查户口。果系应赈之户，自应将户口据实开报，以凭查给。该地方官查竣之后，应将所报成灾分数、应赈户口月日，照例先行宣示。饬将每村庄极次贫大小户口发一通榜，悬于本村，再将应领赈银若干，各发门牌，悬于灾户门首，仍各给印票，开载极次大小钱数，俟临发时核对，并蒙宪台抄发告示，饬令照缮多张，实贴通报等因。遵查此案，前奉抚宪札发告示二十道，即经分发各乡，卑职仍加意访察，如有弊端，随时禀办。已将遵办缘由，会同军宪联衔具禀抚宪暨藩、巡宪外，合并肃禀。

禀委员候补道汪根恕并呈办灾清折（戊申十一月二十五日）

敬禀者：窃卑职远违矩范，时切依驰。兹蒙宪台总理扬属赈务，俾属吏凛遵训诲，得有遵循，而灾民食德饮和，更得均沾实惠。卑县沿江近河内外圩被淹漕芦田地，共三十二坊三洲二边滩，会同藩宪委员扬总捕、同知李安中勘定成灾七分、八分、九分不等。被水灾民先经卑职捐备馍饼、竹席、钱文，雇备船只，督同巡典，分头散放，续又会同南掣同知谢丞，禀蒙运宪拨发盐义仓谷二万石，一面捐廉设局，遴董劝捐，一面委员分查义赈户口，未请抚恤银两。于九月内散放义谷一次，共谷五千五百四十余石。每大口一斗二升，小口六升。又于十月内散放第二赈，捐项钱七千三百八十余千。每大口足钱一百六十文，小口八十文。十一月散放棉衣四千二百余件。至大赈贫民、贫生户口，业经查竣，极次贫共折实大口四万八千一百二十四口，照应赈灾分月分，共需银一万一千八百六十两四钱三分五厘。已领过七千两，尚未找领银四千八百六十两四钱三分五厘。已将领回银两照十一月中旬折报，每库纹一两易足大钱一千九百七十文，每大建大口包捐零尾放足钱二百九十六文，小口一百四十八文；小建大口包捐零尾放足钱二百八十六文，小口一百四十三文。在灾区适中之关帝庙、天安庄分设两厂，于十一月二十六日散放九分灾极贫初、二两赈，次贫一赈，七八分灾极贫初赈。移请候补盐大使徐友庚、县丞方榆、教谕杨孚民、训导茅本兰，并委典史袁起、旧江巡检李成荣、税局大使朱大受，分厂弹压。仍先将散放坊分日期，以及大小建钱数，晓示周知。其余九分灾极贫二十九年正月尾赈，次贫正月二赈，七八分灾极贫正月二赈，次贫正月一赈，于十二月内提前散放，以作灾民度岁糊口之资。所余捐资、义谷两项，于来正按月散给，以作展赈之用，并不另请展赈银两各缘由，均经分晰通报，并报宪台在案。卑职亲赴各厂，抽盘钱数，稽查弹压，以免拥挤而杜弊端。谨将灾赈各事宜分晰缮折，恭呈宪鉴。谨禀。

计开：

一、奉行灾赈条款内开，收养老病，以免流徙，并奉各宪札饬遵办等因。查卑县向有暂栖所一处，收养老病无依贫民，年远失修，房屋坍败，善举遂致中废。卑职上年到任，捐廉改建暂栖所，议立条规，遴董经理，通禀各宪在案，行之有效。然经费、房屋均属无多，收养仅能三十名为度。本年大水为灾，深虑孤苦残废及涉水染病异籍民人投局医食者，自必不少，曾于捐资款内，拨钱二百五十千，添建号舍十间，并置棉被、床铺、什物，即据民人陈泰等捐助槁木、板片、朴席、磁器等物，又拨盐义仓谷二百石接济口食。凡有街巷睡倒病夫及居家雇用仆人、铺户收用伙工，一时暴病，无处抬送，均于所内给食医治。病痊仍由送养之人领回，病故无力者，所内捐棺抬埋。现已收养四十余人，通禀有案。

一、奉行灾赈条款内开，收当耕牛，以备春耕，并奉各宪札行道光三年苏省行之有效，饬即仿办等因。遵查牛为务农之本，终年劳苦，不同他畜。因灾贱售，恣意宰杀，既伤物命，又误春耕。破圩之初，访闻灾民无力养牛，有艾起朋等图贱私宰。卑职亲诣查拿，起出刀锅牛肉并水牛四只，因产倒毙一只，获犯惩究。一面会商绅士，悉心劝谕，另捐经费，勘定北门外祈年观前，内可设局，外可盖屋，分谕职员尹复初、民人陈玉彪等先行垫款，购料兴工，预买草束。即据商民等具禀，或自解己囊，或转为劝捐，呈缴钱四千八百串，以资经费。议立条款，于九月初一日开局，专当本境灾区之牛，山乡外县不准混入。肥壮水牛每只当钱四千文，黄牛三千文；老瘦水牛二千五百文，黄牛二千文，次年二月三十日撤局。原本放赎，不加利息，不加喂养，水退种麦，早赎听便。局务概归绅董经理，书役止效书写奔走之劳，不令涉手银钱。卑职仍间日亲往稽查，以昭慎重。截至九月二十八日止，收当水牛八十九只，黄牛二百九十三只，子牛二十七只，又起获宰户水牛三只，共四百十二只。迨后当者稀少，即行停止，通禀有案。自收当后，董事人等办理俱极认真，并未伤损一牛。现已间有取赎者，均照原本缴价，不加利息喂养。未赎之牛尚多，时届仲冬，恐有雨雪，购草维艰。现已宽为预备长存稻草四十余万斤，不致缺乏。

一、奉行灾赈条款内开，收养幼孩，以免遗弃，并奉各宪札饬妥办等因。遵查卑县设有慈幼堂，由董事经理，每岁冬令收养幼孩，以三百名为额；常年恤孤义学，以四十名为额。散堂后，无归幼童送入纺织局，学习纺织手艺。本年大水为灾，无依幼孩自必更多，开堂宜早。惟堂内经费本不充裕，本年堂田又多失收，尤虑经费不敷。卑职拨给义谷四百石，接济口食。十一月十五日开堂。现已收养四百五十余名。嗣后随来随去，不令失所，通禀有案。

一、奉行灾赈条款内开，捐给絮袄以御冬寒，年终让利以恤贫民，并奉各宪札饬遵办等因。遵查隆冬御寒，莫如絮袄。卑县委员查写户口时，另备鱼稻小戳，如须给衣者，于赈票加戳，便验票放给。一面在于捐项内提钱三千六百千文，交董事赴常、镇产布地方购买本色布匹，回仪染色，用新厚棉花缝做，每件长二尺六七寸不等，上加棉领一条，棉絮一斤。因制做不及，酌购原当棉袄，共备四千二百余件，并于里面衣领之下盖用鱼稻戳记，以作记认。谕令典铺，如有质当者，概不给当；移会邻封，一体传谕典铺不可误质。于十一月初开厂传领。其赈票内虽无记验，其衣褐不完者，亦当面给发。现已一律放竣。至典铺让利，灾歉年分本有加让之条。仪邑凡被灾祲，劝捐助赈，典商皆以捐代让，并未格外减让，且俱十二月初一日起让。本年被灾甚重，民情愈苦，卑职谆劝典商格外减让。凡取赎布棉袄、棉裤、棉絮、棉被四项，当本在二两以内者，让利一半，从十一月初一日让至年底止。其金、银、铜、锡、绸衣夹杂并当者，非贫民御寒之物，不在让利之例，通禀通详有案。卑职细加察访，典铺照此减让，贫民沾惠甚多。

一、奉行灾务条款内开，殓葬尸棺，以免暴露，并奉各宪札饬妥议详办等因。查卑县向有普泽局，抬葬无力棺柩，掩埋暴露枯骨，同仁堂自捐自董，常年施送棺木。本年破圩时，卑职亲往各乡查勘，见有［同仁堂］漂淌棺柩，淹毙流尸，即经督董分别移捞盛殓，存记年貌服色。流尸无多，并无有伤之尸。惟是前捞之棺尚未入土，又有荒冢坟棺，尸骸悉沉波底。普泽局捐资仅敷常年之用，若不另筹经费，责以成功，仍恐虚应故事。随于捐赈局内拨钱二百千作为另案经费，开给被灾坊分。谕董趁此晴暖，于十一月初一日起，督带土工，分头前往，将暴露各棺柩及零星骨殖，细心检拾。棺则修整，骨则装匣，在于高阜挖坑，离棺离匣之盖，以一尺五寸为度，一律深埋。就近如无高阜，北山寺本有义地，即便妥为迁葬，免致再罹水患。某日某坊修棺几口，某处埋骨几匣，如何记认，用夫几名，销钱若干，于五日开折具报一次。转瞬雨雪在地，人力难施，勒限二十日蒇事。有主之棺，令其认明领埋。如竟忍心抛掷，亦即代为埋藏。检毕一坊，卑职亲诣覆看，或派妥人前往。人骨明润有光，无难辨别；如有残骨未尽，掩埋不深，再令检拾加工，不准草率从事。通禀有案。节据各路董事开具掩埋清折禀呈，办理俱极认真。仍俟事竣，另行禀报。

一、奉行灾赈条款内开，资送流民，以免羁累，并奉各宪札饬资送留养并行等因。遵查卑境系南北水路冲衢，上游高宝一带灾民，因卑境亦系灾区，多由江甘至瓜州过江南下。八月初旬以前，间有一二十人经过卑境者。询其何往，咸称愿投熟地，依亲觅食。随时雇船，给予口粮，听其自便。现在并无过境留养之人。通禀有案。嗣后如有续到灾民，询明如愿回籍就赈，即给口粮资送。如不愿回，即在卑境留养，随时通报。

一、奉行灾赈条款内开，变通煮赈，以资熟食等因。查隆冬煮赈，本系救荒一策，贫民得食，即可果腹，又可御寒。然设厂煮粥，费多而弊亦多。一切杂用倍于薪水之需，且聚集饥民于厂中，老弱不前，强悍滋事。其远道而来，冲寒仆仆，更为劳惫。其贫民不能跋涉者，即不能就食。且和水搀灰，食之易病。卑职再四思维，拟行担粥之法，以食就人，既免拥挤滋事，更可节省浮费。会商绅董，酌提义谷，砻易熟米，由董事经手，在于宽大寺院煮粥。置备有盖木桶，高一尺五寸，径亦如之，每桶约可盛粥五十余碗。两桶为一石，煮粥一斗二升，粥则浓厚而不稀薄。令人挑赴城市乡镇，遇有老弱瘦病残废以及贫穷妇孺，各约二勺，计担粥可给三四十人。除米动义谷，毋庸价买，其余柴火人工，每担所需不过二百余文，无设厂之繁，而有活人之实。惟担数贵多，各分地段，则得食者均出必同时，则无重腹〔复〕偏枯之弊。现谕捐局董事，每日备放二十石，在于天安寺看视炊煮。慈幼堂董事用［董］堂内熟米，每日备放五石，在本堂炊煮。由县派差弹压，以免争索滋事。木桶四围俱用稻草包裹，粥不易冷，食之无患。于十二月初一日起，至来年二月为止。并先经出示劝谕乐善之家各自煮备，广为散放，俟试行之后，另行通报。

一、奉行灾赈条款内开，禁止烧锅以裕民食，并奉本府札饬，不准擅用好米好麦置造元浆等酒。查烧锅踹麯，最耗民食。本年灾歉已甚，粒食维艰，卑境非产酒之区，然非稽察严密，而市侩小人只知贪利，不顾民食，殊为饥年之害。节经出示晓谕，并亲往密查，以杜暴殄。其外省来境货卖者，仍听其便，不准差役滋扰。

一、本年夏令雨水过多，天时甚凉，道路田庐久浸水中，秉赋稍弱之人，十病八九。医云应热反凉，水湿日久，应以寒湿例治。《景岳全书》圣散子一方，专治时行瘟疫、伤寒风湿等症，卑职捐资配送，服之有效。将原方改名祛寒去湿丸，磨对刊刻，具禀通送。奉督宪批示通饬四藩司，转饬一体配合施送，并以药系温散，宜于寒湿，如患暑湿伏暑等症，仍不可误服等因。遵将批示补刻方内，于委员查写义赈、正赈时，均各多带赴乡，及放厂时一体散给。截至十月底止，计配三百二十余料。又因本年水发正在伏暑之时，贫民涉水，暑湿交蒸，多生外症，又备为五毒膏，一并散放，要者甚多。现在节近长至，气候异殊，来春仍另备善方，配合施送。

一、城厢内外道路被淹，既深且广，行人病涉。卑职捐资租借盐厂工人木跳，派委典史督匠制橙搘搭，夜晚悬灯照亮。嗣因跳窄人多，虑有倾跌之事，劝谕行户陈寿堂多借木植，复由卑职购缆扎簰，加跳于上。城内唐公桥至城外、河西陈家湾、庙后街三处，各有三四里之遥，往来称便，水退后始行拆除。嗣因九月下旬查看南门里猪市一带，极低之处，积潦难退，复劝令居民开沟导，旬日即已涸复。

一、查《周礼》荒政十二，十曰多婚。被灾农民谋食不遑，男女娶嫁不免因此耽延。但女子长成，迁移露面，奸人易起邪心，牙侩更生贪念，劝谕速成嘉礼，免致乖离。嫁衣等项，即旧有之物浆洗为之，并劝读书明礼之士，随时开导，量力助以婚费，通禀有案。

卑职细加访察，遵照办理者，颇不乏人。

禀扬州府宪遵札分厂放赈（戊申十一月三十日）

敬禀者：本月三十日奉宪台札开，案照前奉藩宪札行刊颁《查赈章程》内开，放赈之时，宜于适中之地，多设厂所，妥为散放，并经本府札发查赈条规，酌将放赈厂所，于被灾乡村分设数厂。城内之厂，只可放附城近村灾民。断不可误听书差之言，妄称向例设在城中，伊等得以高下其手，致老幼妇女残废疾病之人托人代领，克扣侵渔。当此严寒雨雪，冻馁之人不能跋涉，反不能沾实惠。饬将设厂处所及开放日期星驰通报等因。仰见指饬殷周，痛除积习，凡有益于灾民之事，无不体贴入微。卑职凛遵谕饬，实力奉行，得免陨越。查卑县九分灾极贫初、二两赈，次贫初赈，七八分灾极贫初赈，均于十一月二十六日开放。当将灾区适中设厂处所及散放日期具报在案，已于二十九日放竣。卑职会督委员稽查弹压，灾民纷纷赴领，甚属安静。俟奉藩宪找发银两，即赶紧易钱，于十二月内接放九分灾极贫尾赈、次贫二赈、七八分灾极贫正月二赈、次贫一赈，分厂散放，断不误听书差之言，致令灾民有跋涉之苦。缘奉前因，合将遵办缘由肃泐禀覆，伏维垂鉴。转请藩宪将应补发赈银四千八百六十两零，赶紧饬发应放，实为德便。谨禀。

禀藩、府二宪请找发正赈银两（戊申十一月二十九日）

敬禀者：卑县贫民、贫生户口业经查竣，共实需正赈银一万一千八百六十两四钱三分五厘。除已领七千两外，仍应找领银四千八百六十两四钱三分五厘。先将领回银两易钱串扎，于十一月二十六日开厂，散放九分灾极贫初、二两赈，次贫初赈；七八分灾极贫二赈，次贫一赈。于本年十二月提前散放，以为贫民度岁糊〔餬〕口之资。现在散放户口业经完竣，灾民赴领极为安静。时届十二月，天气严寒，一遇雨雪，乡民跋涉维艰。拟于十二月望间接续开放，所有应行找领赈银四千八百六十两四钱三分五厘，合无禀乞宪恩俯赐照数先行筹拨
转请照数先行筹拨，以便易钱散放。俟奉批示，即备文请领。感戴鸿施，实无既极。谨禀。

通禀初次正赈已放竣（戊申十二月初二日）

敬禀者：窃卑县贫民、贫生户口实需正赈银一万一千八百六十两四钱三分五厘，除已领七千两外，仍需找领银四千八百六十两四钱三分五厘。先将已领银两易钱串扎，于十一月二十六日开厂，散放九分灾极贫初、二两赈，次贫初赈，七八分灾极贫初赈，各按月分大小，同时散放，开册具报在案。兹于十一月二十九日放竣撤厂，卑职会督委员董事抽盘钱数，俱系通足制钱，并无短少；稽查弹压，亦无拥挤滋事。各灾民感沐皇恩宪德，鼓舞欢欣，各归安业。合将放竣缘由禀慰慈廑。伏查未放七八分灾之次贫初赈，极贫二赈，九分灾之极贫三赈，次贫二赈，均应二十九年正月散放。卑职念及灾民度岁无资，且来春散放义谷，捐资已有接济，拟将正月内正赈于十二月提前放竣，以济灾黎，亦于前禀声明在案。此时已届隆冬，已经领过之户，固仍仰望情殷，而未领之户，虽未届期，其待济情形，尤为迫切。一俟找发银两下县，即赶紧易钱散放，另行禀报。合并声明。

禀扬州府灾民并无外出户口（戊申十二月初七日）

敬禀者：窃奉宪台批卑职禀覆来春［如有］归来灾民，酌给捐资义谷，毋庸动给赈银缘由，奉批：据禀该县来春如有闻赈归来灾民，酌给捐资义谷，[毋庸动给赈银缘由，奉批：据禀该县来春如有闻赈归来灾民，酌给捐资义谷散济，] 毋庸动给赈银缘由，已悉。仰即会督印委各员，将出外灾民一项，遵照抚宪指示〔饬〕，另册存记，核计未放节省银数，通禀核办，毋稍违延，切切。仍照案补禀各宪核示饬遵缴等因。遵查卑县各委员查写正赈，均有户口可验，亲自给票，并无仅照烟户底册冒开户口。当被水之初，八月初旬间，有外来流民到境，虽无上站移文，俱经卑职询明，愿赴熟地投亲觅食，随时给资听便。自奉饬留养之后，并无上站资送之人。卑境灾民因有捐资义谷，又有大赈源源接济，历经卑职晓示开导，鲜有外出之人，亦无过境留养灾民。委员查写时，因无此等人民，是以无从另册登记，俱取各坊地保并无遗漏切结在卷。卑职惟恐遗漏，复传各保当堂讯问，供与前情相同，复又具结在案。倘来春间有回归，尚须接济者，酌给捐资义谷，毋庸动用赈银，以济帑项而杜凯觎。卑县第二次大赈，俟领银回县，即易钱散放。委员承查时，既无外出并留养户口，此时无从造册。所领赈银俱系按口给发，亦无未放节省银两。缘奉前因，除遵批禀覆各宪外，合再肃禀。

通禀来春如有回归酌给捐资毋庸请赈（戊申十二月初七日）

敬禀者：窃奉本府转奉藩司、宪台、藩宪札，奉抚宪、宪台札开，本年江北地方被水既重，为时又早，贫民栖食两无，遂致扶老携幼，纷纷四出。苏松等属，现在收养数目已不下数万人。此外转徙他往者，亦概可想见。虽闻赈归来，例准一体入册，而苏省留养灾民，多有不愿遽行回归就赈者，势难强其言归。第恐地保、灾棍在本籍串同捏报侵渔，应令印委各员就在籍贫民核实入册，原报约需之数，节省自必不少。此项银两，本系该灾民分所应得，只以迟未回籍，不能请领，应否留待来春回籍后，作为赏给口粮，转饬确查实系被灾未经外出贫民，核实开报，不得混以闻赈归来为词，按照烟户底册冒开户口。仍先查明约需赈银，除去外出各户，核实散放之外，所有外出未放户口，计有节省若干，并将外出贫民应得赈粮另行造册，将应否留待来春回籍，作为赏给口粮之处，飞速禀府，立等核议转禀等因。遵查闻赈归来户口，定例原准补给，惟本境外出之人，须于委员承查时另行注册，归来时以上站资送花名文册为凭。其外县人民在本境栖住食赈者，亦应于承查时另行造册。如愿回归，由所在地方备文资送，互相稽察，方免跨领重冒之弊。卑县查写正赈，均有户口可验，委员亲自给票，并无仅照烟户底册冒开户口。当被水之初，八月初旬以前，外来流民到境，虽无上站文移，俱经卑职询明，愿赴熟地投亲觅食，随时给资听便。自奉饬留养之后，并无上站资送之人。卑境灾民因有捐项义谷，并有大赈源源接济，历经卑职晓谕开导，鲜有外出之人，亦无过境留养灾民。委员查写时因无此等人民，是以无从另册登记。各委员俱取各坊地保并无遗漏切结在案，卑职惟恐遗漏，复传地保当堂讯问，供与前情相同，复又加具切结在卷。倘来春间有回归，尚须接济者，酌给捐资义谷，毋庸动用赈银，以节帑项而杜觊觎。所领赈银俱经按口给发，亦无未放节省银两。缘奉前因，合肃禀覆。

通禀覆来春散放义谷以代展赈（戊申十二月十六日）

敬禀者：案奉本府转奉藩司、宪台，转奉藩宪、宪台批，卑县详覆，被水乏食贫民，来春以捐代赈，毋庸另请接济缘由，奉批：据详尚有放剩义谷、捐资，于来年散放，以捐代赈，毋庸另请接济缘由，已悉。仰扬州府饬候汇案扣除请奏。至所称放剩义谷、捐资究有若干，来春应如何散放之处，并饬查议章程禀覆，转饬妥议，通禀核办，并奉本府宪台批示：据详已悉。业经汇核详办，仍候藩宪批示缴各等因。遵查卑县请领盐义仓谷二万石，九月内散放贫民、贫生，每大口一斗二升，小口六升，共放五千五百四十石九斗四升。又拨给盐务屯船并各善堂二千二百石，又碾动放担粥尚未截数。至官民捐钱，共二万二千余串，放给十月分捐恤，每大口足钱一百六十文，小口八十文，共钱七千三百八十七千九百二十文。又置备棉衣、请领义谷水脚，掩骼埋棺、暂栖所另筹收养经费，并担粥、柴薪、工食等项，均系取诸捐资，尚未截数。卑职前请以捐代赈，系节省库款起见，兹蒙批查如何散放，妥议禀覆等因，伏查皇恩展赈，系正赈之外，另请银两，加展月分，为来春接济之需，散放时于正赈票内加盖展赈放讫戳记，将票收回。今不另请展赈银两，以捐代赈，同一接济。卑职拟于来年二月，照正赈户口，不分极次及大小建月分，概行加给一月口粮，每大口放谷一斗二升，小口六升。亦于大赈票内盖用以捐代赈放讫戳记，临时将票收回。虽与大赈所放钱数多寡不同，第加给之外，三四两月仍有捐赈钱文义谷次第散放，灾民均可多沾实惠。缘奉批饬前因，合将以捐代赈放谷缘由肃泐禀覆，伏祈垂鉴，批示立案。谨禀。

通禀不在灾区大市口等坊贫民、贫生于十二月加给一月捐资（戊申十二月二十一日）

敬禀者：窃卑境被水各坊灾民，先于九月内散放义谷，十月内散给捐资。嗣蒙奏请赏给大赈，于十一月二十六日将九分灾极贫初、二两赈，次贫初赈，七八分灾极贫初赈，开厂散放。十二月十七日，又将九分灾极贫二十九年正月三赈，次贫二赈，七八分灾极贫二赈，次贫一赈，禀明提前散放完竣。各灾民鼓舞含哺，咸颂皇恩宪德，各安生业。惟大赈系按被水灾坊查写户口，既领大赈，又有捐赈源源接济，自可无虞失所。而附城之大市口坊、小市口坊、府前坊、县前坊，不在灾区之内，例不查给大赈。第因乡坊积潦日久，城内方塘曲渚，无不通潮，以致潮泛倒漾，漫入街衢，房屋间有坍倒，小民贸易鲜获。目击情形，亦深悯恻。当思富户捐资，原为接济贫民而设。该民人等房淹业失，与农田被水同一拮据，似应一体示恤。饬委署典史钱庆恩确查以上四坊贫难支持之户，给予捐票，随同各乡灾坊捐赈，按次散放，毋庸查给大赈。当将办理缘由通禀在案。现在积水虽早消退，而天气严寒，且值岁暮，小民生计仍不免于艰窘。定于十二月二十日，将以上附城各坊贫民、贫生加放捐资一月，共计九百七十九户，大口共一千七百五十二口，小口一千八十九口。每大口足钱一百六十文，小口八十文，共给捐项三百六十七千四百四十文，以资度岁。仍先出示晓谕，届期各带原给捐票赴厂请领。来年散放义赈，仍旧按月给领。是不在灾坊之附城各坊贫民、贫生，虽无大赈，而加给捐资一月，似亦不致偏枯，以仰副宪台一视同仁，不令一夫失所之至意。再，附城之古楼桥坊坐落大市口等坊之内，该处贫民、贫生捐赈附入各坊查写，合并声明。除俟来春一律放竣，汇册造报外，合肃驰禀。

通禀二次续放正赈完竣（戊申十二月二十二日）

敬禀者：窃卑县被灾贫民、贫生应领九分灾极贫二十九年正月分第三赈，次贫二赈，七八分灾极贫二赈，次贫一赈，禀明提前于十二月十七日一并散放，通禀在案。现于十九日放竣，灾民赴领极为安静，并无拥挤等事。间有未领之户，将钱存贮县库，随到随给。

来春以捐代展，放竣后，倘仍有未领，或系病故，或系他往，即作赈剩批解。合将大赈放讫日期，肃泐驰禀。二十日仍在原厂，将不在灾区近城各坊贫民、贫生，加放一月捐资，每大口足钱一百六十文，小口八十文，以资度岁，另行禀报在案。举行担粥后，食者甚众，担数愈多。散至年底来正，察看情形，再行接放。知关慈廑，合并附闻。谨禀。

通禀散放义谷以捐代展日期（己酉正月二十四日）

敬禀者：窃卑境圩田上年被水成灾，乏食贫民、贫生，已奉发银易钱，将应赈饥口散放完竣，通禀在案。嗣奉饬查来春应否接济，切实详覆等因，经卑职体察情形，请将放剩义谷于二月内散放，以代展赈，并不另请银两。声明照正赈户口，不分极次及大小月分，概行加给一月口粮，每大口放谷一斗二升，小口六升，亦于大赈票内盖用“以捐代展放讫”戳记，临时将票收回。三四两月仍有捐赈钱文义谷，次第散放，灾民均可多沾实惠等缘由，先后详禀亦在案。现在春寒未解，贫民仍不免于拮据，虽经卑职出示设局收买蝻子，并委巡典各员分督农佃，将上年冲损圩岸认真修理，俾老幼妇男以及力作贫民多此谋食之路，不无有益，然接济不厌其多。已择于二月初四日起，仍在关帝庙、天安寺设厂散放展赈义谷，每大口一斗二升，小口六升，并先派定坊分日期，出示晓谕，移委教谕杨孚民、训导茅本兰、县丞方榆、旧江司巡检李成荣、典史袁起、税课大使朱大受，赴厂弹压，卑职仍轮流前往稽查，不令拥挤滋事。此次以捐代展放讫，即将原给正赈印票收回，以清正赈展赈之案。此后三四两月放钱放谷，归于义赈造报。合将散放以捐代展日期，肃泐驰禀。

祭城隍祈晴文（己酉二月初五日）

维皇清道光二十九年，岁次己酉，月建丁卯，庚子朔越，五日甲辰，同知衔江南扬州府仪征县知县王检心，谨告于城隍尊神曰：维尔有神，实爱斯民，眷顾护佑，德沛泽匀。胡为不吊？至于今春。久雨不晴，已过兼旬。去岁大水，浩瀚无垠。家少担储，室多倒囷。检独心忧，请谷请银。按月放赈，聊济民贫。现开两厂，普施皇仁。冒雨来领，个个蹙颦。妇孺倾跌，倍益苦辛。圩田淹没，何处问津？积水甫消，良苗怀新。阴雨连绵，如此频频。坏我麦根，哀我斯人。惟尔有神，为何生瞋？宰官有罪，罚及宰身。我民何罪，遭此邅屯！比户愁怨，道路吟呻。神岂不闻？胡靳恩纶。聪明正直，福庇江滨。坐视不救，难对洪钧。神果垂怜，鉴我天真。收云归壑，曳出红轮。闾里欣喜，俎豆毕陈。仰答神贶，特举明禋。惟尔有神，听我谆谆。尚克相予，大化平均。谨告。

正赈报销详藩、府二宪文（己酉五月初十日）

同知衔前任江南扬州府仪征县为谨报［各属］等事。案照卑县道光二十八年，圩田被水成灾九、八、七分三十二坊三洲二边滩内，有东、西二边滩暨永兴洲坐落旧港等坊之内，附入各坊查写。所有各坊应赈极次贫民、贫生户口正赈银两，经卑职详请领回散放，先后报明在案。用过正赈银两，应造报销，贫民列为一册，贫生列为一册，遵奉宪定章程，开造花名细册一套，详送宪台、藩宪衙门备案，仍造简明总册六套，分晰极次贫户口银数，造具报销册结二六套，并员役查赈例外销清册，详送本府递加印结核，径详藩宪外，理合照转，理合先行造具六套，具文详送，仰祈宪台鉴核转。再，青山、奇兵两营贫兵移准各营覆称，均有借给饷银，毋庸再请给赈，是以未经造报。卑职丁忧卸事，文册各件俱由现任陈令代印发申。合并申明。为此备由具申，伏乞照详施行。

计详送：

八九七分灾各坊贫民生户口简明报销册一六二六本，户口花名册一六二六本，县结一六二六纸，学结一六二六纸，查赈员役例销公费册二本，外销册二本。

真州救荒录卷五

内乡王检心子涵纂

施丸药各事宜

祛寒去湿丸

见《景岳全书》，本名圣散子，专治时行瘟疫、伤寒风湿等症。宋嘉祐中，黄州大水，民病得此药痊活不可胜〈计〉。苏文忠公撰文勒石，以广其传。徽州郑尚书因金陵大水，亦用此方治病，活人甚众。本年夏令，应热反寒，加之江潮泛涨，淹没田庐，居民日在水中，病者甚多，爰照此方配合施送，服之获痊。因付诸枣梨，仁人君子留意焉。

制苍术（二两），防风（二两），厚朴（二两，姜制），猪苓（二两），泽泻（二两，炒），炮附子（大者一枚），白芷（五钱），川芎（五钱），藿香（五钱），柴胡（五钱），赤芍药（五钱），升麻（七钱），羌活（七钱），独活（七钱），枳壳（七钱），北细辛（七钱），藁本（七钱），茯苓（七钱），麻黄（七钱），良姜（二两五钱），吴茱萸（七钱，泡），炙草（二两五钱），草豆寇（二两五钱），石菖蒲（二两五钱）。

右药研末，红枣汤为丸，每丸一钱五分。每服二丸，小儿一丸，用水一钟，煎至八分，连末温服，孕妇不宜。

奉到督宪批禀呈前方由，奉批据送丸方，业经札发四藩司，转饬有灾各州县遵照一体配药施送。惟药系温散，宜于寒湿；如患暑湿、伏暑等症，仍不可误服，并于札内指饬矣。仰即知照缴。已补刊方内备查。

通禀施送丸药（戊申八月初六日）

敬禀者：窃照卑县滨江圩田被水成灾，业经捐备馍饼席片，饬委巡典各员，会同绅董周历散放。支河汊港，或有未到之处，又经卑职乘坐小舟，亲为查散。一面请谷倡捐，选董设局，劝办义赈。所有办理缘由，先后通禀暨具禀宪鉴在案。查本年夏令雨水过多，天时甚凉，道路田庐久浸水中，秉赋稍弱之人，十病八九。医云应热反寒，水湿日久，应以寒湿例治。《景岳全书》圣散子一方，专治时行瘟疫、伤寒风湿等症。宋嘉祐中，黄州大水，民病得此药痊活者不可胜计。苏文忠公撰文勒石，以广其传。徽州郑尚书因金陵大水，亦以此方治人，活者甚众。经卑职捐资配合，出示施送，服之者多至四丸、六丸，便获霍然。古方今病，会逢其时。此后天气愈寒，是药尤为对症。惟是灾区较广，凡病涉寒湿之人，症候大略相似。今将原方改名祛寒去湿丸，磨对刊刻，恭呈宪鉴。可否即赐通饬有灾州县、场官按方配送，俾广其传，以副视民如伤之不忍一夫失所之至意。合将捐施丸药拟请通饬配送缘由，备具原方，肃泐具禀。

多婚各事宜

劝多婚示（戊申八月二十九日）

为出示劝谕事。照得《周礼》荒政十二，十曰多婚。且男大须婚，女大须嫁，嫌贫中悔，律有科条。若因财礼妆奁不满其意，故违期约，亦属可鄙之甚。本年大水为灾，农佃破圩失业，男女婚嫁，不免耽延。时势使然，非由人事，为其父母者能无耿耿于衷？乡间嫁女，俗所谓小三件：一粉盒，一脚盆，一净桶。青布褂，红布裙，俭而中礼，饶有古风。当此谋食不遑，万难猝购。本县以为趁此成就，数善兼备。一则同此饥荒，不相责备，小三件、褂、裙并此可省，即此旧有衣物浆洗为之。一则女已长成，迁移露面，奸人易起邪心，牙侩顿生贪念，何如速成嘉礼，免致乖离。一则至戚之间，情谊联属，有无得以相济，休戚便可相关。一则男子有室家之恋，或冀爱惜身命，安分守法，勉为良善。如谓贫家小户，同一儿女，同一人情，似此过于苛减，必为人所讪笑。此乃不通之论。即如大官大府，起自寒微，从前草草毕婚，迨后同享富贵，里党艳称，无不传为美德。尔等乡民，当亦习闻，又何乐而不为也。合行出示劝谕。为此示，仰被水农佃人等，即便敬听本县之言。凡有子女订婚在前，现在年已长成，无论曾否辄吉，作速选择良辰，早为娶嫁。即未经聘订之家，亦赶紧留心择配。男家勿索妆奁，女家勿争财礼。即小三件并青褂、红裙，均可免其制备。最好是家有衣物，吉祥传代，后福无穷，父母从此放心，夫妻弗致乖离。其各早图之。本县此举，既正人伦，又养廉耻。读书明礼之士，谅不以为迂谈，并宜广为劝导，解其愚惑。得能少助婚费，更是眼见好事，不胜企望之至。特示。

禀请通饬有灾各州县劝谕多婚（戊申九月初一日）

敬禀者：窃卑职复查《周礼》荒政十二，十曰多婚。且男大须婚，女大须嫁，嫌贫中悔，律有科条。若因财礼妆奁不满其意，亦属可鄙之甚。本年大水为灾，农佃破圩失业，男女婚嫁，不免因此耽延，为其父母者能无耿耿于衷？仪邑乡间嫁女，俗所谓小三件：一粉盒，一脚盆，一净桶。青布褂，红布裙，俭而中礼，饶有古风。当此谋食不遑，万难猝购。卑职以为趁此成就，似属数善兼备。一则同此荒歉，不相责备，小三件、褂、裙并此可省，即以旧有衣物浆洗为之。一则女已长成，迁移露面，奸人易起邪心，牙侩更生贪念，何如速成嘉礼，免致乖离。一则至戚之间，情谊联属，有无得以相济，休戚便可相关。一则男子有室家之恋，或冀爱惜身命，安分守法，勉为良善。如谓贫家小户，同一儿女，同一人情，似此过于苛减，必为人所讪笑。殊不知达官巨室，起至寒微，从前草草毕姻，至今传为美德。业已多出告示，劝谕被水农佃，凡有子女，年已长成，许配在前，无论曾否订期，作速选择良辰，早为娶嫁。即未经聘订之家，亦赶紧留心择配。男家勿索妆奁，女家勿争财礼，即小三件、青褂、红裙，均可免其制备。并读书明礼之士，随时开导，譬解愚蒙，或量力助以婚费在案。此就卑县情形而言。如里下河一带，扶携外出，道路流离，男女嫌疑，无从引避。《礼经》显言荒政多婚，具有深意。合无仰乞宪恩俯赐，通饬有灾州县场官，各就地方风俗，一体出示劝谕，以副轸念灾黎之至意。卑职为正人伦、养廉耻起见，是否有当，恭候训示祗遵。合将劝谕灾民子女作速婚配，拟请通饬缘由，肃泐具禀。

检埋尸棺各事宜

第一次谕普泽局董检埋棺柩枯骨（戊申九月初七日）

为遵札谕办事。奉本府正堂吴札，奉署布政使司积札开，本年入夏以来，阴雨连绵，风潮陡作，各坝齐开，以致沿江、沿河、沿潮地方尽行淹没。所有乏食贫民，现在拨款抚恤，并据各属禀报，捐廉首倡，一面谕令广为捐输，以资接济，并抄发十一年被灾林升宪酌议筹济章程，通饬各属仿照办理等因，札府转行下县。奉此，除遵办事宜开折通禀外，所有检埋尸棺，以免暴露一条，查仪邑向有普泽局，本系掩埋胔骨。本年潮涨破圩时，不免漂淌棺木，当经谕令该董经理，遇有浮尸，并令同仁堂给棺殓埋，注册插标，记认在案。兹奉前因，合再谕办。为此谕，仰普泽局董事立即遵办毋违。特谕。

通禀拨钱检埋棺柩枯骨（戊申十一月初七日）

敬禀者：窃奉藩司、藩宪、宪台札开，照得本年被灾各属，凡地近水滨，前因波浪冲激，多有棺木漂流，且恐有淹毙尸骸，必须随时捞殓安厝，以免暴露之惨。早经本署司通饬各属，仿照林升司奏定章程，分别筹办在案。现在各属被水渐次消退，亟应及早筹办，札饬遵照，务令境内救生等局、好善之人，凡沿江河一带漂棺浮尸，即速打捞棺柩安厝。尸骸看明无伤，开具年貌服色，收殓浮厝，插牌标记，水退认实给还。如无人出认，即在义冢埋葬。所须经费，筹捐办竣，造册请奖，妥议通详察办等因。仰见宪台轸念灾祲，泽及残骸，下怀曷胜钦佩！卑职遵查卑县原设普泽局一处，抬葬无力棺柩，掩埋暴露枯骨；同仁堂一处，自捐自董，常施送棺木。夏间水势初来，漂淌棺柩，淹毙流尸，即经督董分别捞移盛殓，存记年貌服色。流尸无多，并无有伤之尸。当将遵办缘由，于登覆办灾事宜案内分款陈明在案。惟是前移之棺，至今尚未入土，又有〈荒坟、孤冢、〉棺骸［义冢］悉沉波底。当此水退风凄，天阴鬼哭，或乏嗣抱馁而之痛，眼看白骨成堆，或转食多去者之悲，肠断碧磷化血，冤魂莫诉，惨境难名。既合体以分形，更无殊于人我。急宜检埋，俾安窀穸。前月委员赴乡查写例赈户口，嘱令随地查看，随时寄知。惟普泽局捐资仅敷常年之用，若不另筹经费，责以成功，仍恐虚应故事。随于捐赈局拨钱二百千文，作为另案经费，开给被灾坊分。谕董趁此晴暖，于十一月初一日起，督带土工，分头前往，将暴露各棺柩及零星骨殖，细心检拾。棺则修整，骨则装匣，在于高阜挖坑，离棺离匣之盖，以一尺五寸为度，一律深埋。就近如无高阜，北山寺本有义地，即便妥为迁葬，免致再罹水患。某日、某坊、某处修棺几口，装骨几匣，如何记认，用夫几名，销钱若干，于五月开折具报一次。转瞬雨雪在地，人力难施，勒限二十日蒇事。有主之棺，令其认明领埋。如竟忍心抛掷，亦即代为埋藏。阻挠生事，提案究处。检毕一坊，卑职亲诣看视，或派妥人前往。人骨明润有光，无难辨别。如有残骸未尽，瘗埋不深，再令检拾加工，不准草率从事，以副宪台谆谆训饬之至意。缘奉前因，合将拨钱检埋棺柩枯骨，勒限二十日蒇事缘由，肃泐具禀。

第二次谕局董检埋棺柩枯骨（戊申十一月初一日）

为拨款谕遵事。照得普泽局抬葬无力停柩，掩埋暴露枯骨，业经该董事等募捐有资，以充经费。兹查本年大水为灾，破圩之际，漂淌棺木，无处不有。虽已随时谕捞高阜，至今尚未入土。又有荒坟孤塚，水走沙翻，原葬棺骸悉沉波底。现在渐次水退，或朽棺泡于浅水，或白骨暴诸风日，行路伤心，何堪言状！急应设法检拾，尽数瘗埋，庶死者入土为安，生者亦免疫疠之患。该局率以经费无出，虚应故事，名实不符，甚非为善之道。查掩骼埋胔乃荒政应办之事，本县切念于衷，已非一日，兹于赈局拨九八串典钱二百千文，作为另案经费，其常年抬埋等事不准支销。合行谕发。为此谕，仰该局董事文举吴铠、杨赞勋，职员杨起德、韩继瑞、余文澜，监生滕国举，文生吴鑣、金天荣、余守清，典吏赵文灿、周士仪，掣吏陈应高，掣书余文海，即便收领备用。一面趁此晴暖，作速多雇土工，查照被灾坊分，亲到各处，将暴露棺木、零星骨殖，督令细心检拾。棺则修整，骨则装匣，在于高埠挖抗，离棺离匣以一尺五寸为度，一律深埋，插标作记。就近如无高阜，北山寺本有义地，并即妥为移葬，以期一劳永逸，免致再罹水患，复行检拾。某日、某坊、某处修整棺几口，埋葬棺几口，埋骨几匣，用夫几名，销钱若干，五日开折具报一次。转瞬雨雪在地，人力难施，勒限二十日事竣，开具总折报销。本县耳目最周，慎勿假手他人，草率从事，有负谆嘱之至意。仍将收到钱文及即日开工缘由，先行禀覆查考。再，有主之棺，亦即眼同埋藏。如敢迁延，准其禀究。作善降祥，各宜勉之。特谕。

第三次谕局董检埋棺柩枯骨（戊申十一月十九日）

为谕催事。照得本年大水为灾，破圩之际，漂淌棺木，曾经谕捞高阜，尚未入土；又有荒坟孤塚，水走沙翻，原葬棺骸悉沉波底。水渐消退，朽棺泡于浅水，白骨暴诸风日，行路伤心。急应设法检拾，尽数瘗埋，庶死者入土为安，生者亦免疫疠之患。当经本县于赈局拨九八串典钱二百千文，发交该董等，查照被灾坊分，雇夫亲历各处，将暴露棺木、零星骨殖，督令细心检拾，按五日开折具报，并经本县通禀各宪在案。兹奉军宪批开，据禀拨钱检埋棺柩枯骨、勒限蒇事缘由，甚为妥善。希即如禀办理，切切。仍候各大宪暨本府批示缴等因。奉此查该董等禀报办理情形，尚属尽心，但值此晴暖，必得赶紧检拾，尽数依限报竣，合行谕催。为此谕普泽局董文举吴铠、杨赞勋等，查照前谕单开被灾坊分，乘此晴暖，即速多雇人夫，将各处所有暴露棺木、零星骨殖，督令细心检拾。棺则修整，骨则装匣，在于高阜挖坑，离棺离匣以一尺五寸为度，一律深埋，插标作记。就近如无高阜，北山寺本有义地，即便妥为移葬，以期一劳永逸，免致再罹水患，复行检拾。仍按某日、某坊、某处修整棺几口，埋葬棺几口，埋骨几匣，用夫几名，销钱若干，五日开折具报一次。转瞬雨雪在地，人力难施，依限报竣，开具总折报销，慎勿假手他人，草率遗漏。再，昨据韩继瑞等禀报，四都、三乙两坊，尚有棺柩多具未埋，并即遵批瘗葬，毋再迟延，慎速慎速。特谕。

第四次谕局董检埋棺柩枯骨（戊申十一月三十日）

为札饬事。奉本府正堂吴札，奉署布政使司积札开，照得本年夏秋大雨连旬，江潮泛涨，沿江各属猝被水灾，居民多有淹毙漂淌。当时虽据各属禀报打捞埋葬，但水势一片汪洋，未必能收埋净尽。现在水已涸复，本署司风闻沿江一带芦苇丛中及偏僻处所，尚多遗尸暴露，思之实堪悯恻，亟应打捞埋葬。目下地方官办理赈务，恐未能兼顾及此，除札委句容县许道身会同查办外，合亟札饬等因到府。奉此合亟转行。札到，该县立即遵照，会同宪委，查看沿江两岸芦滩僻处。如有遗留尸骸，即捞收扫数深埋，以免暴露。断不可违例火化，是为至要。此事经费无多，地方官切勿苟安不办。如有善士可劝，或施棺木，或捐义冢，立即妥为筹办，仍将埋过尸骸数目开折通报等因，奉此。查此案业经本县拨钱谕办，勒限二十日蒇事，复又委员督查在案。今奉前因，合再谕办。为此谕，仰普泽局董知悉，立即遵照宪札，在各地方赶将遗留尸骸捞收，扫数深埋，以免暴露之惨。断不可违例火化，是为至要。仍将各地方检拾收埋棺柩缘由数目开具清折，再限三日具禀覆县，以凭核覆，毋后迟延。切切。特谕。

第五次谕局董检埋棺柩枯骨（戊申十二月初五日）

为再行拨款谕办事。照得本年大水为灾，漂淌棺木，暴露尸骸，当经本县在赈局拨钱，发交该董等办理，一面通禀各宪，并委税课大使督查在案。今据该董等附折具禀前来，查三乙、四都两坊淌来棺木八十一具，暴露风日，惨不忍言。必须赶紧埋葬，俾安旅魂。惟西方寺余地，业主既回归无期，而约计道里，又与该两坊穹隔，自难一一抬往。似宜就近购买荒地作为义冢，扫数瘗埋，计需夫工无几。倘仍议抬送北山，每具工钱二千余文，价浮民雇，殊非正办，且事不常有，毋庸悉照局规。兹再拨赈局钱一百五十千文，为抬埋此项棺木之用。除行委员查照外，合再谕办。为此谕，仰普泽局董事吴铠、杨赞勋等知悉，即将发来钱一百五十千文查收，公同妥议，作速觅地抬埋。务将坑口加深，离棺盖一尺五寸为率。倘无地可觅，定见抬送北山，亦即具禀声请。差起坊夫，每名饭食给钱八十文，每棺埋工给钱一百二十文，再限五日报竣请验。此外坊分检埋，余钱足可敷用。前项如有多余，尽可缴还。至各坊已埋未埋之处，务须无漏无遗，一律深厚，切勿草率浮浅。该董等办事实心，本县素所深悉，仍宜加意慎速，是为至要。切切。特谕。

批普泽局董禀（戊申十二月二十八日）

据禀检埋事竣及置买义地各情，已悉。具见不辞劳瘁，慎始全终，可嘉之至。惟时在残冬，土多〈冱冻〉，或有锤做松浮，一经雨雪，并牲畜践踏，不免虚卸剥落。该绅董等躬亲所事，必应见及于此。交春以后，仍宜通行查看加工，以资深固。候行委员届期会同督带夫工，周历各坊，加土加做。具覆到日，开折通禀。所有人工，谅亦无多，即以余钱九千余文备用。再，赈局来年二、三、四月应放钱一次、谷二次，核计谷钱，尚有不敷。即一文半粒，关系灾民性命。如牛局余款，即须提回，凡非灾赈之事，不容徇情浪费。该堂另案钱文，前据朱大使面回，约多数十千文。今核数不符，如何舛错，刻日查明，另行禀覆察夺。该承即录此批，附知捐赈牛局经书，遵照契盖印，据串发还，清折存查。

真州救荒录卷六

内乡王检心子涵纂

施放棉衣各事宜

鱼稻戳式

赈票上用

棉衣上用

通禀劝办棉衣加戳作记（戊申十月十六日）

敬禀者：窃照本年大水成灾，小民极为困苦，荷蒙皇恩宪德，抚赈兼施复奉宪台、督宪以瞬届严冬，近省一带乏食贫民御寒无具，捐银一千两，发交江宁府置备棉衣絮袄，札饬一律倡劝，赶紧遵办等因。仰见轸念灾民，有加无已至意。遵查本年成灾较重，灾民较多，一交隆冬，重裘失袄，似此衣褐不完，最堪悯恻。先经卑职会同赈局绅董收买棉袄，原当极少，半系射利之人缝补破布旧絮，专作施衣，一沾热气，污秽难近，因之感受瘟疫。新制厚实，无此流弊。提钱三千六百串，在于常镇产布之区，购回布匹棉花，发染缝作。奉行前因，复凛遵宪札，出示晓谕，并谆劝典铺及有力之家格外捐资，接续缝作。每袄一件，长二尺七寸，上加棉领一条，新蓝布面，新白布里，新棉絮一斤，随后作成，约有四千件之数。委员查写户口，择其实在饥寒交迫，票册注以戳记，十一月初一日以后，核实散给。惟查小民领去，恐有暂顾目前，私行质当。本处查禁，不免远当隔属，仍系御寒无具，事虽可恶而情更堪怜。兹刻成鱼稻圆戳，以兆丰年，对径一寸二分，用银朱印色，与衣里中缝、领口二寸以下骑缝戳盖，作为记认。晓谕典铺人等，不准质当。如有挖洗形迹，新衣不应有此，其为施衣无疑，亦不得冒昧当押，即时发还本人，毋庸追求生事。并移会附近之上元、句容、六合、江都、甘泉、丹徒等县，一体出示谕禁。该县办送棉衣如何记认，亦嘱移知示禁，俾领衣之人始终被服生温，同颂宪德于无极矣。除捐恤丸药等事业已禀报外，所有劝办棉衣，现已缝作及加戳作记、移会邻封各缘由，肃泐具禀。

禁质当所施棉衣示（戊申十月初二日）

为出示晓谕严禁质当事。照得本年大水为灾，小民极为困苦，荷蒙皇恩宪德，抚赈兼施，复奉督宪以瞬届严冬，近省一带乏食贫民御寒无具，捐银一千两，发交江宁府置备棉衣絮袄，札饬一律倡劝，赶紧遵办等因。查本年成灾甚重，灾民较多，一交隆冬，重裘失袄，似此衣褐不完，最堪悯恻。先经本县会商赈局绅董收买棉袄，原当极少，半系射利之人缝补破布旧絮，专作施衣，一沾热气，污秽难近，因之感受疫疠。新置厚实，无此流弊。在于常镇产布之区，购回布匹棉花，发染缝作，并添买原当故衣。所有新衣，每袄一件，长二尺六七寸，上加棉领一条，新蓝布面，新白布里，新棉絮一斤。择其实在饥寒交迫，核实散给。惟查小民领去，多有暂顾目前，私行质当，仍系御寒无具，事虽可恶，而情实堪怜。兹刻成鱼稻圆戳，以兆丰年，对径一寸二分，用银朱印色。于衣里中缝、领口二寸以下及裤腰中缝、连裤裆处骑缝盖戳，作为记认，不准质当。即行交还原人，毋庸追求生事。如有挖洗形迹，他衣不应有此，其为施衣无疑，亦不得冒昧当押。所有邻近之江都、甘泉、六合、丹徒、句容、上元、江宁等县，俱已移会，一体谕禁典铺人等不准收当在案。除另期散放，并谕知本境典铺不准收当外，合行出示谕禁。为此示仰各坊乏食贫民知悉：尔等届期领去棉衣，务须留为御寒之具，慎勿暂顾目前，私将戳记挖洗，质当变卖。倘敢不遵，本县一经访闻，定将原领赈票追回，提同收买之人究惩不贷。至收买之人，自有余钱在橐，值此灾荒，不能随事救济，忍心收买施衣，驱人死地，以此图利，人必祸之。各宜凛遵毋违。特示。

散给棉衣示（戊申十一月初五日）

为晓谕散给棉衣以备御寒事。照得本年被水成灾，各坊乏食贫民业经散放义赈在案。其正赈口粮，择期另行散放。惟现交冬令，贫民御寒无具，所有捐置棉袄，并添买原当故衣，今择于初九月按坊散放。除开单饬差传领外，合行出示晓谕。为此示，仰各坊贫民知悉：尔等遵照差传单内应给领棉衣者，携带原给正赈印票，协同该坊地保赴县，以凭验明，给发御寒，切勿私行质当变卖。如敢不遵，一经察出，定将原给赈票一并追回，仍提同收买之人并惩不贷。务各凛遵毋违。特示。

禀散放棉衣完竣（戊申十二月十三日）

敬禀者：窃照案奉宪台、督宪，以瞬届严冬，近省一带乏食贫民御寒无具，捐银一千两，发交江宁府置备棉衣絮袄，札饬一律倡劝，赶紧遵办等因。奉经卑职将会商赈局绅董提钱三千六百串，购买布匹棉花，发染缝作。委员查写户口，人必亲验，刻备鱼稻圆戳，面为交给，择其实在饥寒交迫，票册分别戳盖，核实散放。衣里中缝亦盖鱼稻戳记，晓谕典铺人等不得收当。移会邻封，一体示禁，俾杜领衣贫民私行典质各缘由，通禀报明，并具禀宪鉴在案。嗣因回换花布未齐，约计时日，不及染作，正值各典出货之期，收回钱九百余串，拣购原当棉衣一千四百九十一件、絮裤三十二条，新做加领棉衣二千七百六十八件。新棉衣每件钱九百四十余文，旧棉衣絮裤每件钱六百四十余文。卑职躬亲查点，督承盖戳存署。十一月初六日开厂，计散赈票加戳之户棉衣二千四百十三件，发交暂栖所棉衣二十件，移学转给贫生棉衣三十二件、絮裤三十二条。下余棉衣，时有来县求领。卑职见其大半尚可支持，一概准给，恐滋争竞冒滥，必得确加访查，实系无衣，方可散给。复密嘱赈局董事及好义绅士，陆续到地确查，当面散给，不准徇情重复。截至十二月初六日止，散棉衣一千七百八十四件。共计散出新旧棉衣裤四千二百九十一件，并无存留。其另劝典铺及有力之家格外捐办，系各自量力置备，随处散放，每人名下多寡不一，约计九百余件，不在此数之内。该领衣穷黎仰戴宪慈，恩如挟纩，异口同声，欢呼载道。惟此后雨雪交加，号寒之人仍恐不免，现又谆嘱绅董人等，设法劝谕，积存一百余件，得能增添，多多益善。届期再为察看散放，以副痌瘝在抱，不使一夫失所之至意。合将捐散棉衣完竣，并现仍劝办棉衣缘由，肃泐通禀。

谕典商让利（戊申九月初七日）

为遵札谕办事。奉本府正堂吴札，奉署布政使司积札开，本年入夏以来，阴雨连绵，风潮陡作，各坝齐开，以致沿江、沿湖、沿河地方尽行淹没。所有乏食贫民，现在拨款抚恤，并据各属禀报，捐廉首倡，一面谕令广为捐输，以资接济。并抄发十一年被灾，林升宪酌议筹济章程，通饬各属仿照办理等因，札府转饬下县。奉此，除将应办事宜开折通禀外，所有捐给絮袄以御冬寒一条，查本年被水成灾，乏食贫民饥寒交迫，难免冻馁，当经谕令该典铺将所出布棉衣裤悉行存留，给价收买在案。至年终本有让利之条，兹逢灾祲，如能格外让利，损富有限，济贫实多。奉大宪谆谆谕饬，合并谕遵。为此谕仰该典商知悉，立即遵照，仍将如何议让缘由禀覆，以凭转覆毋违。特谕。

自十一月初一日起，至十二月底止，布棉衣裤被胎，俱让利一半，典商遵行。

放担粥各事宜

劝放担粥示（戊申十月二十二日）

为劝行担粥以济灾黎事。照得荒政之术固多，而济急莫如施粥。盖饥民得钱犹待买食，得米犹待举火，不若得粥即可御寒充饥也。然设厂煮粥，费多而弊亦多，稍失检点，食之易于生病。设厂制器，一切杂用，浮于薪米之资，且饥民中老叟迈妇枵腹就食，一遇拥挤，恐致昏眩。少妇弱女停针赴厂，已觉觍颜，设逢雨雪，寸步难行。饥饿带病之人，跋涉不堪其苦，粥之早迟不一，温寒不等，一逢挨挤，难免增剧。孕妇步履伶仃，或因拥挤而堕胎，或冒风寒而致疾，甚至孩提失伴，襁褓受惊。此皆因谋饱一餐，遂致种种可虑。且粥厂一开，饥民闻风而至，秽气薰蒸，饥寒交迫之人易于染受。尤虑男女混杂，不及防闲，大为风俗之害。本年大水为灾，乏食贫民虽有义谷捐资，并请帑项赈济，可以按月散放，而家口众多之户，尚难支持。其贫而爱惜颜面，不愿食赈、不愿托钵者，谅亦不少。本县再四筹思，设厂施粥，既属多费而有格碍，曷若广行担粥以归简易。但城乡须多设担数，各分地段，则得食者均出必同时，则重复偏枯之弊可杜。各就本坊，或早晚两次，或一日一次。如有住屋门面虽好，而内如悬磬、非济不可者，必须散放，不宜忽略遗漏。坊之小者，数人合济一坊；坊之大者，十数人共济一坊。总以坊之大小，酌捐担数之多寡。每人二勺，约计一担之粥，可给数十人。每石约米一斗二升，连柴薪挑工，共须五百余文。行之百日，只需钱五十余千文，如一坊中一日施粥十担，只需钱五千余文。公同认捐，更属无几。无设厂之繁，有活人之实。事莫易于此，德亦莫大于此。除分谕各坊妥速商办外，合亟剀切劝谕。为此示，谕阖邑城乡绅商、富户、店铺、居民人等知悉，务各踊跃议商，认明担数，酌分地段，于十二月初一日为始。各乡人少之处，即数担亦可先行；城市人多，应先合算约有若干担，分认各往何处地段，约定时刻，同时并出。有力者或一人认数石，次则一人认一石，力绌者亦可合数人成一石，所费更轻。或一人认一月，认半月，悉听其便，均多济少，总以散至来年正二月为止。恻隐之心，人所同具，务各观感兴起，共襄善举。捐数较多者，汇入捐案请奖。切勿迟疑，是所厚望。仍将各认担数地段先行禀报。特示。

通禀散放担粥（戊申十二月初六日）

敬禀者：窃卑县本年被水成灾，既广且重，乏食贫民先经卑职捐备馍饼、竹席，雇船救济，散给钱文。又禀蒙运司、运宪、宪台拨发盐义仓谷，一面由县捐廉设局，遴董劝捐，委员分查户口。业于九月内散给义谷一次，十月内散给捐钱一次，十一月散给棉衣四千二百余件。并蒙奏恳圣恩赏给冬赈，札饬妥为经理。又奉藩司、宪台、藩宪颁发查赈章程，本府宪台、府宪抄发应赈不应赈条款告示，饬令会同委员悉心讲求，多方训谕。各委员俱凛遵谕饬，认真办理，查竣户口。先蒙发银七千两，易钱串扎，于十一月二十六日开厂散放，二十九日完竣。其余荒政内一切应办事宜，均经分别办理，先后通详通禀在案。俟续发银两，于十二月望前，将正赈放清。其不给大赈之府，县前大小市口等坊，及不在学册内之佾生、礼生，均补给捐赈一月口粮，以资度岁。惟本年灾重民贫，掣盐减少，虽有正赈、捐资、义谷源源散放，而时届隆冬，仍须煮赈，以广宪恩。然设厂煮粥，费多而弊亦多。一切杂用，倍于薪米之需。且饥民积聚厂中，老弱不前，强悍滋事。其远道冲寒，仆仆而来，更为劳惫。男女混杂，无可防闲。其不能跋涉者，或羞于露面者，即不能就食。且粥厂人杂，和水搀灰，食之易病。是爱民之举，转多不利于民。卑职再四思维，举行担粥，以食就人，既免拥挤滋事，更可节省浮费。动用义谷，砻易熟米，由捐局董事，每日认办二十石，在天安寺督令炊煮。置备有盖木桶，高一尺五寸，径亦如之。又慈幼堂董事每日认办五担，每担用白米一斗二升，粥则浓厚不薄。桶之上下四围，俱用稻草结绺包裹，粥不易冷，食之无患。雇人挑赴城乡市镇，遇有老弱疾病残废以及贫穷妇孺，各给一勺。其门庭冷落，而无索食之人，必细加访问，肩粥以进，多为散给。约计担粥，可给三四十人。慈幼堂担粥，由堂董动用堂内经费，其捐局董事经办，除未动义谷，毋庸价买外，其余柴火人工，每石所需不过二百余文。无设厂之繁，而有活人之实。惟石数贵多，多分地段，则得食者均出必同时，则无偏枯重复之弊。由县派差弹压，以免争索滋事。于十二月初一日散起，仍先出示劝谕乐善之家，或每日认捐一二担，或三五担，各认地段，广为施散。自举行以来，民情益臻欢悦，地方安静。肃泐上禀。

通禀续放担粥（己酉正月初十日）

敬禀者：窃卑职前因时届隆冬，民情拮据，设厂煮赈，费大弊多。举行担粥，以食就人，分城乡而均地段，议定捐局董事，每日认办二十石，在天安寺炊煮；慈幼堂董事每日认办五石，在本堂炊煮。于上年十二月初一日起，分头散放。当将办理缘由通禀在案。声明散至年底来春，察看情形，如须接济，再行续放。初计每日二十石，需米二石四斗，柴薪人工需钱四千数百文。米用义谷，钱动捐资，为数尚不过多。讵料举行后，食粥者日见其众，担粥未及出门，而就食之人已属不少。既已枵腹而来，必使果腹而去。散筹给食，始则日给数百人，继则千余人不等，循序出入，极为安静。其城外各处，仍旧分挑散放。每日煮粥六十余石，用米七八石不等，柴薪人工等项亦因而加增。饬委典史袁起、旧江司巡检李成荣、税课司大使朱大受，轮流弹压。卑职不时亲往尝验，粥俱浓厚，色白味纯，与居家所煮无异。查询向来除夕新年，城乡乐善之家，或钱或米，或粥或饭，暗中施散，并有附城贫民远赴乡间谋食，以一日之所得，可糊〔馇〕数日之口。惟爱惜颜面之男妇不肯乞怜，而又无米为炊，由董事察访，共计三百三十八户，视其家口之多寡，酌定米数，共给米六十五石二升，亦于义谷内动用。卑职仍恐贫民尚难支持，定于谷钱轮放，倘或不敷，即以牛局余款拨用。仍先示谕业户修筑圩岸，俾力作贫民以工代赈，彼时谋生较易，自无冻馁之虞。除俟一律放竣造册申报外，合将续放担粥缘由，肃泐具禀。

真州救荒录卷七

内乡王检心子涵纂

收当耕牛各事宜

第一次谕董事收当耕牛（戊申八月初七日）

为谕遵事。照得滨江圩乡被水成灾，业经捐放饼席、钱文，并请发盐义仓谷，倡捐设局，劝办义赈。复于署内配送丸药，城外高搭木跳，以免病涉之苦。凡所以抚辑灾民，无不尽心办理。惟访闻灾地耕牛，佃户无力喂养，贱卖回民，恣意宰杀。现在拿获宰户潘二等讯惩管押，仍严拿在逃之古天福等尽法究办，追缴牛只在案。查圩乡既广，有牛之家仍复不少，必得宽为筹款，设局收当，既全现在之物命，而来春又得其耕作之力。议者谓仁民而后爱物，所需经费过多，人且难赈，何有于牛？殊不知乡农牛为命脉，不幸遭此水患，剜肉补疮，所卖之价不及十之三四，将来东作，势必贵价购买，佃户无力，仍系业主之累。且灾年收当，道光三年苏垣行之有效。十一年水灾，奉前督宪陶文毅公亦条奏有案。本年郡城并已设局收养，奉府宪转札饬知仿照办理。本县以为此举业佃两益，爱物即所以仁民，当务之急，莫甚于此。应备当价，业已禀商掣宪俯允，暂借河费银两。现拟水牛每只当本六千文，黄牛四千文。所需喂养工料，八、九两月有青可啃，以十月起至来年二月止，水牛每只需钱六千文，黄牛四千文。赎回之时，水牛加钱三千五百文，黄牛二千五百文，连同棚厂人工，缺少钱文甚多。义赈捐输不前，难于挹彼注兹。所有现垫工料及添补缺项，为数甚巨，应即另为募捐。查该职员尹复初精明干练，办事安祥，民人陈玉彪、殷起凤、宋玉波、周圣传、周明、陶九如，亦俱谙练老成，而又家道殷实，除分谕帮办外，合行谕遵督办。谕到，该职员即督令陈玉彪等公同筹议现在情形，应当牛只若干，每只当价若干，工料若干，本人回赎应加工料钱若干，八九两月是否有青可啃，夜间应否加喂水草，何处丰茂，择于何处搭棚，牛性畏寒畏风，抑系借用庵院方为合宜，需用牧人若干，如何喂养，责以功过，购草尤为先务，山乡全熟，能否劝募，所需工料，垫者作何预备，赔者作何弥补，能否劝捐集事，限三日妥议，并拟具章程，联名具覆，以凭核示。如有好义之人及该帮办民人，急公乐输，或愿助草束，堪以议叙职衔者，自当并入义赈，照例请叙。即银数不合定例，亦当详请给匾作善降祥，勉力为之，慎勿畏难退缩，空言无补，是所厚望。特谕。

第二次谕董事收当耕牛（戊申八月二十三日）

为谕办事。照得被水灾民，业经本县捐放饼席，并请谷倡捐，劝办义赈，复于署中施送丸药，街道安设跳排，以免病涉之苦。凡兹抚辑，无不尽心经理。前访闻灾地耕牛，业佃无力喂养，贱卖回民，恣意宰杀，当已拿获宰户讯惩看管，追缴牛只在案。查圩乡甚广，有牛之家仍复不少，必得设局收当，既全现在之物命，而来春又得其耕犁之力。且灾年收当，道光三年苏垣行之有效。十一年水灾，复奉前督宪陶文毅公条奏通行。本年七月奉府宪札知，郡城保赤堂设局收当，饬即仿照办理等因。此举业佃两益，当务之急，莫甚于此。先已谕饬职员尹复初及民人陈玉彪等妥为筹议，未复。兹查当本喂养，即以五百只计之，所需甚巨。该绅商江本潞、方震时、赵德和、汪焕文、张鸿瑞、汪璆、陈方海、许德承、支允祥、吴樽留，品端识练，好义急公，地方凡有善举，无不借〔藉〕资勷助。职员尹复初勇于为善，办事亦能实心。合再谕饬妥议。为此谕，仰该绅商等，即便悉心公议现在情形，牧牛若干，当本喂养如何筹备，有无款项可以挹注，限刻日具禀覆县，以凭核定章程，开局收当。仁民爱物，谅有同心，幸勿诿延，不胜企望。特谕。

收当耕牛第一示（戊申八月二十八日）

为开局收当牛只，以全物命事。照得被水灾区无力养牛，贱卖宰杀，水退不能购买，必致田亩荒芜。既伤物命，又误春耕，情堪悯恻。今本县遴选绅董，筹捐款项，在于北门外祈年观设局，业已出示定价，公平收买稻草，传保具认催草在案。今于本年九月初一日开局，专当本境灾区之牛。凡肥壮水牛一只，当九八钱四千文；肥壮黄牛一只，当钱三千文；老瘦水牛一只，当钱二千五百文；老瘦黄［水］牛一只，当钱二千文。次年二月三十日撤局，人工、草价、牛屋、局费，统以五百只、水牛黄牛各半、六个月计算，水牛一只，约喂养钱九千五百文，黄牛一只，约喂养钱八千五百文。原本放赎，不加利息，不加喂养。过期不赎，饬牛牙估值，卖给待耕之家。得病倒毙，饬传原主看明，锯角剥皮，听其领回，牛肉泼粪瘗埋，不找半价。带病牵来，自行在局医喂，药料草束、来人饭食，局中捐给，医痊照常收当。除核定章程，发局遵办，并催差送草外，合行示期晓谕。为此示，仰被水圩乡农佃人等知悉：尔等家有牛只，实在无力喂养，即于九月初一日送局公估质当，原本取赎。当价虽轻，钱到便可取赎，不准卖与宰杀，致干同罪。灾区现有户册，山乡及外县之牛一概不收。捏冒贿嘱，牛只充公，原主保人重究。如有刁徒造言生事，阻挠善举，该地保立即指名禀县，以凭提案讯究。在局书差、牛牙、地保、牧夫人等，俱给工食，当牛、赎牛不费分文。如敢藉公需索，与受并处；当场出首，与者免坐，仍追还钱文。各宜凛遵毋违。特示。

第三次谕董事收当耕牛并发章程二十条（戊申八月二十八日）

谕当牛局绅董方震时、江本潞、汪璆、张鸿瑞、赵德和、汪焕文、陈方海、许德承、支允祥、吴樽留、尹复初，及帮办民人陈玉彪、殷起凤、周圣传、陶九如、宋玉波、周明，垫款购料，搭盖牛屋，并因该绅董品端识练，地方凡有公事，无不借〔藉〕资勷助，谆切加谕，妥为筹议。去后兹据该绅董及民人陈玉彪等具禀，或自解己囊，或转为劝捐，共钱四千八百串，以资经费。实属急公好义，可敬可嘉。除禀批示并另谕发钱外，兹特因时制宜，核定章程二十条，谕发遵照。即便督令帮办民人陈玉彪等任劳任怨，实心经理，以勷善举。如果始终出力，该绅董等自应照例详请优奖，即该帮办民人亦当破格请叙，以示鼓励。为善最乐，慎勿始勤终懈，是为至要。特谕。

计开：

一、酌定当价也。肥壮水牛，每只当九八钱四千文，肥壮黄牛三千文，老瘦水牛二千五百文，老瘦黄牛二千文，给票为据。九月初一日开局，次年二月三十日撤局。原本放赎，不加利息，不加喂养。该灾民敢再暂顾目前，卖给宰杀，查出并究。水退种麦，早赎听便；过期不赎，饬牙估值，卖与待耕之家。除去当本，多余传领。在局书差、牛牙、兽医、地保、牧夫人等，俱给工食，当牛、赎牛不费分文。藉端需索，与受并究；当场出首，与者免坐，仍将钱文追还。

一、通筹喂养也。收当之时，节已秋分，柴草多半刈割，啃青无几，日夜均须添喂干草。水牛一只喂草二十斤，黄牛一只十四斤。十月初一日以后，无青可啃，水牛喂草三十五斤，黄牛二十斤。统以五百只、水牛黄牛各半、六个月计算，草价需钱二千一百余串，局中饭食、司赈辛工及牧夫人等工食需钱一千八百余串，牛屋局费需钱八百余串，水牛每只约喂养钱九千五百文，黄牛八千五百文。通盘筹计，约赔钱四千八百串。期满不赎，留养待卖，及倒毙过多，本当无着，不在此数。

一、慎重出纳也。发局钱文，在于殷实铺户立折支取。用钱一千文以上，揭条行使；当本发钱，亦揭条备用，以免折串而慎出纳。每届月终，仍将出入钱文开明款目细数清册清单，一呈县署，一贴局前。勿令书差涉手分文，致滋物议。

一、分局司务也。祈年观作为公局，绅董江本潞、吴樽留、许德承、张鸿瑞、汪璆、尹复初总其大概，帮办民人陈玉彪、殷起凤、宋文涛、周立庭、陶景如、周魁荣专司局务。收牛之日，事体较繁，帮办人按名亲到，一人支发钱文，一人督令清书注册写票，一人督令角上镌号挂牌，三人看牛定价。收毕之后，两人常川在局，秤草发钱发草，稽查牛只出入肥瘠。役夫勤惰，记功记过，绅董轮流稽查，以专责成。

一、当本喂养，通融挹注也。应需经费，已据商民捐缴钱四千八百串，合计当本喂养，尚有不敷。惟所收牛只，必系陆续而来，或竟收不足数。现需草价、工食等费，刻虽迟误，即便通融挹注，听候劝捐归补。再有不足，会商另筹。

一、草须预买也。收牛五百只，水牛黄牛各半，每日需草一万五千斤，每月需草四十五万斤。九月啃青无几，仍须添喂干草，并牧夫人等冬日睡垫，每名给草十五斤。每日炊煮，晒牛粪充薪，不准用草。宽为购备六个月，需草二百七十万斤。已晓谕山乡业佃，能捐者会齐开单，报局运回；不能捐者，公平收买，定价每百斤九八钱八十文。局中随到随收，帮办人亲身秤草发钱，勿令留难隔手。市价如长，酌量加增。所有旧港余廷名下之半坊，朴树湾之河北坊，并石人头、三乙、四都、〈都〉天庙、河北厂东及被水各坊，无草可买。兹复出示并谕饬地保，自八月二十四日起，枣林岗坊、岳家山坊路途窎远，地保六名，每名先催送草一千五百斤，以〈后每〉名半月催送一千五百斤；其余地保三十名，每名先催送草五千斤，以后每名每日催送草五百斤，每月催送草一万五千斤。三十里以内三日一送，三十里以外五日一送，一律干洁黄爽。作潮搀灰，颜色霉黯，概行退换。多催多送，各听其便。送不足数，局中送比。该地保假公科派及需索留难，究惩革役。

一、草堆慎重也。草堆封顶，一律紧密，不得雨淋变色变味。新买之草，中途或已遇雨，即一面秤收，一面抖晾，不令卖草人守候。派堆草夫二名，专心办理，并巡防闲人晒暖吸烟，缝补衣服，致落火种、断针。喂草之时，尤须层层抖看，不准夹带磁瓦、断针、断钉。如敢率忽，牛食即死，牧夫、堆夫一并究处，倍追当价，归局赔主。

一、器物宜预备也。应备票册、保状、腰牌，业已定稿刊发。所有账簿、大秤、缸只、提桶、腰牌、竹牌、鼻拘、括头、绳索及必需应用之物，立即购办足用。可借者酌借，事事撙节，以省縻费。

一、牛屋坚实，牛粪变价也。屋须三面坚实，门挂草帘，按间编定字号。内用大木横栏，短木钉桩，以篾缆定数扣牛，以头接尾，易于查封。地面九尺一丈为度，便于牛只卧起。有粪即拾，勿沾草上，致令食之生病。牛粪九月放青，收得无几，连十月以后牵算，每日有粪一百余担。除牧夫人等炊煮、晒干充薪之外，召人包买，归公备用。

一、雇用牧夫须壮健农佃也。牛四只雇夫一名，共夫一百二十五名。不用游手好闲之人，必得有保农佃，健壮老实而又喂养当行。应于灾区先雇三四十名到局，其余在当牛灾民中陆续挑选足数。凡啃青挑回，以供四牛夜草之用。每夫十名，派总头一名，即于牧夫中挑选，专司日夜巡查、喂草饮水。出则督押行走，入则点数归栏。如有牧夫克扣、偷安、酗酒、赌博、生事，回明绅董送究。分肥徇庇，并处不贷。

一、发给腰牌以资稽查也。夫役众多，不免出局闲游、酗酒赌博、斗狠生事，必须稽查防范。现已刊刻腰牌，差役以下填明本身色目、年貌、住处并引领保人。如牧夫即填牧夫之类，发给佩带，人牌不准相离。如敢出局生事，并被人禀控，并重究。患病事故，缴牌请假，派人替代。五日不到，革退。

一、当牛觅保也。灾区户册发存局中，专收本境灾区之牛，山乡外县不准混入。凡送牛到局，查对户册相符，照章收当。保人即以原主亲戚邻佑，或由局中于同来当牛之人酌量选择，明立保状，眼同于角上浅镌码号，并于竹牌书写第几号、某坊、某人、何色牛只字样，扣系角上，注册给价给票。鼻拘、括头、绳索损坏短狭，即代更换。挂角竹牌宜用棕绳，沾潮不烂，但绳细易断，谕令牧夫随时留心查换，牛牌不准相离。怀胎之牛，询明何月生产，注入册票，子母并赎，仍询明原主。惯于触人之牛，牧夫力不能制，长系棚下，以免生事。如有冒混贿嘱及来历不明，牛只充公，原主保人并究。再，询之老农，锯角露风，牛必生病。角上镌字，只宜轻浅，不宜深透。

一、公看口牙以定当价也。开局收当，派牛牙解加坤、郭聚生，兽医徐九峰，随同公看毛色、口牙、角式、肥瘠、老壮，以定当价数目。习闻奸徒伪作牛牙，以老为小，给吃草药，转瘠为肥，毛片便见光亮，五七日无不倒毙。买之不察，大为受累。既有此弊，务当留心。来年本有病患，朝不保夕，一望而知者，即令来人在局喂养，医药草束，局中给发。每日酌给来人饭食钱三十文，痊愈照常收当。牙医受贿，有病称为无病，五日内倒毙，罚赔当价归局，原主提究；老口捏为小口，罚赔多当本钱。如因需索不遂，无病混报有病，小口混报老口，假公刁难，察出重究。

一、饭食、工食定数给发也。局中绅董六人，每日早晚饭两桌，钱七百二十文；帮办六人，司账一人，每日早晚饭两桌，钱五百六十文；司账一名，每日辛工钱五十文；清书二名，每名饭食钱八十文；差快三名，每名工食钱三〔七〕十文；地保一名，每日工食钱七十文；刻字匠三名，每名工食钱七十文；牛牙二名，每名工食钱七十文；兽医一名，每日工食钱七十文；牧夫一百二十五名，每名工食钱六十文；总头十名，每名工食钱七十文；堆草夫二名，每名工食钱七十文；厨役一名，火夫一名，兼管启闭洒扫杂务，每名工食钱五十文；更夫二名，每名工食钱五十文。收毕之后，牛牙、刻字匠撤退，其余人等常川在局。当牛之日，每日饭食、工食共钱十千七百三十文。当毕之后，每日共钱十千三百八十文。五日一发，不准预支。绅董等不能全到，饭食照扣。牧夫、总头未经催齐以前，亦查数扣除。

一、坟墓园田毋许践踏也。牧夫放牛，春秋水草就便，冬季向阳和暖，均须宽阔之所，辰出申归，衔尾而行，毋使四散奔窜。经过坟墓园田，加意保护驱叱，毋任践踏睡卧。如敢纵放生事，总头、牧夫究逐更换。

一、牛病立即医治也。牛性畏寒，一交霜降，不能露处，严寒冱冻，更不能出屋。生病生疮，必系水草不洁，喂养不时，受饿受寒所致。遇有牛病，立即回明注册，先将牧夫记过一次，一面饬医妥为医治，克期两日痊愈，所需药料由局自撮，不经兽医之手，致有浮冒。牛虽无病而实在老瘦不堪，冬日酌以草包黄豆，加意喂养。倒毙一只，赔缴当价十分之二。每一月牛只瘦瘠，记过一次；牛只无病，记功一次；日见肥壮，记功二次。功过其相抵，积至四过，罚扣五日工食；积至四功，赏钱三百文。

一、总头人等核记功过也。总头每一名管牛四十只，一月之中倒毙二只，记过一次；瘦瘠十只，记过一次；通行无病，记功两次；通行肥壮，记功四次。兽医医毙一只，记过一次；医痊五只，记功一次。堆草夫封顶不能紧密，雨淋变色，每堆记过一次；堆结如式，每五堆记功一次。以上功过均准相抵，积至四过，发〔罚〕五日工食；积至四功，赏钱四百文。捏饰冒混，察出究罚。

一、出力与捐输分别奖励也。在局绅董及帮办民人，始终出力，并好义士民捐输，合例归入义赈，一体请奖。不合例者，分别数目，详请上宪给匾，并颁给花红。捐送草束，照价折算。地保催送草束，首先无误，亦酌赏花红。

一、牛毙传主看明也。牛只倒毙，由局开单具报，饬传原主来局看明，锯角剥皮，听其收回，不找半价。牛肉泼粪瘗埋，交保照管，当票吊销。

以上各条，系因时制宜，酌量拟定。惟收养事繁，如有未尽之处，随时增入，合并知照。

当牛票根式

儀徵縣當牛根票

壯字第　號據　鄉　坊人　將自己　色　毛
和　角　牛　隻當得九八大錢　文眼同鐫角註册給
票贖牛對票此票存查
左右鄰　地保
保人
道光二十八年九月　日給

壯字第　號票給　存執

当牛信票式

儀徵縣當牛信票

同知銜儀徵縣正堂王　為保全物命事照得災區無力養
牛賤賣宰殺水退不能購買必致田畝荒蕪既傷物命又悞
春耕情堪憫惻今籌款設局專當本境災區之牛凡肥壯
牛一隻當九八錢　千文老瘦　牛一隻當九捌錢
文次年二月三十日撤局所需人工草價牛屋局費統以五
百隻水牛黃牛各半六個月計算水牛一隻約喂養錢九千
五百文黃牛一隻約喂養錢八千五百文原本放贖不加利
息不加喂養過期不贖飭牙估值賣給待耕之家得病倒斃
飭傳原主看明鋸角剝皮聽其領回不找半價牛肉潑糞瘞
埋帶病牽來自行在局醫味草料草束局中捐給醫痊照常
收當災區現有戶冊不收山鄉及外縣之牛如敢揑冒賄囑
牛隻充公原主保人並究不貸須至信票者

壯字第　號　鄉　坊人　地保

今憑保人　將自己　色毛　左右鄰口牙角　牛　隻

眼同鐫角為記當得九八錢　千文認票不認人此照

道光二十八年九月　日給

当牛票式

腰牌式*

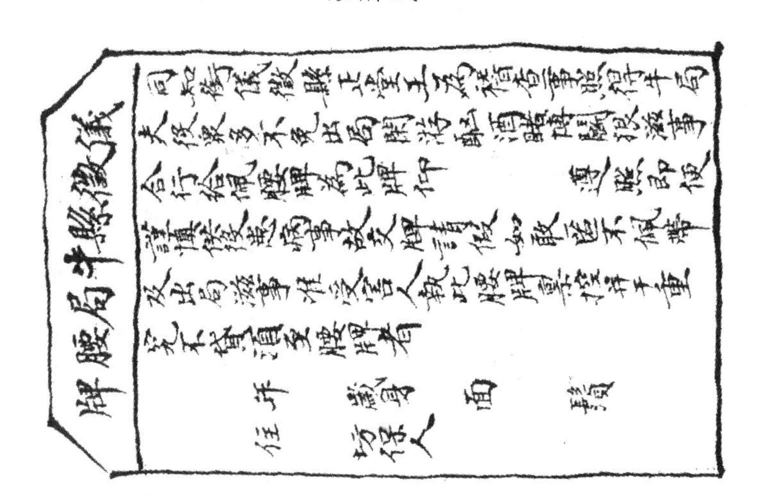

保状式*

具保狀　鄉　坊人　命於
與保狀實保到
大老爺　臺下實保得鄰戚　當　牛　隻領九八錢
文確係本境被水災區并非山鄉及外縣之牛如有冒混賄
囑及來歷不明同甘究罰所具保狀是實
道光二十八年　月　日具保狀人
地保

第四次谕董事收当耕牛（戊申八月二十九日）

谕当牛局绅董方震时、江本璐、吴尊榴、许德承、张鸿瑞、支允祥、赵德和、汪璆、陈方海、汪焕文、尹复初知悉：照得本县设局收当灾地耕牛，当经谕饬筹款妥议，并谕民人陈玉彪、殷起凤、宋玉波、周圣传、陶九如、周明随同帮办。嗣据该董及民人陈玉彪等具〈禀〉或解己囊，或转劝捐，共钱四千八百千文，以资经费前来，业经出示晓谕，九月初一日开局，并核定条规，饬发遵照在案。兹据该绅董等先行禀缴际成店票九八钱三千串，除发给缴执照禀批示外，合行谕发。为此谕仰绅董等，并职员尹复初，即便将发来钱票钱三千串公同查收，照章出纳。所有已捐尚未呈缴钱文，并即催缴接济，是为至要。特谕。

收当耕牛第一禀（戊申九月初五日）

敬禀者：窃于八月二十七日奉文通饬办灾事宜十二条，内一条收当耕牛，道光三年苏省行之有效，饬即仿照办理等因。仰见念切灾区，爱物仁民之至意。卑职遵查牛为务农之本，终年劳苦，不同他畜，因灾贱售，恣意宰杀，既伤物命，又误春耕。前因滨江圩破，访闻灾民无力养牛，有艾起朋、杨小二、古添福、达能志图贱私宰，亲诣查拿。古添福等闻风逃逸，拿获艾起朋、杨小二及帮工之杨谨等，起出刀锅牛肉，又杨小二名下水牛二只，古添福名下水牛一只，达能志名下水牛一只。时有城守营兵丁胡有华踵至协拿，回署提讯。据艾起朋、杨小二供认，挑脚营生，因水灾牛贱，各自起意，买得不识姓名人牛只，宰杀赚钱。艾起朋宰过三只，杨小二宰过二只，每只买钱四五千及六七千文不等。古添福等现逃何处，俱不知道。杨谨、秦三一子、戴庄子、杨怀子、潘二供认，或捆杀烧汤，或买回挑卖各等语。当恐宰杀不止此数，复隔别研鞫。艾起朋等坚称仅止三日，即被访拿，实未多宰。当将艾起朋等分别枷号满日，杖责示惩，牛肉泼粪瘗埋。古添福等勒拿另结，刀锅贮库。牛只一已因产倒毙，其余三只老瘦无力，交号妥为喂养。惟农佃值此灾祲，人且不给，何有于牛？难保不再售卖，仍落屠人之手。并接奉本府宪台札知，郡城保赤堂开局收当，饬即设法筹办等因。查当牛五百只，核计当本、喂养，约需钱七千串，且人须同志，始可谕办。惟查有绅商方震时、陈方海、支允祥、赵德和、汪焕文，职员尹复初，民人陈玉彪等，遇物存仁，急公好义，先后邀集，悉心劝谕，另捐经费。一面勘定北门外祈年观前向阳背风，内可设局，外可盖屋，分谕职员尹复初、民人陈玉彪等先行垫款，购料兴工，预买草束。兹据该商民等具禀，或自解己囊，或转为劝捐，呈缴钱四千八百串，以资经费前来。复劝谕绅商江本璐、吴樽留〔榴〕、许德承、张鸿瑞、汪璆，职员尹复初作为董事，民人陈玉彪、殷起凤、宋文涛、周立庭、陶景如、周魁荣作为帮办，发给章程二十条，并原捐钱四千八百串，遵照办理。九月初一日，卑职亲诣开局，专当本境灾区之牛，山乡外县不准混入。肥壮水牛每只当钱四千文，黄牛三千文，老瘦水牛二千五百文，黄牛二千文。次年二月三十日撤局，原本放赎，不加利息，不加喂养。该灾民敢再暂顾目前，卖给宰杀，查出并究。水退种麦，早赎听便。局务概归该绅董等经理，书役止效书写奔走之劳，不令涉手银钱。卑职仍间日亲往稽查，以昭慎重。不敷之款，随时劝捐备用。杨小二等水牛三只，送局喂养，水退以后，业佃实在无力，察看借给。在事出力，并捐资请叙，事竣造具简明报销，并入捐赈案内，一体办理。原拟章程，谨缮清折，恭呈训示饬遵，实为公便。除俟收有成数，另行禀报外，合将劝捐设局，收当灾民耕牛，并呈送章程缘由，肃泐通禀。再，士民捐资当牛，核与捐赈同一好义，并求批示，准其并入捐赈案内，一体请叙，俾即遵批晓谕，更易踊跃集事。合并陈明。

第五次谕董事收当耕牛（戊申九月初五日）

为抄稿谕知事。照得设局收当灾民耕牛，业已谕发章程、捐项，饬遵办理在案。兹查所定章程，尚有应增事宜，并据该绅董面商添雇堆草夫等事，均属可行。除分别补入章程，另行榜示，并禀送各宪，俟奉到批示饬遵外，合再抄稿知照。为此谕仰绅董江本璐、尹复初等，即便查照，督同帮办民人陈玉彪等悉心妥办善举，不厌详慎，再有应增事宜，仍随时禀商，以期美善无误。特谕。

第六次谕董事收当耕牛〈并发续定章程六条〉(戊申九月初六日)

为再行谕知事。照得设局收当灾民耕牛，业经谕发章程、捐项，饬遵办理在案。今查收当耕牛，尚有续议章程，除通禀各宪，俟奉到批示另行谕知外，合再谕遵。为此谕，仰该局绅董及帮办人等知悉，即便遵照后开续议各条，妥为经理毋违。特谕。

计开：

一、牛屋宜宽深也。初盖之屋，每间工料钱六千八百余文，原议拴牛四只，今只拴牛两只，且过于高仰，徒费工本。现定每间高六尺六寸，宽一丈一尺六寸，深一丈二尺六寸，水牛可拴三只，黄牛可拴四只，工料仍照原价取具。匠头芮驭书、李大银承管。遇有柱欹泥脱，渗漏进风，立刻分别赔修，如违提究。再，盖屋堆草，需地甚多，逼近局前，断断不宜。现在祈年观道士田稻已刈，即宽为借用。来年事毕，酌还应收麦租。

一、火患宜慎防也。现值深秋，风高物燥，草堆牛屋，宜防火患。业已出示严禁，并牧夫人等不准吸烟。来局应役之人，凡有旱烟袋，即时缴出。巡更灯笼，铁丝编成，上糊薄纸。草堆与牛屋须离二十弓之外。牧夫做饭，亦毋许逼近草堆牛屋。并已备大砂缸二十只，每只盛水六石，半埋地上，加盖草垫，不作别用；火钩四杆，竖于缸旁，亦不作别用，以备不虞。

一、草束宜樽节也。原定九月有青可啃，水牛一只添喂草二十斤，黄牛十四斤。十月初一日以后，无青可啃，水牛一只喂草三十五斤，黄牛二十斤。牧夫烧饭，牛〈粪〉充薪，不准用草。有青可啃，仍割青挑回，以供四牛夜草之用。收草不易，仍须格外樽节。今查牧夫并不割青，且将领喂干草践踏污秽，藉口脚草充薪，殊属可恶，姑宽已往不咎。并查本年立冬较迟，十月阳春，青草不断，以后但系有青可啃，仍前牧放，割青挑回，再有不足，始准酌添夜草。领喂之草，牛已吃足，尽数提出，报局过秤，留充次日之用。敢作践浪废，轻则记过，重则究逐。

一、退牛作记认也。山乡外县之牛，照章不应收当。如事介可疑，来人情虚愿退，自不便深追。但人情诈伪，已去复来，无从识别。凡驳退之牛，剪去顶毛，如一酒杯大，擦以银朱，十日半月难以褪尽，再来一望而知，以杜冒混。

一、子牛给草并看取痘浆也。子母同时来当，及到局孳生之牛，一两月之后，齿牙渐坚，每只酌喂草五斤，使之少吸乳汁，母牛不致羸瘦。甫经孳生，及齿牙未坚，不得滥给。再，前经设局，同仁堂引种牛痘，行已年余，保全婴儿不少。以浆传浆，其源来自牛身，至今不竭，而气味之感，究不如现在牛浆之有力。局中豢养子牛二十余只，此六个月中必有出痘之事，惟痘出乳旁，深藏毛里，落痂甚速，不易看视。该牧夫随时留心，牛乳旁起有蓝点蓝泡者，即属牛痘，赶紧报明绅董，告知痘局医士前来取浆，由痘局赏钱二千文，以示鼓励。

一、牛病须另拴也。牛只生痘〔疮〕生病，最易传染。另备病房一间，遇有牛病，一面医治，一面另拴。现在牛只虽无病患，不可大意。

谕牧夫(戊申九月初六日)

谕牧夫人等知悉：照得设局收当灾民的耕牛，原为着爱惜物命，不误明年春耕。喂养的好，全在你门牧夫。你门本是庄家人，晓得牛的好处，养在家里，何等爱惜！此时遇了灾年，忍心送来，就同人口分离的一般，时时挂念。自牛自喂，必然是用心的。他人的牛，也须着实爱惜，同自己的一样。牛栏内不要龌龊，水草中不要污秽，草内夹有磁锋、断针，细细抖看着。凡是喂草饮水，避风避寒，就如己身饥寒，时时在念。水牛最怕冷，更宜留心些。一有病患，立刻回明医治。更有要紧的是，牛尿牛粪扫拾干净，不要沾在草上。放出去的时节，人家坟冢田地，格外照看驱叱，不许践踏睡卧。譬如你的坟田，肯教牛践踏，不怪那牧牛的么？堆草夫堆草结顶，是要紧的，不使雨淋变色变味，遇有潮草，随时抖晒。〈不可〉大意偷安、各管各事、巴结计功；不许吃烟赌钱、斗狠生事、出局闲游。佩带的腰牌也不许一刻藏匿。总头一人管十个牧夫，都要照应周到。冬日睡垫，每人给草十五斤。烧锅煮饭，晒牛粪，作柴火，不许混用稻草。这些事都写在章程上，听局中绅董稽查约束，你们自然明白。但养牛的道理极为细致，本县不能尽知，总要你们发出良心来，处处体贴，时时爱惜，养得肥壮结实，毛片光润，才算得忠于所事。明年接上麦熟，依然自牛自屋，共享丰稔之福。若因年荒受雇，心里懊恼，暗地里蹧踏牛只，消自家的闷气，此等存心，天理不容。你们有人认得字的，念与众人敬听之。特谕。

禀江宁府徐（戊申九月初七日）

敬禀者：窃于八月二十七日奉文通饬办灾事宜十二条，内一条收当耕牛，道光三年苏省行之有效，饬即仿照办理等因。仰见各宪念切灾民，爱物仁民之至意。卑职遵查牛为务农之本，终年劳苦，不同他畜，因灾贱售，恣意宰杀，既伤物命，又误春耕。前因滨江圩破，访闻灾民无力养牛，有艾起朋、杨小二、古添福、达能志图贱私宰，亲诣查拿，古添福等闻风逃逸，拿获艾起朋、杨小二及帮工之杨谨等，起出刀锅牛肉，又杨小二名下水牛二只，古添福名下水牛一只。时有城守营兵丁胡有华踵至协拿，回署提讯。据艾起朋、杨小二供认，挑脚营生，因水灾牛贱，各自起意，买得不识姓名人牛只，宰杀赚钱。艾起朋宰过三只，杨小二宰过二只，每只买钱四五千及六七千文不等。古添福等现逃何处，俱不知道。杨谨、秦三一子、戴庄子、杨怀子、潘二供称，或捆杀烧汤，或买回挑卖各等语。当恐宰牛不止此数，复隔别研鞫。艾起朋等坚称，仅止三日，即被访拿，实未多宰。当将艾起朋等分别枷号满日，责放示惩，牛肉泼粪瘗埋。古添福等勒拿另结，刀锅贮库。牛只一已因产倒毙，其余三只老瘦无力，交号妥为喂养。惟农佃值此灾祲，人且不给，何有于牛？难保不再售卖，仍落屠人之手。并接奉本府宪札知，郡城保赤堂开局收当，饬即设法筹办等因。查当牛五百只，核计当本、喂养，约需钱七千串，且人须同志，始可谕办。惟查有绅商方震时、陈方海、支允祥、赵德和、汪涣文，职员尹复初，民人陈玉彪等，遇物存仁，急公好义，先后邀集，悉心劝谕，另捐经费。一面看定北门外祈年观前，向阴背风，内可设局，外可盖屋，分谕职员尹复初、民人陈玉彪等先行垫款，购料兴工，预买草来。兹据该商民等具禀，或自解己囊，或转为劝捐，呈缴钱四千八百串，以资经费前来。复劝谕绅商江本潞、吴樽榴、许德承、张鸿瑞、汪璆、职员尹复初作为董事，民人陈玉彪、殷起凤、宋文涛、周立庭、陶景如、周魁荣作为帮办，发给章程二十条，并原捐钱四千八百串，遵照办理。九月初一日，卑职亲诣开局，专当本境灾区之牛，出乡外县不准混入。肥壮水牛每只当钱四千文，黄牛三千文，老瘦水牛二千五百文，黄牛二千文。次年二月三十日撤局，原本放赎，不加利息，不加喂养。该灾民敢再暂顾目前，卖给宰杀，查出并究。水退种麦，早赎听便。局务概归该绅董等经理，书役止效书写奔走之劳，不令涉手银钱。卑职仍间日亲往稽查，以昭慎重。不敷之款，随时劝捐备用。杨小二等水牛三只，送局喂养，水退以后，业佃实在无力，察看借给。在事出力，并捐资请叙，事竣造具简明报销，并入捐赈案内，一体办理。原拟章程，谨缮清折，恭呈训示饬遵，实为公便。除通禀各宪并俟收有成数，再行禀报外，合将劝捐设局收当灾民耕牛并呈送章程缘由，肃泐具禀。

收当耕牛第二示（戊申九月二十二日）

为示期晓谕事。照得本县劝捐设局，遴选绅董收当灾地耕牛，先后出示，并饬发章程，九月初一日开局，一面通禀报明在案。兹奉府宪批开，该县能将荒政次第举行，可称循吏，定邀上考。所议章程亦极细妥善，仰候通行各属一体照办。該县仍即谕董妥为办理，并劝捐经费济用，一俟事竣，将收当牛数、用项及各捐户花名、银数，同出力董事，分晰造具清册，按例通详请奖毋迟，仍候各宪批示，缴折存等因。奉此，查公局报数截至二十日止，共收牛二百七十余只，此外山乡假冒，随时驳退，不在其内。收当牛只，原为农佃罹此水患，栖食两无，迫不及待而设。今开局两旬，仅收前数。体察情形，向日圩乡耕犁，半系借牛山乡，并风闻已收之牛，仍不免山乡冒混。一牛之费，除去当本，水、黄牛各半牵算，六个月需钱九千余文，何可漫无限制？且既不随时送局，必系尚可支持，即不在应当之列。兹定期九月二十六日止当，除确查已当牛只，如有山乡冒送，另行照章究罚外，合行示期晓谕。为此示仰被水农佃人等知悉：收当牛只，现于九月二十六日截止。尔等如果栖食两无，迫不及待，速即送局质当。倘可支持，装点冒混，以及包揽山乡外境之牛，送当渔利，照章究罚。地保、保人、牛牙人等串同滋弊，一并重究不贷。各宜凛遵毋违。特示。（后又展限两日。）

收当耕牛第二禀（戊申十月初四日）

敬禀者：窃照卑职遴选绅董江本璐、吴尊楣、许德承、张鸿瑞、汪璆、尹复初，帮办民人陈玉彪、殷起凤、宋文涛、周立庭、陶景如、周魁荣劝捐设局，收当灾民耕牛，于本年九月初一日开局，业将办理缘由缮具章程清折，通禀报明，并具禀宪台鉴核在案。开局之初，正值委员分赴灾区查写义赈户口，农佃有无耕牛，不难查见。面嘱随时留心，存记知照。核对当牛底册，确系栖食维艰，迫不及待之户，委无山乡外县冒混情事。并因牛屋尚窄，应展宽深，火患宜防，预储水具，收草不易，格外樽节，退牛作认，杜绝冒混，子牛给草，以恤母牛，病牛另拴，免致传染，续定章程六条，饬发遵办。兹截至二十八日，收当水牛八十九只、黄牛二百九十三只、子牛二十七只，宰户杨小二等水牛三只不在此数。除子牛不给当价外，所当水牛仅有肥壮一只，当钱四千文；黄牛四只，每只当钱三千文；其余均系老瘦，照章当给钱二千五百文及二千文不等。共计当本钱八百十四千文。正在禀报间，奉本府扬州府宪、宪台转奉藩司、藩宪、宪台批开，据禀所议当牛各条，尚属妥协。惟当本不宜过多，多则赎时不易。现据江宁府议禀，无分黄牛、水牛，每头当钱一千四百文。今该县所议，每头当钱三四千文不等，未免过多。恐将来春耕时灾民无力赎回，仍属无益于事。应否即照江宁府所议当价办理，抑应如何酌减之处，仰扬州府立即核明，妥议详覆，饬遵毋违，仍候督抚宪暨各司、道批示，缴折存，转饬妥议详覆等因。遵查前因扬郡保赤堂水牛当价四千文、黄牛三千文，时已收足止当。过于减少，人怀观望，且恐难救燃眉，仍不免买〔卖〕给宰杀，是以宽定当本。今已收牛只，多照老瘦之价，请免再行议减。惟牛为农民命脉，喂养收放，来日方长，必得顺适其性，以资长养。该绅董及帮办民人均能任怨任劳，视如己事，办理尚属得宜。卑职并又劝据殷户严承顺捐钱五百千文，殷泽恒捐钱五百千文，发局济用。除随时亲诣查验，并俟撤局，开具简明报销，将出力绅董人等及捐输合例之户，并入捐赈请奖，另行禀报外，合将截止日期、当牛数目及续定章程，分别缮具清折，肃泐具禀。

计呈送清折二扣。

收当耕牛第三示（戊申十一月十四日）

为晓谕事。照得设局当牛，原为被水灾民无力喂养。截至九月止，收牛四百余只。山乡外县冒混来当，照章究罚，均经出示在案。兹查已收之牛内，有旧港坊刘狗子送当水牛二只，系天安庄〈人〉捏名朦混。其人现住瓦房，身穿皮衣，有田百亩，并佃田数十亩，情同冒赈，玩法已极。因念出差提究，不免累及保人，当令局中谕知，自为取赎，尚可宽其既往。今已于初十日一并赎回，可见访查甚确。此外尚有其人，俱经廉得姓名，或受贿包当，串通分肥喂养钱文，以饱私橐。现在收草不易，断难一日姑容。惟事属救荒善举，提究必滋拖累，列名揭示，复开告讦之端。用再格外原情，勒限出示晓谕。为此示，仰当牛人等及保邻知悉：凡前次混当之牛，固由愚昧无知，贪图小利，而虚縻经费，实与冒赈无异。著于五日内备本赎回，已往之咎并不追问。本人外出，邻保代赎。过此限期，更属有意冒混，立即按名差提，照章究罚。得不偿失，勿宜后悔。灾民宜恤，奸民宜惩，决不宽贷。再，水退天晴，正可种麦，应当之牛，亦即赶紧赎回，及时耕作。如惜喂养小费，任催罔应，荒废田亩，察出并干重究。其各凛遵毋违。特示。

停止收草示（戊申十一月二十七日）

为晓谕事。照得设局收当灾民耕牛，出示购买草束，并谕令地保陆续催送，公平给价在案。今查所存草束，可供月余喂养。此后雨雪载途，艰于挑送，定于十二月初一日为止，暂停收买。合行出示晓谕。为此示，仰各坊地保及卖草人等知悉：自十二月初一日起，毋庸来局卖草。计算如有不敷，俟来年正月中旬，另行出示收买。该地保如敢私相科派，苦累乡民，准其据实禀县，以凭拿究不贷。其各凛遵毋违。特示。

当牛局报销详文（己酉四月）

同知衔前任扬州府仪征县为牛局事竣一手报销事。窃照卑职，前在仪征县任内，道光二十七〔八〕年七、八月间，滨江圩破，农民无力养牛，贱卖宰杀，既伤物命，又误春耕。遵奉通饬，选董劝捐，在于北门外祈年观设局，议定章程收当。九月初一日开局，二十八日截数，当水牛八十九只，黄牛二百九十三只，子牛二十七只，共四百九只。起获私宰案内杨小二等水牛三只不在此数。二十九年二月底，原本放赎，不加喂养利息。肥壮水牛一只，当钱四千文；肥壮黄牛四只，每只当钱三千文；其余均系老瘦，每只当钱二千五百文及二千文不等。共给当本八百十四千文。收买草束，每百斤钱八十文，市价增长，酌量加添。旋因山乡种麦，送草不前，每百斤加钱四十文。迨恐雨雪以后，道路难行，致有短缺，又酌加钱三十文，每百斤共钱一百五十文。十二月初一日停止，计收草九十万九千余斤，每百斤八十文十之三五，一百二〔五〕十文十之四，一百二十文十之二五。牛性畏寒，仲冬之后，须加料喂养，以期壮实无病。十二月初三日起，每牛一只，加喂黄豆半升，子牛不加，次年正月停止。届期春寒过甚，展至二月底为率。宰户杨小二等水牛三只，本属老病不堪，初冬乍冷，先后倒毙。当户之牛，仅倒毙水牛二只、黄牛三只，余俱毛色光润，里膘壮实。二十九年二月，即据各当户陆续缴本赎取。惟时草未畅茂，赎回啃青无多，察看当户，仍前困苦，每牛一只，给草一二百斤，以示格外体恤。截至三月初四日止，全数赎完撤局。已将办理缘由，缮具章程，先后通禀报明，并具文申报撤局各在案。惟将次撤局之前，盘草见数，除已喂余草六万四千余斤，并酌给赎牛之户一万余斤，仍余草十二万余斤。缘上年水退种麦，间有预为赎回，十月无青可啃，牛只全喂干草，充肠满腹后，渐食渐少。以五个月核算，每日每只少发二三斤不等，加料以后，每日每只又少发二斤，积少成多。应余前数，变价钱一百二十千文，牛粪变价钱七千五百五十文，其余牛粪给该观道士，以补地租之不足。又原盖牛屋系松树〈山〉料，湾〔弯〕曲不齐，只可充薪，不堪别用。署前旧有水龙一具，年久朽坏，难备缓急。据绅士厉秀芳等请以牛屋变价，充作修理及添补出救之费，以公济公，亦属地方善举。当即商允局董，估变钱九十六千文，按数发交。大砂缸、火钩、水桶等件，并经点交备用。局中收捐钱五千八百千文，余草、牛粪变价钱一百二十七千五百五十文。开支各项，仅添快役、堆草等夫数名饭食，其余悉照章程及禀报原案核实支销。奉文暂设恤婴堂，专恤灾区孕妇、婴孩，系灾务善后，捐项不敷，拨给钱二百千文。慈幼堂年例，十月开堂，收养遗弃幼孩三百名。上年水灾以后，谕令尽数收养，三百名之外，多收一百余名，经费亦极支绌，拨给钱二百千文，俱有案卷收照。计支销钱五千九百二十七千五百五十文，仍存钱一千九百一十九千六百十六文。眼同绅董拨归赈局，添放灾民之用。取有赈局收条，移送现任陈第诵备案，并据绅董等缴赈具禀前来。卑职复查无异。三月初四日放赎撤局，在卑职丁忧卸事以前，事属一手，应由卑职查核报销，移会陈令盖印，代为发申。除委员拟请分案外奖，绅董、帮办、捐户人等归入义赈请叙，分别具详外，合将牛局收支钱数造具简明报销册，具文申详，仰祈宪台鉴核转详。再，事系民捐民办，邀免另造细册咨达，实为公便。除详藩宪外，为此备由另册具申，伏乞照详施行。

计详送牛局收支钱数简明报销清册一四本。

真州救荒录卷八

内乡王检心子涵纂

慈幼堂、育婴堂、暂栖所各事宜

谕慈幼堂、育婴堂董事收养幼孩（戊申九月初七日）

为遵札谕办事。奉本府正堂吴札，奉署布政使司积札开，本年入夏以来，阴雨连绵，风潮陡作，各坝齐开，以致沿江、沿海、沿湖地方尽行淹没，所有乏食贫民，现在拨款抚恤，并据禀报捐廉首倡，一面劝令广为捐输，以资接济，并抄发十一年被灾林升宪酌议筹济章程，通饬各属仿照办理等因，札府转饬下县。奉此，除将应办事宜开折通禀在案，所有收养幼孩以免遗弃一条，查本年被水贫民口食无资，不免将幼孩遗弃。有能收养抚恤者，其活命之恩，比本生父母尤重。若本生父母认领，仍然给还者，则存心仁厚，全其一体，更属可嘉。仪境立有慈幼、育婴二堂，本系收养之所。如有遗弃婴孩，尚在襁褓，应归育婴堂收养；设有遗弃，自能行走之幼童，应归慈幼堂收养。除出示晓谕，并移知批验厅查照外，合行谕办。为此谕，仰慈幼、育婴堂董事尹复初、李允洵知悉，立即遵照办理毋违。特谕。

谕暂栖所董事收养老病（戊申九月初七日）

为遵札谕办事。奉本府正堂吴札，奉署布政使司积札开，本年入夏以来，阴雨连绵，风潮陡作，各坝齐开，以致沿江、沿海、沿湖地方尽行淹没。所有乏食贫民，现在拨款抚恤，并据各属禀报捐廉首倡，一面劝令广为捐输，以资接济，并抄发十一年被灾林升宪酌议筹济章程，通饬各属仿照办理等因，札府转饬下县。奉此，除遵办事宜开折通禀外，所有收养老病以免流徙一条。查仪邑本有暂留所，现改为暂栖所，系属收养本境无依贫民及贸易过往有病一时无处安身者，给予药饵口粮，通禀有案。本年大水为灾，必有大疫，老病贫民及穷途孤客自必更多，即拟在于暂栖所收养，以广善举。合行谕办。为此谕，仰暂栖所董事知悉，立即遵照办理毋违。特谕。

通禀遵札办理慈幼堂、暂栖所（戊申九月二十八日）

敬禀者：案奉署藩司、宪台、署藩宪札开，江宁省城每年届冬令，多有无依求乞幼孩，呻吟道路，一经雨雪交加，难免转于沟壑。向系在城绅董公同募捐，设局收养，所费无多，而得生者甚广，诚为善举。本年各属多有被灾之处，尤当循案及早举行，以过残冬。其收养幼孩，岁春融，如无本生父母领回者，该绅董倘能酌量资质，分别令其不习手艺，或延师教读，以为终身之谋，更为妥善等因。遵查卑县设有慈幼堂，每岁冬令收养幼孩，以三百名为额；常年恤孤义学幼童，以四十名为额。散堂后，无归幼童送入纺织局，学习纺织手艺，按年造报在案。本年大水为灾，无〈依〉幼孩自必更多，开堂宜早。惟堂内经费本不充裕，本年堂田又多失收，尤虑支应不敷。卑职出示广为劝捐，并谕令该堂董事及早收养，实力奉行。又，老病无依者难免流徙，情亦堪怜。卑职上年到任后，查境内本有栖留所一处，年久荒废，捐资建屋，改为暂栖所，收养本境无依贫民及留易过往有病一时无处安身者，给予药饵口粮，病痊愿去者，给资听便。本年大水之后，必有大疫，老病贫民及穷途孤客，贫病颠连，谅必更多，亦于暂栖所收养。前于奉行各款内登覆在案。第收养既多，经费宜裕，亦饬董事设法妥办，并出示劝捐。卑职仍随时稽查，总冀事归实济，不致经费虚糜，以仰副宪台饥溺为怀之至意。缘奉前因，除开堂收养幼孩日期并劝捐各情形随后另报外，合将遵办缘由，肃泐驰禀。

劝捐助慈幼堂示（戊申十月十四日）

为出示劝捐事。照得仪邑建立慈幼堂，每岁冬令收养无依幼孩，及添设义学，延师课读，诚为善举。惟该堂并无恒产，本年堂内施田被淹无收，经费不敷，尚赖绅富捐施接济。现届冬令开堂之际，据该堂董事职员尹复初等以今岁入夏以来，盐未解捆，商、船两捐毫无，加之圩破水荒，圩田失收，经费倍形支绌。现交冬令开堂，禀叩出示劝捐等情前来。查本年大水为灾，无依幼孩自必更多，除将盐义仓谷拨给四百石，以资经费外，尚属不敷，合行出示劝捐。为此示，仰绅商富户士民铺户人等知悉：尔等须知积财不如积德，为富尤宜为仁。现在时届初冬，天气日见寒冷，无依幼孩乏食鲜衣，呻吟道路，虽经该堂收养，第经费不足，务各慷慨乐输，或捐银钱，或捐柴米，或捐香油菜蔬，或捐棉衣被褥，随时送堂接济，广种福田。如有捐银三百两以上者，一经董事呈报到县，定当照例请奖。切勿观望吝啬，本县有厚望焉，各宜乐遵。特示。

详慈幼堂开堂日期（戊申十月十八日）

为报明开堂收养幼孩日期事。案奉各宪札饬各属，每届冬令，多有无依求乞幼孩，呻吟道路，向系在城绅董公同募捐，设局收养，诚为善举，饬即实力奉行等因。奉经设立慈幼堂，于每岁冬令收养幼孩，及添设义学，延师课读，并散堂后无归幼童，教以纺织手艺，通详在案。今据慈幼堂董事职员尹复初、前天长县训导候选教谕夏床保、候选训导张安保、方鼎锐、职生魏大魁、文生罗享德等禀称：窃职等酌定慈幼章程，收养幼童，冬收春散，恤孤义学幼童、学习纺织幼童常年不散，每年惟恃田租、房租、引费、官捐为经理之本。今岁入夏以来，盐未解捆，商、船两捐毫无，加之圩破水荒，租稻夫收，经费时形支绌。现交冬令，择示本月十五日开堂收养，外藉一概不收，而经费殊虞不足，非沐劝捐，恐难接济等情。卑职伏查该堂经费，因本年被水田淹，租稻失收，盐厘减少，实属不敷。然善举未便因此贻误，且值大水成灾，无依求乞者必多，更宜推广收养。已于领回盐义仓谷内拨给四百石，以充经费，并出示劝捐、谕禁弹压外，合将开堂收养幼孩日期具文详报，仰祈宪台鉴核批示立案。除详某宪外，伏乞照详施行。

禀暂栖所收养人数及续拟条款（戊申十一月二十二日）

敬禀者：窃奉本府宪台札开，案据该县通禀捐廉建造栖留所房屋，改设暂栖所，收养贫民，议立规条一案，前奉各宪批示，当经转饬遵照在案。现在时已交冬，本年该境被灾，乏食贫民较往年尤甚，亟应及早收养，以全民命。札饬督董早为开所收养，先将日期通报，一面劝谕绅董量力捐输，俟有成数，存典生息具禀等因。遵查卑职捐廉改设暂栖所，自兴办以来，各董事均属认真，平时收养老废贫民，按月俱不乏人，来去无定，经费尚不过多。卑职会商绅董，设法劝捐，以为经久长策。适值被水成灾，捐资助赈，是以暂栖所捐项尚无成议。卑职念及被灾较重，孤苦残废及涉水染病异籍贫民亟须栖留者，自必不少，未便因经费无出，稍事延缓，曾于捐资款内拨钱二百五十千文，添建号舍十间，并置备棉被、床铺、什物，又据陈焘等捐助槁木、柏片、朴席、磁器等件，又拨盐义仓谷二百石，接济口食。据接办董事职员厉信芳、文生刘桂馨、离咸桢、职员王德绥、陈焘禀称，现已收养四十二名，开具添办号舍、什物并花名清单，拟呈条款前来。伏查前董文举吴铠等本系普泽局董事，因暂栖所新设、谕令暂行兼办。本年被水成灾，普泽局有捞移漂淌棺木流尸、代理无力停柩及水退收检枯骨，正值多事之时，自难兼顾，禀举绅事〔士〕厉秀芳等品行兼优，该绅等情愿接手，即经卑职给谕接办。该绅等接手后，即有捐送木板等件，具见实心经理，并呈续拟条款，系因时制宜，与前禀规条尚无歧异。除捞移漂淌棺木等事办理情形，另行通禀，并俟开岁劝谕捐输，将暂栖所各事推广垂久另报外，合将现在收养人数并续拟条款，缮折禀呈，以慰宪台垂恤民生之至意。谨禀。

恤婴堂各事宜

第一次谕董办理恤婴堂并发章程六条（己酉正月二十三日）

为札饬事。奉本府正堂陈札开，奉巡抚部院陆札开，据绅士顾鸿逵等禀称，民间溺女恶习，所在多有，遇灾尤甚。前在江邑沙洲间，其地自被灾后，凡初生婴孩，辄于水盆中浸杀之；或不与抱洗，任其冻死，惨不忍言。况饥年产妇，以寒饿之躯，愁肠百结，往往性命莫保。伏查荒政诸书，有收养弃儿，洵为善举。顾收于弃养之后，不若恤于未弃之先。职等现就江阴之寿兴沙仿照无锡旧办保婴局条规，另集捐款，附入赈局办理。凡饥户中有初生婴孩，许报局注册。查实后，随给白米一斗、钱二百文、白棉胎一个。嗣后每月给与钱米，以来年麦熟为止，无麦者以秋熟为止。自十月起，已查得新产儿女一百六十余口，大半势不能留，因此举而勉力抚养。此后陆续添报，更当不少。现又另集捐款，于常熟青草沙附入义赈，次第举办，庶贫民有助，婴孩得依，似可初荒政所未备。请通饬补被灾各属遵办等情，到本部院。据此，查弃溺伤生，最为恶习。据呈该职等于江阴之寿兴沙、常熟之青草沙分别设局，捐给钱米等项，附赈恤婴，洵属推广仁施，乐善不倦，可嘉之至。所请通饬照办，事属可行。除批候通饬被灾各属查明，出示劝谕仿办榜示外，合行札饬。札府立即遵照，转饬灾歉各属，迅即各按地方情形，分别出示晓谕，督绅设局，妥劝捐，一体遵照办理，毋得怠隋〔惰〕悭吝，视为无关紧要之事，是为至要。仍饬将遵办缘由，先行具报切速等因。奉此，合亟转饬。札到该县，立即遵照，按照地方情形，出示晓谕，督绅设局，妥为劝捐，仿照办理，毋得怠惰偷安，视为无关紧要之事，是为至要。先将遵办缘由，通报查考切速等因。奉此，查城内育婴堂向归盐务批验厅专管，兹当水灾以后，青黄不接，乏食孕妇，寒饿交侵，愁肠百结，胎前产后，实有性命莫保之虞。特就地方情形，酌定章程六条，以期母子并保，为两全之道。本县倡劝官捐，充作经费，即名为恤婴堂，附设于纺织局中，与育婴堂相辅而行。尔绅士张符瑞、刘桂馨品优识练，帮办人盛克昌、欧阳康耐劳勇往，且俱乐善不倦，根于天性，应即借资襄助，俾成斯举。除集捐另发备用外，合行抄录章程，备谕知照。为此谕启尔等绅士暨该帮办人一体遵照，刻即查照被水坊分，分头访查，照章注册；一面预购米布棉花，分别已产未产，如数给发。每于五日开单报闻一次。荒政善后第一要务，早办一日，即少戕一婴之命，造福无穷，后必昌大。其共勉之。特谕。

计抄发章程一册，被水坊分清单一纸。

计开：

一、城内育婴堂向归盐务批验厅专管，规条井井，经理认真。惟闻有顾惜颜面，不居送堂之名，罔识门径，惮于往来之苦，旋生旋弃，讳言弗育，恬不为怪，人理全无。兹值水灾以后，青黄不接，乏食孕妇，寒饿交侵，愁肠百结，胎前产后，实有性命莫保之虞。迨至痛楚离怀，已属万分侥幸，责以枵腹抚养，其情更觉难堪。顾育之于送堂之后，不若保之于生产之初，更不若恤之于未产之前，我生我育，母健子长，两全之道，莫善于此，且与育婴堂收养，并可相辅而行。

一、此举专为水灾以后恤婴起见，即名为恤婴堂，暂设于南门内真武庙纺织局中，遴选绅董张符瑞、刘桂馨，帮办盛克昌、欧阳康，专司其事。每日早饭、茶点，支钱二百文；赴乡访查，一日来回牲口钱八十文，两日加倍。途中饭食，即在二百文之内按人提出。因陋就简，诸从节省。查过孕妇、婴孩，每于五日开单报闻一次。每婴一名，连未产以前，需钱二千八九百文。有婴百名，加饭食等费，约需钱三百二三十千文；二百名倍之。由县倡劝官捐，好义绅商愿捐者听。倘应恤之婴不止此数，亦即多集捐资，并不限定名数钱数。至办之之法，第一躬亲到地，明察暗访，毋滥毋遗，以期公归实济。

一、山乡及家可支持，不在应恤之列。查照被水坊分，无论路途远近，察看情形，实在贫病奄奄，朝不谋夕，妇人怀孕足月，将次分娩，即将居住村庄、夫名、妇氏、现在子女人数年岁、地保邻佑姓名注册。未产以前，当给熟米一斗、钱二百文、青布一丈二尺、棉絮半斤，以保母产。产后来堂报名，往验所生男女箕斗，补注内，缮给门牌、腰牌，另从生产之日起，每月给熟米一斗、钱二百文，闰四月麦熟为止。第一月到门面交；第二月以后，抱孩来堂，佩带腰牌，验明给领，截止期满。本妇儿女众多，或尚需帮工谋食，实在难以兼顾，代送育婴堂抚养，愿充乳工者，据实声明，会商批验厅，令其觅保验充。在事绅董、帮办俱系老成持重，乐善不倦，根于天性。凡此访查孕妇、给发钱米以及验看婴孩，逐一详细，必须诚笃从事，勿涉嫌疑之迹。地棍阻挠挟诈，指名具禀，提案枷责。

一、初生婴孩，该父母无食无衣，万难抚养，正在寄养无路，告贷无门，势必乳哺不时，愿其速死，并有产母随时身故，呱呱在抱，情更惨切，一体推广兼恤，以遂其生。俱照前条，按月给与钱米。无母者，托邻佑至亲寄养。生甫三日，仍照未产之例，酌给青布、棉絮。实在寄养无人，代送育婴堂收养。

一、离城窎远，穷乡僻壤，一时查访未周。凡属灾区，家有孕妇，足月临产，困苦情状与应恤之例相符，许本夫及切近亲属赴堂报明住居村庄、姓氏，并现有子女人数、年数、保邻姓名，暂登草册。绅董人等亲往查看，委无诡冒等弊，一体注册照恤。

一、刷备三联腰牌、门牌、存根一张，盖印发堂备用。有婴之家，一张给贴门首；一张用版粘贴，作为腰牌，长四寸，阔二寸七分，厚三分，并给本人，挂于小孩脑前；一张存根备查。婴孩、腰牌不准相离，发给钱米，以此为据。万一夭折，将腰牌缴销。山乡及家可支持，一概不恤。本人诡冒，保邻扶混，究〔察〕出究罚。

恤婴堂存根

为恤婴事。照得圩乡水灾以后，乏食孕妇胎前产后，往往性命莫保。除由堂查给，钱、米布、棉以保产母外，兹据报产一　婴，名　，补行注册。每月另给熟米一斗，钱二百文。其初生之婴，父母无衣无食，亦照章兼恤，闰四月麦熟为止。第一月到门面给；第二月以后，抱堂验明给领。除缮发门牌、腰牌外，合存根备查。须至存根者。

乡　坊　庄村　夫　妇　氏现有女男　名年　岁
本年　月　日　时新生　婴名　左邻　地保
道光二十九年　月　日给
恤字第　号

（按：虚线框为编校者所加。下同。）

恤婴堂门牌

为恤婴事。照得圩乡水灾以后，乏食孕妇胎前产后，往往性命莫保。除由堂查给钱、米、布、棉以保产母外，兹据报产一　婴，名　，补行注册。每月另给熟米一斗，钱二百文。其初生之婴，父母无衣无食，亦照章兼恤，闰四月麦熟为止。第一月到门面给；第二月以后，抱堂验明给领。除缮发腰牌外，合发门牌一张实贴门首。山乡及家可支持，一概不恤。本人诡冒，保邻扶混，察出究罚。须至门牌者。

乡　坊　村庄　夫　妇　氏现有男女　名年　岁
本年　月　日　时新生　婴名　左右邻　地保
道光二十九年　月　日给
恤字第　号

恤婴堂腰牌

为恤婴事。照得圩乡水灾以后，乏食孕妇胎前产后，往往性命莫保。除由堂查给钱、米、布、棉以保产母外，兹据报产一　婴，名　，补行注册。每月另给熟米一斗，钱二百文。其初生之婴，父母无衣无食，亦照章兼恤，闰四月麦熟为止。第一月到门面给；第二月以后，抱堂验明给领。除缮发门牌外，合发腰牌一面，挂于婴孩胸前，婴牌不准相离。万一夭折，将牌缴销。山乡及家可支持，一概不恤。本人诡冒，保邻扶混，察出究罚。须至腰牌者。

乡　坊　村庄　夫　妇　氏现有男女　名年　岁

本年　月　日　时新生　婴名　左邻　地保

道光二十九年　月　日给

（腰牌背后）

诚心

保赤

恤婴堂劝捐序

天地一大父母也，天地未有不欲人之生者，乃既生人而复听其死，则非天地之心也。父母一小天地也，父母未有不欲子之生者，乃甫生子而即致之死，则非父母之心矣。父母不欲子之死而竟不得不致子之死，父母常欲子之生，而竟不得复求子之生，非父母之心忍也，迫于饥寒困苦，万不得已，而始忍而死其子也。戊申之岁，吾仪之民困极矣。藉盐以谋食，而盐则数月停捆；藉田以谋食，而田则大半淹没；藉贸易以谋食，而街市成河，贸易几无所托足。检德薄能鲜，遭此大灾，请赈劝捐，按月抚恤，稍资补助。而仰屋窃叹者，仍复不少。因思喜乐则相依，忧困则相弃，人之常情。吾邑虽未必尽弃其子，而生一子而无以为生，生数子而益无以为生，则或养一子而弃数子；生男而无以为生，生女而更无以为生，则或养男而弃女。至子女已弃，而始救吾民之忍，晚矣。爰有恤婴之议，而抚军适严檄催办，遂倡捐百缗，延董设局，立定章程，悉心访察。不贫者不敢冒，极贫者不使遗，总期多生一人，方无负天地生人之心，少死一子，乃可安父母生子之心。无如需费甚巨，独力难支。复念人各有子，人各欲生其子，人各不欲死其子。不欲死其子而竟忍人之死其子，各欲生其子而竟听人之不生其子，忍乎！不听人之不生其子，而少分己财，即可生人之子；不听人之死其子，而少分己财，即可不死人之子，人谁不乐为乎？与其美游观，丰筵宴，酒食征逐，周而不留，孰若分己财以生人之子？而我既已生生不已之心还之天地，天地且将以生生不穷之财畀之我躬。即令天地不以生生不穷之财畀之我躬，而我常欲生人之子，人即各欲生其子；我常不欲死人之子，人即各不欲死其子。我之心不且同于天地之心乎！是为序。

第二次谕恤婴堂董（己酉正月二十五日）

为谕发事。照得暂设恤婴堂，专恤灾民孕妇婴孩，业已酌安章程，谕发遵照，作速访办在案。兹本县倡捐廉钱一百千文，并幕友捐钱三十千文，堪以济用。除制序立簿集捐外，合先谕发。为此谕启衅婴堂绅董张符瑞、刘桂馨暨帮办盛克昌、欧阳康，即将发来钱票照数查收，提起现钱，另存殷实铺户，立摺支用。再，二十二日面谕之后，即据留心访查，截至本日，已查孕妇婴孩共有几名口，先将住处、姓氏、名字开具草单，同收到钱文缘由，刻日分别回覆。现在办稿通禀，切勿迟滞。特谕。

计发钱一百三十千文。

通禀设恤婴堂（己酉正月三十日）

敬禀者：窃于本年正月二十日奉本府宪台转奉抚宪宪台专札通饬，据绅士顾鸿逵等禀称，民间溺女，遇灾尤甚。前在江邑沙洲，闻其地自被灾后，初生婴孩，辄于水盆中浸杀，或不为抱洗，任其冻死，惨不忍言。况饥年产妇，以饥寒之躯，愁肠百结，往往性命莫保。荒政诸书，收养弃儿，洵为善举。现照无锡县保婴局规条，集捐办理。饥户有初生婴孩，报局查实，给白米一斗、钱二百文、棉胎一个，嗣后按月给与钱米，以麦熟为止。庶贫民有助，婴儿得生，似可补荒政所未备等情。转饬按照地方情形，出示晓谕，督绅设局，妥为劝捐，仿照办理，毋得怠惰悭吝，视为无关紧要。先将遵办缘由通报查考等因。仰见轸念灾区，诚心保赤，下怀钦佩，莫可名言。卑职遵查县城育婴堂向归盐务批验大使衙门专管，原定规条井井。现任大使戴元履上年到任后，复随事整顿，经理尚属认真。二十七年七月，奉颁无锡县保婴局规条，一面出示劝谕，一面谕饬该堂董凛遵。民间生女，尚知爱惜，即使有故，随时送堂，从未闻有溺女之事。惟有顾惜颜面，不居送堂之名，罔识门径，惮于往来之苦，旋生旋弃，讳言弗育，事或有之。况值青黄不接，生计维艰，临产之妇，性命危如一发。迨至痛楚离怀，已属万分侥倖，责以枵腹抚养，其情更觉难堪。言念及此，时切怦怦。顾育之于送堂之后，不若保之于生产之初；保之于生产之初，更不若恤之于未产之前。我生我育，母健子长，似为两全之道。凡属灾区孕妇，实在贫病奄奄，朝不谋夕，未产以前，当给熟米一斗、钱二百文、青布一丈二尺、棉絮半觔。既产以后，月给熟米一斗、钱二百文。即从现在起，至闰四月麦熟为止。其初生婴孩，父母委系无衣无食，寄养无门，一体推广兼施，俾得各遂其生。山乡及家可支持，一概不恤。截至期满，该父母仍难支持，代送育婴堂收养。愿充乳工者，据实声明，会商戴大使，令其觅保验充。惟董理首在得人，访查胥归核实。查有绅士张符瑞、刘桂馨品优识练，帮办盛克昌、欧阳康耐劳勇往，且俱乐善不倦，根于天性，随于正月二十二日邀集来署，悉心商榷，告以荒政善后第一要务，早办一日，即少戕一婴之命。该绅士等以事有同志，欣然首肯，面允即日访查，经费未集，各自垫给钱米等费。此举为水灾以后恤婴起见，即名为恤婴堂，暂设于南门访织局中。谨按地方情形，酌安章程六条，倡捐廉钱一百千文，抄录被灾坊分，谕发绅董等遵办备用。不敷钱文，以恤婴二百名计之，约需六百余千，劝之同城同官及好义绅富，随数乐输，尚易集事。章程如有未尽，随时体察补入。倘应恤之婴不止此数，亦即多集捐资，并不限定名数钱数。二十二至二十六日，即据该绅董等报查怀孕足月之妇及初生之婴徐周氏等二十余名口。除录札出示晓谕，并督令作速访查，毋遗毋滥，一俟恤婴劝捐各有成数，分别另禀通报外，合将遵照选董、倡捐、暂设恤育堂专恤灾区孕妇、婴孩缘由缮具章程清摺，刷同三联腰牌式样，肃泐具禀，仰祈训示衹〔祗〕遵。谨禀。

计禀呈：

章程清摺一扣，三联腰牌式样一张。

第三次谕恤婴堂董

为谕发事。照得暂设恤婴堂，专恤灾民孕妇、婴孩，业经酌定章程，并本县倡捐廉钱及劝捐钱文，谕发遵照办理在案。除将现办章程通禀各宪外，所有册牌俱已刷齐盖印。为此谕，仰恤婴堂绅董张符瑞、刘桂馨暨帮办盛克昌、欧阳康，即将发来恤婴堂空白印册及三联腰牌查收备用，作速尽心访查，切勿惮于路远，稍有遗漏。特谕。

计发恤婴堂空白印册一本，三联空白印存根、腰牌一百张。

挖蝻各事宜

搜挖蝻子示（己酉正月初十日）

为示谕预防以除蝻孽事。案奉各大宾札饬，蝻孽萌生，为害最烈，每届春融，饬即认真搜挖等因，历经遵办在案。查上年夏秋以来，江潮泛涨，低洼处所均被水淹，冬令又未得雪，诚恐鱼虾遗子，化生为蝻，不可不思患预防。除分委巡典各员，并差饬协同地保、洲头，实力搜查外，合行出示晓谕。为此示，仰阁〔阖〕邑乡约、地保、农甲各长并各洲洲头、农佃人等知悉：尔等务须在于沮洳卑湿、芦苇草荡及人迹罕到之处，随时察看，遍加搜查，务使蝻孽净绝根株，毋稍懈玩。仍将挖过各处开具乡分、村庄、洲地地名，由地保、洲头按五日一次，填单报县，以凭亲诣查看。倘敢搜挖不力，一有萌动，立提责革，决不宽贷。各宜凛毋违。特示。

禀设局收买蝻子（己酉正月二十一日）

敬禀者：窃照蝻孽萌生，最为田禾之害。上年夏秋以来，江湖并涨，圩田被水成灾。现在涸复田畴，俱已种麦。上冬雨泽无多，且未得沾瑞雪，诚恐鱼虾遗子，化生为蝻，即经卑职出示晓谕搜挖，预为防范，分委巡典、税课司，并饬差协同地保、洲头、农佃人等，认真查办，并移邻封各县，不分畛域，一体办理在案。现已交春，此后天气日见其暖，蝻孽最易萌动。与其捉捕于既起之后，曷若搜挖于未萌之先。第恐乡民懒惰，阳奉阴违，徒有挖掘之名，而无实济，殊非保卫田畴之道。现已设局邑庙，于正月二十五日起，开局收买。民间缴得蝻子一斗，给钱三百六十文，多则照加。并罗列搜挖成法，遍示晓谕。小民惟利是图，知有所得，自必踊跃从事。上年灾祲之余，多此觅食之路，于贫民亦不无裨益。惟一邑之大，地方辽远，邻封接壤，必须一律查办，方能有益。卑职仍于因公赴乡之便，面谕地保人等，实力搜挖，如有萌动，总以静绝根株而后已。除将随后办理情形另再具禀外，所有设局收买蝻子缘由，肃泐具禀。

收买蝻子示（己酉正月二十三日）

为晓谕示收买蝻子事。照得蝗蝻萌生，最为田禾之害。上年秋夏以来，江湖并涨，圩田被水成灾。现在涸复田畴，俱已种麦。去冬雨泽无多，且未得沾瑞雪，诚恐鱼虾遗子，化生为蝻，即经出示晓谕搜挖，预为防范，分委巡典、税课司，并饬差协同地保、洲头、农佃人等，认真查办在案。现交春令，天气融和，诚恐蝻子萌生，贻患匪细。与其捕捉于既起之后，曷若搜挖于未萌之先。令于正月二十五日起，设局邑庙，广为收买。挖得蝻子一斗，给钱三百六十文，多则照加。如不及一斗，即按升给钱，随到随发。合将搜挖情形开列示谕。为此示，仰县属军民农佃及保甲人等知悉：尔等各有田禾，宜思保卫，务须查照后开条款，实力奉行。大凡蝻子之生，多在田间崖畔。如本人田地，即令本人搜挖；无人管业之区，则听连界农佃搜挖。总以尽绝根株为度。每日挖得若干，即行送县，验明发局，照前数给价。只须费力而不费财，且有所得，以资餬口，将见稻麦丰收，普登大有，上年灾侵之余，更可补复元气。一举数善，切勿懒惰偷安，延挨观望，是所厚望。特示。

计开：

一、蝻有化生、卵生二种。化生者，先见于大泽之涯、骤盈骤涸之区。鱼虾散子草间，在水常盈之处，则仍化为鱼虾。惟向来有水之际，倏而大涸，春夏风日薰蒸，受湿热之气，变而为蝻。故涸泽有蝗，苇洲有蝗。卵生者，即蝗之遗种。蝗性喜燥恶湿，必择坚硬黑土、高亢之处，用尾锥入土中，深不及寸，乃留孔窍，势如蜂窝。其内有子，形如豆粒，中有白法，渐次充实，因而分颗，一粒中有细子百余。滋生不已，为害甚巨。故捕蝗不如捏蝻，捏蝻必须灭种。

一、飞蝗一生九十九子。先后二蛆，一蛆在上，一蛆在下。引之入土，春气发动，则转头向上。先后二蛆，一引一推，拥之使出。迨经出土，二蛆皆毙。性惟畏雪，交冬得雪一寸，蝻子即深一尺；积雪盈尺，则蝻不萌生。去冬无雪，故挖搜宜速而不宜迟。

一、蝻初生大如米豆，不过三日大如蝇，七日大如蟋蟀，又七日则长鞍起翅成蝗能飞。飞即交交，即孕子于地，十八日复为蝻，蝻复为蝗，循环相生。每年四月至八月，能生发数次。故必预为挖绝，不使稍留遗种。

一、蝗性群飞群食，下子必同时同地，形如蜂窝，或如线香洞。惟冬晴地隙未经雨雪之时，穴孔易寻，务要实力搜挖。得形如累黍、贯串成球者便是。并于挖尽处，仍逐一标记，以便寻看。春间看过无子，初夏仍当看一次，以防遗漏。

一、飞蝗停落之处，地内见有松土浮泥堆起，内有小穴者，即属遗子，极宜挖尽。

一、泽草苇根，须尽行砍除，以作柴薪。如草不可用，则纵火焚之。既可粪田，并使鱼虾遗子尽消，以除其患。

以上数条，均有确见，各宜勉力奉行，毋得玩忽。

禀覆扬州府宪收买蝻子并呈示稿清折（己酉正月二十九日）

敬禀者：正月二十八日接奉宪台札开，蝗孽萌生，最为农害。昔谓蝗为虾子所化。有水之处，倏而大涸，草留崖际，虾子附之，既不得水，春夏郁蒸，乘湿热之气，变而为蝻。上年被水之处，鱼虾遗子必多；水涸之后，又未深沾雨雪。现在甫交春令，正可绝之于未萌之先。摘录数则，参以现在情形，札饬督令乡民，到处尽力搜掘，必将首条实心讲求，以保禾稼，以迓庥嘉。并将如何遵办缘由，禀府查考，勿为具文空禀塘〔搪〕塞等因。并蒙摘录三条，谆谆指示，仰见痛除蝻患、保卫田禾之至意。迴环庄诵，感佩交深。遵查蝗之为患，自春夏萌动，以至深秋，为期数月之久。生生不已，俱在田禾吃紧之时。稍有遗孽，后患无穷。诚如谕饬，灭之于未萌之前，灭之于已萌将萌之际，洵为至要关键。掘得蝻子，或米或钱，从厚易换，亦尽绝根株之良法。上年被水成灾，涸复后鱼虾遗子必多。卑职管见，与其捉捕于既起之后，曷若搜挖于未萌之前，即于正月初出示晓谕，并委县属巡典、税课各员，督令地保、洲头、农佃人等，认真查办。继恐民间视为具文，或偷安懒惰，或不谙情形，复于正月二十五日设局收买，由董事收子给价，并按成法列条晓示，一面谆谕各员实力督办。当将办理缘由具禀宪鉴，并通禀各宪在案。兹蒙札饬前因，伏思蝻由子变，子附草生，芟草焚烧，于未萌之前尽除遗孽，此一劳永逸至要之策。第恐乡民吝惜草根，不愿废弃，亦惟给价收买，其值较柴价从丰；收买之草，即作焚化蝻子之用，事半功倍。二者并行，更属惠而不费。至将萌之际。按地势情形，尽行搜挖。小民惟利是图，只须用力而不费财，转有所得，以资餬口。非特少壮丁男易于为力，即老弱幼稚亦无不能为。视此事为利薮，而不虑为畏途，众力奋兴，似不致有飞蝻之事。惟地方广阔，邻封接壤，必一律妥办，方免滋蔓。谨再遵奉宪札条款，罗列晓示，并饬在事人等实力奉行。卑职仍不时赴乡查催督办，总冀事归实济，以副慈怀。所有前次示稿条款，合并缮摺呈电，伏候垂鉴，批示祇〔祗〕遵。

遵札再行催挖蝻子示（己酉二月初二日）

为遵札再行晓示事。案照蝗蝻萌生，最为田禾之害，当经出示开列条款，饬令搜挖。挖得蝻子一斗者，给钱三百六十文；如不及一斗，按升给钱，设局邑庙收买在案。今奉府宪札开：照得蝗孽萌生，最为农害。昔人谓蝗为虾子所化，有水之处，倏而大涸，草留涯际，虾子附之，既不得水，春夏变蒸，乘湿热之气，变而为蝻，理固然也。各属上年被水之处，鱼虾遗子必多。水涸之后，又未深沾雪泽。冀占非稔，必应思患预防。本府考诸成法，有灭之于未萌之前者，有灭之于将萌初萌之际者，贤牧令留心经济，自必具有其书。现在甫交春令，正可绝之于未萌。合亟摘录数则，参以现在情形，通饬遵办。札到，该县立即遵照，督饬乡民到处尽力搜掘，务期净尽，切勿稍留萌孽。必乘此时，将首条实心讲求，以保禾稼，以迓庥嘉，实为至要。即将如何遵办缘由，禀府查考，并奉列款饬遵等因。奉此。查蝻由子变，子附草生。凡有宿草，连根芟刈，或本人留作柴薪，或送局领价，按担给钱。除再分委巡典、税课司，并饬差协同地保、洲头、农佃人等实力搜挖外，合再遵札示谕。为此示，仰县属地保军民农佃人等知悉：尔等遵即遍加搜挖，将每日挖得蝻子，掘得草根，即行送县，验明发局，照数给价，并不羁延。如敢阳奉阴违，搜挖不力，一有萌动，定提该处地保人等重责，决不宽贷。各宜凛遵毋违。特示。

计开：

一、灭于未萌之前。蝻由子变，子附草生。上年被淹之处，以及湖荡水涯，凡有宿草，即集多人连根芟刈，敛置高处。待其干燥，或作柴薪，或就地焚之。此法绝其本根，最为紧要。

一、灭于将萌之际。蝗之生子，用尾栽入土中，深不及寸，仍留孔窍，形如蜂窝。应即广谕乡民，细加寻视，但见土脉坟起，即便尽情搜挖蝻子，悉数送官，或易以米，或易以钱，务绝根株，不可贻患。

一、灭于初生之时。蝻之初生如米粟，不数日而大如绳，能跳跃群行，他物击之不死。宜用旧皮鞋底，或草鞋之类，蹲地掴挞，应手而毙。挞死之蝻，仍令送官，计升给价。

灾荒要略

清抄本

（清）佚名 辑
邵永忠 点校

灾荒要略

灾荒要略册一*

禀杨家等里秋禾被旱，查勘大概情形，请迅赐委员勘办由

敬禀者：窃卑州境内与河南府属洛宜、登封等县壤地相接，地处山岗，向来喜润畏暄。上年暑雨愆期，秋收极形歉薄。入冬后，雨雪兼稀，二麦不能普种。本年麦收仅止五分，余亦只系［就］已种者开报。积歉相仍，闾阎毫无余蓄。春间得雨较迟，早秋布种无多，全指晚禾丰稔，藉资接济。乃自五月二十日，沾泽本未深透，至七月十六日始，仅得雨三寸，既非应时之泽，入土又未优渥，秋禾均形干旱。卑职先于是月初旬勘报，约收五分余，原冀即渥甘霖，讵知此次得雨较迟，又未沾足，鲜能补救。现据杨家、向一、潘扈、慕义等里，归仁、存汝、古二、人一、新乐、水峪、圣王、张叶、在一、金沟等十四里绅耆农民韩希忠等，纷纷呈报秋禾被旱。卑职随驰赴查勘，各里所种早秋本少，间有收获在场，甚属寥寥。所有晚禾均就黄萎，统计收成不过三分，余至四分不等。体察民情，亦形竭蹶。惟地面较宽，一时未能周历，且尚有续报禀振之处。必须一律勘竣，再行绘具图册，另行禀办。民瘼攸关，未便于稍事稽延。合将杨家等里秋禾被旱大概情形，谨先禀驰大人察核，迅赐委员勘办，实为恩便。肃此具禀。

福安。仰祈垂鉴。八月初十日。

禀委勘汝州秋禾被旱情形，拟请将本年丁耗加价钱粮及春借仓谷分别缓征，并成灾五分之归里等十六里抚恤口粮由

敬禀者：窃卑职垲接奉藩司、宪台、藩宪札委，驰赴汝州会勘早晚秋禾被旱轻重情形，收成实有几分，是否成灾，应否量加调剂，会具村庄图折，据实拟议禀办等因。卑职立铣并蒙本道本道宪宪台委勘，遵即先后抵汝，会看得州境共辖三十九里，前据杨家等十四里绅民禀报秋禾被旱，即经卑职彦泳驰勘，先就大概情形通禀在案。嗣据阖邑各里陆续具报，又经逐赴勘明，正在续禀间，奉饬前因，随复会同驰抵四乡，周历履勘。查得南乡归仁、朱家、向二等里地尽砂砾，并西北一带之向一、金沟、水峪、鳌头、杨家、慕义、潘扈、人一、鲁一、鲁二、临汝、梁家、陈家里、上牌等里多系山岗硗确，春间得雨较迟，早秋布种［无］，收获甚属寥寥。晚秋自五月二十日沾泽未优，至七月十六日始仅得雨三寸，禾稼全行被旱。幸八月初八日以后叠渥甘霖，荞麦杂粮续有收成。核实牵算，秋收仅止五分，计已成灾五分。此十六日里地瘠民贫，值积歉之余，闾阎颇形竭蹶。现虽已得透雨，而贫乏之户多系缺于籽种，此时尚未种麦。体察情形，似必须量加调剂，俾抒民困。

下余在一等二十三里间有水道可通，稍资灌溉之区，秋收尚有五分。余第亦系连年薄收，于输将力难兼顾。卑职等公同商酌，拟请将阖邑未完本年丁耗加价银两缓至来年麦后带征，其春借常平仓谷缓至来年秋成征收还仓。至成灾五分之归仁等十六里，请照例抚恤一月口粮，查明户口，每大口日给米五合，小口减半。卑州额贮仓谷不敷支放，照依例价，每厂折银一两二钱筹饬发，按户散给。一面先由卑职彦泳设法酌筹籽种，劝令将二麦及时布种，以免流离。除查明应缓丁耗等项银谷确数，并确查户口，造具各册详办外，所有会勘情形、拟抚恤缓征钱粮仓谷缘由是否允协，理合绘具图折，会衔据实通禀大人察核汇办。肃此具禀。恭请福安。

计呈：

绘图一幅、清折一扣。

清　折　式

署河南府永宁县、候补知州、汝州直隶州令将会勘卑州秋禾被旱成灾轻重，各村庄具折呈电

计开：

归仁里大小村庄八十八个。朱家里大小村庄十三个。

向一里大小村庄二十七个。金沟里大小村庄十四个。

向二里大小村庄四十八个。水峪里大小村庄七十个。

余仿此。

以上二十三里共计大小村庄六百九十三个，勘明秋收五分余，因系积歉，拟请将合境三十九里本年未完丁耗加价银两缓至来年麦后带征，春借常平仓谷缓至来年秋成征收还仓。其成灾五分之归仁等十六里抚恤一月口粮，折银散放，理合登明。

右谕里总保甲人等准此

州正堂陈谕某里总保、保正、甲长人等知悉：照得境内秋禾被旱，业经本州禀蒙各宪委员勘明，现拟将被旱情形较重之归仁等里查造户口，禀请酌量调剂，听候宪示遵行。除当堂面谕查办外，合再谕饬尔等，各在经管里内按村查明实在贫乏之户，大口几人，小口几人，统计若干户，若干大小口，挨村俟户，逐一造具清册，仍于每户之下注明极贫、次贫字样。统限三日内呈送，以便亲诣抽查。凡村内殷实之户，及素有经营买卖，力能糊口者，不准滥列。其实在贫乏者，亦不得因需索未遂，匿不造入。如敢故违，一经查出，定将该总保等从重究征，决不稍宽。凛之特谕。

禀遵札会户口公同散放抚恤银两始终其事由

敬禀者：接奉宪札，以卑州禀报秋禾被旱，饬即会同卑职勘明是否成灾，应否调剂，限十日内据实星驰禀复。如已成灾，所有清查户口、散放赈银，责成原委之员一手经理，始终其事等因。遵查卑州阖境秋禾被旱，业经卑职△△会同卑职○亲赴四乡逐一勘明，归仁等十六里成灾五分。因系积歉之余，民情颇形竭蹶，议请抚恤一月口粮，折银放给。下余、在一等二十三里，秋收尚有五分，余与归仁等里未完本年丁耗加价暨春借常平仓谷，分别缓征。绘具图折，会衔通禀宪鉴在案。今卑职○遵后，会查户口，另行造册申送，听

候饬发抚恤银两到日，公同散放，始终其事。缘奉札饬，合将遵办缘由会禀大人查考。再，卑职并无另有奉委并查之处，合并陈明。肃此具禀。恭请福安。禀藩宪。

劝谕殷户酌借籽种示

为劝谕殷户酌借籽种以敦任恤而济贫民事。照得州境频年被旱，连季歉收，闾阎情形颇虞竭蹶。前月渥沾透雨，幸可布种麦禾。第贫民缺于籽种，失误农事。时虽天灾之流行，宜人事之补救。所赖殷实富户谊敦任恤，酌量借施，俾穷黎耕作有资，饥寒获免。合亟出示劝谕。为此示，仰合境殷实绅民人等知悉：尔等积有余粮之家，务各查明邻近各村贫民，凡缺乏籽种者，即行酌量借给，劝令及播种。收成只须数月，归还定无短欠。在贮粮者通融升斗，举义易为，而无力者副望仓箱，仁心难泯，不特拯灾济急，种德功深，而且贷有通无，恤怜古谊将见，丰盈普庆，康阜同臻。所全实多，所需无几。其各当仁不让，勿悭吝迁延，本州实有厚望焉。毋违特谕。

禀呈被灾蠲缓钱粮总折由

敬禀者：九月二十二日蒙宪台批，据卑州会同候补知州王牧等禀复勘秋禾被旱情形，拟请将本年丁耗加价及春借仓谷分别缓征，并成灾五分之归仁等里十六里抚恤口粮禀由，蒙批：饬查抚恤口粮，例动本色仓谷，何得以全放折色为请？仰即会同委员核实确查户口，照例每大口给谷三斗，小口给谷一斗五升，计共需谷若干，即将仓存谷石尽数动用。如有不敷，开具所查户口、需用银谷数目，星驰禀呈。俟核完后，当饬河南府即将发交存贮备赈银两项下动用支给，一面批饬知照该州，遣派丁书，就近请领散放，不得刻延。成灾五分，例应蠲缓，仍将应蠲应缓钱粮年款限十日内先行开具总折，呈候汇核，详请覆奏。一面查照向章，再行造册详题。均毋迟延，切速切速。仍候抚、部、院臬司批示缴等因。卑职遵即会同王牧亲赴各乡确查户口，一俟查竣，核明需谷苦干，先尽仓贮谷石动用；如有不敷，再行开具银数驰禀宪台核办。查例载水旱成灾，地方官将灾户原纳丁地正赋作为十分，按灾请蠲。被灾六分、五分者，蠲正赋十分之一。又灾蠲地丁正赋之年，其随征耗羡银两，按照被灾分数一律验蠲各等语。今卑州归仁等十六里秋禾被旱，勘明成灾五分，照例应蠲正耗十分之一。惟卑州地瘠粮轻，银户俱形散碎，在按里汇计，固属具有成数，若逐户分算，所蠲正银不过分厘，而耗羡又止毫忽之间，不特与闾阎无裨益，兼恐来年启征蠲剩银两，转滋忝毫争竞。谨开应〈蠲〉应缓年款总折呈送电核，可否仰恳转请于覆奏案内声明，卑州成灾之区仅止十六里，其未完丁耗等项钱粮已请缓至来年麦后带征，足纾民力，无须请蠲。如须照例办理，即请俯照现呈总折转详，伏候钧裁批示祗遵。至应造细数清册，俟奉批后遵照分别造办详送。合并附陈。肃此具禀，恭请福安，伏希垂鉴。某月日禀。

计呈：

应蠲应缓总折一扣。

行儒学查造贫生口册送州核办赈济稿

札儒学知悉：照得本年州境秋禾被旱，业经会同委员勘明，议请将归仁等十六里抚恤一月口粮，禀蒙藩宪批准在案。除确查户口造册呈送外，所有贫生应由该学查造，合行札饬。札到，该学即将归仁、朱家、向一、向二、金沟、水峪、鳌头、杨家、慕义、潘扈、人一、鲁一、鲁［二］、临汝、梁家等十五里并陈家里上牌，如有被灾贫苦生员，刻速查明户口，据实造册申送，以凭核办。如无，亦即申覆毋违。速速。此札。

委 札

札　　知悉。照得州境本年秋禾被旱，前经禀蒙委员勘明，议请将归仁等里抚恤口粮奉到藩宪批示，饬令确查户口，照例散放。饬据各该里总［保］、保正、甲长人等已将草册造送，诚恐冒滥遗漏，必须逐村挨查，合亟。饬委札到，该员立即束装，前赴各村庄，照依原造草册逐户确查。凡乏食贫民，概行入册。如系绅衿富户、捐纳贡监，并店铺经营、衙门书役人等，均例不准入赈。统于草册内逐一注明，限日内查完竣，四州禀覆，以凭核办。慎毋草率遗漏，致负委任。切切。此札。计发草册　本。

禀呈查明被灾户口总数清折并村庄图样由

敬禀者：窃卑职接奉藩司转蒙抚宪札，准大人咨开，饬将各州县所属各村庄成灾及次贫、极贫、大口、小口核实数目，并现在赈恤章程，或行平粜，或放钱米，或设粥厂，共开设赈恤公局几处，坐落村庄地名，详细造具总册，由该府司核转，一面径报崇辕，并续蒙谕饬将成灾村庄绘图，用朱笔圈出，成灾六分者一圈，七分者二圈，八分者三圈，共绘圈五分，并将给赈各村庄造具户口细册，飞驰申送各等因。遵查卑州本境共辖三十九里，正西、正南及偏北各乡地方岗砂砾，本年麦收较歉，伏秋雨泽久愆，秋禾被旱。勘明在一等二十三里收成尚有五分，余不致成灾。惟正西南暨偏北各乡之归仁等十六里共五百九村庄，成灾五分，议请抚恤一月口粮。阖邑未完本年丁耗加价钱粮及春借常平仓谷分别停缓，其所属鲁、郏、宝、伊四县，查报秋收，牵算自五分余至六分不等，均未查办。节经禀蒙抚、宪、藩、司委勘汇办在案。当经饬据各州里总、保甲长查造户口草册投送，共计一万七千七百三十五户，大小口九万七千三百八十五口。卑职诚恐冒滥遗漏，转使穷黎未沾实惠，连会同委员督率教佐等官分赴各村，逐户审查，将贸易经营、力能糊口者概从删除，间有遗漏实在贫乏之户，一律补入。现在核实查竣，共计一万七千零三十六户，内分大小口四万二千九百五十二口，小口二万五千九百三十二口。并行儒学查报贫生三十户，计大口八十八口，小口九十七口。按向章抚恤一月口粮，大口给谷三斗，小口一斗五升，共需谷一万六千八百一十六石三斗五升。卑州额贮常、义等仓谷石，尚须留备来春青黄不接之际，酌量粜借，未便全动，拟请搭放三成，合谷五千零四十四石九斗五合。惟仓谷积贮较久，乡民零星碾动，总不敷二谷一米之数。领运负担，亦揽为难。似应由卑职碾米，照例大口给米一斗五升，小口减半。碾运折耗，官为捐备，俾得均沾实惠。下余七成折色银七千零六十二两八钱六分七厘，另禀藩司指款饬发到日，即行定期会同原委之员，在于东西关及临汝半札镇分厂散放，按户计口，用库平兑准，照数给银。不使胥吏经手，免致侵欺弊混。除勒承漏夜分手赶缮细册，即日驰申电核外，谨将查明户口总数，分设赈厂村庄地名，分别开折绘具图样五分，先行禀呈大人察核。抑卑职更有请者，所给一月口粮，按大口不得过三、小口不过五计之，人口至多之户止能领银九钱九分，若再按成搭放，殊涉畸零烦琐。应请先尽仓米放于附近各村，一面将折色银两分厂散给，以归简易。仍将何村于米放银之处与户口各数逐细榜示村头，使之共见共闻。是否有当，伏候钧裁批示饬遵。至未经成灾之在一等二十三里，及所属四县，俱系积歉，所在皆乏食贫民。豫省每于隆冬向有捐廉煮粥收养章程。卑职当督同所属首先倡捐，劝令殷实绅民不拘钱米，共相集腋，广为收养，藉资接济，以期仰副大人痌瘝在抱，惠洽编民之意。再现呈图样，因止成灾五分，故图内灾村仅止用朱尖圈，合并附陈。肃此具禀，恭请慈鉴。

计呈：清折二扣、图五分。

禀呈查明被灾户口总数等件清折由

敬禀者：窃卑职接奉藩司宪台转蒙宪台、抚宪札，准钦差兵部正堂王、刑部右堂张咨开，饬将各州县所属各村庄成灾云云（与前禀同），并续蒙札饬将被灾村庄情形绘图，用朱笔圈出云云，节经禀蒙宪台指款饬发，到日即行定期会同王牧，在于东西关及临汝半札镇分厂散放云云，即申钦差行辕，并呈电核外云云。仰副大人恫瘝在抱，惠普编氓之至意。再，村庄图样前已赍申，此次遵札绘具图五分，径申钦差行辕，不复另呈，合并附陈。肃此具禀，恭请勋祺。除径禀饮差兵部正堂、刑部正堂并抚宪外，计呈清折一扣。

清　折　式

汝州直隶州今将卑州归仁等十六里各村庄查明户口总数具折呈电。计开：

归仁里共八十八村庄，一千八百八十七户，大口四千八百七十三口，小口三千四百七十四口。

陈家里共二千村庄，五百五十七户，大口一千三百八十八口，小口九百二十五口。

潘扈里共四十三村庄，一千二百三十三户，大口二千五百六十一口，小口一千三百四十三口。

其余各里俱仿此。

又贫生三十户，内分查贫生家口例不食赈，册内所开大小口，应删除大口八十八口、小口九十七口。

请搭放三成仓谷、七成折色银散放，理合登明。

设厂地名清折

汝州直隶州谨将卑州散放抚恤口粮分设各厂村庄地名开折呈电。

计开：

东关、西关、临汝镇、半札镇。

禀会查户口，请搭放三成仓谷，下余七成折色银两指款饬发散放由

敬禀者：窃卑职前奉藩司、宪台、藩宪札委，驰赴卑州，会勘被旱各里，饬令查造户口，散放赈银，一手经理等因，节将查勘遵办情形禀覆钧鉴在案。卑职等先经谕饬各里总保、甲长秉公造具户口草册投送，共计一万七千七百三十四户，大小口九万七千三百八十五口。恐有冒滥遗漏情弊，转使穷黎未沾实惠，随连日会督教佐等官分赴各村，逐户审查。凡贸易经营、力能糊口者，概从散〔删〕除。间有遗漏实在贫乏农民，一律补入。现在核实查竣，计归仁等十六里五百九村庄，共计灾民一万七千零三十六户，大口四万二千九百五十二口，小〈口〉二万五千九百三十二口。并行据儒学查报贫生三十户。照依向章

抚恤一月口粮，大口给谷三斗，小口一斗五升，共需谷一万六千八百十六石三斗五升。原奉藩司、宪台、藩宪批，余先尽仓贮谷石动用等因，理应遵照。惟查卑州现贮常、义等仓谷，尚须留备来春粜借等需，势难全数动用。卑职等悉心商酌，拟请搭放三成谷五千零四十四石九斗五合，下余七成谷一万一千七百七十一石四斗四升五合，每石合银六钱，该折色银七千零六十二两八钱六分七厘。业经禀请藩司、藩宪应请宪台饬知河南府，将发交存贮备赈银两项下照数给发。俟奉批后，遣派丁书，就近请领，定期分厂散放，不敢稍涉迟延。是否允协，理合开具清折，禀呈大人查核示遵。肃此具禀。恭请福安，伏惟垂鉴。除径禀抚宪、藩宪外，计呈清折一扣。

禀呈被灾村庄户口细册

敬禀者：案蒙藩司、宪台、藩宪转抚宪、宪台，准大人钦差咨行，饬将被灾村庄户口细册赶造径申等因，当查各里送到原造草册，卑职因逐户覆查时颇多删减核正，必须另清底册，方能核算，照依缮申，业于初十日先将总数开具清折，并查办情形及村庄图样禀呈崇鉴在案。兹饬承将细册漏夜分手缮齐，理合驰申大人查核。肃此具禀。恭叩勋祺，伏祈垂鉴。

计开：细册十六本、贫生册一本。

禀呈报造申被灾户口细册日期由

敬禀者：案蒙宪札，饬将被灾村庄户口细册赶造申送等因。遵查卑州归仁等十六里被灾户口，先于本月初十日查明总数，开具清折，通禀崇鉴；一面将细册饬承漏夜分手缮写齐全，于十三日径申钦差行辕在案。除照造续申电核外，所有造申日期，理合驰禀大人查考。肃此具〈禀〉，恭请勋祺。除禀抚宪、藩宪外。

移领抚恤折色银两稿

为移领事。道光二十七年十一月初九日，准贵府移开，道光二十七年十月二十八日蒙布政司札，据汝州知州陈牧云云，望速施行等因到州。准此。窃查敝州除搭放仓谷外，应需贫民折色口粮银七千四十五两六钱六分八厘，贫生应需折色银十五两，二共实需银七千六十两六钱六分八厘。拟合备具印领清折，佥派丁书，前赴贵府请领，即祈照数饬发，以便会同委员分别散放。望速施行。

计移送：印领一纸、清折一扣。

印　领　式

汝州直隶州今于

与印领为请领抚恤折色银两事。依奉领到敝州道光二十七年归仁等十六里灾民抚恤一月口粮折色银七千零六十两六钱六分八厘，听候饬发，领回散放，不致冒领。领状是实。

清　折　式

汝州直隶州今将敝州归仁等十六里被旱成灾抚恤一月口粮谷三银七散放应领折色银数

具折移送。须至折者。

计开：归仁等十六里共五百九村庄，共查明灾民一万七千三十六户，内分大口四万二千九百五十二口，小口二万五千九百三十二口。

以上不论极次，抚恤一月口粮，大口三斗，小口一斗五升，共需谷一万六千七百七十五石四斗。搭放三成，动用平常仓谷五千零三十二石六斗二升。下余七成谷一万一千七百四十二石七斗八升，每谷一石例价银六钱，共该领折色银七千四十两六钱六分八厘。

又贫生三十名，每名五钱，应领银十五两。

二共应领银七千零六十两六钱六分八厘，理合登明。

禀造申户口细册由

敬禀者：前蒙宪札，饬将被灾村庄户口造具细册，径申钦差大人行辕，并照造通报查核等因。卑职遵即会同委员赶紧查明户口，勒承漏夜缮办细册，于本月十三日径申钦差行辕，并通禀宪鉴在案。兹照造细册另文申送，理合禀明大人查核。肃此具禀，恭请勋安祺。

申送归仁等里被灾贫民户口清册稿

汝州直隶州为札饬事。道光二十七年十月十三日蒙宪台、抚宪札开，照得豫省本年灾务云云，毋迟等因。蒙此遵查卑州应造户口细数清册，业于本月十三日造齐，申送宪查核。除径申抚宪、藩宪外，计申送清册十六本、贫生册一本。

示被灾各户

州正堂陈示。照得州境归仁等十五里并陈家里上牌被旱成灾五分，各村抚恤一月口粮，所有该村应放户口、折色银、本色米总数，合行示谕。为此示，仰〈灾〉户人等一体知照，毋违特示。

计开：

某里某村共计　户，某某村附。

大口　口，小口　口。

共放折色银　百　十　两　钱，本色米　石　斗　升　合。

示食赈各户

为晓谕事。照得州境归仁等十五里并陈家上牌秋禾被旱，勘明成灾五分。各里业经禀蒙各宪批准抚恤一月口粮，饬查户口，分别银米散放。查定例：一户之中以八口为率，大口不得过三口，小口不得过五口。其口数本少者，即照所有口数散给，不许浮加。乃各乡保甲长造到户口册竟有大口七八口，小口十余口，殊属违例。除覆查时逐一照例核正，造具细册，申送钦差并各宪查核外，将来散放口粮时，即照核正底册逐户散给。诚恐乡民不知定例，临时争竞，合行出示晓谕。为此示，仰灾户人等知悉。尔等人口较多之户，大口总以三口，小口总以五口为率。其口数本少者，仍照所有口数分别放给。各宜凛遵，毋得争执。特示。

示各里总保、保正

州正堂陈谕某里总保、保正人等知悉：照得该里灾户应领抚恤口粮，除另行示期散放外，合先逐户发给执照，以便到期凭照散放。合行谕饬。该总保、保正立即知会该里大小各村甲长，传集应领抚恤灾户，听候委员到时散照，毋得贻误。切切。特谕。

陈家里上牌应写明上牌大小各村字样。

示期散放抚恤折色银两

为示期散放抚恤折色银两事。照得汝境被旱成灾，各里抚恤一月口粮。现蒙各宪核定人一等十一里俱散放折色银两，每大口一名给折色银一钱八分，小口减半。今定期十二月初二日放人一里，初三日放鲁一、鲁二，初四日放陈家里上牌、朱家里，初五日放鳌头里、临汝里，初六日放慕义、归仁里，初七日放梁家里、潘扈里。除先期给发执照外，合行出示晓谕。为此示，仰人一等十一里应领抚恤灾户人等知悉：尔等各遵照派定散放日期，依期持照赴城具领。如有老弱妇女不能亲身赴领者，许将执照托交亲友代领。各宜凛遵，毋得紊混延误。特示。

又示期散放抚恤本色口粮

为示期散放抚恤本色口粮事。照得汝境被旱成灾，各里抚恤一月口粮。现蒙各宪核定金沟、向一、向二、杨家、水峪等五里各村庄散放本色，每大口一名给仓斗米一斗五升，小口减半。除先期给发执照外，今定期十二月二十五日散放金沟里，二十六日散放向一里，二十七日散放向二里，二十八日散放杨家里，二十九日散放水峪里，合行示谕。为此示，仰金沟等五里应领抚恤灾户人等知悉：尔等依期执照赴城领米。如有老幼妇女不能亲赴领者，准将执照托交亲友代领。各宜如期而赴，毋得错误。特示。

行儒学应赈贫生口粮银两稿

儒学知悉：前据该学查造被灾贫生清册到州，当经本州核明，例应食赈贫生实计三十名，汇册详报在案。兹将赈银十五两合行饬发。札到，该儒学即将发去赈银同原册查收，每贫生一名给银五钱，家口不在赈例，完期按名散放。务饬本生亲到给领，毋得代领朦混。仍将放过赈原册申州查考毋违。速速。此札。

计发原册一本。

申详卑州被旱归仁等十六里来春毋须调剂由

汝州直隶州为札饬事。道光二十七年十月初九日，蒙宪台札开，道光二十七年十月初九日蒙巡抚部院鄂札开，照得本部院于道光二十七年十月初八日承准军机大臣字寄道光二十七年十月初三日奉上谕一道，承准此。合就恭录札行。札到，该司立即钦遵，迅将祥符等十六州县被旱、修武等十七州县二麦歉收、考城县被淹各村庄来春应否调剂之处，速即一并查办妥议，详覆以凭，于封印前具奏，毋稍迟延。切切。计粘恭录上谕一道等因云云。计粘恭录上谕一道等因到州。蒙此遵查卑州归仁等十六里被旱成五分，业经禀蒙宪恩，仰沐皇仁，不论极次，抚恤一月口粮，普资接济。现在二麦均已普种，闾阎颇形安谧。来春青黄不接之际，在次贫之户有所指望，即可通挪。即极贫者亦可佣趁度日，不致糊口无资。体〈察〉舆情，似可毋须调剂。缘奉前因，理合具文，详请宪查核汇转。为此备由具申，伏乞照详施行。

计申送详册一本。

禀报散放抚恤银米完竣日期并闻〈赈〉归来各户捐廉补发由（与委员会禀）

敬禀者：窃照卑州成灾五分之归仁等十六里各村庄应行抚恤一月口粮。前经卑职等会同查明户口，议请搭放三成仓谷，下余七成放给折色。禀蒙藩司、宪台、藩宪批，饬将折色银两前赴河南府库拨贮备赈项下照数请领等因。查原查灾户一万七千零三十六户，大口四万二千九百五十二口，小口二万五千九百三十二口，搭放三成仓谷五千四十四石九斗五合，应领折色银七千四十五两六钱六分八厘。又贫生三十名，折色银十五两。二共银七千六十两六钱六分八厘。遵即备具文领，佥派丁书，前赴河南府库，具旋于十一月十四日照数领回。所有赈票，先经卑职等预期逐户放给，仓谷亦已碾完，随饬匠漏夜倾镕足色小锭弹兑分封，一面示期散放。自十一月十六日起二十五日止，在东西关、临汝镇、半札镇分设四厂。先尽附近之向一、杨家、水峪、向二、金沟等五里各村庄按户给米，计合常平仓谷五千四十四石九斗五合。其放米不敷之金沟里内数村及归仁等十一里，概行照票次第放给折色。内除病故大口二十一名口、小口六名口，应扣四两三钱二分，实共放过折色银七千四十一两三钱四分八厘。并将贫生折色银十五两饬发儒学，按名放讫。灾民人等藉以隆冬糊口，莫不颂皇仁之普被，感宪德之优沾，比户穷黎，倍形安绥。惟正散放之际，续据各里贫民以闻赈归来，纷纷呈请补领。恐系例不食赈之户，因原查时散减，复图藉词冒领，卑职等放竣后，又督同教佐等官，分赴各里逐户审查。凡实系初查时外出，现在闻赈归来者，准其一体补给。实共二百九十七户，大口七百三十七口，小口八百一十八口。随时补给赈票，另备足银，示期于十二月初八九等日放讫。共又补放折色银二百六两二钱八分。今将放竣抚恤银米及补放闻赈归来各户折色缘由，理合会衔通禀大人查核。再，抚恤口粮原定十月放给，因卑州奉文后领回银两稍迟，未能如期办理。是以仍照十月大建之数放给，以示体恤。原查户口并无续行逃亡，所有病故应行删减银四两三钱二分，即给发闻赈归来各户。下余不敷银二百一两九钱六分，由卑职自行捐廉，不得找领，合并声明。肃此具禀，恭崇祺，伏祈垂鉴。除径禀抚宪、藩宪外。

申报放过抚恤银米男妇大小户口数目稿

汝州直隶州为札饬示事。道光二十八年正月十四日，蒙宪台、藩宪札开，道光二十七年十二月三十日蒙巡抚部院鄂批，该州会禀散放抚恤银米完日期云云，切切等因到州。蒙此遵查卑州归仁等十六里被旱成灾，抚恤一月口粮，禀蒙批准，以银七谷三搭放。其三成谷石在于常平仓项下动给。今将放过抚恤银谷男妇女大小户口并赈过贫生名数，理核造具清册，取具印委各结，具文详送宪台核办/查核加转，除径申藩宪/申本道加转外，为此备由具申，伏乞照详施行。

计申送灾民细数/简明清册各三/四本，贫生细数/简明清册三/四本，印结各三/四纸，委结各三/四纸。

一申司道。

细数清册式

汝州直隶州今将皋州归仁等十六里被旱成灾，放过抚恤银谷、男妇大小户口造具细册，呈送查核。须至册者。

计开：

归仁里共八十八村庄，一千八百八十七户。内分：男大口二千六百八十七口，小口二千三百六十五口；女大口二千一百八十六口，小口一千零九口。

共大口四千八百七十二口，搭放三成仓谷四千三十八石五斗七升、折色银六百一十三两九钱九分八厘。

小口三千三百七十四口，搭放三成仓谷一百五十一石八斗三升、折色银二百一十二两五钱六分二厘。

陈家里共十二村庄，五百五十七户。内分：男大口一千三十六口，小口八百九十四口；妇大口　口，小口　口。余里与前式同。

以上十六里，共五百九村庄。实在查明共计一万七千三十六户。内分：男大口二万六千六百九十九口，小口一万八千四百三十三口；女大口一万六千二百五十三口，小口七千四百九十九口。

共男妇大口四万二千九百五十二口，搭放三成仓谷三千八百六十五石六斗八升、七成折色银五千四百十一两九钱五分二厘。

共男妇小口二万五千九百三十二口，搭放三成仓谷一千二百六十六石九斗四升、七成折色银一六百三十三两七钱一分六厘。

共放三成谷五千三十二石六斗二升。

共放七成折色银七千四百十五两六钱六分八厘。理合登明。

简明清册式

汝州直隶州今将归仁等十六里被旱成灾，放过抚恤银谷、男妇大小户口，造具简明清册，呈送查核。须知册者。

计开：

归仁等十六里共五百九村庄，实在查明共计一万七千三十六户。内分：男大口二万六千六百九十九口，小口一万八千四百三十三口；女大口一万六千二百五十三口，小口七千四百九十九口。

共男妇大口四万二千九百五十二口，搭放三成仓谷三千八百六十五石六斗八升、七成折色银五千四百十一两九钱五分二厘。

共男妇小口二万五千九百三十二口，搭放三成仓谷一千一百六十六石九斗四升、七成折色银一千六百三十三两七钱一分六厘。

共放三成谷五千三十二石六斗二升。

共放七成折色银七千四百十五两六钱六分八厘，理合登明。

贫生花名清册式

汝州直隶州今将皋州放过贫生花名、抚恤银两造具清册，呈送查核。须至册者。

计开：

祜之铭领银五钱。

范廷玉领银五钱。

刘金锡领银五钱。

崔吉云领银五钱。

杜广居领银五钱。

李汝南领银五钱。

程　杰领银五钱。

孙　文领银五钱。

马如玉领银五钱。

张　羽领银五钱。余仿此。

以上贫生三十名，每名五钱，共放银十五两。理合登明。

印委各结式

候补知州王垲今于

与委结事。依奉结得蒙委监放汝州归仁等十六里道光二十七年秋禾被旱成灾抚恤一月口粮，搭放三成本色，动用常平仓谷五千零三十二石六斗二升，领回七成折色银七千四十五两六钱六分八厘。业已会同照数逐户逐名放完，并无侵冒情弊，中间不致扶捏。委结是实。

汝州、直隶州今于

与印结事。依奉结得卑州归仁等十六里道光二十七年秋禾被旱成灾，抚恤一月口粮，搭放三成本色，动用常平仓谷五千零三十二石六斗二升，领回七成折色银七千四十五两六钱六分八厘。业已会同候补知州王垲照数逐户逐名放完，并无侵冒情弊，中间不致虚捏。印结是实。

候补知州王垲今于

与委甘事。依奉结得蒙委监放汝州贫生道光二十七年秋禾被旱成灾抚一月口粮，折色银十五两。业已会同照数逐名放完，并无侵冒情弊，中间不致扶捏。委结是实。

汝州、直隶州今于

与印结事。依奉结得卑州贫生道光二十七年秋禾被旱成灾，抚恤一月口粮，折色银十五两。业已会同委员候被知州王垲照数逐名放完，并无侵冒情弊，中间不致虚捏。印结是实。

汝州、直隶州儒学今放

与印结事。依奉结得道光二十七年秋禾被旱成灾，抚恤一月口粮。卑学查明贫生三十名，每名给口粮银五钱，共给口粮十五两。业已照数逐名放完，并无侵冒情弊，中间不致虚捏。印结是实。

被旱成灾应蠲应缓丁耗及已未完加价等项银两数目册结详稿

汝州直隶州为因灾蠲缓钱粮事。窃照本年卑州境内秋禾被旱，前经勘明归仁等十六里成灾五分，议请不论极次，抚恤一月口粮，未完本年丁耗钱粮，照例分别蠲缓。下余在一等二十三里，亦因收成积歉，民力拮据，将未完本年丁耗等项钱粮缓征。禀蒙宪台转请汇案，具题在案。查成灾五分，例应蠲免丁耗钱粮十分之一，蠲剩钱粮分作二年带征。惟归仁等十六里蠲剩钱粮为数较少，应请俟来年麦后启征，分作一年带征，足纾民力，兼免延欠。今将成灾及未经成灾各里应蠲应缓各项钱粮年款，理合造具清册，取具印委各结，具文申送宪台核办/查核加转，除径申藩宪/由本道加转外，为此备由具申，伏乞照详施行。

计申送清册四/十二本、委结二/四纸，印结二/四纸。

一申司道。

印委各结式

候补知州王垲今于

与委结事。依奉结得蒙委勘得汝州归仁等十六里被旱成灾五分，道光二十七年分额征丁地银一万一千零五两一钱三分二厘，除已完外，民欠丁地银一千六百六十六两九钱八厘。额征耗羡银一千四百九十五两六钱六分七厘，除已完外，民欠耗羡银二百十六两六钱九分八厘。应蠲丁地银一千一百五十两一分三厘，耗羡银六十七两一钱三分一厘，并在一等二十三里未完道光二十七年丁地银三千零二十九两八钱一分五厘、耗羡银三百九十三两八钱七分六厘，又合境未完道光二十七年马仪工加价银九百三十一两四钱六分二厘，俱缓至二十八年麦后启征，一年带征。并无以完作欠，侵冒情弊，中间不致扶捏。委结是实。

汝州直隶州今于

与印结事。依奉结得卑州归仁等十六里被旱成灾五分，道光二十七年分云云，与委结同。中间不致虚捏。印结是实。

申道光二十七年秋禾被旱成灾应蠲应缓丁地钱粮细数清册稿

汝州直隶州为灾蠲缓钱粮事。遵将卑州道光二十七年秋禾被旱成灾五分，归仁等十六里蠲缓免本年丁地钱粮，并在一里等二十三里请缓本年地丁钱粮已未完各数目，逐细造具清册，呈送查核。须至册者。

计开：

道光二十七年分额征丁地银二万八千六百三十六两八钱九分，内除已征解司库银二万一百九十六两一分四厘，已征分解漕项、河夫、驿站裁扣并春夏秋等季留支共银三千七百四十四两一钱五分三厘。

未完民欠银四千六百九十六两七钱二分三厘，内分归仁等十六里额征银一万一千五百零五两一钱二分二厘。

已完银一千六百六十六两九钱八厘，成灾五分，按额例照额蠲十分之一，共银一千一百五十两零五钱一分三厘。

仍未完银五百十六两三钱九分五厘，请缓至来年麦后带征。

东乡

成灾五分。

金沟里、杨窑等四十八村庄共丁地银五百七十八两二钱二分二厘。柴永发等已完钱五百一十六两二钱二分二厘，未完银六十二两。按例照额蠲免银五十七两八钱二分二厘，仍未完银四两一钱七分八厘，请缓至来年麦后带征。

西乡

成灾五分。

又一里、张家寨等三十八村庄共丁地银九百八十九两二钱九分七厘。同心号等已完银八百二十五两二钱五分一厘，未完银一百六十四两四分六厘。按例照额蠲免银九十八两一钱一分六厘，仍未完银六十五两九钱三分，请缓至来年麦后带征。

鲁一里、周庄等三十二村庄云云与前式同，乔升等已完银五百三十六两云云与前式同，未完银一百二十九两云云同前，仍未完银六十两云云同前。

鲁二里庙下街等三村庄云云同前。

霍朗等未完，仍未完。余里仿前。

南乡

成灾五分。

金二里、萧庄等四十五村庄共丁地银五百八十二两七分一厘。李允升等已完银四百六十一两八钱八分七厘，未完银一百二十两一钱八分四厘。按照例额蠲免银云云同前，仍未完银六十一两云云同前。

余里仿此。

北乡

成灾五分。

向一里、郭营等二十七村庄云云同前。

刘清太等已完银四百七十两云云同前。

未完银。仍未完银。

余里仿此。

东乡

在一里、毛庄等三十八村庄共丁地银三百九十二两二钱二分。杜永禄等已完银三百五十二两九钱九分。未完银三十六两三钱一分，请缓至来年麦后启征。

在汝里、上牌等八村庄云云。余里与前同式。

西乡

古一里、汪庄等二十七村庄共丁地银一千二十五两二钱三分六厘。五合堂等已完银九百十三两二钱二分九厘。未完银二百十二两零七厘，请缓至来年麦后启征。

南乡

在二里、虎摇头等十七村庄共丁地银三百七两八钱八分七厘。永盛号等已完银二百二十八两二银七钱七分九厘。未完银七十九两六钱八厘，请缓至来年麦后带征。

古二里、石大街等三十村庄云云。余里仿前。

申道光二十七年秋禾被旱成灾应蠲应缓耗羡银细数清册稿

汝州直隶州为因灾蠲缓钱粮事。遵将卑州道光二十七年秋禾被旱成灾五分归仁等十六里蠲免本年耗羡银两，在一等二十三里请缓本年耗羡银两，已未完各数目，逐细造具清册，呈送查核。须至册者。

计开：

道光二十七年分额征丁地银二万八千六百三十六两八钱九分（每两羡耗银一钱三分），额征耗羡银三千七百二十二两七钱九分六厘。已征解司库银二千七百七十七两三钱五分四厘，已征留支春、夏、秋等季养廉公费银三百三十四两八钱六分八厘。未完民欠耗羡银六百一十两五钱七分四厘，内分归仁等十六里额征银一千四百九十五两六钱六分六厘。已完银一千二百七十八两九钱六分九厘。未完银二百十六两六钱九分八厘成灾五分，按例照额蠲免十分之一，共银一百四十九两五钱六分七厘。仍未完银六十七两一钱三分一厘，请缓至来年麦后启征，一年带征。

东乡

成灾五分。

金沟里、杨窑等四十八村庄共耗羡银七十五两一钱九分六厘。柴永发等已完银六十七两一钱九厘。未完银八两零六分，按例照额蠲免银七两五钱一分。仍未完银五钱三分三厘，请缓至来年麦后带征。

西乡

成灾五分。

人一里、张寨等三十八村庄共耗羡银一百二十六两六钱九厘。同心号等已完银一百七两二钱八分三厘。未完银二十一两三钱二分六厘，按照例照额蠲免银十二两八钱六分一厘。仍未完银七两八钱五分八厘，请缓至来年麦后带征。鲁一里、周庄等三十二村庄云云。余里同前。

南乡

成灾五分。

向二里、莆庄等四十五村庄共耗羡银七十五两六钱六分九厘。齐允升等已完银六十两四分五厘。未完银十五两六铢二分四厘，按例照额蠲免银七两五钱六分七厘。仍未完银八两五分七厘，请缓至来年麦后带征。

北乡

成灾五分。

向一里、郭营等二十七村庄共耗羡银六十九两三铢一分四厘。刘清太等已完银六十一两七铢一分八厘。未完银七两五铢九分六厘，按例照额蠲免银六两九钱三分一厘。仍未完银六钱六分五厘，请缓至来年麦后带征。

慕义里、西店街等十六村庄余里同前。

陈家里、上牌、老连庄等十二村庄云云。余里同前南乡。

东乡

在一里毛庄等三十八村庄，共耗羡银五十一两。杜永禄等已完银四十六两二钱六分九厘。未完银四两七钱二分一厘，请缓至来年麦后带征。

存汝里、上牌、谭庄等八村庄云云。余里同前。

西乡

古一里、汪庄等二十七村庄云云同前。

五合查等已完银云云同前。

未完银云云同前。

南乡

在二里、虎摇头等十七村庄云云同前。

永盛号等已完银云云同前。

未完银十两云云同前。

余里仿此。

申秋禾被旱成灾应缓马仪工加价银两清册稿

汝州直隶州为因灾请缓钱粮事。遵将卑州道光二十七年秋禾被旱成灾五分之归仁等十六里，并积歉之在一等二十三里未完本年马仪工加价银两，请缓至来年麦后带征已未完各数目，逐细造具清册，呈送查核。须至册者。

计开：

道光二十七年分摊征马仪工加价银三千七百四十七两一钱九分六厘。已征解银二千七百两，已征未解银一百千五两七钱三分四厘，未完民欠银九百三十一两四钱六分二厘。

归仁等十六里摊征马仪工加价银一千五百两五钱三分二厘。已完银一千零三十五两六钱三分二厘。未完银四百六十四两九钱，请缓至来年麦后启征。

东乡

成灾五分。

金沟里、杨窑等四十八村庄共加价银七十五两六钱六分九厘。柴全发等已完银六千两九钱七分五厘。未完银十三两六钱九分四厘，请缓至来年麦后带征。

西乡

成灾五分。

人一里、张家寨等三十八村庄云云同前。同心号等已完银云云同前。

未完银云云同前。

鲁一里、周庄等三十二村庄共加价银八十九两七钱一分四厘。余同前。

南乡

成灾五分。

向二里、箫庄等四十五村庄共加价银云云同前。齐允升等已完银云云同前。未完银三十两一铢云云同前。陈家里、上牌、老连庄等十二村庄共加价银云云同前。余各照前。

北乡

成灾五分。

向一里、郭营等二十七村庄共加价银云云同前。刘清太等已完银五十一两云云同前。未完银云云同前。

余里同前式。

东乡

在一里、毛庄等三十八村庄共加价银五十一两三钱三分七厘。

杜永禄等已完银三十一两七钱四分。未完银十九两五钱九分七厘，请缓至来年麦后带征。

余里仿此。

西乡

古一里、汪庄等二十七村庄共加价银云云同前。五合台等已完银云云同前。未完银云云同前。余里仿此。

南乡

河南卫、响岗营等十七村庄共加价银云云同前。永盛隆等已完银云云同前。未完银云云同前。

余里仿此。

禀委提被灾地亩清册图说定于本月二十五日癸申由

敬禀者：窃卑职孝〇接奉宪札委提汝州被灾地亩册结图说等因，遵即束装驰抵汝州，会同卑职〇〇，查得前项清册图说，久经饬承赶办，因册页较繁，以致猝难缮齐。现在勒令漏夜缮办，准于本月二十五日发申，不致再为稽延。缘奉委催，合将缮发日期会衔禀报大人查考。肃此具禀，恭请福安，伏惟垂鉴。

一禀布政司。

申送归仁等十六里秋禾被旱顷亩册结稿

汝州直隶州为札饬事。道光二十七年十月初三日，蒙宪台、布政司札开，案查各州县如遇水旱，勘明成灾云云，火速飞速等因到州。蒙此遵将卑州秋禾被旱成灾地亩，会同委员查明顷亩确数，分别等则，取具里长甘结、委员印结，并卑州印结，造具清册，具文申送宪台核转。除申本道加转
径申藩宪外，为此备由具申，伏乞照验施行。

计申送清册三本
四本、甘结三
四纸、印结三
四纸、委结三
四纸。

一申司道。

具甘结人东
西
南
北乡里长杨仁
侯大成
武得诏
夏日瑚等今于

与甘结事。依奉结得本管东
西
南
北乡四十八
一百二十二
一百五十八
一百八十一村庄，计成灾上地四百七十四顷八十亩五分四毫三丝
二百六十四顷七十二顷亩三分一厘
二百二十六顷十三亩五分四毫四丝五忽
二百十二顷二十一亩三分九厘，中地三百六十二顷十八亩六分六厘卫旱中地七十五顷四十一亩三分八厘
二百四十四顷五十四亩二分八厘
二百三十四顷六十四亩八分二厘七毫又卫旱中地四十三顷二十二亩，五分一厘一毛二丝
七十四顷九十六亩一分八厘三丝九忽

下地一十七顷二十三亩五分二厘又卫旱下地九十八顷六十三亩七分五厘三毫
六顷五十四亩三分五厘又河南卫旱夹荒地五十七顷六十六亩九分三厘
六顷四十三亩七分三厘又卫旱下地六十二顷六十二亩四分四毫一丝八忽
六顷八十七亩六厘七毫五忽。不敢捏饰，所具甘结是实。

汝州、直隶州今于

与印结事。依奉结得卑州会同委员候补知州王牧查明归仁等十六里共五百九村庄二十七年秋禾被旱成灾五分民卫等则共地二十二百六十九顷八十七亩二分四厘，内分民田旱上地一千七十七顷八十七亩七分八毫七丝五忽，民田旱中地八百一十四顷三十三亩八分八厘七毫三丝五忽，民田旱下地四十顷八亩六分六厘二毫五丝。汝州卫归并给各里旱中地一百一十八顷六十三亩八分九厘一毫二丝，汝州卫归并给各里旱下地一百六十一顷二十六亩一分六厘一丝八忽，河南卫归并给各里夹荒地五十七顷六十六亩九分三厘。中间不致捏饰，印结是实。

候补知州王垲今于

与委结事。依奉结得卑职蒙委查勘汝州归仁等十六里共五百九村庄云云，与印结同。中间不致扶捏，委结是实。

申归仁等十六里秋禾被旱顷亩清册稿

汝州

道光二十七年分本州归仁等十六里五百九村庄秋禾被旱，勘明成灾五分民卫地并各卫归并各里等则共地二千二百六十九顷八十七亩二分四里。内分：

成灾五分：

民田旱上地一千七十七顷八十七亩△分△厘。

民田旱中地八百一十四顷三十三亩△分△厘。

民田旱下地四十顷八亩△分△厘。

汝州卫归并各里旱中地一百一十八顷　亩△分△。

汝州卫归并各里旱下地一百六十一顷　亩△分△。

河南卫归并各里夹荒地五十七顷　亩△分△。

禀卑州应造被灾村庄顷亩图说清册并印委里长各结于十一月二十五日造申由

敬禀者：十二月初六日接奉宪札，饬将卑州应造被灾村庄顷亩图说清册并印委里长各结赶办申送，一面将造申日期先行飞禀查考等因。遵查卑州应造前项顷亩图说册结各三分，业经缮齐，于十一月二十日申送宪台核办。一面照造赍呈河陕道宪加转在案。兹奉前因，合将造申日期奉复大人查考。肃此具禀，恭请福安，伏乞崇鉴。

一申禀布政司。

劝捐资助赈告示

为再行劝谕殷实绅民捐资助赈以济穷黎事。照得豫省灾区宽广，例赈之外，尚多乏食贫民。叠奉圣恩颁发内帑，并奉谕旨，富户殷商捐资助赈，克成善举。继又奉谕旨：绅民念切桑梓，必有推解恐后者，该抚善为抚循劝请。宵旰忧勤，无微不至。嗣蒙各大宪率属倡捐，饬发劝捐告示，各就灾区办赈。其捐数较多者，准照海疆捐输之例，详请优叙。告诫详明，自已共见共闻。乃迁延日久，尚未集事。本州念切民依，倍殷焦急，现又奉藩宪行知苏郡恒善堂董事包汝霖等呈明，会同浙省善事携带重资，前赴豫省灾区，随地给赈等因。彼邻省畛域攸分，尚且好善乐施，不惜重资远来赒恤。凡在同里共井，休戚相关，宜如何观感奋身，共襄义举。况所捐不拘银钱粮食，力从其宜，所赒不外乡党里闾，功归实用。即锱铢尽力，固是阴功。若踊跃输资，尤邀优叙。既救灾之事，切忍袖手以旁观。今本州先行倡捐千金，备米设厂散放。惟食众用繁，势难为继，期众擎之必举，庶集腋以成裘。除仍延邀来署面同商办外，合再出示劝谕。为此示，仰州境殷实绅民人等知悉。尔等务各仰体宪德，垂念灾黎，共敦烟睦之风，克尽恤邻之谊。或任怨任劳，或输粟输金，但有益于贫民，当舆情之俯顺，务于日内赴署面商，毋再观望迟疑，不胜跂切。特示。

禀卑州捐办城乡赈厂情形并呈设厂地名清折及原立章程由

敬禀者：案蒙赈恤劝捐局、宪局［赈恤劝捐局］饬发筹定煮粥章程并剀切劝捐谕单，行令分发所属，互集诚悫绅耆，参以地方情形，随时定制。仍将遵用何法，如何参酌办理之处，详晰通禀等因。遵将章程谕单转发所属各县，饬令各就地方情形参酌妥办，详议径禀。卑职一面将谕单照抄多张，遍贴通衢僻壤，咸使周知。伏查卑境归仁等十六里本年秋禾被旱，成灾五分，业蒙抚恤一月口粮。其中尚有极贫之户望殷赒恤。即秋收五分余之在一等二十三里，相去仅止一间，积歉相仍，亦多乏食穷檐，均须设法抚绥，普资接济。卑职历稽救荒成书，大抵赈饥良法不外乎设厂煮粥。前蒙藩司、宪台、藩宪颁发劝令助赈告示，先经卑职遍贴晓谕，一面延邀公正绅耆晓以安贫保富、领里相赒，务动其好义之忱，不加强为。旋据职员彭凤翔、樊锡铃等首先书捐钱五六百千至一千串不等，并有大挑候咨知县李赡等协同善为劝办，俱各观感奋兴，陆续捐输。共计已捐钱一万二千串有奇。该绅士等谊切桑梓，仍复转辗相劝，察看情形，尚称踊跃。督同商议办理章程，该绅士等佥称州境半居山麓，路甚崎岖，而煤薪甚贱。贫民谋得升合，可以随便煮食，举室饱餐。如分厂煮粥，每口领食，在壮丁已虞奔走守候之劳，而疲癃残疾、羞怯妇女尤恐实惠未能均沾。兼之置备器具，雇用人夫，耗费既多，〈抛〉洒亦在所不免。据称卑职上年收养贫民，折粟代粥，民以为便，仍请循照等语。因地制宜，似不能不俯顺舆情。第流寓乞丐等类，无所依栖，另须专设一厂。卑职随自十二月初一日起，在于城内财神殿捐设粥厂，收养过往乞丐，分别男女，各分厂屋，每日计口授食，俟来年二月底止，再令各谋生业。一面将前次倡劝银一千两照数购买粟米，确查城关乏食贫民，先放赈票。亦自是日起，在于东关外泰山庙设厂，每大口日给三合，小口减半。按五口一放，凭票给付。计已收养六千余口。其四乡议定分设十五厂，由本里绅耆确核户口，造册呈送，核定印发赈票。统自十二月二十一日起，照依城厂之式，分别大小口，按五日一次散放。各厂经费以现在捐项统盘计之，尚未足一月之资，而舆情奋勉，可期续捐踊跃。先拟散放两月，如果捐项充裕，再行酌量展放。其已捐之项，虽书系钱数，第州境殷户率以积贮粮食为富，现既所需在此，应听其照市价折交，禀明城厂，按各厂之盈绌，随时挹注，饬令就近运交，以免转折多费。至每次散赈，概以粟米为主。倘系别项杂粮，则按市价之低昂，定放给之盈绌。各厂收放事宜，由公举之醇正绅士常川经理。一切出入，公同登帐，按旬呈查，事竣汇呈销算核办。仍于每厂酌派书役，专司弹压稽查。卑职现在已将近处各厂亲赴查察，该绅士等办理俱尚周妥。容再督同教佐各官常川周历，倘稍有经事不善之处，随时更换，务期项不虚縻，民沾实惠，仰副大人痌瘝在抱，矜恤灾黎之至意。再，所属四县亦各倡捐银米，分设各厂煮赈，业据各县先后通禀。虽措施情形，随地互异，而认真办理，大致相同，合并附陈。除将各厂收养人数按旬折报，并俟事竣查明捐户，例得甄叙者，据实造册详报外，所有卑州捐□城乡赈厂缘由，是否允协，谨具设厂地名清折，照缮原定章程，通禀大人查核批示祗遵。肃此具禀，恭请福安。

计呈清折一扣、章程一折。

城乡捐设赈厂地名清折式

汝州直隶州谨呈。今将卑州城乡捐设赈厂地名开具清折呈送。须至折者。

计开：

城内财神殿粥厂一所。（收养过往乞丐及流寓贫民。）

东关外泰山庙赈厂一所。（每五日一次放米。）

安乐里上牌、存汝里上牌、在二里、孙屯里上牌，以上设厂在小屯街关帝庙。

圣王里、新乐里、长阜里、牛王里、刘家里上牌、张叶里，以上设厂在泰山庙。

赵落里、安乐里下牌、金沟里，以上设厂在留王里店。

　里、　里、　里，以上云云同前式。

议定分谕劝赈绅士并各里首事章程

汝州直隶州谨呈。谨将议定分谕劝赈绅士并各里首事章程照录呈电：

一、此次劝捐，专济本境乏食贫民，并不协助他邑。尔等有力绅耆往往为穷苦邻里强借滋扰，虽屡经本州随时严惩，此风尚未尽息。何如谊敦任恤，互相劝勉，踊跃输诚。所捐不论银钱、粮食，数多者悉照海疆捐输之例，详请优叙。其次则详请上宪给予匾额，再其次由本州给予匾额。至有捐粮数石或钱数千者，俟事竣亦必于通衢中立碑标识，以彰义行。既因恤灾行善，食报将来，且可辑睡〔睦〕里邻，身名俱泰。现在捐项已获端倪，公同绅士筹议四乡分设十五厂，俱择适中之区、宽大庙宇安设厂所，举报醇正绅士专司其事，统限十二月内一律举行。惟经费未充，各绅士宜转辗劝助，共襄善举，均毋观望迁延。

一、捐项虽系先书银钱数目，第州境殷户多以积贮粮食为富，尽可以粮食按照市价折算。盖此时各厂所需经费支用无多，全以粮食为主。为缴银钱，仍须买粮送厂。其间经纪之取用、转运之脚费，诸多耗费。何如径交粮食，两得其便。

一、赈饥煮粥本属良法，第各绅士公议，以为贫民每日就食，殊多奔走守候之劳，且恐疲癃残疾、羞怯妇女难邀实惠，兼之煮粥必须置备器具柴薪，雇觅人夫，耗费既繁，抛洒亦所不免。今本州城内所设之厂，系查明户口，发给赈票，按五日一次散放，每大口给米三合，小口减半。□庶穷黎领回，可以采拾柴薪，随便熬煮，全家饱餐。既免每日奔趋，兼可截长补短，经月无啼孺之虞。各分厂所，应一体照办，以节糜费而资实济。

一、各里户口，责成该处绅士确切查造草册呈送。以产微力薄、家无寸储，或房倾业尽、孤寡老弱、疲癃殊疾、鹄面鸠形、朝不保夕者为极贫。家虽穷苦，尚有薄产未尽，或稍可挪移，非迫不及待者为次贫。年在十六岁以下至能行走者为小口，十六岁以上为大口。

一、书差、营兵、门卒、乡保、甲长一切人役，绅衿、生监、人员并开设各项铺户及百工技艺，力能营生糊口，暨极贫、次贫户中者年少壮丁可以力作谋生者，概不入册给赈。并按照定例，每户大口不得过三，小口不得过五，以示限制。

一、各庄不应食赈之户，希图冒领，嘱托绅士滥入册内。该绅士或碍于亲友情谊，不能面却者，许另单密呈，听候本州朱标删去。另刁徒赴厂，藉向滋闹，随时禀明，枷号厂门，以儆其余。统俟户口册造齐后，即定于前一日散放赈票，次日放米，以后按五日一放。

一、放赈时概以粟米为主，大口每日照官领仓斗给米三合，小口减半。如用小麦，亦照米数。高粱则宜四合，大麦则宜五合。一切收放各项粮食细数，统归公举之绅士随时登赈，按十日呈查一次，事竣后汇呈销算核办。

一、各厂收支粮食，先须计下次应放之数，报明城内总厂。其有附近本里厂所呈缴粮食不敷散放者，即由总厂于别里中筹拨。查州境山路崎岖之处甚多，宜就便酌量，总令节省脚费、迅速转运为要。

一、次贫一项，两月渐届春融，力可谋生，应概行删除。其极贫中之老弱、孤苦无可指望者，倘得续捐充裕，则随时酌量展放数旬。盖此数月中虽得幸度殊生，而过此仍填沟壑，所谓为善不终，迄归无济也。诸首事尚宜宏此远谟，互相劝勉，勿懈于继。

一、每厂派据书吏一名、差役两名，专司稽查弹压，不得干预钱粮。该书差每名发给饭钱一百文，在于捐项内开销。本州不得赴厂稽查。该绅士果能经理妥善，定必从优奖励。其有办理不实者，察另换仍酌量惩儆。总之，目前饥荒为数十年来所仅遇，本州与诸首事相约，各宜任怨任劳，以宏善举，以笃乡情。倘或弊混侵欺，意存取巧，是则人所共怒，天必殛诛。余庆余殃之不爽，毋谓报应之无凭也。

一、贫户执照由署印发，领赈时戳记一次。如遇下期补领者，一并注上。

一、散粮之期，务将照票查封清楚。前次本州散给抚恤，并现在城关发给赈米，竟有伪造照票，并挖补口数者，已经察出数名。利之所在，弊即随之。慎勿因忙中稍涉大意。（以上各条，系就大概议定。如有未尽事宜，诸绅士不妨各抒所见，以资采择。）

禀捐赈事竣由

敬禀者：窃照卑州境内上年秋禾被旱，蒙将勘明成灾五分之归仁等十六里抚恤一月口粮，并与积歉相仍之在一等二十三里应征丁加等项钱粮分别蠲缓。而各里乏食穷檐，仍复望殷赒恤，当经卑职遵札劝捐助赈，兼稔知殷实绅民颇有积贮粮食者，晓谕出后，准其以粮折交，照依市价合算。旋有职员彭凤翔等首先倡捐，同大挑候咨知县李瞻愿充首事，在于城内公所设立总局，董率劝办。议明捐项出纳，悉归总局内收掌，官吏概不沾涉。维时城关已捐设粥赈二厂，济助过往乞丐及城关贫民。其四乡捐厂之处，体察舆情，颇形踊跃。是以春赈案内不敢另请调剂。业于上年十二月间将筹议大概情形照缮章程及设厂地名清折通禀宪鉴，奉饬妥办在案。嗣缘各里分中查报首事骤难尽其人，原定厂所间有相距太远，贫民奔走为劳，且如捐数较多之乡，自愿就地设厂，亦不能不俯顺与〔舆〕情。又归仁等十六里抚恤口粮，甫经发讫，既以御冬有资，自应俟青黄不接之时续加赈济。随又酌移添设，共计四乡，分设二十三厂。先据将安乐等里查明户口，领发印照，于十二月二十一日开厂散放。大口日给小米麦三合，高粮四合，小口减半，按五日一放。迨匝月后，诸首事因户口均多，核计捐项不给，公议酌减为大口日给小米麦二合、高粮三合半。其余归仁等十六里暨情形稍次之丁屯、余屯，均于二月间次第开厂，照依续定粮数散放。统按各里贫苦之等差，以定散赈日期之久暂。截止四月二十日止，一律竣事。卑职会督州同孙瑞昌、吏目方庆、保留州差委试用未入流余宗岱，随时分赴各厂稽查弹压，办理俱臻周妥，贫民亦形绥靖。独沈屯一里，原禀设厂在瓦店营，继因被旱稍轻，复经绅士自按各村量力周施，访察民情堪以支持，未经开厂兹扰。各首事将收放细帐检同照根陆续送局，汇呈前来。卑职逐加综核，俱属相符。计共收城乡捐项钱四万四千七百三十八千九百文，各厂实用钱四万三千三百八十九千七百七十六文。所捐之项，多系米、麦、高粮折交。时价本长落靡常，各里亦低昂不一。经众首事按中平之价酌定，一律开报，较之市集粜值，有减无增。其城局乡厂众首事伙食杂费，大率自行捐备。间有一二开销之处，亦属格外樽节，毫无浮冒。惟城局为收放总汇之所，不时派人分赴各乡催收捐项，并转运粮食盐折等项，需费较多。现仅据酌销钱二百六十三千五百八十六文，均尚核实，应请准其支销。尚余一千零八十五千五百三十八文，已由该局折变银五百二十一两八钱九分三厘，如数缴署，容即批解宪局兑收。伏查该绅民等谊敦任恤，好义输将，积数至四万余千之多，历时至一百二十日之久，必须分别奖叙，用示鼓励。拟将出力首事及捐数不及五十千者，统由卑职给匾。其捐数在五十千以上者，遵照前奉通饬捐输义举章程，请由司道、本道、宪台、藩台匾奖；百千以上至不及二百千者，请由宪台、抚宪给匾奖励，汇具花名清册，另行呈候拟定额句，饬发分送。至二百千以上各户，仍行照例请叙。下余畸零捐户，分里逐户立碑，标识于通衢中，以彰义行。除造开捐户花名及各厂散放粮食户口各清册另文申送外，所有捐赈事竣缘由，理合通禀大人察核。再，卑州自报灾后，至捐赈完竣，几及十月。州同孙瑞昌、吏目方庆保、试用未入流余宗岱始则帮同编查户口，继而分厂弹压，俱系自备资斧，始终其事。而方吏目又捐助钱米合银九十四两零，并随同劝捐，筹办周妥，尤为奋勉出力。卑职未便没其微劳。以上三员，合无仰恳宪恩俯赐，量予鼓励 俯赐，转请量予鼓励，出自逾格鸿慈，合并附陈。肃此具禀，恭请钧安，仰希垂鉴。除径禀抚宪、藩宪、宪 总局行辕 宪鉴外。

申详捐赈事竣，造具捐项细数及各厂散放粮食户口清册稿

汝州直隶州为捐赈事竣，造具捐项细数及各厂散放粮食户口清册，申送查核事。窃照卑州境内上年秋禾被旱，勘明归仁等十六里成灾五分，核准抚恤一月口粮，并将阖境应征丁耗加价等项钱粮分别蠲缓。因系积歉相仍，尚〈有〉乏食穷黎望殷赒恤云云。其余已邀抚恤之归仁、慕义、金沟等十六里云云。兹据各厂首事将收放细帐检同照根由局汇呈前来。卑职逐细综核，均各相符。计城乡共捐钱四万四千七百三十八千九百文，内除东关泰山庙一厂自十二月初一日起至正月初十日止，系动用卑职原捐银一千两暨吏目方庆保捐助钱米合银九十两五分四厘，不敷银一百五十六两五钱八分六厘，仍由卑职如数添捐不计外，又自正月十一日起至二月二十日止，由城关绅商公捐接办，合之四乡，分设二十三厂，实共用钱四万三千三百八十九千七百七十六文。所捐之项云云，如数缴署。拟即批解宪局兑收。至出力绅士及捐数较多各户，另行造册，详请分别奖叙。所有捐赈事竣缘由，理合造具捐户花名及各户厂散放粮食户口各细数清册，具文通报宪台查核。再，原禀沈屯一里设厂在瓦店营，旋因该里被旱稍轻，经有力绅民各按各村赒济，是以并未开厂，其捐数亦不愿开报。业由卑职奖给花红，合并声明。除径报同前云云，伏乞照详施行。（此稿内云云处，悉与前禀同。）

计申送捐户花户册一本、各厂散放户口册一本。

一申抚部院、布政司、捐输局、本道。

捐赈花户姓名及捐过钱数清册稿

汝州直隶州为劝捐赈事，谨将卑州境内捐赈花户姓名及捐过钱数造具清册，呈送查核。须至册者。

计开：

曲珊德　捐钱一千一百二十千。

彭凤翔　原续共捐钱一千四百千。

张振拔　捐钱一千一百千。

毛冯氏同媳马氏　捐钱八百千。

李文照　捐钱五百千。余仿此。

以上共捐钱四万二千六百三十八千三百文，多系以小米、小麦、高粮等项粮食折交。诸色粮价核诸市集粜值，有减无浮。业于各厂收放册内据实胪列开报，理合登明。

申汝州城关并四乡分设各厂散放过赈米等项及贫民大小口数各按各里厂开具清册稿

汝州直隶州为劝捐助赈事。今将卑州城关并四乡分设各厂散放过赈米等项及贫民大小口数，理合各按各厂分晰开具清册，呈送查核。须至册者。

计开：

城内财神殿粥厂一所，煮粥收养城关及过往乞丐、贫民，每日大口用米三合，小口减半。其衣不蔽体者，捐给棉衣裤。自上年十二月初一日起至二月二十日止，收养口数及动用经费钱文，照依历年收养章程，按旬折报，不入此报销之列。

东关泰山庙一厂，自上年十二月初一日起至本年正月初十日止，放过米六百二十五石三斗二升。照彼时市价，每粟一石合银二两零斸尾计算，实动用银一千二百五十两零六钱四分。除卑州原禀倡捐银一千两，又吏目方庆保捐钱一百千，合银五十四两零五分四厘，米二十石，合银四十两，一并支销外，仍不敷银一百五十六两五钱八分六厘，仍由卑职如数添捐。

又自正月十一日起至二月二十日止，系由城关绅商公捐接办，共计放过小米六百零七石九斗五升三合。市集时价每米一石合银二两一钱，共合银一千二百七十六两七钱一厘。每银一两合钱一千九百文，共合钱二十四百二十五千七百三十文。先经按旬折报在案。

小屯街一厂，赈济安乐里上牌、存汝里上牌、孙屯上牌、在二里共〈四〉里乏食贫民，自道光二十八年十二月二十一日开厂起，至二十八年三月十一日停厂止。

自十二月二十一日起至二十八年正月初十日止，共二十日。照依章程，小米、小麦大口日给三合，高粮四合，按五日一放计，放安乐里大口七百九十九口、小口三百二十一口，存汝里上牌大口九百六十九口、小口四百五十四口，孙屯里上牌大口一千九十九口、小口七百二十一口，在二里大口一千一百十八口、小口五百七十一口，共大口四千零八十五口，小口二千零六十七口，共用高粮四百零九石四斗八升。

又正月十一日起至二月十一日止，除小建，共三十日。因户口众多，核计捐项不给，改为大口日给高粮三合半，小口减半，续收安乐里上牌大口三百四十二石口、小口一百三十七口，存汝里上牌大口四百一十四名、小口一百九十五口，孙屯里上牌大口五里十四口、小口三百二十一口，在二里大口五百八十口、小口三百三十三口，连前共大口五十九百三十五口、小口三千零五十二口，共用高粮七百八十三石四斗零五合。

又自二月十五日起至三月十一日止，计三十日。时届春融，次贫之户先行扣除，计删去安乐里上牌大口二百四十一口、小口一百三十一口，存汝里上牌大口二百八十五口、小口一百四十九口，孙屯里上牌大口二百六十一口、小口二百四十二口，在二里大口五百十一口、小口二百三十口，共删除大口一千二百九十八口、小口七百五十九口。实系极贫大口四千六百三十七口，小口二千二百九十二口，每日大口三合半，小口减半，共用高粮六百零七石二斗六升七合五勺。

连前共用高粮一千八百零一斗五升二合五勺。每仓石合价钱一千六百文，共用钱二千八百八十千零二百四十四文。

书办二名，每日给饭钱一百文，计八十日，共给十六千文。

差役三名，每日给饭钱一百文，计八十日，共给二十四千文。

斗级一名，每日给饭钱一百文，计八十日，共给钱八千文。

斗耗钱一千二百五十六文。

首事伙食系自行捐备。

以上共用钱二千九百二十九千五百文。

圣王里泰山庙一厂，赈济圣王里、新乐里、长阜里、牛王里，共四里之食贫民。自道光二十七年十二月二十一日开厂起，至二十八年三月十一日停厂止。

自十二月二十一日起二十八年正月初十日止，共二十日。(余与小屯街式同。)

以上除收粥一厂外，二十四厂共用钱四万三千三百八十九千七百七十六文。又原禀沈屯里设厂在瓦店营，嗣缘该里情形稍次，复经绅民就地量力赒恤，体察舆情尚形安绥，是以未经开厂，该绅民亦不愿开报捐数，业由卑职查明好义绅民，酌给花红示奖，理合登明。

捐赈数多各户造册请叙稿

汝州直隶州为捐赈数多各户造册请叙事。窃卑州上年劝捐助赈，城乡好义绅富共捐钱四千七百三十八千九百文，业经造具捐户花名细数清册申报在案。除出力绅士并数在五十千以下各户，由卑职给匾奖励，又畸零捐户立碑标识以彰义行外，其五十以上者，遵照好善乐施成例，申报上司，递加奖励。伏查豫省前奉通饬捐输义举章程，应请宪台、藩宪、本道匾奖百千以上者，请由抚宪给匾。所有二百以上例得邀叙者，共计六十名，内除叶芹一户捐钱五百千、李东一名捐钱二百四十千，呈明不愿议叙，并孀妇毛冯氏同媳马氏捐钱八百千，别无夫男可叙，均请抚宪给匾，下余五十七名，据各绅民指明应叙职衔等项，呈报前来。卑职逐加察核，均与历届请叙成例相符，理合分别造具清册，逐名注明应叙职衔加级，具文申送宪台查核，俯赐转请题叙，实为公便。为此备由具申，伏乞照验施行。

计申送：

卑州请叙捐户花名三代清册二本。

一百千以上二百千以下捐户请给匾奖姓名清册二本。

五十千以上一百以下捐户请给匾奖姓名清册二本。

印结二纸。(以上申总局。)

卑州请叙捐户花名三代清册一本。

一百千以上二百千以下捐户请给匾奖姓名清册一本。

五十千以上一百以下捐户请给匾奖姓名清册一本。

印结一纸。(以上申藩台。)

卑州请叙捐户花名三代清册一本。

一百千以上二百千以下捐户请给匾奖姓名清册一本。

五十千以上一百千以下捐户请给匾奖姓名清册一本。

印结一纸。(以上申本道。)

捐赈钱文各户请给匾奖清册稿

汝州直隶州为劝捐助赈事。今将卑州捐赈钱文数在百千以上至二百千以下各户，理合造具〈清〉册，呈送查核，给匾奖励。须至册者。

计开：

和盛号吴魁南　捐钱一百五十六千文。

生员王汝霖　捐钱一百五十千文。

监生郭玉峰　捐钱一百三十千文。

后秀王文行　捐钱一百三十千文。

俊秀于　林　捐钱一百二十千文。

余仿此。

以上捐钱各户数在一百以上二百千以下，应请由抚宪给匾示奖，理合登明。

申捐赈钱文数在二百千以上各户汇核议叙清册稿

汝州直隶州为劝捐助赈事。今将卑州捐赈钱文数在二百千以上各户，理合造册申送，汇核议叙。须至册者。

计开：

国子监典籍衔彭凤祥(前由监生捐输本省城工经费，议叙国子监典籍职衔，加一级)先后共捐钱一千九百千文。

三代曾祖△△　祖△△　父△△

以上一名，拟请议叙光禄寺署正职衔。

监生曲珊德捐钱一千一百二十六千四百文。

三代曾祖△△　祖△△　父△△

以上一名，拟请议叙布政司经历职衔。

武生张振拔捐钱九百三十五千文。

三代曾祖△△　祖△△　父△△

以上一名，拟请议叙营守备职衔。

布经历衔王忠信(由廪生捐输河工经费，议叙布政司经历职衔)捐钱六百千。

三代曾祖△△　祖△△　父△△

以上一名，拟请酌叙加级。

余仿此。

以上捐户，除毛冯氏除同媳马氏别无夫男可叙，拟请匾奖，又李东一户呈明不敢邀叙，亦拟请匾奖外，其余名户，应请查照册注职衔原例，分别议叙，以示奖励。理合登明。

申各捐户数在五十千以上不及百千各户姓名清册稿

汝州直隶州为劝捐赈事。今将卑州捐赈钱文数在五十千以上不及百千各户，理合造册，呈送查核，给匾奖励。须至册者。

计开：

监生王家一　捐钱九十五千文。

俊秀李和　捐钱九十千文。

余仿此。

以上捐钱各户，数在五十千以上一百千以下，应请由抚道宪给匾示奖，理合登明。

印结式

汝州直隶州今于

与印结为捐资赈恤事。依奉结得卑州上年各里绅民捐资散放贫民口粮，均系实收实放，并无浮冒情事。印结是实。

户部则例·蠲恤

一、凡水旱成灾，地方官将灾户原纳地丁正赋作为十分，按灾请蠲。被灾十分者，蠲正赋十分之七；被灾九分者，蠲正赋十分之六；被灾八分者，蠲正赋十分之四；被灾七分者，蠲正赋十分之二；被灾六分五分者，蠲正赋十分之一。山西省未经摊征之丁银及无地灾户丁银，统随地粮应捐分数，一律请蠲，于蠲免册内分款造报。

一、勘明灾地钱粮，勘报之日，即行停征。所停钱粮，系被十分、九分、八分者，分作三年带征；系被灾七分、六分、五分者，分作二年带征。其五分以下不成灾地亩钱粮，有奉旨缓征及督抚题明缓征者，缓至次年麦熟以后；其次年麦熟钱粮，递行缓至秋成。若被灾之年深冬方得雨雪及积水方退者，该督抚另疏题明，将应缓至麦熟以后钱粮，再缓至秋成以后，新旧并纳。

一、直省成灾五分以上州县中之成熟乡庄应征钱粮，准其一体缓至次年秋成后征收。

一、凡灾蠲地丁正赋之年，其随征耗羡银两，按照被灾分数，一律验蠲。

一、民田内应征漕粮及漕项银米，被灾之年，或应分年带征，或与地丁正耗钱粮一律蠲免，该督抚确核具题，请旨定夺。

一、州县卫所官奉蠲钱粮，或先期征存，不行流抵，或既奉蠲免，不为扣除，或故行出示迟延，指称别有征款，及虽为扣除而不及蠲额者，均以侵欺论罪，失察各上司俱分别查议。

查勘灾赈事例

一、地方遇有灾伤，该督抚先将被灾情形日期飞章题报。夏灾限六月中旬，秋灾限九月终旬。（甘肃省地气较迟，夏灾不出七月半，秋灾不出十月半。）题后续被灾伤，一例速奏。仍一面题报情形，一面于知府、同知、通判内遴委妥员（沿河地方兼委河员），会同该州县迅诣灾所，履亩确勘，将被灾分数，按区照图村庄逐加分别，申报司道。该管道员复行稽查加结，详请督抚具题。倘或删减分数，严加议处。其勘报限期，州县官扣除程限，定限四十日。上司官以州县报到日为始，定限五日。统于四十五日内勘明题〈报〉。如逾限半月以内，迟至三月以外者，分别议处，上司属员一例处分。

一、州县勘报续被灾伤分数，除旱灾以渐而成，仍照四十日正限勘报外，其原报被水被霜被风灾地，续灾较重，距原报情形之日在十五日以外者，准于正限外展限二十日勘报。距原报情形之日未过十五日者，统于正限内勘报请题，不准展限。若已过初灾勘报正限之后，续被重灾，准另起限勘报。

一、被灾伤异常之地，责成该督抚轻骑减从，亲往踏勘，将应行赈恤事宜，一面奏闻。如滥委属员，贻误滋弊，及听从不肖有司违例供应者，严加议处。凡督抚亲勘灾地，系督抚同城省分，酌留一员弹压；系督抚专驻省分，酌留藩臬两司弹压。

一、地方报灾之后，该管官若将所报灾地留待勘报分数，不令赶种，致误农时，上司属员一例严加议处。

一、凡地方被灾，该管官一面将田地成灾分数依限题报，一面将应赈户口迅速开赈，另详请题。若灾户数少，易于查察者，即于踏勘灾田限内带查并报。

一、民田秋月水旱成灾，该督抚一面题报情形，一面饬属发仓，将乏食贫民，不论成灾分数，均先行正赈一个月。仍于四十五日限内，按查明成灾分数，分晰极贫次贫，具题加赈。被灾十分者，极贫加赈四个月，次贫加赈三个月。被灾九分者，极贫加赈三个月，次贫加赈两个月。被灾八分、七分者，极贫加赈两个月，次贫加赈一个月。被灾六分者，极贫加赈一个月。被灾五分者，准酌借来春口粮。应赈每口米数，大口日给米五合，小口二合五勺，按日合月，小建扣除。银米兼给，谷则倍之。贫生饥军，各随地坐落地方与赈。闲散贫民同力田灾民一体给赈；闻赈归来者，并准入册赈恤。贫生赈粮由该学教官散给，灾民赈粮由州县亲身散给。州县不能兼顾，该督抚委员协办。凡散赈处所，在城设厂之外，仍于四乡分设。其运米脚费同赈济银米，事竣一体题销。若赈毕之后，间遇青黄不接，仍准该州县详请平粜，或酌借口粮。其有连年积歉及当年灾出非常，须于正赈、加赈之外再加赈恤者，该督抚临时题请。

一、民田夏月风雹旱蝗水溢成灾，若秋禾播种可望收成者，统俟秋获时确勘分数，另行办理。其布种较晚，必需接济者，酌借仔种、口粮，秋后免息还仓。若播种止有一季，夏月被灾即照秋灾办理。其播种两季地方，既被夏灾不能复种秋禾者，亦即照秋灾例办理。

一、地方遇有赈恤，该管官将所报成灾分数、应赈户口月分，先期宣示。及赈毕，再将已赈户口银米各数复行通谕。若宣示本无不实，赈济亦无遗滥，而奸民藉端要挟请赈者，依律究拟。

一、凡折赈米价，有奉恩旨加增折给者，以奉旨之日为始。其奉旨以前，仍按定价折给，事竣分晰日期报销。

一、凡灾地应赈户口，应委正佐官分地确查，亲填入册，不得假手胥役。其灾户内有贡监生员赤贫应赈者，责成该学教官册报入赈。倘有不肖绅矜及吏役人等串通捏冒，察出草究。若查赈官开报不实，或循纵冒滥，或挟私妄驳者，均以不职参治。

一、凡查勘地方灾赈，除现任正印及丞倅等官不准支给盘费外，教职及县丞、佐杂、候补试用等官，俱按日支给盘费。所带书吏、跟役口粮杂费，一体支销。河南省佐杂教职等官，每［日］员日给盘费银一钱。随带丞书一名，跟役一名，正印官随带承书一名，跟役二名，每名日给饭食银三分。造册纸张，每千户给银六分四厘；赈票纸张，每千户给银八分四厘。缮写册籍，每千户给饭食银三分。

抚恤冲淹事例

一、地方猝被水灾，该管官确查冲坍房屋、淹毙人畜，分别抚恤。用过银两，统入田地灾案内报销。

一、河南省水冲民房修费，瓦房每间银一两，草房每间五钱。淹毙人口埋葬银，每大口一两，小口五钱。

恩蠲灾蠲事例

一、恭遇覃恩诏款内有豁免旧欠钱粮条款者，其民欠漕项、芦课、学租、杂税各项钱粮，一体豁免。

一、恭遇特恩豁免正赋之年，应征耗羡，至开征之年按数并纳。(灾蠲耗羡，另有条款。)

一、地方积欠钱粮恭奉恩旨指蠲自某年者，其扣蠲截数仍以已入奏销之数为准；若未入奏销者，不得统作积欠蠲免。

一、灾蠲及蒙恩旨蠲分数钱粮，该管官奉蠲之后遵照出示晓谕，刊刻免单，按户付执，并取具里长甘结，详请咨送部科察核。若不给免单或给而不实，该官吏均以违旨计赃论罪，胥役按律严究，失察官议处。

灾荒要略册二*

灾荒要略

一、《会典》内开勘灾定例：督抚遴选廉明道府厅官履勘，不得徒委州县。事竣出具并无捏冒情弊印结并司道加结，督抚保题。

一、雍正六年定例：报灾州县，无论该管邻近知府、同知、通判，急选练达之员，会同州县履放踏勘，申详司道，再委该管道员巡历弹压，稽查察访。倘有捏冒等弊，即分别详究。事竣取具履勘各官印结，道员加结咨部。如有虚冒，发觉之日，一律议处。

一、凡有省水旱虫蝗之灾，士民呈报既齐，亲往踏勘。如果焦枯湮没田禾受伤者，有不可不报之势，先将被灾情形详报上司，例委正印或同知通判踏勘。即造灾荒册，并取具里民甘结，加具印结。其册内开造被灾分数、田地若干亩，同结送原委踏勘官加结申送，候督抚定夺。

一、定例夏月被灾，秋禾种植，将来可望收成者，统俟秋获之时，确勘分数办理。其间或有得雨稍迟，种植较晚，必须接济者，应令着〔酌〕借籽种或借口粮，秋后免息还仓，或奏请缓征。

一、地方被旱，如网户庄头另案入官存退余绝回赎公产香灯，工部苇草广恩库河淤各地，及一切旗民地亩，均应分项造具顷亩分数册结呈送。

一、灾重各属系八九十分者，于八月内急赈。其已经急赈之赤贫，止准于十月摘赈一月口粮。至六七分灾之赤贫，仍照向例，于九十两月摘赈。其并无急赈之区，自六分至十分，一体摘赈两月。至三月加赈，仍奏奉谕旨，系照向例，自六分至十分，无论极次，一体赈恤。乾隆三十六年例。

一、五分灾民有归入六分极贫通融赈恤之项，不得报部。乾隆五十四静海被水，其运河两岸村庄本止成灾五分，因次年系翠华巡幸经由之所，若不一律给赈，恐民情不能安贴，致滋事端，禀明作六分灾办赈在案。

一、深山穷谷之中，龙与雉交，遗精于地，入土成蛟，遇雨坟起，即为水患。凡有蛟之处，草木不生，霜雪不积，于冬春之时掘土尺余即得。

一、蝻子交官一升，近有易给仓谷一升云。通饬须在酌看情形办理。

一、嗣后凡有被蝗，毋庸根查起蝗处所，只须查明现在有蝗扑捕不力者，即行揭参。乾隆三十五年上谕。

一、捕蝗之价多不准销。

一、捕捉蝗蝻，凡民人佃种旗地之户，令理事同知饬各庄头一体拨夫应用，地方官酌给饭钱。如旗佃依旧玩违，将理事同知参处，庄头亦交该管衙门治罪。乾隆三十五年户部定例。又奉上谕：内务府所属六粮庄头，亦应一体派拨。

一、捕蝗不力之地方官，并就现有飞蝗之处，予以处分，毋庸查究来踪。乾隆三十六年上谕。

一、收成六分者，本年先还一半，次年麦熟后征还一半。如收成七分者，虽非丰稔，亦不甚歉，应令本年秋后征还。

一、被水冲去瓦房，每间准给银二两；草房每间准给银一两。如仅冲塌房屋，物料犹存，瓦房每间准给银一两，土房给银五钱，草房六钱。冲没人口，捞获尸首者，每名口给银一两五钱；未获尸首者，每名口给银六钱，先行动项散给。

一、乾隆五年办过成案，易州冲坍，各商买卖铺房动无碍闲款，酌借建盖，限一年免息追还。

一、户部则例：直隶水冲民房，全冲者，瓦房每间一两六钱，土草房每间八钱。尚有木料者，瓦房每间一两，土草房五钱。稍有坍塌者，瓦房每间六钱，土草房每间三钱。如瓦草房全应移建者，每间加地基银五钱，每户均不得过三间之数。又淹毙人口埋葬银，大口二两，小口一两。

一、州县钱粮遇停征、缓征及分年带征之时，其佐杂微员应将俸银及胥役应领工食银两，若有垫发及未给者，准于司库存公银内如数借给，仍将应征民欠，依限催收，解还司库。倘有玩法侵隐等弊，即行严参。乾隆五年上谕。

一、内务府所属会计司等处庄园人等，又会计司以及热河、锦州、盛京等处所属庄头，又都虞司、掌仪司、营造司管理三旗银两庄头处，掌关防管理内管领事务处所属牲丁、瓜果菜园头、煤炭炸军投充庄头人等，承种官地，如遇旱涝灾歉，其成灾分数，请与民地一体办理。一分至四分不准报灾，五分以上者方准呈报。除照民地按依成数免其差务外，其得给大小口粮之处，概行停止。乾隆四十八年二月奉文，内务府奏咨。

一、乾隆五十七年正月十一日，直藩张接蒙督宪梁批，本司呈详宣化府属州县乾隆五十二、四、五等年被灾，应蠲正印官俸，既奉部驳不准支食，嗣后如遇被灾之年，应扣俸银统归奏销册内造报缘由，蒙批：仰候核咨。

一、定例：各州县凡庄园人等官地内遇旱涝偏灾，应照例在七八月内即将被灾地段顷亩数目呈报内务府存案，一面呈报地方官查明，出具印甘册结。到日详加查对，照例办理。倘庄园人等任意逾限，该年以内并不呈报，迟至次年正二月始行呈报者，杖八十，鞭责发落，方准报灾；迟至三四月始行呈报者，杖八十，鞭责发落，仍加枷号两个月，方准报灾；甚至五月间始行呈报者，不惟不准呈报灾歉，仍鞭责八十，加枷号一个月，令其交纳满差。乾隆四十六年八月准户部咨。

一、嗣后庄头投充等差地遇有被灾，该庄头等于被灾时即时报明坐落州县，该州县即往勘确实，照例造具册结，详请咨部转行本府办理，总不得过次年二月之限。此因霸州造送庄头关廷佩投充周士勋等五十五年被灾地亩册结，于五十六年四月内始行申部，转送已在题镌之后，经内务府将册结驳回，毋庸办理，并咨户部转行知照，嗣后云云。乾隆五十七年六月直督梁准咨。

一、嗣后除云、贵、闽、粤向不闻有报蝗，其余各省凡有沮汝卑湿之区，即防蝻子化生。各该督抚务饬所属每年于二三月间实力搜查，据实禀报，各该督抚等具奏一次。乾隆五十七年八月内上谕。

一、民地成熟乡村并四分以下不成灾，本年钱粮统缓至次年秋后征收。成灾村庄旧欠钱粮，俟次年麦熟后征收；其成熟村庄旧欠，照常征收。

一、直属五十七年入春以后，雨泽稀少，天时亢旱，以致二麦失收，大田无望。各属均止将旱象已成缘由报明，或酌借口粮，或平粜煮赈，暂安民心。俟秋后察看灾象已成，始行查办，汇入秋灾题报。此系遵例办理。盖旱灾由渐而成，若夏间□出查办，则距大赈之期甚远，转恐民心皇皇，难以安辑，须酌夺办理。

一、乾隆五十八年，藩司议详查得盐山县地方上年秋禾被旱成灾，乏食穷民仰蒙皇仁宪德，照例赈恤。惟是赈期例有定制，本地灾黎及外来流寓□□待哺，荷蒙宪台轸念民生，饬令倡劝捐施，开厂煮赈，□逃灾黎共庆生全。起僵骨于冰天，无异阳春之布；转鸠形于沟壑，何殊化日之舒。□据天津府知府李程莲仰奉宪德，首先捐银一百两，前署知县徐□劬捐制银〔钱〕五十千，现署知县沈清捐银一百两，并绅衿张德荣等及当商富户，共捐谷六千一百三十八石，碾米三千三百七十五石九斗。自乾隆五十七年七月十五日开厂起，至五十八年二月底止，共用过米三千五百四十八石，采买柴薪及置备锅灶等项共用过银五百八十两。前据该县详请议叙，当经本司以该绅士张德荣等所捐谷石，果否属实，有无以少报多情事，批令天津府逐一查明，声叙例案，加结详送核办。嗣蒙宪台批司查议，复经檄饬遵照在案。今据盐山县知县沈清将张德荣所捐谷石查明，委系实在数目，并无以少报多情事，另造册结履历，由天津府核明加结，送转前来。本司后查《赈纪》内开：本地绅士商民殷实之家，值此灾旱，有谊笃桑梓、情殷任恤者，或设厂煮赈，或制给棉衣，情愿助赈者，报明地方官，听其自行经理。事竣按其所用银米核实具详，少则酌量奖优，多则题请议叙。又定例：绅衿富户捐谷助赈，应予议叙，仿照社仓捐输，仍照雍正二年定例，分别奖励。捐至十石以上者，州县官给以花红；三十石以上者，州县官给匾；五十石以上者，详报知府给匾；一百石以上者，详报布政司给以匾额；一百五十石以上者，督抚给以匾额；二百石以上者，给以九品顶带；三百石以上者，给以八品顶带；至四百石者，给以七品顶带；如捐至千石以上及系有职之员，应请奏闻，分别职衔大小，酌量议叙各等因。今盐山县绅士张德荣等捐输谷石既据该县查明，俱系实在数目，并无以少报多，另造册结履历，由府核明加结送转，似无捏饰不实情事，似应俯如所请，准其照例分别奖叙，以示鼓励。除将捐谷十石以上之张梦林等饬令该县给以花红，鼓乐迎送，三十石以上之马世臣照例给匾，五、六、七、八十石之监生赵江、李元植等，饬令天津府给以匾额，其捐至一百石之赵廷琳、赵风仪、郭廷干、李宏中等，应请本司给以匾额。至捐谷二百石暨三百石之李钧，童生王振功、赵义和，监生杨椿，以至捐谷千石以上之张德荣等，应请同各属捐输谷石应行议叙之绅士人等一并查明，另行汇案，呈请奏咨，分别酌予议叙，给以顶带外，是否允协，拟合同送到册结履历，具文呈请宪台察核批示，以便转饬遵照。再查天津府知府李程莲、前任盐山县知县徐□劭、现任知县沈清首先倡捐设立粥厂，以惠穷黎，且劝谕有方，使绅士乐于输捐，实堪嘉尚。可否仰邀宪恩一并奏请议叙之处，并请批示饬遵。后蒙督宪批：天津府倡捐之处，系地方官应办之事，并未奏请议叙。

赈济指南

一、查赈济定例，每户大口不得五口，小口不得过三口。然近年案内大抵每户大小牵算不过三大口上下，且每村多寡牵算不过七八十户上下，至多不过百户。

一、十三岁以上为大口，十二岁以下为小口。至能行走者均为小口，襁褓乳哺幼孩不在小口给赈之例。

一、小建统于半银内扣除，毋庸银米扣分。

一、乾隆八年定例，急赈不必扣小建。

一、折赈银数，乾隆二十二年系一两二钱；二十四年系一两四钱；二十七、三十三、五十四、五十五、五十七等年，亦均系一两二钱。

一、五口之条，乃因水围三面四面，先为抚恤灾黎就赈急也。详载二十七年赈案。

一、贫生例按三户赈一之额查办，每户以三大口为率。

一、八月普赈口粮，例不扣除小建。旗人应造册申送理事厅查明旗档送转。

一、极贫不过次贫十分之三。

一、乾隆五十七年，通饬每户人口虽多，总不得过五口之数，将少壮者剔出不赈。

一、未赈前以外出归来，时在十一月以前而无加赈口粮，应仍补给急赈口粮。（《赈纪》详载。）

一、赈案动用存仓麦石，按麦二石作米一石报销，高粮亦然。五十五年静海赈案办过。

一、历来赈务多系银米各半，兼放亦有米七银三或米三银七及全用折色者。办法并无一定，总于题明情形案内先行声明。

一、缓带征统于奏销案内归结，向不造册报部。蠲免拨补，司中汇造详题。

一、定例旗地七分为成灾，六分以下均不成灾。

一、查勘被灾分数情形，并顷亩分数。

一、清查户口，填红格册。

一、核查灾分户口，散赈给票。

一、各厂监赈官俱准报销盘费、饭食等银。

一、造大赈、加赈贫民贫士红格册，每万户用扛连大纸三百三十四张。给门牌，每万户用红连大纸一千六百六十七张。（门牌大纸只算大赈贫民户数，其加赈贫民及贫士不准开销。）造大赈贫民点名散赈册，每万户用扛连大纸一百二十八张。造大赈贫民报销册，每万户用扛连大纸七百六十八张，每张价银一厘五毛。给赈票，每万户用毛头大纸一千六百六十七张，每张价银一厘。

一、包封赈银，每万户准用毛头大纸一千六百六十七张，价一厘。

一、散赈三连赈票，五十五、五十七等年静海县报销，每万户用扛连大纸三千三百三十三张，三分亦禀准销。

一、津军厅苇鱼课地被灾赈济，向归天津、武清查办。

一、查乾隆三十三年三月初一日，直督方准户部咨，二月二十三日奉上谕：方奏准乾隆二十七年赈济案内，所有应扣建旷日期及粥厂向有接赈二十日，经户部驳令删除，恳请一体准销一折。在部议驳，原系遵照成例办理，但据方所奏，地方急赈本有扣足一月之例，而粥厂亦因京师五城煮赈未停，是以随同接办，亦属地方实情。国家加惠闾阎，遇有偏灾，无不格外从优。此案该督既据通融筹办，自毋庸援例斥驳。所有应扣建旷日期及应删减二十日米薪等项，均着加恩，准其开销。钦此。

一、乾隆三十五、六等年，旗人均系一体急赈，明列报销，历奉部准，但应造册申送理事厅查明旗档户口送转。

一、乾隆三十三年赈案煮粥，藩司通饬不准奏动义谷，令其动支赈案碾谷及碾粜余米凑用。

一、乾隆三十五年霸州禀劝捐煮赈，蒙尹宪驳饬，嗣经藩宪议将捐存米石煮赈，不得再行科派。

一、近来煮赈柴薪，应捐办，不准开销。

一、奉父赈济，将饥民造册，先按户散给领票，示期放赈，着各图保长带领饥民赴仓点名、验票、发米，赈完造册申送。（此系成规。）

一、查灾办赈佐杂、教职、微员、吏役及试用未得缺之人，应给盘费等项，仍于耗羡银内动用给办。乾隆二十四年户部例。

又查乾隆三十四、五年安徽册报三十三年用过查灾公费银两，将现在州县同知等官盘费等款一并开入。经户部驳饬，此等人员□微员及未经得缺者，可比令删减，另造册送销。

一、办灾赈余剩银两，即解司库归还本款，毋得仍存赈剩名色。如报销后仍将余剩银两别项开支，照挪移钱粮例分别治罪。其动用银两，不准开销，着落藩司及该府州县分赔还款。乾隆四十年户例。

一、乾隆五十二年十一月二十七日奉上谕：各省办理灾赈，其放赈时民间甫经秋收，当有粮食可以籴买，自可放给折色。至二赈、三赈，为时较久，民间米粮短缺，自应银米兼放。梁肯堂身为藩司，尚能妥协筹办；明兴晋任巡抚有年，于此等紧要事务，反不能见及。(此系申饬晋抚办灾不善,初、二赈银米兼放,三赈全放折色上谕内摘出。)

一、乾隆五十四年秋禾被水成灾案内,保定府王议禀内称,蒙札饬将被灾各州县凡有一水一麦减赋地亩以及苇渔为业之处成灾分数,分别另行酌定,详请办理等因。遵查此项一水一麦之地,滨临河淀,科则极下,租赋本轻。是以必须大势灾歉之年,方准议赈。本省办过章程:三十年、三十三年、四十五年,俱经一体赈恤在案。诚以地亩虽有不同,而全境被淹乏食,农民难以谋生情形则一,自应划一赈济,毋使向隅。惟是水地宜麦,但经涸出耕种,来年即可丰收。较之高阜地亩,事半功倍。且交东作方兴,无力贫民皆可佣趁度日。惟穷冬得赈两个月,足资安顿,不致失所。卑府前议新安堤外之二十村,照例酌为区别,统以七分成灾为率赈济,给以两月口粮,租止蠲免二分,俾穷黎不致偏枯而办理亦无浮滥。业经禀请宪鉴察核在案。兹蒙札饬酌办。查卑府所属止有安州、新安两处有此项地亩。除苇地及渔户营生毋庸查办外,现在安州议详成灾之东北两淀各村,应饬令查明,即照新安堤外村庄一例改照七分核计,候大赈之期,极贫给赈两月,次贫一月。迅即造具村庄顷亩分数册结,详请于题报案内声明办理。所有抚恤摘赈事宜,仍照例一体查办。缘奉饬议事,理合肃具禀。是否有当,伏乞钧鉴批示饬遵。乾隆五十四年八月初十日,蒙督宪刘批:所办尚属妥协,仰布政司通饬所属一体遵照查办,毋误。

一、乾隆五十七年六月内直藩阿等议详:今岁被旱较重,现在时甫六月,相距大赈之期尚有四月,民情似难久待。应请冬月煮赈之例,先行多设粥厂,煮赈接济。所有清苑、安、肃、河间、献县、吴桥、阜城、任邱、景州、雄县、安州、新安、南皮等州县应需米石,先行动支义仓谷石三百石,在于四路灾村适中之地,多设粥厂,无论本地外来老幼无依贫民,概行给赈。仍令各该州县据实具详,再行另筹动款,拨给应用。总期接至应赈之期,俾无失所。应需柴薪银两,令该州县捐廉办理。棚厂等项,先行借备,事竣给还原主。仍将用米数目据实造册报销,不准稍有侵蚀。救荒本无善策,办理必须随宜。地方官遇有灾祲,先行设法倡捐,一面详动仓谷,开厂煮赈,其惠甚普,而援救甚速,既免灾黎之困,亦免滋事之虞,且于旱灾尤为合宜,诚良法也。谨志。

一、直属三十六年,近京地方多被水灾。是年皇太皇后八旬万寿,恐灾民入京滋事,议请将大、宛、通州、顺义等处入京要路设立留养局,留养贫民。其所需搭盖席棚并粥米、柴薪,除在于本处余米价银内动用外,不敷者,在于司库余米价银酌发办理。

一、乾隆二十六年被灾抚赈案内,据大城县详称:遵查卑县急赈村庄内,其五口以上者,俱禀给米四年,折谷八斗。四口以下,俱给米三斗,折谷六斗。至内有一大口一小口之家,卑职因其口数不多,每户仅给米一斗五升,折谷三斗,以二户并为一户,作一户造报,仍合四口以下给米三斗之数。又有单户独口者,每户仅给米一斗,折谷二斗,以三户并作一户造报,亦仍合四口以下给米三斗之数。如此散给,则恩惠既可均沾,而仓储亦可节省,似与应行赈恤成数亦无妨碍。

一、乾隆五十七年直属被旱成灾,直督梁奏准将顺德、广平二府酌借两月口粮,大名、赵州酌借一月口粮。又受旱较重之河间府属景州、河间、献县、阜城、任邱、吴桥,保定府属雄县、束鹿八州县有田无力贫民,酌借七八两月口粮。受旱稍轻之河间府属肃宁、交河、东光,保定府属清苑、满城、安肃、唐县、博望、望都、完县、蠡县、容城、新安,天津府属之青县、南皮、沧州、盐山、庆云等州县,酌借八月一月口粮。鳏寡孤独、老幼残疾者,先行摘赈。其先已得雨、复受旱之香河、文安、大城、保定等县,亦经顺天府尹蒋奏明，一并酌借口粮在案。

一、乾隆五十七年七月，蒙直督梁札饬各属查明被灾户口，将应赈户口若干、是何姓名，汇开一单，张贴各村庄处所，以便放赈时易于稽查。

一、天津县减赋村庄偶被灾祲，例无蠲赈。嗣于乾隆二十六七及三十五六并四十五六以及五十四五等年，因大势被灾，准予一体蠲赈在案。

一、天津县塌河淀南减粮之赵占里等十村庄，如遇大势被灾之年，统归灾案内查办，毋庸另请减免。历年办有成案。

一、灶户、旗户被灾，应行给赈，总归州县查明户口，与民人一律赈恤，另造旗分灶籍清册，分送理事厅并场员查核。

一、乾隆五十九年天津静海、青县秋后被水灾，经盐院征奏明，先将被水较重之区照十五年抚恤之例，每户人数在五口以上者，给米四斗；在四口以下者，给米三斗。银谷兼赈，每谷一石折银六钱。嗣于七月内，蒙天津道丁呈详天津县无力穷民抚恤口粮，三口以下之户，应请计口散放缘由，蒙盐院征批：如详，即将一二口之户计口散放，每口给米八升。其三口以上至六七口之户，仍照原奏给发。至户有八九口以上者，应将议减之米酌增多口之家，庶少减多增，佥赈平允等因，遵照在案。（此项抚恤，银米兼赈。报销时，仍按三斗四斗之数造报。）

一、乾隆五十九年直属秋被水灾，奉旨春间被旱缓征及应征秋粮概行豁免。后静海县灾案议详内声请，将应行灾蠲银粮在于下年正赋内补蠲等因。奉藩宪郑批：此次豁免秋粮，系属因灾，不得援普蠲、遇灾补蠲之案办理，驳饬在案。五十九年直藩通饬。

一、赈票遵照连三票式刊刷，其纸张费用赴司请领，盖用该管府州印信编号，发交委员亲身赴各村查明发给。不得搀用本州县之印，以杜弊端。

一、查赈正佐等官，俱参用隔属人员，将衔名戳印票上。随查随给赈票，将票根呈缴本司，以备覆查。仍当谆切详谕委员，州县钱粮皆有定数，放赈不能逾缓征之额，勉以毋滥毋遗。倘有持宁滥毋遗之论，任听书役滥给票者，察出罚赔。

一、放赈概用钱文，各本管上司先令将分厂地方预先报明，覆核通禀。

一、赈后尚须借粜各州县存仓各项粮石，该管上司务先查实具报，以凭核办。如有短缺，惟该管是问。

一、灾重州县，虚实难以自明。惟有赈用调署之法，俾散赈得归实济，而贤否亦可显著。

一、以银易钱，该管上司委员监察。除遵照奏明每银一钱以制钱一百文散放，其多余数目，由该管核办存贮充公，或补放极贫口多之家。

一、查赈委员盘费，日给钱二百文，由该管上司核销请领。有扰累村庄者，即行揭参。

一、外出户丁，谕委员查完一村，即附记一册，汇呈本管府厅州核明禀司，但不得藉闻赈归来名色，暗中弊混。

一、放赈刊初赈讫木戳，交监赈委员印于赈票上。如只初赈，当将赈票掣回；当印二赈，仍给灾户收执。

一、赈票纸张，刊给木戳，俱由本管汇销请领。其书役有应给饭食钱文等项，本管议禀核办。至直隶州刊印赈票，请用道印；其州属仍盖用州印。其余一切领销，俱照该管府厅办理。

一、嘉庆五年，沧州被水歉收，勘不成灾，例无赈恤。详请动用义仓谷石，并平粜余米及余米价银煮赈。又六年奉文拨项煮赈，奉派漕米九百石、银二百两，均照后开报销。自十二月初一日起，至三十日止，放过大口八万零七百一十口，小口六万五千一百三十一口。大口粟米三合，小口减半。共用粟米三百三十九石八斗三升五分五钱。每米一石需柴薪二十束，共用柴薪六千七百九十七束。每米一石价银一两九钱五分，合银六百六十二两六钱七分九厘。柴薪每束价制钱三十文，合制钱二百零三千九百一十文。每制钱九百六十一文易银一两（照月报），合银二百一十二两一钱八分九厘。计三十日，共用过银八百七十四两五钱六分九厘。

一、豫省陕州、灵宝、阌乡于嘉庆十八年九月二十一日地震。查明陕州境内倒塌瓦草房一万五千余间，压毙男妇大小一千三百四十余口。灵宝县境内倒塌瓦草房屋一万四千余间，压毙男妇大小三百九十余名口。阌乡县境内倒塌瓦草土房八千余间，压毙男妇七名口。并有被压伤轻逃出暨给药敷治得生、渐次痊愈者甚多。被灾各户，悉已搭盖席棚草舍暂住。该司督率印委各员体查情形，悉心筹议。除阌乡一县倒塌压毙人口，业经该县王掌源捐资抚恤，均毋庸查办外，陕州暨灵宝县抚恤事宜，经该司等查得该州县地方广阔，山路崎岖，居民零星散处各村庄，彼此相距遥远，即于适中之地分设粥厂煮赈，诚恐妇女、老幼、残疾、受伤未愈之人行走不便，当将该二州县被灾无力贫民，于仓存本色谷内按照水旱灾伤抚恤之例，先行散给一月口粮，大口给谷三十斗，小口减半，听其自行煮食。压毙贫民，应作何酌给收葬之处，并无成例可循。当经饬照山西康熙三十四年办过成案，每大口给银二两，小口给银七十五分。其坍塌瓦草土房无力修整者，循照豫省水灾之例，每瓦房土窑一间，给银一两，草房五钱，统于该司动发委员解往银两，并该州县库存银两动支。以上应给银两，即于委员分投查勘之时散给。该委员等逐户挨查，按名点放，不经胥役之手，其中并无浮冒。并被灾无力穷民，卒岁无资，请于腊月内加赏一月口粮，仍动支仓谷散给云云。河南抚方奏。

蠲缓租银米石

一、凡民地歉收四分以下村庄未完新旧钱粮，缓至次年麦熟后征收。其未完积久〔欠〕仓粮，缓至次年秋后催征。乾隆三年九月例。

一、旗地歉收四五分，亦均例不成灾，准将本年并节年租银照数缓征，并无蠲免。五十七年灾案摘注。

一、蠲缓册结，例应于题报情形后，起限四十五日，造送详题。

一、蠲免民粮，倘遇普蠲之年，不摊存留，止蠲起运。再，该年地粮业已普蠲，若又遇灾蠲，仍应按例于下年正赋补蠲。此系乾隆三十五年正遇普蠲之年，复值灾蠲，如此办理，至三十六年又复被灾，一年正赋应除两年灾免粮银，内有灾重之区，不敷扣蠲。

一、入官地租，定例被灾六分以下不准蠲免；被灾七分，蠲免十分之一；被灾八分，蠲免十分之二；被灾九分，蠲免十分之四；被蠲十分，蠲免十分之五。雍正十一年部覆直督。

一、凡被灾蠲免之户，如本年钱粮长完银两已征在官者，抵作下年正赋。将花户长完银数造册报明。（未经报灾以前先行完纳之户，核计未完数目，不敷蠲免者，其多完之数，即诏之长完。）

一、工部苇草广恩库等项地租，均照入官地租定例扣蠲。乾隆五十五年天津县存案。

一、内务府庄园人等承种官地，灾歉成数与民地同，按数免差，不给口粮。乾隆四十八年新例，载灾荒要略门。

一、官房租银并盐坨地租银，例不蠲缓。天津有案。

一、河淤地亩被灾，照民地蠲免而无赈济。（河淤地租内又有河淤羡租一项，亦照民粮一律蠲缓。）

一、庄头当差地亩，按照被灾分数减免差务，造册送内务府查办。（乾隆十一年准咨。）一面申报本官上司核转，由部移咨内务府办理。此项地亩不准缓征（乾隆十七年灾案部议），务于该年以内咨部转移内务府。乾隆三十年定例亦然。近年办理，竟有迟至隔年详咨，亦有州县自行径送内务府，而内务府竟按该州县所送歉收分数减差，不俟司转，由户部转移为准办理。覆准减差之案，良乡县三十六年差地被水歉收，系于三十七年辗转驳查。至三十八年，因歉收分数与民地灾分不符，后来司中究未为其送转。嗣内务府转催户部未送报歉庄头差地，部行良乡，业已自行径送减差有案，竟亦正办，必须循照旧章。

一、庄园人等差地被灾，该地方官会同邻境查勘出结。乾隆三十年例。

一、民地被旱成灾五、六、七分者，该年蠲剩钱粮分作二年带征；被灾八、九、十分者，该年蠲剩钱粮分作三年带征。

一、灶课亦照民地分年带征。

一、入官旗地并回赎存退等项蠲剩地租，被灾七分，作二年带征；八、九、十分者，作三年带征。

一、工部苇草广恩库等项地亩，缓带征同上。

一、营田地亩例不蠲免。

一、津通运租，向来并无恩蠲免，亦不奉豁。嘉庆八年沧州房禀存案。

一、如遇特恩蠲免钱粮，仍征耗银。若被灾，正耗并蠲。代征地亩应免钱粮，业七佃三分蠲，使穷佃亦得均沾惠泽。（此指代征租银而言。代征租银，亦有不准停缓。涞水县有案，民地须听民主情让。）

一、普蠲代征地亩，银粮应业六佃四分蠲。乾隆三十五年上谕。

一、民佃旗地，旗人自行取租之项，听旗人自行情让。（此指灾蠲之年而言。）

一、灾户钱粮除分别缓带征外，其余未被灾之村庄照旧征收。凡因二三乡被灾，通县概行停输也。然秋灾题报在九月，该年额征地粮未被灾以前，除所完银两应灾蠲扣抵下年正赋外，谅必有急公之户，五六月间即有完纳粮银。奏销时，未被灾村庄民欠银两，可以一并缓征。然与缓征册照会，冀免纠参，因已完可抵未被灾村庄也。

一、成灾五分以上州县，未被灾之村庄，钱粮亦准缓征。乾隆四十七年上谕。

一、成灾地亩次年开征，另行设柜，仍于完票内填明灾户字样。须将灾地都图里甲花名，先于勘报之日，即将实征册内剔出，另册存案。乾隆二年覆安藩晏。

一、被灾州县应征次年新粮，例于十月内启征。如俸工无项可支，可以赴司请领。征起解还旧欠，麦熟征收。

一、内务府庄头退出地亩及香灯租地，如遇被灾蠲免，均照余绝办理。

一、凡遇恩旨蠲免积欠钱粮，总以奏销截数为年限。乾隆二十七年户部奏准。

一、乾隆十年六月二十四日奉上谕：朕特降旨，将丙寅年各省钱粮通行蠲免，用以嘉惠元元。经大学士户部议称，照康熙五十一年之例，将各省分为三年，以次豁免。朕已降旨允行。嗣后该省应完之年，或遇水旱等事，若不格外加恩，则被泽仍有异同，未为普遍。着将特恩应免之数当记档册，于开征之年补行豁除。该部即将朕此旨通行晓谕知之。钦此。

一、静海县额设乾隆五十四年连闰俸工役食、祭祀、房舍等银一千七百三十二两八分，内除房舍银十六两例不蠲免外，实支银一千七百十六两八分。应灾蠲银七百七十两二千一分九厘，内修理龙亭文庙、天津道知县俸银、乡饮酒礼纸灯时宪书二三年带办蠲缺例不拨补银一百二十一两二钱二分，实灾应蠲在司库存公银内拨补银六百五十八两九千九分九厘。贡生花红银、旗匾银，系二年一办；会试謄录书手、举人盘费、新中文举进士牌坊、武举进士花红旗匾、武举鹰扬宴等银，系三年一办。

一、驿递之料，亦应灾蠲，在于司库存公银内拨补。

一、乾隆五十四年，静海县全境被淹，成灾六、七、八、九分应蠲地粮八千八百八十八两二钱一分七厘银数为实，以额征地粮一万九千八百三两二钱九分四厘为法，归除核算，每两应报蠲银四钱四分八厘八毛二丝五忽一微七尘五沙。每两应报蠲银四两有零者，系按俸工役食额设银数而言，非按应蠲地粮银数而言。

一、入官存退余绝等项地亩，经原任直督李卫题准，应征银租，除成灾七分以上者，按照分数请蠲，其六分以下例不成灾者，缓至来年麦熟后征收。至回赎民典奴典等项地亩，亦经奏明，循照直督题准入官地亩旧例办理。(此系题报直属五十五年秋灾情形部覆内摘出。)

一、乾隆五十九年四月二十六日，直藩郑批天津府李具禀津差案内奉旨豁免节年缓带征地粮银两，请将年款数目饬知，以便遵办缘由，蒙批：查津差案内现奉谕旨豁免节年地粮，系指五十四等年因灾缓带征地粮而□。原奏续奉缓征银两，谕旨内并无豁及，是以数目不符，仰即通饬知照缴。

一、文安大洼地亩，暨永清、东安、武清、天津等县滨河地亩，向例每年查勘，视每岁积水之多寡，定粮赋之等差。兹据查明嘉庆九年分永清、武清、天津三县减赋地亩，积水全消，俱有收获，仍照定额全征。其文安大洼额地各处积水浅深不等，收成歉薄，应征额粮减免一半。东安县减赋额地积水未涸，尚属薄收，应征额粮减免四成。嘉庆十年上谕。

一、安州、新安、隆平、宁静、新河五州县地处低洼，近连河泊，前经谕令该督将该州县积水村庄应征粮赋，照文安县大洼地亩减赋成例，嘉庆九年分查明安州、新安、隆平、宁晋、新河等州县未经水涸地亩应征粮银，全行蠲免。其新安各村内水势稍退，□征粮银。又该县未涸河淤地应征租银，减免一半。至九年以前安州等州县应征节年民欠地粮正耗银七万三百八十两五钱五分六厘，河淤地租银二十九两八钱五分七厘，口粮折色银二千七百七十两六钱，米一千五百石，谷四百石，自嘉庆十年为始，将积欠较多之隆平、宁晋二县未完银粮分作八年带征；其欠数较少之安州、新安、新河三州县未完银粮，分作六年带征。嘉庆十年直督吴奏奉上谕。

一、蠲灾法征收支解类，有扣算完欠分数法。

一、凡算蠲灾，以被灾地若干，即以被灾各地之共额征银数，以应蠲分数或二折三折乘之即是。其应蠲起存数目，再以一县额征数目为法，将其应蠲起存银数为实归之，即得每两应蠲银数。以每两应蠲银数与本年实支存留银数乘之，即得共应蠲存留若干之数矣。又以其应蠲存留数目为实，与被灾各地共额征银两为法归之，即得每两应蠲存留银数。再以每两应蠲银数与各村科则乘之，便是每亩应蠲存留科则。闰月同。

一、雍正十三年，贵州被逐苗扰害，蠲免本年通省钱粮，并将被贼残害之州县蠲免三年钱粮。其应征耗羡悉行蠲免，其各官养廉于别项所拨抵补。雍正十三年上谕。

一、乾隆三十五年普蠲地粮，其耗羡一项，奏明缓至次年征收。（再，庆云县额征地粮亦蠲。）其本年各官应支养廉，赴司借领，俟来年征收，解还归款。

一、乾隆三十六年皇上巡幸木兰，经由御道二三里旗民各地，俱蠲十分之五。如御道蠲免二三里界内钱粮，路东路西各蠲免里苐钱粮，向有旗租，亦准并蠲。至庄头当差地亩，或有坐落御道二三里界之内，不准请蠲。三十五年东巡案内，青县曾有驳过之案。

又五十九年三月十二日续奉上谕：将天津府属节年未完缓征地粮全行豁免。其缓征灶课并未豁免。（盐山县请示有案。）

一、香灯地被灾，例应蠲缓者，详报该督具奏，咨部题发。准行之日，另造册报。乾隆二十四年户部咨。又六十年闰二月二十日奉上谕：五十七并五十九年被灾缓带征灶课，一体豁免。

一、遇轮蠲钱粮之年，止须劝谕业户量减佃租，毋庸出示晓谕。乾隆四十二年上谕。

一、奉旨：普蠲地丁钱粮之年，所有应征𩨝麻，新入垦荒教场地亩余租榛栗、折色、滦榜、纸张、籽种、豆干、树租、河利课程、药材，备边荒地充饷苗价、麻斤、渔课、房租、学租，并本色米石，暨谷折米石及粮豆、草束、高粱等项，均系杂项钱粮，不在蠲免之例，缓至次年征收补解，仍将缓征各项银两先行造册送部。乾隆四十三年直属普蠲钱粮，督院咨准部覆可查。

一、备边备荒等银不准蠲免者，系指地粮奏册内向来老款，止有虚解银数，并非实有其地亩而言。如系实有其地，自应一律免征。乾隆三十五、四十三等年普蠲案内可查。再，更名马廒等地粮银，亦应一律免征。

一、乾隆四十七年上谕：嗣后各直省遇有灾赈事务，将成灾五分以上州县之成熟乡村，俱照本年山东之例，一体缓征，俾得通融周济。

一、乾隆五十五年奉旨：普蠲地粮案内，直督梁咨准部示内称：历届轮蠲省分，或遇有闰之年所征闰月银两以及轮免年分升增新垦地丁银粮，向例俱准其一体蠲免。此次系一省之中分作三年轮免。如轮免府州正值有闰年分，其应征闰月银两，并轮免府州设有该年升增新垦地丁钱粮，应概行蠲免。五十六年三月户部咨。

一、恭遇巡幸地方旗租，应随民地请蠲，概以三分为率。如民赋蠲免在三分以外，旗租亦止准蠲十分之三，不得再加。民赋蠲在三分以内，旗租即照民赋分数蠲免，不必再减。嘉庆八年三月内户部奏准。

一、嘉庆十三年永平府属滦、昌二处被水成灾五分以上之成熟村庄，亦征屯粮，与地粮不同，禀请照旧征收。蒙藩宪方批：查十年缓征案内，经督宪附片具奏，以屯粮系支放兵米之用，请照旧征收，奉旨依议在案。今该府查明请征，核与奏案相符，即转饬遵照征收，以供支放，仍应详请咨明大部查核缴。（十三年十一月初五日奉批：是年乐亭全境被灾，故不在应征之内。）

征收支解

一、旗地照额完租粮，例令士民自封投柜，不许假手书役。

一、凡佃户名下应纳租银一两，准令减去一成三分，按照库平库色交官报解。乾隆三十九年准户部咨。

一、因灾分二三年带征租粮，总俟二三年统限满日，核计未完分数查扣初参，并非按年参处。

一、本年租粮如奉文缓征，则次年奏销，毋庸扣参分数。俟再次年未完，始行扣参。

一、缓征地粮之年，虽上谕未及旗租，而司中于奉文后以粮租一体详请督宪咨部，亦准停缓。

一、河淤租银初参，亦应扣完五分以上。二参年限内，总以全完为是。

一、解缎匹颜料两各项停解脚费，除将原有随解两库饭食银两照旧解交本库查收，至元宝七两、散碎十两饭银，免其重解。乾隆六年部咨。

又乾隆三十二年定例：派解颜料库一切物料，务饬委员将文批赴库报明。

一、贡生两年一次出贡，应领两年扣存花红银两。如遇有恩贡，与正贡分领两年之银。再，贡生两年一办，文武举人、进士三年一办。如子午卯酉系乡试正科年分，辰戌丑未系会试正科年分，余系恩科。每逢会试之年，即系大计之年。

一、凡灾蠲拨补银两，司中每两扣平银五分。如拨补缺额俸工等项，亦扣五分。

一、乾隆五十四年部议俸工等项，既由司库请领，不准留支。如遇灾歉之年，除州县以上正印各官俸银照例扣蠲外，其余佐杂教职俸银及祭祀等项银两毋庸一蠲一补，以省案牍。（例开于后。）

一、查乾隆三十五年普蠲地粮，其应支存留等银，直隶系咨明于司库筹款，全行拨补，准于司库存公银内如数借拨，仍将应征民欠催收解司归款。乾隆五年上谕。

一、直属委官赴奉省买米，每口支薪水银三钱，奉部准销。

一、直属支食俸银，按季造册，详送藩司颁发，俸单照单支给。倘有罚俸案件，于册内声明，按季扣解。

一、县丞署知县所遗缺，县丞之缺复另委署理，则县丞可以全食知县廉，县丞养廉与署任令支一半，剩一半扣解司库。或云现任县丞兼署知县，虽系衔小缺大，不准支食署俸，仍应支食县丞之俸。如县丞另委衔大之员署理，亦应支食署俸，未便一俸两支，应详请补给。

一、州县应解钱粮，于拆封后即行批解。倘违期限，该督抚将本员与监拆官咨参，照例分别议处。乾隆十一年御史朱士级奏。

一、凡病故人员，免追罚俸，原指在任病故者而言。其有参革后病故人员，从前不在宽免之例。于岸北同知张泰追俸案内，奉部查及。今于三十年新奉定例，参后病故者，俸银概行免追。

一、如有一产三男，据地方及本人报到，即亲诣验看属实，捐给银布，谕令加意乳养，一面通详。俟弥月后，如果现俱存活，即取具本人地邻人等甘结，加具印结，由府送藩司转详督抚具题。奉部覆准行知之后，应给米五石、布十匹，赴司请领，或由本处支给，均照行知部文内办理。

一、乾隆二十九年例：一产三男，一面咨报，一面令有司给米五石、布十匹。户部于年底汇题。

一、定例各官请借养廉，参革后即行勒追。倘实不能完，由原旗、原籍取具甘结，转咨原任，于例准请借养廉现任各官名下均摊扣抵。再，借廉官员如有应补不补，到一年后，将未扣原借银两即行勒返报部。又请借养廉官到任后，旋即病故，其未扣原借养廉，仍于该故员任所各官摊扣归款。嘉庆十年录记有案。

一、武举花红旗匾三年一办，每中式一名，额设银五两。如遇恩科之年，应与正科各半分支，每名只给银二两五钱。

一、乾隆三十九年兵例：饷银十万两以上，派将备护送，失事革职。

一、每车一辆，装银六鞘，每鞘装盛元宝一千两。乾隆三十二年护送云南兵饷，顺天府尹奏准每车一辆，应装银十二鞘，每车每万里给银一两二钱。

一、微员回籍路费：县丞、主簿、巡检、典史等微员革职解任，或告病身故，实系穷苦，不能回籍者，着该督抚于存公项下酌量赏给还乡路费，每年造册报销，不得派及现任微员。（乾隆元年上谕。）如教官有相隔本地五百里以外者，照此。（乾隆十年谕）。五百里以内者，不在此例。

一、丁忧之员，在应赏之例。（乾隆五年上谕。）每千里给银十两。其有身故者，不论远近，加扶榇银八两。（十四年户部例。）州判、通判不准。（三年曾奉部驳。）

一、直省督抚令所属州县将一应合例旌表之节妇、贞女、孝子详悉条例，遍示城乡士民，令本家开载事实具呈，并饬乡邻族长据实投递甘结。该儒学查得事实确据，加结详报。不用生监呈报于先，不假胥役驳诘于后。倘有虚冒，惟详请之官是问。（雍正十三年议覆御史周绍儒。）

一、贞女未符年例而身故者，应照乾隆二十七年议准八旗贞女身故，无岁年岁，俱照旌表例一体查办。（乾隆三十七年正月二十九日顺天学院准咨。）

一、凡一切解交兵部驲站领劄饭银、兵马奏销、皮脏等项，给批之日，咨明兵科。一俟员役到部，将批即送兵科查验，守掣批回。（乾隆三十一年十二月兵例。）

一、凡事关钱粮奏销、举劾优劣，应造送册结者，务随揭起批，专差赴科告报。仍将差解起程日期先报本科，毋庸另文送册，并饬领批回省，报缴备案。（乾隆三十二年闰七月兵例。）

一、前明勋戚产业，至本朝与齐民无异。若若历代先贤名臣祠墓祭田例得免科者，可比不得私留勋田名目，饬令一例输将。其有匿饰欺隐者，除本人治罪外，将地方参处。（乾隆三十三年十二月例。）

一、定例办解京局黑白铅觔，如遇沿途有遭风沉溺打捞者，所需一切捞费，统在于给发水脚内支给。（乾隆三十五年贵州委员李大铣借支捞费案内摘出。）

一、解部银两，令解员亲赍赴部，领批回任，毋任提塘代交。（乾隆三十五年兵例。）

一、解交养廉以及各项物料折色等银，均令一例倾成一锭交库。如仍有以元宝解部者，本部概不准收。（乾隆三十六年户例。）

一、各省驻防兵丁遇有红白事件，借过三次银两，业经扣遏一二次者，即可接续酌借。前后接算，总不得过三次之数。（乾隆三十六年户例。）

一、三次未经扣完，虽不准其再借，但遇白事，仍准借给。前例。

一、京铜及各省办运铜铅，遇有沉溺，运员报明所在地方官会勘。如有沿途盗卖，捏报失风等事，即报各上司，将运员严参，重治其罪。其实因猝被大风及险滩急水，致有沉溺者，该地方官查明，一面具结呈报该上司，一面准其借给捞费，督同运员打捞。倘地方官扶同徇隐，将所费银两分别着赔，仍一并严参治罪。(乾隆三十六年户例。)

一、各省支给廪生银两，各州县将实在应支名册，预申学政衙门查核。倘有舛错不符，该学政驳回改政，方准汇册报销。(乾隆三十七年礼例。)

一、如差员办送一切差使到京，原领车票、马票、兵票等项应缴部者，转饬亲身赴部报缴，换给回照，毋任意带回。(乾隆二十七年兵例。)

一、定例各省一切解部银两物料等项，俱由委解衙门出具朱限批文，责管解员役先行报科，俟交收完日掣获部批实收，再行送验。

一、各省拨协饷银，定例十万两以上，委同知、通判管解；五万两以上，委州同、州判管解；五万两以下，委县丞佐杂管解。如同知、通判、州同、州判不敷差委，准委知州、知县管解。嗣后起解系协饷银，除现任各官分别差委外，其分发试用未经得缺及暂署之员，一概不得差委。(乾隆二十八年户例。)

一、浙江省满洲、绿旗各营暨织造匠粮，俱支本色。遇闰之年，不论闰月在于何季，总于仲冬月支食折色。其直隶、江苏、安徽、江西、山东、山西、河南、陕西、四川、广西、湖南、云南等十二省闰月兵粮，或全支本色，或本折兼支。其折色价值，多系按照月分支给，低昂不等，或官为采办，均循其旧外，其贵州、湖北、广东、福建四省遇闰兵米，除原派本色及本折兼支营分，毋庸更张。其遇闰支给折色营分，贵州之古州等营，无论闰于何季，按本年达部秋成价值，于仲冬月支给。湖北之荆州满营，照有闰无闰，将冬季本色分别调支两三月。广东之广州等银，于仲冬月照部定各该处价值支给。福建之福州，满洲之绿旗等营，定于十月照部定价值支放。(乾隆三十九年户例。)

一、各省驻防家口口粮，奏准新例，照出征换防官兵，随同盐菜银两。所支口粮，按日计给。如遇闰并不加增月粮者，不扣小建。其遇闰加支者，按月扣除小建。今官兵马匹、草豆、乾银，除遇闰加支，而遇建已按月扣除，及遇闰并不加支者，毋庸议外，其有遇闰加支不扣小建者，应照口粮扣建之例，按月扣除。所有扣建粮料、草束，折价银两，造入兵马建旷项下，报部拨用。至兵丁饷银，遇闰加增，并不扣建，照旧支给。又官员俸银、俸米、养廉银两及孀妇一半饷米银两，遇闰并不加增，亦毋庸办理。(乾隆四十年户例。)

一、遇铜、铅、锡委员到境，除打捞沉铜照例借给捞费，并实有坏船等由，所带水脚等项银两不敷，经沿途地方官查验属实，准其在于闲款项下通融酌借，仍于委员报销应领银内扣解还款外，余概不准借给。(乾隆四十一年户例。)

一、起解地丁钱粮倾镕元宝，照例錾凿州县并银匠姓名外，再行添凿倾镕年月，验明报解。(乾隆四十一年户例。)

一、各属驲站项下额设留二工食银两，赴司请领工料之时，将留二银两照数全扣。遇雇夫应用为数无几，自可于全数领回项内通融办理。仍于请领下季工料时，将上季垫用之留二据实造册，另文申请拨给。(乾隆十九年两司议详通饬。)

一、各直省报解关税、地丁、盐课、正杂银两、漕粮米数以及物料等项，于出具文批报部之外，如不另具文批报科，并管解员役掣回部批实收之日不行运科磨对，应听户科将该员役照例查办外，仍将该承办衙门指名题参。(乾隆四十二年户例。)

一、各省劝农赏银，各衙门自行办给，毋庸动支公项。(乾隆四十四年户例。)

一、应派官兵起程时，应支整装银两及例支盐菜口粮，仍照旧支给。到营后借项修整衣服之例永行停止。如有滥行借给，即着上司代赔，仍行议处。(乾隆四十三年户例。)

一、凡俸工养廉银两，于奏销后勒限一年饬领。如逾限不领，提归原款，报部拨用。军需工程等项，本案准销之后，即饬请领。其升迁、事故离任之员，除核明有无别案应缴之项划抵还款外，并行知本员新任原籍，统以该员奉文日起，勒限二年饬领清楚。其升迁他省者，该员出具印领，移行接印官加结请领。事故回籍者，报本籍地方官出具印领，仍由后任加结请领。逾限不领者，报拨充饷。（乾隆四十二年户例。）

一、升迁、事故离任之员，所有存库未领各项银两，除查明现在有无赔项，分别应领应抵，按限办理外，其现在虽无应追之项，而前任内尚有承办工程等项未经核销者，即将该员存库应支银款暂停给领。仍俟事竣报销后，查明该员名下如有应赔银两，即于前项应领银内照数扣抵报部，仍饬知该员新任原籍。其并无追赔款项及应赔银两，照数扣抵。当有下剩应行找给者，统于另案销结后，勒限二年行知饬领清款；倘行知后仍逾限不领，即提原款报拨。（乾隆四十四年户例。）

一、行在户部议覆署山东布政司陆燿奏：各州县经征耗羡，务与地丁正项随同报解。若未有完，照正项钱粮之例并予降罚。又□：寄庄花户，每年开征之始，令经征州县逐一查明，开造村庄户名、钱粮数目清册，移交住居之州县代行催征。如至奏销未完，即将代征之员开参议处。（乾隆四十八年八月直督准咨。）

一、三次、四次民典、奴典公产，另案入官、存退余绝庄头、屯庄，各项旗地租银，按三个月一次批解司库。于现年岁底务解五成，其余五分于次年麦熟后批解三分，八月内全行解清。仍于四、八月详请具题，一面按月开单通报。近年岁底应解八成。（乾隆五十年藩司详直督通饬。）

一、存退余绝另案入官，四月奏销；民典等项，八月奏销。

一、天津府属新中举人花红旗匾三年一办，每名额设银五两。如遇恩科，上下科各给一半银二两五钱。三年之内正科而又遇恩科，方与上下科各给一半银二两五钱之例相符。若三年内止有正科而无恩科，则是正科举人每名仍应领银五两。

一、直藩冯议详征收另案屯庄存退庄头并三次、四次民典、奴典公产等项旗租平饭银两，自乾隆五十三年为始，每两照旧解司二分之外，再行添解六厘，随同正银一体完解司库。乾隆五十五年直督刘批：如详分饬有旗租州县一体遵照。此内庄头、存退二项系征耗，不征平原，议令州县捐解六厘，随正解司。

一、嗣后凡有应解司库银两，除地丁一项例解元宝外，其余所有一切杂项银两，俱应批解散碎银两，毋得统以元宝起解。倘一概仍解元宝以及散碎银两，银色低潮，定行驳换。（乾隆五十六年二月初四准管理户部三库衙门咨司转行。）

一、嗣后批解地租一项，仍照例起解元宝。其余关税一切杂项饭食等银，一体起解散碎。（乾隆五十七年正月廿五直督准户部三库衙门咨。）

一、嘉庆五年十二月内奉上谕：户部奏议征收正赋钱粮一折，总由州县以完作欠，挪新掩旧，恃有完过六分以上之例，批解过半，即可列入缓征，藉免离任。而督抚等遇有不及五分者，又复辗转调署，规避处分，以致不肖官吏无所忌惮。嗣后不得概以民欠列入带征，如有钱粮处分，将届离任，辄以调署者，一经查出，定将该督抚严议。钦此。

一、乾隆五十七年二月，大学士利等议覆：给事中福彭龄条奏内所请申明定例，道府盘查仓库，不得因督抚、藩司曾经具奏仓库无亏，稍存瞻顾。如遇别经查出亏空，除照例治罪外，仍着落督抚、藩司、道府各官按照分赔等语，应如所奏办理。奉旨依议。

一、应征缓带原参地粮正银，虽有分别，但缓带征限满未完，只照初参议处，戴罪督催，停其升转。至如上年奏销案内原参未完二分以上，下年务须全完。如又不完，例议更严。一经展参，即应实降，革职离任。即如乾隆五十六年奏销案内开揭原参之井陉、东明等县，均经部议离任，其一证也。再如地耗以及旗租、屯粮并凡有照地丁钱粮处分之类，务按地粮正银之式办理，不可不慎。

一、查会试举人，直属均系自行移咨赴部，会试后礼部行知到日，按名将直属三年内所解盘费银两，摊算每名应给盘费银若干，行知赴司转领。

一、现办忠孝节义并一产三男、百岁老人，接据乡地举报，立即造具事实册结，由本管府、厅、州转详题请旌表。奉部覆准之后，在于地粮银内留支建坊银两。

一、直属八旗回赎入官地亩租银，于四十四年为始，其应征租，各州、县、厅征收完竣之日，于本年十月内由司委员解交户部，付库查收，另款存贮。俟各旗营具领到日，即将原银按数给发，随收随领，毋庸核入岁出岁入数内。至每年额征租银，如有应行蠲免者，即于分赏租银内按数开除。其有缓征并屯欠租银，应令直督将本年实征银若干解部分赏。其缓征屯欠租银，俟下年催征解部之日，入于下年应赏银内一并分赏。（乾隆四十四年二月准户部咨。）

一、各省解部鞘饷，报批后按其解到先后，随时弹收。如解员有短平银两不能即时补交完项者，量其道路远近，定予限期，令各该省急速补解完项，并按其解员人数多寡，酌留一二员候给批回，其余概令回省。（乾隆四十六年二月例。）

一、雍正十三年，礼部咨开举报节孝，令所属州县将一应旌表之节妇、贞女详报，督抚、学政秉公核实。如系夫亡守志，舅姑年老无依，妇兼子职，奉养终身，或宗祧所系，藐孤蔓子，抚育有成，以绵嗣续，或外迫于残暴，毁形见志，事近捐躯，终保其贞洁，或处境卑微，甘心荼蓼，饥寒并迫，秉节念坚者，汇题旌表，给银建坊，复致祭祠内。至于寻常守节者，核其年例相符，酌量给匾嘉奖，附疏汇题，统建一碑。俟具题之后，陆续将姓氏载入本县志内，毋庸特予建坊，设位奉祀。

一、乾隆三十六年请旌案内，礼部咨覆：乾隆二十七年议准，八旗贞女身故者，毋论年岁，俱准旌表，著为定例。至各直省贞女，未符年例而身故者，乃其年之不永，而完全节操，与白首完贞本无歧异，请照八旗之例一体旌表，以照画一等因。奉旨依议。

一、乾隆二十年二月内奉上谕：嗣后子孙现任九卿，其祖父概不准题请入祀。其身后乡评允当者听。着为令。钦此。

一、各道府州盘查仓库钱粮一款，于年内先行咨部，俟次年正月内同藩库实存银两并折具奏。（乾隆四十四年七月准户部咨。）

一、州县实贮仓库数目，每三个月汇报一次，申送该管道府查核，加结汇送藩司，转申督抚。该督抚出其不意，随时抽查。一经查出，立即参革，照例治罪。乾隆四十七年十月准户部咨。

一、乾隆五十四年十二月二十日，直督刘准户部咨覆：查从前存留项下编征役食、祭祀等银，遇有灾蠲缺额，例准拨补。今既改归司库请领，自可毋庸一蠲一补，以省案牍。至官俸一项，准教职佐杂等官免其摊蠲。若正印州县以上各官遇有蠲缺钱粮之年，例有扣蠲。今咨称官俸与役食事同一例，未免牵混。应令该督查明定议，报部再行核覆。其声称官俸银内遇有降罚升迁扣空，各有本款奏册可稽咨请循照办理之处，本部查核相符，应毋庸议可也等因。又于乾隆五十五年十二月二十七〈日〉直督梁咨准户部覆称：查各省支给官俸银两，如遇灾伤，仍循旧例扣蠲，按依实征银数支给，并无因改归司库请领，即行免扣灾蠲之案，本部不便核准。应咨该督转饬各属，凡遇灾蠲之年，将官俸项下蠲缺银两，仍循旧例核扣支给，不得照依额数请领，致与地例不符。并将五十二年宣化等属被灾应扣官俸蠲缺银数速即补行，核明扣追，报部核办可也。

一、户部咨开：准直督梁咨称，顺天、保定、河间、天津、正定、顺德、遵化、易州、冀州、赵州、深州、定州等十二府州属，离省较近，所需俸工役食等银，自应按季赴司请领。至永平、广平、大名、宣化、承德等五府属，距省在七八百里至千里之外，程途较远，应请按两季一次赴司领回支给，庶免多用领役盘费等语。本部核其所请，系为程途远近便领起见，应准其按季及两季一次赴司领回支给，仍将上季领回银两，于下季请领时核明应支应扣银数，截算声明抵扣，统于年终分晰造报核销。(乾隆五十五年十二月准咨。)

一、嗣后凡遇批解一切银两，无论正杂钱粮以及饭食等项，务须遵照定例，一体备文批先行呈递本部查验。倘有将前项文批竟不报验者，定照前奉定例办理等因。乾隆五十七年五月初三直督梁准户部转准户科行知在案。

一、嗣后牌取庄头名下钱粮，如有拖欠分厘，即行革退。至牌取钱粮，该州县代为征收，毋得分厘拖欠，如数征齐，兑交委员。倘仍有拖欠，即饬取该州县职名另行参奏。其原例拖欠一成至五成，给限一个月至五个月，宽限交纳之例，自乾隆五十九年为始停止。

一、微员事故，无力回籍者，应给路费银两，须酌量远近。如任所至原籍三千里以外者，仍照例详请动项。三千里以内者，由府核明劝捐，即将该管府州暨同府属州县正印各官，按每万里给银一两之例，均匀资助。详请藩宪批准后，该管府州半月内提贮府州库，当堂给发。此系嘉庆元年天津县杨青巡检况宏恩丁忧回籍详给路费案内摘出。

一、户部咨开：准直督刘咨称，地粮起运项下，霸州、房山二州县留支办解五色土价银六十一两一分，向系该州县经解工部太常寺之款。又河间、天津、广平、大名四府属河道桩草、籽粒、河工等银二千七百一十二两六钱四分三厘，虽系造入地粮分解之款，但系地粮项下征收，按年造入河银册内，专案奏销，留为河工岁修等项之用。就役食可比，应请仍循旧例办理等语。查前土价河工等银，既系按额留解工部太常寺及河道库支用，原非此县存留经支，恐有挪移者可比。应如所咨办理，仍照旧例留支转解。并令于各年地粮、河银奏销册内，将此项除收银数，分别开造，以凭查核。(乾隆五十二年十一月准咨。)

一、嗣后报部入官地亩，行令该地方查丈议租，造册报部。即照部所议租数，核入分数，一律经征。如有未完，照例参处。并令另立款项，先行造入，当年奏销。如所议尚属短少，俟议增报部核准之日，再将应增租银逐年入奏补征。嘉庆二年二月例。

一、查例载各省存库未领养廉俸工等银，报销后勒限一年饬领清楚。军需工程等项银两，于本案奏销后，统以承办官奉文之日起，勒限二年饬领清楚。如逾限不领，概行提归原款报拨。定例严明，原使年清年款，以杜沉压牵混之弊。今查江南省耗羡报销文职各官俸工养廉，以及报销各款应支银两，有于本年报销后，年限已逾，始行请领，并有仍请存俟支给者。经本部节次题明，转饬提归原款报拨在案。但查一切俸廉工食以及请领各款，如系必须应用之项，虽有不依限具领者，该省每年俱有未交补成以及登存应给逾限各项款目。其为藩司胥吏勒指以及挪移抵扣种种情弊，势所不免。除于各登答案内饬令遵照本部原题办理外，嗣后此等银两，务须年款报销时声明具领年限月日，以凭稽核。毋得仍前迟延，致多驳诘。至各省各有似此者，亦应画一办理。应行文各该督抚一体遵照可也。嘉庆四年十二月内户部咨覆直隶登答乾隆五十四年地粮奏销驳款案内续驳永平府属屯粮册造补，除节年垫支米豆草束一款。

一、嘉庆四年上谕：各官俸工、役食、养廉、办公等银，仍于地粮项下留支。俸工留支正银，养廉支耗羡。

一、嘉庆十六年奏准：地耗仍解司库，养廉赴司请领。

一、嘉庆十四年，准户部咨覆十三年灾案借领俸廉工料一案。查通州等四十四州县本年高洼地亩被水淹没，现据该督分别题请赈恤、蠲缓在案。今据该督咨称被水州县本年新粮既应缓带征收，应需本年秋冬二季俸廉等银无款动支，必须借领以资办公。除清苑等二十一府州县内有成熟村庄可征，毋庸借给外，其通州等二十三州县内，大兴等四州县本年新粮完解无多，尚有存款可动，应需本年秋冬二季俸廉工料银两，应请准其借领一季。其余州县，概借二季以资应用。俟各属请领到日，在于嘉庆十二年缓征经费银内动拨。遵照嘉庆十一年奏定杜弊章程，俟钱粮限满征起，即行解还归款等语。本部核与奏准原案相符，应如所咨办理。仍咨该督转饬各属，俟地粮征起，即行照数解还归款。倘逾限不解，即照嘉庆十一年奏定章程，严参追究。并将借给过经费银两，分别造入地粮存留等项奏销册内，报部查核可也。

一、定例病假终养人员，原任内有承督未完事件，如例应降级调用者，仍照原处分议结。

一、灶粮正耗全完，准纪录一次。

一、定例解送钱粮停搁日期者，罚俸一年。

一、官员造报奏册迟延，违限一月者，罚俸六个月；二月者，罚俸九个月；即违限一个月二十九日或二个月二十九日，亦照违延一月、二月之例议处。

一、河淤租银初参，亦应扣完五分以上。二参年限同，亦应全完为是。

一、嗣后遇有赴部领解各件，务将公文严密缄固。令该委员于到京之日，即将公文亲投承办各司，当堂验到，由司付司务厅开核，毋得假手胥吏，致滋弊端。如有不肖胥吏拦阻勒索，许即指名禀究，以凭查办。该委员如有藉端逗遛，及假手胥吏，不亲身投到者，定将该委员一并查参。嘉庆二年工例。

一、嘉庆元年十二月二十六日，天津道丁准布政司咨开，案准贵道咨送河工候补县丞张大儒病故，柩属无力回籍，请给路费。程途家口清册到司。准此。查微员无力回籍，请给路费，专指地方佐杂而言，并无河工人员一体给赏之例。况张大儒又系候补人员，更不应给发。惟是该故员距籍五千余里之遥，若不公同捐助，必致弃骨他乡，情殊可悯。应请于贵道所属各府州县内量为公摊，捐助银六十两提贮道库，饬令该家属当堂领回，俾得挟柩回籍，洵为美举等因。当蒙天津道丁照数派捐给发有案。

一、编审册结，以丁银久已并征，而盛世滋生以及老亡实存，各督抚于年终查明奏报，有可稽考。五年编审，是属繁文，着永行停止。乾隆三十七年六月上谕。

扣完欠分数法〈钱粮处分〉

一、如一岁止有一官，将该州县起运地丁银数为法、已完之数为实归除之，即是已完分数。其未完分数，亦照已完之数归算。如一岁有二三官者，先将该州县起运地丁数为实，以三百六十日为法归之，即是每日该征银数。又将某官在任若干日为实，以归出每日应征之数为法乘之，即得共征银数，内分已完若干、未完若干。如算已完分数，将已完之数为实、起运银数为法归除之，即是已完几分几厘。如算未完分数，即照已完之数归除算之是已。若有征米豆之处，可将额征米豆加入地丁银数之内，已未完米豆即加入已未完银数之内，一并扣算分数。每米一石作银一两，草束不作分数。

一、凡降职者，其现任之职，如知县正七品降职一级，则为从七品，降职二次，则为正八品。止行停升，虚降其职，戴罪办理而不调用。事完之日，仍议开复。降俸者，降其应食之俸。如知县降俸二级，止食正八品俸，以级递降，便为降罚。事完之日，亦听开复，给与全俸。支食住俸者，住其应食之俸，而不与给领。罚俸者，罚其应食之全俸，计以年月，按数扣解。住俸之案完结，亦准开复。惟罚俸不用开复。（纪录一次，抵罚俸六个月。）降职与降级有间，降级有留任、调用之分，又有加级准抵销不准抵销之别。若销去加一级，抵降一级。纪录四次，亦抵一级。若降职从无调用，亦不准以加级纪录抵销。知县降职三级留任，食典史俸四级，无俸照数扣解。

一、凡题升题补官员，如有罚俸未完，不准升补。定例官员不作十分之杂项钱粮。如未完，核明题参，降俸二级，戴罪督催，完日开复。如年限不完者，罚俸一年，仍令督催。

一、各省州县经征耗羡银两，与地丁正项随日报解。若有未完，照正项钱粮之例，按其未完分数核参议处。

一、各省州县衙有彼县民人置买此县地亩者，名为寄庄。令经征州县于每年开征之始，将寄庄花户逐一查明，开造村庄、户名、钱粮数目清册，移交居住之州县，代行催征。如至奏销未完，即将代征之员开参议处。

一、地丁钱粮转参，定例官〔州〕县官欠不及一分，一年限内不全完者，降一级留任，再限一年催征；如又不解，照所降一级调用。如欠一分，限内不全完者，降三级调用。若完至八九厘者，降三级留任，再限一年催征；如仍不完，降三级调用。欠二分者，一年限内不全完，降四级调用。欠三分者，一年限内不全完，降五级调用。欠四分以上，一年限内不全完，革职。再，原参未完不及一分者，三参降职二级，尚可戴罪催征；如未完有一分者，俱应降调。

一、直隶旗租银两，经征州县官照各省地丁钱粮例，欠不及一分者，停其升转，罚俸一年；欠一分者，降职一级；欠二分者，降职二级；欠三分者，降职三级；欠四分者，降职四级。以上俱令戴罪征收。欠五分以上者，革职。原欠不及一分，年限内不全完者，降职一级；再限一年，如又不完，即降职二级，戴罪征收。原欠一分，年限内不全完者，降职二级；再限一年，如又不完，降二级调用。原欠二分，年限内不全完者，降职三级；再限一年，如又不完，及降三级调用。原欠三分，年限内不全完者，降职四级；再限一年，如又不完，即降四级调用。原欠四分，年限内不全完者，降职五级；再限一年，如又不完，即降五级调用。督催之院司、道府，直隶州、厅等官，初参欠不及一分者，停其升转，罚俸半年；欠一分者，罚俸一年；欠二分者，降职二级；欠三分者，降职二级；欠四分者，降职三级。以上俱令戴罪督催。原欠不及一分，年限内不全完者，罚俸一年；如又不完，降俸一级。原欠一分，年限内不全完者，降俸二级；如又不完，降职二级。原欠二分，年限内不全完者，降职二级；如又不完，降职三级。原欠三分，年限内不全完者，降职三级；如又不完，降职四级。原欠四分，年限内不全完者，降职四级；如又不完，降职五级。以上俱停其升转，戴罪督催。至接征之州县及督催之接任官，如于二参、三参限内到任，不计分数，限满不完，州县官降职二级，停其升转，戴罪征收。道、府、厅州降俸二级，停其升转，戴罪督催，完日开复。自乾隆四十七年起，五年之后，该督将有无未完之处，缮折具奏。如有未完，即于历任经征接征之州县，及督催各上司名下，按日摊赔。至遇灾歉之年，分别蠲缓、带征。限满不完，均按未完分数一并查参。现在五年清查案内，查明有力无力，分别现年、二年、三年带征，勒限催追。如再未完，着照例赔补。

一、定例州县官参后戴罪催征之地丁钱粮，限一年全完，不复作分数。督催之布政司、道府，直隶州限一年半，巡抚限二年，限内不完，各按原参分数分别议处。其接征接催官员，俱以到任之日为始，按照前官所遗分数，依限催征。如有未完，题参议处等因。惟查直隶省地丁钱粮向来止于奏销。本案内开列经征督催各官职名，按其未完分数，分别开参。自初参之后，未完银粮即核入节年奏销带征，并无转参之案。嗣于四十六年奏销案内，经本部指明定例，题准行令转参在案。今据该督咨称，直属未完原参银粮，附近神京，地多圈残，或因积欠，小民元气未能尽复。间有民欠，向来止将续完银粮核明，造入节年奏销咨部。其未完银粮，惟令上紧催征，不复转参。今奉部行，照例按限转参，原期清厘积欠。惟是四十七年奏册，亦未奉部咨之前循照成例办理。现另行汇题，应请照旧查办，并饬各属俱自四十八年五月奉到部咨起限，上紧设法，照数催征全完。如再有逾限未完，即于四十八年奏销案内开揭转参等语。查地粮关系甚重，如州县未完银粮，例应按照年限报参，以重责成。今直隶省未完地丁银粮，历来相沿，并不转参。经本部于四十八年奏销案内题明，行令按限报参。自应即于题明奉旨以后，遵照办理，未便俟四十八年奏销案内始行查办。除随本奏销，止将节年已未完数目开报，例不另行参处，及四十六年地丁奏销案在未经题明以前，仍令照旧办理，应自四十七年地丁奏销本案起，将原参各属未完粮银分别经征督征，各按年限扣算。仍将未完银粮专案汇题报参，仍于疏内将原参未完分数及参后已完若干、未完若干，分晰声明，以便照例核议。其有奏销后因灾停缓者，扣除停缓日期，于开征日起限。如参后仍有未完，照例递年查参。庶于定例相符，而钱粮考成益昭慎重。（四十八年八月准咨。）

一、定例内务府庄头退出地亩，租银未完，大小各官俱照直属拨补租银处分。初参经征州县官欠一分者，罚俸三个月，戴罪督催，停其升转。布政司、道府、总督欠不及一分者，免议。道、府欠一分者，罚俸二个月，戴罪督催，停其升转。又酌定转参处分例内，经征州县官初参欠不及一分者，二参降级一级；初参欠一分者，二参降职二级。督催总督、司道府初参欠不及一分者，二参罚俸一年；初参欠一分者，二参降俸二级。至接征州县及督催各上司，于二参限内到任，不计分数，限满不完，州县降职二级，道司降俸二级。以上俱停其升转。又定例官员任内有督催未完事件，于未经限满之先离任者，以罚俸一年完结。乾隆四十七年庄头奏销案内，奉部议覆，于四十八年十月二十七日准咨。

一、乾隆五十七年九日内直督梁准吏部咨考功司案呈准户部咨称，直督梁以天津县知县张麟书前在清丰县任内经征乾隆五十五年奏销案内未完五十五年地粮正耗三分以上，部议降职三级；又未完五十三年缓征地粮耗羡银两四分以上，降职四级；又未完五十二年接征地粮银二分以上，降职二级；又未完五十一年缓征地粮耗羡银一分以上，降职一级；又未完四十九年缓征地粮耗银三分以上，降职三级。以上五案，俱应戴罪征收。该员已调天津县知县，其应照例议结之处，俟覆参案内将卸事日期声明报明，再行核议等因。查该员已于五十六年正月二十一日卸清县事，二参在任不及一月，又未经开征以前离任，例无应得展参处分。所有部议降职、戴罪征收五案，自应照离任官例，按年改为罚俸。拟合查叙卸事日期咨送等因。应移咨吏部查办等因前来。查天津县知县张麟书前在清丰县任内，经四十九，五十一、二、三、五等年地粮未完，经户部会同本部照例议以降职，戴罪征收，俟覆参再议在案。今据该督声称，该员已于二参起限不及一月，未经开征以前离任，二参职名，照例免其查议。其初参降职征收之案，应行查销，均改照离任官例，于此五案，每案于现任罚俸一年，完附入汇题可也。

一、钱粮处分降级，如有钱粮议叙加级，准其抵销。若任内虽有加级，并非钱粮议叙加级，不准抵销。（查盐引奏销便知。）

一、查经征八旗人员抵欠房地，并内务府交出房地，以及屯租旗户、出旗为民人等随带输租地亩租银，先经户部议奏，如有未完，经征各官照未完正项钱粮例议处。又议奏：未完前项旗租，除初参仍照旧例议处外，其二参、三参未完并接征州县及督催各上司，均应照所定展参之例，分别议处。吏部查酌定各项旗租展参例，经征州县官初参欠三分者，二参降职四级，再限一年催征督催。院、司、道、府初参欠不及一分者，二参降俸二级。初参欠一分者，二参降俸二级，三参降职三级。初参欠二分者，二参降职二级。接征州县及督抚各上司于二参、三参限内到任，不计分数，限满不完，州县降职二级，院、司、道、府、厅员降俸二级以上，俱停其升转，戴罪催征，全完开复。乾隆五十二年奏销部覆。

地丁钱粮初参

（存退余绝旗地银两、八旗入官房地另案租银、回赎民典旗地租银经征督催考成，照正项钱例议处，并无议）

未完	巡抚	司道府州（直隶州本州钱粮，照州县例议处）	州县（直隶州同此例）	署印官（不及一月免议）
不及一分	停升，罚俸三个月	停升，罚俸六个月	停升，罚俸一年	罚俸三个月
一分	停升，罚俸一年	停升，罚俸一年	停升，降职一级	罚俸六个月
二分	停升，降俸二级	停升，降职一级	停升，降职二级	罚俸九个月
三分	停升，降职一级	停升，降职二级	停升，降职三级	罚俸一年
四分	停升，降职二级	停升，降职三级	停升，降职四级	降一级调用
五分	停升，降职三级	停升，降职四级	革职（五分以上皆革职）	降一级调用
六分	停升，降职四级	革职		
七分	革职			
八分	革职			

地丁钱粮限满

（凡钱粮限内不完，不复作分数，照原参处分）

仍未全完	巡抚限二年	司道府州限一年半	州县限一年	署印官（限满未完，不及一分亦降一级）

不及一分	降一级，戴罪督催	降一级，戴罪督催	降一级留任	留任，再限一年催征。如又不完，照依所降一级调用
一分	降三级调用	降三级调用	降三级调用	如能征完八九厘者，降三级留任，再限一年催征；如仍不完，降三级调用
二分	降四级调用	降四级调用	降四级调用	
三分	降五级调用	降五级调用	降五级调用	
四分以上	革职	革职	革职	

巡抚、布政司、道府、直隶州原欠不及一分，限内不全完，降一级戴罪督催。再限内不全完，降一级戴罪督催。三限内仍不全完，降三级调用。

［一］承催白粮不完，照地丁例处分

不及一分	免议	免议	停升督催	
一二分	罚俸两个月	罚俸二、三个月	罚俸三、六个月	
三分	罚俸三个月	罚俸六个月	罚俸一年	罚俸二个月
四分	罚俸六个月	罚俸一年	降俸一级	
五分	罚俸一年	降俸一级	降俸二级	
六分	降俸一级	降俸二级	降职一级	
七分	降俸二级	降职一级	降职二级	
八分	降职一级	降职二级	降职三级	
九分以上	降职二级	降职三级	降职四级（俱戴罪督催，停其升转，完日开复）	
十分		降职四级	革职	

都、司、卫所官员原欠不及一分，再限内不全完，降一级，戴罪督催。三限内仍不全完，降一级调用。

杂项钱粮限满未完

（杂项钱粮全完，俱无议叙。如不作十分之杂项钱粮未完，降俸二级，戴罪督催。院司道府州免议）

巡抚限二年	司道府（直隶州）限一年	州县限一年（同司道府处分）
不及一分	罚俸一年	罚俸一年
二分	降二级调用	降三级调用
三、四分	降三级调用	降四级调用
五、六分	降四级调用	降五级调用
七、八分	降五级调用	革职
九、十分	革职	

销引未完初参，限一年销完（两广不照此例处分）

州县　一分，停其升转；二分，降俸一级；三分，降俸二级；四分，降职一级；五分，降职二级；六分，降职三级；七分，降职四级（俱戴罪督催）；八分，革职。

销引限满未完（照徐淮等仓年限内未完例）

州县　不及一分，罚俸一年；一二分，降三级调用；三四分，降四级调用；五六分，降五级调用；七八分，革职；九分以上，革职。

直属顺、永、保、河等属拨补地亩租银经征州县（代征租银全完，例无议叙）

总督　司道府　州县卫所　署印官

（按：此后疑有脱漏。）

地粮全完议叙

巡抚　钱粮督催全完，例无议叙。

布政司　五十万以下，记录一次。五十万以上、百万以下，记录二次。一百万以上，加职一级。

粮道、府州　十万以下，记录一次。十万以上、二十万以下，记录二次。二十万以上，记录三次。

州县　五万以下，记录一次。五万以上、十万以下，记录二次。十万以上，记录三次。

又限满改例，经征督催官员被参未完一分以上，限内果能催完至八九厘者，降三级，免其调用。再限一年督催，如不全完，降三级调用。

又限外全完，仍准开复。凡拖欠钱粮革职、降职官员，如果拖欠在民，于未经离任之先征完民欠钱粮，原参准其开复。

本府禀为仓粮霉烂委验详核以重仓储由

署渭源县试用知县容〇〇谨禀大人阁下：敬禀者。窃卑职于本年三月间接奉藩宪檄委署理渭源县事，遵于四月初八日接印任事。嗣于是月二十五日准前县焦令移交仓库厂银粮草束总散册籍前来，卑职当即逐款稽核，惟虑仓粮积贮年久，亟宜认真盘验，以昭慎重。旋于二十八日派令家丁、仓书、斗级人等，会同前任管仓家丁，先收极坏、次坏并粮色霉变等廒，逐日盘量，计每日止能盘粮六七百石不等。且自五月望后至六月廿外，阴雨日多，不能盘运。共计已盘过各霉粮四万二千　百余石，实在朽腐、蛀变，分别前任已未详明，按照上、中、下三等廒口粮数，开具清折，飞速禀闻。惟有仰恳俯准鉴核，迅赐委员验明详报，应否接收，抑令收储不谨之员买补还仓，庶于储备重款，不致有名无实。其余未盘人字等二十一廒麦豆，共计八万　千　百零。查询该管仓书斗级，佥云粮色尚好，数亦不短。伊等愿甘出结，查验亦属相符。统计除收外，尚欠粮　石，业经移明买交归款。至应交各项银两，除应抵外，实止短交银　千　百　十两零。又应交大钱三千　百　十千零，俱经移催，依限解交，以便分别解贮，依限结报外，所有盘验粮石情形，特肃芜禀，仰祈电核，批示遵行。恭请福安，伏乞慈鉴。卑职〇〇谨禀。

计呈霉变粮石清折一扣。

居 官 要 言

士大夫居家，能思当官之时，则不至干请把持，以挠时政。当官能思居家之时，则不至刚愎滋肆，以速官谤。凡人居官有权，易蹈者六：一傲人，二喜事，三迁怒，四有成心，五急功名，六嗔人□又凉。朝廷立法不可不严，有司行法不可不恕。不严无以儆天下之恶，不恕无以通天下之情。官虽极贵，不可以人之性命佐己之喜怒。官即至卑，不可以己之名节佐人之喜怒。听讼时，但觉有些怒意，且勿动刑。待我心气和平，从容再问。先须治己之燥，乃能祛人之顽。尝见吏坐堂上，有因一时气忿，遂不免严刑以逞，其所伤害，殆不可测。慈惠之师，当不其然。清贵能容，仁贵能断。莫苛刻以伤厚，毋硗确以沽名。勿借公事报私仇，罔以微嫌害大体。分数明，乃可省事；毁誉忘，乃可清心。

此段系少穆林抚军写成，挂屏以赠啸村刺史。予极爱其语语格言。凡居官者，当录座侧，庶可触目警心，不至任性妄动。时咸丰四年嘉平月，因公来省，暂寓厚堂侄孙书斋，敬以笔之，留传当道。

筹赈事例

清道光二十九年刻本

（清）户部 辑
吴密 李光伟 点校

筹赈事例

原　奏*

户部等部谨奏为会议筹赈事例章程，恭折奏祈圣鉴事。道光二十九年七月二十六日户部奏请暂开筹赈事例折内，声明照豫工二卯办理。又本年九月二十四日户部议复御史周炳鉴严禁银号包揽一折，声明新例收银交库，请照历次捐输移交顺天府承办。其各项琐屑事宜，俟会同吏、兵二部拟定条款，再行奏闻等因。奉旨允准在案。兹臣等公同商议，此次筹赈事例，一切官阶银数，悉仿照豫工二卯，参以顺天捐输章程，并将应行推广变通之处，共拟六十九条，另缮清单，恭呈御览。请以奏准奉旨之日开卯起，暂开一年，除去封印之期，扣至明年十二月二十日止。其收呈取结以及行查给照等事，亦请由顺天府一手经理，以归简便。再查从前开例，每收正项银一百两，加饭银三两，内以二两五钱五分为吏、户、兵三部堂司官饭银，余银四钱五分留给吏、户、兵三部书吏为饭食及心红纸笔等费。此历届办理章程也。今筹赈新例，既经户部奏明比照顺天捐输，只按库平兑收，其吏、户、兵三部堂司各官饭银归公一项，概行裁汰。惟大捐人数较众，造册行文笔墨纸张费无所出，诚恐各书吏藉词赔垫，暗中需索，亟应明示限制，以防流弊。拟将向定每百两加银四钱五分，仍令各捐生照旧上兑，专备各书吏一切纸张饭食之用。顺天府每次解到户部，即劈分四股，以一股给顺天府书吏，以三股给吏、户、兵三部书吏，照常均分。在捐生所出无多，而该书吏等即不致另有需索。倘再滋弊，一经查出，立即严惩。所有臣等会议缘由，理合缮折具奏，恭俟命下，即由户部知照顺天府，按照新定章程办理，并出示晓谕。是否有当，伏乞皇上训示。再，此折系户部主稿，合并陈明。谨奏。

附　片*

再，向来事例，吏、兵两部增改选法后，凡旧例人员，均须先捐过班，始准续捐分发。现在新例既开，经吏、兵两部将选法增改，所有旧例报捐及各省历次捐输人员，自应遵照成例，概将分发停止。如有情殷报效者，即令先捐过班，归入筹赈新例内再行报销分发，以符定制。又此次筹赈新例，系仿照顺天捐输办理。所有报捐文武职官应给执照，请亦仿照捐输成案，由吏、兵两部办照，发交顺天府转给。理合附片奏闻。道光二十九年十一月十九日具奏。本日奉旨：依议。钦此。

筹赈事例条款

一、文职各员加捐本班前等班一条。吏部查顺天捐输并各省捐输案内，有遇缺尽先选用、遇缺即用等项班次。此次奏开新例，自应量予变通，俾情殷报效者遂其及时登进之忧。拟请准捐不入班次尽先即选（双单月列于各项人员之先，尽数选用）、不入班次即选（与捐输遇缺先人员分班选用）、不入班次选用（与捐输遇缺选用人员分班选用）、本班尽先选用并各项本班前先用，以示推广。其选用次第尽先以上各班及本班前例定额数，俱先用新例报捐二人，次用顺天捐输一人。顺天捐输用过二人之后，用历次捐输一人。户部查上届章程，各项捐输人员由双单月捐本班尽先一层、由本班尽先捐遇缺一层，今增入各项本班前先用一层，应将旧例本班尽先银数酌分一半，作为由双单月捐各项本班前先用之项，毋庸另加银两。至新例各项报捐银数并各项过班银数，均各按官阶品级，分别另列款目，附入条款之后，以便查照遵行。

一、文职双约班次照捐输之案加增一倍之条。吏部查各例捐纳人员，向按例定正班额数选用，惟查捐输双月正班，系照捐钠员数加倍选用。此次奏开新例，自应比照酌加。除单月仍照例定额数铨选外，其双月班次，拟照捐输之案加增一倍，作为新额，列于例定正额之前，专用新例报捐人员。其例定捐纳正班额数，以新旧例轮选。至拣补各缺，不分双单月者，第一轮应照正班额数加增一倍选用，第二轮仍照正班额数选用。

一、文职捐班尽先及捐班前先人员，照例定正班并新增正班额数选用一条。吏部查豫工二卯捐纳本班尽先人员，本班到班时，只准选用一人。惟捐输归各本班尽先选用人员，归于各本班之前尽数选用，多寡悬殊，尚未平允。此次奏开新例，报捐捐班尽先、捐班本班前先用各员，双月拟照例定正班及新增正班额数选用。其选用次第，先用尽先，次用本班前，再用正班。如应用本班前新增额数及新增正班额数新例尽先有人，均以新例抵选；如无人，即以新例本班前抵选应用。例定正班额数，仍以新旧例轮用单月本班前先用，仍照正班额数选用。尽先额数，应照本班前及正班额数加增一倍。如应用本班先新例尽先有人，亦准其抵选。其双月新增本班前额数，如应抵之新例尽先及新例本班先俱无人，即行过班。至各项尽先额数，均照捐纳办理。

一、新例捐纳选班改列捐输之前一条。吏部查捐输选班，向列捐纳之前。此次筹赈新例，应将捐纳班次改列捐输之前，以示鼓励。至新例开选之时，如适值轮用捐纳，即选用新例之人。如从前已用过捐纳而捐纳正班额数尚未用完，应将新例之人接选。即从接选之人起，作为新增额数，照数选用新例。如新增额数选完后，从前正班尚有余额，再分新旧例轮选。如新例开选之时，从前已用过捐输而捐输额数尚禾〔未〕用完，仍俟捐输用竣后，再用捐纳之人。

一、新例铨选班次一条。吏部查此次暂开筹赈新例，其铨选班次，应以五新一旧轮用。新例五人，豫工头卯一人；新例五人，豫工二卯一人；新例五人，筹备一人；新例五人，酌增头卯一人；新例五人，豫工头卯一人；新例五人，豫工二卯一人；新例五人，酌增二卯一人；新例五人，武陟一人；新例五人，豫工头卯一人；新例五人，豫工二卯一人；新例五人，豫东一人；新例五人，土方一人；新例五人，豫工头卯一人；新例五人，豫工二卯一人；新例五人，捐输一人；新例五人，衡工一人；新例五人，豫工头卯一人；新例五人，豫工二卯一人；新例五人，工赈一人；新例五人，川楚一人。以一百二十人为一周，周而复始，挨次轮用。如遇豫工二卯到班，先用顺天新捐输归二卯者二人，次用历次捐输并捐纳者一人。如旧例到班无人，即以新例人员抵选一人，仍积旧例之缺。

一、新例报捐文职分次咨送掣签挨选一条。吏部查归部铨选人员，向例于截卯后签掣名次铨选。此次量为变通，拟请报捐双单以上各官，户部按月咨送吏部一次，签掣名次先后，以户部咨到之日起扣限铨选。其选用次第，若仅按卯之前后挨选，则后次报捐者，须俟前次之人选竣后方可望选，殊不足以示鼓励。今公同酌议，新例捐纳人员，各归各卯签掣名次，以卯之次数为序。到班时，各卯各选名次在前者一人，挨卯轮选，周而复始，以昭平允。其仅捐双月及单月人员，仍俟截卯后掣签。户部查归部铨选人员，向例于截卯后掣签，按名次铨选。今新例变通，经吏部议将报捐双单月以上各官，顺天府按三月咨送吏部一次，签掣名次，先后选用，俾遂其及时自效之忱。其仅捐双月及单月人员，仍俟截卯后掣签，以符旧制。

一、新例文职插用不积一条。吏部查豫工头、二卯事例捐纳人员，各按选班，分别插用，不积一人。此次奏开新例，拟请将报捐各项职官，以新例开选之日积缺起，按照豫工事例各项，各计各缺插用筹赈例，不积一人。到班时，先将新例捐班尽先人员抵选；如无人，将新例捐班前用人员抵选；如又无人，即将新例捐双单月人员选用。其豫工头、二卯不积之处，应行停止。

一、进士、举人，准捐国子监学正、学録并准捐分发一条。吏部查国子监学正、学録，系拣补之缺，向来俱以进士、举人出身人员考取。此次筹赈推广，拟请进士、举人出身之人，准其报捐，并准加捐分发行走。其考取人员内如有愿分监行走者，亦准其报捐分发，仿照内阁中书之例，双、单月统计，一咨一留。凡归部拣补之缺，双单月俱先尽应补之人不积咨留之缺。如无人，双月用考取二人、捐纳一人，单月用考取一人、捐纳一人。考取无人，即以捐纳抵补；捐纳无人，即以考取抵补。其应留缺出，准国子监于行走人员内将考取捐纳分为二班，各按行走日期，轮拟在前者一员，移送吏部带领，引见补授，以示推广。户部查国子监学正、学録，系由进士 举人考取，本班向无报捐之例。此次既准以进士、举人报捐，拟照从八品国子监典簿，由已未截取进士、举人，报捐银数，分别酌加一成银三百七十四两 四百七十三两。至分发银数，应照各项小京官之例报捐分发行走。

一、恩拔副岁优贡生准捐直隶州州同一条。吏部查直隶州州同，向例以举人报捐。此次筹赈推广，拟请恩拔副岁优贡生俱准一体加成报捐。户部查直隶州州同，向例由举人报捐。此次既准以恩拔副岁优贡生一体报捐，拟照未拣选举人报捐，例定银数一千一十两，酌加三成报捐。

一、岁优廪增附贡生准捐直隶州州判一条。吏部查直隶州州判，向例由恩拔副贡生报捐。此次筹赈推广，拟请岁优廪增附贡生俱准一体加成报捐。户部查，拟照恩拔副贡生报捐例定银数七百七十两，由岁优贡报捐，酌加银六十两；廪贡报捐，酌加银一百二十两；增贡报捐，酌加银二百四十两；附贡报捐，酌加银三百三十两，准以双月选用。

一、从九品、未入流准加成指项报捐并过班一条。吏部查从九品、未入流等官，向系统选统补，并无指项之例。惟捐输案内有指项报捐，归部选用，并分发补用者。此次筹赈推广，按照捐输成案选补各班，均准其指项报捐。如遇缺出，将指项之人与报捐从九品、未入流人员比较班次。如班次相同者，先用指项报捐之人。其从前指项人员，准其于新例加成过班，按照新例补用。户部查捐输案内，从九品、未入流等官，有指定一项报捐，归部选用，并分发补用者。此次新例推广，按照捐输成案选补各班，均准按照原捐双单月银数，酌加三成，指项报捐。其从前指项人员，亦准照过班旧例，由贡监捐至双单月银数酌加三成报捐过班，按照新例选补。

一、教谕、训导分别报捐银数选用一条。吏部查捐输案内，大挑二等人员报捐本班尽先，以正谕、复谕、训导、复训统选，未免无所区别。此次筹赈事例，酌拟前项人员，按照教谕尽先银数报捐者，以经制正谕复设教谕选用；按照教谕、训导两项尽先银数报捐者，方准以四项统选。

一、捐输文职遵新例加捐并过班等员呈验贡监生执照一条。吏部查捐输案内，由俊秀捐输各项官职人员，前经国子监具奏，请照例补给贡监执照在案。此次筹赈事例，由俊秀捐输官职，遵新例过班并加捐各项班次归部铨选分发省分者，令将补领贡监生执照呈验。如无贡监执照，俱令补捐贡监生后，方准报捐。

一、文职过班及留省银数一条。吏部查豫工二卯，例载各旧例，捐纳京外满汉文职各官过班一层，如系捐足人员，各按本职例定银数，计每百两加过班银三十两，准归豫工事例班次选用。此内有从前各例曾经过班人员，即在三成数内减半报捐。此次奏开新例，其各旧例捐纳、捐输双单月之员愿归入新例选用者，应各按本职，照贡监生初捐银两加三成过班。其顺天新捐输遇缺前先用，以及遇缺本班尽先本班前先用，并历次捐输遇缺等项班次人员，愿在新例过班者，亦令照原捐银数，分别加成报捐（分别加成，另详银数单内），并从前分发各项人员，愿遵新例过班分发留省者，亦照过班旧例，由贡监生捐足双单月银数，酌加三成报捐过班。如愿留省者，仍令补足分发银两（银两系户部核定）。

一、文职按月指省分发并指分河工一条。吏部查豫工二卯有按月指省并投效南河之例。此次奏开事例，除将投效南河之处停止外，应仍准其按月指省分发，并准其指分河工补用。其从前业经分发指省人员，如有情愿另指别省者，过班离省后，应按分发指省银数报捐。至豫工头、二卯投效河工、海疆省分人员，试用一年期满，向准咨部改掣。现在豫工头、二卯既作为旧例，此项人员应停其改掣。如有愿改发他省者，应仍照过班离省分发指省银数报捐。

一、各省文职补缺班次改列捐输之前一条。吏部查外省补缺捐输班次，列在捐纳之前。今此次筹赈新例，应将捐纳班次改列捐输之前，以示优奖。

一、新例文职分发不入班次等项人员分别轮用一条。吏部查新例分发不入班次尽先即补人员，列于捐输遇缺先之前先用；新例分发不入班次即补者，应与遇缺先轮用，先用新例二人，次用捐输一人；新例分发不入班次补用者，应与遇缺轮用，先用新例二人，次用捐输一人；新例分发本班尽先者，应与捐输归捐纳尽先轮用，先用新例二人，次用捐输归捐纳尽先一人。其前项捐输各员，仍照顺天奏定章程，二新一旧。

一、各省文职分新旧轮用一条。吏部查外省捐纳班次，仍照旧以四新一旧轮补用。筹赈四人，豫工头卯一人，豫工二卯一人；筹赈四人，筹备一人；筹赈四人，豫工头卯一人，豫工二卯一人；筹赈四人，酌增头卯一人；筹赈四人，豫工头卯一人，豫工二卯一人；筹赈四人，酌增二卯一人；筹赈四人，豫工头卯一人，豫工二卯一人；筹赈四人，续增武陟一人；筹赈四人，豫工头卯一人，豫工二卯一人；筹赈四人，武陟投效一人；筹赈四人，豫工头卯一人，豫工二卯一人；筹赈四人，豫东一人；筹赈四人，豫工头卯一人，豫工二卯一人；筹赈四人，续增土方一人；筹赈四人，豫工头卯一人，豫工二卯一人；筹赈四人，土方投效一人；筹赈四人，豫工头卯一人，豫工二卯一人；筹赈四人，捐输一人；筹赈四人，豫工头卯一人，豫工二卯一人；筹赈四人，衡工一人；筹赈四人，豫工头卯一人，豫工二卯一人；筹赈四人，工赈一人；筹赈四人，豫工头卯一人，豫工二卯一人；筹赈四人，川楚一人。以一百三十二缺为一轮，周而复始，挨次序补。如遇豫工二卯到班时，仍先用顺天捐输归捐纳二人，次用历次捐输并遵例捐纳者一人。

一、文职外补各官增添不积一条。吏部查内选捐纳人员，除正额之外，均有数缺不积班次。外补各官，向无此例。此次奏开新例，应量为推广，酌予增添。查外省之缺，系各归各省补用，非归部十八省之缺统选者可比。其不积缺人数，道府以至通判并盐库各大使等项，缺分颇少。除不入班次补用以上不计外，其余各班，统计三缺之后，用筹赈不积一人。知县升调遗缺及佐杂等官缺分较多，六缺之后，用筹赈不积一人。如遇不积到班时，先用尽先，再用正班。

一、文职分发尽先以上等员捐免试用一条。吏部查向来捐纳各官，分发到省后，均扣试用一年期满。河工试用人员到工后，应俟补额后方准补用。所有此次暂开事例捐纳分发地方、河工各员，如加捐尽先以上等项班次，应请俟捐免试用、捐免补额后再行报捐。至仅捐河工试用人员，仍令补额后方准补缺。地方试用人员一年期满，例应由督抚甄别留省者，此项人员概不准其捐免，以示区别。户部查向来捐纳各官分发到省，均扣试用一年期满。河工试用人员到工后，应俟补额后方准补用。此次筹赈新例捐纳分发地方、河工各员，如加捐尽先以上等班，均系向例所无，经吏部议，应令捐免试用、捐免补额再行加捐。其捐免试用及补额银两，应令于分发银两上酌加五成。

一、道府以至同通分班轮用一条。吏部查道府以至同通，先将新捐不入班次尽先即补不入班次、即补不入班次补用，并此次顺天捐输遇缺班前先用遇缺即补及历次捐输遇缺即补人员，先尽挨补，次用候补委用。如候补委用无人，用捐纳一人、捐输一人分班轮用。其补用捐纳、捐输班次，向俱先用尽先一人，再用正班一人。如尽先人员尚未补竣，正班到班之缺，即以尽先人员抵补。尽先无人，先用本班前用一人，再用正班一人。如本班先人员尚未用竣，其正班到班之缺亦即以本班先人员抵补。此次奏开新例，如轮用新例正班，只准将新例尽先人员抵补。如无新例尽先人员，即用正班，不准将捐输归捐纳尽先及本班先人员抵补。如用旧例，仍准将捐输归捐纳尽先及本班先人员抵补。再查历次捐输外省补班，俱有报捐本班前先用者。正班到班，向准将此项人员抵补，是以正班人员补缺愈难。今补班内，拟将捐班前一项删除；其现在捐输各省，应一概不准其报捐此项，以归画一。

一、知县升调遗缺分别轮用一条。吏部查知县一项升调遗缺，应用候补即用一人、委用一人、大挑一人，候补即用一人、委用一人、议叙一人，候补即用一人、委用一人、捐纳一人、捐输一人、拔贡一人。拔贡两班之后，用教习、教职各一人。佐杂等官，用候补一人、委用一人、捐纳一人、捐输一人，候补一人、委用一人、捐纳一人、捐输一人，候补一人、委用一人、议叙一人。其补用不入班次尽先即补等项次第，悉照道府同通办理。

一、知县佐杂等官分别抵补一条。吏部查知县佐杂等官，向系候补、委用、试用分班轮补。如知县议叙无人之缺，以捐输及豫工头、二卯捐纳人员分班抵补。此次推广新例，应请议叙无人之缺，先将新例抵补二次，再将顺天捐输人员抵补一次。其新例抵补次第，先用尽先，再用正班，此外候补、委用、拔贡、教习、教职轮补。到班时，倘本项无人之缺，俱以两新例一捐输分班抵补，仍积各班之缺。佐杂、候补、委用、议叙等班，适遇无人，亦准将新例尽先、新例正班与顺天捐输人员分班抵补。再，豫工事例各项捐纳旧例，到班适遇无人，准以豫工人员抵补。此次新例捐纳人员轮用各旧例到班无人之缺，应专以新例抵补，仍积各旧例之缺。

一、由实任丁忧服满人员报捐分发一条。吏部查外任曾任实缺，丁忧服满，归于单月应补班选用。从前报捐分发，俱令捐足三班，方准验看引见。惟此项人员系属以礼去官，与病痊终养捐免原缺及捐复原官捐入应补者不同，自宜量为区别。此次奏开新例，拟将外任曾任实缺丁忧服满人员，如有愿捐分发者，只令其报捐，不论双单月并分发银两，即准归入筹赈班内补用。其有捐归候补班内补用并指捐分发河工归于次尽班内补用者，俱令其于分发银数上再加成报捐。此外病痊终养捐免坐补及捐复各官，仍令加足三班，再捐分发，以示区别。户部查外省曾任实缺丁忧服满，归于单月补用。从前报捐分发，俱令捐足三班。惟此项人员系以礼去官，此次暂开事例，经吏部议，外任实缺丁忧服满各官，有愿捐分发者，只令其报捐，不论双单并分发，即准归入新例内补用。其捐归候补班补用并指分河工归于尽班内补用者，应令于分发银数上加三成报捐。

一、道府以至佐杂等官捐免补本班一条。吏部查向来外省道、府、知县三项，有因各项劳绩出力，奉旨尽先补用，及本班前先用人员，俱归于各本班之前先用一人，同知以至佐杂等官，有因各项劳绩出力，奉旨尽先补用者，例应归入候补外，其奉旨本班尽先人员，亦归各本班之前先用。此次推广新例，拟将劳绩出力本班先用人员，准其捐免本班字样，归入候补班内，遇有各项缺出，照例补用。道、府、知县奉旨尽先补用，无本班字样，亦准其捐免补本班，归入候补班补用；其有本班字样者，应加倍捐免。户部查道、府、知县奉旨尽先补用，无本班字样者，经吏部议定，准其捐免补本班，归入候补班补用。其捐免银两，应按本职捐足银数，酌加三成。如有本班字样者，应于三成之上，再加三成。其同知以至佐杂等，如有本班字样者，亦按本职捐足银数，酌加三成，准捐免本班字样，归入候补班内补用。

一、各省道府以下等官准加捐不入班次等项一条。吏部查外省道府以至未入流等官候补、委用二班，向无捐入遇缺专条。此次推广新例，拟请将前项人员，准其加捐不入班次补用，及不入班次即补不入班次尽先即补。至候补、委用，较之捐纳尽先为优。其有捐入前项等班者，如报捐不入班次补用，其银数应照代用人员加捐尽先银数，酌减五成（银数系户部核定）；如再报捐不入班次即补以上等班，仍照现定银数递捐。

一、外官著有劳绩各员捐升一条。吏部查外官各项著有劳绩人员，奉旨以何项升用及以应升之缺升用者，俱只准以要缺升用。前经奏定章程指项升用人员，准其按照本项报捐。其应升之缺有数项者，指定一项报捐，归入候补班内补用，各照尽先银数酌减五成，并准其报捐离任。至候补、委用、试用各员，得有应升之案，例应先补本班，方准请升。如未补本班以前有愿按应升之项捐入候补者，亦应照尽先银数酌减五成，仍应令其先捐免补本班。其捐免补本班银数，即按其升阶补足三班银两，方准归入升阶候补。此次亦应照办。

一、外任各官升补尚未实任人员捐升一条。吏部查外任各官升补，未经引见，尚未实任人员，如有再行捐升者，向例照原官核办，不准照现任之职报捐。惟此项人员，虽未引见，与未经升用人员有间。前经奏定章程，应照原官报捐银数酌减成数。经户部查，本任捐升银数，比之升任捐升银数为数较多，拟请将所多之数减半报捐，以示区别。此次亦应招办。

一、在京各衙门记名外用人员准加成报捐分发一条。吏部查在京各衙门满洲、蒙古、汉军、汉主事等官，京察一等记名，以直隶州知州、抚民同知、通判升用，并保送直隶州知州、抚民同知、通判之员，双单月均有铨选班次，此次暂开事例，如有情殷报效者，即准照截取记名人员之例，各按分发银两酌加三成，准其报捐分发。俟到省后，归入候补班内，遇有题调选缺出，悉准酌量补用。

一、京官记名外用人员逐层捐足并捐分发一条。吏部查在京各衙门汉军七八品笔帖式、京察一等记名，以知县抚民通判升用，并京察一等记名，应升州同、州判、县丞之汉军九品笔帖式，应归双月选用各项人员，此次暂开事例，如有情殷报效愿分发补用者，准其将升用之项，作为双月逐层捐足。其应升不止一项者，亦准其指定一项，作为双月逐层捐足。报捐分发到省后，归入候补班内，遇有提调选缺出，悉准酌量补用。

一、五城俸满司坊等官捐升并捐分发一条。吏部查五城兵马司指挥、副指挥、吏目三年俸满，奉旨照例升用之员，其应升之项繁多。如愿指定一项分发者，应各按本职捐升双单月银两酌减七成报捐，并于分发银两内酌加一成半（银数系户部核定）。到省后，即照记名人员之例，归入候补班内，遇有题调选缺出，悉准酌量补用。

一、各馆议叙人员准逐层捐足并捐分发一条。吏部查各馆书成议叙，以知县、通判升用之汉军七八品笔帖式，如有情殷报效者，应准作为双月逐层捐足，归入筹赈例内选用。其汉军九品笔帖式议叙，以州同、州判、县丞升用之员，亦准其于应升之项，指定一项作为双月逐层捐足，归入筹赈例内选用，再按捐升本职双月银数酌加二成，作为过班银两（银数系户部核定），并准其报捐分发。至省外补班内知县、佐杂等项，向设有议叙班次。如有愿归议叙班补用之员，其捐足分发及加成银两，仍照豫工二卯例办理。

一、截取记名外用人员准作为双月递捐一条。吏部查各项截取记名外用人员，拟准作为双月递捐。查汉员各项俸满截取，分别以知府、同知、通判注册双单月俱有升选班次。此次筹赈事例，量予推广。所有各项俸满截取记名，以知府用，以同知、通判用者，如有情殷报效捐升别项官职，即准其各按记名官职作为双月，再行递捐升职。至满、蒙、汉主事并各项小京官保送记名，以抚民同知、直隶州知州、通判用等官，亦照截取人员办理。

一、记名外用人员准捐入新例一条。吏部查在京各项记名外用，双单月俱有升选班次之满洲、蒙古、汉军、汉官，有愿捐入此次筹赈例内选用者，令其于双单月银两酌加一成半，作为过班之项，归入筹赈例内选用。其单月并无升选班次者，令其逐层捐足，亦于双单月银两酌加二成，作为过班之项，归入筹赈例内选用（银数系由户部核定）。

一、满蒙笔帖式记名外用各员准作为双月本班先用一条。吏部查满洲、蒙古笔帖式保送记名以知县用者，归于双月选用。又经京察一等记名，例应归于记名本班到班前先用。此项人员，应准作为双月本班先用，令其捐足单月，不论双单月，毋庸再捐本班先用一层，即准报捐分发，归候补班内补用。

一、各省应升人员准捐入新例并分发一条。吏部查顺天捐输章程，内开外省曾经得有即升卓异应升人员，有情愿指定一项捐入双单月捐输班选用者，应准其作为双月，逐层捐足，再按所指之项捐足之外，分别各加三成，准归此次捐输班内选用等语。此次暂开筹赈事例，自应量为推广。如外省曾经得有即升卓异、俸满保荐并各项劳绩应升人员，有情愿指定一项捐入双单月筹赈例内选用者，应准作为双月，逐层捐足，归入筹赈事例内选用，并准其报捐分发。其过班银两，拟照捐输章程，酌成报捐。户部查外省曾经得有即升卓异、俸满保荐并各项劳绩应升人员，如愿指定一项捐入新例选用者，经吏部议准，作为双月，令再逐层捐足，归入筹赈例内选用，并准报捐分发，仍按所指之项捐足之外，各加二成，作为过班银两。

一、现任候补候选各官报捐升衔酌减银数一条。吏部查豫工二卯现任候补、候选各官，准其报捐升衔。所定银数，系按各本职例定捐升双月银数报捐，仍得以原官补用，均不准捐本管上司之衔。惟查捐升双月，究有铨选班次，若仅捐升衔，自应量为区别。此次暂开筹赈事例，凡现任及候补候选各员有指衔呈请报捐者，应按各本职例定捐升双月银数减成报捐。户部查现任候补、候选各官报捐升衔，向系按各本职捐升双月银数，未免过多。此次新例，经吏部议减，应即减去三成，以示区别。

一、满蒙汉军郎中以下等官准加捐不入班次各项并指捐六部选补一条。吏部查此次奏开筹赈事例，满洲、蒙古人员报捐郎中、员外郎、主事小京官等官，拟请准其补足，不论单双月，报捐不入班次尽先即选、不入班次即选、不入班次选用、本班尽先选用等项班次笔帖式一项，满蒙汉军亦准其递捐不入班次尽先即选等班。其满洲、蒙古捐纳郎中、员外郎、主事及满洲司务并满蒙汉军笔帖式，查豫工事例，并无指捐六部之条，惟捐输人员有捐六部选用，有捐分六部行走者。此次筹赈事例，自应酌量变通，比照捐输之例，准其加成报捐。户部查满蒙人员报捐郎中、员外郎、主事、小京官等官，如补足，不论双单月之后，应准其加捐不入班次尽先即选、不入班次即选、不入班次选用，并准捐本班尽先、本班前先等班次笔帖式一项。满、蒙、汉军，亦准其照前一体加捐。其满、蒙捐纳郎中、员外郎、主事及满司务、满蒙汉军笔帖式，查捐输成案，有捐六部选用、捐分六部行走者。此次自应援案变通，除内务府人员向无捐纳部员之例，其满、蒙捐纳郎中、员外郎、主事及满司务、满蒙汉军笔帖式，均准照捐足双单月银数，其一千两以下者加四成，一千两至三千两者加三成，三千两至五千两者加二成半，五千两以上者加二成，报捐六部选用；其捐分六部行走者，照分发银数加倍报捐。

一、京官开复、捐复、降补等官，准逐层捐足报捐分发一条。吏部查各项开复、捐复、降调应归部选人员，外官例准加捐分发，并加成归候补班补用。京官向无分发之例，此次筹赈推广，自应酌量变通。拟请照外官之例，满蒙汉京官如有开复、捐复及降补归部铨选等官，汉员准其作为逐月逐层捐足，旗员准其作为单月补足。不论双单月报捐分发签分，应得之各衙门行走，半年以后由该堂官随时甄别，准其奏留，与各项奏留人员比较日期，先后补用。

一、吏部查补用笔帖式定例，考取班用三人，捐输班用三人，捐纳班用二人，议叙班用一人，缮本班用一人，降调班用一人，轮班铨选。此次筹赈新例，应将捐纳列于捐输班之前，其选用捐纳班次拟照捐输额数。俟轮用捐纳到班时，第一缺专用新例之人，第二缺、第三缺仍以新旧例轮选。

一、缮本笔帖式及库使准加捐不入班次等项一条。吏部查考取候补缮本笔帖式，系不论旗分，按考取名次先后补用；又考取八旗候补库使，系按旗挨名补用。此次推广筹赈事例，自应量加变通。如有情殷报效者，准其报捐不入班次尽先即补、不入班次即补、不入班次补用及本班尽先补用。其库使一项，毋论报捐何项班次，仍各按本旗补用。户部查缮本笔帖式及库使二项官阶，俱在各笔帖式之后，从前系按考取名次序补。今经吏部议准，其加捐不入班次等项，应照笔帖式加捐各项银数酌减五成报捐（笔帖式加捐不入班次等项银数，另有条款开列）。

一、内阁贴写中书加捐不入班次各项一条。吏部查考取内阁候补贴写中书缺出，各按旗分，先用学习一人，次用议叙一人。今推广筹赈事例，拟准其各按本旗报捐不入班次尽先即补、不入班次即补、不入班次补用及本班尽先补用。其报捐银数（银数另详单内），除报捐不入班次补用，以上遇有缺出，毋论学习、议叙，到班悉准补用。其报捐本班尽先补用者，应分别学习、议叙各本班，到班尽先补用。惟查学习人员，有咨补在阁学习行走之员，有未经咨补学习之员。若同归一班尽先补用，未免无所区别。应请未经咨补学习之员报捐尽先补用者，令其加三成报捐（银数系户部核定）。至议叙人员，如有同系报捐本班尽先补用者，此内有从前已经积过学习正班之员，补缺时仍先用已经积过正班之员。

一、学习笔帖式等加捐不入班次各项一条。吏部查各衙门已经奏留、未经奏留学习笔帖式、缮本笔帖式，有捐输遇缺先补用、遇缺即补及尽先补用者，此次奏开筹赈事例，拟准其报捐不入班次尽先即补、不入班次即补、不入班次补用及本班尽先补用（报捐银数另详单内）。除报捐不入班次补用，以上遇有缺出，无论咨留，悉准补用。其报捐本班尽先补用人员，应分别学习、缮本各本班，到时尽先补用。至未经奏留学习缮本人员报捐，应仍查照新捐输之例，分别加三成报捐（银数系户部核定）。

一、新例加成捐级恭遇覃恩准照加级请封一条。吏部查例载报捐加级捐封者，其旧捐之级不准计算，应令另捐新级作为捐封之级，并于呈内声明专为请封字样。每一次捐级，准其捐封一次，捐封后即行豁除等语。又查顺天捐输推广常例案内，捐级请封人员，应请将所捐之级、续行捐请封典毋庸豁除，惟不准将捐封之级抵销处分，以示区别。又例载京官恭遇恩诏有加级者，均准其照新加之级给封。其级多者仍限以制，八品以下不得逾七品，七品不得逾五品，五六品不得逾四品，三四品不得逾二品。其捐纳之级，不准计算。外官有加级者，不论新旧，不准照加级请封各等语。此次量为变通推广，应请将现任京外各官有遵新例捐级者，日后恭遇覃恩，准其按照加级请封。其所指之级，仍照顺天捐输推广常例案内捐级请封人员。以后如再捐封，准其将所捐之级续行捐请封典，毋庸豁除，仍不准将捐封之级抵销处分；如未遇覃恩，遇有处分，准其抵销等语。户部查京外实任各官捐级请封，事属破格，应按随带加级银数报捐。

一、文职加成捐复一条。吏部查文职捐复人员，除京察大计六法，并实犯贪酷、奸污各款，概不准其捐复外，其余常例不准捐复而情节尚有可原者，豫工事例准其加十分之五，具呈吏部分别准驳，开单具奏，恭候钦定。嗣因降革人员具呈加倍捐复降捐到部，均经吏部摘叙案由，缮具清单，声明请旨。顺天捐输亦经查照办理在案。此次暂开筹赈事例，所有降革人员，其常例不准捐复而情节尚有可原者，准其照豫工二卯事例加十分之五，具呈吏部，分别准驳，开单具奏，恭候钦定。至降革人员具呈加倍捐复降捐到部者，吏部即摘叙案由，缮具清单，声明请旨。如蒙允准，其例应引见人员俟捐项交清，户部知照到部，由吏部带领引见。例无引见者，亦俟捐项交清后，吏部注册铨选。

一、户部查豫工二卯例载部选班次名目有插班间选一条、外补班次名目有分缺间用一条。此次筹赈新例，既经吏部将此二项议删，所有前捐二项人员自应照常选补，户部毋庸再核过班银数。惟查插班间选正项银数比旧例尽先银数较多，分缺间用正项银数比旧例尽先银数较少。如此二项人员有愿捐入此次新例不入班次三项选补者，均准改作本班尽先班次。如原捐插班间选，愿加捐不入班次选用，准其将比尽先较多之银数减半作抵（如道员多银四千八百两，即准减半抵作银二千四百两），再令补足不入班次银数（如道员新例不入班次选用正项银五千三百七十六两，除准抵银二千四百两，再补足银二千九百七十六两），即准归入新例选用。如原捐分缺间用，愿加捐不入班次补用者，应令其将比尽先较少之银数先行全数补足（如道员少银一千二百两，应补银一千二百两），方准报捐不入班次补用。其有愿递捐至不入班次即选即补、不入班次尽先即选即补者，亦准按照新例银数报捐。

一、筹赈新例铨选班次仍照豫工二卯办理一条。兵部查豫工二卯事例，内开：捐参将、游击、都司即用人员，归于双月，与卓异、候补、荐举三项人员相间轮用；捐营守备即用者，归于双月，与各班相间轮用。其由现任营千总、候补营千总并捐分发营千总、捐升营守备者，归于单月一升班内，用捐升二人，后用门千总一人；由回任候题、候推守备捐升营守备者，归于单月二升班内，用捐升二人，后用卫千总一人。又都司以上人员奉旨特用者，归于双月，与各班相间轮用各等语。又捐输参将、游击、都司人员，归于双月三缺后，选用一人守备；归于双月五缺后，选用一人，先用新捐输二人，后次用旧捐输一人。历经办理在案。此次筹赈事例铨选班次，请仍照豫工二卯事例选法班次办理，定以到班时，用筹赈事例二人，捐输一人；用筹赈事例二人，豫工一人；用筹赈事例二人，筹备经费一人；用筹赈事例二人，酌增常例一人；用筹赈事例二人，武陟一人；用筹赈事例二人，豫东一人；用筹赈事例二人，土方一人；用筹赈事例二人，衡工一人；用筹赈事例二人，工赈一人；用筹赈事例二人，川楚一人。共计三十缺为一周。其卫用武进士改捐营守备者，亦照豫工二卯事例，归于现在以营用之分发及投供武进士班内相间轮用。遇应用捐输时，先用新捐输二人，次用旧捐输一人。如新捐输无人，即用旧捐输；旧捐输无人，即用新捐输。用豫工事例时，头卯人员与二卯人员相间轮用。如头卯无人，即用二卯；二卯无人，即用头卯。再，卫所铨选班次，单月卫守备二，筹赈一；捐输一，筹赈一；豫工等例旧捐一，筹赈一；各班一，筹赈一。各班双月卫守备二，筹赈一；捐输一，筹赈一；豫工等例旧捐一，筹赈一；各班一，筹赈一。卓异单月守御所千总二，筹赈一；捐输一，筹赈一。豫工等例旧捐双月守御所千总二，筹赈一；捐输一，筹赈一；豫工等例旧捐一，筹赈一。各班双月门千总二，筹赈一；捐输一，筹赈一；豫工一，筹赈一；筹备一，筹赈一。各班单月卫千总二，筹赈一；捐输一，筹赈一；豫工等例旧捐一，筹赈一；筹备等例旧捐一，筹赈一。捐输双月卫千总二，筹赈一；捐输一，筹赈一；豫工等例旧捐一，筹赈一；各班一，筹赈一；筹备等例旧捐一，筹赈一。捐输以上双单月卫守备轮至豫工班内，一豫工，一筹备，与豫东衡工相间轮用一人；一豫工，一酌增，与土方工赈相间轮用一人；一豫工，一武陟，与议叙川楚相间轮用一人。双单月守御所千总轮至豫工班内，一豫工，一筹备，与土方相间轮用一人；一豫工，一酌增，与议叙相间轮用一人；一豫工，一豫东，与衡工相间轮用一人。双单月卫千总，轮至豫工班内，用四豫工，一土方，与工赈相间轮用一人。轮至筹备班内，一筹备，一酌增，与川楚相间轮用一人；一武陟，与川运相间轮用一人；一豫东，与旧豫工相间轮用一人；一议叙，与新江赈相间轮用一人。至捐纳千把总，兵部并无选班分发本省，与在营兵弁较拔二人，后用捐纳一人；遇应用捐班时，用筹赈事例二人，后用旧捐一人。豫工事例，筹备经费，酌增常例，武陟、豫东、土方、议叙、衡工、工赈、川楚，有未经补用者，各按到标先后，挨次补用。豫工事例人员，头卯与二卯相间轮用。再查参将、游击、都司、营守备报捐分发各省试用人员，除随时分发各员外，均俟截卯后户部造册到日，该官生等取具同乡京官印结，赴部具呈兵部，考验弓马，掣定省分，给予定限验票，令其前往投标。不论何项出身，均令试用一年，期满由该督抚甄别，留省报部注册，按到标先后补用，先用新捐输二人，后用旧捐输一人。应将补缺班次另缮夹单，恭呈御览。至卫所分发班次，二筹赈，一捐输；一筹赈，一豫工；一筹赈，一捐输。轮至豫工班内，用二豫工，一筹备，一酌增，一豫东，与土方相间轮用一人。轮至捐班内，用四捐输，一议叙，与衡工相间轮用一人。以上卫守备，毋论何班，核计用二人，后用拣发一人；卫千总，毋论何班，核计用二人，后用留标一人；守御所千总，并无拣发留标人员，俟部选三缺后，扣留一缺，以分发人员题补。其余应办各款，俱照豫工二卯事例条款办理。

一、捐纳参游以下准捐分发东河、南河一条。兵部查报捐参将以下、守备以上人员，豫工例内俱准指捐分发东河、南河千把总人员。向例系具呈分发本省，并无分发东河、南河之条。惟查各省捐输有指捐分发东河、南河之员，钦奉谕旨允准在案。此次筹赈事例，参将以下把总以上，俱准其分发东河、南河，俟截卯后，由户部造册咨送兵部考验弓马，给与定限验票，令其前往，不论何项出身，均令试用一年，期满酌量题补。至千把总，向例呈请分发，今既准指捐东河、南河，应于本职上加增银数。户部查豫工事例内载，参将以下、守备以上人员指捐河工，按例定分发银数加五成报捐。其千把总两项，向无指捐分发之例。此次量为推广，其千把总指捐河工，准各照由监生、武生报捐本职银数加三成报捐。

一、武职指省分发一条。兵部查分发各官参将、游击、都司、守备有愿指各省者，游击、都司、守备各员有愿指本省者，俱照豫工二卯事例办理。

一、新例捐纳武职准随时加成报捐分发一条。兵部查报捐参将、游击、都司、守备人员，有愿随时分发者，照豫工二卯之例，准其加成报捐；千把总人员，亦准其随时分发试用。

一、在京八旗并驻防满蒙汉军准报捐武职一条。兵部查前经户部会同吏、兵二部议奏顺天捐输章程，内开：查豫工例内，八旗、满、蒙、汉世职并銮仪卫各官、各项侍卫，均准其报捐武职；其余旗营各官，未经议及。此次顺天捐输量为推广，除副将以上例不准报捐王府各官毋庸议外，应请嗣后在京八旗并驻防满洲、蒙古、汉军三品以下人员，如有情愿捐输者，准其按照现任品级加成报捐。正三品，准其报捐参将；从三品，准其报捐游击；至绿营并无从四品之官，如从四品，准其报捐都司，比照正四品银数酌增。驻防人员业经保举，堪胜绿营，奉旨以何项官职用者，按照应得之官，酌加银数报捐，归部铨选。以上各员有愿捐升者，再行以次递捐，仍准其在任候选。如有情愿赴部者，准于半年内呈明离任，半年以外概不准行；愿捐分发者，准其分发各省。至在京旗员捐输千把总者，分发巡捕营；驻防旗员，分发各本省等因。于道光二十八年十一月十五日奏，奉旨：依议。钦此。钦遵在案。此次筹赈事例，仍应照办。

一、新例武职遇缺前等项人员选补一条。兵部查参将以下、守备以上人员，从前各例并无报捐遇缺前、遇缺尽先、捐班前之条，此次筹赈事例，如有报捐遇缺前用者，归于双月，与正班相间尽数选用；至遇缺尽先捐班前用者，归于双月，与正班相间轮用，此三项人员归于新例之前，先用遇缺，次用尽先，再用捐班前俱积筹赈之缺，选竣后再用筹赈新例。如有愿捐分发者，遇缺前人员轮用捐班时，尽数补用不积筹赈之缺；遇缺尽先捐班前人员归于筹赈班内，先用遇缺，次用尽先，再用捐班前俱积筹赈之缺，补竣后再用筹赈新例。

一、新例捐复降捐武职准捐分发一条。兵部查捐复降捐各项人员，向例只准归部选用。此次筹赈事例，如有愿捐分发者，应令按照旧例银数减半先行报捐过班后，准其报捐分发，由顺天府造册咨送兵部考验弓马，给与定限验票，令其前往，均令试用一年，期满由该督抚甄别留省，报部注册，归入筹赈事例班内补用。

一、新例武职准捐遇缺前等项一条。兵部查历次各省捐输卫所各官，有报捐遇缺尽先、捐班前者，均奉旨允准有案。又道光二十八年顺天捐输奏定章程内载，捐输人员有于遇缺银数之外加增，奉旨遇缺前尽先选用者，遇有缺出，尽数选用。此次暂开新例，自应援照办理。该官等如有报捐遇缺先、遇缺尽先、捐班前者，均准其报捐。门卫所遇缺前人员，归于各例各班之前，尽数选用。概不积缺、遇缺尽先、捐班前三项人员，归入新例，先用遇缺，次用尽先，再次捐班前。俟捐班前用竣，再用新例，不论双单月选用人员。户部查武职报捐遇缺先等项人员，户部于顺天捐输案内业经分别复定银数。此次暂开事例，应于捐输例定银数内再行酌减，以示体恤。如有不论双单月加捐捐班前用者，照捐输银数酌减一成；由捐班前加捐尽先者，照捐输银数酌减成半；由尽先加捐遇缺者，照捐输银数酌减二成；由遇缺加捐遇缺前者，照捐输银数酌减二成半。

一、卫所分发武职准捐遇缺前等项一条。兵部查卫所分发人员，如有报捐遇缺前、遇缺尽先、捐班尽先、捐班前四项人员，亦准报捐。其补缺班次，仿照部选之例办理。

一、门卫所人员新旧选补一条。兵部查新旧捐输门卫所人员统归一班，如轮用到班时，先用新捐输二人，次用旧捐输一人。新旧捐输、遇缺尽先、捐班前、无归班先、无归班，此五项人员，各归各班轮用。如新遇缺无人，即用旧遇缺人员；新旧遇缺俱无人，再将新旧尽先人员选用。以此仿照论推。如轮用捐输到班时，新旧捐输各项俱无应选之人，即以各班抵补。至卫所千总，如单月新旧捐输各项俱无人，扣归双月，以各班抵补。

一、门卫所人员轮用及抵补一条。兵部查各旧例内捐纳门卫所人员轮用到班时，如无应选之人，即以各班抵补。至豫工酌增二例，到班时，头、二卯相间轮用。头卯无人，即用二卯；二卯无人，即用头卯；二项俱无人，亦以各班抵补。单月卫所千总到班时无人，扣归双月，以各班抵补。

一、现任营千总、营守备改捐卫守备一条。兵部查从前各旧例内，候补营千总、营守备，准其改捐卫守备，至现任各员并未议及。此次量为推广，所有现任营千总、守备，有愿改捐卫守备者，归于单月在任候选。户部查豫工事例内载，现任门卫千总捐银一千三百九十两，准归单月以卫守备即用。此次新例专由现任营千总改捐卫守备，其银数亦应照此报捐。至由现任营守备愿改卫守备，户部查武职并无对品改捐之条，拟于原捐营守备本职银数内酌加三成报捐。

一、卫守备捐不论双单月一条。兵部查从前各旧例内，有武进士、武举人、武监生及候补、候选人员加捐卫守备，俱归双月选用；现任门卫所千总加捐卫守备，俱归单月选用。拟请此次毋论候补、候选及现任各官加捐卫守备者，准其捐至，不论双单月选用，俟此项人员用竣，再用专捐单月、双月人员。户部查豫工二卯事例卫守备一项，仅分单月、双月两条，向无不论双、单月名目。此次暂开新例，量行推广，拟令单月卫守备各照本职例定银数加五成，双月卫守备亦各照本职例定银数加五成，即俱准以不论双单月选用。

一、卫所备弁序补一条。兵部查豫工例内载各旧例，分发卫所备弁，由本职报捐过班后，又捐分发，均隶漕标，无庸另为分发，仍令在标试用，各按从前到标先后，归入新班补用。查筹备经费事例内，各项分发人员，如轮用到班时无人，即以次项人员挨补，其各班内俱按到标先后序补。如轮用新班时，旧例过班分发人员多系到标在先，是以新捐分发俱为所压。今暂开筹赈事例，量为变通，以疏壅积。所有卫所各员弁轮用新班时，旧例过班分发与新例报捐分发人员，仍照旧统，按到标先后序补。至轮用旧捐等例无人，即以新捐分发试用，期满人员按到标先后抵补。庶新例报捐各生知补缺较易，自必益加踊跃。至旧例过班用竣后，即毋庸抵补，此次应仍照办。至新例内遇缺尽先、捐班前专归新例补用，毋庸抵补旧捐，以昭平允。

一、旧捐武职遵新例捐升及过班均令行查一条。兵部查武职新旧捐输及各旧例人员，如有遵新例捐升及捐过班者，先行咨查兵部后，再行报捐，以杜朦混。

一、武职候选及分发取具同乡五六品京官印结注册一条。兵部查豫工例内报捐投效分发人员赴选文结，准由五六品同乡京官出具切实甘结，赴部注册，免致再赴本籍起文，有稽时日。其各项捐纳候选及分发人员，如有未及赴本籍起文者，亦准取具同乡京官印结注册，以归简易。此次应仍照办。

一、新例武职分次咨送掣签挨选一条。兵部查营卫归部选用人员，向例于截卯后铨选。今吏部拟请报捐双、单月以上各官，户部按月咨送一次，各归各卯签掣名次，以卯之次数为序，各选名次在前者一人，按卯轮选；其仅捐双、单月人员，仍俟截卯后掣签等语。查武职各官单月、双月各有班次，并无捐足三班之条，嗣后报捐武职双月及单月选用以上人员，均照文职按月咨送一次，各按各卯，名次在前者，选用一人，周而复始。户部查归部铨选人员，向例于截卯后掣签，按名次铨选。今新例变通，嗣后武职捐双月及单月以上各官，顺天府按三月咨送兵部一次，签掣名次，先后选用，俾遂其及时自效之忱。

一、捐输武职遵新例加捐并过班等员呈验监生执照一条。兵部查吏部捐输案内，由俊秀捐输各项官职，遵新例过班并加捐归部铨选分发者，令将贡监生执照呈验。如无贡监生执照，俱令补捐贡监生后，方准报捐等语。查武职人员亦应照文职办理，由俊秀捐输各官，遵新例报捐过班铨选分发者，如无监生执照，亦令其补捐监生后方准报捐。

一、各例旧捐武职遵新例过班一条。兵部查各旧例捐纳、捐输人员，愿归入新例选用，应各按本职，照监生初捐银两加成过班。此内有曾经过班人员，应否酌减之处，应由户部核办。如顺天新捐输并历次捐输各案内遇缺前、遇缺尽先、本班前等项人员在新例过班者，银数应否酌加，并从前分发人员，在新例过班者，银数均由户部核办。户部查历次捐例，凡旧例捐纳人员，愿归入新例选用者，俱准过班。此次筹赈事例，如有愿由本职过班者，应照监生初捐银两加三成；其曾经过班人员，应于加三成银数内酌减一半。至于在各捐输案内报捐人员，准各照原捐银数及旧例加成银数酌减，而示体恤。如有本职过本班前，按原捐银数加一成；由本班前遇尽先班，按原捐银数加成半；由尽先遇缺班，按原捐银数加二成；由遇缺过、遇缺前班，按原捐银数加二成半；至愿留省、留标者，仍令补足分发银两。

一、武职分发尽先以上等员捐免试用一条。兵部查向来捐纳各官分发到省、到工，均令试用一年，期满方准补用。此次筹赈事例，捐纳分发人员加捐尽先以上等项班次，应请俟捐免试用后再行报捐；至仅捐分发河工地方各员，仍照旧例试用一年，期满甄别留省补用，均不准其捐免。户部查向来捐纳各官分发到省，均扣试用一年期满。河工试用人员到工后，应俟补额后方准补用。此次筹赈新例，捐纳分发各地河工各员，如加捐尽先以上等班，均系向例所无，经兵部议，应令捐免试用、捐免补额，再行加捐，其捐免试用及补额银两，应于原捐分发银数酌加五成。

一、外任武职奉旨准升人员再行捐升一条。兵部查外任各官升补尚未引见，业已题准奉旨。如有再行捐升者，向例照原官核办。今筹赈事例应照文职，照原官报捐银数减成报捐。户部查顺天捐输例载，文职外官升任各员，已题准奉旨，尚未引见，有愿再行捐升者，究与未经升任人员有间，本任捐升银数比之升任捐升银数较多，将所多之数减半报捐，以示区别。此次暂开新例，兵部议将外任武职升任人员捐升减成报捐，应准其按照文职减半报捐之例办理。

一、新例加成捐级恭遇覃恩，准照加级请封一条。兵部查例载报捐加级、捐封者，其旧例之级不准计算，应令另捐新级作为捐封之级，并于呈内声明专为请封字样，每一次捐级，准其捐封一次，捐封后即行豁除等语。又顺天捐输推广，常例案内：捐级请封人员，应请将所捐之级续行捐请封典，毋庸豁除。惟不准将捐封之级抵销处分，以示区别。又例载京官恭遇恩诏有加级者，均准其照新加之级给封，其级多者仍限以制，八品官以下不得逾七品，七品不得逾五品，五六品不得逾四品，三四品不得逾二品，其捐纳之级不准计算。外官有加级者，不论新旧，不准照加级请封各等语。此次量为变通推广。应请将现任京外各官，有遵新例捐级者，日后恭遇覃恩，准其按照加级请封。其所捐之级，仍照顺天捐输推广常例案内捐级请封之人员。以后如有再捐封，准其将所捐之级续行捐请封典，毋庸豁除，仍不准将捐封之级抵销处分；如未遇覃恩，遇有处分，准其抵销等语。户部查京外实任各官捐级请封，事属破格，应按随带加级银数报捐。

一、武职加成捐复一条。兵部查武职捐复人员，除军政、六法人员并实犯贪污劣迹、行止不端者概不准捐复外，其余常例不准捐复而情节尚有可原者，豫工事例准其加十分之二，具呈兵部，酌核案由，奏明请旨，顺天捐输亦经查照办理各在案。此次暂开筹赈事例，所有武职缘事降革人员，除军政、六法并实犯贪污劣迹、事涉营私情节较重者，仍不准其捐复外，其常例不准捐复而情节尚有可原者，仍准其照豫工事例加十分之二，具呈兵部，酌核案由，分别准驳，具奏请旨。如蒙允准，其例应引见者，俟捐项交清，顺天府知照到部，兵部带领引见；例不引见者，亦俟捐项交清，兵部注册铨选。

夹　　单

一、各直省有题缺并有豫保省分参将、游击、都司、守备，轮用豫保、拣发、应升、捐班，以四缺为一周。

一、各直省有题缺、无豫保省分参将、游击、都司、守备，轮用拣发、应升、捐班，以三缺为一周。

一、各直省题缺无多、有豫保省分参将、游击、都司、守备，轮用豫保、拣发、应升、捐班，以四缺为一周。

一、各直省题缺无多、无豫保省分参将、游击、都司、守备，轮用拣发、应升、捐班，以三缺为一周。

一、各直省题缺无多、应留推缺省分参将、游击、都司、守备，轮用拣发、捐班，以二缺为一周。

一、各直省无题缺、应留推缺省分参将、游击、都司、守备，轮用拣发、捐班，以二为一周。

一、陕西、甘肃二省参将、游击、都司、守备各缺，仍照旧例与四川松潘一镇轮用外，其分发陕甘人员，应以陕甘所出之缺，各计各缺，以第四缺用分发一人。

筹赈事例条款

一、文职按月签掣分发一条。吏部查从前各例，捐足双、单月并分发者，均俟截卯后方准掣签分发。该员等守候需时，未免阻其急公报效之志。此次二卯报捐之人员，如有捐足双、单月并加成报捐分发者，准其按月分发，京官签掣各部院行走，外官签掣各省试用，由户部于每月二十日以前造册送到吏部，即为办理掣签，以免留滞。其有只捐分发并未加成者，仍照旧例，俟截卯后再行核办。

一、按月签掣分发人员银数加成一条。户部查历届事例，京员报捐行走，外员报捐分发，均俟截卯后册送吏、兵二部，始行配签办理。此次既议每月掣签，该捐生无庸守候，与截卯后分发者迟速不同，第较指省人员又有区别。所有酌加银两，文职各按例定分发银数加五成，武职各按例定分发银数加三成。其捐纳千总、把总，各按例定本职正项银数内加成半报捐。

一、优贡、岁贡准捐内阁中书一条。吏部查内阁中书一项，向例以科甲出身之考捐人员除授。豫工例内议增恩拔副贡生，亦准其报捐。此次二卯，凡优贡、岁贡，亦应一体准其报捐，以示推广。户部查上年推广正途案内，奏准恩拔副贡生报捐内阁中书者，于双月捐项上，照未拣选举人捐双月银数酌加三成，定为一千八百九十八两。此次既准优贡、岁贡报捐，同系正途，无庸再分等差，应即照恩拔副贡捐内阁中书银数办理。

一、盐属各官内准捐监掣同知一条。吏部查监掣同知一项，山西设有一缺，两淮设有二缺，均系在外题调之缺，故从前未议准其指捐。惟查运副、运判亦系在外题补之缺，向例俱准报捐。此次推广二卯，监掣同知一项，应比照副、运判指捐、报捐之例，一体准其报捐并捐分发赴省试用。户部查监掣同知既系在外题补之缺，无庸分别双、单月，应比照例载同知捐足银七千五十两，作为贡监生捐监掣同知补用银数。至由各项人员改捐者，总以七千五十两作为定数。如系现任人员，准照各本职，由贡监生捐双月银数扣抵一半；候补、候选者，扣抵四成。其本职只有补用一层者，如系现任人员，亦准照由贡监生报捐，补用银数扣抵四成；候补、候选者，扣抵三成。其本职双月银数较多者，仍以直知州双月减半银数为率，不得再有多抵，以示限制。其分发一项，照运副、运判分发银数办理。

一、由教习、教职两项候选之知县报捐分发河工一条。吏部查河工、直隶州州同州判，府属州同州判、府经县丞等项补缺班次，系以九缺为一轮。其轮至第七、第八缺时，例应以教习、教职人员合为一班，酌量补用二人。惟因各河工久未奏请将此项人员分发，是以轮补到班均系无人。此次推广事例，如有教习、教职之候选知县愿赴三河者，准其作为双月候选人员，逐层捐足并加成分发，俟到工后经历六泛，即准按班序补。户部查教习期满，教职保举之知县，既可借补沿河州判、州同等缺，应准投效三河，仍作为双月候选人员，逐层捐足，照新定章程与指省人员一律加倍分发。

一、议叙人员准加成归议叙班补用一条。吏部查各馆议叙佐杂人员，向准加成分发，归于议叙班补用。豫工例内此项议叙之员，准其指捐海疆省分，不准复行加成，归入议叙班补用。此次二卯，准其照豫工指捐海疆之例，指省报捐，如有情愿再行照议叙加成银两报捐者，归于议叙班内补用。其议叙知县一项，例不准加成分发。查各省知县补班，均设有议叙班次，亦应准其加成银两报捐分发，归入议叙班内，照例补用。户部查常例内载各馆誊录供事及已满书吏、议叙人员，如逐层捐足分发，复统计捐银再加三成银两，到省后即归入议叙班补用。此次指省佐杂人员，有由议叙得官者，既准捐归议叙班，所有酌加银两，仍照旧例加三成办理。至议叙知县，既准报捐分发，归入议叙班补用；其加成银数，亦应加三成报捐，以示画一（所加三成系照捐足及分发正项，每百两加银三十两；如系指省，仍令交指省银两）。

一、恩拔副贡出身报捐之各大使豫捐保题一条。吏部查举人出身，有捐盐库大使、布库大使、批验所大使等项，向于补缺之后五年，俸满保题引见。以知县用者，归于单月，俸满教职出身人员，有捐各项大使者，应加成报捐，亦照举人之例，俸满保题，一体办理。户部查恩拔副贡出身之各大使，既准五年俸满保题知县，则登进之途较广，自应于例定补用，银数上酌加五成。此次二卯，恩拔副贡，有呈请加成报捐各大使者，俟上库后知照吏部查明注册。

一、赔项人员报捐一条。户部查豫工头卯章程，凡报捐各官及捐复人员，如有本身应赔之款例限已逾者，准其先交捐项，原以分赔、代赔、摊赔之款，本非侵那可比，应追、应豁，户、工二部，本有专条。况尽有事经数载、官经数任，始据该省查明续报者，该员报捐时，势难悉数声明。如因事竣查出，即科以隐匿之罪，将原官注销，不但事未平允，兼恐书吏需索。此次二卯报捐各官及捐复人员，如有应赔之项，应仍归户、工两部各照原案分别核办，不与捐案相涉，以杜轇轕。吏部查此次二卯该捐生等，如有应赔之项，既各照原案办理。该员轮用到班，应无庸计其有无逾限，悉准一体铨选。

一、初任资深人员准捐免试俸一条。吏部查正途出身之捐纳分部奏留者，在部行走有年，与由部铨选得缺，在本衙门并无行走前资可计者不同。如此项人员轮届补缺时，查于奏留后又经行走。

笔帖式加捐扣算银数

一、凡官学生、义学生已捐笔帖式后补捐贡监者，仍照九品笔帖式加捐，不准照七、八品笔帖式加捐；至生监已捐笔帖式后补捐贡生者，仍照八品笔帖式加捐，不准照七品笔帖式加捐。再，考选之笔帖式补捐贡监者，仍照原考选品级加捐。其各员补捐贡监生银数，加捐别项官职，俱准扣算。

笔帖式分部

一、盛京考班、捐班、候补笔帖式，准捐五部，分部学习。

八旗汉军报捐各项小京官

一、小京官之部寺司务、光禄寺典簿、翰林院待诏、孔目各项，内务府汉军向例准捐。至八旗汉军之贡监生报捐，亦照例载贡监生报捐银数办理。其由笔帖式报捐，分别现任、候补、候选扣抵银数。如考取、议叙以及捐纳七、八、九品笔帖式，未经得缺人员，加捐前项小京官，应准扣除前捐本项笔帖式银两；其已经补缺者，并准扣除笔帖式分发银两，报捐双月递行加捐，归入汉员班内选用。

内务府人报捐

一、内务府满洲、蒙古、汉军人等捐纳外省道府以下官员，均准报捐。至京官止准捐内务府之郎中、员外郎、主事、笔帖式等官，由内务府自行补用，不准铨选外部。再，内务府人员，原有满洲、蒙古、汉军之分，除满洲、蒙古仍照从前定例，即七、八品京官亦不准报捐外，其汉军闲散人等，如有报捐小京官者，准其报捐，其升转亦应按其品级外升同知等官，不准升用外部主事等缺，庶与乾隆四年吏部会议包衣、举人不准与外旗人员较俸升用之奏相符。

截取人员分别报捐

一、查常例：各项俸满截取记名外用人员，愿捐分发者，作为双月逐层捐足，再捐分发等语。伏思此项截取外用人员，既奉旨记名，与寻常考选、议叙者不同，查据吏部覆称（按：原稿如此，此后疑有脱漏）。

筹赈事例条款目录

筹赈事例条款

报捐人员分别现任、候补候选

一、各旧例内，仅捐双月本班单月者，只作为候补候选人员，照例定银数报捐。其捐至不论双、单月，并已捐分发者，均作为现任人员，照例定银数报捐。

一、本例内捐纳各项人员，续行捐升者，无论曾否捐至不论双、单月，均只作为候补候选人员。其已经捐足分发者，准作为现任人员，照例定银数报捐。

一、正途人员，业经分发掣有部省者，亦准作为现任报捐。其到部到省后，又经各项事故离部离省者，无论正途捐纳，仍照候补候选银数报捐。

扣算原资

一、进士、举人、恩拔副优岁贡生报捐者，自应将其出身扣抵。凡已截取进士，作银一千二百九十五两；未截进士，作银一千一百五十五两。已截取举人，作银一千一十五两；未截取举人，作银八百七十五两；未拣选举人，作银七百三十五两。（钦赐举人，照未拣选举人之例。）恩拔副优岁贡生，作银四百三十四两。凡报捐京官郎中以下，外官道府以下，概准扣算，不得由知县绕经加捐，避多就少。又知盐库大使、国子监典簿、翰林院待诏，均有由进士举人报捐者，均令照例载银数办理。其所捐之官银数，核与原资银数所多无几，及原资银数，转浮于捐项者，俱仍照贡监生报捐，不准扣算原资。

捐升

一、现任实缺人员，不论正途、捐纳，俱照本例现任人员应捐银数办理，毋庸与贡监生比较银数。如有两途，并系升阶，层递捐升，较之贡监生银数均有短少，而以两途所少之数互相比较，又有多寡者，应照数多之项报捐，以昭平允。

一、外省捐升人员，仅捐双月及未捐足班次，如奉特旨准其留省补用，均令其补足不论双单月分发银数。

一、升署未经实授人员，如有援例捐升者，应令其先捐免实授，再行捐升。

一、本例内由廪贡生报捐双月训导，递捐双月教谕，续行捐输者，无论何项官阶，均照贡监生报捐银数扣足。其各旧例已经捐至不论双单月，并分发各员，即照指捐之官各本条所载现任加捐银数办理。

改捐、降捐

一、捐纳京外各官，有因本项人数众多，情愿改捐者，除品级相同，又系应升之阶仍照捐升办理外，其非应升之阶（如通判改捐主事，太常寺典簿改捐知县之类），准其指改互捐。如原捐双月银数本多，即作为所捐之官双月，令其加足改捐之官本班一层，作为所改之官本班先用。如原捐双月银数较少，令其照数补足，作为所改之官双月选用。如有情愿降捐者，其原捐双月银数，或浮于所指降捐之官双月银数，亦只准作为双月，令其加足降补之官本班一层，作为所降之官本班先用。其已捐至不论双单及已经分发者，均只准作为双月。

一、各项改捐、降捐人员，俱令其加足本班一层，作为改捐、降捐之官本班先用。惟各项官阶内，有原无本班一层者，有并无本班、单月、双单月三层者，此项改捐、降捐人员，如指改指降之官无本班一层者（如从九、未入互相改捐及州吏目以上降捐从九、未入之类），令其照所改所降之官，按双月三成银数报捐，再加单月一层，即准其作为改捐、降捐之官单月。如指改指降之官，无本班单月双单月者（如盐库各大使互相改捐及知县降捐盐库各大使之类），令其照所改所降之官候补候选人员例定银数报捐，即准其作为改捐、降捐之官补用。

一、由考选议叙人员，除报捐本职，仍照例定银数报捐，及捐升别项，仍照候补候选人员捐升外，其有情愿对品改捐者，应准其照指改之官，按双月银数，减半报捐，即作为所改之官双月选用。其有情愿降捐者，准其照指捐之官，按双月三成银数报捐，即准其作为所降之官双月选用。

一、向办改捐各项官职，有因指改之官条下未载本员改捐银数，须先绕捐他官，再行递捐。如主事与大理寺寺丞，品级银数，均属相同，特因知州条下无主事报捐之数，必令先捐寺丞双月，再捐知州，于义实未允协。嗣后凡此项改捐，即准比照品级、银数相同之官办理，毋庸先令绕捐；若无品级相同者，亦应比照其次官职银数报捐，以归简易。

京职满缺准捐双月班次

一、满洲人员报捐京职郎中、员外郎、主事及小京官等项，例只专归单月选用。此后满洲人员有愿捐不论双单月者，准其各按所捐之职，照满洲本例捐足后，再照汉员不论双单月一层银数报捐，即双月亦准选用。满洲郎中、员外郎、主事、小京官等双月铨选班次，应照各项捐纳班次加增一倍，并将捐纳班次列于捐输之前郎中应升四人之后，用捐纳二人、捐输二人。员外郎、主事、六品等官及各项小京官，于荫生之后，用捐纳二人、捐输二人。如无荫生班次者，俱用一推升、二捐纳、二捐输。其新增捐纳额数，俱专用新例报捐人员；单月捐纳班次，亦改列捐输班之前。再，各旧例报捐人员，遵新例过班后，复照汉员不论双单月一层银数补交者，即一体双月铨选；其未经捐足者，仍专归单月选用。

（按：原稿此处疑有脱漏。）三年即核与由部选授初任人员应扣历奉三年之年限相符，应一体准其捐免试俸。捐免后，即准照常升转。其有奏留后未居三年补缺者，仍接算奏留后行走日期，扣满三年，方准捐免。此次开卯后，如有赴部报捐者，应即准其按照例定银数查核办理。户部查常例，本有正途出身人员捐免试俸专条。今初任资深人员，亦准捐免试俸，所有捐免银两，应各按品级，照常例开载银数报捐。

一、捐输议叙人员量于加级捐封一条。户部查海疆捐输议叙章程，定有文武职衔银数，比较常例捐衔银两，所加甚多。该捐生急公之忱，殊属嘉尚。此项议叙人员，如于二卯内捐封，拟请予以加级封典，用示优异。（如从六品衔捐封，即给予正六品封典；正六品衔捐封，即给予从五品封典之类。）此外各案捐输给有职衔人员愿捐封典者，核其原捐银两果多，亦准一律办理。若所多之数不敷加级，仍止给予应得封典，以归核实。

一、例不准捐复原官各员酌予降捐一条。吏部查在外曾任藩臬、运使及在京京堂，缘事降调、革职，不准捐复原官各员，此次推广捐复，如有情愿降捐在京自郎中、员外以下，在外自道府以下等官，准其赴吏部具呈报捐，由部酌核案情，具奏户部。查此项不准捐复原官各员，如经吏部酌核情节，奏准降捐，应各照常例内载捐复革职、离任银数加五成报捐。

一、降等补用人员酌予改捐一条。吏部查曾任地方正印人员，有不胜地方事务降等补用者，此次推广捐复，如有情愿改捐佐贰、丞倅等官者，准其赴吏部具呈报捐，由部酌核案情具奏。户部查此项不胜地方事务人员，除正印外，悉准指捐，则报效之途较广。惟各项官职不同，自应分别办理。如指捐之官与原官对品，或所捐尚不及原官者，应照常例内载捐复革职、离任银数加五成报捐；如指捐之官虽无地方责任而品级较大于原官者，应各照降用之职捐升银数加五成报捐。（以上各条均系豫工二卯奏定。）

月〔双〕单月均有班次选用，只作为双月，似有未协。若仅照常例分发银数报捐，又觉过优。拟请免其逐层加捐，仍照常例分发银数酌加三成，以昭平允。（此条于道光二十六年四月常例奏定。）

一、各项京官业已引见，分别内外升用，如未经轮升到班，有本系内用而欲捐升外任，外用而欲捐升京职者（如内阁中书等项奉旨内用而欲捐同知，外用而欲捐主事之类），仍照各本职现任准其改捐。

一、京员论俸截取后，有因不胜道府之任撤回原衙门并曾经奉旨注销繁简道府者，准其改捐同知、运副、提举通判、运判，并准加捐分发。（此条系豫工头卯奏定。）

荫生报捐

一、向例恩诏：荫生未经引见人员，如愿报捐者，各按会典以本员应荫之官职指项报捐，无论满、汉荫生，统照现定贡监生捐纳银数减半扣算。如捐非本项应得之官，仍先由本职应荫官职报捐后，再行递捐改捐。其有呈改武职者，应照文职之例，准其报捐，仍不准再捐文职。其已经引见奉旨指项补入人员，亦按各本职候补候选人员银数，准其递捐改捐。

一、满汉荫生，有情愿从应荫官职降一二等报捐者，准其照降捐官职银数，减半扣算。

议叙人员报捐

一、从前各项捐输案内，议叙选用，曾经题明停止铨选人员，准其作为职衔报捐，并捐升别项。其由本衔上议叙加衔并加捐顶戴者，准其于报捐后，改为加级注册。至贡监生本未捐职衔，议叙给与职衔，民人给与顶戴者，准其以原给品级，照最次之职报捐。

职员报捐

一、捐职人员，情愿递降一二等报捐者，准其将捐职银数减半扣除；其递降至三等报捐者，亦准其降捐，不准扣除原捐银数。至京职对品改捐外官、外职对品改捐京官以及京外职衔捐升，俱准扣除捐职银数报捐。再，文职改捐武员、武职改捐文员者，将原捐执照注销，方准改捐，即由户部准其注销，照吏、兵二部注册，无庸先事咨查，致稽时日。其有注销一二层者，仍不准行。

九品以下分发银数分别报捐

一、九品以下，除考选议叙之应补应选人员，遵本例捐至不论双单月及过班者，仍照旧例一百二十两之数，报捐分发。其本例由贡监生初捐及旧捐人员过班，捐至不论双单月者，应捐银二百二十两，准其一体分发。

刑司狱兵吏目改捐

一、各例报捐刑部司狱、兵马司吏目，缺少人多，未免壅滞。如有情愿对品改捐外用者，准其照对品之从九品、未入流候补候选人员之例，一体报捐。

役满吏报捐

一、历役已满吏，向系以正八品、正九品、从九品、未入流四项考定，并无去取。嗣既定有去取，其已考未取之员，应照历役已满未考职者，报捐从九品、未入流两项。

赔项人报捐

一、捐生之祖父，有应赔、应罚及分赔、代赔等款银两，无力完缴者，其子孙系由亲友帮助，准其报捐。

有服人报捐

一、未经服□之人，准其报捐，声明扣选，移咨吏兵二部注册。其捐至分发者，亦令声明扣除分发。

保奏人员准捐离任候升

一、现任人员，获盗出力，并各项著有劳绩出力人员，奉旨以何项官员用者，例应在任候补。此次暂开事例，应比照军营出力奉旨以何项官员用后准其报捐离任之例，查其任内并无展参处分，照定例报捐离任银数，酌加五成，准其离任，归入候补班内，毋论应题、应调、应选，缺出悉准补用。其有现任人员，因各项保奏出力，奉旨以何项官员用者，未经升用、告病病愈，例应坐补原缺后，方准补用。如情愿报捐离任者，令其先捐免坐补原缺，再行加捐离任，均照军营出力人员一律办理。

捐免考试

一、汉军捐纳贡监生、报捐职官，俱令捐免考试。惟捐免考试，银数多寡不同，其先已捐免考试又遵例捐升者，仍照捐升之职补足免考银数。(捐免考试银数见常例。)

一、由捐贡生、监生、生员及吏员出身者，报捐京外正印各官，应先捐免保举。其有已经捐免保举，续又捐升，仍补足升职应捐免保举银数。(捐免保举银数见常例。)

捐免考试、捐免保举两项扣限铨选

一、此等捐免考试、捐免保举人员，如于每月二十日以前经户部咨送吏部，即准其按班铨选。其中不免临时趋避情弊，自应酌扣限期。户部于该员交库后，总于每月二十日以前移咨吏部注册。吏部核计，总以该员上库之日起，扣足一月之限，方准铨选。其不足限期者，不准选用。

现任捐升改捐人员准离任候选

一、现任捐升人员，筹备例内，准其在任候选，毋庸即捐离任。豫工例内，凡京外文武现任人员捐升，仍准其在任候选；其有具呈情愿离任赴部候选及请分发者，概毋庸报捐离任。又有实缺改捐人员并照捐升人员，亦毋庸报捐离任，以示画一。至该员等任内有无关系展参降调等项事故，应否准其离任之处，仍由吏、兵二部查明核办。

赏给千把总衔之乡勇、义民及军功顶戴人报捐

一、凡乡勇、义民等有奉旨赏给千把总职衔咨部存案者，应照本职例定银数加捐，并准其递行捐升，仍不准改捐文职。其在外虚给顶戴，奏明报部给予执照者，毋论何项顶戴，仍准其戴用。其有愿捐武职者，照监生、武生例定银数加捐。有愿改捐文职者，准作贡监生照例定银数改捐。

武职互改指捐

一、单月双月卫守备从前暂开捐例，俱有候补候升营守备改捐卫守备之案。此次报捐各员内，如有奉旨以营守备用之弁情愿改捐卫守备，应准其报捐。(此条豫工头卯奏定。)

一、凡汉军、汉人期满云骑尉，汉蓝翎侍卫，有情愿改捐卫守备者，照未经分别营卫之现任守御所千总捐卫守备银数报捐。期满恩骑尉，有情愿改捐守御所千总、门卫千总者，照候补候选千总捐各项千总银数加三成报捐，仍分别将卫守备、门千总二项归入双月即用，守御所千总、卫千总二项归入不论双单月即用。其未经期满者酌加五成，亦准其改捐。至銮仪卫、汉军整仪卫人员，情愿改捐卫用者，应照未经期满云骑尉改捐尉用之例报捐。

满洲、蒙古准捐门卫千总

一、门千总例载汉军人员报捐之条，从前各例有满洲、蒙古报捐之案。再，卫千总例

载汉军、汉人报捐之条。其满洲、蒙古人员，从前各例俱有捐卫所备弁之案，应准报捐。（此条系豫工头卯奏定。）

武职改捐人员

一、满洲、蒙古、汉军世职向例引见，奉旨以武职补用者，不准改捐文职。嗣因奏准满汉世职均许报捐京外文官，应与未经期满引见之员俱准照荫生报捐之例一律改捐。轻车都尉比照一品荫生，骑都尉比照二品荫生，云都尉比照三品荫生，各按未经引见荫生报捐各项应荫官职银数加三成报捐。（如一品荫生捐员外双月，照新例银数减半，捐银三千二百两。轻车都尉世职人员酌加三成，银九百六十两。以下仿此。）恩骑尉一项，准照四品恩荫监生报捐别项；其欲捐正印者，令先捐免保举。

一、满洲、蒙古、汉军各项侍卫及銮仪卫、云仪使、治仪正、整仪尉等官，内有由笔帖式及文举人、文生员、贡监挑补，亦有由大员子弟挑取充当者，其中素习儒业、谙晓吏事者，亦不乏人。如有情愿改捐文职者，悉照贡监生报捐银数，酌减二成报捐。

旧例过班

一、各旧例过班人员再捐分发及新捐人员报捐分发，并不加成指捐三河及指省□月分发者，仍于截卯后造册咨送吏部，归入筹赈事例办理。

一、旧例捐至不论双单月选用并分发人员于新例捐升者，毋庸先捐过班；其改捐、降捐人员，亦毋庸先捐过班。

一、各旧例捐纳教职分发，经各督抚保举勤职，堪以先尽选用，续于本例又经过班加捐分发者，仍以前次保送先用注册，免其另行考验，归于本班签掣名次人员，选用二人之后，铨选一人。其旧例已经考验，尚未报满本例过班分发及过班选用，续又加捐分发者，均免其考验，准以初次考验之日起，归入本例前后接算。此等过班分发人员到班时，俱照从前考验日期先后挨选。同日考验者，照掣定名次选用。续经加捐分发者，照分发上库日期先后选用，俱积新班之缺。

一、旧捐武职人员有止请加捐过班者，准照文职过班之例，各按所捐本职例定银数加三成过班，并查明各旧例已未捐足、已未过班，分别办理。

捐复人员分别核办

一、文职捐复人员，除京察、大计、六法并实犯贪酷、奸污各款，概不准其捐复外，其余常例不准捐复而情节尚有可原者，准其加十分之五，具呈吏部，分别准驳，开单具奏，恭候钦定。其革职人员未经捐复原官、降调人员未经补缺遽请捐升者，应饬令先行具呈捐复原官。其降调业经补官，复遵新例捐升改捐人员，查从前原议，并未奉有特旨停升，应准其报捐，毋庸再行具奏。（此条系豫工头卯奏定。）

一、捐复各项文职人员因无班可归，俱议以五缺之后选用一人。如有情愿捐入应补者，准其报捐，入于应补班内，以捐纳日期较投文日期先后序补。至知县一项，有开复班次，归开复班次内办理，亦准报捐应补一层。

一、常例捐复条内，文进士捐银一千三百两，文举人捐银九百两，准其捐复出身。原资如举人、进士内有教习、议叙等班捐复原资者，仍入于科甲本班铨选。惟试用未经实授、因公革职者，已经捐复原资，即应仍赴原省试用，是以令照革职捐复正条报捐，不准仅照原资捐复。

一、武职捐复人员，除军政六法并实犯贪污劣迹、行止不端者概不准其捐复外，其余常例不准捐复而情节尚有可原者，准其加十分之二，具呈兵部，酌核案由，奏明请旨。其革职人员未经捐复原官、降调人员未经补缺遽请捐升者，应饬令先行具呈，捐复原官，方准捐升。其降调业经补官，复遵新例捐升、改捐之员，查其任内并无有关降调降留等事故，应准其报捐。至未经出仕捐纳之员，缘事革职者，照已任革职捐复之例核办。（此条系豫工头卯奏定。）

一、侍卫及銮仪卫武职官员，有因犯公罪降级革职人员，准照外省副将以下捐复银数，对品报捐。其或有应行加倍之处，均由兵部核定，奏明请旨，仍于例停之日停止。其如何补用之处，应由兵部于奉旨准捐户部上兑知照到后，行知该衙门酌量办理。

一、旗员身任绿营及在京八旗、各省驻防武职，如有因公被议降革，其中情节尚有可原者，准其具呈，照常例武职官阶捐复银数，捐复原官，由兵部核明情节，摘叙缘事案由，奏明办理。

一、曾经随营效力之候补千把总武举，如有缘事斥革，准其照千把总捐复银数具呈捐复，由兵部核其情节，分别轻重，摘叙案由，奏明办理。

一、武职外委千总系属八品，外委把总系属九品。此项人员，如有缘事斥革，准其照把总捐复银数酌减四成，一体具呈捐复，由兵部核明案由，分别准驳，汇题办理。

一、凡降革离任捐复原官，其原任内所有降革留任处分，仍照例带于新任内，限年开复。如捐别项，俱令其照案尽行捐复，再准捐升。至外任捐升官员，任内有罚俸之案，准其铨选，将罚俸之案带于新任。

一、捐纳未经出仕人员，缘事革职者，应照已仕革职捐复之例，查明情节合例，俱准其捐复原官选用。如有革职之后，情愿报捐别项者，俱令先捐复原官，再听其指项报捐。

一、捐复原官，业已奏明准捐人员，嗣因患病未能按例限上库交纳，以致扣除者，俱准其仍照原奏捐复银数，赴库上兑。

捐复原资

一、文武进士、举人、生员、贡生、监生，缘事斥革，除情节较轻，仍照常例银数捐复外，其案由较重而情节尚有可原者，按常例银数加一倍捐复。其有赴部呈请捐复原资及已革之文武进士、举人、生员，情愿只捐贡监，另捐官职者，均由礼部、兵部核定后，再行报捐。（此条豫工头卯奏定。）

供事捐衔

一、各馆供事，有捐府经历及从九、未入职衔者，向准照衔议叙。此次推广事例，应于正八品之县丞、从八品之布政司照磨盐运司知事，正九品之按察司照磨府知事、县主簿，从九品之州吏目俱准报捐职衔。至将来该馆题请议叙时，一体照衔议叙，仍照奏定章程，递加至双月即用。其有报捐分发者，仍令加三成，归入议叙本班。（此条豫工头卯奏定。）

捐呈粘结

一、八旗俊秀报捐，俱取具该佐领图结，粘连投递。

一、报捐官生，于具呈时，取具同乡京官印结，粘连投递，以防违碍。其过班人员报捐时，无论前捐执照曾否缴销，俱粘连同乡京官印结呈递，以杜顶冒。

一、此次头卯人员，于二卯内报捐投效河工、指省分发及插班间选三项，酌定加成，究与过班不同。准该捐生于呈内分晰声明，无庸取具印结。

一、报捐分发人员，于具呈时，仍照例粘连印结。其指省分发或加成按月分发，只须于呈内声明，免其于结内重复填注。

赴选取结

一、旧捐人员续捐即用先用并加捐别项，从前已取有赴选文结到部者，降革捐复人员已有前任交代清楚文结到部者，免其重取本籍文结。俟原捐衙门知照到日，该员取具同乡京官印结，粘连执照，查对相符，即准注册铨选。

一、由文进士、举人、恩拔副岁优廪增附贡生报捐者，户部将捐册咨送吏部后，准取具同乡京官印结具呈，粘连执照。吏部咨查礼部科分名次及准贡入学年分相符，均准注册铨选。

一、由武进士、武举、武生报捐各官者，向系照文职例，俟户部将捐册咨送兵部后，准取具同乡京官印结具呈，粘连执照，准其注册铨选。

一、报捐分发人员赴选文结，准由五六品同乡京官出具切实甘结，赴部注册，免致再赴本籍起文，有稽时日。其各项捐纳候选及分发人员，如有未及赴本籍起文者，亦准取具同乡京官印结注册，以归简易。再，贡监生初捐及各项候选未经出仕贡监出身人员报捐各项官职者，应于赴选文结或注册印结内，照奏定章程，声明并无隐匿犯案、改名朦捐等情到部，方准铨选分发。其业经出仕人员或捐升改捐以及由科甲恩拔副岁优贡廪增附生出身者，仍照旧例声明并非朦混报捐，即准扣限铨选，并分发补用，以示区别而昭核实。

一、武职坐补原缺人员业经该督抚咨送到部、引见奉旨后，即行捐免坐补原缺，毋庸重取赴选文结。俟户部知照到部，取具同乡京官印结，即准投供。如有逾限半年始行报捐及捐后半年始行投供者，仍令回籍，另起赴选文书到部，方准投供。再，降革捐复人员应俟捐复引见后，取具同乡京官印结，准其投供，注册铨选。如有逾限半年赴部投供者，仍令取具本籍赴选文结注册，始准投供。（此条豫工二卯奏定。）

一、捐纳人员给有执照，除准其取具同乡京官印结赴选外，如有由原籍地方官起文赴选，该督抚转饬地方官查明出身、履历，按限转详咨部，不得稽延勒措，随任文赴选。

一、报捐官生如祖父及亲伯、叔、兄、弟有现任京外职官者，京官则令具呈本衙门，查明并无违碍，准其移咨吏部，注册赴选；外官则令申报任所省分上司，请咨赴选。其未经随任，愿由原籍省分请咨赴选或取具同乡京官印结者，仍听其便。

亲老告近

一、各项人员，凡有亲年在六十五岁以上，准其告近。七十以上，家有次丁，毋庸终养。此等应行告近人员，其父母存殁年岁，并有无次丁，总以原取赴选文结内声明者为凭。

新例文职报捐银数

郎　中

本班前先用，银三千二十四两。（系照旧例，本班尽先正项，银数平分一半，内再减一成。以下仿此。）

本班尽先，银二千八百五十六两。（系照旧例，本班尽先正项，银数分去一半，归入本班前先用项下，再减一成半。以下仿此。）

不入班次选用，银三千二百二十六两。（系照旧例，遇缺，银数再减二成。以下仿此。）

不入班次即选，银三千二十四两。（系照旧例，遇缺前，银数再减二成半。以下仿此。）

不入班次尽先即选，银二千八百二十三两。（系照旧例，遇缺前，银数再减三成。以下仿此。）

员　外　郎

本班前先用，银二千五百十七两。

本班尽先，银二千三百七十八两。

不入班次选用，银二千六百八十五两。

不入班次即选，银二千五百十七两。

不入班次尽先即选，银二千三百五十两。

主　事

本班前先用，银一千六百六十七两。

本班尽先，银一千五百七十四两。

不入班次选用，银二千七十五两。

不入班次即选，银一千九百四十五两。

不入班次仅先即选，银一千八百十六两。

治　中

本班前先用，银一千二百五十九两。

本班尽先，银一千一百八十九两。

不入班次选用，银一千七百九十一两。

不入班次即选，银一千六百七十九两。

不入班次尽先即选，银一千五百六十七两。

都察院都事　都察院经历　大理寺寺丞　京府通判

本班前先用，银八百三十四两。

本班尽先，银七百八十八两。

不入班次选用，银一千三百三十四两。

不入班次即先，银一千二百五十一两。

不入班次尽先即选，银一千一百六十七两。

兵马司指挥

本班前先用，银四百七十九两。
本班尽先，银四百五十三两。
不入班次选用，银七百六十七两。
不入班次即选，银七百十九两。
不入班次尽先即选，银六百七十一两。

光禄寺署正

本班前先用，银六百八十两。
本班尽先，银六百四十二两。
不入班次选用，银一千八十八两。
不入班次即选，银一千二十两。
不入班次尽先即选，银九百五十二两。

大理寺评事　太常寺博士　銮仪卫经历　科中书

本班前先用，银五百十四两。
本班尽先，银四百八十五两。
不入班次选用，银八百二十二两。
不入班次即选，银七百七十一两。
不入班次尽先即选，银七百十九两。

阁　中　书

本班前先用，银七百六十三两。
本班尽先，银七百二十两。
不入班次选用，银一千二百二十两。
不入班次即选，银一千一百四十四两。
不入班次尽先即选，银一千六十八两。

国子监监丞

本班前先用，银二百九十三两。
本班尽先，银二百七十七两。
不入班次选用，银五百二十一两。
不入班次即选，银四百八十九两。
不入班次尽先即选，银四百五十六两。

通政司经历　通政司知事　太常寺典簿

本班前先用，银三百九十两。

本班尽先，银三百六十八两。
不入班次选用，银六百九十二两。
不入班次即选，银六百四十九两。
不入班次尽先即选，银六百六两。

兵马司副指挥

本班前先用，银三百二十八两。
本班尽先，银三百十两。
不入班次选用，银五百八十三两。
不入班次即选，银五百四十六两。
不入班次尽先即选，银五百十两。

詹事府主簿　光禄寺典簿

本班前先用，银二百九十三两。
本班尽先，银二百七十七两。
不入班次选用，银五百二十一两。
不入班次即选，银四百八十九两。
不入班次尽先即选，银四百五十六两。

京府经历

本班前先用，银三百十五两。
本班尽先，银二百九十八两。
不入班次选用，银五百六十两。
不入班次即选，银五百二十五两。
不入班次尽先即选，银四百九十两。

国子监博士

本班前先用，银二百八十四两。
本班尽先，银一百六十八两。
不入班次选用，银五百四两。
不入班次即选，银四百七十三两。
不入班次尽先即选，银四百四十一两。

部寺司库

本班前先用，银一百十五两。
本班尽先，银二百三两。
不入班次选用，银三百八十一两。
不入班次即选，银三百五十七两。
不入班次尽先即选，银三百三十四两。

部寺司务

本班前先用，银四百一两。
本班尽先，银三百七十八两。
不入班次选用，银七百十二两。
不入班次即选，银六百六十七两。
不入班次尽先即选，银六百二十三两。

国子监典簿　国子监学正学录

本班前先用，银三百四十二两。
本班尽先，银三百二十三两。
不入班次选用，银六百八两。
不入班次即选，银五百七十两。
不入班次尽先即选，银五百三十二两。

翰林院待诏

本班前先用，银二百十二两。
本班尽先，银二百两。
不入班次选用，银三百七十六两。
不入班次即选，银三百五十二两。
不入班次尽先即选，银三百二十九两。

国子监典籍

本班前先用，银三百四十二两。
本班尽先，银三百二十三两。
不入班次选用，银六百八两。
不入班次即选，银五百七十两。
不入班次尽先即选，银五百三十二两。

翰林院孔目

本班前先用，银二百十二两。
本班尽先，银二百两。
不入班次选用，银三百七十六两。
不入班次即选，银三百五十二两。
不入班次尽先即选，银三百二十九两。

鸿胪寺主簿

本班前先用，银一百一两。
本班尽先，银九十六两。

不入班次选用，银二百六十九两。
不入班次即选，银二百五十二两。
不入班次尽先即选，银二百三十六两。

刑部司狱

本班前先用，银九十二两。
本班尽先，银八十七两。
不入班次选用，银二百四十四两。
不入班次即选，银二百二十九两。
不入班次尽先即选，银二百十四两。

工部制造库司匠

本班前先用，银一百一两。
本班尽先，银九十六两。
不入班次选用，银二百六十九两。
不入班次即选，银二百五十二两。
不入班次尽先即选，银二百三十六两。

兵马司吏目

本班前先用，银九十二两。
本班尽先，银八十七两。
不入班次选用，银二百四十四两。
不入班次即选，银二百二十九两。
不入班次尽先即选，银二百十四两。

七、八、九品笔贴式

本班前先用，银一百二十两。
本班尽先，银一百十四两。
不入班次选用，银三百二十两。
不入班次即选，银三百两。
不入班次尽先即选，银二百八十两。

新例京官报捐过班银数

（由贡监捐至双单月者，仍照旧例加三成过班；已过班者，于三成内减半。）

郎　中

本班前先用过班，银三百三十六两。（系照旧例本班尽先正项银数平分一半，内加一成。以下仿此。）
本班尽先过班，银五百四两。（系照旧例本班尽先正项银数分去一半，归入本班前先用项下，加一成半。以下仿此。）

不入班次选用过班，银八百七两。（系照旧例遇缺银数再加二成。以下仿此。）

不入班次即选过班，银一千八两。（系照旧例遇缺前银数加二成半。以下仿此。）

员外郎

本班前先用过班，银二百八十两。

本班尽先过班，银四百二十两。

不入班次选用过班，银六百七十二两。

不入班次即选过班，银八百三十九两。

主事

本班前先用过班，银一百八十六两。

本班尽先过班，银二百七十八两。

不入班次选用过班，银五百十九两。

不入班次即选过班，银六百四十九两。

治中

本班前先用过班，银一百四十两。

本班尽先过班，银二百十两。

不入班次选用过班，银四百四十八两。

不入班次即选过班，银五百六十两。

都察院都事　都察院经历　大理寺寺丞　京府通判

本班前先用过班，银九十三两。

本班尽先过班，银一百三十九两。

不入班次选用过班，银三百三十四两。

不入班次即选过班，银四百十七两。

兵马司指挥

本班前先用过班，银五十四两。

本班尽先过班，银八十两。

不入班次选用过班，银一百九十二两。

不入班次即选过班，银二百四十两。

光禄寺署正

本班前先用过班，银七十六两。

本班尽先过班，银一百十四两。

不入班次选用过班，银二百七十二两。

不入班次即选过班，银三百四十两。

大理寺评事　太常寺博士　銮仪卫经历　科中书

本班前先用过班，银五十八两。
本班尽先过班，银八十六两。
不入班次选用过班，银二百六两。
不入班次即选过班，银二百五十七两。

阁　中　书

本班前先用过班，银八十五两。
本班尽先过班，银一百二十八两。
不入班次选用过班，银三百五两。
不入班次即选过班，银三百八十二两。

国子监监丞

本班前先用过班，银三十三两。
本班尽先过班，银四十九两。
不入班次选用过班，银一百三十一两。
不入班次即选过班，银一百六十三两。

通政司经历　通政司知事　太常寺典簿

本班前先用过班，银四十四两。
本班尽先过班，银六十五两。
不入班次选用过班，银一百七十三两。
不入班次即选过班，银二百十七两。

兵马司副指挥

本班前先用过班，银三十七两。
本班尽先过班，银五十五两。
不入班次选用过班，银一百四十六两。
不入班次即选过班，银一百八十二两。

詹事府主簿　光禄寺典簿

本班前先用过班，银三十三两。
本班尽先过班，银四十九两。
不入班次选用过班，银一百三十一两。
不入班次即选过班，银一百六十三两。

京　府　经　历

本班前先用过班，银三十五两。

本班尽先过班，银五十三两。
不入班次选用过班，银一百四十两。
不入班次即选过班，银一百七十五两。

国子监博士

本班前先用过班，银三十二两。
本班尽先过班，银四十八两。
不入班次选用过班，银一百二十六两。
不入班次即选过班，银一百五十八两。

部寺司库

本班前先用过班，银二十四两。
本班尽先过班，银三十六两。
不入班次选用过班，银九十六两。
不入班次即选过班，银一百十九两。

部寺司务

本班前先用过班，银四十五两。
本班尽先过班，银六十七两。
不入班次选用过班，银一百七十八两。
不入班次即选过班，银二百二十三两。

国子监典簿

本班前先用过班，银三十八两。
本班尽先过班，银五十七两。
不入班次选用过班，银一百五十二两。
不入班次即选过班，银一百九十两。

翰林院待诏

本班前先用过班，银二十四两。
本班尽先过班，银三十六两。
不入班次选用过班，银九十四两。
不入班次即选过班，银一百十八两。

国子监典籍

本班前先用过班，银三十八两。
本班尽先过班，银五十七两。
不入班次选用过班，银一百五十二两。
不入班次即选过班，银一百九十两。

翰林院孔目

本班前先用过班，银二十四两。
本班尽先过班，银三十六两。
不入班次选用过班，银九十四两。
不入班次即选过班，银一百十八两。

鸿胪寺主簿

本班前先用过班，银十二两。
本班尽先过班，银十七两。
不入班次选用过班，银六十八两。
不入班次即选过班，银八十四两。

刑部司狱

本班前先用过班，银十一两。
本班尽先过班，银十六两。
不入班次选用过班，银六十一两。
不入班次即选过班，银七十七两。

工部制造库司匠

本班前先用过班，银十二两。
本班尽先过班，银十七两。
不入班次选用过班，银六十七两。
不入班次即选过班，银八十四两。

兵马司吏目

本班前先用过班，银十一两。
本班尽先过班，银十六两。
不入班次选用过班，银六十一两。
不入班次即选过班，银七十七两。

七、八、九品笔贴式

本班前先用过班，银十四两。
本班尽先过班，银二十两。
不入班次选用过班，银八十两。
不入班次即选过班，银一百两。

外官新定选用银数

道员

本班前先用，银五千四十两。（系照旧例本班尽先正项银数平分一半，内再减一成。以下仿此。）

本班尽先，银四千七百六十两。（系照旧例本班尽先正项银数分去一半，归入本班前先用项下，再减一成半。以下仿此。）

不入班次选用，银五千三百七十六两。（系照旧例遇缺银数再减二成。以下仿此。）

不入班即选，银五千四十两。（系照旧例遇缺前银数再减二成半，以下仿此。）

不入班次尽先即选，银四千七百四两。（系照旧例遇缺前银数再减二成。以下仿此。）

知府

本班前先用，银四千一百八十四两。

本班尽先，银三千九百五十一两。

不入班次选用，银四千四百六十三两。

不入班次即选，银四千一百八十四两。

不入班次尽先即选，银三千九百五两。

运同

本班前先用，银三千七百八十两。

本班尽先，银三千五百七十两。

不入班次选用，银四千三十二两。

不入班次即选，银三千七百八十两。

不入班次尽先即选，银三千五百二十八两。

直隶州知州

本班前先用，银二千六百六十二两。

本班尽先，银二千五百十四两。

不入班次选用，银二千八百四十两。

不入班次即选，银二千六百六十二两。

不入班次尽先即选，银二千四百八十五两。

同知

本班前先用，银二千二百二十一两。

本班尽先，银二千九十八两。

不入班次选用，银二千七百六十四两。

不入班次即选，银二千五百九十二两。

不入班次尽先即选，银二千四百十九两

知　　州

本班前先用，银二千二十两。
本班尽先，银一千九百七两。
不入班次选用，银二千五百十三两。
不入班次即选，银二千三百五十六两。
不入班次尽先即选，银二千一百九十九两。

盐　提　举

本班前先用，银一千五百十二两。
本班尽先，银一千四百二十八两。
不入班次选用，银一千八百八十二两。
不入班次即选，银一千七百六十四两。
不入班次尽先即选，银一千六百四十七两。

知　　县

本班前先用，银一千六百六十七两。
本班尽先，银一千五百七十四两。
不入班次选用，银二千七十五两。
不入班次即选，银一千九百四十五两。
不入班次尽先即选，银一千八百十六两。

通　　判

本班前先用，银一千二百二十三两。
本班尽先，银一千一百五十五两。
不入班次选用，银一千七百三十九两。
不入班次即选，银一千六百三十两。
不入班次尽先即选，银一千五百二十二两。

布经历　布理问　州同

本班前先用，银六百九十七两。
本班尽先，银六百五十八两。
不入班次选用，银一千一百十五两。
不入班次即选，银一千四十五两。
不入班次尽先即选，银九百七十六两。

直　州　同

本班前先用，银五百四十五两。
本班尽先，银五百十五两。

不入班次选用，银八百七十二两。
不入班次即选，银八百十八两。
不入班次尽先即选，银七百六十三两。

按 经 历

本班前先用，银六百三十两。
本班尽先，银五百九十五两。
不入班次选用，银一千八两。
不入班次即选，银九百四十五两。
不入班次尽先即选，银八百八十二两。

布都事　盐运司经历　州判

本班前先用，银五百八十两。
本班尽先，银五百四十八两。
不入班次选用，银九百二十八两。
不入班次即选，银八百七十两。
不入班次尽先即选，银八百十二两。

运库大使　布库大使　批验所大使　盐课大使

本班前先用，银七百五十六两。
本班尽先，银七百十四两。
不入班次选用，银一千二百十两。
不入班次即选，银一千一百三十四两。
不入班次尽先即选，银一千五十九两。

直隶州州判

本班前先用，银三百七十五两。
本班尽先，银三百五十五两。
不入班次选用，银六百六十七两。
不入班次即选，银六百二十五两。
不入班次尽先即选，银五百八十四两。

府经历　县丞　按知事

本班前先用，银三百六十九两。
本班尽先，银三百四十九两。
不入班次选用，银六百五十六两。
不入班次即选，银六百十五两。
不入班次尽先即选，银五百七十四两。

盐知事

本班前先用，银三百五十两。
本班尽先，银三百三十一两。
不入班次选用，银六百二十二两。
不入班次即选，银五百八十三两。
不入班次尽先即选，银五百四十四两。

布政司照磨

本班前先用，银三百十九两。
本班尽先，银三百两。
不入班次选用，银五百六十六两。
不入班次即选，银五百三十一两。
不入班次尽先即选，银四百九十五两。

教谕

本班前先用，银二百四十三两。
本班尽先，银二百三十两。
不入班次选用，银四百三十二两。
不入班次即选，银四百五两。
不入班次尽先即选，银三百七十八两。

训导

本班前先用，银一百六十七两。
本班尽先，银一百五十八两。
不入班次选用，银二百九十七两。
不入班次即选，银二百七十九两。
不入班次尽先即选，银二百六十两。

按察司照磨　府知事　县主簿

本班前先用，银二百四十六两。
本班尽先，银二百三十三两。
不入班次选用，银四百三十七两。
不入班次即选，银四百十两。
不入班次尽先即选，银三百八十三两。

州吏目

本班前先用，银一百八十六两。
本班尽先，银一百七十六两。

不入班次选用，银三百三十一两。

不入班次即选，银三百十两。

不入班次尽先即选，银二百九十两。

从九品　未入流

本班前先用，银一百三十三两。

本班尽先，银一百二十五两。

不入班次选用，银三百五十三两。

不入班次即选，银三百三十一两。

不入班次尽先即选，银三百九两。

新定外官过班银数

（由贡监捐至双单月者，仍照旧例，加三成过班；已过班者，于三成内减半。）

道　员

本班前先用过班，银五百六十两。（系照旧例本班尽先正项银数平分一半，内加一成。以下仿此。）

本班尽先过班，银八百四十两。（系照旧例本班尽先正项银数分去一半，归入本班前先用项下，加一成半。以下仿此。）

不入班次选用过班，银一千三百四十四两。（系照旧例遇缺银数再加二成。以下仿此。）

不入班次即选过班，银一千六百八十两。（系照旧例遇缺前银数加二成半。以下仿此。）

知　府

本班前先用过班，银四百六十五两。

本班尽先过班，银六百九十八两。

不入班次选用过班，银一千一百十六两。

不入班次即选过班，银一千三百九十五两。

运　同

本班前先用过班，银四百二十两。

本班尽先过班，银六百三十两。

不入班次选用过班，银一千八两。

不入班次即选过班，银一千二百六十两。

直隶州知州

本班前先用过班，银二百九十六两。

本班尽先过班，银四百四十四两。

不入班次选用过班，银七百十两。

不入班次即选过班，银八百八十八两。

同　　知

本班前先用过班，银二百四十七两。
本班尽先过班，银三百七十一两。
不入班次选用过班，银六百九十一两。
不入班次即选过班，银八百六十四两。

知　　州

本班前先用过班，银二百二十五两。
本班尽先过班，银三百三十七两。
不入班次选用过班，银六百二十九两。
不入班次即选过班，银七百八十六两。

盐　提　举

本班前先用过班，银一百六十八两。
本班尽先过班，银二百五十二两。
不入班次选用过班，银四百七十一两。
不入班次即选过班，银五百八十八两。

知　　县

本班前先用过班，银一百八十六两。
本班尽先过班，银二百七十八两。
不入班次选用过班，银五百十九两。
不入班次即选过班，银六百四十九两。

通　　判

本班前先用过班，银一百三十六两。
本班尽先过班，银二百四两。
不入班次选用过班，银四百三十五两。
不入班次即选过班，银五百四十四两。

布理问　布经历　州同

本班前先用过班，银七十八两。
本班尽先过班，银一百十七两。
不入班次选用过班，银二百七十九两。
不入班次即选过班，银三百四十九两。

直　州　同

本班前先用过班，银六十一两。

本班尽先过班，银九十一两。
不入班次选用过班，银二百十八两。
不入班次即选过班，银二百七十三两。

按 经 历

本班前先用过班，银七十两。
本班尽先过班，银一百五两。
不入班次选用过班，银二百五十二两。
不入班次即选过班，银三百十五两。

布都事 盐经历 州判

本班前先用过班，银六十五两。
本班尽先过班，银九十七两。
不入班次选用过班，银二百三十二两。
不入班次即选过班，银二百九十两。

布库大使 运库大使 盐课大使 批验大使

本班前先用过班，银八十四两。
本班尽先过班，银一百二十六两。
不入班次选用过班，银三百三两。
不入班次即选过班，银三百七十八两。

直 州 判

本班前先用过班，银四十二两。
本班尽先过班，银六十三两。
不入班次选用过班，银一百六十七两。
不入班次即选过班，银二百九两。

按知事 府经历 县丞

本班前先用过班，银四十一两。
本班尽先过班，银六十二两。
不入班次选用过班，银一百六十四两。
不入班次即选过班，银二百五两。

盐 知 事

本班前先用过班，银三十九两。
本班尽先过班，银五十九两。
不入班次选用过班，银一百五十六两。
不入班次即选过班，银一百九十五两。

布　照　磨

本班前先用过班，银三十六两。
本班尽先过班，银五十四两。
不入班次选用过班，银一百四十二两。
不入班次即选过班，银一百七十七两。

教　谕

本班前先用过班，银二十七两。
本班尽先过班，银四十一两。
不入班次选用过班，银一百八两。
不入班次即选过班，银一百三十五两。

训　导

本班前先用过班，银十九两。
本班尽先过班，银二十八两。
不入班次选用过班，银七十五两。
不入班次即选过班，银九十三两。

按照磨　府知事　县主簿

本班前先用过班，银二十八两。
本班尽先过班，银四十一两。
不入班次选用过班，银一百十两。
不入班次即选过班，银一百三十七两。

州　吏　目

本班前先用过班，银二十一两。
本班尽先过班，银三十一两。
不入班次选用过班，银八十三两。
不入班次即选过班，银一百四两。

从九品　未入流

本班前先用过班，银十五两。
本班尽先过班，银二十三两。
不入班次选用过班，银八十九两。
不入班次即选过班，银一百十一两。

新例外官报捐银数

道　　员

本班尽先，银八千五百两。（系照旧例分缺间用正项银数减一成半。以下仿此。）
不入班次补用，银八千两。（系照旧例遇缺银数减二成。以下仿此。）
不入班次即补，银七千五百两。（系照旧例遇缺前银数减二成半。以下仿此。）
不入班次尽先即补，银七千两。（系照旧例遇缺前银数减三成。以下仿此。）

知　　府

本班尽先，银六千八百两。
不入班次补用，银六千四百两。
不入班次即补，银六千两。
不入班次尽先即补，银五千六百两。

运　　同

本班尽先，银五千一百两。
不入班次补用，银四千八百两。
不入班次即补，银四千五百两。
不入班次尽先即补，银四千二百两。

直　知　州

本班尽先，银四千二百五十两。
不入班次补用，银四千两。
不入班次即补，银三千七百五十两。
不入班次尽先即补，银三千五百两。

知　　州

本班尽先，银三千四百两。
不入班次补用，银三千二百两。
不入班次即补，银三千两。
不入班次尽先即补，银二千八百两。

同　　知

本班尽先，银二千九百九十七两。
不入班次补用，银二千八百二十两。
不入班次即补，银二千六百四十四两。
不入班次尽先即补，银二千四百六十八两。

盐提举

本班尽先，银二千四十两。
不入班次补用，银一千九百二十两。
不入班次即补，银一千八百两。
不入班次尽先即补，银一千六百八十两。

盐运副

本班尽先，银二千四十两。
不入班次补用，银一千九百二十两。
不入班次即补，银一千八百两。
不入班次尽先即补，银一千六百八十两。

监掣同知

本班尽先，银二千九百九十七两。
不入班次补用，银二千八百二十两。
不入班次即补，银二千六百四十四两。
不入班次尽先即补，银二千四百六十八两。

盐运判

本班尽先，银一千七百六十八两。
不入班次补用，银一千六百六十四两。
不入班次即补，银一千五百六十两。
不入班次尽先即补，银一千四百五十六两。

通判

本班尽先，银一千六百四十九两。
不入班次补用，银一千五百五十二两。
不入班次即补，银一千四百五十五两。
不入班次尽先即补，银一千三百五十八两。

布政司理问　布政司经历　州同

本班尽先，银九百四十两。
不入班次补用，银八百八十四两。
不入班次即补，银八百二十九两。
不入班次尽先即补，银七百七十四两。

直州同

本班尽先，银七百三十六两。

不入班次补用，银六百九十二两。
不入班次即补，银六百四十九两。
不入班次尽先即补，银六百六两。

知　县

本班尽先，银二千五百五十两。
不入班次补用，银二千四百两。
不入班次即补，银二千二百五十两。
不入班次尽先即补，银二千一百两。

按察司经历

本班尽先，银八百五十两。
不入班次补用，银八百两。
不入班次即补，银七百五十两。
不入班次尽先即补，银七百两。

布政司都事　盐运司经历　州判

本班尽先，银七百八十二两。
不入班次补用，银七百三十六两。
不入班次即补，银六百九十两。
不入班次尽先即补，银六百四十四两。

直　州　判

本班尽先，银五百六两。
不入班次补用，银四百七十六两。
不入班次即补，银四百四十七两。
不入班次尽先即补，银四百十七两。

盐课大使　批验所大使　布库大使　运库大使

本班尽先，银二千四十两。
不入班次补用，银一千九百二十两。
不入班次即补，银一千八百两。
不入班次尽先即补，银一千六百八十两。

按知事　府经历　县丞

本班尽先，银四百九十八两。
不入班次补用，银四百六十八两。
不入班次即补，银四百三十九两。
不入班次尽先即补，银四百十两。

盐知事

本班尽先，银四百七十二两。
不入班次补用，银四百四十四两。
不入班次即补，银四百十七两。
不入班次尽先即补，银三百八十九两。

布照磨

本班尽先，银四百三十两。
不入班次补用，银四百四两。
不入班次即补，银三百七十九两。
不入班次尽先即补，银三百五十四两。

按照磨　府知事　县主簿

本班尽先，银三百三十二两。
不入班次补用，银三百十二两。
不入班次即补，银二百九十三两。
不入班次尽先即补，银二百七十三两。

州吏目

本班尽先，银二百五十一两。
不入班次补用，银二百三十六两。
不入班次即补，银二百二十二两。
不入班次尽先即补，银二百七两。

从九品　未入流

本班尽先，银三百五十七两。
不入班次补用，银三百三十六两。
不入班次即补，银三百十五两。
不入班次尽先即补，银二百九十四两。

新例外官报捐过班银数

（由贡监捐至双单月者，仍照旧例，加三成过班；已过班者，于三成内减半。）

道员

本班尽先过班，银一千五百两。（系照旧例分缺间用正项银数加一成半。以下仿此。）
不入班次补用过班，银二千两。（系照旧例遇缺银数加二成。以下仿此。）
不入班次即补过班，银二千五百两。（系照旧例遇缺前银数加二成半。以下仿此。）

知　府

本班尽先过班，银一千二百两。
不入班次补用过班，银一千六百两。
不入班次即补过班，银二千两。

运　同

本班尽先过班，银九百两。
不入班次补用过班，银一千二百两。
不入班次即补过班，银一千五百两。

直隶州知州

本班尽先过班，银七百五十两。
不入班次补用过班，银一千两。
不入班次即补过班，银一千二百五十两。

知　州

本班尽先过班，银六百两。
不入班次补用过班，银八百两。
不入班次即补过班，银一千两。

同　知

本班尽先过班，银五百二十九两。
不入班次补用过班，银七百五两。
不入班次即补过班，银八百八十二两。

盐提举

本班尽先过班，银三百六十两。
不入班次补用过班，银四百八十两。
不入班次即补过班，银六百两。

盐运副

本班尽先过班，银三百六十两。
不入班次补用过班，银四百八十两。
不入班次即补过班，银六百两。

监掣同知

本班尽先过班，银五百二十九两。
不入班次补用过班，银七百五两。

不入班次即补过班，银八百八十二两。

盐　运　判

本班尽先过班，银三百十二两。
不入班次补用过班，银四百十六两。
不入班次即补过班，银五百二十两。

通　　判

本班尽先过班，银二百九十一两。
不入班次补用过班，银三百八十八两。
不入班次即补过班，银四百八十五两。

布政司理问　布政司经历　州同

本班尽先过班，银一百六十六两。
不入班次补用过班，银二百二十一两。
不入班次即补过班，银二百七十七两。

直隶州州同

本班尽先过班，银一百三十两。
不入班次补用过班，银一百七十三两。
不入班次即补过班，银二百十七两。

知　　县

本班尽先过班，银四百五十两。
不入班次补用过班，银六百两。
不入班次即补过班，银七百五十两。

按察司经历

本班尽先过班，银一百五十两。
不入班次补用过班，银二百两。
不入班次即补过班，银二百五十两。

布政司都事　盐运司经历　州判

本班尽先过班，银一百三十八两。
不入班次补用过班，银一百八十四两。
不入班次即补过班，银二百三十两。

直隶州州判

本班尽先过班，银九十两。

不入班次补用过班，银一百十九两。
不入班次即补过班，银一百四十九两。

盐课大使　批验所大使　布库大使　运库大使

本班尽先过班，银三百六十两。
不入班次补用过班，银四百八十两。
不入班次即补过班，银六百两。

按察司知事　府经历　县丞

本班尽先过班，银八十八两。
不入班次补用过班，银一百十七两。
不入班次即补过班，银一百四十七两。

盐知事

本班尽先过班，银八十四两。
不入班次补用过班，银一百十一两。
不入班次即补过班，银一百三十九两。

布政司照磨

本班尽先过班，银七十六两。
不入班次补用过班，银一百一两。
不入班次即补过班，银一百二十七两。

按察司照磨　府知事　县主簿

本班尽先过班，银五十九两。
不入班次补用过班，银七十八两。
不入班次即补过班，银九十八两。

州吏目

本班尽先过班，银四十五两。
不入班次补用过班，银五十九两。
不入班次即补过班，银七十四两。

从九品　未入流

本班尽先过班，银六十三两。
不入班次补用过班，银八十四两。
不入班次即补过班，银一百五两。

新例武职报捐银数

参　将

本班前先用，银二千八百三十五两。（系照旧例本班尽先正项银数平分一半，内再减一成。以下仿此。）

本班尽先，银二千六百七十八两。（系照旧例本班尽先正项银数分去一半，归入本班前先用项下，再减一成半。以下仿此。）

遇缺，银三千五百二十八两。（系照旧例遇缺银数再减二成。以下仿此。）

遇缺前尽先选补，银三千三百八两。（系照旧例遇缺前银数再减二成半。以下仿此。）

游　击

本班前先用，银二千二百五两。

本班尽先，银二千八十三两。

遇缺，银二千七百四十四两。

遇缺前尽先选补，银二千五百七十三两。

都　司

本班前先用，银一千六百二十两。

本班尽先，银一千五百三十两。

遇缺，银二千十六两。

遇缺前尽先选补，银一千八百九十两。

营守备

本班前先用，银九百九十两。

本班尽先，银九百三十五两。

遇缺，银一千二百三十二两。

遇缺前尽先选补，银一千一百五十五两。

卫守备

本班前先用，银一千七百五十五两。

本班尽先，银一千七百五十八两。

遇缺，银二千一百八十四两。

遇缺前尽先选补，银二千四十八两。

守千总

本班前先用，银七百六十五两。

本班尽先，银七百二十三两。

遇缺，银九百五十二两。

遇缺前尽先选补，银八百九十三两。

卫千总

本班前先用，银四百五十两。

本班尽先，银四百二十五两。

遇缺，银五百六十两。

遇缺前尽先选补，银五百二十五两。

门千总

本班前先用，银三百十五两。

本班尽先，银二百九十八两。

遇缺，银三百九十二两。

遇缺前尽先选补，银三百六十八两。

营千总

本班前先用，银二百七十两。

本班尽先，银二百五十五两。

遇缺，银三百三十六两。

遇缺前尽先选补，银三百十五两。

把总

本班前先用，银一百八十两。

本班尽先，银一百七十两。

遇缺，银二百二十四两。

遇缺前尽先选补，银二百十两。

新例武职报捐过班银数

（由武职捐至双单月，系照旧例，加三成过班；已过班者，于三成内减半。）

参将

本班前先用过班，银三百十五两。（系照旧例本班尽先正项银数平分一半，内加一成。以下仿此。）

本班尽先过班，银四百七十三两。（系照旧例本班尽先正项银数分去一半，归入本班前先用项下，加一成半。以下仿此。）

遇缺过班，银八百八十二两。（系照旧例遇缺银数加二成。以下仿此。）

遇缺前尽先过班，银一千一百三两。（系照旧例遇缺前银数加二成半。以下仿此。）

游击

本班前先用过班，银二百四十五两。

本班尽先过班，银三百六十八两。
遇缺过班，银六百八十六两。
遇缺前尽先过班，银八百五十八两。

都　司

本班前先用过班，银一百八十两。
本班尽先过班，银二百七十两。
遇缺过班，银五百四两。
遇缺前尽先过班，银六百三十两。

营守备

本班前先用过班，银一百十两。
本班尽先过班，银一百六十五两。
遇缺过班，银三百八两。
遇缺前尽先过班，银三百八十五两。

卫守备

本班前先用过班，银一百九十五两。
本班尽先过班，银二百九十三两。
遇缺过班，银五百四十六两。
遇缺前尽先过班，银六百八十三两。

守御所千总

本班前先用过班，银八十五两。
本班尽先过班，银一百二十八两。
遇缺过班，银二百三十八两。
遇缺前尽先过班，银二百九十八两。

卫千总

本班前先用过班，银五十两。
本班尽先过班，银七十五两。
遇缺过班，银一百四十两。
遇缺前尽先过班，银一百七十五两。

门千总

本班前先用过班，银三十五两。
本班尽先过班，银五十三两。
遇缺过班，银九十八两。
遇缺前尽先过班，银一百二十三两。

营千总

本班前先用过班，银三十两。
本班尽先过班，银四十五两。
遇缺过班，银八十四两。
遇缺前尽先过班，银一百五两。

把总

本班前先用过班，银二十两。
本班尽先过班，银三十两。
遇缺过班，银五十六两。
遇缺前尽先过班，银七十两。

京外文职应升、应补、应选人员捐本班尽先选用银数

（依照插班间选银数，减三成。）

四品：
道　一万一千二百两
知府　九千二百九十六两
运同　八千四百两
五品：
直隶州知州　五千九百十五两
同知　四千九百三十五两
知州　四千四百八十七两
提举　三千三百六十两
六品：
通判　二千七百十六两
布理问　一千五百四十七两
布经历　一千五百四十七两
州同　一千五百四十七两
直州同　一千二百十一两
七品：
知县　三千七百三两
按经历　一千四百两
布都事　一千二百八十八两
盐经历　一千二百八十八两
州判　一千二百八十八两
直州判　八百三十三两
八品：

布库大使　一千六百八十两
运库大使　一千六百八十两
盐课大使　一千六百八十两
批验大使　一千六百八十两
按知事　八百十九两
府经历　八百十九两
县丞　八百十九两
盐知事　七百七十七两
布照磨　七百七两
教谕　五百三十九两
训导　三百七十一两
九品：
按照磨　五百四十六两
府知事　五百四十六两
县主簿　五百四十六两
州吏目　四百十三两
从九　二百九十四两
未入　二百九十四两
　　以上外员
五品：
郎中　六千七百二十两
员外郎　五千五百九十三两
治中　二千七百九十七两
六品：
主事　三千七百三两
都察院都事经历　一千八百五十二两
大理寺寺丞　一千八百五十二两
京府通判　一千八百五十二两
兵马司指挥　一千六十四两
光禄寺署正　一千五百九两
七品：
大理寺评事　一千一百四十一两
大常寺博士　一千一百四十一两
銮仪卫经历　一千一百四十一两
科中书　一千一百四十一两
国子监监丞　六百五十一两
通政司经历知事　八百六十五两
太常寺典簿　八百六十五两
兵马司副指挥　七百二十八两

阁中书　一千六百九十四两

詹事府主簿　六百五十一两

光禄寺典簿　六百五十一两

京府经历　七百两

国子监博士　六百三十两

部寺司库　四百七十六两

八品：

部寺司务　八百八十九两

国子监典簿　七百六十两

鸿胪寺主簿　二百二十四两

九品：

翰林院待诏　四百六十九两。

国子监典籍　七百六十两

刑部司狱　二百三两

工部制造库司匠　二百二十四两

未入流：

翰林院孔目　四百六十九两

兵马司吏目　二百三两

七、八、九品笔贴式　二百六十六两

以上京员

分发银数

（查向例捐足双单月人员，各照本职分发银数报捐者，俟截卯后掣签分发。上次豫工头卯，始有投效之条。此次二卯复议推广，准其通指各省，并指分南河。此项指捐分发人员，文职自道府至考选、议叙之九品以下，各按例定分发银数加倍报捐。其九品以下捐纳各员，按例定分发银数加六成报捐。武职自参将以下，各按例定分发银数加五成报捐。如二卯捐生不候截卯，呈请按月签掣分发者，文职各按例定分发银数五成报捐，武职各按例定分发银数加三成报捐。其捐纳之千总、把总，例无分发银数，照本职正项银数加成半半报捐。）

文职外官

道员　例定分发，银一千四百四十两。（指捐分发，加倍银一千四百四十两；按月掣签分发，加五成银七百二十两。）

知府、运同　例定分发，银一千二百八十两。（指捐分发，加倍银一千二百八十两；按月掣签分发，加五成银六百四十两。）

直知州、监掣同知、盐提举、运副、运判　例定分发，银一千一百二十两。（指捐分发，加倍银一千一百二十两；按月掣签分发，加五成银五百六十两。）

知州、知县　例定分发，银九百六十两。（指捐分发，加倍银九百六十两；按月掣签分发，加五成银四百八十两。）

同知、通判　例定分发，银六百四十两。（指捐分发，加倍银六百四十两；按月掣签分发，加五成银三百二十两。）

布库大使、运库大使、盐课大使、批验大使　例定分发，银四百八十两。（指捐分发，加倍银四百八十两；按月掣签分发，加五成银二百四十两。）

六品佐贰（布理问、布经历、直州同、州同）　例定分发，银二百四十两。（指捐分发，加倍银二百四十两；按月掣签分发，加五成银一百二十两。）

七八品佐贰　（按经历、布都事、盐经历、直州判、州判以上系七品，府经历、按知事、县丞、布照磨、盐知事以上系八品）　例定分发，银一百六十两。（指捐分发，加倍银一百六十两；按月掣签分发，加五成银八十两。）

教谕　例定分发，银一百六十两。（按月掣签分发，加五成银八十两。）

训导　例定分发，银一百三十两。（按月掣签分发，加五成银六十五两。）

九品以下考选议叙各员　例定分发，银一百二十两。（指捐分发，加倍银一百二十两；按月掣签分发，加五成银六十两。）

九品以下捐纳各员　例定分发，银二百二十两。（指捐分发，加倍银一百三十二两；按月掣签分发，加五成银一百十两。）

绿营武职

参将　例定分发，银七百二十两。（指捐分发，加五成银三百六十两；按月掣签分发，加三成银二百十六两。）

游击　例定分发，银六百四十两。（指捐分发，加五成银三百二十两；按月掣签分发，加三成银一百九十二两。）

都司　例定分发，银五百六十两。（指捐分发，加五成银二百八十两；按月掣签分发，加三成银一百六十八两。）

守备　例定分发，银四百八十两。（指捐分发，加五成银二百四十两；按月掣签分发，加三成银一百四十四两。）

千总、把总　例无分发银数。如捐按月分发，照本职正项银数加成半报捐。（按正项一百两，捐银十五两。）

文职京官

郎中　例定分发，银八百两。（按月掣签，加五成银四百两。）

员外郎　例定分发，银六百四十两。（按月掣签，加五成银三百二十两。）

主事　例定分发，银四百八十两。（按月掣签，加五成银二百四十两。）

各项小京官　例定分发，银三百二十两。（按月掣签，加五成银一百六十两。）

笔贴式　例定分发，银一百八十两。（按月掣签，加五成银九十两。）

捐离原省银数

（此次二卯，有业经分发人员呈请投效河工，另指他省者，应先捐离原掣省分道府至考选、议叙之九品以下人员，各照分发银数酌减四成报捐。其武职各员，并文职九品以下捐纳人员，各照分发银数酌减六成报捐。）

文职外官

道员　捐离原省，银八百六十四两

知府、运同　捐离原省，银七百六十八两

直知州、监提举、运副、运判　捐离原省，银六百七十二两

知州、知县　捐离原省，银五百七十六两

同知、通判　捐离原省，银三百八十四两

布库大使、运库大使、盐课大使、批验大使　捐离原省，银二百八十八两

六品佐贰　（布理问、布经历、直州同　州同）　捐离原省，银一百四十四两

七八品佐贰　（按经历、布都事、盐经历、直州判、州判以上系七品，府经历、按知事、县丞、布照磨、盐知事以上系八品）　捐离原省，银九十六两

九品以下考选、议叙各员　捐离原省，银七十二两

九品以下捐纳各员　捐离省银，八十八两

绿营武职

参将　捐离原省，银二百八十八两

游击　捐离原省，银二百五十六两

都司　捐离原省，银二百二十四两

守备　捐离原省，银一百九十二两

筹赈事例

满汉在京文职各官

一、郎中

由贡监生，捐银七千六百八十两。由捐职郎中，捐银五千三百一十两。由现任员外郎、内阁侍读，捐银九百六十两；候补选者，捐银一千二百八十两。俱准以双月选用。其已捐双月选用，并本职应补应选人员，捐银六百四十两，准归本班先用；加银六百四十两，准改单月即用；再加银六百四十两，准不论双单月即用。由满洲现任员外郎、内阁侍读，捐银二千二百四十两；候补候选者，捐银二千五百六十两，准以满洲郎中用。

一、员外郎

由贡监生，捐银六千四百两。由捐职员外郎，捐银四千四百一十两。由现任主事、都察院都事经历、大理寺左右寺丞、钦天监监副、京府通判，捐银一千七百四十两；候补候选者，捐银两千七百两。由现任知州，捐银一千二百六十两；候补候选者，捐银一千五百八十两。由现任治中、同知、直隶州知州，捐银一千一十两，候补候选者捐银一千三百两，准以双月选用。其已捐双月选用，并本职应补应选项人员，捐银五百四十两，准归本班先用；加银五百三十两，准改单月即用；再加银五百三十两，准不论双单月即用。由满洲现任主事、都察院都事经历、大理寺左右寺丞、太常寺寺丞、钦天监监副，捐银二千八百二十两；候补候选者，捐银三千七百八十两。由现任光禄寺署正，捐银三千一百五十两；候补候选者，捐银三千九百二十两。由现任理事、同知，捐银二千六十两；候补候选者，捐银二千三百五十两。由现任理事、通判，捐银三千五百八十两，候补候选者捐银四千七百四十两，准以满洲员外郎用。

一、主事、都察院都事

由贡监生，捐银三千七百两。由捐职主事、捐职都察院都事，捐银二千三百七十两。由现任内阁典籍、中书、中书科中书、大理寺评事、太常寺博士、銮仪卫经历、外县知县，捐银一千一百五十两；候补候选者，捐银一千三百九十两。由现任兵马司指挥，捐银一千二百八十两；候补候选者，捐银一千五百七十两。由现任通政司经历、知事、太常寺典簿、国子监监丞、博士、助教、钦天监五官正，捐银一千七百一十两；候补候选者，捐银一千九百七十两。由现任部寺司务、直隶州州同，捐银一千五百七十两；候补候选者，捐银一千八百七十两。由现任光禄寺署正、京县知县，捐银九百两；候补候选者，捐银一千八十两。由汉军现任七品笔贴式，捐银二千三十两；候补候选者，捐银二千二百二十两。由现任八品笔帖式，捐银两千六百七十两，候补候选者捐银二千八百六十两，准以双月选用。其已捐双月选用，并本职应补应选人员，捐银五百三十两，准归本班先用；加银五百三十两，准改单月即用；再加银五百三十两，准不论双单月即用。由满洲现任内阁典籍、中书、中书科中书、大理寺评事、太常寺博士、赞礼郎、读祝官、鸿胪寺鸣赞，捐银二千二百一十两；候补候选者，捐银二千四百五十两。由现任通政司经历、知事、太常寺典簿、国子监监丞、博士、助教、各部寺司库，捐银二千七百七十两；候补候选者，捐银三千二十两。由现任詹事府主簿、光禄寺典簿、署丞、太仆寺主簿，捐银二千八百八十两；候补候选者，捐银三千四百四十两。由现任部院寺司务，捐银二千六百二十两；候补候选者，捐银二千九百三十两。由现任翰林院典簿、国子监典簿，捐银二千五百九十两；候补候选者，捐银三千二百四十两。由现任翰林院待诏、孔目、鸿胪寺主簿、工部制造库司匠，捐银三千四百一十两；候补候选者，捐银三千八百一十两。由现任刑部司狱，捐银三千五百八十两；候补候选者，捐银四千五十两。由现任七品笔帖式，捐银三千九十两；候补候选者，捐银三千二百八十两。由现任八品笔帖式，捐银三千七百三十两；候补候选者，捐银三千九百二十两。由现任九品笔帖式，捐银四千五十两；候补候选者，捐银四千二百四十两。由现任顺天府教授，捐银二千三百五十两；候补候选者，捐银二千八百三十两。由现任顺天府训导，捐银三千五百八十两，候补候选者捐银三千八百二十两，准以满洲主事、都事用。由满洲现任知县，捐银一千八百七十两，准以满洲主事用。

一、都察院经历

由贡监生，捐银三千七百两。由捐职都察院经历，捐银二千三百七十两。由现任知县，捐银七百二十两；候补候选者，捐银八百六十两。由现任直隶州州同，捐银一千五百七十两，候补候选者捐银一千八百七十两，准以双月选用。其已捐双月选用，并本职应补应选项人员，捐银五百三十两，准归本班先用；加银五百三十两，准改单月即用；再加银五百三十两，准不论双单月即用。由满洲现任内阁典籍、中书、中书科中书、大理寺评事、太常寺博士、读祝官、赞礼郎、鸿胪寺鸣赞，捐银二千二百一十两；候补候选者，捐银二千四百五十两。由现任通政司经历、知事、太常寺典簿、国子监监丞、博士、助教、各部寺司库，捐银二千七百七十两；候补候选者，捐银三千二十两。由现任詹事府主簿、光禄寺典簿、署丞、太仆寺主簿，捐银二千八百八十两；候补候选者，捐银三千四百四十两。由现任部院寺司务，捐银二千六百二十两；候补候选者，捐银二千九百三十两。由现任翰林院典簿、国子监典簿，捐银二千五百九十两；候补候选者，捐银三千二百四十两。由现任翰林院待诏、孔目、鸿胪寺主簿、工部制造库司匠，捐银三千四百一十两；候补候选者，捐银三千八百一十两。由现任刑部司狱，捐银三千五百八十两；候补候选者，捐银四千五十两。由现任七品笔帖式，捐银三千九十两；候补候选者，捐银三千二百八十两。由现任八品笔帖式，捐银三千七百三十两；候补候选者，捐银三千九百二十两。由现任九品笔帖式，捐银四千五十两，候补候选者捐银四千二百四十两，准以都察院满洲经历用。

一、大理寺寺丞

由贡监生，捐银三千七百两。由捐职大理寺寺丞，捐银二千三百七十两。由现任光禄寺署正，捐银七百二十两，候补候选者捐银八百六十两，准以双月选用。其已捐双月选用，并本职应补应选人员，捐银五百三十两，准归本班先用；加银五百三十两，准改单月即用；再加银五百三十两，准不论双单月即用。由满洲现任内阁典籍、中书、中书科中书、大理寺评事、太常寺博士、读祝官、赞礼郎、鸿胪寺鸣赞，捐银二千二百一十两；候补候选者，捐银二千四百五十两。由现任通政司经历、知事、太常寺典簿、国子监监丞、博士、助教、各部寺司库，钦天监秋官正，捐银二千七百七十两；候补候选者，捐银三千二十两。由现任詹事府主簿、光禄寺典簿、署丞、太仆寺主簿，捐银二千八百八十两；候补候选者，捐银三千四百四十两。由现任部院寺司务，捐银二千六百二十两；候补候选者，捐银二千九百三十两。由现任翰林院典簿、国子监典簿，捐银二千五百九十两；候补候选者，捐银三千二百四十两。由现任翰林院待诏、孔目、鸿胪寺主簿、工部制造库司匠，捐银三千四百一十两；候补候选者，捐银三千八百一十两。由现任刑部司狱，捐银三千五百八十两；候补候选者，捐银四千五十两。由现任七品笔帖式，捐银三千九十两；候补候选者，捐银三千二百八十两。由现任八品笔帖式，捐银三千七百三十两；候补候选者，捐银三千九百二十两。由现任九品笔帖式，捐银四千五十两，候补候选者捐银四千二百四十两，准以大理寺左右满洲寺丞用。由汉军内阁典籍、中书、太常寺博士、钦天监秋官正、笔帖式及各项小京官，俱各照前项满洲所捐银数报捐，准以大理寺汉军寺丞用。

一、治中

由贡监生，捐银六千四百两。由现任京府通判，捐银二千四百两；候补候选者，捐银二千七百两。由现任盐课司提举，捐银一千七百六十两；候补候选者，捐银二千两。由现任盐运司运判，捐银一千四百四十两；候补候选者，捐银一千六百两。由现任知州，捐银一千三百六十两；候补候选者，捐银一千五百八十两。俱准以双月选用。其已捐双月选用，并本职应补应选项人员，捐银五百三十两，准归本班先用；加银五百三十两，准改单月即用；再加银五百三十两，准不论双单月即用。

一、京府通判

由贡监生，捐银三千七百两。由外府通判，捐银八百两；候补候选者，捐银九百六十两。由现任京外知县，捐银七百二十两；候补候选者，捐银八百六十两。由现任直隶州州同，捐银一千五百七十两；候补候选者，捐银一千八百七十两。由现任通政司经历、知事、太常寺典簿，捐银一千七百一十两，候补候选者捐银一千九百七十两，准以双月选用。其已捐双月选用，并本职应补应选人员，捐银五百三十两，准归本班先用；加银五百三十两，准改单月即用；再加银五百三十两，准不论双单月即用。

一、光禄寺署正

由贡监生，捐银三千一百七十两。由捐职光禄寺署正，捐银一千八百四十两。由现任光禄寺典簿、詹事府主簿，捐银一千五百四十两；候补候选者，捐银一千八百六十两。由现任太常寺典簿，捐银一千二百两；候补候选者，捐银一千四百四十两。由现任銮仪卫经历，捐银七百二十两；候补候选者，捐银八百六十两。由现任布政司经历、理问、州同，捐银一千五百七十两，候补候选者捐银一千八百两，准以双月选用。其已捐双月选用，并本职应补应选人员，捐银三百八十两，准归本班先用；加银三百八十两，准改单月即用；再加银三百八十两，准不论双单月即用。由现任七品笔帖式，捐银二千二百七十两；候补候选者，捐银二千四百六十两。由现任八品笔帖式，捐银二千九百一十两；候补候选者，捐银三千一百两。由现任九品笔帖式，捐银三千二百三十两，候补候选者捐银三千四百二十两，准光禄寺满洲署正用。

一、兵马司指挥

由贡监生，捐银三千四十两。由候补候选兵马司指挥，捐银九百一十两。由现任兵马司副指挥，捐银一千一百四十两；候补候选者，捐银一千五百八十两。由现任直布政司理问、州同，捐银一千三百一十两，候补候选者捐银一千六百七十两，准以兵马司指挥用。

一、兵马司副指挥

由贡监生，捐银二千八十两。由候补候选兵马司指挥，捐银六百二十两。由现任布政司都事，捐银八百两；候补候选者，捐银九百六十两。由现任州判，捐银八百八十两；候补候选者，捐银一千一百一十两。由现任外府经历、外县县丞，捐银九百九十两；候补候选者，捐银一千三百两。由现任京府经历、直隶州州判，捐银六百四十两；候补候选者，捐银八百两。由现任布政司库大使、盐课大使、批验所大使、运库大使，捐银七百二十两；候补候选者，捐银八百六十两。由就职直隶州州判，捐银一千一十两，准以兵马司副指挥用。

一、中书科中书、大理寺评事、太常寺博士

由捐贡生，捐银二千三百两。由捐职中书、评事、博士，捐银一千三百两。由恩拨副岁贡生，捐银一千八百一十两。已未截取进士，捐银九百八十两。已截取举人，捐银一千一百四十两；未截取举人，捐银一千三百两；由未拣选举人，捐银一千四百六十两。由现任直隶州州同，捐银七百两；候补候选者，捐银九百八十两。由现任州学正、县教谕，捐银一千一百四十两；候补候选者，捐银八百六十两。由现任教授，捐银八百二十两；候补候选者，捐银九百八十两。由现任州学正、县教谕，捐银一千一百四十两，候补候选者捐银一千三百两，准以双月选用。其已捐双月选用，并本职应补应选人员，捐银三百二十两，准归本班先用；加银三百二十两，准改单月即用；再加银三百二十两，准不论双单月即用。由现任七品笔帖式，捐银一千二百八十两；候补候选者，捐银一千四百七十两。由现任八品笔帖式，捐银一千九百二十两；候补候选者，捐银二千一百一十两。由现任九品笔帖式，捐银二千二百四十两，候补候选者捐银二千四百三十两，准以大理寺满洲评事、太常寺满洲汉军博士用。

一、内阁中书

由已截取进士，捐银八百二十两；未截取进士，捐银九百八十两。已截取举人，捐银一千一百四十两；未截取举人，捐银一千三百两；未拣选举人，捐银一千四百六十两。由恩拨副优岁贡生，捐银一千八百九十八两。由进士出身之现任知县，捐银六百六十两；候补候选者，捐银八百二十两。由举人选补之现任知县，捐银九百八十两；候补候选者，捐银一千一百四十两。由现任进士出身之国子监学正、学录，捐银五百八十两；候补候选者，捐银六百九十两。由现任举人出身之国子监学正、学录，进士、举人出身之府教授，捐银八百二十两；候补候选者，捐银九百八十两。由现任州学正、县教谕，捐银一千一百四十两，候补候选者捐银一千三百两，准以双月选用。其已捐双月选用并本职应补应选人员，捐银三百二十两，准归本班先用；加银三百二十两，准改单月即用；再加银三百二十两，准不论双单月即用。

一、銮仪卫经历

由贡监生，捐银二千三百两。由捐职銮仪卫经历，捐银一千三百两。由现任国子监典簿、典籍、学正、学录、翰林院典簿，捐银六百三十两；候补候选者，捐银七百九拾两。由现任直隶州州同，捐银七百两，候补候选者捐银八百六十两，准以双月选用。其已捐双月选用，并本职应补应选人员，捐银三百二十两，准归本班先用；加银三百二十两，准改单月即用；再加银三百二十两，准不论双单月即用。

一、通政司经历、知事

由贡监生，捐银一千七百三十两。由捐职通政司经历、知事，捐银七百二十两。由现任詹事府主簿，捐银五百二十两，候补候选者捐银六百九十两，准以双月选用。其已捐双月选用并本职应补应选人员，捐银二百六十两，准归本班先用；加银二百四十两，准改单月即用；再加银二百四十两，准不论双单月即用。由现任七品笔帖式，捐银五百六十两；候补候选者，捐银七百五十两。由现任八品笔帖式，捐银一千二百两；候补候选者，捐银一千三百九十两。由现任九品笔帖式捐一千五百二十两，候补候选者捐银一千七百一拾两，准以通政司满洲经历知事用。

一、太常寺典簿

由贡监生，捐银一千七百三十两。由捐职太常寺典簿，捐银七百二十两。由现任詹事府主簿、光禄寺典簿、国子监学正、学录、翰林院典簿，捐银五百二十两，候补候选者捐银六百九十两，准以双月选用。其已捐双月选用并本职应补应选人员，捐银二百六十两，准归本班先用；加银二百四十两，准改单月即用；再加银二百四十两，准不论双单月即用。由现任七品笔帖式，捐银五百六十两；候补候选者，捐银七百五十两。由现任八品笔帖式，捐银一千二百两；候补候选者，捐银一千三百九十两。由现任九品笔帖式捐一千五百二十两，候补候选者捐银一千七百一拾两，准以太常寺满洲典簿用。

一、国子监博士

由已截取进士，捐银四百二十两；未截取进士，捐银五百八十两。已截取举人，捐银七百四十两；未截取举人，捐银九百两；未拣选举人，捐银一千六十两。由现任京外府教授，捐银四百二十两，候补候选者捐银五百八十两，准以双月选用。其已捐双月选用并本职应补应选人员，捐银二百六十两，准归本班先用；加银二百四十两，准改单月即用；再加银二百四十两，准不论双单月即用。

一、国子监监丞

由已截取进士，捐银四百八十两；未截取进士，捐银六百四十两。已截取举人，捐银八百两；未截取举人，捐银九百六十两；未拣选举人，捐银一千一百二十两。由现任翰林院典簿、京外府教授，捐银四百八十两，候补候选者捐银六百四十两，准以双月选用。其已捐双月选用并本职应补应选人员，捐银二百六十两，准归本班先用；加银二百四十两，准改单月即用；再加银二百四十两，准不论双单月即用。

一、部寺司务

由贡监生，捐银一千八百二十两。由捐职部寺司务，捐银一千三十两。由现任国子监典簿、典籍、学正、学录、翰林院典簿，捐银八百六十两；候补候选者，捐银一千四十两。由现任翰林院待诏，捐银九百六十两，候补候选者捐银一千一百二十两，准以双月选用。其已捐双月选用并本职应补应选人员，捐银二百四十两，准归本班先用；加银二百四十两，准改单月即用；再加银二百四十两，准不论双单月即用。由现任七品笔帖式，捐银六百四十两；候补候选者，捐银八百三十两。由现任八品笔帖式，捐银一千二百八十两；候补候选者，捐银一千四百七十两。由现任九品笔帖式捐一千六百两，候补候选者捐银一千七百九拾两，准以部院寺满洲司务用。

一、詹事府主簿

由贡监生，捐银一千三百一十两。由捐职詹事府主簿，捐银三百两，准以双月选用。其已捐双月选用并本职应补应选人员，捐银一百九十两，准归本班先用；加银一百八十两，准改单月即用；再加银一百八十两，准不论双单月即用。

一、光禄寺典簿

由贡监生，捐银一千三百一十两。由捐职光禄寺典簿，捐银三百两。由现任州判，捐银二百六十两，候补候选者捐银三百四十两，准以双月选用。其已捐双月选用并本职应补应选人员，捐银一百九十两，准归本班先用；加银一百八十两，准改单月即用；再加银一百八十两，准不论双单月即用。由现任七品笔帖式，捐银五百两；候补候选者，捐银六百九十两。由现任八品笔帖式，捐银八百五十两；候补候选者，捐银一千四十两。由现任九品笔帖式，捐九百八十两，候补候选者捐银一千一百八十两，准以光禄寺满洲典簿用。

一、国子监典簿

由贡监生，捐银一千五百一十两。由捐职国子监典簿，捐银六百三十两。由已截取之进士、已截取之举人及现任州学正、县教谕，捐银三百四十两。由未截取之进士、未截取之举人及候补候选州学正、县教谕，捐银四百三十两。未拣选之举人，捐银五百九十两，准以双月选用。其已捐双月选用并本职应补应选人员，捐银二百二十两，准归本班先用；加银二百二十两，准改单月即用；再加银二百二十两，准不论双单月即用。

一、国子监典籍

由贡监生，捐银一千五百一十两。由捐职国子监典籍，捐银七百二十两。由现任翰林院孔目，捐银四百二十两；候补候选者，捐银五百七十两。由现任州学正、县教谕，捐银三百四十两；候补候选者，捐银四百三十两。由现任直隶州州判，捐银二百二十两，候补候选者捐银八百六十两，准以双月选用。其已捐双月选用并本职应补应选人员，捐银二百二十两，准归本班先用；加银二百二十两，准改单月即用；再加银二百二十两，准不论双单月即用。

一、翰林院待诏

由贡监生，捐银九百四十两。由捐职待诏，捐银一百五十两。由举人，捐银四百三十两。由现任州学正、县教谕，捐银二百六十两，候补候选者捐银三百四十两，准以双月选用。其已捐双月选用并本职应补应选人员，捐银一百四十两，准归本班先用；加银一百三十两，准改单月即用；再加银二百二十两，准不论双单月即用。由现任七品笔帖式，捐银二百七十两；候补候选者，捐银四百二十两。由现任八品笔帖式，捐银三百七十两；候补候选者，捐银五百一十两。由现任九品笔帖式，捐银六百四十两，候补候选者捐银八百三十两，准以翰林院满洲待诏用。

一、翰林院孔目（汉孔目系具题之缺，先尽应补人员。如应补无人，双月用考取，二缺之后用捐纳一人；单月用考取，一缺之后用捐纳一人。）

由贡监生，捐银九百四十两。由捐职孔目，捐银六百两。由恩拨副贡，捐银三百八十两。由现任训导，捐银三百六十两，候补候选者捐银五百四十两，准以双月选用。其已捐双月选用，并本职应补应选人员，捐银一百四十两，准归本班先用；加银一百三十两，准改单月即用；再加银二百二十两，准不论双单月即用。由现任七品笔帖式，捐银二百七十两；候补候选者，捐银四百二十两。由现任八品笔帖式，捐银三百七十两；候补候选者，捐银五百一十两。由现任九品笔帖式，捐银六百四十两，候补候选者捐银八百三拾两，准以翰林院满洲孔目用。

一、部寺司库

由现任七品笔帖式，捐银七百二十两；候补候选者，捐银九百一十两。由现任八品笔帖式，捐银一千三百六十两；候补候选者，捐银一千五百五十两。由现任九品笔帖式，捐银一千六百八十两，候补候选者捐银一千八百七十两，准以司库补用。

一、鸿胪寺主簿、工部制造库司匠

由现任七品笔帖式，捐银二百七十两；候补候选者，捐银四百二十两。由现任八品笔帖式，捐银三百七十两；候补候选者，捐银五百一十两。由现任九品笔帖式，捐银六百四十两，候补候选者捐银八百三拾两，准以鸿胪寺主簿、工部司匠用。

一、七、八、九品笔帖式

由举贡生监官学生义学生，捐银三百八十两。各项注册候考并未满年限之库使缮本人员，捐银二百九十两。现在考取、议叙、缮本各班候补笔帖式，捐银一百九十两，准以笔帖式补用。以上各项捐纳人员，于考取班后，另立一班补用。俟补用后，无论已未满三年遇考、现任笔帖式时，一体考试。旧班捐纳笔帖式未得补用人员，亦照注册候考人员例，一体捐用。

一、刑部司狱、兵马司吏目

由贡监生，捐银二百九十两。其本职应补应选人员并候补候选之从九品，指捐刑部司狱候补候选之未入流、指捐兵马司吏目，各捐银二百四十两。已满未考吏，捐银三百一十两，未满吏，捐银三百四十两，准其补用。

筹赈事例

满汉在外文职各官

一、道员

由贡监生，捐银一万三千一百二十两。由捐职道员，捐银一万一百一十两。由现任知府，捐银二千两；候补候选者，捐银二千八百两。由现任郎中，捐银三千五百二十两；候补候选者，捐银五千四百四十两，俱准以双月选用。其已捐双月选用并本职应补应选人员，捐银九百六十两，准归本班先用；加银九百六十两，准改单月即用；再加银九百六十两，准不论双单月即用。

一、知府

由贡监生，捐银一万六百四十两。由捐职知府，捐银八千二百四十两。由现任郎中，捐银一千八百四十两；候补候选者，捐银二千九百六十两。由现任员外郎、内阁侍读，捐银二千六百四十两；候补候选者，捐银四千二百四十两。由现任直隶州知州，捐银二千九百一十两；候补候选者，捐银三千八百七十两。由现任治中、同知，捐银三千六百两，候补候选者捐银五千一百八十两，准以双月选用。其已捐双月选用并本职应补应选人员，捐银八百八十两，准归本班先用；加银八百八十两，准改单月即用；再加银八百八十两，准不论双单月即用。

一、盐运司运同

由贡监生，捐银九千六百两。由捐职盐运司运同，捐银七千六百两。由现任治中、同知，捐银三千三百六十两；候补候选者，捐银四千一百四十两。由现任知州，捐银四千一百六十两；候补候选者，捐银四千七百八十两。由现盐运司运副、盐课司提举，捐银四千八百两，候补候选者捐银六千两，准以双月选用。其已捐双月选用并本职应补应选人员，捐银八百两，准归本班先用；加银八百两，准改单月即用；再加银八百两，准不论双单月即用。

一、直隶州知州

由贡监生，捐银六千七百七十两。由现任满汉主事、都察院满汉都事、满汉经历、大理寺满汉寺丞、太常寺满汉寺丞、外县知县，捐银二千二百七十两；候补候选者，捐银三千七十两。由现任光禄寺满署正，捐银二千四百五十两；候补候选者，捐银三千六百两。由现任知州，捐银一千七百六十两，候补候选者捐银一千九百五十两，准以双月选用。其已捐双月选用并本职应补应选人员，捐银五百六十两，准归本班先用；加银五百六十两，准改单月即用；再加银五百六十两，准不论双单月即用。

一、同知

由贡监生，捐银五千四百六十两。由捐职同知，捐银三千八百六十两。由现任大理寺寺丞、京府通判、京外知县，捐银一千四百四十两；候补候选者，捐银一千七百六十两。由现任盐课司提举、盐运司运副，捐银一千六百五十两；候补候选者，捐银一千八百六十两。由现任兵马司正指挥，捐银二千五百六十两；候补候选者，捐银三千三百三十两。由现任中书科中书、大理寺评事、太常寺博士、銮仪卫经历、内阁典籍、内阁中书，捐银二千三百五十两；候补候选者，捐银三千一百五十两。由现任部寺司务、直隶州州同，捐银二千九百一十两；候补候选者，捐银三千六百三十两。由现任通判，捐银二千一百三十两；候补候选者，捐银二千七百二十两。由现任光禄寺署正，捐银一千九百四十两；候补候选者，捐银二千二百九十两。由现任通政司经历、知事、太常寺典簿、国子监监丞、博士、助教，捐银二千九百九十两，候补候选者捐银三千七百三十两，准以双月选用。其已捐双月选用并本职应补应选人员，捐银五百三十两，准归本班先用；加银五百三十两，准改单月即用；再加银五百三十两，准不论双单月即用。

一、知州

由贡监生，捐银四千八百二十两。由通判，捐银一千四百九十两；候补候选者，捐银二千八百十两。由现任盐运司运判，捐银一千二百二十两；候补候选者，捐银一千九百两。由现任知县，捐银一千二百八十两；候补候选者，捐银一千七百六十两。由现任布政司经历、理问、州同，捐银二千八百五十两；候补候选者，捐银三千四百五十两。由现任直隶州州同，捐银二千二百七十两，候补候选者捐银二千九百九十两，准以双月选用。其已捐双月选用并本职应补应选人员，捐银五百三十两，准归本班先用；加银五百三十两，准改单月即用；再加银五百三十两，准不论双单月即用。

盐运司运副运判：（俱系在外题补之缺，奏准先尽捐纳人员补用。俟用完之日，再行拣选题补。）

一、盐运司运副

由贡监生，捐银四千八百两。由候补候选运副，捐银一千四百四十两。由现任通判，捐银一千七百九十两；候补候选者，捐银二千六十两。由现任知县、盐运司运判，捐银二千七百二十两；候补候选者，捐银二千八百八十两。由现任州同，捐银三千一百五十两；候补候选者，捐银三千四百三十两，俱准以盐运司运副补用。

一、盐运司运判

由贡监生，捐银四千一百六十两。由候补候选运判，捐银一千二百五十两。由现任兵马司副指挥，捐银二千三百两；候补候选者，捐银二千七百两。由现任知县，捐银一千六百八十两；候补候选者，捐银一千九百二十两。由现任盐课大使、布政司库大使，捐银二千四百两；候补候选者，捐银二千七百二十两。由现任按察司经历、京府经历、直隶州州判，捐银二千五百六十两；候补候选者，捐银二千八百八十两。由现任州判，捐银二千七百六十两；候补候选者，捐银三千一百九十两。由现任外府经历、县丞，捐银二千九百九十两；候补候选者，捐银三千一百八十两。由现任汉军八品笔帖式，捐银三千一百四十两；候补候选者，捐银三千三百三十两。由就职直隶州州判，捐银三千四十两，俱准以盐运司运判补用。

一、盐课司提举

由贡监生，捐银三千六百两。由现任通判，捐银八百两；候补候选者，捐银九百九十两。由现任盐运司运判，捐银一千四百四十两；候补候选者，捐银一千六百三十两。由现任州同，捐银一千九百五十两，候补候选者捐银二千二百三十两，准以双月选用。其已捐双月选用，并本职应补应选人员，捐银四百两，准归本班先用；加银四百两，准改单月即用；再加银四百两，准不论双单月即用。

一、通判

由贡监生，捐银二千七百四十两。由捐职通判，捐银一千四百六十两。由现任布政司经历、理问、州同，捐银一千一百七十两；候补候选者，捐银一千三百七十两。由现任按察司经历，捐银一千三百两；候补候选者，捐银一千四百六十两。由现任直隶州州同，捐银一千一百四十两；候补候选者，捐银一千三百一十两。由现任詹事府主簿、光禄寺典簿、国子监学正、学录，捐银一千二百六十两；候补候选者，捐银一千四百二十两。由现任翰林院典簿、国子监典簿、汉军八品笔帖式，捐银一千七百一十两；候补候选者，捐银一千九百两。由现任兵马司副指挥、京县县丞，捐银一千五百四十两，候补候选者捐银一千七百三十两，俱准以双月选用。其已捐双月选用并本职应补应选人员，捐银三百八十两，准归本班先用；加银三百八十两，准改单月即用；再加银三百八十两，准不论双单月即用。

一、知县

由贡监生，捐银三千七百两。由现任兵马司副指挥、京县县丞，捐银一千七百六十两；候补候选者，捐银二千二百四十两。由现任布政司库大使、盐课大使、教授，捐银一千六百二十两；候补候选者，捐银二千二十两。由现任京府经历、按察司经历、学正、教谕、直隶州州判，捐银一千九百四十两；候补候选者，捐银二千四百二十两。由现任布政司都事、盐运司经历，捐银二千一百两；候补候选者，捐银二千五百八十两。由现任按察司知事、外府经历、县丞，捐银二千五百三十两；候补候选者，捐银二千九百一十两。由现任汉军七品笔帖式，捐银二千三十两；候补候选者，捐银二千二百二十两。由现任州判，捐银二千三百两；候补候选者，捐银二千七百三十两。由就职直隶州州判，捐银三千六十两，准以双月选用。其已捐双月选用并本职应补应选人员，捐银五百三十两，准归本班先用；加银五百三十两，准改单月即用；再加银五百三十两，准不论双单月即用。

一、满洲笔帖式记名以知县用者，捐银一千六百两，未记名者捐银二千四百两，候补候选者捐银二千五百九十两，准以知县双月选用。

一、未经截取之进士捐银一千六百两，未经截取之举人捐银二千二百四十两，未经拣选之举人捐银二千四百两，准归双月以知县先用；加银五百三十两，准改单月即用；再加银五百三十两，准不论双单月即用。至满洲、蒙古、汉军进士，照汉进士之例，一体报捐。其满洲、蒙古、汉军举人，亦应照汉举人之例，分别已未拣选报捐。

一、直隶州州同

由已截取举人，捐银六百二十两，未截取举人捐银八百二十两，未拣选举捐银一千一十两，准以双月选用。其已捐双月选用并本职应补应选人员，捐银二百四十两，准归本班先用；加银二百四十两，准改单月即用；再加银二百四十两，准不论双单月即用。

一、布政司理问

由贡监生，捐银一千三百七十两。由捐职布政司理问，捐银一千一百三十两。由现任布政司都事、盐运司经历，捐银三百七十两；候补候选者，捐银五百两。由现任直隶州州判、州判，捐银四百二十两；候补候选者，捐银五百四十两。由现任外县县丞，捐银四百五十两；候补候选者，捐银五百八十两。由就职直隶州州判，捐银六百八十两，准以双月选用。其已捐双月选用并本职应补应选人员，捐银二百八十两，准归本班先用；加银二百八十两，准改单月即用；再加银二百八十两，准不论双单月即用。

一、布政司经历

由贡监生，捐银一千三百七十两。由捐职布政司经历，捐银一千一百三十两。由现任布政司都事、盐运司经历，捐银三百七十两；候补候选者，捐银五百两。由现任直隶州州判、州判，捐银四百二十两；候补候选者，捐银五百四十两。由就职直隶州判，捐银六百八十两，准以双月选用。其已捐双月选用并本职应补应选人员，捐银二百八十两，准归本班先用；加银二百八十两，准改单月即用；再加银二百八十两，准不论双单月即用。

一、按察司经历

由贡监生，捐银一千二百八十两。由捐职按察司经历，捐银一千八十两。由现任外县县丞、外府经历、鸿胪寺主簿，捐银三百四十两；候补候选者，捐银五百两。由现任直隶州州判、州判，捐银二百七十两；候补候选者，捐银三百八十两。由现任布政司都事，捐银二百二十两；候补候选者，捐银二百九十两。由就职直隶州州判，捐银五百九十两，准以双月选用。其已捐双月选用并本职应补应选人员，捐银二百四十两，准归本班先用；加银二百四十两，准改单月即用；再加银二百四十两，准不论双单月即用。

一、京府经历

由贡监生，捐银一千二百八十两。由现任外县县丞，捐银三百四十两；候补候选者，捐银五百两。由就职直隶州州判，捐银五百九十两，准以双月选用。其已捐双月选用并本职应补应选人员，捐银二百四十两，准归本班先用；加银二百四十两，准改单月即用；再加银二百四十两，准不论双单月即用。

一、布政司都事

由贡监生，捐银一千一百二十两。由捐职布政司都事，捐银九百二十两。由现任布政司照磨，捐银三百四十两；候补候选者，捐银五百两。由现任外县县丞，捐银二百七十两；候补候选者，捐银三百四十两。由就职直隶州州判，捐银五百九十两，准以双月选用。其已捐双月选用并本职应补应选人员，捐银二百四十两，准归本班先用；加银二百四十两，准改单月即用；再加银二百四十两，准不论双单月即用。

一、盐运司经历

由贡监生，捐银一千一百二十两。由捐职盐运司经历，捐银九百二十两。由现任外府经历、外县县丞，捐银二百七十两；候补候选者，捐银三百四十两。由就职直隶州州判，捐银五百九十两，准以双月选用。其已捐双月选用并本职应补应选人员，捐银二百四十两，准归本班先用；加银二百四十两，准改单月即用；再加银二百四十两，准不论双单月即用。

一、直隶州州判

由恩拨副贡，捐银七百七十两，准以双月选用。其已捐双月选用并本职应补应选人员，捐银一百四十两，准归本班先用；加银一百四十两，准改单月即用；再加银一百四十两，准不论双单月即用。

一、盐课大使、布政司库大使、批验所大使、运库大使

由贡监生，捐银二千四百两。由候补候选盐库各大使，捐银七百二十两。由捐职盐库各大使，捐银二千二百四十两。由已经拣选举人，捐银一千四十两；由未经拣选举人，捐银一千二百两。恩拨副贡考授职衔并候补候选之州同，布政司经历、理问，直隶州州判、州判，捐银一千五百二十两。由就职直隶州州判，捐银一千六百八十两。由候补候选之布政司都事、按察司经历、盐运司经历、按察司知事、外府经历、县丞，捐银一千八百四十两，准其补用。

一、外府经历

由贡监生，捐银七百八十两。由捐职府经历，捐银六百二十两。由现任会同馆大使、鸿胪寺鸣赞、按察司照磨、府知事、县主簿、训导，捐银二百三十两，候补候选者捐银三百两，准以双月选用。其已捐双月选用并本职应补应选人员，捐银一百三十两，准归本班先用；加银一百三十两，准改单月即用；再加银一百三十两，准不论双单月即用。

一、按察司知事

由贡监生，捐银七百八十两。由捐职按察司知事，捐银六百二十两。由现任按察司照磨、府知事、县主簿，捐银二百三十两；候补候选者，捐银三百两。由现任府照磨，捐银五百两，候补候选者捐银六百四十两，准以双月选用。其已捐双月选用并本职应补应选人员，捐银一百三十两，准归本班先用；加银一百三十两，准改单月即用；再加银一百三十两，准不论双单月即用。

一、盐运司知事

由贡监生，捐银七百二十两。由捐职盐运司知事，捐银五百六十两。由现任县主簿，捐银一百六十两，候补候选者捐银二百四十两，准以双月选用。其已捐双月选用并本职应补应选人员，捐银一百三十两，准归本班先用；加银一百三十两，准改单月即用；再加银一百三十两，准不论双单月即用。

一、布政司照磨

由贡监生，捐银六百二十两。由捐职布政司照磨，捐银四百六十两。由现任府照磨，捐银三百四十两，候补候选者捐银四百八十两，准以双月选用。其已捐双月选用并本职应补应选人员，捐银一百三十两，准归本班先用；加银一百三十两，准改单月即用；再加银一百三十两，准不论双单月即用。

一、按察司照磨

由贡监生，捐银四百八十两。由捐职按察司照磨，捐银三百八十两。由现任府照磨，捐银一百九十两，候补候选者捐银三百四十两，准以双月选用。其已捐双月选用，并本职应补应选人员，捐银一百两，准归本班先用；加银一百两，准改单月即用；再加银一百两，准不论双单月即用。

一、府知事

由贡监生，捐银四百八十两。由捐职府知事，捐银三百八十两。由现任州吏目，捐银一百三十两；候补候选者，捐银一百九十两。由现任刑部司狱、京府库大使、兵马司吏目、宣课司大使、司府司狱、府税课大使、府照磨、府检校、道库大使，捐银一百九十两，候补候选者捐银三百四十两，准以双月选用。其已捐双月选用并本职应补应选人员，捐银一百两，准归本班先用；加银一百两，准改单月即用；再加银一百两，准不论双单月即用。

一、州吏目

由贡监生，捐银二百九十两。由捐职吏目，捐银一百九十两。由现任兵马司吏目、宣课司大使、礼部铸印局大使、京外县典史、崇文门副使、巡检、关大使府检校、长官司吏目、茶引批验所大使、府仓大使、盐茶大使、同知库大使、州库大使、税课司分司大使、州县税课司大使、驿丞、河泊所所官、各闸闸官，捐银一百两，候补候选者捐银一百四十两，准以双月选用。其已捐双月选用并本职应补应选人员，捐银一百两，准归本班先用；加银一百两，准改单月即用；再加银一百两，准不论双单月即用。

一、从九品、未入流

从九品：京外府照磨、宣课司大使、道库大使、府税课司大使、按察司司狱、府司狱、巡检府仓大使。

未入流：礼部铸印局大使、京外县典史、崇文门副使、关大使、府检校、长官司吏目、茶引批验大使、府库大使、盐茶大使、州库大使、州税课大使、县税课大使、税课司分司大使、驿丞、河泊所所官、各闸闸官、道仓大使、州仓大使、县仓大使

由贡监生，捐银一百四十两。其考选、议叙之应补应先人员，捐银一百两。由已满未考职吏，捐银一百七十两。历役未满吏，捐银一百九十两。由捐职从九品、未入流，捐银一百七十两，俱准以双月先用；加银七十两，准改单月即用；再加银七十两，准不论双单月即用。再查候补从九品、未入流，有情愿于本项内应升之缺指项报捐者，照贡监生初捐

之例报捐，仍与统捐从九品、未入流人员统较日期先后选用。

一、复设教谕

由候补候选教谕，捐银二百四十两。由举人，捐银二百九十两。由未经就教之恩拨副贡，捐银四百二十两。由现任训导，捐银四百二十两，候补候选者捐银五百一十两，准以双月先用；加银一百三十两，准改单月即用；再加银一百三十两，准不论双单月即用。

一、复设训导

由候补候选训导，捐银一百六十两。由未经就教之岁贡生，捐银一百九十两。由廪生，捐银二百二十两。由曾生捐贡，捐银二百八六两。由附生捐贡，捐银三百三十两，准以双月先用；加银一百三十两，准改单月即用；再加银一百三十两，准不论双单月即用。

一、州同

由贡监生，捐银一千二百七十两。由捐职州同，捐银一千一百三十两。由现任布政司都事、盐运司经历、直隶州州判、州判、京府经历、汉军九品笔帖式，捐银四百八十两；候补候选者，捐银五百八十两。由就职直隶州州判，捐银七百四十两。由现任兵马司副指挥、京县县丞，捐银三百八十两，候补候选者捐银四百八十两，准以双月选用。其已捐双月选用，并本职应补应选人员，捐银二百八十两，准归本班先用；加银二百八十两，准改单月即用；再加银二百八十两，准不论双单月即用。

一、州判

由贡监生，捐银一千一百二十两。由捐职州判，捐银九百二十两。由现任外府经历、外县县丞、训导、鸿胪寺主簿、鸣赞、汉军九品笔帖式、按察司知事、布政司照磨、府知事、县主簿，捐银三百八十两，候补候选者捐银四百八十两，准以双月选用。其已捐双月选用并本职应补应选人员，捐银二百四十两，准归本班先用；加银二百四十两，准改单月即用；再加银二百四十两，准不论双单月即用。

一、县丞

由贡监生，捐银七百八十两。由捐职县丞，捐银六百二十两。由现任会同馆大使、鸿胪寺鸣赞、序班、刑部司狱、汉军九品笔帖式、布政司照磨、盐运司知事、按察司照磨、府知事、县主簿、府照磨、训导，捐银二百四十两，候补候选者捐银二百九十两，准以双月选用。其已捐双月选用并本职应补应选人员，捐银一百三十两，准归本班先用；加银一百三十两，准改单月即用；再加银一百三十两，准不论双单月即用。

一、县主簿

由贡监生，捐银四百八十两。由捐职主簿，捐银三百八十两。由现任鸿胪寺序班、刑部司狱、府税课司大使、宣课司大使、兵马司吏目、司府司狱、州吏目、府仓大使、巡检、京外典史，捐银一百四十两，候补候选者捐银一百九十两，准以双月选用。其已捐双月选用并本职应补应选人员，捐银一百两，准归本班先用；加银一百两，准改单月即用；再加银一百两，准不论双单月即用。

以上官阶各条，俱注有由贡监生径捐银数至递捐人员。凡系原由贡监生报捐者，不拘现在递捐何官，核其初捐、递捐所交双月银两与现捐官衔、本条径由贡监生应捐银数，如有短少，令其查照补足，以防避多就少之弊。

筹赈事例

京外各官加捐专条

一、由现任国子监博士加捐太常寺典簿，银七百两；候补候选者，捐银九百两，准以双月选用。加银二百六十两，准归本班先用；加银二百四十两，准改单月即用；再加银二百四十两，准不论双单月即用。

一、由现任副指挥加捐布政司经历、理问，银六百五十两；候补候选者，捐银七百四十两，准以双月选用。加银二百八十两，准归本班先用；加银二百八十两，准改年〔单〕月即用；再加银二百八十两，准不论双单月即用。

一、由现任京府经历加捐布政司经历、理问，银七百四十两；候补候选者，捐银八百四十两，准以双月选用。加银二百八十两，准归本班先用；加银二百八十两，准改单月即用；再加银二百八十两，准不论双单月即用。

一、由现任京县县丞加捐布政司理问，银六百五十两；候补候选者，捐银七百四十两，准以双月选用。加银二百八十两，准归本班先用；加银二百八十两，准改单月即用；再加银二百八十两，准不论双单月即用。

一、由现任国子监典簿加捐詹事府主簿，银五百四十两；候补候选者，捐银六百四十两，准以双月选用。加银一百九十两，准归本班先用；加银一百九十两，准改单月即用；再加银一百九十两，准不论双单月即用。

一、由现任翰林院孔目加捐翰林院待诏，银四百六十两；候补候选者，捐银五百六十两，准以双月选用。加银一百四〔三〕十两，准归本班先用；加银一百三十两，准改单月即用；再加银一百三十两，准不论双单月即用。

一、由现任盐运司运同加捐知府，银二千七百二十两；候补候选者，捐银三千五百二十两，准以双月选用。加银八百八十两，准归本班先用；加银八百八十两，准改单月即用；再加银八百八十两，准不论双单月即用。

一、由现任知州加捐同知，银一千一百两；候补候选者，捐银一千三百两，准以双月选用。加银五百三十两，准归本班先用；加银五百三十两，准改单月即用；再加银五百三十两，准不论双单月即用。

一、由现任知县加捐中书科中书、大理寺评事、太常寺博士、銮仪卫经历，银八百六十两；候补候选者，捐银一千二十两，准以双月选用。加银三百二十两，准归本班先用；加银三百二十两，准改单月即用；再加银三百二十两，准不论双单月即用。加捐兵马司指挥，银四百八十两；候补候选者，捐银六百四十两，准以指挥用。加捐通政司经历、知事，银七百两；候补候选者，捐银九百两，准以双月选用。加银二百六十两，准归本班先用；加银二百四十两，准改单月即用；再加银二百四十两，准不论双单月即用。加捐通判，银一千一百四十两；候补候选者，捐银一千六百三十两，准以双月选用。加银三百八十两，准归本班先用；加银三百八十两，准改单月即用；再加银三百八十两，准不论双单月即用。

一、由现任运判加捐兵马司指挥，银四百八十两；候补候选者，捐银六百四十两，准以指挥用。加捐光禄寺署正、通判，一千四百四十两；候补候选者，捐银一千六百三十两，准以双月选用。加银三百八十两，准归本班先用；加银三百八十两，准改单月即用；再加银三百八十两，准不论双单月即用。

一、由现任直隶州州同加捐通政司经历、知事，银七百两；候补候选者，捐银九百两，准以双月选用。加银二百六十两，准归本班先用；加银二百四十两，准改单月即用；再加银二百四十两，准不论双单月即用。

一、由现任直隶州州判加捐翰林院待诏，银四百六十两；候补候选者，捐银五百六十两，准以双月选用。加银一百四十两，准归本班先用；加银一百三十两，准改单月即用；再加银一百三十两，准不论双单月即用。

一、由现任按察司经历加捐布政司经历，银六百五十两；候补候选者，捐银七百四十两，准以双月选用。加银二百八十两，准归本班先用；加银二百八十两，准改单月即用；再加银二百八十两，准不论双单月即用。

一、由现任盐运司知事加捐外府经历、按察司知事，银二百九十两；候补候选者，捐银三百四十两，准以双月选用。加银一百三十两，准归本班先用；加银一百三十两，准改单月即用；再加银一百三十两，准不论双单月即用。

一、由现任布政司照磨加捐按察司知事，银二百九十两；候补候选者，捐银三百四十两，准以双月选用。加银一百三十两，准归本班先用；加银一百三十两，准改单月即用；再加银一百三十两，准不论双单月即用。

一、由现任府知事加捐按察司照磨，银一百四十两；候补候选者，捐银一百九十两，准以双月选用。加银一百两，准归本班先用；加银一百两，准改单月即用；再加银一百两，准不论双单月即用。

京官改捐外官专条

一、满洲小京官，例得以外省同知通判升用。今应用同知通判人员，如有情愿报捐者，准其照汉小京官之例加捐。同知改捐通判现任各员，照现任汉中书、评事、博士之例，捐银二千三百五十两，准以同知双月选用。捐银七百二十两，准以通判改用。候补候选各员，照候补候选汉中书、评事、博士之例，捐银三千一百五十两，准以同知双月选用。捐银八百二十两，准以通判改用。

一、在京主事及大理寺寺丞以下等官，旧例有改捐外省同知等官之条。今新增小京官改捐知县数项，如有情愿改捐者，准其一体报捐。

一、同知　由现任满汉主事都事，捐银一千九百七十两，候补候选者捐银二千二百九十两，准改同知双月本班先用。加银五百三十两，准改单月即用；再加银一百两，准不论双单月即用。

一、知州　由现任大理寺寺丞、京府通判，捐银一千三百三十两；候补候选者，捐银一千六百五十两。由现任兵马司指挥、京县知县，捐银二千一百四十两；候补候选者，捐银三千二百二十两。由现任光禄寺署正，捐银一千九百四十两；候补候选者，捐银二千一百八十两。由现任中书科中书、大理寺评事、太常寺博士、銮仪卫经历、内阁典籍、中书，捐银二千六百四十两；候补候选者，捐银三千四十两。由现任通政司经历、知事、太常寺典簿、国子监监丞、博士、助教，捐银三千一百四十两；候补候选者，捐银三千六百二十两。由现任部寺司务，捐银三千四十两；候补候选者，捐银三千五百二十两。俱准改知州双月本班先用。加银五百三十两，准改单月即用；再加银一百两，准不论双单月即用。

一、提举　由现任兵马司指挥、京县知县，捐银一千六百三十两；候补候选者，捐银一千八百七十两。由现任光禄寺署正，捐银七百五十两；候补候选者，捐银八百三十两。由现任中书科中书、大理寺评事、太常寺博士、銮仪卫经历、内阁典籍、中书，捐银一千五百四十两；候补候选者，捐银一千七百两。由现任部寺司务，捐银一千九百四十两；候补候选者，捐银二千一百八十两。由现任通政司经历、知事、太常寺典簿、国子监监丞、博士、助教，捐银二千三十两；候补候选者，捐银二千二百七十两。俱准改提举双月本班先用。加银四百两，准改单月即用；再加银四百两，准不论双单月即用。

一、运副　由现任大理寺寺丞、京府通判，捐银九百四十两；候补候选者，捐银一千一百两。由现任兵马司指挥、京县知县，捐银二千三百五十两；候补候选者，捐银二千六百七十两。由现任光禄寺署正，捐银一千四百七十两；候补候选者，捐银一千六百三十两。由现任中书科中书、大理寺评事、太常寺博士、銮仪卫经历、内阁典籍、中书，捐银二千二百六十两；候补候选者，捐银二千五百两。由现任通政司经历、知事、太常寺典簿、国子监监丞、博士、助教，捐银二千九百一十两；候补候选者，捐银三千七十两。由现任部寺司务，捐银二千八百二十两；候补候选者，捐银二千九百八十两。俱准改盐运司运副补用。

一、通判　由现任兵马司指挥、京县知县，捐银八百三十两；候补候选者，捐银九百九十两。由现任中书科中书、大理寺评事、太常寺博士、銮仪卫经历、内阁典籍、中书，捐银七百二十两；候补候选者，捐银八百二十两。由现任通政司经历、知事、太常寺典簿、国子监监丞、博士、助教，捐银一千二百三十两；候补候选者，捐银一千三百九十两。由现任部寺司务，捐银一千二百两；候补候选者，捐银一千三百两。俱准改通判双月本班先用。加银三百八十两，准改单月即用；再加银三百八十两，准不论双单月即用。

一、知县　由现任国子监学正、学录，捐银二千三百一十两；候补候选者，捐银二千七百一十两。由现任詹事府主簿、光禄寺典簿，捐银二千四百三十两；候补候选者，捐银二千九百一十两。由现任翰林院待诏，捐银二千八百两；候补候选者，捐银三千二百八十两。由现任太常寺典簿，捐银二千一百四十两；候补候选者，捐银二千五百两。由现任部寺司务，捐银二千六十两；候补候选者，捐银二千四百两。由现任国子监典簿、国子监典籍，捐银二千三百三十两；候补候选者，捐银二千七百一十两。由现任翰林院孔目，捐银二千八百两；候补候选者，捐银三千二百八十两。由现任汉鸿胪寺主簿，捐银三千四百二十两。由现任司库，捐银二千三十两；候补候选者，捐银二千三百七十两。由现任满鸿胪寺主簿，捐银二千三百一十两；候补候选者，捐银二千七百两。俱准改知县双月本班先用。加银五百三十两，准改单月即用；再加银五百三十两，准不论双单月即用。

一、运判　由现任詹事府主簿、光禄寺典簿，捐银二千三百七十两；候补候选者，捐银二千八百五十两。准改盐运司运判补用。

筹赈事例

内外武职各官

一、参将

由现任游击，捐银一千一百二十两；候补候选者，捐银一千四百四十两。俱归双月以参将即用。

一、游击

由现任都司，捐银九百六十两；候补候选者，捐银一千二百八十两。俱归双月以游击即用。

一、都司

由监生武生，捐银三千六百两。由捐职都司，捐银二千八百八十两。由现任营守备，捐银八百两；候补候选者，捐银一千六百两；已捐营守备即用者，捐银一千一百二十两。现任卫守备，捐银八百两；候补候选者，捐银一千六百两；已捐卫守备即用者，捐银一千一百二十两。俱归双月以都司即用。

一、营守备

由监生武生，捐银二千一百六十两。由捐职营守备，捐银一千六百八十两。由候补候选营守备及奉旨以营守备用之现任所门卫千总，捐银六百四十两；候补候选卫守备以卫用之所门卫千总，捐银八百两。未经拣选武进士，并现任未经分别营卫之守御所千总，捐银九百六十两；候补候选守御所千总，捐银一千二百八十两。现任营千总、未经分别营卫之门卫千总、效劳未满差官、效劳未满提塘，捐银一千一百二十两；候补候选营卫门千总，捐银一千六百两。俱准归双月以营守备即用。再，发回本省候题候推宫守备，捐银三百二十两，仍归单月二升班内，以营守备用。现任营千总捐银六百四十两，候补营千总并捐分发营千总捐银九百六十两，仍归单月一升班内，以营守备用。再查从前武进士有一、二、三等之分，是以豫工例内定以捐银六百两作为一等，捐银四百两作为二等，俱准归现在以营用之分发投供武进士班内，以营守备相间轮用。今武进士分别等第之处，业经奉旨删除，其从前拣选三等武进士及奉旨以卫用之武进士，应捐银四百八十两，俱准以营缺选用，仍归现在以营用之分发投供武进士班内，以营守备相间轮用。

一、单月卫守备　由奉旨以卫缺用之现任守御所千总，捐银八百两。门卫千总，捐银九百六十两。未经分别营卫之现任守御所千总，捐银一千三百九十两。准归单月，以卫守备即用。

一、双月卫守备

由监生武生，捐银二千五百九十两。由捐职卫守备，捐银二千一百一十两。由候补候选卫守备及以卫用之武进士，捐银八百两。未经拣选武进士，捐银一千一百二十两。候补候选守御所千总，捐银一千五百二十两。候补候选营卫门千总，捐银一千九百二十两。俱准归双月，以卫守备即用。

一、守御所千总

由各项候补候选守御所千总，捐银四百两。已经拣营卫武举及候补候选营卫六千总、效力未满差官，捐银五百六十两。未经拣选武举，捐银六百四十两。再，已捐守御所千总职衔人员，由已经拣选武举，捐银四百两，未经拣选武举，捐银四百八十两，亦准其不论双单月，以守卫所千总即用。

一、卫千总

由监生武生，捐银六百七十两。由捐职卫千总，捐银四百七十两。由各项候补候选营卫门千总，捐银二百九十两。未经拣选汉军汉人武举，捐银三百八十两。俱准其不论双单月，以卫千总即用。

一、门千总

由汉军监生武生，捐银六百二十两。各项候补候选门千总，捐银二百四十两。未经拣选汉军武举，捐银三百四十两。已经拣选以卫用之汉军武举，捐银三百两。俱准其归入双月，以门千总即用。

一、营千总

由监生武生，捐银五百六十两。由捐职营千总，捐银三百九十两。由拣选一二等，以营千总用，未经分发效力过之武举及现任把总，捐银二百二十两。拣选三等，以卫千总用，及未经拣选武举并候补把总，捐银三百两。俱准其分发本省，以千总拔补。由现任把总并随营候补把总捐升者，仍留该省，遇缺拔补。

一、把总

由监生武生，捐银三百四十两。由捐职把总，捐银二百四十两。拣选三等卫用及未经拣选武举，捐银二百一十两。俱准其分发本省，以把总拔补。（以上捐纳各项武职人员，已经选授得缺，于未到任之先，有愿捐升者，照现任之例，再加银二百两，免其到任，准其一体报捐升用。）

筹赈事例

京外文武各官分发条款

一、文职京官、郎中以及笔帖式人员，本例内已捐至不论双单月即用者，郎中捐银八百两，员外郎捐银六百四十两，主事捐银四百八十两，准其知照吏部，请旨简派大臣验看，分发各部学习行走，仍令投供，按次铨选。其由进士出身者，方准分发吏、礼二部学习。如有才具出众之员，准该堂官于各司应选之缺，照例保题补用。至捐纳小京官新班，捐至不论双单月即用者，捐银三百二十两，笔帖式捐银一百八十两，准其先在部院各衙门学习行走，均照郎中、员外郎、主事之例，其未得缺之前，照例支给公费，不必给与俸禄；有愿赴乡会试者，仍准赴试。

一、文职外官、道府以及佐贰杂职人员，本例内已捐至不论双单月即用者，道员捐银一千四百四十两，知府捐银一千二百八十两，直隶州知州捐银一千一百二十两，知州、知县捐银九百六十两，盐运司运同捐银一千二百八十两，盐课司提举、盐运司运副、运判捐银一千一百二十两，同知、通判捐银六百四十两，盐课大使、批验所大使、布政司库大使、运库大使，捐银四百八十两，六品佐贰官捐银二百四十两，七八品佐贰官捐银一百六十两，教谕捐银一百六十两，训导捐银一百三十两，九品以下考选、议叙各班捐银一百二十两，各旧例捐纳过班及新捐人员捐银二百二十两，俱准其知照吏部，请旨简派大臣验看，分发试用。

一、武职卫守备，新例内已捐至双月即用者，捐银六百四十两，守御所千总、卫千总，新例内已捐至不论双单月即用者，守御所千总加捐银二百四十两，卫千总加捐银一百六十两，准其知照兵部，考验弓马，带领引见，分发漕标试用。

一、绿营武职守备以上各官，新例内已捐到双月即用者，参将捐银七百二十两，游击捐银六百四十两，都司捐银五百六十两，守备捐银四百八十两，准其知照兵部，考验弓马，带领引见，分发试用。

道光己酉灾案

清抄本

（清）佚名 编

李文海 贾国静 点校

道光己酉灾案

会奏查办各属被水安抚贫民夹片

再，本年自闰四月初旬起至五月止，两月之中，雨多晴少，纵有微阳，不敌连朝倾注。平地水深数尺，低区不止丈余，一片汪洋，仅见树梢屋角。二麦既败于垂成，禾苗更伤于未种。民力多方宣泄，无计不施，而水势有长无消。工本徒费，涸复无期，秋成失望，一灾兼伤二稔，民情困苦异常。苏、松、常、镇、太等属三十四州厅县，无处不灾，而且情形极重。其江、扬等属，又因江潮泛涨，圩堤处处冲坍，居民猝不及防，间有伤毙人口，哭声遍野，惨不忍闻，露宿蓬栖，不计其数。江宁省城已在巨浸之中，苏州水亦进城，间段被淹，实为从来未有之事。小民当此田庐全失、栖食俱无之际，强者乘机抢夺，弱者乞食流离，在所不免。臣奉职无状，寝食难安，连闻风雨之声，实下伤心之泪。虽经设法安抚，而地广人多，不致一夫失所，臣实不敢言，而民间疾苦，更不敢匿于上闻。目前最关紧要者，闾阎乏食，奸宄乘机，在被水难民，虽经抚恤，照例不过一月口粮。将来奏乞天恩加赈，须俟水退勘定灾分，筹商帑项，方能办理，向例亦待冬月散放。惟本年灾出非常，时候又早，抚恤一月口粮之后，相离加赈之期，为日正长，贫民仰给无资。有枵腹之虞，无可耕之地，尤虑别生事端。因思《农政全书》有柜田一法：以土护田，坚筑高峻，内水易于车涸，尤救水之上策。现在苏城绅士议行其法，拟即劝谕业户，各护各田，先行取土筑埂，一俟河水渐退，即可车水速消，又可以工代赈，一举两得。在少壮则可，而老弱不能，妇女更不能。且一时未必行之能遍，不过救一方且救一方之百姓。此外惟有实力劝捐，以资接济。但士民频年捐赈，难免不以力乏为词，办理甚为费力。然眼前灾黎情状，颠沛流离，以视尚可丰衣足食者，苦乐何啻天壤！安贫即所以保富，在宦富之家，深知大义，固不应待劝而捐；而士民力可为者，谊切桑梓，亦当推食解衣，拯贫救困。臣现已剀切出示晓谕，督令各属赶紧筹办，并亲赴省局劝捐。一俟捐有成数，或钱或米，即当议立章程，于抚恤之后，接续散放。一面委员赶紧勘定灾分，照例给赈，庶使数月之间，民食有资，免填沟壑而闾阎乏食。犹不仅此也，江苏省产米，随漕运之外，所余不多，全赖川楚客米，源源而来，接济民食。本年上游之两湖、江西、安徽等省，同被水灾，客米稀少。现在浒关折报过关米数，比较上两年，每月少至十余万石，因此民心惶惶，市价腾贵。前已奏恳天恩免税，希冀招徕。又关东杂粮，若能由海而来，亦可济食。现已飞咨山东、奉天等省，谕商速贩来此。又台湾一岁三稔，积米甚多，亦经飞咨福建督臣将军，谕令台省设法分运至上海进口，以资接济。本省产地有可酌盈济虚之处，亦当挹彼注兹，以免穷乡僻壤炊烟立断。凡有可以分灾救难之法，无不竭力举行，与督臣往返酌商，殆无虚日。惟乡民纷纷进署求食，无日无之。间有刁民乘机抢夺，并结队成群哄堂塞署之事，臣已派文武各官，分头弹压，幸即随时解散，现尚安静。日前，岷山县署大堂屏门已被挤倒，首犯陈锡堂获解到省，其余各处抢犯，亦多拿获。一俟审明，即当分别轻重，从严究办，以示惩儆。苏松等署，水乡久雨，易于为害。臣恐刘河、白茆诸海口，泄水不畅，随即饬委候补道汪根恕前往查勘，相机办理。现在查有几处河身太狭，闸洞淤塞，必须择要开挖，救急目前。估计银数不多，臣已督饬藩司暂筹闲款，责令地方绅董赶办，以资宣泄，仍俟冬令水涸之时，通河细勘，如有应行开浚之处，再行筹办。事关重大，固不敢轻言兴举，臣受恩深重，凡于地方有益之事，亦不敢畏难苟安。当此度支艰难，于顾惜民生之中，尤须体筹国计。臣虽愚钝，惟有竭其所虑，尽其所能，一寸血诚，矢诸寤寐，以期补救万一，仰副我皇上轸念民瘼之至意。日来天已放晴，并赶办抚恤，民情稍为安贴，堪以仰慰宸衷。除将抚恤筹款两案另行会折具奏外，相应附片陈明。

司详各属麦歉请缓旧欠

本司伏查苏属各厅县，频年灾歉，户鲜盖藏，民力本形困苦。满冀麦收丰稔，陆续输将。不料入夏以来，狂风阵雨，昼夜不绝，不但低区积淹，徒增丈余，即泄水平畴，亦水深五六尺及三四尺不等。在田二麦，已获者固无从晒晾，类多发芽霉变；未刈者沉在水中，大半腐烂，遂致收成大为歉薄，民情俱形拮据。若将旧欠钱粮，责令扫数完纳，委属力有未逮。现在积水较深，一时未能涸复，节候过迟，补种亦属不及。灾象已成，亦断不能启征。本司复加体察该府州等所禀，均系实在情形。合无仰乞宪台奏恳皇上天恩，俯准将吴江、震泽、常熟、新阳、叶亭、奉贤、娄县、金山、上海、南汇、青浦、川沙、无锡、金匮、江阴、宜兴、荆溪、靖江、丹徒、丹阳、金坛、溧阳等厅县，未完道光二十八年分民欠钱粮，均缓至三十年秋后，察看情形，酌量带征，以纾民力。至歉田项下，应完上忙钱粮，并请暂行停征，统归秋灾案内，确勘分数，分别应蠲应缓，另行照例办理。此外应解熟田银两，并其余各属新旧钱粮，凡有可以催征者，总当严饬各州县照常催输，不准稍有延欠。除饬属查造应缓细册详咨外，理合具详云。

札发灾赈章程

松府移奉署布政司庆札奉总督部堂陆札开：案查道光十一年大水成灾，由江宁藩司酌拟《筹济章程》十二条，详经陶前部堂恭折奏明，通行遵办。上年江、扬等属查办灾赈，经本部堂在江苏巡抚任内酌拟颁发门牌，悬示通榜，并访举绅耆，协同经理其事，亦经通饬遵照，并出示晓谕各在案。本年江、安、苏三属被水极广，情形极重。查核十一年所议章程，除采买河南米麦分拨一条现在毋庸置议外，其余俱可参酌办理。至门牌通榜，尤属力求核实之法，亦应仿照而行。合并抄粘通饬，札司立即遵照核明，通饬被灾各属，查明本年被灾情形，逐条确核。倘有今昔异宜之处，应如何参酌举行，分别妥议筹办，通禀察夺。所有应行给赈地方，亦即遵照悬挂牌榜及选举绅董章程，妥为查办。将遵办缘由报查等因到司。奉此，查道光十一年各属被水成灾，曾奉督抚宪酌议《接济灾黎章程》十二条，颁示行司，通行筹办。上年江、扬等属查办灾赈，并蒙陞督宪陆前在抚宪任内札饬，被灾村庄，应将极贫若干户，大小若干口；次贫若干户，大小若干口，罗列姓名发一通榜，悬于本村。再将某户极贫大小口若干，应领赈银若干；某户次贫大小口若干，应领赈银若干，各发门牌，开载姓名，悬于各灾户门首。有门牌，则各户之极次大小无从混冒；有通榜，则一村之极次大小无从混冒。应给赈者，先各分给印票，开载极次大小钱数，俟临发时核对，则查放不致两歧，而该灾民等亦不为地保灾棍所惑，任其通同书吏捏报户口、虚糜帑项等因在案。本年被灾情形既广且重，自应仿照办理。奉饬前因，合就抄粘转饬等因到府，合就抄粘转移。

计开各条事宜：

一、倡率劝捐以赒贫乏也。查任恤之谊，从古所重，而劝分一节，尤于荒政为要。本年水灾既重，臣等前已出示晓谕劝捐，并即率同司道府州等，查照道光六年成案，各捐廉费为倡。现据江宁省城绅耆士商暨侨属有力之家，凑资捐银十余万两。镇江府城，闻亦捐至十万以外。其余各属，据报或捐银、或捐钱、或捐施馍饼谷石、或捐银买米平粜，至金尽为止，虽确数尚未汇齐，大率皆能踊跃。至乡村僻远之区，势难周遍，即以各村所捐之资，赈其本村。其贫村不敷捐办者，以临境富村酌为协济。每处公举两三人经理董管，其捐项仍存于捐者之家，官吏皆不经手，即乡董亦第记其捐数与得钱人数，为之调拨，使其自相授受。施者见德，受者感情，庶安贫即以保富，而人心自贴矣。

一、资送流民以免羁留也。查水势初来，汪洋一片，灾民无可托足，难免逃荒外出。其中良莠不一，如聚集太众，恐致滋生事端。现饬随处稽查，予以资送。先询明本籍庄村，令其回籍待赈。如本籍无可栖止，或别处有亲故可依，及年力壮强，愿往他处佣趁者，现饬地方官酌给钱文，派差押送下站，收取回照，下站亦照上站递送。总令随到随行，分散其势，不使停留滋事。俟田庐涸出，仍资送原籍复业。

一、收养老病以免流徙也。资送之法既行，强壮者自可分遣，其中老弱残疾，出既无力，归又无家，尤堪悯恻，亦须分别留养。即以地方之大小，酌量人数之多寡，择城外宽敞寺院，与之栖止，按日发给口粮，不准进城滋扰。其有男女同行者，询明实系一家，准其同住，馀悉别居，不许混杂。仍派员弹压，造册稽查，以凭水退时回籍领赈。

一、劝收幼孩以免遗弃也。贫民被灾外出，口食无资，致将幼孩遗弃道旁，历经劝谕富民收养，而有力之家，多不敢收，盖恐日后仍被本生父母认还，抚养徒劳，兼虞诈扰。夫襁褓待人为活，父母既不能养而弃之，其情已绝，收而养之者，即其父母也。抚成之日，或作子女，或作养媳，悉听其便，本生父母日后应不准认回。其有好义之家，收养弃儿，仍情愿送还本生父母者，地方官倍予嘉奖，务俾幼孩多得生路。

一、劝捐业户以养佃户也。查业户田产给佃承种，佃户亦籍资食力，比之平人较为亲切。此时业户虽已遭灾，究属有力居多。现饬劝谕富厚业户，酌借穷佃钱米，以度荒歉，俟至丰岁偿还，但不得借灾强借。如有凌犯，仍按例严行惩治。其力量无多，难以分润者，亦不必强。如有收养多人，或所贷数多，而不责偿者，由地方官酌予奖励，使业佃以恩义相结，亦可感召祥和。

一、给瘗尸棺以免暴露也。查骤涨之下，水势冲急，多有棺柩被水漂流，且有淹毙尸骸，随流冲淌者。现饬沿江各县及救生等局，雇夫捞殓，厝其棺柩，俟水退有人认实给还。如系无主尸棺，即买地厝葬，作为义冢。其有好善之人，情愿捐办者，按其殓瘗多寡，分别奖励。

一、变通煮赈以资熟食也。查从来救荒每多煮粥，然粥厂需费较重，今拟兼用糊面，以济不足。一厂之中，多设锅灶，天明举火，烧水令沸，先将白面调以凉水，俟汤沸入面于锅，随入随浇，即已调熟，随煮随给，不稍停留。此锅甫罄，而彼锅又熟矣。事省费轻，亦以备隆冬煮赈之一法。

一、捐给絮袄以御冬寒也。灾民衣褐不完，冬日尤为难度，欲给棉衣，自须有面有里，工料不能甚省，恐人多而费不敷，且穷民得之易于当卖。查有一种棉花，弹成絮袄，两面用线结网，不费布匹，亦可御冬，其价既廉，鬻之无利。今拟随捐项之多寡，酌量制办，于散赈时，见有老病极寒者，分给一件，亦可免于受冻。至典铺本有年冬让利之条，拟即饬谕典商，凡在今冬赎取棉袄布衣者，让利一半，似乎捐富有限，而济贫极多。

一、劝施子种以备种植也。查树艺皆足以养人，是以谷不熟曰饥，菜不熟曰馑。凡菜蔬可食之物，种类何止百千，惟种植必视土之所宜。如瓢菜产自江宁，而苏扬既少；油菜优于沙地，而山区即瘠。小民谋生路熟，随宜布种，一俟水势稍落，凡可种之地，与可食之物，皆不待劝而能。但灾民仓猝转徙，所存子种无多，此时资本既竭，贮备维艰。即通饬劝谕有能施给子种者，或谷或麦，其功同于钱米，均可广布以蕃种植而资速济。

一、禁止烧锅以裕谷食也。查耗谷之具，莫如面蘖，只以小民卖酒营趁，亦是谋生一术。而江省交冲，贸迁来往，一经出示禁酒，徒为胥役讹诈之资，势难全禁。惟此时灾歉已甚，粒食维艰，岂容更滋暴殄。除酒自外省载来，仍须买卖流通，及秫糯无多准酿外，其本地烧锅作坊，伤损食谷最多，实为荒年之害。所有粳稻一项，应行禁止熬烧，以裕饥餐。

一、收牧牛只以备春耕也。贫民遇灾，口食尚且难顾，虽有耕牛，无力喂养，往往鬻于私宰之人，得钱过度。目前既嗟殄物，日后又嗟辍耕，深堪悯惜。今拟于捐项中酌提经费，设局收养。凡贫民以耕牛赴质者，量给当钱，皆为收养，仍给以当票，并锯下角尖，俾其收执，以俟赎时比对。此系道光三年苏省行之有效者，现在亦拟照办，爱物即以仁民矣。

苏抚夹片

再，臣监临文闱外场事毕，于十月二十六日出闱，当经奏明先行旋省督办苏属赈务。昨于十一月初三日抵署，即与司道筹商赈务。事极繁重，弊易滋生，自当先求杜弊之方。当此功令森严之际，在各州县具有天良，应知自爱。且费用支绌，措置维艰，安民不遑，敢思利己？但官为经理，不能不由胥吏之手，若辈惟利是图，一人耳目不周，难保丝毫无弊。臣思用吏不如举董，所以本年被灾之初，查办抚恤，即由绅董分司其事，并劝捐接济。帑项与捐项，相辅而行，极为妥贴。所举绅耆董事，咸系公正殷实之人，伊等谊切桑梓，同此邻里乡党，见闻既切，查访较真，众目昭彰，亦不敢不实心任事。此次查大赈，事益繁难，况前准部咨动用库款，不得逾原请一百五六十万之数，内除督臣外筹银五十余万两，奏明专办江属十县抚赈外，苏属仅有堪用银一百零数万，而被灾州县有三十五处之多，尤当力求撙节。如有不敷，全赖劝捐协济，非由绅董不能除弊。臣等督同藩司庆瑞目击心筹，惟有仿照抚恤成法，无论帑项捐项，一并由各州县选举公正绅董，经理其事，厘毫丝忽，不涉胥吏之手。现在松属之金山上海、镇属之丹徒、太属之宝山等县捐项充裕，全归义赈办理，无领请帑。此外各州县捐输，亦称踊跃。惟本年被灾较重，饥口较多，有捐项不敷，尚须领银接济者；有捐项虽裕，而民情困苦不堪，必于例赈之外接济散给，不能以捐项代帑项。今日银价之昂，几倍于昔，其中如有因地制宜，变通办理，将所领库项贯入捐款数中接长散放者，亦责成绅董各就地方情形，于盈绌之间，量为挹注，核实查办。现已陆续散放，总期诸弊肃清，民沾实惠，以仰副皇上轸念灾黎之至意。所有臣旋省筹办赈务缘由，会同两江总督臣陆附片陈明。

抚宪三江水利问

照得三吴财赋甲于天下，得水之利也。然以今年水灾而论，固因天雨过多，而出路不畅，宣泄不及，故为患特甚也。本部院考古证今，三江之外，支河汊港不可胜数，皆为三江出水之咽喉，不畅而徒大其口，无益也。因披阅诸图及证之前浚成案，略有所得，然非博采众论，不能窥测其源，故有三江水利之问。除刊刷多张，径发各州县查办，并札委苏总捕同知熊丞前赴苏松太各属履勘情形外，合亟札饬云云。

盖闻农政以水利为先，治水以疏通为要。江苏素称泽国，而财赋甲于东南者，全在水利修也。查江浙水利，莫大于太湖。太湖之水，由三江分趋于海。其东北出水之路为刘河，即古之娄江。东南由黄浦入海者为东江，其中即为吴淞江。苏郡居太湖之西北，而出海之水道有二：一由吴江、震泽趋刘河入海，一由常熟、昭文分入白茆河归海。白茆坐落常昭县境，分承苏属之长元，吴、常属之江阴、无锡诸水，下注扬子江尾，汇归于海，此又于三江之外，别为一大支也。凡此四者，皆为太湖所由归海之去路，而又为苏常出水之要道。盖总道虽只四条，其间支河汊港为之曲折传递者，必使节节畅顺，别派分流，使来有可乘，去无所阻，然后无泛滥之虞，有灌溉之利。水之行于地，犹血脉之行于人身，必使百节通灵，而后体常舒泰。设有一节淤滞，非壅即溃，其患立见。乃自上届挑浚各河之后，已阅廿年，从未筹议兴挑，以致各河道间多淤塞，所以一遇霪霖，即遭水患。本年苏松各属，灾出非常，思之殊深懔惧，若得宣补有备，何致成此大祲。诚以水利之修，不可不亟亟也！然修水利必先穷源溯流，审明脉络，最为紧要关键。在水道固班班可考，而鸠工非履勘难施。是否悉循故道，抑或今昔异宜，均难悬定。故三江水道应勘之处，开列四条以问：

一、问治东江，则凡在黄浦上游，自太湖边牛茅墩至唐家湖一带，及运河东西诸港，并入泖出泖，凡归黄浦段水道，何处受太湖之水以入，何处卸太湖之水以出，申明来踪去路，按段探量水势，何处深若干？何处浅若干？某段已淤，急应兴挑；某段未淤，尚可缓办。有无积淤成为荡田，侵占河身，阻碍水道之处？

一、问治吴淞江，则自江、震境内之十七桥、十八港起，并瓜经港、宝带桥以及庞山湖、大斜港出水各路，均为湖水入淞之咽喉。何者为正干？何者为支流？是否一律通畅？抑有旧塞今通，旧通今塞？口门深浅若何？有无坍塌堵遏之处？

一、问治刘河，则自鲇鱼口、晋口、铜坑口之沿河一带，及木渎市河，苏州崐新太镇沿城河道，又自半经湾以致海口，何处水势急溜，何处平缓？是否宽广容纳，各相贯注流通？其出海之口，有无海沙停滞？通江通海水道，应否修建闸洞？河身有无菱荡鱼簖阻塞中流？

一、问治白茆河，则河身宽窄若何？积淤较甚之处，现虽择要挑浚，能否建瓴之势？此外有无应挑之处？干河与支河应否一律兴挑？泾港与塘浦能否分流掣引？何处地势最高，应行深挑？何处地势甚低，只须浅浚？

以上各河道，俗名与志乘所载有无异同，必须逐细查明。凡有应浚之处，先应相度地势之高下，测量河身之浅深，方可定施工之缓急丈尺。因地制宜，考究须切，但期有利可取，自当随时变通。使者所问或有未尽之处，不妨各抒所见，绘图立说，详晰以陈，有善必从也。惟事关重大，全在经理认真，亦得一劳永逸。倘有草率完工，仍属无益于事。若责令地方官承办，各牧令皆有应办公事，未必能专心致志，穷究其源。假手官人，更不可问。因思各乡绅士，生于斯，长于斯，利弊知之最深，且能一秉至公，工归实在，是官办不如民办为结实可靠也。然最难者经费也，值此库款支绌之际，固不能作请帑之举，而筹借亦复无方。然见患不除，有利不兴，使者既愧且忧，而我百姓亦必自忧。惟有用民力以成民事，出民资以保民田，集腋成裘，众擎易举。以苏松太三属二十余州县之绅富，同心合作，何患事之不成！或分其缓急，先浚一河，其余次第举行，亦无不可。事虽图始为难，而功在农田，百姓自沾其利，地方官之谆谆劝告者，正为百姓计也，谅必乐于趁事，共成善举。其办理章程，或按田出夫，或各挑段落，或业食佃力，或捐资合办，悉听其便。如有慷慨乐输之辈，果勇出力之人，向来虽照常例请奖，而当此民力维艰，犹难功成利济，则与寻常不同，必当专折奏请，从优奖励，断不掩其善而没其劳也。

松江府转发应赈不应赈章程

照得本年苏松等属被水成灾较重，先经前司将《灾赈章程》刊印，通颁各属遵办在案。兹查各属具报灾分，广而兼重，其十分灾田贫民，例应于十月内开厂赈起，为时甚近，必须赶紧查办，庶无贻误。所有查办户口，虽已先发章程，尚有应赈不应赈之别，诚恐各乡灾民未尽周知，合再罗列札饬云云。

一、应赈饥口，以十六岁为大口，以下至能行走者为小口，其在襁褓者不给赈。

一、查办例分极、次贫。如产微力薄，家无担石，或房倾业废，孤寡老弱，鹄面鸠形，朝不保夕者，是为极贫。如田虽被灾，盖藏未尽，或有微业可营，尚非急不及待者，是为次贫。极贫则无论大小口数多寡，俱须全给。次贫则老幼妇女全给。其少壮丁男，力能营趁者，酌给；如虽能营趁，实系因灾失业者，亦准全给。

一、业户之田，有一户之田散在各里者，应统行查核。如系熟田多荒田少，或田虽被灾，家业尚可支持者不赈；如系荒多熟少，实系贫苦者，归于住居村庄，按灾分给赈，不得分庄混冒。如有兄弟子侄一家同住，总归家长户内给赈，不得花分重冒，违者究追。

一、代种佃户，如本系奴仆雇工，原有田主养赡者不给赈。如系专靠租田为活之贫佃，查明极、次，所种某某业庄之田，按其现住灾地分数给赈，不得分投冒销。

一、寄庄人户，实系本身贫乏，方许给赈。如身居灾地，田坐熟庄；或人居隔县，田坐灾地，本系田多殷户，其管庄之人，自有业户接济，概不给赈。

一、被灾地方，坐落营分兵丁，除本身及家属三口以内，不准给赈。此外多余家口，分别极、次贫，与民一体给赈。

一、被灾村庄内之鳏寡孤独，疲癃残疾之民，除有力自给，及亲族可依者不给赈，其无业无依，遇灾乏食者，悉照所住村庄灾分轻重，分别极、次，一体给赈。其余不被灾村庄内之四茕，概不准给。总以被灾不被灾分清界限，不得以附近灾地牵混。

一、被灾村庄内无田贫民，或藉工佣趁，或赖手艺糊口，今因被灾失业，无处营生者，随住居村庄灾分轻重，分别极、次，一体给赈。

一、本卫灾军饥口，归于田亩坐落之州县，照依民例一体给赈。

一、被灾贫生，由该学官查照民例，一体查明极、次贫及家口大小数，造册移县，复查明确，会同教官在明伦堂唱给，以别商民。倘既领学赈，复冒民赈，察处严究。

一、定例被十分灾，极贫给赈四个月，次贫三个月。被九分灾，极贫给赈三个月，次贫给赈两个月。被七分灾，极贫给赈两个月，次贫给赈一个月。被六分灾，极贫给赈一个月，次贫及五分灾民例不给赈。

一、应赈之户，由承查之员于各该户门前壁上，各用灰粉大书极、次贫某人，大几口、小几口字样，以便上司委员不时抽查，俟赈毕后方许起除。

一、乡保里地人等，于查报饥口给票散赈时，多有指称使费，需索票钱，不遂其欲，则多方刁蹬，恣意诪张。印委各官，务须严加禁约，加意密察，一有见闻，立拿究革，枷示追赃，如有故纵，该管官察实严参。

通饬旧欠带征年限

案照各属应征道光二十一年以后旧欠灾熟地漕等项钱粮，因连年灾歉，屡次展缓。而所谓带征年分，有远有近，或同一原缓，而分限各异；或均一熟田，而征缓不同，办理既非划一，年款益觉繁冗。本年苏松等属，大水为灾，秋成失望，民情困苦万分，所有道光二十八年以前旧欠钱粮，今秋势难催征，必当全请展缓。但本年被灾情形，既广且重，非往年一隅偏灾可比。将来各属勘覆齐全，司中汇详请奏，一切给赈蠲缓事宜，头绪已属纷繁，若将各年旧欠按年罗列，未免事涉琐屑，并且易于牵混。况近年以来，小民频遭灾歉，未获丰收，本已盖藏有限，今又遭此大灾，更觉异常窘迫，幸赖抚赈兼施，得免流离失所。惟闾阎元气已伤，即来岁秋成果能一律丰稔，而欲以一岁之所收，责完数年逋欠，民力恐有未逮。自应查照道光十五年办过分征成案，将各属道光二十一年起至二十八年，各年旧欠银米，无论原缓熟田，概从道光三十年秋成后起，每年带征最远一年，由远而近，以次递及。如此酌核办理，则将来奏咨要案，既得眉目一清，而于国计民生，亦属两有裨益。除详明院宪于秋灾情形案内，声请题奏外，合亟札饬。

通饬灾年让利

案照江省典铺，灾歉成熟年份分别让利一案，前经江藩司以各属取利不一，由司酌议被灾之区，取赎棉袄布衣，当本在一两以内，原系三分起息者，常例止让一分，应令加让五厘，共让一分五厘；原系二分起息者，应令让利五厘。统于十一月初一日起，让至年底为止。如系被歉州县，照成灾应让之数，统于十二月让至年底为止等因，详奉前抚宪批允饬遵，历经循办在案。又溯查道光三年被灾，经前司酌议，凡本年正月初一日以后，小民所当布面、棉袄、棉裤、棉被被絮四项，当本在二两以内者，苏松太三属自十月初一起，常镇被灾较轻，自十一月初一日起，均至年底止，概行让利放赎，通饬遵办亦在案。查本年灾出非常，贫民更形困苦，自应仿照道光三年成案办理。且苏省各属情形，亦复相同。

本署司悉心酌议，苏、松、常、镇、太五府州属各典，凡本年正月初一日以后，所当布面、棉袄、棉裤、棉被被絮四项，当本在二两以内者，均令自十月初一起至年底为止，概行让利放赎，以归划一。再，米谷杂粮籽种，民食攸关，尤应一体让利，以恤民艰。如有他物夹当，及年分久远，或转票不赎者，均仍照常取赎。在典商所损无多，而贫民沾惠匪浅。除详明出示外，合亟通饬。

常昭会禀秋灾分数情形奉准通饬照式办理

敬禀者：切卑常邑境内，本年淫雨连绵，河潮盛涨，各乡田庐被淹，灾出非常。业经卑职金节次勘报，并将被水较重各图贫黎禀蒙藩司发给银两，先行抚恤，并奉札委卑职作赴县会同覆勘在案。兹抚恤业已放竣，卑职等随即驰赴各乡，会同周历查勘。实勘得东乡东塘市、苏家尖、香界泾山塘，又马王浜、石牌、兰甲、白茆、新市等处，均系极洼之区，计田地一千四百七十三顷五十亩，自闰四月下旬至五月份，雨水积淹，一片汪洋，秧苗不能补种。虽六七月以来，天气半属晴阳，但东风时作，潮汐顶托，兼之四面皆无路宣泄，现在积水尚深二三尺不等。田河通贯，荡然无存，情形极重，勘定成灾十分。又勘得东南乡吴塌、木排库、新泾港、莫城、大潭荡、小潭荡、湖四圩、金家大圩等处为次低之区，计田地二千四百七十八顷八十四亩，亦因被淹之后，竭力戽救，未能消退，积水现有尺余，情形亦重，勘定成灾八分。又东北乡自丁市、王市、谢家桥、刘巷、白龙港、李家桥、毛塘桥等处，计田地一千一百八十五顷一十五亩，地处低平，甫莳秧苗，即被积潦久浸，设法宣泄，亦未涸复，情形次重，勘定成灾七分。又西北乡一带，自庆安、鹿苑、邓市、福山、港口、高圣堂东、金村寺、基头等处，计田地一千六百八十六顷三十八亩，地势高平不一，先因夏雨过多，在田禾棉，受伤腐烂，迨后车水补种，倍费工本，未能一律畅发，仅有薄收，应定为勘不成灾。伏查卑常邑漕额田地九千二百七十五顷六亩零，今勘实被淹成灾十分、八分、七分田地五千一百三十七顷四十九亩，就县额而论，居十分中之五分五厘零。又勘不成灾田地一千六百八十六顷三十八亩，居县额十分中之一分八厘零。统计成灾田地及勘不成灾共田六千八百二十三顷八十七亩，计居额田十分中之七分三厘六毫。所有成灾十分、八分、七分各区，本年二麦失收，秋成又复无望，民情困苦已极，合无仰乞宪恩，俯赐奏请，各按灾分，查明极次贫民、饥军、贫生，分别照例给赈。其应征本年地漕银米，并请按分蠲免、蠲剩之项，同勘不成灾田地项下应征粮米，并道光二十八年以前旧欠，及庚戌年上忙钱粮，一律缓至道光三十年秋成后分年起征。再，本年成灾田地，在通境五分以上，熟田并请缓征，以纾民力。至苏州、太仓二卫，坐落卑常境，屯田错杂民田之内，情形相同，卑职金移卫一体办理。除将区图顷亩数斗则细册，现经卑职金督承攒造，并绘图贴说另文详送，赶查应赈户口外，合将卑职等会同勘实被淹田地灾分情形，开具简明清折，联衔禀呈云。

计呈清折

谨将会勘常熟县道光二十九年分被灾及勘不成灾田地，开具简明清折呈电。

计开单

原额田地九千二百七十五顷六亩六分八毫内，未被灾田地二千四百五十一顷一十九亩六分八毫。

本年被水成灾及勘不成灾田地六千八百二十三顷八十七亩内，被十分灾田地一千四百七十三顷五十亩，被八分灾田地二千四百七十八顷八十四亩，被七分灾田地一千一百八十五顷一十五亩，勘不成灾田地一千六百八十六顷三十八亩。

以上成灾及勘不成灾，计居通境额田十分中之七分三厘六毫。

禀报赈灾口数

敬禀者：窃照卑二县境内本年被水田亩，业蒙委员会勘成灾分数，并蒙各大宪亲临覆勘，将灾地乏食贫民奏请照例给赈在案。卑职等勘定灾分后，卑常邑随于九月初一日，卑昭邑于八月二十四日，分委卑二县佐杂教职各员，邀同公正绅耆，携带册票，分投赴乡，挨查各灾图应赈极次贫男妇大小口数，人必面给，户必亲填。查完一户，填给门牌。查完一图，即将图内应赈户口榜示通衢。卑常邑截至十月初二日，卑昭邑截至九月二十五日止，据各委员一律查竣，复经卑职等亲往抽查，并无遗滥。计卑常邑成灾十分、八分、七分，各图共折实大口一十一万四千三百五十口半；卑昭邑成灾十分、九分、八分，各图共折实大口一十七万七千一百四十五口半，各开印折参呈宪览。所有各委员承查图分职名，另行造册申送，并将散放日期，另文申报外，所有查实应赈极次贫民口数，合肃会同禀报。

夹单

敬再禀者：切卑二邑本年被灾情形，既重且广，哀鸿遍野，目击心伤。现已查实户口，亟应早为赈济。惟饥口滋繁，经费未裕，计惟民捐与帑项相辅而行，或冀稍事节省，先经卑职等会督局董，设法劝捐在案。兹查卑二邑灾区，共核实大口二十九万一千四百九十六口，查照例给银数，按关散放，统计需银一十一万七千七百八十六两九钱。拟将民捐抵放十分灾极、次贫，及应给大赈一关以代帑项外，实该请领库款银九万五千二百三十八两六钱七分五厘。业蒙宪台先发过银四万五千两，卑职等会同具领，即照省城市价，每库平纹银一两，换钱二千八十文，共易制钱九万三千六百串，陆续运回。随即会商局董，通盘筹计，佥称民捐宜于普放，势难拘定灾分。两邑捐项竭力劝输，截至现今止，虽已书捐钱一十二万串有奇，第节次催缴，迄未及半。将来收齐之日，尚须提还抚恤案内借劝常邑仓谷粜价、昭邑义仓钱文，共一万余串，又补给抚恤未足钱二万余千串。核计所剩钱文，抵放一关则有余，分放二关则不足。设捐赈与例赈，放数或有参差，又恐贫民无知，易滋口实，且来春接济，与其临时另筹，何如先为预计等语。卑职等悉心体察，委系实情。伏思救荒无善策，要在办理得宜，灾地有等差，究之困苦则一。今情形若此，自须量为变通，期归妥协，因与该绅董等再三斟酌，应请就库款九万九千余两，与捐项一十二万串并计，约共合钱三十万串零，仍照本年抚恤之数，均匀分派，接长散放。自十月分开放起，至来年三四月为止，以灾分之重轻，定关数之多寡。十分灾拟分七关，九分灾拟分六关，七八分灾拟分四关，如此办理，统计每口钱数，均较例给为多，并可延至麦熟，不但兼及春赈，即抚恤应补之钱亦在其内。时当饥寒交迫，贫黎待哺甚殷，所有十月份初赈，卑职等已设厂两邑庙及四乡寺院，即于是月十一日起分期开放。各委县丞巡典，分投监放弹压。卑常邑先于十九日放竣，卑昭邑于二十三日亦一律放竣，饥民鱼贯赴领，均极安静。卑职等职司守土，总当实力实心，经理其事，不任书役等稍滋弊端。现仍广劝捐资，并由卑职等倡捐廉银，收买棉袄棉裤。官民合计共得一万四千二百件，已交诚实绅士，亲赴灾区，分给老幼男妇，俾免号寒之苦。其城厢内外之贫民，亦拟在四城门外分设粥厂煮赈，以资救济，统归捐项核销。一面劝谕民间置备粥担，各于乡镇就近施散，庶老弱疾病者藉保生命，以仰副大老爷痌瘝在抱，实惠及民之至意。遇有闻赈归来，查明月分另请补给，除找领银两，接续易钱散放。一俟事竣之日，分别库款捐项，照例造报外，合将办理缘由附禀云云。

宝山捐赈章程

一、举董设局以筹赈济。查宝山平粜既经停止，自应赶办接赈。兹就各乡镇适中之地，分立十四局，各举端谨干练数人，董司捐赈事宜。每局给捐簿一本，首条列办理章程。卑职按局先捐制钱一百串以为倡，并将各董事姓名书列于前，俾分头诣劝，捐数随时登薄，五日一报，凭县查核。如有在一千串以上者，先行详请奏奖以为踊跃者劝。

一、核户口以杜遗滥。查赈济户口，向由地保查造，故易滋弊窦，亟应力返积习，以期无滥无遗。兹令各图亲赴各村，挨门确查，造册送局。局董携带底册，分头按户复查，符则给予照票，不符更正，即照造底册送县查核。卑职即分赴各乡，详加核查，仍榜示各村，俾众咸知，以杜冒滥。似此层层稽考，不厌再三，庶可归于核实。

一、行乡赈以敦任恤。查赈务官为经理，则捐户之观望必多。今以该乡富户之捐，即济该乡贫户之赈，俾知赒恤在于邻里乡党，并非散之漠不相关之地，则恻隐易动。且人同居里巷之中，望衡对宇，贫富情形彼此昭然。贫者既不能以少混多，而冒滥自清；富者亦不能讳有为无，而捐数易集。或一乡之内，贫富不均，则统归局董挹注，以免偏枯。

一、便领赈以示体恤。查宝邑共三百一十余图，十四局，每局管一二十图至三四十图不等。每到散赈之期，人多拥挤，易滋事端。且住居穹远者，老幼妇女，往返殊艰，冬间风雪交加，更不胜其苦。现今十四局董事，各派诚实公正之人，分段就近散给，其收放数目，仍归该局查考，以杜枝节。

一、收银米以便捐输。查奖励章程，率计钱以分等次，故捐户莫不交钱。宝邑木棉虽坏，禾稻间有收成，现当新谷将登，有钱者自愿交钱，有米者既愿交米，自应各从其便。现经晓谕绅董，银米并收，照时合钱，登明捐簿，俾请奖时不致两歧，捐输亦较便益。

一、兴要工以代赈济。查目前捐赈，老弱可免沟壑之填，少壮者似不免流离之苦。与工代赈，古法也，固不可拘泥，而实在有益于地方民情者，则不妨举办。宝邑自罗店镇至本城，旧有马路河一条，上引娄江之水以达本城，一由泗塘河，一由随塘河，分流至胡巷之西，汇而出海，淤塞多年。地方绅耆公禀请兴挑，卷几积尺，前县欲开未果。一经疏浚，既资宣泄，复恤民艰，即如本年积水不消，亦由濒江濒海各口壅塞故也。惟需费颇巨，俟筹款再行禀办。

一、省局费以祛虚糜。查各乡镇局中，凡书写斗级，以及辛工、纸张、饭食等用，势不能全免，然当以节省为主。局中多省一分虚费，则小民多沾一分实惠。所有各项费用数目，令十日一次开折报县，以凭随时稽查。卑职下乡劝捐，一切随从供应，均系自备，不动捐局分文，并先出示晓谕，俾差役人等不敢需索。

一、清弊端以归实济。查向来办赈，不脱书役地保之手，以致百弊丛生。现以民捐济民食，若弊窦不清，不特无以对贫民，抑且无以对富户。兹拟稽查弹压等事官任之，购米散赈等事董任之，核户以劝捐输，官与董并任之。事竣查数报销，照例请奖。概不经书役地保之手，遇有藉灾抢夺，立即查拿，以示儆戒。

改折漕议

本年被灾，既重且广。虽秋灾分数尚未勘定，而地势低下之区，收成失望，已可概见。定例成灾五分以外者，熟田一并缓征；如在五分以内，尚应剔荒征熟。各州县现报麦歉分数，即为秋灾分数之准，则是熟田漕粮，仍须起运。约计各属地势，比较历届成案，今冬漕米即减之又减，亦尚有五十万石之数。从前积储充盈，屡经因灾截漕，今则京通两仓颇形支绌，漕运之外，尚且筹款采买，何敢以天府玉粒之供，希冀邀免，此国计之必宜预筹者也。江南产米之区，多在苏、常两府。若松、太则棉七稻三，向来民食全赖客贩。今江、广、两浙亦被水灾，现在米已如珠，秋冬之交必更匮乏，即多方招徕，尚患乏食。纵补种成熟，亦系杂粮，而欲征收五十万之粳米，其势断有所不能。且崇明县孤悬海外，灾重之年，历经截漕接济，此民生之必宜预筹者也。兵糈局恤，为计口授食之粮，从前偶遇灾缓缺额，或截拨、或采买、或碾常米仓谷。今三者皆有所窒碍，此款从何设措？为数逾九万石，非仓促所能立办，则留支之米所宜预筹者也。刻下系属春灾，而刁悍之民，已相率滋闹，视官长如寇仇，若至秋成失望，饥寒交迫，更不知如何艰窘，如何扰攘。迩时粮船回只，数多减歇，水手从而勾串，窃恐讼狱滋烦，则资遣之款所宜预筹者也。夫荒政拮据，尚可劝捐接济，而以上四事，均须仰仗于官，若非先事绸缪，恐致临时贻误。现当穷则思变之际，欲筹急则治标之方，惟有办理折漕，尚可黾勉从事。夫折漕之议，创自内廷，化裁变通，原属救时良策。前抚宪陆本欲遵议举行，因京员各存意见，前督宪李遂以为必不可行，前抚宪陆亦未便两歧入奏。然折内附片曾经约略敷陈，究未尝以为不可也。每年七省漕粮，共计四百五十六万余石，内中粳米、稜米三百四十万石，其余则粟米麦豆而已。京中支发之款，每年甲米二百六十余万石。王公百官俸米四十万石，为数最多，其余不过内务府各处杂支马匹而已。大约八旗披甲，贫窘者多，每向确房先为挪借，及至领出米票，即以之抵还前欠，每米一石，多不过京钱二三千文。即各官俸米，亦有卖给米铺者，其价亦不过三千文。近年御史条奏，本有折放数成之案，即前抚宪陆附片折内，亦声明俸米折卖之事，如果办理折漕，必奏明俸米、甲米折价搭放，或二成，或三四成，为此举至要关键。俟奏准之后，然后核定各属米数，除留支之款，听其本折并收，以便粮户。其出运之款，悉征于邑，其价糙粮酌定二两，白粮二两五钱，统限于腊月内先解五成，次年二月解足十成，报部候拨，以备搭放。如向年折制钱二千者，今请加增一千，则每米一石，约需银一两五钱，以五十万折漕而计，江苏解银一百万两，即可抵放米六十六万余。在乡农完纳，无论粟豆花布，皆得以折漕抵正供，是大有利于民。在京仓收五十万之价，可折放六十六万之米，而节省之漕项行月晒飏银米，尚不在此数内，是大有利于国。前明周文襄巡抚江南，以此开百年之利，即《漕运全书》所载，亦有折色专条，准之于古，揆之于今，安上全下，莫善于此。至各节省帮费，援照海运成案，每石提银四钱，以五十万计，均提银二十万两，可易吊钱四十万串。应请奏明以三十万串，折放兵糈局恤，每石亦以三千文为率，可抵米十万石，其余十万串，为抚恤旗丁资遣水手之用。为此变通尽利，庶冬漕不致贻误，而各款亦皆有着。一得之见，合行密陈，然卑职自为计亦甚左矣。以海角微末闲漕，为此狂瞽之论，幸而获济，分所宜然。倘或有一毫之未周，必至于众毁之交集。上年海运，可鉴前车。然终不敢缄默自全，隐忍膜视者，以卑职浮沉江苏，垂三十年，譬如乘舟渡海，适遇风波，在长年三老，固所惊心，即舲卒篙师，亦当同力，设无补漏之方，共怀灭顶之惧。是以不计利害，不避嫌怨，剀切密陈，以备采择。

会禀川沙麦歉情形

查厅境所辖二十五图，东滨大海，西接黄浦，地势均属低洼。询之耆农，佥称本年自春徂夏，雨水过多，种植二麦，未能结实。旋于闰四月初二日起至初六日止，倾盆大雨，昼夜不息，田间积水，更为受伤，虽设法疏消，颗粒多形瘪细。犹冀天气畅晴，藉资培养。讵自十七日起，又复阴雨连绵，至二十八日雨势更大，高低田亩，各处被淹，河水弥漫，无从宣泄。其已经刈获者，系带雨收割，发芽霉变；其尚未刈获者，根株浸伤，颗粒黑烂，收成大为失望。且所种木棉、禾稻，亦多淹浸，更兼天气阴寒，均有损伤，现在赶紧设法车戽，冀望秋收等语。卑职等亲加确勘，委系实在情形。除将二麦已获，收成不致过歉，并上年秋歉，本年二麦，复间有被荒田亩，尽形剔除外，实计麦歉田三百六十六顷九十二亩二分四厘七毫，居通境额田十分中三分五厘。伏查上年秋收歉薄，民力已形拮据，所有本年上忙新赋，及各年熟田旧欠，原藉春花完纳，今二麦失收，闾阎实形困苦，若照额催输，深恐杼柚已空，势难完纳。卑职士身任地方，固不敢欺饰免征，致亏国课，亦不忍追呼厚敛，漠视民艰。况欠于民者，有征册印串可以吊查，断不能因灾弊混。请将本年实在麦歉各图，应征二十八年未完民欠钱粮，及上年秋歉案内未完之二十七年熟田银两，同本年上忙地漕，一并缓至秋成后，察看情形，再行酌办。至成熟之区，应征新旧钱粮，仍行照常催征，按款批解，总不使稍有牵混。除卑职士赶造册结，卑职纶加紧承勘印结，另行详送外，合将会勘实在情形，肃先绘图开折禀复云。

禀 请 抚 恤

敬禀者：本月二十五日奉到钧札：入夏以来，雨水过多，田庐被淹，小民荡析离居，情殊可悯。着即会同各员查勘被淹较重必须抚恤者，即行驰禀等因。仰见大人痌瘝在抱，子惠元元，合省军民，同深钦感。伏查卑境滨临海澨，地系碱卤，多植木棉，间有种稻之处，不过十分之二。民间向无盖藏，全赖纺织布匹，售贩营生。近十年来因洋布广销，内地布匹卖买甚少，去秋收成歉薄，乡间贫户，已有艰食之虞。本年入夏以来，又苦雨水过多，二麦霉烂。本地值此积歉之余，绝少殷实之家，若欲劝令发粟，势有所难。本地既不产米，苏州各处乡民又私相遏粜，以致价值昂贵，人心惶惶。惟有仰恳大人俯准酌给抚恤银二千两，接济一月口粮，庶海角穷黎，得安衽席，则感戴宪恩，盖无涯涘矣。

禀安抚乡民查户散谷接济

敬禀者：本月二十六日接奉宪札/抚宪札开，以本年入夏以来，阴雨过多，二麦收成减色，秧苗浸损。现经委员查勘，惟各处乡民以田庐淹没，栖食俱无，纷纷进城求食，自应妥为安抚。各该地方官当体察情形，劝谕绅富商民，量力捐输，或办平粜，速为筹议章程，通禀察核等因。又奉饬发劝捐及藉灾滋闹告示，当即裱糊张挂各处晓示。伏查卑境地方土性宜棉，所种禾稻，不过十分之二，民间全以纺织营生，绝无殷富之家。上年秋收歉薄，本年夏豆又复被淹。不但米价腾贵，更兼无米可买，剩下乡间多食杂粮，情形甚为困苦。历经禀明，并请通饬苏州府属，凡有印票买米者，暂宽遏粜，以济民食各在案。卑职前任川沙之时，建有义仓，积谷三千担，十余年来虽已折耗，幸未碾动，尚有稍资接济。据各绅士云称，与其平粜而惠富民，不如散给以惠贫民，其言甚为近切。而散给谷石，必查户口，先发照票，庶不致于蒙混。惟乡民蠢愚者多，查户之时，必以次贫为极贫，有业为无业，纷纷喧嚷，剔厘维艰。此时若不查明，则日后抚恤劝赈，皆因之而糜费。卑职历次赴乡履勘，谕以天灾流行，事所常有。大宪深知尔等困苦，已经委员勘办，务须安分营生，不得成群结队滋扰邻里，各乡民皆忍苦守法，尚为安静。又密谕有业之家，于地势稍高之处，或筑圩、或戽水、或补种、或芸草，多雇贫民分任其事，既于田地有益，又可以免扰累。幸自五月以来，大雨两三日，尚有放晴之日，是以贫民藉可糊口。现已邀请公正老成绅士，发给草册，督同地保，令其编查保甲，限日造竣。即于保甲册内，将极贫、次贫暗注字样，再由卑职亲为抽查。庶乡民但知编查，不致纷扰，而户口贫富得以核实。然后按户发票，凭票发谷，民沾实惠，谷不虚糜。至日后设法劝捐，酌量抚恤，容即次第办理，而户口即以此为张本，于荒政稍有实际，此卑境各图现在办理之情形也。惟沿海八、九两团均系灶户，其刑名归地方衙门，而钱粮归盐场衙门。该大使驻扎川沙，所辖尚有五、六、七团，系南汇县境。该团民以报荒为名，竟纷至沓来，不服约束，间至有业之家，需索钱文，卑职事权不属，约束甚难，亦惟有会同该大使苦口相劝，不使稍滋事端，以期仰副宪廑。除将被水歉收及酌请抚恤会同委员另文禀报外，缘奉谕饬，合肃具禀。

禀办理荒政一切事宜

凡荒政之切要，悉蒙训示周详。欲厚俗以明伦，必申略卖之禁；欲安良而除暴，首严聚众之条。由养生推之送死，则飘泊之棺柩堪怜；由仁民以及爱物，则宰杀之耕牛宜惜。仰见敷惠黎元，无微不至，下怀钦感，莫可言宣。伏查卑境民俗，耐苦安贫，尚称敦朴，向无虞略卖子女；各处义冢善堂多在高区，更不致飘没棺柩。至民间种植，木棉为多，无须耕犁，是以养牛甚少，亦无售卖宰杀之事。惟查海滩盐场灶户及临境刁民，沟通本地棍徒，以盐场告荒为词，聚集多人，即向有产之家，勒索钱米，深恐滋生事端，当即会同该大使劝谕弹压，察具情节凶狠，为众人倡率者，密令差役于衣裤之间，抹以朱色墨色，俟众人解散，即按色拘拿，绳之以法。先后查拿共十一名，现在亦甚安静。卑境地势高者约十分之三，次低者十之五，最低者十之二。积水之区，幸有白莲泾等两路疏泄，又无客水灌注，是以涸复较早。若论节候，种豆为宜，惟每亩工本约须钱一千余文，民间无此力量。卑职商之老农，仍劝令各图补种木棉，每亩需子十斤，约价钱七八十文，每亩即以五千株计，每株棉花以一二粒计，亦可得五六十斤，现已大半种齐。早晚车水灌溉，多者发叶八片，少者亦有六片、四片。至最低之田，积淹过多，间令补种荸荠，亦可以资接济。此后如能风雨调和，秋间可望薄收，不但节省赈银，民间亦不致大伤元气。此则全赖福荫，所朝夕虔祷而默求者也。至抚恤赈济，亦须通盘筹划。绅董佥求散放义谷，现令先查保甲，暗注贫户，一面令有产之家，凡戽水筑圩补种拔草等事，多雇乡民，乘时补救。自六月初一日至初十日，旬日之内，大约每亩皆有二三人或四五人工作。除佃田自种之外，雇募之夫，以四五万计，每日每人得钱八十文至一百二十文不等，以故贫户藉以糊口，而妇女幼稚，亦得拔草织布，不致流离。刻下田事已完，各图保甲册亦已造竣，所定查造章程，无论业田自田，皆注于每户之下，必使图中田亩，与征册田数相符。其商贾手艺年□家属，亦详细注入。以分董稽图董，以总董稽分董。每五图派老成书吏一人，为之核算，统共邀集董事二百一人。当此赤日□天，沮洳满地，巡檐点灶，颇著辛劳。卑职宴以清酒，酬以药饵，并告以宪台轸念灾黎，尔等必须尽力尽心，方足以上慰荩怀，亦可以自培阴德。各董事皆感念德化，胥能任劳任怨。现在统计各境男妇大小共十一万一千三百五十四丁口，除有田产及产业手艺年力强壮者，概不滥及，实在孤苦极、次贫户，共大小二万四千四百七十四丁口。卑职与委员何本忠按图抽查，实无遗滥。所贮义谷除折耗外，尚存二十五万一千二百九十斤，除留储四万三千一百六十斤，其余均匀分派。每大口可得十斤，小口可得五斤，共散谷二十万八千一百二十余斤。已分注印票，核明数目，先行散给。一面即秤准谷石，分送各图公所，仍由经手董事按票给发，榜示各图，并将总册存储厅城隍庙，以备随时稽查。计六、七两月，先得田间工作之资，又得谷石接济，可不致于枵腹。惟七月半以后，八月半以前，即使雨旸时若，可望薄收，而青黄不接，最难度日。已蒙奏请抚恤，先后准发银一千四百两，当于散谷之时，收回谷票，换给抚恤之票，以免周折而慰穷黎。俟至八月，当示期散放，专案具报。至秋收丰啬，刻下尚难勘定，另行会同委员具禀外，倘届时察看民情，仍须赈恤，必当设法劝谕，以义赈佐官赈之不足。惟有动之以诚，行之以实，断不忍嗷嗷哀鸿，任其饥馁，有负宪台节用爱人之至意。合肃缕禀，并呈散放义谷户口数目清折云云。

禀捐赈大概情形

敬禀者：切卑厅本年被水成灾，屡蒙宪饬将捐赈事宜随时禀报等因。伏查卑厅成灾田地虽只六分，照例极贫之户仅赈一月。惟被灾较早，米粮昂贵，民情极形拮据。△△督饬委员赴乡，查核应赈户口。前次抚恤案内领义谷者，皆系实在贫户，合境核实大口，共计六万三千八百有奇，即使稍有增减，亦当以此为准。日下乡民尚有补种杂粮，可以糊口，而冬春之交，青黄不接，转觉艰难。定于十二月放给一赈，来年二月、三月放给两赈，以资接济。其应用钱粮，现在会督董事劝谕殷实之家并各典商，已捐钱六千余串，收缴之钱，存于城中富家；其由各图团零星所捐者，捐数报明存案，其钱即存于本户。大约捐至年底，可得一万串之数。以上三赈，拟请概支捐款，不领帑项。统俟捐有成数，请将前发库款银一千四百两，禀请宪示，或解还府库，或拨给别县，以归节省。至散放每口钱数，自应民灶一律。缘卑境统辖二十五图两团，其领官项者，图归江苏，团归浙江，各散放义赈，则团图均归卑厅经理。今两团应赈之户，已由盐大使领银，请赈一月。业奉浙江抚宪行令每口给钱一百五十文。图中给钱，若不划一，恐民灶杂居，相形见绌，必致藉口，转生事端。且既全用捐项，则与例赈不同，是以各图每口亦定给钱一百五十文，以免争竞。而来春多放两月，仍示体恤。届期散放，分给赈票，出榜晓示，概由董事给发，不涉差保之手，以杜克扣之弊。除俟放过户口，劝捐银数，核实另报外，缘奉前因，合将现办捐赈大概情形具禀云云。

川沙详屯田津贴被灾应否准其一体蠲缓

苏粮道倪批：查屯田项下，应征津贴银两，遇灾不蠲，仍准一体缓征。该厅道光三年金山帮屯田津贴，被灾缓征银两，请缓至道光四年秋成后启征，扣限一年征足。经前司道详奉各院宪具题，奉准大部议复，即饬按限催征完报，给丁济运等因有案。但津贴银两，例于三月前征足七分，究竟灾前已征若干，实存民欠若干，应请缓征，未据明晰声叙。仰即查明核实造册，详请道、司核办，并录批报藩司查照，缴。

禀放第二期义赈

伏查卑厅捐赈章程，凡典商及捐数稍多之大户，其捐钱皆存于城中典家，仍掣取收票存署。此项钱文，为散放初赈、三赈之用，悉集城厢，择期放给。至各乡零星小户捐钱，即存本户之处，免其运送来城，此项钱文，为放二赈之用。盖小户之捐，或十余家，或四五十家，凑集一处，即以本图本团之捐钱，放本处之饥口，使食者知惠所自来，捐者知钱所自去。其捐数口数，各有多寡不同，即以彼图之有余，协济此图之不足。第同时并举，散处四乡，深恐耳目难周，易于滋弊。今以初赈、三赈之数，互相稽核，又将捐数、钱数、饥口之数，先期榜示。现于二月十五日散放二赈，其八、九两团盐场灶地，此次浙江未发官项，应与各图并计，统放义赈。其核实饥口三万三百十四名，每石钱一百八十文，共用钱五千四百五十六千五百二十文。先由△△赴乡抽查，分头弹压，各处均尚安静。惟入春后民无工作，米又昂贵，更形困苦。△△劝谕好施之家，各于城乡捐设粥厂○座，减价平卖，每日早晚两次，每人准买一碗，并由△△筹款，赴沪购买洋米，辘轳转运，以遏市价而济民食。所有运费人工及升斗折耗，捐廉给发。约至三月中再放三赈，其粥厂、平粜局，亦迟至四月麦熟裁撤，以仰副宪台惠爱黎元，有加无已之至意云。

捐 赈 请 奖

窃奉奏准将捐数最多之户，照顺天捐输新章办理，其捐钱一千串以下，仍照常例议叙等因。伏查地方绅富捐输助赈议叙章程，向准以钱一千，作钱一两，历办有案。今得破格邀奖，使之进身有阶，如捐数在一千串以上，有志出仕赴选候补者，自当照顺天捐章合计银数。倘指捐官阶，尚有不足，应遵宪饬，以现银找捐上库，不准汇入大捐数内动用外，其捐数在一千串以外，而不愿出仕，只欲虚衔，或先议叙职衔，仅须换用顶戴者，可否俯顺舆情，仍旧以千作两，听各捐生自行陈请，由地方官于捐户履历册内，登请照章优叙。再捐数在一千串以下，仍照常议叙者，是否循旧以千作两，并祈一并批示祗遵。

常昭水灾纪略

清刻本

（清）佚　名　撰

惠清楼　点校

常昭水灾纪略

（附救荒要策十则，救荒传劝并录刊续拟要策三则亦附）

今岁闰四月初四、初五、初六等日，连日大雨，水涨数尺，平区良田，悉成巨浸。二麦及新秧俱各淹没，无论低区。然犹可冀者，以遇闰节候稍宽，尚望水得速退，及时补苴。于是各乡农民，竭力买谷重种，修筑圩岸，日夜戽水，以盼水退莳秧。孰意自望后至五月十二、十三、十六、十七等日，大雨连绵，淫潦泛溢。现在水势，与道光三年十分大灾相等。而被灾情形、农民困苦，实更有甚者。盖三年发水，秧已尺余，平区之被水者，秧头出水，不至萎烂。今则尽属新秧，一没即萎。三年之水，发于夏秋之间，二麦及菜子杂荳，均已收割。今则在麦秋之前，汙莱满目，一茎不留。三年之小民，连承丰稔，尚有盖藏；今则叠遇灾歉，室如悬磬者，十居八九。三年布价甚昂，纺织颇可餬口；今则木棉贵而布价贱，无利可沾。相去几三十年，民间贫敝，日甚一日。昔之有恃无恐者，今大抵皆枯腹待毙者也。况淫雨不止，水势日长，凶灾且有加无已耶。尝偕同人乘小舟出郭，见东西两湖，与华荡汇通为一，望之无际。田中水深三四尺及六七尺不等。四乡各处，不但淹没田畴，并且漂溺庐舍。有水没至腿膝者，有水没过卧床者，有水没及项颈者，有草舍冲破而倒塌者。老幼男妇，类皆横搁板门，坐卧其上，枵腹悲号。有以糠粃为食者，有以水草为食者，有以死鼠及烂茶叶为食者，甚有因连日饥饿、无计可施，将子女溺死、散而乞食者。此等惨厄，见之痛心，闻之酸鼻，孰忍袖手旁观？噫！农民穷困至此极矣。刻下尚在被灾之始，颠连之状，已如此其酷，奚能忍饥受冻，静待累年，而期成熟于明岁乎？若不亟为赈抚，恐祸患有不忍言者。两邑尊慨念民为邦本，食为民天。久经详请各大宪，恺切入告。天恩溥被，谅在旦暮间矣。我侪小人，素沾圣化，孰无桑梓之情？愧乏财施，敬效刍荛之献，酌拟救荒十则，普告同志。务望互相劝募，择采勉行，俾亿万垂弊灾黎，得延残喘于今日。上之仰体朝廷，下之克保家室，恤菑救难，福有攸归。敢为代阖境饥民，呼吁而顶祝者也。

救荒要策十则

一、赈济之法宜备筹也。前岁河南荒歉，有国赈、官赈、民赈，陆续接济，小民得免失所。国赈，则请帑也；官赈，则当道捐廉也；民赈，则绅富捐输也。今宜仿此办理。总照三年，再加数赈，或可支持。至查灾发赈各事，必须公举清正绅士数十人，自备资斧，详细分投办理，勿滥勿遗，庶免向年假手胥吏浮开冒领之弊。如是，则灾黎普被实惠矣。

一、赈济之法宜推广也。现在被水灾民，嗷嗷待哺。两邑积谷仓所贮之米，速宜首先平粜，以济民食而平市价。各乡绅富，亦宜减价平粜。极贫之户，按图先设粥厂以济之。或独任数厂，或合任一厂，总以妥速为尚，庶饥民不致滋扰。惟城中匪徒，因有平粜之谕，近日往往率领多人，到富户家肆行喧闹，几有抢劫之风。夫在城贫户，虽米价稍昂，较之乡民受累，相去霄壤。况挺身创众，均属匪徒。此风自不可长，应合词具禀邑尊禁遏。如敢抗违，亟宜禀请惩处。否则闻风效尤，后患何可胜道？另有许真君《救荒方》，辛丑岁偏灾，曾经试验，可参酌行之。又见街头贴有种菱一法，似亦可以小补，並录于后。《救荒方》：黄豆（七斗，水淘净即蒸）、黑芝麻（三斗，淘净同蒸）。右二物，蒸过即晒，黎明入甑。甑底须用荷叶衬之，免油漏下。午时晒，三蒸三晒。遇阴雨，火烘干为末。略加开水，捣为丸，如核桃大。日服两丸，可止一日饥。此方所费不多，一料可济千余人；小料十分之一，亦可济数百人。得此方后，谨将前方如法合就，试之果效。此方合施，其利有五，谨列于左：赈荒原以钱米为先，两邑尊偕绅士劝捐赈济，固已惠洽穷檐矣。而此丸颇足以济钱米所不及。人每以二三丸不足饱一日为疑，不知近来好施者，于各荒区每人给米二三合，或施粥一二盏，亦不过免其一日之饥馁，而未足供饱啖也。此丸之力，较为过之。其利一。施粥之举，有尚可餬口而来吃粥者，有老幼废疾艰于步履不能前来者。此丸味不如粥之适口，人苟非极饥，必不贪吃。且取携甚便，随时亲发，不难择极贫极老极幼者施之，是济急之实惠也。其利二。各乡极低之处，不独久乏盖藏，麦秋无望，现在水难速退，且虑插莳无从，嗷嗷而待者，无穷期矣。听其自然，或至酿成抢夺。日赈钱米，则浩费恐有难继。若以此丸与施粥间日行之，庶为费不多，为功益广。其利三。前方已如法合就，亲经试验，随于大东门外各低区酌发。越日访之，多扶老携幼，争来索取。询之，均谓三丸足济一日，群称之曰饱药，是其实效已著。其利四。此方人每以物贱而忽之，不知真君当日设此剂方，正寓救世之苦心焉。盖惟取其贱，故为之自易。况稗子及榆树皮等物，载于《本草》，尚足救荒。且数日前，亲见饥民有以豆屑和泥而食者。此丸究系谷气，服之自有裨益。其利五。右推广赈济之法，于救荒丸得此五利，既有小补，切望普施。惟祈邑中好善君子，大发慈心，共襄善举。或具呈当事，另谕捐输；或别议章程，分投散给。即谓丸力终薄，不能常恃以养命，则与施粥相间而行，固自有益无损。至饥民以极馁之腹，莫知撙节，不可并而多给，须按日给发乃妥。总之，此丸实足救饥，俾灾黎残喘苟延，终胜于听其因饥而殒命。如能实力行之，未始非作善降祥之一助也。辛丑清和月谷旦谨启。　种菱疗饥方。低田积水既深，种菱最妙。其法速往浙湖地方，买彼处菱苗，并雇彼处一二人来我邑，择下丘不及补稻之田，令其指示方法种之。俟菱熟，正青黄不接之时，大有益也。自夏至至小暑候，俱可遍插，勿忽视之。

一、救荒之法宜条析也。溯查康熙四十七年水旱相仍，苏州府宪陈条具《救荒二十策》，请督宪颁发阖省，民歌再造。今宜仿行。苏州府宪陈讳鹏年《救荒二十策》：禁占米作酒，禁小麦烧酒，禁黄豆打油，禁糙粞白粞作糖，禁麸皮作面筋，（五项严禁，中县一日省米数百石不止，所以当时米价日减。）禁屠沽熟食。（惜福省财，只许卖粉食、麦食及素食。）劝巨室富商捐米赈饥，（是年平湖县董公天眷亲至富室劝捐，至诚感人。有捐数十石者，有捐数百金者，有捐累千金者。给米给钱外，到处造厂施粥，又施药赈济数月。至食新而止，合县无一饿殍。）兴工作以济乏，（如筑城开河修桥路等，使工匠得食。）宽山泽之禁。犯罪情可矜疑者，听其以粟赎罪，取以赈饥。不论官吏、军民、妇女、僧道、杂色等人，能捐米助赈者，少则给匾领赏，多则详宪候旨。延请名医开药室，以救病民。近山之民，教采松柏疗饥。（《博物志》云，荒岁不得食，可细捣松柏叶，以水送下，不饥为度。粥清汤送下尤佳。每用松叶五合，柏叶三合研服。或专用松叶亦可。但须禁一切食物，自能疗饥却病。）缓刑（凶岁犯法者多，故宽之），省礼（冠婚丧祭，减其礼文），贷民种食（恐荒地利也），谨防盗贼（恐为民害也）。官吏绅衿耆民，每逢初一十五，斋戒沐浴，执香步行各庙拜祷，以祈民休。

（荒岁灾祸易起，故搜索鬼神而祭之，亦《周礼》荒政之一。）每州县中择有才德者，主持荒政。（如料理给米施粥之类，使小民得沾实惠。事成之日，与捐银捐米者一体上闻。）花米豆麦等船放关一月，并遣人夫牵挽护送。（外郡花米日至，则价日减，是转歉为丰一大关也。）

一、灾黎之病宜救疗也。谚云：大荒之后，必有大疫。盖浸淫于大水之中，湿毒为患匪浅。亟宜募劝同人分投设局，延请名医，制备药料，以疗疾疫。燥湿药及各种痧药，尤宜多备分送。

一、弃孩宜收养也。现在各乡猝遇水灾，无从觅食，命系须臾。闻唐市一带，竟有忍溺子女以便只身乞食者。似此酷毒，何忍坐视？现将禀请各宪备案，设局收养。惟耳目有限，经费未敷，务望互相募劝各乡善士，设局分收，尤为周备。或欲并入总局亦可。总使孩命尽得保全，实慈心集福之一道也。

一、暴露棺骸宜收埋也。现在各乡水势增长，棺木多有为风浪所浮漂。秽气上冲，饥躯感受，尤易成病。更有无知农民，斵取其板筑入圩岸，残忍尤甚。务劝各乡好善之士，另行设法募捐，急为收埋，以安骴骼而弭疠疫。存殁均惠，断勿视为缓图。公启附录：

奉劝深埋胔骼预绝疫端公启（乾隆八年春，是启与同善会书并呈江苏陈抚院，均蒙准行，附刻存之。此启系枫泾胡进士燮臣作，今知闽省松溪县）：盖闻施惠期于当厄，而杜患要在未形。若事机已见萌芽，则绸缪必须早计。况乎事关民命，可以上宽圣天子宵旰之勤，下免数万家疾苦之惨，尤不容不为之先事而豫图矣。兹据医说之一端，实属救时之急务，敢为当世仁人君子缕析陈之。谨按：渔阳林北海先生题喻嘉言《疫论》序曰：疫症之起，惟饥馑之年尤甚。流离满野，道殣相望。三五成群，死无虚日。千百一冢，埋藏不深，掩盖不厚。时至春和，地气转动，浮土陷塌，白骨暴露，血水汪洋。秽毒之气上冲，随风流布邻近灾荒之处。无论乡城村镇、贵贱男女、老幼强弱，感受皆从口鼻而入，无影无形，直侵腑脏。沿门阖巷，传染相同，遂成疫症。顷刻云亡，莫可救药。先王于孟春掩骼埋胔，诚恐秽恶之气为民物害，故掩埋必深。所以预补造化，非徒泽及枯骨已也。近上下两江淮、徐、凤、颍等处，连被偏灾，加以上年夏季雨雹水涨，七月中旬古沟冲开缺口，河湖涨漫，漂没田房，淹伤人口。随蒙我皇上如天好生，各上台奉行实力，如收尸藁葬、加赈、截漕诸务，凡所为施惠于当厄者，固已至详且备。特虑芦席藁葬，乃一时仓猝之举，所谓千百一冢，未必深藏厚盖。况现在灾黎虽已仰邀恩恤，而气息尪羸，加以露栖野宿，风霜洊加，则道殣沟瘠，尚恐不能免于目前。设或掩埋不深，盖藏不厚，将来土气蒸动，传染可虞，不可不预为曲突徙薪之计。窃意此等被灾尸骸，未掩者固须厚盖深藏，即已掩者尚宜加工挑土，使亡者安土，无暴露之忧，邪秽闭藏，免流疫之患。且雇募贫民给以工食，又可以为餬口之计。一举而三善备，诚留心民瘼者之所宜采择也。前雍正壬子，崇明、上海、南汇等处，海水因风泛溢，漂没人口以万计。藁葬堆积，饥民露处待赈，死者亦复累累。彼时曾创此说，闻者以为语涉迂远，竟莫之行。次年癸丑，自春徂秋，疫气流染苏松近属。往来经见者，哀哭之声、衰麻之服，所在皆是。伤心惨目，已有明验。为此谨刊传劝，所冀福星当路，采舆论而施行；利济仁人，解囊橐而创举。与其救济疫症于既发，莫若消弭疫端于未形，庶使人无横夭，家安乐利。敢竭刍荛之一得，尚期葑菲之无遗。谨启。

一、耕牛宜禁宰收畜也。各乡水势淫溢，已将所畜鸡豕，贱价售去。人食难谋，何暇养畜，势必卖及耕牛。夫牛实赖以助耕，今因水灾变卖，匪徒从而贩去，大半入于剥庄。明年东作，大有妨碍，关系匪细。溯查道光三年林宫保为江苏臬宪，设局创行收养。每牛给价若干，明春听民取赎。法良利溥，今宜遵照施行。

一、御寒之具宜预计也。灾黎置身大水之中，转瞬秋风信至，冷气逼人。虽多方赈济，仅免啼饥，而蔽体无衣，何以卒岁？溯查三年之灾，曾给棉袄棉裤等件。今于赈济钱米外，亦宜及早计画。又查三年分林宫保劝谕各典商，凡乡农棉衣棉裤在一两以内者，只令照本取赎，让去利钱，以数月为限。此于典商无大损，而灾民获益不少，亦宜具呈仿行。

一、塌屋之户宜量助也。极贫之户，连遭大雨，又被水冲，草舍多有塌倒。上雨旁风，何以御之？宜酌给钱文，俾得重葺，栖身有所。

一、水利亟宜讲求也。我吴古称泽国，有具区以汇诸水。滨江之地，有诸浦港以泄其流。他姑勿论，即以我邑言之，居郡城之东，凡浙西苕霅、太湖东泄诸水，由吴江经郡城会于常昭。自无锡而北，太湖分流。及荆溪、孟河诸水，亦会同于常昭。我邑在汉唐有三十二港，以泄全吴建瓴之水。旱则资潮汐，潦则藉分杀，故常稔。此常熟之名所由来也。历宋元数百年，中间疏浚诸说，惓惓独详于我邑，载在正史，可考而知。至元末仅存四港矣。东为白茆，尝资为连道，其流最大。稍北为许浦，正北为福山港，极西北为三丈浦，至正中亦几废。故江南水灾，无日不闻。张士诚据吴，首浚四港，明太祖因之。故于此四港各设巡司防御海警。盖以总势而论，太湖之水，大半归于我邑。而正东所受郡城阳澄湖、娄江众流，亦下而归于我邑。故我邑乃三吴之尾闾，我邑入江诸港无壅，则长洲、吴江、无锡诸浸，势杀六七矣。即以四港论，白茆入海稍纡，而东计百二十里，许浦亦不下百里。独福山一港，在县城正北入江，仅三十六里最径。而三丈浦，则以泄邑大河诸水者也。其大概如此。嘉靖末，抚台海公讳瑞，尝浚白茆，几成而去，累年犹少赖之。至许浦、福山、三丈浦三港虽间开浚，然止一方计，而邑之大利害、大形势，实未及也。我朝前抚宪慕公奏请给帑，大开白茆等河。手定条约，规画周妥。当时大沾其利，并有善后一疏，载在邑志。厥后历次浚开各河，罕得要领，故旋开旋塞。出水之道既壅，诸流并难宣泄，重以霪潦，何怪其漫溢成灾也。今大雨倾注，四旬未止。同人议浚白茆以泄水势，已具禀两邑尊并蒙捐廉助工，饬令赶办，其事诚善。然急就为之，经费无多，或小为有益，大局终难沾利。应合同志具禀抚宪，俟水势稍退，奏请仍照历次按亩摊捐例，公举精熟水利者数人，详考成案，参酌时宜，议妥章程，请各大宪亲临履勘，委员督办，大为开浚，利益无穷。且以工代赈，强壮灾民，并资养赡。于国计民生，实有裨益。（旧坟不可毁掘，度地相土慎之又慎。）其余三港及各支河，亦宜次第随浚。如果办理如式，沾利者不独苏州一郡也。至水区圩岸，一俟水退，亦宜令各业户捐赀，分任修筑。务期高厚坚固，以垂久远。

我邑惨遇奇灾，民力民情，大非昔比。弱者待毙，强者必至逞蛮。务劝各绅富及士庶商客，与其吝啬费用，致酿衅端，身家恐难保卫，何如慷慨捐赀，俾资赈恤乡城，共享平安。况救人足以动天，行道从来获福，积善庆余，有不如响斯应哉！

道光二十九年五月二十日，虞山同人公启。

附录救荒传劝（《寿世慈航》第七卷中抄出）

大赈之报。宋范忠宣公知庆州，岁大饥。公请发仓赈济，郡官皆欲上奏。公曰：人不食七日即死，今刻不待时矣，奏岂能及乎？诸君勿忧，有罪我当自坐。即发赈之。竟登相位，享寿考，子孙荣贵。苏仲杲有良田三千亩，为赈荒卖尽，活民数万。有异人谓曰：子好施功大，应得福报。我有二穴，一大富，一大贵。惟君所择。仲杲曰：我欲子孙读书显名，遂同往眉山指穴葬母。生子洵，孙轼、辙。三苏贵显，文章千古。陆宗秀，平湖人。正统中，倾米麦赈饥。子名珪，出粟千数以赈，赐爵迪功郎。从此东滨公而下，三代皆为九卿。嗣繁贵盛，并生清献公，崇祀孔庙。丁改亭，嘉善人。年四十五，梦入鬼录。明年大限已尽，适遇大饥，决志广救。赈米赈布，赈絮赈棺赈银钱。竭祖产不足，更兼借贷，合计三万余两，全活万命。自后无恙，官至操江，为大司空。寿九十六岁，子孙科甲联绵。

施粥之报。萧逵，汉阳人，无子。遭大饥，出粟济之。粟尽，又借千金易米施粥。一夕梦数百人拜曰：我等来报凶年活命恩。一人手携二小子曰：请以为嗣，所以报也。遂生良有、良誉，先后中举人。万历庚辰，良有会元，廷对及第；良誉亦成进士。父子俱至百余岁。祝染，延平人。每遇岁歉，设粥大救饥民。生一子，极聪慧。乡试日，邻人梦神驰报状元，手执大旗，上书“施粥之报”四字。遂联捷，大魁天下。

平粜之报。魏时举，好施。遇岁歉，米价腾踊，因发廪平粜，只取时价之半。尝语人曰：凶年之半价，即丰年之全价。虽少取之不为损。族人亲友之贫者，常赒之。一郡都赖以济。子收节，官至尚书，谥文贞。黄永事，成都人。每岁收成时，出钱籴米。待来年新陈未接之时，粜与细民，不增分厘，升合如故。后梦紫府真君曰：赐汝子，位至尚书，汝身登仙籍。后果应，子孙累世富贵。

勤办之报。邓成美，汾州副榜。约族人做周利会，取凶年不能杀之意。其法：丰收时，每亩出谷一斗，或二斗，来春以二分息放出，秋场交还。成美秉公董其事。后遭荒旱，不但济族，且及救邻。寿七十五岁。死之日，异香满室。子孙昌盛，科第累世不替。曹世美，顺天人，家贫好善。紫云大师教以实心劝人帮人，亦可造福。世美从此约人广结善会，施粥施衣及姜汤等。人出财，己出力。每年如此，荒岁尤勤。后会中荐与富家贩油，获利致富。

贪残之报。龙昌裔，庐陵人。岁饥，有米千斤，闭不发粜。既而小雨，价稍下。昌裔为文祷于神庙，更祈一月不雨。祷毕，息路旁亭中。忽有黑云从庙中起，雷电大作，昌裔击死。其孙应童子试，县官摈之，终身不得寸进。段廿八，饶州人，积米数十仓。岁大饥，欲索高价。官遣吏备赈，许诺。次早见饥民候集，悔不肯发。众方喧噪，乃与家人闭门拒之。忽天雨晦冥，雷火满室，焚其所积殆尽，段亦击死。

历观灾年仁残祸福之报，昭昭不爽。先儒论荒者，数也；而天心仁爱，其悲悯饥黎倍切也。故智者合天而降祥，愚者违天而降罚，必然之理也。祸报多端，更速于福报，不独闭粜之罪，天必击之，即积金悭吝者，膜视绝食之人而不救，其忍心害理，岂有不遭天地鬼神之诛殛耶？又或深居简出，啼饥不闻，沟瘠不见，欲救而徘徊怠缓，不思饥毙者之已多，其与好生之天心，不仍睽隔耶？古云救人一命，延寿一纪。

况有势力者？呼吸间可救百千万命，可行百千万功，格天感神，元命自造，尤贵率先倡始，效古人之大赈，则福禄更绵长于世世矣。

续拟要策三则*

是书刻既竣，自五月二十日后，又复昼夜霪雨。廿九三十至六月初三日，天虽晴霁而东南风大作，日长水七八寸及三四寸，总计较二十日前又增数尺。城中街衢亦多被淹，低区积水，已至丈余，一片汪洋，势难宣泄，实为从来未有之奇灾。今续拟要策三则，均极紧要，迫不可缓，束望勉力互劝行之。六月初五日又启。

一、荒民速宜赈济也。现在各乡草舍，为风浪冲塌大半。即未塌者，都似浮在水面之草堆。灾黎纷纷逃散，人心震恐，渐起抢劫之风。夫抢劫，不可纵也。而欲除暴安良，必须恩威并用，方可弭衅端而迓天和。其法莫如大绅富，各悟多财多累，首先慷慨凑捐，先行发赈一次，以安民心。徐俟国赈、官赈、民赈陆续接济，总须视三年倍加，穷民方可支持。至极贫之户，按图查明，各乡镇亟为另行募捐，分设粥厂以赈之。自后各乡如有领众肆行滋扰，立拿为首匪徒，照例严办。如是则贫者安，富者亦安，而阖境人民可期相安于无事矣。顷又得救荒辟谷神效方附刊于后，亦可参酌行之。　王氏《农书》云：辟谷之方，见于石刻。水旱虫荒，国家代有。甚则怀金立鹄，易子炊骸。为民父母者，不可不知此法也。昔晋惠帝永宁二年，黄门侍郎刘景先表奏：臣遇太白山隐民传济饥辟谷仙方，臣家大小七十余口，更不食别物。若不如斯，臣一家甘受刑戮。其方用大豆五斗，淘净蒸三遍去皮。用大麻子三斗，浸一宿，亦蒸三遍。令口开取仁，各捣为末。和捣作团，如拳大，入甑内蒸。从戌至子时止，寅时出甑，午时晒干为末。干服之，以饱为度，不得食一切物。第一顿得七日不饥，第二顿得四十九日不饥，第三顿得三百日不饥，第四顿得二千四百日不饥，更不必服，永不饥也。不问老少，但依法服食，令人强壮，容貌红白，永不憔悴。口渴即研大麻子汤饮之，转更滋润脏腑。若要重吃物，用葵子三合，研末煎汤冷服。取下药如金色，任吃诸物，并无所损。前知随州朱颂教民用之有验，序其首尾，勒石于汉阳大别山太平兴国寺。　宗奭曰：麻仁极难去壳，取帛包置沸汤中，浸至冷出之。垂井中一夜，勿令着水。次日日中晒干，就新瓦上挼去壳，簸扬取仁，粒粒皆完。然余与友人皆照此去壳，更去不脱。钱恒山曰：毋庸经水，只消晒干。以两块新砖挼之，则粒粒皆完矣。适天阴无日，焙燥亦可。

一、城市街衢积水，速宜搭浮桥也。积水必多秽杂，加以烈日曝晒，毒气薰蒸，行人勉强涉水，感受湿毒，必致疾病。奉劝好善君子，随处筹捐，搭造浮桥；或雇小舟，以济行人。亦拯患之急务，造福之先资也。

一、吃水吃物速宜防患也。阴雨既久，水必有毒。水缸中或浸贯众（药名也，去水毒），或投苍术降香以解之，或用明矾澄清之。至于黄鳝鱼虾等，多入棺木中食腐尸，均有大毒，食之必病。载在方书，并非臆说。务望互相戒食，亦弭疫之要务也。

此系清道光二十九年事，不知何年何人所刊。鼎记。

济荒要略

清道光二十九年刻本

（清）顾甦斋　辑
惠清楼　点校

济荒要略

济荒要略约序

人生最苦饥寒岁，非大祲啼饥号寒之声，不必遍于道路，而在仁心为质者，猝遇饥寒，尚当矜怜而曲全之。况值天灾流行，则目所见不忍见，耳所闻不忍闻，而恻隐之情、救援之意，当此而漠然不一动者，必非人心也。荒政之说，古多良规。实力奉行，必有明验。而于桑梓间议周恤，则尤当于易忽略处加意觉察，易窒碍处设法变通，方为良美。本年家乡霪雨为灾，闻之不胜惨恻。六月既望，甦斋顾君将《济荒要略》一编邮寄于予。予阅其所辑十条，既周且备，意美法良。如果诸善士有钱者出赀，无钱者出力，以期玉成，善举实惠均沾，其有裨于梓里者，当非浅鲜也。是为序。

道光二十九年季夏，侯桐叶唐氏书于京中宣武城南寓斋

济荒要略缘起

今夫运会随人事为转移，灾祥由人心为感召。天地无心，自然成化，不过因物付物而已。天地为万物父母，而烝民乃父母之众子也。子而贤孝则博父母之欢，自必待之以厚；子而不贤孝则干父母之怒，自必待之以薄。此亦一定之道也。如父母待我独厚，必当愈为贤孝，以仰副父母之欢心。若不明物我一体，而漠视朋侪，则父母必将变欢为怒、变厚为薄矣。今者人心不古，霪雨为灾，水势汪洋，甚于往昔。罹其灾者，田庐淹没，困苦难堪，几多性命不保。而富贵大族以及温饱之家，仍可安然无恙，既无流离之苦，又无庚癸之呼者，皆由前世之修福、祖宗之积德所致。岂非父母待我独厚耶？当此之际，目击情形，自当恻然动念，以思损其余资拯我同类，勉力以图，以期仰答大造鸿恩，方能常享此富贵温饱也。然但有救灾之心而无救灾之策，势必措置无从，徒嗟扼腕，亦付之无可如何。已尔兹集济荒摘要十条，其法可大可小，可暂可常，事归简便，人所易为，随地可施，有利无弊。有力者多，固可大成其事；同志者少，何妨小试其端？由小以至大，由狭以及广，亦得寸则寸，得尺则尺之意。总之，能行一乡，即可救一乡之命；能行一邑，即可救一邑无数之命。仁人君子，急起图之。天监不远，获福当无涯也。此启。

道光二十九年季夏，武陵甦斋氏书

劝行担粥说

（录前抚署中发出）

救荒之术固多，而济急莫如施粥。盖饥饿之民，得钱犹待于买食，得米犹待于举火，皆不如得粥之即可下咽也。然设厂煮粥，则费多而弊亦多。既须选择宽地，多备锅灶，添

设器具，堆积柴薪，且须给票分筹，官为弹压，一切人工杂用，种种浮费，有更倍于薪米之需者。况聚无数饥民于一厂之中，老弱者拥挤不前，强悍者尤易滋事，而远道疲民冲风冒雪，仆仆往还，得无惫甚。且每日一厂煮米至数十石之多，和水搀灰，半生半冷，均所不免。故昔人有以设厂煮粥为弊政者，亦有所激而云然也。前明嘉善陈氏有挑粥就人随处给食之法，最为简易。在富者出资有限，而贫者续命已多。荒政诸书，每详载之。今江南积荒之后，穷民冻馁，实繁有徒。因与会城诸寅寮，倡行担粥。制就有盖粥桶，以木尺量之，高一尺五寸，径圆亦如之。每桶约可盛粥五十余碗。两桶为一担，每担煮米一斗。再入糲粉二升，便极稠酸。令人分挑城市各处，随带铁勺一把，其桶盖半边不动，半边可开。粥多气聚，经时不冷。遇老弱疲病者，各给一勺。约计一担之粥，总可给百人以上。柴米挑工，每日所费止在六百文以内。即行之百日，亦止六十千文。无设厂之繁，而有活人之实。惟担数以多为贵，多则各分地段，而得食者均；且必出以同时，方不至有重复偏枯之弊。现在苏城之内，每日已有四十余担。再能劝至一二百担，则城内僻处及附郭地方，皆可周遍。即床席之病人、穷居之妇女，亦可就近送给。更能早晚两次，则全活尤多。虽有荒年，可无饿殍，德莫大焉，事莫便焉。然而有疑之者，以为待哺者多，一担方出，众人争趋，必有挤夺之患，强者先得，弱者空回，其弊恐与设厂等。在官行之，尚可弹压惩戒，居家则必不敢行者矣。不知挤夺之故，由于担少。现在已无此患，若担数加多，更可随处得食，人数散而不聚，又何挤夺之可虞乎？即如酒肆、茶坊、点心等店，所在多有，并不籍官人弹压，尚无挤夺之虑，何转于粥担而疑之？大抵行此事者，先须约会同人，认明担数，酌分地段。各乡人少之处，即一二担亦可先行。若城市人多，应先会齐一二十担，乃可起手。由此渐劝加增，多多益善，更觉行所无事矣。凡我好善之人，无论官署人家，每晨总须炊爨，只于爨前先煮粥一锅，不为费事。其有力者一人日施数担，次则一人日施一担，即力薄者亦可合数人以成一担，所费更轻。且或认一月半月，并或各认一旬，多寡迟速之间，亦随其便。总之，担粥愈众，则救济愈多，而施行亦愈易为力。恻隐之心，人所同具。凡被歉之州县城乡市镇，无处不可通行。用特刊布迩言，并开明经费于后，冀其相劝而兴起焉。苏城绅富之家，有愿施者，可至抚辕领取有盖粥桶，不须出钱自制。且既系官桶，更可免争夺之虑，庶几行者益多耳。再穷乡僻壤，无力之家，有不能施粥者，或于朝夕炊爨时，酌留米汤少许，盛以盆瓮，置于门首，使过路病丐，稍润饥肠，得沾谷气，亦可不死。陆桴亭先生之说如是，是亦救济之苦心也。并附识之。

附开担粥经费，煮粥一担用米一斗，约四百文；糲粉二升，约五十余文；柴约六七十文；挑工约三四十文。

劝开粥店说

救饥之法，莫善于粥。盖此等枵腹之人，肠胃已伤，若与糕饼干食，难以运化，不惟无益，而反有损。况老者病者以及幼孩，更难下咽，惟粥则柔润无弊也。然施粥则经费不少，人不易为，并有拥挤不均之虑。道光廿一年本邑被水成灾，而圩乡为尤甚。虽有四次赈钱，而每日大口不过数文。值此米珠薪桂，尚难度日，饥民遍野，待哺嗷嗷。有北七房镇善士，集资置器，创开粥店，附近饥民赖以活者无算。此良法也。其初早起煮粥数斗之米，每大碗买〔卖〕钱四文，中碗两文。人皆争买，以后日渐增添。煮至数石之米，间有囊无半文，而饥饿之状不堪者，或暗与钱，或许暂赊一碗半碗，聊可充饥。如设厂煮赈，只尽一时散完。而开店卖粥，随早随晚，或多或少，听其自便。此举无施粥之名，有救饥之实。人皆称善，而为乐助，并有暗将洋银送来而不显名者。煮粥之本日有所亏，则逐捐逐补，故延至数月而止。近乡效法而行者，亦有数处。可见好善之念，人有同情。现今水灾甚于从前，若得好善之士，于发赈施粥之外，仿而行之，以助赈之不及，亦可救无数生命。一方之中，若有数处卖粥更妙。此法城乡可行，为费不多，而受惠不少。可大可小，可暂可常，如诚经费不敷，何妨停止。有心人盍起图之。

凡久饥之人，肠胃枯细，骤食厚粥，热粥过饱，皆可立毙。为善者不可不知。

开此粥店，原为极贫之家，爨火久虚，买此一二碗之粥，聊以稍充饥肠。而设恐有并非贫人，图贪小利，亦来买食，并有将担桶并买一二十碗者，非特有碍极贫地步，且有拥挤之虑。故于未开之前，备筹数千。于十里之内，至各乡村，逐一查明极贫之户，先给一筹。每日持筹来买，无筹概不准卖。如此可以实惠及贫矣。

恤产保婴说

从来荒歉之年，民间生育，每多弃溺婴孩而不能留养。盖以平时贫家生产，尚有淹溺之风，何况当此米珠薪桂，度日维艰，自身亦不能保，何能兼顾初生幼孩？是以堕地呱呱，遽遭戕〔戕〕害者，比比皆是。非必父母之过于残忍也，亦缘景况不堪，不得已而出此耳。若有善人稍助以钱，劝其勿弃勿溺，彼必乐从。因歉岁之钱，更不易得，若有所助，无不籍产得钱，转可赖以过活，分外当心抚养矣。查荒政诸书，本有收养弃婴一条，洵为救荒善举。但收之于既弃之后，早已骨肉相离，何如恤之于未弃之先，犹可母子同聚。爰拟仿照保婴局规条例，量为变通，或并入赈局，或另为设局办理。凡饥户中有怀孕欲产而势不能留者，诫其产后勿溺勿弃，许偕本地老成人报明局中，查验确实，当给钱五百文。满月后再给钱三百文。二月、三月、四月后，再每月给钱三百文。若遇寒天，再给衣裙各一件。如此则贫民既因得所助而乐于留养，婴孩又赖得所依而易于保全。以二千文而救活一命，如此便宜功德，人何惮而不为耶？或一人认养十名，或一人认养数名，均无不可。即在产妇得此一助，更可安心调摄，不致以强起操作而生意外之虞。道可两全，事堪兼举。虽未及通筹日后，亦已使得保目前。门开方便，既以全灾民慈爱之恩；术本行仁，并可免孩赤沉沦之惨。布金种德，何殊父母重生？保赤全恩，奚止浮图七级也。

劝收弃孩说

饥馑之岁，乡间弃孩必多。盖以荡析离居之后，贫人自身难保，何能顾及儿女？与其留在家中，老幼俱毙，何如弃幼而存老，尚可出外谋生也。是以未期之子，置之路傍；数岁之孩，委之道左；并有父母皆亡，而抛流在外者。且有寡妇遗儿，方冀俟其长成，而老年有托；数房合子，始欲望其少壮，而宗祀可延。乃今一旦骨肉相离，终身绝望。言念及此，实堪悯恻。此等无依幼孩，如无垂救之人，则命悬旦夕矣。其情可悲，所关极大。仁人君子，当发恻隐之心，急为安抚。或与二三同志，立局收留，或即在自己之家，雇人乳养。立簿记明各孩，何时何地收归，即写一木牌，系其身上，以便稽查。待至来年麦熟时，即贴招纸通衢，写明月日，何处收取，召其父母识认。若能骨肉相聚，更属恩全义美。数月后，如无认领之人，自当设法安置。男者与人作为螟蛉，女者作为养媳。局中酌贴钱一二千文，使人乐于领养。此外或与僧尼作徒，亦无不可。查访确实，方准领去。若得集资设局，议立章程，呈请存案，依照恤孤局，给与执照。如有疾病不测，免致籍口，更为妥善。

劝施杂粮说

人生一日不再食则饥。值此饥馑之岁，谋食维艰，哀鸿载道，转辗沟壑，纵有官赈义赈，尚难接济。仁人君子目击情伤，自必慨发慈心，兴思援救。无如米珠薪桂，物力艰难，是以虽有其心，而不能广遍者，未免有之。但思米麦之外，即杂粮亦可充饥，如糠粞面麸，以及各种豆粒，皆可磨粉散给。即如芋粉、包谷、番薯，亦堪作粉果腹，或多制疗饥丸广送。但散给各粉，须令将开水调作稠糊而食，切不可作糕饼干食。盖久饥之后，肠胃细弱，若与干食饱食，必致损伤殒命。此等人饥不择食，何能知之？必须于散给时，人人告之。且久饥垂毙之人，即干粥亦不可饱食，必须先用饭汤薄粥以调之最妙。如不可得，只能将此各粉，令其开水调糊，徐徐下咽，庶不伤人也。以上数种之粉，其价既廉，可以集资广给。如有力者少，即数千或数十千文，亦堪救济多人，使此鸠形鹄面者，藉以度日而延生命，犹愈于草根树皮也。若观音粉、榆树皮，恐致伤人，当为告之。眼前大荒之岁，人生数十年，亦偶然耳。奉劝有心人，及早积德，可以延寿，可以广嗣。历来从此发大富贵者，不一而足。莲池大师所谓宝山取宝之时，此等好机会，切勿错过。聪明智慧人，当早悟及，无须烦琐也。

劝借麦种说

今年霪雨为灾，水势之大，甚于道光三年。非特低窪之处，田庐淹没，即三年未淹之田，亦多浸灌。人民饿毙溺毙极多，逃窜离散者不一而足。非特秋收无着，即交冬水退之后，必思种麦，始可来年春花有望。然即此离流颠沛之人，工作难谋，纺织无利，纵未饿死，何能再筹麦种？既质当无物，又借贷无门，势必视此荒田而束手无策矣。然所荒之田，若是己产，犹可售人，以作还租之田。若已是还租之田，则无别法可商。如春花无望，则秋成又难。此等佃户，赖种租田为生，即赖业主为生，如业主膜视，则无别生路矣。惟劝业主今冬借给种资，每亩若干，至来岁责偿，可使及时播种，俾众佃夏熟可期，不至绝望，致生他念，而业主亦可冀麦租有着。况此佃户，既种我田，即与家中佣人无异。其情困苦不堪，自应业主体恤。盖田须佃种，恤我之佃，即是保我之产。我产得保，既可永享利益，又能广种福田，利己惠人，一举两得。仁人长者，盍再思之。

劝舍寒衣说

水灾之后，野无青草，家无四壁，并有墙坍屋倒，无地栖身，流离颠沛，苦不胜言。然当夏秋之间，虽有斯饥之叹，尚无号寒之声。或得一餐半食，犹可苟延性命。一交冬令，肃风凛冽，寒气逼人，虽或向有寒衣，久已典质殆尽，既少粒米充肠，又无片棉裹体，饥寒交迫，旦夕难延。夫富贵之人，重裘暖阁，纵酒围炉者，固无论已，即如平等之家，皆有敝袍絮袄，而棉薄衣单，尚知怯冷，况此羸弱饥馁之躯，衣不蔽体者，何能御此严寒？其不僵填沟壑者几希矣！切思此等灾黎，亦属父母遗体，其骨肉犹夫人也，其性情犹夫人也，其畏寒怕冻亦犹夫人也。不过实命不犹，卒过凶年，而遭此惨况耳。而其觳觫之状，鸠鹄之形，何异寒冰地狱？苟有仁人长者见之，能不测〔恻〕然？惟有慨发善愿，施舍棉衣，俾度过残冬，始得稍有生路。况此棉衣，每领所值仅止二百余文，而贫人得之则生，勿得则死。是以二百余文，而救活一命，则二千余文，已可救活十命。推之二十余千，即可救活百命矣。吾人日用饮食，何处不可节省一二？惟此棉衣救人最易，在我所费不多，在人所关甚大。为善最乐，莫过于此。前裕鲁山先生在江苏陈臬时，曾刻《勉益斋偶存稿》一书，内载在湖北武昌太守任内，办理荒政，筹款制办棉衣之外，尚有饬制草衣一项。其年老残废者，则给棉衣；强壮者则给草衣。载明广购稻草，编制草衣，每件约需大钱六十文。将草衣式样，交给委员饬县看视遵照制备等语。其中虽未细载如何造法，其所云编制者，想用粗麻线将稻草编成也。即此草衣，价廉而工省，亦能御寒。若得有心人制成式样，广传劝送，俾人人可仿照而成，则农人亦可自制，并能售人，其利益实无穷矣。现雇蓑衣店内人，已将稻草编成，可以仿制也。上古圣人，树叶尚可为衣，何况稻草？今稻草可衣，则草裤草袜，皆可类推而成。乃田夫御荒，不失黄冠草服之意。

草衣式

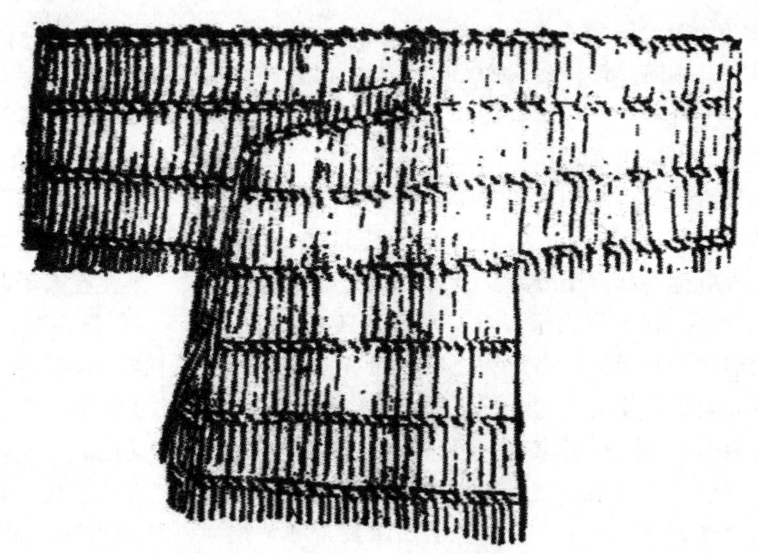

将稻草打熟，略去草壳，用灯草壳绳编成，或用麻皮线亦可。背后双层，余俱单层。长约二尺二寸。即雇做蓑衣人为之。每件约重四斤半外，轻薄恐不耐冷。每件工钱十八文，连饭食、稻草、草壳绳，共约六十余文。

此草衣既不美观，亦非适体，未遇严寒，或有不屑穿者。然无衣无褐，何能度过残冬？得此草衣，藉以御风寒而蔽雨雪，犹愈于赤身裸体也。惟愿仁人预为多备，以便临时广给，可救无数生命。幸勿以物之微贱而轻鄙之，倘见身无半缕而无从垂救，则悔之晚矣。

救荒实惠法

阳羡玉涵子曰：康熙九年，吴越大水，吾宜〔邑〕为甚，吾乡名东村者为尤甚。予有田顷余在焉。去冬偶过之，行其巷，寂无人声，非锁门而他出，则阖户而就寝。余深讶焉。或告予曰：凡锁门者，殆举家行乞他所；阖户者，殆绝粒而僵卧不起耳。予大惊曰：然则不久已死乎？曰：但未至是也。凡吾村之困守家居而不远行丐乞者，类皆以网罟作本，以虾鱼为资，每得虾鱼一斤，可易米半升，辄得一日活。数日来雪大冰坚，无可施网。又今年巨浸，芦苇亦淹没无遗。虽欲采薪以沸水，亦不可得耳。春二月，复过之，忽有言曰：昨有某者三岁儿饿死矣。余骇甚而问其状，曰：吾地迩来惟割野菜马兰杂煮而食，虽得些少米，不敢以为糜也。惟粉之而入于草汤中，可以得腻，藉以稍通饥肠耳。是家无撮糊入嚢数日矣。儿幼不能草餐，母绝粒许久，岂复有乳。是以遄死耳。予泪泫然下，不能收。思上年之水，凡丽吾地者，真极难矣。计予业田二百余亩，得租不过十七石有奇。因漕白紧急，尽数输仓，所存欠数，谓当卖产借贷以入矣。忽遇天恩，准以水灾捐折，反领米四石九斗有奇以归，岂不可譬之未尝捐折乎？此村立就危亡，吾家尚日三餐。又三日粥辄欲一餐饭，见此光景，而私此四石九斗有奇者，以独丰，义不忍。时二月廿四日也。中夜以思，余持此米，将何为而可乎？欲施以煮粥也，则余见煮粥之弊矣。煮粥者，环一二十里而设一场，饱暖者未必不近，饥寒者未必不远也。饱暖者不宜食，其无耻者未必不食也。闻粥一熟，群相哄然。吾见有大桶小碗，而携归以饲其工人者矣。又取多积，剩而臭腐以及夫犬豕者矣。远方饥民，在十数里外，扶老抱幼，冲风冒雨，颠蹶而至，则锅已罄空，相向一恸，枵腹而归耳。夫少壮者，得以自达矣。衰稚妇女，何以自达乎？晴天暖日，不难早候矣。雪霜泥泞，岂能早候乎？况今春作方殷，农务正急，若舍一日之田功，而往返十数里之遥，以就二三碗之薄粥，将来秋收宁复有望？性命旦夕苟延，活计愈加断绝矣。故愚谓不如计口分赈，领归自煮之便也。出米以赈者，诚莫大之功，然人皆吝财，谁肯竟舍？有出无入，事实难行。虽以官府临之，急之而严戒切责，劝之而礼貌温文，终莫肯应也。即有十分好义者，吾知其出之亦有限矣。今使有人于此，与之米一升，明日即无以继。有人借之米五升，至冬要还一斗。二者不可得兼，其人必宁借五升矣。盖与而无继，究必饿死；借重利之债，而可以得生。将来秋收一熟，奚难此一斗乎？故愚谓劝赈不如劝借之便也。然今日之借，不患利息重，而惟患不肯放。放债者富人之所乐为，而在今偏不肯为。巨万家赀，锱铢以积，连廒积囤，群视眈眈。一人肯借，十人岂得辞乎？一升可借，十升宁便已乎？岁荒民歉，借去尚肯还乎？拥粟积钱，如负重责，嚣嚣群口，竟同敌雠。幸天下太平，众皆明妒暗嫉，摩掌疾视，雁行相持，而莫敢轻动也。一旦有变，彼堆千累万者，负之将安往乎？然以今之势，苟不力为斡旋，亦未必保能无变也。富人剩肥，贫无半粟，富家厌罗绮，贫者衣百结，寻常亦诿于命而安之矣。同是人耳，竟甘心独槁饿以死哉！且不借者，将谓其必赖乎！灶冷烟空，朝不谋夕，藉此救命，奚忍负恩？计口而给不过升斗，秋收一熟等之锱铢。崔子曰：惠不在大，济人之急可也。济人只在急时，凡衣食不缺之家，不过暂值荒歉耳。若肯竭力节省，岂无一石五斗赢余？省得一石出，即可救百人三日之饿；省得五斗出，亦救百人日半之饥矣。吾米尚不满五石，欲以出放济贫，岂不令人齿冷？然只要与吾辈作一榜样，做一前驱耳。计熟矣，恨不即曙。黎明，即起书片纸曰：史八房有米五石出放，其米作价，至冬偿还，其息加二。凡本村极贫之家，论丁分借。此知。时余仆庄四在傍，余语之故，且备告以作价加息便宜事。而庄四曰：仆幸邀主庇，积省得米一石，不须自食，亦可搭放以济人乎？余喜吾术之得行。而此法之果可以行之人人也？急颔之曰：是极善。遂续书其下曰：下人庄四亦放一石。时值清明，余以执事祠祭，无暇过彼，而已有先余而告之者矣，相与踊跃称快。晡后余至，则益相与叹息致感。余愈愧赧不自胜，因挟前片纸不敢出。忽一人大声言曰：审若是，我等穷人，今兹或者尚有命乎？我等平日借贷于人惯矣，虽加六加七，而未尝一负之，乃今者过之而俱谢无有也。无已，以倍称许之，而益谢无有也。翳其无有，咸以为今岁非放债之时也。今秋宁再大水乎？若果有收，奚至负此担石活命之债也？若其无收，吾将视其拥此仍仍者而独食矣。无非怕有富名耳，官人宁富者哉！余曰：众等既在是，此纸可以无贴矣。众曰：岂官人是为？要欲令通邑式也，诚可利之通衢。因请余出放之期，余曰：今米尚在城中，廿九即月尽，其次月初一乎？众散去。独有一人尾予后，私请曰：官人能有米在此间乎？余曰：前者因筑圩埂，结发饭米，尚存数斗。又板渎圩佃，该我结数斗。今还当问我家人周百福耳。其人曰：官人放米，前后等耳。合家七口，三日无粒米下锅矣。遵官人论丁分借法，当得二斗有零。今可以一斗先惠予乎？余曰：吾应汝，然勿令他人知。余先归，俄而此人至，余视剩米约有三斗，即以二斗与之。其人向天连叩首曰：官人积德如此，皇天皇天，你必速报！余急扶之起，谓曰：我放米与汝，又作价要利钱，非舍汝也。何至作如此状乎？其人曰：如余等人，今者孰肯借余一勺乎？虽加十加廿，亦万感也。余有一媳，十九岁矣，有娠。因合门将饿死，欲出脱一人，兼可得众人活。媳请曰：当此荒年，身居贫贱，廉耻之事，固不足言，独恨妇有重身已五月矣。将持此谁适乎？只待相向同死耳。今得官人米，又再挨过去矣。俄而又有一人至曰：见彼尾官人后，似有所私者。吾家极惨之事，且不及言，尚有余剩，即惠余乎？余罄量且及一斗，急与之。比余入城，则前此四石九斗有奇者，已为内人买薪市盐杂费，用去二石矣。急省饭米一石补入，而尚少一石也。且下乡再图之。初一日，众等将来领米。余先令人告曰：不须皆来，只二三人领去足矣。俄而五人棹一破舟至，内二人即前日之先支二斗一斗者。外又同一人，乃余旧佃。余识之，遥问曰：汝非此村人也，何以至是？其人前致辞曰：某实不住此村，顷来饥肠欲绝，闻官人放米，特来相央耳。余谓曰：吾前许五石，今不自意缺一石而无从措也。宁尚有余，能及汝乎？其人力恳添彼一丁，以与此村人均分。五人者辞曰：吾村已论户照丁派定，虽勺合曾不相假也。吾等虽欲便汝，真无由。若官人此处能多出，必与汝矣。其人泪悬悬欲下，叹息以视。余命先将四石量讫，唤周百福取前所收板渎圩米来。至则带阴元米六斗，命倾之盘中，则热气蒸蒸欲烂矣。盖余收租必用官斛，故每得佳米。而彼人见今岁米贵，虽稍收亦属贫艰，故不觉搀水太重耳。余曰：今无奈只得凑汝去，但不须利。有二人者喜曰：是竟与我。吾视之亦甚甘，而可以免息也。余少四斗，则前已发过三斗矣。止缺一斗，余入内细检得一上年藏米旧囤，桌后尚有少剩也。余悉取出，见中有空蛀及草屑，余命筛之，又簸之，并归盘中。在傍者咸笑曰：是殆一斗有余。暗察前佃，面忽欣欣有喜色。余命量清一斗，再量得八升，前佃急前请曰：是宁得不借我乎？余曰：是畀汝。而前领过二斗者忽愀然曰：吾此行人家所分，不过数升矣。今地下有狼籍及蛀屑空头，可以施余乎？余急命尽扫以去。彼四人者出一纸，上细开三十二家，共一百七十六丁，止分所借米共六石耳。悲哉！夫余之此法，既详且稳矣。作价以偿，防秋熟而米或贱也。加二起息，以周年计之，即加三也。既可获利，又救人性命，天下无此两便事也。吾辈要大修行积德，舍却此等时，再无此好机会也。而继余者尚鲜，何也？意皆实处于不足耳。夫下人庄四宁有余之家乎？亦放一石。毋论一石，即一斗二斗，皆可济人。苟其出之，必有受其惠者。若自己偶乏，而转借以放，尤见至心。吾辈遇此岁年，钱粮赔累，食指繁多，自难尚有余剩，惟是平昔行谊，苟足信人，但一开口告贷，代人生息，人之与余，不待卑辞而苦口也。借来放去，仍讨来偿还，不过一担当转换间耳。无损于己而大有济于人，何惜此点点面情，几许筋力，任人辗转垂危而不一援手耶？因义仓社仓之不能旦夕复，而欲使出者不伤财，受者立有济，愚谓此放贷赈法之切实可行，可以人人行之，为甚便也。（高玉立曰：毋论社仓难复，似此随地为社仓，随时有社仓，不用收贮，又无侵盗，真前此未有之议，后此必传之法。）其法以十家为甲，甲有长。通地为村，村有长。一图为坊，坊有正。其人必择地之公平有信行者为之。一人不能独任，再择一二人分任之。甲内饥民，甲长村长结报，邻甲邻村查核。达之坊正，坊正勘实入册。男子全给，妇女及七岁以下半给；其三岁以下及无行之士，与从来丐乞者不与。计丁分借，其米色必论高低，会同牙行，三面作价。至冬还，亦如之。其斗斛出入，同用流图，其息加二。放米之家，借户书与借券，甲长村长作中，坊长照数入册。本坊之米，即放本坊。其本坊米少，而借之邻坊者，借户书借券外，坊长村长另立收领认与追清，务期有放必还，有米乐放。或曰：其利不可以已乎？曰：此又子贡赎人不受金，子路救溺而受牛之说矣。凡立法，要使久而可行。其刻待借者，所以广劝放者而加惠贫民，实所以安富民也。

集义会说

吾邑乡民耕种之外，惟藉纺织为谋生之计。自被水灾之后，当尽卖绝，朝夕不保，何能复有纺织资本？然与其给钱散米，得之辄尽，不若纺织之可以绵绵不绝也。今青城乡吕社薛氏，创举一会，名曰集义，开设公局便民。遇有穷而无告者，借花纱以济其业，借黑豆以充其饥。俟其稍有赢余，然后偿还。此系有无相通，不在施舍之例。故凡茕独无告之人，凭邻右作保，立票来借，月内归偿，不加利算，过期二分起息。倘当时利轻，则不必借者亦来，势必难乎为继。俟还时，看其情形，酌量减让。极贫之家，许借花纱一二斤以作本钱，做布卖出，即将前借还清，再转后账。如不转账，不得再借，所以寓劝勤惩惰之意。报施之道，自古有之。今我济人患难，人孰无心？将来一有生路，自无不偿，亦理所必然也。是会之举，原为极贫告贷无门者开一生路，其稍能生活者概不准借。并有尚存廉耻，凡遇施舍不甘食嗟来之食者，到此暂借，日后偿还，其默为保全者甚多。如发钱散米，只可暂周一时，此则可以长久行之，并有合于任恤之道。《周礼》所谓"凡民之贷者，辨而授之，以服为息"即此意也。在会之人，凡有账目公同盘算，日后亏折照分派认。此好义之举，惠而不费，而保全者不少。是又平粜发赈外之不可缓者也。各处亦可仿照行之。

凡贫家，向来本有御寒之衣。四五月间，因田中戽水无资，久已尽为典质。至冬天气虽寒，何能有钱赎当？但此棉衣所当之钱，亦属无几。奉劝仁人君子，借钱代赎棉衣，以度残冬，功德无量。每人或愿借钱代赎棉衣几件，或几十件，或几百件，总须量力而行。其法贴一招纸门首上，写现因天气寒冷，贫家无力取赎棉衣。本宅借钱代为取赎，定以若干件为额。如额满不准再借。凡欲取赎者，同本地相识之人，执持当票来宅，查明立票借钱，至来年夏熟秋收时，照典加息清还。或仍将棉衣交抵，如不愿取利者，更为仁至义尽。如是则全活者亦复不少。吾人各具天良，如此救命钱苟可归偿，自不至终负也。如有好善之士不欲出名，或虑此端一开，不能额满距〔拒〕绝，何妨数人设立公局，或于公所借人出名，或托言公项，均无不可。

苏郡养牲局说

耕牛为农家必需之物，只因被灾既重，乡人糊〔餬〕口计绌，无力饲及耕牛，率行变鬻，以为苟给目前之计。致有乘此兴贩，恣意宰剥者，不一而足。不特残害生灵，上干天谴，而耕犁要侯，有害农功，实非浅鲜。现今苏郡善士，议设养牲局，捐资收当，悉照道光三年成案。其例定以水牛当价十两，黄牛八两，沙牛四两，由局代为收养。其收当之时，眼同物主，于牛角上镌刻字号，局中对号给票，将来持票取赎。设有病毙，将牛角截存，以凭查对，物主不得勒要原牛。统以十个月为满，半年限内回赎，准免计利。倘于半年之外取赎，应照典起息。如逾十个月之限，不即取赎去，即由局变价充公，不准告赎。此外乡村市镇，或劝收当，或劝业主代为喂养。当时议此善举，生全物命甚多。惟收当耕牛，询〔洵〕为善举。然欲设局兴办，必须先有收养之所，而经理照管喂养一切费用，亦非易易。若得好善有力之家，仿照此例，活法办理，亦无不可。访查农家，向有耕牛，因遇水灾，势难留养，将卖与屠户者，即行禁止。代为当养，或一人认当数牛，或一人认当一二十牛，均各随心量力，以全生命。并劝同志各自举办，以期推广。并劝业主，或借草料，或代佣喂养更妙。切思私宰耕牛，本干例禁，只因官长公事殷繁，未及留意；胥役等得贿朦蔽，以致此弊不除。但屠户收卖，必有圈作私宰之所。地保邻右，岂不周知？并须全仗衙门内外人等包庇，始得肆无忌惮。如有贤父母贤幕宾，乐善性成，着意察访，严密查拿，无不可立除此弊。先行出示，剀切谕禁，并许绅士邻右等指名禀究，以凭拿办。一面暗地察访，如有此等屠户，愍不畏法，仍行私宰者，立即严拿，从重治罪，并将地保及包庇之人重惩。其邻右知而不为出首，亦当稍示薄惩。如有将牛肉公然在街市售卖者，无论何人，任凭取去，不作抢夺食物论。兼防胥役得贿欺朦。如此，贤父母贤幕宾恤物命以召天和，定卜子孙昌炽，福寿绵长矣。

疗饥良方

邱文庄曰：荒岁之民，桂薪玉粒，吸水餐霞，牂羊羵首，水静星光。业艺者技无所施，营运者货无所售。典质则富室无财，举货则上户乏力。鱼虾螺蚌，索取已竭；草根木子，掘取又空。面皆饥色，身似鬼形。弃男鬻女，忍割心肠。乞之不足，又顾而他，辗转号呼，曳衰匍匐，气息奄奄，须臾不保，或垂亡于茅舍，或积尸于道涂。当此之时，非用方术，难以度过此厄，于是集救饥辟谷方。若欲试方，必勿食一二日后，极饥后服之，乃见奇效。即不可再食一切物。慎勿以平常偶然小饥而试。一或不验，生退悔心，阻大善缘也。

王氏《农书》云：辟谷之方，见于石刻。水旱虫荒，国家代有，甚则怀金立鹄，易子炊骸。为民父母者，不可不知此法也。昔晋惠帝永宁二年，黄门侍郎刘景先表奏：臣遇太白山隐民，传济饥辟谷仙方。臣家大小七十余口，更不食别物。若不如斯，臣一家甘受刑戮。其方用大豆五斗，淘净蒸三遍去皮；用大麻子三斗，浸一宿，亦蒸三遍。令口开取仁，各捣为末，和捣作团如拳大，入甑内蒸。从戌至子时止，寅时出甑，午时晒干为末。干服之，以饱为度，不得食一切物。第一顿得七日不饥，第二顿得四十九日不饥，第三顿三百日不饥，第四顿得二千四百日不饥，更不必服，永不饥也。不问老少，但依法服食，令人强壮，容貌红白，永不憔悴。口渴即研大麻子汤饮之，转更滋润脏腑。若要重吃物，用葵子三合，研末煎汤冷服，取下药如金色，任吃诸物，并无所损。前知随州朱颂教民用之有验，序其首尾，勒石于汉阳大别山太平兴国寺。

济生大丹

芝麻（一斗，微炒磨）、黄豆、糯米（各一斗二升，水淘蒸熟晒干，或焙燥）、熟地（十斤）、黄耆[芪]（炙）、山药（各五斤）、白术（三斤共细末）、红枣（十斤），煮熟，去皮核，打烂，配入炼密，捣和为丸，约重五钱。滚水服。修合如法，香美疗饥，即数月可安。（康熙壬子年，杭州设施粥厂，尚氏施效。）

行路不饥丸

（或远行，或遇荒，皆可备用，勿以价廉忽之）

黑芝麻（三升淘炒）、拣红枣（三斤去核）、炒糯米（三升，磨末，共捣密丸如弹子大。日服三丸，汤水任下）。

许真君救荒方

（倘岁值大荒，饥饿者众，此方所费不多，一料可济千人）

黄豆（七斗，水淘净即蒸）、黑芝麻（三斗，照前淘净同蒸，蒸过即晒。黎明入甑，午时晒。三蒸三晒，遇阴雨，火烘干为末。略加开水捣为丸，如核桃大。日服二丸，可止一日饥。小料十分之一，亦救百人之饥）。

戚少保千金面方

白面（六斤）、茯苓（四两）、甘草（二两）、炮姜（二两，三味俱炒，磨末和面）、白密〔蜜〕（一斤）、麻油（二斤）、生姜（四两捣汁，并和成块，切片甑内蒸熟，阴干。春末每用一小杯，开水调服，可饱终日。绢袋盛之，可留数年，服之无不及效。忌食葱）。

辟瘟方

乳香、苍术、细辛、甘草、川芎（各一钱）、降香、檀香末（各一两，红枣为丸，弹子大）。

辟疫法

凡入病人家，不宜空腹。饮雄黄酒一杯，再以香油调雄黄末、苍术末，涂鼻孔，则不染。出则以纸撚探鼻，得嚏更好。

误触汗气入鼻，即觉头痛不快。急以水调芥菜子末，填脐中，以热物隔衣一层熨之，汗出即愈。

每年四五月，用贯众一个，置食水缸内，不染时疾。

每日多焚降香，再随身佩带祛疫。

行路于时疫之乡，口中常念“游光厉鬼”四字，祛邪。黑夜行走，皆可诵之。凡时疫之年，能首忌房事，即受病亦易解也。

慎勿秽亵

板存无锡北门外三治堂书坊。如有好善之士翻刻印送，功德无量。

济荒必备

清道光二十九年刻本

（清）陈僅 纂集

王娟 点校

济荒必备序

道光十五年，僅自延长量移紫阳，见山地硗薄，民鲜盖藏，惩壬辰癸巳之变，仿东南法，劝民种番薯以备灾，于是为《蕻葥集证》一书。既而调任安康。二十二年，春夏不雨，民心惶惶。僅急为思患预防计，又成《济荒必备》一书。邀天之福，甘霖应祷，转歉为丰。迩来山中连稔。去岁值丙午，西、同、凤三郡自秋徂冬，旱魃为虐，而南山之民晏如也。廉访唐子方先生摄方伯篆，札饬寮属，俾各以救荒策献。僅一知半解，深惧无当高深，乃过蒙采择，奖借逾涯，实感且愧。岁终封篆，民事既阑，回念二书仓猝成编，其板移存紫阳东来书院中，难于就印，因取旧本重加增订，合二书为一，厘为三卷。两书均为济荒设，故仍其旧名，总颜之曰《济荒必备》，用便观览，且以备异时一得之助，亦“兵可百年不用，不可一日不备”之意云尔。

道光二十七年春正月八日，安康县知县陈僅序

济荒必备目录

济荒必备 卷之一 辟谷神方

安康县知县陈僅纂集

辟谷导养出于神仙家，言儒者不道，然而术无庸奇，顾用之者何如耳。黄老清净，汉文帝善用之而治；佛氏慈悲，梁武帝不善用之而亡。故辟谷养生之说，以之保一身则私，以之救万民则公，以求非分之长生则逆，以保固有之性命则顺。所谓仁者见之谓之仁，知者见之谓之知。百姓日用而不知者，此也。凶年饥馑，小民谋生无术。为上者苟可以补救，不惮以身为牺牲，而况救饥之方，见于载籍者，大抵经诸目验，信而后传，而以神仙荒诞置之可乎？使富而好义者采择其方，多制药料，以济其乡里，此其功德之大，成仙成佛之基，即在于是矣。余因即旧刊之本，增所未备，去其复重，得若干条，以咽津、服气、止渴、辟寒诸方附于后，将以广皇仁而全民命，故不惮谆谆也。

天地丸

《本草纲目》：天门冬二斤，熟地黄一斤，为末，炼蜜丸，弹子大。每温酒化三丸，日三服。居山远行，辟谷良服。至十日，身轻目明；二十日，百病愈，颜色如花；三十日，发白更黑，齿落重生；五十日，行及奔马；百日延年。

坎离丸

《静耘斋集验方》：黑豆不拘多少，桑葚汁浸透，蒸熟再浸，共五遍。晒干研末。红枣蒸熟去皮核，捣如泥，与黑豆末和匀。炼蜜为丸，鸡子大，或印成小饼，随意食之。远行作点心最妙。乌须发，养脾肾，壮筋骨，大有裨益，且能充饥。

左慈荒年法

《博物志》：大豆粒细调匀，生者熟，按令暖气彻豆心。先日不食，次早以冷水顿服讫，一切鱼肉果菜不得复经。口渴即饮冷水。初小困十数日，后体力壮健，不复思食。

李卫公行军辟谷方

《惠直堂经验方》：大黄豆五斤（淘三遍至极净，去皮为末）、麻子仁三斤（绵包，用沸汤滚。至冷，垂井中一宿，勿令著水。次日晒干，新瓦拨出谷，簸扬，取粒粒完整者，蒸三遍为末）、白茯苓六两、糯米五升，淘净与茯苓同蒸为末。先将麻仁、糯米、茯苓共捣极烂，渐加豆末和匀，捏如拳大块，复入甑蒸之，约三个时辰。冷定取出，晒干为末。每用麻子汁调服，以饱为度，不得吃一切诸物。第一顿一月不饥，第二顿四十九日不饥，第三顿百日不饥，第四顿一年不饥，第五顿千日不饥，永远颜色日增，气力加倍。如渴，饮麻子汁或芝麻汁，滋润脏腑。如欲吃饮食，用向日葵、莱子三合为末，煎汤，冷定服之，下其药，再服稀粥一二日、稠粥一二日，方可饮食。但服药之后，大忌房事。慎之。

太白山隐士仙传方

《太平广记》：晋惠帝永宁二年，黄门侍郎刘景先过太白山，遇隐士传得此方。前知随州朱頔教民用之有验，序其首尾，勒石汉阳军大别山太平兴国寺。黑大豆五斗，净淘洗，蒸三遍，去皮；又用大麻子三升，浸一宿，漉出，蒸三遍，令口开，去皮。右二味，先将豆捣为末，麻子亦细捣，渐下豆同捣令匀，作团子如拳大，入甑内蒸。初更进火，蒸至夜半子时住，直至寅时出甑，午时晒干，捣为末。干服之，以饱为度，不得食一切物。第一顿得七日不饥，第二顿得四十九日不饥，第三顿得三百日不饥。不问老少，但依法服食，令人强壮，容貌不憔悴。如渴，研大麻子汤饮之，滋润脏腑。若欲食别物，用向日葵子三合许，研末煎汤冷服，开导胃脘，以待冲和。取下其药，如金色。任食诸物，并无所损（一方有白茯苓五两）。

案：《惠直堂经验方》所载救荒丹与此方小异。云黑豆五升，洗净蒸三遍，晒干去皮为末。大麻子三升，汤浸一宿，捞出晒干，用牛皮胶水拌晒，去皮淘净，蒸三遍，臼捣，渐次下黑豆末和匀，用糯米粥为丸，如拳大云云。疑所传闻异词，当以《太平广记》所载为正。旧本两方复出，今删之，而附注备参。

普济丹

李文炳《仙拈集》：黄豆七斗，芝麻三斗，水淘过即蒸，不可浸多时，恐去元气。蒸过即晒，晒干去壳再蒸。三蒸三晒，捣为丸如核桃大。每服一丸，可三日不饥。相传系许真君方，岁荒饥众。此方所费不多，一料可济万人，宜修合以济世，其功无量。

济生丹

《仙拈集》：芝麻一斗（微炒黄），黄豆糯米各一斗（水淘蒸晒），熟地十斤，黄耆〔芪〕（炙）、山药（炒）、各五斤，白术三斤，红枣十斤（去皮核），为末，捣枣内〔肉〕，炼蜜丸，约五钱重。白汤下。其味香美，疗饥数月可安。（永年堂施）

辟谷方

《尊生八笺》：黑豆五斗，淘净蒸三遍，晒干去皮。秋麻子三升，温水浸一宿，去皮晒干，各为细末。糯米三斗，煮粥，和前二味，合捣为丸如拳大。入甑蒸一宿，一更发火，蒸至寅时，日出方才取出甑。晒至日午令干，再捣为末。用小枣五斗煮去皮核，同前三味为团如拳大，再入甑中，蒸一夜。服之，以饱为度。如渴，以淘麻子水饮之，滋润脏腑。

如无麻子汁，白汤亦可，不得别食他物。

又

《救荒本草》：黑豆半升，炒香去皮。芝麻半升，炒熟。白茯苓四两，管仲四两，水洗净，切碎为末。糯米半升，炒熟为末。每服三钱，日进三服，或水或汤送下。盛贮用青布囊。

又

《静耘斋集验方》：糯米二三合炒熟，以黄蜡二两，铜勺内熔化，再入米同炒，至蜡干为度。任便食之，数日不饥。若要吃食，嚼胡桃肉二个，即便思食。(一方用粳米)

又

汪颖《食物本草》：黄耆〔芪〕、赤石脂(煅碎)、龙骨各三钱，防风五分，乌头一钱(泡)。右药置石臼内，捣一千杵，炼蜜丸如弹子大。如行远路者，饱食饭一顿，服一丸，可行五百里；二丸，可千里不饥。

又

《淮南万毕术》：榆树生耳，八月采之，以美酒渍曝，同清粱米、紫芡实蒸熟为末。每服三指，撮酒下，令人不饥。

又

《山居四要》：杜仲、茯苓、甘草、荆芥等分为末，糊丸如桐子大。每服数丸，即吃草木，可以充饥。止有竹叶、甘草不可同食。食草叶有毒，惟盐可解。

救荒辟谷奇方

《千金方》：白茯苓四两为末，白面二两，入水同调匀。以黄蜡三两，代油煎成饼。饱食一顿便不食，至三日后，气力渐生。熟果、芝麻汤、米汤、凉水，略饮少许，以润肠胃，无令涸竭。若仍欲饮食，须先用葵菜汤并米饮稀粥，少少服之。凡荒年贫不能自给者用此。

辟谷休粮方

王氏《农书》：白面一斤，黄蜡四两化开，白茯苓一斤去皮。三味为细末，打糊摊成饼。先清斋一日，食一顿，七日不饥；再食一顿，一月不饥。若要食饭，葵菜煎汤，服一钟。如无葵菜，茯苓汤亦可。（按：此与前方亦大同小异。）

荒年辟谷方

《肘后方》：糯米一斗，淘汰百蒸百曝，捣末。日食一餐，以水调之。服至三十日止，可一年不饥。

又　方

《肘后方》：粳米一升，酒三升，渍之曝干。又渍酒，尽取出。稍食之，可辟谷三十日足。一斗三升，辟谷一年。

又　方

《食疗本草》：青粱米，以纯苦酒浸三日，百蒸百晒藏之。远行日一餐之，可度十日；若重餐之，九十日不饥。

又　方

《本草纲目》：以青粱米一斗，赤石脂三升，水渍，置暖处一二日。上青白衣，捣为丸，如李大。日服三丸，亦不饥也。（李时珍案：《灵宝五符经》中，白鲜米九蒸九曝，作辟谷粮。而此用青粱米，未见出处。）

辟谷不饥方

《医方类聚》：甘菊花、白茯苓、黄蜡、松脂、蜂蜜各等分，共为末，先炼蜜，次下药，和匀如弹子大。一丸白汤嚼下，不饥。

神仙辟谷延寿丹

《续夷坚志》：朱砂（光明者佳，飞过）、定粉（烧之黄色者佳）、黄丹（轻者飞过）各一两，乳香七钱半，水银三钱，大金箔二十片，白沙蜜一两，净蜡二两，白茯苓（如雪者佳）一两或加五钱。右各择精细者，先将定粉入乳钵，研开；次下水银，再研，直至水银无星为度；次下黄丹、朱砂、金箔，再研；次下茯苓、乳香等细末，同研匀，将药入磁碗，坐热汤上，勿令汤冷。另镕蜜蜡入药在内，木匙搅匀，众手丸。每一两作十二丸，勿令有剂缝。或朱砂，或水银为衣（水银为衣法，取水银二三粒手心内，用津唾擦青色，取药三五丸搓之），合时忌鸡犬妇人。药成，入磁器内贮之。如欲住食，先用油三两，蜡一两，白面一斤，入蜜一两，和烧饼或煎饼。如无食不托，面或糯米粥亦可。须极饱然后服药，以乳香汤下一丸。又一时辰，再将白面炒熟，蜜蜡为丸，如桐子大，温白汤或乳香汤下百丸，名曰后药。先已饱食，又服后药，故二三日不困，虽困亦无伤。服药后当万缘不染，盖心动则气散，语多则气伤。故辟谷者以宁心养气为本，事来则应，事过勿留于心。时时向日咽气，以为补助。茶汤任意，勿食有滓之物，忌怒及大劳。十日后肌肉虽瘦而筋骨轻健，神观开朗。如欲开食，须二七日以后，候药在丹田，可开食。不至二七日而食，则药随脏腑而下。开食之后，如更欲住食，不必服药止以乳香汤饮之。（案：《寿世保元》所载小异，并摘录于下。）龚廷贤《寿世保元》载长生辟谷丹方云：云南雪白大茯苓、定粉、黄丹、白松脂、白沙蜜、黄蜡各二两，朱砂五钱，金箔二十片，水银三钱。先将蜜蜡、松脂于净磁内镕为汁，倾药在内，搅匀。候温，就丸如指头大，用水银为衣，再以金箔衣之，密器收贮。服时用乳香末半钱、水三小盏煎汤，温送下，不嚼破。服后第三日觉饥，以面和白茯苓末烙成煎饼，食半饱，以后永不饥渴。若欲饮食，但至半月药在丹田永不出矣。服时，面东持药念咒一遍，吹在药上。如此七遍毕，以乳香汤送下。咒曰：天清地宁，至神至灵；三皇助我，六甲护形；去除百病，使我长生；清清净净，心为甲庚；左招南斗，右招七星；吾令立化，与天长生。吾奉太上老君急急如律令。

救　饥　方

黄山谷《救饥方》：糯米、芝麻各三升，各淘洗晾干，文火炒熟勿焦，磨成粉。红枣三斤，煮烂去皮核，将枣汁一盏半和枣肉入粉，捣成之。每丸七八钱，风吹半干，烘晒收贮。（为丸后，置当风处，半干方可烘晒，否则味薄矣。）早午各细嚼一丸，开水送下，可以终日不食，仍不忌饮吃。

防饥救生四果丹

《惠直堂经验方》：栗子（去壳）、红枣（去皮核）、胡桃（去壳皮）、柿饼（去蒂核）各等分，入甑蒸，二时取出。石臼中杵捣烂，至不辨形色，捻为厚饼，晒干收贮。冬月吉日，焚香修合。凡饥者与食一饼，茶汤任嚼服，腹中气足自饱。一饼可耐五日，再服不限日数。此药补肾水，健脾土，润肺金，清肝木，而心火自平也。

休种养道方

《救荒本草》：白面六斤，香油、白蜜各二斤，干姜二两（滚水泡），生姜四两（去皮），甘草二两，白茯苓四两，黄米三升，共为细末，和成一块，切作片，蒸一时，阴干为末。先吃饱饭后服此药，一茶匙净水送下。若服至一盏，可一月不饥。要解药力，葵菜煎汤服之，仍旧食饭。（一方无黄米。）

诸　葛　干　粮

《惠直堂经验方》：白茯苓、白面各二斤，干姜一两，黄米二升，山药一斤，麻油半斤，芡实三斤，各药一处蒸熟，焙干为末。每服一匙，新汲水下。日进一服，气力如涌，一日不饥渴。

许真君避难饮食方

《月令广义》：白面六两，黄蜡三两，白胶香五两，将面调糊为丸如黑豆大，晒干。再将蜡镕成汁，将丸子投入其中打匀，候冷用纸包裹，安放净处。每早空心服三五十丸，冷水咽下。吃熟食任意不妨。

长命丹

《孙伟良朋汇集》：白茯苓粉、甘草各四两，川椒、干姜各二两，白面六斤炒熟，共为末。用真麻油二斤炼去浮沫，候温入前药面，拌捣为丸（如不成可加炼蜜）如弹子大。初服每日三丸，三日之后每日服一丸，饮凉水三日，即终日不饥不渴。欲解，食核桃一个，即思饮食。（《同寿录》载千金面方，无川椒，有蜜一斤。）

斩草丹

《惠直堂经验方》：此方宜备荒、辟谷、修道，歌云：芝麻黑豆半升齐，炒成黄色去了皮。贯众茯苓各四两，干姜甘草亦如之。枣肉为丸钱来大，走遍山川不忍饥。试问山中青苗草，管教入口化为泥。

大道丸

《尊生八笺》：黑豆一升去皮，管仲、甘草各一两，白茯苓、苍术、缩砂仁各五钱，共锉碎，用水五升，同豆熬煎，火须文武紧慢得中。直至水尽，拣去药，取豆捣如泥丸，作鸡头子大。入有盖磁瓶密封。每嚼一丸，可食百般苗叶，终日恣饱。虽异草殊木，素所不识者，觉甘甜，与进饭同（忌服荤菜、果、热汤水）。

休粮方

《仙娥清玩》：缩砂仁、贯众、白芷、茯苓、甘草各为细末，煮黑豆熟，以药拌置锅中。黄蜡一两，薄切，掺豆上，令匀。取豆焦干为度。以数粒同松钗中节，食亦可不饥。

煮豆方

《南村辍耕录》：黄山谷煮豆帖。黑豆一升，拣极净淘洗。用贯众一斤，细锉如豆大，和豆中。量水多少，慢火煮之。翻覆令展，尽余汁为度。簸出黑豆，去贯众。空心服七粒，食诸草木枝叶，觉有味可饱。

服苍术方

王氏《农书》：苍术一斤，白芝麻、香油各半斤。右将苍术用米泔浸一宿，取出切片子，以香油炒，令熟。用瓶盛贮。每日空心服一撮，用冷水汤咽下。饥即服之，壮气，驻颜色，辟邪，又能步履。

牛乳饼子

《本草》：大麦面一斤（小麦亦可），茯苓末四两，以生牛乳和为方寸饼子，煮熟。饱食，可百日不饥。

断谷仙方

《本草》：黄蜡、松脂、枣肉、白茯苓各等分，共为末作丸。服五十丸，便不饥。古人荒岁多食蜡以度饥，当合大枣咀嚼之，即易烂。

又方

《本草》：白面一斤，黄蜡为油，作煎饼。饱食可百日不饥。

神仙粮

《臞仙神隐书》：天门冬十斤，杏仁一斤，捣末蜜渍。每服方寸匕，谓之神仙粮。

咽津服水法

《千金方》：人值奔窜，在无人之乡及坠堕溪谷井坑之中，四顾回绝，饥饿欲死。使闭口以舌搅上下齿，取津液而咽之。一日得三百六十咽便佳，渐习乃可至千，自然不饥。三五日小疲极，过此便觉轻强。若有水处，猝无器，便以左手掬水，咒曰：丞椽吏之赐真乏，粮正赤黄行无过，城下诸医以自防。咒毕三叩齿，左手指三叩。左手如此三遍，便饮之。有杯器贮水尤佳 。如法日饮三升，便不饥。

服六天气法

《千金方》：六天气服之，令人不饥。人有急难之处，如龟蛇，服气则不死。陵阳子明经言：春食朝霞，日欲出时，向东气也。夏食正阳，南方日中气也。秋食飞泉，日欲没时，向西气也。冬食沆瀣，北方夜半气也。并天元、地黄之气，是为六气。昔有人堕穴中，其中有蛇，每日作此气服之。其人依蛇时节，饥时便服。日日如之，久之有验，似能轻举。启蛰之后，人与蛇一时跃出焉。

救饥民法

《西湖志》：凡遇凶年，作糜粥食饥民。糜脱釜，犹沸涌器中，饥人急于得食，食已往往仆死百步间。若于夜分作粥盛大瓮中，次早以木棍搅匀，食饥民，可不致死。

疗垂死饥民法

《致富奇书》：煮薄粥，泼桌上，令饥民渐渐吮食之，必生。饥肠微细，顿食则胀死矣。

止渴方附

《集验方》：途行仓猝无水，渴甚，嚼生葱二寸，和津同咽，可抵饮水二升。

千金不渴方附

《同寿录》：白蜜一两二钱，甘草、薄荷、乌梅肉、干葛、盐白梅各一两，何首乌一两五钱（蒸），茯苓三两五钱，共为末，蜜丸芡实大。每服一丸，可以不渴不饮。

辟寒丹

《寿世传真》：雄黄、赤石脂（粘香者佳）、干姜各等分为末，用蜜同白松香末为丸，如梧子大。酒送下四丸，至服十丸止，可不衣棉，赤身入水。

不畏寒方附

《本草》：天门冬、白茯苓等分为末，酒服二钱，日再，则天寒时，单衣汗出。

避难止小儿哭法附

《医学入门》：用棉花作一小球，略使满口而不致闭其气，以甘草煎汤，或甜物皆可，渍之。临时缚置小儿口中，使咽其味。儿口有物实之，自不能作声，而棉软不伤儿口。盖不幸而遇祸难，啼声不止，恐为贼所闻，弃之道旁。哀哉！用此法济人甚众，不可不知。

济荒必备　卷之二　代匮易知

余任南山久，每往来深山中，见山农于粒食外，所蓄以代匮者，如救军粮、甜西米、火头根、老鸦蒜、鬼头菜之类，多往籍所未载，以是悯山民之穷苦而无告也久矣。若南山之洋芋，前制军杨忠武公取其种，散于甘省。至今甘民因其字，呼为杨芋。后杨密峰中丞亦取其种，檄北山诸州县，教民蓺植。大宪之廑念民艰，先事图匮如此，为司牧者，其曷敢忽诸？夫小民至愚，无久远虑。未荒而告以豫防之策，则惰且不信。迨既荒，则迫于贫而无可为计，于是掘草根、剥树皮以充枵腹，而又不识其种。即识矣，又不谙其法，死者累累，卒不知其所由。吁，可哀也已！余学识浅陋，如周宪王《救荒本草》、徐元扈《野菜谱》、顾黄公《野菜赞》诸书，或未之寓目，或其书操土音不能辨其名物，乃只就目前所易知者，采辑如左附。盖式如司马贫民觅食方于后，以例其余。寥寥不能求备，聊为贫民仓猝济荒计，览者亦谅余之苦心而已。

稗　米

《尔雅·翼》：稗中有米，熟时捣取炊之，不减粱米。水旱无不熟之时，又特滋盛，良田亩得二三十斛。宜种之以备凶年。《广群芳谱》：稗有水稗、旱稗。

穇　子

《救荒本草》：穇子，生水田中及下湿地。叶似稻差短，稍头结穗，仿佛稗子穗。其子如黍粒大，茶褐色。捣米、煮粥、炊饭、磨面皆宜。《本草纲目》：补中益气，厚肠胃，济饥。

狼尾草　蒯草

《本草纲目》：狼尾生泽地，似茅作。穗子可作黍食（即董节）。又蒯草苗似茅，可织席为索。子亦堪食，如粳米。

茵草(音纲。即《尔雅》“皇守田”)

《本草纲目》：茵草生水田中，苗似小麦而小，四月熟。可作饭，益气力，久食不饥。《野菜赞》名“看麦娘”。

胡　　麻

《本草纲目》：陶宏景曰：服食胡麻，取乌色者，当九蒸九晒熬捣。饵之，断谷不饥，长生。《东医宝鉴》：合白大豆、枣子同蒸，晒作团，食之不饥断谷。

白　芝　麻

《唐本草》：白芝麻，蒸曝服食，以辟谷。此仙方也。甄权曰：巨胜乃仙家所重，以白蜜等分合服，名静神丸。治肺气，润五脏，其功甚重；亦能休粮。

大　麻　子

《食疗本草》：麻子仁一升，白羊脂七两，蜡五两，白蜜一合，和捣蒸。食之不饥耐老。《尔雅翼》：麻实可以养人，其利最广。

菰　　米

《本草纲目》：菰米一名雕胡，可作饼食。《周礼》供御为六谷九谷之数，故内则云鱼，宜菰，皆水物也。曹子建《七启》云：芳菰精稗。谓二草之实，可以为饭也。今饥岁人犹采以当粮。其米须霜雕时采之，故谓之雕菰。又菰根生水中，叶如蒲苇。春来生白芽如笋，即世所食菰菜。又秋茎生白数寸，谓之茭白，即菰白也。生熟皆可食。

大豆（即黑大豆）

《东医宝鉴》：大豆一升，麻子二升，熬令香，捣烂蜜丸。日二服，令不饥。又仙方修制大豆黄末，服之饵之，可辟谷度饥岁。又黑豆炒熟，以枣肉同捣之，为面，可以代粮。

鹿　　豆

《本草纲目》：鹿豆，即野绿豆，又名萱豆。多生麦地田野中。苗叶似绿豆而小，引蔓生。人采为菜，可生食，微有豆气。三月开淡粉紫花，结小荚子，黑色。可煮食，或磨面作饼蒸食。

泥　　豆

《野菜赞》：野豆，似黄豆而细，粒亦有麻点者。凶岁多生，大可充糒。或云即薇也。《本草》：即伯夷、叔齐所食者。

百 合

《东医宝鉴》：采根蒸煮，食之甚益人，可休粮。

山药 零余子

《东医宝鉴》：山药，即薯蓣，取根蒸熟食之，或捣粉作面食之，凶年可以充粮不饥。《本草纲目》：零余子，即山药藤上所结子也。长圆不一，皮黄肉白。煮熟去皮，食之胜于山药，美于芋子。霜后收，食之不饥。

甘薯（略引《群方〔芳〕谱》一条，详见卷三）

《群方〔芳〕谱》：一名番薯。凡种薯，宜高地、沙地，遇旱可汲井浇灌。遇涝，若水退在七月中，不及艺五谷，即可种薯。薯根在地，蝗蝻不能食，纵茎叶皆尽，尚能发生。若蝗信到时，急发土遍壅。蝗去之后，滋生更易。天灾物害，皆不能为之损。人家凡有隙地，但只咫尺，仰天见日，便可种得石许。此救荒第一义也。

芋

《史记》：岷山之下沃野，下有蹲鸱，至死不饥。《唐本草》：芋，今处处有之，种类虽多，性效相近。蜀川出者，状若蹲鸱，谓之芋魁。彼人种以当粮食而度荒年。凡食芋，并须栽莳者。其野生芋，有大毒，不可食。《晋书》：李雄克成都，军饥甚，就食于郪，掘野芋而食之。《国宪家猷》：唐末岐梁争长东院主者，知其将乱，日以菽粟与泥为土，墼附而墁之，增其屋木。一院笑以为狂。乱既作，食尽樵绝。民所窖藏，为李氏所夺，皆饿死。主者沃墼为糜，毁木为薪，以免。陇右有富人豫为夹壁视，食之余可藏者，干之，贮壁间。又阁早山一寺僧，甚专力种芋。岁收极多，杵之如泥，造墼为墙。后遇大饥，独此寺四十余僧食芋墼，以度凶岁。元末天下乱，先山东公逆知将绝食，遂预以芋和粉筑成砖形，砌墙于东山。其后大饥，饥民望烟火而来。东山公取芋砖一片，置沸汤中则羹。饥民赖以存活。后太祖兵至，乏粮。公曰：吾当助三日饷。取砖与之。（此出寄园寄所寄所引。急全录于此，为斯民告。如得此法，则凡豆粟、山药、番薯、萝卜、南瓜、洋芋、包谷，皆可仿而行之。虽大乱洊荒，可有恃无恐矣。如欲多藏广济，则有种区芋法在。）《氾胜之书》：芋区方深皆三尺，筑底坚实，勿令渗漏。取萁豆萁纳区中，足踏令实，厚一尺五寸，上盖熟粪土五六寸。水灌满，令浮土面。五月中，取芋苗九株栽一区，区三行。行须宽，宽则过风。根须深，深则子大。伺其发芽，用河泥、或熟粪土、或灰粪、或烂草壅盖，令其蟠根多子，水常浸满。有草，则去之。霜降时捩去其叶，使收津液，以美其子。每子长三尺，每区收三石。可以疗饥，可以备荒。必要豆萁者，萁烂则生芋肥长。如无豆萁可取，肥壮草和马牛人粪，罨熟用之，功与豆萁等。《锦里新编》：彭昆万，四川丹棱人，家深山。山险扼要隘，贼不能入。当张献忠屠蜀时，独昆万所居，安堵无恐。附近避贼者三千余人，倚昆万以居。经三年久，恃种区芋以活之。昆万年八十八卒，三孙皆贵人，以为厚德之报。

洋　芋

杨密峰中丞颁示种洋芋法：洋芋，一种出自外洋，传入中国，始于粤闽，编［遍］及秦蜀。有红白二种，性喜潮湿，最宜阴坡沙土黑色虚松之地不宜阳坡干燥赤黄坚劲之区。栽种之法：南山多在清明天气和煦之时，北山须候谷雨地气温暖之候。先将山地锄松，拔去野草，拣颗粒小者为种子，大者切作两三半，慎勿伤其眼窝。刨土约深四五寸，下种一两枚。其切作两三半者，须将刀口向下，眼窝向上，拨土盖平。每窝相去尺许，均匀布种。白者先熟，红者稍迟，须分地种之。俟十余日，苗出土约一二寸，将根旁之土锄松，俾易生发。一月以后，视其苗长五六寸，将根旁野草拔去，锄松其土，壅于根下约二三寸。至六月内，根下结实，一二十个不等。大如弹丸，即可食矣。白者八月大熟，红者至十月方熟。及时刨出，拂去泥土，于屋旁向阳隙地，掘窖埋藏，架木覆草，筑土其上，旁留一门，好便取用。冬避雨雪，以防受冻，春避风日，以防生芽。受冻则腐烂，生芽则虚松，皆不堪食也。正二月间，防其生芽，须要取出。除留种外，将芽去净，晒晾极干，可以久贮。此种体圆味甘，人食足以耐饥，猪食亦易肥泽。色白者结粒较大，一斗可收三四石，食用不尽，并可磨粉。磨法：洗净切碎，浸泡盆中，带水置磨内碾烂，用水搅稀，竹筛隔去粗渣。再用罗布滤出细粉，澄去清水，切片晒干。其渣仍可饲猪。

萝　卜

《本草纲目》：莱菔，根有红白二色，状有长圆二类。生沙壤者脆而甘，生瘠地者坚而辣。根叶皆可生、可熟、可菹、可酱、可豉、可醋、可糖、可腊、可饭，乃蔬中之最有利益者。《群方谱》：莱菔，苗出三四指便可食。择其密者去之，疏者根大，尺地可留三四窠。厚壅频浇，其利自倍。月月可种，月月可食。忌与何首乌、地黄并食，则发白。《惠直堂经验方》：红萝卜洗净蒸熟，候半干捣烂。糯米舂白，浸透蒸饭，捣如糊，入红萝卜等分捣匀，泥竹壁上，待其自干。愈久愈坚，不蛀不烂，以为守山干粮。如遇荒年，凿下手掌大一块，可煮成稀粥一大锅，食之且耐饥。（或做成土坯样，以砌墙亦可。）又《本草》：野红萝卜，花、叶、实皆与家生者无异。惟根细小，生食味甘，蒸食亦宜。

南瓜（附瓜茹）

《本草纲目》：南瓜，一蔓可延十余丈，一本可结数十颗。收置暖处，可留至春不坏。《群芳谱》：五六月取瓜茄，用灰水淋过，晒干藏之。至冬春取食如新。

草石蚕

《本草纲目》：一名土蛹，以根形名。又名甘露子、滴露儿，以根味名。《救荒本草》谓之“地瓜儿”。二月生苗，长者近尺，方茎对节，叶狭有齿，叶皱有毛。四月开小花，成穗如紫苏花穗，结子如荆芥。其根连珠状如老蚕。五月掘根蒸煮，食之味如百合。冬月亦掘食之。

苜　蓿

《齐民要术》：种苜蓿，地宜良熟，畦种水浇，一如韭法。春初中生啖，为羹甚香。此物长生，种者一劳永逸。都邑负郭，均宜种之。《元史·食货志》：至元七年，须〔颁〕农桑之制，令每社种苜蓿以防饥年。《本草纲目》、《尔雅翼》作木粟，言其米可炊饭也。陕陇人种者，年年自生。刈苗作蔬，一年可三刈。秋开细黄花，结小荚，老则黑色。内有米，如穄米，可为饭，亦可酿酒。

黄　独

《本草纲目》：土芋，似小芋，肉白皮黄。梁汉人名为黄独。可熟食之，甘美不饥。《杜诗》：黄独无苗山雪盛。

巢　菜

《四川志》：巢菜，叶似槐而小，其子如小豆。秋时种以粪田，其苗可食。《本草纲目》：苏东坡云：菜之美者，蜀乡之巢。故人巢元脩嗜之，因谓之元脩菜。陆放翁诗序云：蜀蔬有两巢，大巢即菀豆之不实者（案即泥豆），小巢生稻田中。吴地亦多，一名野蚕豆。油炸食之佳，作羹尤美。长食不厌，甚益人。

蕨

《诗·召南》言“采其蕨蔬”，仲春采蕨之时。《齐民要术》：蕨，初生如儿拳，紫黑色。二月中，高七八寸，瀹为茹，滑美如葵，晒干可作蔬。其根可为粉。《本草纲目》：蕨，根紫色，皮内有白粉，捣烂，再三洗澄，取粉作粔籹，荡皮作线，食之色淡紫，甚滑美。野人饥年掘取，治造不精，聊以救荒。味即不佳，然饥人濒死，赖蕨延活，又不无济世之功。

蔓　菁

《授时通考》：蔓菁，四时皆有，四时皆可食。春食苗；初夏食心，亦谓之薹；秋食茎；冬食根。数口之家，能莳数百本，可终岁足蔬。子可打油。每亩根叶可得五十石，每三石可当米一石。是一亩可得米十五六石，则三人卒岁之需也。此菜北方甚多。人久食蔬菜，无谷气即有菜色，食蔓菁者独否。《云南记》：蔓菁，大叶粗茎，其根如大萝卜。土人蒸煮其根叶而食之，可以疗饥，名之曰诸葛菜。云武侯南征，种此菜于山中，以济军食。《群方谱》：蔓菁菜，正月至八月皆可种。凡遇水旱，他谷已晚，但有隙地，即可种此，以济口食。又三月三日采蔓菁花，阴干为末，空心井花水下，久服长生。《图经本草》：采蔓菁子，水煮三遍，令苦味尽，晒干为末。每服二钱，温水送下。日三服，久可避谷。平易方：取蔓菁子，九蒸九晒，捣末常服，可断谷长生。（案：据此二方，则花与子皆不可弃，其功用大矣。民其宝之。）

《刘禹锡嘉话录》：诸葛亮所止，令兵士独种蔓菁，取其才出甲，可生吃，一也；叶舒可煮食，二也；久居则随以滋长，三也；弃不足惜，四也；回则易寻而采，五也；冬有根可食，六也。此诸蔬其利甚溥，至今蜀人呼为诸葛菜。汉桓帝时，年饥，令民种蔓菁以充饥。《通鉴》：朱泚围奉天，供御才有粝米二斛。每夜缒人于城外，采蔓菁根进之。

圆　根

《陕西通志》：山中人多种之济荒，与蔓菁同功。

翻白草

《救荒本草》：翻白草，高七八寸。叶硬而厚，有锯齿。背白，似地榆而细长。开黄花，根如指大，长三寸余。皮赤肉白，两头尖峭。生食煮熟皆宜。《本草纲目》：肉白色如鸡肉，食之有粉。小儿生食之。荒年，人掘以和饭食。

灰　藋

《本草纲目》：灰藋，处处原野有之。四月生苗，茎有紫红线棱，叶尖有刺，面青背白，茎心嫩，叶背面皆有白灰，为蔬亦佳。五月渐老，高者数尺。七八月开细白花，结实簇簇如球。中有细子，蒸曝取仁，可炊饭及磨粉食。《救荒本草》：结子成穗者味甘，散穗者味苦。生墙下树下者，不可用。白者谓之蛇灰，有毒。其红心者名藜，茎叶稍大，嫩时亦可食。

葵　菜

《群方〔芳〕谱》：葵，甚易生，地不论肥瘠。宜于不堪作田之地，多种以防荒年。采瀹晒干任用。王祯《农书》：葵，阳草也，为百菜之主，备四时之馔，本丰而耐旱，味甘而无毒，可防荒俭。枯枿根子，咸无遗叶。诚荒茹之要品，民生之资益者也。而今人不复食，亦无种者。惜哉！

荠菜　荠子

《本草纲目》：荠生野中，叶作菹羹甚佳。其子名蒫（音嵯），四月收之。《救荒本草》：饥岁采荠子，水调成块，煮粥作饼，甚粘滑。

苍　耳

《野菜赞》：一名葈耳。有紫点，高三四尺。叶似豨莶，厚硬，俗名猪耳。嫩苗沸汤过，清水再浸，炸食。北人谓之相思菜，令夫妇相爱。夏开小黄花，结子如枣核，而多刺。爇去壳，研粉作饼。豨莶苗亦如之。

蒲　公　英

《本草纲目》：蒲公英，一名黄花地丁，生平泽田园中。叶似苦苣，断之有白汁，堪生啖。中心抽一茎，茎端出一花，色黄如金钱。嫩苗可食。

蓬子三种（黄蓬草、青草、飞蓬）

《本草纲目》：蓬类不一，黄蓬草生湖泽中，叶如菰蒲，秋月结实成穗，子细如雕胡米。饥年，人采食之，须浸洗曝舂，乃不苦涩。青草蓬，西南夷人种之。叶如茭黍，秋月结实成穗，有子如赤黍而细，其稃甚薄。曝舂炊食。飞蓬，乃藜蒿之类，末大本小，风易拔之，故号飞蓬子。如灰藋菜子，亦可济荒。《魏略》云：鲍出遇饥岁，采蓬实，日得数斗，为母作食。《西京杂记》云：宫中正月上辰，出池边盥濯，食蓬饵以辟邪气。大抵三种蓬子，功用亦不甚相远。味酸涩，无毒，作饭食之，益饥无异粳米。

茅根　茅针

《肘后方》：凡辟〔避〕难无人之境，取白茅根洗净咀嚼。或石上晒干，捣末水服，方寸匕，可辟谷不饥。《野菜赞》：白茅，二月生，白花如芦，未出叶时茸茸然。味如饴，煮粥可省米。

鹿　葱　花

《野菜赞》：萱也。苗如蒜，甘而不莙，鹿嗜之。花如黄踯躅，沸汤薄出之曝干。已放者名黄花，未放者名金簪，皆可蔬。忌糖蜜同食，令人苦呕。

苎　　根

《本草》：取苎根和米粉为饼，御饥，味甘美。

永栗（本名萍蓬草，一名水栗子）

《本草纲目》：水栗，生池泽中，三月出水，茎大如指，叶似荇叶而大，径四五寸。初生如荷叶，六七月开黄花，结实状如角黍，长二寸许，内有细子一包，如罂粟。泽农采之，洗擦去皮，蒸曝舂取米，作粥饭食之。其根大如栗，亦如鸡头子。俭年人亦食之，作藕香，味如栗子。久食不饥，厚肠胃。

景天

《本草纲目》：景天，一名慎火草，极易种。折枝置土中，浇灌旬日，便生白花。实如连翘而小，中有黑子如粟粒，其叶微甘苦。炼熟水淘可食，苗叶花并可用。

王瓜

《野菜赞》：一名公公须。苗叶似落花生，须拳曲如葡萄。采苗头沸汤中出，炸食。其根深掘四五尺乃得，熟煮，香如山药。

葛根

《东医宝鉴》：采取作粉，饵之可断谷不饥。《野菜赞》：亦名鹿藿藤。蔓十数丈，叶如枫，紫花，成穗结荚，亦可食，名葛谷。冬取根，深掘得五七尺长者，制如薜荔，打糊代粥，晒干同米麦作饼。世传后周李迁哲镇蜀乏粮，始造此粉，其实非也。

薜荔

《野菜赞》：薜荔二种，皆不华而实。平如莲房者曰木莲蓬，圆而酵起者曰鬼馒头。六七月青黑色，内空而微红，有白汁。捣烂布袋揉洗，制如蕨粉，釜中搅如胶，沉井泉。久之竹刀切，加姜醋食，尤解热。中实熟，乌鸦最嗜，故曰老鸦馅。

地耳

《本草纲目》：地耳，亦石耳之属，生于地者，状如木耳。春夏生。雨中雨后，即早采之，见日即不堪。俗名地踏菰。

旋葍根

《东医宝鉴》：蒸熟食之，断谷不饥。处处有之，可服饵。

何首乌

《东医宝鉴》：采根蒸曝，丸散任意，亦可生啖，可休粮。（忌与萝卜同食，使发全白。）

天门冬

《东医宝鉴》：取天门冬根蒸熟，去皮食之，甚香美。荒年取啖之，断谷止饥。《抱朴子》：入山便可以天门冬蒸煮啖之，足以断谷。

土茯苓

《本草纲目》：土茯苓，一名草禹余粮。根如盏，连缀半在土上。皮如茯苓，肉赤味涩。人取以当谷食，不饥。陶宏景言，昔禹行山乏食，采此充粮，而弃其余，故有此名。

黄精(一名救穷草)

《惠直堂经验方》：黄精根梗，不拘多少，细锉，九蒸九晒为末，水调服。初服不可多，恐饱胀。以后渐渐加多，饥则再服，可以不食。渴则饮水。一年之久，可变老为少，身轻善走，久久成地仙。不得食一切烟火之物，则有效。又方：黄精蒸熟晒干为末，另用生黄精切碎，熬膏捣成丸，如鸡子大。日服三次，每次一丸，可绝食不饥。渴则饮水，兼除百病(忌铁器，与何首乌同)。《渭南县志》：采者视其苗之白，以别钩吻。

术(不分苍白)

《抱朴子》：南阳人氏汉末逃难壶山中，饥困欲死。有人教之食术，遂不饥。数十年还乡里，颜色更少，气力转胜，故术一名山精。

地黄苗

《野菜赞》：地黄苗，一名婆婆奶，可充蔬。土人云，地黄苗耐饥，多食动热。

繁缕

《本草纲目》：繁缕即鹅肠草，下湿地极多。正月生苗，叶大如指头细。茎引蔓，断之中空，有一缕如丝，作蔬甘脆。

桃胶

《抱朴子》：桃胶，以桑灰汁渍过，服之治百病，数月断谷。仙方服胶法：桃茂盛时，以刀割树皮，久则胶溢出。采收二十斤，绢袋盛。于栎木灰汁一石中，煮三五沸，取挂高处。候干再煮。如此三度，曝干研筛，蜜和丸梧子大。每空腹，酒服二十丸，久服身轻不老。

栗

《别录》：栗，厚肠胃，补肾气，令人不饥。煨熟食之佳。

枣

《别录》：枣，补中益气，久服不饥。《通书》：常含枣核，治气令行，以津液咽之佳。

榛　子

《本草纲目》：榛子，益气力，实肠胃，令人不饥，健行。军中食之当粮，为利甚大。

苹　婆　果

《广志》：西方多柰，家家收切曝干，作脯十百斤以为蓄积，谓之苹婆粮。

无　花　果

《授时通考》：无花果，一名蜜果，在处有之。人家宅园，随地种数百本，得土即活。收其实，或鲜或干，皆可充饥，以济歉岁。

莲　实

《授时通考》：石莲子去皮心，蒸熟为末，炼蜜丸桐子大。日服三十丸，令人不饥。此仙家方也。《陆玑诗疏》云：莲药可磨以为饭，如栗也。轻身益气，令人强健。又可为糜。幽州杨豫取备荒年。

藕

《曜仙真隐书》：藕，捣浸澄粉服食，轻身延年。《食疗本草》：同蜜熟食，令腹脏肥。不生诸虫，亦可休粮。《物类相感志》：藕，以盐水供食，则不损口。

菱

《本草纲目》：野人剥菱肉，曝干剁米，为饭、为粥、为糕、为果，皆可代粮。其茎亦可曝收，和米作饭，以度荒歉。蒸曝为粉，和蜜食饵之，断谷长生。《野菜赞》：菱草在叶下似蟆股，汤中薄出之，炸作蔬，得姜醋良。长藤连根拔起，烂煮曝干碓碎，一斗米二斗藤，当四斗米饭。

芡实

《本草纲目》：芡实，去皮捣仁为粉，蒸揉作饼，可以代粮。秋老时，泽农广收芡子，藏至困石，以备歉荒。其根状如三棱，煮食如芋。鸡头菜，即莅菜，芡茎也。止烦渴，除虚热，生熟皆宜。《食疗本草》：取芡实为粉，蜜和食之，可以断谷不饥。《陈彦和日记》：芡实一斗，以防风四两，煎汤浸过，用且经久不坏。

蒲笋 芦笋

《山阳县志》：蒲笋、芦笋，山中极多。土人不知采食，为可惜。

乌芋(即荸脐)

《本草纲目》：小者名凫茈，大者名地栗。荒岁人多采以充粮。

橡实

《本草纲目》：去壳煮食，止饥，御歉岁。《救荒本草》：取子换水浸十五次，淘去涩味，蒸极熟，食之济饥。《政和本草》：橡开黄花，八九月结实，磨粉可济饥。《列子》：杜厉叔事莒敖公，自为不如己，去居海上。夏日则食菱芰，冬日则食橡栗。

槲实

《本草纲目》：槲实蒸煮作粉，涩肠止痢，功同橡子。荒岁人亦食之。

紫藤花

《野菜赞》：紫藤蜿蜒十余丈，二月紫花成穗，垂如璎珞。取半开者晒干，拌盐水杂饭炊，可省菜。

木耳(桑耳、槐耳、榆耳、柳耳、柘耳、杨栌耳、构)

《本草纲目》：服之益气，断谷不饥。陈藏器曰：木耳，恶蛇虫，从下过者有毒。枫木上生者，令人笑不止。采归色变者，夜视有光者，欲烂不生虫者，并有毒，生捣冬瓜蔓汁解之。又赤色及仰生者、无齿者，松、桧、柏、皂角树上生者，皆杀人。

松叶（柏）　松白皮　松脂　松实

《东医宝鉴》：取松柏叶细切如粟，和水或米饮服之，或和大豆末服之，实中不饥，可作避地术。或阴干捣末，和水服，亦佳。松白皮蒸熟，食之不饥。松脂一斤，白茯苓四两为末，每晨和水服，或蜜丸服之，可辟谷长生。《圣惠方》：七月取松实，过时即落，难收。去皮捣如膏，收之。每服鸡子大，酒调下，日三服。百日身轻；三百日，日行五百里。绝谷，久服成仙。渴即饮水，亦可以炼过松脂同服之。《千金方》：炼松脂法：用松脂十斤，以桑薪灰汁一石，煮五七沸。漉出冷水，中旋复煮之。凡十遍乃白，细研为散。每服一二钱，粥饮调下。日三服之，至十两以上不饥。久服延年益寿。

榆

《农桑通诀》：榆皮，去上皱涩干苦者，将中间嫩处锉干，硙为粉，当歉岁可以代食。昔沛丰岁饥，民以榆皮作屑煮食之，人赖以济焉。榆叶，曝干捣罗为末，盐水调匀，日中炙曝，天寒于火上熬过，拌菜食之，味颇辛美。《本草纲目》：今人采其白皮为榆面，久服断谷，轻身不饥，其实尤良。《农政全书》：榆根皮作面，叶嫩者渫浸淘净，可度饥年。榆钱可羹，又可蒸糕饵。《汉书》：成帝河平元年，旱，伤麦。民食榆皮。《唐书·阳城传》：城隐中条山，岁饥，屏迹不过邻里，屑榆为粥，讲论不辍。

桑

《群方〔芳〕谱》：多种桑叶，凶年可以济饥。蚕事即毕，令人多采晒干，收贮备用。《异苑》：汉兴平元年九月，桑再葚。时刘昭烈军小沛，年荒谷贵，士众皆饥，仰以为粮。《本草纲目》：史言魏武帝军乏食，得干葚以济饥。金末大荒，民皆食桑葚，获活不可胜计。则葚之干湿皆可救荒，平时不可不收采也。

构（即谷树）

《陆玑诗疏》：中州人食构芽以当菜蔬。《本草纲目》：构，三月开花，成长穗，如柳花状。歉年，人采花食之。又，雄者皮斑而叶无桠叉，雌者皮白而叶有桠叉。炒研搜面作为餢饨，食之主水痢。又，构实如杨梅，半熟时水揉去子，蜜煎作果食。《四时类要》：两三月种菌子，取烂楮木（即构）及叶，于地理之，常以米泔水浇之，三两日即生。又法：畦中下烂粪，取楮可长六七寸，截断捶碎，如种菜法，匀布土盖，日浇润之，令长湿。随生随食，可供常馔。

女　贞

《授时通考》：女贞木，嫩芽炸熟，水浸去苦味，淘净，以五味调之，可食。《简便方》：女贞实，久服发白再黑，返老还童。须以十月上巳日收，阴干用。

柳

《群方〔芳〕谱》：春初柳芽柔脆，采食最美。又柳叶苦平无毒，饥岁小民可多收其叶，煮熟水浸去苦味，用以充饥。

枸　杞

《广韵》：枸杞，春采芽，名天精，作蔬甚美。夏采叶，名枸杞，炸熟去苦味，可作菜食。秋菜〔采〕子，名羊乳儿，一名甜菜。干时可作食。冬采根，名地骨皮，一名地节。《本草纲目》：久服，坚筋骨，轻身不老，耐寒暑。时珍曰：此乃通指枸杞根、苗、花、实并用之功也。

附刻盖司马刊示贫民觅食方

南山之民，素无积贮，又不知觅食之方。一遇缺食，非流移即坐困而已。今就山中所富有可以充肠适腹者，使尔民知之。不欲多列条件，恐其繁而不便遵行也；不必繁引典故，恐愚民不能尽解也。务使家家可备，处处易求，而不甚费力，刊行布散，为乏食贫民之一助。

野　菜

山内坡崖、石缝、水沟、涧底，处处野菜丛生。无论其味醇质美者可食，即味苦、味涩、味臭及微有毒者，但嚼之可烂，皆可制造而食。其法取野菜之生嫩者，杂然采之，锅烧开水，将菜倾入，一滚令熟，用笊篱捞出。或缸或瓮或盆，纳菜其中，用冷水浸之一日一夜。又用笊篱捞出，弃去旧水，另换新冷水浸之。如是者三换水，经三日三夜，其余毒恶味已随水而去，所剩者菜之质而已。用两手尽力挎作菜团，务令水气不存，加麦面或荞面或包谷等面，入盐少许，但使菜与面胶粘成块，面不必太多，蒸之可作馍，烙之可作饼。将面调成薄糊，煮菜可作菜粥，搀米可作菜饭。一日之粮，可充数日之用。以菜佐餐，又堪适口，真至便之方也。妇女儿童，皆可挟筐采之于野山内。草莱之区，随处皆是，取之不尽，用之不竭，无损于人而足以济饥。尔百姓何不试而尝之？取之既多，食不胜食，更可于冷水浸好之后，再加热水酿之，七日之后，其味微酸，其名曰齑，俗称酸菜，更和平可食，即古人所称黄齑、淡齑者是也。更用之不胜用，又可于冷水浸好之后，或用火烘，或用日晒，作为干菜，收而藏之，以为冬日之食。其野菜之美者，如马齿、野苋、野芹、灰菜等类，及园圃中萝卜、芥菜之苗，芋薯之叶，其无毒味正者，更可生取晒晾为干菜，临食时用温水润之，如前作馍、作饼、作粥，更可以干菜作齑。齑者，欲去菜中不正之气，味酸能收敛肝肺，调和胃气，久久食之，民无菜色，以有益于人也，藉以度严寒无可取食之苦月。古人御冬蓄菜，虽丰年尚勤艰食之谋，况尔乏食之民哉！

草　　根

山内野百合、慈菰、山药，皆美味，百姓皆知食，苦不能多得。有甚美而百姓尚不知食者，曰蕨根，曰葛根，曰野苎麻根，曰葍根。往来山中，见处处多有之。蕨根嫩芽，可煮食。又与葛根、苎根皆可作粉。其法用铁刀农器于秋冬二季挖取，就有水处洗净泥土，放杵臼内或平石上，用石杵或石块尽力捶之，使碎烂，入缸内，加净水搅之，留其粉而漉其滓。再捶再漉，以粉尽为度。用细罗过其浆，煮可为粥。澄清去水，晒干可为馍。葍苗草，兴安一带呼为猪芽草，又名饭藤根，又名狗儿秧。此间不知俗呼何名。蔓生，春夏开水红花，单片形如乐器中之锁拿头者是也。此草浮土之根，粗硬不可食。其根下另有嫩根，白细而长，可蒸食煮食，甜而有面。以上四种皆入方药，益胃健脾，不惟无损，且大有益。其余嫩而甘淡者，多可食。枯劲如柴及味恶者，切不必食，恐其有损于人也。

树　　叶

榆叶最上，桑叶次之，二种不用制即可食。晾晒干捣末，以五谷面搀和，亦可食。再次则槐叶、搒叶、柳叶、嫩杨叶，皆可以制药之法制之。水浸三日夜，取之和面作食。其余山内杂树甚多，不知其性，不敢多栽，以贻害于人也。

木　　皮

榆皮、梧桐皮最上，杨树、柳树皮皆可食。其法剥取树皮，刮去粗皮，留内白腻，晒干捣末，过罗筛面作食，加搀五谷面更好。但必须自己有山场树木者，不妨取之以救一时急。若自已无树剥取，人家树木致启争端，是为侵损于人，则不如不取之为愈也。尔百姓其各自爱！梧桐皮忌大蒜同食，食则胀死。

身为民牧，不能为民谋衣食，为筹此下下策，实感且惭。然自去岁以来，闻民间有食石粉及所称观音土者。此等枯燥重滞之物，食之闷结肠胃中，不能下食而病，病而死者有之，则何如择可食而食之也？食野菜草根，须浸贯众于水缸内，或浸于泉井中，十月一换，可解诸毒。

济荒必备 卷之三 蓺藉集证

安康县知县陈僅纂集

陕西南山居民，素以种包谷为业，即有杂粮聊以代匮，未尝为盖藏计也。僅忝宰紫阳，承积歉之后，虑包谷不可入藏，因仿东南法，劝民种红薯，切丝晒贮，以备偏灾。申谕再三而听者寥寥，即绅士亦疑信参半。若是乎小人难与图始，而一人之私言，未易为浅见寡闻道也。顷伏读《钦定援时通考》第六十卷所辑甘薯诸条，仰见高宗纯皇帝先觉牖民，凡山陬海澨日用饮食、瞻蒲望杏之情，无一不在圣虑周详之内。凡在司牧，何敢不敬体我皇上宵旰勤劳，为斯民筹长久哉！爰依条恭录，系以管见，复就群籍略采数则，以资证佐。山署携书不多，未能广集，录成付梓，颁诸斯民，以为法式，颜曰《蓺藉（音绕）集证》。南山人呼甘薯曰藉，从其土名，使之易晓也。是书之录，非欲自伸己说，将以上宣朝庭〔廷〕德意，图草野之艰难，所望诸绅士普谕颛愚，率作兴事，庶几安土乐从，耕九余三，愁苦不形，和气翔洽，俾子子孙孙永享太平之福，岂不懿哉？道光十八年孟秋月紫阳县知县古鄮陈僅谨序。（录原序）

恭录《钦定授时通考》一则

《授时通考》：甘薯，一名朱薯，一名番薯。大者名玉枕薯（《稗史类编》云：岭外名薯，有发深山邃谷而得者，重数十斤，名玉枕薯），形圆而长，本末皆锐，肉紫皮白，质理腻润，气味甘平，无毒。补虚乏，益气力，健脾胃，强肾阴，与薯蓣同功，久食益人。与芋及薯蓣，自是各种，巨者如杯如拳，亦有大如瓯者，气香。生时如桂花，熟者似蔷薇露。扑地传生，一茎蔓延至数十百茎，节节生根。一亩种数十石，胜种谷二十倍。闽广人以当米谷。有谓性冷者，非二三月及七八月俱可种，但卵有大小耳。卵八九月始生，冬至乃止。始生便可食。若未须者，勿顿掘，令居土中日渐大，到冬至须尽掘出，则不败烂。

谨案：甘薯又名番茹，亦名地瓜。陕西南山民呼为红藉，各处有之。有红黄白三种，红者尤胜。今所见者，紫阳所产不及安康，安康所产又不及东南。故虽易生之物，苟不得其法，终不免以卤莽报也。

《南方草木》一则

《南方草木状》：甘薯，盖薯蓣之类，或曰芋之类。根叶不如芋，皮紫而肉白，蒸鬻食之。产珠崖之地。海中之人皆不业耕稼，惟掘地种甘薯。秋熟收之，蒸晒切如米粒，仓圌贮之，以充粮糗。是名薯粮。

案：此即切晒藉干收藏之法。今浙闽、江南、两广等省，皆如此晒干后，或切如米粒，或如寸筋，不宜过粗，俗呼茹干。其如筋者，亦名茹丝。浙东滨海诸郡，除供民食外，巨船连樯，海运至关东诸处贩贸，大获奇赢，实民间一大利。

《异物志》一则

《异物志》：甘薯，出交广南方民家，以二月种，十月收之。其根如芋，亦有巨魁大者如鹅卵，小者如鸡鸭卵。剥去紫皮，肌肉正白。如昉〔仿〕南人当谷米果食炙，皆香美。初时甚甜，经久得风稍淡。

案：番薯称甘，以甘得名也。称朱，以红为胜也。鲜者得风久，虽觉稍淡，及切晒干透后，其上起粉如霜，转益香甜。或单煮，或和米合菜茹同煮，其味皆胜，且易饱。遇有仓猝，并可生食。又甘薯为粉，作蒸馍、锅盔、饼饵、面食，甘胜加糖。但欲久藏，则干条为胜，以藏窖中，磊叠透风，不致飄霉故也。其晒藏总以干透为度。

《甘薯疏》一则

《甘薯疏》：闽广薯有二种，一名山薯，彼中故有之；一名番薯。有人在海外得此种。海外人亦禁不令出境，此人取薯绞入汲水绳中，因得渡海。分种移植，遂开闽广之境。两种茎叶多相类，但山薯植援附树乃生，番薯蔓地生。山薯形垒魁，番薯形圆而长。其味则番薯甚甘，山薯稍劣。江南旧圩，下者不宜薯。若高仰之地，平时种蓝种豆者，易以种薯，有数倍之获。大江以北，土更高地更广，即其利百倍不啻矣。倘虑天旱，则此种亩收数十石，数口之家止种一亩，纵灾甚而汲井灌溉，一至成熟，终岁足食，有何不可？徐光启云：昔人谓蔓菁有六利，柿有七绝。予谓甘薯有十二胜：收入多，一也；色白味甘，诸土种中特为蔓绝，二也；益人与薯蓣同功，三也；遍地传生，剪茎作种，今岁一茎，次年可种数十亩，四也；枝叶附地，随节生根，风雨不能侵损，五也；可当米谷，凶年不能灾，六也；可充笾实，七也；可酿酒，八也；干久收藏，屑之旋作饼饵，胜用饧蜜，九也；生熟皆可食，十也；用地少，易于灌溉，十一也；春夏种，初冬收入，枝叶盛茂，草秽不容，但须壅上〔土〕，不用锄耘，不妨农功，十二也。

案：诸书言红藷之利，此为最详。合后《台湾府志》所言观之，凡瘠地灾年，救死不暇之民，何乐不为此长久计哉？山薯、山药，即薯蓣也。

《群方〔芳〕谱》八则

《群方谱·种植》：种薯宜高地沙地，起脊尺余，种在脊上。遇旱可汲井浇灌。即遇涝年，若水退在七月中，气候既不及艺五谷，即可剪藤种薯。至蝗蝻为害，草木荡尽，惟薯根在地，荐食不及。纵令茎叶皆尽，尚能发生。若蝗信到时，急令人发土遍壅。蝗去之后，滋生更易。是天灾物害，皆不能为之损。人家凡有隙地，但只数尺仰天见日，便可种得石许。此救荒第一义也。须岁前深耕，以大粪壅之。春分后下种。若非沙土，先用柴灰，或牛马粪和土中，使土脉散缓，与沙土同，庶可行根。重耕起要极深，将薯根每段截三四寸长，覆土深半寸许。每株相去，纵七八尺，横二三尺。俟蔓生既盛，苗长一丈，留二尺作老根，余剪三叶为一段，插入土中。每栽苗，相去一尺，大约二分入土，一分在外。即又生薯，随长随剪，随种随生，蔓延与原种者不异。凡栽须顺栽，倒栽则不生节。在土上即生枝，在土下即生卵。凡各节生根，即从其连缀处断之，令各成根苗，每节可得卵三四枚。

案：此书更言蝗蝻不能害，则红藷之利诚溥矣。王祯《农书》称蝗不食芋及薯，藷亦以其根埋土中，不能为害故也。又蝗不食绿豆、豌豆、豇豆、大麻、苘麻、芝麻及水中菱芡。附记之。

又藏种：九月十月间掘薯卵，拣近根先生者，勿令损伤，用软草包裹，挂通风处阴干。

又一法：于八月中拣近根老藤，剪七八寸长，每七八根作一小束。耕地作畦，将藤束栽畦内，如栽韭法。过月余，每条下生小卵，如蒜头状。冬月畏寒，稍用草盖覆。至来春分种。若老藤原卵在土中，无不坏烂。

又一法：霜降前，取近根卵稍坚实者阴干，以软草各衬，另以软草裹之，置无风和暖、不近霜雪、不受冰冻处。

又一法：霜降前，收取根藤，曝令干。于灶下掘窖约深一尺五六寸，先下稻糠三四寸，次置种其上，更加稻糠三四寸以上盖之。

又一法：七八月取老藤种入木桶，或磁瓦器中。至霜降前，置草篅中，以稻糠衬之，置向阳近火处。至春分后，依前法种植。

案：藏种之法不一，备载之，俟农家采取焉。

又收蔓枝节已遍地不能容者，即为游藤，宜剪去之。及掘根时，卷去藤蔓，俱可饲牛羊猪。或晒干，冬月喂，皆能令肥腯。

案：陕西南山居民以喂猪为大贸易，卖之客贩，或赶趁市集。所得青蚨，以为山家终岁之用。贩者船载赴郧襄下游售之。其喂食则以包谷、构叶为主，特未知红藷枝叶，亦中喂猪之利耳。

又用地：凡薯二三月种者，每株用地方二步有半，而卵遍焉。每官亩约用薯三十六株。四五月种者，地方二步，而卵遍焉。亩约六十株。六月种者，方一步有半，而卵遍焉。亩约一百六株有奇。七月种者，地方一步，而卵遍焉。亩约二百四十株。八月种者，地方三尺以内，得卵细小矣。亩约九百六十株。种之疏密，略以此准之。九月畦种，生卵如箸如枣，拟作种。此松江法也。北方早寒，宜早一月算，又在视天气寒暖临时斟酌耳。

案：种藷用地之法，约略具此。可见藷之肥瘦多寡，视乎种之早晚、疏密，不关藷种之优劣。紫邑红藷不及他处，岂非以不知用地之法故欤？

本草一则

《本草纲目》：甘薯，气味甘平无毒，主治补虚乏，益气力，健脾胃；强肾阴，功同薯蓣。

案：纲目寥寥数语，而红藷之利益，已与五谷同功。是又在包谷诸粮之上矣。

《闽小记》一则

周亮工《闽小记》：蕃薯，明万历中，闽人得之外国。瘠土砂砾之地，皆可以种。初种于漳郡，渐及泉州，渐及莆，近则长乐、福清皆种之。盖度闽海而南有吕宋国，国度海而西为西洋，多产金银，行银如中国行钱。西洋诸国，金银皆转载于此以过商，故闽人多贾吕宋焉。其国有朱薯被野，连山而是，不待种植，彝人率取食之。其茎叶蔓生，如瓜蒌、黄精、山药、山蓣之属，而润泽可食，或煮，或磨为粉。其根如山药、山蓣，如蹲鸱者，其皮薄而朱，可去皮食，亦可熟食之。可熟食者亦可生食，亦可酿为酒。生食如食葛，熟食如食蜜，其味如熟荸荠。器贮之，有蜜气，香闻室中。彝人虽蔓生不訾省，然隐[吝]而不与中国人。中国人截取其蔓咫许，挟小盖中以来，于是入闽十余年矣。其蔓虽萎，剪插种之下地，数日即荣，故可挟而来。其初入闽时，值闽饥，得是而人足一岁。其种也，不与五谷争地。凡瘠卤沙冈皆可。以长粪治之，则加大。天雨，根益旧满。即大旱不粪治，亦不失径寸围。泉人鬻之，斤不值一钱，二斤而可饱矣。于是耄耆童孺行道鬻乞之人，皆可以食，饥焉得充，多焉而不伤。下至鸡犬皆食之。

案：周栎园先生，康熙间以名儒出为名宦，其仕闽最久。著《闽小记》一书，叙述简贵。独所载蕃薯一条，反覆疏解，语不惮烦。至称蕃薯初入闽，时值饥，得是而人足一岁。盖有味乎？其言之矣。

《岭南杂记》一则

吴震方《岭南杂记》：蕃薯有数种，江浙近亦甚多而贱，皆从海舶来者。形如山药而短，皮有红白二种，香甘可代饭。十月间，遍畦开花如小锦葵。粤中处处种之。康熙三十八年，粤中米价踊贵，赖此以活。有切碎晒干为粮者，有制为粉如蕨粉、藕粉者。又有甜薯，圆如鹅鸭卵。有猪肝薯，形如猪肝，重十余斤，皮紫，皆出粤地。唯番薯种自外洋来也。

案：震方，字青坛，吾浙石门人。著《岭南杂记》二卷，下卷皆纪物产。所称晒粮制粉皆同今法，康熙三十八年之事，亦救荒之证也。

《台湾府志》一则

《台湾府志》：番薯有十二德：不需天时，不冀人工，能守困者也；不争肥壤，能守让者也；无根而生，久不枯萎，能守气者也；佐五谷，能助仁者也；可以粉，可以酒，可祭，可宾，能助礼者也；茎叶皆无可弃，其值甚轻，其饱易充，能助俭者也；耄老食之，不患哽噎，能养老者也；童孺食之，止其啼哭，能慈幼者也；行道鬻乞之人食之，能平等者也；下至鸡犬，能及物者也；其于士君子也，以代匮焉。所以固其廉以广施焉，所以助其惠而诸德备焉矣。

案："下及鸡犬"句下，应增"其茎叶可以饲牛羊猪，使之肥腯，凶年亦可充食济饥"三语。

《边防备览》一则

《三省边防备览》：红藷，一名薯蔓，引于地，茎微赤，似山药，藷生根，下如萝卜，红色。

案：《边防备览》于纪红藷大略，然甘薯之名红藷，只见于此。读音如绕、去声，字书无此字，盖俗书也。

《种薯说》一则

黄河〔可〕润《种薯说》：直隶沙薄之地甚多，又四五月不得雨，惟临河及有井者可以浇灌，余禾稼多受伤。南方番薯一项，明代始来自吕宋之汶莱国，遂名汶莱；又一名地瓜，由漳而泉而兴化。二三十年前，福州尚未有，今则浙之宁波、温、台皆是。盖人多米贵，此宜于沙地而耐旱，不用浇灌，一亩地可获千斤，食之最厚脾胃。故高山海泊无不种之，闽浙贫民以此为粮之半。制府方公（案：敏恪公讳观承）抚浙时，稔其利，乃购种雇觅宁台能种者二十人来直，将番薯分配津属各州县，生活者甚众。余于任无极时，以北地宜番薯，状寄家人，曾以薯藤数筐，附海艘至天津，转寄任所。盖南方剪藤尺余，用土压之，便生薯。余如南方法，结薯甚多。九月，将新发薯藤再剪压，亦结。但不久即寒冻，亟收取之，仍如南方法，藏藤为苗。至次年春，皆冻干，不可用矣。故宁台种师教以开窖藏薯，然闻坏者尚半。后余忧归，舟次德州，家人上岸，买番薯甚多而贱。问之，云四五年前，有河南、浙江粮艘带来，民间买种以为希物，今则充斥矣。细叩其藏种之法，曰：本年冬十月收起，于冬至前掘窖，如藏菜之式。将薯择其小之不中食者，带藤藏于内口，用土坯封固，仍用泥涂。至次年清明后，将土坯先折二三块，令出气。阅数日，再折开，恐骤见风易坏。将薯拉去藤，勿用刀割。将地耕好，掀培成行，将薯斜放埋之，接藤处向上，土厚三四寸。五月便可长新藤。五月杪至六月三伏内，将新藤取起，每条剪数段，每段约尺二三寸，算有七八叶便可。亦先将地耕好培行，藤苗斜插，出土二三叶以受露，此后不过加锄。至九月结薯，便可取食矣。其初载之种剪藤后，能再发，大约七八月间可再剪，栽如前法。迟至十月可掘取，即以此留窖，为新年之苗。初栽者，至二遍剪藤后，亦可食硕果矣。燕浙相距远，场师或未尽合地宜。德州接界，多聘老圃治之可耳。

案：可润，字泽夫，号壶溪，福建龙溪人。乾隆乙未进士，官至直隶河间府知府，著有《畿辅见闻录》。此篇言番薯种植利益甚详。直隶、陕西，土宜相近，可以知其利矣。因亟录之，以为吾民助。

《南越笔记》一则

李调元《南越笔记》：东粤多薯。其生山中纤细而坚实者，曰白鸠薯。似山药而少，亦曰土山药，最补益人。大小如鹅鸭卵，花绝香，身上有力者，曰力薯。形如猪肝大者，重数十斤，肤色微紫者，曰猪肝薯，亦曰黎峒薯。其皮或红或白，大如儿臂而拳曲者，曰番薯。皆甜美可以饭，客称薯饭，为谷米之佐。凡广芋有十四种，号大米。诸薯亦然。番薯近自吕宋来植，最易生，叶可肥猪，根可酿酒，切为粒，蒸曝贮之，是曰薯粮。子瞻称海中人多寿百岁，由不食五谷而食甘薯。番薯味尤甘，惜子瞻未之见也。

案：雨村先生，四川绵州人。是书为任广东学政时所著。于红藷叙述颇详。其曰可以饭，客称薯饭，则宾筵且用之。其为粤人所重如此。再案番薯与甘薯同种异形，而番薯为胜，其如鹅鸭卵者，两粤海滨自古有之；惟粗而较长者，则自番舶来耳。古名甘薯，今则统呼番薯，不复别称甘薯矣。

《借树山房诗钞》一则

定海陈庆槐《食番茹诗》：登山不裹粮，日昃饥肠吼。野老饷地瓜，僧厨借刀剖。蒸来薄如饼，食竟甘于藕。此物便窭人，蕃生遍冈阜。邑乘所不载，前此固未有。侧闻父老言，贻种自闽叟。翁洲地斥卤，稻田半稂莠。米粟苦不多，况当人满后。兵饷筹仓储，渔船限升斗。贩米暗弛禁，奸民射利厚。赍粮甘藉盗，盗薮即利薮。农夫所登谷，不入农夫口。去年岁荒歉，剽掠到某某。倘非秋作熟（吾乡谓番茹、荞麦等种为秋作），饿死十八九。饮水当知源，得子莫忘母。闽叟功及民，故应垂不朽。惜哉姓氏湮，食德愧多负。何当入祀典，岁时奠椒酒。

案：荫山先生，吾郡人。乾隆癸丑进士，官内阁中书，著有《借树山房诗钞》。此诗为嘉庆甲子年所作，可为红藷救饥往事之一证。吾乡方言，夙有番薯干救命之语。其利由来久矣。瘠土小民，奈何忽之？

劝谕广种红藷晒丝备荒示附

为劝谕晒藏藷丝以裕民食事。照得紫邑山丛坡竣，平坝稀少，稻田不多，民间惟遍种包谷，贪其易熟。而包谷不可久贮，至三四月必发青，久之空中无米。即干晒磨粉，亦易生虫。是以秋收之时，满场堆积。一交春令，所剩存尽烧酒饲猪。及青黄不接，业已十室九空。偶值清风，束手待毙，深可悯怜。本县到任以来，无刻不以民事为心。查访紫邑山内薄地，小民间种红藷以作杂粮，无关轻重。因思红藷本名甘薯，本县藉〔籍〕居浙东，凡温、处等府所属，尽是山岩。该处居民春三月遍种红藷。此物不需雨泽，不争肥壤，不劳人工，其藤节节压之，即节节土下结子。藷种一枚，可收累累数百，实无根□□水旱不萎，食之易饱，并无噎积之虞。冬至前后，藤枯实老，掘负室内，切成粗条或圆片，勿沾水气，晒极干透，收藏柜桶内。至春夏，每遇晴和，倾出竹席木板上，晒过仍贮于桶内。年年出晒一二次，即收藏十年，亦不至霉烂，非如包谷之不可久藏。道光十二年，浙东大饥，斗粟千余，藉藷丝以存活者亿千万人。且藷之根叶，又可饲猪，兼能膔壮。枯藤即可作薪，毫无废弃。古人称红藷有十二德，诚以是故也。夫天道循环，决不能常丰无歉。即圣人保荒良策，亦只有耕九余三、耕三余一之法。尔民自道光十二、十三两年歉收之后，亦颇知自计盖藏。但包谷一项，万难经久。今本县为尔民筹画。如尔民种有红藷，即照依本县所谕方法，切丝晒贮。其来春山地，半种包谷，供本年食；半种红藷，照法藏收；兼及膏粱黄豆，以裕后年接济，愈多愈好。至少须余存一年粮食，则虽水旱不时，吾紫自成乐土矣。本县特为吾民夙乏积贮，苦心谕导，万勿视为寻常，听之藐藐，致日后追悔无及也。切切。特谕。

劝民种藉备荒诗六十韵附

后稷播艰食，五谷尊农祥。率育及百种，蔬果乃并详。丰年助食气，歉运扶饥尪。譬如五霸治，补苴成小康。嗟哉蝗旱涝，三孽为民殃。所值靡孑遗，孰问青与黄？惟天大好生，事事为周防。甘薯实地宝，厥种来海航。闽人始艺植，迁地罔弗良。佳名锡玉枕，美品逾金瓤。入唇波萝甘，搓手蔷薇香。布种无定候，迟速视雨旸。一茎数十根，颗颗拳臂强。一亩数十石，累累釜庾量。瘠不避硗确，高可连岭冈。棱畦篱落间，讵碍平地秧。三时独工省，十部偏利偿。红既等渥赭，白亦如凝昉。上祝翁媪噎，下分童孺尝。穷途一饱易，小户三餐常。阴阳两交补，玉延（山药也）功颉颃。所恨出近晚，未获逢岐皇。酿酒待嘉客，合欢资壶觞。屑粉持作饵，堆盘胜怅惶。片片聂切之，檐曝乘朝阳。珠粒簸巨细，冰箸截短长。万条簇牙管，径寸森玉芒。风久敲剥剥，物多积穰穰。贫居列盎瓮，当室盈仓箱。时时佐乏匮，岁岁储馑荒。象形呼茹丝，表用称薯粮。茎叶亦不弃，恩及牛豕羊。呜呼南山民，比户鲜盖藏。斜坡石戴土，下泉苞浸稂。苦荞荼尔口，洋芋冰我肠。玉黍为正稼（山民以包谷为正庄稼），山中防旱凉。愁霖七八月，清风不生浆。空苞槁无用，何处求核糠？籽种借倍息，敢计子母昂？（山民告贷，惟借籽种之息最昂。）徼幸得丰获，春及心徬徨。入夏粒色变，枵然中已亡。可怜四体瘁，莫慰一岁望。何如艺红藉，利益收无方。水旱不能萎，风雨难为伤。深根蔽尺土，虐焰穷飞蝗。外蔓纵有损，生气终莫戕。久贮弥益坚，炊烟接芬芳。余三积旨蓄，何必矜稻粱！此物与包谷，相济无相妨。家但种一区，已足富橐囊。始知十二德，未罄言揄扬。奈何弃大美，视之同蒲蒋？识浅怯始事，痛定忘故创。思患不知备，后时谁与商？惰农忸积习，安得怼彼苍？木铎宣再四，庶几振聋盲。古称富而教，物爱心斯藏。嗷鸿满中泽，何以为保障？所希采腐言，鼓腹偕乐乡。薄德愧民牧，出郊涕沾裳。

济荒记略

清咸丰元年刻本

（清）郁方董 辑
惠清楼 点校

济荒记略目次

济荒记略序

救荒之政，昉于《周礼》，杂见于历代史书，既无法不备矣。顾方虽传于古人，病必愈于医手，因时制宜，厥有妙用。岁己酉，吾邑大水，奔走其间，澹灾无术。幸赖皇仁广被，及良有司邑士夫多方调护，俾十数万穷黎，不至多填沟壑。仁心仁术，有足称者，郁君小晋慧业文人也。秋赋屡膺首荐，书院每冠其曹，然未有以经济称之者。今春书来商搉［榷］平粥诸务及义仓事宜，洒洒数百言，并和余元旦四诗，惓惓于救荒之策，洵乎能文章，裕经济矣。君自幼侍宦皖江，尊甫晋香先生以考职尉定远，缉盗惩奸，不避艰险。大宪委勘凤郡灾荒，区别分数，归于实是，并捐俸制芦席，以掩道殣。权滁阳分篆，施茶饮以惠行人。典凤阳狱，人给一草荐，日与糜粥一次。循声惠政，流载口碑。君夙承庭训，宜其慈祥之念、匡济之怀，殷然不释。他日本其先德之遗，济之以学，其裨益讵有限量哉！兹辑邑中救荒诸事，为《记略》一书，而属言于余。余惟欧公云：事有可记者，他日便为故事。是书特一时之迹，要可为后事之师。因书数语归之。

道光庚戌七月既望，愚弟张泉子渊甫

济荒记略

嘉定郁方董舒帷甫辑

道光己酉夏间，淫雨两月余，低区被淹，春熟漂没，又损新秧，歉象遂成，米价陡长。赖义仓储谷平粜，并提息钱采运接粜，又挪存本二万一千［千］，借给灾黎口粮。傅中丞颁发抚恤银三千两，陈邑侯劝捐义赈至八万数千余千，详请得大赈帑银一万七千两，俱给厂董按户口给发。今春又以常平仓存谷碾米，给各厂平粜，始得蒇事。此皆典自胥史，有公牍可稽，无容赘言。至吾邑绅富踊跃为善，多方设法，其事简易可遵。因就董所闻见者，条析编次，以补志乘所不载。圣人曰：我欲载之空言，不如见之于行事。此皆实事之已见者，记之以谂来者。道光三十年庚戌夏六月。

一、平粜

往时升米，率钱三十文左右。水灾后，增至五六十文，贫者日不得饱。吾邑大户各出藏米，减价平粜。先于左近发卖小票，籴者持票取米。每设一店，日需米数十石。一户粜完，一户踵起，至义仓开粜而止。西里黄氏粜完平米，复籴运杂粮，减价平粜，尤为接济之法。

一、平粥店

救荒济急，莫如施粥。盖饥民得钱犹待买食，得米犹待举火，不如得粥即可下咽也。而昔人有以设厂煮粥为弊政者，缘米数过多，和水搀灰，半生半冷，食之适足诒〔贻〕害。又一切人工杂费，埒于薪米，经费难支。然使经理得人，弊绝费省，安在非善政乎？黄封翁石香议于四门外，各设一平粥店，西里设厂报功祠。去冬十一月起，日用米二石，和杂粮一石（高粱子、黄小米），晨煮二次，午后煮二次。另在旁屋卖筹，每枝四文，一筹易粥一大碗。西乡被灾最甚，扶老携幼，成群而出，乞得四文钱，便苟延一日。南北两门以经费不给停止，东门有洞庭叶君彦卿司事，赖以得济。今春同人复请邑尊札谕西乡各镇，俱开平粥店。望仙桥张君子渊首先踊跃，设法募赀。黄君申浦、庄君小云赞成之，煮卖碗粥，例照西里。惟买筹分妇女孩童为一处，其余饥民为一处。筹分四样，大者每枝十二文，给粥三碗；中八文，给二碗；小四文，给一碗；最小二文，给粥一中碗。其极苦无钱者，给牌领粥，曰牌粥。煮热悬旗竹竿，无则收之，以便远方侦望。南及安亭，北及宣家桥，西及天福巷，东及外冈，四方皆来就买。人多拥挤，恐老弱有不得食者，另设二人查察，俾不至向隅。娄塘镇汪元泰典主人，向在苏州同善堂司事。典中司账者浦君映辉札致主人，即拨米二百石，在镇设厂煮卖平粥。日需米七石，粥极稠厚。夜四更起炊熟，盛水缸，以盖盖之。旦视盛粥，味已馊坏，疑为鬼捞，延僧道超度不效。有客自罗溪来云：彼处亦然。缘一缸盛数锅粥，煮有先后，冷热相杂，加之以盖，蒸成馊气，非鬼捞也。置缸时，用大勺搅和扬之，且弗用盖，便无此病。如其言，果验。黄渡方泰踵行之，俱于今夏麦熟停止。惟外冈因循不果。先因乏赀，后有海盐禀生陈君宝斋助洋三百元，城中亦有许助者，又以无人料理中止，所谓得人难也。吾邑赈饥，以钱易粥，著有成规。此又于给钱外，权其缓急，补救于一朝也。然赖以存活者众矣。

一、平粥担

道光十三年吴中遍灾，中丞林少穆先生劝施担粥，与寮属倡行制就木桶，绅富愿施者，向抚辕领取。其桶以木尺量之，高一尺五寸，径圆亦如之。每桶盛粥五十余碗，两桶为一担。用米一斗，入粞粉二升，便极稠酴。随带粥勺一把、大碗两三只备用。其桶盖半边不动，半边可开。中凿圆洞约四寸，外盖方板约五寸，两头透出，旁钉小铁环拴住。如开方板，可倚在闸板上，将粥勺在洞内盛粥。至粥少，将半边桶盖开去，则粥不骤冷也。分挑城市僻处，遇老弱疲病者，各给一碗。煮以地灶风箱块煤，其费较省。镬需大号，上加木接口，方容米斗外。淘米早一二时，则米粒涨足，省柴火而易腻。粥滚，用竹爿不住手搅和，庶免搭底。熟后少待片时，拷入桶中。柴米（随时定价）挑工（每约三四十文），每担费约六七百文。有力者日施数担，次则一人日施一担，力薄者可合数人以成一担，所费更轻。且或认一月半月，或各认一旬，俱随其便。总之担数以多为贵。约会同人，各分地段，不至有重复偏枯等弊。中丞刊布诸法，人竞遵行。去岁吴门恒善堂制备担粥桶，愿施者到堂领取。有客携回二副，上书苏州府正堂王第某号，旁书专施老弱残废，毋许争夺拥挤，盖为施粥言也。吾邑大户济贫助赈，已辄叹力不足矣。爰议以平粥担半施，而或谓不若店有定所，就啖不劳寻索。然乡间地势散漫，于店为宜；城中小街隘巷，老弱妇女残废，就售可免奔走，则于担为便。叶君春林慎斋家叔幼农创议举行，募城中同志，各认股分，或随力酌助。去冬十二月初煮起，每担用白米一斗，粞一升，得粥百碗。每碗售钱四文。时米价石需钱五千五六百文，加薪水人工，每担亏钱三百余文。初家礼和堂后屋起煮，设一厂，后各厂踵添至三十六担。买粥者多，则限以三碗。然一担之出，一哄即通，尚有携具而空来者。爰各厂会议，以早晚四担齐集县署前，取其地宽阔，买者等候有定所。后更议集荒场，场在圆通寺前，向有屋宇，坍塌后谓为荒场。今荒民聚于场，而荒场之名不虚矣。此外礼和担在西路，罗诒谷堂担在东路，叶受祺堂担在南路，德裕堂担在北路，协兴担在南城内小街。各分四处小路遍卖，至今年四月停止。司事者，叶君春林慎斋莼香小慎蓉卿、家叔祖友、乔叔幼农、吴君诚斋、俞君兰生、瞿君雨卿，皆以实心行实事，杜绝私弊。量淘粞米，亲自监督。出担时，司事随出收钱，量为酌施，用一人挑担，一人盛粥，井井有条。此又变通于平粥店者也。

一、施粥筹

城外粥店，制筹四百枝，长七寸。上书煮粥公局，押日一无欺心，用以记数。卖完，俟收回煮就再卖，以免拥挤，非为施也。城中粥担，不用筹易。幼农叔倡议于局中制竹筹四千枝，长二寸许，画押用印。好善者发心布施，向局中买取，每四百钱易百筹，藏袖中，遇饿者贸贸然来，给之。担上预为咨照，随所值皆可易食。收回贮局，俟好善者轮买布施。去岁至今，乞者沿街，每一发手，人如堵墙，必罄其所有而止。幸屡有买者，先后计共施粥筹三万枝有奇。恻隐之心，人皆有之，于此可见。又饥民徒手而来，施以粥筹，亦无从食；或本有盛粥具，以露宿为人窃去，则号啼不已。慎斋买贮瓦钵，见此辈取以施之，亦行方便之一端也。

一、施钱

门口硬索者，布施出于勉强。然亦有携钱散给者，闻上洋尤多。夜间饥民托处宇下，比比皆是。好善者挈仆肩钱数千，持灯照卧者按给，每人二三文，或四五文。先令莫起身，起则无有，故无抢夺之风及重叠等弊。此法甚善。上洋有值店者，有意外所得钱，谓之外快，亦愿将此项施沿街止宿饥民。每夜有一人得四五十文者，虽受露宿风栖之苦，可免鸠形鹄面之悲。惜此种畅汉，不可多得。彼一文不舍者，直上洋值店之不若也。噫！

一、施饼饵小菜

大户有备高粱饼及饭团粉糕等物，欲择饿者计口散给。及和盘托出，即被抢空，因中止。然以为数有限耳，苟能广施，自不致被抢也。妇人有善念者，出所贮小菜，如盐、醋、大蒜、酱瓜、姜、盐菜干等物，各随所有，付粥店粥担，买者每碗各给少许。厂中复向酱园募得酱物及酱豆瓣等施之，虽属小善，然姜蒜等不惟佐食，兼暖肚辟秽，为益不少也。

一、施寒衣

典质寒衣，贫民常例。荒年不能取赎，饥寒交迫，死者必多。此赈民饥，又必恤民寒也。典中逢歉岁，例让息三月，然母钱亦何从措办？方泰厂董傅君少棠纠同志助赀，为贫民代赎棉衣。愿者以质票置局中，姓氏里居，登明号簿，代赎付之，一方人皆挟纩矣。惜他处未能仿行。秦世善堂制棉衣一千件，就所知给之。黄守约堂、胡容德堂制柴秧背单，散施丐者，较赤体稍可御寒耳。子渊著有《稻扣赈说》，以四乡之荒里起熟者，扣去赈钱，为穷民赎棉衣等费。此举可谓裒多益寡，称物平施。而暗而懦者，究未敢则效。子渊履勘得实而后行之，且谕蒙惠者曰：此汝乡邻有稻者分惠也。吾不任受咎，亦不任受功。盖有稻者，荒年既不亚于丰年，而柴米得倍价。租籽无多，使一秕一草，不肯或恤穷邻，适以敛怨，岂有稻者之福乎？故扣赈济贫，实属苦心孤诣。

一、施布棉

饥民无衣者多，大户施衣，岂能遍及？子渊设为施布施棉之法，或一匹半匹，或一斤半斤。家有敝袄，藉以补缀。即单袷之衣，贴布装棉，遂成温暖，所费省而实惠溥。诚不得已之极思也。

一、施柴被

卒岁无衣，何有于被？代赎则费无所出。子渊创为柴被施给，其法以稻柴之清白者，不必揉尽皮壳，取其温暖，其柴直理相续而横缉之。长一身有半，广不等。卧者以身裹被，如蚕以茧。风雪之夜，无号寒者矣。

一、助族戚

待有余而后济人，必无济人之日。岁歉用费，虽有力者，焉得人人而济？然宗族至戚，我苟境况稍胜，在彼饥寒无告，亦当勉力佽助。吾邑有某士家不甚富，躬行节俭。戚属以缓急告，无不立应。一日族子不能举火，密以妇钗付之质库曰：勿为外人道也。又戚某屡屡借贷，因曰：人不可徒食。为措办钱若干两，令其经营生息乃已。亲亲而仁民，善事固有次第，亦随力而已。

一、济邻里

人遇急难，亲戚不及救援，而邻里如响斯应，所谓守望相助也。岁饥人竭，率多聚众劫抢，或蚁集索钱。城中有官弹压，此风尚少。乡间哄然而至，抢夺财物，空诸所有，小则按人给钱，众散而家赀亦罄矣。吾邑乡间有某大户积米千石余，米价涌贵时，先召邻里，指囷示曰：若为保此，将此米就近平粜。闻者允诺，乐为捍卫，安堵无恐，是殆仁且智者也。

一、助寒士

荒歉之年，失馆者必多，乡间尤甚。寒士处馆外别无生计，仰屋兴嗟，无以糊口，谁谓砚田无恶岁乎？诸孝廉硕甫合一桂林会，募有力者出赀，岁暮访寒士之极窘者，阴助之。惜止得百金，而寒士以数百计，安得大庇欢颜乎？然就所闻见给之，亦不无小补云。

一、赈佃户

西溪草庐保家条约：一曰佃户当轸恤。灾荒视岁收折算，必使留其有余；疾病死伤，量为周济。家有喜庆，必减租资福。故吾邑西里黄氏遇岁小歉，必先议折减额，好善者视为准焉。去岁西乡低区，竟无粒谷收成，不惟莫可折算，且必力为施济。他处可折收者，亦只十之一二，尤未可以常例论也。秦世善堂西乡佃户，被灾最甚，按户大小口给钱。又代养耕牛，使原主刍牧。李彝训堂佃户西及昆界，委司事泛舟，载米数十石，至彼处察势酌给，每二十日发一次。徐寿祺堂访佃户之苦者，按大小口，月给钱一次。其余大户或助筑堤之费，或贴粪田之资，或以借贷而给其钱米，或使力役而酬其工资，皆因荒阴济也。

一、发谷种麦种

去夏霪雨，稻秧随水漂没。大户各出藏谷，与佃户补艺。后又发麦种。今春谷种价昂，复从他处籴谷，给佃户播种，每亩八斤或十斤。荒去熟来，佃户感恩，必有丰斛以偿者。然鄙吝者鲜有悟及。

一、代赎农具

老农不以岁歉而辍耕，耒耜岂可舍乎？然计穷待毙，不得已以田器质钱，权支糊口，来春何以东作？尤苦者只身佣工辈，终年恃一铁搭作生计，入典不赎，生理便绝。子渊创议为贫农代赎，例如棉衣。

一、济女红

吾邑地产木棉，女红向以访〔纺〕纱织布，营生度日。去年木棉歉收，花衣价长，纱布不赚钱。向之为女工者，束手无策。大户贮有陈棉花，发各佃户及附近邻里纺纱，每两给钱八九文，可资度日。可无惰女出钱者，亦惠而不费。大言之，即以工代赈法也。

一、卖平花

胡容德堂以旧贮陈棉花，平价发卖。市价斤百二十文，胡姓减至九十六文。揆之往时价亦相埒，而营生女妪，争先挤买，不数日罄矣。闻娄塘大户某藏陈花千余包，待价不售，后鲜棉花开，卢都盛结，市价顿贱。某又急欲求售，客置不顾焉。凡物贵之征贱，若胡姓者，其一举两得与！

一、收养遗孩

荒歉乏食，父母不能保其子女，遗弃道左，呱呱之声，殊惨听闻，见人拾去，置而不顾。葛晋卿明经纠同志，设收孩局于义仓。自六岁以上、十岁以下者，由里正及邻近报明，送至局中，注姓氏里居于册。每孩系一牌，日与一粥一饭，或雇妪领养，日给钱三十文。言明代养百日，即送还。亦有送至局中，而孩子牵裾不忍去，其父母仍收泪抱归。此真性情所发见也。惜以经费不支，收三百余口即止。有以残废遗门外者，问明来历，送还原处，给钱养之。闭局后，所收孩仍发本人领回，给钱如雇妪例。合百日之期，无归者，设法令人过继去；有愿为人役者，悉听其便。此广育婴堂例以行之也。娄东上洋，更有收老局。在六十以上者，男妪分住，代养百日。惜吾邑力有不及矣。两举皆无量善愿，老安少怀，其圣人之用心乎！

一、施医药

饥民，贫也，非病也。然衣食不周，奔走求乞，风寒易感，疾病因之。卧人家檐下，呻吟不已，气息奄奄，施以粥汤，已不下咽。好善者令人移置无风处，盖以絮被，煎姜汤、紫苏汤饮之。翼〔翌〕日汗出而愈，食以粥，得活。又有孕妇求乞，忽生产者，善姓煮益母草汤饮之，并食以粥，令妪扶持，以敝衣裹其婴而去。此皆于急难中救人，所费无多，功必倍之。吾邑大户，向于夏间，合痧暑丸药施送。荒后必有疫气，虽病症百出，而饥寒之后感邪尤易，其原未尝不同。医家宜择经验方，募人制施。幼农叔曾刊预辟疫法印施，亦利济之意。

一、施疗饥丸

许真君济世方，用黄豆七斗、芝麻三斗。（水淘净即蒸，不可浸多时，恐去元气。蒸过即晒，晒干去壳，再蒸再晒，共三次。捣极熟，丸如核桃大。每服一丸，可三日不饥。此方所费不多，一料可济万人。）济生大丹方。用芝麻一斗（微炒磨），黄豆、糯米各一斗二升（水淘，蒸熟，晒干，或焙燥），熟地十斤，炙黄耆〔芪〕、山药，各五斤，白术三斤（共研细末），红枣十斤（煮熟去皮核，打烂，配入炼蜜，捣和为丸，约重五钱。滚水服。修合如法，香美疗饥，数月可安）。有合就施人者。然多食伤肠胃，须择极饿者酌施，且戒勿多食为妙。姜君秋农，择疗饥方内妥稳者，刊本印施，皆备荒之法。

一、门口布施

荒岁贫民，得一钱一勺，如获至宝；在施者功亦胜于往时。门口布施，尤为简易，远处烧香不如近处作福也。乐岁粒米狼戾，大户料量，委诸仆婢。主人一不经心，剩余饭粥，馊不堪食，抛掷沟中。妇人喜作粉团面食，匿不与人。阅时忘食，霉烂弃去。又或以饭饲犬豕，皆属轻弃五谷。富贵家常因此折福。至农夫以蚕豆拥田，尤暴殄天物，为饥之本。岁饥财匮，民率食半菽，甚而糠粃，又甚而树皮草根。向之作贱者，庶憬然悟乎？余尝目击饥民，见狗食钵，垂涎良久，俯而就食。有怜之者，以剩饭与之，喜出望外，真滴水如甘露矣。人能俭约自奉，则门口求乞者，何惜一饭恩哉？丰稔时，田沟砻场，辄多遗弃谷粒。有心者拾置一处，历年便成斗石。稻柴把中亦有遗穗，主人谆嘱爨者检视，灶前置一空瓮，拣出贮之，积多以施丐者。此惠而不费。古人稚穧秉穗，以利鳏寡，即此意也。

一、施棺

吾邑向有存仁堂，施棺代葬路毙及贫无以殓者，里正报明为殓埋义冢。今春道殣相望，日需棺数十具。每具例给匠工料钱一千二百文，今减价九百有零。木料愈薄，有扛至半途，底脱尸倾者。棺盖不可复开，因反置以埋焉。西里设平棺局，木较厚，每具值工料钱四千。贫者以钱二千易之，半卖半施，日不暇给。望仙桥设广仁堂施棺局，皆泽及枯骨矣。闻太镇崑新饿殍尤多，尸横遍野，或施芦席蒲包埋之，已属美事。故老云，乾隆六十年荒灾更甚，饿死尸骸，每给一蒲包。后不暇给，以一蒲包裹两尸埋之。时或不能凑数，以将死者合尸裹之。尚瞠目曰：吾犹未死。殓者曰：带生些不妨。言之殊可悯也。

一、暗中布施

有德于人，众目共睹，其显焉者也。至人所不知者，造孽最易，积德亦易。荒年大户绅衿，例作董事，维持一邑荒政，关系匪细，有司亦俯采焉。一言之出，一事之成，地方利害因之，当事之德孽亦系之。务在勤恤民隐，不避劳怨，多方筹画，处置得宜，无一毫私意，即是阴功。道光十三年，吾邑平粜，大户某为厂董。厂中领米有数，计米缴钱，其升斗以毛竹筒为之，量亏则厂董赔贴。某恐其亏也，潜以利刃，削去筒口几分。后期年病亟，语曰：吾寿不止此，缘平粜减米，以此折算。言毕而卒。此事传为炯戒。去岁各厂董，凡有亏耗，暗为贴补。运米舟力、上下肩力，俱系捐资。义仓董事饭食供应，亦系自备。今岁发赈三月底，尚缺少几日口粮，议向本厂添捐。城厂董亦有自捐补数者，饥民阴受其惠。然阖邑三十一厂，董事百余人，亦有暗中取利者，冥罚当不知如何也。

一、推广布施

一己之心力有限，推及于人，则广矣。有力者倡率周济，使人效慕；无力者诱掖奖劝，成人之美，皆善与人同也。或谓劝人出钱，必招嫌怨，不知世间善事，半由激励而成。其从者善气相迎，必无所憾；不从亦勿勉强，自不取憎于人，在言者固无损也。吾邑财力有限，广交者更于他处，如罗溪、上洋、吴门等地，择富而仁者，募资求助，必能波及余润。或显宦远省，达以公书，在彼谊敦桑梓，不难慨当以慷也。又捐赈例得议叙，可以功名动人。或两造纷争，劝人缴钱公项，以息讼端，皆仁心所推广者也。

一、酬愿布施

愚俗习尚，遇喜庆疾病灾厄，求庇神佛，辄许愿助赀，如演剧唱戏、宰牲祭享、助袍悬幡、上额等。不知神称正直，惟德是馨；佛号慈悲，以身布施。演剧唱戏，能悦其耳目乎？不祭享，不添袍，神佛未必饥寒。幢幡匾额，得一已足，神佛不藉多誉为荣也。阴功有万，济人为第一。值此艰岁，能移完愿所费以济人，必为神佛呵护，功德当胜他愿百倍。如谓善门难开，但持钱于饥民匍匐处，阴给之，老弱残废倍与之，施一人便是一人，施一日便是一日，不居其名，自无应接不暇之虑。十月二十五日邑城隍诞，演剧称祝，岁常月余，费甚巨。去冬有议将此项移作救荒资，以酬神愿者，众笑其迂。后易清音侑筵，盖因荒节费也。三月二十三日，天后诞，海道贸易者，奉祀最虔，遇风浪辄著灵异。上洋届期，先后祝厘演剧，不下万金。吾邑北贾者，例在上洋演剧享祀。今岁值国制，遏密八音，余即札致司事项君尔梅，属以所费移贴城中粥担，颇如所言。既而闻上洋善举，盈千累万，踊跃异常，皆以酬神愿钱为之。殆所见略同与。

一、印施救荒善书

道光三年水灾，西河林氏作《救荒劝戒集验》。其叙略记汤文正公云：百姓造孽既久，上天不得不降灾厄；既降之后，见百姓受苦凄惨，上天又不胜哀矜怜悯。于此有能激发仁慈，舍财施济，救人于危急存亡之候者，上天亦不胜喜悦，即眷佑此人，锡以福庆。又谓荒年吝施，祸报多端，更速于福报。不独闭籴之罪，必遭天击，即积金慳吝，漠视垂死而不救者，忍心害理，谴责尤重。至若深居华屋，啼饥不闻，沟瘠不见，欲救而徘徊中止，饥毙已多，亦属违拂天心，咎愆不免也。所集报应昭彰，使人易生观感。去夏子渊跋其后，印施数百本（板存城内）。家叔少农于身世金丹本内（板存崑山），摘疗饥良方、赈荒福报数条，名曰《普惠饥荒》，另印散施。又有印送《劝开粥店说》（板存上海）、《劝行担粥说》（板存苏州），几于家喻户晓。厥后同人，踊跃劝勉，乐善赈施，未必非得其观感之助也。

一、超度孤魂

死者长已矣，救生不救死，势也。饿死弗能救，而欲于死后超度其魂，毋乃迂甚。然大荒必有大疫，饿殍游魂，亦能为厉，蒸成疫气，生者亦不相安。且稍可资生者，遇荒亦能度日。天行瘟疫，虽丰衣足食，不得免焉。驱逐瘟邪，非超度游魂不可，是救死即以安生也。去冬今春，饿殍相继，近粥厂尤多。西里粥厂，有鬼捞粥。初煮甚稠，盛出瞬息，忽米水划为二，味淡而酸，与乘热盖盖馊坏者有别。因延僧设放瑜珈焰口，乃已。乡镇亦间有之。城中粥担，独无此厄。同人先诵金经、心经、雷经、大悲咒、往生咒禳之。二月二十一日，建坛圆通寺，诵经施食祭炼，募冥资助之。天雨骤寒，饥民宿寺宇下，晨已死一人。是晚厂中各出担粥布施，令先会集山门内，各给一碗。雨涂无远来者，止于寺中发二百余碗，剩者仍挑出施完。夜半罗姓以粥筹施宿寺饥民，人一筹，计八十七人。有一人倚卧者曰：吾与若需二筹。给之。比晓审视，倚者乃死尸也。五月初，里正又醵钱在寺建大悲忏坛，焰口施食，以冥锭四野焚化。里正闻鬼啾啾作声，惊逸。余笑曰：此谢汝劳耳，无恶意也。而余于此不敢作无鬼论矣。

一、预备积贮

积贮备荒，莫善于义仓。吾邑向有义仓，丰稔时籴谷储仓，以资荒年平粜。去夏存谷碾米粜尽，息钱存本，俱运用无存。今详请大宪批准，按合县田数，公议每亩摊捐钱若干文，分作二年弥补存本。此通邑饥民命资攸系，良有司及诸经董心存普济，妥为料理，自能除弊兴利，垂之久远也。今城中粥担前所募金，尚有余赀。同人议作存本，再添募月捐，仿惜字会一文钱愿例，积少成多，备御荒之用。名曰在城于是会，取考父鼎铭“鬻于是”之意也。缘愿赀无多，以在城为限。倘合邑踵而行之，则与义仓相为表里，图匮于丰，可无虞矣。

荒年转眼已成丰，人力能回造化功。枯木向荣知爱日，冻禽舒羽荷春风。言关利济非无用，事可留传不蹈空。珍重一编为善乐，此心此理古今同。是编成，质之张丈子渊、叶丈慎斋、王丈澐士、家叔父少农、幼农，怂恿助梓，因题于后。郁方董并识。

虞邑洪水纪稿

清抄本

（清）佚名 撰

邵永忠 点校

虞邑洪水纪稿

洪水成灾有序

吾邑自道光壬寅岁夷匪侵境后，年时谷麦稍有收成，而国赋倍征，民不堪命，尚属忍之。而己酉岁麦熟被淹，收成一半。五月初旬，霪雨连绵，至十三日，大雨倾盆，街衢积水，暗涨至三四尺，船可进城。新秧没坏，重播谷子，依然全白。断屠行香，一无效验。至六月初旬，大水定而低乡一带尽没矣。因遂赋诗以伤之。

年逢己酉雨连旬，夏水频增涨远滨。补种有谋商野老，祈情无术泣农人。屋因波浪遭倾圮，船泊街涂费苦辛。尚幸天灾不陷溺，高隅保护仗明神。

灾民流离有序

水未退去，低乡屋舍被浸塌者大半。扶老携幼，逃向高乡而报水灾者，两邑衙门如市，无日休息。因遂赋诗以慨之。

水冲屋宇付烟消，号冻啼饥苦莫描。乞食他乡抛子女，谋生乐土走昏朝。薪奇似桂寻难觅（斤柴五文），米贵如珠价倍饶（石米六千）。何日重开新世界，斯民鼓腹庆唐尧。

募董劝捐有序

是时两邑常令黄公金韶、昭令毓公庆请绅士设局，始劝终逼，甚至不愿捐者，或枷地保以催之，或提本户以罚之，而捐资遂下数千两，其弊端由此起矣。因遂赋诗以讽之。

邑尊名帖出琴堂，愚弟亲书谦不妨。圈套大家如捉税，牢笼店户胜催粮。富绅囊橐充非计，贫董身家靠预商。若使小民同有位，生财反易乐年荒。

颁帑赈济有序

两邑尊到省报荒，上宪题奏请赈。奉旨颁帑千万两，分派七省赈济，灾黎稍慰。而克减吞冒之弊，口粮扣折钱数与誊黄上银数不符。因遂赋诗以明之。

帑金颁发库中存，宵旰忧劳动至尊。大劫均遭荒莫免，人情皆困苦难言。恩传禁院民全济，惠到穷檐吏半吞。无弊可嗟非一事，谁能细诉叩丹阍。

收埋浮柩有序

大水因风鼓荡，低乡浮厝之棺尽逐水中，或棺底向天或棺盖失去者亦有数百。幸有善姓雇役，挨次收埋，惟此最有实惠，毫无流弊。因遂赋诗以奖之。

狂风怒拂起波涛，吹逐浮棺处处遭。浪卷遗骸悲莫辨，水沈零骨痛谁捞。收钦德量非虚假，埋想冤魂惠实叨。似此功施宜获福，子孙应报步金鳌。

设厂留养有序

低乡屋舍被水浸塌后，灾民无所居住，或在城中桥头、巷口止宿。有受风露死者，有被恶丐欺者，甚众。庞公联奎领缘搭厂社稷坛前留养，每日查察，民由是小安。因遂赋诗以叹之。

庞公领袖善名扬，度地居民缮盖藏。一带芦房风莫虑，数楹草舍雨无妨。不容狡兔争栖宿（谓恶丐），只待哀鸿免湿伤。尚有灾黎难广庇，情形目击已凄凉。

施棺收毙有序

灾民收不尽者，往往在街涂求化。有饿极不能行者，即倒街而毙，善士施棺收殓。正所谓涂有饿莩者，此时也。因遂赋诗以哀之。

冻极饥深命莫延，随行僵仆倍堪怜。孤魂但逐寒风荡，暴体忍听烈日煎。援手顿教归净地，化身自可赴生天。但期有力皆能是，善事同修普万千。

卖粥救荒有序

灾民求食不济，庞公独力煮粥出卖，每碗取三文。后有奸民变卖，而老弱灾民反不得食矣。粥遂停。因赋诗以惜之。

创营炉灶济民良，煮粥充饥免断肠。众口嗷嗷皆乐哺，齐心处处尽争尝。亲监惟虑添糠秕，巡察还恐多水浆。严谕役夫无作弊，功成咸可获安康。

厝棺盗窃有序

吾邑西北两山，忽于是岁十二月初旬有贼盗棺，计至数百处，或偷骨骸，或窃衣服。虽有被盗者具控到县，而邑令未见赶紧缉拿，迨至三十年正月中稍息。想此种歹人，定是白莲一派。因遂赋诗以记之。

无力营窆权厝闻，岂知宵小扰纷纷。斫棺破尽儿孙福，窃骨难防新旧坟。有说妖人修算术，或传邪教炼丹云。若使一旦情轻露，大辟还亏遇圣君。

太后升遐有序

是岁阅邸报，知太后素在圆明园有疾，于十二月初八日还宫，至十一日申时崩逝。吾邑诏到，在三十年正月二十二日开读。因遂赋诗以挽之。

慈宫星隐杳难寻，天子情悲泪满襟。腊信将残鸾驭速，母仪久仰凤车沈。嫔妃粉黛封金盒，官吏筵宴禁乐音。诏到漫疑虚设奠，绅耆朝夕哭咸钦。

圣主驾崩

诏到后越数日，人言圣驾有变，将信将疑。至二月初八日，道辕卦牌谕云：圣驾于正月十四日卯时崩逝。二月十四日到诏，不胜悲惜。因遂赋诗以哭之。

眚灾何乃及皇躬，抱疾衔哀服未终。遗诏托孤咨六部，祈天永命泣三宫。虎符惊窃希湛露，龙驭难留趁晓风。此际臣邻须尽职，皇恩当念莫忘忠。

新主登极有序

是时新君承统，在二月初二乙丑日寅时，年号咸丰。因遂赋诗以庆之。

咸丰建号共传宣，新主乘权继昔贤。封赠宗藩歌舜日，恩覃黎庶颂尧天。于今颁诏临天下，从此击裳乐岁年。人世荣华谁得似，为君定必胜神仙。

元老寻逝有序

中堂潘公相传因圣驾崩逝，晨入哭临，退朝即薨，在正月十六日。因遂赋诗以褒之。

为痛皇灵返紫薇，宰臣血泪湿朝衣。恭传丹诏忠谁得，扶立青宫志不违。鹤化无端归碧落，鲸游何事殉黄扉。伫看史册留名节，福寿同臻见亦希。

日曜有变有序

上年十二月中日，有白光围绕日边生耳。至正月十八九两日忽见日光，于申酉时反侧摇动，五日方止。此亦未明休咎，因遂赋诗以志之。

民谣日影忽传奇，凶吉先机示尚疑。石燕想因偶舞蹈，金乌难信或倾攲。千秋纵有虹相贯，百岁何曾象少移。静念天文参国运，街谈又恐口成碑。

竹　枝　词

五渠赛社闹村庄，结伴遨游动四方。隔夜定商寻画舫，罗衣新制预薰香。

嘱婢来朝侍晓妆，幽兰寻取到香房。轻绵宜带安排好，恐怕风狂送薄凉。

夸娇都欲仿苏妆，后鬓皆梳鹊尾长。不解可人何处是，当头挖耳似挑枪。
倾圮神貌欠装潢，劝愿修工未竣忙。董士有谋难禁止，想因社姓实猖狂。
赁得龙舟系鼓镗，红旛彩纛闹横塘。快船台阁尤堪笑，满嘴胡须扮女娘。
船埠此日价非常，细格玻璃几倍昂。浪掷金银原不吝，风流自有富家郎。
官衔旗号趁猖狂，冷落绅衿也至乡。乱击鸣锣齐下泊，娇娃船畔强排行。
插镜银边罩眼旁，轻摇纸扇爱清狂。看花分外精神爽，假说昏蒙近失光。
乡装妇女总多乡，裙布荆钗当绣裳。邻婶阿妈随口唤，东西拥挤汗汪汪。
风狂云布起仓皇，雨落倾盆敛夕阳。为怯衣单宜助暖，畏寒暗暗倚檀郎。
迎神船只急收场，狼狈匆匆各处藏。绝好胜观成败兴，天工何故吝晴光。
灯彩喧传巧样装，贪观何惜夜多凉。一番过眼同烟散，色艺原推独擅长。

春尚酿寒，未引踏青之兴。花犹滞报，定回拾翠之车。余于花朝偶见馆外桃花数株未开，感怀即咏

好花端合赏诗人，溷植墙阴认不真。北苑有情邀皓月，东风无力误芳辰。清香共许能超俗，艳色皆怜或染尘。专待一时逢识者，汉宫移去发三春。

一水迢遥似别天，飘然到此胜游仙。毡寒销尽英雄气，昼永争多诗赋篇。异地偏教容领略，乡心虽淡总难捐。萍踪相聚承嘉贶，替向林泉去访贤。

芝舫邵君，性情洁好，丰度春容，他年金华殿中品也。与余交最契，故占一律以赠之

逸品翩翩回出群，风流潇洒孰如君。斋清拂拭尘无滓，卷富缥缃志不纷。俗客未容轻接席，良朋尽许乐谈文。奇才磊落时惊座，高拥牙签羡博闻。

升芷黄君天才宏博，六艺精明，诚文场之健将。求书法者，等洛阳纸贵矣。余托书拙对，作诗酬之

素慕临池翰墨香，鸾笺舒写羡君长。银钩字古同三晋，玉版毫开似二王。湘管生花青简润，小斋握笔绿阴凉。携归姬嘱纱笼贮，珍重鹅书好护藏。

又和延绿轩书怀原韵

万绿丛中小洞天，久钦才调励华年。山城环处家忘俗，史册耽时夜却眠。花点砚池香翰墨，学传绛帐胜经筵。题名转盼丹宸

咸丰癸丑六月，风潮旬余，几忘酷暑，因占一律以志之

数番风信胜冰丸，暑退旋生六月寒。竹簟坐余频怯冷，罗衣著处每形单。诗堪解渴殊烹茗，字可疗饥赛服丹。笑彼趋炎人太痒，静中佳趣得时难。

寄怀诗

寒儒端合走名场，典尽裘袍志欲扬。腹饱诗书忘粟贵，眼空势利爱才长。宦游久愿山川历，株守难甘笔墨忙。唤破苍天书破纸，清闲何日乐徜徉。

风筝

何处清音入耳倾，飘摇散作半天鸣。裁成片纸张银缕，幻出新声拍素筝。夜月欲惊仙梦断，晓风宁俟凤箫迎。自同屋角珍琴挂，谱出宫商一样清。

维咸丰五载，岁次乙卯春三月二日夜，街柝将沈，村鸡欲唱，雷雨疾作。余在睡梦中惊觉，遂披衣起。掌灯审视屋漏处，往内敲门，唤室人与语。愁言漏屋如漏卮，擎天手有难遮住。若得闲钱添片瓦，安卧牛衣睡到午。良久复出，余不欲重睡，整衣独坐，闭目凝神以待旦。旋听雷声直逼瓦椽，霹雳声中，忽震屋角厨灶。余战栗恐惧，急唤室人子女起，环立以询过犯。佥云狼籍字纸，抛弃五谷，亵渎灶神，自怨自诅。凡诸怠忽，未免无心积过，至于昧心灭理，咸信无之。余曰然。因督饬子女辈，自今以后，无论一字之微，见之必拾以珍；一粒之细，见之必惜以取。晨起洗手，夜起静焚香。毋怠毋忘，庶免厥咎。天晓访星士，王其姓，载阳其名。卜之卦，得明夷之贲象兆，欠吉。谨于是月十四日净扫蜗居，延请杨法师并道众虔诵经文，谢雷镇宅，礼斗禳星，少申忏悔。又恐不足盖愆，矢愿虔持雷斋三载，以赎一家长幼眷等罪戾。上自椿萱，中由棣萼，下逮兰玉，亲自缮写朱文愿表一道，焚化金炉，恭祈天鉴。乌乌私忱，未知可格苍穹否？伏念余生平情性懦愚，毫无不可对人之行，惟于笔墨间或疏检点，室人张氏性直口快，亦无刁曲心肠，子女童稚无知，未免秽亵，积年未加猛省，于今忽受雷火之惊，不胜愧悚。勉尔后人，以鉴前愆，毋蹈后过。惟愿劳心劳力，以度日月，毋失本分心以营财，毋生忍杀心以悦口。夫铢锱有定也，妄想未必得，宜存节用心。滋味有几也，下咽即不知，宜切淡泊心。与其杀生造孽，何若茹素之洁；与其谋财积恶，何若处约之安。所谓私自作谋，勿谓无知神鉴其上；独处构思，勿谓无觉鬼瞰其室者。可不危之哉？可不惧之哉？诚恐事过日忘，仍循故辙，特薰沐濡毫，为之记。在三月二十有六日也。

癸丑岁八月二十二日漫咏

恶星下降扰中原，处处兵戈众口喧。幸我赤贫惟一砚，好乘槎去探河源。

红巾扎额逞英雄，谁是觐王效竭忠。糜饷劳师聊责塞，徒令豪杰泣秋风。

琴虞僻邑势难全，频听谣言到耳边。嘱向个人宜子细，藏身须贵著先鞭。

势穷难俟到深秋，屈指妖氛布几州。谋略纵施无实效，何时得望雾云收？

闰七夕萃章茂才和韵

银　河

捧出冰盘透碧岩，盈盈一水隔尘凡。今年两度堪消憾，填石何须精卫衔。

鹊　桥

微禽依旧界云蓝，重渡还嫌未遇三。屈指别来知约近，可无絮语但情含。

乞　巧

梧桐叶落听幽窗，报道双星会遇双。觅得灵机增隔岁，灵犀一点照兰釭。

穿　针

商量儿女画栏凭，笑语红丝抛未曾。此夕还宜停刺绣，卷帘且待月光升。

晒　书

三千远胜载盈车，经笥何须护碧纱。幸得月前曾坦腹，斜阳此日被云遮。

丙辰杏月二十有二日纳闷读内并训子女作

维勤维俭度光阴，生理艰难子细寻。贫富须知由命致，人施机巧枉劳心。
凡事端知百忍先，任他横逆忽来前。周旋肯放聪明眼，觑破危疑计万全。
莫听人报是与非，裁度凭心贵见几。火烈性成宜自遏，应教处世免讪讥。
几番忿怒易招嫌，数劝从容在守谦。待到扬眉如意日，自令群小肃观瞻。
长成子女犹无知，寒素家风好善持。劝忍几经劳叩首，性虽铁石也应移。
关心见女累无穷，欲绝尘缘未易空。不识几时完鄙愿，逍遥偷学白头翁。

救荒举要

清光绪二十年重刻本

（清）戴百寿 著

惠清楼 朱浒 点校

救荒举要序

天下之大，俦类之繁，何在非人？何在非我？以人视我，我亦人也。以我视人，人即我也。境莫苦于穷饿，事莫急于救荒。一人丰亨，而坐视万人之冻馁，一家温饱，而漠视四境之颠连，若秦人之于越人，毫不加戚于心，忍乎哉！夫人苟充此不忍人之心，斯我不失其为我，人得全其为人，所谓人与我两无所憾也。士君子立身行己，即恻隐之心，以实事求之，将见达而在上，民吾同胞，物吾同与，终身不能竟其事，一日不敢懈此心。若夫穷而在下，虽无济世之权，未尝无济人之责。夫日与乡之父老子弟，聚族而居，有无相通，患难相恤，理固宜然，而况天灾流行，流亡蒿目，其情更有万不得已者乎！姑即救荒一事论之。有司之事，非吾人之事，即吾人之事也。自来地方官遇有灾荒，赈务殷繁，不得不藉手各乡村绅耆。盖绅耆者，一方之领袖也，亦县主之耳目也。绅耆苟无私心，差役何由索诈？土豪何由包揽？地棍何由抢夺？贫民何由向隅？是故一乡得一善士，胜于得一贤吏。官与民境地阂隔，壅蔽易生。故夫奸民聚讼，可以朦胧县主，而不敢朦胧绅耆者，以其闻见难欺，情伪尽悉也。无如近日干预公事者，半属劣绅，非为侵挪起见，即藉出入衙门，为他日势压乡里地步。公正绅耆，闭户养安，畴肯任怨任劳，出而与人为难。汉张禹自揣年老子孙弱，不敢忤王氏，以大喻小，人情类然。呜呼！是亦不仁之甚者矣！昔陈文恭公有言曰：居尝谓，天下得百自了汉，不如得一热肠人。自了汉止知有己，不知有人。而斯世斯民，何所依赖热肠者？随时随地，务期于世有益。有此热肠，然后可以言措施，言利济，于一己之得失，反觉无足介意。斯为见道之言。夫天下之所以多自了汉而少热肠人者，特以人己之分别太明耳。天地以好生之德生人，人即当体好生之德，以还之天地。吾生之而苟能俾当世之与居与游者，纷然各遂其生，岂不愈于自了汉者一身一家之饱暖乎？予名不出里巷，籍不登仕版，今者行年且五十矣。窃以为人生境遇，富贵贫贱，本自不齐，而莫不各有恻隐之心，扩而充之，即卿相经纶，圣贤事业，亦不是过。必如陈文恭之所谓自了汉者，又奚取哉！救荒，大事也，亦义举也。天灾莫过于荒，天灾之可以人事救之，亦莫过于荒。古之行荒政、言荒策者不一，有永利者，有利用一时、不可再用者，有可行者，有言之足听、行之不必效者，予摭所见闻，特举其易者、大者、可常行无弊者，且不待官为之倡，而为各邑各村公正绅耆及士庶人之所能行者，汇为一编，名之曰《救荒举要》，取其简而明也。有不敢从同者，例取新也；有全录旧文者，不忘本也。至先正所著荒政诸书，成规具在，纷而难纪，然又皆专指有官守者而言，而非居乡者势力所能办，故概弗录焉。是编也，不敢云公诸同好，但愿吾子若孙永守勿失，见义必为，达则本此心以答皇仁，穷则本此心以厚乡党，庶人与己两无所负焉。倘由一乡一邑，推而至于天下，为绅富者，皆知以救荒为身图，天下安有无所控告之民哉！又奚待出身加民，而始可与言济世利物之事乎哉！是为序。

咸丰三年岁癸丑，曼卿戴氏自序于听鹂轩

序 二*

先大夫素明于五行生克之理，邃于天文地理之学，于古书无所不读，而不喜制艺，竟困名场，不获一展生平之抱负。尝谓国以民为本，民以食为天，将欲致君，必先泽民，将欲泽民，莫先救患。故济世遗编，于救荒、备荒诸善政，言之綦详。处乡里则有义仓之设，恤同宗则有赡族之田。鉴于赈务之积弊，凶年赈米赈衣，则实事求是。兴工作以宏施济，戒宰杀以召天和，劝贷牛种以通变，收养子女以恤孤。水灾则先救民命，火灾则继悯民穷。大荒继以大疫，更采经验良方，施药以愈民病，遇瘟有可却避之方，未病有免传染之法。又以考《本草》，有辟谷奇方，可以无饥，而医家鲜言，不惜再三赘叙，盖情益切而虑益周矣。至于备荒之策，首重农时，因集区田七种、蓄粪六法、亲田十则，并旁采各家论说，于以防旱潦。旱则祈雨有方，潦则祈晴有术，生蝻则有扑捕图说，成蝗则有祭蜡明文，蛟患则有成法堪稽，粘虫则有滑车可制。编中独于稼穑之艰难三致意焉，而且详日月之占验，卜年岁之歉丰，知人畜之安危，定一年之休咎，事皆前定，农时可无违也。他若生财则树木有法、种桑有法、养蚕有法、织布有法，耗财则娼赌有禁、游惰有禁、争讼有禁，斗殴有禁。读荒政之书，以广见闻，创简易之法，以兴保甲。劝藏谷以平粜，勖节俭以御荒，而置果报于不言。凡以上重国课，下遂民生，因以正人心，维风俗，盖有见于世途之险巇、人事之勤惰、天道之好还，而曲尽其所以救之之心，无微不至。虽耿荫楼之《国脉民天》、张文端之《恒产琐言》，无兹详尽。他书议论救荒，特详赈务，专指有司而言。是编兼及农政、瘟疫、义仓、保甲，开财源，祛敝俗，富教兼筹，言恢之而弥广，道扩之而弥宏，又皆为居家居乡者而发，人人易知易从，而非故示艰深，强绅民以所难，徒作空谈于纸上，用心亦良苦矣。世文服官直省近二十年，自维浅植，敢昧清芬，不患无以结上宪之知，博下民之誉，特患无以承先人之志，慰先人之灵，用是益兢兢耳。孟曰：仰不愧于天，俯不怍于人。终身不能有此乐，毕生不敢忘此志也。

光绪二十年季夏，男世文谨识于博陵官廨

重刊《救荒举要》家政约言条例四

一、是书火于兵燹，难窥全豹。今则存者刊之，缺者听之，不敢以意增损，致贻貂续之讥。盖述也，而非作也。

一、古人刻书无圈点，自明季经义盛行，始滥觞矣。今亦袭用之，以分句读，并于其最要者，或连圈，或连点，或夹圈，盖欲使阅者晓然于大旨之所在，且易于求甚解也。

一、每条之上有细注，或表出此条本旨，或采他书数语以发明之，或即本条之意而推阐之，无非冀阅者触目关心，因此识彼，以激发其固有之本心尔。

一、原本每条正文下附载各家成法，论议必另行低一格，以期眉目清楚，无一毫牵混。如瘟疫条内，所载诸成方皆低一格。又如备荒务农条内，其附载农家一切占验、种植事宜，其总题只低一格，其下风云雷日诸题必低二格。此外皆由此类推。总以期眉目清楚，阅者一目了然。

救荒举要目录

救荒举要遗编 卷上

天长戴百寿曼卿甫著
年愚侄吴焕采校字
男世文敬谨重刊

绅耆当佐地方官经理赈务

救荒之书，不一而足，所载各条，既详且尽。有先事之策，有当事之策，有事后之策。又有普赈、急赈、先赈、续赈、摘赈、大赈、加赈、抽赈诸名目，成法具在。（原书眉批：古人先事、当事、事后三策，先事为上，当事次之，事后为下。先事者，米价未贵，百姓未饥，吾有策以经之，四境安饱，而吾无救荒之名。所谓美利不言是也。当事者，米贵而未尽，民饥而未死，吾有策以济之，而民无重困，所谓急则治其标是也。事后者，米已乏竭，民多殍死，迁就支吾，少所全活，所谓择害莫若轻是也。普赈、加赈诸名目，仁之至，义之尽，皆至理至情所寓，虽系有司核办，然为绅士者，不可不明其事，知其意，究其义。）先事之策八，首在重农事；当事之策二十有八，首在施赈济；事后之策三，首在急饘粥。普赈者，成灾八分以上州县，查竣极次大小户口之日，各照例于八月内先赈一月，不分极次。是曰普赈。以其至急，故又曰急赈。其务最先，故又曰先赈。续赈者，成灾八分以上者，既八月普赈矣，其中老幼残废，不能待至大赈之日，于十月内赈一月。是曰续赈。摘赈者，成灾六七分者，其中鳏寡孤独尤属困苦之户，查明摘出，赈九十两月。是曰摘赈。大赈者，十一月开赈，按月散给。成灾十分者，极贫赈四个月，次贫三个月；九分者，极贫赈三个月，次贫两个月；七八分者，极贫赈两个月，次贫一个月；六分者，极贫赈一个月，次不赈。是曰大赈。加赈者，大赈已毕，民气未复，此成灾极重之年，皇恩叠沛，或赈一月，俟奉旨后遵行，为格外异数。是曰加赈。抽赈者，其勘不成灾之区，有蠲无赈，以其毗连灾村，亦波及之五分灾内，无地极贫，酌量给赈，照六分灾例查办。是曰抽赈。至曰抚恤者，即借口粮也，次年秋后免息还仓；又灾则又缓。名目纷繁，其实皆至理所寓，无难考究。而知虽事归官办，与绅耆似若无涉，然稍有人心者，必不忍置身事外。况各省风气差同，凡遇放赈之年，地方官必藉绅士之力。绅士者，佐地方官以经理赈务者也。睦姻任恤，自古志之，况天灾流行之时乎？保家保富，犹此志也。谚云：救荒无奇策。昔熊勉庵先生有言曰：救荒不患无奇策，而患无真心。予以为真心即奇策耳。矢之以真心，守之以成法，誓期于无一人之不救而后已。然亦必须有才以济之。盖救荒之道，宁滥无遗，剔弊之道，宁密无疏。自非然者，奸豪身任而侵蚀，蠹役暗坐以朋分，朝廷恩典，徒费于中饱，而不及呼号待命之人，良可慨也。

摘录放赈成法

一、定乡城分给之法。凡赈施，每日一给则太烦，而小民易荒生业，至乡落尤难行矣。当先定为令曰：凡城市每给五日，乡落三十里内者每给十日，三十里外者每给半月。或谓乡落路远，当每给两月。曰：每给两月，为数太多。小民不知远计，多谷在手，便不撙节，甚至以易酒肉者有之。到瓮尽杯干时，不束手待毙，又邪思生乱矣。

一、定赈票格式之法。每页刊列号数，五十页为一册。所查某村某庄，即摘写村名、庄名一字，编为册内号数，择公正者执册，挨户登注极次户名、男女、大小口数。查完一村庄，合计总数，极贫户若干，大口若干，小口若干；次贫户若干，大口若干，小口若干，注明册后。一日查数村庄，则统计总数，分晰注册。俟查毕后，复统计前后所查总数，开列清单，粘册面，各用图记，禀呈地方官查核。（原书眉批：陈文恭公《加赈章程》檄云：饥户赈票，均于登门查明，当下填给。不可事后再补，致滋捏冒。又云：其票不必收回，与完粮印串，一例办理。立法綦密。林文忠公《救荒疏》云：户必亲查，口必亲填，票必亲给。犹不如文恭公用意之深。）

一、定设厂多寡之法。散赈定例，州县本城设厂，四乡各于适中设厂。然州县大小不一，村庄远近不齐，辰出而酉未归，腹且枵矣；家远而日已西，宿于露矣。扶老而襁幼，肩摩趾错，保无颠踬乎。囊负而手提，荒村月夕，保无他虑乎。宜勿拘成例，毋惜小费，多设数厂，前后左右，以二十里为率，及早开放。其厂门两旁十丈外，界以长绳，令乡保各书一旗：某村某庄，立于野外旷地，灾民各立旗下，按村按庄排立，以道理远近，为给放次第。先赈某村庄，则令其村庄乡保执旗前导，灾民随次唱名领赈讫，则令先归，恐滋拥挤也。其孀寡孤处无丁男者，许亲族两邻带票代领，册内注明代领人名姓。如有窃票冒领者，一经首告，禀官严究清查，追还米银，给还本户，革去代领人名下赈项，仍枷示通衢。银米所在，阑以大木，守以壮役。银米分置两处，灾民呈票领米，领竹筹一枝，缴筹领银，不复验票。其设厂之时，即将厂在某村某庄、离城若干里，先行禀明。其运送米石脚费，事竣之日，据实报销。

一、定开厂日期之法。放赈前数日，将各厂附近之村庄，按道里远近、人户多少，均匀酌定，分为数日支放，宁宽毋急，宁少毋多。须请官多张告示，开晰明白，注某村某日在某厂领赈，仍谕乡保遍传僻壤穷檐，务无遗漏。

一、定米数散放之法。大口五合，小口二合五勺，谷则均倍之，按月给放。或银米兼赈，则照米之时价定数，不得短扣。盖赈例给米，一年饥，米价必贵，小民得银买食，商贾闻风辐凑，兼可平市价也。且米须运脚，银则捆载可致，尤属官民两便。

一、定较量米筒之法。米筒宜先事较准，米银并赈。按大口日给米五合，计月给半，米七升五合。小口日给米二合五勺，计月给半，米三升七合五勺。州县应预备七升五合，及三升七合五勺两木筒各若干，以备散赈之用，以免零星轻重之弊。再赈例应扣小建，应照扣除之数，另造木筒一分备用。或统于银内扣除，而不扣米，亦简便之法。其筒口宜扣以铁，可免磨削。禀请各管府厅州督同监赈官，较准烙印。监赈官到厂之日，眼同绅士较验。

一、定加恩摘赈之法。城镇贫户，宜有矜恤。水旱行而耒耜辍，于城关镇市何有乎？禾稼伤而农氓病，于肩挑负贩何有乎？赈灾之例，所以不及于阛阓也。然欢笑满堂，向隅者泣，其鳏寡孤独老疾残废穷民无告者，准予摘赈，仍附入近灾村庄报销。

一、定绅耆领米之法。各绅耆赴城请领赈米，须预饬庄保就地代筹储米处所，妥为布置。所有上下挑脚船只、一切需用钱文，向例俱系官为捐资，现今已成具文。此项津贴，绅富等不妨解囊，断不可丝毫扰累。各该庄赈米若干，按照仓斛给发。绅耆至仓，眼同斛收，仍着庄保照料下乡，俾分责成而免遗误。

一、定惩创棍徒之法。编查户口，向章专属之绅耆，原欲分庄保之权，冀以彻其蔽塞。惟大县庄分有二三百之多，每庄且有数村、十数村不等，公正绅耆何可多得？苟乡僻处所，不得其人，反与庄保交相要结，而实有身家殷户，即明知庄保弊混，亦不肯出与为难招尤。盖以官暂而吏常，官远而吏近也。昔有王太守者，清查浙江湖郡乌程县赈务，几为庄保勾串把持。既经当场拿获，以发其端，更复诣地亲查，以试其伎。虽限期急迫，不能挨户踵临，而每至一庄，必于适中公所，招集贫户，按名询问其家之田粮、生业、丁口、年岁，如有手艺营生者，登时驱逐。其或将已故之父母、兄弟、妻子诡报，当证之绅耆，立予扣除。分别极次，汰滥补遗，面给赈票门单，无不欢慰而去。各绅耆内，有畏累徇情者，亦有懦弱不言、从旁暗嘱者，并有不顾嫌怨、面斥其非者，各视其平日之乡望何若，不能强之使同，而要以官为转移，未始不深资勗助。虽丁口多寡，或间为黠民冒混，而查出庄保诡捏之户，不知删除凡几。再于查毕一庄之后，就地出榜通知，凡所经行，民皆称便。是又与前说稍为变通之一道也。惟乌程蛮悍成习，小民惟利是趋，往往逼勒绅耆庄保，概将不应食赈之人全庄开报。稍不遂欲，即捆缚庄保，吓制绅耆，甚有经官查后，要截中途，将绅耆殴辱者。且佐杂委员莅乡，随役无多，声望不足以资弹压，竟敢藐视不服。（原书眉批：此等棍徒，若不痛加惩创，何以处绅耆而靖人心？）王君于是亲往拘拿，一面将原册按名开点。任令纠众数千，环列前后，希图挟制，王君则从容自若，视之蔑如，大声晓以利害。时有率领老幼男妇，直前硬争者，王君讯实，其人果不应赈，即取具供结，当场重责以儆。于是环观之众，乃一哄而散，卒无敢犯，而其中真正贫民，则屹立如故也。（原书眉批：此时操纵若无权变，稍涉拘执、畏葸、孟浪等弊，非养痈为患，即激愤生变，鲜有不败乃事者。惟有庄以临之，静以镇之，虽心惕灾区，不能不出之以慎，而外崇威望，不可不示之以严。若示以张皇，势将乘虚而入，视官法如弁髦，其为患可胜言哉！王君不愧贤太守。）于此益信真实者自然气壮，觊觎者立见情虚。然亦有庄保诪张为幻，反其道以相尝者。盖以办灾之初，地保曾经挨户敛钱，庄书混以完粮户名开载，欲希冒领。迨官为躬亲，词意严切，不敢滥开，遂不告绅耆，任将应赈之户，删减造送，以图塞责。至于实在贫民，势不容已，自必临时滋闹，则惟官之所为，与彼若无干涉者。王君于乡民奔诉时，察看情形属实，当将庄保尽法处治。择其耆老之诚实者三五人，按照册造花名，何户应赈，何户不应赈，一一询之。如有遗漏，令其自报注册，密与绅耆查阅，并挨次点名，亲加体察，以定准驳，并不致有浮滥之虞。办理甚为周密。若其时轻听执性，不察其详而发之暴，则事本不公，何能服众？必致酿成巨案。甚矣！相时因地，未可以宽严一例而施，而防吏之弊，尤须上下四旁，思无不到。惟在当局者不避艰险，不辞劳瘁，方有以制胜。然非虚衷采访，或竟孟浪为之，则胆壮心粗，鲜有不误事者。故于未发之先，尤须慎之又慎也。

赈务积弊宜除

凶年，地方官禀请抚恤，杯水车薪，难以为继。即使涓滴归民，尚属无补于事，况有他弊乎！乃近来相沿成习，有司每多假手于书差，以为书差系在官人役，必不敢于舞弊也，而弊竟丛生。（原书眉批：凡赈米之来，势必假手书差，而书差即不必舞弊，当赈米发到时，人多不似自家口粮，珍而藏之，每见于燥湿之地，忍为置之，故有不数日而米即臭恶者。尝即咸丰年间赈事见之。人不食赈米，犹未必死，一食赈米，多有不遂其生者。据医家云，此非冻馁之害，乃秕粝之凶也。古人云：物先自病，而亦足以病人。旨哉言乎！故于将放未放之前，洒晒赈米，要不可以不慎。）因复假手于绅衿，以为绅衿情伪周知，利害切己，必不忍通同作弊也，而弊亦百出。或经手赈米，搀和糠秕，短缺升斗，而私饱囊橐；或将乡绅家丁，混行写入赈册，而希图冒领；或将县门衙役，及衙役亲朋，互相情托，而列名影射；或将已故流民乞丐及娼优子弟妇女，朦混报名，而入册分肥；或将经纪人等，捏作灾民，而代为支领；或借赈务大题，派累商人，抑勒铺户，而假公济私。绅士以差役为护符，差役以绅士为鹰犬，包揽侵渔，无弊不有，贫民所得几何？彼书差出身微贱，本藉公门以渔利，若辈安得有天良？然为绅士者，地土连亲，非姻即友，值此凶年，不能毁家纾难，已属不堪自问，倘更因以侵蚀，是直衣冠而禽兽矣！窃恐阴谴莫有大于此者。欲求无愧于心，要在急桑梓之难，明瓜李之嫌，任劳任怨，善始善终，自家无丝毫沾染。凡遇经手官赈、义赈，户必亲填，人必面验，票必亲给。事完之日，即将户口榜诸通衢，俾处处洞见天日。盖绅衿为地方官之耳目，又系土着〔著〕，如果洁己奉公，他人稍有含糊，断难逃其见闻。绅衿之善恶，关系赈务非轻，万不可以不自爱。况又有一种土棍，强索赈票，并主使村庄无知男妇，聚众扳号，挟制官吏；其于殷实之家，则恃众闯夺，名曰坐饭，又名曰并家，又名曰吃大户。州县嫉之如仇，胥吏畏之如虎。苟有公正绅耆，为一方所属望者，先事解散开导，不特隐弭无穷祸患，且以济国法之所难及也。

以钱折赈亦足便民

荒政书有折赈之说，然以钱折赈，民心较更为欣悦。乾隆十五年，直隶灾荒，蒙圣恩加赈。时方大赈之后，仓储用完，制府动帑折给，民间鼓舞，颂声载道。不用车载船装，便于携带，一也。若作生活，可以为资本，二也。无吏役侵克、斗面不足之患，三也。被灾米贵，四方多有商贩来集，本地富民亦有出粜，予钱胜于予米，四也。穷民得钱，随处皆可买谷，随处皆可糊〔餬〕口，谷多而钱亦多，本地商民不得高抬谷价，五也。今试询各村，以钱米孰便？必皆曰钱便。此又可通仓储之穷者。昔人又云：以钱代赈，诚为便民，然不可立为章程，使亏实谷，交例价者得以藉口。且折钱原为买粮救饥，粮食已绝，何处买食？饿殍之余，何能远行？故救荒之策，总以实仓储为本。此亦正论也。予谓宜举两说而存之，临时斟酌变通。事有权宜，总以便民为本，亦不必拘泥一格也。

凶年叠减谷价不便

地方遇有荒年，谷价未有不昂贵者。自来富户固乐于闭籴专利，而地方官又往往掠美市恩，动辄出示叠减谷价，以博贫民之爱戴。从其迹而观之，立法未尝不善，但恐谷价过减，富户有谷不乐出售，而四方商民闻之，外来之谷亦必不能源源而至。至于减谷价而无济于事，势又必增价以招客粟，万一我增谷价，而客粟一时不来，信乎古人之言曰：彼嗷嗷待毙之民，能当得许久时重价乎！（原书眉批：救荒书内有云：时当凶灾，择荒熟相应处，以荒处折纳之价，于熟处和粜，则荒处不至太贵，熟处不至太贱。此两利之道。但必须为民上者因时制宜，非乡绅之力所能办到。）此时为地方绅士者，当豫以此中利病，明白告官，但当听民间自消自长。谷贵而金易贱，人谁不贪利？果争趋金，谷价不减而自减。（原书眉批：地方大饥，绅富自出己谷，减价平粜，惠虽不广，亦足以稍便贫民，最为难得。但有一种无耻之徒，小富之家，希图便宜，阴令工人奴婢，每日出买以供食，将自存余谷，另谋出售，以邀重价。实堪痛恨。予以为减价出粜之时，宜定法令，贫民一口不得过二升。此弊庶少息。）况谷价腾贵，客粟之来者必多。昔范忠宣在襄城时，岁大旱，度来春必乏食，遂令籍境内客舟，召其主，谕之曰：民将无食，尔惟贩五谷储佛寺。候缺食时，吾为尔主粜。众贾乐从，所蓄无虑数十万。故诸县饥而襄城之民不知。盖谷价贵则务广招徕，谷集而日多，人皆争售。我有所藉以资生，彼无所恃以居奇，其价安得不自减？忠宣诚解人也。

遗弃子女急收养

查救荒书内，有收弃子女一条云：饥民有弃置子女道路者，许人收养。凡收养者，具呈至官，云某年某月某日，于某处收得子女几人，归家抚养。官为用印给之。后来长大，一听收主照管，本生父母不得争执；其收主愿赎者听。或能收养几人以上者，官为立赏格劝之。此亦保全生命之一法也。然地方绅士，为一村一乡领袖，设遇此时，不必等候官示，即当首先设法收养，并劝各富户分收抚养。设有鬻子鬻女者，给以身价，勿以为他人子女，稍涉凌虐。或数年以后，年岁屡熟，其本生父母，仍有愿其子女回归者，缴还原价，即仍令其骨肉完聚。其有［有］是心，而力不能赎者，不妨召其本生父母来，当广众之前，焚其券而与之。开方便之门，当行恕道，处处为人设想，在我之所费有限，在人则没齿不忘矣。

外来流民急安置

凡遇救荒之年，地方官不过为一县总管之人，究竟出钱出力，还须地方绅士，振刷精神，始终不怠。即如置空所以处流民一事，最难得法。大荒之时，常有他处流民走徙就食者。若处之不得其宜，则流民立死，且或生乱，甚至有酿成巨案者，不可不豫为之防。倘遇流民就食过多之时，一面先令本村保地鸣诸官，一面择空庙空房，分别安插，给以口粮，询其某县某村人氏，一家亲丁男女共有几口，向来作何生理。内有读书之人，不妨奉为流民之首，另眼相看，嘱其晓谕弹压他人，必有效验。至安插流民之地，防火防贼，思虑又必须处处周到。俟大势稍定，或雇募民间，不许坐食，或资送出境，免其滋事。

垂死贫民急饘粥

大荒既极之年，遍地流亡，本境又多有饥饿不能出门户者，则救急莫先于赈粥。垂死贫民急饘粥，明林希元先生曾言之矣，或先买杂粮磨面做饼杂给之，以期快速。并查救荒书所载成法云：设立粥厂，但多人聚处，易于染秽生病。须多置苍术、醋酒薰烧，以去其瘟气。其有父母、妻子卧病在家，不能就食者，或遣人担挑往给之，法最周密。或多选中等蒲包，纳以杂粮二斗，并置制钱数百文于其中，用小车装载。每辆车装载二三十包，用车十余辆。择亲族中之贤而可靠者，令其夜间随同车辆，沿途遇荜门圭窦、贫无可依之家，敲开门户，置之而去。此法予曾经试办过，全活者颇多，兼可免冒滥之弊。（原书眉批：林希元先生云：救荒有二难：得人难，审户难。有三便：极贫民便赈米，次贫民便赈钱，稍贫民便赈贷。有六急：垂死贫民急饘粥，疾病贫民急医药，病起贫民急汤米，既死贫民急墓瘞，遗弃之儿急收养，轻重系囚急宽恤。有三权：借官钱以籴粜，兴工作以助赈，贷牛种以通变。有六禁：禁侵渔，禁攘盗，禁遏籴，禁抑价，禁宰牛，禁度僧。有三戒：戒迟缓，戒拘文，戒遣使。此皆体会入微之论，于救荒之道，思过半矣。总之于斯时也，要在官绅以设身处地四字，存于胸中。苟能存此四字，则酌古准今，不留余力，虚心以行实事，利自溥也。贫民至急饘粥，亦将濒于死矣。试思人至将死，百恶必乘虚而入，《易》所以致戒于噬嗑之凶也。故放粥之时，米不可以不洁，水不可以不清。身亲粥厂之事者，必于此处实事求之，不使做粥之人得朦混，庶为贫民造食德饮和之福矣。尝见放官粥时，委员欺朦上司，夜间煮粥，和以石灰，取其洁白好看，粥汤又浓稠，其实早将赈米吞十分之三四。上司以为能，贫民食之，易生疾病。此等人是何肺腑！凡遇凶年施粥，饥民急于得食，若过于沸热，必伤肠胃。往往食后，百步间即仆倒而死。宜于夜间煮粥，盛大瓮中，次早以木棍搅匀与食，最妙。但饥年官民设厂施粥，不独委员舞弊，多有奸徒搀和石灰，串通渔利，南北皆然，不可不察。又饿极之人，不可食干饭干物，宜以极清稀粥，少少与食。一日食数十次，总不宜多。或以稀粥泼桌上，令其渐渐吮食。食至数日后，方可稍食干饭，亦不宜多。缘饥久肠细，饱食往往胀死。乾隆戊戌年间，南省岁歉施粥，民贪食，死者甚多。后用此法，活人无算。）

附录周筤谷先生赈济煮赈谕

一、州县煮赈，本城设厂一处，再于四乡适中之地，分设数处。城内委官主之，四乡择乡官贡监之有行者主之。先计一厂食粥之人，约有若干，千人日需米三四石，米用四大釜，一釜煮米五升，作五次煮成。黄昏浸米，四鼓起爨，至天明已可成粥三次，巳刻五次皆成。盛以洁净大瓮，制铁杓十余，令一杓所盛，足三篾碗。厂外搭盖席棚，签桩、约绳为界。

一、先期出示晓谕，男女各为一处，携带器皿，清晨各赴某地，或寺或棚齐集。以鸣金为号，男妇皆入。金三鸣，门闭，只留一路点发，禁人续入。制火印竹筹二三千根，点发时人给一筹，先女后男，先老后幼，依次领筹出。至厂前，男左女右，十人一放，东进西出，每收一筹，与粥一杓。有怀抱小口者，增半杓。得粥者即令出厂。以次给放，自辰及午而毕。其老病不能走者，乡地报明，查其亲属有在厂食粥者，造入名册，一并发筹令领。

饥民鬻物宜公平价买

饥荒之时，贫民穷饿难忍，衣服器用，无所不鬻。而富民乘人之急，务得便宜，百般刁难，损其价十之九。此等刻薄肝肠，最为可恨。地方若有真正绅耆，不妨约法三章，先动其恻隐之心，劝其公平价买。好在事本为为饥民而设，彼富者亦无所为致怨于我。并可劝诸富商，收当农器，来年准其回赎，取息不得过分。又可禀请官府，暂时行权，挪移钱粮，设局收买，使贫民不至吃大亏，则谋生之路宽矣。秋冬间仍行发卖，便可补数。至于草薪之类，亦当于此时收买，俟寒雨卖之，仍可得利。此古人已行之效。

广施荒岁代粮良剂

曩闻汉张子房辟谷，从赤松子游。心窃疑之。日乍读耿公允楼《救急刍言》，而得其四法焉，曰辟谷仙方。用大黑豆五升，淘净蒸三遍，晒干去皮。火麻仁三升，淘净微炒，为末。用糯米粥为团，如拳大，入甑蒸之。自成〔戌〕举火，至子住火，至寅取出，午时晒之，用磁器收之。每服以饱为度，不食一切物。第一顿七日不饥，第二顿四十九日不饥，第三顿百日不饥，服至四顿，永远不饥渴。即研火麻子浆饮，滋润脏腑，容颜不改，气力加倍。至丰年要重吃物，用葵子三合，杵碎煎汤饮之，开导胃脘。便下黄金色，先食稀米汤一日，再食稀粥一日，再食稠粥三日。后任食一切物，即无碍矣。又方：用稻米一斗，用长流水淘极净，百蒸百晒，为细末。日一食，以水调服，三十日可却止。至来秋收成，再粒食。真救荒之良剂也。又方：用粳米一斗，无灰酒三升，渍之曝之，酒尽为末，水调服。又荒岁代粮方：用红萝卜一味，煮熟，筑成坏〔坯〕晒干，在屋内砌成墙。倘遇荒岁，用拳大一块，加井水一锅，熬汤饮之。八口之家，可代一日之粮。有力之家，平时多备此坏〔坯〕，遇荒救民，莫大之阴功也（用红薯为块，亦可砌墙）。（原书眉批：救饥之法，又有用糯米三升，水淘，慢火炒熟。芝麻三升，水淘，慢火炒熟。先将糯米磨粉，后入芝麻同磨为末。又用红枣三斤，煮烂，去皮核，捣和为丸，每重五钱。日食一丸，可以不饥。如无糯米红枣，即粘米黑枣亦可。饥年制送，功得无量。又方：板栗去皮，红枣去皮核，核桃去皮，柿饼去蒂，各等分，蒸一二时，取出，放石臼中，捣极融烂，捻为厚饼，以冬月吉日修合，晒干收存。一饼可耐三四日不饥。过三四日，再服一饼，更能耐久。此药补肾健脾，润肝清肺。须细嚼为妙。又方：黑豆七升，芝麻三升，水淘过即蒸，不可泡久。蒸过晒干去壳，再蒸，以三蒸三晒为度。捣为丸，如龙眼大。每服一丸，三日不饥。又方：红薯洗净蒸熟，候大半干，捣烂，加糯米粥，和如泥，糊竹篱上，愈久愈坚，不蛀不坏。荒年取手大一块，煮清粥一大锅，食之能耐饥。）

赈衣以恤茕独

赈米之法，言之已详矣，赈衣之法，犹未备也。昔高忠宪云：古语云，世间第一好事，莫如救难怜贫。而济人不在大费己财，但以方便存心。破被绨袍，亦堪适体，敝衣败絮，亦可御寒。酒筵省得一二品，馈赠省得一二品，少置衣服一二套，省去长物一二件，存些赢余，以济人急难。去无用可成大用，积小惠可成大德。此为善中一大功课。今流亡遍野，单衣掩骭，风雪刺骨，惟此无告之民，尤为可悯。望广厦兮万间，谁为数椽之庇？叹余生兮一线，曾无百结之衣。既贫病难胜夫风霜，复饥饿不能出门户。稍有人心者，应亦目击而怜之。顾此时赈衣之惠，若尽请之于上，颁发几何！公正绅耆，当先倡捐，更于富有小康之家而劝之。每见蠲钱之事难为功，蠲衣之事易为力，故可视人家之有无，或劝以十件，或劝以八件，或数十件，或数百件，集腋成裘，众擎易举。于放赈之时，专于孀寡孤独而给之。至年力精壮者，则可以不必。其或有捐棉衣至五百件以上者，禀官奖励，以资激劝；一千套以上者，作银一千两，绅耆代为禀请上宪，酌予奏奖。盖解衣之事，未尝不与推食并行也。昔罗惟德在宁国时，一日向刘寅喜动颜色曰：今日一大快事！寅问何事。曰：近日贫宗族有数十人，以饥荒远来，乞周庇。所有御冬之具，施散几尽。家大人以上，及诸眷属，无一人阻挠者，为是畅然耳。岂无已敝之帷，犹恤司阍之犬，尚有未缝之絮，非同集腋之狐。奈何吝而不与，坐视其填于沟壑乎！

附：救治冻死说

冬月冻极之人，虽人事不知，但胸前微温，皆可救。倘或微笑，必为急掩其口鼻；如不掩，则笑而不止，不可救矣。切不可骤令近火，但一见火，则必大笑而死。凡冻死而必微带笑容，身直，两手紧抱胸前，或项缩脚拳，口有涎沫。若尚有一息微气者，即用生半夏末，如豆大，少许入耳鼻内。又用大锅炒灰，布包熨心腹上，冷则换之。候目开，以温酒及清粥少少与之，不可太热，恐伤齿尽落。如已救活，用生姜捣碎，陈皮捶碎，各等分，用水三碗，煎一碗温服。或用毡，或草鞯卷之，绳索系定，放在平稳处。令二人相对，踹令滚转，往来如捍毡法，候四肢温，即活。

禁屠宰以召天和

马、牛、羊、鸡、犬、豕六畜，原以供人口腹之需，必欲禁绝屠宰，如梁武帝宗庙不用牺牲，甚至以面为之，则妇人之仁矣。然惟上天有好生之德，是故君子有庖厨之远，见其生不忍见其死，闻其声不忍食其肉。盖既不欲以止杀乖天地生物之义，而亦不忍以肆杀伤天地爱物之心。士庶人家，除自谋生计外，有何功德于民物？而顾穷口腹之欲，暴殄天物，日以杀生为事，返之余心，何以自安？佛家轮回之说，未可凭而可凭，况当天灾流行时乎！古之王者，遇灾而惧，或茹素，或减膳，尚不敢轻以杀生，冀可默挽天心。则自天子而下，可推矣。矧犬有司夜之能，马有汗血之用，至于牛垦土耕田，于人尤为有功。牛非人不为用，人非牛不得食，是以良有司下车之始，必先有私宰之禁。彼生我而我杀之，忍乎哉！丰年固宜好生，荒岁尤宜戒杀。昔人云：放下屠刀而证佛。此其时乎！至于寻常食用，或日膳双鸡，或日屠羊三百，或遇豕而骇人立，或偷狗而兆祸机，或杀马以供军食，世间杀之者，一日不知几千万万。然宁少杀，毋多杀，宁人杀，毋我杀。人心与天心相感召，理有固然。人苟以戒杀之心处物，天亦将以好生之心处人，而水旱不足为灾矣。何苦多杀为哉！

疾病贫民急施药

凡救性命，所捐无几，特饱暖者不知饥寒之苦。丐者缘饿得病，病不能求乞，则愈饿愈病。此不过三四升米，调护之累日，便有生意。或乘其菜色将病时，施药早救，尤妙。盖天时每交夏令，寒暖燥湿无常，人即感受风邪，气不运化，克制脾胃，湿热郁积，侵入脏腑，而邪火炙上，壅塞于上中二焦，停滞于肠胃，曲折无由达泄，遂至变生不测。病状多端，流行传染，随体亏损，因而发越为痧暑时疫危险之症。凡有救人之责者，乘时按救急良方，修合施救，并分谕各乡一律举行，官先倡之，绅耆效之，度可遍及穷乡僻壤，使编氓小户，共免灾眚，同登仁寿之域，岂非快事！平时尚宜施药，况大荒必有大疫，饥民衣食不给、寒暑不时，易生疾病。兼之其时饿殍载涂〔途〕，沴戾污秽之气，尤易染人，或患潮湿，或患风寒，或染时症。（原书眉批：又凶年饥民众多，街道污秽，易生疾病。荒疫相因，尤不可不慎。当修洁街道，以防其渐。）若值设粥厂之时，须另置空屋，积草存其中，将患病饥民另置一院，以免传染。多备丸散，查有疾病之人，即分给之。何惜损太仓一粒，不以惠此。此林希元先生所谓“疾病贫民急医药”是也。（原书眉批：荒政书为近来要书，独不载有瘟疫政。似应增此一条，俾地方官留意。）又凶年因讨欠而械斗者甚多，金创药亦宜备办，救一命即救二命。天下济人之术多矣，其能救人命于顷刻，莫若急救应验良方。譬如精兵劲旅，以一当百，自然所向无敌。近世所传，如《验方新编》，又经加重刻，可谓备矣，而不能无憾焉。爰即救急良方之最要者，择载其什之一二，俾跻斯民于仁寿之域，临时捐办应用。盖急病每多不测，而补救实赖良方。谚云：救人一命，胜造十座浮屠。不可不预筹也。

养阴清肺汤

大生地（一两），麦冬（陆钱，去心），白芍（四钱，炒），薄荷（二钱五分），元参（八钱），丹皮（四钱），贝母（四钱，去心），生甘草（二钱）。

此方乃治白喉之圣药，翼然八柱，颠扑不破。其中但有镇润，而无消导。盖所谓镇润得宜，下元自会通畅，无所用其消导也。分两悉照原方，不可轻重，小儿减半。守方服去，自然全愈，切勿中改。（原书眉批：日服二剂，重者日服三剂。若病势无增，即白加甚，仍照方服，始终守定，不可移易。如喉间肿甚者，加煅石膏四钱。大便燥结，数日不通者，加青宁丸三钱、元明粉二钱。胸下涨闷者，加神曲二钱、焦查二钱。小便短赤者，加大木通一钱、泽泻二钱、知母二钱。燥渴者，加天冬三钱、马兜铃三钱。面赤身热，或舌苔黄色者，加银花四钱、连翘二钱。）

专治痒疮方

王金皮（一两），蛇床子（三钱），小生地（三钱），枫子肉（一两研泥），当归（二钱），雄黄（三钱），班毛（十四个），金银花（二钱），麻油（四两），麻黄（四两），木别子（二钱）。

将麻油下锅煎滚，以诸药放油内炸枯，再将麻油冲枫子肉泥，即成膏。每日浑手搽擦，数日即愈。

治伤重受风神效方

荆芥（五钱），黄蜡（五钱），鱼鳔（五钱，炒黄色），艾叶（三片）。

右药四味，入无灰酒一碗，隔水煮一炷香时，热饮之。汗出，立愈。惟百日内不得食鸡肉。

回生第一仙方

（原书眉批：治跌伤、压伤、打伤、刀伤、铳伤、自刎、自缢、惊死、溺死等症，虽遍体重伤，死已数日，只要身体稍软，用此丹灌服，少刻即有微气，再服一次即活。大便如下紫血，更妙。惟身体僵硬者难救。此系豫章彭竹楼民部家传秘方。道光初年，民部宰直隶时，有人被殴，死已三日矣。民部往验，见其肢体尚软，打开一齿，以此丹灌服一分五厘。少刻，其尸微动，再灌一分五厘而活。其余甫经殴死，或死经一二日者，全活尤多。终岁无一命案。维时磁州地震，压死甚众，民部制丹，遣人驰往，救活不下千人。大有起死回生之妙。诚千古第一仙丹。如能施药传方，救得一人之生，可全两人之命，造福无量。若州县有验尸验伤之责，更应制备给服，以免辑凶处分承审失出失入之愆，保全民命尤多焉。）

活土鳖虫（又名地鳖，又名簸箕虫。形扁不能飞，大小不等，色黑而亮，背有横楞，前窄后宽。以大如大指头为佳，小者功缓，雄的更好。用刀截为两节，放地上，以碗盖住。过夜，其虫自接而活，方是雄的。随处皆有，多生米店有糠之处，及碓臼下仓底灶脚。冬天灶脚更多，或生面铺，或油榨坊，并空房干燥之处，总在松土内寻觅。取活的，去足，放新瓦上，火焙黄，研细，用净末五钱。死的不效，假的更不效。药店有干的，买一看便知。设若不真，须得购觅活的），自然铜（放新瓦上，木炭火内烧红，入好醋内淬半刻。取出再烧再淬，连制九次，研末。要亲身自制，药店内制，多不透，无效。用净末三钱。淬音倅），真乳香（去油，用净末二钱。以形如乳头，黄色如胶者为真，不真无效。去油之法，须用细草纸，叠四五层，将乳香匀铺在上，用火炉盖翻转烘之，候烊，乘热剔在另纸上，仍叠四五层烘之。油透再换。如此数次，油迹渐净。再用细草纸数层摊匀，上盖细草纸数层，仍烘令极热，取出，急用圆木碾之。再换纸烘，再碾。如此又数次，候纸上无油晕，则净矣。乳香既极燥，在钵中研，亦不搭底，可以极细。没药去油，亦用此法，最妙最妥），真陈血竭（飞净，二钱），真朱砂（飞净，二钱），巴豆（去壳研，用纸包压数次，去净油，用净霜末二钱），真麝香（三分，要当门子）。

以上各药，拣选明净，眼同研极细末，收入小口磁瓶（口大药易泄气），用蜡封口，不可泄气。大人每服一分五厘，小儿七厘，酒冲服。牙关不开者，打开一齿，灌之必活。（药要秤准方效。灌时多用水酒，使药下喉为要。）或用白盐梅擦牙，即能开，并不伤齿。或用巴豆七粒，纸裹捶油，将油纸捻条烧烟，薰入鼻内，并后列之方，牙关亦开。如不能开，方用物打折一齿，将药灌入。活后宜避风调养，照后冻死法参酌治之。如活，转心腹疼痛，此瘀血未净，服白糖饮自愈。见后。

白　糖　饮

凡跌打损伤，如已气绝，牙关紧闭，先用半夏在两腮边擦之，牙关自开，急用热酒冲白沙糖二三两灌入。不饮酒者，水服亦可，愈多愈妙。无论受伤轻重，服之可免瘀血攻心。至稳至灵，不可轻忽。

桃　花　散

石灰（二升）、大黄（四两，切片）同炒，候石灰至银红色为度，检去大黄不用，将石灰研筛极细末，收入瓶内。过月余，去火气，然后应用。

又　　方

用陈石灰（一升，入牛胆，阴干，收七次取出）、大黄（四两）同石灰炒至桃花色，取起，俱置地一夜，出火气，研末收藏。敷之（秘方集验），均即止血生肌，神效。

霍　乱　诸　方

上吐下泻者，是无论冬夏皆有。又有吐而不泻、泻而不吐者，亦是。又有吐泻不出者，名曰干霍乱。治不得法，皆不可救。凡遇此症，断不可与饭食，即米汤亦不可饮，并忌食姜。一入口，即不救。须俟愈后，平定久，方可进食少许，亦不可多。（原书眉批：痧症有阴痧、阳痧、乌痧、斑痧、绞肠痧等症，初起多半腹痛，亦有并不痛，只觉昏沉胀闷者。切忌服姜，用南蛇藤（草药名）煎水兑酒服之，立可起死回生，最为神效。若或吐或泻者，名霍乱症，用之亦效，仍照霍乱方治之。

刮痧之法，觅一光滑细口磁碗，另用热水一钟，入香油一二匙，将碗口蘸油水，令其暖而且滑。两手覆执其碗，于病人背心上，轻轻向下顺刮，切忌倒刮，以渐加重碗，干则再蘸再刮。良久，觉胸中胀滞下行，始能出声。顷之，腹中大响，大泻如注，其痛遂减。睡后通身瘙痒，或发出疙瘩遍身，而愈。今有于头臂刮痧者，亦能治病。然五脏之系，咸附于背，向下刮之，邪气随降，故毒深病重者，非刮背不可也。此为痧症起死回生第一良方，最灵、最稳。一切饮食药毒、虫毒、瘴疠、河鲀、土菌、死牛马畜等毒，并用凉水磨服一锭，或吐或泻，即愈。一、泄泻痢疾、霍乱、绞肠诸痧，并不见惊风，五疳五痢，均用薄荷汤下（慢惊忌服）。一、中风中气，口紧眼歪，五癫五痫，鬼邪鬼胎，筋挛骨节痛，均暖酒下。一、久疟疾将发时，东流水煎桃枝汤化服。一、头风头痛，酒研，贴两太阳，并诸腹鼓胀，麦芽汤化下。一、风虫牙痛，用酒磨涂，吞少许。一、传尸痨瘵，凉水化服，能下恶物、虫积为妙。一、痈疽、发背、疔肿一切恶症，风疹、赤游、痔疮，俱用温汤，或酒磨，日涂数次，立消。一、自缢溺水，心头温者，冷水磨灌下。一、打扑伤损，松节煎酒下。一、心胃一切气痛，淡酒化下。一、汤炮火伤，毒蛇恶犬咬伤，冷水磨涂，仍服之。一、男妇阴症、伤寒、狂乱、瘟疫、喉痺、喉风，均用冷水入薄荷汁数匙化下。一、妇经闭，红花酒化下。）

食盐（一撮），放刀口上烧红，以阴阳水一钟冲服（半滚水，半冷水，名阴阳水）。服后腹痛渐止，再服藿香正气丸，全愈。

又用陈皮、藿香（各五钱），黄土澄水二钟，煎服。（虽死立生。）

又炒盐填脐内，用艾放盐上，烧之，以烧至止痛病醒为度。已死而心头微温者，亦可活也。

又白矾末，阴阳水调服一二钱，神效。（此华陀方也。）

太乙紫金锭

能治有病，效验如神。凡居家远出，不可无此。

山慈菇（去皮，洗极净，焙二两），五倍子（洗、刮、焙，二两），千金子仁（拣白色，研细去油，净霜，一两），红牙大戟（去芦，洗，焙，一两五钱），明雄黄（水飞晒燥，三钱），朱砂（水飞晒燥，三钱），麝香（三钱）。

各药研细，用糯米饭入石臼，捣烂和药，杵千下，作一钱一锭。病甚倍服，泻一二次，随食温粥，即止。

来复丹

治上盛下虚，里寒外热。伏暑泄泻如水，霍乱呕吐不止，六脉隐伏如无，遍体冷如冰石，汤水不进，姜附热药难投，急服此丹，立效如神。

太阴元精石（拣龟背形者佳，研细，水飞净干，一两），五灵脂（水澄去沙，晒干，二两），真硫黄（土黄不效，二两），硝石（一两，同硫黄共研为末，放磁碟内，微用火炒，取柳枝搅匀。火勿太过，再研细末），陈皮（去白，二两），青皮（二两）。

先将两皮研细末，再入硫黄、硝石、元精石各末，再研千余回，好醋煎滚为丸，如绿豆大。每服三十丸，滚水送下，即可回生。交秋不宜用。

起生丸

治一切危急痧症，每服七粒，重者九粒，或十三粒，含舌上觉麻，用凉水吞下，或津咽亦可，立效如神。若遇轻痧，只须三粒。常宜备带，便以救济。务须干燥，勿使霉黪，实有回生之功。若研细可代闻药，更妙。

真茅山苍术（一两二钱，制法照前），公丁香（一两），雄黄（水飞净，晒燥，八钱），大劈砂（水飞净，晒燥，九钱），当门子（二钱），真蟾酥（切薄片，灰炒透，碾取细末，四钱）。

以上药，各取净细末，秤准分两，端午午时和匀，以堆花烧酒法丸，如细绿豆大。灰燥，磁瓶收储，勿使泄气。救活甚效。孕妇忌服。

开关散

（原书眉批：治硃砂症，并感冒、风寒、各项痧症。凡脉散，口眼紧闭，手足麻木，喉肿心痛，医多不识，误认为喉风。此名朱砂症，又名心经疔。用药三分，先吹鼻内。再秤准药一钱，姜汤冲服。服后用红纸捻照心窝、背心二处，见有红点发现，用针挑破。内有红筋，挑出方保无事。此方神效，不可忽视。）

牙皂（三钱半），细辛（三钱半），明雄黄（二钱半），法半夏（三钱），广木香（三钱），陈皮（二钱），霍香（二钱），桔梗（二钱），薄荷（二钱），贯众（二钱），白芷（二钱），防风（二钱），甘草（二钱），枯矾（五分）。

各药共研细末，磁瓶收储，用蜡封口，不可泄气。凡一切痧症，疑似之间，先煎艾汤试之，吐者是。若绞肠痧，最忌吃矾水热汤，慎之慎之。痛定后周时，切不可进粥饭、粒米汤，食之复发，更甚。缠腰痧，腹痛头眩，昏迷间觉腰如绳缠，即以真菜油一杯灌下，一吐即愈。

除疫救苦丹

（原书眉批：此外如痧药卧龙丹、平安散、梅苏丸、六一散、清宁丸、藿香正气丸、治红白痢丸、鲫鱼膏，皆荒政所必需，尤当预备，多多益善。）

专治一切瘟疫时症，并伤寒感冒。无论已传经未传经，大人一丸，小儿半丸，凉水调服，出汗即愈。重者连进二服，服后未汗，忌食热汤热物，汗后不忌。此方寒热并用，功效极奇。（原书眉批：饥民日受风寒潮湿，易生疔毒。考方书，疔毒非刺破见新血，不能立见速效。《验方新编》载一方，用葱白加蜜捶融，将疔刺破敷之。如人行五里许时候，其根自出。又《林屋山人外科》云：如头、面、唇、鼻、肩、臂、手、足等处生一疱，或紫或红，或黄或黑者，疔也。初起，刺挤恶血，见好血而止。如用红灵丹，能得见效，则无庸议，否则疔毒总宜刺破，见新血，较为妥速也。若治之无法，即有走疔之患，即能全愈，颇须时日，且费药料。饥民忍饥不暇，何能堪此！故附载于此，俾仁人君子留意焉。）

麻黄，干姜，明天麻，绿豆（研成粉），松萝茶（各二两二钱），生甘草，明亮朱砂，明雄黄（各八钱），生大黄（三两）。共为细末，蜜丸弹子大。

以上各方，药非贵重，丸易购办。余曾勉力制送。用特补入，并望力行。预先照方拣选地道药材，以端午、七夕、重阳，或天德、月德、天医、黄道上吉日，诚心斋戒，陈设拜礼，俾得应验。须用重箩筛匀，如法修合，广施救治。并将各方刊刷袖珍小本，居官者，于莅任初传点地保时，按名发交；为绅耆者，亦当按方修合，广为施济，以期有备无患，行见泽流昌后。是为劝。

八宝红灵丹

飞雄黄精（五钱），上辰砂（二两），真蟾酥（一钱五分），闹杨花（一钱），当门子（三分），上冰片（三分），姜粉（三分），赤金箔（三十张）。

各研极细末，秤准和匀，储磁瓶听用。

以上所服分量，如病轻者，照单服之。危险者服二三分，方能奏效。倘牙关紧闭，撬开灌之，无不应效，实有起死回生之功。（原书眉批：一、受暑肚痛，或感寒鼻塞、头疼、肚痛，搐鼻一二次，取嚏效。一、感冒头痛，发寒发热，霍乱吐泻，过食生冷，服中胀痛，水调服五厘，效。一、客游远方，不服水土，水调服五厘，效。一、山岚瘴气，途中受热，目黑耳鸣，茶下五厘，效。一、绞肠痧，上吐下泻，膈食反胃，茶调下五厘，效。一、口吐清水，腹胀，面青，手冷，汗流，茶调下五厘，效。一、瘟疫时行，男左女右，丹点眼角，盖被出汗，或稍服，效。一、双单喉蛾，水米不下，用竹管吹入五厘，效。一、冷肚作胀，怫郁不舒，用丹一分放脐上，膏药盖之，效。一、跌损伤，蛇蝎咬，痈疽肿，毒下疳等症，搽上即消。溃后，即去腐生肌，效。一、妇人经水不调，或前或后，小肚痛，腰疼，三五日不来，后又下紫血，黄酒随量调下三四分，盖被出汗，效。一、指上生疮，用鸡蛋一枚，开一孔，搅匀黄白，入丹五厘，再搅匀，套指上一二枚，效。一、小儿腰生白蛇串如泡者，用醋调搽，效。一、凡有水症，清水调服五厘，效。一、疝气肿痛，灯草汤调下五厘，效。一、火眼之症，将丹点眼角，效。一、新久疟疾，烧酒调下五厘，效。一、六畜遇时气，将丹点眼角，效。）

乐善君子，照方制送，功德无量。

难产仙方

是方无论横生倒产，数日不下，用黄表纸、真朱砂书“北斗紫英夫人在此”八字，贴在产妇炕壁床帐之上，即生。如片时不生，将黄表纸揭下，移贴产妇背心，顷刻即下。贴时勿令本人知之。俟小儿及包衣下时，另备香纸，速将黄表字纸焚化，送于流水，不可稍迟，迟恐大肠随下。切记切记！

如能立愿救溺女者，永无产难。曾见四川辛田氏临产，五日不下。许救溺女十人，立即安产。

五　瘟　丹

黄芩（乙庚年为君），栀子（丁壬年为君），黄连（戊癸年为君），甘草稍（甲已年为君），黄柏（丙辛年为君）。

右五味各随运气，为君者多用一倍。余四味与香附紫苏，为臣者减半。上七味皆生用，为细末，用锦纹、大黄三倍，煎浓汤，去渣熬膏，和丸如鸡子大，用朱砂、雄黄为衣贴金。每用一丸，取泉水浸七碗，可愈七人。凡天行瘟疫时，有力之家，施舍最善。

又　方

凡遇瘟疫，以生大黄于室内焚之，或作扇坠等器，各佩一枚，自不传染。

又　方

天行瘟疫，取初病人衣服，于甑上蒸过，则一家不染。

又　方

丹参，赤小豆，鬼箭，雄黄。

等分为末，蜜丸绿豆大。每服三钱，即与瘟者同食同寝，亦不能传染。（原书眉批：《验方新编》一书，多有简便奇方，历经前人试验。中等人家，可各买一部，以备不虞。办赈之年，饥民易以致疾，奇病百出，可以随时查用。查解救百毒方：觅干净地上，黄土地更好，挖三尺深，入水一桶，用棍搅动，名曰地浆，能解百毒。凡食隔夜果饼、菜蔬、茶水、酒浆等物，或饮田塘、溪涧、井沟之水，误中无名百毒者，取饮数碗，极为神效。又方：巴墙草捣烂煎汤，冷服能解百毒。屡试屡验，神方也。凡解毒药，俱宜冷服，大忌饮热汤水，饮热则不可救矣。若见酒，必死。凡遇饥年，流亡必多，穷民日晒夜露，容易受毒，此等方不可不记。）

既死贫民急瘗埋

凶年饿殍载涂，秽戾之气，易于薰染成疾。僵尸满路，孤苦零丁，死亡谁问！惨目伤心，莫此为甚。查掩骼埋胔，为王政所最先，死者不归尺土，犹生者之不庇一椽。古人泽及枯骨，良有以也。是以汉周畅葬洛城弃骸而澍雨降，孔融埋四方遗骨而歌颂兴。查向章收养贫民，官皆发给棺木钱文，近日已成故事。且大荒之年，死亡相枕藉，一日或毙十余人、数十人不等，必待禀官敛埋，势有不及，且难以尽报。为绅耆者，当首先倡捐，随时随地，敛钱埋葬义地，毋许抬送死人者浅埋暴露，并毋许因埋新棺而遂弃旧骨。若有善男善女，捐钱置新义冢，宜仿荒政掩尸成法，立明界址，缭以土垣。凡已死饥民尸骸，分别男女，鳞次深埋，编列字号，其衣服、面相、年纪，俱大概书记，标立木签，林植冢上。盖凶年外来流民必多，以便其家人他日请领。毋许牧放牛羊，种植蔬菜。标签之字画漫漶者，土封之风雨淋蚀者，窟穴之狐兔纵横者，饬令地保不时稽查毋误。所以消疵疠而赞休和，不无济云。但凶年死者必多，若死一人即用一木棺，势难为继。必不得已，用双层芦席，包裹掩埋。林希元先生谓既死贫民急瘗埋，仁人之言，其利溥哉！其或有近日停棺浅厝，不在凶年之数者，所在皆有。或溺于风水之说，亦当亟破其疑。有有主有力之棺，劝令亟早埋葬，入土为安。有有主无力者，量力捐费，押令掩埋。无主之棺，或有寄放寺庙，浅厝旷野，不妨为迁于义地，签记以待搬取。官绅所历，仍随时查问，遇人劝戒，则暴露者亦自少矣。

丰年劝藏谷以备凶年平粜本里

国以民为本，民以食为天。绅士居乡，当劝乡里以藏谷为先。尝读长沙余存吾先生《富民论》，谓谣俗被服饮食、奉生送死之具，皆务极声色，穷珍异，侈丽都，喜好佚乐，而矜夸势焰，渐靡既久，富民遂相率重金钱，而不重谷粟。至于岁括卖升斗之储，以奉其所欲，给其所求，犹苦不足。一遇旱干猝至，贫者、富者俱若鱼之涸而处于陆，蝼蚁皆得制其命而俟其毙，有立枯死耳！诚格言也。昔管夷吾过市，有新成京囷者二家，请桓公赏之。民争为京囷以积谷，齐用富强。武王立重钱之戍，令民有百谷之粟者不行，而国谷二十倍。诚以谷者，民之命脉所在也。近明蔡忠襄公为杭州推官，时念岁祲，商艘稀至，米即踊贵，兼之俗尚华靡，家鲜盖藏，一遇饥荒，束手无策。因建通积条议，劝绅士殷富人家于新谷丰收之时，各自量力囷积，或数十石，或数百石。到春夏之间，客米稀少而价昂，令其取什之一之利，以平粜于本里。此法可使富者无所损，贫者有所济，实备荒之善术也。是条见前人筹荒编。

贷牛种以通变

牛力籽种，农家所必需。查救荒书云：被灾地方，来岁青黄不接之时，动州县常平仓谷，按地亩多寡，每亩酌借谷二三升，不得过三十亩之数，秋后免息征还。又云：灾民有缺乏牛力者，按亩借给制钱二十五文，以为雇牛耕种之资。在于司库正项内动支，收成时照数还款。如牛力有余之户，愿将外出贫民所遗地亩代为耕种，亦即查明，酌量给麦种，令其呈明立案。俟本户回籍，按其月日迟早，官为断定，分给子粒。如本户未即归来，即听代耕之人，全收还种。此国恩也，亦有司事也，绅士安得有此力，有此权？然农民苟无牛力籽种，则今岁以大荒而饥，来年又将以不荒而饥，情殊可悯。绅士苟能出头，择附近之最亲信农户，量己之力，借以牛力籽种，复劝富户各仗义借助，来年收还，不取重息。一人救得一家，十人即救得十家。众擎易举，不甚难也。

水灾先救民命后济民食

大凡旱灾最广。水灾多者，不过十余县，救荒较易为力。然非常之水，汹汹骤至，连畦接壤，一片汪洋，并无高处可避，尤为骇人。甚至人口田庐，随在漂没，凄惨尤不堪言。救之者片刻不能延缓，等待地方官知之，设法拯救，势已无及。邻境之绅耆，当及时分派亲信可靠、有肝胆之人，多带船只，备储面饼、火镰、火石等物，飞掉〔棹〕前往。如乡村一时无多船可雇，可急将水已冲散之屋梁木板，用绳紧捆，置大木筏数座，赶赴四乡拯济。凡见有栖止树枝屋脊，令人迅救至筏，设法权为安置。其或有地居高阜，四围皆水，无处觅食者，即畀以面饼、火镰等物。如积水不消，仍按日济食，无令失所。及水势稍退，各灾民之无屋依栖、无资爨食者，当即于适中处所，分设赈厂煮粥，先行赈济。来年将应兴工作，如挑河、筑堤等类，不妨联名禀官，借帑修举，以工代抚。

兴工作以助赈

（原书眉批：养民之政多端，有仓储以备于未荒之先，有荒政以济于既荒之后，皆会典所载，垂为治要者也。至于筑塘堰以资水利，备器具以救火灾，寒则施衣，饥则给粥，渴则置茶，病则给以医药，死则给以棺衾，葬则给以义地，皆政之切于民生者。然此举多由好义绅衿。共为施济，故会典不备载也。）

地方大饥，穷人愈无生业，仅恃例赈，所得几何？独不闻古人有以工代抚之一说乎？于时可劝乡亲中之富户，广兴土木，或修桥，或补路，或高田劝其浚水利，洼地劝其筑圩堤，种种可行之事，次第劝行。穷者借力作以资生，不至穷而为盗，富室既免抢夺之患，而又因以获利获名，劝办较易为力。但凶年兴工，极贫者藉以餬口，不招而自集，既无冒滥之弊，又免侵蚀之虞，虽较之赈济，更觉实惠及民。然必须工价稍丰，使穷者于口粮之外，复得稍养赡其家，庶贫与富两有裨益，且以补赈济之不足。昔陆世机论赈贷之法曰：治荒者，使富民出钱以养贫民，贫民出力以卫富民，此其常也。然其要在使贫富之心相通，贫民得富民之钱而知感，则其效力必勤，富民藉贫民之力而有用，则其出钱必乐。此之谓也。

制滑车以备黏虫

黏虫即粘虫，性淫喜湿，滋生甚繁，形如蚕。初生小如线香，不甚易辨。能吐丝，常倒挂树下。冬月即僵死树上，腹中有子。春冬被风吹落在地，值田禾盛密之时，或遇大雾迷天，或遇阴雨连日，则酿子生虫，即变成黑质。初生甚小，人不经意，齿嫩亦不食禾稼。然再遇连阴，形质长大，雷声一惊，四散蜿蜒，齿亦渐坚，害食苗心，藏于苗心，遍地皆是。考《尔雅》疏引罗愿谓：食苗心螟者，乃无足小青虫，江东谓之横虫。今农家谓食心之苗不可见，只视叶有缠丝即是。农家遇此，束手无策。尝思有以治之，而不得其法，不得已博考群书，而得滑车之一法焉。其式单轮在前，用圆木为之，或石亦可。轮高五寸，两旁把长五尺七寸，前用横柽四寸五分，即傍轮边后用横柽一尺零五分。后柽之上，立木棍于中，谓之立人，高一尺。木棍之中，左右各插横木，谓之插尺，各长一尺一寸，形弯如拱。前后横柽，相隔二尺五寸。下制布袋，长短宽窄，如其尺寸，缝挂四旁。一人推入陇间，则两旁插尺，包抄禾苗，拨动虫物，滚入布袋。行尽一陇，则用口袋盛之。挨陇推之，数次可尽，实简便良法也。

捕黏蟲圖

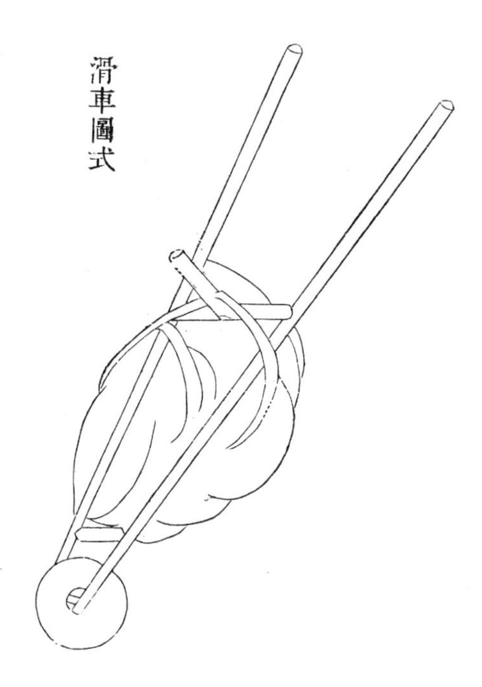
滑車圖式

遇旱祈雨心贵虔诚

闻之唐尧在位，十日并出，草木焦卷，汤有七年之旱。至周宣王中兴，而蕴隆虫虫，诗人犹歌《云汉》之章。盖旱干水溢，虽盛世亦所不免，而卒未闻有大害者，以至诚可以格天也。《月令》命有司为民祈祀山川、百源。郡县长吏祈祀之典，周秦之际，盖已然矣。降及后世，李唐修《六典》，乃隶常雩于群祀，而以大雩为灾札之祭，相率而讳言之。于是先王禬禜瘥秩之典，阙而莫修，而救灾捍患、补亢消沴之方，其于民也，泛泛焉不过奉行故事而已。考近来祈雨之法虽多，非渎嫚以将事，则诞谲而不经，其何以感召天和，而默挽天心乎？夫祈雨之法，主于闭阳纵阴，办五行生克之理，顺其时令，类其物象，歆之，激之，舞之，鼓之，其祀之坛，祀之社，未知神之所在，于彼乎？于此乎？惟多方以求之，期其心之诚而已。昔董子作求雨止雨文，传写多讹，苍梧吴廷举命官注释，详加考校，于注义未安、意旨未协者，略为考正，不以术而以理，今颇盛行。虽迥异干宝之《搜神》、东坡之说鬼，予以为不惟其文，惟其心也。心诚则灵，盖必其有救人救世之实心，恻然溢于肺腑，又必其恐惧修省，时时有不自安之意，如成汤以六事自责，周宣之侧身修行，庶几得之。昔陆象山知荆门军，筑坛诵圣经，而雨立降。盖本至诚之心，诵古圣之言，穷阴阳之变，类万物之情，可以降天神，理人鬼，理有固然。若虚应故事，不诚何以感神哉！（原书眉批：按，董子求雨法，四季祈雨，皆取水日。以水能胜火也。春旱祈雨，令民祷社，家人祀户。考蔡邕独断社在壬方，属水，故独祷社。《白虎通》云：社乃土地之神。土生万物，故祭祷焉。又邕云：春为少阳，其气始出。祀户者，取物始出之义。夏令家人祀灶，顺时也。秋令家人祀门。按内室曰户，外堂曰门。秋为闭藏，故祭门。冬令家人祀井。以冬水旺之候，故祀之。有司则祷于山陵，云云。然尝考祈雨宜祀之神。《诗》序言祈谷于上帝，谓昊天上帝也。而因时迭王，则有五帝之名，祭于四郊，则有五帝之位。郑康成从《礼纬》，以灵威仰、赤熛怒、含枢纽、白招拒、叶光纪释之，谓是五精之帝。唐人祈雨之法本此。考之《月令》，仲夏之月，命有司为民祈祀山川百源，乃命百县雩祀百辟卿士，有益于民者。祭法则曰雩宗，祭水旱也。注谓：六宗之一，又曰能御大灾则祀之，能捍大患则祀之。而云汉之诗曰：靡神不举，靡爱斯牲。然则上帝固为祈雨之主，而其他山川社稷、风云雷雨之神，与夫庙食一方，保障斯民者，皆得而有事焉。康成专指五帝，信识诬经，而近日民间祈雨，多呼吁于关帝、城隍诸神，转有合于御灾捍患及靡神不举之古义。礼从宜，使从俗，听夫人之自为焉可矣。）

附摘纪慎斋以《易传》祈雨诸法

安坛图说

坛内上供神位，案上置斗盛米。先将八卦旗插于斗中，左右设经案，如八字形。道士两旁诵经。神前按先天八卦方位，安桌八张，各置净瓶盛水，插柳枝。然后神前拈香发旗，照后开式，递安八桌上净瓶内。交坛道士二人入坛，一立正南乾方，一立正北坤方，各取旗在手，当胸对走，名曰交。穿坛道士一人入坛，立正西坎位，取坎旗横走，名曰穿。均照后开式、次数。凡出入三次毕，仍安旗各瓶内，出坛叩首。换道童三人入坛，左手执水碗，右手执柳枝，洒水、交、穿，俱如前仪。（原书眉批：董子云：春祈雨，于邑之东门外，为四通之坛，方八尺。其必于东门者，以春主寅卯辰，其位居东。故《月令》春于东郊为四通之坛者，取便观云气也。方八尺者，以八亦木数也。夏祈雨，为四通之坛于邑南门之外，方尺七。七亦火数也。秋祈雨，为四通之坛于西门之外，以秋位在西方也。冬祈雨，为四通之坛于邑北门之外，以时为冬，方则位北也。而纪慎斋《祈雨全书》独不言设坛当在何方，似略也。按，杜预《经传集解》以雩门为鲁南门，而《论语》舞雩，先儒皆以为在城南。《月令》郑注谓：为坛于南郊之旁。自汉迄晋皆因之，惟梁武帝以为雨既类阴，而求之正阳，其谬已甚。东方既非盛阳，而为生养之始，则祈雨应在东方。大同五年，遂筑坛于藉〔籍〕田内。然按董子书，亦有祈于西北者。愚谓四方皆可用。其在东方，则梁武帝之说也。南方则所谓乐赤帝者，昉于鲁，衍于汉儒，而详于许氏之《说文》。北方之帝曰元冥，取五行相胜之义。西方兑金，水之母也，择而用之可矣。）

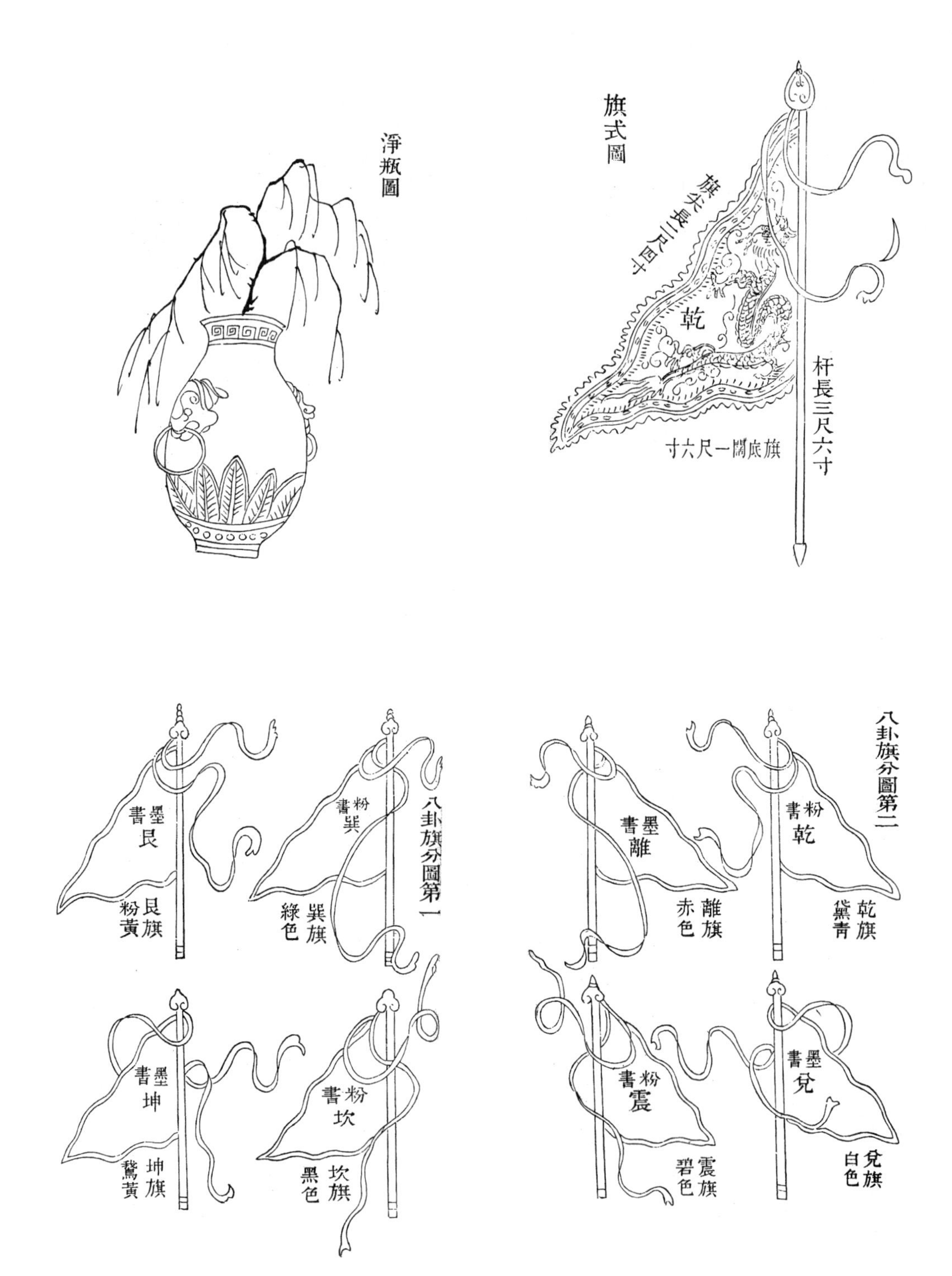

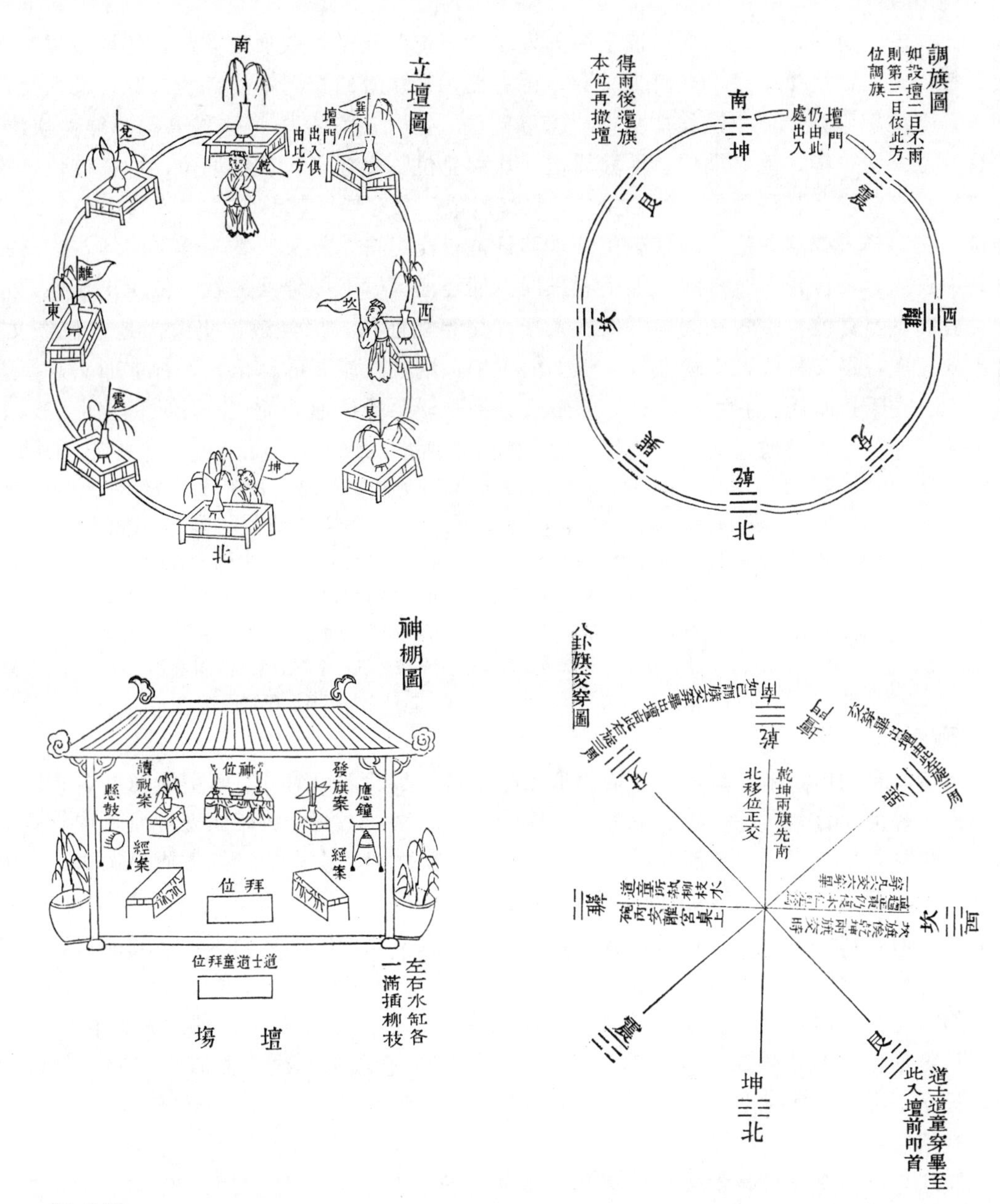

坛式说

方桌八张，用罗经格定，按先天八卦方位。（原书眉批：供桌、香几、鼎、香盒、烛台、读祝案、发旗案、诵经案，以及钟鼓、铙钹、磬管、木鱼之属，以次陈焉。亦古者大雩，帝用盛乐之义也。）每桌上安大净瓶一，储满水，插柳枝。制各色旗八面（旗色、旗式，前已注明），拈香祷祝。行礼毕，神前发旗。发乾旗一，击磬一声；兑旗二，磬二声；离三，静；震旗四，擂鼓；巽旗五，敲木鱼；坎旗六，钟鼓齐发；艮旗七，钟一叩；坤旗八，钟三叩。诸人入坛叩头，一道士持乾、兑、离、震四旗，一道士持巽、坎、艮、坤四旗，按乾一、兑二、离三、震四、巽五、坎六、艮七、坤八，依次安于各方瓶内毕，道士至神前叩首（凡出入俱由西南方乾巽之间），诵天地定位经文。二人鸣钟鼓，一字一声。交坛道士二人入坛，一立正南乾位，一立正北坤位，各取旗当胸执定对走，乾旗到坤位，坤旗至乾位，谓之一交。再回归本位，为二交。如是者六交毕，立定。穿坛道士一人入坛，至正西坎位，取坎旗立定，乾坤旗再交六次。每一交，则坎旗一穿，至离为一穿。再一交，则坎旗回穿至本位，为二穿。共六交六穿毕，则乾旗移兑位，坤旗移艮位，坎旗移巽位。亦六交六穿毕，乾移离位，坤移坎位，坎移乾位。交穿毕，乾移震位，坤移巽位，坎移兑位。交穿毕，乾移坤位，坤移乾位，坎移离位。交穿毕，乾移艮位，坤移兑位，坎移震位。交穿毕，乾移坎位，坤移离位，坎移坤位。交穿毕，乾移巽位，坤移震位，坎移艮位。交穿毕，乾又归乾，坤又归坤，坎又归坎。为一周，每位皆六交六穿，如是者三周。诵经至呵时，乾坤坎三旗，依次出坛外，左旋，自巽坎至兑乾，疾转三周毕，依次入坛，交穿如前仪，诵经道士仍念天地定位经文。凡出入三次，穿交移位，出坛左旋，俱如前仪毕，则各安旗瓶内，出坛，神前叩头。换道童三人，左手执水碗，右手执柳枝，入坛交穿洒水，并移位俱如前仪。凡三进三出毕，出坛，神前叩首。再换僧人诵《云轮经》（原书眉批：《云轮经》译自经馆，外间罕得见。后钱唐父恩煦得一抄本，始合而订之。梵典之文，有聱牙而难读，有音而无字者，因粗为音释以行世。是编不□□者，以诵木郎师咒、屡有灵应哉，举以代之）一段（经分七段）。诵毕，道士复入坛，交穿如前仪，僧道相间不停。

（原书眉批：祈雨有闭阳纵阴之法。董子求雨文，春祈雨，开北门，纵阴也，即《礼》云达阴之义。令邑民阖邑南门，置水其外，闭阳也。置水者，杀火之义。夏祈雨，令男子无得入市，损阳益阴也。令吏民夫妇皆偶处，以阴阳和而后雨也。凡求雨之大体，丈夫欲藏匿，女子欲和而乐，皆取闭阳纵阴之义也。四时皆以庚子之日取水，取金生水之义也。若求止雨，四时皆以土日，土克水也。或以辛亥日，辛有自新之机，亥有微阳起，接盛阴之义。取其日者，欲闭塞水道而新火也。塞水渎，绝道路，禁妇人不得入市，抑阴也。击鼓于社三日，责群阴也。）

调旗法

起坛二日不雨，第三日调旗。诵经道士敲木鱼，念“天地絪缊”四字不绝声。交坛道士二人，神前叩首，入坛，先至乾坤位取旗一交，二交，三交，将乾旗安坤瓶，坤旗安乾瓶；次移兑艮位，三交，兑旗移艮，艮旗移兑位；次坎离；次震巽。八方旗俱调毕，道士出坛。神前叩头毕。再入至乾坤位执旗，先交六次。穿坛道士入坛，至正东执坎旗交穿，如前仪。诵天地定位至呵时，出坛右旋。凡出入三次，及道童交穿洒水，俱如前仪。若得透雨，即须还旗归本位。四道士敲木鱼，念“天地絪缊”不绝声。二道士叩道入坛，先乾坤，如前三交，回旗于本位。次兑艮，次离坎震巽，各归本位毕。再诵天地定位经文一遍，只敲木鱼，不敲钟鼓。交坛道士二人，先乾坤空手六交，次兑艮离坎震巽，每位六交，只交不穿。至呵时出坛，正转毕，神前叩首，然后撤坛。

撤坛法

撤坛之仪，众道士敲木鱼，诵风调雨顺不绝声，皆入坛右转三周。出坛外，左旋三周，俱如常步，不疾走。复入坛右转三周，依次按一、二、三、四、五、六、七、八取旗出坛，诸神前用纸帛焚化讫。

（原书眉批：乡俗求雨，必有土龙。考董子文，在昔已然。春以甲乙日，为大苍龙一，长八丈，居中央。为小龙七，合大龙为八数，各长四丈，得八丈之半。于东方，皆东向，取春木之义。用小童八人，皆斋三日，服青衣而舞之。小童正长养者，春日取之，顺时也。舞者达阳中阴也。甲乙日，十干属木。夏以丙丁日，为大赤龙一，长七丈，居中央。又为小龙六，合大龙为七，各长三丈五尺，共成五七之数。于南方，皆南向，以南火方，属夏也。用壮者七人，皆斋三日，服赤衣而舞之。夏则万物长盛，故用壮者。丙丁日，十干属火。季夏以戊己日，为大黄龙一，长五丈，居中央。又为小龙四，各长二丈五尺，合大龙为五，杀大龙之半。于南方，皆南向，用丈夫五人，斋三日，服黄衣而舞之。丈夫亦壮者也。戊巳日，十干属土。秋以庚辛日，为大白龙一，长九丈，居中央。又为小龙八，各长四丈五尺。于西方，皆西向，用鳏者五人，斋三日，服白衣而舞之。老而无妻曰鳏，故用之。庚辛日，十干属金。冬以壬癸日，为大黑龙一，长六丈，居中央。又为小龙五，各长三丈。于北方，皆北向，顺时之义也。用老者六人，斋三日，衣黑衣而舞之。冬，一岁之气将终，老者一生将终，用老者亦顺时之义也。壬癸日，十干属水。董文之所纪如此。四时皆用土龙者，以龙能致雨故也。乡俗相沿之例，往往乍见之而以为不经，细考之而实非无本也。）

先天坛易传祈雨文

天地定位，山泽通气，雷风相薄，水火不相射。八卦相错，雷以动之，风以散之，雨以润之，日以煊之，艮以止之，兑以说之，乾以君之，坤以藏之。神也者，妙万物而为言者也。动万物者，莫疾乎雷；挠万物者，莫疾乎风；燥万物者，莫熯乎火；说万物者，莫说乎泽；润万物者，莫润乎水；终万物始万物者，莫盛乎艮。故水火相逮，雷风不相悖，山泽通气，然后能变化。既成万物也，是故刚柔相摩，八卦相荡，鼓之以雷霆，润之以风雨，日月运行，一寒一暑，乾道成男，坤道成女，乾知大始，坤作成物，乾以易知，坤以简能。夫乾确然示人易矣，夫坤隤然示人简矣。大哉乾元，万物资始，乃统天。至哉坤元，万物资生，乃顺承天。云行雨施，品物流行，大明终始，六位时乘，时乘六龙以御天。呵呵呵！

先天坛八卦旗解

纪慎斋先生祈雨文，久行于世。其人传，其事传，故其文亦传。先生江右临川人也，由选拔举孝廉，仕至四川合州刺史，所历有政声。著作有《观易外编》，其于《河图》、《洛书》之旨，专直翕辟之机，独阐奥窔，尤能知未来事。其祈雨一书，义节取诸系辞，坛式按先天卦象，其次第交穿之法，则又《易》之所谓变动不居者也。夫水旱之祭，杂见于《周礼》、《礼记》，《春秋》雩祭必书，则天子诸侯咸有事焉，所以勤民事也。顾古禬禜之礼，惟刘昭《续汉志》注引董仲舒祈雨诸法，即《周礼》司巫之支流余裔。至于世俗祷祀，非渎嫚以将事，则诞谲而不经。独是法以大易为之主，搜抉精义，因而衍之。其结坛之方，则庖犧之八卦也；其成列之位，则乾坤之六子也；其旟旐之色，则纳甲纳音之配合也；其参伍错综，往复移位，则相荡相摩之微旨也；其乾坤旗对穿，兑艮震巽隅穿，坎旗正穿，每位之数六，合以布旗之数，而八纯卦、五十六变卦之象备焉。惟离位静而不动，则以司烜执令，不得助其焰也。斯亦燮理之权也。其发乾旗击磬，乾为天，于八音为石，天一生水，使石声应也。兑击磬，兑卦正西，于音为金，亥水之源也。震击鼓，卯为雷门，天神所居，鼓动生气也。巽为风，于音为木，击木者，挠万物而使之鸣也。坎为水，音为革，金者水母，鼓革属，故发钟鼓。艮音为匏，艮以止之，终始万物者也，故击钟一。夷则阴律，当坤之三爻，而上生夹钟，故击钟三。求之卦爻，求之五音六律，求之五行九宫，无不符合。至其六位之旗，皆视乾坤之所向，而出乎其间，亦非无说。盖卦变之法，不始于孔子、周公，固已系之损矣！其言曰：三人行，则损一人；一人行，则得其友。是则六子之变，皆出于乾坤。程子《易传》实主之，不得执朱子本义之图而疑其尚有罅漏也。夫以《易传》祈雨，前此所未闻，则信乎先生潜心于《易》者精而用之者宏也。宜后之传先生者，咸以是奇先生也。

（原书眉批：或谓先天易图，创自陈抟，传于邵康节。其说出于道家，近于异端。而慎斋先生亦沿其说，似涉乖诞。不知祈雨之用易图，特取天地定位数语，非欲以记《易》也。况图本准《易》而作，惟变所适，理存其中，即《易》存其中。说经不尚偏执，力求致用而已，而顾以图说疑之，不已浅乎？又尝考雩之为祭乐于赤帝，以祈甘雨也。《周礼》司巫之职，曰：若岁大旱，则帅巫而舞雩。而女巫亦为一官，凡邦之大灾，歌哭以请。又舞师教里舞，帅而舞。旱暵之事，圣人岂不能以诚格天，而必乞灵于觋祝，借助于登葆哉！盖神而化之，使民宜之，此中有妙用焉。而议者乃以纪慎斋先生茅蕝之仪，用黄冠缁流为疑，何哉？去今之僧道，虽不能参禅悟道，然亦九流之一家，以女巫里舞例之，不犹此胜于彼乎？救荒原为民生而设，但有可以救之之方，以理可也，以术可也，以术而仍不背于理，愈无不可也。读书者岂可以用女巫里舞议周公耶？）

祈雨法

择金水火日，取大癞虾蟆一个，主祭者斋戒薰沐，用黄纸书龙王神位，又将黄纸裁四分宽长条，用朱笔写火字四十八个，卷叠字向外。在极北洁静地面开坑，深三尺，围约一尺。将火字条纳虾蟆口中含好，不至吐出，用瓦四片，树坑内作方筐式，纳虾蟆于中，向南，以瓦覆之，用土盖平。用桌一张，设坑上，于供龙王位焚香，公服行礼。每日辰申两次，虔诚祈祷，无不应验。如三日内无雨，再觅一虾蟆，另开一坑，首改向北。余皆照前法祈祷，必得透雨。后用猪羊酒果粢盛肴馔谢拜，焚送龙王神位。此法湖南罗苏溪抚滇省时所传，云在滇六七年无旱灾。缺雨即以此法求之，无不应也。

祈雨简便科仪（本董仲舒、张天师祈雨科仪节录）

祈雨须分四时。春旱祈雨，宜设坛东门外，东向。夏旱祈雨，宜设坛南门外，南向。季夏祈雨，宜设坛中央，南向。秋旱祈雨，宜设坛西门外，西向。冬旱祈雨，宜设坛北门外，北向。如不能设坛四门之外，则择洁净之处设坛，照上四时方向，须择水日，起坛诵咒。神位供奉风云雷雨尊神之位、木郎太乙三山行雨神仙之位（居中）、紫清白祖仙师之位。

祀神以元酒、清酒、粢盛、脯修、果品，为祈雨疏文一道，焚之本土城隍神前，诚心诵咒。每日三次，或四五次，每次四十九遍。三日无雨，五日；五日无雨，七日，必大获甘霖。得雨后谢神，仍照前供物可也。

（原书眉批：古人祭祀，不废祝史。盖得人焉以诏之，则有司百执事，可无仓卒以贻陨越之羞。而揖拜登降之仪，垂为经礼。入太庙，每事问圣人，非有所不知，慎也，谨也。是编采附简便科仪，亦非赘也。有司先天坛祈雨仪注，今莲池四种备载之。可参考也。）

木郎祈雨咒（海南白玉蟾注）

（原书眉批：咒文光怪陆离，火焰烛天，应亦令鬼服神惊。）

乾晶瑶辉玉池东，（乾者，亥方也。西北之方，为天门也，天中之。晶，乃琼华瑶辉之境。梵气之上，玉符之中，有玉池。东际乃空洞之域，雷神之所居也。）盟威圣者命青童。（九天有无极盟威真人，乃圣者也。真人行号令，召命东方。蛮雷神将，姓朱，名青童。）掷火万里坎震宫，（掷火万里，乃雷师之威也。流铃八冲，乃雷母之权也。自坎之震，乃自北而东也。地从东北而生，东北乃雷府之宫。故《易》曰：雷在地中，复也。）雨骑迅发来太濛。（雷车、雨骑、风驾、雷辕，皆雷神部从也。奋迅自空中而来，故曰来太濛也。）木郎太乙三山雄，（太乙碧王之府，乃木郎皓灵神君居其左，主祈雨。瑞华东灵神君居右，主祈雪。左宫有三山，右宫有四垒，木郎乃太乙府左宫三山之雄神也。）霹雳破石泉源通。（雷神以雷槌、雷斧破石，以通其旱涸之泉源也。）坤震巽上皓灵翁，（坤属西方，震属东方，巽巳属南方，以西方之金，克东方之木，以东方之木，生南方之火，以南方之火，生中央之土，土能克水。水师乃皓灵翁也。焰火神居西方，主师辛判官在东方，邵阳雷公在南方，五方蛮雷，会于玉枢，使相之。中宫玉枢，乃斗枢也；斗中有都水使者，乃皓灵翁也。是故激厉如是。）猛马四张焰火冲。（雷神四方驰猛马，中宫焰火飞空下。乃雷咒中语。）流精郁光奔祝融，（水神名玄冥，字流精。雨神名漭滉，字郁光。火神名回禄，字祝融。以水神、雨神，合力驱奔火神也。）巨神泰华登云中。（泰华乃东岳主卿，巨神乃西岳白虎神王也。奔并于云中也。）墨幡灶纛扬虚空，（墨幡灶纛，状似阴云，飞扬虚空，沛然下雨。）掩曦蒸雨屯云浓。（屯聚浓云，掩隐炎曦，酿阴雨也。）阏伯撼动昆仑峰，（南方荧惑星君下，有阏伯神君，撼动昆仑之山，顶有天河也。此火神动山岳、顶天河也。）幽灵翻海玄冥洞。（水神名玄冥，波神名翻海，江神名幽灵。此言波神用力，与江神用力，而水神亦同用力行雨也。）冯夷鼓舞长呼风，（六天波主帝君，乃冯夷也。鼓舞长呼，起风雨者也。）蓬莱弱水兴都功。（蓬莱有都水使者，弱水有水功使者。）龙鹰捷疾先御凶，（雷府有火龙之车、火鹰之骑，先御炎凶也。）朱发巨翅双目彤。（欻火律令邓大帅，有朱发，两畔肉翅，银牙耀目。）雷电吐毒驱五龙，（雷公电母，吐威毒之气，驱五海之龙。）四溟叆叇罗阴容。（四海黯霭，森罗阴色。）一声四海改昏蒙，（霹雳一声，则四海之内，改炎曦而为昏濛。）雨阵所至川流洪。（雨骑如阵，飞空而至，川流洪水。）金光流精斩旱虹，（金光流精，乃西南雷神。人首神身，仗火剑，斩扫䗖蝀。）洞阳幽灵召𩆸𩆶。（洞阳幽灵，乃东北雷神，人首鱼身，号召雷师𩆸𩆶也。）玉雷浩师变崆峒，（玉雷浩师，乃东南雷神，人首龟身，变阴黑之色。满雷府，崆峒之城也。）虚皇泰华扫妖㷍。（虚皇泰华，乃西北雷神，人首蛇身，扫荡为旱之妖㷍。）群梁玄黄号前锋（群梁玄黄，乃风神也。风势号于雷阵前锋。）祠泉恣蜃威天公。（祠，祷也。泉者，龙潭也。恣者，纵也。蜃者，蛟蚪也。威天公者，施行天公之威也。）焰火律令翻穹窿，（焰火律令邓元帅，飞冲于穹窿虚空之表。）鞭击妖魅驱蛇虫。（旱魅旱妖，乃为旱之鬼魅。异蛇怪虫，乃倦晦之隐龙。）勾娄吉利炎赫踪，（勾娄吉利之言，在雷府，乃火龙之字。言火龙有炎威之赫赫。赫踪，事见方丈王侍宸《紫微雷书》。）登僧泽颐悉听从。（登僧泽颐之言，在雷府，乃火车之字。言火阵元帅，听从五雷之号令也。事见方丈王侍宸《雷书》。）织女四歌心公忠，（织女四歌之言，在雷府，乃霹雳大仙。其心公忠，为民祈雨。）辅我救旱助勋隆。（雷神、风神、电神，助吾救旱。按《法书》云：救旱一次，以其阴功升转一阶，准活一百二十人。若救大旱一次，升转三阶。）赤鸡紫鹅飞无穷，（唐天师叶法善《雷书》中，有赤鸡紫鹅之符，投东南水瓮中，诵木郎咒，可致风雨。事见方丈《法书》。）摄虐缚祟送北酆。（摄虐龙，缚旱祟，送于北阴天岳，以考其亢旱之咎。）敕紫虚元君降摄，急急如火铃大帅律令。（紫虚元君，乃玉枢使君。火铃大帅，乃阏伯神君也。）

唐宋以来，皆诵木郎咒祈雨。然旧本错误颇多，白紫清祖师特为改正，并详加注释。诚心持诵，其感应必矣。惟咒本世间不多概见。壬戌秋，于《道藏全书》白真人集内，得此咒本，敬付梨枣，以公同志。尤望善信之士，广为流布，庶几四海永无亢旱之虞，万姓共享丰穰之乐。其功德岂可胜量哉！

（原书眉批：昔董子有求雨止雨文。仲舒，汉大儒也。太史公称其以《春秋》灾异之变，推阴阳所以错行。故求雨，闭诸阳，纵诸阴，止雨则反是。行之一国，未尝不得所欲。是其法之有验，久著青简，非如他书，鬃瓶墨钵，荒诞无稽。然不以术而以理，所以为儒者宗也。其文见《春秋繁露》，明苍梧吴中丞有注释，近世颇采用之。）

音注：剡（以冉切，音琰）。纛（杜皓切，音道）。㷍（徒冬切，音彤）。欻（音忽）。阏（乌各切，音遏）。勋（古文勳字）。

附：释家贤劫十卷请雨咒

佛宝力故大龙王寺速来在此阎浮提内所祈请处降澍大雨而说咒曰只啰只啰至理至理足呤足呤（呤音灵）。

按：此与后祈晴咒，皆吴中丞旁采，以附董子文后者。似可令巫人诵之。

附释家贤劫十卷截雨咒

唵萨呤末　麻马合啰麻帝　吃呤帝　吽

广设法以清蝗孽

蝗之害稼，甚矣哉！尝读治蝗诸书，而知蝗之为旱虫也。飞蝗之患，多在旱年。其食禾也，顷刻之间，已尽数亩，夜间尤甚。故飞蝗之害，较蝻孽为烈，捕捉之法，亦较蝻孽为难。且突如其来，为时又甚仓猝。人第知蝗之生也由于旱，而不知其所以生也由于水。盖旱继以水，则患成矣。《埤雅》谓：蝗，鱼卵所化。春鱼遗子如粟，埋于泥中。明年水及岸，皆化为鱼。如遇旱，水缩不及岸，则其子久阁，为日所暴，乃生飞蝗。蔡伯喈亦云：蝗，螣也。当为灾，则生傍水处。此以知为鱼子所化，其说非诬。考侯官陈崇砥《治蝗论》称：蝗初生甚小，每当春末夏初，潜伏沮洳之地，人迹罕到，最易滋长。十有八日，便已萌动为蝝。《尔雅》：蝝，蝮蜪。郭璞注：蝗子未有翅者。郎仁宝《七修类藁》所谓“蝗才飞即交，数日产子，如麦门冬，数日中出，如黑蚁子”，即所谓蝝也。又云：旋生翅羽，其飞止跳跃，所向群往，无一反逆者。《玉堂闲话》曰：蝗之为孽，沴气所生，其卵盈百，自卵及翼，凡一月而飞。羽翼未成，跳跃而行，谓之蝻。信斯言也。与前《埤雅》所云为鱼子所化，化生与卵生，盖有二种云。惟《春秋》宣公十五年，蝝生。杜预谓：螽子以冬而生，过寒而死。末云：复钻入地中。罗大经《鹤林玉露》曰：蝗产子入地，腊雪凝冻，入地愈深，或不能出。又谚云：腊雪一寸，蝗下入地一尺。而陈崇砥乃以《七修类藁》所云“子出之后，即钻入地中，来年禾秀时乃出”之说为近误，何与？夫水旱之灾，天成之，地降之，苟得官绅尽心图维，犹能至诚感动，卒以消祸患于未形，况蝗蝻为昆虫之类者乎！（原书眉批：人与天相感召。古之善为政者，蝗不入境；政之不善，而蝗生焉。读陈绎萱太守治蝗一书，采古今人成说，证以历官所亲见之端、力行之政。凡蝗之卵生化生，未出始出，至于能飞骤聚，莫不穷其形状，而治蝗之人与器，与所以用之之法，亦莫不备焉。又虑民之囿于俗说，而为之破其惑。又虑官之玩其事，而为之反覆其议论。比之赤子襁褓遍虮虱，呼号痛痒而莫为之扪捉，斯真为民父母者乎！）查例载，凡有蝗蝻之处，在事文武官员，即率领多人捕捉。又滨河低洼之处，须防蝻子化生，每年于二三月，实力搜查，一有蝻种萌动，及时捕扑，或掘地取种，或于水涸草枯之时，纵火焚烧。立法可谓备矣。特民愚无知，当蝻孽萌动之初，本易扑除，第无官绅督率，不免存此疆彼界之见，未肯齐力。又多惑于鬼神，呼蝗蝻为神虫，恐干神怒，咸相戒不敢扑打，惟事祷祈，致贻大患。迨滋蔓难图，扑之岂易尽乎？此时为官绅者，当即谕村众，设立驱蝗捍灾神位，明白晓谕之曰：天下安有神纵蝗蝻、为害民生者乎？八蜡，神也，《礼》之祝蜡曰：昆虫毋作。此祈神以制昆虫之不作也。《诗》曰：田祖有神，秉畀炎火。言田祖能去螟螣蟊贼，方为有神也。尔今谓蝗蝻为神，何其愚乎！惟安设神位，祈神速除此孽，齐心努力扑打，以迓天庥。如此以袪其惑，亦神道设教之一端也。总之，治蝗之法盖有三等：未出为子，既出为蝻，长翅为蝗。陈崇砥《治蝗论》谓：治蝗不如治蝻之易；治蝻不如治子之易，治之于旱象已成之后，又不如治之于水潦方退之时。此探源之论。留心民瘼者，辨之宜早辨也。因略叙其大概，而并备载治蝗蝻诸成法于左。

祭八蜡收蝗蝻法

设八蜡神位，择蝗蝻死日，虔备祭品一桌，将米一升入锅内，煮片时捞出。宰红雄鸡一只，用血将米拌匀，设在神位前。绅耆衣冠，率其子弟，至虔至诚。行礼毕，将米向有蝗蝻处撒之，蝗蝻立死。

如子、午、卯、酉月，逢甲子、甲午日生，甲寅、甲申日病，甲辰、甲戌日死。

寅、申、巳、亥月，逢甲寅、甲申日生，甲辰、甲戌日病，甲子、甲午日死。

辰、戌、丑、未月，逢甲辰、甲戌日生，甲子、甲午日病，甲寅、甲申日死。

捕蝗要说二十则并图说

（按：原书目录为“捕蝗蝻图说十六”）

布围式：布围一扇，用粗布两幅缝成。一幅长一丈，宽二尺四五寸，不可太长，以过长则软，且不便给也。每幅两头包裹木竿一根，围圆三寸许，长三尺许。木竿下包尖铁橛一个，以便插入土内。如蝗势宽广，则用两三扇接用。下用软布半幅，用土压住，不至蝻孽脱漏。

布围式

鱼箔式：鱼箔一扇，约长八九尺不等，高三尺有余，用蒲苇结成。近水村庄，家家皆有。如蝻子长大，布围不及，用鱼箔更为捷便。用铁掀掘深五寸，看蝗蝻来路，迎面下箔，与布围无异。

鱼箔式

合围式：蝗长翅尚嫩，不能高飞。但能飞至数步者，则用缯网罾之。两人对面执网奔扑，则俱入网内。

合围式

抄袋式：有翅之蝗，露尚未干，虽不能飞，捉则纵去者，用小鱼兜及菱角小口袋抄之。

抄袋式

人穿式：蝗性迎人，用幼童在围中迎面奔走，则蝗扑人跳跃。如此数次，则悉入坑内。

人穿式

刨化生蝻子式：鱼虾遗子，多附草木，每在洼下芜秽之区。春末夏初，遇旱则宜刈草删木，取为薪蒸，芟柞净尽，则子无所附矣。

刨化生蝻子式

治卵生蝻子式：凡飞蝗遗子，必在高埂坚硬之地。虽有孔可寻，而刨挖费手。不如浇之以毒水，封之以灰水，则数小儿之力，便可制其死命。其法用百部草煎成浓汁，加极浓碱水、极酸陈醋，或盐卤，盛壶内。童子挈壶，提铁丝，赴蝗子处所，寻觅子孔。先用铁丝，如火箸大，长尺有五寸，务要尖利，按孔重戳数下。验明锋尖有湿，则子筒戳破矣。随用壶内之浆灌入，毋令遗漏。次日再用石灰水，按孔重戳、重浇，则永不复出矣。

治卵生蝻子式

用竹耙梳剔化生蝻子式：水退处所，既已刈草删木，再用竹耙细细梳剔一过，使瓦砾等物悉行翻动，则子无所附矣。

用竹耙梳剔化生蝻子式

焚煮蝗蝻式：集数十百人，多带响器鞭炮，驱令前飞，又用柳条拂扫禾间，积干柴草点烧。蝗见火即投，烧翅便坠。蝻孽置大锅煮之。

焚煮蝗蝻式

埋坑式：蝻子捕入口袋，则掘大坑埋之。倾入一袋蝻子，则以水拌石灰，洒入一层，永不复出。或用大锅，就地作灶煮之。

埋坑式

扫蝻子初生式：蝻子初生，不能飞走，只须用人执笤帚扫入壕内。每一壕约计宽一尺长，或数丈不等，两边用铁掀铲光，上窄下宽。

扫蝻子初生式

扑半大蝻子布围式：此用布围与箔同，蝻子来路已净，则空面亦合围扑之。

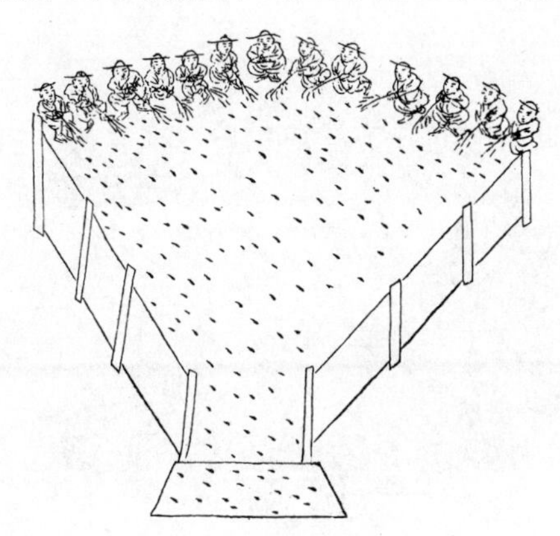

扑半大蝻子布围式

扑半大蝻子箔围式：两面围箔后，掘大坑，中用子壕。前用夫围打，空一面迎风以待其来，则蝗皆入围。

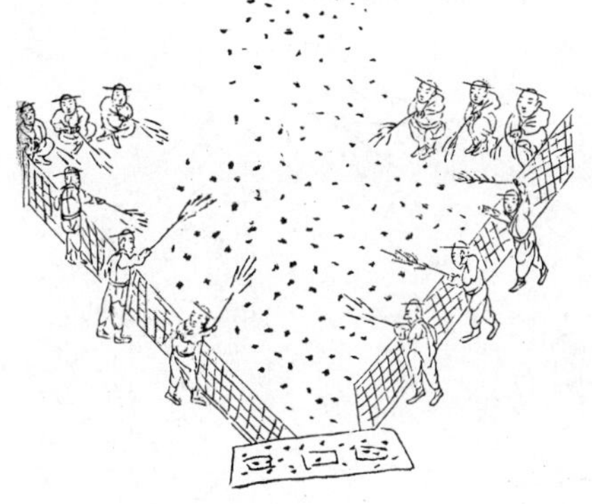

扑半大蝻子箔围式

扑捉飞蝗式：蝗沾露未飞，多集黍稷之类。用人背口袋捕捉，百不失一。

扑捉飞蝗式

围扑飞蝗式：日出则蝗易飞，四面轻轻围扑，以渐收笼，多趋中央。将次合笼，则齐声用力，即有飞去，亦可得半。至飞蝗在天，恐其停落，即施放火枪及鸣锣赶逐，则不复落。

围扑飞蝗式

扑打庄稼地内蝗蝻式：蝗蝻在庄稼地内，则用夫曲身持刮，搭在根下赶扑，顺陇而行，逼赶壕内，赶出空地，再行扑打，庶不损伤禾稼。

扑打庄稼地内蝗蝻式

〈捕蝗要说二十则〉

一、辨蝗之种：蝗蝻之种有二。其一则上年有蝗，遗生孽种，次年一交夏令，即出土滋生。其一则低洼之地，鱼虾所生之子，日蒸风烈，变而为蝗。大抵沮洳卑湿之区，最易产此。唯当先事预防，庶免滋蔓贻害。

一、别蝗之候：飞蝗一生九十九子。先后二蛆，一蛆在下，一蛆在上，引之入土。及其出也，一蛆在上，一蛆在下，推之出土。出土已毕，则二蛆皆毙。大抵四月即患萌动，十八日而能飞。交白露，西北风起，则抱草而死。其五六月间出者，生子入土，又十八日即出土；亦有不待十八日而即出土者。如久旱竟至三次，第三次飞蝗生子入土，则须待明岁五六月方出。

一、识蝗之性：蝗性顺风。西北风起，则行向东南；东南风起，则行向西北。亦间有逆风行者。大约顺风时多，每行必有头，有最大色黄者领之使行。扑捕者刨坑下箔，去头须远。若惊其头，则四散难治矣。蝗性喜迎人，人往东行，则蝗趋西去；人往北去，则蝗向南来。欲使入坑，则以人穿之。喜食高粱、谷、稗之类。黑豆、芝麻等物，或叶味苦涩，或甲厚有毛，皆不能食。

一、分蝗之形：蝗初出土，色黑如烟，如蚊如螨，渐而如蚁如蝇。两三日渐大，日行数里至十余里不等，并不能结球渡水。数日后倒挂草根，褪去黑皮，则变而为红赤色。又十余日，再倒挂草根，褪去红皮，则变而为淡黄色，即生两翅。初时两翅软薄，跳而不飞。迨上草地晾翅，见日则硬。再经雨后，溽热薰蒸，则飞飏四散矣。至间有青色、灰色，其形如蝗者，此名土蚂蚱，又谓之跳八尺，不伤禾稼，宜辨之。又蝗蝻正盛时，忽有红黑色之虫来往阡陌，飞游甚速，见蝗则啮，啮则立毙。土人相庆。呼为“气不愤”。不数日内，则蝗皆绝迹矣。

一、买未出蝻子：蝗虫下子，多在高埂坚硬之处，以尾插入土中，次年出土。虽不能必其下于何处，然亦可略约得之。每年严饬护田夫刨挖，大抵有名无实。惟有收买之法，每蝻子一升，给米一斗，庶田夫可以出力。

一、捕初生蝻子：蝻子初生，形如蚊蚁，总因惰农不治，以致滋蔓难图。应乘其初出时，用笤帚急扫，以口袋装之。如多，则急刨沟入之，无不扑灭净尽。

一、捕半大蝗蝻：蝻子渐大，必须扑捕。雇夫既齐，五鼓时鸣金集众，每十人以一役领之，鱼贯而行。至厂，于蝗集甚厚处所，或百人一围，或数百人一围，视蝗之宽广以为准。每人将手中所持扑击之物，彼此相持，接连不断，布而成围，则人夫均匀，不至疏密不齐。既齐之后，席地而坐，举手扑打，由远而近，由缓而急。此处既净，再往彼处。一处毕事，稍休息以养民力，自可奋勇趋事。

一、捕长翅飞蝗：蝗至成翅能飞，则尤为难治。惟入夜则露水沾濡，不能奋飞。宜漏夜黎明，率众捕捉。及天明日出，则露干翅硬，见人则起。宜看其停落宽厚处所，用夫四面圈围扑击。此起彼落，此重彼轻，不可太骤，不可太响，则彼向中跳跃，渐次收笼逼紧。一人喝声，则万夫齐力，乘其未起，奋勇扑之，则十可歼八。否则惊飞群起，百不得一矣。交午则雌雄相配，尽上大道，此时亦易扑打，宜散夫寻扑，不必用围。

一、布围之法：蝗蝻来时，骤如风雨，必须迎风先下布围。如无布围，则取鱼苇箔代之。但苇箔稍疏，间有乘隙而过者，宜用人立于箔后，手执柳枝，视蝗集箔上，即随手扫之。围圈既立，网开一面，以迎蝻子来路。如在正北下围，则东西面用人围之，正南则空之，以待其来。来则顺风趋箔，尽入沟坑之中。

一、人穿之法：围箔立后，争趋箔中，但其行或速或缓，亦有于围中滚结成团，不复飞跳者。则宜用人夫，由北飞奔往南，彼见人则直趋往北。人夫至南，则沿箔绕至北面，再由北飞奔往南。如此十数次，或数十次，则咸入瓮中矣。

一、刨坑之法：蝻子色变黄赤时，跳跃甚速，宜多挖壕坑。先察看蝻子头向何处，即于何处挖壕。但不可太近，以近则易惊蝻子之头，彼即改道而去，且恐壕未成而蝻子已来，则将过壕而逸也。其壕约以一尺宽为率，长则数丈不等，两边宜用铁掀铲光，上窄而下宽，则入壕者不能复出。壕深以三尺为率。一壕之中，再挖子壕，或三四个、四五个不等。其形长方，较大壕再深尺余，或于子壕中埋一瓦瓮。凡入壕蝻子，皆趋子壕，滚结成球，即不收捉，亦不能出。

一、火攻之法：飞蝗见火，则争趋投扑，往往落地后，见月色则飞起空中。须迎面刨坑，堆积芦苇，举火其中。彼见火则投，多有就灭者。然无月时，则投扑方多。

一、分别人夫：人夫有老幼之殊、强弱之别、灵蠢之分，万不能尽使精壮丁夫，前来应命。必须亲为捡择，驱使得宜。如刨坑挖壕，则须强壮，彼此轮流用力。衰老者则使之执持柳枝，看守布箔，勿使蝻子偷漏。幼小者令入围穿跑，使蝻子迎人入瓮。手眼灵敏者，使之守瓮，满则装载入袋。如此区分，则各得其用矣。

一、齐集器具：器具不全，则事倍而功半。刨坑下箔，需用铁掀、木掀、铁锄、铁镐。围打蝻子，则需用布帐、苇箔及水缸、瓦瓮。扑打则需用鞋底、刮搭、竹笤帚、杨柳枝。网取飞蝗，则需用大鱼网、小鱼罾，及菱角抄袋、粗布口袋。每人须令携带干粮，并带水梢。每百人派二人汲水供饮，不致临时病渴。

一、论斤赏钱：重赏之下，必有勇夫。每日所雇之夫，给与钱文。如大片蝗蝻已净，其零星散漫，不能布围者，即酌量蝗势多寡，限定斤数，此一日或扑或捕，至晚总须交完几斤，方足定数。此数之外，再多一斤，给钱或十文、五文；再多二斤，给钱或十文、二十文。如此则扑捕倍切勤奋矣。

一、设厂收买：设厂择附近适中之地，最宜庙宇。有蝗处少，则立一厂；有蝗处多，则立数厂。搭盖席棚，不拘男妇大小人等，于雇夫之外，捕得活者，或五文一斤，或十文一斤，或二三十文一斤。蝗多则钱可少，蝗少则价宜多。男妇人等，闻重价收买，则漏夜下田，争趋捕捉，较之扑打，其功十倍。一面收买，一面设立大锅，将买下之蝗，随手煮之，永无后患。亦可刨坑掩埋，但恐生死各半，仍可出土，不如锅煮为妙。但须随时稽察，恐捕得隔邻之蝗，争来易米，是邻邑转安坐不办，将买之不胜其买矣。

一、查厂必亲：行军之法，躬先矢石，则将士用命。捕蝗亦然。为官绅者，每日必须亲身赴厂，骑马周历，跟随一二仆从，毋得坐轿，携带多人，虚应故事。到厂后，既设立围场，即宜身入围中，见有扑打不用力、搜捕不如法及器具不利、疏密不匀者，随时指示，明白告戒。怠惰者惩戒之，勤奋者奖赏之。饮食坐立，均宜在厂。如此则夫役见官绅如此勤劳，自然出力。若委之吏役家丁，彼既不认真办理，亦必不得法，终属无益。

一、祈祷必诚：乡民谓蝗为神虫，言其来去无定，且此疆彼界，或食或不食，如有神然。有蝗之始，宜虔诚致祭于八蜡神前，黩为祷祝，令民共见共闻。如不出境，则集夫搜捕，务使净绝根株，亦以尽守土之职耳。

一、勿派乡夫：乡村之民，既有私心，又多懒惰。捕蝗本非所乐，官若再出票派差，经乡保派拨，势必需索使费，派报不公。且穷苦黎民，亦难枵腹从事。官绅宜捐廉办理，人给大制钱四十文，或五十文，俾有两餐之资，则自乐于从事矣。

一、勿伤禾稼：农民最畏捕蝗，首在伤损禾稼。宜晓示明白，如有践踏田禾者，立即惩治。先从高粱、蘼稷丛中，哄出空闲处所，然后扑击。如一望茂密，别无隙地，则用鞋底刮搭（用旧鞋底，前后夹以竹片，以绳缚之，扑击最为得力。乡民谓曰刮搭），从高粱根下扑之，勿致有损。庶百姓退无后言。

除蛟害以防水患

蛟音交。《说文》：池鱼三千六百，蛟为之长，能率鱼飞。大者数围，卵生而眉交，故谓之蛟。《山海经》：蛟大数围，卵如一二石瓮，能吞人。《酉阳杂俎》：鱼一千斤为蛟。则蛟龙类又鱼类也。若《述异记》谓：虎鱼老者为蛟。其与《酉阳杂俎》以蛟为鱼类，所说略同。至谓蛟羊似羊而无角，则又名为蛟而实非蛟也。是不可以不辨。顾辨蛟非难，除蛟最难。尝见荒政书所载陈宏谋《伐蛟说》，而知蛟之为物，不难制也。《礼记·月令》：季夏之月，命渔师伐蛟。伐者何？除民害也。先王之爱民也至，而卫民也周。凡妖鸟猛兽之属，无不设官以治之。蛟之为害尤酷，故声其罪而致其讨，又著之为令，以诏后世也。江西缨山带湖，本蛟龙所窟宅。陈公往抚之。次年，适兴国等处蛟水大发，漂没田禾，荡析庐舍，蠹焉心伤。思所以按验而翦除之，未得其要领也。适书院主讲梁先生，博物君子，出一编示公，言蛟之情状与所以戢之之法，甚详且核。有土色之可辨，有光气之可瞩，有声音之可听。其镇之也有具，其驱之也有方，循是则蛟虽暴，不难翦除矣。云蛟似蛇而四足、细颈，颈有白婴，本龙属也。其孕而成形，率在陵谷间。乃雉与蛇当春而交，精沦于地，闻雷声则入地成卵。渐次下达于泉，积数十年，气候已足，卵大于轮。其地冬雪不存，夏苗不长，鸟雀不集。土色赤，有气，朝黄而暮黑。星夜视之，黑气上冲于霄。卵既成形，闻雷声，自泉间渐起而上，其地之色与气，亦渐显而明。未起三月前，远闻似秋蝉鸣，闷在手中，或如醉人声。此时蛟能动不能飞，可以掘得。及渐上，距地面三尺许，声响渐大。不过数日，候雷即出，出多在夏末秋初。善识者，先于冬雪时，视其地围，圆不存雪，又素无草木，复于未起二三月，春夏之交，观地之色与气，掘至三五尺，其卵即得，大如二斛瓮。预以不洁之物，或铁与犬血镇之，多备利刃剖之，其害遂绝。又蛟畏金鼓及火。山中久雨，夜立高竿，挂一灯，可以解蛟。夏月，田间作金鼓声以督农，则蛟不起。即起而作波，但击鼓鸣钲，多发火光以拒之，水势必退。皆得之经历之故老，凿凿有据者也。公乃稽往验今，征物推义，为之印证其说，曰：《月令》：季夏，夏正之六月也。今言蛟之出在夏末秋初，其可信一也。志称：宏（按：应为“弘”，避讳）治十七年，庐山鸣，经三日，雷电大雨，蛟四出。今言蛟渐起，地渐响渐大，候雷雨即出，知向所谓山鸣，乃蛟鸣也，其可信二也。许旌阳之镇蛟以铁柱，今言蛟畏铁，其可信三也。兵法潜师曰侵，声罪曰伐，今震之以金鼓，烛之以火光，如雷如霆，俨若六师之致讨，与伐之意正相合，其可信四也。夫以蛟之不难制若此，而数千百年来罕有言之者，盖田夫野老知而不能言，文人学士鄙其事，而以为不足言，司牧之官又鞅掌于簿书，而不暇致详也。一旦洪流猝发，载胥及溺，然后开仓廪以赈恤之，则已晚矣。天下狃于故常，而忽于远虑，贻害可胜道哉！予故亟录其说，广为刊布。倘遇伐蛟之时，须悬示赏格，有掘得者，禀官给银十两。使僻远乡村之地，转相传说，人人属耳目，注精神，先时而侦候，临事而周防，庶几大害可除，一方永蒙其福。而他省之有蛟患者，皆踵而行之，则蛟不足患矣。幸毋以为不急之迂谈也。

旱荒宜预防火灾

凡人烟稠密，必滋火灾。依山滨河大集市，地窄而人多，临河岸者，累楼而居，每火不可扑灭，至一市皆烬。昔袁守定勘所属洪江火灾，惟有高墙者岿然独存。询之市人，皆曰“火畏墙”也。因倡建火巷议，择市耆使主之。凡数处，于是蔓延之势稍杀。后之官是方者，鉴其益而复增建之，而市民稍安枕矣。顾其法未尝不善，然亦第指通都大邑、人烟最稠密之地言之耳。若系集镇之不甚大者，人烟虽多，买卖淡泊，地瘠民贫，间或杂以草屋，安能有力建许多火巷？况自洋人入中国以来，煤油大兴，小民利其灯明，贪其价廉，此风渐开渐广。集镇稍大者，每自初更起，至东方既白，照耀终夜，不啻白昼。一市皆然，往往不戒于火。及至燃烧蔓延，不可救药。况大旱之年，祝融当令，赤日行空，草木枯萎，变生不测，延烧尤易，诚可忧之大者也。顾安得刘昆复生，反风灭火乎！夫人情之畏火也，更切于畏水，而人力之制火也，倍难于制水。《书》曰：若火之燎于原，不可向迩。盖言其不易戢也。是以古人有焦头烂额、曲突徙薪之喻。因思汉廉范为蜀郡太守，邑多火灾，旧制禁民夜作，以防火灾，而更相隐蔽，烧者日属。范至毁削先令，但严令储水而已。民便之，为之歌曰：廉叔度，来何暮？不禁火，民安作。昔无襦，今五袴。盖水足以制火，储水即所以防火也。平时固宜兴火会，设水局，造水戽、水龙，置火钩、火搭，令各家多备水缸，晚间担水盛满，以备不虞。若旱年祈雨之时，各街多备大水瓮，插以柳枝，急则以其水救火，庶一举而两得焉。万一火势延烧，人力难施，除有力之家不许外，自余贫穷小户，或小本营生，倏焉一炬，侧身无所。既囊橐之皆空，又饔飧之莫继，牛衣空泣，命竟何如？燕幕已焚，情殊可悯。谊切桑梓者，又当曲尽其救之之心也。（原书眉批：以上皆指救荒而言。）

附止火法

凡遇火起之处，用鸡蛋三个，每个大头写温字，小头写琼字，向火焰绝高处尽力掷去，口念“敷施发润天尊”，连掷连念。其蛋落处，火焰自低矣。又火起之处，不论远近，各家男妇大小，每人持米一盘，诚心向天摇簸，口念“敷施发润天尊”，其火自熄。康熙年间，山西伍某事母极孝。一日母病，乃祷于神。梦神人告之曰：尔母病易愈。惟尔村中，月内当有火灾，可速迁避。某因事未即迁居，后屡梦神促之。某问神禳解法，神即以前二法告之。数日后，村中火起，某告众如法试之，其火顿熄。此黄澹翁所传也。（原书眉批：隐怪神仙之事，圣贤所罕言。然伍某孝子也，故以其术试之，无不应验。盖至行足以感神术也，而仍不外乎理。）

救荒举要遗编　卷中

天长戴百寿曼卿甫著
年愚侄吴焕采校字
男世文敬谨重刊

备荒要在因天时尽地力

（原书眉批：以下多指备荒而言。）

天灾流行，何地蔑有？昔人所以有备荒之书。备之云者，先事之防维也。盖地有高下，灾有水旱，地方遇有偏灾，必种植不得其时，必须先察地利，而继施以人工。昔先正云：如水多害禾，则急以不忌水者种之；旱久害禾，则急以不畏旱者种之。失彼得此，尚可支持其半。大抵以先时急备为胜着。此笃论也。父母官苟非留心民事，未必周知地利之所宜，土著者无不洞悉。天下万事万物，总不外盈虚消长四字。丰久必歉，歉久必丰，理之常也。旱年必预有旱象，水年必预有水象，老农皆知之，无难先事预防。我辈起自田间，物土之宜，见闻较真。即以吾乡而论，地近湖滨，高田居其半，低田亦居其半，高者畏旱，低者畏水，苦乐常苦不均。若论物土之所宜，有水之处，可以种稻谷，无水之处，可以种杂粮。稻谷为上，豇黄绿豆、春荞、冬荞、燕麦、小麦、蚕豆、鼠豆、青稞（原书眉批：青稞为无皮谷，亦谷之善者）次之，萝卜、堇荼、野菜、蕷薯、芝麻又次之，随处可以种植，荒月亦可疗饥。又有一种园地，种植桃、李、杏、梨、枇杷、荔枝、山芋、竹瓜、葱、蒜、靛等物，随时皆可变卖，得钱养生；又裨水旱，无不熟之时；又特滋盛，良田亩得二三十斛，荒年最宜。旱年高田多种杂粮，虽遇奇荒，亦可糊口。水年低田多备大小麦种，当以麦季为大宗。谚云“一麦抵三秋”，此之谓也。秋季水过，补种荞麦，绝不至空诸所有。即如北直文安、保、霸、大城、任邱、雄县等处，地最洼下，每遇盛夏雨水连绵之际，遍地皆成泽国。秋汛一过，水即渐落，消疏积潦。水过田肥，一律普种大小麦。来年丰收，甲于高地。言者以其地之民为苦，而实则尚可资生。贫户每岁多收十斛麦，三年之蓄，必可以救一年之饥。盖天时无失，耕种得宜，岁虽凶而民可不困。他若沙薄之壤，即《周礼》所谓一易再易之田也。耕种所获，不偿所费，往往置为闲田。然有栽柳子之一法，可编柳器，不但为薪。又有种草一法，其一种苜蓿者，嫩可采食，老可饲马。又有一种形如苜蓿，牛马不食者，名曰地丁，（原书眉批：地丁一种，最宜于沙地。秋间洒子，次年即发。高可四五尺。味苦带辣，牲畜所不食，作薪甚佳。宿根岁收割，春自萌长。七年乃衰，然叶陈地肥，已可种杂粮矣。直隶深泽县进士王君植，自云家有不毛地数顷，忽得此法，岁售钱百贯。是说见《种植书》，特表出之。）密茂成丛，足佐薪束。且其根深入地中，枝叶间又能挂土，种之数年，积土沙上，地性可变，亦因势利导之一法。又古人区田之法，可于高地中择其洼者，洼地中择其高者，试办百分之一，亦一备荒之善策也。总在因地因时，先事筹度，庶不至临渴掘井，坐而待毙也？

附载农家一切占验之法

日

日晕，甲乙，忧火；丙丁，臣不顺；戊己，后族盛；庚辛，将帅不利；癸亥，臣专政。

凡晕色，青为饥、为忧，赤为旱、为兵，白为丧、为水、为病，黄而润为喜，燥为旱、为风。

月

政太平，则月圆而多辉。政升平，则清而明。政颂平，则赤而明。政和平，则黑而明。政象平，则白而明。

凡孟月七日，仲月八日，季月九日，夜当月晕。晕不以其日，不出三日七日，当有暴风大雨，不则为灾。

云

六甲日四方云皆合者，雨征也。（多云多雨，少云少雨。）如是日无云，一旬少雨。每日平旦，视东方有青云起，甲乙日雨；赤云，丙丁日雨；黄云，戊己日雨；白云，庚辛日雨；黑云，壬癸日雨。

计日占风推雨法

子日东风卯日雨，丑日东风辰日雨，寅日东风巳日雨，卯日东风午日雨，辰日东风未日雨，巳日东风申日雨，午日东风卯日雨，未日东风申日雨，申日东风子日雨，酉日东风丑日雨，戌日东风辰日雨，亥日东风辰日雨。

右法常以平旦候风，从东方来，正而不转移，一日或半日者，皆有雨。风大且急者，雨多。微而迟者，雨少。其暴雨不在东风之应也。先雷后雨者必大，先雨后雷者必小。

同一风也，而灾祥异；同一雨也，而功害分。其故何也？岁、月、日、时不同，而所起之方又异，五气相乘，八卦相荡，是故审其音，则音不一也；辨其味，则味不一也。其加于物，则或生或死；被于人，则或愉乐，或惨凄，或疾病，自然之理也。凡雨作于四时，相王者草木得之，罔不荣茂。其休废死囚，则不能生物；更有为殃者，则刑杀之流毒也。

雷　电

阴阳相搏为雷，激扬为电。雷如转物有所硍，雷之余声也。电，殄也，乍见则殄灭也。霹雳，析也。震，战也，余声铃铃，所以挺出万物也。二月出地，养长华实，发扬隐伏，宣盛阳之德。八月入地，孕毓根荄，潜藏蛰虫，避盛阴之害。

雷者，太阳之激气。正月阳动，故始发。五月阳盛，故始迅。秋冬阳衰，故雷潜。盛夏时，阳气用事，阴气乘之，分争则较轸，较轸则激射为毒，中人辄死，中木木折。阴气伏于黄泉，阳气上通于天，阴阳分争，故为电。

春雷始发，其声格格拍拍者，雄雷，旱气也。依依不大震，雌雷，水气也。春雷先发东方，五谷皆熟；夜雷，半熟。南方，小旱；夜，大旱。西方，半熟，多虫；夜，五谷虫，民病。北方水溢，五谷不成；夜，大水。

初起天门，人安；水门，水溢；鬼门，人病（一云稼好）；木门，棺木贵（一云谷贵）；风门，谷伤有暴霜；火门，夏旱，虫攒谷；土门，谷贱枭长；金门，铜铁贵。

二月无雷，五果不实，小儿灾。三月无雷，秋多贼盗。四月无雷，臣专政。五月无雷，五果减半。六月无雷，蝗虫生。夏三月无雷，五谷不成。

雷春发，秋分藏。非时发者，在子日，有盗贼、水灾、死丧哭泣事。丑日，兵出外。寅日，有妖惑众。卯日，万物不成。辰日，兵水。巳日，兵饥。午日，其地有灾。未日，有咒诅事，库藏有火，其地疫。申日，地动。酉日，有兵。戌日，有火灾，土功兴。（戌为楼台，又为火库。）亥日，水寒杀物。（亥为六阴之极，故为水为寒。亥乾同宫，故为兵。）

霰　雹

阴之专气为霰，阳之专气为雹，皆冬之愆阳夏、阴阳相胁，而为雹霰。盛阴，雨雪凝滞而水冷，阳气薄之不相入，则散而为霰。盛阳，雨水温暖而汤热，阴气胁之不相入，则转而为雹也。

霜　露

阴气盛，凝为霜；阳气盛，散为露。露从地生，和气之津液也。露，覆也，覆万物也。霜，丧也，其气惨毒，物皆丧也。

王者顺天行诛。若政令苛，则夏下霜。诛伐不行，冬霜，不杀草。诛不原情，附木不下地。不教而诛，霜反在草下。

冬三月无霜，虫不蛰，来年蝗虫、螟蛸伤五谷，人灾疫。

雾　蒙

在天为蒙，日月不见也。在地为雾，前后不见人也。天气下地不应曰蒙，地气发天不应曰雾。雾者，阴冒阳，腾水上溢。

甲乙日雾，人疾疫。丙丁，旱；戊己，工；庚辛，兵；壬癸，水（雾谓之晦，有土曰霾）。凡雾黄少雨（一曰为大风，为土工）；白，兵；青，疾疫；黑，暴雨；赤，旱。

虹　蜺

日与雨交，倏然成质，天地阴气也。虹，攻也，纯阳攻阴气也。蜺，啮也，灾气伤害，物有所食啮也。日旁气白为虹，青赤为蜺。又双出，色鲜盛者为雄，曰虹；暗者为雌，曰蜺。交错阴阳之沴也。

虹以立春四十六日出正东震方者，春多雨，夏多火灾，秋多水，冬多海贼。

春分四十六日出巽方，春大旱。

立夏四十六日出离方，主大旱，不收麻。

夏至四十六日出坤方，主小水，有蝗虫，鱼不孳。

立秋四十六日出兑方，秋有水有旱。

秋分四十六日出乾方，秋多虎食人。

立冬四十六日出坎方，冬少雨，春多水灾。

冬至四十六日出艮方，春多旱，夏有火灾。

春三月出西方，有青云覆之，夏寒，人虐疫；赤云，夏旱；黄云，夏小旱；白云，夏多大风；黑云，夏多水。

夏三月出西方，青云覆之，秋多寒灾；赤云，秋旱；黄云，秋大收；白云，夏多大风；黑云，秋多雨。

秋三月出西方，青云覆之，冬多寒，民病虐；赤云冬大旱；黄云，米贱；白云，冬多风；黑云，冬多雪。

冬三月出西方，青云覆之，春多寒，人虐疫；赤云，春多旱；黄云，春雨调和；白云，春多狂风；黑云，多雨水。凡出南北方者，多冬所见，阴阳不和，风雨不时。

云

清阳为天，浊阴为地，地气上为云，天气下为雨。云出天气，雨出地气。雲犹云，云众盛也，初出为云，繁云为翳。

二至二分，以五云辨吉凶。青色为虫，白色为丧，赤为兵荒，黑为水，黄为丰年。

风

天地之气，嘘而为云，噫而为风。风字虫动于几中，昆虫之属，得阳则生，得阴则死。风固阴中之阳也。

乾音石，其风不周。坎音革，其风广莫。艮音匏，其风条。震音竹，其风明庶。巽音木，其风清明。离音丝，其风景。坤音土，其风凉。兑音金，其风阊阖。西北曰析风，正北曰大刚风，东北曰凶风，正东曰婴儿风，东南曰弱风，正南曰大弱风，西南曰谋风，正西曰刚风。（内经）

立春东北艮卦用事。其日天气清明少云，则岁收，阴则旱，虫伤禾稻。条风为正。从乾来，暴霜伤物。坎来大寒。艮来岁丰。震来气泄，百物不成。巽来岁多风，百虫死。离来旱，伤生物。坤来春多寒，六月大水。兑来兵霜为灾。（条达也，达生也）

春分震卦用事。其日本方有青云，岁熟。若晴明，则物不成。明庶为正。从乾来，岁多寒。坎来饥疫。艮来谷不熟。震来岁康。巽来生虫，四月暴寒。离来五月先水后旱。坤来小水，疟疾。兑来蝗虫大动。（明萌也，庶众也。）

立夏巽卦用事。其日南方赤云生，岁丰。若晴明，岁旱。清明风为正。从乾来，霜夏麦。坎来岁雨鱼。艮来山崩地动，人疫。震来雷震击。巽来年丰。离来夏旱，禾焦。坤来人不安，物损伤。兑来蝗虫。（清明者，精芒挫收之时，指麦言也。）

夏至离卦用事。其日南方赤云生，岁丰。若晴明，则旱。景风为正。乾来人畜不安。坎来水旱疾。艮来虫。震来涝不时。巽来禾焦。离来丰穰。坤来兵旱交侵。兑来兵灾。（景，强也，强以成之。）

立秋坤卦用事。其日西方白云起，岁丰。若晴明，则物失候，凉风为正。从乾来苦寒多雨。坎来多露多霜寒。艮来秋气不和。震来秋雨雹。巽来兵。离来旱。坤来成熟。兑来丰稔。（凉者，阴气至而阳气始伏，凉爽乍发也。）

秋分兑卦用事。其日同立秋。阊阖为正，从乾来，人多相掠。坎来水寒。艮来十二月多霜雪。震来大疫，木华，再荣不实。巽来十月多风。离来兵。坤来土工。兑来岁丰。（阊阖者，阳气随而入，阴气随而出，如门之启闭也。时为当寒也。）

立冬乾卦用事。其日晴明，小寒，天下咸熙，王道行。坎来冬雪杀畜。艮来冬温夏旱。震来冬温有雷。巽来蛰虫出户。离来五月大疫。坤来虫食物。兑来妖言。

冬至坎卦用事。其日雨雪寒，岁丰。晴明则物不成。广莫为正。乾来正月多雪。坎来岁乐。艮来正月多露。震来多雷雨。巽来虫伤生物。离来温乳妇灾。坤来蝗水。兑来秋多雨。（广大也，莫测也。）

八节之风，从本位来者为正，从冲位来者为逆。其四时暴风卒起，不应节者，各以其部辰日占之。

卒赴北方，主盗贼，令人病湿滞，不能起。

东北旱疫（一曰大水），令人病瘦变容，冬春交，万物变。

东方旱霜岁饥，令人病，四肢不能摇动。

东南人病泄痢，乳妇暴病死。

南方火灾，来年旱，人病生疮、热疾、目盲。

西南兵动，日月失色，令人食不入口，病腰肢脊，膝肩背皆肿。

西方秋旱霜，人多患疮疥癣。

西北饥盗，日月失色摇动，人病疽疥、疟恶、疮疫、死丧。

风起其方，析木发屋，飞砂走石，三日不雨则占之，得雨则解矣。

风来远近

初迟后急，其来远；初急后迟，其来近。动叶，十里。鸣条，百里。摇枝，二百里。坠叶，三百里。折小枝，四百里。折大枝，五百里。飞砂石、拔屋树，千里。

日占候

安居而日晕，多成风雨。晕黑则谷伤大水，晕青则籴贵多风，晕赤则暑雨霹雳，晕黄则风雨时、农田治，数见则大安。日晕两半相向，天下大风。晕两珥，有云贯之，其分多疾。日生珥，谚云：南晴北雨，生双珥，断风雨。若长而下垂通地，名曰日幢，主久晴。日行失度，出阳道，多旱风；出阴道，多阴雨。

正月日食，人多病，五谷贵，齐大饥，又主秦大旱。日赤如血，大旱。日上有黑云，大旱。

立春时晴明少云，岁熟；阴则虫伤禾豆。立竿野中，量日影：一尺，大饥旱。二尺，赤地千里。三尺，旱。四尺、五尺，低田收。六尺，大收。七尺，次收。八尺，涝。九尺、一丈，大水。

雨水，阴，多主水；晴，高下并吉。

朔日晴，主人安国泰岁丰，寇息牲旺。连三日内，无风雨而阴和，不见日色，主一岁大美。初三晴明，主上下安。初五晴明，主民安。初六晴明，主岁大熟。初七晴，主民安，君臣和会。初八晴暖，宜谷，高田大熟。上元晴，主一春少雨，又宜百果。十六夜晴，主旱，惟水乡宜之。十七为秋收日，晴，主秋成，百果繁茂。

日晕，丙丁日主旱；戊己日主大水，土工起；庚辛日主兵；壬癸日，江河决溢。四月同。

二月社日晴明，主六畜大旺。春分燠热晴明，主万物不成。初二，田家谓之上工日，宜晴明。十二晴，则百果实。陈元义云：二月十二夜晴，一年晴雨调匀。十五为劝农日，晴主岁丰；又为花朝，晴则百果实。二十晴，主籴平。

三月日食，大人忧旱饥，楚地大凶。清明喜晴忌雨，午前晴，早蚕收；午后晴，晚蚕收。三日晴，主桑贵。谚云：三月三日晴，桑上挂银瓶。

四月日食，天下旱，多疫牛，无食，六畜死，宋地大凶。

立夏日晕，主水；晴主旱。朔日晴，岁丰；晴而燠，主旱；有晕，主水主风主热；重晕，禾不利。十四晴，主岁稔。谚云：有利无利，但看四月十四。黄昏日月对照，主大旱。十六黄昏日月对照，主旱。

五月日食，大旱饥，六畜贵，梁大凶。芒种晴，主丰。午时量日影：不及四尺二寸二分，瓜不成。夏至日晕，主有水；日月无光，五谷不成，人病。午时日影不及一尺八寸，禾不成。一日晴明，主丰。五日大晴，主水。值夏至天阴，日无光，谷不全收。

六月日食，五谷六畜贵，主旱，沛大凶。三日晴，主旱。

七月日无光，虫灾岁凶。日食，人流亡，大水坏城郭，缯帛贵，岁恶，秦大凶。日月失色，令人食不入口，腰、脊、股、肩、背皆肿。立秋晴，主万物少成熟。

八月日食，人病疮疥。白露晴，主收稻，蝗虫多。

秋分晴，主不收。朔日晴，主连冬旱。十一小晴，妙。十五日晴，主来年高田收、低田水。

九月日食，韩大凶。十三晴，主冬多晴。

十月日食，冬旱，六畜贵，鱼盐贵，来秋谷贵。立冬晴，主小寒，人吉。是日立一竿占日影：得一尺，大疫、大旱、大暑、大饥；二尺，赤地千里；三尺，大旱；四五尺，低田收；六尺，高低田俱收；七尺，高田收；八尺，涝；九尺，大水；一丈，水入城。朔日晴，一冬多晴。十五六晴，冬暖。

十一月日食，人畜俱疫，鱼盐贵，氽贵，牛死，燕大凶。

冬至晴，万物不成。又主来年多雨。是日日中竖八尺表，视其影如度，来年岁美人和，不则岁恶。晷进则水，晷退则旱，进一尺则日食，退一尺则月食。十二月日食，其下水灾，夏麦不收，谷贵，牛多死，赵地大凶。

月占候

月顺轨道，繇乎天街。行于中道，人主益寿，民岁丰，天下安。出阳道则旱，出阴道则阴雨。如君道福昌，则有黄芒，或紫气。国有喜事，则正月有偃月。月行中道，安顺和平。政太平，则月圆而多晖。政升平，则清而明。月若变青则饥，赤为旱，黑为水，黄为喜为德，皆以宿分占之。月望而月中蟾不见者，其分大水民流。月旁有两珥，十日内有雨水。月晕，七日内有风雨。终岁无晕，天下偃兵。云如人头在月旁，白则风，黑则雨，大风将至。月晕重圆晕而珥，岁平康。晕岁星，则主病氽贵。晕辰星，则其下多水。月犯木，则其分饥荒民流。月凌木，则多盗贼。水食月，则大水横流。月赤，天下大旱。新月落北，主荒。谚云：月照后壁，人食狗食。月晕主风，看何方有缺，风从何处来。新月下有云横截，主来日雨。谚云：初三月下有横云，初四日里雨翻盆。

正月月食，主旱，人灾、多盗、米贵，齐大凶。一日晕，秦地大旱；无光，人多灾。上旬三晕，明年大赦。雨水月食，粟贵多盗。一二日晕，主土工。三日晕，所宿国小熟。八日晕，云掩月，主春雨多。十日晕，主大旱。十二晕，飞虫多死。上元竖一丈竿，候月午影三尺，大旱；五尺，小旱；六尺，小稔；七尺，大稔；九尺、一丈，主水。廿三四晕，五谷不成。廿五晕，枭贵。一说正月上旬一日晕，树木虫；二日晕，禾谷虫；三日晕，雷震物；四日晕，人灾；五日晕，有灾变；七日、八日晕，野有饿殍。

二月月食，粟贵人饥；月无光，有灾异事。

三月月食，丝绵贵，米贵，人饥；月无光，主水灾。

四月月食，大旱，岁荒人饥；月无光，大旱。十六日月上早而红色，大旱；迟而白，主雨；夜深主大水。一云：月上早，低田好，又收稻。月上迟，高田剩者稀。

五月月食，主旱，梁地恶，六畜贵，齐地凶；月无光，火灾，旱。

六月月食，主旱，畜贵，沛地恶，鲁水灾；月无光，畜大贵。

七月月食，人灾，来年牛马贵。朔月食，主旱。

八月月食，人饥，郑大凶，鱼盐贵，人多病疮癣。中秋无月，荞麦无实；夜月光明，多兔少鱼；无月，来年灯时雨。

九月月食，韩地恶，赵分牛羊灾；月无光，虫灾，布帛贵。

十月月食，鱼盐贵，卫地恶，秋谷贵；月无光，六畜贵。

十一月月食，米贵，赵燕恶；月无光，鱼盐贵。

十二月月食，来年有大水，秦国恶；月无光，五谷贵。

若九月至十二月皆无光，主五谷贵。

天街二星，在昴毕间，黄道之所分。毕以东街南中华，昴以西街北夷狄。天街处中，为日月五星正道。月行天街中道，天下百姓顺。五星入之，大水。逆犯，岁饥大水，道路不通。

七夕以前占，河影没三日而复见，则谷贱；七日复见，则谷贵。王者有道，天河其直如绳。天河明，主旱。

正月占候

得甲：二日得甲为上岁，四日中岁，五日下岁。月内有甲寅，米贱。

得辛：一日得辛，旱。二日，小收。三四日，主水，麦半收。五六，小旱，七分收。八日，岁稔。一云春旱不收。一日，麦收十分。二日，禾蚕收。三四日，田蚕全收。五六日，麻、粟、麦、蚕俱半收。七八日，旱，禾、麻、麦、粟少收，丝贵。

得子：歌云：甲子丰年丙子旱，戊子蝗虫庚子乱。惟有壬子水滔滔，都在上旬十日见。上旬十日若无子，朝中大臣死一半。一云：甲子虫灾、桑谷贵，丙子旱，戊子收，庚子虎狼多，壬子绵贵。

得寅：甲寅谷畜贵，丙寅油盐贵，戊寅、壬寅谷先贵后贱，庚寅谷畜贵。

得卯：有三卯宜豆，无则早种禾。一云：一日得卯十分收，二日低田半收，三四日大水，五六日半收，七八日春涝全收。乙卯荆楚米贵，丁卯周秦米贵，己卯燕赵米贵，辛卯韩魏米贵，癸卯鲁宋豆贵。

得辰：一日，雨多。二日，风多，先旱半熟，低田全收。七日，雨，麻豆全收。三日，雨晴匀。四日，收七分。五日，岁稔。六日，大稔。七日，水损田，荞麦收。八日，先旱后涝。九日，大麦收，仲夏水灾。十日，旱，禾半收。十一日，五谷不收，冬大雪。十二日，大雪，五谷全收。

得申：甲申，五谷收。丙申谷损，虫食菜。戊申，六畜灾。壬申，主涝。

得酉：一二日，大有。三四日，民安。五日至十日，中岁民不安。十一十二，岁大熟。一云：乙酉荆楚吉，丁酉周秦吉，辛酉韩魏吉，癸酉齐鲁吉，己酉燕赵吉。

子卯亥月内，有三子，叶少蚕多；无三子，则叶多蚕少。有三卯，则早豆收，无则少收。有三亥，主大水。一云：正月有三亥，湖田变成海。在正月节内方准，详《周益公日记》。

八　占

八占：一日鸡，天晴，人安国泰。二日犬，天晴，主大热。三日猪，天晴，主君臣安。四日羊，天晴，主春暖臣顺。五日马，天晴，四望无怨气。六日牛，天晴，日月光明，大熟。七日人，天晴明，民安，君臣和。八日谷，夜晴，五谷熟。所值之日晴暖，则安泰蕃息；风雨寒惨，不吉。出东方朔《占书》。元旦值甲，谷贱人疫。乙，谷贵民病。

丙，四月旱。丁，丝绵贵。戊，米麦鱼盐贵。己，米贵蚕伤，多风雨。庚，田熟民病。辛，米平，麻麦贵。值壬，绢布豆贵，米麦平。值癸，主禾伤多雨，人民死。一说值春，旱四十五日。

〈占上元〉

上元初日清明，百果收。中日清明，晚稻收。末日清明，早稻收。

占　谷

旦至食为麦，食至昳为稷，昳至铺为黍，铺至下铺为菽，下铺至日入为麻。欲终日有云有雨有风有日，日当其时者，深而多实。无云有风日，当其时，浅而少实。有云风无日，当其时，深而少实。有日无云风，当其时者，稼有败。如食顷，少败。熟五斗米顷，大败。风复起，有云，其稼复起。各以其时，用云色占其所宜，其日雨雪若寒，岁恶。

听　声

元旦听人民之声，声宫则主岁吉，商主有，徵主旱，羽主水，角岁恶。

审定五音法

宫如群牛鸣窌中，隆隆如雷鼓响。商如扣钟磬，如蜚羽之集。角如呜咽流水，又如伐木声，又如千人呼啸，令人悲哀。徵如奔马，如炎火，如缚豕。羽如击湿鼓，如麇鹿鸣，如水扬波，激气相磋。声合乎五音，听其首音协而详之也。

占土牛

头黄，主熟，又专主菜麦大熟。青，春多瘟。赤，春旱。黑，春水。白，春多风。身，主上乡。蹄，主下乡。田家以此占，颇验。

验　水

元旦至十二日，每日取水一瓶秤之。一日主正月，二日主二月。其日水重，则其月多雨，轻则少雨。

验　牛

元旦牛俱卧，则苗难立。半卧半起，年中平。俱立，则五谷熟。

修　树

诸果树去低小乱枝，则结子肥大。

嫁　树

元旦五更，以斧斫果树，结子繁而不落。辰日亦可。李树石榴，以石安叉中，或堆根下，结子繁。

驱　虫

元旦五更，以火照诸树，不生虫。凡聚叶腐枝，皆虫穴，宜去之。

二月占候

惊蛰值朔日，主蝗灾。春分值朔，岁歉米贵。社在春分前，主年丰；在春分后，岁恶。

初二日见冰，主旱。

三月占候

总占有三卯，宜豆，无则麦不收。清明有水而浑，主高低田大熟，雨水调。朔日值清明，草木茂，值谷雨，主年丰。三日即上巳，听蛙声，上昼叫，上乡熟；下昼叫，下乡熟；终日叫，上下齐熟。声哑，低田熟；声响，低田涝。

四月占候

四月有冰，年饥。

总占月建，巳宜暑不暑，人多瘴病热而眼黄。月内有三卯，宜麻，无则麦不收。朔日值立夏，地动，人民不安；值小满，主灾。十六日立一丈竿，月中时影过竿，雨多人饥；九尺，主三时雨；八尺、七尺，主雨水多；六尺，低田大熟，高田半收；五尺，夏旱；四尺，蝗；三尺，人饥。

五月占候

总占月内有三卯，宜稻及大小豆，无则宜旱豆。五月小，瓜果收，种秧必须早。五月不热，十一月不冻。谚云：昼暖夜寒，东海也干。暴热时，窠草忽自枯死，主有水。一名干戈草，芦属。夏至在月初，雨水调匀。谚云：夏至端午前，生了种田年。夏至连端午，家家卖儿女。在初二、三，米麦贵。初五，米贵。初七、八，米麦平。二十，大饥。又云：上旬米贱，中旬大丰，末旬大歉。有雨谓淋，主久雨。又云：夏至在月头，边吃边愁。夏至在月中，耽阁粜翁。夏至水，主妖，属金。大暑值甲寅、丁卯，粟贵。朔日值芒种，六畜灾；值夏至，冬米大贵。辰日，十日得辰，早禾半收；十一日得辰，五谷不收。

六月占候

总占无蝇，主米价平。朔日值大暑，民病；值夏至，大荒，宜备米谷；值小暑，山崩河溢。二日同遇甲，大饥。三伏宜热不热，五谷不收；食韭昏目；食羊肉及血，损人神魂，健忘。

农圃秋耕宜早，恐霜后掩入阴气也。六畜圈收，秋后预先整理，以避风雪，不使冻损马牛。

七月占候

总占有三卯，田禾收，无则早种麦。

立秋值己酉，日多晴，日属火，老人不安，地震，牛羊死。朔日值立秋、处暑，人多疾。

八月占候

总占有三卯三庚，低田麦稻吉。三庚二卯，麦宜高田。无三卯，不宜麦。谚云：三卯三庚，麦出低坑。三庚二卯，麦出拗巧。月大有水灾，少菜。秋分分、社同一日，低田尽叫屈；分在社前，斗米换斗钱；分在社后，斗米换斗豆。朔日值白露，主果谷不实；值秋分，主物价贵。十一日，卜来年水旱。浸晨，或隔夜，于水边无风浪处，作一水坑，自子至晚看之。若没，主水；露，主旱；平，主小水，又主本年好种麦。名曰横港。

九月占候

总占九月物不凋，三月草木伤。朔日值寒露，主冬寒；值霜降，多雨，来年岁稔。二十日斋戒沐浴净念，必得吉事，天祐人福。鸡三唱时沐浴，令人辟兵。凡季月，勿食猪肚与血。

十月占候

水冬不冰，为饥为兵，有灾疫。地不冻，则人民流亡。占候，总占有三卯，籴平，无则谷贵。十月中，不寒，民多暴死。

立冬立一丈竿，日影得一尺，大疫、大旱、大暑、大饥。二尺，赤地千里。三尺，大旱。四、五尺，低田收。六尺，高低田俱收。七尺，高田收。八尺，涝。九尺，大水。一丈，水入城郭。朔日值立冬，主灾异；值小雪，有东风，春米贱，西风，春米贵。其日用斗量米，若缀在斗，来春陡贵。甚验。

十一月占候

冬至日数至元旦五十日者，民食足。若不满五十日者，一日减一升。若有余，一日益一升。最验。

月内总占，至前米价长，至后必贱，落则反贵，寒不降，五月雷电。朔日值冬至，主年荒。古占书以朔日值冬至为令辰。

得壬，一日，旱。二日，小旱。三日，亦旱。四日，大收。五日，小水。六日，大水。七日，河决。八日，海翻。九日，大收。十日，小收。十一、十二，五谷成。

冬至日中竖八尺表，其影如度者，年美人和，不则岁恶人惑。影进则水，退则旱。进一尺则日食，退一尺则月食。

十二月总占

冰后水长，主来年水；冰后水退，主来年旱。若冰坚可渡，亦主水。柳眼青，来年秋夏米贱。月内萌类不见，六月五谷不实。两春夹一冬，十个牛栏九个空。一云两春夹一冬，无被暖烘烘。朔日值小寒，主白兔见祥；值大寒，主虎伤人。二十四日立竿，燎火于野，曰照田蚕，看火，占来年水旱。白主水，红主旱，猛烈主年丰，衰微主歉，北风吉。腊尽火光同此。

作　粉　窝

除日作粉窝十二枚，遇闰加一枚，入甑蒸而验之。第一枚主正月，以次挨看。如有水，则其月有雨，水多则雨多，干则其月无雨。

秤　　水

除夕取长流水秤之，元旦再取水秤之，以较两年之高下。

听　　声

除夜安静为吉，谚云：除夜犬不吠，来年无疫瘟。除夜恶犬嗥，新年多火盗。或因公私作闹，惊动闾里者，来年其乡必遭横事。

沐　　浴

八日沐浴，消除罪障。二十八九、三十斋戒沐浴，焚香静坐，谓之存神。十三日夜半沐浴，存好心，得神人护卫。十五沐浴，去灾。

制用月墓于宅，或屋四角，各埋大石一块为镇，主灾异惊吓不生。八日悬猪脂于厮上，则一家无蝇。是月收雄狐胆，若有人暴亡未移时者，急以温水微研，灌入喉中，即活。可预备救人。

耕种吉凶宜忌

耕田吉日：甲寅、甲辰、甲午、乙丑、乙巳、乙酉、乙亥、丙午、丙戌、丁丑、丁巳、丁亥、戊寅、己丑、己巳、己未、己酉、己亥、庚午、庚申、辛丑、辛巳、辛卯、辛未、辛酉、壬寅、壬午、癸丑、癸巳、癸酉。

耕田凶日：月大忌：初六、二十二、二十三。月小忌：初八、十一、十二、十七、十九、二十七。

烧田吉日：己未。

烧田凶日：火隔。

壅田吉日：用火日为吉，如丙寅、丁卯、甲戌、乙亥之类。

壅田忌土鬼日：甲午、乙酉、丁巳、戊午、己酉、庚戌、辛丑、壬寅、癸巳。

浸谷种吉日：甲戌、乙亥、乙卯、乙酉、壬辰、壬午。

下秧吉日：甲辰、甲午、乙卯、乙巳、乙未、丙午、丁未、戊申、己酉、己亥、辛未、辛酉、壬午、癸未、癸酉。

种五谷总忌：丁亥日。

种麦吉日：庚子、庚午、庚戌、辛卯、辛巳、辛未。八月三卯日，种麦为上，一云子不种麦。

种麦忌日：丁日。

种粟吉日：乙卯、丁巳、己卯、己未、辛卯。三月三卯日为上吉。

种豆吉日：甲子、乙丑、丙子、戊寅、壬寅、壬午、壬申。六月三卯日种豆为上，六月戊日为忌。一云壬子黑豆不开花。

种黍稷吉日：戊戌、己亥、庚子、庚申、壬申。

种黍稷凶日：庚戌。

种麻吉日：甲申、戊申、己亥、庚申、辛亥、壬申。一云亥不种麻。

种荞麦吉日：甲子、辛巳、壬午、壬申、癸未。

谷米入仓吉日：甲辰、甲戌、乙未、乙酉、乙亥、丙子、丙辰、戊子、己丑、己卯、己酉、庚寅、庚午、辛巳、壬子、癸卯、癸未、癸亥、壬寅。

典买田地吉日：开日、满日、成日、收日、除日、危日、定日、执日。

典买田地凶日：戊日、己日、赤口日。

田家通忌日：甲寅、辛亥、丁亥、丁未、乙巳、丙戌。上六日，忌耕种耘。凡九谷不避忌者，必多伤坏。

播种凶日：癸巳日。

种菜吉日：戊寅、庚寅、辛卯、壬戌。

种花果飞虫不食日：成日、满日、天仓日、除日、危日、定日、执日、生炁、丰旺。又每月甲午、己亥、癸未。

种花果避蛀日：甲子旬中乙丑，甲戌旬中己卯、甲申旬无蛀日、甲午旬前五日、甲辰旬后五日、甲寅旬无蛀日。

种菜凶日：秋社前逢庚日、秋社后逢己日。

种瓜吉日：甲子、乙丑、乙卯、庚子、辛巳、壬寅。

种葱吉日：甲子、甲申、己卯、辛巳、辛卯、辛未。

种蒜吉日：戊辰、戊申、丙子、辛丑、辛巳、辛未、壬辰、癸巳。

种果吉日：乙卯、丙子、丙午、丁未、戊寅、戊申、戊戌、戊午、己丑、己卯、己巳、己未、己亥、庚子、辛卯、壬子、壬午、癸丑、癸未。

种树吉日：甲戌、丙子、丁丑、己卯、壬辰、癸未。

种树凶日：丙戌、壬戌。又云乙不栽木。

农桑类神

木主谷秫及瓜果，当于寅卯位中寻。火主黍稷与红豆，巳午之位乃为亲。午神又为蚕之命，腾蛇蚕象妙有因。土主麻与大黄豆，辰戌丑未为其根。金主二麦八月时，申当别论酉为真。水主黑豆与稻菜，亥子之位所必云。旺相德合为收成，死囚克墓是所嗔。日是农人辰禾类，生合吉将喜忻忻。日克支上农事荒，支克日上禾必损。大岁神上生何类，即主何类收十分。丑与未兮为绵花，又在五行之外存。

辨六谷毋忘稼穑艰难

民以食为天，六谷其最要。昔春秋时，周子有兄而无慧，不能辨菽麦，君子讥之。夫六谷尚且不辨，乌知稼穑之艰，又何怪梦梦者凶年有食肉糜之说乎！尝考谷之名不一。《书》曰：播厥百谷。六谷，特种之最美者。六谷之中，又以稻为最，而于南方尤宜，有芒谷。《礼·曲礼》：稻曰嘉蔬，米粒如霜，性尤宜水。《周礼·地官》：稻人掌稼下地。疏以下田种稻，故云稼下地。《史记·夏本纪》：禹令益予众庶稻，可种卑湿。皆谓其宜水故也。一名作稌，然有黏有不黏，今人以黏为稬，不黏为秔。又有一种曰籼，比于秔小，而尤不黏，其种甚早。今人谓秈为早稻，秔为晚稻。然稻性虽宜水，亦有同类而陆种者，谓之陆稻。《记》曰：煎醢加于陆稻上。今谓之旱稜，南方自六月至九月获；北方地寒，十月乃获。粱，似粟而大，米之善者，五谷之长。有黄、青、白三种，又有赤黑色者。《尔雅·释草》注：虋，赤粱粟。芑，白粱粟。白粱味甘，微寒，无毒，主除热益气。《周礼·天官》：犬宜粱。盖犬味酸而温，粱米味甘而微寒，气味相成，故云。今人多种粟而少种粱者，以其损地力而收获少也。菽乃众豆之总名。《春秋》：定公元年，陨霜杀菽。注：大豆之苗。又《仪礼》注：王公敖豆而食，曰啜菽。则菽其豆之大者也。或以为通萩。考萩，萧也，即蒿也。又木名也，其不类也远甚。麦亦芒谷，属金，金王而生，火王而死。《礼·月令》：孟夏麦秋至。蔡邕曰：百谷各以初生为春，熟为秋。麦以初夏熟，故四月于麦为秋。《汉武帝纪》：劝人种宿麦。注：师古曰：岁冬种之，经岁乃熟，故云宿麦。又一种荞麦，一名乌麦，南北皆种之，亦名荍麦。又《尔雅·释草》：大菊蘧麦。注：即瞿麦也，又名蘥雀麦。《释草》注曰：即燕麦也。按：麦从来不从夹，从夊不从夕，来象其实，夊象其根也。俗作麦，非。黍，禾属而黏者也，音暑。种禾无期，因地为时。三月榆荚时，雨膏地强，可种禾。黍者，暑也，以大暑而种，故谓之黍，从禾。孔子曰：黍可为酒，禾入水也。黍下从氽，象细米散垂之形。粟，属苗，似芦，高丈余，穗黑色，实圆重，土宜高燥，故北方多种之。其大体似稷，故古人并言黍稷。黍有二种，黏者为秫，可以酿酒；不黏者为黍，如稻之有秔稬也。待暑而生，暑后乃成。先夏至三十日，此时有雨强土，可种黍一亩三升。黍心未生，雨灌其心，心伤无实。心初生，畏天露，令人对持长索，概去其露，日出乃止。凡种黍，覆土、锄治，皆如禾法，欲疏于禾。《诗》云：诞降嘉种，维秬维秠，维穈维芑。穈即虋，音转也。郭璞以虋芑为粱粟，以秠即黑黍之二米者，罗愿以秠为来牟，皆非也。稷即穄也，一名粢。楚人谓之稷，关中谓之黍。其米为黄米，苗穗似芦而未可食。秋种夏熟，历四时，备阴阳，谷之贵者。又神名。《风俗通义》：稷，五谷之长。五谷众多，不可遍祭，故立稷而祭之。要而论之，《酉阳杂俎》以黍、稷、稻、粱、三豆、二麦为九谷。《尔雅翼》又云：粱者，黍稷之总名。稻者，溉种之总名。菽者，众豆之总名。三谷各二十种，为六十。蔬果之属，助谷各二十种。是为百谷。若但即稻、粱、菽、麦、黍、稷而言，南方以稻为大宗，北方以麦为大宗，菽则南北皆宜，粱与黍、稷仍以北方种者为最多。此六谷之分也。

附《救急刍言》论种植谷麦蔬果成法

种稻禾

种稻：春冻解，耕反其土。取禾种，择高大者，斩一节，下把悬高燥处，则苗不败。稻欲湿，湿者缺其塍，令水道相直。夏至后大热，令水道错。莳秧须先拔浸水中，秧苗入土深，难出；秧根入土不深，难久。大凡一粒谷，总有一茎先出，叫做命根。农家拔秧，往往先将此命根拔断了，抛掷堆垛，全不爱惜。隔数夜方插完，泄了元气，所以多秕。(原书眉批：近日农家多预先将秧全拔起，手里来不及，便耽搁三四夜。白昼晒在老太阳里，日渐黄瘦。插齐，隔几日始醒转来，秧的元气全泄尽了。而且拔时，先将秧根的泥洗净，秧的命根又棵棵拔断，如何能起发？所以株头瘦小，结的穗头短，秕谷多，升合少。)

种麦

麦，秋种，冬长，春秀，夏熟，具四时中和之气。北人漫撒，南人撮撒。北麦昼发花，故宜人；南麦花夜发，故发病。白露后将田耕熟，掘沟，以灰拌匀密种。谚曰：无灰不种麦。又，《氾胜遗书》云：麦生黄色，伤于太稠，稠者锄而稀之。秋锄以棘柴耧之，以雍麦根。故谚曰：子欲富，黄金覆。谓秋锄麦，曳柴壅麦根也。至春冻解，复锄之。到榆荚时，注雨止。候土白背，复锄。如此则收必倍。夏至后七十日，可种宿麦。早种则虫而有节，晚种则穗小而少实。当种之时，若天旱无雨，则薄渍麦种以酢浆，并蚕矢。夜半渍，向晨速投之，令与白露俱下。酢浆令麦耐旱，蚕矢令麦忍寒。

收麦

麦半黄时，趁天晴收割，过熟则抛费。农家忙促，无如蚕麦，迟恐遇雨则伤。

藏麦

种伤湿郁热，则生虫也。取麦种，候熟可获，择穗大强者，斩束立场中之高燥处，无令有白鱼，有辄扬治之。三伏烈日之中，晒极干。先将稻草灰铺缸底，带热收缸内，复以灰盖之。用苍耳叶剉碎，或蚕砂和入其中，可免化蛾。或槐叶晒干盖之，或取干艾叶杂藏之。麦一石，艾一把。顺时种之，则收常倍。

荞麦

荞麦于立秋前后漫撒种，即以灰粪盖之。一说初伏将地耕熟种之，下种稠密，结实则多。

种豆

《氾胜遗书》云：大豆保岁易为，古之所以备凶年也。谨计家口，数种大豆，率人五亩。此田之本也。三月榆荚时有雨，高田可种。土和无块，亩五升，土不和则益之。种大豆，夏至后二十日尚可种，戴甲而生，不用深耕。大豆须匀而稀，豆花憎见日，见日则黄烂而根焦也。小豆不保岁，注雨亩种一升。大豆生五六叶锄之；小豆生布叶锄之，生五六叶又锄之。大豆小豆，不可尽治也。古所不尽治者，豆生布叶，豆有膏。尽治之则伤膏，伤则不成。而民尽治，故其收耗折也。获豆之法，荚黑而茎苍，辄收无疑。

谷菜同畛

备荒书云：古人谓谷不熟曰饥，菜不熟曰馑。菜蔬得天地之冲气，而可养民命。又，黄可润先生云：无极农民，种五谷、棉花之畦，多种菜及豆，以附于畦。盖谷与菜共畛，不惟不相妨，而反相益。浇菜，则禾根润，锄菜则谷地松，至谷熟而菜可继发矣。然畛必使高一尺余，庶根之所入者深，小旱可耐，有沟可泻水，无忧于潦。虽人工倍费，然本茂而实丰，一亩可收数亩之利。

荞（音翘）

《诗·陈风》：视尔如荞。《传》：芘，芣也。疏：一名蚍虾。郭注：今荆葵也。《尔雅翼》：一名锦葵花。陆注：似芜菁，华紫，绿色，可食，微苦。

稗

《说文》：禾别也。徐曰：似禾而别也。盖草之似谷者，而其实较细。《后汉·光武纪》：陈留雨谷，形如稗实。《六书故》：稗叶纯稻，节间无毛，实似蕢，害稼。有水稗、旱稗二种。谢灵运诗：蒲稗相因依。此生于水中之验也。不忧水旱，易生之物也。种之可以备凶年。

芝　麻

一名脂麻，一名巨胜。有黑、白、黄三种。结角四棱、六棱者，房小而子少；七棱、八棱者，房大而子多。锄不厌频。

麻

春间以灰拌子，撒种肥地，盖以土灰腐草，密则细，疏则粗。叶生后，带露锄耘，趁天阴浇粪。忌辰日，一云亥日不种麻。种麻子，二月下旬傍雨种之，麻生布叶锄之，以蚕矢粪之，天旱以流水浇之。无流水，曝井水，杀其寒气以浇之。如此美田，虽薄田，亩尚收数石。

苋

苋，陆草之柔脆者。《尔雅·释草》：蒉，赤苋。注：今苋菜之有赤茎者。

菰

《博雅》：菰，蒋也。其米谓之胡菰，可食，与茭米同。《西京杂记》：菰之有米者，长安人谓之雕胡，有首者谓之绿节。

葵

《左传》：成十七年，鲍庄子之知不如葵，葵犹能卫其足。《尔雅翼》：天有十日，葵与之终始。故葵从癸。盖葵，阳草也。为百菜之主，备四时之馔。

蒜

荤菜也。大蒜为葫，小蒜为蒜。《高士传》：太原闵仲叔者，世称节士。周党见其含菽饮水，遗以生蒜。又，古以银蒜押帘。春初锄地成陇，逐瓣分排，粪水浇之。独瓣者治鼻衄，捣涂脚心，即止。

荼

《诗·邶风》：谁谓荼苦，其甘如荠。《传》：苦菜也。叶似苦苣而细，断之白汁，花黄似菊，与《诗·周颂》所称以薅荼蓼者不同。荼蓼之荼，孙炎注曰：荼亦秽草也，非苦菜也。王肃曰：荼，陆秽。此即《书·汤诰》所称弗忍荼毒之荼也。均与此有别。

堇

《诗·大雅》：堇荼如饴。《传》：菜也。《礼·内则》：堇荁枌榆，免薨，滫瀡以滑之。注：冬用堇，夏用荁。《尔雅·释草》：苦堇。注：今堇葵也。

芋

芋以十二子为卫，应月之数。大叶实根，骇人，故谓之芋。《索隐》注：蹲鸱也。其法先掘地为区，每区深阔各三尺许，熟粪壅之。每区种芋一株，渐锄土壅芋。既成，每区得芋若干斤，每斤得金若干，计每亩约得金四十两许。盖仿区田种法也。

荔　枝

树高五六丈，青花朱实，实大如鸡子。《西京杂记》：尉佗献高祖鲛鱼、荔枝。左思《蜀都赋》：侧生荔枝。唐诗讥杨贵妃诗云：一骑红尘妃子笑，无人知是荔枝来。

枇　杷

果名也。司马相如《上林赋》：枇杷橪柹。张揖注：枇杷似槲树而叶长，子似杏。

瓜

《说文》：瓜，胍也。象形。《豳风》：七月食瓜。《齐民要术》：二月辰日宜种瓜。

竹

《竹谱》云：植类之中，有物曰竹。不刚不柔，非草非木。小异空实，大同节目。以水生，冬青。一名个，象形也。用之者多。《史记·货殖传》：渭川千亩竹，其人与万户侯等。谢灵运《晋书》：元康二年，巴西界竹生花，紫色，结实。竹花一名草华。五月十二日，谓之龙生日，可种竹。《齐民要术》所谓竹醉日也。

靛

《本草纲目》：蓝质，浮水面者为靛花。唐李肇《翰林志》：凡大清宫道观荐告词文，用青藤纸、朱字，谓之青词。《后汉·吴祐传》：杀青简以写经书。注：以火炙简令汗，取其青，易书，复不蠹，谓之杀青。靛本青蓝色，草本，治法如种瓜菜然。须预淘井四五面，深六七尺余，置极净水其中，取其花而沤之，与沤麻同。沤成，储之瓮中，秋后售与染坊。人工虽费，其利甚厚，不减今日土药。

山　药

《负喧杂录》曰：山药本名薯蓣，唐太宗讳豫，改名薯药。唐代宗讳曙，遂名山药。非二物也。（原书眉注：或又云本名薯，明代始来自吕宋之汶莱国，遂名汶菜。一名地瓜。宜于沙地而耐旱，不用浇灌，一亩地可得千斤。食之最厚脾胃。）种法：先将地掘沟深三尺许，以粪与土拌匀，晒几日，仍填沟中。拣取美种，以竹刀切段，约二三寸许，打沟种之，覆土四五寸许。牛粪麻饼壅之，忌人粪。

萝　卜

一名莱菔。六月下种，以疏为良。带露勿锄，犯则生虫。

韭

一名草钟乳，一名起阳草。翦取切忌日中。一岁不过五刈，收子者不过一刈。

葱

八月下子肥地中，至来夏分栽。去冗苗，疏行密排，以猪粪水浇之。一名和事草，忌与蜜同食。

葫　芦

种法：掘坑深三尺许，每坑纳子十余粒，蔓长搭架引之。拣肥好者两茎相贴，用麻缠缚，如接树法。待茎黏连，如前再贴。如是者几次，并为一棵，实大且多。结实后，取其周正者留之。经霜后，用以为器。嫩时作丝晒干，同鸡肉共煮，味极甘美。

种　树

凡上半月移栽者多实，望后栽者实少。宜收日，忌枯焦日。

桃

宜于向阳地作坑，春间以核埋其中，尖头向下，覆土两寸许，待长三尺移栽，不宜卤地。以煮猪头汁冷浇之，则子不蛀。以年久竹灯笼檠挂树上，则虫自无。李接桃为李桃，结实红甘。李树少实，于元旦五更，以火把四面照之，当年便多子，谓之嫁李。

杏

少实，将处子裙系树上，结子多。凡桃李花皆五出，若六出必双仁。以其反常，故有毒也。

梨

必须杜梨桑树接之。有虱，须捉寻之。上巳无风则实好。古诗云：上巳有风梨有蠹，中秋元月蚌无胎。《史记》云：淮北、荥南、河济之间，种千株梨，其人与千户侯等也。

林檎

俗呼花红果，以柰树接之，物类相感。《志》云：林禽树生虫，埋蚕砂于树下，或浇以鱼腥水，即止。

葡萄

二月取枝压肥地，即活。结子时，翦去繁叶，使受雨露，则子易肥大。张芳洲诗云：闻道乘槎客，相携到汉庭。何缘尝草日，先自入医经。

枣

候蚕入簇时，以杖击其枝间，去其狂花，结子繁而赤大。

柿（本字柹）

春分后，用黑枣接。接桃枝，则成金桃柿，不可与蟹同食。《礼·内则》：枣栗榛柿。郑注：人君燕食所加，庶羞也。《尔雅翼》：柿有七绝，一寿，二多阴，三无鸟巢，四无虫蠹，五霜叶可玩，六佳实可啖，七落叶肥大，可以临书。

区田足以备荒

区田之法，其说不一，阅者每易于生倦，试者多辍于畏难。予尝汇而考之，大约以粪气为美，非必须良田也，处处皆可为区田。凡区种不先治地，便荒地为之。以亩为率，其法每田一亩，广十五步，每步五尺，许七十五尺。每行占地一尺五寸，计分五十行。其长一十六步，每步五尺，计八十尺。每行占地一尺五寸，计分五十三行。长广相乘，得二千六百五十区。空一行，种一行，隔一区，种一区，除隔空，可种六百六十二区。此成法也。这种的一行，种二尺，空一尺，留空好立脚，耘锄亦便，取其热天不热坏苗，且容易透风也。（原书眉批：留空以便浇灌，又可疏风，方不热坏苗，且以其土壅根。）今年种的一行，是明年不种的；明年种的一行，是今年不种的。必定要这种法，取其地力有余，自然加倍起发也。区深一尺，用热粪二升，与区土相和，布种匀覆，以手按实，取其土与种相著也。（原书眉批：骤用生粪过多。粪力峻热，即能坏苗。惰农往往因此误事，不可不知。）这种的一行，掘深一尺，将掘出来的泥，就近加在不种的一行上。后来耘一回，将这泥壅根一回，锄一回，将这泥壅一回。耘三回，锄三回，通共壅根六回。等到秀稻的时候，这种的一行，与那空的一行，一样平了，取其不怕大风摇撼。到这时候的稻，自然力厚根深也。这法本为备旱而设，其利无穷。以不种的这一行土，渐次覆在种的这一行上，取其田底不燥，遇旱无妨也。区中草生，拔之；区间草，以划划之。若以锄耡，苗长不能耘之者，以钩镰比地，刈其草薉，（原书眉批：薉与秽同。《说文》：芜也。《齐民要术》：凡种谷遇大雨，待薉生。注：薉若甚者，先锄一遍，然后纳种，乃佳也。）取其不乱苗、不伤苗也。农人最要紧的是春耕，到得来年立春后十二日内，就要动手耕起。田要通身翻得周遍，不容一处不深，不容留一块结实粗泥。又要极松细，取其翻得深、垦得碎、耙得细，他日苗根直生向下，着土必牢，自然耐旱也。留作种的稻，收割要迟，不独滋本深固，颗粒牢硬，取其离土的日子浅，离种的时候近，气相接属，容易发生也。藏种最忌潮湿，选种最要干净，浸种最须雪水，下种最爱晴明，取其胎里不受伤，暑气可以解，且容易发生也。古人讲究粪田，粪田最忌暴粪。各样粪中，草汁最好，不起毛病。须先用粪垫田底，取其苗根得力，可以饱绽也。每田一亩，下种三升已足。莳秧须先拔浸水中，不可过于耽搁，泄其元气。插秧总要疏疏落落，倘苗生太密，就要赶紧删去，取其相生相让，不受郁蒸之气也。三伏天太阳逼热，田水朝踏夜干。若下半日踏水，先要放些进来，收了田里热气连忙放去，再踏新水进来，取其水气清凉，足以养禾，且不生虫病也。士庶人家，有田十亩，照这种法，先种三亩，有四亩田，先种一亩，只算试种，留大半田照常种。若三年里果然得济，以后相沿种去，自然率以为常，不觉吃力。此治区田之大概也。昔后稷以二耜为耦，广尺深曰甽，甽长终亩，一亩三甽，一夫三百甽，而播种于甽中。苗生叶以上，稍耨陇草，因隤其土，以附苗根。其法与区田大同而小异。又，按《农政书》：汤有七年之旱，伊尹教民粪种，负水浇稼。诸山陵倾阪，及田邱城上，皆务为之。以是支六年之旱，而民少流殍。区田之法所自始。降而至于西汉，武帝使赵过为搜粟都尉，过能为代田，其耕耘下种田器，皆有便巧。一岁之收，尝过缦田，用力少而得谷多，即古后稷法也。（原书眉批：汉赵过代田分甽，岁易其处，以用力少得谷多也。然史究未明其一亩之地，可得谷若干，但曰可过缦田。窃以为此用之土旷人稀时尚可，否则以二甽之地代种，即使一甽有二甽之获，地与谷仅足相当，何足以云便巧哉！）夫曰缦田者何？平田也。谓如今之田畮不为甽，漫漫然，故曰缦田。说者谓其大约如区田，而简易过之。然但曰过缦田每亩一斛以上，则亦不过略胜而已，恐未必如区田所得之多也。区田之所得，《农政书》云：每亩可收六十六石，学种者或半之。或又云一亩可收六十石。

国朝康熙丁亥，桂林朱公龙耀为蒲令，取区田法试之，收每区四五升，亩可三十石。王尔缉于天旱时，力务为此，亩得五六石。（原书眉批：昔王尔缉先生于大旱时，曾务为此。一亩收五六石，较之常田亦胜数倍。有如大旱之岁，赤地千里，而区田一亩，独有五六石之获。果若数口之家，能殚力务成二三亩区田，便可全八口之家。）然则前人百石、六十六石、六十石、三十石之说，或未必尽然与？然考陆世仪先生之论区田也，尝谓稻熟时，自往观刈获，见田傍一禾甚长，高众禾约尺余。顾问之，佃曰：此予偶遗一粒谷，未尝粪治，今秀实如此，亦甚奇。陆公因数其穗，得二百余粟。时又将众禾遍数，皆九十余粟，是禾不啻倍之。窃思此禾盖未尝移种，元气未泄故也。偶遗田旁，不粪不耘，纤毫未加人力，其稍壮硕者，特以得全于天耳。使如区田之法，一家之精力，尽会萃于数亩之田，可预料其穗之长茂坚好，虽不能如百石、六十六石、六十石之多，而有不数倍于常田者乎！此理不问可知。依法试之，当必有验。今人之不种区田者，一则穷乡僻壤，未见农政之书，其法无由而知。二则以其工繁而力费，必担水浇灌，有车戽不能用，于是虽知其法，而亦不肯为。三则以隔行种行，田去其半；所种行内，隔区种区，则半之中又去其半，田且存四之一矣。以四之一之田，而欲得稻数十倍，恐不必然。四则江南北多水田，田中冬夏积水，不便开沟分区。惟高田可分区，然高田冬必种麦，麦至夏至方收获。若区田，则清明谷雨之时，已将播种，其开沟分区，须于冬春之间毕工，是因谷而废麦，此区田之所以终不行也。（原书眉批：区田之法不行，大约人皆以工力烦费为言。然当赋役烦重、雨水不调之时，苟能躬耕四五亩，即可为一家数口之养。田家之乐，莫有过于此者。又何工力烦费之足云。）不知区田之法，虽少却一熟，然地力总在内，未尝有所分，以百石、六十六石、六十石论之，一熟且不止抵十熟，一便也。其法不须贪多，毋论平地山庄，岁可常熟，近家濒水为上。其种不必牛犁，惟用鏊镢（原书眉批：鏊，峭平声，臿也。镢，巨入声，锄也。）垦劚，最宜贫家，二便也。（原书眉批：区田之法，常时劝地多之家，广招穷户，少给余田，可闲其无聊之心，为有补之用，亦处流民之一道。）凡农家种稻，先于清明时治地为秧田，俟小满前后分莳。其种秧之田，亦拔起再莳。于此可寄种秧于区田，三便也。当播种时，分其田什之二三，开区如前法，俟苗长插莳之际，则分其余秧，以莳他田。在区田则以当耘耔，在常田则以当播种，四便也。常田耘锄，多在暑中者，以插莳故晏也。区田不用插莳，则苗长自速。常田插莳之时，区田已将耘锄矣，有何暑气蒸郁，大不堪耐乎？（原书眉批：区田或云用插莳，或云不用插莳，其说不一。二者均无不可。但既已作区，便可于区中下种。似不必插莳，多费一番人力，且泄了秧之元气。区田之法，可用而不可常，可少而不可多。当赤地无获之时，各种数亩，即可以备不虞。古人所以为备荒计也。若必逐处行之，逐亩行之，则亦见其利，而未见其通耳。）至于锄土壅根，则今日种棉之家，日暴于田，未尝以为苦而不锄。且区田垄高，足不濡水，与锄棉同，五便也。人莫不难于图始，而乐与观成。始则竭蹶以图，惟恐日不暇给。行之三年，田愈翻而愈肥，谷愈收而愈多，人皆习为故常，竟成一篇烂熟文字，由勉而安，六便也。陆桴亭先生欲以代田之法，参区田之意，更斟酌今农治田之方而用之，见《思辨录》。此变通区田之法，而善用之者也。成规具在，人亦何乐而不为哉！此法原为备荒而设，汤时曾救六年之旱，古人踵而行之，皆有成效。绅耆居乡，或罢官归隐，或课子余闲，无所事事，日与乡之父老子弟聚晤往来，取是编而授之，即举是法而试之。大率一家五口，可种一亩，男子兼作，妇人、童稚量力分工，定为课业，各务精勤，用省工倍，田少收多。当夫朝旭东升，夕阳西下，以局外之闲身，作农家之领袖，极田园之乐事，办一片济世之心，不惟可以救人，而兼可以自救，不愈于老死牖下，贫病交加，凶年饥馑，沿门告贷乎！（原书眉批：绅士居乡，用此术消岁月。园林余荫，花酒幽情，悠然见太古遗风。）

附陆清献论区田成法

区田之法，伊尹教民救荒也。按旧说，每区深一尺，用粪一升，与土相和，布谷匀覆，以手按实。苗出看稀稠留存，锄不厌频，旱则浇灌。结子时，锄土深壅其根，以防大风摇摆。古人依此法布种，每区可收谷五升，每亩可收谷三十三石。又参考《氾胜之书》及《务本书》，谓汤有七年之旱，伊尹作区田，教民粪种，负水浇稼。诸山陵倾阪，及田工城上，皆可为之。夫丰歉不常，天之道也，故君子贵思患而预防之。倘遇饥歉之际，但依此法种之，皆免饥殍。此已试之明效也。

窃闻古人区田之法，本为御旱济时。如山郡地土高仰，岁岁如此种蓺，则可常熟，惟近家近泉为上。其种不用牛犁，但用锹镢垦劚，又便贫稚。大率一家五口，可种一亩，已自足食。家口多者，随数增加。男子兼作，妇人童稚，力为之分功，定为课业，各务精勤。若粪治得法，沃浇以时，人力既到，则地力自饶，虽遇灾旱，不能损耗。用省而功倍，苗少而实多，实救贫之捷法，备荒之要务也。

区田之法，必躬亲为之，如法勤力，方有明效。前言每亩地，古人岁获三十三石，但不知亩是何亩、斗是何斗也。吾灵耿公讳允楼，乃父尝率伊为此。因家业窘甚，分于读书，多不如法，所得少浮常数。迨伊叔为之，则日夕心力全用于此，一切粪种耕耘，皆经己手，已得法之七八矣。每亩地岁获十五石，则亩是灵邑之亩，斗为灵邑之斗，可知矣。使作之不已，则三十三石之说，岂虚诞哉！

古云：备荒无奇策。夫无策即策也。言不必奇策，能力田自不愁荒，即无策之策，不奇而奇也。况区田之法，用力甚少，而成功甚多。再加亲田之法，与区田并行，即尧水汤旱，不能为吾民灾矣，非奇策而何？

附集区田七种图说

安邑宋芝山先生，家世西北，辨地气之腴瘠，察水利之兴废，又深究御灾备荒之道，采汜胜之遗书及各家论说，为书教民耕种。以古人文义非山村农圃所尽解，爰悉心推求，作为图说，略取遗书大意，不必尽合也。

上农夫每道两行七区，图如左。余仿此。

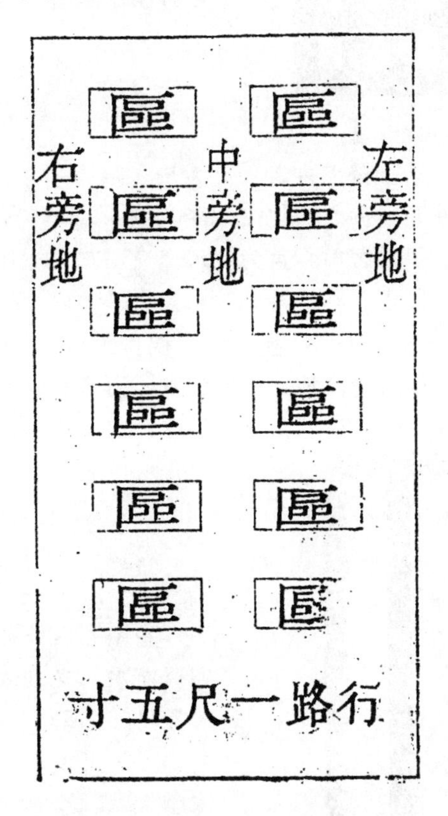

（原书眉注：芝山区田）

区田深一尺，下粪、种谷于区内也。

以亩为率，长十八丈，广四丈八尺。长分十五町，每町一丈二尺，以一尺五寸为路，尚得一丈五寸。每町广分十四道，每道三尺四寸，长一丈五寸，广三尺四寸。亩十五町，町十四道，亩二百十道。上农夫每道两行，每行七区，区方六寸，隔九寸，道十四区，町一百九十六区，亩二千九百四十区，中旁地各空七寸。中农夫每道一行六区，区方九寸，隔九寸，町八十四区，亩一千二百六十区，两旁地各一尺二寸。下农夫每道一行五区，区方六寸，隔一尺五寸，町七十区，亩一千五十区，两旁地各一尺四寸。

又，太原副守朱公，自云康熙年间，待罪蒲邑，处万山之中，皆高山陡陂，非雨泽时降，不能有秋。乃取区田之法，反覆玩味，于邑后隙地，布种数区。核其收数，每区四升五升不等。未几以事去。已而归来，以无确据，又恐不足以信士民，为怅然久之。复依法布种，大约一区可收谷五升，一亩可三十石。用省功倍，实备荒之奇策，亦救荒之捷法，又招抚流移之善术也。图说具左。

此图白处种谷，四方各一尺五寸，深一尺。横直两路黑处不种，四方亦一尺五寸，留以通风灌水。到结子时，锄四面之土，以壅根。外周黑处各留七寸，使旁边之区四方亦各有土。

区田图

又，后稷为田，一亩三甽。盖以古者六尺为步，阔一步、长百步为亩，亩间为三甽，故以百亩之田为三百甽。甽乃播种之沟也。今年为甽，过年为亩。亩不耕种，即《周礼》所谓莱其半以休地力者也。伊尹区田，盖为负水浇灌，其实亦休地力之深意也。古甽亩之法，照区田算，加蒸粪拌匀其土。其播种大约与今之畦种同（颜师古曰：田区谓之畦，今之种稻及菜，为畦者取名于此），但所浚稍深，留畔广耳。今人挨排为畦，不知莱半以休地力，而所浚又浅，则失后稷之意矣。是以所种之地，三倍于古，而所获反不及古者十分之一也。馆陶孙熙载因论朱公区田引，而类推后稷甽亩之法，并具图说于左。

右图亦白处种谷，黑处留以通风灌水，又以休地力。浚甽广尺深尺间，俱广一尺，相地势为之，可长可短，可通可截。但取水势浇灌之便，不必更胶柱鼓瑟。

甽亩通图

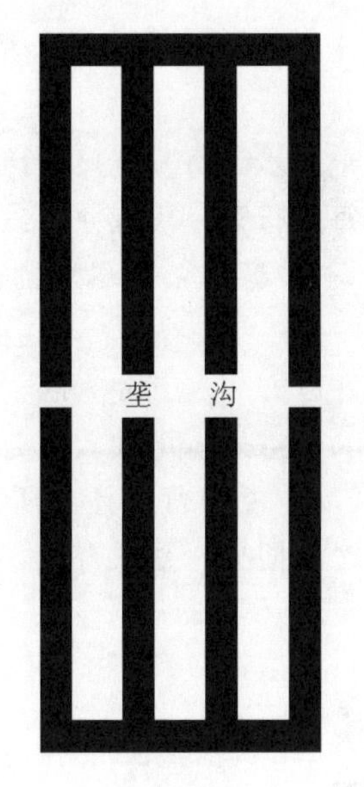

畎亩截图

（原书眉注：此馆陶孙熙载畎亩截图。）

右图或以太长水力难到，或井居地腰，故截为两扇，以便分溉，与今治畦为两扇者同。无论通截，其播种耘挡之法，一如区田。

后稷为田，一亩三畎。一夫百亩，为三百畎，行于井田之中。今岁为畎，来岁为亩，互换种之，以休地力，此上田也。中田夫二百亩，二岁一垦。下田夫三百亩，三岁一垦。使地力得休而自肥，虽下亦上。不似今人贪多，荒地力，徒劳而无益也。

又，《区田编》云：伊尹制为区田，其法不论田之美恶，不计地之多寡，不须牛犁之本，不用佣工之费，每区一尺五寸之地，可收谷七八升，大旱亦得三四升。计算每亩六百五十区，可得谷五十余石，大旱亦得谷二十余石。至贫无地之民，水边弃地，山畔荒原，随处皆可开做，真御旱济时之良法也。其开区等法，绘图胪列于左。

白、黑宽阔，俱一尺五寸。白者种谷，黑者田塍。田塍即空行隔区。

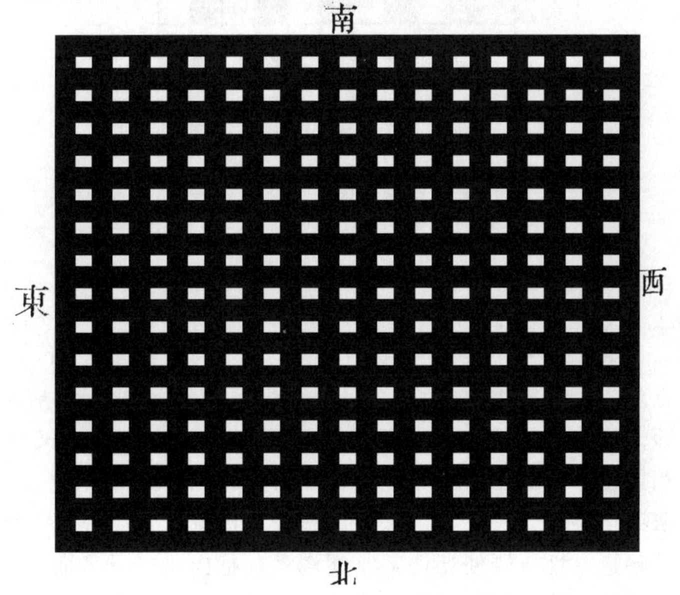

（原书眉注：此豫章帅念租区田图。）

自南至北为纵，长八丈，分五十三行。今图三十一行。自东至西为横，阔七丈五尺，分五十行。今亦三十一行，约举形似耳。

此豫章帅念祖《区田图说》也。田一亩，阔一十五步，每步五尺，计七丈五尺。每行阔一尺五寸，该分五十行。长一十六步，计八丈，每一行宽一尺五寸，该分五十三行。长阔总算，通共二千六百五十区，可种六百五十区，不种旁地，庶尽地力。每区挖松深一尺，四方各一尺五寸。

又，梅氏《区田图刊说略》曰：按区田古法，并以方一尺五寸为区，计每亩可二千七百区。空一行种，于所种行内，隔一区，种一区。除隔空外，可种六百七十五区，是四分而种其一也。今农书之图，黑白相间，是二分种一，与说相背。且如所图，既不便于营治，又不便于浇灌，反不如姜田之用沟阔，通人行之为便矣。爰依古说，改图如左。

图与说不符，故梅氏特为刊改。

今农书区田图

（原书眉注：此今农书区田图。）

区田要以随方就图，使其易行，不在拘拘于尺寸之间。天桥谓留心经济人，随处理会。向使无梅氏驳正，试问如何营治浇灌？不终成纸上空谈乎？

订正区田图

（原书眉注：此梅氏订正区田图。）

如甲乙为田，内每画方一尺五寸为区（如甲子），直行。每隔一行，种一行，如甲戊、丙已。因得横行，亦然，如庚甲、辛癸。其播种之区，四面合之，各成小平方。如丙辛方中间，子丑为种地。卯寅方中间，午未为种地，皆居小平方中央，又蝉连而下。计田一亩，为种区者，约四之一。图中白者是空地，黑者是种区。

天桥曰：此所谓空一行，种一行，隔一区，种一区也。览图一目了然。盖其意使每区四面凌空，得遂其畅达之性，既便耘锄，复便浇灌。梅氏读书只是细心耳。至其谓耕深一尺，尤有妙义。孟云：深耕易耨，深字讵可略过。又梅氏云：每区用熟粪一升和土。盖因粪性极寒（看《本草纲目》便知），熬过，去其寒性，更易助苗长大也。但山陵倾坂，初垦土亦自有法。先须烧去野草，以绝虫类。即种芝麻一年，使草根败烂，方可种谷。以芝麻于草，若锡于五金，性相制也。（一说种芝麻收子后，即将麻根就地上焚之，使膏入地，则土肥松易植。）

又，潘氏《丰豫庄本书》云：民生在勤，稼穑为宝。深耕易耨，自古有年。乃吴农狃于咫见，贪获小利，兼种宿麦，因废春耕。或耘或耔，动辄卤莽，多种多荒，大概皆是。古称麦备金气而生，稻乘木旺而长。乃自然之妙用，不易之训言。今常田夏始种稻，秋后树麦，愆时乖理，习焉不察。及其成功，两者俱失。虽无水旱，常患歉收。积歉愈穷，积穷愈惰，农无所资，遂荒力作。用天之道，因地之利，尽人之力，三者之废，莫甚于兹。（原书眉注：考丰豫庄区田之法，大约重在及早播种。故其书云：如千亩之地，半种区田，不准种麦，半照常插莳，听其兼种春花，以资接济。）所关甚大，本庄捐设丰豫义田，以周贫乏，而涓涓之流，其涸可待，土壤之积，无补泰山。查有区田一法，创自古圣，称于汉儒，地少收倍，事理确然。曾在娄门外，以其法课种稻禾，及时耕植，果获丰收。远近村农，皆所目击。盖区田首重春耕，播种极早，秧不移插，新苗在四五月间已高数尺，根深干大。设遇小小水旱，不能损伤。如有田十亩者，半种区田，半仍照常插莳，易知易从。无论沃土瘠土，皆可仿行。所以昭敦劝而策本富，莫此为重。

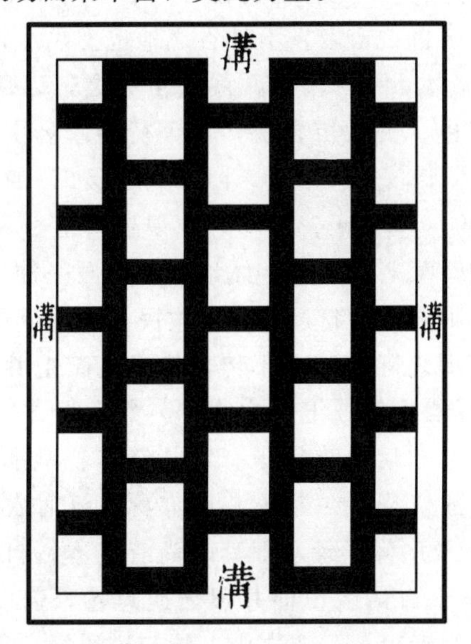

田式

白行种稻，掘深八九寸，阔一尺五寸，每行种二尺，空一尺。墨行不种稻，起楞头高八九寸，阔一尺五寸，留楞头泥壅根。每亩下种子一升，白方每方内下种子。每一撮用谷五六粒。离开寸许地，再下一撮，愈稀愈妙。

（原书眉注：此潘氏课农区田法图）

十二月大，二十六日立春节。节后五六日始耕田。

正月小，十一日雨水
二十六日惊蛰节。上半月再耕，要耕得极深，不可将就。惊蛰前两日再耕，要松细匀遍。

二月大，十二日春分
二十七日清明节。清明后浸种，分行粪垫底。

三月大，十二日谷雨
二十八日立夏节。谷雨前数日下种，盖秧灰，用手重按结实。雨后再加秧灰。

四月小，十三日小满
二十九日芒种节。苗出太密，要删，始耨，每耘耨一回，去草净尽，即便起楞头泥壅根。

五月大，十六日夏至节。勤耘耨，发棵。

六月小，初二日小暑
十七日大暑节。再耘一回，再壅根，浇粪勤车水。

七月小，初四日立秋 二十日处暑节。晴热，勤车水。

八月大，初六日白露 二十一日秋分节。不可缺水，秀齐。

九月小，初七日寒露 二十二日霜降节。稻熟，搁水。始刈，翻田。

十月大，初八日立冬 二十三日小雪节。掘沟车水，入腐草、败叶、稻杆、谷壳，等等，日久浸烂，其土加倍肥壮。

十一月小，初七日大雪 二十二日冬至节。选净稻种，储透风处。次年浸种，先淘去轻头秕谷，将草汁加腊雪水浸七日。

十二月大，初八日小寒 二十三日大寒节。严寒时，车水入田。一经冰冻，田泥加倍松碎，可省来春耕力。

右开本为区田而设，其有贪图省便者，但照上耕种各法，按节气行之，不用分行起楞亦可。

区田源流

世传区田之法，始于伊尹，原为备旱而设，法至善也。尝读朱公区田引，并集纪区田七种图说，比例参观，而知后稷甽亩之法可类推矣。夫后稷为田，一亩三甽，以百亩之田，为三百甽，行于井田之中。甽者，种谷之区也；亩者，不种谷之地也。隔一行，种一行，今年为甽，来年为亩，轮流耕种，以休地力。伊尹区田，截甽亩为之，以便浇稼通风。是变后稷甽亩之法，而深得后稷甽亩之意也。夫甽亩之法，以今行秦孝公亩法为之。(秦法亩积二百四十步，步积二十五尺者是。)每亩横十六步，分八十行，隔一行，浚甽一行，广尺深尺(甽、畎同，亦作𤱶。《字书》：田中沟，广尺深尺曰𤱶。一亩三𤱶)，除周外，俱留畔五寸，每亩可浚三十九𤱶。区田每亩一年止种二分五厘有奇，莱七分有奇，休地力四年而一种。甽亩则种其半，止休地力一年，虽不无小异，而取义则同。汉赵过以代田教民，民乐其便。是复后稷甽亩之法，而深得伊尹区田之意也。顾商周之际，其书不传，传者见于氾胜之农书。按：《汉·艺文志》：农家者流，凡九家，共百四十篇。氾胜之书十八篇。胜之，成帝时人，刘向《别录》称其常教田三辅，好田者师之。后徙为御史。实与祭癸、尹都尉诸人，皆能留心民事，讲求实用，于农政言之特详。故《周礼·草人》疏亦称：汉时农书数家，氾胜为上。《隋书·经籍》、《唐书·艺文》，三志并著于录，则其时尚有传本。自唐以后，遂至散佚，盖树艺之术不讲久矣。近今文人学士有谓区田即井田之遗意者，盖以为井与区，皆圣人之制也。区田者，约井田而变通立制者也。一成之内，浍与道纵横，得九十井之制也；一亩之内，修与广纵横，得二千六百有五十区之制也。井以川涂沟洫，神收泄之用，其利溥。区以隔行隔区，合疏密之宜，其精聚。自井田废而阡陌，则水利失，或并阡陌而失之，广种而薄收，固其宜耳。岂知井制广而难复，区田切而易行！聚人之力，以发地之力，聚地之力，以副生之力，所谓人定胜天者此也。惜氾氏区田之说不能尽见耳！幸嗣氾氏而起者，贾思勰《齐民要术》。所载《氾氏遗书》，硕果赖以仅存。他如金元《食货志》、徐元启《农政全书》、王氏《农书》以及各家所论说，类皆采《诗》、《礼》注疏，《汉书》、《文选》注、《初学记》、《艺文类聚》、《太平御览》诸书，与夫历代史志之诏行区田者，俾天下后世之人，咸知遵守区种之法，以广其利济之心，意甚善也，而治之者迄鲜，予其悯焉。岂以有其法而无其验与？人情狃于故常，大抵皆然。近世如兖州刘仁之在洛阳，于宅田以七十步之地为区田，收粟三十六石。又太原副守朱公试种区田，虽未尽如古制，然较之常地，所获又数倍，一区得谷五升。又詹文焕监督大通，于官舍隙地为之，计一亩之收，五倍常田。又聊城邓公钟音，于雍正末亦曾行此，一亩之收，多常田二十斛。又方鸣夏客兰州，教张姓治之，一亩得谷三十六石。后归江宁，以其法教族人，一亩亦得谷三十八石。耿荫楼因家业窘甚，学种区田。其苗则叶大如芦，粒饱如黍，高出如墉，穗长二尺，把之盈围。耿公分心读书，多不如法，而每地一分获粒一石五斗，亦既半及古人，十倍今人矣。又陆世仪谓其乡人有种芋者，其法近此。盖其种芋法，先掘地为区，区深阔各三尺许，熟粪壅之。每区种芋一株，渐锄土壅芋。既成，每区得芋若干斤，每斤得金若干两，计每亩约得金四十两许。即此法也。又尝读江苏潘相国家《丰豫庄本书》，亦谓：本庄捐设义田，自为积储，以周贫乏。而涓涓之流，其涸可待；土壤之积，无补泰山。思欲开利之源，务在道民之路。曾在娄门外，以其法课种稻禾，及时耕种，果获丰收。远近村农，皆所目击，则其明效大验，固皆历历可考，而又何疑焉！赤地无获之时，家各种数亩，即可以备不虞。古人所以为救荒计也。爰于附载区田七种之后，复举区种一亩全图，备列于左，俾阅者了然于心目焉。

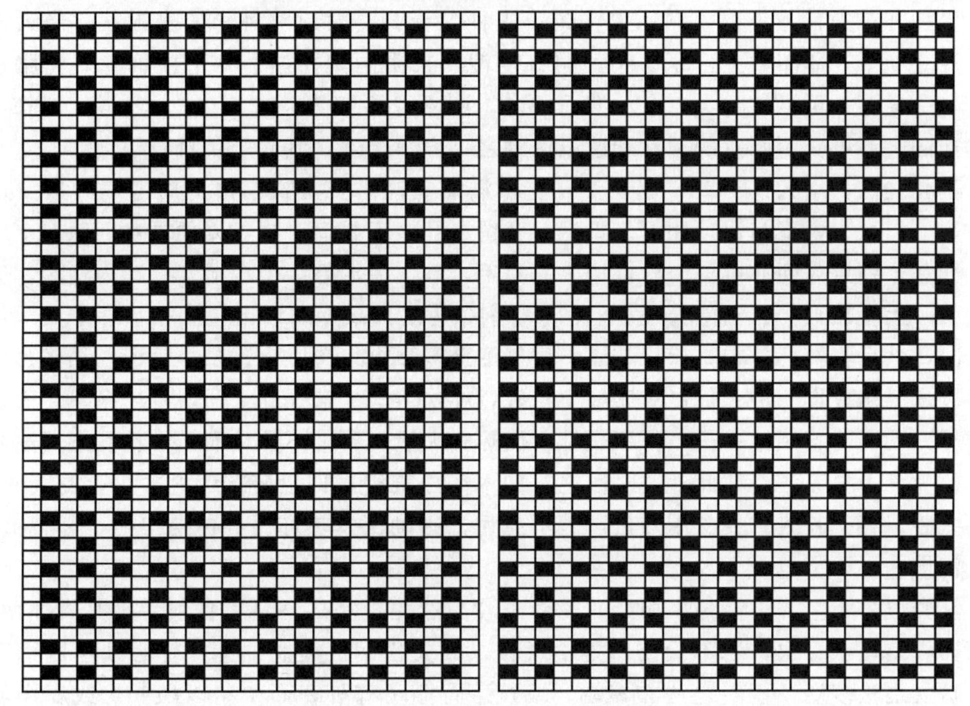

田式

（原书眉批：此图本《国脉民天》书，合计区田一亩。）

计阔十五步，每步五尺，计七十五尺。每一行占地一尺五寸，该分五十行。长一十六步，计八十尺，每行一尺五寸，该分五十三行。长阔相折，共二千六百五十区。此一亩全图也。

右图白黑宽阔，四面各长一尺五寸。黑者种谷，白者田塍。计田一亩，按一尺五寸见方，共计二千六百五十区。空一行，种一行，隔一区，种一区，纵横循环，以休地力。种谷之区，耕深一尺，横直两路，白处不种。种六百五十区者二年，种六百七十五区者二年。四年一周，统算匀计，每年各种六百六十二区半。）

（原书眉批：朱子《井田类说》：班志古者建步立亩，六尺为步，步百为亩，亩百为夫，夫三为屋，屋三为井。井方一里，是为九夫，八家共之。一夫一妇，受私田百亩，公田十亩，是为八百八十亩。余二十亩，以为庐舍。民受田，上田夫百亩，中田夫二百亩，下田夫三百亩。岁更种之，换易共处。程子曰：古之百亩，当今之四十亩。今之百亩，当古之二百五十亩。按：古尺当今六寸四分，古百亩，当今二十四亩有奇。见益都杨峒《田亩考》。昔人云，区田一亩，可收谷六十六石。尝考明徐文定公《农政全书》云：区收一斗，亩收六十六石。即区田一亩，可食二十许人矣。盖古今斗斛绝异。《周礼》：食一豆肉，饮一豆酒，中人之食也。孔明每食不过数升，而司马仲达以为食少事烦。浩如今斗，则中人岂能顿尽？孔明数升已自不少，而廉颇五斗，得毋太多？计如今之亩，则每亩可收数石，可食两人以下耳。）

蓄粪成法六种

天道尚有循环，人事尚有代谢，日月尚有亏昃。至于田地，断不能有良而无硗，亦不能常肥而不瘠。是以古之论治田者，皆曰区田不必择地。山隅阪畔，屋角村头，便荒地为之，但以粪气为美。则治区田之必先治粪也明矣。薄田不能粪者，以原蚕矢杂禾种种之，则禾不虫。取马骨剉一石，以水三石煮之，三沸漉去渣，以汁渍附子五枚，三四日去附子，以汁和蚕矢、羊矢，令洞洞如稠粥，先种二十日，时以溲种，如麦饭状。当天旱燥时，溲之立干，薄布数挠，令易干，明日复溲，天阴雨则勿溲。六七溲而止，辄曝，谨藏，勿令复湿。至可种时，以余汁溲而种之，则禾稼不蝗虫。或用牛、羊、猪、麋鹿骨，溲曝如法，亦可。否则煮缫蛹汁和溲以区种之，大旱浇之，其收至亩百石。

蒸粪之法，用大锅一口，掘地灶，与蒸酒甑锅同。安法：锅口上周围用砖接一尺余高，令上口微大，下与锅口相等。近锅口旁留一孔，安竹筒一根，以便添水。锅口上安木甑；如无，荆条为甑亦可。内外俱用牛粪豆毛，和土泥泥好，勿令泄气。锅内注水，安井字锅架，上坐甑蔽（按：蔽同箅，甑底也），亦以荆条为之。蔽上藉以椒包麻布，即举火。俟水将滚时，然后将倒好碎粪，徐徐装满，候气酣透至顶上，覆以土，勿令气泄。再候片时取出，以木掀培成堆。堆上仍以故席或土盖好，亦勿泄气。盖经此一闭，则粪愈熟，而粪中之草子亦死矣。若用掀一扬，再不聚堆，使热气大泄，不惟不熟，而粪中精壮之气亦随涣散，薄劣无力矣。紧要在此，慎之慎之！如木荆甑难得，即以碎砖为之亦可。此其大略，运用之妙，存乎其人。粪急用乃蒸，若不急用，则勤倒发热亦可。但苗出后，须视其色，留心浇灌，自无害也。

凡粪以牛为上。羊性与牛相近，其粪虽壮，然性板实。马羸不食料者，其粪亦薄劣，无大力。猪，水畜也，居不厌狭，处不厌秽，其粪松润。人粪油腻，皆必须法制而后可用。造粪之法多端，蓄粪之法亦多端。或筑茅置棚于郊外，圈牛猪以酿粪。或积山岭土坯，连草带土，晒干火化，拌入粪土，亦可肥田。或于通衢大路旁开小沟，填入杂草树皮，日受牛马践踏之水，既便行人，大可积粪。或于驮载牛马往来打野之处，旁挖小池，就近将牛马宿粪草扫入，亦可积粪。惜民性疲懒，率多旷弃也。

凡出圈粪，不倒不发。必二十日或半月一倒，倒三四次，令发热，始冲和发稼，且耐旱。若不发热，不惟太猛生虫，而且生草。尝见齐鲁人家，倒法甚善。其法用疏箔一领，侧倚墙上。用掀将粪挫碎，扬掷箔上。其漏下者，细粪也。随箔滚下者，又挫碎扬之，方载田间。至炕灰等土，临时打碎而已，不可经雨湿，走散其壮猛之气。

《农桑通诀》曰：田有良薄，土有肥硗。耕农之时，粪壤为急。粪壤者，所以变薄田为良田，化硗土为肥土也。田亩岁岁种之，土敝气衰，生物不遂。必储粪朽以粪之，则地力常新，而收获不减。踏粪之法：凡人家于秋收场上所有穰秽等，并须收储一处。每日布牲畜脚下，三寸厚，经宿蹂践，便溺成粪。平旦收聚，除置院内堆积之。每日如前法，至春可得粪四十余车。亩用四五车，匀摊耕盖，地即肥沃。又有苗粪、草粪、泥粪之类。苗粪者，绿豆为上，小豆、胡麻则次之，蚕豆、大麦皆好。五六月概种，七八月犁掩杀之，为春谷田。其美与蚕矢熟粪同。自南迤北，用为常法。草粪者，于草木茂盛时芟倒，就地内掩罨腐烂也。农夫不知，乃以其耘除之草，弃置他处，殊不知和泥渥漉，深埋禾苗根下，沤罨既久，则草腐而土肥美。南方三月草长，则刈以踏稻田。年年如此，地力常盛。又《农书》云：种谷必先治田。积腐藁败叶，刬薙枯朽根荄，遍铺而烧之，则土暖而爽。及初春，再三耕耙，而以窖罨之，肥壤壅之。麻粃、谷壳，皆可与火粪窖罨。谷壳朽腐，最宜秧田。必先渥漉精熟，然后踏粪入泥，荡平田面，乃可撮种。其火粪积土，因草木堆叠烧之，土熟冷定，用碌轴碾细用之。南方水地，多冷，故用火粪，种麦、种蔬尤佳。泥粪者，于沟港内取青泥，掀拨岸上，凝定，裁成块子，担去与火粪和用，比常粪得力甚多。又凡退下一切禽兽羽毛、亲肌之物，最为肥泽，积之为粪，胜于草木。下田及山田，泉水未经，日色则冷，亦有用石灰为粪，土暖而苗易发。用粪之法，贵适乎中。若骤用生粪，及布粪过多，粪力峻热，即烧杀物，反为害矣。南方治田之家，常于田首置砖槛窖，熟而后用之（非锅烧蒸煮之谓）。虽熟不得过多；多用者，须腊月下之，其田甚美。西北农家亦宜效此，利可十倍。

农家惟粪为最要紧，亦惟粪为最难得。除牛脚粪与诸杂粪，宜照常珍集外，每大黑豆一斗、大麻子一斗，炒半熟，碾碎，加石砒细末五两，上好人、羊、犬粪一石，鸡、鸽粪五升，拌匀。遇和暖时，放磁缸内，封严固埋地下，发四十五日，取出喷水，到晒至极熟，加上好土石拌匀，共成二石二斗五升之数，是全一料也。每地一亩，止用五斗，与种子拌匀齐下，耐旱杀虫，其收自倍。无大麻子，多加黑豆、麻饼、棉饼，或小麻子俱可。其各色糠皮、豆渣，俱可入粪。每亩止用五斗，一料可粪田四亩五分。第一年如此，第二年止用四斗，第三年止用三斗，以后俱用三斗矣。如地厚再减，地薄再加，加减随地厚薄，在人活法为之。如无力之家，难办前粪，止将好土团成块，砌成窖内，用柴草将土烧极红，待冷碾碎，用柴草灰拌匀，用水湿遍，放一二日，出过火毒。每烧过土一石，加细粪五斗，拌匀用之。如不砌窖，止随便用火，将土或烧或炒极熟，俱可代粪也。其多年房上土，俱可粪田，其力更大，以受日月之精多也。小家有田一二十亩，将土墙多筑几堵，每年轮放数堵粪田，甚妙。所放之墙，随即以新土补筑，周而复始，墙时新而地皆厚矣。如无力之家，又难办前粪，但于居宅左右，顺水下流空间处，掘坎取土，修治垣屋。至六七月阴雨灌入，腥秽之水结土，或于三伏值水涨满，多取腐草填内，日久糜烂，待明春取出，亦可作粪上地。此法最简最便，而贫家受利则无穷矣。

区种十法

开荒法

区田器具，止用小铁锄及锹镬垦劚，贫难之人，最为便易。不必择地，便荒地亦可为之。开荒之法：凡老荒之地，先烧去野草，犁过，种芝麻一年，使草根腐烂，然后做区田，种五谷。其区当于暇时慢慢掘下，看地之大小，为区之多寡。俗云：荒地种芝麻，一年不出草。盖芝麻叶上，泻下雨露最苦，草木沾之必萎。凡嘉花果之旁，勿种芝麻。（原书眉批：倘非老荒之地，不必先种芝麻。如高原平阪及宅旁空场，无论成亩不成亩，但以一尺五寸为区，地虽奇零尖斜横曲，本年即可做。）

耕 田 法

王氏《农书》云：耕地之法，未畊曰生，已畊曰熟，初畊曰塌，再畊曰转。生者欲猛而深，熟者欲廉而浅。《氾胜农书》云：春地气通可耕，坚硬强地辄平，磨其块以杀草，草生复耕。天有小雨，复耕和之，勿令有块，以待时。所谓强土而弱之也。杏始华，辄轻耕弱土，望杏花落复耕，耕辄蔺之。草生有雨泽，再耕再蔺。土甚轻者，以牛羊践之。如此则土强，所谓弱土而强之也。又，《齐民要术》云：秋耕宜早，春耕宜迟。迟者，以春冻渐开，地气始通，方用牛犁，耕反其土。早者，乘天气未寒，将阳和之气，掩在地中也。

亲 田 法

耿荫楼《救急刍言》云：地宽农惰，种广收微。宜仿古人力田，普加工料。恐无力之家，不能遍及，反成虚设，故立为亲田之法。亲田云者，言将地偏爱偏重，一切俱偏，如人之有所私于彼，而比别人加倍相亲厚也。每有田百亩者，除将八十亩照常耕种外，拣出二十亩，比那八十亩件件偏他些。其耕耙、上粪、耘锄，俱加数倍，务要耙得土细如面，抟土为块，可以八日不干方妙。旱则用水浇灌，即无水亦胜似常地。遇丰，较那八十亩定多数倍；即有旱涝，亦可与八十亩之丰收收者一般。遇蝗虫生发，合家之人，守此二十亩之地，易于捕救，亦可免蝗灾。到明年，又拣二十亩之田，照依前法，作为亲田。有田百亩，五年轮亲一遍，而田有磏卤，皆养成膏腴矣。如只有田二十亩者，止拣四亩，作为亲田，量力为之，不拘多少。此法甚妙，依法行之，决不相负也。

养 种 法

《区田编》云：凡五谷、诸豆、果、蔬菜之有种，犹人之有父也，则地犹母耳。母要肥，父要壮，必先仔细拣种。其法量自己所种地，约用种若干，其种约用地若干亩，即于所种地中，拣上好地若干亩，所种之物，或谷或豆，即颗颗粒粒，皆要细精拣，择肥实光润者，方堪作种。作种之地，比别地粪力耕锄，俱加倍，愈多愈妙。其下种行路，比别地又须宽数寸，遇旱则汲水灌之，则所长之苗，与所结之子，比所下之种，必更加饱满。又照后晒法加晒，下次即用此种所结之实内，仍拣上上极大者，作为种子，如法加晒，加粪加力，其妙难言。如此三年三番，后则谷大如黍矣。又，打场时，牵马令就谷堆食数口，以马践过为种，无虸蝆蛴虫也。至于菜果应作种者，每苗止留一子，余皆摘去，用泥将摘去枝眼封固。如茄止留一茄，瓜止留一瓜，豆则留荚十数个，其余开花时俱摘去矣。此养种之法也。

晒 种 法

凡五谷及诸豆种，自收取之时，每种一斗，用极干谷糠一斗拌匀，于烈日之下，天天拥晒，夜则收讫，直晒到临种时。至冬天寒，掘一地窖，上用草厚铺，将谷与糠拌匀，用布袋盛好，悬之窖内，向阳开窗，放入日色，射在种上，夜则闭之。如遇风雨，则遮盖严密，不致透风，务迎阳气。或缝在褥内，置于床席之上，令人夜则压而卧之。或铺于鸡犬窝中，开春播种，妙不可言。其窖须择向阳之地为之，量种多少，为窖大小，仅盛得下种便罢，不必过大，大则阳气不收。如卑湿之处，不堪作窖者，在向阳处，就于地上造一土屋，纯用土筑成，约四五尺厚，数尺深，更妙。口用草厚铺，尤可藏种，迎阳气。今人但将种晒干，便收入囤内，再不晒矣。此不知农者也。

治旱法

谷种类极多，春时俱要将谷种用腊雪浸数次，多锄则实大而收多，且耐旱。《农书》云：雪乃五谷之精。如遇冬雪，多收在缸内，化成雪水。至下种时，先将所藏雪水浸种，每浸一炷香时，将种捞出，滴的干了些。又浸又捞，如此五六次，所吃雪水既饱，自然耐旱。腊雪水更妙。如无雪，于腊八日五更时，汲井花水，与六月六日午时所取水浸种，俱妙。八月六日水，亦不减雪水，只要取得其时。此日如遇雨，收之以代雪水，更胜井水矣。

乘时法

正月种春大麦。二月种山药芋子。二月下旬，傍雨种麻子。三月榆荚时，雨膏地强，可种禾，高田可种大豆。三四月种粟及大小豆。先夏至三十日，此时有雨强土，可种黍。夏至后七十日，可种宿麦。八月种二麦、豌豆。节次为之，不可贪多。年年如此种植，便可常熟。耕之本，尤在于趋时和土，务粪泽，早锄获。汜胜之遗书云：春冻解，地气始通，土一和解。夏至天气始暑，阴气始盛，土复解。夏至后九十日，昼夜分，天地气和。以此时耕田，一而当五，名曰膏泽，皆得时功。凡五谷种同，而得时者谷多，谷同而得时者米多，米同而得时者饭多。时哉不可失，古圣王所以首重也。

插秧法

南方多稻田，农家最忙，莫过于插秧之时。稻拔出之后，亟宜插之，否则或耽延半日一日，则元气已受伤矣。插时但拣秧苗粗壮者，留种区田，总要疏疏落落，不可太密，太密则不能通风。若不贪多，收成时自然获利。古人云：立苗欲疏。此之谓也。

耘苗法

《吕览·辨土篇》论耘苗之法綦详，有云：苗其弱也欲孤，其长也欲相与居，其熟也欲相扶，相扶则丛立如轧，根轧则不实矣。盖初时耘之使稀，则后来长开，方有地步。又云：凡禾之患，不但生而俱死。是以先生者美米，后生者为粃。是故其耨也，长其兄而去其弟，谓存其长大，而去其弱小者也。若弱小者不去，则长大者亦因之而多粃矣。然亦有不尽然者。苗肥毋使密，苗瘠毋使疏，肥而密则多粃，瘠而疏则多死。盖肥饶之地，其禾根株易盛，故立苗欲稀。不然，则气郁而不展，故多粃。硗确之地，其禾根株难盛，故欲相援以立。不然，则气弱而不能自存，故多死。此《吕览》所以又有地肥无使扶疏，地硗不欲专生而族居，肥而扶疏则多粃，硗而专生则多死之说也。至禾苗留足之后，制小铁锄一把，宽一寸，长四寸，锄野草、锄土不厌频。若锄至八遍，每谷一斗，得米八升。迨结子之时，再锄空区之土，深拥其根，以防大风摇摆。区中草生，拔之。区上草以划划之，不必尽以锄锄。其苗长不能耘之者，则以钩镰比地，刈其草薉，草尽土松，结子饱满。傥肯勤耘，即寻常种法，收成犹多，况区田乎。

引水法

浇灌本无一定，要看土之干湿。干则量浇，使其润而不枯；湿则停浇，不致单长苗根，而不结实。大约旱天亦不过浇灌五六次。田以近水为上，区田尤以滨水为急。傥不能处处近水，则引水之法，要在因地制宜。山左丁心斋所著《溉田法》云：水之滋养万物，雨露为上，江河次之，沟渠又次之，井泉又次之。雨露为阴阳和畅之气所化，其效最捷。江河沟渠，含活泼流动之机。井泉性极寒，出自地中，未经风日，以之溉田，茎叶可盛，而颗粒则稀。且炎午地热，骤入寒流，其根易伤。故须于井旁砌一高池，平日汲灌于中，积久虫生苔长，则生机盎然，决而溉田，其生自倍，虽逊雨泽，犹及江河。此要论也。南方官坡〔陂〕、官塘，处处有之，民间亦自为溪碣水荡，大可灌田数百亩，小可灌田数十亩，此引渠法也。若田高而水下，则有翻车、筒轮、戽斗、桔槔之类，引而上之。水高而田下，则有旱塘、滚坝、退槽、山堰之类，障而用之。他若地势曲折而水远，则为横架竹筒、阴沟渠、陂栅之类，引而达之。此车水法也。又若滨江、滨河，水近而地隔，则于岸上盖车棚一座，下置水车一，上安置大圆木轮一，机关暗逗。又于圆木轮上，四面吊蒲帆六幅。取水则将蒲帆扯起，如挂船帆然，无论何风，皆能运动。风大则其转如飞，水足还落之。此不费人工，自能引水入田之法也。北方广种薄收，地少膏腴而平衍，泉源远隔，引渠车水，甚不易易。惟凿井一法，其利尚溥。水车井一眼，可灌田二十多亩；其辘轳井一眼，可灌田五亩；豁泉井一眼，可灌田二十亩；秤杆井一眼，可灌田六亩。然惟恃井养，亢旱之岁，浇未及半，而井已枯竭，迟之日余，始能再用。至水戽之制，虽已行于燕赵间，而每具须数百缗，牛马之力，昼夜更代，获益无多。丁心斋谓，宜仿泰西利玛窦恒升车之意，参以龙骨车而变通之，加以风轮，令自然转运入池。或用牛马，亦资便利。平时即畜水池中，兼可获鱼藕之利，旱则灌田。且井水陆续汲引，无涸竭之虑，有不匮之源。其论未尝不是，但所费甚巨，非贫民力所能办也。无他长策，夫亦惟多种旱谷，多掘深井焉而已矣。又，《区田编》引云：高山峻坂，土厚水深，莫如作水库。水库者，置窖蓄水也。筑土椎泥，以实其底，胶泥涂之，使勿漏泄。令形如橄榄，下作尖底，则泥沙澄聚；上作尖盖，留孔汲之，则不为风吹日晒所耗；中为皤腹，一切雨雪之水，多为蓄积，暵干无患。不特可以裕灌溉，亦藉以供饮馔、资澡涤。昔人云：西方积水如积谷。可谓名言。要而言之，蓄粪则南不如北，积水则北不如南。然南北引水之难易，亦以其所处之地异也。又南方有两种田；最名膏腴。近水者，名曰车圩田；近河者，名曰闸动田。不忧水旱，且省人工，百年百熟，真极乐世界。惜此等田地无多，亦不易得也。

救荒举要遗编　卷下

天长戴百寺曼卿甫著
年愚侄吴焕采校字
男世文敬谨重刊

通变义仓章程

贫民富民，于富岁即多不相得。富者豪华自诩，往往欺贫。贫者借贷不遂，往往忌富。一旦迫于饥寒，身命难保，始焉行窃，继焉抢夺，终且啸聚为盗。岂贫民之尽无良哉？盖无恒产而有恒心，难以责小人。窃见贫富交恶，富民目前受贫民之害，贫民日后受官府之刑，贫者伤身，富者伤财，两无裨益。尝悼惜之。（原书眉批：备荒当以保富为先。盖富民者，地方之元气也。官绅平日苟以保富为务，遇需财之时，恳切劝谕，虽吝者亦感奋急公，而事无不济。况乡有富民，贫民资以为生，富民因以集事，便省却官长恤贫一半心力。故保富即所以恤贫也。）昔朱子修举，社仓非特济贫，亦且保富，法至善也。然今昔异时，世风不古。若近来为民上者，苟欲有为，莫不以保甲、义仓为先务，究之创始固难，善后尤难。有治法，无治人，日久遂成具文，非糜烂即侵蚀，渐归乌有。然行之于官，曷若行之于民？为其所难，曷若为其所易？昔魏禧论救荒之策，有曰积义谷法。每坊造木柜一，置本坊神庙。每月朔望，谒庙者各持义谷少许，或一升，或半升，或一升至一斗而止，勿得过多。不愿助者听随其意而因其力，不相强也。数少而不欲多者，相形则意沮，力轻则可久也。共推一端谨者司登记，虽一升半升，必记其名，以彰好义。推一稍有恒产而素行忠信者司出入。每朔望迄晚，即将储柜者登仓。次年春夏，推陈出新，因数多寡，贷于农人，息取加一。小荒则以贷诸贫人，而减其息，必公议而酌行之。若大荒则尽捐以赈困穷。必计众而均分之，先其老弱无告，及孝子节妇之贫者。是举也，专以备荒而利农，他虽公事急需，不得轻移，以致耗散。有恃强而索者，众共持之，不听则控诸官，庶几可久行而不废。夫为数甚少，则人皆乐助，月月积之，岁岁行之，斯可无大饥之患。噫！省目前晏饮之费，即可苏异日数人之命，减一月鸡鹅之奉，即可救他年同类之生，独何惮而不为哉！又《募义谷疏》云：里中亲友，寿诞称觞，当共计其费，出义谷。欲为人称觞者，亦计其费出之。或晏会有不可已者，则薄其费而以义谷补之。夫省酒食之浮费，以利济饥贫，此祝寿之上术也。又有疾病及一切祈求，亦于神庙发愿，出义谷若干。夫省斋醮之虚文，以利济饥贫，此祈神之上术也。盖天地鬼神，原以爱人为心。能爱人者，则彼亦爱之。以此祈寿，寿必永；以此祈福，病必愈；以此祈名利子息，名利子息必得矣。此二条法最简妙，能济社仓常平之穷，故备记之。（原书眉批：古人有谓积谷之法。今每亩岁捐谷一升，田在三十亩以下者勿与，则为数有限，人必乐从。然按田强派谓民乐从，恐不尽然。宜听民自便，但须官绅善为之劝谕耳。）予以为凡义举之当行者，莫难于创始。苟得一有血性者倡之于先，出者毋吝，劝者毋勒，久而行之，人皆习以为常。取锱铢于狼戾之时，求水火于至足之地，凶年不妨尽用，乐岁仍可捐输。以一乡济一乡之众，既不患其不均，以数岁救一岁之荒，故不虞其不给。捐谷者不以为难，司事者不觉其累，连年丰稔，谷不可胜用，造福无穷矣。况又非事之至难者乎？第查古人社仓所载每年借粜成法，繁琐难行，徒滋弊窦。今既由民捐民办，不经官吏之手，则欲免霉蛀之虞，杜侵亏之渐，而又不失有备无患之意，要在因时之酌量变通。（原书眉批：积谷既饶，止须添建仓廒，推陈出新，以求滋长，不必春借秋还，希图利息。戢争杜纷，此为最要。）即如借放义谷一节，放之易而收之难。又地方有势棍刁徒不应借之人，往往强借多借，及无保人而强借者，有挟制而诬陷阻挠者，诸凡掣肘，经手者视为畏途。窃以［以］为不必拘泥社仓成法，年年推陈出新，贵卖贱买，则谷自日生而日多。但造仓甚不易易，倘无此巨款，不妨借空庙空房，暂且囤积，然必须慎以守之。迨积谷过多，又不妨变通办理，提数成变价，发商生息。遇有凶年，谷钱并放，此亦生生不已之道，而民之沾惠益多。事有权宜，不必泥古。惟开创之始，亦必须禀官立案，捐数、放数、存数，随时禀官知之。捐钱谷多者，请官奖以花红，给以匾额。盖以赏罚之权归诸官，则人知所畏，以出入之数归于民，则官无可私，所谓互相钳制，其法无弊者也。（原书眉批：如果有力造仓，其法如系五间，以四间储谷，空闲一间，以便搬移仓谷，防修补仓及新谷发热等事。法详治谱，可准而行之。即民捐民办之义仓，扩而充之，不特安贫，即以保富。将型仁讲让之风，亦由此而兴起矣。盖礼义生于富足故也。昔徐文弼设立善仓告示，称有五便。常平、社仓设在官，拘于功令，此自民储之而民散之，不待请命需时，一便也。社义两仓，粟出自民，非仅升斗之纳，此敛米无多，易于捐助，二便也。诸法积久而弊生，此于数月内，旋敛旋散，历时无几，无奸欺侵蚀之虞，三便也。常平取值，义社取偿，此有发无收，不必投钱输粟，免稽数追逋之烦，四便也。公家发赈，泽自上施，此酌盈剂虚不出闾里，使比户敦尚仁风，相观而善，寓教化于惠养之中，五便也。）

摘录义仓各成法十八条

一、设仓廒。乡村零户，有难于连络者，或每族各为一仓，或一族中每房各为一仓，或以散户归入附近邻保，共为一仓，均听民便。总在随地制宜，多多益善。果能一处行之有效，久而他处自仿照行之矣。

一、辨仓谷。仓谷由于乐捐，间或有湿有秕，不能拘泥画一。应于收仓时，先为晒干车净，公同登记耗蚀若干。若收蓄年久，又须公同出晒六次，覆量上仓，再逐一登记实数，以便查考。

一、杜侵蚀。设仓本系义举，司事之人，不容稍有侵蚀，亦不许藉端开销。惟所雇守仓之人，不能不给予工食，责令巡查。遇有风摧雨漏、仓板损破之处，立即告知经管之人，及时修理。其锁钥等项，不得交人佩带（《宋州从政录》此条下附云：修理经费，或于建仓时酌存银若干生息。每年岁修，只准支利，不准动本）。

一、禁需索。捐谷既有成数，即赴地方官呈明立案，以免匪徒阻挠，扰乱章程。以后捐多捐少，收放出入，官吏概不与闻；即里长甲长，亦无许越俎。倘有吏役托名稽查，藉端需索，查出禀官，照诈赃例从重惩治。

一、求实济。每遇灾荒，总管分管外，添择公正司事，计谷之多寡，先尽本村中鳏寡孤独无告之人，次及极贫，又次及中贫。或五日一散，或十日一散，事竣后凭众确算。至家计稍可支持者，不必分给。即小歉之年，亦不必动用，以归实济。

一、示限制。捐谷之家，此谷既捐，即系公物。遇有灾歉，不得以从前甲多乙少，致启争端。或先在此村捐谷之家，其后移居他处，遇此村散放，不得以曾经捐谷回向转索。

新来之户，从前虽未捐谷，遇有散放，亦应酌给，不得独任向隅。盖各保各境，以乡村为断，虽救恤无分彼此，而谷少人多，亦不得不稍为限制。其各族各房积谷者，则不必以乡村为断。

一、资鼓励。乡村绅士，克知大义者多，自必首捐为倡。如有能捐谷千石者，或捐银千两以上买谷归仓者，或捐置基产仓廒及斗斛诸器物，用银千两以上者，均当禀官照例请旌，以资鼓励。倘虑书役索费，地方巨室即带同赴院司衙门，呈明捐数，以便其行查确实，立予请旌。不可令善举稍有阻格。

一、定名目。善仓分乡设立，视道路之远近，计人户之多寡，酌定几仓，设于适中之地，以便饥户就近领米。取好善乐施之义，故谓之善仓。管理其事者，谓之善首。捐助米粮者，谓之善户。劝捐米粮之簿，谓之善簿。给各饥户领米之票，谓之善施票。

一、择善首。即就善户中之尤殷实而公正者充之。须有正有副，正善首总理出纳、收掌簿册，副善首分簿劝捐米粮。

一、筹杂费。建仓需用之费，各善首先行垫出，载入同善簿，按价作捐米之数。其一切纸张杂费，具归并销算。再置斗一、升一，（又置竹筒五，每筒二合，计五筒为一升。）以便散给米粮之用。

一、戒抑助。善仓米粮，每岁秋熟时，副善首各持同善簿，向各善户随数捐助。自一升至数升，自一斗至数斗，无庸勉强，由人乐施。积少成多，会同正善首计数储仓，以待散给。

一、计丁口。各善仓所管境内，先清查各户。实系贫病老弱，无可谋生者，汇造一册，载明各户大小口，即照册写票，每户各给一票，凭票领米。大口日给米四合，小口日给米二合。如二大一小，共给米一升。每岁至腊月二十一日为始，至次年三月终为止。通计百日，每一大口，共给米四斗，每一小口，共给米二斗。先统算册上大小口若干，再以簿上捐米若干摊算。如或不敷所给之数，仍向善户中之更殷实者，劝捐凑补。

一、造总册。各仓预造总册二本（一存本仓会计，一送县署备查），册上先载一善户某人捐米若干，总共捐米若干，后载一贫户某人大口若干，小口若干，应领米若干，总共领米若干，逐户登明。又造同善簿二本（一总簿存正善首汇载各数，一撒簿交副善首劝捐米粮），又刷印善施票，随数俱送县用印，分发各仓，以防滋弊。

一、杜重领。善施票，须用宽纸刷就，半留余纸，以便每日给米时，填注某日字样，以杜重领。

一、定期约。各仓散米，总以其日辰刻为定。办事人务须早到，随时随给，毋使守候。每岁于腊月尾，须预散正月半月米粮，后仍五日一散，免致恣食图饱，仍有受饿时也。

一、张捐榜。各仓善首，于收米入仓之后，按各善户助米多寡，逐户列榜，揭于通衢，使共见共知，一以防奸欺，一以彰良善。至各善户有于常格外，愿多助至数十石者，善首呈县优加奖誉，或赏以花红，或给以匾额，以示鼓励。（原书眉批：年和岁丰，劝捐较易，果能积有三年五年之蓄，不妨略为变通。绅耆公议分划若干，于他处添设育婴、恤嫠等仓，或以冬间就村庄中鳏寡孤独与外来无告穷民，量为赈济，亦所以广任恤也。是条见于陶云汀先生义仓之章程疏内。五帝之世，鳏寡孤独废疾者，皆有所养。舜称尧曰：不虐无告。文王发政施仁，必先四民之无告者。周公称祖甲，亦曰：不敢侮鳏寡。《王制》：凡喑聋跛躃，必善为措置。后世留养局已成具文，各乡村方正绅耆，宜劝捐渐置田亩，以为常廪。佛教无益于天下，而独有益于鳏寡孤独。孤老院本不可少，可择吃斋有行者亲其事，其愿为僧尼者听。盖无告之人，别无乐趣，使其注念西方，亦可消遣余生，解其愁苦。于寡妇尤宜。）

一、恤孤贫。每年拨出若干成以养孤贫。义谷原为备赈而设，惟贫民之待赈，事在荒年，若年老残废之人，虽时值屡丰，亦势难存活，是矜怜茕独，较之赈恤灾黎尤为急切。况同一活人之术，一则悬待而莫计其期，一则及时而立收其效。每年应于新收旧存义谷内拨出少许，为增养孤贫之用。

一、岁易新。每年存仓之谷，亦应分别出粜。每年所收谷数内，既拨出若干为增养孤贫之用，所余之谷，日积日多，易致红朽。应将此项谷分为十成，以三成储仓，以七成出粜。每年青黄不接之时，将七成出粜之谷，谷数钱价，列榜晓示。其所得之谷价，或暂行存放，或发商生息，俟贱时买谷存仓。贵买贱卖，年年出陈易新，自无霉烂鼠耗之虞矣。盖每逢丰年，助米之户多，领米之户少，仓内必有余米，善首即于施米事毕时，尽数运出变价（因米易红腐，未可久留），待秋熟后，仍随时价买米，同所助之米并归仓内。每丰岁照此办理，米必渐积而多，又可于歉甚之岁加增施济。如年庆屡丰，余米益积，酌量将米易谷，归入仓，作本乡公捐之项。（盖善仓止需每年施散之用，多则殊费经理，且恐积久弊生。）

社仓　常平仓　常平田利弊

社仓、常平仓、常平田皆所以备荒，由来尚矣。在官则有常平，在民则有社仓。常平或粜或借，官主之；社仓有借无粜，社长主之。常平宜储于城，社仓分储于乡。常平出借无息，借还必在官仓，社谷有息，听民就近借还。三者皆接济民食，法至善也。而或以为朱子社仓，即王安石青苗之法，误矣。青苗，害民者也。社仓，便民者也。青苗以钱贷民，而收二分之息钱；社仓以谷贷民，而收二分之息谷，钱与谷既异。青苗钱必贷于县，社仓谷则贷于乡，县与乡亦异。青苗之出纳，官吏掌之；社仓之出纳，乡人士君子掌之，官吏之与乡人士君子又异。青苗意主于富国，故民不急，亦必强之贷而取其息；社仓意主于救荒，故岁当歉收，必俟民愿贷而与之谷，强贷与愿贷亦异。青苗虽帑藏充溢，犹取息钱；社仓始取息，其后府谷既还，遂不复取息，但每石加耗三升，取息与耗米更异。此利与害之所由分也。昔刘鲁田先生尝论之矣。（原书眉批：刘鲁田先生谓社仓之设，大县数千石，小县亦不下千石，八百石足支一县之饥，可以不取息矣。若仍依死法，穷民既有偿息之苦，仓庾又有谷满之虞。盖藏织席，费出何所？取办民间，又须生事。且五年之后，谷倍于今，谷多农少，借者益稀。而有司仍责每年加二之额，其势不得不出于抑配，不得不出于溢征。本以救民，反以害民，是亦大弊也。昔朱子社仓，取官钱作本，不得已取加二之息。及至官谷已偿，积谷已足，遂不取息，但取耗米三升。可见法莫先于便民，神而明之，存乎人也。邱文庄曰：青苗之法，谓青苗在田，则贷民以钱，使之出息也。贷与一百文，使出息二十文，盖假《周礼·泉府》国服为息之说，虽曰不使富民，取民倍息，其实欲专其利也。昔人谓其所以为民害者三，曰征钱也，取息也，抑配也。条例司初请之时，曰“随租纳斗斛，如以价贵，愿纳钱者听”，则是未尝征钱。曰“凡以为民，公家无利其入”，则是未尝取息。曰“愿给者听”，则是乐取，未尝抑配。及其施行之际，实则不然者。请建之初，姑为此美言，以惑公听而厌众论耳。夫奄有四海之大，亿兆之众，所以富国之术，义无不可，而取举贷取息之利，则是万乘而为匹夫之事也。假令不征钱，不抑配，有利而无害，尚且不可，况无利而有害哉！）要而言之，社仓春散秋敛，得先王春秋补助之义。然出入之际，必须得人，否则为青苗之续。常平增价而籴，减价而粜，出入便捷，然止利于市民，与农民无涉。且二者之粟，俱恃官钱以为工本，一遇贪婪之官，官钱耗散，二者便废。若常平田，岁收其所入之粟于仓，欲贷则贷，欲赈则赈，所粜之钱，又可籴粟，源源无穷，岁有增益。即遇贪墨侵渔，而田底固在，后任不难修举。此又陆世仪《论赈贷诸法》条内所称社仓不如常平，常平仓不如常平田者也。然事经官办，日久弊生，三者皆不能无后患。常平粮石，例存七出三，或借或粜，一以接济民食，一以出陈易新。无如滋弊多端，侵欠累累。地方官循例出借，传知里长户首，赴县领回，不问里民愿借与否。而里长等领谷到手，未必公平借给，遇米贵时，趸运贩卖，张冠李戴，无可查考。更有惯弊经承，捏写诡名冒领，自数十石以至百石，出粜花销，全无忌惮。及至秋后，不能如数还仓，官司惟责里长，里长营求胥役，包庇宽容，坚以民力难还捏覆，而经承私借之粮，混入民欠之内，已还未还，官司始终未曾觉察。此种弊窦，难以悉数，日久遂成虚文。此常平之所以不能久也。社仓不储于城而储于乡，原期便民借还，无往返之苦；不主于官而主于社长，更期随时接济，无守候之累。其成法与常平各不相同，其利济实与常平相表里。无如社长难得其人，附近势棍刁徒，挟制社长及乡保人等，于中渔利多借，侵冒亏欠。地方官毫不留心，一任社长主持出纳其间，以完作欠，私相挪用，以致社仓空虚，有名无实，流弊不可胜言。此社仓之所以不能久也。至若买田以为常平，似较常平仓、社仓为垂久，乃其始非不郑重其事，迨年深日久，官非一任，事非一载，渐以废弛。欲赈则赈，所赈者不过城中关外游食之子、无赖之徒。本图赈济穷民，究竟穷民一无所得，一弊也。欲贷则贷，公家之事，出纳之际，必藉吏胥，其放谷也，朽腐糠秕，迫胁领取；其收谷也，淋尖踢斛，息且加倍，二弊也。其间期程迫促，符檄追呼，公人酒食之具，出入贿赂之需，道路往来之费，旅宿守候之类，必不能免，民将重困，三弊也。所粜之钱，又可籴谷，此又必无之事。盖官之觊觎，吏之侵蚀，土棍之强借，日算日少，何能源源无穷、岁有增益？四弊也。田底尚在，不难修举，大抵事经官吏之手，日久皆成具文。今年侵一尺，明年占一丈，数十年之后，所云田底固在者，已半为势豪所夺。公家之物，漫不经心，昔之所谓常平田者，今安在哉？五弊也。又况此等义举，官有责成，恐干赔补。上司不查，地方官不过循例以塞责，其与社仓、常平仓诸务，视同一辙，非引为己利，即视为畏途，六弊也。近日各州县仓谷，多半乌有，即使尚仍其名，而挪移者多，实储者少，朽蠹者多，完好者少，三者今皆有名而无实。必不得已，于三者之中，斟酌变通，以期久远，惟民捐民办之义仓，尚可行耳。（原书眉批：□衡议捐办义田，收租积谷，日积日多。卖谷添买良田一节，以为恐通省膏腴，不数十年变为公产，所见似泥。）盖义仓乃乡党之私事，可以乡人积之，即可以乡人理之，且可以乡人赈之，不经书吏之手，官惟核实转报而已。其禀官立案也，其法似常平仓；其听民自捐也，其法似社仓；其永归公正绅耆经理，官为稽查，互相钳制，不至流而为苟且因循，其法又似常平田。变通于三者之中，而仍不失三者之本意，可以藏富于民，而不必仰食于官。或遇祲岁，则即于仓所设粥厂，极贫民赈粥，次贫民赈粟，一乡之储，足以救一乡之饥。使民知虽禀知于官，而不啻自积于家，既无平空胥役之扰，亦无往来道路之苦，更无借贷出入之烦 。但使出陈易新，贵卖贱买，谷少存谷，谷多存钱，存谷则管钥必严，存钱则生息归公，子母相权，生生不已，诚为美制。此予所谓行之于官而不若行之于民，为其所难而不若为其所易者也。虽然，凡事以得人为先。有治法无治人，始而精勤，继而废弛，久且名实俱亡。天下事大抵然也。可胜慨哉！有心世道者，不得不作百年之想，断不忍因噎而废食，惟当尽在己之心，立不敝之基，以俟后人之修举耳。（原书眉批：南方仓储，以地热湿难以耐久，且人多而诈，出借不易，惟在城赖以平粜。然骤难买补，其弊至于抑勒富户，赔累不胜其扰。至鉴于前弊，不敢出借出粜，永远存仓，日久折耗愈多。官绅恐干赔补，不愿盘量。新旧任交接，惟令仓正副出具一不短少甘结，移交后任。相沿为例。迨日存日耗，谷尽化为飞蛊，上司无由穷诘，因而废弛。此仓谷之政，所以终不行也。章谦存先生《备荒通论》谓东汉之常平，今则可收而不可放；隋之社仓，今又可放而不可收。盖不知人民之数故也，议亦得。）

树木足以备荒

树木可以备荒，推原地瘠民贫之故，由于素不讲求养生之道，则地利不能尽收，而民情又耽安逸，无怪乎日不暇给者多。恭读雍正二年上谕：凡舍傍田畔以及荒山不可耕种之处，度量土宜，种植树木。桑柘可以饲蚕，枣栗可以佐食，柏桐可以资用，即榛楛杂木，亦足以供炊爨。其令有司督率指画，课令种植，仍严禁非时之斧斤、牛羊之践踏、奸徒之盗窃，亦为民利不小云。又读雍正十一年上谕，命栽柳树以表道路，且曰种植之道，其利有三，岂同河阳满县、洛阳满城，徒资耳目之玩好哉！圣训煌煌，昭然可考，则树木不可不亟讲也。（原书眉批：水泽山陆，处处皆有自然之利。一经留心救世者指出，觉为农为圃，皆关开物成务之心，特钝根人置之不阅。俞存斋先生云：种树之效，其利有八：一亩之地，树谷得二石是矣，一亩之地而树木所入不数十石乎？其利一。岁有水旱，菽麦易伤，榛柿枣栗不俱残也。年丰贩易，岁凶疗饥，其利二。贫人无薪，至拾马粪、掘草根。种树则落其实而取其材，何忧无樵苏之具？其利三。造屋无木，土堑覆草，久雨屋颓，率多露处。种树则上可建楼居，下不同土窟，其利四。树少则生无以为器具，死无以为棺椁，种树则材木不可胜用，其利五。有河堤之处，栽树可护堤根，何处可冲？其利六。五亩之宅，树之以桑，不毛者有里布。若比户皆桑，可讲桑务，其利七。五行之用，不克不生。今树木稀少，木不克土，土性轻飏，人物粗猛。若树木繁多，则土不飞腾，人还秀饬，其利八。有此八利，何备荒之足云。）目河堤外，唯大路、村外、沙坡，三者最宜加意。大路荫行人，村外以护民居，沙地化无用为有用。三者惟大路为最难。盖牛羊车马偷盗，不能悉禁。然考种树成法，路之宽者，总要开沟。取沟土筑墙，墙内栽树。树栽大者以四尺为准，入土二尺余，出土尺余；小者二尺七八寸，入土二尺，出土六七寸。间二丈为一窟，次年就中补之，以舒民力。每窟大小四株，以不得此，即得彼也。土筑紧，窟下于地四五寸，以受水。墙高二尺余，广三四尺，略环抱。既有沟，又有墙，则车马不能入，出土少，则人无所用，且难徒手拔。村外亦然，惟本有沟壕者不用墙。栽宜冬至前后十日为上，春次之。沙地唯六七八等月，大雨时行，将杨柳樗棕等树，二三年新枝砍压之，无不活者。总以入土深，筑土紧为主。莫妙于给栽树者永为自有之物，将来刊取枝条皆其利，则彼便加意培养，而成材尤易。有沙而杂以礁者，苦涩难活，然挖去沙礁，纳以好土，亦可永发。当今生齿繁而财用愈蹙，官绅惟先使得尽力南亩，其次即疏水泉，课农桑，就古板不易之法，认真行之，庶乎有少补。又考种树，入土须二三尺，开掘甚费工夫。昔黄可润创得一法，其易十倍。用铁签，小者围一寸，长二尺余，大者围二三寸，或带木柄，长三尺余，每签一孔，种木一颗，旁用泥浆灌之，仍筑紧，未有不活者。盖生根长芽，在近地面一尺内。欲其入深者，使其本固不摇，繁枝宜删，使无泄气，上长芽则下长根矣。此皆经古人所试办，而有益无损者也。特树不难于种而难于长成，即使长成，难禁偷砍。责成保护之方，全在官绅交禁，然官禁尤不如绅民自禁之得力也。如果实力行之，其利甚溥。知道里曲折远近，憩阴之下，行旅便之，一也。濒河下湿之区，就地种树，岁加培壅，树根既深，河堤亦固，二也。食器编给，用之不竭，三也。边郡大山，养树十年，松、杉、榆、柳之属，蔽日干霄，可引地气，利于风水之说，四也。田畔树多，水脉日腾而上，雨过岭岈，风来襹褷，民气以舒，五也。树多能致雨，取其吸引水气上升，春夏可免旱灾，六也。树多辟疫，人烟稠密之区，能收炭气杂气，七也。树枝繁杂，能碍马足，盗贼不至横行，八也。岭树茂密，积雪愈深，春融可润土膏、资灌溉，九也。树多之地，郁郁葱葱，民心以畅，太平有象，十也。而且极贫之家，有树数十株，每年科斫枝条，不独资生计，且于树有益。至若槲树、青㭎树，有大叶小叶二种，柞树有红皮、白皮二种，以及橡树，均可喂养山蚕，均宜山岭苦寒之地。山蚕成茧，可织丝绸，较蚕桑尤便，利息亦厚。如果官不劝行，绅耆不可不设法鼓舞，俾渐推而渐广之。凶年伐其枝，足以供柴薪；鬻其树，足以供衣食。而且椅桐梓漆，无不具也，桑柘榛栗，无不宜也。榆荚一岁而盈丈，柳枝五岁而合围，枣柿之实可以疗饥，榆柳之本可以造屋。尽一村而悉种焉，则利广矣；尽一邑而悉种焉，则利更广矣。年丰以之贩易，岁凶赖以图存，斯亦备荒之一道也。（原书眉批：备荒之道，莫贵乎相其所不足，亟为补之，俾人有所利赖。皆任延为九真太守，俗以射猎为业，不知牛耕，民常告籴交趾，每致困乏。延乃教之垦辟田畴，岁岁开广，百姓充给。韦丹为江南西道观察使，民不知为五屋，茅茨竹□，地多火灾。丹召工教为陶人。能为屋者，受瓦于官，度其费，不取赢利。火患遂息。崔实为五原太守。五原土宜麻枲，而俗不知织绩。民冬月无衣，积细草卧其中，见吏则衣草而出。实至官，斥卖储峙，为作纺绩练缊之具以教之，民得免寒苦。近世方恪敏公为直隶总督，民不解织布。而其地又少棉，公为作棉花图以示之，令民种棉学织布，民至今赖其利。刘善明为海陵太守，境边海无树木。善明劝民种榆檟杂果，遂获其利。数事皆善补地方之所不足，其利溥矣。树木备荒，此特其一端也。）

种桑足以生财

养生之计，衣食为先；劝课之方，农桑并重。尝考种桑之法，二月撒子，苗长尺许，以粪壅之。冬月烧去其稍，以草盖之。来春发出一株，只留壮者一枝。明年芰熟地，宽行栽之。行不可正对。压法：春初攀下长枝，以燥土压之，则根易生。至腊月移栽。修法：正月削去枯枝及低小乱枝，根旁掘开壅粪。有虫名桑牛，急寻其穴，用桐油抹之即死。占桑贵贱，只看正月上旬。木在一日，则为蚕食一叶，为甚贱；木在九日，则为蚕食九叶，为甚贵。又占三月三日有雨，则贵；四日有雨，尤贵。杭人云：三日犹可，四日杀我。一云：接过则叶大而茂，午日不宜锄桑图。一云：初撒子时，将子用水洗净阴干，以肥地种之。拌黍一大半，密留黍，疏留桑，黍熟刈半截，至冬用火烧之。来年一亩桑，可喂蚕三箔。树渐大渐去枝，喂蚕渐多，自可十倍稼禾。夫曰十倍稼禾，是大利之所在，亦备荒之善策也。江北俗勤耕耨，务稼穑者多，务蚕桑者少，只以树桑不多，因而饲蚕有限。夫每桑一株，约计采叶三四十斤，有桑五株，可育一斤丝之蚕。每地一亩，种桑四五十株，收丝约可八九斤，值银十余两。若种麦谷，每亩不过二石，丰年值银几何？且树谷必需终岁勤劳，犹有催科之扰，树桑只用三农余隙，兼无赋税之繁。功孰难而孰易，利孰多而孰寡？勿谓无地可植也，路旁堤畔，尽是良畴。勿谓土性不宜也，低湿高原，岂无佳荫？更勿谓不习养蚕，种桑无益也，织女岂尽天生？《蚕经》要可共读。武侯居西蜀，有桑八百树，即谓子孙可小康。张咏治崇阳，拔茶而种桑，遂使百姓皆富足。诚虑岁有丰歉，水旱频仍，只有及时树桑，堪为足食之良图，实乃备荒之要法。昔杨密云先生《蚕桑简编》，言之极详，以为一邑栽桑十万株，每年即出丝二万斤，十年树木，获利不可胜计。不但已也，郭子章谓不绩则逸，逸则淫，淫则男子为其所蠹蚀，而风俗日以颓坏，是则蚕教且有系于人心。先生重守汉川，讲求斯事，于汉台之麓，种桑百株，三年无一不活；种椹一亩，皆长八九尺。可见桑本易生之物，而人之不知自为谋者，固由不尽知其利，抑由不尽知其方也。（原书眉批：桑种以山东省为最，其树高可三尺余，叶大而厚，饲蚕最宜。）健庵叶中丞辑双峰杨氏《豳风广义》、订《桑蚕须知》一册，本极详明，而论者犹以文繁难于卒读，义深不能悉解。先生因节取而浅说之，兼参以兰坡周明府《蚕桑宝要》，摘为简编，期于家喻户晓，以广其传而溥其利。用是谨述之，而列其成法于左。

附杨密云先生及各家论栽桑成法二十四条

一、桑种宜先辨也。桑本箕星之精，种类不一。椹少叶圆而多津，大而丰厚者，皆鲁桑之类，宜饲初生之小蚕。椹多叶小而尖薄，边有锯齿者，皆荆桑之类，宜饲三眠以后之大蚕。以鲁桑条接荆桑身，盛茂亦久远。

一、桑子宜拣择也。夏初椹熟，拣肥大者，淘净阴干。临种时，用柴灰拌匀，放一宿，然后种之。掘地一段，打土极细，浇以粪水，搂起寸许，切不可深，深则不出。将种布上，浇以清水，迨发出，只留旺者一枝。长四五尺，即可移栽。又松松打一稻草绳，以熟椹横抹一过，令椹在绳缝中，掘熟地以埋之，深不过寸许，苗长移栽，较为省便。

一、桑条宜插栽也。法于秋令先掘一深坑，约三四尺，泥水调匀。至十二月中，斫取粗肥桑条，将一头于火内微烧过，横放坑中，以土厚覆筑实。次年春分前后，掘出桑条，以土棍一头削尖镶铁，用锥筑之，便成一洞，浇粪水一勺，即以条插入，外覆以土，约高三寸，不可筑实。俟长至三尺许，仍剪去稍，三年成树。

一、水湿宜豫防也。种桑宜高地，若不〔水〕湿之区种之，则当于四面开沟放水，免侵伤桑根。或培土为埂，即栽于埂上，可以丛生。如种低地，水涨时浸之，则根防受病。水退地干，急用人粪和土培之，可免受伤。

一、种桑宜择时也。芒种前后为上时，夏至后为下时，二三月亦可种。北方地寒，春令风多雨少，种不如法，尚难长养。昔人云：北地宜秋栽桑。以霖雨时降，芽条易茂也。每年除春秋二季外，夏令种桑，宜趁晚凉，或择阴雨之日。十月栽，桑根宜深，梢宜多去，以根脉下行，交春并发，尤易长大。

一、移栽宜有法也。凡本地无桑，购于他处，取小枝而移栽。法以三五十株为一束，于根松少土处，沃以稀泥，泥上糁土，以蒲包裹之，外用泥塞夹，车箱两头透风，日上以草盖之。南方于道路近者，令人肩挑尤妙，不可浸水。树到，依法栽之。新栽之树最忌风摇，宜于向北之方堆土护之。栽后三年，方可摘叶。

一、种桑宜分行也。掘坑尺许，用粪和泥栽下，填土紧筑。移树勿伤小根，栽时须记原向。每地一亩，可栽桑一百四五十株。分行要宽，不可行行正对，必如品字式，参差不齐，方不占地步。每树相去四五尺，以防拥挤。春分前栽之易活，九月至二月半亦可栽。空处宜种绿豆、黑豆等物，不宜种麦谷。以亩所栽计之，三五年后，每株得叶二三十斤，每亩可得三千斤叶。凡三眠蚕一斤，食叶二十五斤，得丝三两。一亩桑叶，可养蚕一百二十斤，得丝二十二斤有零。较农田一亩之所入，不几倍蓰乎！

一、桑枝宜约斫也。凡树桑，每年斫枝三次。正月、二月、十二月皆宜，不留中心之枝。树矮，则叶圆横生而肥大。若地桑，须年年割之。南方剪枝条，防斫枝伤皮也。今浙中桑剪，约大钱一百五十文，以布包扎其柄用之。

一、野桑宜勤接也。树高大，叶尖薄，而不适于用者，谓之野桑，处处有之。若用佳桑条接之，一年之后，即成佳桑，叶亦圆大，可饲蚕。接桑之时，必待天暖，又须月暗，晦日尤妙。接法不一，当求南方惯习接桑者，以为之倡导。惟接桑之叶，二年内不可饲初蚕，只饲大眠以后之蚕。

一、浇水宜得法也。新种小桑，条叶未盛，浇水以护其根之土，带润泽方能发芽，土干便宜浇水，三伏天更要紧。若三年之后，已成大树，只须随时上粪，不必浇水。

一、桑条宜善盘也。九十月拣连枝好柔条，盘作圆圈，掘坑一二尺，和以粪土，紧紧埋筑，少露梢尖，冬盖腐草，春月搂去。正二月亦可盘。

一、本桑易压接也。八月中，以本桑之枝条嫩而长者，掘坑攀倒，泥土筑实，不令透风。条上枝梢，扶出土面，数月即生根。次年梢长二三尺，春分时，将老条逐节剪断，将发出新条，剪去上梢，连根留二尺栽之。不须更接，二年即成树。

一、接桑须三年也。种过三年，必须接换，叶乃厚大。春分前后，择向阳好条，大如箸、长一尺者，削如马耳，于本树离地二三尺处，将桑皮带斜割开，如人字样，刀口约寸半长，将马耳朝外插入，以桑皮缠定，粪土包缚，令勿泄气。清明后即活。次年将本树上截锯去，便成大树。陕西宜小满后、椹熟时接之，五、六、七月亦可。又不拘树身大小，将顶上锯截成盘，用刀削平，劈为两半，将接头削如鸦嘴，长短须量，劈缝插入，务要两皮相著，包如前法。

一、桑枝宜常删也。不令树高，便于采叶。长至六七尺，腊正月间，砍去中心之枝，余干便向外长，如大伞之状，枝不繁而叶自大。所必当去之条有五：一枯条，二细条，三向下垂之条，四向里生而刺身之条，五骈枝并生之条。饲蚕时，枝叶全剪，下须留一二尺不剪。

一、浇粪宜加勤也。桑性喜肥，平日最宜积粪。人粪力大，宜陈不宜新。用时以水和之，则粪力与水气同到。其次用牛粪，亦宜和水。若大树则冬月、正月及四月剪叶之后，于树旁多掘小坑，以粪灌入，用土盖好，肥气下行。

一、桑下可种蔬也。菜及豆棉皆宜。惟大麦与芥菜不宜种，以二物蚕所最忌，食其叶必死，且桑树亦多不畅茂。藤蔓之物，亦不宜种。桑园之中，不宜种杨，以免生虫。

一、河泥可培壅也。谚云：家不兴，少心齐。桑不兴，少河泥。嘉湖之桑甲天下者，以每年冬春，必取河泥培之，桑既肥大，河淤亦通，兼省开河之费。河泥最肥，塘泥、沟泥次之，兼蚕矢尤妙，以泥土深厚，桑根永固，不致雨淋土剥也。

一、桑眼宜常挑也。春间，桑之芽眼初萌，如遇大雨冲激，泥水糊眼，必一一挑开，否则桑树难活。

一、桑芽宜急护也。三月中桑芽已动，最忌霜冻。宜于树北堆积粪草，傍晚焚之，借烟气以解霜冻。无论冬春，凡遇北风大作，即用此法。

一、桑土宜加培也。栽桑之土，宜肥不宜瘠，宜松不宜结。宜勤垦，草长即锄，土干便灌。二、八月及冬月，要多下人粪，猪羊牛马之粪皆可。棉子、油渣、豆饼之类，性暖更肥，须窝熟用。种时于已垦熟地，掘坑约二尺，坑内以粪和水，搅令调匀，即将桑根坐于泥浆之中，按至坑底，上加干土，土勿筑实，以便生芽。

一、桑虫宜急治也。见有蛀穴，桐油抹之，即死。深入者，用铁丝插入杀之。

一、桑外有余利也。初桑叶，炙熟，可代茶。二叶，霜后可饲羊。桑葚可御荒，桑皮可造纸，斫桑枯枝可为薪。桑干可为车及一切器具。桑根白皮，桑寄生，可入药。蚕外余利不一而足，欲富者可速图之。

一、官地宜立法也。堰堤及大路两旁，俱系官地，挨谁家田地，即责令栽桑，得利即归地主。凡属官荒闲地，有愿栽者，禀官给发执照，准其永远食利。

一、树价宜补给也。典当田地，注明有桑几株。如系当户新种，取赎之日，照株大小，补给树价，使沾余利，庶无旷土。

养蚕以裕财源

（原书眉批：此外又有养野蚕、纺野茧之法。野蚕生于青㭎树上，不能缫丝，须于蛾出后制而纺之。其价虽廉，而工费实省。后备载之。）

蚕本天驷之精，黄帝元妃西陵氏始蚕。卵生为蚁，蚁脱为𧊅（音苗），𧊅脱为蚕，蚕脱为蛹（音勇），蛹脱为蛾，蛾脱茧，复卵蚕。纸为连，皮为蜕，屎为沙。蓐曰沙，燠卧曰眠，脱壳曰起。南蚕多四眠，北蚕多三眠。总之一七而变，四变而老，七变而死，盖气化神物。蚕室高洁处，供奉先蚕神位，下蚁日，用牲醴祭之。蚕初生至成丝时，仅四十日，获利最速。其粪可饲豕，水可肥田，柴可炊爨。故人皆宝之，每蚕熟置酒相贺。其出蛾遗茧，又可制绵绸，并无弃物。妇工女红，以助男耕，心无外用，风俗可纯。昔李拔悯闽民之昧厚利、穷生计而莫为之所也，曾作《蚕桑说》以导之。尝考养法有十，而拣种为先。茧小而尖者雄，大而圆者雌。开簇时并蓄兼收，七日而蛾生。若有不便作种者，出不用。留同时出者，雌雄相配，自辰至亥，方析厥气，乃全生子。阅三日移蛾下连，至十八日后，清晨汲井水浴一次，浸去蛾便溺毒气。夏秋钩挂通风室中，十月收无烟净室。腊八日依法浴毕，竿高挂于庭，以受日精月华之气。此择种养种之法也。蚕未生之先，净蚕室，勿令见南风。蚁生四五日，炭薰室暖，蚕变白色，卷放无烟处，东方白时，将连铺箔上，候黑蚁全生，用秤称之，于连上记分两多少。此生蚁之法也。蚁生齐，匀铺细软蓐草，切细桑叶撒蓐上，随将蚕连翻搭叶上，蚁自下连。有不下者，以鸡毛轻轻拂下，却秤空连，便知蚕之分两。三两蚁可布一箔，老可分三十箔，量叶放蚕，慎勿贪多。此下蚁之法也。蚁初生将次两眠，蚕室正要暖。蚕母须着单衣，可知凉暖，以便添火去火。一眠之后，天气清明，巳午时卷起窗帘，以过风日。至大眠后，天气炎热，屋内宜清凉，临时须斟酌。此凉暖之法也。蚕必昼夜饲，顿数多者早老，少者迟老。叶要均匀。若阴雨天寒，用火照箔，逼出寒湿之气，然后饲之，则蚕体快而无疾。候十分眠，才可住食。至十分起，方可投食。若八九分起，便投叶饲之，到老不齐，又多损失。停眠至大眠，见蚕有黄光，便住食。此养之之法也。蚕住食，即分抬，去其燠沙，不然则先眠之蚕，湿热薰蒸，必变为风蚕。抬蚕时，不可将蚕堆聚，若受郁热，必病损，作薄茧。眠初起时，值烟薰，必多黑死；食冷露湿叶，必多白僵；食旧干热叶，则腹结、头大、尾尖；仓卒开门，暗值贼风，必多红僵。俱宜防之。此分抬之法也。切极细桑叶微筛，不住频饲，一时辰可饲四顿，一昼夜饲四十八顿，或三十六顿，第二日饲至三十顿，第三日饲二十顿。此初饲之法也。抬饲，一昼夜可饲六顿，次日可渐加桑叶。向黄之时，宜极暖。此头眠之法也。抬饲起齐，投食宜薄，撒桑叶，一昼夜只饲四顿，次日渐加叶。此停眠之法也。候十分起齐，投食，一昼夜可饲三顿，次日七八顿。午后天气晴暖，用绿豆粉与切下桑叶，将温水拌匀，一箔用粉十余两，减叶三四分。隔一日，再如此饲一顿。不惟解蚕热毒，且丝多而坚劲有色。此大眠之法也。二眠起齐，每日饲十五六顿，约四五日即老。上山时候，以稻草成簇，布蚕于其上，令其作茧，七日可摘取。长而莹白者丝细，大而晦色者丝粗，以蛾口为最，上岸次之，黄茧又次之，茧衣为下。蛾口者，出蛾之茧也。上岸者，茧入汤锅，无绪捞出者也。茧衣，茧外之蒙绒，蚕初作茧而营者也。自蚁而三眠，俱用切叶；三眠之后，不用切叶。蚕妇不可食葱、姜、蒜、韭、蚕豆。大率三眠之后，一斤分作一筐，一筐可得茧八斤。养蚕人以筐计，凡二十筐，佣金一两；缫丝人以日计，每日佣金四分。此养蚕之大概也。蚕之初生也，每重二钱，长大可满一箪。箪长一丈二尺，宽五尺，编竹为之。多者二百箪，少者十余箪，每箪可得丝一斤。若得丝二百斤，则小康之家也。女子十二岁以上，令学养蚕，计每岁一女可得洋蚨七八元，则妇人可知矣。诚生财之一道。至若陶朱公劝人畜㹀，方恪敏教民织布，又由此而推焉者也。（原书眉批：或谓蚕桑宜南不宜北，其说非也。昔张堪为渔阳太守，百姓歌之曰：桑无附枝。邯郸女秦罗敷，采桑陌上。皆燕赵之地，非北方乎？近时直隶迁安桑皮纸，久著名称。三五年来，撷叶养蚕，售茧得利，遂专事缫丝，利又倍于售茧。风气所开，渐及永平、滦州。此以见于南于北，无不宜也。）

附采集养蚕成法四十七条

（原书眉批：查诸书所载养蚕各条，有挂漏不全者，有杂乱无章者。是编历叙养之之法，井井有条，浅深次第分明，能令阅者一目了然。）

一、计蚕日。凡养蚕，自初生至结茧，二十有余日。由结茧而采茧，而缫丝，又十余日。四十日而蚕事毕。

一、别蚕种。南中所卖蚕种，名曰蚕连，有咸种、淡种。咸种，至冬浴以盐卤，茧小而丝重，性又耐寒。淡种，浴以石灰水，茧大而丝轻，不及咸种之耐苦。

一、识蚕性。蚕食而不饮，好洁恶秽，忌一切臭气，又忌香气及油腥、酒醋、硫磺、煤炭、葱、韭、姜、椒、熬油、煎药气，忌油漆，忌烟薰，忌沾灯油；忌湿气，桑叶遇阴雨，必晾干；忌雾叶，遇天雾须擦净；忌气水，叶积久发热，即生气水，须用新鲜；忌蝇、忌鼠，宜畜猫；忌鸡鸭，忌西南风及北风。凡蚕初出时，喜暖；眠时，喜微温；眠后，又喜暖。故宜常用火盆以温之，火盆用炭不用煤。忌吃酒吃烟人入蚕室。蚕有十体：寒（在连宜寒）、热（下蚁宜热）、饥（眠后宜饥）、饱（向食宜饱）、稀（布之宜稀）、密（下子宜密）、眠（蚕小眠时，宜暗宜暖）、起（蚕大起时，宜明宜凉）、紧（临眠上簇，宜紧饲）、慢（方起宜慢饲）。

一、审蚕屋。（原书眉批：凡养蚕之家，不可修蚕室，蚕官犯之，损蚕。二月取上壬日土，泥屋之四角，蚕不去，宜蚕。）养蚕之屋，要间架宽厂〔敞〕，洁净明亮。蚕未生前，先用牛粪煨火薰之。两头各置大照窗，薰时须紧闭门窗，不令暖气外出。屋旧宜先泥补薰干。蚕生前一日，稍开门，令烟出尽，随即闭之，扫尽尘埃，塞绝鼠穴，须留猫洞。大照窗中间，蒙以细纱，糊卷纸一大方，以便起闭。三眠后可通风凉。

一、重蚕母。择老成妇女耐苦习劳者为之，手宜洁，勿饮酒，夜间勿贪眠，勤喂养。凡蚕自初生至结茧，或宜暖，或宜凉，切叶喂叶，各因其时，全须蚕母处处留心，以腹测蚕之饥饱，以身测蚕之寒热。能依禁忌，蚕利十倍，妇品亦渐趋纯静。

一、收蚕食。夏间未经摘过及秋深未黄桑叶，采来曝干，腊八日各磨成面。又将绿豆浸半日，白米淘极净，晒干收蓄。俟三眠后用之。（每箔约用豆米各半升。）

一、收斑糠。清明日将米糠煨焦存性，自初出至三眠，除沙㬶一番，要糁一层于筐内。每眠起一番，浓糁一层于蚕身，最能收潮。（再烧软草灰若干以备用。）

一、收簇料。（原书眉批：收簇料即俗所谓扎蚕山也。其法以束草为之，俗又谓之山帚。草稍扎时，不可散乱。扎山时，用大木梳梳去其草之散乱者，再将草把扭开，分作三叉，分层排立，其山乃稳。山勿靠墙壁，以蚕性好高，防其上屋。）冬间将稻谷草截去头尾，束成一把。上簇时，用力一拧，两头撒开，接连直竖箔上（老蚕一斤。约用五十把），地肤子更妙（一名干头子）。

一、收蓐草。蚕初生，铺柔草于筐底，上加绵纸，纸上置蚕，取其温软。

一、收火料。蚕，火料也，宜用火养之。冬月多蓄牛粪晒干，蚕生时，用以燃火，暖而宜蚕。

一、置抬炉。如火盆架两旁有柄，户外将柴烧过，烟尽抬入。

一、织蚕箔。取细苇用麻绳密编，宽五尺长一丈，分抬去蓐时，易于舒卷。每蚁一钱，需用一箔。

一、造蚕架。用粗木二根作柱，细木十根作长关，再以粗木一根做一柱，用短关十根。长关中间及短关头上，做雌雄笋〔榫〕钩连。于钩连处凿孔，用竹钉削之，摆立如三角，兼能活相。高七尺宽不拘，每一关相去七寸，用以架筐。

一、编叶筐。用竹或柳条，编如大斗而高，以盛细叶。蚕大叶多，又须加大。

一、编叶筛。用竹编，即米筛，里面糊竹纸，以储小蚕，便于括沙。

一、编蚕盘。以竹编，或用木框，宽五尺，长七尺，两头各二柄，边高二三寸，以疏簟为底，抬蚕便用。

一、置蚕匙。以竹片或桑木削为方锹样，大小各数张，用以分蚁。

一、编蚕网。以细麻线缠竹杖上，编如鹑网形，孔如鸡子大，长五尺，阔三尺五寸。每箔当用三扇，以熟漆漆过，或以猪血和石灰涂之，如制鱼网法。三眠后，拣蚕除沙，以二网轮流抬换。先将网盖于蚕上，以叶撒之，蚕闻叶香，穿网而上，连蚕抬起，扫除沙燠，轻轻放下，不可移动。沙厚复抬如前，省工且不伤蚕。

一、择蚕种。年前开簇时，摘出近上坚实好茧，雌雄兼收（雄紧细尖小，雌圆漫厚大），单摆于净箔上，七日而蛾生。若有拳翅、秃眉、焦脚、焦翅、焦尾、熏黄、赤肚、黑身、黑头，并先一日出，末后生者，拣出不用。将完全肥好者，雌雄相配。自辰至戌，拣去雄蛾，稀布连上，用盘覆之。生足，再令覆养三五日。每日所出之蛾，下子，记号连上。不可将数日蛾子混在一处，致眠起不齐。连背要相靠，夏秋挂凉处，冬收无烟房内。

一、浴蚕种。年前初生十八日后，清晨汲井水，浸去连上便溺。腊月八日，或十二蚕生日，依法浴毕，用长竿挂院中一昼夜，以受日精月华之气。立春日，用新瓮将连竖立其中，每十日，午时展开一次。清明用韭菜、柳叶、桃花，揉井水内浸浴，晾干，移挂温室。

一、等蚕子。蚕子一钱，三眠时可得蚕一斤，至老约食叶一百六十斤，可布满一箔，要量叶下蚁。收子时必须先称，计算食叶多少。家多桑叶，则有把握。什物要量蚕预备，要紧尤在三眠后七日。若二十五日而老，一箔可得丝二十五两；二十八日而老，得丝二十两；月余而老，得丝十余两。

一、慎下蚁。各省节气不同，只看桑叶如茶匙大，便是蚕上之候。以二连相合，包绵三四寸，置暖坑上，再用净绵衣被覆之。不可寒冷，亦不可太热。日夜翻转十数次，开包忌风。或以蚕种子置人怀中，谓之暖子。以清明后，桑叶如钱大为暖子之时。昼置怀中，夜置被边，勿离身。三四日变绿色，将出，变青黑灰色，次日即出。先暖蚕室，令极热。出时，细如人发，蠕蠕欲动。先以灯草数十茎，匀铺蚕种纸上，以防损压。三日出齐，或铺连暖坑，必须称记分两。（共称得几两，除连便知蚁数。）先将蓐草铺筐底，再铺绵纸一层，用快刀切细叶，筛于纸上，以连覆叶上，闻香自下。（用隔年枯桑叶揉末亦可。）若纯用鸡鹅翎扫拨及桃枝敲打连背，恐有损伤。有不下，翻过自下，再不下，是病蚁，取去勿用。

一、勤劈蚁。蚕既下连，三朝出齐（初出不饲，无妨）。筛叶蚁上（要薄而匀），第一日饲一顿，第二日饲二顿（叶微加厚），第三日饲三顿（沙厚速除）。巳午时另铺一箔，先将细叶筛于蚁上，待蚁上叶，用匙薄带沙燠，轻轻挑起，分布箔上。一云小蚕养至数日后，分盘之时，先用软草烧灰，须冷透数日者，用绢筛筛灰于蚕身上，灰宜薄不宜厚。再布叶于灰上，蚕皆脱灰而出。初蚕太小，不能用筷子夹以及匙挑者，则连叶带蚕，移置他器。有未上者，再布叶一次以取之。其再不出者，弃之。大眠以前用此法，以后蚕大，则易分筐。

一、蚕大分筐。蚕初生如蚁，大眠时长至五六分。大眠起后，饲叶一昼夜，长至寸许。临老长至二寸。若不随时分筐，则愈大愈挤，必有损伤。

一、采桑叶。采时先采叶之较老者，而留其嫩叶，以待生长。芽嘴不可采，略迟至一二眠以后，蚕老食多，叶亦渐大，方采之。至大眠以后，可连枝带叶，一并剪下，以饲大蚕。采桑之时宜晴明，遇雨雾及黄沙，均忌。凡蚕日所食叶，宜辰刻采之；夜所食叶，宜申刻采之。

一、切叶饲蚕。蚕初生时，所饲之叶，宜细如丝线。初眠起后宽一分，二眠后宽三分，三眠后宽六分。至大眠起后，以整张大叶喂之，不须切。谚云：养蚕无巧，食足便老。故蚕必昼夜饲之，勿令稍饥。将眠未眠之时及大眠后数日，尤宜多饲。蚕小时，布叶宜薄；蚕大时，布叶宜厚；将眠时，布叶宜频又宜薄。

一、饲叶有节。蚕有三光：白光向食；青光恣食，皮皱则蚕饥，宜速饲；若见黄光，则蚕饱矣，以渐停止布叶，勿令过饱，反致生病而眠迟。

一、育蚁饲叶。蚕子南方名曰蚁。蚁初下时，只食叶之津液。叶宜现摘，刀宜新磨，切宜极细，筛叶宜匀而薄。天晴，每日可饲五六顿。阴寒蚁不甚食叶，须用洁净棉被，将盛蚁之器四面包裹，用竹箸及他物架空，以免被压蚁身。蚁得暖气，便食叶矣。

一、取蚕屎桑渣。育蚁三四日后，蚕屎桑渣渐积，须以软草灰薄筛蚕上，再布叶。俟蚕皆脱灰而出，另易他器，取去渣滓。所易之器，纸下须衬灰，以新蚁宜暖而忌秽也。

一、蚕头眠。蚕初生，饲至第七日为头眠。分箔后，可渐加叶。第四五日，饲五六顿。第六日将眠之时，饲之宜薄宜频，一日夜可添至七八顿。头微绿，尾微红，常昂头作吐丝状，渐变黄色，随色加减。第七日皆变黄色，嘴上隐隐有尖角，身不动，亦不食，是为头眠。眠定后，宜温暖避风，以软草灰薄筛蚕身上。第八日脱壳皆起，或将斑糠糁一层于上。

一、头眠起后。头眠不过一二日，俟眠蚕色微黄，嘴微阔，衣已尽褪，则起。衣即皮也。眠一次则嘴阔一次，皮宽一次。初起，室中宜微明微暖，禁煎炒气冲之。必须眠蚕齐起，方可一律饲叶。

一、蚕二眠。头眠起齐，薄饲一顿，一日夜饲四顿，后四日又将二眠。第九日抬蚕分箔（另铺二箔，分如象棋大）。第十一二日，每日夜饲五六顿。十三日分箔（可布三箔，如钱大），饲十二顿。第十四日复将眠（宜极暖）。其见红绿丝与昂头之状，尽同头眠。候变黄色，抬如上法（可布六箔），眠一日夜。正眠时，头又向上，嘴又隐隐有尖角，不食叶。十五日复脱壳尽起。是为二眠。

一、二眠起后。二眠一昼夜即起，起齐方可饲叶，不必过急。每一昼夜，须饲五六顿。易器之法，天暖则一日换一次，因此时桑渣蚕屎较前益厚也。天气寒则二日换一次，阴雨过冷，不可易，少俟晴和。

一、蚕三眠。二眠起齐，一日夜薄饲四顿，后三四日，又将三眠。第十六日，加叶饲五六顿，上叶次数，约在二十顿以外。此时宜分抬（可布八箔），其见红绿丝等状，与头二眠同。第十九、二十日，每日夜饲六七顿。第二十一日复将眠（宜微暖），候变黄色，急须抬过（可布十二箔），细叶频饲。俟眠定住食，逐一拾出，置光滑器内，以秤称之，一斤可得茧十斤，须食叶一百余斤。称准，仍置大蚕于盘内，仍筛灰于蚕上，以俟其起。若天气尚寒，须俟大眠眠定后时，方秤之。

一、三眠初起。亦一昼夜，保护之法与前同。其不同者，饲切叶三四次之后，即可换整张大叶。此时蚕食叶至速，须昼夜布叶，食完即上，每日饲六七次。天寒食叶缓，则四五次。黄昏及三更，此二次布叶宜多而厚。

一、蚕大眠。三眠起齐，大眠在三眠起后四日，天冷则五日。保护饲叶，尤须小心。一日夜再饲切叶三顿，以后不用切叶（连嫩枝饲）。二十三日，一日夜饲七八顿。辰巳时，取腊收绿豆，用温水浸生芽，晒干磨面，每箔半升，拌细叶摊筐内，将网覆蚕上，布叶于上。俟蚕上网食尽，复布纯叶一层。至第四顿，复如上法，拌白米面半升，又饲一顿。此时方抬网（可布二十五箔），此时方去蓐草，至第五、六、七、八顿，皆纯叶。至二十四日辰巳时，复如上法，拌腊制桑叶面一顿（如叶缺，间饲四五顿无妨）。食尽，又用新水喷叶，令微湿，再饲一顿，抬网（可布三十箔）。自三眠后，一日一抬。此后不论顿数，须要急饲。可全开窗（暴寒又宜关闭），雷鸣护以脱纸，围以水盆。至身肥嘴小，丝喉渐亮，老之时也，饲之宜薄且频（宜温暖），不过二三日便上簇。若在大眠时用秤称蚕，须人多手速。如三眠时称过，大眠不必再入秤。

一、大眠起后。一昼夜后，蚕必脱灰脱草而起。天冷起稍迟，只宜静候，不可促以火，亦不可急饲叶，须起齐方饲。大眠以后，蚕食叶愈速，布叶宜勤，不可令稍饥。此时多食一口叶，则上山后多吐一口丝。隔三日去桑渣蚕屎一次。蚕至大眠后，宜凉，宜开窗以通气。遇西南风，仍闭窗户。

一、蚕老。大眠起后，饲叶四五日即老。身肥嘴小，长二寸，粗如小指，色微黄，如糙米色，丝喉渐亮。饲叶三五次，通身透明，游走不食，是欲作茧，急宜上簇。

一、蚕上簇。即俗呼为蚕上山也。蚕至通身透明，不食游走，是欲作茧，急宜上簇（宜极暖），必须一二时内上完方妙。先将稻草拧开，竖于箔上，匀撒草内，两昼夜则茧成矣。

一、簇上加簇。蚕已在簇，中有未得结茧之处，昂头向上者，以竹枝或柳条匀插簇上，蚕即于其上结茧。此法须成窠者已过十分之九，乃可用。否则蚕性好高，又均挤上竹枝柳条矣。

一、置火盘。一名火炉，即前所谓抬炉也。如蚕上簇时，天气尚冷，则用炭火盘置屋中。上簇第一日最要紧，以后火力可少。两昼夜即成茧，比不用火之成茧反速。天热不必用火。

一、摘蚕茧。上簇三昼夜，蚕皆化蛹。六七日方可摘茧。先上簇者先摘，后上簇者后摘。摘时手宜轻不宜重。长而莹白者丝细，大而晦色者丝粗，各放一器，摊于凉箔，厚二三寸。摘茧不宜过迟，迟至七日后，则蛾生。

一、择蚕茧。茧以厚圆为上。凡软而松者，内溃而湿者，黑者，凹者，烂者，破者，两三蚕共作一大茧者，皆不能缫丝，只可做丝棉。须挑出另放一处，可以做棉。

一、称蚕茧。自摘茧至缫丝，不得过七八日，过限则内蛹变为蛾。摘后薄摊帘箔上，置凉屋中，使受凉气，再以纸铺篮内，盛好茧称之。大约茧一斤，可得丝一两，百斤可得百两。每日一人缫丝，车上单丝眼，只能缫丝四两；双丝眼，六两；三丝眼，八两。须预计人工、丝车足用否，以便早日缫毕。

一、蒸蚕茧。扯支蒙茸，用蒸笼二扇，铺茧笼内，厚四指。至气透出，取去，摊于凉箔。一日须蒸尽，不然蛾出。

一、剥蚕茧。茧外之浮丝，速即剥去，妇人孺子皆能之。剥后须摊凉处，以待缫。

一、缫蚕丝。煮茧须择清洁之水，则丝明亮；用无烟板炭，则丝色不晦。用小锅，径尺余，作风灶，使烟远出。锅高，与缫丝人坐而心齐。左安大盆一口，较锅高二三寸，盆上横安丝车一个。靠锅边，又立插一木棍，名丝老翁，以挂丝头。盆右边安置丝軖（音匡），离盆三四寸，用一人提丝头。烧水至大熟，将茧子一大把投入锅内，用箸轻轻挑拨，令茧滚转。又乱搅数次，挑起丝头，以手捻住，提掇数次。清丝已出，将粗头摘断，用漏瓢捞茧，送入盆内。将清丝挂在老翁上，约十数根，总为一处，穿过丝车，下竹筒中，扯起，从前面搭过辊轴，从轴下掏来，于辊轴上拴一回，再掏缴一回，须令活动。将丝挂在摇丝竿铜钩中，又将丝头拴在丝軖平桄上，搅动軖轮，丝车随之。辊转，摇丝竿自然摆动，其丝匀匀绷在軖上。一手搅軖，一手添续丝头，其快如风。軖转丝上，时时下茧提头，继续不绝。一軖上丝，约有四五两，便可卸下晾干，拧成把子。茧多者，作双头缫之更好。将軖桄造长一尺四五寸，摇丝竿上，并锭二铜钩，相去三寸余，丝车亦造二辊轴，相去三寸余，并上两条头，缫如上法，功必倍之。又一法尤便。缫丝锅灶，宜安车床之前，锅之后半，上对丝眼牌坊，缫丝者对灶而坐。浙中丝车，近用足踏，较以手转车为灵便，一人兼二人之用。车前安牌坊，中安丝秤，后安车轴，旁系牡娘绳，于锅内水滚时，下茧二十个，以右手执捞丝帚，轻轻挑拨，使丝滚转，随手一撩，将丝头带出水面，比用筷子数只者为便。即以左手捻住丝头，于水面提掇数次，右手即放下丝帚，捻住丝头下之清丝，左手摘去粗丝头，以右手清丝，穿入牌坊板上之做丝眼，次由丝眼引上牌坊之响绪，交互一转，再由响绪送入丝秤上之丝钩，搭上车轴，系于贯脚之横梁，然后用足踏板，轴自旋转如意。轴既旋转，丝自环绕轴上。其牡娘绳，宜紧不宜松，松则丝秤移动，丝缕不能错综。缫丝者，须时着水于绳，湿则紧矣。其丝灶之左，设一木盆，丝尽蛹沉，即捞蛹入盘。如有水茧，缫不上丝头，亦置盘内，留为做棉之用。凡每茧一枚，抽丝一缕。细丝合八九缕为一缕，粗丝合十余缕为一缕。丝出蛹沉，随时去蛹，随时添茧，令早煮熟，则丝之粗细方匀。丝车之后，用炭火一盘以烘丝。带缫带烘，不可太近，防火气伤丝，以火力恰到为度。丝绕车轴，约重四五两，便须卸下架。俟贯脚脱后，将丝与车衣布同揭下，至晚便歇车勿缫。

养山蚕工省利厚

昔王岩山有《山蚕篇》，山东诸城人也。其地多不落树，以其叶经霜不堕落得名。一名槲叶，大如掌。其长而尖者名柞。总而名之曰不落，皆山桑类，山蚕之所食也。其蚕作茧，似家茧，较大。《禹贡》：莱夷作牧，厥篚檿丝。颜师古注：檿山桑也；作牧，言可牧畜以为生也。苏氏曰：惟东莱有此丝，以为缯，坚韧异常。虽朴质无文，然穿著多历岁时。大约即今之所谓鲁山绸也，南北人通服之。又，吴荷屋之官福建也，有劝种橡、养蚕告示，盖橡可以饲蚕。一名青㭎，叶薄；一名槲栎，叶厚。生实如小枣。植法：于秋末冬初收子，不令近火。冬月将子窖于土内，常浇水滋润，逢春发芽。无论地之肥瘠，均可种植，三年即可养蚕。春季叶经蚕食，次年仍养春蚕；或养秋蚕亦可，须隔一季。四五年后，可伐其本，新芽丛发，又可养蚕。其春秋二季养蚕及取丝之法，各有不同，而取利甚厚。可见地无肥硗，皆为有用，特人谋之不臧耳。又当闻陆稼书先生之牧灵寿也，咨访民隐，革去火耗，免差役，去冗牙，严赌博，禁演戏，清保甲，讲乡约。时先陆公而治斯邑者有程公，会邑北有虎患，公亲谒山陵，为文祷庙。礼毕，出一兽，大如麋，一角文身。人大惊，公曰：此酋耳也，搏虎如搏羊。后见山多虎骨，患遂息。公见邑多簸箩树，遂教民养蚕。数年之间，山山养蚕。以息虎之穴，变为产金之场，享利百有余年。陆公继之，不改其政。于是灵之民知有养家蚕之法，与养山蚕之法。以沃土事耕稼，以瘠土事树蚕，因地制宜，人人知农桑并重矣。夫稼穑劳而获利轻，养蚕逸而获利重。韩公云：每蚕一亩，可得五六十金、七八十金或百金不等。南省处处养蚕，东省处处养蚕，至《周礼》云"北省只宜春蚕"，余不信也。俗云：一亩绵，十亩田。一亩蚕，十亩绵。可见实是利大。至使有业者事农桑，无业者事纺织，野无旷土，国无游民，又何患三代之不复？是三公者，皆以养山蚕为备荒急务者也。查簸箩树种法，九月刨坑，入橡子四五枚，以土掩之，纵横皆一丈远，春后发芽，五六年成林。又一法，五、六、九月，斫枝埋土中，自然发生，成林更速，树种最多。养蚕者以大小簸箩为主，簸萝与㭎、槲、栎，皆橡种也。盖山蚕生于青㭎树上，橡、槲、栎等叶皆食之。养山蚕之法：立春日摊茧筐中，闭门窗，勿令通风；烧柴火，令室常暖。至春分前五日共四旬，昼夜不可闲，天寒加火，天暖减火，四十日则蛾出。辰巳时，令雌雄相配，申时摘去雄蛾。编有盖大筐，约径三尺，深一尺，将雌蛾百余放筐内，以盖合定，令其下子。三五日后去蛾，悬筐于无烟火凉房。待阳坡青㭎等树叶长寸许，烧室令暖，悬筐室中，五六日蚕生。辰巳时，拣宽平处，将筐安置水渠中，筐底支以石，插叶稍于筐之周围，取其不干也。蚕闻叶气，出筐上叶。未出者取回，仍悬暖室，次日又出，仍如上法。常换新叶，勿令蚕饥。搭一草庵，弹弓鸟枪，日夜防守飞鸟、蝙蝠各物伤害。待阴坡叶生，方可转移树上，使自食叶。将蚕带梢放提篮内，提至山中有叶树下，将蚕连梢放于树上。食叶将尽，利翦连枝剪下，放于篮中，移置有叶树上。此蚕亦三眠三起，眠时不可移动，能耐风寒，但怕久雨。夏至后结茧树上，摘来摊于凉箔，数日蛾生。寅卯时令雌雄相配，午后摘去雄蛾，以线缚雌蛾一腿，拴于树上，次日下子。伏后五日，其蚕自出，看守转移如上法。白露后，结茧收储。次年立春日，养如前法。此茧不能缫丝，须于蛾出后，制而纺之。其法本于杨密峰先生《蚕桑简编》。此养山蚕之大略也。工省而利厚，于西北尤宜焉。

附养春山蚕法

收种：茧有雌雄，雄小而尖，雌大而平。将秋茧捡出，摊放簟箔上，挂屋内一举手高，不要被风燥着，以作春种。雌略多些无妨。

温种：至八九将尽时，将种穿成大串，不可伤着蛹子，用杆挂在暖屋。屋内常要有火，九九尽，便陆续生蚁。切要防被雀鼠虫蚁。

拾蛾：每日申、酉、戌三时出蛾。出完，将蛾拾在有盖的筐子里。雄蛾小，尾尖，雌蛾大，腹粗。雄在一筐，雌在一筐，悬挂屋里，勿令烟薰，薰则雄雌不相交了。

配蛾：每晚日上，将蛾雄雌各一半，纳入筐中，自然相交。筐盖不可轻揭，揭则蛾便拆开不交矣。次早开筐看视，如有不交的，将雌雄放在一处，以津唾之，自然成对。如雄蛾少，雌蛾多，清早将盖揭开，悬挂屋外，即有雄蛾飞来觅配。蛾翅有镜，名曰隔山照。

摘对：配蛾第二日申时，把雄蛾摘去，使两指轻捻雌蛾腹出溺，名曰把蛾。溺完，仍放筐里，悬挂屋中，自然下子。筐内要使纸糊，防蛾子漏下。又要把筐动转，怕蛾聚向明处，以致下子不匀。既下完，且挂在清凉屋里，怕出蚕太早，无叶喂养。

暖子：近谷雨节，籏箩渐次发芽，将蚕子筐挪入暖屋，六七日便出蚕，如蚁，名曰蚕蚁。

出蚕：每日寅、卯、辰三时出蚕子。筐下先要铺席，如有蚁落地，仍取入筐内。

插墩：春蚕出时，树叶未发，向阳处先生嫩芽，连枝斫取，约三尺许。近河无土，沙滩沙内有水，上不见水处掘沟，宽二寸，深二寸，把芽枝密插于中，名曰插墩。

坐墩：于插籏箩树枝下，放石数块，将蚁筐放石上，别砍芽竖筐内，与沙上芽枝相接连，使蚁沿行而上，曰坐墩。

立嶂：滩内沙中掘沟，宽二尺，深见水，密插芽枝，名曰立嶂。预备移蚕。

上嶂：蚕出七日，便一眠。于未眠前，将墩上枝头的蚕，连叶剪下，挪于嶂上。食完此嶂之叶，再移别嶂，以上之日为止。

进场：山上有籏箩树处，名曰蚕场。立夏以后，叶长成，不拘二三眠起后，将嶂上蚕，连叶剪取，挪放树上。看树大小，放蚕多寡。

守场：一切鸟兽虫蚁，皆伤蚕。蚕工巡罗看守，窝铺住宿，饮食坐卧，时刻勿离。

挪蚕：凡蚕头身都肿，不食，名曰眠。皮退肿消，食叶，名曰起。春蚕四眠，一眠一起，一起一挪，挪要勤，叶要嫩。蚕小时，连剪取蚕；大时，便可手摘取。如有叶多蚕少、蚕多叶少之处，务均分使匀。秋蚕亦然。

摘茧：蚕出四十余日，便成茧树上，连叶摘下。其系于叶处，名为蒂。去蒂恐伤茧。茧外包者，名为衫。必留衫，织绸始有花纹。所以蒂、衫都不可伤损。

养秋山蚕法（秋蚕胜于春蚕，故东省多放秋蚕）：春茧既成，即择秋种。务择响且重者，雄雌俱备，与选春种同法，摊置簿上，挂清凉屋内，不可伤热。春天寒，所以种要温；秋天热，所以种要凉。有一种油茧烘茧，其蛹不活，出黑水，有臭气，不可为种。

穿种：小暑后，用细滑麻线穿小头穿成大串，挂在风凉屋内或凉棚下，高不过举手，要透风处，不要见日。拾蛾配蛾，与春蚕同。但秋蛾宜挂屋外，不可使日晒也，不可轻惊动蛾。

拴蛾：于树上拣枝叶稠密，根下无虫蚁之树，将地草除净。申时将雌蛾把出溺，用五寸许细麻，拴其大翅。一绳拴两蛾，分中缠枝上，蛾即下子枝上。其拴蛾多少，看树之大小，叶之稀稠。

选场：场有蚁场、茧场之分。蚁场地喜凹下，树喜低小，因蚕小不耐干燥，取其叶嫩，且便于巡视。茧场喜其高阳，因蚕至大眠后，天气渐寒，非暖不能成茧。至于场内荆棘草料，都要除净。

浇子：天气亢旱，恐炎热伤蚕。宜时时汲水浇树，并洒叶上。

开蚁：子下十一日，出蚕。蚕出三日，连枝剪下，送入蚁场，名为开蚁。

匀蚕：将蚕多叶小、叶多蚕少之处，配令均匀。但不必一起一移，以叶尽为度。

打铺：晚蚕多懒，兼天气渐寒，蚕堕地不能复上。要于枝柯间缚草作铺，蚕堕草铺，自能复上。又草上亦可作茧。

避高场：山高多雾，蚕食雾生疾。又兼风劲早寒，致使眠起太迟。（蚕有生班、破腹二疾，听其自然可也。）

避蚁穴：蚁穴中长簸箩树，最肥，但蚁咬蚕。又蚁缘游，蚕终日摇首，食叶不安。

避焦叶：有一种簸箩叶，黄而薄，少汁浆，似干蕉，蚕越食越瘦。

忌移眠蚕：墩上初次移蚕，在未眠以先。此外移蚕，要既眠以后。蚕将眠，必吐丝于脚下，紧粘枝上，不可即动。既起后，有力，方可挪移。

忌孝妇产妇：入场蚕必变。

忌蚕工不和：蚕工须择老成安净之人为首，群工听其指使。如各任意，不相和好，蚕即不收。

炼茧：用柴灰取浓汁，注半锅，烧滚。将茧满盛筐中，用木系筐，横担锅上。先以滚汁浇之，俟透，叠落实在，覆以簸箩叶，用石压沉锅底，食顷蛹香，其茧即熟。将茧倾于席上，以手出蛹（蛹可食，出蛹时勿倒取，茧蒂下原有一孔可出），即将茧十枚一套，以茧丝束住，温水洗濯，以手捻之，水清为度，晒干收之。（灰水不可去净，净则绸色太白。）

炼茧：要看火候。未到取出，则茧生硬，抽丝不利；过火则茧太烂，捻线易断，织绸亦不结实。用日久淋的老灰汁，茧易熟，亦易烂。故必要看火候。闻得锅内蛹香，不时将茧抓出二三枚，抽丝试之，不硬不烂，方为如法。

捻线：线要细匀，将茧套在叉上。（用小木为之，比笔管稍短，头上稍尖。）捻法不一，或用捻，或用轴，或用车，棉车亦可。络线、做穗，与桑蚕同。春丝细，秋丝粗。织绸用春丝作经，秋丝作纬更佳。

晒绸：绸下机后，于平坦洁净地场，舒展晒晾。下用草衬，上用石压，使见日光，不然绸色不亮。

蚕茧形色：山蚕黄白色，大者如鸭卵。蛾米色，子大如高粱；米色，稍赤，形扁。初出黑色，渐变青色，长三寸许，粗如指。

养蚕器具：小斧：刀薄无顶，取其轻利，便于砍芽。剪刀：形如衣剪，头齐而大，用以剪枝挪蚕。鸟枪：如蜂、蚁、蛀、鼠等类，可以手捉。若鸟兽之属，非响枪则不知避。至于防狼虎，惊贼盗，更不可少。子筐：以竹为之，平底陡沿，上有平盖，形圆，高尺许，围二尺许，纸糊底，免漏子。秋止盛蛾，勿糊，恐闭风。麻线：用好麻两批，捻合为一，长丈许，细如线，滑如弦。以之穿种，省涩滞。凉篷：下用四柱，上担横木，覆以柴枝。篷要大些为妙。窝铺：守场人住宿，以人多少为大小。更要多盖数处，散布场中，分人看守。

人工：春蚕一人可养五六百种，秋蚕一人可养一千余种。

养椿蚕法（亦分春秋二季，丝更好，利更大）

种椿树法：种椿树，春时将地锄松，将椿子去瓣，分行散入地内。初出时，分移排列。高二尺许，掐去树尖，使枝椏四出，只要四五尺高，勿令过高。二年成行。

茧蚕形色：椿茧灰色，大如枣，其蛾黑花，子色白。蚕初出，黑色，至二眠后，色黄白，三眠后，色白。身有肉翅，状如海参，尾底有两叉，长二尺许。

润茧：谷雨后，将茧种用温水润过，或二三十枚，或四五十枚，用线穿成串，挂壁间，小满时蛾出。

拴蛾：雄蛾听其飞去，将雌蛾用捻麻系其一翅，挂于椿树上。雄蛾自来寻对。

出蚕：隔一日开对，即下子树上。八日以后，即出小蚕。树叶食尽，另挪一树。其防之之法，亦如山蚕。一月即成茧。

秋种：春茧既成，便捡秋种，其法如山茧。悬挂屋内，不用水润，七月初旬即出蛾。喂养收成，亦如春蚕。

椒茧：椿蚕一眠起后，移花椒树上作茧，名曰椒茧。此茧最佳，极贵。

收种：秋茧既成，即捡春种。雄雌相半〔伴〕摊箪箔上，挂屋内，一举手高，不要被风燥着，以作春种。

严课女工勤纺绩以生财

古语云：一夫不耕，或受之饥；一妇不织，或受之寒。勤苦谋生，夫倡妇随，古今常道。倘男耕而女不织，不惟非教家之道，将食之者众，生之者寡，一人生之而十人耗之，即丰年财用亦匮，况凶年乎？三代圣王，位闲民有地，教闲民有法，是以国无游民，家无游手，男耕女织，率以为常。自井田之法既废，豪强得以兼并，贫弱者家无恒产，愈无以自存。不幸而所生之地又非通都大邑，取财之途不广，谋生之术难施，男子且不自保，何论妇人！是故伤风败俗之事，由是而兴焉，则以旷废女工故也。予以为蚕桑之为利固多，而布匹之所需尤广。尝考天下人民之多，莫过于江南，地土之富，亦莫过于江南。每过一镇一集，丁男担谷，子女提筐，前者呼，后者拥，不知其何以肩摩而毂击也。每过一村一乡，绿水绕田，黄云覆陇，高者原，下者湿，不知其何以连阡而跨陌也。良以富民多而贫民少耳。盖彼贫乏之民，除力田而外，所为得以俯仰有资者，不在丝而在布。诚以寸丝之值，可以买尺布，中人之家，锦绣不接于目，故衣布之人，百倍于衣丝。女子七八岁以上，即能纺絮，十二三岁即能织布，一日之经营，足以供一人一日之用而有余。是以江南富庶，甲于天下。江北贫家妇女，半知种田，而于纺绩之事多未娴，非所以广生财之道也。夫妇人之心，不可令常闲。中馈之余，三时之暇，苟能即织布一端，推广生财之道，五夜篝灯，机声轧轧，以助男子工作，则心无二用，不特凶荒可恃，而风俗兼于是纯美也。予每至一县，偶闻大街小巷，弦诵之声与机杼之声遥遥相应，未尝不为之流连艳羡者久之。窃以为富庶可卜，而仁让可兴矣。凡人家无论贫富，妇女皆当习勤。男习耕锄，女勤织作，先之以耰锄袯襫，继之以纺绩组纴，不茧丝而纩，不狐貉而裘。古者树墙下以桑，而五十可以衣帛，然利犹未溥遍也。织布则无论老幼贫富，取不穷而求易给，竭一人之力，以养一人，萃一家之力，以养一家，又何凶年之足云！臧文仲为鲁大夫，其妾织蒲，君子讥之，盖专指居高位者而言之也。若士庶之家，闺阃之中，纺织断不可废也。顾炎武之在边郡也，谓其民既不知耕，又不知织，虽有材力，安于游惰而无用。延安一府，布帛之价，贵于西安数倍，既不获纺织之利，而兼岁有买布之费，生计日戚。于是下令每州县发纺织之具，令有司依式造成，发给里下，募外郡能织者为师，即以民之勤惰工拙，为有司之殿最。善哉！顾公之善于兴利也！如此一二年间，民得其利，将有不烦督率，而人人自为之者矣。虽管晏复生，无以易此。又尝读《农政书》，有云：临潼女子八岁，父给棉一斤，使学纺线。父持至市，易棉二斤。以此渐积渐多，始学织布，以布易棉，子母愈多。比女出稼时，衣服满箱，除赔赠外，并营嫁费，以此合县无溺女风。岂独男子享衣织之利哉！又，崔实为五原太守，俗不知缉绩，冬积草卧其中。若见吏，以草缠身，令人酸鼻。公乃卖储峙，得二十余万，诣雁门广武迎织师，使巧手作机，乃纺以教民织，而民大享其利。《汉志》有云：冬民既入，妇人同巷，相从夜绩。女工一月得四十五日。八月载绩，为公子裳。豳之旧俗也。率而行之，富强之效，敦庞之化，岂难致哉！则信乎纺绩之兴，实救乏之上务，富民之本业，易俗之良图，教家之善法也。

附种棉花说

事有可与蚕桑而并重者，草花虫壳，可为衣被；冰茧火蚕，可为丝紬；麻葛婆罗，又皆可为布。而取多用宏，尤莫如棉花。考棉花，有草、木二种。古作绵，凡纯密者之通称。今偏旁从木，所以别于丝也。考之载籍，实曰吉贝。缉其花为布，粗曰贝，精曰氎。《禹贡》：扬州厥篚织贝。谓贝即吉贝，木棉之精好者。盖自草衣乍革，桑土既蚕，其事已与稼穑并兴。说者谓上古未有棉，汉后始入中国，流传遂广。又云中国之布，从前皆以麻织，自元太祖征印度，乃得棉花之种。至今衣被九州，功驾桑麻之上。然考《周官》典妇功之职，既枲丝并掌，又别设典枲掌布之官，则布之由来久矣。特成布之物，为类甚多，非一端所可尽，而笺疏者独略焉。迨齐梁间，职方始能详其物土，与其名类。梁武帝制木棉皂帐，迄于唐，而木棉遂形为歌咏。然皆言树高寻丈，则又与今之木棉不同，盖木本而非草本也。今之庳枝弱茎，春种秋敛者，民间但呼曰棉，故谓布为棉布。史炤《释文》谓：木棉，江南多有之。熟时其皮即裂，其中绽出如绵。唐宋时，沧、邢、赵、贝诸州亦贡之，而暖比负暄，温同挟纩。可见棉为必需之物，人之所赖以御寒者也。八口之家，种棉数畦，岁获百斤，足以资生。棉枝挺生，叶如苍耳，高二三尺，性喜燥恶湿，宜种山坡沙碛间。或地平，则四面掘小沟，以泄雨水；水聚则叶虽茂不花，即花亦鲜实。每岁春三月，取花子入土，数日即生。非其种者，锄而去之。每株相离约尺许，毋使太密。锄三次，长尺许，即开黄花。花谢，结实如桃。又十余日，实开棉出，拾而存之。自上而下，绵绵不绝。根阳和而得气，苞大素以含章，有质有文，即花即实，功同菽粟，种别菅麻，诚如方敏恪公所云"扶舆之瑞产，昌生之灵贶"也。自五、六月至九、十月方止，有头花、中花、尾花之别，与夫西域之屈眴、高昌之白叠、南海之乌驎、文缛，皆一类也。花摘后纺线织布，一物而兼耕织之务，亦终岁而集妇子之劬，为利无穷。民之欲自谋生，与绅耆之代为谋者，当以此为要图。自木棉之始艺，以至成章受采，乌可不亟讲也。

附桐城方敏恪公《种棉织布说》十六条

布　种

（原书眉注：布种：细将青核选春农，会见霜机集妇功。千古桑麻交字外，特摛睿藻补豳风。）

种青黑核，冬月收而曝之，清明淘取坚实者，沃以沸汤，俟其冷，和以柴灰种之。宜夹沙之土，秋后春中，频犁取细，列作沟塍。种欲深，覆土欲实，虚浅则苗出易萎。种在谷雨前者为植棉，过谷雨为晚棉。

灌　溉

（原书眉批：灌溉：戽水兼闻汲井哗，桔槔声里润频加。千畦自界瓜蔬色，一雨同抽黍豆芽。）

种棉必先凿井，一井可溉四十亩。种越旬日，萌乃毕达。农民仰占阴晴，俯瞰燥湿，引水分流，自近彻远。杜甫诗云：农务村村急，春流岸岸深。情景略似。北地植棉，多在高原，鲜溪地自然之利，故人力之滋培尤亟耳。

耘　畦

（原书眉批：耘畦：□要分明行要疏，春经屡雨夏晴初。村墟槐柳八排立，佣趁花田第几锄。）

苗密宜芟，苗长宜耘。古法一步留两苗，虽不可尽拘，大要欲使根科疏朗耳。时维夏至，千锄毕兴，一月三耘、七耘，而花繁茸细，犹之谷五耘而糠秕悉除也。苗有壮硕，异于常茎者为雄，本不结实，然不可尽去，备其种，斯有助于结实者。又或杂植脂麻，云能利棉。

摘　尖

（原书眉批：摘尖：也如摘茗与条桑，长养为功别有方。要使茎枝垂四面，得分雨露自中央。）

苗高一二尺，视中茎之翘出者，摘去其尖，又曰打心。俾枝皆旁达。旁枝尺半以上亦去尖，勿令交揉，则花繁而实厚。厚实者一本三十许，甚少十五六。摘时宜晴忌雨，趋事多在三伏时，则炎风畏景，青裙缟袂，相率作劳，视南中之修桑摘茗，勤殆过之。如或失时，入秋后晚，虽摘不复生枝矣。

采　棉

（原书眉批：采棉：入手凝筐暖更妍，装成衣被晚秋天。谁家十月寒风起，犹向枝头拾剩棉。）

花落实生，实亦称花，惟棉为然。似葵而小，有三色，黄、白为上，红则结棉有色，为紫花不贵也。实攒三瓣，间有四瓣者，函絮其中，呼为花桃。桃裂絮见为棉熟，随时采之。此枝已絮，彼枝犹花，相错如锦。自八月后，妇子日有采摘，盈筐襭袵，与南亩之馌相望。霜后叶干，采摘所不及者，黏枝坠陇，是为剩棉。至十月朔，则任人拾取无禁，犹然遗秉滞穗之风，益征畿俗之厚焉。

拣　晒

（原书眉批：拣晒：黍稌场边午日晖，堆云擘絮正纷霏。广南有树何曾采，任逐晴空鸟毳飞。）

自种迄收，田功毕而人事起矣。棉贵纯白，土黄色者亦可织而直贱，水浥者惟供杂用。爰类择之，以分差等。曝布之，以资久储。时当秋获，场圃毕登，野则京坻盈望，户则苇箔纷罗，擘絮如云，堆光若雪，盖至是而御寒之计，无虞卒岁已。农占以十月朔晴主棉贱，故俗有"卖絮婆子看冬朝"之谣，验之良信。

收　贩

（原书眉批：收贩：衡称由来增岁稔，舟车不独向南多。圣朝物力沾无外，又作高丽贡纸驮。）

三辅神皋沃壤，粱、稷、黍、菽、麦、麻之属，靡不蕃殖。种棉之地，约居十之二三，岁恒充羡，输溉四方。每当新棉入市，远商翕集，肩摩踵错，居积者列肆以敛之，懋迁者牵车以赴之。村落趁虚之人，莫不负挈纷如，售钱缗易盐米，乐利匪独在三农也。棉有定价，不视丰歉为增减，惟于斤衡论轻重。凡物十六两为一斤，棉则以二十两为斤，丰收加重至二十四两，仍二十两之直也。转鬻之小贩，则斤循十六两而取赢焉。

轧　核

（原书眉批：轧核：叠轴拳钩互转旋，考工记绘授时编。缫星踏足纷多制，争似瓤花落手便。）

轧车之制，为铁木二轴，上下叠置之，中留少罅。上以毂引铁，下以钩持木，左右转旋，喂棉于罅中，则核左落而棉右出。有核曰子花，核去曰瓤花，瓤之精者曰净花。核多细者棉重，一棉一瓣七八核，故有七子八棉之谚。稔岁亩收子花百二十斤，次亦八九十斤。子花三得瓤花一，其名大小白铃者，最为佳植。

弹　花

（原书眉批：弹花：似入芦花舞处深，一弹再击有余音。何人善学梦丝理，此际如添挟纩心。）

净花曝令极干，曲木为弓弹之。弓长四尺许，上弯环而下短劲，蜡丝为弦，椎弦以合棉。声铮铮然，与邻舂相应。移时，结者开，实者扬，丰茸萦熟，着手生温，叠而卷之，谓之花衣。衷以取燠，则轻匀而熨贴也。纺织者资其柔韧，经之纶之，无不如志矣。

拘　节

（原书眉批：拘节：花筒一卷寸筵纤，素几生寒辗玉尖。抽缀略同新茧子，条条付与纺车拈。）

涣者必合而后可以引其绪，南中曰擦条。其法条棉于几，以筵卷而扞之，出其筵成筒，缕缕如束，取以牵纺。《易》曰：束帛戋戋。或谓帛即古棉字，犹酉为酒之类。薄物浅小，而有白贲之议，意象似之。用备一说。

纺　线

（原书眉批：纺线：络纬声中夜漏迢，轻匀浅绩比丝缫。茅檐新妇夸身手，得似丝纤价合高。）

纺车之制，植木以驾轮，衡木以衔铤。纺者当軖，左握棉条，右转轮弦，铤随弦动，自然抽绪如缫丝然，曰纺线。单绪独引，四日而得一斤，以供织络，合两绪三绪以供缝紩。线之直加所纺棉十之三，匀不毛起者加十之五。吴淞间曰：纺纱以足运轮。一手尝引三纱五纱，用力较省。

挽　经

（原书眉批：挽经：南床北架制随宜，过络回环一手持。素腕当窗怜惯捷，阿谁长袖倦垂时。）

理其绪而络之以为经。南方用经床，枝竖八维，下控一軖，四股次第施转。北则持木架引维，而卸络之势，若相婴薄者。一架容数維，重约四两许。当其心闲手敏，茅檐笑语间，立坐皆可从事，比经床为便捷也。

布　浆

（原书眉批：布浆：缕缕看陈燥湿宜，糊盆度后拨车施。爬梳莫使沾尘污，想到衣成薄浣时。）

布浆有二法，先用糊而后作纴者为浆纱，先成纴而后用糊者为刷纱。北地则将已合之经，束如索绹，煮以沸汤，入糊盆，或米汁度过，稍干，用拨车一名，支棱络之，成总，乃上轴轳，引两端以帚刷之，案衍陆离，有条而不紊。或浆气未匀，纷纶缱绻，复加爬梳，俾縉绪骨直，无或不伸。自拘节后，功莫密于此。

上　机

（原书眉批：上机：种棉直与苎桑同，抱布何知绮绣工。月抒星机名任好，不将巧制羡吴东。）

机之制与丝织同，轴受经，二人理之；杼受纬，一人行之。经必煮必浆，而纬则否。引绳高下，手足并用，尽一日之力，成一布，长二十尺。粗者倍之，拙工得半而已。昔传元时有黄道婆者，自崖州至松江为织具，教人多巧异，所制遂甲他处。今松娄间祀之于花神庙，祈棉之庙也。称花即知是棉，产棉之地皆然，犹之洛阳人称花即知是牡丹，是可以观所尚矣。

织　布

（原书眉批：织布：轧轧机声地窖中，窗低晓日户藏风。一灯更沃深宵焰，半匹宁酬竟日功。）

南织有纳文绉积之巧，畿人弗重也，惟以缜密匀细为贵。志称肃宁人家穿地窖，就长檐为窗以织布，埒松之中品。今如保定、正定、冀、赵、深、定诸郡邑所出布，多精好，何止中品，亦不皆作自窖中也。棉之核压油可以照夜，其滓可以肥田，而秸稿亦中爨有火力，无遗利云。

练　　染

（原书眉批：练染：兀黄朱绿比丝新，自昔畿封俭俗纯。圣咏益昭民用切，屡丰泽遍授衣人。）

织既成端，精粗中度，广狭中量，乃授染人，聿施五色，水以漂之，日以晅之，则鲜明而不浥败，于是加刀尺为襦裳，质有其文，服之无斁。盖积终岁之勤苦而得之，农家珍惜之情，不殊纨绮也。夫麻枲之织，不可以御冬寒，帛纩之温，不能以逮贫贱，惟棉之用，功宏利溥。既以补蚕之不及，而锄耘溉获，其事直与稼穑相终始，盖合耕与织并致其勤焉。

以上十六条，条各有说，说各有图，图各有诗。兹专载说而不及图，并附录其诗于上，兼以备文人学士观览焉。夫一织布之微，人每略而不讲。前贤留心民事，自棉之始艺，以至成章受采，其中经营创造，细微精巧，彻始彻终，曲折无不毕达，用心亦良苦矣。爰集绘工图呈黼座，差堪与《无逸》、《豳风》共垂久远。宜乎三辅之民，思之不置，迄今以庙祀之。盖食报之无穷，有自来矣。

敦朴以节财用

天下之大利必归农，天下之大害亦归农。农民困，则天下困。天下之困解而止，农民之困解焉而仍不能止。以故天下即不困，而农民常困，凶年困，乐岁亦困。昔人尝太息言之矣，其故安在？盖北人有田，自田自种者多，故所得常多。南人有田，尽招佃户代种。所得田租，除留籽种外，主佃各分一半，主完钱粮，佃出人力。一亩之田，雇募有费。祈赛有费，牛力有费，耒耜有费。当其春耕急需之时，米价必贵，势不得不贷之有力之家。而富人好利，往往挟其至急之情，以邀其加四加五之息。稻在秋时必贱，富人乘贱而索之，再加以看青之耗费、地保之需索，其得暖不号寒、丰不啼饥者，十室之中无一二焉。此农民之所以常困，不待予言而可知者也。若商贾者，大半狡黠之徒，未必皆于义中求利，虽较之农民之困，轻重悬殊。然自兵燹以来，民物凋敝，买卖稀少，街市铺面，大都外实内空。借人之钱以为资本，利息薪工，所耗已巨。加以各州县增设厘卡，密如牛毛，物价无不一腾贵，洋货大兴，获利甚微。而为商贾者，近日又多趋于华靡，饮食衣服居处，无一不求适意。其甚者，一宴会之需，迥无异于官场。其实资本皆由借贷而来，所得不敷所出，一有颠踬，百不支一。此商贾之所以易困也。至若士庶之家，不务生业，坐吃山空，以征逐为欢场，以节俭为苦事。一饮食也，昔则疏食，而今则膏粱矣。一衣服也，昔则粗布，而今则绸缎矣。一居处也，昔则绳枢瓮牖，而今则高堂广厦矣。一庆吊也，昔则只身长往，而今则仆从跟随矣。一婚嫁也，不计其出之多寡。一丧葬也，不称其家之有无。踵事增华，相习成风，甚而祖宗之田园不能守，犹醉饱以为欢；老成之规戒不愿从，托度支以自解。于焉家业日耗，生计日促，迄于无可如何，而犹不改。此士庶之家所以易困也。他若无业穷民、豪华子弟，无所事事，或日为无赖，或专事嬉游，坐困即在眼前，更无论已。一遇凶年，不特贫民无以资生，即富户亦难以为继。此等风气，由来已久，一时难以骤易。全在公正有名望之绅耆，贵农敦朴，为乡党先。日复一日，年复一年，优柔渐渍，或可冀挽回于万一耳。古圣王教稼明农，而更继之以克勤克俭，所由国无旷土，民无游手，俗美风纯，而凶年不足以困之也。（原书眉批：民间用财，大则纳钱粮以免追呼之扰，次则留余粟以备凶岁之需。乃因岁入之既丰，便尔用财之无度。或赴会场而群相赌博，或进酒馆而共快酕醄，或恃其有余与人争讼，或只图适意不念将来，则日用不保其常充，青黄必至于不接。谚云：常将有日思无日，不可无时想有时。虽属鄙语，可谓格言。此先正劝民节俭盖藏，以充民用，所为一再谆谕也。）或谓公正有名望之绅耆，无惩创之权，无化导之责，易俗移风，谈何容易！然独不闻乡老重伦常，后儒奉为圭臬，名流敦品行，闾里薰而善良乎？舜所居，二年成邑，三年成都，所至而人皆化。伯夷、柳下惠以清和著闻，百世之下，顽廉懦立，鄙敦薄宽，闻者莫不兴起。夫亦何尝有官守耶？又况匹夫敦品于乡，采风者乐传其姓字，入里者愿表其门闾，岂上之人故为显之？盖欲表而出之，使其乡之人观感而化耳。方今国家崇儒重道，显微阐幽，旌扬之典，无美不收。凡忠臣义士，硕望名儒，以及有一行之可矜者，莫不特恩褒奖，以为维持风化之原。然则一乡之善士，其有关于一乡之风俗美恶者，诚匪轻矣。士苟束身自好，日以务本逐末、戒奢崇俭劝导闾里，勿谓人弗从也。斯民皆有三代之直道，固有之天良，久而化之，自成善俗。将见三年之蓄，可以救一年之饥，九年之蓄，可以救三年之饥，虽遇凶年，不能为患。惟严游手之禁，旧制百姓不谋生业者置常罚，令乡耆邻里，时简举之。盖游手好闲之人，如米中蠹虫，饥馑之时，死亡尤甚，不死多至为盗贼者。若督令务生，则自可生财，有养生之具矣。惟此等人最不易化，且欲耆里简举，恐后起者未必以实心行乡约、保甲之法，未易办也。（原书眉批：凡地方奢华，须以礼法节其财用，使地方不贫。然游手之人，亦当令其各有所事事。至地方极俭朴处，施予必啬，其一二极贫苦之人，竟无从觅食，遂至偷盗犯法。亦不可不预思安顿之术。此官事亦绅事也。）

省浮费以权子母

天下有富即有贫，然尝见富者愈富，贫者愈贫，此何理也？盖富者家本丰厚，岁有赢余，苟不出浮荡子弟，继长增高，自然富益致富。若贫者家计本不足，再不善于俭省，势必逋负日多。杨椒山先生云：累的债多，穷的便快，安有不贫上加贫者。谚云：气死莫告状，穷死莫当当，饿死莫借账。此至理也。夫上天有好生之德，天既生人，必有所以活人之道。俗说一根草头上，有一滴露水珠。古今来之饿死者，皆不善经营家计者也。迨至生计日蹙，告贷无门，则又怨天尤人之不已。其实非天弃之，亦非人弃之，自弃之也。昔陆梭山先生训居家之法，最妙以一岁所入，除完官粮外，分为三分，存一分以为水旱及意外之费；其余二分，析为十二分，每月用一分，但许存余，不许过界。能从每日饮食杂用加意节省，使一月之用常有余，别置一处，不入经费，留以为亲戚朋友小小周济之用云云。予以为此不独居家之上策，实备荒之良图也。使人人居家，皆从此法，贫户之家，以一岁之所节省，次年添作资本，或蓄彘孳生，或买棉织布，或贩卖杂货，小本营生，又可生利，每年本利不动支，刻苦六七年，便成小康。中户之家，以一岁之所节省，囤积香油、豆饼、稻麦、芝麻、杂粮，贱买贵粜，每年本上加本，利上加利，刻苦六七年，便成殷富。其更有贫无立锥穷民，男女皆可为人佣工，既省家中饭食，又可以得工价。若有儿女十岁以上者，日令其捡柴拾粪，所得工价，每年仰事俯畜及添补衣服，只用一半，留一半生利，子母相权，十年之后，便可无忧贫乏矣。此法屡试屡验，历见贫户起家，皆始于此。北方中人之家，终岁只食小米杂粮，小户之家，杂以糠粃野菜，用度最减省。南北犹是人也，贫富同此人也，彼能耐，我亦能耐。谚云：穿不穷，吃不穷，算计不到一时穷。信然！总在人之能自刻苦耳。

早纳粮以防破家

朱柏庐先生云：国课早完，即囊橐无余，自得至乐。真至言也！钱粮本属正供，小民食毛践土，理宜即早输将。惟近来各处钱粮，积弊多端，小民未有敢抗粮者也，或由于不肖绅士之包揽。绅士未有敢抗粮者也，或由于刁猾书役之勾串。内外朋比，或包庇，或挪移，或飞洒，或诡挂，或将一人之粮而分为数名，或将本境之粮而冒为寄庄，而公事遂不可问。至于百姓不能早完，或由于拮据之无措，或由于积累之难清，或由于欺隐之相蒙，或由于使费之渐耗，或由于催差之久搁。谚云：二月卖新丝，五月粜新谷。贫民完粮，本不易易，然即万分艰难，总宜及早完纳，勿受公门挟制。否则一纸牌票，锁带拘拿，暮夜追呼，差役索诈，小民终岁勤劬，所得几何？一有意外花销，便不得了，倾家败产，半由于此。谚又云：堂上一点朱，堂下万点血。迄今读杜工部《石壕吏》之诗，与柳宗元《捕蛇者说》，未尝不为之太息流涕也。国课早完，则身安而心乐矣。又往往有遇小荒偏荒之年，地方官希图羡余，隐匿不报，仍旧开征，小民实不堪此。然或遇此时，遇此官，总以受屈完粮为是，勿与计较。盖民与官斗，失时废事，卖儿鬻女，徒自寻烦恼。即使伸了冤抑，而家已不可问矣。况又为万不可必之事乎！昔陆清献治直隶灵寿，免差徭，宽逋赋，听民开荒，不急升科，为朝廷宣莫大之恩，为穷黎兴无穷之利，有司中有几人哉！

戒争讼以保祖产

天下事有无与于备荒，而实大有关于备荒者，词讼是也。健讼之风，最为民间大害。始因小事不能忍耐，一涉讼在官，事不由己，经年累月，守候公门，受胥吏之侮，不敢出声，应溪壑之求，无可解免，不甘于此而甘于彼，何其愚也！况大荒之年，小民治生不暇，顾兴讼乎？谚云：衙门向南开，有理无钱莫进来。所争不过铢两，而结讼之费反过于所争，甚而破产荡家者有之。故欲争气而讼之，受气愈多，欲争财而讼之，破财更甚，智者必不为此。即幸而胜，亦成为刻薄无行之人，为仁人君之所深耻，况其未必胜乎！凡此皆由唆讼刁民，喜于有事，从中怂恿簸弄。尝见一家好讼，一家不久而困矣；一村好讼，一村不久而贫矣。盖愚民无知，不能忍气，往往以一朝之忿，挟不解之仇，而本村地棍、讼师，乘两造之衅，又因之百般挑唆，视殷实为可啖之家，偶遇小事小故，辄代驾虚词投官府，以疾病死者为人命，以微债索逋者为劫夺，以产业交易、户婚干连者为强占、为悔赖。不独被告不料，亦且原告不知，流弊伊于胡底！此等风气，名曰送盒子。送盒子者，即俗云与书差送礼是也。近来有司以听讼为能，朝朝放告，日日投词，片纸只字，无不批行。承牌者有正差，有副差，有接差之差，有提差之差，钻干不休，四道并出，或恣鹰拿于爪牙，或假贪狼于羽翼，拘摄之票一来，中人之产立尽。吮吸已属难堪，更添一种烹肥分噬之举。绅衿在地方官面前，奴颜婢膝，得其欢心，因而串通内衙之刑席，又凭央堂上之吏胥，上下关通，结成一片。县官词讼山积，久而厌劳，一任若辈把持，毫无觉察。若辈遂胆大妄为，无所不至，以影射为奇能，以恐吓为惯技，原被均勒馈献。胥吏嗾使调停，止较金钱之多寡，即为词讼之输赢。差役饿眼馋口，幸而有此一日，如调饥而得粱肉，如积渴而得酒浆，恨不咀吸立尽。尤可恨者，少不遂意，则回诳本官，或假为掷碎牌票，或藉口藐视本官，因而大其名曰拒捕、曰殴差，而告状者遂不知死所矣。一家不已，延及亲朋；亲朋不已，延及村落；村落不已，延至里图。一纸状词，遂成卖男鬻女之券；一张牌票，竟是倾家丧命之符。利归鼠辈，害遍良民，此等情形，各州县皆然，竟成刻板文字。不特居乡时目击心伤，及考证陈编所载，斯弊又皆古人所历历言之而堕涕者也。昔鲁仲连排难解纷，天下贤之。绅士居乡，所日与居游者，非亲即友，本有息事之责，不妨善为开导，俾两造不起争端。除人命盗案重大不计外，自余户婚田土等口舌，如果为乡人所信服，亦不妨代为剖其曲直，设身处地，竭力劝解。譬如有一事，吾果无理耶，固当开心见诚，自认不是；吾果有理耶，退让一步，愈见高雅。与其争些小之利，何如享安静之福？苦口陈言，俾两造涣然冰释。至于地棍、讼师之害人者，尽可禀明官长，胪列其劣迹，严逐出境，以清讼源。夫人之争讼，始或由于小忿，或起于架唆。既而悔心稍萌，谁不愿相安于无事？一经人解说，有不就此下台者乎？谁不念银钱之艰难？一经人道破，有不回头蓦醒者乎？盖一乡一邑，有一排难解纷之人，隐弭许多衅端，保全许多富户，阴功成为莫大。即谓劝息讼为备荒之先务亦可。昔于公治屋，尝曰：吾治狱活人多矣！当高大其门闾，子孙将有兴者。谚云：公门中好修行。其是之谓乎！（原书眉批：尹起莘谓：宣帝知百姓苦吏急迫，以平法为尚。而于定国将顺乎君心，是之谓贤臣。于君平反庶狱，雪东海孝妇之冤，而于定国善继乎父志，是之谓孝子。）居官者为国为民，固有一番干济，绅士居乡，为乡党，为邻里，为宗族，亦是事业。勿谓出与处有异也，特德教之广狭不同耳。

禁娼赌以杜虚耗

娼赌乃地方之弊俗，（原书眉批：敝俗之最为民蠹者二：一曰赌。压宝者处处为之。庙会之时，市肆之中，公然搭棚赁屋。地保衙役，啃其漏规。视掷骰抹牌，其害更甚。一曰娼。无耻妇女，市俏卖奸，即有土棍包揽，名曰掌竿。甚则娼赌合为一事，名曰花赌。衿士中亦有以此牟利，不以为耻者。此等敝俗，禁绝非易。夫生财有道，曰生之者众，食之者寡，今则生之者少，耗之者多。娼赌尤为耗财之最，况更有礼俗之繁、衣食之侈，不期其耗而耗之者哉！）不独损人钱财，实足坏人子弟。近来有一种无业刁徒，灵牙利齿，人面兽心，专以勾嫖骗赌为生。甚至生员之家，竟公然开场赌博，挟妓欢呼，集无赖之徒，深藏密室之中，罔顾法纪，地方保长不敢问。独不思既列胶庠之内，何甘为不肖至此？纵然侥幸不露，终为乡党所鄙薄，虽忝列衣冠，实与盗贼无异。清夜扪心，何以自安？实堪痛恨。少年浮华者，胸无定见，贪图快乐，往往堕其局中。一入迷途，父兄不能教，师友不能规，花柳半生。彼也腰空万贯，蒲樗一掷，此也手撒千金，置父母妻子于不顾，虽荡产倾家而不惜。迨至回头猛省，祖业殆将尽矣。此等无知子弟，富贵之体，乞丐之命，一遇凶年，即有坐而待毙之虞。是故良有司下车之始，必以禁娼禁赌为先。匪直此也，即如庙会焚香，于礼未为不可，乃商贾云集，妇女拥挤，走马卖解，伎艺杂陈，纷纷若狂，一庙所耗，费数月衣食之资。又如演戏报赛，亦所时有，乃地保棍徒，动辄敛钱，有不愿者，强派恶取，不知财物竭于优倡，子弟易于浮荡，赌博剪窃，乘机而起。此等恶俗，有司亦在所必禁。然往往不能尽绝根株者，盖官禁而私不禁也。必也官绅交禁！绅士闻有窝娼之家，立即禀官驱逐，遇有窝赌之家，立即禀官查究，庙会演戏，革去敝俗，则人皆知畏法，浇风当为之一变。生财之人多，耗财之人少，凶年不足为患矣。

禁凶殴以保身家

俗尚敦庞，礼崇谦逊，善俗也。荒僻小县，小民赋质强悍，好勇斗狠，习以成风。屡见凶徒怀挟私忿，辄恃强凌弱，凭多暴寡，横行殴打，凶年尤甚。或因讹诈不遂，或因讨欠不还，彼此口角，因而纷争。或折人手足，或揉人眼目，割耳劓鼻，无所不至，且有伤重死于俄顷间者。律法开载，斗杀人者抵命；伤人致残笃，与剜眼、折指、抉耳鼻等，分别充军流徒。煌煌国宪，何可轻犯？乃不忍一朝之忿，害人自害。未定罪名，先受囹圄桎梏、敲朴惨刑；已定罪名，重则正法，轻则遣戍〔戍〕。由此而田园鬻尽，衣物变空，供费不给，饥寒迫身。上则累及父母，下则累及妻孥，且邻里亲属，干连在内，隆冬盛暑，往返解责，旷时废业，怨恨无已。至此地步，悔当何如？故消仇解怨，忍人让人，乃保守身家、安全性命之良法。切勿争强逞雄，止图泄忿于一时，不顾无穷之祸患。绅耆当时时警惕，令其各保身家性命。倘有干犯法纪，恣行凶暴者，立即禀官重究，以正其罪，以免无辜牵累。若邻里不举，私自讲和，一并请官严行惩治。绅耆无漠视优游，以长悍风，此实保身家性命之要图也。

创赡族田以庇同宗

救荒必由近以及远，由亲以及疏。近且亲者莫若宗族，一本同源，胡可不思？昔范文正公置赡族田，后世贤之。盖谓为款甚巨，恒人所难。夫宗族者，譬若树之本根也；乡党者，譬若树之枝叶也。安有本枝不知庇，而能庇及枝叶者乎？男子志在四方，或负笈从师，或远游作宦，自顾不暇，则亦已矣。傥橐囊充裕，不妨略出己财，买田以赡宗族，禀官立案，设立义塾，俾同宗之子弟肄业其中，名师之束修，饮食之花费，笔墨之开销，考试之盘川，皆取给于此。不徒备荒已也。如此培植人才，二十年之后，宗族必有兴起者。踵而行之，扩而充之，人尽英贤，家无贫乏，所以致科名者在此。即所以备凶荒者亦在此，造就成全，延及后嗣，皆创始者之力也。于焉由亲而推之疏，由近而推之远，更为一乡置义庄，德惠愈无穷矣。夫人生世间，如白驹过隙，富贵皆身外物，奈何以瞬息之身，徒作守财虏耶？予今老矣，家非素封，窃有志而未逮，不能无奢望于子孙焉。

酌拟置赡族田章程十四条

一、置田宜禀官立案也。赡族田原为经久之计，若不禀官立案，禁止不肖子孙，侵蚀典卖，恐日久化为乌有。初办之时，无论田之多寡，买一亩，禀一亩，买一顷，禀一顷，以后如有续捐者，随时续禀。其田之地界坐落四至，及钱粮若干，禀中须载清楚，以便稽查。

一、捐田宜不分限制也。有大力量之家，量力先倡捐若干。再择族中富户，量力捐输，不论多寡，听各人自便。捐数无多，人自乐从，无烦抑勒。自是以后，子孙有做官者，皆当量力捐添，由数十亩至数顷，均听其自便。若或捐钱捐银，交公正族长收存买地。其有绝户之家，自愿将己产酌提数成，归入赡族田者亦听。

一、经理宜选择正人也。族大人多，公正人亦必多。须择其品行纯正，为合族所敬服者司其事。每年于公项中，酌给以薪水若干。他人只准稽查，不准干预沾染。三年更换，轮流经理，以防积久生弊。

一、账目宜分别清楚也。置账簿二，一本经管人收存，一本存在宗祠。每月每年，出入若干，合族人等，随时皆可播阅。年终用清单二纸，一纸张贴于宗祠，一纸于本村隍神庙焚化，以示无私。三年后更换人经理，亦于隍神庙接账交账。庶人心有所畏惧，不至有丝毫含糊。

一、余款宜陆续置地也。年岁有丰有歉，赡族田共有若干，每年除完粮粪种外，合算出产若干，酌提一半支用，留一半发商生息，以备荒年。宁使有余，毋使不足，积之数年，自成巨款。陆续添置产业，田愈积而愈多，合族可免沟壑之患矣。

一、义学宜早图设立也。子孙虽愚，经书不可不读。读书系第一要事，其有贫不能延师者，设立义学一座，令族中贫乏子弟就学其中。塾师须择品行端方，学问优长，能耐心教读者，或族中有明白谨慎秀才，择而使之更宜。

一、薪饭宜预为筹度也。延师束修，酌定若干。师生食米菜蔬，酌定每月若干。用火夫一名、书童一名，侍候书房，皆在公项动支。其束修饭食之丰约，总宜量入为出。

一、育才宜推广书院也。如果赡族田愈积愈多，宜添置合族书院一所，请名孝廉设教，专教秀才。束修宜稍丰，否则恐有学问者不愿就。每月合族生童，考课一次，酌给奖赏膏火。如此则人人奋勉，自然科第绵长矣。

一、乡会宜预筹津贴也。族中贫乏子弟，家食尚不能以自给，摒挡乡会盘川，夫岂易易？须量赡族田之进款，立定章程，酌予以津贴，优拔入都朝考。贫者亦稍给盘费，以遂其向上之心。有余之家，例不发给。

一、书籍宜买置公所也。近来乡僻秀才，不过念几句时文，五经多未全读，便混得一青衿，大半空疏。是以乡会中式者少，是皆无书籍之故。公产若有赢余，宜广置书籍，存于公所之地。有书院则存书院，无书院则存祠堂，以备各人就地取览。每年派人经理，晾晒一次，以防蠹蚀短少。

一、茕独宜略示周济也。族中鳏寡孤独之人最为可悯。赡族田原为此等而设，每年宜酌提一二成周济，以广实惠；荒年加倍。其有非鳏寡孤独而贫无立锥者，如遇凶年，亦宜酌量普施。

一、贫户宜酌给资本也。贫户家无立锥，不能自存，即欲小本营生，为糊〔餬〕口计，奈手无资本，徒唤奈何。赡族田赢余之款，不及买地，前拟发商生息，如遇贫户之诚实可靠者，不妨给以公产钱二十数串，或数十串，令其贸易，每年利息一分，不可再多。在公款固因以取利，在彼又赖以谋生，两有裨益。但必择人，此最要紧。

一、捐地宜照例奖励也。捐地一顷以上者，禀请地方官给予匾额。捐地十余顷，合银万两以上者，族中衿耆，禀请地方官通详，由本省督抚入告，奏请奖励。

一、族规宜从严酌定也。既有赡族田一顷，周济贫乏，族中子弟，咸有所藉而为善。倘有小过，由家族长带领祠堂，勒令跪祖宗牌位之前，声其罪而责以家法。其或有杀人放火、为盗不孝及大不法事，家族长先时禀官治处，并即勒令出宗。

以上十四条，皆一定不可移之法。倘有未尽之处，后世子孙，随时增订。此其大略也。

（原书眉批：周济茕独，其法亦本于范文正公。君子以仁合族，而以义防之，以明教也。妇无二夫者，义也。范文正为义田以赒族，而有再嫁之恤，何也？世降而教衰，妇于人者，其不能以贫居孀也。子思之母嫁于卫，明道之妇嫔于王，夫岂无家范，势不行矣。公以为礼之所不能禁，而仁之所当哀也，故为之法，使亦得以沾吾余恩，亦仁者之用心也。

吕本中论范文正云：先儒论宋人物，以仲淹为第一。观其所学，必忠孝为本，其所志则先天下之忧而忧，后天下之乐而乐。而迹其所为，必尽其力，曰：为之自我者当如是，其成与否，有不在我者，虽圣贤不能必。此诸葛武侯不计成败利钝之诚心也。观其论上寿之仪，虽晏殊有所不能晓；宽仲约之诛，虽富弼有所不能知；而十事之规模，虽张方平、余靖之诸贤有所不能识。仁宗晚年欲大用之，而范公已即世矣，岂天未欲平治天下欤！张时泰论范文正云：仲淹之服西夏，富弼之使契丹，其丰功伟绩，岂惟当时之所罕及亦后世之所难能。夫何仁宗终听谗言，而遽罢二公？可谓自坏其万里长城，其不智孰甚焉！）

行简易保甲以惩别民蠹

天下蠹财之民有二：一曰盗贼，一曰游惰。保甲之法，所以惩盗贼、别游惰也。其法昉于《周官》，历代行之，辄著成效。然古之时，比户可封，风俗浑厚。《周礼》：五家有比长，五比有闾胥，四闾有族师，五族有党正，五党有州长，五州有乡大夫。其人本士大夫之贤能，其政自读法礼宾，至于莅校、比施、劝戒，皆主教化之事，要无非使民相友、相助、相扶持、相亲睦而已。而任恤一端，尤其要也。后世世风不古，生齿日繁，游惰日多，强悍成习，甚至结会要盟，抢奸劫夺，拒捕杀伤等案，层见叠出。牧民者因用保甲之法以弭盗，其立心用意，已与古异。而又推行不善，或奉行故事，而不顾名实，既不免弃若弁髦；或认真从事，而胶于成心，又不免失之扰累；或由章程繁琐，官民视为畏途；或由流弊丛生，差保资为利薮。此保甲之法，所以终不行也。惟当力求简易，使人易知易从。仿之于古，既虑其难，仿之于今，又虞其扰。查十家同牌之法，每村须有公正绅耆一名，择保长、甲长，各立简明册簿二本，不经胥吏之手，逐街书明户口若干、每家大小口及男女若干、家长何名、子弟何名、邻佑何人、作何生理、田地若干、钱粮若干，十家一牌，总注册内。共计二本，由官盖印，一本存官，一本存村。每十家牌单，即用木板裱糊，每月轮流张挂门首，互相查察。每牌各出一结，列牌之后，如有忤逆、凶恶、会盗、抢窃、赌博、奸拐、私铸、私枭及窝藏匪类、容留盗犯等事，即责成同牌之户，公同首报。倘有容隐不报，至于被盗者失财，连坐者受累，均惟牌头、保甲长是问。又，每村于册后添设空白纸数页，名曰劣牌。凡村中有素好嗜赌酗酒。游手无赖，土棍诈骗。及曾经犯过窃案，并夜出晓回，来历不明，衿耆及牌头、保甲长等持册谕之，令其速自改悔，否则书之册上。庶若辈有畏罪悔过之机，而村民无被害受扰之累矣。如果力求实济，不托空言，仁让可兴，浇漓可化，且事可永远相安，有利无害。即至凶荒之年，按牌按册稽考，便可知极贫多寡，次贫多寡，于赈济尤不无小补云。（原书眉批：保甲虽似无与于备荒，实亦保家之道。）

附简易保甲章程六条

一、立十家同牌之法以省繁文也。十家一牌，自一户至十户，挨次顺列，写家长姓名、某项生理、共丁口若干、钱粮若干。牌内若遇有外籍客民，当注明某州县人，以便查考。内有一家为匪，即窝留为匪之人，九家公同首报。倘敢徇隐，事发九家同坐。其甲长、保正，知而不首，罪亦如之。如犯法之户，敢向秉公首告之人，寻衅结怨，审实从重究办。十家牌内，不许遗漏，无论绅衿大户及兵役人等，俱应照例入牌。傥有一家不共列牌，不共出结，必系匪类奸民，畏人查察，准保甲牌长开作另户，列于册后。

一、准公举保长甲长以专责成也。查实行保甲，必以举充保甲长为先。惟州县或有村多户少之处，若拘定百家为甲，千家为保，则相去遥远，势必窒碍难行。今定十村设一甲长，十里设一保长。或村有多少悬殊，即计里数为限。至远者，甲长以十里为度，保长以二十五里为度，既易稽察，亦便往来。由绅耆等公举诚实公正，众所推服之人，报官承充注册。

一、定三年更换门牌以免烦扰也。向来每年秋后复编，俱发门牌一次，扰民实甚。不知编查既定，便可一劳永逸。日后惟遇各家长有事故，或同牌内有一家迁移出境，或一家新搬入境，应于牌内分别改注增删。其余丁嫁娶事故，俱免纷纷更改。至十家牌，则以三年为限，如果旧牌添改模糊，地方官即换新牌一张。凡三年内并无移徙事故，并丁口总数亦无更改者，概照旧悬挂，以示区别。

一、永革除门牌陋规以去积蠹也。每年散发门牌，书役等索费为常，实堪痛恨。所有牌册纸张，官绅当捐资自办，不经差役之手。保甲长、地方，均不许藉索片纸分文，稍滋扰累，违者立拏究办。

一、每村须共置梆锣以资防守也。每牌共置一锣一梆，每至昏夜起更，群拿锣梆三次，以壮声势。若贫牌力难置锣，即置两梆，亦可互击接应。居则对宇望衡，夜则鸣金击柝，平时既和气联络，遇盗以救援争先，务合古人八家同井、守望相助之意。（原书眉批：保甲行而后百姓知亲睦，知亲睦则患难相恤，有无相通，实与荒政大有裨益。）

一、汰游手好闲之人以免扰民也。近世以来，地窄人稠，游民无赖，生计维艰。于是公门中有学习之贴写，有帮贴之白役，甚而稍有恒产之家，不能自承其业，思必寄迹公门，而后可以免欺陵，则出资而为挂名之书役。自食其力之人，不能藉农自养，思欲置身公门，而后可以谋生理，则俯首而为替身之书役。一邑之中，盈千累百，数倍从前。兼之市侩、优伶、贱役，获赀易而且丰，又无吏役之扰，民何为沾体涂足，受人欺侮，不为改图？于是有改而为市侩、优伶者。至关津税口、大小衙门，依草附木之长随，与跟逐长随之小厮，呼朋引类，所在皆然，近则十倍于前矣。羞言秉耒之劳，日逐飘蓬之计，于是农民日少，游民日多。苟行保甲，以资激励，使之渐消，则侵官虐民之人，裁冗归农，而农自无扰矣。（原书眉批：今日之患，不患生财之无地，而患生财之无人。贫户之家，多游手好闲之徒，生计维艰，不得已托身公门，或钻充书差，或比附长随，因缘就食者居其半。中人之家，子弟耽安逸，慕势利，好排场，于是决意改图，或账房，或书启，或刑钱，彼此荐托，求入公门，为幕友者居其半。他若世宦子弟，恣意养安，以力田为可耻，以读书为无益，无力者营求保举，有力者专事捐纳，由夤缘而入仕途者，又居其半。此三等人，贵贱虽殊，游惰则一。罔识民情之困苦，乌知物力之艰难，不入乎此，即入乎彼。每至一省，窃见候补多于士农，幕友多于候补，长随多于幕友，书差多于长随，盈千累万，擢发难数。若辈取之尽锱铢，用之如泥沙，生财之人少，耗财之人多。天下安有不穷者乎？）

荒政书不可不读

荒政书不可不读。今日之利弊，皆经古人道破，所当永奉为圭臬者也。勿谓荒政与我无涉也，遂束之高阁而置之。（原书眉批：绅士居乡，留心荒政，洞悉民隐，练达人情，他日居官，必非俗吏。）居恒肄业余闲，即当检阅成法，辨难于心，以古人之所行，试之于今，即以今日之所历，验之于古。有为今日之所可行，而为古人所未行者；有为古人之所常行，而为今人之所难行者。有同一古人，此行之而效，彼行之而不效；前行之而效，后行之而不效者。即如井田，良法也。三代行之而天下治，何以王莽行之而天下乱？诚与伪不同也。（原书眉批：王莽买卖奴婢之禁，诚仁政所当先。至井田良法，致治之本也。古之帝王，以天下为公，捐地利以予民，而不专其奉，持以悠久，故法立而弊不生。及秦废之，汉不能复。至董仲舒始欲以限田渐复古制，然终不能行者，以人主自为兼并，无以使民兴于廉也。又况莽贼而能行乎？）保甲，善政也。周人行之而天下安，何以北宋行之而天下扰？严与苛不同也。朱子之社仓，即王安石之青苗也，同一称贷于民，何以朱子行之而民乐其惠，安石行之而民病其残？公与私不同也。子产之乘舆济人，亦汲长孺之矫诏开仓也，何以子产行之而人不知其惠，长孺行之而主不恶其专？广与狭不同也。（原书眉批：汲长孺矫制开仓粟，君子恕其矫，重民命也。冯奉世矫制破莎车，君子罪其矫，抑边功也。）近世如《经世编》、《图民录》、《筹济编》，大率皆言惠民之政居多，而又往往此以为是而彼以为非，此以为可而彼以为否者，则又以时与势不同、人与地不同也。审其势，度其时，因其地，视其人，神而明之存乎人，非可一概论也。平时确有主见，临事自有权衡，荒政书不可不读也。

不因果报而救荒

今之劝人为善者，莫不以果报之说动之。此亦以神道设教之一法。然论救世之实心，因怵于果报而为善，是有所为而为善也，其救世之心必不诚。不因怵于果报而为善，是无所为而为善也，其救世之心不容已。尝见有施惠于人者甚小，而责报于天者甚奢，甚而豆羹箪食之微惠，亦形诸词色，自鸣得意。其人虽迥异于自了汉一流人物，而所见者浅，皆缘不学无术之故。岂知果报之说，圣人不言，其心惟日与天地万物相流通。盖天地万物，皆凭乎气，气清轻而上浮者为天，气重浊而下凝者为地，以及日月星辰，皆一气所运行，春夏秋冬，皆一气所推移；山川河岳，皆一气所发皇；草木鸟兽，皆一气所化育。人受天地之气以生，气正而壮，则为圣为贤，经天纬地之业，皆从此出；气散而馁，而为庸为愚，苟且因循之弊，又皆从此出；气骄而溢，忿而很，则为逆子，为奸臣，为大盗，无所不至。极而言之，积善之家，以善气相感召，故能易危为安，化险为夷；其子孙又未必皆不贤，其或有未必贤者，祖宗之余殃未尽也。积不善之家，以戾气相感召，故祸不得而倾之者，福亦从而败之；子孙又未必皆贤，其或有未必皆不贤者，祖宗之余庆未尽也。盖殃尽必昌，庆尽必殃，天人感召，有至理存焉。不言果报，而果报即在其中。孔子云：修己以安人，安百姓。人但当全其所得于天，尽其所为于己，而溥其恩泽于人。试思流亡蒿目，性命安危，界在呼吸，均是人耳，我辈若托生非地，便是这等样子。幸得自足，又欲享丰席盛，为子孙长久计，而眼前济人，一钱不舍，不知水火盗贼、疾病横灾，皆能令家业顿尽。小小福分，亦是天地庇之，岂一吝啬能致此哉！一旦无常，只供子孙酒色赌荡之资，何如积德救人之为愈乎？此理至明，彼直不思量到耳。居尝谓：与其留余财于子孙，不如留余德于子孙。济世利物，分所当为，即无果报之说，大丈夫固应如是也。（原书眉批：人苟因怵于果报而为善，其心犹有所筦摄而不敢肆。若无所为而为善，非圣贤不能。是条可为知者道，难与俗人言。）

捕蝗要诀

清同治八年刻本

(清)佚名 辑
惠清楼 点校

捕蝗要诀

捕蝗要诀序

往岁畿辅旱蝗，天子下诏，咨嗟赈贷灾歉，并申谕捕蝗之策。直隶钱芗士方伯刊《捕蝗要诀》，颁发所属。时吾陕中丞曾卓如先生为大京兆，见而称之，谓足御灾捍患也。今闰月之末，同州郡属五厅州县以飞蝗告，中丞出是书，命刊行之。昔唐姚崇捕蝗而岁以丰，是蝗非捕不可。闻愚民惟事赛神，佥曰：是有神焉，慎勿伤，伤之恐愈多。果尔则“田祖有神，秉畀炎火”之谓何？且神依人而行，人果不惮勤劳，合力驱除，神必相之，未有不悯小民之疾苦，而纵物殃民者也。顾各司牧，躬率农人，亟仿图说而行之，以去螟螣而致绥丰。庶仰副圣心之忧勤惕厉，而不负中丞勤恤民隐之意也夫。

咸丰七年夏六月，陕西布政使司司徒照谨识

钱芗士方伯原序

窃炘和滇南下士，通籍后分发川省。备员十稔，调任畿疆。守津九载，深悉民风。本年春蒙恩超擢，旬宣兢业自持，未尝稍懈。惟是直隶虽素淳厚，近因水旱频仍，兵差络绎，户鲜盖藏，民多菜色。亟求图治之方，庶几俱臻丰稔。乃入春后，雨泽频沾，来牟有庆。六月即患雨多，交秋又复熯旱。永定决口，黄水横流。患旱患虫，不一而足。正深焦灼，忽于七月二十六日申酉之间，又有飞蝗自西南而来。飞过经时，停落何方，未据州县具报。已分委确查，但民瘼攸关，颇深忧惧。兹查有旧存《捕蝗要说》二十则，图说十二幅，语简意赅，实捕蝗之要诀。爰付剞劂，通行查办，俾各牧令有所依据，仿照扑捕。或亦消患未萌，转歉为丰之一助云尔。

咸丰六年七月杪，直隶布政使司钱炘和并识

捕蝗图说

布围式

布围一扇，用粗布两幅缝成一幅，长一丈，宽二尺四五寸。不可太长，以过长则软，且不便捷也。每幅两头包裹木竿一根，围圆三寸许，长三尺许。木竿下包尖铁镢一个，以便插入土内。如蝗势宽广，则用两三扇接用。

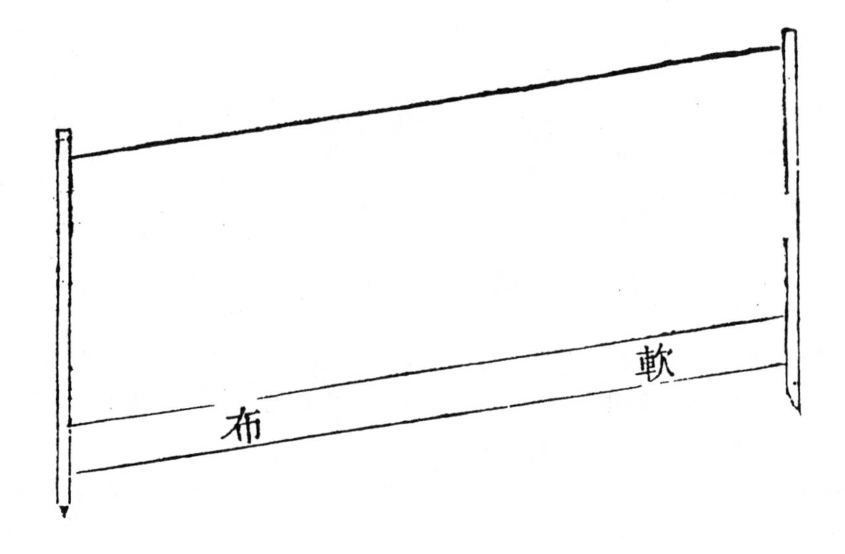

下用软布半幅，用土压住，不至蝻孽脱漏。

鱼 箔 式

鱼箔一扇，约长八九尺不等，高三尺有余，用芦苇结成。近水村庄，家家皆有。如蝻子长大，布围不及，用鱼箔更为便捷。

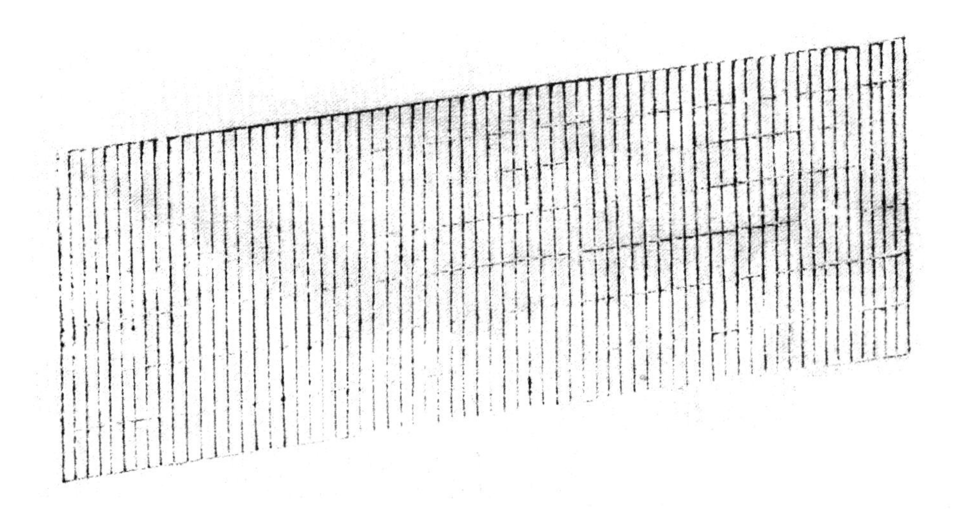

用铁掀掘深五寸，看蝗蝻来路，迎面下箔，与布围无异。

合　网　式

蝗长翅尚嫩，不能高飞。但能飞至数步者，则用缯网罾之，两人对面执网奔扑，则俱入网内。

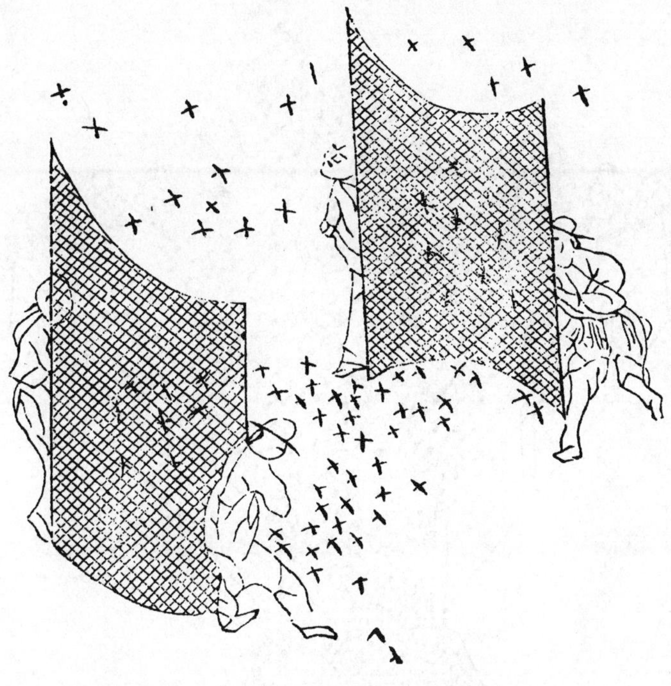

抄　袋　式

有翅之蝗，露尚未干，虽不能飞，捉则纵去者，用小鱼斗及菱角小口袋抄之。

人　穿　式

蝗性迎人。用幼童在围中迎面奔走，则蝗扑人跳跃。如此数次，则悉入坑内。

扑半大蝻子布围式

此用布围与箔同。蝻子来路已净，则空面亦合围扑之。

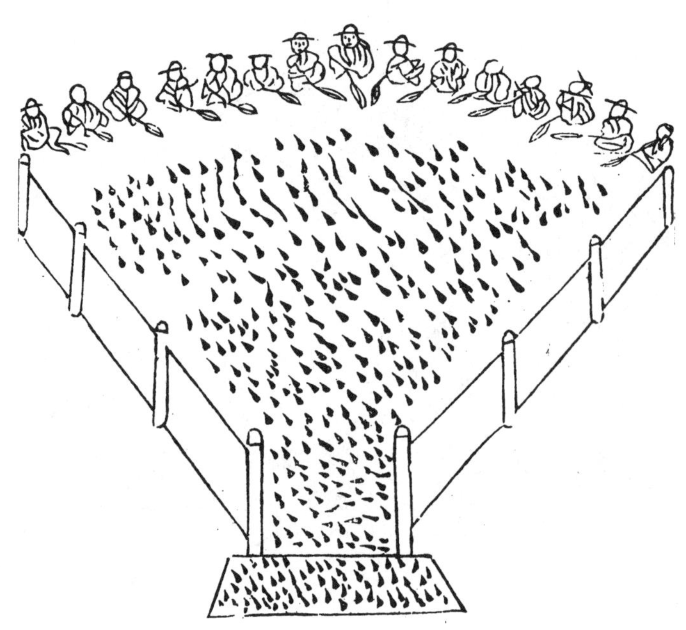

扑半大蝻子箔围式

两面围箔，后掘大坑，中用子壕。前用夫围打，空一面，迎风以待其来，则蝗皆入围。

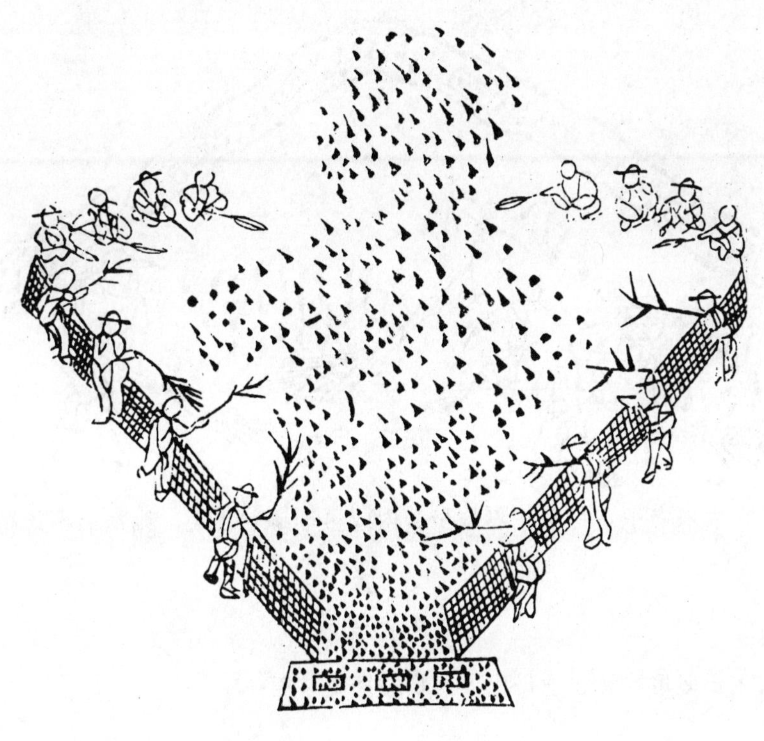

坑　埋　式

蝻子捕入口袋，则掘大坑埋之。倾入一袋蝻子，则以水拌石灰洒入一层，永不复出，或用大锅，就地作灶煮之。

扫蝻子初生式

蝻子初生，不能飞走，只须用人执笤帚扫入壕内。每一壕约计宽一尺，长或数丈不等，两边用铁掀铲光，上窄下宽。

此系子壕在大壕之中，每个相隔数步。内或再埋罐瓮之类。则滑溜不能跳出。

捕捉飞蝗式

蝗沾露未飞，多集黍稷之顶。用人背口袋捕捉，百不失一。

围扑飞蝗式

日出则蝗易飞，四面轻轻围扑，以渐收笼，多趋中央，将次合笼，则齐声用力，即有飞去，亦可得半。至飞蝗在天，恐其停落，即施放火枪及鸣锣赶逐，则不复落。

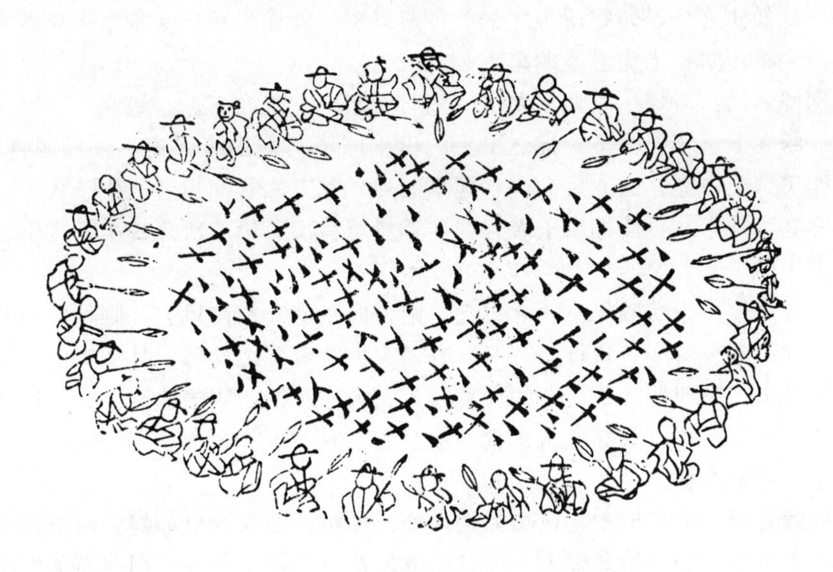

扑打庄稼地内蝗蝻式

蝗蝻在庄稼地内，则用夫曲身持刮，搭在根下赶扑，顺陇而行，遍赴壕内；或赶出空地，再行扑打，庶不损伤禾稼。

捕蝗要说二十则

一、辨蝗之种：蝗蝻之种有二。其一则上年有蝗，遗生孽种，次年一交夏令，即出土滋生。其一则低洼之地，鱼虾所生之子，日蒸风烈，变而为蝗。大抵沮洳卑湿之区，最易产此。唯当先事预防，庶免滋蔓贻害。

一、别蝗之候：飞蝗一生九十九子。先后二蛆，一蛆在下，一蛆在上，引之入土。及其出也，一蛆在上，一蛆在下，推之出土。出土已毕，则二蛆皆毙。大抵四月即患萌动，十八日而能飞。交白露，西北风起，则抱草而死。其五六月间出者，生子入土，又十八日即出土；亦有不待十八日而即出土者。如久旱竟至三次，第三次飞蝗生子入土，则须待明岁五六月方出。

一、识蝗之性：蝗性顺风。西北风起，则行向东南；东南风起，则行向西北。亦间有逆风行者，大约顺风时多。每行必有头，有最大色黄者领之始行。扑捕者刨坑下箔，去头须远。若惊其头，则四散难治矣。蝗性喜迎人，人往东行，则蝗趋西去；人往北去，则蝗向南来。欲使入坑，则以人穿之。喜食高粱、谷、稗之类。黑豆芝麻等物，或叶味苦涩，或甲厚有毛，皆不能食。

一、分蝗之形：蝗初出土，色黑如烟，如蚊如蚋，渐而如蚁如蝇。两三日渐大，日行数里至十余里不等，并能结球度水。数日后倒挂草根，褪去黑皮，则变而为红赤色。又十余日，再倒挂草根，褪去红皮，则变而为淡黄色，即生两翅。初时两翅软薄，跳而不飞。迨上草地晾翅，见日则硬。再经雨后，溽热薰蒸，则飞飏四散矣。至间有青色、灰色，其形如蝗者，此名土蚂蚱，又谓之跳八尺，不伤禾稼，宜辨之。又蝗蝻正盛时，忽有红黑色小虫来往阡陌，飞游甚速，见蝗则啮，啮则立毙。土人相庆，呼为"气不愤"。不数日内，则蝗皆绝迹矣。

一、买未出蝻子：蝗虫下子，多在高埂坚硬之处，以尾插入土中，次年出土。虽不能必其下于何处，然亦可略约得之。每年严饬护田夫刨挖，大抵有名无实。惟有收买之法，每蝻子一升，给米一斗，庶田夫可以出力。

一、捕初生蝻子：蝻子初生，形如蚊蚁，总因惰农不治，以致滋蔓难图。应乘其初出时，用笤帚急扫，以口袋装之。如多，则急刨沟入之，无不扑灭净尽。

一、捕半大蝗蝻：蝻子渐大，必须扑捕。雇夫既齐，五鼓时鸣金集众，每十人以一役领之，鱼贯而行。至厂，于蝗集甚厚处所，或百人一围，或数百人一围，视蝗之宽广以为准。每人将手中所持扑击之物，彼此相持，接连不断，布而成围，则人夫均匀，不至疏密不齐。既齐之后，席地而坐，举手扑打，由远而近，由缓而急。此处既净，再往彼处。一处毕事，稍休息以养民力，自可奋勇趋事。

一、捕长翅飞蝗：蝗至成翅能飞，则尤为难治。惟入夜则露水沾濡，不能奋飞。宜漏夜黎明，率众捕捉。及天明日出，则露干翅硬，见人则起。宜看其停落宽厚处所，用夫四面圈围扑击。此起彼落，此重彼轻，不可太骤，不可太响，则彼向中跳跃，渐次收笼逼紧。一人喝声，则万夫齐力，乘其未起，奋勇扑之，则十可歼八。否则惊飞群起，百不得一矣。交午则雌雄相配，尽上大道，此时亦易扑打，宜散夫寻扑，不必用围。

一、布围之法：蝗蝻来时，骤如风雨，必须迎风先下布围。如无布围，则取鱼苇箔代之。但苇箔稍疏，间有乘隙而过者，宜用人立于箔后，手执柳枝，视蝗集箔上，即随手扫之。围圈既立，网开一面，以迎蝻子来路。如在正北下围，则东西面用人围之，正南则空之以待其来。来则顺风趋箔，尽入沟坑之中。

一、人穿之法：围箔立后，争趋箔中，但其行或速或缓，亦有于围中滚结成团，不复飞跳者。则宜用人夫，由北飞奔往南，彼见人则直趋往北。人夫至南，则沿箔绕至北面，再由北飞奔往南。如此十数次，或数十次，则咸入瓮中矣。

一、刨坑之法：蝻子色变黄赤时，跳跃甚速，宜多挖壕坑。先察看蝻子头向何处，即于何处挖壕。但不可太近，以近则易惊蝻子之头，彼即改道而去，且恐壕未成而蝻子已来，则将过壕而逸也。其壕约以一尺宽为率，长则数丈不等，两边宜用铁掀铲光，上窄而下宽，则入壕者不能复出。壕深以三尺为率。一壕之中，再挖子壕，或三四个、四五个不等。其形长方，较大壕再深尺余，或于子壕中埋一瓦瓮。凡入壕蝻子，皆趋子壕，滚结成球，即不收捉，亦不能出。

一、火攻之法：飞蝗见火，则争趋投扑，往往落地后，见月色则飞起空中。须迎面刨坑，堆积芦苇，举火其中。彼见火则投，多有就灭者。然无月时，则投扑方多。

一、分别人夫：人夫有老幼之殊、强弱之别、灵蠢之分，万不能尽使精壮丁夫，前来应命。必须亲为捡择，驱使得宜。如刨坑挖壕，则须强壮，彼此轮流用力。衰老者则使之执持柳枝，看守布箔，勿使蝻子偷漏。幼小者令入围穿跑，使蝻子迎人入瓮。手眼灵敏者，使之守瓮，满则装载入袋。如此区分，则各得其用矣。

一、齐集器具：器具不全，则事倍而功半。刨坑下箔，需用铁掀、木掀、铁锄、铁镐。围打蝻子，则需用布帐、苇箔及水缸、瓦瓮。扑打则需用鞋底、刮搭、竹笤帚、杨柳枝。网取飞蝗，则需用大鱼网、小鱼罾及菱角抄袋、粗布口袋。每人须令携带干粮，并带水稍。每百人派二人汲水供饮，不致临时病渴。

一、论斤赏钱：重赏之下，必有勇夫。每日所雇之夫，给与钱文。如大片蝗蝻已净，其零星散漫不能布围者，即酌量蝗势多寡，限定斤数，此一日或扑或捕，至晚总须交完几斤，方足定数。此数之外，再多一斤，给钱或十文、五文；再多二斤，给钱或十文、二十文。如此则扑捕倍切勤奋矣。

一、设厂收买：设厂择附近适中之地，最宜庙宇。有蝗处少，则立一厂；有蝗处多，则立数厂。或同城教佐，或亲信戚友，搭盖席棚，明张告示，不拘男妇大小人等，于雇夫之外，捕得活者，或五文一斤，或十文一斤，或二三十文一斤。蝗多则钱可少，蝗少则价宜多。男妇人等闻重价收买，则漏夜下田，争趋捕捉，较之扑打，其功十倍。一面收买，一面设立大锅，将买下之蝗随手煮之，永无后患。亦可刨坑掩埋，但恐生死各半，仍可出土，不如锅煮为妙。但须随时稽察，恐捕得隔邻之蝗，争来易米，则邻邑转安坐不办，将买之不胜其买矣。

一、查厂必亲：行军之法，躬先矢石，则将士用命。捕蝗亦然。每日必须亲身赴厂，骑马周历，跟随一二仆从，毋得坐轿，携带多人，虚应故事。到厂后，既设立围场，即宜身入围中，见有扑打不用力、搜捕不如法及器具不利、疏密不匀者，随时指示，明白告戒。怠惰者惩戒之，勤奋者奖赏之。饮食坐立，均宜在厂。如此则夫役见本官如此勤劳，自然出力。若委之吏役家丁，彼既不认真办理，亦必不得法，终属无益。

一、祈祷必诚：乡民谓蝗为神虫，言其来去无定，且此疆彼界，或食或不食，如有神然。有蝗之始，宜虔诚致祭于八蜡神前，默为祷祝，令民共见共闻。如不出境，则集夫搜捕，务使净绝根株，亦以尽守土之职耳。

一、勿派乡夫：乡村愚民，既有私心，又多懒惰。捕蝗本非所乐，若再出票差，经乡保派拨，势必需索使费，派报不公。且穷苦黎民，亦难枵腹从事。宜捐廉办理，人给大制钱四十文，或五十文，俾有两餐之资，则自乐于从事矣。

一、勿伤禾稼：农民最畏捕蝗，首在伤损禾稼。宜晓示明白，如有践踏田禾者，立即惩治。先从高粱、穈稷丛中，哄出空闲处所，然后扑击。如一望茂密，别无隙地，则用鞋底刮搭（用旧鞋底，前后夹以竹片，以绳缚之，扑击最为得力。乡民谓曰刮搭），从高梁根下扑之，勿致有损。庶百姓退无后言。

治蝗全法

清光绪十四年重刻本

（清）顾彦 辑
惠清楼 点校

叙

余以光绪丙戌持节来皖，得晤纶卿先生。纶翁职章奏，而每值记室多事，亦重治之。迨江圩溃溢，黄水复东，蒙诏开赈捐之例，于是飞书告籴，几无虚日。大率于纶翁是赖而外，此凡有济于民物者，虽非所职，纶翁未尝不余助，余方心焉数之。今年长夏，公事稍稀，纶翁出其大父传梅公《治蝗全法》示余，命为之序，将重锓诸木。虽诵数过，乃知纶翁之拳拳于民物者，其芳臭气泽有自来也。按：公是书作于丙辰之冬，成于丁巳。其明年，应聘总理金匮同仁堂事。庚申之变，誓与是堂俱存亡，竟婴贼刃而卒。士君子遭时不假，并其区区施济之愿，若有物败之者，至于甘以身殉，其可悲也已。《传》曰：无平不陂，无往不复。不于其身，于其子孙。自侍梅公至纶翁三世矣，诗书之泽，日引月长，而善气之涵濡渟蓄者，犹未艾也。吾将于是书卜之。

时戊子五月，扬州陈彝拜叙

咸丰六年丙辰八月，锡金已二百一十六年无蝗（自康熙十一年壬子有蝗，不为灾。至斯也，邑志可考）。而猝从江北麇至，民皆以为神，相戒勿犯，惟祭且拜，以致田稚受害。心窃伤之。时即欲刊成法，布告乡里，使民捕治，顾仓猝不及集事。至十月，知地下遗有虫子，非腊雪盈尺冻之使僵，或乡人竭力掘除，则次年蝗又为害。乃急率同长子济辑除根、掘子、去蝻、捕蝗诸法之简便易行者三十三条，汇为一编，名曰《简明捕蝗法》，呼将得赀五十二缗，刊印发送四千五百八十七本，《掘子法》、《子必掘说》等八千一百七纸，以期除恶务尽。第所辑之法，皆就民说，而于官司治蝗之法咸未之及。民之父母，岂无爱民如子，诚欲访求良法，去害利稼，以裕岁漕而阜民食者。爰于今春伸纸捉笔，终日撰劝买子、买蝻、塔布、收纱、借种诸启之余，复率同长子济辑官捕之法，得二十四条，别为一卷，名曰《官司治蝗法》，附于民捕之后。又更易前《简明捕蝗法》曰《士民治蝗法》，列为第一卷，以见治蝗乃士民之本分。若官司之治蝗，则自圣天子以至良有司，皆莫不恫瘝在抱，轸恤民依，是以治之惟恐不及，而国家之立法，亦甚严且密耳。岂民不应治而但当责之官长哉？余第四卷，类及救荒、恤疫、伐蛟、祈祷，乃与治蝗相辅而行者也。至第三卷所载，则多前人成说，且有可补一二两卷所未备者。

咸丰七年岁次丁巳五月五日，梁溪顾彦自识并书

犹白雪斋主人小景同里丁煜画

去岁秋深，蝗飞陇上；天地弥漫，四郊无旷。雨泽愆期，本忧旱亢；继以践蹂，禾苗尽丧。君也愀然，谓须备防；掘子除根，后方无恙。劝告城乡，遍粘亭障；声与泪俱，情词晓畅。前有成规，劳心采访，寒夜一镫，检求贵当，掩卷欷歔，民依恻怆。今睹此容，图书摒挡，思虑之焦，形于颜状。盍告画师，临摹依样，悬挂田间，为刘猛将。（邑有刘猛将军庙，相传能除蝗患。）

咸丰丁巳首夏淳题

治蝗全法目录

治蝗全法　卷一

（原书眉批：此卷文不厌俚，以其欲民易解也。）

士民治蝗全法（须识字知文义人与农民讲说明晓）

一、虾鱼生子水边及水中草上，如水常大，浸草于水中，则虾仍为虾，鱼仍为鱼；若水不大，及虽大而忽大忽小，及虽有水而极浅，不能常浸草于水中，则草上之虾、鱼子，日晒薰蒸，渐变为蝻。（蝗初生无翅为蝻，蝻渐大有翅为蝗。蝗不外化生、卵生两端，此即所谓化生者。字典无蝻字。蝻乃俗字也。蝗亦后世之称。若《春秋》则曰螽、曰螟、曰蝝而已。）（原书眉注：蝝，音沿。《春秋》：螽、螟，蝝，即蝗。见沈受宏《捕蝗说》。又陆桴亭《除蝗记》曰：蝻于《春秋》为蝝。）不数日生翅即为蝗。是以大河、大湖、大荡、水边有草处，如水不常大盈满，则生蝻；小河、小港、沟槽、浜底、有草处，水不常满，忽大忽小，忽有忽无，则生蝻；芦稞滩荡及一切低潮有草处，水虽常有，浅而不深，日晒易暖，则生蝻。（此等情形，皆指江南水乡而言。若北方陆地，则其河渠盈则四溢，草随水上。及其既涸，则草留涯际。虾鱼子之附于草者，既不得水，又得日晒薰蒸，皆变为蝻矣。）故欲治蝗于无蝗之先者，必须于此等生蝻处所，将草尽行剷去，则蝗根既可消除，而将草携回，更可作垭田烧火之用。农人何乐而不为耶？（原书眉批：看消除蝗根法，亦预防蝗患法。）如不将草垭田烧火，则必曝干纵火烧之，方绝蝗患。否则犹恐生蝻。切记！切记！（此除蝗根法。北方恒蝗之地，宜以此法劝谕乡民，令恒去草。若江南则蝗不恒有，民又自能取草壅田饲鱼，可无需劝谕。）

一、蝗由虾鱼子化生者，须在目上；由蝗卵入土孳生者，须在目下，可以识别。（此见陆曾禹《治蝗八所》。以上皆说蝗根。）

一、蝗由虾鱼子化生，及母蝗下子入土卵生者，初皆名蝻，小如蚁，又如蚕，色微黄。数日即大如蝇，色黑，群行能跳。又数日即有翅能飞，色黄，是名为蝗。（原书眉注：蝻色黑，蝗色黄，蝗性热好淫。）性热好淫，能飞即每午辄媾，媾即生子。夏月气热，十八日或二十日，即又成蝻。蝻又成蝗，循环不穷，故蝗多而害大。其生子也，必择坚硬黑土、地方高燥之处，（原书眉注：坚硬高燥，前人书皆作坚垎高亢，恐民不解，故易之。垎音劾。）以尾锥入土中，深八九分，生子十余，（皆联缀而下，如一串牟尼珠，有线穿之。色白、微黄，如松子仁，初较脂麻加小，渐大如豆，又如小囊。中初止白汁，后渐凝结，遂分为细子百余。及至将出，外苞形如蚕，长寸余；中子形如大麦，色皆黄；出即为蝻百余，不止九十有九。前人皆云蝗一生九十九子者，袭先儒注疏语耳。）即将尾抽出。外仍留洞，形如蜂窠，或土微高起。（原书眉注：洞，前人书本作孔。土微高起。前人书本作土脉坟起。蝗性好群。）盖因蝗性好群，群飞群食，亦群生子，故其生子之地，形如蜂窠。如遇物塞其洞，或人踏平其洞，则洞中之子有生气上升，故其土微高起。是以蝗如生子之处，人皆易于寻觅。凡欲掘除蝗种者，（原书眉注：看《掘除蝗种法》。蝗子二字，古人文案章奏，皆不避忌，今人则悉改为蝗种。从之。）法须齐集多人，分定地段，携带锄钯，四出巡视。凡见地上有无数小洞，形如蜂窠，及土微高起处、上年蝗集处，其土中皆有蝗种。（或深寸许，或深三四寸、五六寸不等，其土皆暖，炙手可热。）立即掘出，以火烧之，或以水煮之，使不成蝻，为功最大。（此掘蝗种法。自古治蝗多法，莫不以掘子为第一要法。盖余法皆难，而掘子则易也。切不可不掘，以贻后患。观彦《蝗种必须掘除说》及前贤掘除蝗种诸论，则自明矣。）（原书眉注：《种必掘说》，除根种论，俱见三卷。）（咸丰六年冬，彦欲人掘遗子，曾以此法另刊一纸，从广发送。后有蝗种在地，亦宜仿照行之。又民多顽愚，不肯掘子，必须以钱收买，方乐从事。倘官绅殷富俱不收买，必须有一人撰文力劝，刊印广发，始不至始终不买。咸丰六年冬，民不肯掘，亦无人买。七年立春日，家仪卿盐举，助赀刻劝《收买子启》五千纸，满邑贴送。）（原书眉注：《劝买子启》，又见三卷。）（捐赈总局始每升钱三十收买六百余石；北七房华氏等处，亦买百余石。蝗患遂减。后如有子，亦宜仿行，民始踊跃肯掘。）

一、蝗夏月生之子易成，十八日或二十日即出。然如八日内遇雨则烂（喜干恶湿也）。冬月生子难成（畏冷也），须来春始出。（原书眉注：蝗蝻子三者，俱喜干畏湿，喜热畏冷，喜日畏雪。）然如遇腊雪或春雨，则烂不成；非能入地千尺也（此见陈芳生《捕蝗法》）。（原书眉注：遗蝗入地应千尺。苏东坡咏雪句。）惟腊雪即深尺，而石下岩底，雪所不到之处，蝗种仍生。犹须以人力掘除，补天功之所不足，（原书眉注：自古天灾，皆可人救；自古天功，亦必藉人力也。）方免蝗患。（此见陆桴亭《除蝗记》。）又咸丰七年丁巳，锡金之蝻，于四月初旬将立夏始出，多在山麓。盖因田间之子，民已掘尽，而山间则未也。又蝗种生于夏者，本年即出；生于秋者，患延来岁。苟非腊雪盈尺，则惊蛰后滋生必繁，为害必大。（此见周焘《除蝻灭种疏》。）又蝻生在白露前者，不久即毙，无遗患；若过白露不死而生子者，则其子须来春始生。土人宜各志其处，思所以预防之。如至生翅而飞，则扑灭难矣。（此见马源《捕蝗记》。以上皆说蝗种。）

一、蝗白露后生子于地，至来春惊蛰后即出为蝻。凡麦经其缘（音言）嗞即坏（此见陆桴亭《除蝗记》），故蝻不可不捕。又惊蛰后地气和暖，蝗种在地，初出为蝻，形如蝼蚁，止能行动，尚不能跳，所生地面不过如席片之大。此时扑捕，犹易灭绝。至能跳跃，蔓延宽广，则难灭矣。（此见陈文恭《除蝻檄》）（原书眉注：康熙五十四年乙未，安徽桐城之蝻，四月中旬始生遍野，厚尺余，以上年之子未掘故也。见马源《捕蝗记》。咸丰七年丁巳，锡金之蝻，亦四月初始生。）

一、蝻初生，大约在芦稞荡及麦田之间。在芦稞荡者，法应植竹为栅，四面围之，砍去其芦，以连枷更番击之，可以即尽。（原书眉批：看捕芦中蝻法。）然此但指小蝻尚未能跳者言也。若既稍大能跳，则应分地为队，队用少壮五十人，分布在芦稞荡之三面守之。后于前一面，掘一沟，长三四丈，上阔一尺七寸，下阔二尺五寸，深一尺，沟底每距三尺余掘一坎。然后砍去其芦，自后达至沟。乃呼三面守者，合力驱之，并鸣锣以惊之。蝻跃至沟即坠，俟全坠，即以土掩之，蝻即尽矣。然此但指芦稞荡之小者言也。若宽大，则应于芦稞荡之适中，掘一长大之沟为濠。（沟大而有水为濠。蝻见水，久则烂。）先从濠之左一面或右一面驱尽，然后再驱，一面以土掩之。（凡芦塘之宽大者，如掘一沟，则去远；掘两沟则工费。故于塘之中间掘一沟为濠，最妙。）其驱之也宜徐，不可急，急则旁出；沟所不可立人，立人则蝻见惊避。（原书眉批：驱蝻宜徐，开沟坑蝻，沟所不容立人。）又蝻出十六七日，生半翅时，其行如水之流，将食稻麦矣。（原书眉批：蝻生半翅，始食稻麦。）法应以竹为栅，堵其两旁，而于两旁之中，埋一大缸，向其来路。蝻行自入缸中，不能复出，可即以大袋收之，曝干作虾米食。（蝻可食。）或和菜煮食。或饲猪鸭，俱易肥壮。（原书眉注：蝻可食。看分队法。）至于分队之法，每队少壮五十人，领以老成能事者四五人，先探明芦中何处有蝻，立一长竿布旗以表之，谓之一围。他处亦然。次第表毕，即令五十人，如上法驱捕。一日令其捕十围，纵不能尽，所余亦不过十之一二，即为害亦不大矣。又日间扑之，如或散去，至夜仍聚一处。（蝻性好群也。）（原书眉注：蝻性好群。）次日再扑之，即尽矣。（此捕芦中蝻法。见马源《捕蝗记》。）

一、（原书眉注：看捕田中蝻法。）蝻初生如蚁，在稻田麦田中者，俱应用旧鞋底皮，或用新旧牛皮切作鞋底，钉于木棍之上，蹲地打之，可以应手而毙，且狭小不伤稻麦。若用他物，则击蝻不毙，且易坏，并伤稻麦。故外国亦用此法。（此治田中蝻于如蚁时之法，见陆曾禹《治蝗八所》及乾隆二十四年户部条例。）（原书眉注：此所云乾隆二十四年户部条例，即后三卷所载御史茂奏治蝗法六条。）又蝻未能飞时，鸭能食之，如置鸭数百于田中，顷刻可尽。亦江南捕蝻之一法也。（此亦治田中蝻法，见陆桴亭《除蝗记》后自记语中。咸丰七年四月，无锡军嶂山山上之蝻，亦以鸭七八百捕，顷刻即尽）。

一、（原书眉注：看捕空地上蝻法。）蝻既稍大如蝇，群行能跳。在空地上者，则应于可开沟处，先开一丈许长沟，深四五尺，阔三四尺。其开出之土，即堆于对面沟边，以为后来填压之用。次集多人，无论老幼，皆手执扫帚，或竹枝、柳枝，三面围喊。又每五十人或三十人，鸣一锣。蝻闻人声、金声，必即惊跃欲遁，人即乘势将蝻驱至沟边，执帚者扫，执枝者扑，执锣者将锣大击不止，蝻必全入沟中，形如注水。应即用干柴燃火，投入沟中烧之。下恐尚有活者，须再以前开出之土，填入压之，过一宿方妥。（此治空地上蝻于如蝇时之法，见乾隆二十四年户部条例及陈芳生《捕蝗法》、陆曾禹《捕蝗八所》。）（原书眉批：看捕田间蝻法。）若在田横陇畔，不能开掘长沟之处，则应每田一区，先用数人将蝻驱至空阔无稻麦处，后用多人四面逐之，令其攒聚一处，以长栈条圈之，再以土壅栈条外脚，使无罅漏，可以钻出。只留一极狭小门，可以出入一人。即于此小门口，斜埋一大缸于地中。其向栈条门口处之缸沿，须与地适平。然后使人入栈条内，驱蝻入缸。顷刻可满，不能复出，装入车袋，以水煮之。（此治田中蝻于如蝇时之法，见道光元年顺天府尹申镜淳《捕蝗章程》。）

一、蝻性向阳，晨东、午南、暮西。凡开沟捕蝻及田中捕蝻者，俱须按时刻，顺蝻所向驱之，方易为力。否则不顺，必至旁出，蔓延他所。是以法宜用旗三五面，（原书眉批：蝻性向阳。旗应用五色，看蝻何处多，则树赤者；何处少，则树白者。次青、次黄、次黑，以别缓急。以次捕治，则旷野中一目了然，审向端而成功易矣！此见后三卷御史史茂奏治蝗法六条中。）令人执立蝻所向之方，大家将蝻俱赶向有旗一方去，庶不至错乱而成功易。（此言捕蝻者皆须顺蝻所向逐之。见乾隆二十四年户部条例。若马源《捕蝗记》则云：蝻之行也，恒东向。）（原书眉批：蝻行恒东向。）

一、（原书眉批：蝻性又向火，看以火诱蝻法。）蝻性又向火。（蝗性亦然。）凡开沟捕蝻者，最宜夜间用柴烧火沟边。蝻见火光，必俱来赴，人即从后逐入沟内，以火焚之，最易为力。田中捕蝻者，亦宜夜间用柴烧火田畔，俟蝻来赴，从后逐之，亦易为力。切勿因日夜辛苦，夜间要睡，懒而不为；亦勿因购买柴草须费钱文，吝而不为，致贻后悔。（此言凡扑蝻者，须投蝻所好，夜间以火诱之。见道光元年顺天府尹申镜淳《捕蝗章程》。）

以上六条，皆捕蝻法。较之掘子，以为费事；而较之捕蝗，犹为省事。是以治蝗之法有四，一曰除根，二曰掘子，三曰捕蝻，四曰捕蝗。而捕蝗不如捕蝻，捕蝻不如掘子，掘子不如除根。虽有圣人复起，不易吾言矣！又蝻非重价收买，则民有捕有不捕，蝻必不尽。又子在地下难见，不能尽；蝻在地上易见，可以尽。是以捕者，必思所以尽之，莫妙于重价收买。

一、蝻苟捕除不速，或不尽，则生翅成蝗，相率群飞，蔽天翳日。所集之地，寸草不留；一至田中，稻麦立尽。（故《易林》谓之“饥虫”。）为害最大，而扑灭最难矣。（故必于未成蝗之先，早捕为妙。）然不过难焉已耳，非不可灭也。（前蝗至常州数日，即捕尽。见陈芳生《捕蝗法》。）法宜看蝗在何地，应以何法治之。假如蝗在稻田或麦田中，则每日五更，必聚稻麦稍上，露侵体重，不能飞跳。此时捕之，最宜为力。宜即以手搪之，或用筲箕绰之，装入车袋，以水煮之蒸之。或开地坑，以火烧之。（此治田中蝗法，见乾隆二十四年户部条例及陆曾禹《捕蝗八所》。即《小雅·大田》之篇所谓“秉畀炎火”之法，即千古治蝗之良法也。）在空地上，则须于可开坑处，先开一极深且长且阔之坑，次用板门、板榀、板壁、舂凳之类，接联如八字摆列坑之两旁，再用干柴置火坑内。后用多人，手执木板，高声呐喊，驱蝗入坑。坑已有火，则翅被火烧，不能飞出。然犹有能跳出者，则用扫帚数十把扫入之，再用柴薪盖而烧之。下恐尚有活者，须再用土埋压一夜方妥。切忌但用土埋，不以火烧，明日蝗能穴地而出。（此治地上蝗法，见陆曾禹《捕蝗八所》及乾隆二十四年户部条例。）在空中飞腾，则应用绰鱼之海兜，或缝布圈竹，做成海兜，装一长柄，从空中兜之，装入车袋，煮之烧之。（此治空中蝗法，见陆曾禹《捕蝗八所》及陈芳生《捕蝗法》。）（原书眉批：看空中治蝗法。咸丰七年四月，锡金地上之蝻亦以布作兜兜取，顷刻而满。）惟开坑烧蝗及埋蝗者，（此即承上第一二两节开坑烧蝗、埋蝗言。）将蝗纳入坑后，须再以火烧之乃死。（原书眉批：看以火烧蝗法。盖坑蝗必须再用火烧也。）若但以土埋而不用火烧，则明日必能穴地而出。（蝗能穴地，又能渡水。此言坑蝗，必须以火烧之。）又坑中必先以柴置火，（原书眉批：坑中必先置火。）然后入蝗，蝗始不能飞出。（此言坑蝗必先置火坑内。）又烧之后，下必尚有活者，须再以土埋压一宿，（原书眉批：看以土埋蝗法，盖既烧后必再土埋也。）方尽死。不然，则下之活者，仍能穴地出也。（此言蝗烧之后，必须再用土埋。此三说俱见陆曾禹《捕蝗八所》及乾隆二十四年户部条例。）

一、蝗性向火与蝻性同，（原书眉批：蝗性向火。看以火诱蝗法。）凡田中有蝗，宜置柴十余堆于田边空处；地上有蝗者，宜置柴十余堆于所开坑处。俱俟太阳落山，天色暗透后，以火烧柴，蝗即俱来扑火，翅被火烧，不能飞起，顷刻可捉无数。切勿因日间辛苦，夜间要睡，懒而不为；购买柴草，须费钱文，吝而不为，以致后悔（此言蝗宜于夜间捉。见道光元年顺天府尹申镜淳《捕蝗章程》。）

一、（原书眉注：看捕蝗之时。）蝗早晨沾露不飞（五更尤甚），日午交媾不飞，日暮群聚不飞。每日此三时，最可捕蝗。人当于此三时竭力捕之。若辰巳时、未申时，皆是蝗飞难捕之时。人可于此数时，休息养力。（此见李秘园《捕蝗记》及载乾隆二十四年户部条例。）入夜，则以柴纵火，诱而捕之。（此已见上条。此言蝗宜早晨、日午、日暮、夜间，再加以五更，共五时捕。蝗之难捕，以其飞也。故必于其沾露、交媾、群聚不能飞之时捕之，则唾手可得，易于为力矣。）又天气下雨，蝗翅潮湿，不能高飞。此时捕之，亦易为力。断宜冒雨争先力捉，不得畏湿衣服，避匿因循，致失机会。（此言蝗宜于雨中捕，见道光元年顺天府尹申镜淳《捕蝗章程》。以上皆言捕蝗之时。）又蝗喜干畏湿，喜日畏雨。如有蝗时，能淫雨连旬，则蝗必烂尽，（原书眉注：久雨烂蝗。）盖雨能杀蝗也。（此言雨能杀蝗，见陆桴亭《除蝗记》后自记中。）

一、蝗虽天灾，断可人捕。不必惊以为神，不敢扑灭，惟以祷祀求之，以致田禾伤损，衣食俱无。（原书眉批：蝗断可捕。）观后三卷沈受宏《捕蝗说》，陆桴亭《除蝗记》，则明矣。（此言蝗决可捕。）又蝗有讨除不尽者，特人不用命耳。（原书眉批：蝗捕可尽。）二语见唐相《姚崇传》。人能用命，则蝗无矣，岂不能尽者耶！（此言蝗捕可尽。唐相姚崇，乃千古治蝗之最力者。若千古治蝗之最严者，则宋之淳熙勅也。此等语皆见陈芳生《捕蝗法》，《淳熙勅》载三卷。）

一、蝗即有神，亦不外本处山川、城隍、里社、邑厉之鬼神，非蝗别有神，并非蝗即神也。详三卷陆桴亭《除蝗记》。不必视蝗如有神，而相戒勿犯也。（此亦言蝗可捕。以上五条，皆言捕蝗。）

一、（原书眉注：看以衣物驱蝗法。）蝗见树木成林，或旌旗森列，则每翔而不集。故农家或用红白衣裙、门帘、包袱、被单、褥单、遮阳天幔之类，结于长竿，聚集多人，成群结队，执而驱之，蝗亦不下。（如有神庙旗伞、龙船旌帜，用之更妙。此以衣物驱蝗法，见陆曾禹《捕蝗八所》。）又蝗畏人易驱，见唐《姚崇传》。（原书眉注：蝗畏人，易驱。）

一、(原书眉批：蝗畏金声、炮声，看以铜器火器驱蝗。) 蝗畏金声，亦畏炮声。农人如能用鸟枪、铁铳，装入火药，加以铁砂，或稻谷米麦之类，击其前行，则随后者亦畏而他去矣。(推而广之，铜盆、铜脚炉盖，亦可敲击，多即声大。此以铜器、火器驱蝗法。见陆曾禹《治蝗八所》。以上两条，皆驱蝗法。)

一、每水一桶，入麻油五六两，用竹线帚洒于稻麦梢上，蝗即不食。(此见乾隆二十四年户部条例。) 又稻草灰及石灰，(原书眉批：看禁蝗食稻法。稻草灰，原书作秆草灰，秆即稻茎也。) 等分为细末，或洒或筛于稻麦梢上，蝗亦不食。(此禁蝗食稻麦法，见陆曾禹《捕蝗八所》。)

一、绿豆、豇豆、豌豆、脂麻、大麻、苘(音茫)麻、(原书眉批：看种蝗不食之物法。古云蝗不食三麻三豆，即此是也。) 薯蓣、芋头、桑树及水中菱芡，蝗皆不食，种之且可获利。(此种蝗不食之物法，见王桢《农书》及吴遵路事。)

一、(原书眉注：看蝗可食。) 蝗可和菜煮食，(见范仲淹疏。) 可曝干作干虾食，味同虾米(虾鱼子变故也)，久储不坏。(蝗性热，久更佳。以上见陆曾禹《捕蝗八所》。) 陈芳生《捕蝗法》曰：燕齐之民，用为常食，登之盘飧，且以馈遗。并鬻于市，数文钱可得一斗。更有囷积以为冬储，恒食以充朝铺者。盖因其地恒蝗，其民既知虾子一物，在水为虾，在陆为蝗，则食蝗与食虾无异。(原书眉注：虾鱼子在水为虾鱼，在陆为蝗蝻。食蝗与食虾无异。) 故不复疑。若东南水区，则被蝗时少，民不习见，故有疑鬼疑神，侧闻食蝗而骇然者。岂知西北之人，皆云蝗如豆大者，尚不可食；如长寸以上，则莫不畚盛囊括，负载而归，咸以供食。(原书眉批：蝗寸以上方可食。) 蝗何不可食之有哉！(此言蝗定可食。)

一、(原书眉注：看蝗可饲畜。) 蝗断可饲鸭，又可饲猪。崇祯十四年辛巳，浙江嘉湖旱蝗，乡人捕以饲鸭，极易肥大。又山中有人畜猪，无赀买食，试以蝗饲之。其猪初重二十斤，食蝗旬日，顿长至五十余斤。可见世间物性，畜可食者，人未必可食；若人可食者，禽兽无不可食。蝗可饲猪鸭理也，推之当不止此！(此言蝗可饲畜，见陈芳生《捕蝗法》。)

一、(原书眉批：蝗宜四时防备。) 蝗四时皆有，不独夏秋有之。考史自春秋以至前明可见。(史书某月者几，另有历代蝗时，见后三卷。) 惟夏秋则恒极盛耳。是以春冬亦宜防范。(此言蝗宜四时防备，见陈芳生《捕蝗法》。)

一、遇蝗祷神，只应祷本处之山川、城隍、里社、邑厉(此见陆桴亭《除蝗记》)，以及关圣帝君(以其护国也)、火神(以秉畀炎火，乃千古治蝗良法也)、刘猛将军(以其治蝗也，此见道光五年顺天府尹朱为弼《捕蝗事宜》)而已。其余淫祀，无庸多及。且须一面祷，即一面捕，切勿以为祷必有灵，可不驱捉。(原书眉批：宜一面祷一面捕。) 盖设无灵，则悔无及矣！(咸丰六年，锡金之民，即以此误，可以为鉴。此言遇蝗宜祷捕并行，不可祷而不捕，且究重捕不重祷也。又蝗有祷而不食禾稼者，亦有祷而仍食禾稼者。如明万历四年六月，丹阳飞蝗入境，民祷于神，蝗止食竹木芦苇，而不及五谷。有一朱姓，牲醴已具，见蝗已过，止不复祷。须臾蝗回，啮尽其禾，而邻田一颖不损。此祷而不食禾稼者也！唐开元四年，山东大蝗，民祷而无应。今咸丰六年，无锡飞蝗，民亦祷而无应。是祷而仍食禾稼者也。岂祷即可保无虞哉！惟平日时时战兢惕厉，悔过迁善，惟恐得罪于鬼神，则鬼神或者佑之耳。)(原书眉批：祷神有灵有不灵。)

一、(原书眉批：官捕不如民捕之善。) 地方官府，固有应捕子、捕蝻、捕蝗之例，然官雇夫捕，田非所有，不知爱惜，往往有踏伤禾稼之病。不如农民自捕，自然谨慎小心，可无虑此。(此言官捕不如民捕之善。)

一、(原书眉批：捕得蝗蝻子，不必定要官赏官买。) 百姓捕得子、蝻、蝗，固有可送官请赏之例，官亦有应设局收买之例。然如点金乏术，则难无米为炊。多寡有无，只可任从其便，不可胶柱鼓瑟，滋生事端。须知自除己害，乃属分所当为，苟能田物无伤，则所获亦已多矣，又何必因而渔利耶！(此言捕得蝗蝻及子，不必定要官赏官买。)

一、(原书眉批：欲除蝗蝻子，必须以价收买。)无知小民，非收买，必不肯捕蝗蝻子；非重价收买，犹不肯捕蝗蝻子。官如无钱收买，则地方义士应出力为之。(此言蝗蝻子，如官无钱买，则其责在绅富。倘绅富亦坐视，则地方何赖有此绅富哉。)惟义士即重价收买，而无知之民，必尚有怠缓不悦从者。此则宜告知官长，立提重处，惩一儆百。又赖租顽佃，亦有利有蝗蝻，藉可吞租者，察实亦宜送究。

一、(原书眉批：蝗蝻子须乡城皆买。)在乡义士，即使竭力收买，亦只能去一方之害，而不能遍及阖邑。惟在城之绅富，能亦设局力买，则阖邑之害，皆能全尽。

一、(原书眉批：欲尽蝗蝻子，必须藉官力。)士民力买，亦必告知官长，出示出票，责成地保，令其按田派夫力除，出具限状，准于何日净尽，并令出具除尽切结，呈案备查。庶几可以全净。(以上三条，言蝗、蝻、子，须以价收买，又须藉官力。)

一、(原书眉批：赏罚宜明。)绅富地保人等，如有真能出力除尽蝗蝻，不至伤稼者，应请官赏给冠带，或给门匾，或免徭役，以示奖励。人始踊跃从事。不力而贻误，则惩罚之。人始不敢怠玩。(此言赏罚当明。)

一、陆桴亭《除蝗记》曰：见蝗不捕，待其之他，是谓不仁(有法不说同)；畏蝗如虎，不敢驱扑，是谓无勇。是教人捕蝗也。不早求治，养患目前，贻祸来岁，是谓不智。是教人掘子也。(原书眉批：蝗蝻子皆必除。)陈芳生陈捕蝗之法曰：前村如此，后村复然，一邑如此，他邑复然，则净尽矣。又曰：臣案以上诸事，皆须集合众力。无论一身一家，一邑一郡，不能独成其功。即百举一堕，犹足偾事。是教人人皆捕蝗也。人顾可以不治蝗哉！(原书眉批：蝗须人人皆治。)

一、(原书眉批：蝗蝻皆可尽之物。)小民无知，往往以蝗蝻为不可尽。有志治蝗者，切勿误听其言而不力治。

一、千古治蝗之力者，固惟唐姚崇一人，然人皆当勉效姚崇，勿如倪若水、卢怀慎，徒为崇之罪人也！(以上三条，皆言人当治蝗。《唐书·姚崇传》见三卷。)

一、(原书眉批：以德禳蝗。)蝗皆因人心奸险，伤人害人，甚于蝗虫，是以天降此灾。如人苟能洗心涤虑，迁善改过，则蝗亦必不为害。如《陈留耆旧传》曰“高式至孝，永初中蝝蝗为灾，独不食式麦”是也。虽不能人人皆善，而一人善即可保一家，数家善即可保一村，天理如是，不必以余言为迂腐也！(此消患于无形之法)。同一乡里，而蝗有至有不至，同一禾稼，而蝗有食有不食，即以人之善不善分也。(此见陆桴亭《除蝗记》。)又灾固可以德禳，灾仍须以力制。(原书眉批：蝗仍须以力治。)如谓修德即不必用力而灾自消，非也！惟德修则力必有用耳！(此言以德禳蝗，犹须以力治蝗。)

右士民治蝗法三十三条，皆简便易行，古人最善之法。使人人皆能实心实力，按照此法，以除根、掘子、捕蝻、捕蝗，则天下何至有蝗哉！即有蝗，亦何至为害哉！

治蝗全法　卷二

官司治蝗全法

一、治蝗不外除根、掘子、去蝻、捕蝗四法，而捕蝗不如去蝻，去蝻不如掘子，（二句见周焘除蝻灭种疏及史茂捕蝗事宜疏。）掘子不如除根。是以北方有司，每年于冬令水涸草枯、农力闲暇之时，宜多出告示，谕令乡民将遍地干草尽行纵火烧去，使草上之虾鱼子都成灰烬，以绝蝗根。（此见周焘除蝻灭种疏。）若南方有司，则宜于春间多出告示，谕令乡民将水边水中之草全行芟柞，载归可以壅田，曝干更可作柴，否则必就地曝干烧之，以防草上之虾鱼子仍变为蝻。最为紧要。（此见陆曾禹《捕蝗八所》。）此消除蝗根法，即预防蝗患法。欲除蝗害者，宜于此加意焉。（此说除根。）

一、上年秋间，如或有蝗生子于地，则北方有司，宜于春深风暖、土脉松脆之时，多出告示，并亲自督率农民，齐集多人，携带锄钯，四出巡视。凡见地上有无数小孔，形如蜂窠，及土微高起处，并上年蝗集之所，其土中皆有遗子，应即掘出，以水煮之、或以火烧之。（此见周焘除蝻灭种疏。）南方有司，则于深冬岁晚农闲之时，应即多出告示，谕令农民，即皆从容搜索。（此见陈芳生《捕蝗法》。）不可观望，延至来春。盖因北方地寒，冬月土冻，坚硬难掘，是以宜春。南方则冬不甚寒，地不甚冻，较之北方，大相悬殊，是以冬间即可搜掘。且冬间之子，至大不过如脂麻，春深之子，则已长大如大麦，量之数多四五十倍，是以欲省买子之费者，大江以南，必须冬买为妙，可以费少而功多。然民多愚顽，非以钱米易买，必不肯掘；非以多钱多米易买，犹不肯掘。为民父母者，宜以一石粟易一石子。如民犹不从，应再增益。

国家例价不敷（户部定价见后三卷《捕蝗律令》），即应捐廉及捐殷富，凑足买易。如殷富不能捐，则捐田。每亩若干，以作买费。昔窦东皋捕蝗酌归简易疏曰：蝗子一升，给米三升，则搜刨自力。陈芳生《捕蝗法》曰：官司即以数石粟易一石子，犹不足惜。又曰：得子有难易，则授粟宜有等差。惟总应厚给，以使民乐趋其事。诚哉是言！为民父母者，切勿吝惜，以贻民害。

一、买子则必设局，设局则必用人。陆曾禹《捕蝗十宜》曰：局应二里一所，以使民易于往来，无远涉之苦，无久候之嗟，无挤踏之患。人应不用在官之人，但令地方保甲里耆公举，而又慎选其身家温饱、老成谨饬、结实可靠者一二人，以总司其事；二三人，以勷理其事；一人执笔，以登记帐目。出入立簿，随时记明，三日一结，以便稽察。如有虚冒作弊，不实出力者，立即从重处分；实在出力者，旌以帛与额，或给冠带。每人每日，皆应给予薪水，以资食用。又应厚给，以资赡足。此皆《捕蝗十宜》说也。彦谓乡间二里一局，果能远近相联，自能收买无遗。如乡间不能遍设，必城中设一总局，以统率四乡，则其价又须较乡稍昂也。

一、用人之有弊无弊，以及或贤或否，一人俱难周知。应用明钟御史化成拾遗法，不论何人，皆许各具一纸，不书姓名，上写孰贤孰否、何利何弊，散布于地，拾而观之，取其佥同者察之，信则立予处分。而且周流环视，时加巡察。如此，则不贤者亦不得不勉为贤矣。（此见《捕蝗十宜》。明御史钟化成救荒，谕所属曰：司厂不可用在官人，应令地方保甲里耆公举富而好礼者，州县以宾礼往请，破格优礼，谕以实心任事，厂内利弊，陈请即行。能使一厂饥民得所，月给官俸，旌以彩弊［币］匾额；倍之者，给以冠带。或为骨肉赎罪，任其所欲。富室捐赈，视其多寡，与司厂者同一赏格。既谕之后，又巡历各方，用拾遗之法，稽察得实心在事、多方全活灾民者，即刻破格荐扬；贪暴纵恣，以致饿殍枕藉者，立时驰参。以故群吏称职，饥民多活。）

一、以米易子，则应用净米，不得插和粞谷糠秕。以钱买子，则应用大钱，不得插和低薄细小。又应随时访察经手，不许折扣，不许迟滞。（此见《捕蝗十宜》。）

一、北方无业奸民，多以官雇扑捕蝻蝗，得工价为己利，往往于山坡僻静处所藏匿蝗种，使其滋生，延衍流毒。（此见周焘除蝻灭种疏）。此等极恶大憝，民父母断应严拿重惩。

一、蝗种及蝻，不早扑除，以致长翅飞腾者，州县俱革职拿问，交部治罪。府州不行查报者，革职；司道督抚不行查参者，降三级调用。不速催捕者，道府降三级留任，布政司降二级留任，督抚降一级留任。协捕委员，不实力协捕贻患者，革职。此是现行户部定例。官员即不爱民，岂可不畏处分？切勿如周焘除蝻灭种疏所云：上虽悬为令甲，下但应以空文也！（以上七条论掘子。）

一、子在地下，难见，乃掘除难尽之物，虽竭力搜索，而有遗漏不尽，则蝻萌生矣。蝻既萌生，则民父母应将治蝻诸法（俱详载一卷，务详细观之，切勿错误）多写告示，或刊刻板片，刷印广发，使民咸知治法。一面即置备条拍（制法详下）及鞋底皮（制法详下）、五色布旗、栲栳、筲箕、扫帚、柴草，及一切捕蝻、烧蝻器物，散给百姓，令其按法搜捕。民多愚顽，非以重价多粟易买，民或不肯力捕。此则应遵例支动公项，公项不敷，应再捐绅富，或责成图董地保，按田分派，以作捕费。其有田无力出钱者，可即令其出力搜捕，以作捐款。如果真能实心实力，为民除害，民亦一定乐从。惟前人绪论，皆云蝻数日即生翅成蝗，则捕蝻尤宜速于掘子也！国家定例，必须守令亲身督捕。设不亲捕，而但委佐贰贻误者，州县应即革职，留于本处，扑捕净尽，再行开复。府州不行查报者革职，司道督抚不行查参者降三级调用，处分极严。然州县只有一身，岂能一时即遍及四境？是宜檄委佐贰学职，资其路费，派定地段，分任其事，出力称职者，申请擢用；不力遗误者，记过候罚。次即二里设一公局，城中设一总局，慎选贤能，使司其事；厚给薪水，以赡其身；稽其出入，以杜侵蚀；察其贤否，以明赏罚。一一如前易买遗子之法。（此条语多见《捕蝗十宜》。）

一、工欲善事，必先利器。凡捕蝻之器，皆莫妙于条拍。其制以皮编直条为之，如无皮，则以麻绳代。山东人谓之挂打子。以之击蝻，应手可毙。若用木棍、竹枝等物，则不特击蝻不毙，而且易坏，而且损伤稻麦。是以官司捕蝻，如有敢以木棍、竹枝等物随便塞责者，立将其人并地保一同笞责。然民间多无此物，则应民父母发样，并给价值，使皮匠或绳铺照制，散与民人应用。俟蝻尽后收回，藏诸公所，以备下次捕蝻之用。凡常有蝻之处，尤宜预制备用，以免临时周张。（此见窦东皋捕蝗酌归简易疏及陆曾禹《捕蝗八所》。）

一、捕蝻利器，除编皮直条，或编麻绳为条拍外，则惟旧鞋底皮，或旧鞋、草鞋为最善。然旧鞋底皮，民间恐不能多，则应给价购买牛皮，裁碎如鞋底样，（一牛之皮，可裁数十枚。）钉于木棍之上，蹲地打之，亦应手可毙，且狭小不伤田中禾稼。事毕亦可收回，以备后用。（此见《捕蝗八所》。）

一、蝻之萌生，大率在卢〔芦〕渚麦畦之间。捕之，应先渚而后畦。俟麦熟刈毕，再行捕畦。不可先蹂躏已成之麦也。（此见马源《捕蝗记》。）然捕渚，应薙芦开沟或开濠。（法见上一卷。）设渚主有爱惜其芦而不愿薙者，则照捕蝗踏伤田禾给还价值例给还价值。如捕畦而有伤麦者，亦给价。

一、捕蝻而欲不伤田麦，捕蝗而欲不伤田禾，法在约束人夫，俱按步徐行，不许参差紊乱。以李郎中钟份在山东济阳令任《捕蝗法》（详三卷）及申京兆镜淳《捕蝗章程》第一条为法。（道光元年，顺天府尹申镜淳奏《捕蝗章程》第一条曰：驱蝻之人，如系该处村民，自能爱惜田禾，不肯蹂躏。若官雇人夫，则有随意践踏者。宜先度生蝻处所地段大小、应用夫若干，每名使驱一陇，每十名督以一役。而官亲视之，使皆执扫帚或竹枝，挨陇排齐，并肩而立，不许参差，斯蝻无遗漏之区，不许紊乱，斯苗无践踏之患。如有违者，立即惩处。）

一、捕蝻捕蝗之夫，宜先用本处村民。必本处村民数不敷用，然后再用他处人夫。以本处村民，则事关自己，扑捕必力，爱惜田禾，踏伤必少也。

一、周焘除蝻灭种疏，言北方有业村民，有本处无蝗，拨往他处捕蝗。惟恐抛荒农务，因而嘱托乡地，勾通衙役，用钱买放。免一二人为卖夫，免一村为卖庄。乡地衙役，饱橐肥囊，再往别村，仍复如故。此种恶习，例本应治。（例载三卷捕蝗律令门。）彦谓役夫派诸本处，应敷差遣，如有不敷；雇诸他处，亦应量给工食。

一、庶民多愚，官役多玩，是以捕蝻捕蝗，必须官府亲身下乡督率。然官府亲身下乡，须轻骑减从，一切费用皆自备办，不可取诸民间。随从书役、家丁、轿伞等夫，俱不许需索分文。如敢阴违，立即斥革，枷杖示众。上司以及上司委员下县监督州县，亦应如此。盖地有蝻蝗，则民已扰，不得因利民而转以病民。仕值蝻蝗，则官已累，不得因率官而转以朘官也。设有蚕食，立即参革。陈芳生《捕蝗法》曰：佐贰为此，正官安在？正官为此，院道安在？及陆曾禹《捕蝗十宜》所谓"立参不职者"，皆为此等言之也。

一、捕蝻捕蝗，除正印、佐贰、学职及上司委员分头下乡督率外，应责成图董、地保，具限几日捕尽，不可不尽，不可旷日持久。净尽之后，并令董保出具委已捕除净尽，并无蝻蝗切结存案。如有不尽，立提地保枷杖示众，图董从重示罚。果能捕尽无遗患者，图董给予匾额，地保赏给银牌。

一、治蝗之功，莫大于掘子。而所以成掘子之功者，惟在除蝻至尽。设不尽，则买子之费，不啻付之逝水，蝗仍不能无也。然无知小民，往往以蝻多为不能尽，而司捕蝗之事者，亦往往误信其言，而不思所以尽之，则蝻必不尽矣。是以为民父母者，宜多出告示，或刊发条议，以使民皆明此理，庶可以克期除尽。设州县之意，亦与小民同一见解，则众民一年生计，国家巨万条漕，皆必无着。误国殃民，莫大于是！州县岂能避其咎哉！即使咎可巧避，而平旦中夜，其何以自问哉！（以上十条论捕蝻。）

一、捕蝗应用筲箕（早晨禾梢绰蝗）、海兜（绰空中蝗）驱蝗。应用五色旌旗、长竹、铜锣、火炮、鸟枪、铁铳、火药、铅弹、砂子、烧蝗应用柴草等物，民间所有不能敷用，为民父母者宜出价广为置备，付民应用。事毕可以收缴者，全数收缴，藏备后用。至于开坑之锄头、铁钯，拦蝗之板门、板榄、板壁、春凳，驱蝗之五色衣裙、门帘、包袱、被单、褥单、遮阳天幔，装蝗之车袋，扫蝗之扫帚，民皆多有，可以借用，用后随时给还。禁止蝗食禾稼之麻油、水桶、线帚、绷筛、石灰、稻草灰，民能自买，毋需官办。

一、捕蝗踏伤禾稼，应即照例给还价值（例载三卷捕蝗律令门），除其税粮（见《捕蝗十宜》），切勿吝啬，使民怨望。（此亦见《捕蝗十宜》。）余已详捕蝻法者，不赘。

一、蝗虽极多，似不能尽，其实能力捕之，断无不尽。凡捕蝻捕蝗有不尽者，皆人不用命（此是姚崇语。见《姚崇传》）及平时漫不经心。一旦猝遇，胸无成见，事无头绪，（此是御史史茂捕蝗事宜疏语，见后三卷《蝗宜预备》中。）但知叩祷神明，虚应故事耳。（此见周焘除蝻灭种疏。）岂知平时虽漫不经心，临事岂不可即讲究？载籍具在，为民父母者，何不姑置他事，加意于此，何必有心不用，徒受处分，为误国殃民之蠹耶！即使处分可避，而中夜扪心，其能无愧悔耶？

一、遇蝗祷神，只应祷本处山川、城隍、邑厉以及关帝、火神、刘猛将军，不必他及淫祀。且须一面祷，即一面捕，不可稍缓。

一、士民治蝗，一切不能不借重官力。如有所请，而非轶于理法之外者，应即允准施行，不宜执拗，尤不宜迟缓。

一、买子、买蝻、买蝗之费，以及捕子、捕蝻、捕蝗之兵役、人夫、工食等项银米，户部定例，原准支动公项，据实报销。而地方官往往仍以无费为辞，而不敢动公者，只以例有已动项而仍滋害伤稼者，则奏请着赔一语，遂致不肯动公。殊不知蝗是可尽之物，苟能实心实力，认真扑捕收买，断断不再滋害伤稼而致着赔，何必但恐赔累而忍纵蝗杀民耶？且部例着赔，原是要州县认真除蝗，勿但縻费公项之意，而州县因例有此语，转不动公。呜呼！此岂例之本意哉！

一、自古官贤则蝗不入其境；不肖则蝗紧随其旆。观后三卷赵抃、马援诸贤以及王莽等奸遗事可见。地方有蝗，官已可愧，况又不实力督捕乎！宜即省身修德，少用刑罚，暂缓追呼，申雪冤枉，抚恤罪囚，掩埋暴露，施济贫乏，庶几可挽天灾而息天怒，则捕之亦易有效耳！

右官司治蝗法二十四条。大抵不外多出告示，刊发诸法，筹画经费，广置器具，迅速扑捕，设局收买，慎选司事，厚给薪水，严密查察，毋许隐匿，毋许怠缓，毋许粉饰，毋许侵蚀，而又亲身督率，委员辅助，诸从节省，惟恐扰累，立参丛脞，必奖贤能，给偿损坏，务求净尽，是其要略也！

治蝗全法　卷三

蝗种必须掘除说

（咸丰六年十二月朔，因民皆不掘子作。）

凡蝗生子于地，惟在其未出之时，掘除去之，则为力易而为功大。何也？地下之子，乃蠢然之物，既不能飞，又不能跳，且不能动，任凭人掘之除之，不同能跳之蝻，能飞之蝗，难于捉获，故为力易也！一蝗所生，大率九十九子。（原书眉批：蝗一生九十九子，古语皆然。其实百余，不止九十九也。）交春萌生，即是九十九蝻。数日长大，即是九十九蝗。人家如能掘去一蝗所生之子，即是掘去九十九蝻、九十九蝗，不同捕得一蝻只是一蝻，捕得一蝗，只是一蝗，故为功大也。若不早掘，及至来春惊蛰后，出而为蝻，则不但捕之不如掘子之易，而且田中之麦，经其缘（音言）（原书眉注：《春秋》宣公十五年冬，蝝生。蝝音言，即今之蝻。周正建子，《春秋》所谓“冬”，乃今八、九、十三月。）啮，一定即坏。（此见陆道威《除蝗记》。）至于数日成蝗，不易扑灭，更不待言矣。余等恐大家不掘，又恐大家不知掘法，故于前月，即急集赀，刊发掘子法单及治蝗法书，以期大家掘子。是皆思患豫防，除恶务本之一片婆心也。乃闻大家有云蝗子极多，如何掘得尽者；又有云大家弄饭吃要紧，如何有工夫掘蝗种者。呜呼！余等正因蝗种多，故要大家掘也。余等要大家掘子，正为大家吃饭计也！大家如能听余等之言，都即掘子，则何患其多，何患其不能尽！即不尽，亦胜于竟不掘。大家如不听余等之言，都不掘蝗种，则养痈成患，来年一定再荒。吾恐有工夫，亦无处弄饭吃矣！快速醒悟，及早掘除，毋仍执迷，自贻伊戚。

此事最好乡中有一仁义勇敢之士，首先倡率，设立一局，收买蝗种。价即不多，民必乐于从事。一图既兴，其余各图，皆不能不仿行矣！但见义即须勇为，不必与人商酌，商酌即多阻挠疑虑，不能成矣。我锡金两邑之大，岂竟无此一士？余等皆拭目俟之！

奉劝收买蝗种启

（咸丰七年正月初十立春日，因民既不掘子，天又一冬无雪作。子非收买，民奉必掘，后有欲民掘子者，必先劝人买子。）

凡蝗白露后生子于地，必须冬间腊雪深尺，冻之使僵，或乡人于岁晚务闲之时，出力掘除，使无遗类，然后可以无害。否则来年交惊蛰后，即渐生出，其为蝻必繁，数日即成蝗，其为害必大。此见乾隆十七年周焘除蝻灭种疏及康熙五十四年马源《捕蝗记》，并非余等臆说，诸公不可不相信也。今一冬既毫无点雪，而乡人又不肯掘除，则惊蛰后之必出为蝻，为蝻后之必先伤麦，（麦经蝻啮即坏，见陆桴亭《除蝗记》。）已大概可知。而数日生翅成蝗后，其为害益大，扑灭益难，更不待言矣。（蝻生翅成蝗，即能交而生子，十八日即又成蝻，数日即又成蝗，循环不穷，故害益大。能飞则不易捉捕，故扑灭益难。）然现距惊蛰尚有二十余日之多，使居乡之民，苟能皆依掘除蝗种法，齐集多人，分定地段，携带锄耙，四出巡视，凡见地上有无数小洞，形如蜂窠处，及土微高起处，并上年蝗集处，其土中皆有蝗种，深寸许，或二三寸、五六寸不等，（其土温炙手可热。）立即掘出，以水煮之，或以火烧之，尚可以除大害。（原书眉批：自古天灾有三，曰水、曰旱、曰蝗。水旱皆无种，不至贻祸来岁。若蝗则今年种子，来年复蝗，可以延三五载不止。是以治蝗多法，以掘种为第一要法。）惟民愚不知利害，且当田内大荒之后，方皆致力工作，谋得升合，救死不暇。而欲辍其求食之力，以为此思患豫防，除恶务本之举，则事虽至要至急，而无如饥来驱人，只可别图，不能枵腹从事。其孰能因后患之大，而即舍性命以为之。虽曰麦必被伤，亦只得由他烧眉毛，且顾眼下，至麦伤再说。是亦穷民万不得已之苦情也。余等日夜再四思维，惟有苦劝有田有力，又仁且义之君子，各量己力，捐集赀费，于数图或一图中，各设一局，立定章程，凡有掘得蝗种一升送局者，即给以钱若干，或粥若干，或米若干，或豆麦饼饵等可食之物若干，使民掘子即可得食，则民必乐于挖掘。如此则既可除害，又可救饥，更可种德，一举而三善具焉，诸公何乐而不为耶！设使吝惜，置若罔闻，则去冬之租，已概无收（是皆蝗之害也。设使去岁但旱无蝗，犹不至此）；今夏之麦，又难有望。非特有田者难，无田而贸易者，亦未必易。（如自去秋年荒以来，生意好否。）且去冬米已奇荒，而今年麦又或歉，则两邑饥民，益加困苦。不但种田乏本，且恐穷极滋事，难免盗窃。凡欲保守自己田产者，不可不于此时先事豫防也。（原书眉批：凡时当荒乱，皆仁者可以种德之机会。兵革、旱蝗、天灾重叠，非种德，其何以保身家、消祸患耶！）至于官府，原有应设局收买之例，然自军兴四五年来，府库已虚，钱粮又少，兵饷尚且不足，赈济尚且无帑，如何有钱收买蝗种？且即有钱收买，亦必假手吏胥。假手吏胥，即难必有实际。从来官买皆不如民买之为善也！然即民买，亦必经理得人，始能实有裨益。倘但迫于不得已，而应酬世故，聊草塞责，则买犹不买也。呜呼！人存政举，天下事莫不需人，且须人人要好，始能成一好事。倘惟一人有心，而余人皆不在意，则此一人亦竟成无用之物。犹之余等哓哓苦劝，诸公如能俯从所请，认真收买，则蝗种竟掘矣！蝗种亦竟无矣！不然，则余等一二人、三五人之劝，不徒然费唇舌，费笔墨哉！（原书眉批：余等皆有心无力，诸公勿有力无心。有力无力、有心无心，皇天皆能鉴诸。）

此启幸赖家仪卿盐举鸿逵出赀，始得刊印五千纸，发两邑四百一十六图，黏帖观看。否则书囊悭啬，尚未必即付剞劂也。

又幸赖赈局董事诸君子集赀，于正月廿六始，以每升钱三十收买，民即踊跃掘除。至三月初十止，共收买至六百余石之多，投之太湖，蝗患以减。此诚莫大功德也。然如去冬即买，至多不过一百余石；即每升百文，亦千缗已足。费可较省。何也？春买之子，已大如大麦（细长如大麦，形色皆绝似。外有苞如蚕，长寸余，中包如大麦者百余）；冬间之子，只小如脂麻也。后有买者，断宜以早为贵！

奉劝接收买蝻启

（咸丰七年花朝日，因掘未尽之子，将出为蝻，刊发。遗子无论多少，掘除皆未必能尽，必须继以买蝻，蝗患始可灭绝。）

蝗虫遗子，蒙乡城好义诸君子各出钱米，设局收买，民遂力掘。现在各乡俱已掘去大半，只余十之二三，大患稍除，颂声载道，何善如之！顾此尚未掘去之二三，日来闻已将出，以理而论，乡人自即应各自扑灭，以保田麦，以免成蝗。岂知此等小民，竟是罔知利害，抑且冥顽不灵，依然袖手旁观，莫肯挺身先出。则此步蝻（但能行而未能飞者，名步蝻），数日便生翅成蝗，成蝗即交而生子。春夏生之子，十八日或二十日即又成蝻，蝻又成蝗，循环不穷，则将来之蝗，依旧蔽天翳日，莫可如何矣！为今之计，第一要乡居之富家大户，为一方之望者，先谆谆晓谕众民，以蝻必捕除之故，次即于收买蝗种之后，接续买蝻，庶几民肯捉捕，而蝗患可绝。收买蝗种之功亦以成，不然则收买蝗种之赀亦徒费也！现诸君子已为山九仞矣，岂忍功亏一篑乎！蝻亦勿定要活者，以图省费。至捕蝻法，已载去冬所发治蝗书内，检查可悉，不赘。

此启亦仪卿出赀刊发。四月初旬蝻生，仪卿又出赀印发，并遍帖街衢。

劝速治蝻启

（丁巳四月望日，因蝻已生，而人不收买作。）

蝗虫已出，赶紧扑捕，认真收买，尚可灭绝。自古天灾，皆可人救也。如或坐视，不肯上紧，但惜财力，甘弃稻麦；又或虚应故事，有名无实，则此步蝻（蝻初生，但能跳而不能飞者，名步蝻），数日便生翅能飞，而扑灭益难矣。且能飞便能交而生子，夏生之子，十八日或二十日即又成蝻。蝻又成蝗，循环不穷，害不可胜言也！大家岂不知之耶！

劝速莳秧启

（丁巳四月，因蝻未捕尽，愚民胆怯，欲不莳秧作。）

蝗蝻皆捕除可尽之物，只须大家能齐心竭力扑捕，则毋论我锡金之蝻，不足为虑，即使他处之蝻生翅飞来，亦可扑灭，不足为虑也。大家不必胆小，先不莳秧，以自误自事。此在有识者皆谆谆告诫，而无知者皆唯唯听从。是所至要。

劝速捕子启

（丁巳闰五月，因蝻已生翅能飞作。）

蝻之大者，现已生翅，相率群飞矣。此物能飞，即能交而生子。夏生之子，十八日或二十日，即出为蝻。蝻又成蝗，蝗又生子，循环不穷，滋害最大。现虽农务悤忙，不可不拨冗及早留心寻觅掘毁，以防一化为百，滋生无数。

蝗由人事说

（咸丰丁巳三月刊发。）

考邑志，锡金自崇祯十年丁丑至十四年辛巳，曾五年连被蝗灾。去岁咸丰六年丙辰，相距二百二十一年，始复有蝗，从江北猝至。（康熙十一年锡金亦有蝗，因邑志云不为灾，故不计。）是以人于治蝗之法，茫然无知。彦读明史官陈明卿仁锡《潜确类书》云：蝗起于贪，乃戾气所生。不独能害田稚，而且兆主兵火。皆历历有征，则蝗之为害，虽曰天灾，其实莫非人事也。且长毛贼匪现在江镇，业已五年，离锡金界只百五十里。《潜确类书》曰：蝗兆兵火。其说非尽无稽。然而自古天灾皆可人救，并非天欲灾人，人即不能回天也！为今之计，大家俱须快自修省。如有恶处，快自改之；如无恶处，快自加勉，而且兢兢业业，朝乾夕惕，无时不在恐惧之中，庶几可以召天和、息天怒耳！

附存呈请拿禁佛头阻挠捕蝻禀

（丁巳五月廿六日投。）

为请饬拿禁以除蝻孽事。窃小民无知，方以蝗蝻为神，而不敢捕。乃乡下有等匪僻佛头，更从中煽惑，言人罪孽深重，是以致有蝗灾，倘再捉捕，则罪孽更重云云。以致民多束手。虽其意不过欲人念佛，希图糊口，而于"治蝗"两字，实误事不小。为此禀乞老父台大人出示严禁，并饬差查拿，照妖言惑众例，惩办一二，则其余自戢。而蝻亦可捕尽矣！

锡邑尊吴批：候饬地保随时禁逐，一面出示谕禁，如违提究。

金邑尊姚批：蝻孽萌生，各乡雇夫扑捕。方虑经费无出，岂容佛头从中煽惑，敛钱入己？候即出示严禁，并饬差查拿可也。

附存呈请示谕掘子禀

（丁巳闰五月初七日投。）

为请出示晓谕以除蝗患事。窃乡愚冥顽，捕蝻不尽，昨日闰五月初六傍晚，城中百姓，已众目共见蝗虫数百，每二三十为一群，在天飞翔，自西而东。此物能飞，即能交而生子。夏生之子，十八日或二十日即出，不可不及早掘除，以防生生无数。锡金不恒有蝗，民间未必皆晓。为此禀乞老父台大人迅即多出告示，晓谕董保、农佃，务即上紧寻觅掘毁，以除大害，以裕国赋，以厚民生。

前贤名论

彦辑官民治蝗法两卷，说皆本诸前贤，然仅采择其法，未能备述其全，犹有爱之不忍释者，兹皆录于左，以备观览。

绝除根种

乾隆十七年，御史周焘上除蝻灭种疏曰：蝗始化生，继则卵生。化生者，低洼之地，夏秋雨水停积，鱼虾卵育。及水涸落，虾鱼子之在于草间者，沾惹泥涂，不能随流偕去。延及次年春夏，生机未绝，热气薰蒸，阴从阳化，鳞潜遂变为羽翔，而蝻萌生矣。（此言隔年虾鱼子化为蝻。若陈芳生《捕蝗法》，则言当年之虾鱼子化蝻，并言南北蝗多少之异，曰：江以南多大水，故无蝗。盖湖瀁积潴，水草生之，农家取以壅田。即不然，亦水常盈，草恒在水，草上虾子，惟复为虾而已。北方之湖，盈则四溢，草随水上；及水既涸，草留涯际，虾子之附于草者，既不得水，又受春夏湿热之气，日渐郁蒸，遂变为蝻。理势然也。"）其初小如蚁，渐如蝇，色黑，数日大如蟋蟀，尚无翼，土人名步蝻。（以其止能行未能飞也。）此时扑捕，犹易为力。若再数日，则长翅飞腾，随风飘飏，转徙无定。所集之处，禾黍顿成赤地。且其甚则蔽天翳日，盈地数尺，壅埋房屋，远望如山。此时扑捕，人力难施，而其为害亦不可胜言矣。迨至蝗老身重，不能飞翔，则又群集生子。以尾深插坚土，遗子地中，形如小囊，内包九十九子，色如松子仁，较脂麻加小。夏生之子，本年成蝻；秋生之子，贻祸来岁。苟非冬雪盈尺，冻之使僵，则次年惊蛰之后，滋生更繁，为害更大。为拔本塞源之计，宜将化生者，于水涸草枯之时，纵火烧草，使虾鱼子之在草者，都成灰烬，以绝孽芽；卵生者，于春深风暖、土脉松脆之时，令民于前岁蝗集之处，掘地取子。（原书眉批：此言掘子于春，与下言掘子于冬者异。）遵照上年（乾隆十六年也）闰五月以米易蝗之例，送官给米，准于公项开销。如此则小民既可除害，又可糊口，自必踊跃从事。而且以米易种，较之以米易蝗，尤为费省而功多。倘能行之有效，亦勤民重谷之一事也。

乾隆二十四年，江南、山东蝗，京畿道御史史茂上捕蝗事宜疏曰：捕蝗不如捕蝻，捕蝻不如灭种。乃人多狃于目前，而忽于远虑。凡当冬春无事之时，有一二老成人言及蝗宜早备，未有不以为迂且缓者。而不知平时漫不经心，及一旦蝗蝻猝发，则胸无成见，事无头绪，茫然不知所措，徒然东奔西走，竭蹶迁延，以致飞蝗四布，莫可挽回。是以蝗虽不常有，而不可不时存一有蝗之虞。皆先于闲暇无事之时，作未雨绸缪之计。

陈芳生《捕蝗记》曰：蝗种传生一石，可至千石，是以冬月掘除，最为急务。且当农力方闲，正可从容挖索。官司即以数石粟易一石子，亦不足惜。而况不需数石乎！惟掘子有难易，则授粟宜有等差，且应厚给，使民乐趋其事。

陆曾禹《捕蝗八所》，首有总论一则，言世云蝗有薰变而成者，有延及而生者，不知延及而生实始于薰变而成。官民苟能致力水涯，不容薰变，则祸端绝矣。

买易蝻蝗

捕除蝗孽，保卫田禾，原农民分内事也。顾此等下愚，竟不能以理喻，圣人所谓可使由、不可使知是也！而又难以扑责。曰明刑弼教，则惟有以厚给钱米诱掖之，而男妇老幼始皆竭力捕治。是以嘉庆十一年丙寅，皖江汪稼门督部志伊任苏抚纂《荒政辑要》载《捕蝗法》，首即云厚给捕蝗，曰：晋天福七年，飞蝗为灾，诏有蝗处，不论军民人等，捕蝗一斗者，即以粟一斗易之。有司官员、捕蝗使者，不得少有掯滞。（原书眉批：蝗一斗，粟一斗，未免太多，然当民束手坐视，亦只得如此，鼓舞而振起之。）

宋熙宁八年八月，诏有蝻蝗处，委县令佐躬亲打扑。如地方广阔，分差通判职官、监司提举，分任其事。仍募人得蝻五升，或蝗一斗，给细色谷一斗；蝗种一升，给粗色谷二升。给银钱者，以中等值与之。仍委官烧瘗，监司差官覆按。倘有穿掘打扑，损伤苗种者，除其税，仍计价，官给地主钱数。

此诏给谷，而又偿及地主所损之苗，不但免税，而且偿其价数，仁厚之至矣。

宋绍兴间，朱子捕蝗，募民得蝗之大者，一斗给钱一百文；小者，每升给钱五百文。

蝗蝻害人，除之宜早，不可令其长大而肆毒也。故捕蝻、捕蝗者，不可惜费。得蝗之小者，宜多给之而勿吝也！盖小时一升，大则岂止数石。文公给钱，大小迥异，捕蝗之良法也。

明崇祯十二年春，无锡蝻生遍地。巡抚张国维令民捕交粮长，给以粟。见《锡金识小录》。

乾隆二十四年己卯，京畿道御史史茂奏治蝗法八条，首条即曰：乡民扑捕蝗蝻，交官一斗，即应给米若干。

陆曾禹《捕蝗八所》总论，首言掘子去草，次即言法在不惜常平等仓米粟换易，则虽不驱民使捕，而四远自辐凑矣。惟患克减迟滞，则捕者气阻。

乾隆三十五年庚寅，副都御史窦东皋光鼐捕蝗酌归简易疏曰：蝗子一升，给米三升，则搜刨自力。

乾隆十七年壬申，监察御史周焘除蝻灭种疏曰：掘地取种，送官给价，应仿遵上年以米易蝗之令，动用米谷，准于公项开销。

乾隆二十五年庚辰，陈文恭宏谋在苏抚任，饬除蝻檄曰：挖有土中蝻子，交地方官，照例给价收买。

陈芳生《捕蝗法》曰：救荒要近人情。假使乡民去城数十里，负蝗来易米，一往一返，即二日矣。臣见蝗盛之时，幕天匝地，一落田间，便广数里，厚数尺，行二三日乃尽。此时蝗极易得，官粟有几，且令人往返道路。不如以钱近其人而易之，随收随给，即以数文钱易一石，亦劝矣！

乾隆十八年七月十九日奉上谕：州县捕蝗不力，既有革职拿问之定例，又有不申报上司者革职之例，一事而多设科条，适可滋弊。即堂司官或知奉法，而吏胥之称引条例，上下其手，或重或轻，纷滋讹议。年来直隶查参捕蝗不力之案，办理多未画一，即其证也。至州县捕蝗需用兵役民夫，并换易收买蝻子，自有费用。其勤民急公者，或不劳而事已济，而锱铢是较，玩视民瘼者，多往往藉口无力捐办。现在各省寻常事件，尚得动公办理，以此要务，何以转不动支公项？朕谓捕蝗不力，必应遵照皇考世宗宪皇帝谕旨，重治其罪，不可姑息，而费用则应准其动公。嗣后州县官遇有蝗蝻，不早扑除，以致长翅飞腾，贻害田稼者，均革职拿问。著为令。其有所费无多，自行捐办而实能去害利稼者，该督抚据实奏闻议叙。其已动公项，而仍滋害伤稼者，奏请著赔。又，今岁江南各属蝻孽萌生，虽经该督抚具奏，乃从未将地方官据实题参，岂非庇下而欺远？著督抚明白回奏。钦此。我国家圣谕如此，而地方官有不买者。此等圣谕，彼实未尝寓目，即有寓目者，亦恐无用而著赔。岂知苟能实心实力，重价收买，断无不尽而致著赔者。何为牧令者，但爱财物，不爱子民也！

蝗断可捕

（民遇蝗，往往以为有神主之而不敢捕，观此可破其愚。）

康熙十一年壬子，江南大蝗，七月入苏州，民以为神而不敢捕。沈受宏闻之，作《捕蝗记》，曰：甚矣其惑也！夫蝗，天之所以灾民也。天虽灾，即不使民之救灾乎！天生之，民杀之，所以救灾也。《诗》曰：去其螟螣，及其蟊贼，无害我田稚。田祖有神，秉畀炎火。此杀蝗之义也！《春秋》曰螟、曰螽、曰蝝，皆是物也。《春秋》纪灾而不纪治，故不言捕。《周礼》司寇，刑官之职，庶氏掌除毒蛊，翦氏掌除蠹物，蝈氏掌除蛙黾，壶涿氏掌去水虫。凡为除之法皆具，毒蛊、蠹物、蛙黾、水虫，皆可除而去，蝗独不可去乎？为害小而去，为害大而不去，周公不尔也。唐开元四年，山东大蝗，民不敢杀，拜祭之。姚崇遣御史督州县捕蝗，时有议者曰：蝗多，除不尽。崇曰：除之不尽，胜于养以成灾。黄门监卢怀慎曰：凡天灾，安可以人力制？且杀蝗多，恐伤和气。崇曰：奈何不忍于蝗，而忍民之饥饿以死？杀蝗有祸，崇请当之。其后复大蝗，崇又命捕之。汴州刺史倪若水上言：禳灾当以德。昔刘聪尝捕蝗而害益甚。崇移书诮之曰：聪伪主，德不胜妖；我圣朝，妖不胜德。并敕捕蝗使察捕蝗勤惰以闻。若水惧，纵捕得蝗十四万石。蝗遂讫息，不至大饥。自古捕蝗之力，未有如崇者也。然不闻有祸，卒亦不至大饥。考之史，书蝗灾者，草木为之消蚀，人民为之亡窜，为害曷可胜道！然皆不闻其捕蝗。不捕，故其害至于此也。则坐视其害，而不捕，毋宁捕之而害至乎？夫天之生蝗，犹天之生盗贼也。盗贼之患，王者必执法尽诛之，而顾怯于捕蝗乎！且水旱蝗，皆天灾也。蝗不敢捕，将遇水亦不敢泄乎！旱亦不敢灌乎！人有奇疾，不药，将杀其身。或告之曰：子之疾，天也。药之，恐有天殃。则遂信其言乎。甚矣！人之惑也。考之于经，证之于史，察之于理，宜捕乎？不宜捕乎？明天子、贤宰相，皆捕蝗以除害，而不以为法，乃怵惕于愚迂不足听信之言，多见其不知理也。作《捕蝗说》以喻之。又陆桴亭世仪《除蝗记》曰：蝗之为灾，其害甚大。然所至之处，有食有不食，虽田在一处，而截然若有界限。是盖有神焉主之，非漫然而为灾也。然所谓神者，非蝗之自为神，又非有神焉为蝗之长，而率之来，率之往，或食或不食也。蝗之为物，虫焉耳。其种类多，其滋生速。其所过赤地而无余，则其为气盛，而其关系民生之利害也深，地方之灾祥也大。是故所至之处，必有神焉主之。是神也，非外来之神，即本处山川、城隍、里社、厉坛之鬼神也。神奉上帝之命，以守此土，则一方之吉凶丰歉，神必主之。故夫蝗之去，蝗之来，蝗之食与不食，神皆有责焉。此方之民而为孝弟慈良、敦朴节俭，不应受气数之厄，则神必佑之，而蝗不为灾。此方之民而为不孝、不弟、不慈、不良，不敦朴节俭，应受气数之厄，则神必不佑而蝗以肆害。抑或风俗有不齐，善恶有不类，气数有不一，则神必分别而劝惩之，而蝗于是有或至或不至，或食或不食之分。是盖冥冥之中，皆有一前定之理焉，不可以苟免也。虽然，人之于人，尚许其改过而自新，乃天之于人，其仁爱何如者，岂视其灾害而不许其改过自新乎？顾改过自新之道，有实有文，而又有曲体鬼神之情，殄灭袪除之法。何谓实？反身修德，迁善改过是也。何谓文？陈牲牢，设酒醴是也。何谓曲体鬼神之情，殄灭袪除之法？盖鬼神之于民，其爱护之意，虽深且切，乃鬼神不能自为袪除殄灭，必假手于人焉。所谓天视自我民视，天听自我民听也。故古之捕蝗，有呼噪鸣金鼓，揭竿为旗，以驱逐之者，有设坑焚火，卷扫瘗埋，以殄除之者，皆所谓曲体鬼神之情也。今人之于蝗，俱畏惧束手，设祭演剧，而不知反身修德，袪除殄灭之道，是谓得其一而未得其二。故愚以为今之欲除蝗害者，凡官民士大夫，皆当斋祓洗心，各于其所应祷之神，洁粢盛，丰牢醴，精虔告祝，务期改过迁善，以实心实意祈神佑。而仿古捕蝗之法，于各乡有蝗处所，祀神于坛，坛旁设坎，坎设燎火，火不厌盛，坎不厌多，令老壮妇孺，操响器，扬旗播，噪呼驱扑。蝗有赴火及聚坎旁者，是神之灵之所拘也。所谓“田祖有神，秉畀炎火”是也。则卷扫而瘗埋之。处处如此，即不能尽除，亦可渐灭。苟或不然，束手坐待，姑望其转而之他，是谓不仁；畏蝗如虎，不敢驱扑，是谓无勇；日生月息，不惟养祸于目前，而且遗祸于来岁，是谓不智。当此三空四尽之时，蓄积毫无，税粮不免，吾不知其何所底止也。（此记后，桴亭又自记曰：蝗最易滋息，二十日即生，生即交，交即复生。秋冬遗种于地，不值雪，则次年复起，故为害最烈。小民无知，往往惊为神鬼，不敢扑灭，故即以神道晓之，虽曰权道，亦至理也。）

《唐书·姚崇传》曰：开元四年，山东大蝗，民祭且拜，坐视食苗不敢捕。崇奏：《诗》云：秉彼蟊贼，付畀炎火。汉光武诏曰：勉顺时政，劝督农桑。去彼螟蜮，以及蟊贼。此除蝗诏也。且蝗畏人易驱，又田皆有主，使自救其地，必不惮勤。请夜设火，坑其旁，且焚且瘗，蝗乃可尽。古有讨除不胜者，特人不用命耳。乃出御史为捕蝗使，分道杀蝗。汴州刺史倪若水上言：除天灾者当以德。昔刘聪除蝗不克，而害愈甚。拒御史不应命。崇移书诮之曰：聪伪主，德不胜祆；今祆不胜德。古者良守，蝗避其境，谓修德可免。彼将无德致然乎。今坐视食苗，忍而不救，因以无年，刺史其谓何？若水惧，乃纵捕，得蝗十四万石。时议者喧哗，帝疑，复以问崇。对曰：庸儒泥文不知变，事固有违经而合道，反道而适权者。昔魏世山东蝗，小忍不除，至人相食；后秦有蝗，草木皆尽，牛马至相啖毛。今飞蝗所在充满，加复蕃息，且河南河北，家无宿藏，一不获，则流离安危系之。且讨蝗纵不能尽，不愈于养以遗患乎？帝然之。黄门监卢怀慎曰：凡天灾，安可以人力制也？且杀虫多，必戾和气，愿公思之。崇曰：昔楚王吞蛭而厥疾瘳，叔敖断蛇而福乃降。今蝗幸可驱。若纵之，谷且尽，如百姓何？杀虫救人，祸归于崇，不以诿公也。蝗害讫息。

崇居相位，刻意治蝗，分也，不得谓之盛事。然身居人上，膜视民瘼者多矣。崇能图治，不得不谓之盛事。而倪若水、卢怀慎辈，顾如是之阻挠之，何智愚贤不肖之不相及至于斯也。自古君子之所为，固非众人所能识哉！然幸崇之位高，崇之识明，崇之力定，天子之任之也亦专，是以卒能除大害，成大功，垂大名。（自古治蝗之力者，以崇为最。）不然，几何不为群小人所败也。呜呼！人生世上，富贵功名，岂得已哉！读书明理，在下获上，岂不要哉！

蝗断可食

（民知蝗断可捕，又知蝗断可食，则当无不捕者矣。）

唐贞观二年六月，京畿旱蝗。太宗在苑中掇蝗，祝之曰：人以谷为命。百姓有过，在予一人，汝但食我，无害百姓。将食之。侍臣惧帝致疾，力谏。太宗曰：朕愿移灾朕躬，何疾之避。卒吞之，后无恙。是年蝗亦不为灾。见《集异志》。

陈芳生《捕蝗法》曰：唐贞元元年夏蝗，民蒸熟曝干，飏去翅足而食之。又曰：今东省畿南，用为常食，登之盘飧。臣尝治田天津，适遇此灾，田间小民，不论蝗蝻，悉将烹食。城市之内，用相馈遗。亦有熟而干之，鬻于市者，则数文钱可易一斗。啖食之余，家户囷积，以为冬储，质味与干虾无异。其朝铺不充，即以此为恒食者，亦至今无恙也。而同时山陕之民，则犹惑于祭拜，以伤触为戒。谓为可食，无不骇然。是盖妄信流传，谓蝗为戾气所化，而不知实乃虾子所化。是以疑鬼疑神，甘受戕害。东省畿南，则知虾子一物，在水为虾，在陆为蝗，食蝗无异食虾，是以无疑虑也。又曰：蝗如豆大，尚未可食。（原书眉注：蝗须长寸以上方可食。）若长寸以上，则燕齐之民，皆畚盛囊括，负载而归，烹煮曝干以供食矣。又曰：陈正龙言蝗可和野菜煮食，见范仲淹疏又曝干可代虾米。苟力捕蝗，则既可除害，又可佐食，何惮不为？然西北人肯食，东南人不肯食者，则以东南水区，被蝗时少，人皆不习见闻故耳，岂蝗不可食哉？

任昉《述异记》曰：旱年鱼化为蝗。《太平御览》曰：丰年蝗变为虾。看似怪异，而实无怪也。盖虾鱼子在水涯，旱年水少，则为蝗；丰年水满，则为虾。非鱼能化蝗，蝗能为虾也。

又，丰年虾鱼子，仍为虾鱼，而不为蝗。故《小雅·斯干》之诗曰：众维鱼矣，实维丰年。凡水足宜稻，丰熟之年，虾鱼必多也。

蝗可饲畜

陈芳生《捕蝗法》曰：明崇祯十四年辛巳，浙江嘉湖旱蝗，（是年锡、金亦蝗。）乡民捕以饲鸭，极易肥大。又山中有人畜猪，无赀买食，试以蝗饲之。猪初重二十斤，食蝗旬日，遽重五十余斤。可见世间物性，畜可食者，人食之未必皆宜；若人可食者，则禽兽无反不可食之理。蝗可饲猪鸭，无怪也。推之，恐犹不止此，故特表而出之。（陆曾禹《捕蝗八所》亦载此事，不及此详尽，舍彼录此。）

蝗可粪田

（民知蝗可食，又知蝗可饲畜、蝗可粪田，则当有以捕蝗为利者矣。）

乾隆三十五年庚寅，副都御史窦东皋光鼐，上捕蝗酌归简易疏曰：蝗烂地面，长发苗麦，甚于粪壤。

蝗宜预备

乾隆二十四年己卯，江南、山东蝗灾。京畿道御史史茂上捕蝗事宜疏曰：窃惟事必豫而后能有功，物必备而后可无患。今岁江南、山东等省飞蝗偶发，上廑宸衷，钦命大臣星驰督视，并查明飞蝗初起之地，严参重究。（乾隆三十五年以前，地方如有蝗灾，必须根究蝗蝻起处，予以极重处分。是时邻近州县，必互相推诿，希图卸责。见乾隆十七年监察御史周焘除蝻灭种疏。我高宗纯皇帝知其然，于乾隆三十五年庚寅六月，降谕旨：嗣后捕蝗不力地方官，并就现有飞蝗之处，予以处分，毋庸查究来踪，致生推诿。著为令，并将此通谕各督抚知之。钦此。而飞蝗初起之地，不必再查矣。此尚是乾隆二十四年疏，故云查初起之地。）仰见我皇上整饬吏治，痌瘝民瘼之至意。伏思蝗孽飞扬，为害最烈；追捕不力，处分最严。捕蝗不如捕蝻，捕蝻不如灭种。凡属地方官无不周知，而往往官罹严谴，民受虫灾，贻祸于邻封而莫救，追悔于事后而无及者，其故何也？盖捕蝗蝻，非卤莽草率而为者也！未发塞其源，既萌绝其类，方炽杀其势，是故生长必有其地，蠕动必有其时，驱除必有其人，扑灭必有其器，经画必有其法。乃人多狃于目前，而忽于远虑。当冬春无事，有一二老成历练之人言及蝗蝻为害，宜早为筹办，未有不以为迂缓者。平日漫不经心，而一旦闻有蝗蝻，则茫然不知所措，意无成见，事无头绪，东奔西驰，竭蹶迟延，以致飞蝗四布，莫可挽回。夫蝗不常有，而地方官不可不时存一有蝗之虞，故必于闲暇无事之时，为未雨绸缪之计。臣伏查搜捕蝗蝻款目，备载群书，采辑八条（乾隆二十四年户部议准，奉旨通行京畿道御史史茂条奏捕蝗法六条，想即此八条中之六条。余尚有二条，无从查录），敬缮清单，仰请敕下直隶、江南等省督抚，各就本地情形，详悉妥议，转发各州县，饬令于闲暇无事之时，将地之宜勘、时之宜审、人之宜备、器之宜裕、法之宜修者，一一预为筹画，则先时而整顿妥协，自当几而办理裕如，又何至飞蝗为灾，有害田畴？臣所谓豫则有功而备则无患者。此也。抑臣更有请者。定例州县报有蝗蝻，该管上司即躬亲督捕，法至善也。惟是地有蝗蝻则民扰，官际此时则官累。该上司宜加意防维，曲为体恤。一切供迎，不可责备，跟役减少，无令夫马借备民间。家人、衙役、厨轿等夫，实心严查，勿许暗中勒索。则官民得专心扑捕，不致旁念纷杂矣。

附录捕蝗法六条

（上一二两卷中，所云乾隆二十四年户部条例者，即此六条是也。）

一、乡民自行扑捕蝗蝻交官，应即立定章程。每交蝻一斗，即给米若干；蝗则减半（倘有克勒，则前功尽弃，事必阻矣）。踹损田禾，则给价若干；如为期尚早，可种晚禾，则每亩给银若干；补种不及者，每亩给米若干。俱应立时给发，不可迟吝。

一、生蝻之处，如近田亩，则应度地挑浚长濠，宽三四尺，深四五尺，长倍之。掘出之土，堆置对面濠口，宜陡不宜平。濠之三面，密布人夫，各执响竹柳枝，进步喊逐，将蝻赶至濠口，竭力合围，用扫帚数十尽行扫入，覆以干草，发火焚之。其下尚有未死，须再用土填压，越宿乃可（或先置火坑内，然后扫入）。

一、蝻性向阳，辰东、午南、暮西。凡驱蝻者，须按时、按向逐之方顺，否则乱行，必致蔓延他所，而且多费人力。又，蝻生发，如在前后左右不相连接之处，则应多制五色旗帜，树于有蝻之处，其最多者树赤，稍少者树黑或树白不拘，以分别缓急，依次扑治。每一处净，则去一处之旗。如是则旷野之中，一目了然，审向可端，成功可速。

一、蝻初生如蚁，最宜用牛皮截作鞋底式（皮一张可作数十），钉于木棍之上，蹲地掴搭（音国答，击打也），可以应手而毙，且狭小不伤禾稼。

一、蝗在稻麦田中者，每日五更，必尽聚稻麦梢上，露侵体重，不能飞跃，可以手摝（音六，捞摝也）之，或用箭箕拷之，倾入大袋，置之死地。又午间蝗交不飞，此时捕之，亦事半功倍。又每水一桶，入麻油五六两，帚洒禾颠，蝗即不食。

一、烧蝗须掘一坑，深宽约五尺，长倍之。先入干燥柴草，发火极炎，然后将蝗倾入，一见火气，便不能飞跃。古人知但土埋，仍能穴土而出，故以火治之。

捕宜体恤

魏文毅公裔介（字石生，号贞庵。柏乡人。顺治丙戌进士，官至大学士，谥文毅）《踏勘蝗荒议》曰：海内生灵，当兵荒蹂躏之后，（兵荒蹂躏是指明末言。）骨立而存，实万死之余。幸出水火，登衽席，不意蝗灾流行，秦晋燕赵，剥食甚惨。百姓迎蝗阵而跪祷，大声悲号。三春劳苦，尽成枯余，惨苦之状，不忍见闻。虽抚按大略奏报，例应该部差官踏勘灾伤，（从前如此，今日不然矣。）方定蠲免分数。但所在被灾，沿数千里，非如涝旱，单在一方，一踏便明。况各处被灾必不能齐，道里辽远，部臣差官猝难遍及。小民田间狼籍，有梗无穗之余，收之无实，弃之可惜。若勉力收之，恐踏勘徒存空地，蹈冒报伤灾之罪。若概不收拾，转眼孟冬，寒气凛冽，并麦地不及耕种，则来岁之生意尽矣。愚以为不若责成抚按，转行道府，委廉干官员，分投逐段，查明确报。既查之后，即大张告示，令百姓收拾残禾，及时种麦，不至坐待查勘，抛废农业。然后差官所到，采访报部，分别蠲免。果有虚冒，罪坐所司。如此，则事约易举，千里之间，往返不过半月耳。虽无望于西成，尚有冀于来岁也。不然，蝗食已苦，残禾在地，部查未到，坐失农时，茕茕小民，是再伤也。

陈芳生《捕蝗法》曰：或言差官下乡，一行人从，未免蚕食里民，不可不戒。臣以为不然，盖为民除患，发肤可捐，而更率人蚕食，尚可谓官乎！佐贰为此，正官安在？正官为此，院道安在？不于此辈惩一警百，而因噎废食，亦复何官不可废，何事不可已耶？

道光五年乙酉顺天府尹朱为弼奏准捕蝗事宜六条，曰：道光五年三月为弼任顺天府尹时，是年正月蝻子已出，经前任府尹申镜淳大京兆责令各州县论斤收买解府。三月接印，复奉谕加紧搜捕。此时春令亢旱，至四月始得雨。五月多雨，蝗蝻愈搜愈多。乃设大镬于大堂，煮而埋之。未几长翅飞腾，始惟东路有之，继而四路皆有，延及大宛。为弼奏出城亲捕，蒙面谕：约束跟役书吏，此等人骚扰地方，甚于蝗虫。并谕十日可以捕尽。为弼即至宛平、卢沟桥一带村庄，设立三厂，蔡令为章主之，重价论斤收买，以镬煮之。大兴、黄村、来育、礼贤等处，亦各设厂，霍令登龙主之。又委丞倅、千把、外委，任奔走之役，严檄四路州县，克期捕尽，否则府尹将亲来。十日而两邑及四路之蝗，皆一时净尽。即回复命。所有捕蝗事宜，开列于后：

一、本府尹单骑就道，所有书吏跟役人等，自给饭食大钱二百文；其番役有马者，每匹给草料钱二百文。

一、设厂在相近地方之庙宇，先出示谕明每斤价若干，须活者始给价。随时下锅，捞出再煮，已煮毙者埋之。（此条必要活者始买，大约因蝗多易得，故也。若蝗少，不易得，民方不肯捕，而必要活者，将阻民气。）

一、各州县均自行捐资购买，不准摊派地保里正。

一、各州县亲自督率一主厂。其附近各厂，委县丞、千把、外委分查。

一、日祷关圣帝君、火神、刘猛将军庙。

一、各官弁日给，俱应自备。即有上司稽察，亦不准馈送食物。

治蝗剔弊

周焘除蝻灭种疏曰：定例蝗蝻生发，责令有司扑捕。有不实力从事者，处分甚严。（革职拿问，交部治罪是也。）然上悬为令甲，而下应以空文，甚或甘受处分，毫无补救。又有司纵不爱民，不能不畏处分，畏处分，即不得不张皇扑捕。于是差衙役，纠保甲，据堡户，设厂收买，似亦尽心竭力，不敢膜视矣。然有业之民，或本村无蝗，而拨往别处扑捕，因惧抛荒农务，则往往嘱托乡地，勾通衙役，用钱买放。免一二人为卖夫，免一村为卖庄。乡地衙役，饱食肥囊，再往别村，亦复如故。若无业之奸民，则以官雇捕蝗，得日食工价为己利，每于山坡僻处，私匿蝻种，使其滋生，延衍流毒，以待应雇扑捕。则又蹂躏田畴，抢食禾稼，害更甚于蝗蝻。

治蝗实绩

安溪李秘园郎中钟份自著《捕蝗记》曰：雍正十二年夏，余任山东济阳令，闻直隶河间、天津属蝗蝻生发。六月初一二间，飞至乐陵，初五六飞至商河。乐、商二邑，羽檄关会。余飞诣济商交界境上，调吾邑恭、和、温、柔四里乡地，预造民夫册，得八百名，委典史防守；班役家人二十余人，在境设厂守候。大书条约告示，宣谕曰：倘有飞蝗入境，厂中传炮为号，各乡地甲长鸣锣，齐集民夫到厂。每里设大旗一枝，锣一面，每甲设小旗一枝。乡约执大旗，地方执锣，甲长执小旗。各甲民夫随小旗，小旗随大旗，大旗随锣。东庄人齐，立东边；西庄人齐，立西边。各听传锣一声，走一步。民夫按步徐行，低头扑捕，不可踹坏田禾。东边人直扑至西尽处，再转而东。西边人直捕至东尽处，再转而西。如此回转扑灭，勤有赏，惰有罚。再，每日东方微亮时，发头炮，乡地传锣，催民夫尽起早饭。黎明发二炮，乡地甲长，带领民夫，齐集被蝗处所。早晨蝗沾露不飞，如法捕扑。

至大饭时，蝗飞难捕，民夫散歇。日午蝗交不飞，再扑。未时后蝗飞，复歇。日暮蝗聚，又捕。夜昏散回。一日止有此三时可捕飞蝗，民夫亦得休息之候。明日听号复然，各宜遵约而行。谕毕。余暂回看守城池仓库。至十一日申刻，飞马报称，本日飞蝗由北入境，自和里抵温里，约长四里，宽四里。余即饬吏具文通报，关会邻封，星驰六十里，二更到厂查问。据禀如法施行，已除过半。（此是前先书条约告示并宣谕之力。）黎明亲督捕扑，是日尽灭。遂犒赏民夫，据实申报。飞探北地飞蝗未尽，余即在境隄防。至十五日巳刻，飞蝗又自北而来，从和里，连温、柔两里，计长六里，宽四里，蔽天沿地，比前倍盛。余一面通报关会，一面著往北再探。速即亲到被蝗处所，发炮鸣锣，传集原夫。再传附近之谷、生、土三里乡地甲长，带民夫四百名，共民夫千二百名，劝励（奸非劝励不可）协力大捕。自十五至十六晚，尽行扑灭无余，禾苗无损。探马亦飞报北面飞蝗已尽，又复报明各宪。余大加褒奖。乡地民夫，每名捐赏百文，逐名唱给。册外尚有余夫数十名，亦一体发赏。乡地里民欢呼而散。次早郡守程公亦至彼查看，问被蝗何处。民指其所，守见禾苗如常，丝毫无损，大讶问故。余具以告。守亦赞异焉。

捕蝗律令

宋淳熙敕曰：诸蝗虫初生，若飞落，地主邻人隐蔽不言者，保不即时申举扑除者，各杖一百。许人告报，当职官承报不受理，及受理而不即亲临扑除，未尽而妄申尽净者，各加二等。诸官司荒田牧地，经飞蝗住落处，令佐应差募人，取掘虫子，取不尽，因致次年生发者，杖一百。诸蝗虫生发飞落，及遗子而扑掘不尽，致再生发者，地主、耆保各杖一百。诸给散捕取虫蝗谷而减克者，论如吏人乡书手揽纳税、受乞财物法。诸系工人因扑掘虫蝗，乞取人户财物者，论如重录工人，因职受乞法。诸令佐遇有虫蝗生发，虽已差出而不离本界者，若缘虫蝗论罪，并在任法。又诏：因穿掘打扑损苗种者，除其税，仍计价，官给地主钱，数毋过一顷。

《大清律例》及《户部则例》曰：

一、凡有蝗蝻之处，文武大小官员，率领多人（少则无用），公同及时（迟则费力，而且成患）捕捉，务期全净（不净则犹不捕）。其雇募人夫，每名计日酌给银数分（有例见后），以为饭食之资。许其报明督抚，据实销算。（夫价例准开销。）果能立时扑灭，督抚具题，照例议叙（纪录一次）。如蔓延为害，必根究蝗蝻起于何地及所到之处，该管地方官玩忽从事者，交部照例治罪。（革职拿问，交部治罪。）并将该督抚一并议处。（此见《大清律例》）

一、直省滨临湖河低洼之处，向有蝗蝻之害者，责成地方官，督率乡民，随时体察，早为防范。一有蝻种萌动，即多拨兵役人夫，及时扑捕。或掘地取种，或于水涸草枯之时，纵火焚烧，（此即绝除根种法，是治蝗第一要法。）设法消灭。如州县官不早扑除，以致长翅飞腾者，均革职拿问。（此见《户部则例》）

（原书眉批：皖江汪稼门督部志伊，前于嘉庆十一年在苏抚任中，纂刻《荒政辑要》十卷。内第四卷全载户部《荒政则例》，言：例皆因时因地以制其宜，而其酌定之数，则各省有同有不同。盖灾出非常，稍迟焉，难免玩视民瘼之处。官非素练，稍错焉，辄有误违定例之虞。故将则例备载此卷，以便查照办理。印委各官果能于第三卷内得前事之师，则胸中已有定见，而于此卷能再加意讲求，务合成例，庶得心应手，以广皇仁而救灾黎，则造福匪浅矣。彦今辑《治蝗全法》，而谨录《治皇定例》于此，亦此意也。）

一、地方遇有蝗蝻，一面通报各上司，一面径移邻封州县，星驰协捕。其通报文内，即将有蝗乡村、邻近某州县、业经移文协捕之处，逐一声明。仍将邻封官到境日期，续报

上司查核。若邻封官推委迁延，严参议处。(亦见《户部则例》)

一、地方遇有蝗蝻，不早扑除，以致长翅飞腾，贻害苗稼者，该州县革职拿问，交部治罪。府州不行查报，革职。司道督抚不行查参，降三级调用。若不速催扑捕，道府降三级；布政司降二级，督抚降一级，并留任。所委协捕邻员，不实力协捕贻患者，革职。至州县捕蝗，需用兵役民夫并易换收买蝻子费用，准其动公。若所费无多，自行捐办。其已动公项，而仍致滋害伤稼者，奏请著赔。(此见《大清律例》)

一、换易收买蝗蝻，及捕蝗兵役人夫，酌给饭食，俱准动支公项。令同城教职、佐杂等官，会同地方官给发开报，该管上司核实报销。其有所费无多，地方官自行给办，实能去害利稼者，该督抚据实奏请议叙。其已动公项，仍致滋害伤稼者，奏请着赔。(直隶省捕蝗人夫，分别大口每名给钱十文，米一升；小口每名给钱五文，米五合。每钱一千，每米一石，俱作银一两。长芦所属盐场地方，雇夫扑捕，壮丁日给米一升，幼丁日给米五合。又老幼男妇，自行捕蝻一斗，给米五升。江苏省捕蝗雇募人夫，每名日给仓米一升。每处每日所集人夫，不得过五百名。收买蝗蝻，每升给钱二十文；挖掘蝻种，每升给钱一十文。安徽省捕蝗雇募人夫，每夫一名，日给米一升。每处每日最多者，不过五百名。挖掘未出土蝻子，每斗给银五钱；已出土跳跃成形者，每斗给钱二十文；长翅飞腾者，每斗给钱四十文。每草一束，价银五厘；每柴一束，价银一分。每日每处，柴不过一百束，草不过二百束。此见《户部则例》。)

一、凡有蝗蝻地方，文武员弁，有能合力搜捕，应时扑灭者，该督抚确查具题，准其纪录一次。(见《处分则例》)

一、嗣后捕蝗不力之地方官，并就现在飞蝗之处，予以处分，毋庸查究来踪，致生推诿。(此乾隆三十五年五月上谕，亦见律例。)

一、地方遇有蝗蝻，州县官轻骑减从，督率佐杂等官，处处亲到，偕民扑捕，随地住宿寺庙，不得派民供应。州县报有蝗蝻，该上司躬亲督捕，夫马不得派自民间。如违例滋扰，跟役需索，藉端科派者，该管督抚严查，从重治罪。(此《见户部则例》)

一、地方官扑捕蝗蝻，需用民夫，不得委之胥役地保，科派扰累。倘农民畏向他处扑捕，有妨农务，勾通地甲胥役，嘱托卖放，及贫民希图捕蝗得价，私匿蝻种，听其滋生延害者，均按律严参治罪。(此亦见《户部则例》)

又，州县不亲身力捕，而委佐杂贻误者，革职。留于该处捕除净尽，再行开复。前东平州办理有案。(此亦见律例。)

一、地方督捕蝗蝻，凡人夫聚集处所，践伤田禾，该地方官查明所损确数，核给价值，据实报销。(此见《户部则例》)

捕蝗人夫

昔乾隆二十五年，直督方恪敏观承因通州等处捕蝗之失，饬司道议设护田之夫，意欲官民两便，旗民一体。而窦东皋光鼐谓其立法有断不可行者四，可行而未能行者一。乃于乾隆三十五年，为副都御史上捕蝗酌归简易疏曰：其议三家出夫一名，十名设一夫头，百夫立一牌头，每年二月为始，七月底止，令各村按日轮流巡查。臣谨按册计之，大兴、宛平二县，共应出夫七千五六百名。此数千人者，果尽力巡查，且历半年之久，势将荒废本业，不知衣食于何取给？今各州县捕蝗，约用人夫二三千不等，少者五六日，多者十余日，酌给钱米，民人犹以为艰苦。如每县之中，令数千人枵腹原野，积以半岁，臣知其必不能矣。且田各有主，耕作之余，查察自便。舍种植之户而责之他人，劳且无益。若海滨河淀阔远之区，而与寻常村庄类设，又恐推诿误事。此其不可一也。又其议曰：护田夫免其门差，牌头并免大差。臣窃考之，旗庄本无地方杂差可免，民人又不能尽免，册造护田，此夫也；输派杂差，亦此夫也。免差既属空言，巡查岂有实力？而簿书查造，胥吏或因缘为利。此其不可二也。且其议三家出夫一名，计百户之村，出夫三十名；五十户之村，出夫十余名。以之巡查，则病其多；以之扑捕，又病其少。若拨一千名，必合数十村，远者不能即至，而本村近处，反有余人，例派不及。臣每遇飞蝗停落，目击心怵，谕令就近加拨，夫始渐集。若依三家为例，则可捕之时，人夫无几。比数十里裹粮而至，而蝗之远飏，已过半矣。此其不可三也。且其议曰：民劳，病远拨也。又曰：官费，虑贵雇也。其名曰护田，欲不伤田禾也。今依其例出夫，则近村之夫只有此数。近者不足用，必济之以远，而民之劳如故；远者不及待，必出于贵雇，而官之费依然。且远来当差，人常不肯尽力，而为远地代捕，又不甚惜田禾，极力饬禁，时犹不免。是以旗民均以为病，不愿捕蝗。此其不可四也。至其议曰：旗民一体，设立护田夫，查则轮查，拨则轮拨，诚有合同井守望之义矣。但其法既不可行，而所谓护田夫者，空名而已。平日既不能轮查，临时又安能均拨？且司道原议曰：旗人不统于地方官，恐呼应不灵，奏明通行，庶知凛遵。是旗庄之难齐，前司道早议及之矣。而前督臣未经具奏者，不能自信故也。姑允众请，尝试之云耳。既而知其果不可行，而犹以其名而存之者，以护田之说，临时便于派拨也。顾飞蝗停落之时，愚民无识，率以喊逐为易，扑捕为难。亦不独旗佃为然。而民人可以法绳，旗佃难于强使，况旗庄主人，未尝与知其议，既无由申明约束，而地方官向庄头取夫，每称借用，出不出皆可自由，其不画一无怪也！此臣所谓可行而未能行者也。臣以捕蝗，察知利病，窃以为去其法之烦扰，而独取旗民一体捕蝗一节，并申明就近村庄，多集人夫，著为功令，则有护田之利而无其害。此臣前奏本意也。业蒙圣旨俞允，则其未能行者，今已行矣。而督臣乃举二十五年之议以为定例，则臣所谓四不可行者，诚恐嗣后复举以为例，而奉行转滋贻误。臣不揣冒昧，谨就二十五年原议，酌归简易，并将查捕所见情形，酌为捕蝗宜事数条，附列于后：

一、捕蝗人夫，不必预设名数，致滋烦扰。但查清保甲，册造村庄户口，临时酌拨应用。旗庄则理事同知查造清册，交州县存查。

一、捕蝗必用本村近地之人，方得实用。嗣后凡本村及毗连村庄，在五里以内者，比户出夫，计口多寡，不拘名数，止酌留守望馈饷之人而已；五里之外，每户酌出夫一名；十里之外，两户酌出夫一名；十五里之外，仍照旧例，三户出夫一名，均调轮替。如村庄稠密之地，则五里以外，皆可少拨；如村庄稀少，则二十里内外，亦可多用。若城市闲人，无户名可稽者，地方官临时酌雇添用。

一、牌头每县不过数十名，因而增之。大村酌设二三四名不等，中村酌设一名，小村则二三村酌设一名，免其杂差，俾领率查捕人夫。

一、各村田野，令乡地牌头，劝率各田户自行巡查。若海滨河淀阔远之地，则令各州县自行酌设护田夫数名，专司巡查。向来有以米易蝗子之例，若蝗子一升，给米三升，则搜刨自力。

一、凡蝗蝻生发，乡地一面报官，牌头即率本村居人，齐集扑捕。如本村人不敷用，即纠集附近毗连村庄居人协捕。如能即时扑灭，地方官验明，酌加赏赍。如扶同隐匿，一经查出，即将田户与牌头乡地一并治罪。如近村人夫仍不敷用，地方官酌拨渐远村庄，轮替协捕。如虫孽散布，连延数村，则各村之人在本村扑捕，各于附近村庄，拨夫协济，以次及远。仍照例会同营汛兵丁，督以委员干役，则捕灭迅速，而田禾亦不致损伤。

一、外村调拨之夫，仍照旧例，每名日给米一仓升，或大钱十五文。其奋勇出力者，酌加优赏。如阔远之地，须调拨远夫者，加给米钱一倍。

一、捕蝗器具，莫善于条拍。其制以皮编直条为之，或以麻绳代皮亦可。东省人谓之挂打子，最为应手。顺天各属向无此物，宜饬发式样，使预制于平日，以便应用。其次则旧鞋底，各属多用之。然常不齐全，宜预行通饬。若仍有以木棍、小枝等物塞责者，即将乡地牌头一并究处。

一、蝻子利用开沟围逼，加土掩埋。蝗翅初出，未能飞，亦可围捕。至长成之后，则宜横排人夫，尾随追捕。若乘黎明露濡，歼除尤易。若在禾稼之地，则宜随垅赶捕，不得合围喊逼，致令惊起，且易损田禾。

一、收买飞蝗之法，向例皆用之。总缘乌合之众，非得钱不肯出力耳。其实掇拾、收贮、给价、往返掩埋，皆费功夫，故用夫多而收效较迟。惟施之老幼妇女及搜捕零星之时，则善矣。若本村近邻，力能护田，以精壮之人，持应手之器，当蝗势厚集，直前追捕，较之收买，一人可以当数人之用，故用夫少而成功多。且蝗烂地面，长发苗麦，甚于粪壤也。

蝗以蜡祛

(蜡音乍，年终祭名。《礼》郊特牲曰：蜡也者，索也。岁十二月，合聚万物而索飨之也。或从示，作禧，非。)

乾隆十八年癸酉，监察御史曹地山秀先请捕蝗先行蜡祭疏曰：臣窃观迩来近畿郡县，蝗灾间发，仰蒙我皇上特遣大臣侍卫，勤督地方有司实力扑捕，天语悚切，惩赏攸昭，毋令滋生，贻害田稼。似此视民如伤、诚求保赤之心，固上天所垂鉴，下民所共感者。臣尝读《小雅·大田》之诗曰：去其螟螣，及其蟊贼，无害我田稚。田祖有神，秉畀炎火。盖言致祷于神，默除害也。唐臣姚崇，遣使捕蝗，引以为证。夜中设火，火边掘坑，且焚且瘗。宋臣朱熹，亦以为古之遗法如此。他若史书所云蝗不入境，又或一夕飞沉东海，未必概属附会。而《礼》言蜡祭，七曰昆虫。宋儒陈澔，注为螟蝗之属。又知螟蝗有灵，亦得与于祭也。盖从来物类虽微，各受一命；物性虽蠢，咸格于诚。信及豚鱼，幽明合契；驱虎祭鳄，著有明征。今蝗蝻蚂蚱，杂然并生，蜎蜎蠕蠕，不可胜计，要亦各分造物之微命。虑其害我田稼，苦我百姓，势不得不遵古法，竭力扑捕。然食苗死，不食苗亦死，此则情法俱穷之时也。臣谛思螟蝗得与于祭之义，虽当蜡索，曷若及时？前者夏间少雨，官司祷求，不闻征应。迨我皇上虔祈，甘霖立沛，德且足以格天诚，自可以动物。敢恳皇上万几之暇，御制祭文一道，颁发郡县，遇有蝗蝻之地，即行敬谨誊黄，虔具酒楮，张幕焚香，告祭于神。俾蠢兹蝗蝻，限以一日二日遁迹于荒旷之野、宿莽之圩，各逃生命。逾期不用命，官吏乡保，多倍人数，竭力扑灭。既以广圣人好生之德，自当切为民请命之诚。臣料田祖有神，阴相除殄，必不复留遗育，以滋扰于青畴绿野中也。可否仍于冬令，考稽故典，举行蜡祭，以合《礼经》之义。恭候皇上钦定。抑臣更有请者。旧时州县捕蝗，多系捐办；今奉恩旨，许令动公，该州县更不得藉口无力。但一法立，即一弊生。州县官意必报多，上司欲其报少，驳诘往返，愈繁案牍。请嗣后捕蝗时雇募夫役，用支钱粮，须令同城教职佐杂，一面会同给发，一面即签书名押，开报上司查核，至奏销时准为定据。并严饬不得假手家人书吏，致滋冒混。以往年恩赐绢米煮赈等件，尚有冒销，其弊不可不预防也！

蝗由政召

明史官陈明卿《潜确类书》曰：赵抃守青州，山东旱蝗，自青齐及境，遇风退飞，坠水而死。(见《名臣言行录》) 马援为武陵太守，郡连有蝗。援振贫薄赋，蝗飞入海，化为鱼虾。(见《东观汉记》) 鲁恭为中牟令，蝗不入境。宋均为九江守，山阳楚沛多蝗，至九江辄四散。(俱见《合璧》) 徐栩为小黄令，时陈留蝗，过小黄逝不集。刺史行部，责栩不治。栩弃官，蝗即至。刺史谢罪，令还寺舍，蝗即皆去(见谢承《后汉书》)。黄豪为外黄令，邻县皆蝗，独外黄无有。谢夷吾为寿张令，蝗过寿张界，不集。许季长为湖令，蝗过县不入。(皆见《广州先贤传》) 郑宏为鄮令，蝗过不集。(见《会稽典录》) 杨琳为茂陵令，比县连蝗，独曲折不入茂陵。(见《益部耆旧传》) 公沙穆为鲁相，有蝗。穆露坐界上，蝗积疆畔，不为害。(见《先贤行状》) 魏连为昌邑令，大蝗连熟。(见师觉授《孝子传》) 又曰：王荆公罢相，出镇金陵，时飞蝗自北而南。江东诸郡百官，饯荆公于城外。刘贡父后至，追之不及，见榻上有一书屏，遂书一绝以寄曰：青苗助役两妨农，天下嗷嗷怨相公；惟有蝗虫偏感德，又随台旆过江东。(见《合璧》) 后汉戴封为西华令，蝗不入其界。惟督邮至，则蝗至；督邮去，则蝗去。(亦见《合璧》)

历代蝗时

陈芳生、陆曾禹俱云：自春秋至胜国(前明也)，蝗灾书月者，一百十一。书二月者二，三月者三，四月者十九，五月者二十，六月者三十一，七月者二十，八月者十二，九月者一，十二月者三。则盛衰亦有时也。

锡邑蝗灾

考邑志，锡、金自前明崇祯丁丑、戊寅、己卯、庚辰、辛巳五年连蝗后，至我朝康熙十一年壬子，相距三十年始有蝗，而邑志云：不为灾。则自崇祯十四年辛巳至咸丰六年丙辰，中距二百二十一年，蝗始为灾也。至连蝗五年，想其时必捕治无人之故。

蝻、蝗字考

蝻，于《春秋》及《尔雅》，曰蝝、曰蝮、曰蜪，皆蝗未有翅之称也。"蝻"乃"蜪"字之误，盖因篆体匋字，与南相似，故误作蝻。是以字典止有蜪字，而无蝻字也。蝗，于《诗》及《春秋》、《尔雅》，俱但曰螟、曰螣、曰螯、曰贼、曰螽，而不曰蝗。其曰蝗者，皆秦汉以后之称。

捕蝗诗记

宋欧阳文忠公修答朱寀捕蝗诗

捕蝗之术世所非，欲究此语兴于谁？或云丰凶岁有数，天孽未可人力支。或言蝗多不易捕，驱民入野践其畦。因之奸吏恣贪扰，户到头敛无一遗。蝗灾食苗民自苦，吏虐民苗皆被之。吾嗟此语只知一，不究其本论其皮。驱虽不尽胜养患，昔人固已决不疑。秉蟊投火况旧法，古之去恶犹如斯。既多而捕诚未易，其失安在常由迟。诜诜最说子孙众，为腹所孕多蝝蚳。始生朝亩暮已顷，化一为百无根涯。口含锋刃疾风雨，毒肠不满疑常饥。高原下隰不知数，进退整若随金鼙。嗟兹羽孽物共恶，不知造化其谁尸？大凡万事悉如此，祸当早绝防其微；蝇头出土不急捕，羽翼已就功难施。只惊群飞自天下，不究生子由山陂。官书立法空太峻，吏愚畏罚反自欺。盖藏十不敢申一，上心虽恻何由知？不如宽法择良令，告蝗不隐捕以时。今苗因捕虽践死，明岁犹免为蝝菑。吾尝捕蝗见其事，较以利害曾深思。官钱二十买一斗，示以明信民争驰。敛微成众在人力，顷刻露积如京坻。乃知孽虫虽甚众，嫉恶苟锐无难为。往时姚崇用此议，诚哉贤相得所宜。因吟君赠广其说，为我持之告采诗。

明宣宗捕蝗示尚书郭敦诗

蝗虫虽微物，为患良不细。其生实繁滋，殄灭端非易。方秋禾黍成，芃芃各生遂。所忻岁将登，淹忽蝗已至。害苗及根节，而况叶与穗。伤哉陇亩植，民命之所系。一旦尽于斯，何以卒年岁？上帝仁下民，讵非人所致。修省弗敢怠，民患可坐视？去螟古有诗，捕蝗亦有使。除患与养患，昔人论已备。拯民于水火，勖哉勿玩愒！

郭敦飞蝗诗

飞蝗蔽空日无色，野老田中泪垂血。牵衣顿足捕不能，大叶全空小枝折。去年拖欠鬻男女，今岁科征向谁说。官曹醉卧闻不闻，叹息回头望京阙。

治蝗全法　卷四

救济荒歉

丁巳春月，锐意绝蝗，终日伸纸捉笔，撰述治蝗诸法外，亦留心荒政，欲济民艰。因有劝塔布、劝收纱、劝借种启之刻。幸诸君子不弃刍荛，已有实效。用附于此，并录汪督部志伊《荒政纲目》，以备将来采择焉。

劝塔布启

（咸丰七年，试灯节日刊发。）

（原书眉批：吴谚以囤积为堆塔。言囤积货物，如塔之层层堆起也。）

年岁大荒，贫民乏食，乡下之草根树皮业已充食殆尽。凡仗祖功宗德，得以家有余赀，饱食暖衣者，目击此种情形，若不急起而力拯之，毋乃问心不过。然自军兴岁歉以来，兵饷有捐，赈济有捐，平米平粥又有捐，在富家亦已筋力疲敝，难乎为继，安能再另周急，从井救人？是以再四思维，惟有奉劝有力诸君子，各量己力，不拘多少，收买杜布，或纠合同志，共开公庄，使乡人布有卖处，俟将来得价销去，最为善策。何也？我锡金乡民，自耕种田地外，惟以织布为生。试思从前棉花苟熟，布价苟昂，则彼乡曲小民，毋论男女，皆只须在家摇一棉条，便不必出外谋生，而已不至受饿。倘花贵而布贱，则年成纵好，生计亦难。何况今之年既荒，布又贱，且几无售主乎！然民犹以布为事。昨有人自乡间来，言饥民得赈钱百余文，即以作本，买棉花三斤余，弹轧摇织，尚有微息，可得升合。不然，则不善他业，只可坐以待毙。又如咸丰三年，贼匪窜扰江镇，锡金震动，商旅不通，杜布壅滞，乡民大窘。惟赖是夏，有诸善士，纠集众力，开设公庄，收换杜布，民始安帖，后亦得有大利。此亦前事之可师，而成效之已著者也。诸殷富与其塔米塔麦，买田买地，但能利己，不能利人，以及困煞洋钱银子、金条金器，各大耗折，徒自烦恼，何如皆以塔布，其有四善，请为诸公详言之。今日之布，已贱至十文一尺矣。后有销路，价岂止此？是塔布一定获利，一也。即曰获利，不知期在何日，而价贱至此，本必不折，不同济人之有去无来。是塔布必不损己，二也。而民已实受其惠，不至饿死，且不至穷极滋事，陷于罪戾。是塔布即以救贫，又即所以保民，亦即所以保富，三也。救贫、保民、保富，则天必不负其德，或赐之以财帛，或赐之科甲，或赐之以孝子慈孙，为状元宰相，古曾有之，今岂不能再见？是塔布即所以造福，四也。且夫人者仁也，人之所以异于禽兽者，以其存心也。心不仁，何以为人？不行仁，何以见其心之仁？既有此四善，愿诸公皆即为之。如或另有妙法，可以使布流通，不至积滞，价日增长，则百万生灵，尤皆幸甚。

道光二十九年锡金大水，虹桥巷顾甦斋刻《济荒要略》，内有《集义会说》一则，言吕社薛氏曾集义会，许贫民央中立票，借以花纱，使作布本。俟织好卖去后还楚，再行借给。如无还，则不准再借，以防其不摇织。立法最善，亦是不费之惠。愿诸公并仿行之。

劝收纱启

（咸丰七年清明日刊发）

乡下之布，现今已得江溪桥杨氏、水渠秦氏、北七房华氏，于二月底开设花庄，放宽收换。彼地生民，已俱不患布无去处，颂声载道矣。而城中之纱，则尚积滞未有去处。其但会摇纱而不善织布，及虽善织布而迫不及待成布，即须以纱易钱米者，未免向隅，仍只可坐以待毙。凡我仁者，亦当急起而力拯之，何不于城中及城外附郭处，开设纱庄，（本钱有限，旧庄力已不足，难于多收。）定以半钱半花之法，（如全要花者听。）收换杜纱（客者不收），使但会摇纱，及虽会织布而势在窘急，必须以纱即换者，俱有生路，则可救饥，又可积德，且可保本，并可获利。（纱已贱至十三四文一两，后有销路，每两即可有利三四文。）愿有力者，皆即为之。如或能另有法，可以使各盘查局免完纱布之税，则道路无阻，客商皆来，价日益长，民尤幸甚。

劝借稻种谷启

（咸丰七年清明日刊发）

（原书眉批：《周礼》大司徒以荒政十二聚万民，一曰散财。即贷种之类。）

三春欲去，五夏将来。俗语云：立夏无干谷。转晌四月十二日立夏，凡在农家，皆必须浸谷矣。顾必有谷，然后可以浸谷。若今之农家，则不但去冬之籽粒无收者，固无谷可浸。即稍有收而勉留稻种者，亦已吃完，而无谷可浸。设再当卖无物，借贷无门，则只得将田荒弃；以及贪图价贱，又求省事，但买杂粮之种种植，而不种稻者，势必在所俱有。如此，则今冬之米必少；米少，则于通县之民食、米价、冬租、生理，均属大有关碍。（凡米多，则四民皆好；米少，则四民皆坏。犹之去冬只有一二分米，则无不奇难矣。）是以余等为先事豫防、未雨绸缪之计，奉劝有力诸君子，仿照借放债米之例，凡贫农无谷可浸者，俱每田一亩，借与稻种谷五升，使可及时浸种，则今冬米可不少。即于通县之民食、米价、冬租、生理，均属大有裨益；而于自己亦有利息；且于天道，必有福报。诸公何乐而不为耶！如恐借后不还，则不妨令其央中作保，三面立据，写明如敢吞欠，即将其产另交，以价作抵。盖如此恩钱义债，而犹忍丧尽天良，不即归楚，则其人直是禽兽，不妨从重罚惩也。惟利只可加一二三，至多以加四为止，切勿加五加六，类于乘人之急，重利盘剥（如放债米，亦望如此），则非余等奉劝之本意。想诸公以仁存心，亦必不出此也。

救饥良方（咸丰六年腊月刊送）

一、黄豆（七斗），脂麻（三斗），水淘净（不可多浸，恐去元气），蒸熟、晒干、去壳，再蒸再晒，如是三次，打极烂，丸如胡桃大。每服一丸，可三日不饥。（此方所费不多，一料可济千人。名许真君济世方。此方如欲试验，须饿三四日服，始效。）

一、赤豆（一升），黄豆（一升半），炒为末。每服新水下一合，一日三服。（计末三升，即可度十日。）

一、黑豆、贯众（即管仲）各一斤，煮熟去众，晒干。每日空心啖五七粒，则食百木枝叶，皆有味可饱。

一、松柏叶，同骨碎补（一名猴姜，去皮，忌铁器）食，有味。

一、扁柏叶，烧成白灰。每服冷水下三钱，可以七日不饥。口渴则饮凉水，忌茶。

一、榆皮、檀皮为末，日服数合，可以辟谷不饥。

一、生黄豆同槿树叶食，则不腥。每日食二三合，即可度一日。

一、山茶嫩叶，焙熟水泡，可食。

一、青豆或黄豆，用水浸胖，沥干磨细，加盐煮食，名小豆腐饭。不但耐饥，且大有益。如不磨，则捣烂煮食亦可。

一、油树皮，不可同糖食。

一、树皮，必与稻草节同食，方不至闭塞而死。须知。

一、久饥之后，不可骤饱。因久饥则肠必细薄，骤饱则肠必寸断。故久饥之人，必须先食极薄之粥汤，次食略腻之粥，次食干粥，方保无患。

汪稼门督部《荒政纲目》

（公名志伊，字稼门，安徽桐城人。官至浙闽总督。嘉庆十一年，抚江苏，值岁歉，纂《荒政辑要》十卷，以示僚属，并垂永久。法良意美。是卷不及备载，但录其纲目一卷，以见要领。余详原书，检查可也。）

荒政者，仁政也。自古及今，极为详备。有预备于未荒之前者，有急救于猝荒之际者，有广救于大荒之时者，有力行于偏荒之地者，有补救于已荒之后者。全在大小官吏，遵谕旨，酌时势，权缓急，次第举行，迅速筹办，庶有裨于灾黎耳！然非提纲挈领，则胸无成竹，非误即淆，非遗即滥，欲己之善其事而民之被其泽也，难矣！故特提荒政之纲目，列于卷首。

《周礼》十二荒政

《周礼》大司徒，以荒政十二聚万民。一曰散财（贷种食也），二曰薄征（轻赋税也），三曰缓刑（省刑罚也），四曰弛力（息徭役也），五曰舍禁（山泽无禁也），六曰去几（去关防之几察，使百货流通），七曰眚礼（杀吉礼也），八曰杀哀（节凶礼也），九曰蕃乐（谓闭藏乐器而不作），十曰多婚（多婚配，则男女得以相保），十一曰索鬼神（求废祀而修之也），十二曰除盗贼（安良民也）。

宋从政郎董煟《救荒全法》

人主当行六条：一曰恐惧修省，二曰减膳撤乐，三曰降诏求贤，四曰遣使发廪，五曰省奏章而从诤谏，六曰散积藏以厚黎元。

宰执当行八条：一曰以调燮为己责；二曰以饥溺为己任；三曰启人主敬畏之心；四曰虑社稷颠危之渐；五曰进宽征固本之言；六曰建散财发粟之策；七曰择监司以察守令；八曰开言路以通下情。

监司当行十条：一曰察邻路丰熟上下，以为告籴之备；二曰视部内灾伤大小，而行赈救之策；三曰通融有无；四曰纠察官吏；五曰宽州县之财赋；六曰发常平之滞积；七曰毋崇遏籴；八曰毋启抑价；九曰毋厌奏请；十曰毋拘文法。

太守当行十六条：一曰稽考常平以赈粜；二曰准备义仓以赈济；三曰视州县三等之饥而为之计（小饥则劝分发廪，中饥则赈济、赈粜，大饥则告奏截漕、乞鬻爵、借内帑为粜本）；四曰视邻郡三等之熟而为之备（才觉旱涝，即发常平钱，遣牙吏往丰熟处告籴，以备赈济。米豆杂料皆可）；五曰申明遏籴之禁；六曰宽弛抑籴之令；七曰计州用之盈虚（存下一岁官吏支销，余皆以救荒。不给，则告籴他邦）；八曰察县吏之能否（县吏之职，劾罢则有迎送之费，姑委佐贰官以辅之。不然，对移他邑之贤者）；九曰委诸县各条赈济之方；十曰因民情各施赈济之术；十一曰差官祷祈；十二曰存恤流民；

十三曰早检放以安人情；十四曰预措备以宽州用；十五曰因所利以济民饥（兴修水利，整理城垣之类）；十六曰散药饵以救民疾。

牧令当行二十条：一曰方旱则诚心祈祷；二曰已旱则一面申州；三曰告县不可邀阻；四曰检旱不可后时；五曰申上司乞常平以赈粜；六曰申上司发义仓以赈济；七曰劝富室之发廪；八曰诱富民之兴贩；九曰防渗漏之奸；十曰戢虚文之弊；十一曰听客人之粜籴；十二曰任米价之低昂；十三曰请提督；十四曰择监视；十五曰参考是非；十六曰激劝功劳；十七曰旌赏孝弟以励俗（饥年骨肉不能相保。有能孝养公姑，竭力供养祖父母者，当即行旌奖）；十八曰散施药饵以救民；十九曰宽征催；二十曰除盗贼。

赈恤五术

宋元祐初，河东、京东、淮南灾伤。监察御史上官均言赈恤有五术：一曰施与得实，二曰移粟就民，三曰随厚薄施散，四曰择用官吏，五曰告谕免纳夏秋二税。

救荒八议

明嘉靖八年，山西大饥，参政王尚絅上《救荒八议》：一曰悯饥馑。乞遣使行部，问民疾苦。二曰恤暴露，乞有司祭瘗，消释厉气。三曰救贫民，乞支散庾积，秋成补还。四曰停征敛，乞截留住征，以俟丰年。五曰信告令，乞劝分菽粟。六曰推籴买，乞令无闭遏。七曰谨预备，乞申旧例，措处积贮，勿使廪庾空虚。八曰恤流亡，乞所过州县加意存恤，勿使群聚思乱。

荒政丛言

明佥事林希元疏云：救荒有二难：曰得人难、审户难。有三便：曰极贫民便赈米，次贫民便赈钱，稍贫民便赈贷。有六急：曰垂死贫民急饘粥，疾病贫民急医药，病起贫民急汤米，既死贫民急募瘗，遗弃小儿急收养，轻重系囚急宽恤。有三权：曰借官钱以粜籴，兴工作以助赈，贷牛积以通变。有六禁：曰禁侵渔，禁攘盗，禁遏籴，禁抑价，禁宰牛，禁度僧。有三戒：曰戒迟缓，戒拘文，戒遣使。

救荒二十六目

明周文襄忱，救荒有六先：曰先示谕，先请蠲，先处费，先择人，先编保甲，先查贫户。有八宜：曰次贫之民宜赈粜，极贫之民宜赈济，远地之民宜赈银，垂死之民宜赈粥，疾病之人宜救药，罪系之人宜哀矜，既死之人宜募瘗，务农之人宜贷种。有四权：曰奖尚义之人，绥四境之内，兴聚贫之工，除入粟之罪。有五禁：曰禁侵欺，禁寇盗，禁押价，禁溺女，禁宰牛。有三戒：曰戒后时，戒拘文，戒忘备。其纲有五，其目二十有六。

救荒正策

颜会元茂猷曰：正策有五：一曰开仓赈货，二曰截留上供米以赈贷，三曰自出米及劝籴富民赈贷，四曰借库银循环粜籴赈贷，五曰兴修水利、补辑桥道、赈贷，令饥民佣工得食，而官府富民得集事也。

凡遇办赈，稍有未是，董其事者，辄云救荒无善策。此语最足误事。救荒之无善策，即由此语基之。天下事苟能有人，何患无善策哉！

救恤瘟疫

溧阳宋惠人比部邦德，与彦素未谋面。丁巳二月，以彦刊发《治蝗诸法》，谬承嘉许，属刻《辟瘟良方》。言大旱后，恐不免此，宜豫防之。仁人君子之用心也！爰刊其方，并录袁一相《恤疫四议》，金闲存《时疫论》，汪稼门《悯疫遗事》于左。

神效辟瘟方

（岁荒人饿，转晌春末夏初，恐难免此疾病。故先刊此验方发送，伏愿仁人君子，依照第一二两方，合药施送，以防瘟疫，功德无量。）

官桂（五钱，去粗皮），大黄（一两二钱），苍术（一两），菖蒲、白芷（各六钱），北辛、吴萸、丁香（各四钱），川椒、贯众、降香、沉香、龙骨、虎骨（各八钱）、檀香、三柰、雄黄、朱砂、甘松（各一两）。上药十九味，共研为粗末，以绢作包佩之，能辟瘟疫邪秽之气，名辟瘟香。

雄黄（一两），丹参、鬼羽箭、真赤小豆（各二两）。上药四味，共研为极细末，炼蜜为丸，如桐子大。每晨空心服五丸，温水下，能辟疫气。名辟瘟丸。

乳香、苍术、细辛、甘草、川芎（各一钱），降香、檀香末（各一两）。上药七味，共研细末，傅红枣肉为丸，如弹子大。置炉内烧之，可辟疫气，名辟瘟丹。

凡疫气传染，以芥菜子研为末，用清水调填脐中，即以热物隔衣一层熨之，至汗出即愈。（凡传染疫气，皆因误触邪气入鼻，散布经络。初觉头痛不适，即须用此方治之，无不立愈。）

又凡入病家，大忌空腹，宜饮雄黄酒一二杯，更以香油调雄黄苍术末，涂鼻孔中。出后以纸撚探鼻取嚏，则不传染。

又以黑豆一撮，置水缸内，可全家无恙。

又每年四五月间，食水缸内皆宜置贯众一个，可以不染疾。

又每日多焚降香，及随身佩带，祛疫。

又疫时能忌房事，即受病，亦易解。

袁一相《恤疫四议》（康熙四年）

查疫疾之作，外不由于六气之所感，内不由于七情之所伤，实系天灾流行，疹疠为祟，沿乡传染，阖门同疾。今奉宪台有作何赈恤之谕，本司请备陈四议焉。谨案入告之章，言灾异不言祥瑞。止于地震、旱、涝等类，而不及瘟疫，但查会典开载，凡遇灾异，具实奏闻：又闻灾异即奏，无论大小。凡水旱灾荒，皆以有关民瘼而入告也。今据绍兴府申称，村落之中，死亡殆半。事关民命衰耗，灾异非常，合应具题候部议恤。伏候宪夺者一也。再，按各处设立医学，原以救民疾病，是以医官选自吏部，医印铸自礼部，医学建有官署，是皆朝廷重医道，寿民生之意。近来有司漫不经心，不选明理知书之士使掌医学，以致医生千百为群，但知糊口，全不知书。病者至死，不知其故。一岁之中，夭札无数。是岂为民父母之道？今绍郡疫疾，百药无效，岂药不灵哉？无明理用药之人也！似宜申饬有司振兴医学，慎选医士，使掌学印，庶知医者众，剂不妄投。伏候宪夺者二也。再查疫疾之作，实有疫鬼为厉。是以《周礼》有十三科，以疗民疾。内有祝由一科，以驱鬼而逐疫。而后世无传焉。惟是府有郡厉之祭，县有邑厉之祭。凡有遭兵刃而横伤者、有死于水火盗贼者、有被人取财而逼死者、有被人强夺妻妾而死者、有遭刑祸而负屈死者、有饥饿冻死者，此等鬼魂，精魄未散，依草附木，魂杳杳以无归，意悬悬而望祭，故令天下有司依时享祀。本处城隍主之。今虽故事徒存，而有司之奉祝不虔，则无主之孤魂不享，郁勃怨愤之气无所发泄，或作祟于田间，或数兴为疫疠，以致民受其殃。此于山川社稷诸祀外，尤当加意焉者。似应申饬绍郡有司，修省己愆，感格幽神。嗣后每岁春清明、秋中元、冬十月朔日，必躬必虔，幽明以和，灾沴不作。伏候宪夺者三也。再，查康熙四年三月初五日，钦奉恩赦，第诏使尚未入境，其狱中诸犯，除十恶不赦者，自应监候，仍拨医药调治。其自军罪以下，均应取保，候诏到之日释放。至于疫死之众，贫不能棺者，或以康熙四年孤贫项下动支，给与棺木，以恤骸骨。伏候宪夺者四也。以上四议，本司遵奉宪批，谬陈管见，统候宪台裁夺。若夫延名僧以诵经祈福，选羽士以建醮禳灾，理或有之，第于吏治不载，本司不敢议也。

金闲存诚《时疫论》

或者曰：旱潦之后，每有时疫。其故何欤？怡然子曰：旱者，气郁之所致也；潦者，气逆之所致也。盖逆必决，决斯潦，潦必伤阴；郁必蒸，蒸斯旱，旱必伤阳。阴阳受伤，必滞而成毒，毒气溃发，人物相感，缠而为患，疫症乃时行也。曰天地无私，无私则无累，而阴阳之气，宜其顺而达矣。其所以郁而逆者，又何故耶？曰由人心致之也。盖小人之心，无过贪生，贪生则贪利，而利有所不遂，则谋计拙而忧愁潜于肾脉，告援穷而恼怒聚于肝经，于是乎酬酢往来，同胞之和睦潜消；呼吸嘘嗳，造化之盘旋相阻。始则风雨不时，继则温寒犯令，而阴气闭于外，阳乃用逆；阳气伏于中，阴乃用郁。此其势，此其理也。然则调燮者，其先调天下之财乎？财不调则贫富不均，民生不遂，而民气不伸，阴阳其必不和也。安所谓燮乎？夫是以圣人首重通财而最忌壅财也。赈恤罚赎之典，所以行也！

此论所言深切著明，颇洞见天人合一之理。第小人安饱是谋，未易与讲阴阳之调摄。或士君子居四民之首，能知此意，而调摄有方，因以为众人表率耳。彦因括其意而为浅近之说曰：轻财重义，寡欲清心，何思何虑，诸病不侵。

汪稼门督部悯疫遗事（此见《荒政辑要》）

汉建武十四年，会稽大疫，死者万数。邑令钟离意独身自隐亲，经给医药。（隐亲，谓亲自隐恤之；经给，谓经营济给之。）所部多蒙全活。

隋辛公义为岷州刺吏。岷俗一人病疫，阖户避之，病者多死。公义欲变其俗，命凡有疾者，悉舆至厅中，亲身为之拊摩。病者愈，召其家谕之曰：设若相染，吾殆矣！诸病者子孙皆感泣而去，敝风遂革。合境呼为慈母。

明王文成守仁曰：灾疫大行，无知之民，惑于渐染之说，至有骨肉不相顾疗者。汤药饘粥不继，多饿死，乃归咎于疫。夫乡邻之道，宜出入相友，守望相助，疾病相扶持。乃今至骨肉不相顾。县中父老，岂无一二敦行孝义，为子弟倡率者乎！夫民陷于罪，犹且三宥致刑。今吾无辜之民，至于阖门相枕藉以死。为民父母，何忍坐视？言之痛心，中夜忧惶，思所以救疗之道，惟在诸父老劝告子弟，兴行孝弟，各念尔骨肉，毋忍背弃，洒扫尔室，具尔汤药，时尔饘粥，贫弗能者官给之。虽已遣医生老人，分行乡井，恐亦虚文无实。父老凡可佐令之不逮者，悉以见告。有能兴行孝义者，县令当亲拜其庐。凡此灾疫，实由令之不职，乖爱养之道，上干天和，以至于此。县令亦方有疾，未能躬问疾苦，父老其为我慰劳存恤。谕之以此意。

宋熙宁八年，吴越大饥。赵抃知越州，多方救济。及春，人多病疫。乃作坊以处疾病之人，募诚实僧人分散各坊，早晚视其医药饮食，无令失时，以故人多得活。凡死者，又给工银，使随处收埋，不得暴露。

明嘉靖时佥事林希元疏云：时际凶荒，民多疫疠。极贫之民，一食尚艰，求医问药，于何取给？往时江北赈济，亦发银买药，以济贫民。然督察无方，徒资冒破。臣欲令郡县博选名医，多领药物，随乡开局，临症裁方。多出榜文，播告远近，但有饥民疾病，并听就厂领票，赴局支药。有死者给银四分，令人埋葬，生死沾恩矣。

张清恪伯行曰：骸骨不可不急为掩埋也。昔文王泽及枯骨，况现经饥饿而死者乎！每见有抛弃骸骨，日色暴露，甚为可惨。宜严饬城关各乡约地保人等，凡街市道路田间，有抛弃骸骨，俱令掩埋，以顺生气。盖灾祲之后，每有疫疾，皆因饥死人多，疠气薰蒸所致也。一经掩埋，不惟死者得安，而生者亦免灾沴之祲矣！

伐除蛟患

锡金不恒有蛟，而亦未尝无蛟。述陈文恭治蛟法于左，以备攻治。

陈文恭公伐蛟说

（公名宏谋，字汝咨，号榕门，广西临桂人。雍正癸卯进士，官至东阁大学士，谥文恭。此任江西巡抚时作也。）

月令季夏之月，命渔师伐蛟。伐者何？除民害也。先王之爱民也至，而卫民也周。凡妖鸟猛兽之属，无不设官以治之。蛟之为害尤酷，故声其罪而致其讨，又著之为令，以诏后世也。往在江南，蛟患时闻。广原深谷之间，大率数载一发。其最甚者，宣城石峡山，一日发二十余处。六安州，平地水高数丈。江西缨山带湖，本蛟龙所窟宅，旌阳遗迹，其来尚矣。近世出蛟之事，在元一见于新建；在明一见于宁州，再见于瑞州，三见于庐山，四见于五老峰，五见于太平宫；国朝一见于永宁。皆纪在《祥异志》，彰彰可考。余来抚之次年，适兴国等处蛟水大发，漂没田禾，荡析庐舍。蠹焉心伤，思所以案验而剪除之，未得其要领也。书院主讲梁先生，博物君子，出一编示予，言蛟之情状与所以戢之之法，甚详且核。有土气之可辨，有光气之可瞩，有声音之可听，其镇之也有具，其驱之也有方。循是则蛟虽暴，不难剪除矣。云晋太元中，司马轨之善射雉，将媒下翳，此媒屡雊，野敌遥应。试觅所应者，头翅已成雉，半身后故是蛇。又武库中忽有雉，人咸怪之。司空张华曰：必蛇妖所作。搜括之，果得蛇蜕。由是观之，蛇雉之变，常易位，其交而生蛟，尚何疑也哉！易离为雉，南方火猛烈，故雉性精刚而猋悍。《尔雅》以为绝有力奋者，蛟起之暴，正胎其气也。《禽经》云：雉交不再。《化书》云：雉不再合。《仪礼》注谓：雉交有时。彼亦各有取尔矣。至《诗》刺卫宣之淫乱，则曰：有鷕雉鸣。谓雌雉也。又曰：雉鸣求其牡者。岂非求非其类而与之交与？诗人之言，雉蛇之明验也。盖物感变化，有未可以常理推者。大约雄鸣上风，雌鸣下风，睟运而物化，悉阴阳之偏气所孕结。其为迹也怪，其为害也亦大。古圣王知其然，故于季夏有命渔师伐蛟之令。季夏正蛟出之候，先时伐之，著在月令，补救之要务也。郑氏谓蛟言伐者，以其有兵卫。而伐之方法，笺疏无闻焉。历来郡邑，岁以水灾告者，蛟害常过半。贤长吏亦无如何，申请赈恤而已。盖山叟抚掌称快，且为之印证其说曰：月令季夏，夏正之六月也。今言蛟之出在夏秋间。其可信一也。志称宏（按：应为“弘”，避讳。下文径改之）治十七年，庐山鸣，经三日，雷电大雨，蛟四出。今言蛟渐起地，声响渐大，候雷雨即出，知向所谓山鸣，乃蛟鸣也。其可信二也。许旌阳之镇蛟以铁柱，今言蛟畏铁。其可信三也。《兵法》，潜师曰侵，声罪曰伐，今震之以金鼓，烛之以火光，如雷如霆，俨若六师之致讨，与伐之义正相合。其可信四也。夫以蛟之不难制若此，而数千百年以来，罕有言之者。盖田夫野老知而不能言，文人学士鄙其事而以为不足言，司牧之官又鞅掌于簿书，而不暇致详也。一旦横流猝发，载胥及溺，然后开仓廪以赈恤之，则已晚矣。天下狃于故常，而忽于远虑，贻害可胜道哉！予故亟录其说，广为刊布，且悬示赏格：有掘得者，给银十两。使僻远乡村之地，转相传说，人人属耳目，注精神，先时而侦候，临事而周防，庶几大害可除。此邦之人永蒙其福，而他省之有蛟患者，皆可踵而行之。恐闻者不尽晓，兹撮举其征验攻治之法，别录于左，以便观览焉：

一、征验之法。蛟似蛇而四足细颈，颈有白缨，本龙属也。其孕而成形，率在陵谷间，乃雉与蛇当春而交，精沦于地，闻雷声则入地成卵，渐次下达于泉。积数十年，气候已足，卵大如轮。其地冬雪不存，夏苗不长，鸟雀不集，土色赤，有气朝黄而暮黑。星夜视之，黑气上冲于霄。卵既成形，闻雷声，自泉间渐起而上，其地之色与气亦渐显而明。未起三月前，远闻似秋蝉鸣，闷在手中，或如醉人声。此时蛟能动不能飞，可以掘得。及渐起，离地面三尺许，声响渐大，不过数日，候雷雨即出。

一、攻治之法。蛟之出，多在夏末秋初。善识者，先于冬雪时视其地，围圆不存雪，又素无草木。复于未起二三月、春夏之交，观地之色与气，掘至三五尺，其卵即得，大如二斛瓮，预以不洁之物，或铁与犬血镇之，多备利刃剖之，其害遂绝。又蛟畏金鼓及火。山中久雨，夜立高竿，挂一灯，可以辟蛟。夏月田间作金鼓声，以督农则蛟不起，即起而作波。但叠鼓鸣钲，多发火光以拒之，水势必退。以上诸说，皆得之经历之故老，凿凿有据者也。

祈祷晴雨

祈祷晴雨，有司恒有之事也。然不得其法，则不灵而水旱至矣。兹集前人良法如左，以备心乎民者采取焉。

王概雩说

客有问于王子曰：方今旱魃为虐，自春徂夏，不雨六十日矣。田禾莳者未及其半，大率取诸陂塘，灌输而已。膏泽将竭，何以继之？即制府暨郡邑大夫轸念斯民，禁屠沽，息讼狱，建醮坛，召方士，斋心祈请，亦复旬日，而亢阳愈骄，农禾交瘁，将何法以处此乎？王子曰：古之忧旱恤灾，莫如《云汉》一诗。其诗八章，呼号迫切，别无他语，惟有祈祷。顾今之祈祷，非古之祈祷也。《左传》曰：龙见而雩。龙者，东方角宿。孟夏初旬，昏中始见，即有雩祭。是雩不待旱而岁有常祭矣。秦汉以后，雩始废，大旱乃一举行。然犹天子降服，亲诣南郊，以七事自责。七日乃祈岳渎及诸山川之神能兴雨者，又七日祈社稷及古百辟卿士有益于人者，又七日祈宗庙及古帝王有神祠者，又七日祀五天帝及五人帝，各依其方。《诗》云：不殄禋祀，自郊徂宫。上下奠瘗，靡神不宗。郊即天地，宫即宗庙，自天而上，自地而上，无不尽其奠瘗之礼也！又七日不雨，乃偏〔遍〕祈社稷山林川泽之神，聚于一处，命舞童六十四人皆衣元衣，为八列，各执羽翿而舞，每歌《云汉》一章。七日复如其初。郡县有司，雩祭亦然，但舞用六而不用八耳。今人不知雩礼，率听一二黄冠妄挟符咒，驱使鬼神。彼黄冠者，有何神术，而能格昊天、召风雨乎？必贤有司斋戒沐浴，极其虔诚，复行古礼，敬恭明神，俾无侮怒，或者天心可格，而甘霖可望也。客曰：雩祭废已久，且历代祭法不同。今将何以折衷乎？曰：古者四时皆有雩祭。春设坛于东方，植青旗，以甲乙日为大小苍龙，用木数。夏设坛于南方，植朱旗，以丙丁日为大小赤龙，用火数。季夏设坛于中央，植黄旗，以戊己日为大小黄龙，用土数。秋设坛于西方，植白旗，以庚辛日为大小白龙，用金数。冬设坛于北方，植黑旗，以壬癸日为大小黑龙，用水数。梁武帝以为雨既属阴，而求之阳方，不已悖乎！东方为万物养生之始，则雩坛当在东方。唐太宗以为冬旱无伤于农，何以雩为，且雨属水，水能克火，则雩坛当在北方。此论尤确。今果行雩祭，宜择水日，建四通之坛于郡邑北门外，高广六尺，上植黑旗六。其神玄冥，祭以上六黑狗，酒脯佐之。又以壬癸日，取北方洁净之土，为大黑龙一，长六丈，居中。小龙五，各长三尺，于其外，皆北向，中间相去六尺。道士六人，童子三十六人，皆斋三日，衣黑衣，手执皂旗而舞。道士教童子以《云汉》之诗，其声吁吁，作呼号状。盖雩之为义，即嗟吁祈雨之谓也！有司则率其寮属及乡先生诸生，拜跪坛下。七日不雨，则索取境内祠庙大小远近诸神，聚于一坛而虔祀之。《诗》所谓靡神不举，靡爱斯牲。《周礼》所谓国有凶荒，则索鬼神而祭之也。雨则报以牲牢，不雨则神不得返其舍。山林川泽，群公先正，庶有以助我耳。虽然，此犹祈雨之文，而非祈雨之实也。古成汤祷雨桑林，剪其爪发，自为牺牲。而祝曰：政不节与？使民疾与？宫室崇与？女谒盛与？苞苴行与？谗夫兴与？何不雨至斯极也！后世人君以七事自责：一曰理冤狱；二曰轻徭赋；三曰恤鳏寡；四曰进贤良；五曰黜奸邪；六曰会合男女，使无怨旷；七曰减膳撤乐，劳其身以为民。故东海杀孝妇，大旱三年。于公至，一祭其墓而雨。此理冤狱之验也。桑宏羊兴酤榷盐铁之利，而天下旱。卜式曰：宏羊为天子大臣，至与小人争利。烹宏羊，天乃雨。此轻徭赋之验也。周畅为河阳尹，时久旱，畅因收葬城外客死胔骼万余人，而澍雨立降。此恤鳏寡之验也。光武时，汝南大旱。太守鲍昱，躬自往问高获，获白以急罢三部督邮。昱从之，果得大雨。此进贤良之验也。后汉和帝时旱，幸洛阳寺录囚，知其冤滞，因收洛阳令，抵司隶罪，左降河南尹，未及还宫而大雨。此黜奸邪之验也。董仲舒在江都苦旱，问吏家在百里外者，行书告县，遣妻视夫而雨。此会合男女之验也。束皙、戴封、谅辅之徒，皆以守令祈雨，暴身于廷，至欲举火自焚，而大雨立降。此劳身为民之验也。今牧民者抚躬自察，于此七事者何有何无，天人冥默之间，岂无有感而遂通者乎！则雩祭为祈雨之文，而七事为祈雨之实矣。客曰：审如君言，经史可据，请录其语，以献于郡邑贤大夫，为祈雨之助。

扰龙致雨法

嘉庆十一年丙寅，前苏抚皖江汪中丞志伊纂《荒政辑要》，内载：宋淳熙时大旱，知县李伯时以扰龙事告太守，以长绳系虎骨缒于龙潭中，遂得雨。取之稍迟，雷电随至，急令人取出乃止。

又载南州久旱，里人以长绳系虎骨，投有龙处。入水，即用数人牵掣之，使不定。俄顷，云起雨降。盖龙虎，敌也。虽枯骨，犹能激效如此。

徐文弼祈晴雨法（载《吏治悬镜》）

余尝考汉史纪传诸书，知董相传箕子洪范五行之学。当时言灾祥休咎，预验不爽，惜其书泯灭无传，世无得而知者。惟《春秋繁露》一书八十二章，畜于好古之家，多有遗缺。予假而观焉，得七十四章求雨法、第七十五章止雨法。岁戊午，关中秋旱，制台查公、抚台张公取其法祷于西郊，雨立沛。越今夏，复旱，如其法行之，雨亦立沛。盖祷而应者再矣。余取其书暨武林宋氏直解，刊布所属，而弁其首。且夫雩祭诸典，载于《春秋》，详于《周官》。古先圣人，岂将以是勤民之事，而听于杳冥不可知之数哉？亦诚有深识天人之理，而特假是以将之，是以重其事，隆其制，具其仪，凡以通上下之交云尔。《易》曰：云行雨施。《礼》曰：天降时雨，山川出云。盖下降上济，神功亦于是乎在。亢阳违和，雨泽愆期，下上之交，夫必有阻隔之者。惟人体诚敬之性，足以通之，天人响应，亦其理故然也。江都董氏，为汉醇儒，擅天人之学素矣。是书特其余耳。予留心民事，每患谫薄，无以扶植。且自大江以南，水旱之灾，十有八九。世之俗吏，每以祷雨之礼付之僧道，设坛遣将，呼召风雷，无一验者。彼且甘心以为当然，民死而莫之救，是何心哉？拊循之暇，检阅节解，悉以浅近之言，注于各条之下，以便观览。非惟官司可行，而里社亦可行。然祈天在修己德。凡我僚友，诸里社民，庶其各存心守正，毋拂天理，毋紊天常，则久旱而祷雨，久雨而祷晴，据董相之法，必有应者多矣。

韩梦周祈雨文

呜呼！入夏以来，雨泽告愆，梦周再祷于城隍之神，以诚之不至而神不我德。万姓恫惧，祈祝皇皇，靡神不举。梦周身为长史，惟民是司。其忧其乐，长吏以之；其死其生，长吏视之。夙夜徬徨，莫识所为。伏惟尊神，忠义冠今古，英灵镇寰区。自我大清受命隆礼宠嘉，其必将图厥报。伏念一区之民，皆皇上赤子；一命之士，皆为天子牧民。况于尊神，覆庇苍黎，靡有涯量。梦周不揣猥陋，且愿为民请命，敢以十事誓于神，惟神罚其吏而哀其民，梦周死且不朽。其一有若贪黩货利，朘民之生，愿罚算十年；其一有若残忍酷刑以戕民，愿罚算十年；其一有若受请托，枉是非，愿罚算五年；其一有若骄逸弗念民戚，旷厥官事，愿罚算五年；其一有若法弗及恶，以莠贼良，良者弗式，愿罚算三年；其一有若置民依，农桑弗兴，愿罚算三年；其一有若学校不举，教士不以诚，愿罚算三年；其一有若谄上以利与色，思固宠位，愿罚算三年；其一有若厥鳏寡，漠不在抱，为心之丧，愿罚算三年；其一有若纵吏胥，假官之威，用毒虐于小民，愿罚算三年。凡兹十事，长吏有一于身，实为恶德愆伏之由，惟神殛之。累事而加，夺其算数，用赴告于皇天后土。其疾既去，其民将苏，及时大霈霖泽，俾万汇昭回，民生康赖。则神之恩德，世世答贶其无斁。尚飨。

真文忠公祷雨书事

（公名德秀，字西山，福建浦城县人，宋代大儒，崇祀圣庙。）

祷祈未效不可怠，怠则不诚矣。既效不可矜，矜则不诚矣。不效不可愠，愠则不诚尤甚。未效，但当省己之未至，曰：此吾之诚浅也，德薄也。既效，则感且惧，曰：我何以得此也。不效，则省己当弥甚，曰：吾奉职无状，神将罪我矣！盖天之水旱，犹父母之谴责也。人子见其亲声色异常，戒儆畏惕，当何如耶？幸而得雨，则喜而不敢忘，敬而不敢弛，惴惴焉恐亲之复我怒也。故曰：仁人之事亲如事天，事天如事亲。一日祷雨于仙游山，书此自警，且以告亲友之同致祷者。

王文成公答佟太守书

（公名守仁，字伯安，号阳明，浙江余姚人。明弘治进士，官至四川总制，封新建伯，谥文成，崇祀圣庙。）

古者岁旱，则为之主者，减膳撤乐，省狱薄赋，修祀典，问疾苦，引咎赈乏，为民遍请于山川社稷。故有叩天求雨之祭，有省咎自责之文，有归诚请改之祷。盖《史记》所载，汤以六事自责。《礼》谓大雩，帝用盛乐。《春秋》书秋九月大雩，皆此类也。未闻有所谓书符咒水也。后世方术之士，或时有之。然彼皆有高洁不朽之操，特立坚忍之心，虽所为不尽合于中道，亦异于寻常，是以或能致此。然皆不见经传，君子犹以为附会之谈。又况如今方士之流，曾不少殊于市井嚣顽，而欲望之以为挥斥雷电、呼吸风雨之事，岂不难哉？仆谓执事，且宜出斋厅事，罢不急之务，开省过之门，洗简冤滞，禁抑奢繁，淬诚涤虑，痛自悔责，为民请于山川社稷。彼方士之祈请者，听从民便，但不专倚以为重轻。天道虽远，至诚而不动者，未之有也。

陈文恭宏谋曰：时当亢阳，惟有祗率仪章，肃坛虔祷，仰吁于天，为民请命。董子《春秋繁露》载置龙求雨之法，有应有不应。遂有专任术士，书符咒水，事属不经。官无措手，民心益恐。真王二公之说，揆之义理，总归诚敬，可以并行不悖。至于雨多祈晴，则有伐鼓用牲禁〔萗〕祭城门之典礼，是在竭诚致敬耳。

李蕃旱魃辨

（山东黄县民，遇旱则以里中新丧为魃，劫而诛之，恶俗也。李作此辨晓之，此风遂熄。其所以取信于民者素也）。

嗟尔民旱甚矣，非魃不至此。我急欲诛之，以纾尔忧。然以新丧当之，则不可。《诗》曰：旱魃为虐。经无明注。及考他书，兆天下之旱者二，旱一国者亦二，而兆一邑之旱者四。新丧不与焉。其状如狐而有翼，音如鸿而名獙獙者，姑逢山中有之。石膏水中，似鳣而一目，音如鸥者，女巫山中有之。见则天下旱者也。其旱一国者，若南方之似人而目生顶上，行如飞者，一首两身，似蛇而名肥遗，生于浑夕山者是也。其状如鸮，而赤足直喙，音如鹄而黄文白首，人面龙身者，在钟山之东也。有鸟焉，似鸮而人面，雌身而犬尾，在崦嵫山也。西望幽都，有音如牛，是镎于母逢山之大蛇也。有如蛇而四翼，其音如磬，是鲜山之下，鲜水之鸣蛇也。如是者旱一邑，此皆出《神异经》及东西南北中诸山经，非予之臆说也。尔民往察之，有一于此，任尔率比闾族党，往诛之无赦。其或仍谓新丧为魃者，是乱民也，恶风也！予将执国法以诛之，亦无赦。

察狱致雨法（此见《荒政辑要》）

汉昭帝时，东海大旱三年，人民离散，莫知所从。会新太守下车，于公谓守曰：非申孝妇之冤不可。守询之，公曰：郯城昔有窦氏，少寡，事姑极孝。姑念孝妇侍奉勤苦，欲其嫁，妇不允。姑遂自经，盖以己在，妨其嫁也。姑之女，竟以杀母，告。太守按治，妇乃诬服。某曾力争而勿听，咎非在是而何？新守斋戒沐浴，徒步往祭孝妇于冢。祝方毕，而大雨如注。至今有孝妇庙在。

唐开元中，榆林卫久旱非常。颜真卿为御史，行部至五原，时有冤狱久不决。真卿至，立辨其冤，雨即沛然而至。郡人遂呼为御史雨。

明单县有田作者，其妇饷之，食毕即死。其翁曰：此必妇之故矣。陈于官，不胜箠楚，遂诬服。自是天久不雨，许襄毅公时官山东，曰：狱其有冤乎？乃亲历各境，出狱囚遍审之。至饷妇，乃曰：夫妇相守，人之至愿，鸩毒杀人，计之至密，焉有自饷于田而鸩之者哉？遂询其所馈饮食，所经道路。妇曰：鱼汤米饭，度自荆林，无他异也。公问时，适当其夫死之际，置鱼作饭，仍由旧路而行。试狗彘，无不立死者。遂出其罪，即日大雨如注。（荆花入鱼饭，食之必死。今已载入《洗冤录》）

掩骴致雨法（此亦见《荒政辑要》）

汉周畅为河南尹，永初二年夏旱，久祷无雨。畅因收葬雒城傍客死骸凡万余。应时雨，岁乃稔。

附　　录*

吏科给事中伍给谏辅祥奏陈治蝗诸法疏

奏为敬陈治蝗诸法，恭请钦定颁行直隶、山东、河南被蝗各省俱尽人事，以弭天灾，仰祈圣鉴事。窃本年飞蝗为灾，圣心焦劳，畴咨周至。迭奉上谕，饬令确查，妥为抚恤。仰见我皇上痌瘝民瘼之至意。臣窃以为灾异者天，补救者人。本年飞蝗所过之处，遗种必多，种遗在秋，来年必出。使非事后翦除，早为筹画，则明年又复飞蝗四布，贻害非轻。臣谨辑前人成法，撮其大要，并参以时势，胪列数条，以备皇上采择施行。

一、捕蝗不如除蝻，除蝻不如灭种也。蝗所自起，不外化生、卵生两端。化生者，每天在大泽之旁、芦苇之间，泽水涸时，虾鱼子之附于草者，不能得水，而得夏秋郁热之气，遂变为蝗蝻。此宜于水涸草枯之时，纵火烧草，使虾鱼子之在草者，尽成灰烬，以绝萌芽。其卵生者，每在黑土高亢及蝗集处，尾入土中，生下种子，深不及寸，外仍留孔，形如蜂窠。冬农岁晚务闲，正可从容搜索。允宜募民，掘取遗种，送官给米。每种一升，给以白米一升。一升之种，出为蝗蝻，不止十倍，最为费少而功多。且彼小民，既可除害，又可餬口，谁不踊跃乐从。

一、蝻初生尚不跳跃时，其在芦渚间者，法宜植竹为栅四周之，薙其芦，以縺枷更番击之，可尽。至能跳跃时，则当分地为队，队用夫五十人，在芦渚旁之三面以夫守之。而于前掘一沟，长三四丈，上阔一尺七寸。下阔二尺五寸，深一尺，沟底每距三尺余，即掘一坎，然后伐其芦，自后直至沟边。于是呼三面守者，合力皆驱之，并鸣金以惊之，蝻跃至沟即坠，即以土掩之。其芦渚之宽广者，法应于中间掘一沟为濠，先驱一面，尽而后再驱一面，皆逼入沟面瘗之。其驱也宜徐，若急，则旁出。沟所勿容立人，立人则蝻见奔回。至蝻出十六七日，生半翅时，则其行如流水，法应以竹栅堵两旁，而于中埋缸，向其来路。蝻行自入缸中，以袋收之，曝干可代虾米，或和菜煮食，或以饲鸭、饲豕，皆易肥壮。

一、蝻翅成而飞，扑灭难乎为力矣。然每日皆有三时可以捕捉。黎明蝗沾露不能飞，日午蝗交不能飞，日暮蝗聚不能飞。此三时皆可齐集村夫，由东而西，或由西而东，回环扑捕，缓步徐行，既可逐细捉除，亦可不至踏伤禾稼。

一、定例州县报有蝗蝻，则该管上司即亲赴督捕，法本至善。第恐供应夫马，一切皆取诸民，则民困于蝗，又困于官，利民而转以病民矣！应请饬下该省督抚，严谕该管上司并州县，下乡督捕，均须轻骑减从，自备夫马，毋许书吏需索。并刊刻《治蝗成法》，晓谕村民，使知按法扑灭。如能有认真督捕，蝗不为灾者，准其保奏。若有奉行故事，督捕不力者，立予参劾。如此则赏罚明而事有实际。

一、行蜡祭之礼，以祈田祖也。《诗》曰：去其螟螣，及其蟊贼，无害我田稚。田祖有神，秉畀炎火。盖言致祷于神，以除蝗害也。应请饬下该管官，于冬令举行蜡祭，虔诚致祷，以祈神佑。

一、行瘗骨祭厉之举，以安冤魂也。《礼》曰：大兵之后，必有凶年。旱蝗诸灾，未必不由兵气所积。军兴以来，兵民死者不下亿万。即如直隶、山东、山西、河南四省，虽逆氛尽净，而当日贼所经过地方，白骨蔽陇，赤血膏原。撤兵之后，居民近水者，扫掷洪流，或弃诸荒墟，鸦啄犬衔，天阴鬼哭，行路酸心，未闻有收而瘗之者。其中就戮鲸鲵，固无足惜。若被戕之兵勇、遭难之士女，则任其残骨暴露而莫与收埋，能不上干天地之和，而召乖戾之气？应请饬下该督抚严饬有司，亲往检勘，概行收瘗，表以大冢，举行祭厉之礼，以平厉气。又都中菜市口，素为刑人之地。自前岁以来，枭示奸细以及诸凶首级，下不百余。该处地狭人稠，悬首累累，腥秽塞路，沴气所积，亦易酿为旱疫诸灾。应请饬下刑部，凡枭示首级，在半月或十日后，俱饬地面官于郊外掘坑掩埋。俾小民得远恶厉，而迓祥和。

一、整饬吏治，以禳天灾也。昔汉臣宋均为九江太守，山阳楚浦多蝗，至九江界辄东西散去。马稜为广陵太守，蝗入江海化为鱼虾。赵熹为平原太守，青州大蝗，至平原界辄死。鲁恭为中牟令，飞蝗避境。卓茂为密令，蝗独不入其境。皆善政之所致也。夫举错公平者，督抚之责；勤恤民隐者，道府州县之责。今当此民力艰难之际，总应以加意抚绥为第一要义。应请饬下该督抚秉公举劾，破除情面，庶吏治能蒸蒸日上，即足以禳天灾而召天和。

以上七条，臣为蝗灾补救起见，是否有当，伏乞皇上圣鉴。谨奏。

咸丰六年八月二十九日奉上谕：前因直隶各州县飞蝗为灾，并河南、山东各省次第奏报，迭次谕令该府尹督抚严饬各属，认真扑捕，刨挖遗孽，以除民害。并查明成灾轻重，核办蠲缓、抚恤事宜。兹据给事中伍辅祥条奏治蝗诸法，先时搜掘蝻子，或临时给价收买。该管上司亲往督捕，务须轻骑减从，不得因查灾转致扰民。所奏不为无见。著各直省大吏饬令被蝗州县，实力奉行。其请行祭蜡之礼，以销蝗害，亦属古制。并著地方官劝率乡民，于岁暮举行。至被兵处所，骸骨暴露，厉气所感，亦足以致灾祲。著地方官随时收瘗。所有京师枭示凶犯首级，历时较久者，即著步军统领、五城御史，饬坊掩埋，以消沴戾而迓祥和。钦此。

江苏抚台赵大中丞通饬各属捕蝻檄

（咸丰七年四月廿二日，自常州府城行台发，廿三日到无锡、金匮。）

为专札通饬事。照得苏松等属上年秋间飞蝗过境停落，虽据随时扑灭，深虑遗留蝗子，春融变化，为麦禾之害。经本部院迭饬各属会督绅董，谕令农佃实力搜挖，官为收买、焚毁，以期根株净绝，不啻三令五申。本月初间，本部院移节常郡，沿路采访，始知蝗留萌孽，并未搜净，已有逐渐长成，蠕动山阿田埂者。可见各属之设局收买，刊刻条议，尽系虚应故事，掩人耳目。言［及］念及此，实堪发指。现交初夏，二麦将次登场，即须播种秋禾。小民一年生计，国家巨万条漕，咸出于斯。若不亟早捕灭尽净，其害伊于胡底。合再特札饬遵。札到该县，立即遵照，遴委干员，会督地保、农佃，按亩、按区逐细搜觅，悉行捕毁，务须一律净尽，俾夏麦、秋禾均可无虞。如敢再事玩延，将来致有虫伤禾麦者，一经访闻，立即照例严参，决不宽贷。仍先将遵办缘由具覆，毋稍讳饰。

跋

咸丰丙辰丁巳间，先大父辑《治蝗全法》。时森书方成童，日侍铅椠，窃窥忧世之隐，与皇皇然救灾之诚，谨志于心。历三十余年如昨日也。庚申之岁，粤逆下窜，先大父以族祖兼塘公。方主行团练，助防御，未可迁徙惑众志。而所董同仁堂事，又为贫寡生计所系，守之不去。仓卒城陷，遂婴贼伤。犹白雪斋一椽，庋是板于中者，同归灰烬，可胜痛哉！先父于离乱中搜得遗册，志重刊行。顾以戎马倥偬，继又宦海浮沉，未及遂而弃养。森书兄弟自失所怙，相率负米以奉偏亲，不克绳祖之武，继父之志；且惧弃藏旧册久而散佚，厥戾不滋重与？比年浪迹皖江，在大中丞陈公幕下呈览是册，锡以弁言。爰付手民重锓之，并在里舍重营犹白雪斋，归板其间，冀延先泽。倘蒙盛德君子广以所未尽，则又吾祖父九京之灵仰而望之者矣。

光绪戊子季夏之月，孙森书谨识于皖城客次

玉书、典书、铭书同校字

皖城聚文堂刻字

捕除蝗蝻要法三种

清咸丰八年刻本

（清）李炜 撰

惠清楼 点校

捕除蝗蝻要法三种

序

尝闻事必豫，而后能有功；法必备，而后可除患。蝗蝻伤损禾稼，为害最烈。盖其发生皆在夏秋间，正值百谷长养成熟之时。小民终岁勤劳，举室事畜所资，一旦遇此，俄顷间顿有饥馑之患。考之载籍所记，灾沴由来，悉缘政失其平所致。凡有父母斯民之责者，宜如何其恐惧修省耶？故前人往往以引过祈禳为挽救之术。愚窃谓忏悔固在吾一心，捍御则必筹善计。自唐姚梁公详陈经义，力主捕除之说，虽代有其患，要不过一隅偏歉，终未至如秦汉、两晋、六朝以前，动辄赤地千里，草木皆尽。此螟螣滋生，舍捕蝗除蝻灭种，别无弭患良法也。关中频年岁收中稔，丁巳秋，忽有豫晋飞蝗入境，由潼华延及西南，地面宽广，附近省城之咸、长一带，势颇滋蔓。赖各宪刊发章程，严督丞倅、牧令、绅董人等，设法扑击悬赏，放价收买。维时值大秋，刈获过半，间被残蚀茎叶，无损收成，旋亦捕除净尽。迨重阳后，自冬及春，屡饬搜挖遗子。于年终循例结报外，责成乡农，履亩巡查，期于无留余孽。第其间平阳处所，有业主佃种者，利害切肤，其防范固不至疏虞。他如南山冈岭沟涧以及沿河荒滩峻阪，非特人迹罕到，亦且人力难施。加以去冬未沾大雪，迨本年甫交夏令，同、商、兴、安各府州县，均有蝻子萌生。继而咸宁、长安、蓝田、鄠县所辖山坡阳面，渐次蠢动。迤西各营刍牧之马厂内，水草丛中，亦皆生发，形如蚁蝇，就地跳跃。犹幸初生，尚未着翅，易于扑击。兼之二麦大都收割，所可虑者，夏秋来日方长，粟黍、粳稻、包谷稚苗嫩叶，奚堪恣其毒喙？则目前之扑挖查办，尤急于上秋之捕除也。长安令李惺甫明府，经济宏深，视治民事直如治家事。于上年秋冬扑蝗掘子，不遗余力，躬历田间，与父老乡愚口讲指画，晓以利害，考其勤惰，手胼足胝，绝不言苦。绅耆有劝其节劳者，则答曰：吾司民牧，乏寸德，不能如古良吏使蝗不入境，致吾民罹此灾害。方愢尸素，尚可不竭其心力，为汝等倡哉！于是男妇有闻其言而泪下者，有获缴蝗蝻数斗至数石而不领值者。是时长安境内，停落飞蝗最多，蒇事最速，并无一村一堡成灾者。明府取古人成法，就其躬行收效处，或作或述，著《治飞蝗捷法》、《搜挖蝻子章程》若干则。今又因境内有新生蝻子，深自引咎，谓过在秋冬未能净绝根株，致贻民患。于是捐俸集夫，筹挑濠瘗毁之策，复作《除蝻八要》，皆简便易行。且稽之成书，但统云蝗蝻，今明府则辨明着翅飞扬者为蝗，遗种地下者为子，迨春夏萌生出土，其形如蚁如蝇者为蝻。各就其势，以捕治之。此仿行古法，而实有补于古法之未备。伏思明府，以一邑一隅偶有虫孽，而引为己愆，予则负表率一郡之责，属邑报蝗者，几及其半。伊谁之咎耶？只以首郡簿书繁冗，弗克如明府之躬率士民，逐处经理，因将其所议章程付之剞劂，汇刊成帙，题曰《现行捕除蝗蝻要法》，分致寅好，仿而行之，俾歼此蟊贼，粒我蒸民。然治法端在治人，有实心斯有实效。至于斟酌损益，又在贤有司目其时与因其地而变通之也。是为序。

咸丰八年岁次戊午孟夏，知西安府事归安沈寿嵩并书

治飞蝗捷法

邑境患蝗，皆自外飞来，飘忽无定。余周巡阡陌廿余日，参考成法，与乡绅野老亲试之。窃谓古人治蝗，无过驱捕二者。其中头绪繁多，采择匪易，因就确切能治飞蝗，行之有效者，摘叙数条，俾农民可以急速遵行。其他皆治蝻法，不具载。

前队驱法

一、蝗自远处飞来，宜用鸟枪装铁砂子，或绿豆、稻米，击其前队，群蝗自退。

凡蝗群飞，必有老虫最大、色黄者领之，是为前队。若前队已过，不可从中横击，恐惊落四散，贻患更广。

群飞驱法

一、群蝗高飞，宜率众齐至陇首，施放铳爆，敲击响器，摇挥旗帜，并同声呼喊，以仰驱之。蝗不敢下。

乡间三眼铳及大小纸爆均可施放，鸟枪亦不轻入砂子等物。蝗无来势，不必扰之也。五色裙衫、各样布幅，均可系长竿以代旗。红绿纸旗亦可用，以多为贵。以排列成行、循畛奔呼为妙。

随风驱法

一、蝗性顺风，必前后村彼此关会，随风驱向一面。若彼向前驱，此向后驱，则蝗散落，彼此受害。（邻邑毗连地面，亦如此。）

向阳驱法

一、蝗性向阳，辰东、午南、暮西，按向逐去，方易为功。此无风时则然。大要只看蝗飞向何方，即向何方驱之。故驱蝗先贵审势。

或曰：如此驱逐，应听其落于何处。余曰：落于空地则不驱；落于晚间则不驱。总之，白日不使停落食禾，至晚便设法捕之。

护禾驱法

一、蝗飞禾地，必合四面地邻，依法喊逐，仍令地户自行持竿入地，轻轻挥动，不致惊使乱飞，尤能爱惜禾苗。幼孩亦可用。

此法宜以众人分为两班。一班驱之前行，一班防其回绕。直待驱至空地，攒聚一处，众人始皆驻足，响声齐息。仍在旁伺其动静，飞则再驱，不飞则待捕。

合围驱法

一、蝗向前飞，宜用枪爆旗帜，尾其后路，并左右夹护，禁其旁飞。（即持鸟枪以觑之。）一面飞告前途，择地势稍旷、可以施力之处，迎头拦截，四面合围，使其前队惊落，群蝗随之俱下，即可依法扑灭。

此法宜于日落时行之。如因众人合捕，致损一人禾稼，即由官酌量偿给钱文。

以上皆就未落之蝗言，故用驱之之法。

查驱逐飞蝗，迹近以邻为壑，非善法也。但一经停落，则禾稼顿空，农民相率而驱，势难禁止。不若先授以方，免其仓皇蹂杂，且可以驱为捕。

相时捕法

一、捕蝗每日惟有三时。五更至黎明，蝗聚禾梢，露浸翅重，不能飞起，此时扑捕为上策。又午间交对不飞，日落时蝗聚不飞，捕之皆不可失时，否则无功。又蝗于卯辰二时，群向太阳晒翅，此时捉亦较易。

二条宜互看。五更至黎明，蝗附禾上，以手攫取，百不失一。日出晒翅，多在禾颠及地头大路，或空地内；亦有交者，触之即飞。午间群交，触之且相负而飞。日落时蝗乍停息，翅未沾露，触之亦仍飞。三者均不过十获二三。故捕于夜者易，捕于昼者难。

爇火捕法

一、蝗性见火即扑。应于陇首隙地，多掘深濠，每夜于濠内积薪举火。蝗俱扑入，趁势扫捕，可以尽歼。一说不必挑濠，即用柴分十余堆，于田畔爇作烈焰。蝗即扑火而来，翅被焚烧，须臾可得数十斤。

此法只宜于晴天黑夜。若雨后露沾蝗翅，便不飞扑。有月则火光不显。又宜用柴薪。燃烧时久，热气薰蒸，蝗始知觉。或使人于停落处，以竹竿驱之。即不扑火，亦必聚集火旁，易于捕捉。其捉获火旁之煌〔蝗〕，与已烧之煌〔蝗〕，均许送局照数给价；柴薪仍由官捐。若燃草秆焰多，蝗见即避。

又，夜间捕捉不尽，日间仍用护禾驱法。

执灯捕法

一、蝗零星散落，则不能以一火招集。宜用执灯合捕之法，以五人为一班，一人持灯笼，一人携口袋，三人随灯捕捉。灯光所照，四面蝗集，分段兜捕，事半功倍。

古法由五更捉至黎明，此法可由二更捉至黎明。其灯烛均由官捐，蝗仍照数价买。

趁雨捕法

一、天雨之际，蝗翅淋湿，捕之甚易为力。

因风捕法

一、蝗每遇大风，则紧粘禾上，随之摇曳，一捉便得。遇西北风起，则畏寒而僵，往往结球滚地，落土堆中；又或群避深坑及高坎下。捕之与雨天同功。

或云蝗翅经雨则烂，又云白露后西北风起，抱草而死。此次飞蝗，起于白露之后，风雨叠遭，高骞如故。古说固不可泥也。

向月捕法

一、蝗见月光，则多飞。若在雨后露重及秋分后，露气沾濡之时，即可乘月而捕。

夜捕时，对月则见，背月则不见，犹有遗蝗也。其法宜分两起：一起在前，向月捕之；一起在后，执灯捕之。乃搜捕加一倍法。

以上皆就已落之蝗言，故用捕之之法。

捕，擒捉也，并无扑打一解。飞蝗善动，只能捉，不能打。治蝗者宜知之。此外，挖子除蝻，各有章程，均宜及时照办。

附　　录

《农政全书》曰：用秆草灰、石灰，等分为细末，或洒或筛于禾稻之上，蝗即不食。又史侍御条议云：每水一桶，入麻油五六两搅匀，帚洒禾颠，蝗亦不食。(此二条，可为有蝗地面救急之用。)

搜挖蝗子章程

一、飞蝗多已孕子，故停落即生。其生子必以尾插入土中，深约寸许，上留孔窍，形类蜂窝，较蚁洞略小。凡蝗落之处，陇首地畔及左右空地俱有，最易寻觅。(古说必系高亢垆黑之地，亦不尽然。)

一、蝗子孔窍，挖下寸许，或数寸，皆有小窠，与土蜂泥窝相似。取出去泥，复有红白膜裹之，长约寸许，是为蝗卵。膜内如蛆如粳米者，少或五六十颗，多或百余颗，斜排向下。每颗约长二分许，破之皆黄汁，即蝗子也。(一生九十九子之说，亦举大数而言。)如寻获孔窍，必由旁边挖入，方可取其全窠。(只以小刀挑取，极为简便。)

一、蝗畏风雨，如遇骤雨疾风，必潜避于草根石罅、树兜土坑。故挖取蝗子，不可一处疏漏。其禾地甫经收割，即须拔草搜寻，见有虫孔，速行刨取。

一、蝗子孔窍，或为浮土掩盖，或因捕蝗踏烂。其子在下，盘旋蠢动，久之必有松土坟起，如虫篆然，可以寻挖。即翻犁播种后，亦必时常审视。

一、蝗子在地，初只寸许，渐至入地数寸。此次犁地，必较常年深至数寸，始能绝其根株。

一、农田每种二三年，即停犁一年，以蓄地力。其停犁之岁，置同野块，难免蝗孽滋生。此次有蝗，附近地亩，无论是否再种，均着依法搜挖后，再行加工翻犁。(苜蓿地，亦必搜挖。)

一、时交寒露，百虫咸伏。蝗子在地，但能直下，不能旁行。入土尺余，则伏而不动。如刨挖尚浅，不得以未见蝗子，混行搪塞。(现在寒露以前，入土不过寸许。)

一、蝗自四月至八月，能生发数次。现查有蝗落不及十日之处，挖获连窠蝗子，渐次成形，动若曲蟺。取向太阳晒之，少顷便露小爪。可见蝗十八日即生之说，信而有征。不得以飞蝗已过，秋禾已收，便生怠玩。(上年直隶、河南麦苗初生，即被蝗食。)

一、挖蝗子，本应责成地主佃户，保护己田。但恐力难遍及，反致迟缓蔓生。现议由官重价买收，应令不分地界，仍听绅约督办。

一、蝗首皆有二须，由鱼虾子化生者，须在目上；由蝗子孳生者，须在目下。现查捕获之蝗，须在目下者，十有八九，其为孳生不可数计。倘此次刨挖未净，转盼又将生蝻。乡保及地主佃户，何能当此重咎！应令冬春之交，各将地亩深锄一二次，以期永杜蝻患。

一、蝗性畏雪，雪深一尺，则蝗入土一丈。嗣后有蝗处所，冬春遇雪，即速拥入地内，以土掩之，勿使从风吹去。不惟除蝻，兼可培益麦根。

一、蝗子遗于地畔土坎者多，刨挖所不能周，亦翻犁所不能及。应令地主佃户，各将见有虫孔之土，概行挖去数寸，连草根禾兜，拥堆烧过，捶成细土，再行洒入地内。蝻害既去，地亦加肥。

除蝻八要

（蝗初生曰蝻。《尔雅》注：蝝、蝮、蝻，皆蝗；未生翅者，即蝻也。《宋史》始有蝻字）

客秋陕境患蝗，皆自豫晋飞来，予曾作《治飞蝗捷法》。迨捕蝗将终，遗子在地，予又作《搜挖蝗子章程》。兹值夏初，邑境复报蝻生。予自咎前此搜挖未净，即驰赴有蝻处，与诸农民力遏之，作《除蝻八要》。

一曰挖荒地。上年搜挖蝗子，凡经蝗落地段，均已寻觅虫孔，刨取殆尽。迨种麦时，又各加工翻犁，宜其无复遗孽。然其中有搜挖不到者，如山地之有荒坡，原地之有陡坎，滩地之有马厂，坟地之有陵墓、义园、宦冢、祖茔，皆为蝻子渊薮。是宜多派民夫，同各地主、坟主，复寻虫孔及虫子蠕动处，一律刨挖，约连草根去浮土三寸许，添以柴薪草秆，磊堆焚烧。

夏初，土内尚有未出蝗子。其已出者，初生如蛆，稍长如蚁如蝇。非细加审视，不能辨认。即盖以浮土，终亦必出。故以连土烧过为妙。

一曰开壕沟。蝻未生翅，只能跳跃，高约四五寸，远约七八寸。若就地挖沟，长与地齐，深二尺，面宽一尺，底宽一尺五寸，两边俱用铁锨铲光。蝻至沟边，必自落下，不得复出。是宜相定地势。山地则就下坡为沟，平地则先审蝻所向处为沟。蝻势散乱，则沿地畔为四面沟。又或地长，则开三四横沟；地阔则更可作十字沟、井字沟。蝻性好跃，每于巳、午、未三时，用长竹竿插入麦丛，左右摇动，其驱而纳之者必多。如其在地不跳，亦有沟以限之，可以设法捕除，且免贻害邻地。

予在马厂治蝻，开挖长壕二百余道，复于壕内多挖圆洞，蝻自投入。凡挖沟所起之土，宜置地角上，不得堆塞沟边。如蝻已落沟，即用草秆焚烧，覆以原土。

一曰偿麦收。上年陕省西南各州县，蝗落三次。其第三次正值种麦之时，故有遗子在地，挖除未尽，以致蝻孽萌生。现查如有蝻多之处，实系蝻从地出，必得拔去禾稼，方能净绝根株。惟捕蝗损伤禾稼，例应照亩分晰践损分数，官为给还工本，俱依成熟所收之数而偿之。先给五分，余看四边田邻所收，再行加足。今欲办理迅速，兼恤农民，宜责成绅保确查何处蝻多，划清段落，应去禾稼若干，约议收成分数，官为赔偿麦价，即时照数实发，以慰民志。

蝗生子多聚一处，故蝻在禾梢，或成大片，其下必有遗子。就此拔禾除之，并非满地全拔。蝻性一触便动。拔禾时，必将四畔先挖壕沟，以免跳越。

一曰置抄袋。麦地之蝻，早晚多抱麦穗，零星散布，亦有停聚一处者。惜麦则留蝻，扑蝻则伤麦，一时实难下手。因仿《捕蝗要决》所载抄袋一法，试之颇觉有效。其法以白布缝成尖底口袋，谓之菱角袋。上用篾圈为口，围圆二尺一寸，长一尺二寸。袋口系以竹竿，约长八尺为柄，与捞鱼虫之袋相似。捕蝻者，持竿向陇，分畛潜行，不必入地，只相定有蝻处，左右抄掠，蝻自装入袋内。其惊落地面者，待其复起抄之。先取密处，后向稀处，不过早晚抄掠三四次，可期地无遗蝻，亦不损麦。

如在二麦扬花时，此法便不可用。然终不能惜麦留蝻也。蝻质轻弱，日晒则伏，必于早晨、下午，始赴禾梢吸露。此时捕取较易。

徐芝圃司马令民于蝻附麦穗时，各持竹笼潜行入地，手揽麦穗，向笼边一击，蝻皆堕入。诚捷法也。于蝻多处尤宜。

一曰勤脚踏。治蝻成法，如用布墙插地以拦之，皮掌系杆以掴之，又或圈以苇箔，罩以网罾，扫以柳枝笤帚，此皆可施于空地而不可施于禾田，可施于孳生遍野之时，而不可施于散漫零星之际。陆曾禹论捕蝗，有用皮鞋底及旧鞋、草鞋蹲地扑打一节，其法最为简便。但以手持鞋底，击诸松浮土上及禾兜草根，均不得力。且蹲地扑打，运动亦必不灵。不若即令民夫，均穿布底鞋，勤用脚踏。一踏未毙，则必再踏，随蝻所至，捷于影响。故可更番磨擦，亦可四面合围。

此在禾稼地内，可以循畛用脚踏去，若于空旷处所，用合围法，仍须挑壕。此杨周臣大令所议，便捷莫过于是。其言曰：踏时要眼力、脚力俱到，最为得窍。

一曰恤夫役。官局收买小蝻，较买蝗价至十数倍，本可鼓舞群情。但蝻质最轻，难有成数，甫经出土，又非遍地皆有。往往寻捕终朝，所获不及一二两。若仅照数给价，必致人人解体。现在按十家牌法，派拨民夫，地少则派本村之牌甲，地多则及邻村之牌甲。宜先照名数，日给口食（每名每日给钱三四十文不等），牌甲长随时督率，复从优赏。早晚则令依法捕取，日中则令相地刨挖。所获蝻子，另行送局，照数领价。庶小民乐于趋公，而勤惰亦有区别。

昔朱子捕蝗，募民得蝗之大者，一斗给钱一百文；得蝗之小者，每升给钱五百文。陆氏曰：小者一升，大者岂止数石。故捕蝻尤不可吝费也。

一曰责常傧。查捕蝗事宜，有设立农长，以专责成之法。现在捕挖蝗蝻，均由乡约督办。应即以乡约为农长，饬将有蝻地亩坐落界畔及地主佃户姓名，造具清册，送呈过朱，仍交该乡约检存。所有地段，均责成乡约早晚分投察看。倘经此次挖捕之后，再有蝻孽蠢动，无论在禾在地，即令种地之人自行迅速捕除，不得任其生翅远飞。转瞬麦田收割，亦难保无续出之蝻四散跳越。务令将麦秆留长二三寸，周围添草引烧。该乡约一面督众扑打。所获之蝻，送局收买。其地段均令刻期翻犁，由乡约报官查验。倘有违误，即将该乡约及地主佃户，分别枷示罚捕。

夏初，蝗子在地，不日即出，故以汲汲翻犁为要。所起土块，必须捶破，仔细寻视。拾获蝻子，仍准送局领价。

一曰加修省。乡民称蝗为神虫，不敢捕，谬矣！甚或有不肖乡保藉端敛钱，设坛念经，集社演剧，男妇杂遝，膜拜田间，尤属不成事体。国朝崇祀刘猛将军，上年复加徽号，欲使天下臣民悚然知有驱蝗正神，平时敬谨供奉，临事虔诚祷禳，良以御灾捍患之中，仍寓福善祸淫之道。有司为民请命，必先反躬责己。值此蝻孽甫生，正可于踏勘所至，召集父老子弟，开导儆惕，使之生其改过迁善之念。果能遇灾而惧，官民一心，所以感格神明，消除戾气者，孰逾于是？此除蝻中正本清源之意也。

郡邑皆有八蜡祠，其八曰昆虫，世俗所谓虫王指此。不得称刘猛将军庙为虫王庙也。

附载秋禾诸种

黄豆、绿豆、黑豆、豇豆、芝麻、大麻、苘麻（即苎麻之属）、棉花、荞麦、苦荞、芋头（即白芋）、洋芋、红薯（俗名红藷，即薯蓣也，六七月皆可种）。

以上皆蝗蝻不食之物，见《吕氏春秋》、《群芳谱》、《农政全书》及各捕蝗事宜。至用秆灰、石灰、麻油筛洒之法，已附《治飞蝗捷法》之末，不复载。

劝民立捕蝗社文

尝闻有备方能无患，成群可以立社。邑境蝻孽萌生，业经本县亲履田间，由各绅保派拨民夫，挑壕驱捕，且焚且瘗，刻期蒇事。盖得力于十家牌法者居多。第思十家牌法，不专为捕蝗而设，故联村合捕，按牌起夫，其编排虽由平日，而驱遣究在临时，势非官为督率不可。今本县欲令民间互相接应，即就各廒分向有保障中各立一捕蝗社，社民见蝗即捕，不必等候官到。缘飞蝗为患甚烈，与蝻孽迥不相侔。蝻子初生，滋长跳跃，旬日半月，尚不至伤害禾苗。原可报官，听候徐徐搜捕，期于净绝。若飞蝗倏去倏来，飞停无定，但经窜至，落于禾稼地内，喙不停咬，片刻工夫，即将茎叶残蚀。吾民无限劳费，瞬息顿罹灾变。兴言及此，何可不及早绸缪！因思地方编立保甲，原出古人乡田同井、守望相助之意。如吾长安县属，旧分十八廒，每廒又分八保障、十保障不等。村庄可以相联，情谊可以相浃。遇有地方公事，踊跃争趋，缓急可以相救。本县两年来督捕蝗蝻，业于绅董约练之尤为出力者，随时酌送花红匾额及对联折扇等件，少酬劳勚。兹复禀明大府，赐语褒嘉。凡以鼓舞众志，风示后来也。尔百姓既知吉凶同患，其再由各廒约，邀集各保障总约，并请保甲中绅董，公议立捕蝗社。或以一保障为一社，或合数保障为一社，而皆统于本廒为一总社。其法只就保甲规模另立名色，便可令人耳目一新，精神重振。绅董即社长也，廒约即社总也，保障总约即社正也，村约即社副也。每社各制大旗一面，将社内村庄名目、牌甲若干写注旗上，并照依社内烟户册，预先酌定少壮丁男，造具花名底簿，归社总人等收掌。本县曾刊有《治飞蝗捷法》，久蒙各宪刊发饬遵，兹再刷印多本，以备散布。该社总等尤须先向各牌民反覆开导，使知飞蝗为祸，过于盗贼水火，肌肤切近，急等燃眉。譬若身遭水火盗贼，有不先求挽救捍御，而必待官来，然后用力者乎？无是理也。尔百姓果晓然于民之事，在民为之，官治民事，仍不能不用民力，设遇蝗来顷刻，即当互相趱催，不待官为逼促。其要尤在平时联络远近各社，约定或鸣锣或放炮为号。一见有蝗飞窜，无论在于何人地面，该社正副等一面报官，一面鸣锣响炮。本社丁男闻号，分携金鼓旗帜及竹杆、柳枝等件，齐集陇头。社正执持大旗前导，社众排列成行，察看苗头何向，照依《捷法》所载，审势顺风诸条驱之。他社亦各照办。倘已经停落，昼则于黎明、晌午、日落时相机扑打，夜则燃火提灯，携带口袋搜捉。所得蝗只，均随时随地由官厚价收买。如此办理，驱蝗既群知所趋，无复以邻为壑之忌；捕蝗则通力合作，可免顾此失彼之虞。本县再四筹思，立社捕蝗，万万不可稍缓。尔百姓能谅本县为民弭患苦心，奉谕后，限十日内将每廒若干社、每社若干村庄、若干丁男、社长、社总、社正副某某姓名，责成旧立总保开具清折，赍县备查。并即着总保为社首，专司禀报之事。本县以此勤民瘼而恤民隐，何便如之？抑本县有与尔百姓约者。伏思一官忝称父母，则民事何异家事。倘嗣后有飞蝗窜落在距城三十里以内，官闻报在午刻以前，本日不到，即罚官加倍出给民夫口食，加倍给予买蝗钱文。其或官已驰到而社民观望迟疑，尚未如法驱捕，定必照例将该社首枷号，社总人等酌量分别示罚。此官民交儆之道也。若幸而民气和协，灾祲潜消，本县与尔百姓，当共庆如天之福。尔百姓其听余言。

跋

蝗之名始见于《月令》。去蝗之术，则《大田》之诗已先之矣。顾其术略，又似归美田祖，遂为倪若水、卢怀慎辈籍口。夫去蝗为其害田稚也，而捕蝗之吏害民，或不减于蝗，岂非为守宰者不求方略之弊哉？历观前后《汉书》、《东观汉记》、《唐书》、《宋史》、《元史》及《通鉴纲目》、《册府元龟》、《文献通考》、《切问斋文钞》、《康济录》所载，惟陆曾禹十所、十宜，于蝗蝻之事，知之详而治之切。乃其谓蝗之生子，必择坚垎黑土、高亢之处，殊不尽然。又飞蝗之来，以铳击其前行，后者自退，而未指从中横击，惊落四散之害。清晨蝗在禾麦之梢饮露，体重不能飞跃，而不知午间蝗交、日落蝗聚皆不飞，卯辰二时向阳晒翅，亦易捉也。掘坑焚火，倾入其中，或驱而入之，而不知田畔堆柴，爇作烈焰，亦可致蝗。且用火止宜于晴天黑夜。至于未萌将萌、初生成形诸治法，如或审视未细，辨认不真，卤莽以从，亦终有名而无实。若长安现行捕除要法则不然。其书治飞蝗十二则、搜挖蝻子十二则、除蝻八则，而终之以劝立捕蝗社文，盖长安宰李君周巡阡陌，参考古法，与乡绅野老一一试之，或作或述，确切有效，太守沈君嘉其能补古法所未备，汇刊成帙，以贻同志者。予维贼为蝗属，除蝗不异办贼，何也？束手坐待姑望，转而之他，是不仁也；畏蝗如虎，莫之敢撄，是不勇也；日生月息，非徒纵寇，而又遗殃，是不知也。仁者有勇，知者利仁，然后能办贼。能办贼，然后能去蝗。三复此书，如护禾、合围、执灯、因风、向月、拥雪、烧土、置抄袋、勤脚踏、责常侦，皆兵法也。皆非纸上空谈，而古法所未有也。果能推此行之，何忧乎螟螣？何畏乎蟊贼？又何贼之不可平耶？然而李君曰：吾以实事求是，身亲见之者，著之于言耳。沈君亦曰：吾以其先行后言，明效大验，望人人课诸其事耳。然而贤守宰相与有成，即此一端，不可见其尽心民事乎？抑吾闻李君每至有蝗地方，取蝗之大者嚼咽数只，祝曰：愿殃我身，毋殃我民。又在神禾原为文告蝗，次日原下蝗僵者数亩。先是原北土坑蝗聚数石，乡人以为神虫，不敢近。至是亦不知所之。二事举国传之，比于唐宗之吞蝗、韩公之驱鳄，而书不及此。惟兢兢于为民请命，反躬责己，以视矜神异、贪天功者何如？吾故并书于其后。

咸丰八年八月二十八日，大兴李嘉端跋于关中讲舍

宪奉饬遵随地保婴备荒设立勤俭社章程

清咸丰九年刻本

（清）洪子泉　撰

惠清楼　点校

宪奉饬遵随地保婴备荒设立勤俭社章程

原刻本书衣广告*

民生在勤，国奢示俭。当今之时，勤俭两字实为国计民生之急务也。惟各勤职业，以开财之源，斯国无游民而生之者众。惟克俭于家，以节财之流，斯量入为出而用之者舒。生财足财之道尽在于此。伏愿普天之下，人人奋志勤劳，钦遵上谕，崇节俭以备凶荒，黜浮华以端风化，及时立社，随地举行。合计郡邑城乡一日勤俭所积之财已不可数计，月计岁计，富在里井矣，而又何虑国用之不足耶？非但保婴有资，备荒有赖，而且富者好义，贫者守法，人心亦正，风化可淳，皞皞熙熙，康衢鼓腹，唐虞三代之盛，其复见于今日矣。国富民康，拭目俟之。

牌　　记*

劝世昌言

咸丰已未新镌，四明徐时栋题

劝立勤俭社，为积谷备荒，积钱作善法

江浙同善局刊行

法传天下后世

黄寿臣中丞鉴定，镜湖段光清题

劝立勤俭社章程序

《语》云：勤俭为起家之本。此固就一家言之，而不第为一家言之也。一人勤俭，而此一人之起家可必，岂人人勤俭而有不人人起家者乎？诚使无人不以勤俭自励，由家而国，由国而天下，一道同风，合四海无极贫之户，统八方无作奸之人，虽遇凶年，可无饿殍矣；虽遇小丑，可无流离矣。古所谓藏富于民、寓兵于农者，意在斯乎。论者动谓勤俭难，劝人勤俭则尤难；劝一人勤俭而使之无忧患则已难，劝人人勤俭而使无一人不和亲康乐则更难。余始亦疑以为难，乃今阅两浙同善局董事洪生自舍劝立勤俭社一法，而晓然于王道之易易也。盖众擎易举，积少成多；未雨绸缪，有备无患。以一人每日仅积两钱计，合千人而每年已积七百余贯，合万人而每年遂积七千余贯。虽蕞尔弹丸，统计户口，当亦不下二三十万，苟无处不以此法劝行，一年所积，已不可胜计。积之三年，而犹虑救荒无备、作善无资者，吾不之信矣！或又谓每日二文，为数虽鲜，愚民无识，窃恐未必乐输。抑知自来积谷仓、育婴堂以及筹防等务，每户所捐，动辄盈千累百，而或为蠹吏侵渔、奸胥隐蚀，暨一切无益浮费所耗，则何怪有钱富户不乐输将？今如洪生所议，每日每人所输无几，即贫户亦尚优为。而又以群黎自积之钱，作群黎自备之款，分司总理，核有定章，则联络多人，互相纠察，举凡侵渔隐蚀之弊，不除而自除，又何不乐输之有？将见无事，则积累不至虚縻，有事则分文皆归实用。而且人人以俭相规，则邪念无由而入；人人以勤相勖，则善心不期而生。从此亲睦成风，足以感天心而回天意，安知太和翔洽之机，不即可于勤俭社卜之哉？善哉，洪生之苦心孤诣，为天下苍生筹万全者如是。余乌忍不著数语于篇首，以为天下动谓勤俭为难者劝。

时大清咸丰九年岁次己未小春月上浣之吉，浙藩使者南通州徐宗幹序

勤俭社论

子舆氏曰：易其田畴，民可使富，勤之谓也。又曰：用之以礼，财不可胜用，俭之谓也。夫惟勤与俭，而后财之源有所开，财之流有所节。此圣人治天下，使有菽粟如水火，而民之所以无不仁也。仁则爱之理无不具，幼吾幼以及人幼，而民焉有不保婴者乎？仁则心之德无不全，已欲立而立人，而民焉有不备荒者乎？是以有无可以相通，而求无弗与，贫富可无相竞，而利罔不周。人但见其风俗之淳，以为上古之世，何其家裕而户饶也，而不知菽粟之所以如水火，夫固有使之然者，然后知古圣人深溺犹己溺、饥犹己饥之思，而急急焉教民勤俭者，诚非无谓也。由是论之，国以民为本，当自保婴始；民以食为天，当自备荒始。而婴之所以能保，与荒之所以能备，尤必自勤俭始。

勤俭社说

《书》曰：每岁孟春，遒人以木铎徇于路。《记》曰：司徒修六礼，以节民性；明七教，以兴民德。此皆以敦本崇实之道，为牖民觉世之模，法莫良焉，意莫厚焉。我皇上旰食宵衣，勤施德政，躬行节俭，为天下先。只期薄海内外，兴仁讲让，革薄从忠，共成亲睦之风，永享升平之福。猗欤休哉！德洋恩溥，何治之隆欤！窃思各郡邑为保婴计，有育婴堂，为备荒计，有常平仓。而欲其弊除利兴，遍及乡曲，则以随地保婴、备荒者尤为极利而极便也。意美法良，谁不踊跃从事？然而劝捐非易，概云物力艰难，欲捐不能，不捐不得。于是思之，思之有财此有用，断非勤俭不为功。勤则财可生，俭则财能积，有余于己，待给于人，将以之保婴，而能育婴，必不溺婴；将以之备荒，而有荒岁，永无荒民。庶可仰答圣天子正德利用厚生之至意也乎。夫克勤于邦，克俭于家，上有好者，下必甚焉。从此道德一而风俗同，无地不兴勤俭之社，即无人不敦勤俭之风 。则以勤俭二字为《周礼》悬读法之书也可，为孟春传警众之铎也可。且日日捐二文之愿，必日日存勤俭之心，即以此勤俭二字，为普天下人作暮鼓晨钟也亦无不可。

勤 俭 铎

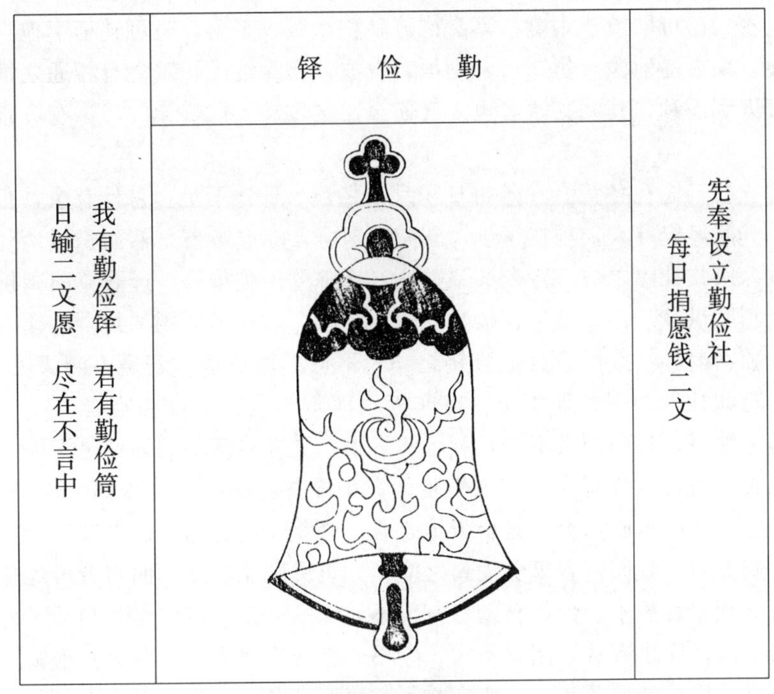

勤俭铎题词

民生在勤，国奢示俭，足国裕民，莫此为善。
勤则财生，俭则财积，积而能散，生生不息。
婴赖以保，荒赖以备，勤俭如斯，以义为利。
金口木舌，如是云云，顾名思义，俗美风淳。

劝兴勤俭社各设周利仓条程四则

一、此勤俭立社，共计八八六十四人。是为一乡倡之，非为一乡限之，尤冀各乡仿而行之也。每日每人积堆金钱二文，一月六十文，一年七百二十文。每社分作八班，每班八人，各以类聚。每月各班以一人收钱，统俟每年新正汇齐归总，或置受田产，或借本生息，五年为满。此后凶荒有备，永为积谷平粜之资。即此六十四人，拚得五年勤俭，可以无饥矣。盖五年内，计有本金三百二十九两零。其利文可除用入社，以作每年新正敬神饮福之需。至五年外，则坐本起息，子母相权，愈积愈多，生生不息。此社既可大可久，其家亦富有日新，于时则水旱灾祲之有防，于人则鳏寡孤独之有济。虽为山而基于一篑，谋始似难，若积谷而贮至五年，成功实易。与其求人捐赈，何如各自为谋？与其求救临时，不如早为之所。惟藉此社以为蓄食之计，或五年后而又接续乐输，实胜于耕三余一、耕九余三也，则勤俭社之所系不诚大矣哉！胡不家喻户晓，相与欢欣鼓舞，以劝其及时而速成之？

一、此社一成，若遇凶荒，胜于议蠲议赈。每见水荒时节，谷价日增数文，增难遽增，因而闭籴，一时人命悬于旦夕。有司申详以乞蠲赈，无论胥吏，乘机恣其侵克，终未能实惠及民。即此造册报上，迨至公文下移，动经旬月，而死亡者已过半矣。虽有赈，亦怨其太迟。且征收者已在前矣，纵有蠲，又恨其不早。今劝倡兴此社，为各村建周利仓，每逢秋熟粜陈易新，积贮已多，有备无患。不必待发公廪，而富藏里井，即可应变于一时；不必待招商贩而粟满仓箱，已可取给于本境；不必待分私积而钱收平粜，又可转运于他方，则此社之兴，宜亟亟矣。果能随地傚〔仿〕行，则虽有荒岁，永无荒民。缓急有相通之情，贫富无相竞之患，是真因利而利，其利甚溥者也。又何至民贫日甚，借贷无门，一有灾荒，坐而待毙也哉？

一、勤俭立社，志在备荒。凡各村日积月累之钱，日计不足，月计有余，积至岁计，而以五载为期。其间经纪有人，利权子母，五年一对合，亦非难事。然而积钱生利，不如积谷生息为尤妥也。所收社内之钱，皆令买粟贮仓，逢陈兑出则价昂，逢贱兑归则价贱，既得相权利息，又免朽腐堪虞。再，值年首事数人轮管仓廒，须各出锁钥加封。每逢启闭，必须齐集，方无私借独吞诸弊。盖慢藏宜戒管钥之司，不可不留意也。若遇不测天灾，无此社者，则死亡相枕；有此社者，则各保生全，人亦何乐而不为哉？此社在富者，即劝合家大小为之，亦不过毡上除毫，然而利人不少，利己实多也。夫人贫富不同，均是天地之子，我幸而富，彼不幸而贫，正当以我有余，济彼不足。古来怜贫者必久富，盖困穷之民，人虽忽之，天地未尝不悯之。我能惠恤贫穷，是合天地之心，必获天地之佑。此以理言者也。若以利害言之，无饥民则无盗贼，而富者可免偷窃之虞；无饥民则无乱民，而富者可免争夺之患。且待凶年捐赈，必须累百盈千；何如日助备荒，不妨铢积寸累。所谓得寸则寸，得尺则尺，寸尺不已，合成丈匹。取之有数，用之不穷，斯不亦惠而不费乎？惟愿城乡市镇，无论大小村庄，均仿而行之，则贫者可免死亡，富者亦得安堵。富者入社，可以活人；贫者入社，仍以利己。富者愈加勤俭，所以长守富也；贫者惟肯勤俭，将来不终贫也。且勤则朝夕经营之务，当为者无不为，而凡孝悌、忠信、礼义、廉耻之事，不令而行矣。俭则日用饮食之常，可省者无不省，而凡嫖赌、吃着、乌烟、花酒之费，不禁自绝矣。国课早完，争讼永息，皆赖有此耳。足见勤俭二字，果能日日唤醒人家，以当晨钟暮鼓，则还淳返朴，俗易风移，是可拭目俟之。

一、此社行之一乡，则一乡可免饥荒之苦；推之天下，则天下应臻康阜之休。足国裕民，莫善于此。所谓国无游民，则生之者众，而财之源以勤而开矣。量入为出，则用之者舒，而财之流以俭而节矣。惟求地方官长大人，为民父母，有教养之责者，功在苍赤，庆流子孙，即将勤俭为起家之本，不但起家，可以足国，藉此立社，尤可备荒，出示以劝谕城乡士民，随地举行。其遵谕劝捐，先责成每庄册书由县请给发印簿几本，分交各村社首，一同携赴该地，即照保甲门牌挨户劝输，登名呈验，以为荒年照户平粜之资。其不肯列名入社者，亦令按庄另册登名存案。此明系不肯勤俭之人，若遇荒岁开仓，升升毋许争籴。入社者，即此示赏；不入社者，即此示罚。惟以赏罚之权归之有司，则人以劝而乐成此社，亦以惩而不敢不成此社矣。且各处公举社首以董其成，呈请官长以核其实，则登名入社者，不得任意中止。即为社首经收，亦永无侵吞之崽。若夫尽其利而防其弊，是在有心人各出所见，因地制宜，随时酌办可也。我圣朝重熙累洽，凡有济于民生者，如常平仓、社仓、义仓，法固美而又善，但社仓、义仓之不能复久矣。非好义之无其人，实劝捐之无其法。盖有救灾之愿，无备灾之资，徒形扼腕。而处未灾之时，筹御灾之策，莫如俭勤。果能相率劝行，各敦风化，吾知礼义生于富足，周于利者，亦周于德，则愿复社仓、义仓之旧，其惟勤俭立社，周利建仓为庶几乎！

劝设随地保婴备荒勤俭社章程引

民生在勤，国奢则示之以俭。当今之时，勤俭二字，实为国计民生之急务也。凡属士农工商，当为而不为，必于不当为者为之，而当为者反不为矣；当用而不用，必于不当用者用之，而当用者无所用矣。当为而为，莫如各勤职业；当用而用，须知克俭于家。惟各勤职业，斯国无游民而生之者众；惟克俭于家，斯量入为出而用之者舒。生财之道，尽在于此。如欲足国裕民，何能舍勤俭而他求哉？即如存孤养幼，本为禁溺女，利人起见，是捐助婴堂所当为者也。积谷备荒，本为备旱潦，利己起见，是捐助义田所当用者也。顾当为而不为，非不能为也，以不勤故。勤则善心生，而有无相通，不但自保婴孩，并可惠周同里。当用而不用，非不足用也，以不俭故。俭则有余蓄，而凶荒可备，无事议蠲、议赈，胜于余一余三。此劝勤俭立社，所以为随地保婴、备荒计者，思深而虑远也。谨拟条程于左。

一、义仓为救荒善策，婴堂为保赤良图。既经创建于前，必思善全于后。前府宪汪为阖郡矜士呈请藉盐汇捐，批示各县谕饬盐铺，至今未见允诺，未得举行。但济溺济荒，事非可缓。兹复另筹一策，劝捐勤俭社，以为随地捐输保婴、备荒之一助云。

一、郡城育婴堂系属六邑公举，现在六邑均有董事勷办。今拟随地分捐保婴、备荒二项经费，即以郡城育婴堂立为六邑义仓总局，其在堂董事，每县选举一人，总理各县分局出入帐务。

一、郡城婴堂现因经费不敷，急须设法劝捐拯救。应将城乡分局。其在城所捐者，均归在堂建董经理。一半提入婴堂，一半收入义仓。其四乡所捐，仍归四乡各庄董事经收，分别办理。至各县亦照建邑章程，城乡分办。

一、各县在堂董事，须各县公举呈报，大县六人，小县四人。总局内每县设立签筒一个，签写各董事姓名。每年正月二十六日，总局董事齐集郡城婴堂，请府宪亲莅局内掣签。掣得某县某人值年，即将某县捐收开用实存帐目，交渠盘收承管，以专责成而杜弊端。

一、各县分地劝捐，分人经理，均由各县给发印簿。堂中备具联照，分交各庄甲长、保正，携赴本庄，挨照保甲门牌劝捐二文愿。无论大小男女，均可发愿书捐，先将姓名捐数挨户登册，按两月一收。收钱时，均凭堂中存查收票，俾免弊混一处。所收捐项，即充一处保婴贴养、义仓备荒之需。其帐目必归总局汇算，以昭划一。

一、劝每人每日格外辛勤，趁钱一文；格外省俭，余钱一文。即将此二文立愿，一助入婴堂以保婴，一捐入义仓以备荒。在富者可以活人，在贫者仍以利己。人果勤俭，一日何止二文？是此二文因勤俭而于日用间开除一二，为数甚少。若不勤俭，一日何惜二文？是此二文因不勤俭而于花费内减除一二，为数不多。人亦何乐而不为哉？

一、劝至贫极苦，如砍柴度日之人，每日只多砍数斤，便可入社。所谓早起三朝当一工，勤之谓也。

一、劝男勤尤要女俭。每日用瓶头米法，设瓶头于灶前，凡遇午炊，吃米一升，撮米一把。斗以合计，积少成多，一月可有米数升矣。即将此米粜钱入社，亦非难事。《语》云：富从升合起。正谓此也。

一、各城乡另设分局，总理一乡银钱出入，公托一人主持。设立布面循环帐簿二本，于年终将本年收钱若干、贴养婴孩钱若干、或置受义田若干、用钱若干、尚存钱若干，载明送县盖印后，一本存局，一本即存董事。其送印之时，即于禀后将一年细帐贴上，以便核对稽查。

一、各乡分局，所收积日堆金，日计不足，月计有余。须按月提出义田一项，存典生息，每月一分起利，即将是项息钱，作为置田税契中东笔资盘川等用。至保婴一项，按月收缴存局，以备不时给发，不致临时匮乏。

一、贫者每日均出一钱，以成保婴善举，尤为难得。天下惟出之艰难者，阴功更大，天心感格，昭昭不爽，其效可计日以俟也。况各家为一家补助，其势较易。他日保甲之内，各贫家养女，又转相补助。利人即以利己，虽减口中食以助之，有何不可？吾知善功锡庆，贫户将易而富室矣。

一、以勤俭每日出钱一文，为备荒计，一年止得钱三百六十文。今以中小村庄计之，必有二三百名，即除不肯勤俭输钱者三分之一，可得二百名之数。而此二百名，每月共计助钱六千文，积至一年，可得七十二千文。主事者或效社仓生息法，或效积贮贵粜贱籴法，积至十年，并每年输息计之，虽小村可得千金之粟。设遇荒年，蓄积有素，稽察分明，社中赤贫者得以蠲赈，中人家可许平籴，而殷实者可缓捐输。殷实之家，尤为造福无涯矣。

谨拟勤俭善后章程三则：

一、此举得行，即可为实行保甲之张本。伏见皇上命中外奉行保甲要政，勤施良法。敬读申谕，谆谆所以端治本于五版者，至明且切。但非良有司得其人而课其实，仍未免如向来年终一奏虚应故事。今拟勤俭立社，随地举行。先由县给发城乡各庄印簿，即照保甲门牌挨户劝捐二文愿，以为保婴、备荒之需。其愿捐者，登名呈验，以为荒年照户平粜者先资；其不愿捐者，亦另册存案，即以此为不肯勤俭者示警。如此按牌标对，按户稽查，着实劝惩，则牌册皆实，民隐毕呈。将来董戒渐摩，次第可施，无地不得其人，无人不尽其心力。且通饬各属仿而行之，始而一隅，为所洞察，渐而四境，靡勿周知。由此而游民、情民、残忍溺女之民，不难爬梳而剔抉之。革浇俗以此，销乱萌亦以此。保甲之实效于此可见矣。

一、此举得行，即可为设立义馆之初基。各处勤俭社积谷日多，以后义田之外兼设义馆。盖义馆所以维义田也。族大者，贤必多，不必义馆；族小者，无义馆则不能保义田，义馆所以为要也。义馆可设宗祠，租谷亦可藏宗祠。如创建馆屋，只要坚牢，不要华丽。中庭供先圣、先贤、先儒位，后寝供创立义田并经理仓谷有功者位。节年春秋二祭。楼上藏义田租谷。所收租谷积年开用，分出项款。一取本处收养贴养婴孩钱若干，一取义馆费用、祭祀、完粮外所余备荒谷若干，均要开清项款，以便节年稽查。存留总簿，每年岁终呈县核实。

一、此举得行，即可为遍行乡约之先声。从前各乡镇皆设申明亭，教诫乡民。近日亭皆倾圮，惟有地方官每逢朔望宣讲《圣谕广训》、《万年谕》。然止行于郡县城中，鲜行于村镇。谨按《万言谕》内“务本业以定民志”，勤之谓也；“尚节俭以惜财用”，俭之谓也。今以勤俭立社，地方官亦于各乡内选择乡约正副二人，敬将《圣谕广训》一书，悉照城中宣讲例，寓申明化导于按行保甲之中，自然相助相扶，井里愈敦亲睦。又岁时新正，设宴仿乡饮酒礼，型仁讲让，表率乡闾。父兄之教必先，子弟之率必谨。查有格外勤俭与力勷保婴、备荒公举者，或请上官给匾示奖。如此则僻邑小村，无一不涵濡圣化，庶克副我皇上鼓舞教化之至意，益广我圣祖仁皇帝觉世牖民之宏仁矣。岂不懿欤！

保甲禁溺告示札谕

建德县正堂裕奉臬宪庚恳图禁溺救婴告示

照得严行保甲，实为保赤良模。
十家有一溺女，九家举保非诬。
果系贫难养活，自当以有济无。
勤俭预为积蓄，人人相助相扶。
到处风淳俗美，尽教恶习痛除。
愚妇罔知法纪，但看示众有图。
枷锁犹从宽办，试问赤子何辜？
倘再仍前故杀，必定依例拟徒。

谨录宪札：按照保甲之法，十家立一牌示，并将示众图于牌后实贴。如有仍前溺女者，责成甲长、保正禀究。如甲长、保正有犯，各家公举，照例治罪。并查照保婴章程，劝谕绅富一律照办，务使家喻户晓，实力奉行。以保婴法为保赤之书，以示众图为警众之铎，则所以召天和而全人命者，胥在于此。慎勿视为告示具文，有负本署司谆谆诰诫之至意。特札。

保婴备荒劝捐勤俭社告示

建德县正堂裕示

勤俭起家之本，尤关国计民生。
宪奉出示晓谕，随地备荒保婴。
凡属士农工贾，须遵酌定章程。
每日果能勤俭，积钱何止二文。
劝谕捐输拯溺，保全子母恩情。
半入义仓积谷，荒岁亦可保身。
本县念切饥溺，藉此以观惰勤。
凡尔各有身家，务必实力奉行。

劝世昌言

皇上躬行节俭，勤劳为天下先。民间穷困有由然，勤俭如何不劝？
俭则财流知节，勤则财源日开。不勤不俭不生财，怎得万方有赖。
国用有加无已，民财有去无来。世间那有许多财，川竭山崩莫怪。
穷途束手无策，困来徒唤奈何。百计筹防总不多，本之则无奚可。
同归约有万善，劝行只在两言。一勤一俭是清源，急挽狂澜立见。
劝汝勤宜起早，休睡到日头红。早起三朝当一工，如此勤则不困。
劝汝俭非鄙吝，若鄙吝反骄奢。多生败子必兴嗟，如此俭则宜戒。

卑宫室力沟洫，非饮食孝鬼神。非云俭可薄双亲，孝养独宜丰盛。
自奉必须俭啬，宴客切勿流连。情文备至喜开筵，丰俭得宜谁怨？
听说人家要做，要思日起有功。不勤坐食也山空，有为才得有用。
要知量入为出，然后用之者舒。勤而不俭总无余，到底奢华不取。
粟菽果如水火，而民焉有不仁。财不胜用富使民，勤俭当遵古训。
礼义生于富足，饥寒便起盗心。劝君立社急从今，利害如何不信？
此社众擎易举，仅有独力难支。事关公善又何疑，联络村庄不忌。
席以百八为满，计成善果圆时。城乡市镇率如斯，保甲兼行在此。
可省必令节省，当为必劝力为。七人勤惰一人知，席长责成有事。
不顾父母之养，总由惰其四肢。博弈好饮戒于时，勤俭移风最易。
勤乃功归实济，俭则钱不虚縻。如何滥费等沙泥，补漏伊于胡底？
勤可治家而国，俭尤寓兵于农。易则易知简易从，推广尽多余论。
官长勤于王事，又复俭以养廉。上行下效万民瞻，观感民风丕变。
勇为倡自我始，说难便阻人行。言之可为必可成，漫道无稽勿听。
非多不能济事，积少容易成多。可分可合在人和，总理分司有靠。
人家八口为率，终年能俭能勤。五千七百六十文，总归家长是问。
家长一家之主，日问勤俭一回。余省钱从何处来，刻刻提撕不怠。
处处发聋警瞶〔聩〕，家家暮鼓晨钟。非勤非俭不姑容，财则生之者众。
礼义廉耻自励，孝悌忠信宜修。善心无了亦无休，勤苦功垂不朽。
争讼欺贫挟富，赌嫖花酒乌烟。不费人间作孽钱，俭德于斯益见。
非劝酒烟不吃，微微少减何妨。两文一日要收藏，不积终年无望。
古来大富由命，历观小富由勤。合家屡岁积钱文，难道富无我分？
富每从升合起，贫多从不算来。算明日积几多财，两个余钱在外。
莫说负薪最苦，樵夫也积多金。早去迟回增数斤，除了两文犹剩。
最喜男勤于外，尤欣女俭于家。瓶头积米岁盈车，撮取日无一勺。
三年不得余一，两日尚可分三。再食无饥莫再贪，想到凶荒怎样。
人心知足常足，年岁知荒不荒。家家勤俭有余粮，纵遇荒年无患。
但有恐能致福，劝君思患预防。天心仁爱实非常，即此丰年有望。
勤俭为人立命，勤俭为天立心。祈天永命到于今，惟愿天从人顺。
既不假手胥吏，并非科派勒捐。教民勤俭两三年，个个输钱情愿。
最急军需国课，从今踊跃捐输。尽忠报国是良图，得道自然多助。
富能勤俭愈富，贫能勤俭不贫。从今富国定康民，岂不升平永庆。
昔禹征苗弗服，益赞修德班师。克俭克勤德在兹，愿献昌言劝世。

劝立勤俭社为积谷备荒积钱作善法

勤俭两钱一日，七百廿钱一年。十万人余七万千，积谷还资积善。
不善固宜不入，万善胡弗同归。劝君立社幸无违，备荒此为上策。
好生上体天意，和睦下固人心。天人感应有如今，治世于斯为盛。

亲睦相扶相助，联络大小村庄。一社合成周利仓，积谷三年千担。
八百六十四位，一年六百廿千。约来千担合三年，照此城乡并劝。
一社百零八席，一席分定八人。每人一月六十文，席长一人是问。
社长总理百八，年终汇数收齐。二十七席一分司，四季四人司事。
一社积钱储谷，每年粜陈籴新。平粜只许社中人，社外一升不应。
富者惠周同里，贫者利倍自身。利人利己免荒民，勤俭推恩无尽。
荒岁议蠲议赈，一时设法俱穷。藏富何如里井中，预备仓开济众。
仿行乡饮酒礼，少长咸集于堂。型仁讲让遍城乡，孝义满门一样。
子弟之率必谨，父兄之教必先。势有不行且从权，易子而教尤善。
阖家大小男女，个个宜俭宜勤。一日留心在二文，好吃懒做无分。
积日堆金两个，悉归勤俭筒中。余钱再积再归筒，七百廿钱归众。
劝君勤俭事大，莫说两钱甚微。时时谋食又谋衣，那肯丝毫滥费?
一切当用则用，凡事当为必为。俭勤两字万般推，知进尤宜知退。
一俭则邪心去，一勤则善心生。善恶何须别劝惩，本正源清无讼。
自古耕三余一，于今年不如年。不勤不俭莫求天，普劝及时立愿。
有愿即今有谷，无心终久无钱。天从人愿在三年，且待他时请念。
要识天心仁爱，凶荒已减刀兵。逢凶化吉善心诚，如此诚求必应。
人能定天亦胜，有荒岁无荒民。我今求雨复求晴，惟有善门乞命。
大用之而大效，小集焉而小成。八人一席各书名，百八今年圆定。
到处男勤女俭，一时俗易风移。积钱作善莫迟疑，舍此难回天意。
然后驱而之善，故民从之也轻。万善同归万万人，从此升平永庆。

此法行之一年，便有成效；行之一处，即可感兴。岂惟有备饥荒，大益人心风化！不勤俭则日用不足，一勤俭而岁计有余。请试行之。今年为始，多则上下三村，席以百八为率，必如是积谷三年，处处凶荒有备矣。少则八人一席，钱止五千有零，仅如是积赀三载，家家作善有基矣。积少渐可成多，畏难终无成日。吾以此勤俭劝人立社有年矣，而知其善者惟不果于行，故至今仍不能有备无患。吾方恨其行不及早，致无备于今。兹吾犹望其行莫再迟，可有备于他日。此亦犹七年之病，求三年之艾。及今蓄之，止待三年；苟为不蓄，终身不得。今之视昔，悔难追矣；后之视今，嗟何及哉！呜呼！今天下之通病，大都起于不勤不俭所致。吾今劝人立社积谷，即所谓兼收并蓄。医师之良，是正欲以勤俭医人，所以养人身而不至于冻馁者，其利犹小；所以养人心而不陷于死亡者，其利无穷。是真良药苦口而利于病者，安得不大声疾呼，以求人人响应，共出涂炭之苦，而咸登衽席之安也夫！

劝日积二钱励勤俭说

《礼》曰：货恶其弃于地也，不必藏于己；力恶其不出于身也，不必为己。夫货弃于地为不俭，力不出于身为不勤。不俭不勤，非独大同之世所不容，即求处小康之时而不可得。此常人所尽知也。然而不勤不俭者实多。才能，人所矜也，而不勤者无由能；富厚，人所羡也，而不俭者无由富。且不第无能与无富也。甚或为人贱恶，而贫困不克自存，则害亦深矣。而天下之不勤不俭者犹多，何也？无勤与俭之心也。即有心而不能持久者，则无所事以日淬厉之也。吾请为一说以劝。人生苟勤，虽鄙事不必无一钱之余；人身苟俭，虽小用亦可省一钱之出。所余所省，皆别储之，则一日必有二钱之积，岁终可得七百二十文。而一家少者以五口计，亦合为三千余钱焉。噫！贫家当岁暮逋集，呼索盈门，乞限则夙已负期，转贷则旧赊已遍，捡箱囊而物无可售，计田宅而券已质人。当此之时，苟有别储之钱出以偿之，而明岁可复通乞假。纵储少而不能给，亦可略与之以求缓，分偿之以冀恕。是何异昔之人每治饭时，必取少米别储者，后竟以济断炊之急欤？推此以思平昔之耗于无形，而驯至大困者，盖无日不有不勤不俭之端以致之也。倘能日以自绳，而藉勤俭二钱，为之课功而稽旷，则上焉者扩充乎此，而无一事不勤俭，并能持戒与修福，以邀天佑而获素封，次亦兢兢不遑，罔敢侈肆，外可见原于债家而少纾迫胁，内亦可支吾凑垫而不遽至于辱行丧身，斯岂非勤俭二钱日相激劝，而有以淬厉之欤？则此诚疗贫之良剂也，而吾谓斯又保富之要术。古称富视其所与，贫视其所不取。是知贫尚廉、富尚惠。如前之所言，则贫者日积而可鲜妄取，故富者亦宜日积而可资广与。语云：富人者，贫人之母也。思母之怜子果何如，则富之怜贫当何如。佛书言，能布施者，得富厚报。自思吾之有富，非祖父先世之能施，必吾身前世之能施，故得免贫之苦也。既以施获富，富遂不复施，富何能久？富而益施，富终无尽，而子孙可期永享矣。然而富者财施犹易，心施实难。心施者，时念贫者之艰而思损已以益之，故功德尤大。诚能每日勉亲细务而省一钱，复节昼食而省一钱，钱虽微，而此刻已裕贫之怀，晨夕往还于方寸，吾知其慈祥恻怛，必能默契幽冥，而福禄日增矣。至于储以待用，则莫大于丰年積［积］谷以备荒，不徒施济之利溥也，亦以豫免饥民之哄夺，岂非保富要术欤？然则富者之俭，所以惜物而赒贫，故曰货恶弃地而不必藏于已也。富者之勤，所以习劳而体贫，故曰力恶其不出而不必为已也。由是群富共相淬厉，习以成风，俾菽粟如水火，而贫富相安，岂非大同之盛复见今日，而共庆升平于万祀哉！

跋

遂安明经子泉洪先生，吾浙大善士也。生平克勤克俭，见义必为，勤恳肫挚，奋发踔厉，兼而有之，足迹遍两浙，所经之处，必有施设。凡以格神明、苏民物、御灾捍患者，指不胜屈。其为文洸洋恣肆，洒洒数千言，援笔立就。故著作之富，几可汗牛，而无不为斯世斯民计者。兹以斯帙见示，璋受而读之，益叹先生之苦心苦口、利物利人，至此极也！夫勤俭为起家之本，人知之；勤俭为救荒之基，人不知也。勤俭为惜福之端，人知之；勤俭为回天之事，人不知也。且勤俭为一身一家之计，人知之；勤俭而可推之千万人千万家，足以移风俗，兴礼让，息兵革，普乐利，人不得而知也。先生具此经济，以俊伟之笔摅质朴之辞，俾雏童可歌，老妪能解。推其意，直欲使家喻户晓，共跻仁寿而后已。乌乎！至矣！璋少而孤，露风尘奔走，橐笔依人。今垂老矣，而有无成之势，殆即不勤不俭之所致乎？读先生此篇，愧泚浃背，既于其上聊缀一二疣言，而情犹不能已也。复盥手而识数语于后。

己未小春之吉，仁和后学吴璋拜跋

救荒六十策

清光绪十一年刻本

（清）寄湘渔父　编撰

赵晓华　点校

重刊救荒六十策序

予乞假西曹侍亲，归里二十余年矣。读书余暇，偶涉荒政诸书，窃叹古贤用意肫挚，立法周详。顾卷帙甚繁，每欲摘其要者，都为一编，以便有心济世临事者之观览，而迄未有成。甲申夏年，丈贾跂云直剌自甘省大通任奉讳归，出是策以贻予，曰：此秦州刺史遂安余二田泽春所赠也。惜只一册，子能付诸手民以公同好乎？余受而读之。其策原本明宁都魏氏所著，旁采他书，兼参己见。以备荒为首，赈荒次之，抚荒又次之，立法既详而用意尤挚。为民父母者果能常置座右，触目警心，或未雨而绸缪，或履霜而戒惧，其造福岂有限量哉？遂集资重梓，并叙其缘起，以告世之留心民瘼者。

光绪十一年岁在旃蒙作噩阳月上海王宗寿谨序

救荒六十策序

古今大灾大荒，或数十百年一有，而吾人赈灾弭荒之念不可一日或无。必待灾荒接于目，始筹所以救之，则缓而罔裨。此立人、达人宣圣推本诸心，而不以博施济众，概望之天下后世也。予于辛酉春投笔即戎，由蜀而秦而陇，五六年间，车马戾止，见夫邱墟之壤、兵燹之区，其老羸妇孺转徙流离，填委于沟壑者枕相藉。夷考厥故，则时之官绅士夫既不能备荒而治其本，复不能赈荒而图其急，并不能抚荒而策其全。一旦凶饥洊至，辄束手坐观，诿诸天灾适然，人力无可挽回。间有一二反是者，要不过援例奉行，博乐施市惠之虚誉。故发棠设粥，灾黎徒得其名，而猾役奸人转因以受其实。无惑乎举百千万亿之群生悉听其死亡莫惜也。呜呼！民困于今，尚忍言哉？每念及斯，欲为之设法拯救，乃辱于贫不文，无财无术，徒托诸空谈罔补。蒿目时艰，怏怏久之。甲子冬营次武都，晤严州寄湘渔父，过从朝夕，颇洽心谈。暇则出其手辑《救荒六十策》一编，嘱为点定。予读之，纲举目张，法良意美，先得我心同然，不禁鼓掌称快，劝登枣梨公世，俾当时之留心民瘼者得是编推而行之，广为流传，遇凶年饥岁，不患补救无方。于以佐圣朝子庶恬熙，野乏鸿嗷，岂不懿欤！越日，客难而请曰：寄湘氏之论救荒，诚为美备，然必责之官与绅。使官非循良，绅非公正，则行之往往滋弊，可奈何？予曰：唯！唯！夫禹汤文武之政治，周孔曾孟之经传，其立教非不善，其虑世非不深，然而新莽泥官礼，成篡窃，荆公师井田，误苍生，法之效与不效，抑视乎人为何如耳。《传》曰：人存政举。此之谓欤？今是编之辑，固将以待仁人君子实力体行，徐观成效，而岂所望于苛吏钱虏者流？且人之欲善，谁不如我？庸知夫览是书者，触目自警，有不化其封财专利之心，激而为救敝扶衰之举耶？倘胶执己见，谓九州四海遂无其人，并其说而废焉，是自秘其为仁之方，而与立达旨悖，则吾夫子之罪人也。故良医活人不匿古法，良工传世必取成规。无人犹可，悬其法以坐待无法，虽有人，莫之行。寄湘氏之蒐辑是编也，意殆斯乎？客默而退。予因摭其颠末，赘诸简端，为世之贤有司、乡善士告。时同治四年岁次乙丑孟夏中澣蜀北蓬莱瘦樵拜序于阶州北山营次。

自　序

古之言荒策、行荒政者，周秦而下，代有其书。然其法有初行则效，再行而不效者；有此行则效，彼行而不效者；有言之似有效，行之竟无效者；有行之可以拯岁荒，而不可以济兵荒者。惟前明宁都魏氏所著《救荒策》各条，分门别类，纲举目张，既豫备于未荒之前，复广救于当荒之际，更补救于已荒之后。其法至善，其事易行，匪特以救一时之荒，且足以保富庶而全廉耻，行之久远而皆效者也。惜遐陬僻壤，未能皆有其书，奉为救荒之法。岁癸亥，予随湘军驻师陇上，戎事余闲，择其言之尤宜于今者，手而辑之，并博采他书，参以管见，都为一编，立法取其周详，推行期其便易。仍分为三纲，首曰备荒，次曰赈荒，次曰抚荒。盖即窃比魏氏之意也。编成，就正友人邱瑟门、易植庭、施均甫、朱锦江诸君。谬蒙许可，为之校正润色，促予锓版。因不揣固陋，付之手民，并识数语于简端，亦聊以备有心济世者临事一助云尔。时光绪五年岁次己卯中秋前二日，寄湘渔父序于甘肃棘闱之内供给所。

救荒六十策凡例

一、救荒之策，备荒为上，赈荒次之，抚荒又次之。备荒者何？米价未贵，百姓未饥，有策以备之，四境安饱，即有荒岁，而无荒民，所谓美利不言利是也。赈荒者何？米贵而未尽，民饥而未死，有策以赈之，而民不至重困，所谓急则治其标是也。抚荒者何？饥祲甫过，民尚流离，有策以抚之，则流者可以复归，离者可以复聚，所谓转荒郊而成乐土是也。是编采集群言，统汇总要，自筹农事至诛除旱魃各条，发明备荒之策；自报灾伤至设施棺局各条，发明赈荒之策；自辟荒地至严赏罚各条，发明抚荒之策。但有资于荒政者，蒐辑无遗，惟待其人而行之耳。

一、备荒莫如裕仓储，裕仓储必先筹农事，筹农事必须务区种。故是编首论农事，次及区种。其禁游民、酌远粜、劝豫籴、节公积、推善举，以及捕蝗、伐蛟、除旱魃诸事，皆筹荒中之要务，故并列于备荒之条。

一、发赈最难审户。审户不清，不但粜济等第不均，抑且虑丁口混乱冒充。是编审户之法，即寓于四时保甲烟户册中。临灾按簿抽造贫户清册，于勘灾时便带挨查，给发赈票，不过一二日内，即可实惠及民。诚不啻探囊之便，折枝之易。

一、给粥不如给米。给粥，一家几口，必须齐出。且以少年妇女出头露面，有志者羞愧饮泣，愚昧者习成无耻，甚至厂役之夫丧心评论，凶暴之徒争挤调戏，事变丛生，言之足令发竖。况一日只一餐，朝赴暮归，不胜其劳。居城市者犹可，若乡落断难行矣。至于疲癃残疾之辈，心欲行而足不能前，势必坐以待毙。惟给米，则每户只丁首一人进局请领，其余家室儿女皆安居受食，不惟廉耻得全，抑且农桑无废，较之给粥为善。故是编给粥之法略，而给米之法详。

一、救荒莫善于各处分地散米，莫不善于城市笼统散米。不但人户难稽，丛生诸弊，且贫民奔走数十里之遥而受给一二升之米，往返在道，不免枵腹难支，将米易饼饵以充饥，而家中老幼，仍嗷嗷待哺。若各处分地散米，则无其患。按贫户册而分给委任于公正殷实大户，则邻里熟悉，非亲即佃，真伪难欺。且相距咫尺，往返甚便，农不荒耕，妇不废织，生计既裕，赈益省力。较之城市笼统散米，其善为何如哉！故是编城市笼统散米之法概不采录。

一、给米一日一给，不若五日、十日一给之善。一日一给，不但局中值事惮烦，即贫民亦易荒生业。若五日、十日一给，与者不过费片刻之工夫，受者亦不旷逐日之工程，奚善如之。故是编一日一给之法概不采录。

一、发赈人多拥挤，最难约束。是编给米则仿保甲法，每十户派一什长率之。给粥则编户丁牌，每五十人派一牌头领之。安插难民，则仿军旅法，每五百人派一厂总部之。捐养饥民，则谕富室铺户，分布各街空所，酌量派赈，用意极周，举行极便。留心民瘼者，请观后列诸条。

一、古人救荒诸策，多密于当荒之时，而疏于已荒之后。殊不知荒后如人初起，若不加意抚绥，而小民仍难望生全。是编如辟荒地、给路费、借籽种、租耕牛、给草资、劝减利、通商贩，以及蠲粮、缓征，虽未能如赈荒之全备，然为灾黎荒后之计，亦已大费经营。从政者果能照此举行，则人不流离，田无荒废，将见鸡犬桑麻，烟火千里，立可登斯民于衽席矣。

一、是编虽本魏氏《救荒策》，然于经、传、子、史、治谱、《山经》、《智囊补》、《牧令书》、《神异经》、《五种遗规》、《灾赈备览》、《福惠全书》、《资治新书》、《荒政辑要》，洎论义仓、社仓、常平仓诸编，皆有所采择，或祖其意而为之发明，或直述其语而参以末议。均未一一注明出自某氏某书，以免剞劂之繁。

救荒六十策目次

救荒六十策

严江寄湘渔父蒐辑

备荒之策

一、首筹农事，以裕民食也。农者，粟之本。备荒莫先于筹农事，筹农事莫先于兴水利。牧民者，下车之始，即须详查境内山溪，某处应疏浚泄水，某处应筑防蓄水，陂塘堤坝坏者修之，废者复之。水利既兴，令民多备谷种，分别播种。其舍旁田畔以及荒山僻壤，不能树艺五谷者，广植桑、麻、桐、茶、薯、竹、果类。近水之家，或凿池养鱼，或沿流畜鸭，或栽莲种菜，以济五谷之余收。更能不以工役违其时，不以讼狱扰其家，则农事举，而民食足矣。

一、教民区种，以防岁旱也。水源长远之地，土壤尽成膏腴，旱不足患。若地势高而水泉少，如西北诸省，平原高阜，强半待泽于天。一遇亢旱，农民束手无策，鲜有不兴嗟嗷雁者。惟区种之法，省水多收，实为救旱良策。其法：每田一亩，按阔一尺五寸，分列成行，直长到底。隔行种行，今岁种此行，明岁种彼行，互相更换，不但地力有余，禾苗倍长，且便耘锄灌溉。又于种行内画而为区，每区直长四尺，中分四行，间留畔界，俾好蓄水疏风。其区土须垦得深，击得碎，耙得松，隔年翻治一两回，临春雨水前又翻治一两回，使种后苗根直生向下，著土坚实，能耐旱干。将种时，掘起区土八九寸或尺余，就近杴积空行之内，随用陈粪和土，厚垫区底，然后分行撒种。粪足则将来精气尽聚穗头，颗粒自然饱满。种既下，即以土酌量匀覆，用手按实，令土与种相著。苗出，视稀稠存留，大约每科不过七八茎。耘三次，锄三次，每次用草与土深壅其根。结实时，再锄四旁土护之，立根深稳，大风不能摇撼。视可灌则灌，纵大旱，但能浇润五六次，即可望收成。至所种之种，春宜大麦、豌豆、稻谷，夏宜粟、谷、黑豆、荞、粱、穈、黍，秋宜小麦，随天时早晚、地气寒暖、物土之宜，节次为之。如近水之乡，区头可开一衡沟，引水灌润，更觉省力。昔伊尹作区田，赵过作代田，后世踵而行之，皆著有成效。兹则合区、代之法，兼而用之。有牛力者，以牛犁治田亩，然后分行画区。无牛力者，用錾、镢、垦、劚之器，平其坮块，再徐徐如法播种。丁男、妇女，皆得量力分工。无论平地、山坡，岁可常熟。核计一亩所收，可获谷五六石，或七八石不等。数口之家，区种一二亩，即可以无饥。守土者，倘能令民依法播种，将丰年可坐享成功，旱岁亦能占鱼梦。斯不诚以人事补造化之穷也哉！

一、严游民之禁，以免失业也。平日居民有不农、不商、不工、不佣者，令绅保查造保甲烟户册时，于姓名下添注游民二字。再按册抽造游民册一本，查系某都某甲之人，即饬该处绅保，督令力食谋生。不遵者，送案究治。盖游手好闲之人，如米中蠹虫，平时多一游民，即荒年多一盗贼。兹督令务业，则盗源清，而财源开矣。

一、设仓积谷，以备灾荒也。夫救荒古无奇策，惟义仓、社仓、常平仓法为至当。然行之不善，历久弊生，往往官民俱累。今合诸仓之制，祖其意而变通之。其法：乡间或一庄各设一仓，或数庄合设一仓；城市或一族自设一仓，或一街共设一仓。集谷之法：于乐岁秋收后，乡间计亩捐摊，每田地一亩，出谷一升、半升。城市照户量输，每家资百金，出谷二升、三升。其田产过百亩、家资逾千金者，听其乐输，不为限制。一切出纳，公同立簿登记，分别旧管、新收、开除、实在四柱，择地方老成殷实者数人轮流司之，按季酌给薪资，不准胥吏与事。谷已积有成数，常年夏至前后分三期发借，每石取息谷一斗五升。是力田之家，无论佃田、自田，有乡邻的保，亲书借券，均准酌借。惟每户借谷不过三石，麦不过一石，其游手无业、无保者，不许借给。秋分前后三期，用原斗量还归仓，不准抽换借券，以旧欠转作新借。其交还谷石，必须车飏净尽，不准以湿秫霉变搪塞抵交。如逾期不还，即惟保人是问。小荒存七出三，借与贫民，较常年而减其息。若遇死丧大故，每石只收耗谷五升，不取其息。大荒存三出七，或济或贷或粜，按烟户册，抽查极贫、次贫、稍贫三等丁口，分别大小，汇造赈册，照章给之。其老弱无告及孝子、节妇、士人之贫者，倍与之。倘或先在此庄捐谷之家，后移居他处，遇此庄散放，不得以曾经捐谷，回向转索。新来之户，从前虽未捐谷，遇有散放，亦应酌给，不得独任向隅。盖积谷原系各保各境，必须画清庄落，虽救恤无分彼此，而谷少人多，不得不稍为限制。年终，首事传集绅耆庄保，会算谷数，造具册结报官。每年利息，除开支首事薪水、看守工赀及修理仓廒工料等项外，以一半转作资本籴谷，一半置买田地收租。如此岁岁相沿，则田地愈广，积谷愈多，贫民虽未能遽含哺鼓腹，而亦可无大饥之患矣。是举也，专以备岁荒而利贫民。别项公事，即有急需，不得轻移，以免耗散。其量斛升斗之类，悉请官给。盖以赏罚之权归于官，则人知所畏；以出入之数归于民，则官无可私。官民相制，其事可经久远。至若建仓储谷之法，初时仓廒未立，或神庙，或公祠，或殷实之家，仓屋有余者，均可暂为借储。一俟谷石稍充，城市则合各街公买地址建修仓廒，周围高筑墙垣，旁凿池井，以防不测。乡间无城郭可恃，或遇兵寇搔扰，则谷石掠散，刻难捐积，须择附近村庄有险足恃之山，修筑堡寨，建仓于中。有急则并妇女、牲畜、衣物徙居之。如修仓五间，以四间盛谷，中留空仓一间，以备整修仓房及新谷发热搬移谷石之用。其仓中锁钥灰印等件，首事随时捡收，不得交守仓人经管，致滋弊窦。

一、酌禁远粜，以防灾患也。本地谷数有足支数年之食者，以远方客籴过多，遂致产谷之地徙〔陡〕成饥荒。然概禁远粜，则一方粟死，一方金死，交困之道也。当于收成时，出示晓谕，凡有谷者，自计一年口食外，每谷十石，准粜五石支用，留五石备荒。又为酌视时价贵贱，以为启闭。如邻境米值仅满本地常价，听其搬粜；倘过本地常价三分之一，则酌禁远粜。至新谷既升，则旧谷任粜矣。

一、劝豫囤谷石，以备凶荒也。凡地方遇有水旱蝗灾，即当按保甲烟户册，挨查境内贫户丁口，核算谷数缺少若干，劝令绅民稍有余资者，酌囤谷石，由庄保造册呈报，以备歉时易于采购。所谓见灾而惧，先事豫图也。

一、撙节公积，以防饥馑也。凡民间有祭田、桥田、油灯会、茶亭各田，其类不一，皆属义举。每年所收租谷，往往以资属公款，动用不无过费。务令节省得中，俾常有赢余。猝遇荒年，一族所积，可济一族之贫；一庄所积，可济一庄之贫。亦救荒一良助也。

一、推行善举，以敦任恤也。地方连年丰稔，仓谷日积日多，既虞霉蛀，更虑侵亏。宜邀同绅耆，通盘核算，除留备地方三年之荒外，其余谷石概行变价，以一半置买义田，一半推行善举。或济孤贫，或助嫁娶，或义渡，或全枕育婴，或施棺舍药，或助寒士膏火，或修道路桥梁，种种美举，总在贤牧令因时制宜，导而行之耳。

一、捕治蝻蝗，以挽天灾也。蝻蝗有化生、卵生二种。化生者，先见于大泽之涯及骤盈骤涸之区，鱼虾散子草间，在水则仍化为鱼虾。惟有水而涸，春夏风日薰蒸，乘湿热之气，化而为蝻，长即成蝗。故涸泽有蝗，苇洲有蝗。卵生者，即上年蝗之遗种。蝗性喜燥恶湿而畏雪，其生子必择坚硬黑土、高亢之处，频扇两翅，用尾锥插入土，随下子于土内，深不及寸，仍留孔窍，状类蜂窝。其内藏子，形如豆粒，中止白汁，渐次充实分颗，一粒中有细子百余。如交冬得雪一寸，子即入土一尺；其雪盈尺，其子即不萌生。若冬无大雪，则明年春夏间，子必复起为蝻。老农云：蝻初生如粟米。不数日大如蝇，能跳跃群行，是名为蝻。又数日，群飞而起，是名为蝗。所止之处，齿不停喙，故《易林》名为饥虫。又数日而孕子于地，越十八日复为蝻，蝻复为蝗，循环相生，为害最烈。蝗不食，惟豌豆、菉豆、大麻、苘麻、薯蓣、芋、桑、菱、茨等物。所惧惟金声、炮声、爆竹、流星、彩旗、石灰、扫帚、栲栳、筲箕之类。捕之之法，每里设一总厂，饬绅耆庄保司之；每甲设一分厂，饬甲长牌头司之。每里备大旗一杆、锣二面，每甲备小旗一杆、锣一面。每户派夫一名、捕治器具一件，无田者不派。一有飞蝗入境，总厂放炮为号，甲长传锣，齐集民夫，各带捕扑器具到厂。庄保执大旗，甲长执小旗，牌头带领民夫随小旗，小旗随大旗。每甲抽夫二名，向前鸣锣放炮，如军营出队状。东庄人齐立东边，西庄人齐立西边，各听锣声，按步徐行捕扑，不许踹坏禾苗。东边人直捕至西尽处，再转而东；西边人直捕至东尽处，再转而西。勤者赏，惰者罚。每日东方微亮时发头炮，甲长传锣，催民夫尽起早饭。黎明发二炮，各牌头带领民夫齐集被蝗处所。早晨蝗沾露不飞，合力捕扑。至大饭时，蝗飞难捕，民夫散歇。日午蝗交不飞，再捕。未后蝗飞，民夫复歇。日暮蝗聚，又捕。一日止此三时，傍晚散归。明日复然。蝗之在麦田禾稼中者，每日清晨尽聚苗稍食露，身重不能飞跃，宜用筲箕、栲栳之类，左右抄掠，倾入布囊，或煮或焙，或掘坑焚埋，各听其便。蝗之在平原旷野者，宜掘坑于前，长阔合度，两旁用木板或门扇，接连八字摆列。集众发喊，尽驱入坑，覆以干草，用火焚之，以土压之。其或灭于未萌之前。查有湖荡水涯及乍盈乍涸、水草蔓延之处，即集民人铲刈，晒干焚烧。其或灭于将萌之际。境内有蝗子遗地，即谕居民里长时加寻视，但见土脉坟起之处，立即搜掘，不可稍迟时刻。其或灭于初生如蚁之时。用旧皮鞋底，或草鞋、旧鞋之类，蹲地掴搭，应手而毙，且狭小不伤禾苗。或用牛皮裁如鞋底，散于甲长，转给民夫，事竣仍收回留用。其或灭于成形之后。既名为蝻，须掘长沟打捕，沟中深广各二尺。捕时宜多集民人，各执捕扑器具，沿沟摆列，每五十人用一人鸣锣。蝻闻金声，则惊跳入沟，势如注水。众各齐心，扫者扫，扑者扑，焚者焚，埋者埋。一庄如是，庄庄皆然。一邑如是，邑邑皆然。何患蝻之不尽灭哉？其捕扑之地，蝗或尽灭，或未尽灭，或飞入他境，庄保立即飞报，不准稍迟。至设局收买蝻蝗，每蝗一斤，酌给钱四五文；每蝻一斤，酌给钱十余文；每蝗子一斤，酌给钱二三十文。其一切费用，按田亩摊派。如一时醵费不起，可将地方公款暂行挪用，事竣摊派归款。再闻明季浙江乡民，捕蝗饲鸭，鸭大而肥。又山中人捕蝗喂猪，初重三十斤，旬日之间，即重五十余斤。然则蝗能为害，亦能为利。以此劝民，民无有不竭力捕扑者。则以是备捕蝗之一法也可。

一、掘地伐蛟，以御水灾也。蛟之出，多在夏末秋初，形似蛇而四足细颈，颈有白瘿，本龙属也。其孕而成形，率在陵谷间。盖雉与蛇当春而交，精沦于地，闻雷声则入地成卵，渐次下达于泉。积数十年，气候已足，卵大如轮。其地冬雪不存，夏苗不长，鸟雀不集，草木不生，土色赤有气，朝黄而暮黑，星夜视之，黑气上冲于霄。卵既成形，一闻雷声，即从泉间渐起而上，其地之色与气亦渐显而明。未起二三月前，远闻似秋蝉闷在人手中而鸣，或如醉人声。此时蛟能动，不能飞，伐之颇易。及渐起离地面仅二三尺许，声响渐大，不过数日，逢雷雨即出。至是则难翦除矣。故伐蛟必须于冬雪时，视其地圆围不存雪，又素无草木，复于春夏之间，视地色与气异乎寻常，则以锄掘之。果有蛟，掘至四五尺，其卵即得，大如二斛瓮。先以不洁之物，或铁与犬血镇之，再用利刃剖之，其害立绝。又蛟畏金鼓、火光，山中久雨，立高竿，悬挂一灯笼，可以避蛟。夏月田间击金鼓以督农，则蛟不起。即或起而作波，擂鼓鸣钲，多发火光以拒之，水势必退。

一、诛除旱魃，以救旱灾也。《诗》：旱魃为虐。注曰：旱神。《说文》曰：旱鬼。考《神异经》与东、西、南、北、中诸《山经》，兆天下之旱者二，兆一国之旱者二，兆一邑之旱者四。其状如狐而有翼，音如鸿而名獙，姑逢山中有之。其生石膏水中者似鳣，只一目而音如鸥，女巫山中有之，见则天下旱也。其旱一国者，若南方之似人，两目生顶上，行如飞者，一首两身似蛇，名曰肥遗，生于浑夕山者是也。其旱一邑者，状如鴞，而赤足直喙，音如鹄，而黄文白首、人面龙身者，出于钟山东也。有鸟焉，似鴞而人面，蜼身而犬尾，见于崦嵫山也。西望幽都，有音如牛，是錞于母逢山之大蛇也。有如蛇而上翼，其音如磬，是鲜山下、鲜水中之鸣蛇也。但见有一于此，即率众操强弓毒矢，往诛之。

赈荒之策

一、报灾请赈，以恤凶荒也。天灾流行，何代蔑有？所恃为民父母者，以君之民，为己之民，即以民之命，为己之命。一值灾伤，亲往勘验，即分别禀请发赈，请而不得，以官殉之。于民活一命，即于己少一辜。乃今之为牧令者，则不然。每遇灾伤，往往匿而不报。推原其故，以报灾必有委员踏勘，不免诛求无厌。且请赈必至钱粮蠲免，焉有耗羡平余？是利于民而不利于官，故不乐于上闻者十之五六，恶在其为民父母也。凡遇此等牧令，大府一经访闻，立即撤参，勿稍犹豫。此即范文正公所谓一家哭，何如一路哭之意耳。

一、编造户丁册，以均粜济借贷也。发赈最难审户。审户之法，莫良于平日遴派妥绅，督同保正甲长，认真查造四季保甲烟户册，丁口无论贫富、男妇、老幼，逐一开载名氏、年纪、田粮、生业。户内如有孝子、节妇，及疲癃残疾不能步履者，即于名下分晰注明，按季造册呈报。一遇荒年，照册抽录贫户大小丁口，分别极贫赈济、次贫赈贷、稍贫赈粜三等，汇造赈册。于勘灾时，便带挨查，填给赈票。如户口有迁移，物故新生，立即签注更换。总计三等贫户若干、应需赈粮若干，飞速派绅设局开赈。倘贫户中有亲族可依，或鳏寡、孤独、废疾，已入养济院者，即于册内姓名下注明，不给赈票。其逃荒外出贫户，饬令保正甲长查明确实，将姓名、住址、大小丁口，另造一册存查，以备该贫户闻赈归来，补给赈票。如开赈后，丁口有迁移、物故、新生，保正甲长随时查明开报，以便扣增赈粮。若稍有不实，一经查出，立即惩究。此常灾办赈审户之法。若兵燹之后，情形各有不同，又须权宜变通办理。尝见逆踪蹂躏之区，绅商富室往往被贼搜括殆尽。间有善为躲避者，本地奸民为之导引，择肥而食，悉索无遗。以故平常饶裕之家，忽焉赤贫如洗；而素称穷困者，或因贼不屑诛求，转得安然无恙。虽未必比户皆然，而实情类多如是。此与寻常灾祲不同，未可拘泥成章办理。必须临时斟酌地方情形，与明干绅耆从长计议，善为变通，庶遗黎均沾实惠，而帑项不致虚糜。

一、捐俸倡赈，以身先民也。地方大饥，为牧令者当以至诚开谕富室，劝令解囊助赈。然必须先自捐俸倡首，始能感发人心。夫牧令之俸有几，何足以赈恤灾黎？然藉以鼓舞倡率，使士民无辞者，则在此也。至富户中有鄙吝性成，以绅势抗官，故意出言阻挠绅民助赈者，即仿照吴文节公办浙江己酉水灾法，饬令差役协同地保，送给为富不仁匾额，悬之大门，俟其改过，再行揭去。

一、密查富户谷数，以免闭粜也。饥民日得米三合，即可不死。计一岁中，只米一石零，即可救活一人。若闭粜一石，即死一人；闭粜十石，即死十人；闭粜千百石，即死千百人。凡遇凶年，查有富户除留本家口食一年外，余谷至五十石以上，闭粜专利者，立即勒令将所藏之谷，一半照时价出粜，一半罚出赈饥，以为为富不仁者戒。

一、稽查铺户米数，以免抬价也。岁荒米贵，铺户往往固闭不售，希冀高抬时价，以致民食愈乏，民心愈慌。查有此等刁商，立即枷示通衢，勒令将匿藏之米，照时价罚减三成，粜与贫民，再行开释。

一、循环籴粜，以济贫民也。境内灾伤，野无青草。将议赈济，则恐官府之囷廪有限；将议劝借，则恐地方之殷实无多。最善之策，惟有暂借地方之公项，委廉正官绅，分投熟处籴买杂粮，运归本处，照原价量增脚费，粜与贫民。每银一千两，先发五百两籴谷至局，再发五百两往籴。先五百两之谷粜完，而后五百两之谷继至。后五百两之谷将尽，而先五百两之谷复来。如此转运循环，源源接济，则贫民虽遭凶岁，实与丰年无异。事竣即将籴本归还，似此于公项无损，于贫民有济。委用得人，必无他虑。如地方无公项可借，即暂挪移库款，一面禀求大府，一面动用籴粮。此时最要立定主意，切勿轻听无识之言，惧受处分，欲行且却以陷贫民。盖救人事大，处分事小，因救人而受处分，即罢官何妨。况大府一视同仁，民胞物与，谁不愿利济一方？自必曲体下情，代为奏告，断不因此而撤参属吏也。宋环庆大饥，帅守坐不职罢去。范忠宣公纯仁代之，行抵庆州，饿殍载道。公欲发常平仓粟赈之，州郡官皆不可，曰：常平仓粟擅支，罪不赦。公曰：环庆一路生灵付某，岂可坐视其死而不救？众皆曰：须奏请得旨。公曰：人七日不食则死，岂能待乎？诸君且勿豫，吾独坐罪可耳。即发仓粟赈之，一路饥民悉赖全活。吾愿膺民社者，一遇灾荒，急取范公"吾独坐罪"四字而深思之。

一、劝富室平粜，以周恤乡邻也。岁荒粮价腾贵，凡城乡富厚之家，仓箱充溢，务须心存惠济，将所积米谷，减价平粜。切毋居奇长价，坐视灾黎垂毙。万一民穷盗起，戈矛相向，虽有粟，吾得而食诸？倘仓无盈余，亦须存人饥己饥之心，解囊采购，粜济乡邻。事竣，地方官查明粜济数目，奖以旌匾，荣以冠带。

一、不降米价，以招远商也。米方大贵，有司乐于市恩，动辄降减米价，以博小民一时之欢。殊不知此令一出，则他处之兴贩者，畏阻而不来，本境之有粟者，密藏而不粜。必至强者劫掠，弱者饥死而后已。惟听民间自消自长，粟贵金贱，人争趋金，不降价而价自减。此即古人增米价则米日贱之法，变而用之也。

一、严禁强籴，以防生乱也。饥馑荐臻，人心思乱。若纵强籴，则有谷者愈不肯出粜，而四方客粟亦闻风远避，穷民必至饿死。且强籴不禁，势必抢夺，抢夺势必敌杀。当豫下令曰：有不遵时价，强籴谷米一升者，立即严究。则此风自息矣。

一、兴土木工，以代赈济也。凶年兴工创建，穷民藉以力食，比之设法赈济更善。为民上者，一遇饥馑，即宜大兴土木，或修城垣，或建堡寨，或开河渠，或筑堤堰。所雇工匠人役，悉用被灾贫民，按日给予工资。其未被灾之民，概不招雇。然必须工价稍宽，使本人于口食之外，可以赡养家室。若如直隶代赈之工，止给饭食，其价仅平时十分之三，是反于凶年而派民大役，殊非代赈之意。

一、给米分等第，以昭平允也。丁有大小，则食米自有多寡不同。应酌定章程，大丁每日给米五合。小孩自一岁以至五岁者，每日给米二合五勺；自六岁以至十二岁者，每日给米三合五勺；自十二岁以上，与未满一岁，尚资乳食者，照大丁数给之。其孝子、节妇、寒士以及疲癃残废之人，倍与之。

一、城乡分别给赈，以免奔走荒业也。凡粜济，每日一给，则事太烦，而小民易荒生业。若半月一给，则为时太久，且米数过多，小民不知远计，或将米还宿债，或以米易酒肉，不数日而所领之米又罄，仍然待哺嗷嗷，非尽善之策也。兹限以城市之民五日一给，乡村之民十日一给，则领者既不至废时失业，而给者亦无烦扰之苦矣。

一、发赈有定期定所，以示信于民也。时当粜济，必须先行出示晓谕。如城市东街设厂某处，西街设厂某处，每月准逢五、逢十之日发赈，乡间东路设厂某处，西路设厂某处，每月准逢十之日发赈，俾城乡各贫民得以届期赴领，以免往返空嗟。

一、多设赈厂，以便贫民也。地方自报灾以后，查分数，查村庄，查户口，造册籍，散赈票，详禀咨移，唇焦笔秃。迨至设厂散赈，惠始及民。若稍掉以轻心，则前功尽废。考散赈定章，州县本城设厂，四乡各于适中之地设厂。第州县之大小不一，村庄之远近不齐，辰出而酉未归，腹且枵矣；家远而日已西，宿于露矣。扶老而襁幼，肩摩趾错，保无颠踬乎？囊负而手提，荒村月夕，保无他虑乎？地方官宜勿拘成章，毋惜小费，于城乡多设赈厂，前后左右，以十里、二十里为率。先期出示晓谕，酌定某村某庄饥民，往某处某厂领赈。以道路之远近，为散放之次第。如先赈某村某庄，即令某村某庄乡保执号旗摇唤某村某庄牌头，导领某村某庄饥民，随次入厂领赈。一庄散讫，即令一庄先归，俾免喧哗搀挤。至监赈散赈之人，须择其平日诚实可靠者，断不可假手书役，致滋诸弊。

一、给米仿保甲法，以便约束也。领米人多，最难约束。须每户给一腰牌，十户派一牌头。腰牌止写丁首一人，下注明大丁几口、小孩一岁至五岁者几口、六岁至十二岁者几口、未满一岁者几口、每次应领米若干，如丁口有添减，准报明更注，以便扣增口粮。牌头即于各乡饥民中选派，每日多给米一分，责令管率各户。遇给米之日，带领各户丁首，进局请领。如查有疲癃残疾举步维艰及少妇、处子家无男丁者，许族邻代领。即于赈册腰牌内添注代领人名姓，以杜奸徒窃冒。此外各家大小男妇，概不赴局，自无喧挤溷杂之患。地方官又须不时徒步出访，或随手取米以验美恶，或唤领米之人以询升合。如有克减兑水诸弊，立拿惩究，枷示局门。

一、给粥编户丁牌，以防争趋挤踏也。凶年各处饥民云集，一时济急之法，莫善于施粥。盖饥饿之民，得钱犹待于买食，得米犹待于举火，皆不如得粥之即可下咽。然须择宽展地方，或考院，或寺观，分设粥厂。厂前左右，设立栅门，每门派四人把守。左栅门安鼓一面，右栅门安锣一面。饥民赴厂食粥，令其听鼓而入，闻锣而出，不许紊乱。每厂派总管一人、掌簿二人、司积二人、粥长二人，以百姓中殷实廉干者为之。每锅设火夫一名，每三锅设水夫一名，以饥民中壮健诚实者为之。粥须稠浓，每名每日以米四合为率，或增或减。掌簿者先夕报数于司积，司积给米于粥长，粥长分交火夫。用旧锅熬煮，以新锅有铁毒，能伤人肠胃也。如旧锅不敷用，可将新锅烧热，倾入清油，俟满锅烟起，出尽铁毒，再用菜油擦洗备用亦可。煮粥则每米一斗，下食盐一两、生姜二三两。粥成，用大缸盛之，俾出热气。给粥之法，每二十户编为一牌，每牌设一牌头，即于本牌中择而充之。凡饥民丁口，无论大小 ，各给粥筹一枝。筹分红绿两种，图式给法，另列于后。给粥之日，各牌头率领饥民，照牌号次第，齐立厂前左栅门外。候门夫击鼓开门，各持牌导领饥民鱼贯入厂，分行列坐。一行坐尽，又坐一行，以面相对，以背相倚，空其中路，以便发粥者行走。坐满五牌，击梆一通，高唱给第一次粥，令发粥者次序轮给。有速食先毕者，不得混与。一次已讫，又击梆一通，高唱给第二次粥，如前法。三次即止。其粥不可太热，食粥尤不可过饱。盖久饥之人，身寒腹馁，肠胃枯槁，若食粥过热过饱，立死无救。地方官宜将此数语，多书长条告示，贴于厂之内外。给粥时，令粥夫高唱于厂中，俾妇女瞽目与不识字之人，闻之自警。如饥民中称有父母妻子，及老弱无告、卧病在床者，查有粥筹可凭，即给与携归。散放已讫，牌头持牌引饥民从右栅门鱼贯而出。放毕，鸣锣三声，门随关闭。左栅门闻右栅门锣声，知先进饥民粥讫已出，即击鼓三通，开门放饥民进厂，给粥入座如前法。喧哗乱走者，停赈一日。惟人多群聚，秽恶薰蒸，须多备苍术、大黄、醋碗之类，烧熏以防疫气。又须不时至厂查验，有克米搀石灰诸弊，立即严究。事竣，厂内所用一切器皿，造册收藏，以备他日之用。

一、施给菜粥，以节工费也。菜粥法：用杂粮磨成面，每面八斤，加碎米二斤、杂菜二三斤，调煮成粥。遇饥荒之年，择一庙外空处，傍庙墙搭棚十间，两头设立栅门，每门派二人把守。其棚内砌灶五眼，用大锅五口，空其首锅，以四锅满贮清水，烧令滚沸。豫将米面二八拌匀，堆积棚内。第二锅水滚，入菜和米面调搅，顷刻成粥。杓盛首锅，俾出热气。然后由东栅门放饥民鱼贯而入，就锅施散。每名给一大杓，随给随令其由西栅门而出，以免喧挤。首锅散完，即贮清水烧滚待用。其调煮之人，复于第三锅内下米面杂菜调搅，顷刻又熟，杓盛第二锅内。次第以至五锅，而首锅之水又早滚可用矣。锅不必洗，人不停手，灶上五人，灶下十人，轮流替换，足供是役。每日自辰初散至午末竣事。计粥一锅，约需面十二斤、米三斤、杂菜四五斤，可济三十人，百锅即可济三千人。是举也，其便有四：一、价贱则经费易充，而行之可久。一、菜粥恶于米粥，非实在饥民不来就食。一、碎米拌于杂面之中，厂内人不能偷窃。一、菜面和煮，顷刻成熟可吃。非若米面必隔夜烧煮，多费人工时候。如遇大荒，城乡分设五厂、十厂，则境无受饥之民矣。

一、施给米汤，以润饥肠也。凡民至饥岁，不得食而死者，十之六七；得食而死者，十之三四。盖饥渴久，肠胃枯细，骤得食，急不能受，遂至肠断而死。故久饥之人，不但不可食饭，即飦粥亦不可多食。《救荒书》云：久饥之人，不可骤与粥。宜倾泼桌上，令渐渐餂食之，恐伤其肠胃也。愿同志君子，于每日炊粥饭时，汤沸，即挹取二三杓，倾入盆瓮，置于门首施之。俾过路饥民稍润饥肠，得沾谷气，于心独无恔乎？

一、宽设厂舍，以安流民也。灾民流散，往往以路为家，露宿风餐，殊堪怜悯。须于通衢宽阔处，设立厂舍，随到随收，按名登册，仿照行伍法以绳之。使卧有定所，出入有时，领米有叙。若乱法者，初犯一日不给米，再犯逐出厂外。其壮健者，则令执工役之事，日给工资数十文。每十户给大锅一口、水桶一担、水缸一口，每十日给柴二百斤，每人给稻草三把。无雨盖者，给箬笠一顶。事毕，锅、缸、水桶，饬令缴局。

一、暂派捐养饥民，以济急迫也。饥荒已极，四处流移骤至，一时经费无出，布置未周，猝难设局开赈。急传集绅耆富室铺户，谕以大义，劝其暂行捐养几日，再行设法赈济。富有者，日派其捐养四五十名，或百十名。少有者，日派其捐养二三十名，或四五十名。大铺户，日派其捐养三四十名，或六七十名。小铺户，日派其捐养四五名，或七八名。如捐养者居东街，即将饥民拨往东街各空所栖止。捐养者居西街，即将饥民拨往西街各空所栖止。每日给飦粥二升，或造庐就食，或适馆授餐，各听其便。筹款已定，布置已妥，即设局开赈。此道光二十八九年先大夫官湖南时已行之效。

一、安置邻境难民，以防生变也。师旅饥馑之年，农不耕收，财粟殚亡。邻民弃田庐、携老幼、转徙就食者，盈千累万。若安置不得法，最易生变。如近年甘肃各郡县，被贼蹂躏殆遍，居民失业者不下数十百万。同治七年春，陕西大荒，饥民相食。夏初，逆回大股阑入邠凤，甘民扶老携幼，跟随入陕者，以数万计。每日百十成群，沿途索食。虽无作乱之心，不免劫夺之事。当此之时，将议赈，则恐奸细混入；不赈，则恐助贼为乱。惟有仿照兵法以部之，于城外多择隙地，分起安插。每五百人设一厂，每厂按前、左、右、后、中，搭棚屋十座，厚盖草泥。每座约直深二丈，横长四丈五尺，中用芦席间开。每座间为五间，每间容十人，计五十间，可容五百人。炊爨即在棚外，周围筑场垣护之。前后开门，以便出入。如一家丁口，不能分别析离者，每间或多一二人，或少一二人，亦可。每十人给大锅一口、水缸一口、稻草百斤、柴菜刀各一把。每二十人给水桶一担。大丁，每日给米五合，或面一斤。小丁，一岁至五岁者，每日给米二合五勺，或面半斤；六岁至十一岁者，每日给米三合五勺，或面十二两；十二岁以外，与未满一岁者，照大丁数给之。每名日给盐一钱。每十人设什长一名，每厂设厂总一名。什长每日给米一升，或面二斤。厂总事务纷繁，每日除给米面外，另给钱二三百文。均须于本地饥民中，选择稳练稍有才干者任之，一以约束难民，一以访查奸细。每日炊卧有定所，出入有定时，领米领面有定额。妇女令炊爨，少壮令樵汲、觅野菜、筑场垣，毋许坐食。若乱法者，初犯一日不给粮，再犯重惩，三犯逐出厂外，不准受赈。事竣，锅缸等物，饬令厂总传饬各什长缴局。然此事之行，必须移请邻封一体照办，庶免独力难支之虑。使一处安插，他处或不安插，则一处之聚集必多，多则不能周全。惟各处均为安插，则赈济自易，难民既获生全，奸细亦无容身之地矣。

一、设乞丐厂，以免混杂也。乞丐赋性懒惰，半是攘鸡屠狗之辈。若与本地饥民、他郡流民同厂共赈，断难相安。必须另设赈厂，照赈难民法赈之。其厂总、什长人等，即于乞丐中选择，既免伺窃之虞，更无勾结之患。

一、减价贩粥，以暗济穷民也。贩粥不拘成法，无定额，无定期，亦无定所。多制备有盖木桶，高一尺六寸，径圆亦如之，每桶约可盛粥五六十碗。其桶盖半边放活可开，半边钉合不动，粥多气聚，经时不冷。黎明将粥煮就，盛入桶内，随带铁杓碗箸。另贮小篮，系挂桶侧。令人分挑至城市通衢唤卖。凡遇饥民，每粥一碗，酌取价值二三文。另派妥人一二名，监随于肩粥者前后。见饥民中有无钱买食者，施给数文，或代还粥价。计粥一肩，需米不过十斤，杂面不过二斤，柴炭工价不过百余文。综核所费，只在六百文以内。富有者，不难日贩五六担；少有者，不难日贩一二担。即力簿者，亦可合数人日贩一担。或贩半月，或贩一月，量力而行，各随其便。大约贩粥一担，可给百人之餐，十担即可延千人一日之命。担数愈多，活人愈众，无济人之名而有活人之实。是真济贫宝筏，是真救荒慈航。此即嘉善陈氏挑粥就人给食之法，兼参林文忠公办江南积荒旧章，变而用之也。如北方米石稀少，即用杂面和菜作粥施贩，亦可。

一、劝富室节省縻费，以救穷命也。富豪之家，日用之正供有几，无端之縻费綦多。不知遇凶荒之年，省一华筵之费，以给饥民，可活几人？省一交际之费，以给饥民，可活几人？省一呼卢之费，以给饥民，可活几人？省一摩挲古玩之费，以给饥民，可活几人？省一供给优伶之费，以给饥民，可活几人？总在贤牧令善为提醒劝导耳。

一、设局典买衣物田产，以广赈法也。岁荒流离载道，变衣物以作炊，售产业以易粟者，十之八九。乃竟有浊富贪商，乘其急而辗转剥削之，致使贫民贱价而沽，抱璞而泣，言之真堪切齿。当此之时，不妨挪移公项，设局典买，平其价值。衣物限以六个月期满，田产限以十二个月期满，均准减息赎取。如逾期不赎者，转费归公。此事于贫民有济，于公项无损。然必须地方绅士具禀，官为据禀转详，奉批照准后，再饬绅士设局办理。断不可令胥吏家丁与事，致启劣绅上控之端。

一、设局典当耕牛，以免妨农也。凶年农民饔飧不继，多有售卖耕牛，以救目前之急。而谋利奸屠，因之乘机兴贩，肆行宰杀。不知牛既售，而春何能耕？牛一杀，而种且将绝，其病民也孰甚？亟应出示严禁，一面设局典当牛只。所当之牛，即饬地保，仍交原主牧养，不给工资，限六个月期满，照原价赎取。倘届期不赎，即由局变卖归偿公项。值有长赢，算给原主，以示体恤。

一、收养饥民子女，以保全幼弱也。凡灾民外出逃荒，始而骨肉相依，原难遽舍。继而饥寒交迫，自顾不遑。有将子女遗弃道途，各自谋生者；有将子女情愿卖与他人为子、为女、为媳者。居民往往虑及事后讹诈，不敢收养，每致委填沟壑。急为出示晓谕，劝令民间收养，并饬局绅随时登记簿籍，由官给与收养执照，以杜后患。迨子女长成，即从收养父母之姓，准入宗谱，注明收养子女，使不乱宗。有能收养十名、二十名者，给匾额以奖之。事竣，局绅总计收养若干名，汇造清册，送县备案。如收养之家居心贪鄙，复将此等子女鬻于柳巷梨园，为乐妓、为优伶者，一经查出，按例惩究。

一、及时婚配，以免流散也。凶年饥岁，人各逃生。或有男子虽已成人，而影只形单，无所依恋，不逃散于他方，即流而为盗贼。女子青年未字，因饥乞食，抛头露面，难保不失贞操。务令局绅于领赈饥民中，详细查明。其已订婚者，令其父母迅为完配。其未订婚者，代觅媒妁，为之相攸。一切亲迎奁妆，概行权免。如此则男女均相依顾，不致冻馁飘流。或者上感彼苍，遂致阴阳和而风雨时，亦转歉为丰之一征也。

一、借给妇女资本，以赒恤巾帼也。饥民妇女，有能操针线者，地方官宜加意怜恤。令局绅于发赈时查明，暗记册中，每名酌借资本钱一二千文，饬令日事针线，以助饔飧。俟灾荒已过，再令将资本缴还。

一、禁作酒，以节米粟也。陆曾禹曰：以必需之物，置之可省之途者，用米作酒是也。无酒人不害，无米人不生，凡遇凶年，亟宜禁止。

一、暂弛税禁，以广生路也。凡售卖山泽市货等物，例应税禁者，此时大府宜奏请暂弛之，以广穷民营生之路。俟饥荒已过，仍照旧规。

一、清理监狱，以恤囚犯也。凶年饥岁，平民尚难治生，矧狱囚乎？宜分三等发落：轻者竟释之，次者饬保之，大罪重犯，少赈之。

一、暂停词讼，以悯灾患也。凡为官者，不滥受词讼，即是盛德。谚云：一人兴讼，则数农失时；一案既成，则十家荡产。况满目凄伤之际，治生不暇，忍民兴讼乎？除人命、拐盗、抢劫外，一切财产等讼，不准控告；已告停止不行。俟荒灾平息，再为讯判。

一、编联保甲，以弭盗贼也。年谷顺成，即有狗鼠之盗，不能为乱。一遇荒歉，小民计出无聊，谓其饥而死，不若劫而死。闻粟所在，群趋争贷，稍有不从，即行肆夺。且曰：我非盗也，饥民也。若持法过严，则失缓刑之意；治之稍宽，又开劫夺之门。处之之法，外貌不妨示以震严，存心又须悯其愚蠢。如柴瑾之封剑命诛，王曾之笞释死囚，斯得矣。如审系惯盗，立即严惩，决不可有饥寒所迫四字豫先横踞胸中，草草发落。自古国家多事，每起于荒年之盗贼。如前明之李自成、张献忠，皆荒年之盗贼也。吾愿父母斯民者，一遇水旱奇灾，必须编联保甲。其法：每十户为一牌，牌内择一人为牌长；每十牌为一甲，甲内择一人为甲长；每十甲为一保，保内择一人为保正。均须年力精壮、明白端谨者，方可任事。如每牌十户，若有零户，数在三户以内者，则附于末牌之末；数过三户者，则与末牌匀分为两牌。每甲十牌，若有零牌，数在三牌以内者，则附于末甲之末；数过三牌者，则与末甲匀分为两甲。其村庄仅止数家，不满十户者，即就本村本庄，编为一牌；或仅止数牌，不满十牌者，即就本村本庄，编为一甲。如牌甲中，有平日犯窃，及习过邪教，并一切犯奸不安本分之徒，一体编入牌中。准于册内姓名上，盖用“自新”二字戳记，以示区别。编牌后，如仍蹈故辙，牌甲长立即指名禀究，不准一户遗漏。盖保甲正为此辈而设，倘不编入，使成漏户，彼反置身牌外，恃无稽察，益肆行无忌，又安用此保甲为也？如此，则不但盗贼不敢窃发，即荒政亦不致棘手矣。

一、粪除街道，以避疫气也。凡人烟稠密之地，巷侧街旁，每多秽污。一值久雨初晴，湿热交蒸，酿而为毒。饥民肠胃虚空，一触其气，立成疫疾。宜责成地保，传派街民，随时扫除净尽。

一、施给棉衣箬笠，以御寒雨也。人当流离颠沛之际，栖止无定，不免冷雨侵肤，寒风刺骨。若仅给口食，不给箬笠棉衣，馁虽幸免，而湿冻难堪。司事者，须于点名放赈时，豫为留意，见有单寒露体、无雨盖之人，即于册内姓名下暗记之，然后按名散给，自无冒滥之弊。

一、设医药局，以救病民也。荒年最多疫疠，贫民每因无力医治，误死于非命者，不知凡几。须于赈厂之侧，设立医药局，令病者就近诊视领药，以资调理。此荒政中切要之务，保民者幸勿忽视。

一、施给棺木，以收瘗贫尸也。凶年饿殍盈涂，尸骸遍野，甚为可惨。急宜捐施棺木，饬绅耆地保，派人收埋，勿令暴露荒郊。其无主之尸，地保务须报明，再行领棺装埋标记，以免痞棍藉端讹诈。每收埋一尸，酌给辛力钱四五百文。掘土深以五尺为度，务令封筑坚固。不得浮浅草率，以致尸骸腐化，其戾气与地气同升，流为疫疠。

抚荒之策

一、招募开垦，以业残黎也。灾荒之后，百姓流亡，田亩荒废，当以募民开垦为急务。为民上者，先将受害之区，分别荒地段亩，用官定弓步，逐段丈量，画定疆界，编列字号，总计上、中、下地亩若干，查明有主无主，分别造册登记。然后禀请经费设局，招民开垦。愿承种者，赴局报明，领取地票。无主绝产，垦熟后即准换给执照，作为己业。有主产业，限定三年，原主能归家者，查明契据确切，在未经播种前到者，即令承种人退耕，准其接收管业，在已经播种后到者，须俟收获毕，始准接收管业，每亩凭中酌给承种人开垦之资。如盖有庐舍，秉公估价，不准借口揹交。承种人退耕后，官为另给荒地，以资耕作。如原主无力给承种人开垦之资，情愿另领荒地耕种者，由局报明，取具两造甘结存案，即准承种人换领执照，官于照后批明盖印，以杜争端。其或原主归来，仅存妇孺，有契据而不能指认者，照契内所注地段亩数，访查确实，准领田招佃。若契纸证据俱无，乡保邻佑已绝，仅存妇孺逃归，确能指认地段者，另行记挡，准其招佃耕种，不准价卖。俟三年后，另无事故，方准领照管业。至当业平时立契，价值较昂，目下田地荒芜，价值甚贱，原主倘以当年当价昂于目下买价，不愿赎取者，准当主执契约赴局呈报，官为批明盖印，即准作为己业。若原主已绝而服内有力亲属愿出资向赎者，准其赎取。若当主契据已失，即将其业归公，另行招垦，以免凭空混冒。考湘阴左相国颁发《新定甘肃善后垦荒章程》：每领垦上等荒地一亩，限定开垦之次年收获后，缴地价钱五百文，中地每亩缴钱三百文，下地每亩缴钱一百文。其半熟之地，限定领垦之初年收获后，每上地一亩，缴钱二千文，中、下地以次递减。至应纳地丁仓粮，统限以领垦三年后，查照原额起征。其地价钱文，即由局按限催收，造册呈报，以备丈地绅员薪水及地方公用之需。又考湘乡刘抚军《安辑陕西延绥各郡章程》：领垦三年后，照例征收钱粮外，每亩输岁租三年。自垦后四年起，至六年止，每上地一亩，按仓斗输租谷二斗五升，中地每亩输租谷二斗，下地每亩输租谷一斗。其谷各归各乡，设立义仓存储，照积谷法存放，以备荒歉。此皆酌度时势，量为变通，归于至善也。果能于兵荒岁荒之后，举而行之，将见三年耕必有一年之积，九年耕必有三年之积，纵有水旱蝗灾，而民无仰屋之叹。是垦荒即为备荒之本，足民即为裕国之源，策无有善于此者。总在父母斯民者，尽心筹画耳。

一、发借农器、籽、粮、牛只，以资开垦也。灾祲甫过，居民朝不谋夕，一旦招之开垦，其农器、籽、粮、牛只，势必仰给于官。亟宜仿照旧章，每户给锄、镢、镰、杴各一件。每垦田十亩，借给食谷一石、籽种三斗；五十亩，给牛一头、犁一柄。或有驴只能耕者，酌减给发。开垦后，除锄、镢、镰、杴免缴外，其籽、谷、牛价，以开垦第二年扣算起，分三年归还清楚，不准拖欠。

一、寓兵于农，以安辑残黎也。自来兵燹之后，开荒鲜有良策。如近年各省办理善后章程，或行之而弊端迭出，或行之而辟地不广，生理未蕃，正供仍少。用不揣固陋，妄拟一则，以备为政者之采择。夫地方甫经平定，不可无勇丁驻防。守土者查勘地方情形，即禀请大府，颁发帑项，招募遗黎之精壮者，充当防勇，编成营哨。有事则执戈矛守御，无事则负耒耜开荒。其法仿照兵制，以五百人为一营，每营营官一员，月支薪水公费银三十两。哨长四员，每名月支银四两。什长三十八名，每名月支银一两五钱。亲兵六十名，护勇二十名，每名月支银一两。正勇三百三十六名，每名月支银九钱。伙勇四十二名，每名月支银六钱。此外每名日给食粮二斤。以上大建月共支银五百一两，食粮三万六十斤；小建月共支银四百八十四两三钱，食粮二万九千五十八斤。其军装器械，每营发劈山礮四尊、抬枪四十杆、小枪八十八杆、长矛二百杆、旗帜五十面、号衣五百件、蓝布夹帐房三顶、白布单帐房四十二顶、大令一架、铜号一对、铁锅四十三口、水桶四十三担，锣、鼓、刀、碗以及火绳、子药等件，概仿照营制酌给。其布置队伍之法，亲兵六队，随营官驻扎。余分前、后、左、右列为四哨，每哨计弁勇一百九名。内除哨长一员、护勇五名、伙勇一名列归哨队外，余分为八队，每队什长一名、正勇十名、伙勇一名，合四哨并亲兵，共成五百人。郡县虽极辽阔，招募五营，可以分布。即以前、左、右、后、中为营名。中营驻近城郭之处，以便押送粮饷，保护行人。其余四营，分驻四乡，各垦各疆，或二十里，或三十里，筑修一堡，派哨长一员，拨勇丁五十名驻扎其中，严为约束。规模既定，即将荒地用官定弓步，逐一丈量。通计城乡共地亩若干，分别上、中、下三等，设局编册登记，然后会商营官。每勇一名，令开地十五六亩。由各哨长赴局报名，领取地票，填注某营某哨某队某勇领地若干亩，每名给锄、镢、镰、杴各一件。每地一亩，给籽种五斤，每棚给牛一头、犁一柄。开荒之初年，收获后，各勇将谷呈缴营官，营官收储造册报局，以作日后军粮、籽种。次年，饬各勇将所开之地亩，顶与新归民人承种，每亩准勇丁取辛赀钱三四百文，营官随时造册报局备查。如新归民人满三五十户，即迁移营勇三五十名，向别处另垦荒地，领票顶种一切，概照前章。其顶垦之地，民人承种二年限满，即将营勇原领地票呈局更名换照，准作己业，照例起科。各勇中有愿告假受业者，亦准照章换照。照费，无论民勇，每亩准局员取钱四五十文，以作局中费用。其营中月饷，初年各勇甫行开垦，发给十二个月。次年以后，除营官、哨长，仍按月照发外，其余勇丁，每年只发六个月。籽、粮、牛只、农器等项，一律停给。统计五营，一年可开荒地三万四千余亩。限以三年起科，地丁仓粮，何难复额？此即古人寓兵于农之法，师其意而少变之也。遇兵燹之后，倘能采而行之，将见武备日修，民业日广，国用日节，国课日充，是一举而众善皆备。

一、给流民路费，以免飘离异域也。凶年贫民携妻挈女，就食外方，虽经地方官设法赈养，计口授餐，一届春融，未有不思返故里，力穑服田，以收桑榆之获者。奈旅橐萧然，赋归无计，既乏借贷之门，徒有家园之梦。凡遇此等流民，须念其别井离乡，酌量道途远近，给助川资，令其还乡务业，免失农时。

一、借给粪草资，以肥田壤也。灾后良田多荒，纵有牛种可借，而粪草全无，禾稼亦难畅茂。不妨商同绅士，暂借地方公款，按照烟户册籍，查其有田业者，每亩借给粪草资三四百文，或五六百文，俟秋成后，再饬令如数归偿。此亦荒后之要务。

一、劝典商减利，以赎农器也。岁荒贫民无计支持，往往将农器典质，以救燃眉之急。一值春耕，毫无器具使用，虽欲尽力西畴而不得。务劝典商人等，念饥馑余生，取赎维艰，所质一切农器，减让月利一半，或三分之一，令易取赎。有能止取当本，不取利息者，立加优奖。

一、酌借商民资本，以通市贩也。饥馑之后，坐贾流离，行商裹足，亟宜曲加体恤。查有朴实商民而苦无资本者，务须设法借给，令其收买贩卖。并暂弛一切厘税，俟生息流通后，仍照旧抽收。其资本，饬令分作两年如数归偿，不准拖欠。

一、请蠲缓钱粮，以苏民困也。凡遇水旱蝗灾，地方官禀请委员勘验后，即将各灾户原纳钱粮，酌量详请蠲缓。如被灾十分者，请蠲免七分，缓征三分；被灾九分者，请蠲免六分，缓征四分；被灾八分者，请蠲免四分，缓征六分；被灾七分者，请蠲免二分，缓征八分；被灾六分、五分者，请蠲免一分，缓征九分。其缓征之钱粮，内有应分作三年带征者，有应分作二年带征者，按户分别造册，详请具奏，请旨定夺。至被灾不及五分之区，虽未成灾，例不应报，然收成究属歉薄，亦应详请缓征，将本年应纳钱粮，缓至次年麦熟后征收；次年麦熟钱粮，缓至秋成后征收。若被旱灾而深冬方得雨雪，被水灾而积水始行退消者，请另疏题明，将应缓至麦熟后钱粮，再缓至秋成以后新旧并纳。所谓宽此灾黎一日之力，即可培国家万世之基，此类是也。奉旨允准之后，遵照出示晓谕，刊刻清单，注明某户蠲免钱粮若干、缓征钱粮若干、分年带征钱粮若干，饬令庄保沿乡遍贴，俾众周知。又复亲赴各乡，照册抽查，以杜胥吏朦混冒收之弊。官租及民间租谷、夙债均仿此。

一、给坍屋修费，以奠民居也。地方遭遇水灾，房屋冲塌，富者不难克期兴修，贫者何能鸠工盖造？若不给予修资，一任其露宿蓬栖，亦非抚恤灾黎之道。查《户部则例》所载，各省章程不同。每瓦屋一间，有给银数钱者，有给银两余者。土房、草房一间，有给银三四钱者，有给银六七钱者。地方官宜于水退后，勘验情形轻重，或全塌，或半倒，或木料有存无存，按照省分，详请给发银两。每户不得过三间之数。若此处房屋被冲，别处尚有屋可居，及有房主力能修葺者，不给。至冲没船只、堰坝，暨民间失火，延烧居屋，虽不在田地灾案之列，然情实可悯，亦须查勘明确，酌量体恤。所需经费，因火延烧者，在存公项下支销；被水冲坏者，于司库地粮项下支销。

一、给值事人等薪粮，以资办公也。凡局员人等，操理诸务，固不可令其枵腹从公，亦不可不示以节制。如董事者，每名每月酌给饭食钱五六千文；帮办，每名每月酌给饭食钱三四千文；厂总，每名每月除饭食外，酌给钱一二千文。牌头及一切做工之人，每名每月除饭食外，酌给钱五、六百文。

一、严赏罚，以服人心也。古今事机成败，悉由于赏罚。倘办荒政而有功不赏，有罪不罚，虽具望旦之才，终未见其措置裕如也。牧民者，于在事官绅中，查有急公好义建策活人者，立即详请优奖。有克众肥私、玩公偾事者，立即详参治罪。如此则人心莫不悦服，办公者日见踊跃，捐赈者愈形鼓舞，将见有荒岁而无荒民，亦如唐虞三代之世矣。岂不懿欤？

图　式

区种图式*

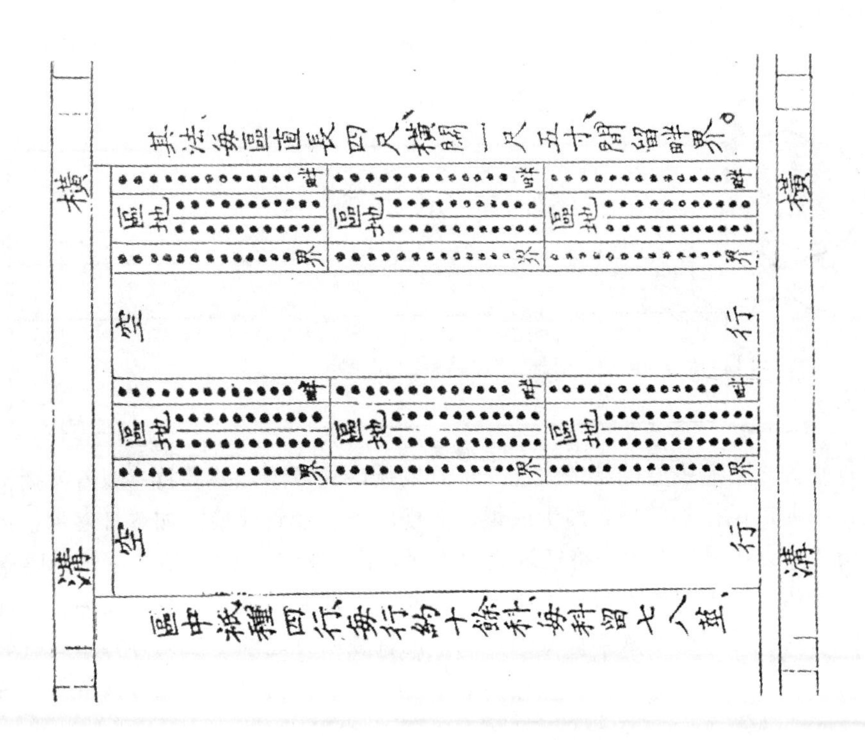

赈 票 式*

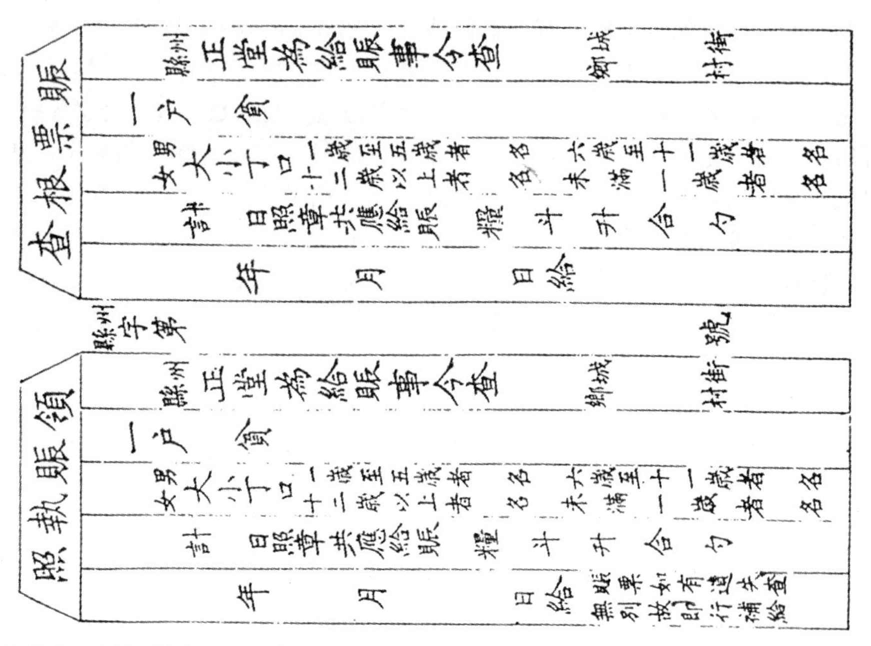
賑票根查
縣州 正堂為給賑事今查 鄉城 村街
一戶 貧
男女 大小丁口 一歲至五歲者 名 十二歲以上者 名 六歲至十一歲者 名 未滿一歲者 名
計 日照章共應給賑 糧 斗 升 合 勺
年 月 日給
縣州 字第 號
領賑執照
縣州 正堂為給賑事今查 鄉城 村街
一戶 貧
男女 大小丁口 一歲至五歲者 名 十二歲以上者 名 六歲至十一歲者 名 未滿一歲者 名
計 日照章共應給賑 糧 斗 升 合 勺
年 月 日給 賑票如有遺失查無別故即行補給

右赈票式，用坚柔之纸，刷印编订，填号钤印。一幅存案备查，一幅裁给应赈贫户收执。令俟放赈之日，持验领粮。户分极贫赈济、次贫赈贷、稍贫赈粜三等。城市之赈，五日一给；乡村之赈，十日一给。赈期须先为酌定，悬牌示知。每次发讫，即于票背注明，盖以小章。赈粮，照章一岁至五岁者，日给粮二合五勺；六岁至十一岁者，日给粮三合五勺；十二岁以上者，概以大丁论，日给粮五合。未满一岁，资母乳养者，照大丁数给之。赈毕，票仍缴官。腰牌式仿此。

筹 式*

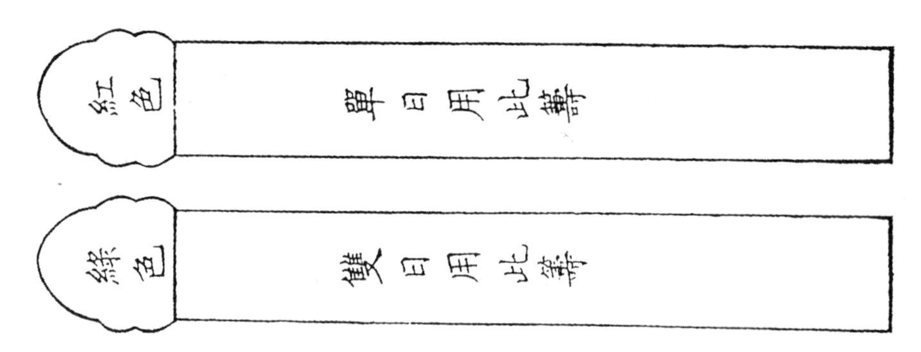

筹用竹片为之，筹头分绘红绿二色。单日发粥，先日给红筹一枝；双日发粥，先日给绿筹一枝。届期饥民持筹领粥，即责成粥厂守栅门人，经管收换。如单日发粥，饥民随牌头由左栅门入厂。守栅门人逐一将红筹验明收回，再令列坐食粥。粥毕，饥民随牌头由右栅门出厂。守栅门人即按照人数，各给绿筹一枝，以便明日领粥。双日发粥，仿此。如此循环换给，食粥人既不能重领本日之粥，尤不能冒领明日之粥，法无有善于此者。

上海县署前目耕斋镌刷

同治七年、八年、九年、十一年江阴积谷征信录

清同治十二年刻本

（清）林达泉　纂
吴四伍　点校

江阴积谷仓记

积谷仓，按亩起捐，丰敛而歉散，即古义仓遗法也。义仓创于隋，长孙平令民当社共立义仓。收获日，随其所得，劝课出粟及麦，造仓窖储，社司执帐检校。社有饥馑，即以此谷赈给。自是诸州储峙委积。唐太宗时，踵而行之。宋景祐中，王琪疏请行隋唐故事，令民五等以上户，计夏税二斗，别输一升，水旱减税则免输。择地置仓储之，领于转运使。兼并之家占田广，则义仓所入多；中下之家占田狭，则义仓所入少。水旱赈给，则兼并之家未必待此，而中下之民实受其赐，为天下之利。然牵于众论，卒不果行。君子惜焉。同治壬申孟夏，予奉檄摄江阴篆，方伯永康应公谆谆以积谷仓为托。其后复致书促各绅董及时建仓，且曰：建仓储谷如得其法，并不必推陈易新；必不得已，则粜一留二。至修理仓廒，视县之大小、谷之多寡，酌提一二成。不可放贷取息，致滋流弊。予奉而行之，爰商徐太史文洞、金观察国琛、陈太守荣邦、沙广文淮及夏大使子莹、徐孝廉士佳、季广文荣恩、黄茂才熙典、胡茂才杰、庄太学善，与诸绅董谐议，取汪、马二君任内同治七八九年所捐积谷发典生息之钱，提息钱八千七百余串，不足则提本钱九千四百余串，以为建仓费，即度地鸠工，于城中文亨桥，因社仓旧基，建仓一。各乡则华墅、长寿、月城各建仓一，皆购基新建；三官、后梅各建仓一，皆购屋重修。先后兴筑，风日晴霁，工无旷废。越季冬，六仓告成。予复商各绅董，领典中存钱买谷运仓；其七八两年买储存董之谷，并行运仓。又十一年冬随漕捐钱，亦陆续领出，乘时买谷，于今年三月悉数运仓。惟城仓廒小谷盈，所领钱仍发典起息。都计六仓，为厅屋一十有九，为廒一百三十有九，为门屋、余屋一十有七，储新旧谷三万七千二百十五石。分计城中仓十一廒，储谷二千三十三石，存典钱八百五十三千零；华墅仓二十六廒，储谷八千一百三十八石；长寿仓二十四廒，储谷一万二百十九石；月城仓二十二廒，储谷六千二百八十四石；三官仓二十二廒，储谷四千九百五十八石；后梅仓二十四廒，储谷五千五百八十一石。汇核其数，列册报销，并刊方伯应公议及各章程于榜，而积谷仓之事以成。是举也，发端者方伯应公，任事者邑中诸绅董。其始事申请随漕带捐，则前令汪君坤厚及邑绅薛广文香、沙广文淮。予适值其会，因人之和，上下无间，因天之助，涉旬不雨，而工得速竣。年丰谷贱，而谷得饶买，遂于数月之间成仓屋百七十多间，积谷三万七千二百余石。藉手蒇事，以为我民荒年之备，或遇水旱，可免于捐瘠。私心窃自幸焉。抑又闻之，备荒之政，在官则有常平仓，在民则有社仓。今皆循而行之。惟义仓自宋以来缺而不讲，积谷仓之法，与义仓名异而实同，深得古人“耕三余一，耕九余三”遗意，实为备荒良法。故为之记，以述兹仓缘起，且以见是法与义仓不谋而合，可以行之久而无弊也。

同治十二年岁次癸酉季春之月，诰授朝议大夫江苏补用知府权知江阴县事岭南林达泉记

江阴积谷仓后记

或有问于予曰：积谷仓既与义仓同，然较之社仓孰利？予曰：积谷仓利，社仓则无利而多弊。是何也？积谷仓积而不借，社仓则贷本取息。社仓之弊有四。一社之中，贷谷者必在中下二户。中户以贷谷五石为率，及秋偿息二分，则六石矣；其明年缺谷六石，又贷而偿之，则缺七石二斗矣；明年又贷又偿，则缺八石六斗四升矣；又明年贷而偿焉，则缺十石三斗六升八合矣。社谷递年而盈，中户亦递年而破。此中户受盘剥之累，弊一。下户岁入无几，以借谷三石为率，初年或可本息俱偿。其明年，必至偿本缺息，或偿息缺本矣。又明年，或本息俱不能偿矣。不能偿，则社长恐赔谷，必控官催追。是下户未受赈恤之益，先受追呼之累，弊二。社中之长，不外良劣二者。良社长殷实懦善，乡之民欺而玩焉。或迫以不能不贷，或贷焉而不肯清偿。为社长者，如急于追逋，则身为怨府；如听其逋焉，则仓中缺谷。一遇凶年，刁诈之民必与社长清算本息，迫令赔偿，而社长为众所挟，必至罄其资产而后已。江阴向有社仓，其社长均受此累。去夏初议积谷，各绅董犹恐如社长之累，裹足不前。至屡为譬谕，而事乃集。此良社长受破家之累也，弊三。至社长之劣者，乡中公事必为所把持。能偿本息者，或不许之贷，其贷者未必能偿。甚或自行侵蚀，而捏抵欠户，必至有籍无谷。迨遇凶年，人亦必不敢与较，而小民转死沟壑矣。此社仓受劣社长侵蚀之累也，弊四。具此四弊，无社仓，民犹安于丰年；有社仓，民仍饥于歉岁。是以朱子而外，同时魏元履亦以不宜祖荆舒聚敛之余谋，以相訾謷。迄今数百年来，言社仓者有之，行社仓而民受其益者，概乎未之闻也。我朝圣祖仁皇帝惠政覃敷，屡谕社仓万难举行。世宗时亦曾试行，深知其难，其后批李敏达奏：行社仓，有以为勒令施行，反成有损无益之弊政。大哉圣言。烛照靡遗矣。或曰社仓与青苗孰为利弊？予曰：青苗意在富国，社仓意在惠民，然比其法而较之，则青苗似善于社仓。盖丰年之时，所缺不在食而在用；如贷谷易钱为用，事周折而民受谷贱之伤，不如青苗贷钱，用钱省一周折。故社仓之法，朱子仅行于一乡；青苗之法，介甫犹行于一邑，似为彼善于此也。予复进而言曰：社仓创自朱子，朱子大贤；青苗创于介甫，介甫亦振古豪杰。然其法皆不如今之典质。盖社仓、青苗以钱谷贷民，然谷去仓虚，钱去库虚，一或不偿，皆不免催追之扰。典家以物为质，钱去而物存，赎则本息日增；不赎则以物抵卖而本息亦在，无须扰民。昔白圭治生，比于孙吴治兵，社仓、青苗，譬不善战者，为人所致；典质之法，譬善战者，致人而不致于人也。若夫积谷之法，则不取利而利自溥。富民田多则捐多，然丰年既捐于有余，而歉岁不致捐于不足；贫民田少则捐少，然捐者贫民而赈者亦贫民。予前记所谓“耕三余一、耕九余三”者，此之谓也。备荒之要，无逾积谷。予故反覆推论。而江阴昔年极受社仓之累，因遂纵论其弊，非敢訾毁前贤也。癸酉季春林达泉记。

积谷“积”字，于初建仓时，颇以为无甚意义，拟别易一字，以为仓号；且以为推陈易新，其法亦属可行。及后反覆商究，始悟斯仓之妙，全在积字。家家同积，为铢积之积；年年长积，为日积之积。即古人“耕三余一、耕九余三”余字，实三代以上之良法。如积十年、十五年，不惟可以裕民食，且可培国脉。所谓藏富在民，百姓足，君孰与不足也。溯查汉唐以来，常平、社仓均不及兹仓之善，惟隋氏义仓差堪仿佛耳。(义仓犹待劝课，积谷则随漕带收，无须强聒；且官绅民交相稽查，亦无流弊。比于义仓，尤善之善。)至推陈易新，语之似易，行之实难。盖推非易推，必须会董以禀官，会董以出谷，而斛力、挑力、车力、船力，所费不赀。及其易新，费复如此。即谓贵价而推，贱价而易，然较其所得，必不能偿其所失。而商人之赊欠、经董之挪移侵蚀与新谷之不能干燥匀净，尤难偻指其弊也。现在积谷各董，多屡殷实公正，办理亦多认真。县中复函牍交催，毫不放松。而自去年十月及十二月，发钱采谷，订期于本年三月扫数运仓，乃延至六月始陆续运清。经始之时，其难如此。更数年后，经董情形不同，县中又或稍不上紧，则一推一易，一年之期犹恐不足，而仓中之谷滔滔乎成逝水矣。闻之何先生子永云：积谷如连晒三次正太阳，可积六十年不坏。邑绅陈太守荣邦，素封旧家，向时积谷最多。亦云干燥好谷，即不晒晾，亦可积二十年之久。是专辨“积”字，便无余义，无须推陈易新也。此达泉阅历体验之言，故琐屑附识，愿以质之留心经世之君子。癸酉季夏达泉又记。

录应何二公论积谷仓三则

永康应方伯曰：积谷所以赈贫，亦以保富。盖一遇凶饥，田多之家，岁入顿少，而捐赈、平粜势不容已，所出转多，稍或自封，且虞攘夺。故莫若众擎于乐岁，渐积于平时，有备无患，贫富两利。尝参考成法，体合时宜，法当但计田谷，不问贫富，仓必完固，谷必充盈。若连稔谷溢于仓，则余粟易钱，量权子母。仓制基地，收储出曝，果能一切合法，两三年后，谷性坚燥，极能耐久，并不必推陈易新。必不得已，则粜一留二，随时轮转，亦在因势权宜。至修理仓廒，一切经费，当视县分大小、谷数多寡，酌提一二成，不可放贷取息，致滋流弊。每年春秋两次盘验，遇有蚀耗，即于所提经费内如数买补。务令仓储石数终始划然，则事易遵守。曩余备兵沪上，创申此举，议者多以难词相阻。反复熟思，诚无无弊之法。顾念素封之家，为子孙之计，虽世传世守不可预知，然终不以保业之难而废诒谋之善。桑土牖户，家国无殊，徒法不行，亦在治人而已。

何先生子永曰：积谷之仓，喜干而恶湿。仓成宜过伏，潮气方尽。廒板宜厚，板离地须一尺五六寸，靠墙宜以木为板。廒上宜疏椳通气。廒脚宜阔开窍穴，以手探之，须有气透出为佳。又廒中宜以竹圆编，由大而小如喇叭形，谓之气筒。倒谷于气筒之四旁，则气不闷。所积之谷，宜于三伏时晒一次，晒必一正太阳。正太阳者，自朝至暮皆晴天，无阴云微雨也。若半阴半晴之天，十太阳亦不作准。如于三伏间，每伏晒一正太阳，则此谷可积五六十年不坏，且无须再晒。惟每晒一次，必有蚀耗。初年九五、九六折，次年九六、九七折，三年则九八、九九折。每晒一次，蚀耗亦递减一次。又积谷每仓以一种谷为主。如遇荒年，民以仓谷为种子，则分秧播种，时候不至参差。至仓中之谷，不禁鼠雀之耗，然鼠雀亦竟不能耗也。

何先生又曰：仓中晒场宜广。场制宜中高而四旁垂下，周围开阳沟以通水路，则晒谷时潮气不上升。每仓宜留一空廒，每晒谷时，将所晒之谷暂屯空廒，俟热气渐退，再储原廒，则谷不至蒸郁。又须留厅事二三间，以便遇雨抢谷。晒谷宜用竹簟铺场，以避潮气。

右何先生论二条。癸酉仲春，何先生偕应方伯来江，勘估黄田港闸工，便道看仓，因得敬聆名论。兹论至精至密。造仓积谷者，当与方伯之论同奉为圭臬也。

江阴县积谷征信录目录

江阴县积谷征信录

上　　谕*

同治六年十月初三日，奉上谕：给事中夏献馨奏请设立义仓以裕民食一折。民生本计，足食为先。岁之丰歉无常，惟在平时预为筹备。遇有偏灾，方足以资接济。向来各直省州县设立常平仓以外，复设义仓。原以广储积而备灾荒，立法本为至善。自军兴以来，地方被贼扰害，旧有义仓每多废弃。亟应及早兴复，以备不虞。著各直省督抚即饬所属地方官申明旧制，酌议章程，劝令绅民量力捐谷，于各乡村广设义仓。并择公正绅耆妥为经理，不准吏胥干预。该督抚等各当实力奉行，不得视为具文。将此谕令中外知之。钦此。

奏　　折*

兵科给事中臣夏献馨跪奏为请设立义仓，以防荒歉而裕民食，恭折仰祈圣鉴事。窃惟民生本计，足食为先。图匮于丰，义仓尤便。稽之前代，具有成规，要在推行变通，师其意不泥其迹，期于有利无弊而已。溯自乾隆年间，谕地方大吏乘时劝导。直隶总督方观承进呈义仓图说。凡村庄三万五千二百一十，建仓一千有五，筹画分晰，定制周详。历十余年，积谷已及四千万石，行之著有成效。道光五年，安徽巡抚陶澍条陈义仓事宜，奉上谕：所议章程，如州县中每乡村公设一仓，秋后听民捐输，岁歉酌量散给，出纳悉由民间，经手不假官吏，防侵蚀以禁骚扰，矜贫寡而杜争端各条，着照议妥为经理等因。钦此。圣谟洋洋，准今酌古，诚万世之良策，臻斯民于仁寿也。皇上念切民依，蠲征办赈，恩旨屡下，固不至一夫失所矣。惟是博施济众，自古綦难；未雨绸缪，事当预立。况比年军兴以来，被扰地方，闾阎凋弊，户鲜盖藏。倘有偶值祲岁，民食难资接济，元气亦伤。臣窃筹之。夫州县之设常平仓，存谷以供动用，法至善已。顾赈济以近民为主，储之州县，则所及者寡而为惠偏；储之四乡，则所及者众而为惠溥。故藏之于官，不若藏之于民也。今州县大者百余里，小者数十里，计地远近，均可酌建仓廒。每秋令民间量力捐谷，一切由绅民经管，逐年递增，积少成多，以民间之谷，供民间之食，即以数岁之积，济一岁之歉，事有未便于此者。拟请旨饬下各直省督抚，速饬所属地方官，实心实力，随宜劝办。或申明旧制，循照通行，或酌议章程，因时规画，并择公正绅耆妥为经理，不准吏役干预。俟劝导有成，即汇数详报该管上司查核。事归实济，次第举行，似亦备荒一助也。伏乞皇太后、皇上圣鉴施行。谨奏。

宪　　扎*

钦加道衔江苏常州府正堂加十级纪录十次扎为札饬事。同治七年九月初六日，奉署布政司杜札，本年八月二十三日奉苏抚部院丁札开：照得苏省未经兵燹以前，各府州县存仓谷石，陈陈相因，即遇天灾流行，亦可有恃无恐。自从贼扰以来，仓廒毁于兵火，富户化为虫沙。万一偏灾告警，公储私积一无可恃，吾民岂不坐以待毙？言念及此，可为寒心。故痛定思痛，当毖后而惩前；年复有年，须图丰以防匮。札司督同府县，会商绅董，仍照常平社仓之法，或筹备闲款，或按亩带捐，一俟新谷登场，即可采买存积。能集腋以成裘，庶有备而无患；敛私储以为公储，仍是百姓私家之物；缘乐岁以防歉岁，即为太平乐利之谋。谅亦官绅所当及时尽心，而百姓所甘踊跃输纳者也。惟是义出于公，必先事求其实。倘官役经手人等藉此侵渔，只求染指，一经查出，定即严惩。本部院为小民积谷防饥起见，非为官吏藉公济私起见也。该司商有成法，仍即详请核定，通饬各府县遵照办理等因到司。奉此，查劝捐积谷一案，上年冬间，据上海县议照完漕米例，每额一斗加捐米一升，即于串尾注明，随漕带纳；如系折漕，收钱悉照官价，每斗若干加捐每升若干等情。详奉督宪批饬，以兴办社仓，系属善举，但须劝有余之户，听其乐捐若干。于串尾注明，随漕征收，官为征足，似与加赋无异，于古法既属不合，于民情必多不愿，断不可行等因。（按：加赋与积谷有异。加赋是损下益上，虽凶岁亦须取盈。积谷则丰敛歉散，必有秋，始议带捐。且民捐民食，不过暂寄公中，与额外输官之加赋迥别。后经汪前县复请带征，马制军批准照辨〔办〕。至今行之，民无异议。）业经转饬另行妥议，详辨〔办〕在案。奉札前因，除饬苏州长、元、吴三县遵照，会商绅董，酌议妥章，呈候复核，详请通饬遵辨〔办〕外，合亟转饬等因到府。奉此，合亟转饬。札到该县，立即遵照，赶紧会商绅董，妥议详辨〔办〕毋违。特札。

县　谕*

尽先补用府即补直隶州署江阴县正堂林为照会事。同治十一年五月初四日，奉常州府正堂吴札，奉署布政司应札开：照得积谷为济荒之本，极为地方要务。各属自奉饬分年随漕带收，业已数载，有已建仓储谷者，有仅存典生息者。其间最不妥者，将所收钱文发交四乡董事分存。在分交乡董之意，大约谓仿照社仓遗法，岂知今昔异宜？且社仓实有积谷，并非存钱。今如此办理，即乡董悉皆诚实有靠，亦非经久之道。除查明未经建仓买谷各县，催令会董，择地建仓，秋后买谷存储外，查江阴县收存八年分捐钱，系据发交各乡董采买谷石，分储三十余乡。又宜、荆二县，系分派各区董，按亩捐收谷石，分储各图公所，均尚未据酌中择地，建仓存储，殊觉散漫难稽，易启亏挪之渐，有失积谷济荒本意。合亟札饬。札府立即遵照指饬，会督城乡各董，筹议建仓办法，于四乡适中之所，酌择地址，或三四处，或五六处，总以便于散赈为主，核实勘估工料，造册禀候核饬，次第兴工建办，使散储各乡之谷，一律运仓并储，官绅互相稽察，俾资经久，庶不失济荒本意。该县等务宜体察情形，认真秉公妥办，毋负本署司谆谆致嘱之意。仍将遵办缘由，先行禀复察核。再，宜、荆二县积谷分派图董，按亩收缴，更易滋弊。此后应如何仿照各属章程，改归随漕带收，由官绅相辅经理，以杜弊端，并饬悉心妥议章程，通详察办。凛之，毋稍违延。切切。等因。到府，转行到县。奉此，查此案积谷建仓，叠奉宪札严催，节经前县照会，赶议筹办在案。兹奉前因，合再照会。为此照会贵绅董，烦遵宪饬事理，妥速筹议，择地建仓，核实勘估工料，造册报候核转。仍希将筹办缘由，先行复候转禀。幸勿稍延。望切望切。须至照会者。

同治十一年五月十三日

公　禀*

知府用内阁中书陈荣邦、同知用教习知县徐炳光、举人薛鑫、光禄寺署正衔陈祖厚、候选盐大使夏子莹、候选兵马司指挥吴虞、翰林院待诏衔张芝、布理问衔尤翼堂、廪贡薛心梅、廪生王灿如、生员张官枚、生员许午、生员黄熙典、生员沈钟、生员苏椴、生员孙宝铭、生员谢申甫、生员姜灏、生员程际昌、叙职张绪封、叙职陈芝馨、叙职胡墀、职员顾玉衡、职员石介贞，禀为遵办积谷以备荒歉事。职等前奉照会，转奉各宪，钦奉上谕：准兵科给事中夏献馨奏请设立义仓，以裕民食而防荒歉一折，通谕中外，遵照办理等谕。并奉前藩宪札知苏省各绅议定章程，按亩捐米，折钱积谷，办有成效，通饬各属仿照遵行等谕。职等遵即邀集各镇绅耆，公同筹议。现遭兵燹之后，从前殷实之户十室九空。一遇荒歉，立筹赈济，势必束手无策。当兹秋成谷贱之时，为未雨绸缪之计，按亩捐谷，积少成多，以济缓急，诚图匮于丰之要举也。惟此谷积久防弊，必须采办好谷收藏，若听业田缴谷，恐有潮淫瘪谷，不能洁净。莫如仿照苏省章程，按亩捐米，折钱归公，发董采办好谷，最为妥善。因拟由通县熟田，每亩出谷二升，每升折钱十一文，每亩共钱二十二文，以三年为率，逐年积谷，推陈出新。或仿照旧章生息，或遇灾给放免追，临时禀行，不得擅动。但分镇分保，由董按户收取，各业纷繁，日不暇给，恐难一律清缴。如于各户完漕之时，随漕带收，虽取之于民，仍藏之于民，与别项捐输不同，而迹涉加赋，未便擅请。若由各镇设局催收，又多縻费。职等再四筹躇，可否请于在城公所设一总局，编列局收，仍责成各镇保甲按户收缴，俟集数汇齐，按照各该镇缴数，饬镇董具领，采谷收存。或数镇共存一处，或一镇各存一处，因地制宜，随时酌量。如遇荒歉，禀县按核饥口，秉公给发，庶能有利无弊。职等管见所及，就各乡在议诸董先行联名禀覆。是否有当，仰祈公祖大人鉴夺，详请施行德便。上禀。

同治七年九月十九日具

试用训导沙淮、知府用内阁中书陈荣邦、同知用教习知县徐炳光、拣选知县薛鑫、翰林院庶吉士徐文洞、试用训导拔贡季荣恩，禀为叩请拨典生息，以裕经费而免折耗事。窃本邑积谷公款，自同治七年冬季开收，迄八年春季收足，其时已逾采谷之期，适有程姓来江开典之议。禀奉汪前宪详准，将七年分应收积谷钱文，概行提储存典生息。嗣因有议未开，绅等仍即禀请发交各镇采办新谷，由城乡各镇董具领采办，以备一年之蓄。业经陆续开报在案。惟八年分秋成应收积谷钱文，现尚存储宪库，未经饬领。目下谷价已昂，似非采办之时，若待新谷登场，再行饬领采办，计日正长。现据典商�济美开设公典，绅等公同集议，拟请以现储宪库积谷公款，提拨制足钱一万四千串，发存公典。查照苏常公款存典章程，按月一分二厘起息，既获子母之利，复无折耗之虞。众情允洽，商典亦愿承领。为此取具济美领状一纸，粘呈鉴核俯赐，将现收积谷项下，先提制足钱一万四千串，给领生息；一面据案申详，以裕经费。仰祈大公祖大人主裁，实为公便。上禀。

同治九年四月二十日

江阴县批：既经公议，请于库储积谷公款内拨钱一万四千串，发存济美公典，照苏常存息章程，按月一分二厘起息，以免折耗之虞。事属可行，候即照数提给该典商领运生息。仍由该典备具付息经折呈县，即从本月二十一日起，按季凭折付利可也。

条　议*

试用训导沙淮、通选教职举人薛鑫、知府用内阁中书陈荣邦、同知衔教习知县徐炳光、翰林院庶吉士徐文洞、光禄寺署正衔陈祖厚、孝廉方正试用教谕竟仁基、候选盐大使夏子莹、试用训道拔贡季荣恩，禀为遵拟积谷章程，叩请核定转申事。窃董等筹办积谷事宜，接奉照会，速遵府宪批示，妥议章程具覆等因。为此谨拟章程八条，开列如左。

一、宜设局收捐也。上年本有就镇捐谷、即储各镇之议。因兵燹后绝少殷户，必须按田起捐，各业率多观望，遂不果行。此次章程，在城设立总局，责成各镇保甲，照熟田按户催收，一律缴局，以免办理参差，致有遇灾向隅之处。（原议设局收捐，保甲催缴，縻费滋多；后改为随漕带收，较为简便。）

一、宜折钱采谷也。江邑辐员较广，袤延百余里。若令各业输谷归城，再行给储各镇，往返运载，殊多縻费。不若折钱采谷，缴既省费，并可使镇董领钱，自行拣买好谷，以杜日后霉变、推委等弊。

一、宜由佃扣租也。江邑自兵燹后，户口凋残，其田多有他处民人置买管业。其自种者，尚可向收；其收租者，运载归里，追收不易。不若向佃将租扣缴，较为踊跃便捷。（原议由佃扣租，颇费周折，现在未曾照办。）

一、宜限定捐年也。江邑现在熟田约七十余万亩，定议每亩二升，如能全数清收，约可得谷一万四五千石。议以三年为率，计共可得谷四万四五千石。如无灾年，应即止捐。（原议三年为率，现改议五年，然为期仍属过促。总须十年或十五年乃可有备无患。尚容议禀立案。）

一、宜酌定谷价也。现定折谷价钱，每升十一文。现在时价，连加耗，每升不过十文。按照田数，给董采谷余钱一文。除局中司事、经承、辛工、纸张各项经费外，如有赢余，尽数采谷储仓，以备缓急。

一、宜按给分储也。此项积谷，仿社仓遗法，例应分储各镇。每镇选举殷实公正一二人，由县按照捐数领钱采谷，听其择地堆储。如有霉烂短缺，例归经董赔偿，俾典守不得辞责。

一、宜划一办理也。积谷为御灾恤贫起见，本拟区别大小户，分晰办理。及查江邑田赋定章，以丘领户，非如他处以户领丘。往往有大户业田甚多，而散在各镇各保，计其田数，一户不过数亩，竟与小户混淆，一时无从分别。现在捐数无多，莫若划一办理，以绝弊窦。

一、宜立法经久也。查从前社仓，春放秋收，每有侵吞移易之弊。一遇荒歉，束手无策。此次积谷，专为备灾起见，即遇秋成垂熟之时，推陈易新，以免积耗，亦须禀请候示，毋得擅动。如遇偏灾，减价平粜；全灾，按饥口赈恤。成熟后，仍复出示照额捐足，以为经久之计。（推陈易新，流弊滋多，万不可行。）

以上所拟章程，董等愚昧之见，是否经久可行，仰祈公祖大人俯赐核定，转申公便。上禀。再禀者。现在为时已迟，非奉明文，未便设局收捐，务恳迅赐详请宪示遵行。

又禀批：据议章程尚为妥洽，希候转禀府宪，俟奉到批示，再行照会遵办可也。

同治十一年，续议建仓积谷章程十则，开列于左。

计开：

一、度地建仓，以资储积也。此次建造积谷仓，拟城乡共设六处。城中一仓，建于文亭桥社仓旧址，储城内及南外、北外、西外之谷。东乡建造两仓：一于三官镇，储三官、双牌、周庄、大桥、章卿五镇之谷；一于华墅镇，储华墅、长泾、杨舍、马嘶、顾山五镇之谷。东南一仓，建于长寿，储长寿、花山、绮山、云亭、祝塘、文林、璜塘、马镇八镇之谷。南乡一仓，建于月城镇，储月城、四河、蔡泾、黄桥、谢园、夏城、青旸、萧岐八镇之谷。西乡一仓，建于后梅镇，储后梅、申港、夏港、丁墅、虞门、利城、前周、观山、葫桥、桃花十镇之谷。庶地皆适中，不特便于装运，抑且易于稽查。嗣后如接办谷捐，再行禀请分建，以广积储而图久远。

一、合建分储，以杜拨借也。此次积谷，系民捐民辨〔办〕，专为本地备荒而设。以本镇捐钱，发归本镇殷董采谷，储防本镇荒歉，民情自能信服，经董亦必尽心照料。现今详定城中一仓、三乡五仓，按照每处谷数多寡，分别建造。一仓之谷，虽合数镇，一镇之谷各储一廒，勿使淆混。设遇各乡荒歉不齐，该镇所储之谷不敷散给，只可禀请另筹赈恤，不得以彼镇之谷协济此镇，以昭划一而杜争端。

一、丰捐歉散，以符定章也。积谷专为备荒而设，捐之于民者，还散之民，迥殊从前社谷春放秋收，致有侵蚀挪移之弊。今拟定设遇偏灾，减价平粜；全灾，按饥口赈恤。一俟成熟后，仍复禀请照额捐足，庶图匮于丰，有备无患。

一、定斛出纳，以归划一也。各乡斗斛，大小不同。此次收谷，宜用较准漕斛，盖用烙印，每仓给发一只。以风筛干洁之谷，用漕斛量见一石，再用十六两漕平足秤称见若干斤，每石照重上仓，庶免参差而归划一。现奉宪札，不用漕斛，只用漕平，每仓只储秤二杆。凡谷上仓，只以轻重计数，尤为划一之至。

一、互相稽查，以绝弊窦也。凡买谷上仓，务须风筛干洁。如甲镇之谷，由甲镇董事采办，稽查则归乙镇董事。乙镇之谷，由乙镇董事采办，稽查则归丙镇董事。其建仓之地，另举殷实董事两三人，总理其事。凡买谷、运仓及常年翻晒、粜旧易新，胥由总董及该管镇董眼同出纳，随时禀报。似此互相钤制，庶无积少报多之弊。

一、采谷上仓，宜重监守也。积谷仓合建分储，各董原可轮管，然以散处各镇之董事，势难常川在仓。水火、盗贼不得不时时防范。现拟每仓专派司事一名，每日给辛工、饭食钱一百五十文；看仓夫一名，每日给工食钱八十文。应令其眠食在仓，早晚不准擅离，以专职守而昭慎重。

一、定期粜籴，以筹经久也。仓谷久储，恐有霉烂、蠹蚀之虞，似应推陈易新。惟粜早则秋成未定，籴迟恐新谷价昂。如遇粜变之年，先期禀请给示，应于交白露节始准开粜，交立冬节即行籴足。仍存半粜半，周而复始，以为定章。既粜未籴之际，其钱由各镇董，会同总董，择结实可靠者锁存，不准丝毫移动。其钱数多寡，亦即载明木榜，俾可周知。倘稍有灾歉，即不准擅动。（推陈易新之弊，已于旧章内注明）。

一、提款生息，以图善后也。凡常年修葺以及看仓夫役工饭、翻晒等项，在在均须经费。拟于工程正款外，加提二成，约计钱三千串，给领生息。现今城乡共建六仓，每仓通年一切杂支，即加意撙节，总需钱一百余串。而典中仅能一分取息，以三千串一年所生之息，抵六仓周年之用，实属不敷。若再多提正款，又恐谷数短少。现拟将所提二成钱三千余串，归六仓经董分领，就近发存殷实铺户，按月一分六厘起息，每仓计可得息钱九十余串。令存钱铺户暨经手董事出具领保各结送案，以裕经费而垂久远。

一、官为抽查，以重仓储也。此次积谷，本系民捐民办；采谷上仓，亦系实用实销。官督董理，互相钤制，意美法良。第恐始勤终怠，必须官长随时抽查，委员往返，舟车不无靡费，且恐习为具文。地方官本有仓库钱粮之责。此项积谷仓，拟即由县亲自抽查，如有亏挪侵蚀等弊，照例详办，毋庸委员，以节费用而重责成。

一、刊刻数目，以征信实也。各镇所捐钱文及存储谷数，乡曲未能周知。须将每镇熟田若干、捐钱若干、提城中五厘若干、公费若干、其余买谷若干、此次建造经费若干，刊刻简明征信录，散给各处。另做木榜一面，将每镇实储谷数分别载明，悬挂仓廒门首。如常年翻晒出纳折耗，亦并随时注明于后，俾得共见共闻，以昭核实。

各镇积谷董事

城内镇：沙淮，季荣恩

南外镇：邢宗洛

西外镇：周燮，王采章

北外镇：陆俊元，沙垂文

三官镇：胡墀，胡堡，胡杰，向守义

双牌镇：尤翼堂，金锡望

周庄镇：苏哲保，苏龈

大桥镇：谢申甫

章卿镇：陈芝馨，吴铭钰，张莼，唐铭

华墅镇：徐炳光，徐士佳，徐文濂，程际昌，张勉钊

长泾镇：张简重，王东甲，包栋成，张宝俭

杨舍镇：陈祖厚，赵宗达

马嘶镇：张官枚，许午

顾山镇：吴焯，周锡智

长寿镇：夏子莹，朱清士，张翊成

云亭镇：孙宝铭，邬庆艺

花山镇：谭逸之，沈凌霄

绮山镇：唐理培

祝塘镇：黄熙典，徐镛，苏识荆

文林镇：包尔钧，王藻林，曾汝昌

璜塘镇：张葆真，任丕文

马镇：徐金源，薛恩绶，孙作屏

月城镇：庄善，唐庆赓

四河镇：顾玉衡，薛一飞，奚能攀，石介贞

蔡泾镇：蒋禹，蒋树勋

黄桥镇：顾梓堂

谢园镇：焦文贵，梅雪香

夏城镇：苏芝堂，邹裕亨，蒋锦涛

青旸镇：陈瑞元，方钟，李栋

萧岐镇：缪仪亭，徐光治，朱鉴

后梅镇：梅庚堂，牟学荣

申港镇：张恩廷，尤荣兴

夏港镇：吴钟，吴康，朱湘

丁墅镇：黄梦熊，殷达洪

虞门镇：曹守谦，季连枝

利城镇：程楠，杨浩晋

前周镇：金廷瑛，戴龄，顾隆兴

观山镇：吴达，孙源，徐祖望，赵万春

葫桥镇：陈美堂，刘以成，缪启贤

桃花镇：金友思，彭焕章，吴振之

通邑熟田、捐钱、给领、采谷分清总数

同治七年分

（本年十一月设局收捐，至八年七月截数，十一月给钱采谷。）

通邑启征熟田七十六万三百十八亩四分一厘，内除三官、双牌、周庄、大桥、章卿、杨舍、马嘶七镇及华墅东镇二、八两保、头保半保，共田二十万九千五百四十三亩四分七厘。因开浚东横河停捐不计外，实计捐谷田五十五万七百七十四亩九分四厘（每亩捐谷二升，折钱二十二文），应捐钱一万二千一百十七千四十九文。内支公局经费钱六百十九千九百五十八文，又地保辛费钱（每亩一文）五百五十千七百七十四文，存采谷钱一万九百四十六千三百十七文。内提城内积谷钱（每一百文，提钱五厘）五百四十七千三百十六文，实存各镇采谷钱一万三百九十九千一文（照田科算，每亩得钱十八文八毫八丝〇六微七纤）。内扣民欠捐钱三百千七百三十八文（归有欠之镇扣除），实计各镇采谷钱一万九十八千二百六十三文。并城内提钱（五百四十七千三百十六文），统计采谷钱一万六百四十五千五百七十九文（至八年冬季）。先给各镇（并城内提）采谷钱一万三百十一千四百八十五文（每石定价一千三百文），应采谷七千九百三十一石九十一斤二两四钱（此年谷价渐昂，所采系行称十四两四钱漕秤。迨建仓收谷，宪定用漕秤十六两足称，故本年之谷均以九折上仓），实缴净谷七千一百三十八石七十二斤六钱（至十一年秋季）。又给（利城、前周）两镇采谷钱三百三十四千九十四文（每石定价一千二百文），实采净谷二百七十八石四十一斤二两七钱。两共积谷七千四百十七石十三斤三两三钱。

同治八年分

（本年随漕收捐。九年，先给三官等七镇采谷；其余各镇钱发典生息，至十一年给领采谷。）

通邑启征熟田七十三万八千四百九十九亩四分六厘（每亩捐钱二十二文），应捐钱一万六

千二百四十六千九百八十八文。内支公费钱（每亩九毫）六百六十四千六百五十文（公局经费五毫，经书辛费四毫），存采谷钱一万五千五百八十二千三百三十八文。内提城内积谷钱（每百五厘）七百七十九千一百十七文，存各镇采谷钱一万四千八百三千二百二十一文（照田科算，每亩得钱二十文〇〇四丝五忽）。内扣民欠捐钱二十四千三百六十文，又（杨舍镇）舛错钱三千二百五十文，实计各镇采谷钱一万四千七百七十五千六百十一文。并城内提钱（七百七十九千一百十七文），统计采谷钱一万五千五百五十四千七百二十八文（至九年冬季）。先给三官等七镇（并城内提）采谷钱四千二百九十五千五百九十三文（每石定价一千一百文），应采谷三千九百五石八斤七两三钱（上仓九折），实缴净谷三千五百十四石五十七斤九两七钱（至十一年冬季）。又给各镇（并城内提）采谷钱一万一千二百五十九千一百三十五文（每石用漕砰足称，连运力铺仓，定价一千二百文），实采净谷九千三百八十二石六十一斤四两。两共积谷一万二千八百九十七石十八斤十三两七钱。

同治九年分

通邑启征熟田八十万九千三十一亩七分八厘（每亩捐钱二十二文），应捐钱一万七千七百九十八千六百九十九文。内支公费钱（每亩九毫）七百二十八千一百二十九文，存采谷钱一万七千七十千五百七十文。内提城内积谷钱（每百五厘）八百五十三千五百二十九文，存各镇采谷钱一万六千二百十七千四百四十一文（照田科算，每亩得钱二十文〇〇四丝五忽）。内扣民欠捐钱五十一千二百九十七文，外加各镇应摊典息钱八千七百三十一千九百二十八文，又加（八年杨舍）舛错钱三千二百五十文，内提各镇建仓经费钱一万六千五百八十三千三百二文，又（城内、三官、华墅、长寿、月城五仓）提善后经费钱（照仓费二成）二千七百六十三千二百一文，（至十一年冬季）实给各镇采谷钱五千五百五十四千四百十九文。并城内提钱（八百五十三千五百二十九文），统计给采谷钱六千四百七千九百四十八文（每石定价一千二百文），实采净谷五千三百三十九石九十五斤十两七钱。

同治十一年分

通邑启征熟田八十万九千三十一亩七分八厘（每亩捐钱二十二文），应捐钱一万七千七百九十八千六百九十九文。内支公费钱（每亩九毫）七百二十八千一百二十九文，存采谷钱一万七千七十千五百七十文。内提城内积谷钱（每百五厘）八百五十三千五百二十九文（未经采谷，发典生息），存各镇采谷钱一万六千二百十七千四百四十一文（科算同九年分）。内扣民欠捐钱五十三千八百六十三文，外加西乡十镇补摊典息钱十三千三百三文，内提（三官、华墅、长寿、月城、后梅五仓）续派建仓经费钱一千五百六十六千六百八十八文，又提（三官、长寿二仓）续派善后经费钱八十三千一百四十九文，又提（后梅仓）善后经费钱六百五十二千六百二十四文，实给各镇采谷钱一万三千八百七十四千二十文（每石定价一千二百文），实采净谷一万一千五百六十一石六十八斤五两三钱。

以上四年统计，实给采谷钱四万六千四百八十二千二百七十五文，实给存典钱八百五十三千五百二十九文，实积净谷三万七千二百十五石九十六斤一两。

各镇积谷、捐钱、给领、采办分清细数

城内外七镇

城内四镇（东内、南内、西内、北内）

城中为四乡根本，户多田少。兵荒之后，尚未启征，积谷防荒尤为紧要。公禀宪定章程，于各镇，捐钱内，每一百文提钱五厘，以充城内四镇积谷之费。

同治七年分，各镇捐钱，除支局保费外，计采谷钱一万九百四十六千三百十七文（每百提钱五厘），应拨城内积谷钱五百四十七千三百十六文（每石定价一千三百文），应采谷四百二十一石一斤三两七钱（上仓九折），实缴净谷三百十八石九十一斤一两七钱。

同治八年分，各镇捐钱，除支公费外，计采谷钱一万五千五百八十二千三百三十八文（每百五厘），应拨城内积谷钱七百七十九千一百十七文（九年十一月，先给三官等七镇内提）。采谷钱二百十五千三百七十一文（每石定价一千一百文），应采谷一百九十五石七十九斤二两九钱（上仓九折），实缴净谷一百七十六石二十一斤四两二钱；又给采谷钱（存典）五百六十三千七百四十六文（至十一年十一月领钱采谷，每石定价一千二百文），实采净谷四百六十九石七十八斤十三两三钱。两共积谷六百四十六石一两五钱。

同治九年分，各镇捐钱，除支公费外，计采谷钱一万七千七十千五百七十文（每百五厘），应拨城内积谷钱八百五十三千五百二十九文，外加均摊典息钱四百五十千三百九十三文，内提建仓派费钱八百十七千三百九十一文，又提善后经费钱（照仓费二成）一百六十三千四百七十八文，实计存典采谷钱三百二十三千五十三文（至十一年十一月领钱采谷，每石定价一千二百文），实采净谷二百六十九石二十一斤一两三钱。

同治十一年分，各镇捐钱，除支公费外，计采谷钱一万七千七十千五百七十文（每百五厘），应拨城内积谷钱（存典）八百五十三千五百二十九文（本应采谷，因仓无余地，廒间不敷，暂请发典。现因久旱，复奉宪提款采谷存储）。

以上四年，共计积谷一千二百九十四石十二斤四两五钱，又采谷钱八百五十三千五百二十九文。

南外镇

同治七年分，熟田五千五百七十三亩五分（每亩捐钱二十二文），应捐钱一百二十二千六百十七文。内支局保费钱十一千八百四十六文，存采谷钱一百十千七百七十一文。内提城内积谷钱（每百五厘）五千五百三十八文，实给采谷钱一百五千二百三十三文（每石定价一千三百文），应采谷八十石九十四斤十三两五钱（上仓九折），实缴净谷七十二石八十五斤五两八钱。

同治八年分，熟田五千二百六十亩四分二厘，应捐钱一百十五千七百二十九文。内支公费钱（每亩九毫）四千七百三十四文，存采谷钱一百十千九百九十五文。内提城内积谷钱五千五百五十文，又扣民欠捐钱八百四十五文，实给采谷钱（存典）一百四千六百文（至十一年十一月领钱采谷，每石定价一千二百文），实采净谷八十七石十六斤十两七钱。

同治九年分，熟田五千五百九十五亩三分二厘，应捐钱一百二十三千九十七文。内支公费钱五千三十六文，存采谷钱一百十八千六十一文。内提城内积谷钱五千九百三文，又扣民欠捐钱八百四十四文，实给采谷钱（存典）一百十一千三百十四文。外加均摊典息钱六十八千五百七十五文，内提建仓派费钱一百二十千四百十六文，又提善后经费钱（照仓费二成）二十四千八十三文，实计存典采谷钱三十五千三百九十文（至十一年十一月领钱采谷，每石定价一千二百文），实采净谷二十九石四十九斤二两七钱。

同治十一年分，熟田五千五百九十五亩三分二厘，应捐钱一百二十三千九十七文。内支公费钱五千三十六文，存采谷钱一百十八千六十一文。内提城内积谷钱五千九百三文，又扣民欠捐钱一千三百三十五文，实给采谷钱一百十千八百二十三文（每石定价一千二百文），实采净谷九十二石三十五斤四两。

以上四年，共计积谷二百八十一石八十六斤七两二钱。

西外镇

同治七年分，熟田三千八百五十六亩七分六厘（每亩捐钱二十二文），应捐钱八十四千八百四十九文。内支局保费钱八千一百九十八文，存采谷钱七十六千六百五十一文。内提城内积谷钱（每百五厘）三千八百三十二文，实给采谷钱七十二千八百十九文（每石定价一千三百文），应采谷五十六石一斤七两四钱（上仓九折），实缴净谷五十石四十一斤五两。

同治八年分，熟田三千三百九十三亩八分四厘，应捐钱七十四千六百六十五文。内支公费钱（每亩九毫）三千五十五文，存采谷钱七十一千六百十文。内提城内积谷钱三千五百八十一文，又扣民欠捐钱一千三百十二文，实给采谷钱（存典）六十六千七百十七文（至十一年十二月领钱采谷，每石定价一千二百文），实采净谷五十五石五十九斤十二两。

同治九年分，熟田三千八百八十四亩八分九厘，应捐钱八十五千四百六十八文。内支公费钱三千四百九十六文，存采谷钱八十一千九百七十二文。内提城内积谷钱四千九十九文，又扣民欠捐钱一千四百文，实给采谷钱（存典）七十六千四百七十三文。外加均摊典息钱四十五千七十文，内提建仓派费钱八十千九百九十四文，又提善后经费钱（照仓费二成）十六千一百九十九文，实计存典采谷钱二十四千三百五十文（至十一年十二月领钱采谷，每石定价一千二百文），实采净谷二十石二十九斤二两七钱。

同治十一年分，熟田三千八百八十四亩八分九厘，应捐钱八十五千四百六十八文。内支公费钱三千四百九十六文，存采谷钱八十一千九百七十二文。内提城内积谷钱四千九十九文，又扣民欠捐钱一千四百二十七文，实给采谷钱七十六千四百四十六文（每石定价一千二百文），实采净谷六十三石七十斤八两。

以上四年，共计积谷一百九十石十一两七钱。

北外镇

同治七年分，熟田五千三百三十五亩八分八厘（每亩捐钱二十二文），应捐钱一百十七千三百八十九文。内支局保费钱十一千三百四十二文，存采谷钱一百六千四十七文。内提城内积谷钱（每百五厘）五千三百二文，实给采谷钱一百千七百四十五文（每石定价一千三百文），应采谷七十七石四十九斤九两八钱（上仓九折），实缴净谷六十九石七十四斤十两五钱。

同治八年分，熟田四千八百二十九亩七分五厘，应捐钱一百六千二百五十五文。内支公费钱（每亩九毫）四千三百四十七文，存采谷钱一百一千九百八文。内提城内积谷钱五千九十五文，又扣民欠捐钱一千五百八文，实给采谷钱（存典）九十五千三百五文（至十一年十一月领钱采谷，每石定价一千二百文），实采净谷七十九石四十二斤一两三钱。

同治九年分，熟田五千四百四十一亩二分，应捐钱一百十九千七百六文。内支公费钱四千八百九十七文，存采谷钱一百十四千八百九文。内提城内积谷钱五千七百四十文，又扣民欠捐钱一千六百六十一文，实给采谷钱（存典）一百七千四百八文。外加均摊典息钱六十三千九百三十七文，内提建仓派费钱一百十三千七百八十四文，又提善后经费钱（照仓费二成）二十二千七百五十七文，实计存典采谷钱三十四千八百四文（至十一年十一月领钱采谷，每石定价一千二百文），实采净谷二十九石五两三钱。

同治十一年分，熟田五千四百四十一亩二分，应捐钱一百十九千七百六文。内支公费钱四千八百九十七文，存采谷钱一百十四千八百九文。内提城内积谷钱五千七百四十文，又扣民欠捐钱一千九百五十五文，实给采谷钱一百七千一百十四文（每石定价一千二百文），实采净谷八十九石二十六斤二两七钱。

以上四年，共计积谷二百六十七石四十三斤三两八钱。

统计城内外七镇，共入城内提厘钱三千三十三千四百九十一文，又入城外田捐钱一千二百七十八千四十六文，又入典息钱六百二十七千九百七十五文。

一、支局保公费钱七十千三百八十文。

一、支城外提城内积谷钱六十千三百八十二文。

一、扣民欠捐钱十二千二百八十七文。

一、提建仓经费钱一千一百三十二千五百八十五文。

一、提善后经费钱二百二十六千五百十七文。

一、给采谷钱二千五百八十三千八百三十二文。

存典生息本钱八百五十三千五百二十九文，积谷二千三十三石四十二斤十一两二钱。

东北乡五镇

三官镇

同治七年分，该镇因开浚东横河，按田派夫，民力不迨〔逮〕，禀请停捐积谷。

同治八年分，熟田三万三千九百十四亩八分五厘（每亩捐钱二十二文），应捐钱七百四十六千一百二十七文。内支公费钱（每亩九毫）三十千五百二十三文，存采谷钱七百十五千六百四文。内提城内积谷钱（每百五厘）三十五千七百八十文，又扣民欠捐钱三千二百五十六文，实给采谷钱六百七十六千五百六十八文（每石定价一千一百文），应采谷六百十五石六斤二两九钱（上仓九折），实缴净谷五百五十三石五十五斤九两。

同治九年分，熟田三万六千九百九十二亩一分，应捐钱八百十三千八百二十六文。内支公费钱三十三千二百九十三文，存采谷钱七百八十千五百三十三文。内提城内积谷钱三十九千二十七文，又扣民欠捐钱三千五百四十一文，实给采谷钱（存典）七百三十七千九百六十五文。外加均摊典息钱二百二十五千四百五十一文，内提建仓派费钱六百三十七千七百五十四文，又提善后经费钱（照仓费二成）一百二十七千五百五十一文，实计存典采谷钱一百九十八千一百十一文（至十一年十一月领钱采谷，每石定价一千二百文），实采净谷一百六十五石九斤四两。

同治十一年分，熟田三万六千九百九十二亩一分，应捐钱八百十三千八百二十六文。内支公费钱三十三千二百九十三文，存采谷钱七百八十千五百三十三文。内提城内积谷钱三十九千二十七文，又扣民欠捐钱三千三百四十七文，又提续派仓费钱六十五千一百四十文，又续提善后经费钱十二千八百九十六文，实给采谷钱六百六十千一百二十三文（每石定价一千二百文），实采净谷五百五十石十斤四两。

以上三年，共计积谷一千二百六十八石七十五斤一两。

双牌镇

同治七年分，该镇因开浚东横河，按田派夫，民力不迨〔逮〕，禀请停捐积谷。

同治八年分，熟田二万四百三亩六分七厘（每亩捐钱二十二文），应捐钱四百四十八千八百八十一文。内支公费钱（每亩九毫）十八千三百六十四文，存采谷钱四百三十千五百十七文。内提城内积谷钱（每百五厘）二十一千五百二十六文，又扣民欠捐钱五百二十九文，实给采谷钱四百八千四百六十二文（每石定价一千一百文），应采谷三百七十一石三十二斤十四两五钱（上仓九折），实缴净谷三百三十四石十九斤九两九钱。

同治九年分，熟田二万一千六百八十三亩四分三厘，应捐钱四百七十七千三十五文。内支公费钱十九千五百十五文，存采谷钱四百五十七千五百二十文。内提城内积谷钱二十二千八百七十六文，又扣民欠捐钱八百六十五文，实给采谷钱（存典）四百三十三千七百七十九文。外加均摊典息钱一百三十三千四百六十六文，内提建仓派费钱三百七十九千七百三十一文，又提善后经费钱（照仓费二成）七十五千九百四十六文，实计存典采谷钱一百十一千五百六十八文（至十一年十二月领钱采谷，每石定价一千二百文），实采净谷九十二石九十七斤五两三钱。

同治十一年分，熟田二万一千六百八十三亩四分三厘，应捐钱四百七十七千三十五文。内支公费钱十九千五百十五文，存采谷钱四百五十七千五百二十文。内提城内积谷钱二十二千八百七十六文，又扣民欠捐钱一千一百二十五文，又提续派仓费钱三十八千八百八十文，又续提善后经费钱七千六百九十八文，实给采谷钱三百八十六千九百四十一文（每石定价一千二百文），实采净谷三百二十二石四十五斤一两四钱。

以上三年，共计积谷七百四十九石六十二斤六钱。外加董酬司事仲懋辛力钱，愿采净谷三石五十斤，禀请捐入仓内。

周庄镇

同治七年分，该镇因开浚东横河，按田派夫，民力不迨〔逮〕，禀请停捐积谷。

同治八年分，熟田三万七千三亩五分一厘（每亩捐钱二十二文），应捐钱八百十四千七十七文，内支公费钱（每亩九毫）三十三千三百三文，存采谷钱七百八十千七百七十四文。内提城内积谷钱（每百五厘）三十九千三十九文，又扣民欠捐钱三百六十三文，实给采谷钱七百四十一千三百七十二文（每石定价一千一百文），应采谷六百七十三石九十七斤七两三钱（上仓九折），实缴净谷六百六石五十七斤十一两三钱。

同治九年分，熟田三万九千五十四亩四分九厘，应捐钱八百五十九千一百九十九文。内支公费钱三十五千一百四十九文，存采谷钱八百二十四千五十文。内提城内积谷钱四十一千二百三文，又扣民欠捐钱三百二十一文，实给采谷钱（存典）七百八十二千五百二十六文。外加均摊典息钱二百四十一千一百六十三文，内提建仓派费钱六百八十七千六十二文，又提善后经费钱（照仓费二成）一百三十七千四百十三文，实计存典采谷钱一百九十九千二百十四文（至十一年十一月领钱采谷，每石定价一千二百文），实采净谷一百六十六石一斤二两七钱。

同治十一年分，熟田三万九千五十四亩四分九厘，应捐钱八百五十九千一百九十九文。内支公费钱三十五千一百四十九文，存采谷钱八百二十四千五十文。内提城内积谷钱四十一千二百三文，又扣民欠捐钱一千七百六十五文，又提续派仓费钱七十千二百四十七文，又续提善后经费钱十三千九百八文，实给采谷钱六百九十六千九百二十七文（每石定价一千二百文），实采净谷五百八十石七十七斤四两。

以上三年，共计积谷一千三百五十三石三十六斤二两。

大桥镇

同治七年分，该镇因开浚东横河，按田派夫，民力不迨〔逮〕，禀请停捐积谷。

同治八年分，熟田二万三千三百九十八亩一分三厘（每亩捐钱二十二文），应捐钱五百十四千七百五十九文。内支公费钱（每亩九毫）二十一千五十八文，存采谷钱四百九十三千七百一文。内提城内积谷钱（每百五厘）二十四千六百八十五文，又扣民欠捐钱二百五十七文，实给采谷钱四百六十八千七百五十九文（每石定价一千一百文），应采谷四百二十六石十四斤七两三钱（上仓九折），实缴净谷三百八十三石五十三斤一钱。

同治九年分，熟田二万四千二百四十七亩三分八厘，应捐钱五百三十三千四百四十二文。内支公费钱二十一千八百二十三文，存采谷钱五百十一千六百十九文。内提城内积谷钱二十五千五百八十一文，又扣民欠捐钱二百五十七文，实给采谷钱（存典）四百八十五千七百八十一文。外加均摊典息钱一百五十千四百五十七文，内提建仓派费钱四百三十千三百六十二文，又提善后经费钱（照仓费二成）八十六千七十二文，实计存典采谷钱一百十九千八百四文（至十一年十一月领钱采谷，每石定价一千二百文），实采净谷九十九石八十三斤十两七钱。

同治十一年分，熟田二万四千二百四十七亩三分八厘，应捐钱五百三十三千四百四十二文。内支公费钱二十一千八百二十三文，存采谷钱五百十一千六百十九文。内提城内积谷钱二十五千五百八十一文，又提续派仓费钱四十四千五百二十八文，又续提善后经费钱八千八百十六文，实给采谷钱四百三十二千六百九十四文（每石定价一千二百文），实采净谷三百六十石五十七斤十三两三钱。

以上三年，共计积谷八百四十三石九十四斤八两一钱。

章卿镇

同治七年分，该镇因开浚东横河，按田派夫，民力不迨〔逮〕，禀请停捐积谷。

同治八年分，熟田一万九千九百八十八亩九分七厘，应捐钱四百三十九千七百五十七文。内支公费钱（每亩九毫）十七千九百九十文，存采谷钱四百二十一千七百六十七文。内提城内积谷钱（每百五厘）二十一千八十八文，实给采谷钱（存典）四百千六百七十九文（每石定价一千一百文），应采谷三百六十四石二十五斤五两八钱（上仓九折），实缴净谷三百二十七石八十二斤十三两三钱。

同治九年分，熟田二万一千五百三十九亩三分二厘，应捐钱四百七十三千八百六十五文。内支公费钱十九千三百八十五文，存采谷钱四百五十四千四百八十文。内提城内积谷钱二十二千七百二十四文，实给采谷钱（存典）四百三十一千七百五十六文。外加均摊典息钱一百三十二千三百二十八文，内提建仓派费钱三百七十五千三百十文，又提善后经费钱（照仓费二成）七十五千六十二文，实计存典采谷钱一百十三千七百十二文（至十一年十一月领钱采谷，每石定价一千二百文），实采净谷九十四石七十六斤。

同治十一年分，熟田二万一千五百三十九亩三分二厘，应捐钱四百七十三千八百六十五文。内支公费钱十九千三百八十五文，存采谷钱四百五十四千四百八十文。内提城内积谷钱二十二千七百二十四文，又提续派仓费钱三十九千五百五十五文，又续提善后经费钱七千八百三十一文，实给采谷钱三百八十四千三百七十文（每石定价一千二百文），实采净谷三百二十石三十斤十三两三钱。

以上三年，共计积谷七百四十二石八十九斤十两六钱。

统计东北乡五镇，共入田捐钱九千二百七十八千三百三十五文，又入典息钱八百八十二千八百六十五文。

一、支公费钱三百七十九千五百六十八文。

一、提城内积谷钱四百四十四千九百四十文。

一、扣民欠捐钱十五千六百二十六文。

一、提建仓经费钱二千七百六十八千五百六十九文。

一、提善后经费钱五百五十三千一百九十三文。

一、给采谷钱五千九百九十九千三百四文。

积谷四千九百五十八石五十七斤六两三钱，又双牌镇仲懋捐谷三石五十斤。

东 乡 五 镇

华墅镇

同治七年分熟田四万三千一百八十亩一分二厘（内除华东二八两保、头保半保田四千五百八十二亩九分七厘开河停捐），净计起捐田三万八千五百九十七亩一分五厘（每亩捐钱二十二文），应捐钱八百四十九千一百三十七文。内支局保费钱八十二千四十二文，存采谷钱七百六十七千九十五文。内提城内积谷钱（每百五厘）三十八千三百五十五文，又扣民欠捐钱三十一千二百六十五文，实给采谷钱六百九十七千四百七十五文（每石定价一千三百文），应采谷五百三十六石五十一斤十四两八钱（上仓九折），实缴净谷四百八十二石八十六斤十一两七钱。

同治八年分，熟田四万三千八百九十二亩九分三厘，应捐钱九百六十五千六百四十五文。内支公费钱（每亩九毫）三十九千五百四文，存采谷钱九百二十六千一百四十一文。内提城内积谷钱四十六千三百七文，又扣民欠捐钱四千二百四十五文。先给（去年停捐两保半）采谷钱九十五千一百三十六文（每石定价一千一百文），应采谷八十六石四十八斤十一两六钱（上仓九折），实缴净谷七十七石八十三斤十三两七钱；又给采谷钱（存典）七百八十千四百五十三文（至十一年十一月领钱采谷，每石定价一千二百文），实采净谷六百五十石三十七斤十二两。两共积谷七百二十八石二十一斤九两七钱。

同治九年分，熟田四万四千五十三亩九分七厘，应捐钱九百六十九千一百八十七文。内支公费钱三十九千六百四十九文，存采谷钱九百二十九千五百三十八文。内提城内积谷钱四十六千四百七十七文，又扣民欠捐钱二千三百二十六文，实给采谷钱（存典）八百八十千七百三十五文。外加均摊典息钱五百二十一千十文，内提建仓派费钱九百十千一百八十文，又提善后经费钱（照仓费二成）一百八十二千三十六文，实计存典采谷钱三百九千五百二十九文（至十一年十一月领钱采谷，每石定价一千二百文），实采净谷二百五十七石九十四斤一两三钱。

同治十一年分，熟田四万四千五十三亩九分七厘，应捐钱九百六十九千一百八十七文。内支公费钱三十九千六百四十九文，存采谷钱九百二十九千五百三十八文。内提城内积谷钱四十六千四百七十七文，又扣民欠捐钱十千三百五文，又续派仓费钱八十六千六百十四文，实给采谷钱七百八十六千一百四十二文（每石定价一千二百文），实采净谷六百五十五石十一斤十三两三钱。

以上四年，共计积谷二千一百二十四石十四斤四两。

长泾镇

同治七年分，熟田三万八千五百五十亩一分八厘（每亩捐钱二十二文），应捐钱八百四十八千一百四文。内支局保费钱八十一千九百四十二文，存采谷钱七百六十六千一百六十二文。内提城内积谷钱（每百五厘）三十八千三百八文，又扣民欠捐钱三十七千七十四文，实给采谷钱六百九十千七百八十文（每石定价一千三百文），应采谷五百三十一石三十六斤十四两八钱（上仓九折），实缴净谷四百七十八石二十三斤三两七钱。

同治八年分，熟田三万九千七百十三亩一分一厘，应捐钱八百七十三千六百八十八文。内支公费钱（每亩九毫）三十五千七百四十二文，存采谷钱八百三十七千九百四十六文。内提城内积谷钱四十一千八百九十七文，又扣民欠捐钱一百九十一文，实给采谷钱（存典）七百九十五千八百五十八文（至十一年十一月领钱采谷，每石定价一千二百文），实采净谷六百六十三石二十一斤八两。

同治九年分，熟田三万九千七百四十五亩一分一厘，应捐钱八百七十四千三百九十二文。内支公费钱三十五千七百七十一文，存采谷钱八百三十八千六百二十一文。内提城内积谷钱四十一千九百三十一文，又扣民欠捐钱二百四十文，实给采谷钱（存典）七百九十六千四百五十文。外加均摊典息钱四百九十八千六百四十五文，内提建仓派费钱八百四十六千八百五十八文，又提善后经费钱（照仓费二成）一百六十九千三百七十二文，实计存典采谷钱二百七十八千八百六十五文（至十一年十一月领钱采谷，每石定价一千二百文），实采净谷二百三十二石三十八斤十二两。

同治十一年分，熟田三万九千七百四十五亩一分一厘，应捐钱八百七十四千三百九十二文。内支公费钱三十五千七百七十一文，存采谷钱八百三十八千六百二十一文。内提城内积谷钱四十一千九百三十一文，又续派仓费钱八十七千四百三十九文，实给采谷钱七百九千二百五十一文（每石定价一千二百文），实采净谷五百九十一石四斤四两。

以上四年，共计积谷一千九百六十四石八十七斤十一两七钱。

杨舍镇

同治七年分，该镇因开浚东横河，按田派夫，民力不迨〔逮〕，禀请停捐积谷。

同治八年分，熟田二万二千七百三十一亩六分二厘（每亩捐钱二十二文），应捐钱五百千九十六文。内支公费钱（每亩九毫）二十千四百五十八文，存采谷钱四百七十九千六百三十八文。内提城内积谷钱（每百五厘）二十三千九百八十二文，又扣民欠捐钱三千八百四十六文，又舛错钱三千二百五十文，实给采谷钱四百四十八千五百六十文（每石定价一千一百文），应采谷四百七石七十八斤二两九钱（上仓九折），实缴净谷三百六十七石五两八钱。

同治九年分，熟田二万四千八百五十二亩五分四厘，应捐钱五百四十六千七百五十六文。内支公费钱二十二千三百六十七文，存采谷钱五百二十四千三百八十九文。内提城内积谷钱二十六千二百十九文，又扣民欠捐钱三千七百六十三文，实给采谷钱（存典）四百九十四千四百七文。外加均摊典息钱一百五十七千九百八十三文，内提建仓派费钱三百五十千九百七十七文，又提善后经费钱（照仓费二成）七十千一百九十五文，加八年舛错钱三千二百五十文，实计存典采谷钱二百三十四千四百六十八文（至十一年十一月领钱采谷，每石定价一千二百文），实采净谷一百九十五石三十九斤。

同治十一年分，熟田二万四千八百五十二亩五分四厘，应捐钱五百四十六千七百五十六文。内支公费钱二十二千三百六十七文，存采谷钱五百二十四千三百八十九文。内提城内积谷钱二十六千二百十九文，又扣民欠捐钱三千七百六十三文，又续派仓费钱五十千九百十三文，实给采谷钱四百四十三千四百九十四文（每石定价一千二百文），实采净谷三百六十九石五十七斤十三两三钱。

以上三年，共计积谷九百三十一石九十一斤三两一钱。

马嘶镇

同治七年分，该镇因开浚东横河，按田派夫，民力不迨〔逮〕，禀请停捐积谷。

同治八年分，熟田四万一千九百五十六亩三分三厘（每亩捐钱二十二文），应捐钱九百二十三千三十九文。内支公费钱（每亩九毫）三十七千七百六十一文，存采谷钱八百八十五千二百七十八文。内提城内积谷钱（每百五厘）四十四千二百六十四文，又扣民欠捐钱三百二十九文，实给采谷钱八百四十千六百八十五文（每石定价一千一百文），应采谷七百六十四石二十五斤十四两五钱（上仓九折），实缴净谷六百八十七石八十三斤五两一钱。

同治九年分，熟田四万二千四百三亩五分七厘，应捐钱九百三十二千八百七十九文。内支公费钱三十八千一百六十三文，存采谷钱八百九十四千七百十六文。内提城内积谷钱四十四千七百三十六文，又扣民欠捐钱三千四百八十四文，实给采谷钱（存典）八百四十六千四百九十六文。外加均摊典息钱二百七十四千七百五十文，内提建仓派费钱六百二十五千八百二十文，又提善后经费钱（照仓费二成）一百二十五千一百六十四文，实计存典采谷钱三百七十千二百六十二文（至十一年十一月领钱采谷，每石定价一千二百文），实采净谷三百八石五十五斤二两七钱。

同治十一年分，熟田四万二千四百三亩五分七厘，应捐钱九百三十二千八百七十九文。内支公费钱三十八千一百六十三文，存采谷钱八百九十四千七百十六文。内提城内积谷钱四十四千七百三十六文，又续派仓费钱九十三千二百八十八文，实给采谷钱七百五十六千六百九十二文（每石定价一千二百文），实采净谷六百三十石五十七斤十两七钱。

以上三年，共计积谷一千六百二十六石九十六斤二两五钱。

顾山镇

同治七年分，熟田二万九千五百四十三亩七分三厘（每亩捐钱二十二文），应捐钱六百四十九千九百六十二文。内支局保费钱六十二千七百九十九文，存采谷钱五百八十七千一百六十三文。内提城内积谷钱（每百五厘）二十九千三百五十八文，实给采谷钱五百五十七千八百五文（每石定价一千三百文），应采谷四百二十九石八斤一两二钱（上仓九折），实缴净谷三百八十六石十七斤四两三钱。

同治八年分，熟田二万九千八百九十六亩一分七厘，应捐钱六百五十七千七百十六文。内支公费钱（每亩九毫）二十六千九百七文，存采谷钱六百三十千八百九文。内提城内积谷钱三十一千五百四十文，又扣民欠捐钱八百三十五文，实给采谷钱（存典）五百九十八千四百三十四文（至十一年十一月领钱采谷，每石定价一千二百文），实采净谷四百九十八石六十九斤八两。

同治九年分，熟田二万九千八百九十六亩一分七厘，应捐钱六百五十七千七百十六文。内支公费钱二十六千九百七文，存采谷钱六百三十千八百九文。内提城内积谷钱三十一千五百四十文，实给采谷钱（存典）五百九十九千二百六十九文。外加均摊典息钱三百七十五千四十二文，内提建仓派费钱六百五十一千一百六十五文，又提善后经费钱（照仓费二成）一百三十千二百三十三文，实计存典采谷钱一百九十二千九百十三文（至十一年十一月领钱采谷，每石定价一千二百文），实采净谷一百六十石七十六斤一两三钱。

同治十一年分，熟田二万九千八百九十六亩一分七厘，应捐钱六百五十七千七百十六文。内支公费钱二十六千九百七文，存采谷钱六百三十千八百九文。内提城内积谷钱三十一千五百四十文，又续派仓费钱六十五千七百七十二文，实给采谷钱五百三十三千四百九十七文（每石定价一千二百文），实采净谷四百四十四石五十八斤一两三钱。

以上四年，共计积谷一千四百九十石二十斤十四两九钱。

统计东乡五镇，共入田捐钱一万四千二百二十九千二百四十七文，又入典息钱一千八百二十七千四百三十文。

一、支局保公费钱七百十二千八百六十九文。

一、提城内提积谷钱六百七十五千八百十七文。

一、扣民欠捐钱一百一千六百六十六文。

一、提建仓经费钱三千七百六十九千二十六文。

一、提善后经费钱六百七十七千文。

一、给采谷钱一万一百二十千二百九十九文。

积谷八千一百三十八石十六斤四两二钱。

东南乡八镇

长寿镇

同治七年分，熟田三万四千九十七亩八分一厘（每亩捐钱二十二文），应捐钱七百五十千一百五十二文。内支局保费钱七十二千四百七十九文，存采谷钱六百七十七千六百七十三文。内提城内积谷钱（每百五厘）三十三千八百八十四文，实给采谷钱六百四十三千七百八十九文（每石定价一千三百文），应采谷四百九十五石二十二斤三两七钱（上仓九折），实缴净谷四百四十五石七十斤一钱。

同治八年分，熟田三万四千三百五十八亩九分六厘，应捐钱七百五十五千八百九十七文。内支公费钱（每亩九毫）三十千九百二十三文，存采谷钱七百三十四千九百七十四文。内提城内积谷钱三十六千二百四十九文，又扣民欠捐钱一千三百四十文，实给采谷钱（存典）六百八十七千三百八十五文（至十一年十一月领钱采谷，每石定价一千二百文），实采净谷五百七十二石八十二斤一两三钱。

同治九年分，熟田三万四千五百三十九亩九分六厘，应捐钱七百五十九千八百七十九文。内支公费钱三十一千八十六文，存采谷钱七百二十八千七百九十三文。内提城内积谷钱三十六千四百四十文，又扣民欠捐钱一千二百三十五文，实给采谷钱（存典）六百九十一千一百十八文。外加均摊典息钱四百三十五千文，内提建仓派费钱七百四十千八百十一文，又提善后经费钱（照仓费二成）一百四十八千一百六十二文，实计存典采谷钱二百三十七千一百四十五文（至十一年十一月领钱采谷，每石定价一千二百文），实采净谷一百九十七石六十二斤一两三钱。

同治十一年分，熟田三万四千五百三十九亩九分六厘，应捐钱七百五十九千八百七十九文。内支公费钱三十一千八十六文，存采谷钱七百二十八千七百九十三文。内提城内积谷钱三十六千四百四十文，又扣民欠捐钱七百六十二文，又提续派仓费钱二十七千三百三十三文，又续提善后经费钱五千四百六十七文，实给采谷钱六百五十八千七百九十一文(每石定价一千二百文)，实采净谷五百四十八石九十九斤四两。

以上四年，共计积谷一千七百六十五石十三斤六两七钱。

花山镇

同治七年分，熟田八千八百三十七亩二分四厘(每亩捐钱二十二文)，应捐钱一百九十四千四百十九文。内支局保费钱十八千七百八十五文，存采谷钱一百七十五千六百三十四文。内提城内积谷钱(每百五厘)八千七百八十一文，又扣民欠捐钱七千一百五十五文，实给采谷钱一百五十九千六百九十八文(每石定价一千三百文)，应采谷一百二十二石八十四斤七两四钱(上仓九折)，实缴净谷一百十石五十六斤二钱。

同治八年分，熟田八千五百六十二亩三分八厘，应捐钱一百八十八千三百七十二文。内支公费钱(每亩九毫)七千七百六文，存采谷钱一百八十千六百六十六文。内提城内积谷钱九千三十三文，又扣民欠捐钱一百十六文，实给采谷钱(存典)一百七十一千五百十七文(至十一年十二月领钱采谷，每石定价一千二百文)，实采净谷一百四十二石九十三斤一两三钱。

同治九年分，熟田一万一百十亩三分八厘，应捐钱二百二十二千四百二十八文。内支公费钱九千九十九文，存采谷钱二百十三千三百二十九文。内提城内积谷钱十千六百六十六文，又扣民欠捐钱三百四十五文，实给采谷钱(存典)二百二千三百十八文。外加均摊典息钱一百十五千六百八十六文，内提建仓派费钱一百九十五千四百四十五文，又提善后经费钱(照仓费二成)三十九千八十九文，实计存典采谷钱八十三千四百七十文(至十一年十一月领钱采谷，每石定价一千二百文)，实采净谷六十九石五十五斤十三两三钱。

同治十一年分，熟田一万一百十亩三分八厘，应捐钱二百二十二千四百二十八文。内提公费钱九千九十九文，存采谷钱二百十三千三百二十九文。内提城内积谷钱十千六百六十六文，又扣民欠捐钱一百二十二文，又提续派仓费钱八千一文，又续提善后经费钱一千六百文，实给采谷钱一百九十二千九百四十文(每石定价一千二百文)，实采净谷一百六十石七十八斤五两三钱。

以上四年，共计积谷四百八十三石八十三斤四两一钱。

绮山镇

同治七年分，熟田一万二千一百八亩七分一厘(每亩捐钱二十二文)，应捐钱二百六十六千三百九十二文。内支局保费钱二十五千七百三十九文，存采谷钱二百四十千六百五十三文。内提城内积谷钱(每百五厘)十二千三十三文，实给采谷钱二百二十八千六百二十文(每石定价一千三百文)，应采谷一百七十五石八十六斤二两五钱(上仓九折)，实缴净谷一百五十八石二十七斤八两六钱。

同治八年分，熟田一万一千三十二亩一分，应捐钱二百四十二千七百六文。内支公费钱(每亩九毫)九千九百二十九文，存采谷钱二百三十二千七百七十七文。内提城内积谷钱十一千六百三十九文，又扣民欠捐钱一千八百五十九文，实给采谷钱(存典)二百十九千二百七十九文(至十一年十二月领钱采谷，每石定价一千二百文)，实采净谷一百八十二石七十三斤四两。

同治九年分，熟田一万二千七百八十九亩一分，应捐钱二百八十一千三百六十文。内支公费钱十一千五百十文，存采谷钱二百六十九千八百五十文。内提城内积谷钱十三千四百九十二文，又扣民欠捐钱二千六十四文，实给采谷钱（存典）二百五十四千二百九十四文。外加均摊典息钱一百四十六千八百五十七文，内提建仓派费钱二百五十七千二百二十九文，又提善后经费钱（照仓费二成）五十一千四百四十六文，实计存典采谷钱九十二千四百七十六文（至十一年十二月领钱采谷，每石定价一千二百文），实采净谷七十七石六斤五两三钱。

同治十一年分，熟田一万二千七百八十九亩一分，应捐钱二百八十一千三百六十文。内提公费钱十一千五百十文，存采谷钱一百六十九千八百五十文。内提城内积谷钱十三千四百九十二文，又扣民欠捐钱三千三十八文，又提续派仓费钱十千一百二十文，又续提善后经费钱二千二十四文，实给采谷钱二百四十一千一百七十六文（每石定价一千二百文），实采净谷二百石九十八斤。

以上四年，共计积谷六百十九石五斤一两九钱。

云亭镇

同治七年分，熟田二万一千八百八十七亩八分九厘（每亩捐钱二十二文），应捐钱四百八十一千五百三十四文。内支局保费钱四十六千五百二十四文，存采谷钱四百三十五千十文。内提城内积谷钱（每百五厘）二十一千七百五十文，实给采谷钱四百十三千二百六十文（每石定价一千三百文），应采谷三百十七石八十九斤三两七钱（上仓九折），实缴净谷二百八十六石十斤四两九钱。

同治八年分，熟田二万二千二百三十三亩三分六厘，应捐钱四百八十九千一百三十四文。内支公费钱（每亩九毫）二十千十文，存采谷钱四百六十九千一百二十四文。内提城内积谷钱二十三千四百五十六文，又扣民欠捐钱四十一文，实给采谷钱（存典）四百四十五千六百二十七文（至十一年十一月领钱采谷，每石定价一千二百文），实采净谷三百七十一石三十五斤九两三钱。

同治九年分，熟田二万二千三百九十七亩三分八厘，应捐钱四百九十二千七百四十二文。内支公费钱二十千一百五十八文，存采谷钱四百七十二千五百八十四文。内提城内积谷钱二十三千六百二十九文，又扣民欠捐钱三千九百二十文，实给采谷钱（存典）四百四十五千三十五文。外加均摊典息钱二百八十一千二百八十七文，内提建仓派费钱四百七十七千六百五十六文，又提善后经费钱（照仓费二成）九十五千五百三十一文，实计存典采谷钱一百五十三千一百三十五文（至十一年十一月领钱采谷，每石定价一千二百文），实采净谷一百二十七石六十一斤四两。

同治十一年分，熟田二万二千三百九十七亩三分八厘，应捐钱四百九十二千七百四十二文。内支公费钱二十千一百五十八文，存采谷钱四百七十二千五百八十四文。内提城内积谷钱二十三千六百二十九文，又扣民欠捐钱四十九文，又提续派仓费钱十七千七百二十四文，又续提善后经费钱三千五百四十五文，实给采谷钱四百二十七千六百三十七文（每石定价一千二百文），实采净谷三百五十六石三十六斤六两七钱。

以上四年，共计积谷一千一百四十一石四十三斤八两九钱。

祝塘镇

同治七年分，熟田三万二千三十五亩五分七厘（每亩捐钱二十二文），应捐钱七百四千七百八十三文。内支局保费钱六十八千九十六文，存采谷钱六百三十六千六百八十七文。内提城内积谷钱（每百五厘）三十一千八百三十四文，又扣民欠捐钱三千一百九十三文，实给采谷钱六百一千六百六十文（每石定价一千三百文），应采谷四百六十二石八十一斤八两六钱（上仓九折），实缴净谷四百十六石五十三斤六两二钱。

同治八年分，熟田三万三千七百四十二亩五分四厘，应捐钱七百四十二千三百三十六文。内支公费钱（每亩九毫）三十千三百六十八文，存采谷钱七百十一千九百六十八文。内提城内积谷钱三十五千五百九十八文，实给采谷钱（存典）六百七十六千三百七十文（至十一年十一月领钱采谷，每石定价一千二百文），实采净谷五百六十三石六十四斤二两七钱。

同治九年分，熟田三万三千七百四十二亩五分四厘，应捐钱七百四十二千三百三十六文。内支公费钱三十千三百六十八文，存采谷钱七百十一千九百六十八文。内提城内积谷钱三十五千五百九十八文，又扣民欠捐钱二百八十一文，实给采谷钱（存典）六百七十六千八十九文。外加均摊典息钱四百二十七千八十三文，内提建仓派费钱七百十五千八百三十八文，又提善后经费钱（照仓费二成）一百四十三千一百六十八文，实计存典采谷钱二百四十四千一百六十六文（至十一年十一月领钱采谷，每石定价一千二百文），实采净谷二百三石四十七斤二两七钱。

同治十一年分，熟田三万三千七百四十二亩五分四厘，应捐钱七百四十二千三百三十六文。内支公费钱三十千三百六十八文，存采谷钱七百十一千九百六十八文。内提城内积谷钱三十五千五百九十八文，又提续派仓费钱二十六千七百二文，又续提善后经费钱五千三百四十一文，实给采谷钱六百四十四千三百二十七文（每石定价一千二百文），实采净谷五百三十六石九十三斤十四两七钱。

以上四年，共计积谷一千七百二十石五十八斤十两三钱。

文林镇

同治七年分，熟田三万一千三百十三亩三分九厘（每亩捐钱二十二文），应捐钱六百八十八千八百九十五文。内支局保费钱六十六千五百六十一文，存采谷钱六百二十二千三百三十四文。内提城内积谷钱（每百五厘）三十一千一百十七文，又扣民欠捐钱一千三百六十六文，实给采谷钱五百八十九千八百五十一文（每石定价一千三百文），应采谷四百五十三石七十三斤二两五钱（上仓九折），实缴净谷四百八石三十五斤十三两四钱。

同治八年分，熟田三万二千二亩一分一厘，应捐钱七百四千四十七文。内支公费钱（每亩九毫）二十八千八百二文，存采谷钱六百七十五千二百四十五文。内提城内积谷钱三十三千七百六十二文，实给采谷钱（存典）六百四十一千四百八十三文（至十一年十二月领钱采谷，每石定价一千二百文），实采净谷五百三十四石五十六斤十四两七钱。

同治九年分，熟田三万二千二十九亩一分一厘，应捐钱七百四千六百四十一文。内支公费钱二十八千八百二十六文，存采谷钱六百七十五千八百十五文。内提城内积谷钱三十三千七百九十一文，实给采谷钱（存典）六百四十二千二十四文。外加均摊典息钱四百五千二百四十七文，内提建仓派费钱六百八十六千二百五十三文，又提善后经费钱（照仓费二成）一百三十七千二百五十文，实计存典采谷钱二百二十三千七百六十八文（至十一年十二月领钱采谷，每石定价一千二百文），实采净谷一百八十六石四十七斤五两三钱。

同治十一年分，熟田三万二千二十九亩一分一厘，应捐钱七百四千六百四十一文。内支公费钱二十八千八百二十六文，存采谷钱六百七十五千八百十五文。内提城内积谷钱三十三千七百九十一文，又提续派仓费钱二十五千三百四十六文，又续提善后经费钱五千六十九文，实给采谷钱六百十一千六百九文（每石定价一千二百文），实采净谷五百九石六十七斤六两七钱。

以上四年，共计积谷一千六百三十九石七斤八两一钱。

璜塘镇

同治七年分，熟田二万九千五百七十八亩八分二厘（每亩捐钱二十二文），应捐钱六百五十千七百三十四文。内支局保费钱六十二千八百七十三文，存采谷钱五百八十七千八百六十一文。内提城内积谷钱（每百五厘）二十九千三百九十三文，又扣民欠捐钱七十文，实给采谷钱五百五十八千三百九十八文（每石定价一千三百文），应采谷四百二十九石五十三斤十一两一钱（上仓九折），实缴净谷三百八十六石五十八斤五两二钱。

同治八年分，熟田三万一百五十六亩，应捐钱六百六十三千四百三十二文。内支公费钱（每亩九毫）二十七千一百四十文，存采谷钱六百三十六千二百九十二文。内提城内积谷钱三十一千八百十五文，又扣民欠捐钱九十九文，实给采谷钱（存典）六百四千三百七十八文（至十一年十一月领钱采谷，每石定价一千二百文），实采净谷五百三石六十四斤十三两三钱。

同治九年分，熟田三万四百三十二亩一厘，应捐钱六百六十九千五百四文。内支公费钱二十七千三百八十九文，存采谷钱六百四十二千一百十五文。内提城内积谷钱三十二千一百六文，实给采谷钱（存典）六百十千九文。外扣均摊典息钱三百八十三千三十一文，内提建仓派费钱六百四十九千四百十一文，又提善后经费钱（照仓费二成）一百二十九千八百八十二文，实计存典采谷钱二百十三千七百四十七文（至十一年十一月领钱采谷，每石定价一千二百文），实采净谷一百七十八石十二斤四两。

同治十一年分，熟田三万四百三十二亩一厘，应捐钱六百六十九千五百四文。内支公费钱二十七千三百八十九文，存采谷钱六百四十二千一百十五文。内提城内积谷钱三十二千一百六文，又提续派仓费钱二十四千八十二文，又续提善后经费钱四千八百十六文，实给采谷钱五百八十一千一百十一文（每石定价一千二百文），实采净谷四百八十四石二十五斤十四两七钱。

以上四年，共计积谷一千五百五十二石六十一斤五两二钱。

马　镇

同治七年分，熟田二万四千六百七亩二分二厘（每亩捐钱二十二文），应捐钱五百四十一千三百五十九文。内支局保费钱五十二千三百五文，存采谷钱四百八十九千五十四文。内提城内积谷钱（每百五厘）二十四千四百五十三文，又扣民欠捐钱二十五千二百八文，实给采谷钱四百三十九千三百九十三文（每石定价一千三百文），应采谷三百三十七石九十九斤七两四钱（上仓九折），实缴净谷三百四石十九斤八两三钱。

同治八年分，熟田二万四千五百五十五亩八分五厘，应捐钱五百四十千二百二十九文。内支公费钱（每亩九毫）二十二千一百文，存采谷钱五百十八千一百二十九文。内提城内积谷钱二十五千九百七文，又扣民欠捐钱四百十四文，实给采谷钱（存典）四百九十一千八百八文（至十一年十一月领钱采谷，每石定价一千二百文），实采净谷四百九石八十四斤。

同治九年分，熟田二万六千一百四十八亩八分五厘，应捐钱五百七十五千二百七十五文。内支公费钱二十三千五百三十四文，存采谷钱五百五十一千七百四十一文。内提城内积谷钱二十七千五百八十七文，实给采谷钱（存典）五百二十四千一百五十四文。外加均摊典息钱三百十八千三百三十一文，内提建仓派费钱五百三十三千一百二十九文，又提善后经费钱一百六千六百二十六文，实计存典采谷钱二百二千七百三十文（至十一年十一月领钱采谷，每石定价一千二百文），实采净谷一百六十八石九十四斤二两七钱。

同治十一年分，熟田二万六千一百四十八亩八分五厘，应捐钱五百七十五千二百七十五文。内支公费钱二十三千五百三十四文，存采谷钱五百五十一千七百四十一文。内提城内积谷钱二十七千五百八十七文，又扣民欠捐钱一千五百二十一文，又提续派仓费钱二十千六百九十二文，又续提善后经费钱四千一百三十八文，实给采谷钱四百九十七千八百三文（每石定价一千二百文），实采净谷四百十四石八十三斤九两三钱。

以上四年，共计积谷一千二百九十七石八十一斤四两三钱。

统计东南乡八镇，共入田捐钱一万七千五百千七百五十一文，又入典息钱二千五百十二千五百二十二文。

一、支局保公费钱九百五十四千二百八十文。

一、提城内积谷钱八百二十七千三百二十二文。

一、扣民欠捐钱五十四千一百九十八文。

一、提建仓经费钱四千四百十五千七百七十二文。

一、提善后经费钱八百八十三千一百五十四文。

一、给采谷钱一万二千八百七十八千五百四十七文。

积谷一万二百十九石五十四斤一两五钱。

南乡八镇

月城镇

同治七年分，熟田五千七百三十亩八分五厘（每亩捐钱二十二文），应捐钱一百二十六千七十九文。内支局保费钱十二千一百八十二文，存采谷钱一百十三千八百九十七文。内提城内积谷钱（每百五厘）五千六百九十五文，又扣民欠捐钱十五千一百九十四文，实给采谷钱九十三千八文（每石定价一千三百文），应采谷七十一石五十四斤七两四钱（上仓九折），实缴净谷六十四石三十九斤三钱。

同治八年分，熟田六千五十五亩九分三厘，应捐钱一百三十三千二百三十文。内支公费钱（每亩九毫）五千四百五十文，存采谷钱一百二十七千七百八十文。内提城内积谷钱六千三百八十九文，实给采谷钱（存典）一百二十一千三百九十一文（至十一年十一月领钱采谷，每石定价一千二百文），实采净谷一百一石十五斤十四两七钱。

同治九年分，熟田六千九百九十九亩九分二厘，应捐钱一百五十三千九百九十八文。内支公费钱六千三百文，存采谷钱一百四十七千六百九十八文。内提城内积谷钱七千三百八十五文，实给采谷钱（存典）一百四十千三百十三文。外加均摊典息钱八十千九百七十三文，内提建仓派费钱一百二十七千七百六文，又提善后经费钱（照仓费二成）二十五千五百四十一文，实计存典采谷钱六十八千三十九文（至十一年十二月领钱采谷，每石定价一千二百文），实采净谷五十六石六十九斤十四两七钱。

同治十一年分，熟田六千九百九十九亩九分二厘，应捐钱一百五十三千九百九十八文。内支公费钱六千三百文，存采谷钱一百四十七千六百九十八文。内提城内积谷钱七千三百八十五文，又提续派仓费钱十五千四百文，实给采谷钱一百二十四千九百十三文（每石定价一千二百文），实采净谷一百四石九斤六两七钱。

以上四年，共计积谷三百二十六石三十四斤四两四钱。

四河镇

同治七年分，熟田一万一千六百六十亩七厘（每亩捐钱二十二文），应捐钱二百五十六千五百二十二文。内支局保费钱二十四千七百八十五文，存采谷钱二百三十一千七百三十七文。内提城内积谷钱（每百五厘）十一千五百八十七文，又扣民欠捐钱十三千六百一文，实给采谷钱二百六千五百四十九文（每石定价一千三百文），应采谷一百五十八石八十八斤六两二钱（上仓九折），实缴净谷一百四十二石九十九斤八两七钱。

同治八年分，熟田一万一千七百八十四亩九分八厘，应捐钱二百五十九千二百六十九文。内支公费钱（每亩九毫）十千六百六文，存采谷钱二百四十八千六百六十三文。内提城内积谷钱十二千四百三十三文，实给采谷钱（存典）二百三十六千二百三十文（至十一年十一月领钱采谷，每石定价一千二百文），实采净谷一百九十六石八十五斤十三两三钱。

同治九年分，熟田一万四千四百八十三亩九分八厘，应捐钱三百十八千六百四十八文。内支公费钱十三千三十六文，存采谷钱三百五千六百十二文。内提城内积谷钱十五千二百八十一文，实给采谷钱（存典）二百九十千三百三十一文。外加均摊典息钱一百六十一千六百九十七文，内提建仓派费钱二百六十三千九百四十一文，又提善后经费钱（照仓费二成）五十二千七百八十八文，实计存典采谷钱一百三十五千二百九十九文（至十一年十一月领钱采谷，每石定价一千二百文），实采净谷一百十二石七十四斤十四两七钱。

同治十一年分，熟田一万四千四百八十三亩九分八厘，应捐钱三百十八千六百四十八文。内支公费钱十三千三十六文，存采谷钱三百五千六百十二文。内提城内积谷钱十五千二百八十一文，又提续派仓费钱三十一千八百六十五文，实给采谷〔钱〕二百五十八千四百六十六文（每石定价一千二百文），实采净谷二百十五石三十八斤十三两三钱。

以上四年，共计积谷六百六十七石九十九斤二两。

蔡泾镇

同治七年分，熟田一万一千七百九十一亩（每亩捐钱二十二文），应捐钱二百五十九千四百二文。内支局保费钱二十五千六十三文，存采谷钱二百三十四千三百三十九文。内提城内积谷钱（每百五厘）十一千七百十七文，又扣民欠捐钱四千六百五文，实给采谷钱二百十八千十七文（每石定价一千三百文），应采谷一百六十七石七十斤八两六钱（上仓九折），实缴净谷一百五十石九十三斤七两八钱。

同治八年分，熟田一万一千三百二十二亩七分三厘，应捐钱二百四十九千一百文。内支公费钱（每亩九毫）十千一百九十一文，存采谷钱二百三十八千九百九文。内提城内积谷钱十一千九百四十六文，又扣民欠捐钱一千二百五十二文，实给采谷钱（存典）二百一十五千七百十一文（至十一年十二月领钱采谷，每石定价一千二百文），实采净谷一百八十八石九斤四两。

同治九年分，熟田一万二千三百二十一亩七分三厘，应捐钱二百七十一千七十八文。内支公费钱十一千九十文，存采谷钱二百五十九千九百八十八文。内提城内积谷钱十二千九百九十九文，又扣民欠捐钱一千三百十八文，实给采谷钱（存典）二百四十五千六百七十一文。外加均摊典息钱一百四十六千九百三十一文，内提建仓派费钱二百四十八千二百四文，又提善后经费钱（照仓费二成），四十九千六百四十一文，实计存典采谷钱九十四千七百五十□文（至十一年十二月领钱采谷，每石定价一千二百文），实采净谷七十八石九十六斤六两七钱。

同治十一年分，熟田一万二千三百二十一亩七分三厘，应捐钱二百七十一千七十八文。内支公费钱十一千九十文，存采谷钱二百五十九千九百八十八文。内提城内积谷钱十二千九百九十九文，又扣民欠捐钱一千三百十九文，又提续派仓费钱二十五千七百八十九文，实给采谷钱二百十九千八百八十一文（每石定价一千二百文），实采净谷一百八十三石二十三斤六两七钱。

以上四年，共计积谷六百一石二十二斤九两二钱。

黄桥镇

同治七年分，熟田五千五百七十七亩五分九厘（每亩捐钱二十二文），应捐钱一百二十二千七百七文。内支局保费钱十一千八百五十五文，存采谷钱一百十千八百五十二文。内提城内积谷钱（每百五厘）五千五百四十三文，又扣民欠捐钱六千七百八十三文，实给采谷钱九十八千五百二十六文（每石定价一千三百文），应采谷七十五石七十八斤十四两八钱（上仓九折），实缴净谷六十八石二十一斤五钱。

同治八年分，熟田五千七百六亩九分一厘，应捐钱一百二十五千五百五十二文。内支公费钱（每亩九毫）五千一百三十六文，存采谷钱一百二十千四百十六文。内提城内积谷钱六千二十一文，又扣民欠捐钱三十七文，实给采谷钱（存典）一百十四千三百五十八文（至十一年十二月领钱采谷，每石定价一千二百文），实采净谷九十五石二十九斤十三两三钱。

同治九年分，熟田七千六百二十七亩九分二厘，应捐钱一百六十七千八百十四文。内支公费钱六千八百六十五文，存采谷钱一百六十千九百四十九文。内提城内积谷钱八千四十七文，实给采谷钱（存典）一百五十二千九百二文。外加均摊典息钱八十一千二百二十二文，内提建仓派费钱一百三十一千六百九十四文，又提善后经费钱（照仓费二成）二十六千三百三十九文，实计存典采谷钱七十六千九十一文（至十一年十二月领钱采谷，每石定价一千二百文），实采净谷六十三石四十斤十四两七钱。

同治十一年分，熟田七千六百二十七亩九分二厘，应捐钱一百六十七千八百十四文。内支公费钱六千八百六十五文，存采谷钱一百六十千九百四十九文。内提城内积谷钱八千四十七文，又提续派仓费钱十六千七百八十一文，实给采谷钱一百三十六千一百二十一文（每石定价一千二百文），实采净谷一百十三石四十三斤六两七钱。

以上四年，共计积谷三百四十石三十五斤三两二钱。

谢园镇

同治七年分，熟田一万六千七十八亩六厘（每亩捐钱二十二文），应捐钱三百五十三千七百十七文。内交局保费钱三十四千一百七十六文，存采谷钱三百十九千五百四十一文。内提城内积谷钱（每百五厘）十五千九百七十七文，又扣民欠捐钱一千五百四十五文，实给采谷钱三百二千十九文（每石定价一千三百文），应采谷二百三十二石三十二斤三两七钱（上仓九折），实缴净谷二百九石九斤一钱。

同治八年分，熟田一万六千二百八十三亩二分七厘，应捐钱三百五十八千二百三十二文。内提公费钱（每亩九毫）十四千六百五十五文，存采谷钱三百四十三千五百七十七文。内提城内积谷钱十七千一百七千九文，又扣民欠捐钱六百二十五文，实给采谷钱（存典）三百二十五千七百七十三文（至十一年十一月领钱采谷，每石定价一千二百文），实采净谷二百七十一石四十七斤十二两。

同治九年分，熟田一万七千一百三十八亩二分七厘，应捐钱三百七十七千四十二文。

内支公费钱十五千四百二十四文，存采谷钱三百六十一千六百十八文。内提城内积谷钱十八千八十一文，又扣民欠捐钱一千五百十七文，实给采谷钱（存典）三百四十二千二十文。外加均摊典息钱二百九千七十二文，内提建仓派费钱三百四十九千一百六十文，又提善后经费钱（照仓费二成）六十九千八百三十二文，实计存典采谷钱一百三十二千一百文（至十一年十一月领钱采谷，每石定价一千二百文），实采净谷一百十石八斤五两三钱。

同治十一年分，熟田一万七千一百三十八亩二分七厘，应捐钱三百七十七千四十二文。内支公费钱十五千四百二十四文，存采谷钱三百六十一千六百十八文。内提城内积谷钱十八千八十一文，又扣民欠捐钱一千五百十八文，又提续派仓费钱三十六千一百八十六文，实给采谷钱三百五千八百三十三文（每石定价一千二百文），实采净谷二百五十四石八十六斤一两三钱。

以上四年，共计积谷八百四十五石五十一斤二两七钱。

夏城镇

同治七年分，熟田八千七百二十八亩五分六厘（每亩捐钱二十二文），应捐钱一百九十二千二十八文。内支局保费钱十八千五百五十四文，存采谷钱一百七十三千四百七十四文。内提城内积谷钱（每百五厘）八千六百七十四文，又扣民欠捐钱十五千三百七十七文，实给采谷钱一百四十九千四百二十三文（每石定价一千三百文），应采谷一百十四石九十四斤一两二钱（上仓九折），实缴净谷一百三石四十四斤十两七钱。

同治八年分，熟田八千四百六十二亩四分一厘，应捐钱一百八十六千一百七十三文。内支公费钱（每亩九毫）七千六百十六文，存采谷钱一百七十八千五百五十七文。内提城内积谷钱八千九百二十八文，又扣民欠捐钱一百五十二文，实给采谷钱（存典）一百六十九千四百七十七文（至十一年十一月领钱采谷，每石定价一千二百文），实采净谷一百四十一石二十三斤一两三钱。

同治九年分，熟田一万五百二十一亩四分一厘，应捐钱二百三十一千四百七十一文。内支公费钱九千四百六十九文，存采谷钱二百二十二千二文。内提城内积谷钱十一千一百文，又扣民欠捐钱一百五十二文，实给采谷钱（存典）二百十千七百五十文。外加均摊典息钱一百十六千五百九十文，内提建仓派费钱一百九十千六百八十九文，又提善后经费钱（照仓费二成）三十八千一百三十八文，实计存典采谷钱九十八千五百十三文（至十一年十二月领钱采谷，每石定价一千二百文），实采净谷八十二石九斤六两七钱。

同治十一年分，熟田一万五百二十一亩四分八厘，应捐钱二百三十一千四百七十一文。内支公费钱九千四百六十九文，存采谷钱二百二十二千二文。内提城内积谷钱十一千一百文，又扣民欠捐钱一百五十二文，又提续派仓费钱二十二千九百九十五文，实给采谷钱一百八十七千七百五十五文（每石定价一千二百文），实采净谷一百五十六石四十六斤四两。

以上四年，共计积谷四百八十三石二十三斤六两七钱。

青旸镇

同治七年分，熟田二万五千四百四十八亩二分（每亩捐钱二十二文），应捐钱五百十五千八百六十文。内支局保费钱四十九千八百四十二文，存采谷钱四百六十六千十八文。内提城内积谷钱（每百五厘）二十三千三百一文，又扣民欠捐钱六十四千四百四文，实给采谷钱三百七十八千三百十三文（每石定价一千三百文），应采谷二百九十一石一斤（上仓九折），实缴净谷二百六十一石九十斤十四两四钱。

同治八年分，熟田二万二千八百十五亩一分二厘，应捐钱五百一千九百三十三文。内支公费钱（每亩九毫）二十千五百三十四文，存采谷钱四百八十一千三百九十九文。内提城内积谷钱二十四千七十文，又扣民欠捐钱三十九文，实给采谷钱（存典）四百五十七千二百九十文（至十一年十一月领钱采谷，每石定价一千二百文），实采净谷三百八十一石七斤八两。

同治九年分，熟田二万六千九百九十九亩一分二厘，应捐钱五百九十三千九百八十一文内支公费钱二十四千二百九十九文，存采谷钱五百六十九千六百八十二文。内提城内积谷钱二十八千四百八十四文，又扣民欠捐钱十八千二十五文，实给采谷钱（存典）五百二十三千一百七十三文。外加均摊典息钱三百三千七百四十八文，内提建仓派费钱四百八十九千一百九十九文，又提善后经费钱（照仓费二成）九十七千八百四十文，实计存典采谷钱二百三十九千八百八十二文（至十一年十一月领钱采谷，每石定价一千二百文），实采净谷一百九十九石九十斤二两七钱。

同治十一年分，熟田二万六千九百九十九亩一分二厘，应捐钱五百九十三千九百八十一文。内支公费钱二十四千二百九十九文，存采谷钱五百六十九千六百八十二文。内提城内积谷钱二十八千四百八十四文，又扣民欠捐钱十七千五百二十八文，又提续派仓费钱四十一千八百七十文，实给采谷钱四百八十一千八百文（每石定价一千二百文），实采净谷四百一石五十斤。

以上四年，共计积谷一千二百四十四石三十八斤九两一钱。

萧岐镇

同治七年分，熟田三万三千五百七十亩一分七厘（每亩捐钱二十二文），应捐钱七百三十八千五百四十四文。内支局保费钱七十一千三百五十八文，存采谷钱六百六十七千一百八十六文。内提城内积谷钱（每百五厘）三十三千三百五十九文，实给采谷钱六百三十三千八百二十七文（每石定价一千三百文），应采谷四百八十七石五十五斤十四两八钱（上仓九折），实缴净谷四百三十八石八十斤五两三钱。

同治八年分，熟田三万三千七百七亩三分八厘，应捐钱七百四十一千五百六十二文。内支公费钱（每亩九毫）三十千三百三十七文，存采谷钱七百十一千二百二十五文。内提城内积谷钱三十五千五百六十一文，实给采谷钱（存典）六百七十五千六百六十四文（至十一年十二月领钱采谷，每石定价一千二百文），实采净谷五百六十三石五斤五两四钱。

同治九年分，熟田三万六千二百三十亩三分八厘，应捐钱七百九十七千六十八文。内支公费钱三十二千六百七文，存采谷钱七百六十四千四百六十一文。内提城内积谷钱三十八千二百二十四文，又扣民欠捐钱三千九文，实给采谷钱（存典）七百二十三千二百二十八文。外加均摊典息钱四百三十六千九百三十一文，内提建仓派费钱七百三十一千八百三十七文，又提善后经费钱（照仓费二成）一百四十六千三百六十七文，实计存典采谷钱二百八十一千九百五十五文（至十一年十二月领钱采谷，每石定价一千二百文），实采净谷二百三十四石九十六斤四两。

同治十一年分，熟田三万六千二百三十亩三分八厘，应捐钱七百九十七千六十八文。内支公费钱三十二千六百七文，存采谷钱七百六十四千四百六十一文。内提城内积谷钱三十八千二百二十四文，又扣民欠捐钱三千一百三文，又提续派仓费钱七十七千六百四文，实给采谷钱六百四十六千五百三十文（每石定价一千二百文），实采净谷五百三十八石七十七斤八两。

以上四年，共计积谷一千七百七十五石五十九斤六两七钱。

统计南乡八镇，共入田捐钱□万九百四十二千一百十文，又入典息钱一千五百三十七千一百六十四文。

一、支局保公费钱五百九十千五百二十文。

一、提城内积谷钱五百十七千五百八十二文。

一、扣民欠捐钱一百七十千二百五十五文。

一、提建仓经费钱二千八百千九百二十文。

一、提善后经费钱五百六千四百八十六文。

一、给采谷钱七千八百九十三千五百十一文。

积谷六千二百八十四石六十三斤十二两。

西乡十镇

后梅镇

同治七年分，熟田一万二千四百三十三亩五分一厘（每亩捐钱二十二文），应捐钱二百七十三千五百三十七文。内支局保费钱二十六千四百二十七文，存采谷钱二百四十七千一百十文。内提城内积谷钱（每百五厘）十二千三百五十六文，又扣民欠捐钱十九千七百十五文，实给采谷钱二百十五千三十九文（每石定价一千三百文），应采谷一百六十五石四十一斤七两四钱（上仓九折），实缴净谷一百四十八石八十七斤五两。

同治八年分，熟田九千八百三十九亩八分四厘，应捐钱二百十六千四百七十七文。内支公费钱（每亩九毫）八千八百五十六文，存采谷钱二百七千六百二十一文。内提城内积谷钱十千三百八十一文，实给采谷钱（存典）一百九十七千二百四十文（至十一年八月领钱采谷，每石定价一千二百文），实采净谷一百六十四石三十六斤十两七钱。

同治九年分，熟田一万五千二百二十九亩九分一厘，应捐钱三百三十五千五十八文。内支公费钱十三千七百七文，存采谷钱三百二十一千三百五十一文。内提城内积谷钱十六千六十八文，实给采谷钱（存典）三百五千二百八十三文。外加均摊典息钱一百三十四千二百八文，内提建仓派费钱二百八十九千五百七十六文，实计存典采谷钱一百四十九千九百十五文（至十一年八月领钱采谷，每石定价一千二百文），实采净谷一百二十四石九十二斤十四两七钱。

同治十一年分，熟田一万五千二百二十九亩九分一厘，应捐钱三百三十五千五十八文。内支公费钱十三千七百七文，存采谷钱三百二十一千三百五十一文。内提城内积谷钱十六千六十八文，外加补典息钱一千四百九十九文，内提续派仓费钱五十五千八百八十一文，又提善后经费钱（照仓费二成）七十三千五百五十四文，实给采谷钱一百七十七千三百四十七文（每石定价一千二百文），实采净谷一百四十七石七十八斤十四两七钱。

以上四年，共计积谷五百八十五石九十三斤十三两一钱。

申港镇

同治七年分，熟田二万一千五百七十亩三厘（每亩捐钱二十二文），应捐钱四百七十四千五百四十一文。内支局保费钱四十五千八百五十文，存采谷钱四百二十八千六百九十一文。内提城内积谷钱（每百五厘）二十一千四百三十五文，实给采谷钱四百七千二百五十六文（每石定价一千三百文），应采谷三百十三石二十七斤六两二钱（上仓九折），实缴净谷二百八十一石九十四斤十两三钱。

同治八年分，熟田一万九千三百十九亩七分，应捐钱四百二十五千三十三文。内支公费钱（每亩九毫）十七千三百八十八文，存采谷钱四百七千六百四十五文，内提城内积谷钱二十千三百八十二文，实给采谷钱（存典）三百八十七千二百六十三文（至十一年八月领钱采谷，每石定价一千二百文），实采净谷三百二十二石七十一斤十四两七钱。

同治九年分，熟田二万五千九十亩七分，应捐钱五百五十一千九百九十六文。内支公费钱二十二千五百八十二文，存采谷钱五百二十九千四百十四文。内提城内积谷钱二十六千四百七十一文，实给采谷钱（存典）五百二千九百四十三文。外加均摊典息钱二百三十七千七百四十五文，内提建仓派费钱五百二十三千五百九十七文，实计存典采谷钱二百十七千九十一文（至十一年八月领钱采谷，每石定价一千二百文），实采净谷一百八十石九十斤十四两七钱。

同治十一年分，熟田二万五千九十亩七分，应捐钱五百五十一千九百九十六文。内支公费钱二十二千五百八十二文，存采谷钱五百二十九千四百十四文。内提城内积谷钱二十六千四百七十一文，外加补典息钱二千四百七十文，内提续派仓费钱九十二千六十三文，又提善后经费钱（照仓费二成）一百二十一千一百七十八文，实给采谷钱二百九十二千一百七十二文（每石定价一千二百文），实采净谷二百四十三石四十七斤十两七钱。

以上四年，共计积谷一千二十九石五斤二两四钱。

夏港镇

同治七年分，熟田一万二千三百三十亩五分二厘（每亩捐钱二十二文），应捐钱二百七十一千二百七十一文。内支局保费钱二十六千二百十文，存采谷钱二百四十五千六十一文。内提城内积谷钱（每百五厘）十二千二百五十三文，又扣民欠捐钱八千一百五十四文，实给采谷钱二百二十四千六百五十四文（每石定价一千三百文），应采谷一百七十二石八十一斤一两二钱（上仓九折），实缴净谷一百五十五石五十二斤十五两五钱。

同治八年分，熟田九千八百十四亩七分四厘，应捐钱二百十五千九百二十四文。内支公费钱（每亩九毫）八千八百三十三文，存采谷钱二百七千九十一文。内提城内积谷钱十千三百五十五文，又扣民欠捐钱一百二十五文，实给采谷钱（存典）一百九十六千六百十一文（至十一年八月领钱采谷，每石定价一千二百文），实采净谷一百六十三石八十四斤四两。

同治九年分，熟田一万二千九百三十九亩四厘，应捐钱二百八十四千六百五十九文。内支公费钱十一千六百四十五文，存采谷钱二百七十三千十四文。内提城内积谷钱十三千六百五十一文，又扣民欠捐钱三百十二文，实给采谷钱（存典）二百五十九千五十一文。外加均摊典息钱二百二十一千六百九十三文，内提建仓派费钱二百七十四千五百四十五文，实计存典采谷钱一百六千一百九十九文（至十一年八月领钱采谷，每石定价一千二百文），实采净谷八十八石四十九斤十四两七钱。

同治十一年分，熟田一万二千九百三十九亩四厘，应捐钱二百八十四千六百五十九文。内支公费钱十一千六百四十五文，存采谷钱二百七十三千十四文。内提城内积谷钱十三千六百五十一文，内扣民欠捐钱三百十二文，外加补典息钱一千二百七十四文，内提续派仓费钱四十七千四百七十六文，又提善后经费钱（照仓费二成）六十二千四百九十文，实给采谷钱一百五十千三百五十九文（每石定价一千二百文），实采净谷一百二十五石二十九斤十四两七钱。

以上四年，共计积谷五百三十三石十七斤九钱。

丁墅镇

同治七年分，熟田一万二千九百七十九亩二分八厘（每亩捐钱二十二文），应捐钱二百八十五千五百四十四文。内支局保费钱二十七千五百八十九文，存采谷钱二百五十七千九百五十五文。内提城内积谷钱（每百五厘）十二千八百九十八文，实给采谷钱二百四十五千五十七文（每石定价一千三百文），应采谷一百八十八石五十斤八两六钱（上仓九折），实缴净谷一百六十九石六十五斤七两八钱。

同治八年分，熟田一万九百四十八亩七分二厘，应捐钱二百四十千八百七十二文。内支公费钱（每亩九毫）九千八百五十四文，存采谷钱二百三十一千十八文。内提城内积谷钱十一千五百五十一文，实给采谷钱（存典）二百十九千四百六十七文（至十一年八月领钱采谷，每石定价一千二百文），实采净谷一百八十二石八十八斤十四两七钱。

同治九年分，熟田一万四千十八亩二分八厘，应捐钱三百九千六十二文。内支公费钱十二千六百四十三文，存采谷钱二百九十六千四百十九文。内提城内积谷钱十四千八百二十一文，实给采谷钱（存典）二百八十一千五百九十八文。外加均摊典息钱一百三十三千八百十八文，内提建仓派费钱三百一千一百一文，实计存典采谷钱一百十四千三百十五文（至十一年八月领钱采谷，每石定价一千二百文），实采净谷九十五石二十六斤四两。

同治十一年分，熟田一万四千四十八亩二分八厘，应捐钱三百九千六十二文。内支公费钱十二千六百四十三文，存采谷钱二百九十六千四百十九文。内提城内积谷钱十四千八百二十一文，外加补典息钱一千三百八十三文，内提续派仓费钱五十一千五百四十六文，又提善后经费钱（照仓费二成）六十七千八百四十八文，实给采谷钱一百六十三千五百八十七文（每石定价一千二百文），实采净谷一百三十六石三十二斤四两。

以上四年，共计积谷五百八十四石十二斤十四两五钱。

虞门镇

同治七年分，熟田六千一百七十亩二分六厘（每亩捐钱二十二文），应捐钱一百三十五千七百四十六文。内支局保费钱十三千一百十五文，存采谷钱一百二十二千六百三十一文。内提城内积谷钱（每百五厘）六千一百三十二文，又扣民欠捐钱三千二十四文，实给采谷钱一百十三千四百七十五文（每石定价一千三百文），应采谷八十七石二十八斤十三两五钱（上仓九折），实缴净谷七十八石五十五斤十五两四钱。

同治八年分，熟田五千五百十一亩二分六厘，应捐钱一百二十一千二百四十八文。内支公费钱（每亩九毫）四千九百六十文，存采谷钱一百十六千二百八十八文。内提城内积谷钱五千八百十四文，实给采谷钱（存典）一百十千四百七十四文（至十一年八月领钱采谷，每石定价一千二百文），实采净谷九十二石六斤二两七钱。

同治九年分，熟田六千四百三十二亩二分六厘，应捐钱一百四十一千五百十文。内支公费钱五千七百八十九文，存采谷钱一百三十五千七百二十一文。内提城内积谷钱六千七百八十六文，实给采谷钱（存典）一百二十八千九百三十五文。外加均摊典息钱六十三千九百三十八文，内提建仓派费钱一百四十二千四百八文，实计存典采谷钱五十千四百六十五文（至十一年八月领钱采谷，每石定价一千二百文），实采净谷四十二石五斤六两七钱。

同治十一年分，熟田六千四百三十二亩二分六厘，应捐钱一百四十一千五百十文。内支公费钱五千七百八十九文，存采谷钱一百三十五千七百二十一文。内提城内积谷钱六千七百八十六文，外加补典息钱六百三十三文，内提续派仓费钱二十三千六百一文，又提善后经费钱（照仓费二成）三十一千六十五文，实给采谷钱七十四千九百二文（每石定价一千二百文），实采净谷六十二石四十一斤十三两三钱。

以上四年，共计积谷二百七十五石九斤六两一钱。

利城镇

同治七年分，熟田一万三千三百五十亩二厘（每亩捐钱二十二文），应捐钱二百九十三千七百文。内支局保费钱二十八千三百七十六文，存采谷钱二百六十五千三百二十四文。内提城内积谷钱（每百五厘）十三千二百六十六文，又扣民欠捐钱三十九千二百八十九文，未领存库采谷钱二百十二千七百六十九文（至十一年八月领钱采谷，每石定价一千二百文），实采净谷一百七十七石三十斤十二两。

同治八年分，熟田一万八百六十四亩五分四厘，应捐钱二百三十九千二十文。内支公费钱（每亩九毫）九千七百七十八文，存采谷钱二百二十九千二百四十二文。内提城内积谷钱十一千四百六十二文，实给采谷钱（存典）二百十七千七百八十文（至十一年八月领钱采谷，每石定价一千二百文），实采净谷一百八十一石四十八斤五两三钱。

同治九年分，熟田一万六千四十五亩五分四厘，应捐钱三百五十三千二文。内支公费钱十四千四百四十一文，存采谷钱三百三十八千五百六十一文。内提城内积谷钱十六千九百二十八文，实给采谷钱（存典）三百二十一千六百三十三文。外加均摊典息钱二百千八百八十三文，内提建仓派费钱三百三千五百四十七文，实计存典采谷钱二百十八千九百六十九文（至十一年八月领钱采谷，每石定价一千二百文），实采净谷一百八十二石四十七斤六两七钱。

同治十一年分，熟田一万六千四十五亩五分四厘，应捐钱三百五十三千二文。内支公费钱十四千四百四十一文，存采谷钱三百三十八千五百六十一文。内提城内积谷钱十六千九百二十八文，外加补典息钱一千五百七十九文，内提续派仓费钱五十八千八百七十四文，又提善后经费钱（照仓费二成）七十七千四百九十四文，实给采谷钱一百八十六千八百四十四文（每石定价一千二百文），实采净谷一百五十五石七十斤五两四钱。

以上四年，共计积谷六百九十六石九十六斤十三两四钱。

前周镇

同治七年分，熟田六千五百四十二亩七厘（每亩捐钱二十二文），应捐钱一百四十三千九百二十六文。内支局保费钱十三千九百四文，存采谷钱一百三十千二十二文。内提城内积谷钱（每百五厘）六千五百一文，又扣民欠捐钱二千一百九十八文，未领存库采谷钱一百二十一千三百二十三文（至十一年八月领钱采谷，每石定价一千二百文），实采净谷一百一石十斤四两。

同治八年分，熟田三千一百七十八亩三分五厘，应捐钱六十九千九百二十四文。内支公费钱（每亩九毫）二千八百六十一文，存采谷钱六十七千六十三文。内提城内积谷钱三千三百五十三文，实给采谷钱（存典）六十三千七百十文（至十一年八月领钱采谷，每石定价一千二百文），实采净谷五十三石九斤二两七钱。

同治九年分，熟田九千五百七十亩一分二厘，应捐钱二百十千五百四十三文。内支公费钱八千六百十三文，存采谷钱二百一千九百三十文。内提城内积谷钱十千九十六文，实给采谷钱（存典）一百九十一千八百三十四文。外加均摊典息钱一百千六百四十九文，内提建仓派费钱一百五十二千八十七文，实计存典采谷钱一百四十千三百九十六文（至十一年八月领钱采谷，每石定价一千二百文），实采净谷一百十六石九十九斤十两七钱。

同治十一年分，熟田九千五百七十亩一分二厘，应捐钱二百十千五百四十三文。内支公费钱八千六百十三文，存采谷钱二百一千九百三十文。内提城内积谷钱十千九十六文，外加补典息钱九百四十二文，内提续派仓费钱三十五千一百十五文，又提善后经费钱（照仓费二成）四十六千二百二十文，实给采谷钱一百十一千四百四十一文（每石定价一千二百文），实采净谷九十二石八十六斤十二两。

以上四年，共计积谷三百六十四石五斤十三两四钱。

观山镇上节（一、二、三、四、九保）

同治七年分，熟田一万五百七十五亩三分四厘（每亩捐钱二十二文），应捐钱二百三十二千六百五十七文。内支局保费钱二十二千四百七十九文，存采谷钱二百十千一百七十八文。内提城内积谷钱（每百五厘）十千五百九文，实给采谷钱一百九十九千六百六十九文（每石定价一千三百文），应采谷一百五十三石五十九斤二两五钱（上仓九折），实缴净谷一百三十八石二十三斤三两八钱。

同治八年分，熟田九千七百七亩四分九厘，应捐钱二百十三千五百六十五文。内支公费钱（每亩九毫）八千七百三十七文，存采谷钱二百四千八百二十八文。内提城内积谷钱十千二百四十二文，实给采谷钱（存典）一百九十四千五百八十六文（至十一年八月领钱采谷，每石定价一千二百文），实采净谷一百六十二石十五斤八两。

同治九年分，熟田一万一千五十二亩四分九厘，应捐钱二百四十三千一百五十五文。内支公费钱九千九百四十八文，存采谷钱二百三十三千二百七文。内提城内积谷钱十一千六百六十文，实给采谷钱（存典）一百二十一千五百四十七文。外加均摊典息钱一百十一千一百三十五文，内提建仓派费钱二百四十八千五百十一文，实计存典采谷钱八十四千一百七十一文（至十一年八月领钱采谷，每石定价一千二百文），实采净谷七十石十四斤四两。

同治十一年分，熟田一万一千五十二亩四分九厘，应捐钱二百四十三千一百五十五文。内支公费钱九千九百四十八文，存采谷钱二百三十三千二百七文。内提城内积谷钱十一千六百六十文，外加补典息钱一千四十文，内提续派仓费钱三十八千七百五十二文，又提善后经费钱（照仓费二成）五十一千六文，实给采谷钱一百三十二千八百二十九文（每石定价一千二百文），实采净谷一百十石六十九斤一两三钱。

以上四年，共计积谷四百八十一石二十二斤一两一钱。

观山镇下节（五、六、七、八保）

同治七年分，熟田五千八百五十六亩二厘（每亩捐钱二十二文），应捐钱一百二十八千八百三十二文。内支局保费钱十二千四百四十七文，存采谷钱一百十六千三百八十五文。内提城内积谷钱（每百五厘）五千八百十九文，实给采谷钱一百十千五百六十六文（每石定价一千三百文），应采谷八十五石五斤一两二钱（上仓九折），实缴净谷七十六石五十四斤九两一钱。

同治八年分，熟田五千四百八十四亩六分九厘，应捐钱一百二十千六百六十三文内支公费钱（每亩九毫）四千九百三十六文，存采谷钱一百十五千七百二十七文。内提城内积谷钱五千七百八十六文，实给采谷钱（存典）一百九千九百四十一文（至十一年八月领钱采谷，每石定价一千二百文），实采净谷九十一石六十一斤十二两。

同治九年分，熟田六千五百四十四亩六分九厘，应捐钱一百四十三千九百八十三文。内支公费钱五千八百九十文，存采谷钱一百三十八千九十三文。内提城内积谷钱六千九百五文，实给采谷钱（存典）一百三十一千一百八十八文。外加均摊典息钱六十四千三百九十八文，内提建仓派费钱一百四十一千九百二十八文，实计存典采谷钱五十三千六百五十八文（至十一年八月领钱采谷，每石定价一千二百文），实采净谷四十四石七十一斤八两。

同治十一年分，熟田六千五百四十四亩六分九厘，应捐钱一百四十三千九百八十三文。内支公费钱五千八百九十文，存采谷钱一百三十八千九十三文。内提城内积谷钱六千九百五文，外加补典息钱六百九十三文，内提续派仓费钱二十五千八百十七文，又提善后经费钱（照仓费二成）三十三千九百八十一文，实给采谷钱七十二千八十三文（每石定价一千二百文），实采净谷六十石六斤十四两六钱。

以上四年，共计积谷二百七十二石九十四斤十一两七钱。

葫桥镇

同治七年分，熟田六千一百八十三亩八分八厘（每亩捐钱二十二文），应捐钱一百三十六千四十五文。内支局保费钱十三千一百四十五文，存采谷钱一百二十二千九百文。内提城内积谷钱（每百五厘）六千一百四十五文，实给采谷钱一百十六千七百五十五文（每石定价一千三百文），应采谷八十九石八十一斤二两五钱（上仓九折），实采净谷八十石八十三斤六钱。

同治八年分，熟田五千四百九十三亩七分九厘，应给钱一百二十千八百六十三文。内支公费钱（每亩九毫）四千九百四十四文，存采谷钱一百十五千九百十九文。内提城内积谷钱五千七百九十六文，又扣民欠捐钱七百四十六文，实给采谷钱（存典）一百九千三百七十七文（至十一年八月领钱采谷，每石定价一千二百文），实采净谷九十一石十四斤十二两。

同治九年分，熟田六千三百八十四亩二分，应捐钱二百四十千四百五十二文。内支公费钱五千七百四十六文，存采谷钱一百三十四千七百六文。内提城内积谷钱六千七百三十五文，又扣民欠捐钱四百十七文，实给采谷钱（存典）一百二十七千五百五十四文。外加均摊典息钱六十三千二百七十七文，内提建仓派费钱一百四十二千七百三十二文，实计存典采谷钱四十八千九十九文（至十一年八月领钱采谷，每石定价一千二百文），实采净谷四十石八斤四两。

同治十一年分，熟田六千三百八十四亩二分，应捐钱一百四十千四百五十二文。内支公费钱五千七百四十六文，存采谷钱一百三十四千七百六文。内提城内积谷钱六千七百三十五文，又扣民欠捐钱四百十七文，外加补典息钱六百二十九文，内提续派仓费钱二十三千四百二十六文，又提善后经费钱（照仓费二成）三十千八百三十三文，实给采谷钱七十三千九百二十四文（每石定价一千二百文），实采净谷六十一石六十斤五两三钱。

以上四年，共计积谷二百七十三石六十六斤五两九钱。

桃花镇

同治七年分，熟田一万二百七十五亩六分六厘（每亩捐钱二十二文），应捐钱二百二十六千六十五文。内支局保费钱二十一千八百四十二文，存采谷钱二百四千二百二十三文。内提城内积谷钱（每百五厘）十千二百十一文，又扣民欠捐钱一千五百二十文，实给采谷钱一百九十二千四百九十二文（每石定价一千三百文），应采谷一百四十八石七斤一两二钱（上仓九折），实缴净谷一百三十三石二十六斤五两九钱。

同治八年分，熟田九千一百七十一亩，应捐钱二百一千七百六十二文。内支公费钱（每亩九毫）八千二百五十四文，存采谷钱一百九十三千五百八文。内提城内积谷钱九千六百七十五文，实给采谷钱（存典）一百八十三千八百三十三文（至十一年八月领钱采谷，每石定价一千二百文），实采净谷一百五十三石十九斤六两七钱。

同治九年分，熟田一万一千七百九十三亩，应捐钱二百五十九千四百四十六文。内支公费钱十千六百十四文，存采谷钱二百四十八千八百三十二文。内提城内积谷钱十二千四百四十二文，实给采谷钱（存典）二百三十六千三百九十文。外加均摊典息钱一百十二千二百二十八文，内提建仓派费钱二百四十七千二百六十四文，实计存典采谷钱一百一千三百五十四文（至十一年八月领钱采谷，每石定价一千二百文），实采净谷八十四石四十六斤二两七钱。

同治十一年分，熟田一万一千七百九十三亩，应捐钱二百五十九千四百四十六文。内支公费钱十千六百十四文，存采谷钱二百四十八千八百三十二文。内提城内积谷钱十二千四百四十二文，外加补典息钱一千一百六十一文，内提续派仓费钱四十三千二百七十一文，又提善后经费钱（照仓费二成）五十六千九百五十五文，实给采谷钱一百三十七千三百二十五文（每石定价一千二百文），实采净谷一百十四石四十三斤十二两。

以上四年，共计积谷四百八十五石三十五斤十一两三钱。

统计西乡十镇，共入田捐钱一万七百三十二千九百四十七文，又入典息钱一千三百五十七千二百七十五文。

一、支局保公费钱五百八十四千二十一文。

一、提城内积谷钱五百七千四百四十八文。

一、扣民欠捐钱七十六千二百二十九文。

一、提建仓经费钱三千二百六十三千一百十八文。

一、提善后经费钱六百五十二千六百二十四文。

一、给采谷钱七千六千七百八十二文。

积谷五千五百八十一石六十一斤十三两八钱。

城乡公仓*

城内四镇及南外、西外、北外七镇积谷公仓

仓基坐落北内镇一保文亨桥北坃调字一号，丈基三分六厘八毫三丝三忽七微。本系社仓旧址，今收回重建。仓屋坐西朝东，第一进头门一间，第二进新建仓廒六间。又靠南朝北一间、靠北朝南旧屋，改建仓廒四间、住屋一间。

支用建仓经费：前经购买旧屋五间、改建仓廒一切屋价工料费用钱三百七十四千六百二十文，今又添建仓廒七间一切，工料费用钱七百二十千一百五文，又铺旧仓三间地板、修砌墙壁等钱三十七千八百六十文，统计支销经费钱一千一百三十二千五百八十五文。

七镇派建仓经费：城内四镇派钱八百十七千三百九十一文，南外镇派钱一百二十千四百十六文，西外镇派钱八十千九百九十四文，北外镇派钱一百十三千七百八十四文。以上共派建仓经费钱一千一百三十二千五百八十五文。

七镇缴谷积数：城内四镇积谷一千二百九十四石十二斤四两五钱（外存典钱八百五十三千五百二十九文），南外镇积谷二百八十一石八十六斤七两二钱，西外镇积谷一百九十石十一两七钱，北外镇积谷二百六十七石四十三斤三两八钱。以上共计积谷二千三十三石四十二斤十一两二钱。

七镇提存善后经费：城内四镇存钱一百六十三千四百七十八文，南外镇存钱二十四千

八十三文，西外镇存钱十六千一百九十九文，北外镇存钱二十二千七百五十七文。以上共提存善后经费钱二百二十六千五百十七文。(季荣恩经领运息，以抵仓中经费。)

经办董事：沙淮、季荣恩；司事(兼守仓廒)：卞志洪。

东北乡三官、双牌、周庄、大桥、章卿五镇积谷公仓

仓基坐落三官镇五保仓廪桥恒巷村长字六百五十一、二、四共三号，丈基六亩一分六厘四毫二丝五忽。改装仓屋，坐北朝南，第一进门埭五间、墙门一座、靠西侧厢一间；第二进厅屋五间；第三进楼房上下十间、东西小侧楼上下八间，靠东包房七间，内改装仓廒二十一间。

支用建仓经费：购买胡姓栈屋基地价钱一千六百千文，加中资费钱八十千文，通宅修葺改作廒间、装饰门厅、铺砌道路一切工料费用钱一千一百八千五百六十九文。统计支销经费钱二千七百八十八千五百六十九文。

五镇派建仓经费：三官镇派钱六百三十七千七百五十四文，续派钱六十五千一百四十文；双牌镇派钱三百七十九千七百三十一文，续派钱三十八千八百八十文；周庄镇派钱六百八十七千六十二文，续派钱七十千二百四十七文；大桥镇派钱四百三十千三百六十二文，续派钱四十四千五百二十八文；章卿镇派钱三百七十五千三百十文，续派钱三十九千五百五十五文。以上共派建仓经费钱二千七百六十八千五百六十九文，又林邑尊捐贴建仓费钱二十千文。

五镇缴谷积数：三官镇积谷一千二百六十八石七十五斤一两，双牌镇积谷七百四十九石六十二斤六钱，周庄镇积谷一千三百五十三石三十六斤十二两，大桥镇积谷八百四十三石九十四斤八两一钱，章卿镇积谷七百四十二石八十九斤十两六钱。以上共计积谷四千九百五十八石五十七斤六两三钱，又双牌镇仲懋捐谷三石五十斤。

五镇提善后经费：三官镇存钱一百二十七千五百五十一文，续存钱十二千八百九十六文；双牌镇存钱七十五千九百四十六文，续存钱七千六百九十八文；周庄镇存钱一百三十七千四百十三文，续存钱十三千九百八文；大桥镇存钱八十六千七十二文，续存钱八千八百十六文；章卿镇存钱七十五千六十二文，续存钱七千八百三十一文。以上共提存善后经费钱五百五十三千一百九十三文。(照仓费二成算，尚少提钱四千五百二十一文。俟下届备提。)

经办董事：尤翼堂、苏哲保、胡堡、谢申甫、胡杰、吴铭钰、胡锟。

东乡华墅、长泾、杨舍、马嘶、顾山五镇积谷公仓

仓基坐落华东镇六、七保师字一百三十三号，火字九百六十五号、九百七十一、二、四、七号；其丈基三亩八分一厘四毫一丝六忽七微。新建仓屋，坐南朝北，第一进头门一间，两边仓廒六间；第二进东西对照仓廒十六间；第三进仓厅三间，两边仓廒四间，小屋三间，中间晒场一方。

支用建仓经费：购买庙费价钱一百二千文，建造全宅仓屋□间一切工料费用钱三千二百四十一千一百□文，又装饰门厅、添补廒板、修葺厨灶费用钱三百八十三千〈文〉，又铺砌砖场工料钱二百千文。统计支销经费钱三千八百二十六千一百五十九文。

五镇派提建仓经费：华墅镇派钱九百十千一百八十文，续派钱八十六千六百十四文；长泾镇派钱八百四十六千八百五十八文，续派钱八十七千四百三十九文；杨舍镇派钱三百

五十千九百七十七文，续派钱五十千九百十三文；马嘶镇派钱六百二十五千八百二十文，续派钱九十三千二百八十八文；顾山镇派钱六百五十一千一百六十五文，续派钱六十五千七百七十二文。以上共派建仓经费钱三千七百六十九千二十六文，又经董挪垫经费钱五十七千一百三十三文（俟后筹款弥补）。

五镇缴谷积数：华墅镇积谷二千一百二十四石十四斤四两，长泾镇积谷一千九百六十四石八十七斤十一两七钱，杨舍镇积谷九百三十一石九十七斤三两一钱，马嘶镇积谷一千六百二十六石九十六斤二两五钱，顾山镇积谷一千四百九十石二十斤十四两九钱。以上共计积谷八千一百三十八石十六斤四两二钱。

五镇提存善后经费：华墅镇存钱一百八十二千三十六文，长泾镇存钱一百六十九千三百七十二文，杨舍镇存钱七十千一百九十五文，马嘶镇存钱一百二十五千一百六十四文，顾山镇存钱一百三十千二百三十三文。以上共提存善后经费钱六百七十七千文。（照仓费二成核算，尚少提钱八十八千二百三十二文。禀案俟下届捐钱提补。）

经办董事：包栋成、张官枚、徐士佳、徐文濂、陈祖厚、张免钊、程际昌。

东南乡长寿、花山、绮山、云亭、祝塘、文林、璜塘、马镇八镇积谷公仓

仓基坐落长寿镇一保光严院东址周字一百二十五号，丈基二亩。新建仓屋坐南朝北，第一进头门一间，两边仓廒六间，市房二间，侧厢一间；第二进东西对照仓廒二十四间；第三进仓厅三间，两边仓廒四间，中间晒场一方，仓外围墙一转。

支用建仓经费：购买光严院旧屋基地费价钱二百三十六千文，又贴迁移忠义祠等费钱五十三千文，建造仓廒门厅、市屋全宅一切工料费用钱三千九百六十五千一百六十九文，又铺砌晒场、仓厅等处工料钱一百六十千文。统计支铺经费钱四千四百十四千一百六十九文。

八镇派提建仓经费：长寿镇派钱七百四十千八百十一文，续派钱二十七千三百三十三文；化山镇派钱一百九十五千四百四十五文，续派钱八千一文；绮山镇派钱二百五十七千二百二十九文，续派钱十千一百二十文；云亭镇派钱四百七十七千六百五十六文，续派钱十七千七百二十四文；祝塘镇派钱七百十五千八百三十八文，续派钱二十六千七百二文；文林镇派钱六百八十六千二百五十三文，续派钱二十五千三百四十六文；璜塘镇派钱六百四十九千四百十一文，续派钱二十四千八十二文；马镇派钱五百三十三千一百二十九文，续派钱二十千六百九十二文。以上共派提建仓经费钱四千四百十五千七百七十二文（内存钱一千六百三文，拨入善后经费）。

八镇缴谷积数：长寿镇积谷一千七百六十五石十三斤六两七钱，花山镇积谷四百八十三石八十三斤四两一钱，绮山镇积谷六百十九石五斤一两九钱，云亭镇积谷一千一百四十一石四十三斤八两九钱，祝塘镇积谷一千七百二十石五十八斤十两三钱，文林镇积谷一千六百三十九石七斤八两一钱，璜塘镇积谷一千五百五十二石六十一斤五两二钱，马镇积谷一千二百九十七石八十一斤四两三钱。以上共积谷一万二百十九石五十四斤一两五钱。

八镇提存善后经费：长寿镇存钱一百四十八千一百六十二文，续存钱五千四百六十七文；花山镇存钱三十九千八十九文，续存钱一千六百文；绮山镇存钱五十一千四百四十六文，续存钱二千二十四文；云亭镇存钱九十五千五百三十一文，续存钱三千五百四十五

文；祝塘镇存钱一百四十三千一百六十八文，续存钱五千三百四十一文；文林镇存钱一百三十七千二百五十文，续存钱五千六十九文；璜塘镇存钱一百二十九千八百八十二文，续存钱四千八百十六文；马镇存钱一百六千六百二十六文，续存钱四千一百三十八文。以上共提存善后经费钱八百八十三千一百五十四文（外加拨入仓费存钱一千六百三文）。

经办董事：夏子莹、薛恩绶、史兆熊、黄熙典、徐镛、邬庆艺。

南乡月城、四河、蔡泾、黄桥、谢园、夏城、青旸、萧岐八镇积谷公仓

仓基坐落月城镇一保上塘习字一百十八，一百二十一、二、五，共四号，丈基二亩一厘一毫三丝四忽七微。新建仓屋坐东朝西，第一进头门一间，两边仓廒八间；第二进南北对照仓廒八间，旁屋二间；第三进仓厅三间，仓廒六间，中间晒场一方，围墙二十文。

支用建仓经费：购买薛、黄、张、陈四姓基地价钱六十五千九百四十文，加中费钱六千六百文，建造仓屋全宅一切工料费用钱二千四百五十九千八百九十文，添砌砖场、围筑土墙、装修油漆等项钱二百八十九千三百八十三文。统计支销经费钱二千八百二十一千八百十三文。

八镇派提建仓经费：月城镇派钱一百二十七千七百六文，续派钱十五千四百文；四河镇派钱二百六十三千九百四十一文，续派钱三十一千八百六十五文；蔡泾镇派钱三百四十八千二百四文，续派钱二十五千七百八十九文；黄桥镇派钱一百三十一千六百九十四文，续派钱十六千七百八十一文；谢园镇派钱三百四十九千一百六十文，续派钱三十六千一百八十六文；夏城镇派钱一百九十千六百八十九文，续派钱二十二千九百九十五文；青旸镇派钱四百八十九千一百九十九文，续派钱四十一千八百七十文；萧岐镇派钱七百三十一千八百三十七文，续派钱七十七千六百四文。以上共派提建仓费钱二千八百千九百二十文，又经董挪垫经费钱二十千八百九十三文（俟后筹款弥补）。

八镇缴谷积数：月城镇积谷三百二十六石三十四斤四两四钱，四河镇积谷六百六十七石九十九斤二两，蔡泾镇积谷六百一石二十二斤九两二钱，黄桥镇积谷三百四十石三十五斤三两二钱，谢园镇积谷八百四十五石五十一斤二两七钱，夏城镇积谷四百八十三石二十三斤六两七钱，青旸镇积谷一千二百四十四石三十八斤九两一钱，萧岐镇积谷一千七百七十五石五十九斤六两七钱。以上共积谷六千二百八十四石六十三斤十二两。

八镇提存善后经费：月城镇存钱二十五千五百四十一文，四河镇存钱五十二千七百八十八文，蔡泾镇存钱四十九千六百四十一文，黄桥镇存钱二十六千三百三十九文，谢园镇存钱六十九千八百三十二文，夏城镇存钱三十八千一百三十，青旸镇存钱九十七千八百四十文，萧岐镇存钱一百四十六千三百六十七文。以上共存善后经费钱五百六千四百八十六文。（照仓费二成核算，尚少提钱五十七千八百七十七文。禀案俟下届补提。）

经办董事：庄善、蒋禹、唐庆赓、奚希吕。

西乡后梅、申港、夏港、丁墅、虞门、利城、前周、观山、葫桥、桃花十镇积谷公仓

仓基坐落后梅镇十保西石桥东街兄字五百七、八、十，五百十一、二、三、四、六、八，五百二十一、五，共计十一号，丈基三亩八厘一毫五忽。旧剩典房余屋改作公仓，坐

北朝南。第一进门埭三间，靠东旁屋一间；第二进厅屋五间，旁屋二间；第三进照厅三间；第四进正屋三间，半厢屋二架；东落楼房五间，平屋四间；朝北书房二间、厢屋二架。内改装仓廒二十四间，后面晒场一方。(因屋宇宽大，现装修仓廒十六间。)

支用建仓经费：购买陈、王两姓屋价钱一千二百千文，修葺拆改装廒一切工料费用钱一千五百六十七千二百九十六文，又添建厢房、填砌围墙晒场、置备什物等项钱四百九十五千八百二十二文。统计支销经费钱三千二百六十三千一百十八文。

十镇派提建仓经费：后梅镇派钱二百八十九千五百七十六文，续派钱五十五千八百八十一文；申港镇派钱五百二十三千五百九十七文，续派钱九十二千六十三文；夏港镇派钱二百七十四千五百四十五文，续派钱四十七千四百七十六文；丁墅镇派钱三百一千一百一文，续派钱五十一千五百四十六文；虞门镇派钱一百四十二千四百八文，续派钱二十三千六百一文；利城镇派钱三百三千五百四十七文，续派钱五十八千八百七十四文；前周镇派钱一百五十二千八十七文，续派钱三十五千一百十五文；观山上节派钱二百四十八十五百十一文，续派钱三十八千七百五十二文；观山下节派钱一百四十一千九百二十八文，续派钱二十五千八百十七文；葫桥镇派钱一百四十二千七百三十二文，续派钱二十三千四百二十六文；桃花镇派钱二百四十七千三百六十四文，续派钱四十三千二百七十一文；以上共派提建仓经费钱三千二百六十三千一百十八文。

十镇缴谷积数：后梅镇积谷五百八十五石九十五斤十三两一钱，由港镇积谷一千二十九石五斤二两四钱，夏港镇积谷五百三十三石十七斤九钱，丁墅镇积谷五百八十四石十二斤十四两五钱，虞门镇积谷二百七十五石九斤六两一钱，利城镇积谷六百九十六石九十六斤十三两四钱，前周镇积谷三百六十四石五斤十三两四钱，观山上节积谷四百八十一石二十二斤一两一钱，又下节积谷二百七十二石九十四斤十一两七钱，葫桥镇积谷二百七十三石六十六斤五两九钱，桃花镇积谷四百八十五石三十五斤十一两三钱。

以上共计积谷五千五百八十一石六十一斤十三两八钱。

十镇提存善后经费：后梅镇存钱七十三千五百五十四文，申港镇存钱一百二十一千一百七十八文，夏港镇存钱六十二千四百九十文，丁墅镇存钱六十七千八百四十八文，虞门镇存钱三十一千六十五文，利城镇存钱七十七千四百九十四文，前周镇存钱四十六千二百二十文，观山镇上节存钱五十一千六文，又下节存钱三十三千九百八十一文，葫桥镇存钱三十千八百三十三文，桃花镇存钱五十六千九百五十五文。

以上共存善后费钱六百五十二千六百二十四文。

经办董事：梅庚堂、牟学镛、张恩廷、尤荣兴、吴钟、吴康、朱湘、黄梦熊、殷鸿、曹守谦、季连枝、程枏、杨浩晋、戴龄、顾隆兴、金廷瑛、吴达、孙源、徐祖望、赵万春、陈美堂、刘以成、缪启贤、金友思、彭焕章、吴振之。

各镇捐钱存典生息均摊细数

�济美公典领积谷本钱运息三年，共计息钱八千七百四十五千二百三十一文。(自同治九年四月二十一日始廪请将存库捐钱除已给采谷及支公费外，剩有谷钱发典生息，以抵建仓经费。自此以后，节次收付结算，按月一分二厘起息。至十一年十二月初五日截数，一切帐目繁多，有案可查，不复详载，惟将息钱总数标明备查。所有息钱，照各镇存本均摊。)

城内外七镇，共摊典息钱六百二十七千九百七十五文。

城内镇钱四百五十千三百九十三文，南外镇钱六十八千五百七十五文，西外镇钱四十五千七十文，北外镇钱六十三千九百三十七文。

东北乡五镇，共摊典息钱八百八十二千八百六十五文。

三官镇钱二百二十五千四百五十一文，双牌镇钱一百三十三千四百六十六文，周庄镇钱二百四十一千一百六十三文，大桥镇钱一百五十千四百五十七文，章卿镇钱一百三十二千三百二十八文。

东乡五镇，共摊典息钱一千八百二十七千四百三十文。

华墅镇钱五百二十一千十文，长泾镇钱四百九十八千六百四十五文，杨舍镇钱一百五十七千九百八十三文，马嘶镇钱二百七十四千七百五十文，顾山镇钱三百七十五千四十二文。

东南乡八镇，共摊息钱二千五百十二千五百二十二文。

长寿镇钱四百三十五千文，花山镇钱一百十五千文百八十六文，绮山镇钱一百四十六千八百五十七文，云亭镇钱二百八十一千二百八十七文，祝塘镇钱四百二十七千八十三文，文林镇钱四百五千二百四十七文，璜塘镇钱三百八十三千三十一文，马镇钱三百十八千三百三十一文。

南乡八镇，共摊息钱一千五百三十七千一百六十四文。

月城镇钱八十千九百七十三文，四河镇钱一百六十一千六百九十七文，蔡泾镇钱一百四十六千九百三十一文，黄桥镇钱八十一千二百二十二文，谢园镇钱二百九千七十二文，夏城镇钱一百十六千五百九十文，青旸镇钱三百三千七百四十八文，萧岐镇钱四百三十六千九百三十一文。

西乡十镇，共摊息钱一千三百五十七千二百七十五文。

后梅镇钱一百三十五千七百七文，申港镇钱二百四十千二百十五文，夏港镇钱一百二十二千九百六十七文，丁墅镇钱一百三十五千二百一文，虞门镇钱六十四千五百七十一文，利城镇钱二百二千四百六十二文，前周镇钱一百一千五百九十一文，观山上节钱一百十二千一百七十五文，观山下节钱六十五千九十一文，葫桥镇钱六十三千九百六文，桃花镇钱一百十三千三百八十九文。

以上收付两直。

捐办积谷支销经费清账

同治七年分，各镇地保收捐辛费（每亩贴钱一文），共钱五百五十千七百七十四文。由各保缴捐扣支，不经局手。

同治七年分（自十一月设柜开局收捐，至八年七月截数撤局），共支积谷捐钱六百十九千九百五十八丈〔文〕。逐款分别于后：

一、支开局敬神祭仪酒席钱九千五百七十六文。

一、支帐簿、纸张、笔墨、油印等项钱三十一千七百一文。

一、支局中饭食及应酬乡董，共计钱一百七十二千七百五十六文。

一、支茶点烟酒油烛杂用钱六十五千二百三十九文。

一、支经董来往舟车盘费钱二十四千三百八十文。

一、支柜书四名辛工饭食钱一百八十千文。

一、支经承清书津贴、纸笔、辛饭钱四十千文。

一、支局事二名薪水钱四十九千六百文。

一、支局使庖人辛工犒赏钱二十六千文。

一、支帐台橱柜椅凳钱十六千一百二十二文。

一、支修理帐房门扇钱四千五百八十四文。

以上共支销局费钱六百十九千九百五十八文，两讫无存。

同治八年、九年、十一年分支销积谷捐钱公费，每亩九毫。

内扣四毫钱（九百四十二千六百二十五文）分给县署经书等纸笔、油印、辛工、饭食各费外，支五毫钱一千一百七十八千二百八十二文，以抵公局历年一切经费。逐款分列于后：

一、支潘委宪下乡查看积欲舟车盘费等项钱三十八千文。

一、支黄委宪下乡查看积谷舟车盘费等项钱二十八千文。

一、支十年分局中饭食零用钱四十八千五百文。

一、支十一年分局中造册绘图、估工办料、饭食费用钱一百四十四千文。

一、支往各乡勘建仓基盘费钱五十六千文。

一、支五仓经董往来舟车等项钱八十四千四百文。

一、支乡董茶点饭食钱二十九千六百四十文。

一、支局中纸张油烛等钱二十六千八百文。

一、支经承下乡估上造册舟车等费钱七十二千文。

一、支各上房纸笔钱八十四千文。

一、支建仓造册申详津贴经承钱十四千八百文。

一、支司事二名薪水钱七十二千文。

一、支局使二名辛工钱三十六千文。

以上共支销公费钱七百三十四千一百四十文，存钱四百四十四千一百四十二文。（以抵刻征信录、报销申详等费。）

积谷捐钱入出总数

同治七年分，通邑熟田（除三官等七镇田）实计五十五万七百七十四亩九分四厘，应捐钱一万二千一百十七千四十九文（内扣民欠钱三百千七百三十八文），实入捐钱一万一千八百十六千三百十一文。

同治八年分，通邑熟田七十三万八千四百九十九亩四分六厘，应捐钱一万六千二百四十六千九百八十八文（内扣民欠钱二十四千三百六十文），实入捐钱一万六千二百二十二千六百二十八文。

同治九年分，通邑熟田八十万九千三十一亩七分八厘，应捐钱一万七千七百九十八千六百九十九文（内扣民欠钱五十一千二百九十七文），实入捐钱一万七千七百四十七千四百二文。

同治十一年分，通邑熟田八十万九千三十一亩七分八厘，应捐钱一万七千七百九十八千六百九十九文（内扣民欠钱五十三千八百六十三文），实入捐钱一万七千七百四十四千八百三十六文。

共入田捐钱六万三千五百三十一千一百七十七文。

同治九年分，入典息钱一千三百四十四千文。

同治十年分，入典息钱三千五百三十一千二百文。

同治十一年分，入典息钱三千八百七十千三十一文。

共入典息钱八千七百四十五千二百三十一文。

两其统计，八钱七万二千二百七十六千四百八文。

一、出各镇采谷钱四万六千四百八十二千二百七十五文。

一、出城内十一年分积谷钱存典八百五十三千五百二十九文。（现奉宪提款采谷存储。）

一、出城乡建仓经费钱一万八千一百四十九千九百九十文。

一、出各仓提存善后经费钱三千四百九十八千九百七十四文。

一、出各保辛费钱五百五十千七百七十四文。

一、出公司支费钱一千七百九十八千二百四十一文。

一、出县署经书等支费钱九百四十二千六百二十五文。

统计出钱七万二千二百七十六千四百八文。（出入两直，无存。）

荒政便览

清光绪九年刻本

（清）蒋廷皋　编撰
赵晓华　点校

序

天灾流行，国家代有；水旱凶荒，尧汤不免。为民上者，能思患预防，讲习于素，自然临事不扰，措置裕如。荒政之书，代有著述，伟议硕画，采取无遗，大都篇帙繁重，以多为贵。至于词旨简明，要言不烦，求之往昔，鲜有成编。元和蒋君廷皋具有用之才，切闵时之念，沉迹下僚，服官畿辅。值频年水潦，灾鸿遍野，有司劳心补救，抚辑流亡，蒋君乃取荒政诸书，择其切于事体者，芟其繁芜，一归简要，题曰《荒政便览》。书成，以上今爵相合肥李公，深加奖美。予劝其付梓，以公当世。蒋君前权石景山同知事，扫除结习，实事求是，其于水利之废兴、河流之源委，凿凿而谈，若指诸掌。今披是编，益信其留意民瘼，不忘斯世。惜乎！蒋君之雌伏于丞倅也。光绪庚辰十月顺天府府尹李朝仪序

自　序

管子云：汤七年旱，禹九年水。汤以庄山之金铸币而赎民之无饘卖子者，禹以历山之金铸币而赎民之无饘卖子者。呜呼！此后世灾赈之典所由起也。夫天灾流行，国家代有。今各直省偶遇偏灾，朝廷议蠲议赈，无不立沛恩施，圣天子加惠元元，至优且渥，所以尽人事补天工之不足者至矣。而各直省行之，往往有善有不善，岂治之者无其人，抑治之之法未尽善欤？然古人之成法具在，而最著者，莫如李悝之平籴、富弼之安流、耿寿昌之常平、朱文公之社仓。其法皆彰彰可考，是有治人而有治法，以视今之所谓贤有司者，何如哉？然持此以衡当世之士，亦已过矣。今夏河防无事，偶阅汪公志伊所编《荒政辑要》，删繁就简，手抄成帙，而又采取他书，略参已意，辑成二卷，曰《荒政便览》。由此而推之，则李悝之平籴、富弼之安流、耿寿昌之常平、朱文公之社仓，亦何难复见于今日，则予之所望于贤有司者又何如哉？同治甲戌相月既望元和蒋廷皋自叙于桑乾工次

荒政便览目录

荒政便览卷一

勘　灾

一、凡州县查勘灾田，须凭灾户呈报坐落亩数。应先刊就简明呈式，首行开列灾户姓名、住居村庄；次行即列被灾田亩若干，坐落某区某图，或某村某庄，又次行刊列男妇大几口、小几口，其姓名田数、区图村庄、大小口数。俱留空格，后开年月分、给报灾乡地。令其转给灾户，自行照填，报送地方官，即查对粮册相符，汇齐归庄，分钉用印存案，以作勘灾底册。

一、灾象已成，州县官应一面通报各上司，一面按照各庄灾册，挨顺道路，酌量繁简，计需派若干员，除本地佐杂若干外，尚少若干，即禀请上司委员分办。

一、凡委员赴庄查勘时，州县官即按其所查村庄，将前项勘灾底册分交各委员带往，按田踏勘，将勘实被灾分数即于册内注明。如有以少报多及原系版荒坑坎无粮废地，又有只种麦不种秋禾，名为一熟地者，逐一注明扣除；其勘不成灾、收成歉薄者，亦登明册内。若底册无名、临勘报到者，勘明被灾果实，亦注明灾分，附钉本庄册后。勘毕将底册缴县汇报。其余未被灾之村庄不许滥及。

一、被灾轻重应就一村一庄计算，不得以数十村庄之一大地方统作分数，以致偏陂不均。至一村一庄之中，大抵情形相仿，不必过为区别，至有纷繁零杂，难以查办，且易滋高下其手之弊。俟查勘的实，州县官即于额征确册内分头注明。

一、勘荒弊窦最多，如做荒卖荒之类，种种不一，甚至将版荒老荒已经除粮之地，并坑洼池塘历来不涸之处，一片汪洋，难以识别者，混行开报。如查勘之员处处亲历，留心访察，其弊自革。

一、州县田地有旗地、民屯、学田、芦田、草场、河滩等项之分，灾册亦须分项造报，不可汇归一册，致滋混淆。至卫屯田及盐场课地，例归卫官及盐法衙门自行查办。庄头、旗地被旱，非与民地归入秋获办理可比，应遵例详报附近大员委员查勘，令该庄头自行呈明内务府，一面造具册结，申送上司核转。若革退庄头地亩系交官征租之项，仍入入官地内办理，其田被灾，请缓征工本。

一、州县官俟委员勘齐灾田，一面核造总册，一面先将被灾村庄轻重情形及漕粮等项非奉题请例不蠲缓者一并妥议，应否蠲缓，分别开折通禀。并将本邑地舆绘画全图，分注村庄，将被灾之处水用青色、旱用赤色，渲染清楚，随折并送，以便查核。

一、定例勘报旱灾，夏灾不出六月半，秋灾不出九月半。原指题报而言。至于州县被灾，自必由渐而成。况麦收在四五月，秋成在七八月，则是有收无收，荒熟早已定局。各州县被灾情形，应于五、八月内勘确通报，免稽题限。

一、定例灾田分数蠲缓册结，应自题报情形日起，州县官扣除到省程限，定限四十日勘报。上司官以州县报到日为始，定限五日具题，迟则计日处分。而此四十五日内，由州县、府道、藩司层层核转，以至院署拜疏，均在其间扣算，为期甚迫。然州县勘定成灾，例由协查委员及该管道府加结送司，每至迟延。应令州县一俟委员勘齐灾田，即造具灾分田数科则蠲缓总册，并造被灾区图田亩册，出具印结，一面专役直赍送司查核转造，一面分送协查委员，仍由该管府道加结移司汇转，庶免迟误。

一、定例州县勘报续被灾伤分数，除旱灾以渐而成，仍照四十日正限勘报外，其原报被炎、被雹、被风、被霜灾地，续灾较重，距原报情形之日在十五日以外者，准于正限外展限二十日，距原报情形之日未过十五日者，统于正限内勘报。若已过初灾正限，续被重灾，准别起限期勘报。

一、夏灾例无赈恤，统俟秋获时确勘分数办理，然必先于五月内将被灾村庄查明收成分数通报，造具顷亩分数册结分送。如民情拮据，即详请将新旧钱粮暂缓催征，汇入二麦实收分数案内题报，一面查明有地乏食穷民，酌借籽种口粮，造具花名细册，送转声明，秋后免息还仓。傥只种一季及虽种两季而夏灾后不能复种秋禾者，夏灾即照秋灾例抚恤加赈。

一、被秋灾地方如有旱后得雨尚早及水退甚速者，尚可补种杂粮，均当劝谕农民竭力赶种。如有得雨较迟，系乏种贫农，自应酌借籽种，有力之家不得滥及。

一、定例灾蠲钱粮，被灾十分者蠲免七分，被灾九分者蠲免六分，被灾八分者蠲免四分，被灾七分者蠲免二分，被灾六分、五分者蠲免一分。至勘不成灾田地，原无蠲缓之例，间有题请缓征钱粮者，乃属随时酌办之事。被灾州县遇有此等勘不成灾收成歉薄田地，亦须查明实在斗则田数，另开一册，随同成灾田册一并送司，听候酌办。

一、灾蠲钱粮。昔人云贫民下户，每岁二税未尝拖欠，朝廷蠲免，利归揽户乡胥，而小民未沾实惠。且以凶岁议蠲租，而乃免乐岁逋欠之虚数，民危在眉睫，而乃议往年可缓之征输，可乎不可乎？如本年钱粮既经分别蠲缓，而又蒙豁免前欠，则应核算前欠若干，摊分灾户，免其来年之赋，前欠仍照数催完，以杜顽户拖欠之弊。牧民者得请而行之，则顽户无所觊觎，而灾黎均沾实惠矣。

查　赈

一、查报饥口，例应查灾之员，随庄带查。有田灾户，尚有灾呈开报家口；其无田贫户，更无户口可稽。况人之贫富、口之大小，必得亲历查验，方能察其真伪。查赈官须带同董事，挨户清查。如产微力薄，家无担石，或房倾业废，孤寡老弱，鹄面鸠形，朝不谋夕者，是为极贫；如田虽被灾，盖藏未尽，或有微业可营，尚非急不及待者，是为次贫。极贫按大小口数全给，次贫则老幼妇女全给，其少壮丁男力能营趁者酌给。饥口十六岁以上为大口，十五岁以下为小口。（在襁褓中者例不给赈。若亦按口给发，免为父母遗弃，亦一盛德事也。）本官一一讯明，当面登册（册式附后）。切勿怠惰偷安，假手胥吏，致滋混冒。查完一庄，即行结总，再查下庄，仍将查过村庄饥口各数，或五日或十日开折会衔通报。

一、查赈时有灾户外出未归，未经给赈，官即验明房基，着落乡地开明的实姓名，于赈册内一一注明，以便该户闻赈归来时查明补给。

一、灾户弟兄子侄一家同住，总归家长户内给赈，不得花分重冒。

一、饥民重复冒领，不独吏胥作弊，即印委各员逐户清查，而饥民扶老携幼，群相追逐，东邻则混入西邻，此甲复移之彼甲，假名顶替，弊端百出。故查赈时必带本村董事，以便识认。再，查到某户，即令差役乡地等在门外看守，禁人乱行，以杜其弊。

一、查赈时往往有百十为群，搭坐小船，号呼无处栖身，求附庄册领赈，实则彼此串通，分头换载，冒滥百出。勘员遇有此种，查毕一船，即将船头铲削数寸，书明某月日某庄查过，共坐若干人字样，准其附庄领赈，则奸技自无所施，杜其再往别处重冒。

一、被灾贫生，应令该学官查明极次及大小口数，造册移县覆查，照例给赈。

一、屯田灾军，应归田亩坐落之州县查明实在情形，与民一体给赈。

一、灾地兵丁原有粮饷资生，但家口多者遇灾拮据，该管营员查明实在情形及家属三口以内不准食赈，其多余家口方准分别极次，开册移县核查，与民一体给赈。

一、坍房修费，原为冲塌过甚、无力修葺者方始动给。若系有力之家，并佃居业主之房，均不得滥及。如有房屋已被冲塌，其址难以查考者，应酌按人口多寡，量给修费。凡一二口者，给一间；口数多者，每三口递加一间。均于册内登明，详请给发。贫生卫军兵属，一体查办。灶户坍房，归盐政衙门办理。（每间修葺银数各省不同，例有专条。）

一、被水淹毙及坍房压毙人口，应给棺殓银，准家属承领掩埋。其无家属暴露者，即着地保承领掩埋。（每口棺殓银数各省不同，例有专条。）

附赈册式

<table>
<tr><td>灾户姓名</td><td colspan="2">一字　庄名字号　上摘</td></tr>
<tr><td>小口</td><td>女口</td><td>男口</td></tr>
<tr><td>若干均填格内
贫</td><td>营运艺业所种地亩</td><td>其家有何盖藏是何</td></tr>
</table>

右赈册，每页写十户，数十页为一册。以天、地、元、黄等字为委员号记，人占一字，印于册面。所查某庄，即摘写庄名一字，编为册内号数。委员执册挨户登注灾民姓名、口数，并填明极贫、次贫字样。如某项口无，则填以圈。有田灾户，仍将勘灾底册查对口数。

放　赈

一、州县凡遇成灾，便当早筹赈需。先将历年被灾轻重及用过银米各数逐一查明，以现在被灾情形比较何年相等，虽今昔难以拘泥，第约略度计共需银米若干、现存仓库若干、如何筹拨，禀请上司核办。

一、被灾贫民不论分数，例得先行抚恤一月。仍须察看情形，或被灾较重，连遭歉薄，民情拮据，应行先抚后赈者，即行照例将抚恤一月口粮，先于正赈前开厂，散给汇报。如甫当麦收丰稔之后，适遇秋灾或民力尚可支持，只须加赈，毋庸抚恤者，亦先期通禀，以便于情形案内声叙具题。

一、抚恤一项，原为被灾之初查赈未定、极次未分，如猝被水冲，家资飘散，露宿蓬栖，现在乏食者，亟应请之上台，不论极次，随查随赈，给以抚恤一月口粮，或钱或米，各随灾户现栖之地当面按名给发，印委各员登簿汇册报销。仍即讯明各灾户原住村庄注册，俟水退归庄后，查明灾分极次，仍按原庄给赈。其贫生卫军兵属，有似此者，一体查办。如有灶户在内，虽属盐法衙门管理，倘场员办不及，地方官照依民例先行抚恤造册，详请盐政衙门拨还归款。

一、猝被水灾，房屋坍倒，一时举爨无资者，地方官先行煮粥赈济。其有趋避高处，四围皆水，不通旱路，无处觅食者，亟应买备饼面，觅船散给，以全生命。此系猝被之灾，事非常有，向无另项开销，应按灾民口数归人抚恤项下报销。

一、定例被十分灾，极贫赈四个月，次贫赈三个月；被九分灾，极贫赈三个月，次贫赈两个月；被七八分灾，极贫赈两个月，次贫赈一个月；被六分灾，极贫赈一个月；其次贫及五分灾民例不给赈，止准酌借口粮，春借秋还，详请给发。（盛京旗地官庄地及站丁被灾，应赈月分不同，例有专条。）

一、赈粮每月大建，每大口给米若干、小口给米若干，小建每大口给米若干、小口给米若干，核定一月总数，每项制备总升斗数十副，州县官按照漕斛较准验烙，分给各厂应用，以免零量稽迟，且使斗级人等无从克短。

一、给赈票应用两联串票（票式附后），纸要结实，俟被灾村庄一一查明，照册填写。仍令原委员下乡，逐户散给，票根存留比对。

一、放赈宜多设厂所，各按被灾附近村庄约在十里外者，设立一厂。须适中宽地，或寺院，或搭棚，每厂须设两门，以便一出一入。领赈饥民须分定几人为一队，逐队俱用牌引。如卯时一刻引第一队，二刻引第二队，以至辰巳时皆用此法，免得拥挤喧哗。必先期将某某村庄在某处厂内何月日放给，明白晓谕，并令乡地等传知各户，按期赴领。

一、灾户领赈，即赍前给赈票赴厂，官即验明放给，于票上钤用第几赈放讫戳记，仍付灾民收执，以备下月领赈。册内亦并用戳，俟领完末赈，即将原票收回，缴县核销。如有灾户赈未领完，原票遗失者，查明果系实情，许同庄灾户作保补给，仍于册内注明票失换给字样，以免拾票之人冒领。(如将极贫、次贫应赈月分归并一次放给，使作小本经营，免其流离转徙，其利更溥。)

一、放赈虽有银米兼放之例，然须视地方情形酌办。如系一隅偏灾，四围皆熟，米充价贱者，则给银留米，以备急需。如系大势皆荒，米少价贵，则多给赈米，少给赈银，庶几调剂得宜。至于银米兼放，务须分断月分。若此月应放本色，则全放米粮；若放折色，则全放银封。切不可一厂之中同时银米兼放，至滋饥民争执。

一、灾赈州县，务于正赈未满一两月前，先将地方赈后情形察看明确。如果灾重叠祲之区，民情困苦，正赈尚不能接济麦熟者，应剖晰具禀，听候酌办。如蒙恩加赈，即照所指何项饥口应赈月分，遍行晓示灾民，仍将原给赈票按期赴厂领赈，一切俱照正赈办理。

一、有稍自顾惜、不愿就厂者，地方官散银赈之。

一、抚赈银两有以宿逋夺去者，以劫贼论。

一、灾地赈厂，每多不饥之民乘机混入抢窃食物等事，应严加巡缉，有犯即惩。仍行设法驱遣，毋任聚集滋事。

一、拾遗法。预令饥民领米时，人具一纸，勿书姓名，开所当兴当革及官吏豪猾有无侵克，以纸散布于地。其当兴当革，必择其合同者而后察之。

附赈票式

<table>
<tr>
<td>年月日给本户凭票领赈</td>
<td>应赈小大口口</td>
<td>今查得庄村贫一户某</td>
<td>县州为照票事</td>
<td>县州第　号</td>
<td>年月日存此备查</td>
<td>应赈小大口口</td>
<td>今查得庄村贫一户某</td>
<td>县州为存票事</td>
</tr>
</table>

右赈票，当幅之中填号钤印以别之。依赈册内所开极次贫户、大小口数填注。如某项口无，则填以圈。一存官，一给本户收执。

辑流

一、处外来灾民，当以十人为一排，即在十人中择一排头领之。昼则各处分路求食，夜仍聚会一处。如在庵观寺院，即以僧道为董事。盖恐流来人多，或有疾病死亡、拐带盗窃等事，有此着落，始可稽查。如需医药棺木等，官为给发，归董事经理。至于男女，尤当分别。寺院有僧道者，令收养流来之鳏夫独子；庵观之有女尼者，令收养流来之寡妇孤女。如一家有男女数口，不得分别拆离，或于寺观，或于乡村处盖搭席棚以处之，以耆老乡约董其事。

一、流民宜各州县均为安插。使此处安插，彼处或不安插，则此处之聚集必多，必有不能周全之虞。

一、流民入春后复还故土，应给路费，酌其道里远近，预先请之上台。其本地方官察明复业人户，贷以修葺房屋、置备农具之资、耕播之种，秋收后照数偿官，免其利息。

粥 厂

一、设立粥厂，宜先审定董事。穷人之命悬于董事之手，不得其人，弊窦丛生。每一厂选定三四人，厂中一切事件及米谷柴薪等物，均归董事经理，地方官仍不时查察。

一、宜多设厂所，每厂不过五百人。先制竹签五百枝，上书某州县某处粥厂字样，以油涂之。不论军民良贱，除壮丁不可轻收外，凡系面黄饥瘦之人、尫羸褴褛之状，即给签放入，签尽即止。

一、设厂宜在空旷处，前后各设一门，以便一出一入。盖以雨棚，坐以草荐，绳列数十行，每行两头竖木橛，系绳作界。饥民至，令入行中挨次坐定，男女异行，有病者另入一行。乞丐又另入一行。预谕饥民各携一器，放粥鸣锣，行中不得动移。每粥一桶，两人舁之而行，收签一枝，给粥一杓。挨次散毕，再鸣锣一声，令民由后门而出。如有起立擅近粥灶者，即时扶出。

一、民至饥岁，不得食而死者，十之六七，由食而死者，十之三四。若食粥骤饱，立死无救；食粥太热，亦立死无救。故放粥万勿过热，食粥者戒其万勿过饱。如有一二日未食者，将粥倾向桌上，令其渐渐吮食之，否则饥肠微细，一朝得饱，往往肠断而死。

一、不论男女到厂吃粥，倘怀中有婴儿者，许给一人之粥，令其携归哺之。彼利此粥，不致弃子，造福更大。

一、各厂宜同时放粥，限定时刻，以免贪民彼此驰骛，反致误领。

一、盛粥铁杓，必须官为给发，各厂一律，庶免偏陂。

一、新锅煮粥、煮饭、煮菜，饥民食之，未有不死者。故厂中须用旧锅。如旧锅不足，将新锅向庵堂寺院或饭铺酒家换取旧锅，庶不致损人之命。再，煮粥时撩以石灰，粥即易熟，食之即死。司事者须留心访察，慎之慎之。

一、煮麦粥。用大麦磨成面，每面八升，加以碎米二升，调成糊粥。遇饥荒之年，择空阔处搭棚十间，前后设木栅门，派人把守。其棚内砌土灶五眼，用大锅五口，满储清水，烧令滚沸。预将米粉麦面二八拌匀，堆积棚内，一锅水滚，入麦面搅匀，顷刻浓熟可吃。用大杓约一大碗，由前栅门放饥民鱼贯而入、每人与一大杓，挨次给散，令其由后栅而出。一锅散完，二锅已熟，次第以至第五锅，而第一锅又早水滚可用矣。锅不必洗，人不停手，灶下十人，灶上十人，共二十人替换，足供是役。计面粉每升可调三四杓、济饥民三四人，以三四石计，可济千人。每日调粥十余石，则济三四千人。初不虑其拥挤，自卯末辰初散至午未竣事，计麦面米粞之价，较米价止十分之五，而人工费用器具又省十之七八。其便有五：价贱则经费可充可久，一也；面粉粗于米粥，非实在饥民不来争食，二也；米粞拌入麦面之中，厂内人不能偷窃，三也；熟可现吃，非若冷粥伤人脾胃，四也；

顷刻成熟，不若米粥，必隔夜烧煮，不费人工时候，五也。须预于半月前发米磨粞，发大麦磨面，责成磨坊陆续磨运堆储，以供应用。但大麦须焙熟再用，免得伤人脾胃。

一、煮黄虀粥。取菜洗净，储缸中，用麦面入滚水，调稀浆浇菜上，以石压之，不用盐。六七日后，菜变黄色，味有微酸，便成黄虀矣。此后但以菜投入虀汁中，便可作虀，更不复用面。取虀切碎，和米煮粥，每米二斗可当三斗。虽不及纯米养人，而充塞饥肠以免死，亦俭岁缩节之一法也。

一、担粥法。无定额，无定期，亦无定所。每晨用白米数斗煮粥，用有盖水桶，外备碗箸，分挑至通衢及郊外。凡过贫乏，令其列坐，人给一碗。每担需米五六升，可给五六十人之餐，十担便延五六百人一日之命。或数日，或旬日，更有仁人继之，诸命又可暂延。无设厂之劳，而有活人之实。

一、流来之民，锅灶柴薪，件件俱无，宜设粥厂以养之。至冬月煮赈以济本地贫民，宜按日给米，以便其搀和菜蔬，易换杂粮，一人之米可作两人之食。又宜间日一放，以免奔走守候之劳。如五日十日一放，领米既多，来者必众，不敷应用，易致滋事。

一、冬月照例煮赈，每先查明户口，实系赤贫如洗者，方按名给票，届期持票赴厂，法至善也。而无知愚民希图现钱，往往将票减价出卖，地方射利之徒遂于其中取利。故不若预制竹签，随到随给，签尽即止。如专为流民而设，仍宜按口给票，以免本地贫民混入。

一、赈粥当在十月初旬为始，此际草根树皮无从得觅；其止当在三月初旬，此时草木萌芽，饥者或有赖于一二也。

社　仓

一、常平社义诸仓，各州县在在有之，而地方官奉行不力，遂至有名无实。夫常平一仓，虽为备荒，实则公储，非报司报部，不敢擅动。若于各州县四乡择人户众多之处建立社仓，每乡或一所二所，按亩劝输，择乡之老成笃实、有家道者董之，其人阖乡公举，每仓选定三四人，其仓基须择宽敞高亢之处，每乡约可储谷万石，内造廒间，外筑缭垣，或旧房大寺院屋舍亦可改作仓廒，其经费即劝其乡之殷实好义者捐之，每乡存留仓谷万石，以备不虞，余于春时减价粜之，以利贫农。其所粜之银不存于官，不存于民，官为发给富商，以备秋后籴谷还仓，稍取其息，以作修葺仓廒及董事饭食纸张、看守人佣值等费。若屡岁丰登，仓谷充满，宜于春时多粜，所存赢金以备灾荒赈给贫民。其每岁所收及粜籴一切费用，丝毫必登簿籍，汇报之官。官即按籍而稽，亲历察勘，如董事有侵吞挪用等弊，查出究治。

一、或地方贫苦，民情拮据，不能按亩输将，宜与绅士富民商酌，于各乡照社仓法自立义仓，广为乐助，由少累多。或地方官于词讼结案时应责者酌量罚钱，予以自新，其罚项若干，官给小批一张，令其自交本乡董事，以作义仓经费。

绪　余

一、地方灾象已成，往往有土豪恶棍敛钱作费，倡为灾头，不候地方印委各员查勘，到处连名递呈，或查勘时暗使妇女成群结队，混行哄闹，本系无灾而强求捏报，或不应赈而硬争极次，往往酿成大案。被灾地方务须严切晓谕，加意查防。如有前项不法灾头倡众告灾闹赈者，即将为首及妇女夫男严拿详究。

一、勘荒查赈员役，既给盘费饭食，所到村庄丝毫不准支应，违者许人告发。地方官应在被灾村庄先行出示晓谕。

一、乡地等于查报饥口、给票散赈时，多有指称使费，需索灾民。印委各员须严加禁约，加意密察，一有见闻，立拿究革，枷示追赃。

一、被灾州县往往客贩稀少，米价昂贵，有司虑恐病民，乃令抑减市价。此令一出，则外来商贩裹足不前，本地富家闭籴不出，民食愈乏，人情益慌。宜示谕碾坊米铺照常生理，时价低昂，不强抑减，但不准任意高抬，亦不得囤积居奇，俾米粮盈聚市廛，则民食自无缺乏。

一、灾伤之处，议赈济则恐官府之囷廪有限，议劝借又恐地方之富户无多。最妙之法，借官币若干，委诚实富商向各处循环籴粜，照原价稍取其息，以作商人盘费，则官府平粜之粮日日在市，而积谷之家虽欲涌贵其价，势所不能。如他处米亦不足，则杂置豆粟、菽麦、荞面、高粱之类，皆足充饥。但当严禁商牙来籴，又当遍及乡村，庶贫民均沾实惠。

一、灾地粮食既少，不得不仰藉邻封，以资接济。乃地方有司每多此疆彼界之分，一遇米贵之时，辄行禁止出境，地方棍徒得以乘机抢截，而灾地饥民何由得食？应预行知会邻境，使之流通无阻，则被灾地方自无缺乏之虞。

一、平粜仓谷，原应青黄不接、米少价昂时举行。如遇灾地秋冬正放赈粮，小民有米可资，原可无需平粜，况灾地粮食有限，若赈粜同时并举，势必仓箱尽罄，来春反无接济。自应撙节留余，以待青黄不接时出粜。若富民情愿平粜，随地随时，悉听其便。

一、劝富民赈粜，先查四乡才干出众及能事能言者数人，每一人令其劝输几户；倘有富足而不听劝输者，官自为劝。总得推诚布意，敦切开导，使其或赈或粜，或借贷，或施粥，随其所愿而奖劝之。并令有田之家量留谷本，至春耕时贷与佃户，为来岁种田之资。劝富民多出一文钱，贫民即多沾一分惠，切勿借劝输为名，抑勒减价，致滋扰累。

一、被灾地方原有以工代赈之例。如有应兴工作，如浚河筑堤等事，所用夫力居多，自当及时修举，以利贫民。至灾户中有赴工力作者，此乃自勤其力以补日用之不足，切勿扣其赈银，俾其踊跃从事。

一、查赈及设立社仓粥厂等事，不可尽用在官人役，亦不可概用富豪之家。总选诚实耆老，急公勤慎之人，或贤良缙绅、忠厚廉介之士，素为众所钦服者，令乡民公举，官即选定，延为董事。

一、灾赈宜多出告示，凡更一事，易一令，必先期出示晓谕，以杜奸胥作弊。

一、灾赈公文均关紧要，应于封套上加用灾赈公文火速飞速红戳，免致稽迟。

一、水旱灾伤，势必至于饥馑。必先榜示，禁民劫夺，谕之不从，痛惩首恶，以儆余众，决不可行姑息之政。古人云：饥年之弥盗，外貌不妨示以严，存心又贵其能恕。此真仁人之言也。

一、灾荒之区，如省刑罚、禁宰牛、收婴儿、赎子女及施医药棺木、棉衣、草荐等，无一非荒政之要，是亦守土者之责。仁人君子推而行之可也。

荒政便览卷二

伐蛟

一、蛟似蛇而四足，细颈，颈有白缨，本龙属也。其孕而成形，率在陵谷间。乃雉与蛇当春而交，精沦于地，闻雷声则入地成卵，渐次下达于泉。积数十年，气候已足，卵大如轮。其地冬雪不存，夏苗不长，鸟雀不集，土色赤，有气朝黄而暮黑，星夜视之，黑气上冲于霄。卵既成形，闻雷声自泉间渐起而上，其地之色与气亦渐显而明。未起二三月前，远闻似秋蝉闷在人手中而鸣，又如醉人声。此时能动不能飞，可以掘得。及渐起，离地三尺余，声响渐大。不过数日，候雷雨即出。

一、蛟之出多在夏末秋初。善识者，先于冬雪时视其地，围圆不存雪，又素无草木，复于未起二三月春夏之交，观地之色与气，掘土三五尺余，其卵即得，大如二斛瓮。预以不洁之物，或铁与犬血镇之，多备利刃剖之，其害遂绝。

一、蛟畏金鼓及火。山中久雨，夜立高竿，挂一灯可以辟蛟。夏月田间作金鼓声以督农，则蛟不起。即可起而作波，但擂鼓鸣钲，多发火光以拒之，水势必退。

捕蝗

一、境内有蝗，地方官亲自勘明，速传近处乡地，令各造民夫册一本，设厂传炮为号。各乡地鸣锣齐集民夫到厂，每里设大旗一面，锣一面，每民夫给口袋一个。乡约执锣，地方执大旗，民夫随大旗，大旗随锣。东庄人齐立东边，西庄人齐立西边，各听传锣一声，走一步，民夫按步徐行，低头捕扑，不可踹坏禾苗。东边人直捕至西尽处，再转而东，西边人直捕至东尽处，再转而西，回环扑灭，夜各散回。明日东方微亮时，厂中发头炮，乡地传锣，催民夫尽起早饭。黎明发二炮，乡地带领民夫齐集有蝗处所。早晨蝗食露，体重不飞，如法捕扑。至大饭时蝗飞难捕，民夫散歇。日午蝗交不飞，再捕。未时后蝗飞，民夫复歇。日暮蝗聚，又捕。晚间择隙地挖成深沟，内储柴草，燃火光出沟外，蝗俱投入，可以尽力扑打一处。如此各处皆然，则三四日内蝗可立尽。

一、用长竿挂红白布匹，或五色纸旗，敲锣放炮，群然而逐，蝗则回翔不下。或以鸟铳入铁砂或稻米，击其前行，前行惊奋，后者即随之而去矣。

一、飞蝗最盛之时，莫过于夏秋之间。其时百谷正将成熟。蝗所不食者，惟豌豆、菉豆、豇豆、大麻、茼麻、芝麻、薯蓣、芋桑及水中菱芡。若将秆草灰、石灰二者等分为细末，或洒或筛于禾稻之上，蝗则不食。

一、蝻初生如蚁之时，宜用旧皮鞋底或草鞋旧鞋之类，蹲地掴搭，应手而毙，且挟小不伤苗种。既能跳跃，须开沟打捕。沟之深广各三四尺。多集人众，不论老幼，各持扫帚等物，鸣锣击器，人皆呐喊，并制布墙密围。蝻闻声则必跳跃，逐渐近沟。锣则大击不止，蝻惊入沟中，势如注水。众各用力，扫者扫，扑者扑，沟满则焚以干草，加土掩之。若不经火化，仅用土埋，隔宿多能穴地而出。

一、因捕蝗蝻损坏人家禾稼田地，既无所收，当照亩数还其工本，再登册记明，俟成熟时按田邻亩收之数而半偿之。

一、乡民所捕之蝗蝻，官为验明，或论斤，或论斗，按其多寡给予钱米。

一、蝻有化生、卵生二种。化生者先见于大泽之涯及骤涸之区，鱼虾散子草间，春夏风日薰蒸，乘湿热之气变而为蝻。卵生者即上年蝗之遗种。蝗性喜燥恶湿，其下子必择坚埂黑土高亢之处，用尾栽入土中，深不及寸，仍留孔窍，势如蜂窝，或如线香洞。一蝗所下十余子，形如豆粒，中止白汁；渐次充实，因而分颗，一粒中有细子百余。盖蝻之生也，群飞群食，下子必同时同地。其初生不过大如米粟，三日即大如蝇，能跳跃群行，是名为蝻。七日大如蟋蟀，又七日即长鞍起翅，群飞而起，是名为蝗。蝗能飞即交，交即孕子于地，十八日复为蝻，蝻复为蝗，循环相生，为害最烈。故捕蝗不如捕蝻，捕蝻不如灭种。

一、飞蝗或云一生九十九子。先后二蛆，一蛆在下，一蛆在上。引之入土，春气发动，则转头向上。先后二蛆一引一推，拥之使出。迨经出土，二蛆皆毙。性惟畏雪，交冬得雪一寸，蝻子即深一尺。积雪盈尺，则蝻不萌生。若山坳深洞雪不及处，或冬无大雪，则明年复起。惟冬晴地隙未经雨雪之时，虫孔易寻，务使实力搜挖，得形如累黍，贯串成球者便是。并于挖尽处仍逐一标记，以便交春寻看。春间看过无子，初夏仍当再看一次，以防遗漏。

一、飞蝗停落处所，交春坚实地内见有松土浮泥堆起，内有小穴者，即属遗孽，亟宜挖尽。

一、泽草苇根，秋后须尽行砍除。如不可用，则纵火焚之，以除蝻孽。

一、绵虫形带，青黑色，身长寸许，由湿气蒸伏而生。夏秋之间，或有萌动，始食禾叶，继食嫩穗。务须督率乡民设法剪除，不使稍留余孽，致害禾稼。

一、蚜坊亦贼苗之虫，原生谷中，食叶，兼食穗，孳生甚速，繁衍无穷。其食最快，呼吸之间啮伤立见。一有生发，即督率乡民备求捕法，竭力扑除。

区　田　法

一、区田一亩，阔一十五步，每步五尺，计七丈五尺，每行阔一尺五寸，该分五十行；长一十六步，计八丈，每行阔一尺五寸，该分五十三行。长阔总算，通共二千六百五十区。空一行种一行，隔一区种一区，可种六百六十区。不种旁地，庶尽地力。如每年倒换区处，收成更足。（谓来岁以今年空行空区播种也。）

一、区田做就，每区挖松，深约一尺，起出松土约一寸。用熟粪一升，与区土和匀，将籽种均匀撒在上面，把手在粪土上轻轻按捺，使土与籽种相粘，然后将起出之松土覆上铺平。

一、苗出之时，相去一寸半留一株，区之边上多留一株（留一边，空三边），每区得一百一十株。（此指种谷，若种他物，株数宜酌量。）止须看粗壮好苗，约估拣留，不必逐株细数。总不要贪多，收成时自有实效。

一、禾苗留足后，俟当锄之时，制小铁锄一把，锄头宽一寸，长四寸，锄去野草。锄过八遍，草尽土松，结子饱满，禾穗长大。

一、区田禾穗长大，所结颗粒必重，定要下坠。恐遇大风摇摆，一经卧倒，便伤禾穗。须于苗出有尺长时，用四面田塍之土壅护苗根，渐长渐壅。须壅至尺余，风摆不倒，谷秆节节生根，不怕深埋。

一、区田既不择地，粪壤最为紧要。积粪之法多端，总在随地随时预为沤罨窖熟，以备临时之用。

一、浇灌之法，总无一定，要看土之干湿。干则量浇，使其润而不枯；湿则停浇，不致单长苗根而不结实。大约旱天亦不过浇灌五六次。若雨水勤，土不断润，则无须浇。

一、区田虽不择地，然总以土性肥沃、水旱无伤者为上，次则择高亢之地为之，旱可浇灌，水免淫潦。

区田之法原备凶荒。如有田十亩者种一亩，有田百亩者种十亩，全资人力，收成较胜常田数倍。此法行之，虽遇天灾，民无菜色。

冬月种谷法

北方带壳小米，北人呼为谷子。若得雨过晚，不及种麦，可种冬谷。其法于冬至前一日拣谷种入瓮，麻布扎口，掘土穴深四五尺，将瓮倒置穴中，用土封固。满十四日取出，大寒日种入熟地。春透苗生，约五月底六月初即熟，较麦仅晚熟二十余日，收不减于常谷。盖受冬至子半元阳之气，虽种冰雪中亦生，况熟在五六月间，此时蝗尚未生，不及为害。（蝗夏末秋初最甚。）此法知者甚少，而试辄有效，幸勿忽之。

办荒存牍

清光绪年间刻本

（清）嵇有庆　撰

惠清楼　点校

办荒存牍目录

办荒存牍　卷上

湖南零陵县知县锡山嵇有庆

通禀米价甚昂，恐再不得雨，必致更贵，请批准察看情形开仓平粜(甲戌六月初六日)

敬禀者：窃卑县自四月十六以后，未得大雨，五月以来连日晴霁，又兼南薰司令旦暮不休，高阜田禾日形枯槁，即平原沃壤，其涸亦可立待。迭经卑职随同本府并率在城文武员弁设坛祈祷，仅于五月二十四获雨一阵。早稻虽多干枯，然为数不多，乡民不甚重此，将来尚可补种杂粮，以补不足。中晚二稻甫经吐穗，若日内能得大雨，尚无妨碍。惟郡城自六月初一日起，米价陡涨，每石需钱四千二三百文，且一日三易其价。一时不安分之人，多以借领仓谷为名，为一己之私；亦有痞徒欲聚众向富户强讨坐索，起吃排饭之恶习。而上游东安境内，又有痞徒拦河藉荒滋事，郡城人心更觉惶动。卑职处之以镇静，出示严禁，谕以有犯必惩，并谕知常平仓内储谷甚多，且邻近之全州连年丰收，下游湘阴围谷颇足，已饬商前往贩运，必不使境内乏食，以安人心。一面谕令各富户不许闭粜居奇，一面谕饬各积谷首事赶紧及时借粜。卑职于上月二十九日往黄溪庙、深山头塘求雨，由东而北而西，水陆要区，皆身临其境。所至传集团长、绅耆，谕以倘遇天灾，惟有守常处变，不可轻动，致罹法网。各绅民均皆悚惧，自愿互相戒约，不敢效他人之尤。刻下卑县境内尚属安静。惟查卑县上年收成本不甚丰，四乡储积仅能各保各境，敷衍以待秋收。其近城一带，全赖外来米谷接济，而现在米价即如此昂贵，若日内再不得雨，其何以堪？惟有开仓平粜，庶可免民间食贵之虞，而杜奸商居奇之计。查卑县仓谷现存一万余石，又有绅士经管厘仓二千余石，可以舒民之急。惟临事具禀候批，往返程途，尚须时日，恐致延误，理合先行禀请大人俯赐批准，由卑职察看情形，开仓平粜，以资民食而静地方，实为公便。至如何定价平粜以及动用若干仓谷，或日内即能得雨，人心已定，毋须开仓之处，统俟临时再行禀报。

申缴抚藩宪排单(六月二十日)

为申缴排单事。本年六月二十日，案奉宪台粘发五百里排单批示，卑职禀报郡城米价增昂，恐贫民艰于得食，准由卑职察看情形，开仓平粜等因下县。奉此，除遵照随时察看情形、酌量办理禀报外，理合先将奉发排单具文申缴宪台，俯赐核销。再，卑县刻下米价较前稍减，系因下游渐有船米入境，并早谷业经入市之故。惟尚未获大雨，现仍设坛祈祷，合并声明。

计申赍奉发排单一纸。

通禀筹办转运，请饬沿途厘卡免抽厘税，并请批准由永州厘局拨借银两，以资转运（六月二十三日）

敬禀者：窃卑县自入五月以来，雨泽愆期。卑职前将田禾受旱情形并米价昂贵缘由，具禀宪鉴。兹奉批示，准由卑职酌量开仓平粜，并饬于得雨后，或别有接济，毋须开仓，亦著驰禀等因。伏查卑县地方，每年春夏之交，青黄不接，全赖外来米谷及早谷接济。本年早稻歉收，外境又有拦河阻诈之事，商人裹足不前。故六月初旬，郡城米价陡涨，人心惶惶不定。前经本府委员押运放行，卑职于上游河道交界处，亲往弹压劝谕。并刊刷告示，谕以现与邑绅商办转运，如百姓有缺食者，官任其责，必不使境内有饿民；如百姓有藉旱滋事者，官执其法，必不使境内有乱民。一面设法招商，严禁阻境。由是人心一定，上下游米谷亦源源入境。日来虽未均得透雨，而米价较前顿减。卑职察看情形尚可，毋庸开仓。惟有不得不预筹者。卑县山多田少，户鲜盖藏。往年即四境丰收，次年春夏若无外米入境，民间尚忧乏食。矧此丰歉不齐，今冬明春谷米何以足用？至各歉收地方，亦应酌予调剂。卑职现已商饬城内富绅，合凑二万余串钱资本，由卑县发给护票，于上下游产米处所，趁此新收贱价，贩谷来永，照市价酌减出卖。卖得一半资本，又去转运，周而复始，以平市价，以足民食。其极贫之户，官绅捐资，另办赈济。至离城窎远穷民有不能来城就食者，即饬乡间各富绅各按各团，一律照此办理。天时不齐，以人事补救之，总期不至上劳宪虑，下苦生民。查由省运谷来永，沿途局卡应抽厘税。今卑职商饬邑绅转运，可否仰恳宪恩行饬沿途局卡，如遇持有卑县印票赴永，谷米以及荞麦杂粮船只，免抽厘税，迅速放行。并恳赐示晓谕，凡商人贩谷赴永者，概免厘金，以明年秋收为度。则卑县之米不招自至，于民食大有裨益，而于厘税亦无妨碍。盖由下逆流而上，并无别处需米，固无伤税务也。又查上年卑职回任后，奉前藩升宪吴批准，由永州厘局拨银五千两买谷填仓。嗣因谷贵，未曾拨用。兹值卑县措办转运，资本不多，敢请将前项准拨之款，或现钱万串，由永州厘局陆续移借过县，发交绅士承领营运，俾得多备民食。事竣后，由卑职照数兑还，断不至或有短少。理合禀乞大人俯赐察核，批准所请，实为公便。

久旱不雨，筹办转运，谕贫民各宜安分，听候拯救，不许藉荒滋事示（七月　日）

为示谕事。照得县属自五月以至于今，未得大雨，禾苗受旱。又值青黄不接，凡属平民，求食本甚为难。此本县所深知，深为尔贫民怜悯，自当设法拯救。然尔贫民总要安分处变，设法谋生，万不可藉此天旱，就约众向富户抑勒开仓，并强讨恶索等事。在尔贫民之意，以为不如此不能得谷。殊不知有谷人家，若见尔贫民善来买谷，无有不答应之理。纵有一二居奇抬价之人，尔等尽可来县指告。本县查明其家实存谷数，立刻代为定价，押令出卖，断不能令富户积囤不粜，致令贫民乏食。若尔贫民竟恃强肆扰，富户畏尔凶横，不敢开仓，是急于得谷，而反拥挤不通，不能得谷。其过不在有谷之家，实在买谷之人矣。且县境之谷虽不足于用，查今年上游之全州、兴安等县，下游之长沙、湘阴一带围田，秋收均有十分。本县已与城中大绅筹画妥当，议定合借本钱数万串，派人分赴各处贩谷来永。并已禀明上宪，沿途免抽厘税。一俟运谷到境，即在城内设局贱价粜卖。卖出一半资本，又往产米地方转运前来。如此周而复始，每月总有数万谷到城，断不能因天时干旱，致吾百姓有饿死者，尔百姓尽可放心。如尔百姓有藉荒滋事者，本县虽实深怜悯，却不敢稍示姑息。查例载：不法之徒，如乘地方歉收，伙众抢夺村市粮食，又强讨恶索，扰害善良者，均照光棍例，为首者斩立决，为从者绞立决各等语。法律森严，执法者何敢轻纵。尔贫民若专愁乏食，本县自有救荒之策，必不使境内有饿民。尔贫民若敢藉荒滋事，本县自有除恶之法，必不使境内有乱民。兹特先事诰诫，尔百姓当善体本县好生之心，各自安分守法，以保身家性命。如有执迷不悟，敢于恃众滋事者，郡城内有营汛，外有练勇，何事不能扑灭。即三五成群，强讨强索，有谷人家受害不敢指告，本县耳目甚多，必暗记其人其事，俟事定后，按名掩捕，就地惩办，以快人意。那时恐后悔不及也。试思天不降雨，此中恐有天意存焉。本县殊深惶惧，惟有敬修人事，以图补救。又深愿读书明理之绅民及凡晓事之耆老等，互相劝诫，各自省察，敬天之怒。即以现在光景而论，倘有无耻之徒，或欲藉旱滋事，或欲假公济私，均宜力向劝阻，免致其人身败名裂，即是存心行善之法。其各富户，亦当共凛天灾，勿存闭粜居奇之心，勿起顾己不顾人之念，以免天怒人怨，丛集一身。此尤本县所厚望也。特示。

奉准免抽厘税，谕商民速即请领护票，转运谷米牌示（七月初十日）

为示谕事。照得县属本年夏雨愆期，秋成歉薄，粮价昂贵，本县商饬富绅措办转运，并禀奉抚宪批准，由本县发给护票，持赴沿途经过厘金局卡，呈请验票放行，免其完纳厘税等因在案。兹查省中谷价极其平减，商民中如有愿备资本赴下游贩谷回永发卖者，此中甚有利息，务即赴本县衙门呈领护票，注明所贩石数，为沿途免完厘金之据。护票乃本县置办，来领者并无分文花费。惟是护票一张，只能装运一次。如装运米谷到永后，即将护票缴销。下次贩运，另行请领可也。合行晓示县属商民人等一体知悉。特示。

采买谷米护票（七月　　日）

为护票事。照得县属本年夏雨愆期，收成歉薄，特赴各处谷价平贱地方，贩运谷米来永，预备接济。业经禀奉抚宪批示：据禀该县本年因旱歉收，深虑民食不足，商饬富绅集资，赴上下游产谷地方贩谷回永，预备减粜，来往周转，以平市价，以足民食。所办甚是。候即札饬厘金总局转饬沿途各局，如遇持有该县印票贩运谷米杂粮赴永者，准其免厘放行，以示体恤等因。奉此合行录批，发给护票。为此票照，仰该绅商持赴下游产谷地方采买谷〔石〕、米石，用船装载回永。所过沿途局卡，持此票呈验。如无别项货物，只有谷米杂粮，即请免抽厘税，立刻放行。倘有痞徒拦河阻诈，亦持此票，赴所在地方州县衙门及邻近局卡，呈请拿究。此票只准运一次，回日即行缴销。二次贩运，另行给发。须至护票者。

补种秋粮不许纵放牲畜践坏示(七月十一日)

为示禁事。照得本年入夏以来，雨泽愆期，田禾受旱，惟有补种秋粮，以资接济。兹据职员等公禀前情，并恐附近人家纵放牲畜践坏及有人乘间肆窃等情，公恳示禁前来。除批准外，合亟示谕。为此示仰县属各乡居民人等知悉，当此补种秋粮之时，凡属家有牲畜，务宜圈禁喂养。不许照往年常习，任意纵放，以免践坏秋苗而息争端。如有扰违不遵者，除责令赔偿外，必治以应得之罪。又或该处有不安本分之徒，乘间肆窃，许失主捆送来县请究；或即指名禀告，本县必立为派差查拿。惟不得藉窃搜赃及私自议罚，并逞凶迭殴，自取重咎。各宜凛遵毋违。特示。

访闻四乡近有窃贼并形迹可疑之人，谕各团保赶紧严查驱逐，毋任逗留示(七月十三日)

为示谕事。照得县属自五月以来，雨泽愆期，田禾被旱，全赖补种荞麦杂粮，藉资接济。凡各家所喂之牲畜，均宜圈禁喂养，俟杂粮收割之后，始准纵放野食，以免践坏秋禾，而息争斗。敢有故违者，定行严加重究。又，本县访闻四乡近多窃贼，当兹收成歉薄，民力正苦拮据，若再加以窃贼扰害，闾阎之疾苦更不堪言。兹本县签派干役多名，饬令分赴四乡暗地巡查，期于有则必拿，拿则必办。凡尔绅团，务各随时留心稽查。如所住境内有人敢于容留外路闲人，虽窃情尚未败露，而形迹可疑，务当尽行驱逐，不可任其逗留。倘其人不服盘查，许即来县密禀，自有本县作主。但不可藉窃搜赃及私自议罚，自取重咎。合行晓示县属绅商士庶农民人等一体遵照毋违。特示。

分派各乡绅士清查极贫次贫户口，开单呈阅，以便酌予赈济谕帖(七月十八日)

为谕饬清查事。照得县属本年夏雨愆期，收成歉薄。本县深虑贫民乏食，业经商饬城内富绅，合措资本，赴下游贩运米谷来永，为减粜便民之举。第思欲行平粜，必先查明贫户，方不至于滥给。且尚有极贫之民，有非减粜所能周济者，必须酌予调剂，始足以示体恤。然此等户口，散处四隅，本县无凭查察，全赖各乡公正绅士就近清查明白，始能核办。查该绅素能办事，合行谕饬。为此谕仰该绅立将所住境内贫民分别极贫、次贫，于八月内开单呈阅。所谓极贫者，如产微力薄、家无斗石、并无亲戚可靠，又无手艺可资养赡，及老弱残废、朝不谋夕者是也；所谓次贫者，如所耕之田虽已被旱，却尚有些须收获，或有别项微业可营，及有田主亲戚可靠，并可食力谋生者是也。尤须将极贫、次贫各户内查明某户大口若干、小口若干，十六岁以上为大口，十六岁以下为小口，均于单内分别注明，慎毋草率遗漏，是为至要。更有谕者，将来调剂贫民之费，拟仍由各乡富户合力捐资，各办各境。此时该绅清查户口，务须慎密访查，切不可稍涉张扬，使他人知有查办赈济之举。盖一经他人知之，则邻里之间皆我熟识者，必有人互相嘱托。彼时该绅无所适从，势不能不徇情滥开，将来所筹不敷所用，仍是该绅等自任其咎。兹特明白谕饬，该绅须慎思而力行之，务使有清查之实，不必先播清查之名，庶于此事方昭核实，亦可幸免后累也。切切。此谕。

致各乡绅士速查附近贫农户口，分别开单缄送，以便核办启(七月二十八日)

径启者：昨因本年秋收歉薄，深虑贫民艰于得食，业经商请在城诸君合凑资本，前赴下游贩运米谷来永，减粜便民，并禀奉上宪批准沿途免完厘税。一俟运谷到永，即在城内设局，减价出卖。四乡如有殷富士绅愿承领赴乡转卖者，亦可商办。又思此外尚有极贫户口，有虽给以减粜仍无力买食者，非另筹赈济不能全活。第此等户口，散处四乡县中，无从查识，即派他人往查，亦不能备知底细。阁下居处其间，见闻较确，用特泐函奉托，望即费心将所住附近一带贫农户口，详细访查，开具清单，于八月内缄送县署。(凡游手好闲不务正业者，虽是贫户，亦不可开。)并请分别极贫、次贫两项，详记单内。所谓极贫者，如产微力薄、家无斗石，并无亲戚可靠，又无手艺可资养赡，及老弱残废、朝不谋夕者是也。所谓次贫者，如所耕之田虽已被旱，尚有别项微业可营，并可食力谋生，不致毫无生路者是也。又须查明各贫户某家，大口若干、小口若干，(十六岁以上为大口，十六岁以下为小口，凡未及周岁者不计。)一并于单内分别注明，以凭核办。更有恳者，此时清查户口，即为将来分给减粜赈济之据，(极贫者给赈，次贫给减粜。)务请慎密访查，切不可稍涉张扬，免他人知有清查之举。盖一经他人知之，凡邻里之间，皆我熟识，必有人互相嘱托，势必至徇情滥开，反使实在贫户不能沾受实惠。且赈济经费，将来仍令各捐各乡，各办各乡，若此时清查稍涉宽滥，恐日后应接不暇。想阁下智珠在握，定不以此言为河汉也。再，所查户口清单，务于本月内寄到，幸勿延缓，并望注明某路、某乡、某地名。是所切嘱。

禀抚藩厘局宪，现在极贫之户非平粜所能补救，请将永州厘局原买备荒谷石准归赈济支用

敬禀者：窃卑职前因卑县本年夏雨愆期，秋收歉薄，米价腾贵，禀奉宪台批准，由卑职刊发护票，饬绅分赴上下游产谷地方，周转贩运，减粜接济，并奉行饬沿途厘卡，免抽厘税等因。倾见大人恤念黎元，莫名钦戴。遵即谕饬该富绅等赶凑资本，驰赴下游衡州、湘潭、长沙等处采买谷石，并已刊发护票，编列号次，注明所运数目，饬呈沿途局卡查验放行。装运回日，即将所发护票撤销，下次另行给票贩运。其运来之谷，即在城内设局碾卖。现已密派妥绅，分赴四乡清查贫民户口，准买减粜谷米，每米一石减价五百文。又晓示县属士商中如有愿备资本，赴下游贩谷来卖者，尽可并行不悖，并许给以免厘护票。现已有人具禀请领。盖商人趋利，知有免厘之举，可以多沾余润，又无别项分毫花费，自各争先贩运而来。卑县米谷既日见其多，将来米价定不致大有昂贵也。然转运之法，只有益于次贫之民，至于极贫户口，有虽给予减粜，仍无力买食者，非筹款赈济不能全活。卑职已先捐钱二千串，并有城内绅士数人，共捐钱二千串。此外无人允捐，亦不向人劝捐。拟俟查明户口数目后，选派殷实公正士绅，在城厢内外设厂给赈。凡附城十里内地方，均归城内办理。其余则派定士绅，各捐各乡，各办各乡，一切章程以城内为法。如十分贫瘠之

区，由城内酌予津贴。定于本年冬月朔日起，至明年正月底为度。如届期不能收厂，即再展限一二月。所有给赈章程，拟先之以粥，以免冒滥。盖先说钱米，恐不应赈者亦来求赈，必致应接不暇。统俟办有头绪，人数已定，或遇严寒天气，然后赈以米，或赈以钱。均俟临时察看情形，斟酌办理，总求有实济于民，断不敢草率敷衍，有赈之名无赈之实也。惟卑县本是地瘠民贫之区，本地富绅寥寥无几，除相识数人外，无可筹商。既格于定例，不敢冒昧上请，又不敢因事论罚，致开利薮而启弊端。再四思维，查卑县现有厘仓谷二千六百余石，此谷原是永州厘局前于每年汇水项下禀明提款买备地方荒歉之用，嗣奉文将汇水钱文提归省中恤无告堂及卑县永善堂善事经费。近年厘局即未添买谷石，而从前所买之谷历未动用，现归本地绅士经管。今卑县赈济需资，无款可筹，而此项谷石并无别事牵制，似可动用。理合禀乞大人俯赐察核，准由卑职全数提归赈济支用，俾穷黎多赖存活，仰被恩施，益无涯涘。

附夹单禀*

敬再禀者：窃查本年夏雨愆期，合郡皆然，惟卑县西北两乡为最甚，宁道次之，其余亦间有花干之处。当六月初间，米价陡涨，各处贫民赴广西逃荒者，竟不下万余人。闻蒙刘中丞念桑梓之谊，按名给钱三百、米一斗，令回原籍。虽未别滋事端，而流离情状，凡亲民之官，皆当引以为愧也。卑职于初旱时，亲赴四乡，传集绅耆，剀切劝谕。现当夏日天长，本乡本土谋生之路甚多，万不可轻去其乡。如冬月风雪无计谋生，必设法使有饭吃，誓不忍坐视万姓之饥寒而不之救。一面出示晓谕，敢有藉荒滋事者，必尽法以惩之，断不使境内有乱民。其守分安贫者，必多方以济之，必不使境内有饿民。当时民幸尚听从。然现至中秋，转瞬即届冬令，前出大言，今何以践？卑职日夜筹思，诚有寝食难安者。伏思救荒之策，不外平粜、赈济两端。平粜可有济于次贫之民，赈济始有济于极贫之民。前与城绅商办平粜，各绅共凑资二万余串，卑职出银二千两，此举定能畅行。且谷免厘税，下游谷米源源而来，卑县米价日见平减，将来更无虑谷米短少。惟极贫之民，非赈济不能救恤。计现在捐数只有三四千串之多，城内既大不敷用，乡间又尚须津贴，若不及早筹定，势必半途而止，救民转致害民。查厘局存谷别无牵制，且从前原为备荒而设，是以据实禀陈，务乞大人俯念卑县赈济需资，批准动用，则穷黎赖以存活，皆出痌瘝在抱之恩。卑职感戴私衷，尤非言罄。至此谷用毕，必尚不敷。卑职惟有尽其力之所能为，万不敢心存敷衍，膜视斯民之困苦而不顾也。再，卑县上下忙钱粮，当六七月间请缓请免者，纷纷而至，并有得雨之处，田禾畅茂，亦妄生觊觎之心。卑职密访公正绅耆，皆言有粮之田多在平地，有井有塘，尚不至十分荒歉，且多系有力之家，可以赔垫。惟山腰开垦田亩，多系无粮之田，今年颗粒无收，纵或缓征，于此等穷民不能得沾实惠。此语不为无见。卑职所以只办赈济不即请缓征者，职此之故。现在体察情形，不过征收难如往常踊跃，甚或少迟时日，而拖欠则仍可无虑也。合并声明。

申缴批准动用厘仓存谷排单（八月二十九日）

为申缴排单事。案奉宪台粘发五百里排单下县，批准由卑职动用厘仓存谷赈济等因。

奉此，除遵照办理并随时禀报外，理合先将奉发排单，具文申缴宪台俯赐核销。为此申乞照验施行。须至申者。

计申赍排单一件。

致永善堂首事启

启者：赈济事宜，全为四乡贫苦农夫起见。此次清查贫户，凡不耕而食及游手好闲之人，均不必列入。盖事体甚大，赀本太少，不能不节用也。计赈济经费，必须筹备二万串左右方能足用。县署已倡捐钱三千串，又禀奉上宪批准动用厘仓存谷，约可值钱四千余串，又经堂内首事捐钱一千串，统计不过八千串，此外尚短钱一万串。城内虽尚有数家可向劝办，然所短甚多，不能不向四乡富户筹办。查乡间殷实之家，虽偶遇歉收，并无所苦，且捐赈是今冬明春最要紧之事，若不及早筹备，转届严冬，老弱冻饿而死，固堪痛悯；少壮因饿滋扰，亦当预防。是富户之捐赈，不徒救人，亦以自卫也。不佞忝任斯邑，前后已经六年，平日之禁绝苞苴，此固人所共知，可以自信者。即以地方公事而论，从不肯累及乡间，如两次劝办捐输，皆力请停止。又如团练事宜，从前有一京员回籍，借团练之名肆行敛费，亦破除情面阻止之，从未敢头会箕敛，有伤地方元气。再如永善堂一举，乃邑中一大善事，只有城内诸君助成，并未请乡下写捐。且现在筹办转运平粜谷米，共用二万余串，亦只县署与在城诸君任之，更未谋及乡间。自问所以体恤乡间富户之事，无微不至。今因筹办四乡赈济，初次向在乡富户启口乞助，谅不至拂我所请。至其余中等富户，更不勒派捐输，任其量力乐助。纵所助者只敷救活一人之资，亦所深愿。俗所谓救得一人是一人也。或者曰：博施济众，尧舜犹病，何敢轻言赈济？然不佞私心自揣，只要清查户口，毋稍冒滥，合计一县之中，极贫者总不过三五千户，二三万丁口。以所筹之数樽节支用，何至不能救活乎？抑更有说者，前在山东闻诸父老言曰：有一年黄河溃口，地方被水，官绅共筹赈济。正在无从下手，忽一授童馆蒙师鸠集门徒，得钱数十串，称欲办赈。众人无不哂其迂，蒙师曰：无笑为也。人之赈济，或赈一省、一府、一县，再或降而只赈一乡、一里，此皆赈事之最大者。我固不能，我且筹其小而近者。于是就所居附近之邻居，查得贫户四五家，极贫之户三两家，照古法赈之，百日内竟赖全活。此真有心人也。倘能人人均如此存心，群相踵起，有十分之力尽十分，有一分之力亦尽一分，众力聚，自事易成矣。区区私衷，务祈代向助赈诸君子剀切劝导，不胜感祷之至。

再启者：四乡各处，不及分函寄致，特请贵堂将前函照缮多张，分寄四乡绅士，照信办理。至劝捐印簿，只此一本存在永善堂内，并无第二本印簿。出外写捐，此意尤须告知四乡。至劝捐、催捐、收捐，县署断不派差下乡追逼，亦不派号吏持名帖催唤，总恐或有扰累也。想乡间各富户皆当激动善念，源源来城捐助赈事，不患无成也。

致各乡绅士启

救荒之法，不外平粜、赈济两端。现已请人赴长沙买平粜谷米去矣。惟赈济一事，现无公款可挪，又不能冒昧上请，惟有各捐各乡，各办各乡，最为妙着，可免境有饿莩。然各捐各办两语，说之甚易，办之则甚难。首在得办事之人及出资之人。现请诸君子会议，务望各举所知，某人能办赈事、某人能出资助赈，开列姓名，密送县署，由县署分别传请来城商量。先要划清疆界，议定某几人承办某几处赈事，定在某处设厂，将某几处附近饥民均归此厂给赈，以免拥挤及饥民远路奔驰之苦。次则清查户口。此事断不可先使人知，若经乡人共知，互相嘱托，有不应赈而赈者，将来必有应赈而不赈者。是以严密访查为妙。其实邻里之间，何人是极贫，何人是次贫，向居处最近之绅民查问，自无遗漏冒滥等弊。所谓极贫者，如产微力薄，一遭荒旱，家无斗石，又无亲戚可靠，并老弱残废，朝不谋夕者是也。所谓次贫者，如所耕之田虽已被旱，却有田主可靠，或有别项微业可营，及工匠手艺可以谋生，不致毫无生路者是也。如此分别之后，即于九月底亲诣其家，查明大口若干，小口若干，（十六岁以上为大口，十六岁以下为小口。）详细开单，于十月初十日以前送至县中。将来拟将极贫者按日给赈，次贫者准其买减粜谷米，均刊有照票。统于十月二十五日以前将存县底册分别填齐，送到乡间各首事处，转发各户，告以持此照票，方能领赈，无票者不给。凡城乡赈厂及平粜米局，均定于冬月初一日一齐开办，至明年二月底止。所有赈厂事宜，先之以粥。俟办有头绪，人数已定，核计捐项多寡，然后再变通赈给钱米。盖先说钱米，恐人均来求赈，必至应接不暇。再，乡间赈厂捐项，若实不敷用，由城内酌予津贴。救荒之法，愚见如此，尚希高明指教，以匡不逮。总期有实济于民，勿徒托空言则幸甚。

禀抚藩宪变通赈济办法并请发兵谷价银，仍委李令买谷来永备荒（十月初六日）

敬禀者：窃卑职前因卑县秋收歉薄，民多穷苦，禀明筹办平粜、赈济两事，均奉宪台批准。现据前派买谷绅士陆续回来领票，商人亦多赴下游贩谷去矣。至赈济一事，卑职因前见京城粥厂法最善美，拟仿行之。是以前禀有先之以粥之语。其时原有友人谓赈粥不便，并恐有搀和石灰等弊，卑职谓办事只要得人，诸弊自能杜绝，且设厂给粥时与民同食，司役者何敢搀和渔利？乃自今思之，赈粥诚大不便，非仅虑其搀和已也。盖设厂给粥，必多用人夫，多派绅士，多置锅灶、盆碗。以三十厂计之，种种縻费，甚属不少。而贫民因此一粥，奔走于风天雪地中，更恐染受寒疾。现定只赈以钱，将来一月一放，每名每月赈给钱三百余文。如数口之家，每月可得钱二千上下，或以此营运微利，或赴局买食贱价米谷，均较便当。又卑职前禀各捐各乡、各办各乡一节，先因本地绅士谓四乡绅民每于修桥补路、迎神赛社等事，皆肯集资倡行，矧此救荒善事，岂无出钱办事之人？卑职聆其言甚近理，故照言禀办。讵事到临期，乡间富户不但悭吝，且均畏难，不肯任事。此皆不可共事之人也。却又不能因此不办，坐视乡民饥饿。卑职现又加捐钱一千串，商允在城诸绅，一切均由城内提纲挈领，并不强乡人所难。其有愿捐钱、愿办事者，亦听入局。计现在城内捐项，连厘仓存谷，约有一万一二千串光景。拟自冬月起，每月十六日，派人持各处极贫名簿，下乡验明，照票放赈一次。事甚简便而易行，贫民亦可得沾实惠。倘再不敷，卑职亦必尽力肩任，敷至来年二月始行停止，断不敢半途而废。现各处查来贫户清册已十之七八，总计卑县西北两乡，极贫之户不过三四千家、一万五六千丁口，经此番赈济，虽不能饱暖充足，亦必不至或有饿莩。惟卑职窃有虑者：卑县本年夏秋两季均未得雨，现已入冬，而亢燥尤甚，二麦不能下种，高处荞麦又多枯槁，低田仅获薄收。不但塘坝均经干涸，即城外愚溪，早已断流，县城河水亦只数寸，往来行船甚是不便。此数十年来未有之干旱，倘再不获冬雨冬雪，明春农事其何以兴？是卑县大局之难不在今冬，而在明年春夏间矣。幸刻下外来米多，米价不甚昂贵，民情尚称安静。然恐难持久，明年米价必有大贵之时。查卑县未领兵谷价银，除已奉发五千两，委李令国镇买谷来永，收仓具报外，计尚有存银二万余两。原知库款支绌，不敢妄请，第卑县正值需谷备用之际，可否再准酌发库银数千两或万两，仍委李令买谷来永，归仓备用，伏祈酌核施行。卑职为多筹储备起见，不揣冒昧，理合缕禀大人俯赐察核，训示祇遵，实为公便。

办荒存牍　卷下

湖南零陵县知县锡山嵇有庆

通禀赈事办有头绪谨将示稿赈票抄呈，时届严寒并声明买备棉衣施散

（附示稿及赈票，十一月十八日）

敬禀者：窃卑县赈济事宜，卑职前将筹办情形先后禀呈宪鉴在案。兹于十月底催据西北两乡绅士将所查户口造册送局，择其实在贫苦者，核存四千五百余户、大小丁口共一万四千余名，议定大口每月赈钱三百文，小口二百，共赈三个月。自本年冬月十六日起，至明年二月十五日止，一月一发。先刊赈票，按户给发，各择就近之地，分立赈厂二十九处，以免领赈者远道奔驰及人多拥挤。所有赈济章程及某乡某处归并某厂发钱，均逐一出示晓谕。又将某厂发赈户名，开单贴于该厂门首，使各赈户容易知晓，而杜吞匿之弊。其所赈之钱，均用城内钱店本月本日红票，每名一张。其票随处可以使用，厂内并不散给现钱，以归简便，藉免少数小钱等弊。每届月之十六日，只用二三可靠绅士，携带户口底册、钱票，赴厂验票发钱。并于赈票内月日上盖一发字戳记，以免重领。绝不繁难，亦无浮费。昨于本月十六日，卑职因是初次发赈，恐经手绅士未能周备，又恐未领赈者或滋事端，移请左训导寿朋派顾典史寿田及署中友人，并可靠城绅，分赴四乡赈厂。卑职自赴附城两厂，稽查弹压。是日各厂一律安静，绝无拥挤争闹之人，办事绅士亦均妥协。此后腊月、正月，即照此散赈。间有遗漏之户，查明续补。至所需赈费，约计三个月，共需钱一万一二千串。以前奉批准动用之厘仓存谷，并现据各绅商大户乐捐之项及卑职自捐之款，可以支持竣事。理合先将卑县赈事已经办成，及临赈时所出告示所发赈票式样，一并呈请大人俯赐察核。再，次贫户口前于八九月间曾经运谷平粜，只用谷三千余石。嗣因外来米多，价就平减，刻下米价并不甚昂。且本月十六、十七两日得有透雨，田可翻犁，尚可补种小麦，人心大定。平粜之谷，可以留待即明年青黄不接之时民食拮据。查卑县仓中存谷，尚有一万七千余石。前与绅士买运之谷，亦已陆续到齐。昨又奉藩宪札拨衡州仓谷四千石，拟存俟明年春水发时，再行运回备用。合共有谷四万余石，谅足接济民食也。又卑县永善堂每于年终有施发寒衣之举，向只预备数百件。卑职因本年收成歉薄，无衣者较多，前于八月内捐资，饬令该堂首事，往下游湘潭、衡州一带，买回各色粗布里面棉衣及絮衣共若干件，用土红于衣里上拍印花记，传谕各押当店，不许收当此衣。现拟腊月初旬散给城乡穷民，合并申明。

计呈照录告示清折一合、赈票一张。

告　示

为赈济贫民出示晓谕事。案查县属之西乡一隅、北乡一隅及附城二十里以内各地方，

本年均因夏雨愆期，收成极歉。贫苦农民既鲜盖藏，又无别业，若不筹给赈济，当饥寒交迫之时，恐有冻馁。前经禀明上宪批准动用厘谷，并由本县捐廉办赈。又劝谕城乡绅商量力输助。及遴请绅士分赴各歉收地方，清查贫农户口，由本县酌定数目，散给赈票，共赈三个月，自本年十一月十六日起，至明年二月十五日止，所赈之钱一月一放，每名一张钱票，分别大口三百文一张，小口二百文一张。其钱均是城内大钱店本月本日红票，此票随处可以使用，随时可以取钱，既可持以赎当，亦可持以完粮。所有设立赈厂共二十九处，某乡某某等处归并某处赈厂给钱，均写明赈票之上。兹又开列于后，并于各赈厂门首将应赈户口、姓名，开单晓谕，使众人均共知晓。凡各赈户，务各记明赈厂，于每月十六日持票赴厂，投候盖戳，发给钱票。如以此厂赈票，赴彼厂领钱者，则是空劳往返，断不给钱。又各户领赈之日，一户只须一人持票入厂；或数户交一人代领，亦可准行。不必人人皆去，妇女幼孩更不必去，免被拥挤。此举专为各歉收地方贫苦农民而设，凡有收成较稔以及平日不耕而食、游手好闲之人，均不给赈。盖周急不继富，古有明言。且本年米价并不甚贵，于向来买米而食者，实无亏损，是以不给赈钱。尚敢藉端滋事，或在赈厂门外吵闹，立即派差拿案，从重枷责示众，决不宽贷。至各赈厂所贴应赈姓名，系各处绅士送来之单，经本县酌定后一一开明者。总之，单上有名，即应领取赈票，有赈票在手，即应照注明丁口，领取钱票。若清单上有名，而未领到赈票者，必是被人侵吞，可即向该处绅士查问。再如单上开列之名，该处并无此人，必是有人捏造名字，冒领赈钱，许各处民人查明指禀。再，此次劝捐，只立印簿一本，存永善堂内，四乡并无分簿。且唯向大户劝写，小康中户，概不劝捐。且将来必将各捐户姓名、捐数，开列永善堂门首，明白清楚，无一勒派之事，无一枉出之钱。倘有滥职劣监觊觎小利，私自在乡敛钱者，一经访问，或被告发，必将所得之钱追出，仍从严究办示儆，断不能曲全体面，含糊了事也。至于次贫户口，本县前已商请绅士，在省买运谷米万余石，不日即可到齐。昨又奉藩宪批准拨用衡州仓谷数千石备荒，而仓中存谷又有两万余石，待至来年青黄不接，一并作平粜之用。合县士民，不必虑无谷米买食也。特示。

计开赈厂共二十九处

城外二厂

一、西河柳子庙。西乡窑上、太平门、观芝岭、范家铺、南乡南津渡、风王庙、杨梓塘。以上七处，均赴柳子庙领赈。

一、北关外潇湘庙。南乡新管岭、牛皮滩、茆江桥、北乡雷公洞、杨塘亭、香苓山。以上六处，均赴潇湘庙领赈。

东乡五厂

一、白鹭庙。仙神侨、山塘岭、油草塘。以上三处，均赴白鹭庙领赈。

一、菱角塘。码头上、章家冲、包田。以上三处，均赴菱角塘领赈。

一、桥头塘。喜塘、花山岭、小桥。以上三处，均赴桥头庙领赈。

一、瓦屋里。斗塘桥、上花石庙、木斗岭。以上三处，均赴瓦屋里领赈。

一、包公庙（在落逑坪）。公头岭、大新塘、木兜塘，以上三处，均赴包公庙领赈。

南乡五厂

一、祝圣寺。祝圣团五区，均赴祝圣寺领赈。

一、章古寺。忠孝团等处，均赴章古寺领赈。

一、迴龙寺。永安团等处，均赴迴龙寺领赈。

一、良仙寺。忠勇团等处，均赴良仙寺领赈。

一、云泉寺。青山里、五里牌。以上二处，均赴云泉寺领赈。

西乡七厂

一、双江桥。莲塘寺、涧山、黄田铺、名山岭。以上四处，均赴双江桥领赈。

一、冯家亭（在三丘田）。背岭冲、庆源里、水字桥、许家桥。以上四处，均赴冯家亭领赈。

一、南河甸。九江铺、暮山、高林桥、竹塘。以上四处，均赴南河甸领赈。

一、大夫庙。五云山、宅永庙、南雄山。以上三处，均赴大夫庙领赈。

一、老埠头。蔡家铺、伍家岭。以上二处，均赴老埠头领赈。

一、兴隆墟。扶塘观、莲花塘。以上二处，均赴兴隆墟领赈。

一、宝坊寺。城村等处，均赴宝坊寺领赈。

北乡小陆路四厂

一、四达亭（即新塘尾）。添子地、蔡芽坦、长岭上。以上三处，均赴四达亭领赈。

一、塔山观。邮亭墟、大坪铺、香花庙。以上三处，均赴塔山观领赈。

一、鼎新观。山口、滑石山、毛坪。以上三处，均赴鼎新观领赈。

一、梅溪洲。大木口、阳东山、小木口。以上三处，均赴梅溪洲领赈。

正北路四厂

一、接履桥。烟竹铺、潮塘团、画眉铺。以上三处，均赴接履桥领赈。

一、梁木铺。上木井、团圆庙、冻青铺。以上三处，均赴梁木铺领赈。

一、孟公山。大桥铺、敦睦团。以上二处，均赴孟公山领赈。

一、楚江墟。祖圩下等处，均赴楚江墟领赈。

水北路二厂

一、蔡家埠。石山头、蔡市八坊、木瓜埠。以上三处，均赴蔡家埠领赈。

一、冷水滩。礼义团等处，均赴冷水滩领赈。

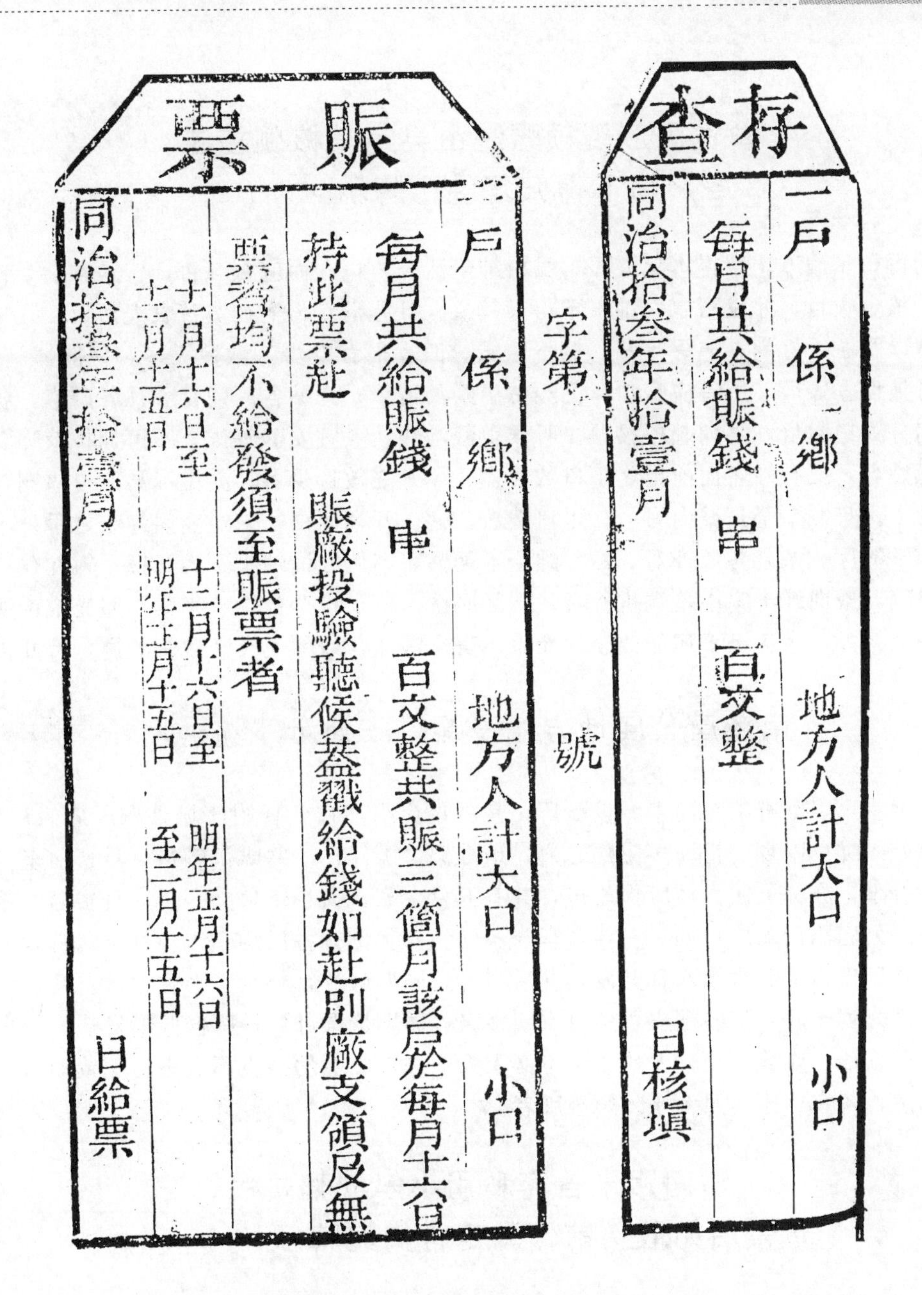
賑票

一戶　係　鄉　地方人計大口　小口

每月共給賑錢　串　百文整共賑三箇月該戶於每月十六日

持此票赴　賑廠投驗聽候蓋戳給錢如赴別廠支領及無

票者均不給發須至賑票者

十一月十六日至十二月十五日　十二月十六日至明年正月十五日　明年正月十六日至二月十五日

同治拾叁年拾壹月　日給票

字第　號

存查

一戶　係　鄉　地方人計大口　小口

每月共給賑錢　串　百文整

同治拾叁年拾壹月　日核塡

附禀劝捐情形（十一月十八日）

敬再禀者：此次劝捐赈济，只向邑中大富户劝写，中等富户绝不扰及，本不敢敛怨以为德，致未利贫民，先害富民也。然如瑶（按：原书为“猺”字，此处径改之。下同。）人某某者，兄捐户部主事，弟捐湖北候补道员，侄又叨中副榜，身附衣冠之列，家余百万之资，目睹乡邦饥馑情形，应不待官绅向劝，即出资助赈，方不失为绅士之道。乃竟任人再三往劝，一毛不拔。是诚别有肺肠者。虽不难立传到案，勒令多捐。然此次筹办赈济，凡助赈各户，皆由绅士函劝，不但官中未派一差下乡，即号吏持名帖往催之事，亦从未行过。何肯因一瑶户，遂尔自破其例。今因赈已办成，特将某某糊涂鄙吝情形，一并禀乞察核。

谕贫民应否领赈统由县定其核删核减，各户口不得归怨绅士牌示(十一月　日)

为再行示谕事。照得本年办赈，虽由绅士清查户口，而应赈与否，皆是本县亲自访查确实，核定数目，才发赈票，绅士不得操其权。且此举专为实在贫苦农夫而设，凡平日不耕而食以及游手好闲、乞丐等辈，概不给赈。四乡捐者颇少，款数无多，何能博施济众。现在分地设立赈厂，所有应赈户口已经首事开具清单，张贴各厂门首。凡各赈户，各自看明姓名并人口数目，届期赴厂投票，听候盖戳给钱，务宜安静等候，不可拥挤喧哗。其清单内无姓名，或有姓名而前报之丁口数目多、今开之数目少者，亦是本县亲自核删，不能归怨绅士。且赈票全是城内写去，丁口钱数，一一开列明白，未经乡间绅士之手。本县又请派儒学捕厅，亲赴各厂查对，经手绅士毫无弊窦。倘敢谓绅士不为开报，辄在赈厂门外聚众滋闹，或向绅士家中藉端拼扰者，本县必派六班干役全数锁拿来案，照光棍论罪。断不能稍从轻办，为各滋事痞徒曲全性命也。言出法随，后悔无及。各宜凛遵。特此再示。

南乡唐公庙地方添设赈厂一处示(十二月初五日)

为牌示事。案查南乡向未专设赈厂，其零星应赈户口，皆附于城外柳子庙一厂散放。兹据该处团绅以南乡一带尚多应赈之户，请准添设赈厂，一并赈济等情，具禀前来。询据永善堂首事，亦称更便。计应赈之户，共有五百余家，大小丁口共一千三百多名。兹本县于南乡唐公庙添设赈厂一处，一切章程与各厂一律。惟查各厂均于十一月十六日发钱，此处添设之厂作为十二月十八日开发，此后与各厂同期散放，补足三个月之数。凡有应赈户名，均已开列于后。尔各赈户，各自看明姓名，届期持票赴厂，听候验票发钱。一户只准一人赴厂领钱，或数户交一人代领，不必人人皆去，归女幼孩更不必去，免致拥挤。合行牌示知悉，各宜一体遵照无违。须至牌者。

访问贩米各商私用小斛欺骗贫民，查禁后如敢仍前作弊定行拘究牌示(十二月十五日)

为牌示查禁事。照得大西门外浮桥边停泊米船，发卖米谷，原属接济地方，使无乏食，商民两得便益。但交易贵在公平，不容取巧肥己。兹访得该商船出卖米石，竟有私用不公平之小斛，甚至斛斗心底匿钉大木码子等弊，实属有干例禁。亟应从严查禁，免致贻害贫民。除饬差保密查外，合行牌示。为此示仰该运米船户商贩人等知悉：自示之后，尔等务用本境各米店较准斛斗，公平出粜，不许取巧渔利。倘敢故违，一经查实，或被告发，定即拘案，从重究办。再，凡赴该船上买米之人，如受欺骗，准即赴县禀告，不许吵闹争斗。切切。须至牌者。

谕潇湘庙柳子庙两厂稍远各赈户因雪阻到迟，准随时赴署补领示（十二月十六日）

为牌示事。照得腊月十六日系二次发赈之期，除各乡赈厂业已请派绅士分途散发外，所有城外柳子庙、潇湘庙两厂，均由本县亲往发赈。惟现当天降大雪，诚恐远路贫民不能如期赶到，合行悬牌晓示：凡柳子庙、潇湘庙两厂领赈之人，如有因天寒路远未能依期赶到者，均准于次日随时赴本县衙门投票，听候补发。只应安静守候，不许拥挤吵闹，致干拿究。特示。

禀抚藩宪以准发应领之款归并现在剩余加赈一月（乙亥正月初六日）

敬禀者：窃照卑县筹办赈务，业将办理情形陆续驰禀宪鉴在案。查卑县城乡共设二十九厂，每厂遴派绅耆经理，均各妥适。惟北路孟公山一厂有一二不肖武生，徇情浮开，克扣渔利。十二月十六日二次放赈时，经督放员绅查出前弊，卑职当将该生斥退，另换首事经理。自此乡查惩之后，各厂愈能加意认真。其初次遗漏者，均于二次补给。又于南乡唐公庙地方添设一厂。总计每月需钱四千余串。自上年冬月十六日起，至本年二月十五日止，共三个月，计需钱一万二千余串。以现在情形而论，若仅至二月为止，恐仍不免冻饿之虞。必须展至三月，其时麦将成熟，且农事方兴，小民可藉工作营生。计现在经费，除本月十六日三次发放外，尚有赢余。又适蒙藩宪准将卑职前在慈利任内应领之款给发，卑职遵即推广宪恩，将此领款添入，尚可勉强加展一月。惟领赈之户，凡每户一二口者，皆实系极贫之户；每户四五口者，其中即不无瞻徇情面。兹将每户四五口、五六口者，均以一二口为限。如此撙节，月可省钱二千串，而闾阎亦沾实惠。业经卑职出示晓谕，自二月十六日至三月十五日加赈一月，仍派员绅分路督放。至卑县此次筹办赈需，本邑绅士所捐共有五千余缗，均系自愿书捐，并未苛派。其拥厚赀而不出分文者，亦不屑向之劝导，更无因案勒罚钱谷情事。所幸仰托鸿施，于三个月外，尚能加展一月。卑职初意殊不及此。除俟事竣后再将用过钱数另文开折具报外，所有现拟加赈一月缘由，理合禀乞察核。

加赈一月牌示（二月初六日）

为赈济展限事。照得去年放赈，本定三个月限期，自十一月十六日起，至本年二月十五日止。现因贫民难于谋生，且四月间始能收麦，乡农无有接济。兹本县勉强捐资，再加赈一月，定于二月十六日，仍照从前一样发放。惟冒滥之户，一户多有领至四五口者，此次加展之赈，只准一二口，以示限制。特此牌示各厂领赈之户知之。须至牌者。

商贩米船暗中克扣，特发出官斗并升各一件，买米者遵用较量，免被欺骗牌示(正月初七日)

为牌示事。照得本县访闻商贩在河干发卖谷米，有暗中克扣升斗、欺骗乡愚情事。查现在谷米价值较前稍贱，方幸民间得免食贵之虞。乃该商贩等如此行为，是名为贱价，实仍昂贵，殊属可恶。本应派差查禁，又恐各差役藉端需索，扰累商贩，是以暂止。特发出升斗各一件，存置厘金船上。凡在河干买食谷米者，可用发出升斗较量，如量不足数，即向原卖人照数索补。此本县为严杜商贩作弊累民起见，该各商贩务当公平交易，不可再蹈前辙，致干拿究也。须至牌者。

加赈之期务各携带赈票投候验收发钱牌示(二月十三日)

为牌示事。照得二月十六日，系加发赈济之期。向来发钱，皆于赈票上盖一发字，以免重领。此次加赈，以收票为凭，一手收票，一手发钱。尔等领赈之户，务各携带赈票赴厂，静候验收发钱。切不可拥挤喧哗，自干拿究。须至牌者。

通禀赈事已毕合将出入钱数开折呈核(二月十八日)

敬禀者：窃卑县赈济事宜，并加赈一月缘由，均经先后禀呈宪鉴在案。查卑县城乡赈厂二十九处，后又于南乡添设一厂，共三十处。三次散发赈钱，均一律安静，既无拥挤争闹之人，亦无遗漏浮滥等弊。原议只赈三月，自去年冬月十六日起，至本年二月十五日止。继思办理此事，绅士齐心，毫无弊窦，此时若能多赈一钱，百姓即可多沾一钱实惠。适蒙藩宪将卑县应领各款核准给发，因将此款添入，并三月来所余之款，勉强加赈一月。已于二月十六日仍前移派员绅分路督放完竣，并将赈票尽行收销。伏思赈济一事，当初办之时，人人欲得之，不能尽人而济之。筹办稍有未周，即不免或滋事端，办事绅耆亦不免受怨受累。卑县于上年冬月初次散赈时，即按厂悬牌晓示，凡各厂开来户口，均由县中另行密查，将不应赈者概予删除。其赈单无名之人，不可怨及绅士，滋闹干咎等语晓谕。而遇有应行补赈之户，虽据拦舆恳求，亦不遽准。必饬由各厂绅士送名，始为核补。以德归人，以怨归己，办事者始无所难。而又未尝藉赈勒派一钱，论罚一案。以故共事各绅始终悦服，均肯实心实力，相助为理，民间亦因之毫无异词，平安竣事。现又筹借百姓谷种。今春旸雨应时，秋后若得丰收，地方元气当可望复矣。兹因赈事已完，所有前奉批准动用厘谷变价数目及各捐项并办赈用过钱数，除开列晓单，张贴永善堂门首，俾众共知外，理合照录，呈请大人俯赐察核。再，折内所叙，如有曾经出钱单内无名者，必是被人诓骗，速速禀明等语，系照晓单录呈，不过防有此弊。及贴后细查，尚无其事。合并声明。

计禀赍清折一合。

永善堂门首张贴清单照录呈核

为开单晓示事。案照本县前奉抚宪暨藩宪批准，动用永郡厘仓存谷二千六百一十三石，变价钱四千四百五十六串零。又奉镇宪朱捐钱一百串，前提宪李捐钱六十串，及本县捐钱三千串，顾捕厅捐钱二十串。又收入前县任内办捐余项三百三十六串。其余各绅商民捐数，依次开列于左：

濂溪书院掌教王惺原，捐钱十串。

永善堂首事黎宜轩、王仁山、何子安、唐瀛秋，共捐钱一千串。

赈局首事 梁养源 韩世昌 蒋显臣 捐钱 二十串 三十串 十串。

县幕友 杨蓝圃 黄焕章 捐钱 十二串 十串。

邑绅民罗兆麟，捐钱二百串。

陈四时，捐钱一百四十串。

唐持载，捐钱四百串。

唐国喜，捐钱二百串。

唐棣华兄弟，共捐钱八百串。

伍先畴，捐钱一百串。

蓝豹，捐钱四百串。

蒋尔材，捐钱一百二十串。

张财生，捐钱一百串。

蒋济耀，捐钱二百串。

卢耀堂，捐钱四十串。

蒋诚斋，捐钱十八串。

胡凤麟，捐钱八十串。

唐楚元，捐钱八十串。

蒋生春，捐洋银二十元（扣钱二十二串六百文）。

郭九命，捐钱五十串。

吕桂芬，捐钱六十串。

蒋远谋，捐钱八十串。

江西客商，捐钱二百串。

福建客商，捐钱一百二十串。

衡州客商，捐钱八十串。

本邑商民，捐钱一百一十串。

以上共钱一万二千六百六十四串六百文。查上年冬腊两月及本年正月三次发赈，共用去钱一万一千八百四十四串六百文。除用尚余钱八百二十串。适奉藩宪发出本县领款换钱一千串，添入赈务。又展限多赈一月，均已用尽无存，出入明白。如绅民内有曾经捐过钱数，而单内无名者，必是被人诓骗，可速速赴县禀告，或告知永善堂首事，必为彻底根究，按数追出，发还本人。万勿隐忍不言，甘受他人欺骗也。特此张贴晓单。

谨附禀者：查卑县前禀粤商贩卖人口案内，有贵州婢女三名，卖出身价钱六十串。曾禀明拨归赈济之用。时将此款归入赈局，为纸笔、油烛及听事人役工食等项开销完竣。此次张贴晓单，因此事措词不能雅驯，是以未列。理合呈明。

补缴捐项牌示(二月　日)

为牌示事。照得办理赈务，前已将各捐户呈缴钱数，开单张贴永善堂门首，俾人人共晓。今又陆续据职员鲁仕达缴钱一百一十串，尹作相缴钱一百六十串，何立诚缴钱三十串，共补缴捐赈钱三百串。虽稍稽时日，而书则必缴，具见居心诚实，行克践言，与故意迟延，希图事过骗赖者迥别。惟赈事已毕，无需此钱，本县正与城绅商议，捐廉修理城垣，为以工代赈之举。所有三户补缴之款，均拨为城工经费，庶钱归实用，不虚其助赈之心。合行牌示知悉。此外有写捐未缴之富户，务即如数呈缴，不可再迟。须至牌者。

写捐不缴牌示(二月二十九日)

为牌示事。前据西乡富户伍仙秋书捐赈钱一百串，屡经绅士致函向催，迄今赈事已完，尚未呈缴。本应差传讯追，因初议办赈之时，本县曾与绅士约定，凡应捐各户，皆由绅士函劝，本县衙门不但不派差追逼，并不使号吏持名帖下乡催唤，盖恐扰累百姓也。今各捐户皆已缴清，独伍仙秋一户抗延，无非欲图骗赖。本县亦终听之，断不能因彼一户派差追取，忽而自破其例。所有伍仙秋书捐一百千，缴与不缴，听其自便。特此晓谕绅商士庶知之。须至牌者。

谕各米船不许顶靠浮桥，恐大风碰损船只牌示(二月二十日)

为牌示事。照得县属上年秋收歉薄，此时全赖下游米船源源而来，以资接济。第现在米船甚多，浮桥两旁竟成街市，倘有不慎，卖者买者均恐有伤。又恐大风大浪之时，碰损浮桥。如上年曾有米船被浮桥碰沉，此即明证。特此示谕。嗣后除厘局税船照常靠桥停泊外，其余毋论何项船只，均著一律靠岸湾泊，不许挨近浮桥。倘敢故违，立即拿究。合行牌示知悉。须至牌者。

通禀郡城谷米已足无需转运，应请停止免厘(六月初十日)

敬禀者：窃查卑县上年干旱，米价昂贵。禀奉抚宪批示，准由卑职刊发护票，劝令绅商前赴湘潭、长沙一带，转运米谷来永，接济民食，并奉行饬沿途卡局免抽米厘。计自上年八月起，至本年五月底止，共截发护票七百九十六张，陆续运到谷约有一万石，米有十四万六千余石。其米石市价，去冬三串六七百文一石，现在二千七八百文一石。均用本地永斗量卖，合之省斛，每石只二千一二百文，较之往常丰收年分尤为便宜。前于春初，宁道、东安、江华等处均来此贩米，多有谓宜阻止者。卑职晓以宁道亦永州地方，当一体得沾宪恩。且谷米前路畅行，后路来者始多。是以数月内，城外米船，常有百余只停泊，浮桥两旁，几成米市。即郡城下游之冷水滩、蔡家铺，上游之双排各口岸，亦皆成米市。此皆因奉准免厘，商船得利，又免留滞，各自踊跃运来。始则因米船多，不敢起价，继则因稻禾丰茂，更不能不贱价求售。现在城乡大小铺户，处处皆有米卖，民间几忘荒旱之苦，地方尤安静无事。兹查卑县四乡早稻、中稻，渐次登场，晚稻亦因雨水调匀，滋长繁茂，可以预卜丰收。且河干船米尚不下数千石，尽足资济民食，毋须再行转运。除已将护票停止不发外，理合禀乞大人俯赐行饬，由省至永各厘局照常抽收米厘，以复旧章，实为公便。

附通禀粤商来永收帐，乘饥兴贩人口，现经访闻拿获讯办完案(附夹单。甲戌十二月初十日)

敬禀者：窃查备荒诸书，均载应禁兴贩人口。本年卑县收成歉薄，卑职恐有是事，曾经出示严禁，并移会营汛，认真查拿各在案。乃有前来永州催收盐帐之广东商人梁道生等，竟敢在境兴贩人口。经卑职访闻确实，于十一月二十九日下午亲赴该商人寓所，查获幼女七名，又派差由船上登时拦回三名。其时梁道生已乘间逃匿，当将其帮伙唐尧卿、吴达瑶、杜焕堂、蒲赞勋、封省三等并各幼女，均饬带回查讯。据唐尧卿、吴达瑶、蒲赞勋等供称，梁道生因乘地境歉收，贱价收买幼女，起意带往下省转卖图利。伊等三人只各收买一两名，正在装运回粤，不料适被拿获。梁道生现逃何处，并不知情。并讯据蒲赞勋、封省三供称，伊等才来郡城催收盐帐，并无伙买人口情事。质之唐尧卿等，供亦相同。当将蒲赞勋等两名开释出外。查现获各幼女，内有一名年甫五岁，既不知被何人所卖，亦不知其父母姓名、住址，只称乳名金花，左臂已断，情甚可怜。已收养在署，照所称乳名出示，召属认领。其余幼女六名，一名大崽，是潘姓家养媳，由翁姑私卖，母家邓姓并不知情；一名采莲，系后母私卖，其父田扬之亦不知情；一名仙桃，其父易明出卖，其母邓氏亦不知情。已饬传其父母来案，令各认领回家，免追身价，并饬急为择配，不许另卖与人及再给卖人之家为媳。其余三口，年皆十岁上下，均交城内绅士领出暂养，俟寻访各人父母给领。又有贵州人三名，系因人带来卖与此地为婢，后由主家转卖。此时不能再饬原主具领，已另行发卖。每名饬缴身价二十串，共钱六十串，拨归赈济之用。容俟赈事完时，一并开折具报。至该商人等乘饥收买人口，本应按拟详究，姑念尚未贩运出境，且查无略诱重情，尚可宽免深究。除在逃之梁道生等容俟获日另结外，所有现获之唐尧卿、吴达瑶、杜焕堂等，卑职已提案各予枷号，满日交保完案。理合将此案缘由禀乞大人俯赐察核。

敬再禀者：窃查郡城顺昌、鸿发两盐行，负欠粤商盐本数万。前经卑职将该行主欧开钡、彭望舒两名传案押追，并列入月报在案。今粤商在境收买人口，又经卑职访获发落完结。当甫经查获之时，本地盐行以粤商如此妄为，当堂请示，谓伊等可以不还欠项。卑职以粤商有犯，自有官法治之，与讨帐判然两事，何能率意牵抵？申饬去后，嗣粤商禀请重资捐赈，虽未指明案情，然意在赎罪可知。卑职又据禀严饬，伏思卑县此次赈济，并未稍事勒派，更未罚过一人，何能为若辈所惑而开贪黩之门？卑职向不为已甚之事，更不敢为苟且之行，除将此案照例完结外，所有盐行及粤商先后具禀之隐情，合并声明，伏乞察核。

附通禀访闻著名痞徒杨鸿钢等藉旱滋事请准会营拿办(乙亥正月初八日)

敬禀者：窃卑县西乡隆庆里、辛兴里地方，民素强悍，惯以藉端抄抢为能，更有辱及妇女、强掳勒赎之事。被其害者畏报复不敢指告，差役亦畏其人众势恶，不敢往拿，即拿获复被劫夺，往往有之。卑职前次莅任之初，访悉此等恶习，于该处命案共十九件，无不期于获犯，照例严办，恶风少息。奈积习已久，难尽挽回。去年卑县西北两乡收成均歉，惟隆庆、辛兴两处独丰。窃为该处欣幸。乃昨闻隆庆里内痞徒杨鸿钢、李钟皆、李元藻、王守先等，竟恃其丰足，勾聚外境无赖穷民，为之党类，并立有名簿，时聚时散，结党横行。查隆庆、辛兴两处，与道州、全州交界，凶水恶山，多有人迹罕到之处。其中惟杨、李两姓之人最多最强，而该两姓中又以杨鸿钢、李钟皆、李元藻为痞恶之最著者。前县欧阳令平任内，因杨鸿钢及其二子懋凤、懋蛟抄抢蒋衣锦财物，曾会同前任朱游击正华差兵役前往缉拿，该处稍知畏法。然机事不密，仍被脱逃，仅焚毁其房屋，藉以示儆。李钟皆者，前署县徐令保龄任内，有卿春幅等殴伤李顺柏一案，李钟皆并非尸亲近房，竟敢迭次藉抢卿姓财物，并辱其妇女，正在悬赏购拿，未能就获之犯。李元藻者，前施令济任内命案漏网凶犯，与其子泰鼎在家无恶不作。至王守先一名，本系痞棍，新由外境约合三丘田地方何姓多人，附杨、李之党。以上四犯，皆系为首凶徒。此外有李沛和、李元林、李顺谱、杨光礼等及三丘田地方何姓数十人负隅抗行，现在若因不易拿获，姑且置之，恐养痈贻患。今年青黄不接之时，必有事变。是宁远西洞之欧阳复见于此处也。昨有该处附近之候选训导朱正色、职员杨建瑸来署，均密以前情回告，并称隆庆、辛兴里人从无识字者，自幼小时即以放枪刺矛为事。虽十五六岁之男女，尚有裸体外行者。其不知羞耻若此，无怪其长成毫无忌惮。若官为该处设立义学数处，延师往教，当能逐渐移易其言，并非迂远。盖人能稍知礼义，自不至开口辱亲，举手伤人。卑职急拟与之商办，并发前奉清查章程，饬令该处认真遵设团正、族正，使有约束。然以现在事势而论，必须先示惩创，而后可再予教培。卑职愚见，拟请大人批准，札饬驻防永州镇湘营李提督喜溢不动声色，带勇前赴隆庆、辛兴等处，会同卑职相机而行。如能将著名之杨鸿钢、李钟皆、李元藻、王守先等拿获，审明罪名后，即禀请就地惩办，以期速示儆戒，而快人心。如一时不能拿获，亦可使各痞徒闻而生畏，免其另聚滋事。然后再为设立义学及团正、族正，则该处之民情从此可期转移，愚弱得安生矣。又，卑县水北乡堆塘地方，离郡城一百二三十里，东界东安，北界祁阳，常出案件，亦宜会营前往驻扎数日，为之立定团规。则隆庆、辛兴万人团等处既治，卑县一邑自无不易治矣。卑职为地方起见，非敢故自好事，孟浪妄为。是否可行，理合禀请训示祇遵。

附通禀拿获杨鸿钢父子及李元藻叔侄并会营往拿情形请准就地惩办(附夹单。二月二十八日)

敬禀者：案奉抚宪批饬会营查拿卑县隆庆里内痞徒杨鸿钢等务获禀办等因。查隆庆里地方，离城一百里，山路崎岖，一日不能赶到。纵竭一日之力赶到彼处，时已昏黑，亦不能造次拿人。若待次日动手，或第一日先驻半路，第二日再到其处，又必使彼闻而远匿。且杨鸿钢党羽最多，城内多有为探信息者，尤应十分机密，以免漏泄风声。卑前县各令任内均因机事不密，布置失宜，以致未能获犯，并有反受其窘者。卑职连日密筹办法，探知杨鸿钢父子及李元藻父子现均在家，只李钟皆、王守先两犯外出未回，遂于十七日往晤镇湘营李提督、彭副将，商以黄沙河巡哨为名，约定十八日清晨，伊自带勇由大路前往，先至八十里外地名苦株山驻歇。缘苦株山系赴广西黄沙河之大路，旁有小路通隆庆里，只三十余里。四更时分拔营动身，黎明即可走到，彼时动手拿人，最是稳当。彭副将深以为然。卑职又选派认识杨鸿钢之干役贺亮，交与彭副将带作眼线，并属令不必先告所由，俟由苦株山动身时，再将缘故告知，令其带路指拿。卑职交代明白回署，至次早探知彭副将带勇起行后，即面禀本府，派令管带府勇之萧外委带府勇三十名、县差二十名，以道州探事为词，折往龙角井，捉拿李元藻父子。缘其住处与杨鸿钢不远，必须两路并进，方免顾此失彼。卑职于该各勇役动身后，至正午时候，突带差役匹马出城，另由小路前往，尽夜趱行，于次日黎明时抵隆庆里。维时彭副将已督勇丁围住杨鸿钢房屋，卑职帮同指挥，幸将杨鸿钢及其子懋凤、懋蛟拿获。当商请彭副将先解回城。于时又据府勇报称，李元藻已经拿住，其侄李太履持刀拒捕，亦已擒获，只其子李太鼎乘间脱逃等语。卑职亦饬令押解回县，即亲赴隆庆、辛兴两里素多痞恶之处，周历巡视。每至一村，即将先由署中带去告示饬役张贴，严谕杨鸿钢党类务速改悔，不可自罹法网。又传集父老，谕令诫约子弟，勉为良民，当即为饬立团规、族规及义学等事。至二十一日始行回署。途中访知拿获杨鸿钢时，隆庆、辛兴两里逃去少壮男丁约数百人。其党类之多殊属可恨，然畏法解散，亦可望从此自新也。当彭副将围拿杨鸿钢时，该犯率其子侄十余人跃立屋上，大喊开枪，并抛屋瓦乱击，适伤贺役头面，幸不甚重。其时卑职已到，当与彭副将一同上前，大声呼杨鸿钢，谕曰：从前地方官带人来拿尔，必先焚尔房屋，株尔妻孥。此次县中会营前来，只要尔父子三人到案，余俱加恩不问。若敢恃强抗拒，立即纵火焚烧，四面杀人，并尔妻孥房产，俱不能保。现在四面枪矛密布，尔试观之，虽有智力，何能出此重围？遂饬众勇掌号摇旗。杨鸿钢父子当由屋上跳下，各持刀仗直逼营勇，意图冲路而逃。经各勇冒刃扑前，奋力格斗，首将杨鸿钢凶器夺过，而后以次就擒。此其拒捕大概情形也。迨经卑职提讯杨鸿钢，只供年五十六岁，生有三子，长子已故，现有二子六孙等语，余则一词不吐。其从前所犯各案，则称悉被诬控，极口呼冤。诘以既是被诬，何以并不申诉，且屡次拘拿，何以竟敢拒捕，此次会营前往，如此声势，何以尚敢逞凶，则俯首无辞。其二子懋凤，供年三十四岁，懋蛟供年二十四岁，亦均熬刑不吐实供。查该犯父子是隆庆里著名积恶痞棍，二十年来所犯奸抢案件，可指数者共三十起。此外被害之人畏其报复，隐忍不控者更多。至于牵人牛猪，占人田山，在该犯犹是小案。卑前县欧阳令平任内，因其抄抢蒋衣锦家财物，曾会营兵往拿未获，焚其房屋，藉以示儆。卑职任内又不次勒拿，亦未就获，嗣即故从宽缓，以纵为擒。乃该犯又敢勾结党类，欲藉荒以逞其凶恶。迨经营勇围拿，犹敢率其子侄，跃立屋上，大喊开枪拒捕。核其种种情罪，实较强盗光棍为尤重，且久为国人皆曰可杀之徒。亟应从严惩办，以伸法纪，而快人心。卑职愚见，请将杨鸿钢及其次子杨懋凤就地正法，传首隆庆、辛兴两里悬竿示众，以昭炯戒。其第三子杨懋蛟，不过随同父兄，恶迹较少，请从宽免死，酌予监禁两年，抑其桀骜之性，再行传族保释。又李元藻一名，现年七十九岁，系卑前县施令济任内命案漏网凶犯，又系有名棍徒。惟该犯年将八十，且查近年凡与杨鸿钢等勾结之事，皆其子李太鼎所为。现在李太鼎在逃，拟请将李元藻宽免重办，押令交出其子，再行开释。如延不交出，即暂不释放。又，李沛和一名，今据其兄文生李兆祥捆送前来，自愿改悔，亦请宽免深究，收管数月。再提同拒捕之李太履，各予枷责，饬各父兄具结保管。除在逃各犯现仍密拿务获禀报外，所有拟办拿获各犯缘由，是否有当，理合禀请大人批示祗遵。再，万人团、三丘田等处，容即会营往驻数日，与隆庆、辛兴两里各为次第，饬立团正、族正及义学等事。如此分别，或诛或教，不独该各处从此易治，即合邑亦均易治矣。卑职之意，殆欲有以安之，非求有以胜之，统乞训示。至杨鸿钢等所占他人田土等物，容饬公正团绅分别查明给主，合并声明。

敬再禀者：窃卑职禀请惩办杨鸿钢父子一案，实因该犯父子作恶多年，地方受害者太多。今其恶贯满盈，幸能获办，实足伸法纪，而快人心。自今以往，不独隆庆、辛兴等里风气能逐渐改观，即卑县一邑之民，必皆震慑，不敢妄为矣。当奉准会拿之时，卑职与镇湘营李提督、彭副将密商，隆庆里凶山恶水，路径分歧，迭经各前任会营拿办，均未得手，更有反受其窘者。此次带勇前往，得失难必，倘该犯逃脱，再焚其房屋，籍其家财，不但无济于公事，且恐该犯无家可归，逼滋他衅，将来更费收拾。只有勒令该家属交人，凡其房屋家赀，概不扰动，留待乘间归家，另行拿办地步，较为妥善。若能即时拿获，不唯宥其家属不必株累，并其家一草一木，亦不许勇役擅动。既使畏威，复使怀德，且可使众人知我法令之严。李提督、彭副将深以为然。是以在乡数日，约束勇丁，真能不拾百姓一芥。其纪律之严明，卑职均所目睹，殊极佩服。嗣彭副将解犯先回，卑职带领差役周历各处，均按日给食，饬令随马而行，虽一茶水之微，皆不准平白取饮。该处村民颇觉畏服。盖向来积习，凡官差下乡，纵不藉端苛索，亦必管待茶饭。今见管办此等大案，竟是一无所扰，其中晓事者，因谓官治差如此其严，治民当更可畏。于此见百姓未尝不知畏法，特执法者无以使之生畏耳。现在隆庆里一带应立团正、族正，已饬遵照举充。其万人团、三丘田各地方，容再会营前往，为立团规、族规，以期一劳永逸。合并禀乞察核。

附通禀永郡城垣坍塌太多，现经卑职捐廉，择期兴修，借工代赈(三月二十五日)

敬禀者：窃查永郡城垣周围九里二十七步，置有七门。咸丰二年及九年，曾经官民两次捐修，共用钱二三万串。当时多是工房承办，未能十分坚固。现已逐渐坍塌，多有可以扒入之处。虽时值承平无事，而藩篱不固，殊不足以昭慎重。且鼠窃狗偷，多有黑夜扒出，由水路逃走者。若再耽延愈久，工程愈大，更难收拾。不如及早补修，较为省便。况值上年饥馑之后，此时设法修城，亦可借工代赈。查城身处处荆棘丛生，并有滋长成树者，宜芟除净尽，以绝攀援。又有附城炮台六座，正南一座，当日修而未成，工程仅有三分之一。此台对照系羊鱼山，更宜加修高大，以资捍卫。卑职自前岁回任后，即拟设法筹修，因去年春夏办考，秋冬办荒，迄未暇及。昨始会同绅士，带同工匠，逐处亲履估勘，计炮台一座，包工二百串，可以成就。其城身之坍塌成路及坍缝鼓裂者九处，垛口坍塌无存者计九十八丈，残缺不全者共三百余处，约计各费，并芟锄荆棘、钉补城门等项，需用钱二千余串光景。此是卑职亲自勘估之数。若如前两次之支销，恐万金亦不敷用。伏查卑县本地瘠民贫之区，兼之上年秋收歉薄，人多拮据，此时万不能议及捐字。幸上年捐办赈济，尚有鲁仕达书捐钱一百一十串，尹作相书捐钱一百六十串，何立诚书捐钱三十串，去年均未缴局，昨始赵永善堂补缴，共得钱三百串，因将此钱作为修城之用。此外尚不敷钱一千七八百串。卑职当捐银千两，一同发交邑绅提督黎得盛、道员何若泰等承领经理，不归官吏经手。卑职不时亲往查看，总期工料坚固，可以历久。昨已禀请本府率同文武僚属祭告城隍，择于三月二十三日申时动工。城上城下两处一齐兴工，限定六月内竣事。所有卑职捐修永郡城垣借以代赈缘由，并动工日期，理合禀祈大人俯赐察核。再，永郡七门城楼多歪斜，并有坍塌无存者，自宜分别修造，以壮观瞻。第此时经费不多，当先修其所急，将来或由永属各牧令捐廉，或另筹款修造，随后再议。合并禀明。

附通禀永郡城垣业经捐修完固，申报竣工日期（八月初十日）

敬禀者：窃卑职前欲以工代赈，将永郡城垣坍塌情形及业经择吉兴修缘由，禀陈宪鉴奉批在案。查卑职前次估修城墙时，只勘有拆缝鼓裂者九处，垛口坍塌无存者九十八丈。及动工后，续又勘出已经拆缝、将次倒塌之垛口二十余处。又潇湘门以北城墙极高，俗名望江楼，旧有水沟一条，墙脚被水冲松坐塌，亦应趁此拆修，免日后大费收拾。遂又加备工料，饬将下面拆修四丈有余，上面拆修七丈，并将水道疏通，不使壅滞。计自三月二十三日动工起，至七月初十日始行一律修完。所有周围城墙垛口及城身鼓裂之处，并正南一座炮台，均已修整完固，高大宽广，皆如旧式。垛口上均用三合坭墁盖，以防雨雪淋灌。城身荆棘树兜，亦已芟除净尽。其七城城门，除东门系于同治七年经黄本府捐修，今尚完好，毋须动工外，其余六门均经修复如旧。惟萧湘门、南门两处朽坏最甚，已用坚实木料从新另换，外钉宽厚铁皮，使其历久不敝。昨已禀请本府亲勘。至所用工费，前本估勘二千串，兹又添出许多工程，亦只用钱二千串。除由赈事移来剩存钱三百串，余均卑职独自捐办，并未向人劝过一捐，更未藉事论过一罚，邀免造册报销。理合将竣工日期禀报大人，俯赐察核。再，城身所生荆棘，本年业经砍伐两次，然草随雨生，随芟随发。嗣后应于每年十月间，由县捐赀雇工芟锄一次，庶免滋蔓难图。伏祈批示立案，俾有遵守，更为公便。

救荒急议

清光绪三年稿本

（清）方濬师 著
王娟 点校

救荒急议

今天子御极之三年，直隶、山东、山西、河南、陕西、江南、江西、福建、广东水旱为灾，而山西旱为最。濬师观察岭西一道，民田赖围堤保障者，屡值飓风暴雨，岌岌不可终日。自以职司水利，责无旁贷，辄亲督守令丞簿各官，分赴所辖，劝率乡之绅民，力加修护。幸各属大围堤皆未冲决，然山水陡发处如四会、广宁、开建等县，罗定直隶州，尚淹没田庐甚多。又当北江堤溃，米价顿昂。秋禾忽生螟螣，收成大减。制军中丞倡议平粜，委员由海道采买米谷，人心稍定。嗣阅邸钞，各疆吏查报灾区之疏，伤心惨目，更有十倍于广东者。窃念忝为监司，上不能勖勷大府，补救疮痍，下不能绥辑穷黎，俾无失所，瘨我饥馑，民卒流亡，尚忍皋皋訿訿不知其玷乎？乃发救荒之书遍读之，或烦或琐，或就一隅而未尝通筹全局，或拘古法而未尝切中今情。其立论最精者，惟屠氏隆《荒政考》、魏氏禧《救荒策》，而大要皆本于宋董氏煟《救荒活民书》。若贺氏长龄《经世文编》滥收王悔生《周官无蠲税说》，此何事？犹津津考据之学，尤不足取矣。夫荒犹疫也，染及一村，旋及一邑，阖门数十口有死无噍类者。不急治之，未有能生者也。于是医人出焉，执黄帝《素问》、秦越人《难经》，汉张机、晋王叔和论著，统以葛氏《肘后备急》、宋政和《圣济录》。不究病源，不切脉理，不按五运六气，病有万状，治有万方，不暇察其效验与否，墨墨然丸剂而投之，辄榜于门曰：吾善治疫。呜呼！病者死于疫，尚有药以生之。至死于药，则并其疫之可以不死者而亦死矣。然则如之何？惟对证而发药，庶几乎有瘳哉？吾姑以医之说论今之荒。兵燹以来，荡析离居。幸而贼氛尽扫，另起室家，如人身然，元气亏损过半，风邪一侵，稍健者尚不支，矧在羸弱？天灾流行，何代蔑有。然但接郡连邑，甚或一二行省，尚可竭力补苴。今灾且半！天下如一家，然长幼臧获无一不病，左右邻舍亦罔非呻吟之人，苟无强壮健饭不病之夫，为之扶持起处，调和食饮，即病之较轻者，亡可立待，矧在垂危。盖医承平时之荒，固不易；医兵燹后之荒，尤不易。必也挽天心，就地利，尽人事，三者胥备，而后已荒者可以安其荒，未荒者不敢忘其荒，救荒者信能有功于其荒。爰著急议四：曰当务之急、曰粜赈之急、曰捐输之急、曰善后之急，为目十有八。凡我在官，请览而是正之。

光绪丁丑九月，定远方濬师撰。

当务之急

一曰急士户。士为四民之首。孟子曰：无恒产而有恒心者，惟士为能。今之庠序中，较古之为士者多矣。广额例开，青青子衿，斗量车载。其中安分守己、抱道而处，诚不乏人，而恃衿武断、遇事包揽者，亦甚夥。外此应童试习书数者，更实繁有徒。此辈皆一知半解，罔顾大义。值灾荒之际，课徒无地，觅食不遑，见富贵则忌妒生，结奸顽则权谋起，非罗致而羁縻之，恐将贾祸。王先成，军卒也。以策干王宗侃，蜀王建用之。何宗韩，狂士也。以诗谒蒋堂，宋神宗官之。措大无营，饥寒逼迫，我能驾驭，彼自帖然。应由督抚责成各巡道，督饬府厅州县，查明所属地方，共有贫生若干名，读书未成、蒙馆度日者若干名，分别中贫、次贫、极贫，并其家眷口若干，归入贫民给赈。另择寺庙及公所之宽绰地方，设立书塾数处，每处酌安置十人内外，令其入塾读书。择一人而为学长，兼可开门授徒。凡无力延师之家，皆许从学。月给薪金。如公项多者，每人钱二千，少或千五百，按月支给。有司仍不时亲临塾中，访察其居心行事、品学端正者，优加礼貌；倘不安本分，荡检逾闲，亦即立予严惩，不稍姑息。其人数较多处所，或另设书局，令之校勘，或借兴桥路水利，令之监工。以被灾最甚之山西省七十六厅州县计之，每处二百人为率，合七十六处，约共有一万五六千人上下。以人月二千之多数计之，一处每月所需，不过四五百千，似尚易于措置。然须先定限制，以明年麦熟为度。在各士子读书明礼，见官长待之异于凡民，而其眷口亦得赈银养赡，人非木石，具有天良，当不致从流下而忘返矣。咸丰癸丑，凤台诸生苗沛霖，穷困无聊，怂其乡村民人推为练总，自持手版，谒署寿州知州金光筯，请结乡团杀贼。光筯揶揄而遣之，卒兴大难。此近事之宜鉴者也。

一曰急有田户。编氓累世业农，足以有家室，长子孙。除田亩所入，别无他营。一遭水旱，必致坐困。然水患漂浸田庐，不得不作迁徙之计。旱荒则田庐固在也，旧谷既尽，新谷不登，告贷通融两穷其术，势必典田卖屋，辗转求托。奸贾猾豪从中乘机欺压，数顷之地，数椽之居，得价十不六七。即令苟延目前，而从此产业尽矣。亟宜妥为安抚。由地方牧令按乡村远近，详细查明，于册内注明有田户某人，男几口、女几口，有无帮工、帮佃之夫，亦注明口数。令其照旧居住，不得迁徙；其所用帮工、帮佃，亦不必辞退，准照饥民一律给赈。其中或尚有他业可以谋生者，分别等差，以节赈费。盖有赈可以生活，孰肯轻去其乡？而其家之帮工、帮佃照常得有安身之所，转瞬春及，共事西畴，来岁之丰收，即可补今年之荒歉。天心仁爱，断不能无所转圜。是在贤有司悉心经理，万勿因其有田有庐，遂不置之饥民之列也。（王凤生《荒政备览》，稍觉烦碎，可以参看，不必拘仿。）

一曰急佃田户。豪门贵族，膏腴之产数十顷、数百顷，至数千顷不等，率皆安富尊荣，委之佃户。或平分，或包租，各省情形不同，其名曰佃，则一也。此等佃人，呈身富室，父母、妻子，田主给屋而居，日用饮食，皆仰给于田主之田。一旦水旱为灾，田主无粮可收，佃人无从得食。其忠厚之家，尚可酌借钱米，俾其度活，以待来年耕种。若吝啬者，自以畎亩荒芜，焉能养赡佃户人口？即不驱之出屋，而彼嗷嗷冻馁，断不肯安于沟壑，势必飘流转徙，卖妇鬻子。是固地方安静良民，平时富室藉其力而收地利，与游手好闲之徒迥异也。伤哉饥馑！忍使之救死不赡乎？各州县亟宜详细查明，于册中登注某人坐落某都、某图，田地若干亩，佃户若干人，统其大小男女家口，逐一开载。先行饬令本田主分给钱米，不准令其流散。田主力量或有不能普赡佃人一家者，一面由官按中贫、次贫、极贫分数酌予赈粮，务须临时察核安顿，未可一概拘执。其平时佣工度日，小本卖买营生，有室家者，与赈佃人同，勿列之游手好闲之内。地保、街正、邻户、亲戚，访问可知。此于赈济之中，寓分别良歹之意。各州县当共鉴苦心。

一曰急游民。魏叔子《救荒策》曰：游手好闲之人，如米中蠹虫。饥馑之时，死亡尤甚多，至为盗贼者。若督令务生，则自可生财，有养身之具。夫民也，而名之曰蠹虫，死亡何惜？顾圣朝仁恩广被，不忍一物不得其所，则督令务生，亦应亟讲也。《周官》大司寇佐王刑建邦国，三曰：刑乱国，用重典，而以圜土聚教罢民。凡害人者，置之圜土而施职事，盖欲生其愧悔，劳其心力，改过自新也。而其不能改过、逃于圜土、终不可化者，则杀之。此辈游民不谋生业，群居逐队，小则讨乞窃偷，大则为盗为匪。丁此荒年，幸灾乐祸，如汴淮之民，曰讨荒，曰吃挨饭；江南之民，曰吃齐心会；粤东西之民，曰烂仔。先择富户而噬之，乌合之众，一呼百唱。历观史册，盗贼之起于饥馑者，指不胜屈。濬师官京师十余年，凡当冬季，见五城分设粥厂，沓来纷至，游民居十之七，而各贫户之枵腹者，辄拥挤不进。以国家有限仓储，竟为此辈坐食，有心人早为太息矣！乾隆初，例给流民银钱，闻者伪为携负，相率外来。旋历奉谕旨停止。吾家恪敏公论之曰：风声所树，何异悬赏格而招？善哉言乎！仁之中不可无术也。今灾区甚广，困踣狼狈，游民如蚁，不问而知。加以此界彼疆，互相奔走，宜饬各地方官查明，除有田、有业、有屋庐及携老幼赁屋而居者，余悉归之游民册中。防务未撤，各处尚设勇丁。可择其精壮者，挑选入勇，按营分派，俾将弁督之。老废稚婴，各处有育婴堂、养济院，亦可随地安置，遴派干员专司稽察。倘不率教，是为罢民，杀无赦。所费较赈粮稍多，然与其掷巨万银钱饱此秏蠹，停赈以后，仍复无以为生，若莫预筹教养之方，杜隐忧于后日。有军法以部勒之，可以化无用为有用；有常例以周赡之，可以肉白骨而生死人。非特防祸，抑亦安民之一术。古人重国无游民，良有由也。设沾沾焉内则敷衍苟安，外则给钱遣散，似非正本清源之道矣。

粜赈之急

一曰急坐粜。《图民录》云：州县平粜，皆奉应故事。得籴者，非囤贩之户，即近城豪民。贫者无钱，价虽平不得也；弱者挨挤不上，守候竟日不得也；距城远者，知不能及己，不来籴也。然则借用官钱，分路采买，及米至，仍无益贫民乎？曰：非也。宋元祐四年，诏发运司截留上供米十万石，比市价量减出粜与关米人户，每户不得过三石，粜后起钱发京，不患无米。盖钱来米去，钱去米来，往还络绎，周转自如。故苏文忠公在浙亲行荒政，只用平粜一事，不更施行余策。就今日计之，省会为聚积人众之首，择城厢内外宽静处所，设立坐局数处。其余府厅州县，酌量地方大小，分局坐粜。一应米谷杂粮，咸可籴自他境，价不必过于减落，但比时价十减其三四。元祐每户不过三石之说，尚嫌其多。今定二石之规，下至零星升斗，悉听其便。一面收钱，一面粜粮。彼奸商囤贩，原挟我之无粮，故居奇。我之米谷杂粮源源而来，且价比囤贩者减落，人争买贱，彼自囤之米亦将减价之不遑，而转买我之粮，以冀再昂其值，恐不若是愚也。市门挨挤，弱者难前。吾今分局数处，何患守候？距城路远，知不能及己不来籴，吾今有行粜之法（详后），何患乏食？要在采买得宜，周流无滞，多则多粜，少则少粜耳。是非公正廉明之官，鲜见其成事者矣。

一曰急行粜。董氏煟谓苏文忠平粜之法，止及于城市。若使县镇通行，方为良法。今议省城以外府厅州县，皆设局矣。乡镇之间，或数十家、数百家，甚至零星烟户，去城远近不等，安能仆仆道途买升斗之粮？此《图民录》所谓距城远者，知不能及己不来籴也。委官四出，于有米处所，循环购办。即五谷杂粮，并可运至。应察看各州县地方乡镇多少，分作几路。近水雇小舟载粮，即以舟为局，拨一干员司之，船头大书粜船字样，沿途平粜。且可暗察乡镇人情安静与否，有滋事者，立为查惩。其陆路，或驴骡，或马牛，妥为营运。能随处雇用牲畜，予以力钱，尤免宰卖之阨。一举而数善备焉。行粜之价，较坐粜每斗每斤可略增三二文，以作水陆运费。穷阎老弱，知官不惜重费，设法拯救，彼岂肯轻去其乡哉？则所保全者万万矣。

一曰急户赈。魏叔子定城乡分给之法。凡赈粜、赈施，每日一给则太烦，而小民易荒生业，至乡落尤难行。当先定为令，凡城市，每给五日；乡落三十里内者，每给十日，三十里外者，每给半月。或谓乡落路远，每给两月，为数太多。小民不知远计，多谷在手，便不撙节，甚至以易酒肉；到瓮尽杯干时，不束手待毙，又邪思生乱矣。其言如此，不易之论也。今应仿而行之。无论赈钱赈米，悉定期会，庶几迟速得宜。要在使百姓家居者，知生命可延，不致蹩躠靡骋；离乡者知本籍有赈，立即闻信归来。财散民聚，大学所以重有德有人。不然，窥其户阒其无人，丰之上六，所以有不觌之凶也。

一曰急粥赈。黔敖公叔文子之事尚已，然诸家之论，是非参半，能澈办户赈而又于游民有所安置，即不粥焉，亦可也。时事艰难，地方情形各异，定厂设筹，前人已详细言之，兹勿再赘。偶忆包氏世臣《粥赈事略》有曰：开赈之时，日需柴草，先期收买，既干易烧，使乡民挑卖，藉资口食。又曰：煮粥米色难纯，多系澄汤稀稠不一。须于水滚后加芝麻秸灰少许，则汁浓而粒化。每有粥厂舞弊，图偷米石，且得锅焦，私和石灰，则粥既浓厚而米沾锅底，食之殊伤人。查有此弊，即可予以杖弊〔毙〕，罪坐所由。又曰：麦米对搀，煮粥三千石之用，合计不过二千四百石之费。是四日便增出一日，四月便增出一月。包氏为学不醇，动言兴利除弊，以三分归朝廷，七分归百姓。不知其裁纲盐归票、铸大钱行钞法，道光咸丰间，误采其说而行者，多致窒碍，反为民累。此一事省便易行，又诸家之所不及备者。特录之，俾州县官有所考焉。

捐输之急

一曰急官捐。京师告急，代请籴于宋齐；邻壤阻饥，遂泛舟于雍绛。向经以圭田倡首，扈称以禄米活民，史册昭垂，彰彰可考。我国家统一函夏，疆域辽广，前代所罕。溥天率土，莫非王土王臣。当此地遍鸿嗷，人深鼠思，不谋长策，谁纾宵旰之忧？不亟拯援，谁起苍黔之瘠？顾时至今日，亦难言矣。廿年兵火，富室都空；封疆大吏，半皆栉风沐雨，竭蹶经营，而且廉洁自持，不更儒素，敝车羸马、迥殊食鼎鸣钟。汲绠有心，点金无术。若概令解囊助赈，诚恐措筹匪易，多寡弗齐。无已，则惟有合捐养廉之一法。查外省文职，自督抚、学政、藩臬运三司、守巡各道，皆有额给养廉银两，统各直省计之，约共八九十万两。宜以光绪四年起至五年止，提扣两年，约共一百数十万两。仍照新章，三品以上扣给三成，四品以下扣给二成，由各直省藩司，先将此项陆续提出（无论正任署任，均不支领，即无胶葛）。除拨若干解被灾省分贴补赈务外，俟两年之数提清，酌留一百万两，以光绪五年为始，或分存商贾最多省分，或交各海关监督详察殷实之商，分给承领，按月一分起息。岁入利银，另款储存，名之曰筹备直省养民经费。奏明此项本利，无论何事，一概不得擅动，户部亦不得知有此项，指明拨解。计此利银，每年应入十二万两。如天之福，得四五年丰稔，便又多积五六十万两，余利又可发商生息。设嗣后各省再遇水旱偏灾，即可在所存子项内动用。是举也，有巨款为母，以母生子，只用子利，不用母钱，变朱子社仓之法为之，非特救目前，兼可计长久。得人而理，岂曰小补已哉！或曰子之议似矣。两年中，督抚司道各官办公赡家，不几窘乏耶？曰：吾监司也，请即以各省司道言之。每月各衙门用项，幕友脩金伙食，承差衙役、轿夫工食，署中内外每日两餐，虽缺有繁简，人有多寡，要非七八百金、四五百金一月不办，而主人眷属老幼孩提，添一衣制一履，不在其内。盖自中兴以来，各省陋规减裁殆遍。督抚司道，或津贴，或平余，或例所应入者，尚不仅此。士大夫学古入官作事，光明磊落，应得者，巨万不为过分；应摒者，锱铢亦属贪婪。此心可以对神明，即无不可以告君父。萧山汤文端金钊，名臣也。使车所莅，罔敢以私干之。道光癸卯，其门生黄县贾相国桢作江南主考回，文端语之曰：我三典江南乡闱，例得赆仪，足敷数年用度（濬师出黄县门下，亲聆之于黄县者）。白小山尚书镕督皖学，不录百菊溪节相幕友，声达天听。而其官卿贰时，户部饭食、工部水利，未尝不收。不必远引古人，即近事略举之，足见贤者举动真而不伪。或又曰：子之议不及府厅州县，何也？曰：无他。府厅州县为亲民之官，一切费用较大。况州县一再减米羡，革例规，倘再扣其养廉，非特办公，即私家用度亦不足支。万一亏空，较多藉口，不如不扣之为愈。其有好义急公，听其自行输将，以资救恤可也。至海关各员，缺分本优，应于扣养廉外，派定再捐若干。如成数多者，亦可归养廉母钱内生息。曾南丰有言：遭非常之变者，必有非常之恩。以饿殍养之，非深思远虑为百姓长计也。知言哉！知言哉！

一曰急营捐。军兴以来，以武功得至专阃者，皖北、湘南为多。功成名立，匪独敦诗说礼，雅歌投壶，兼能通达政源，洞悉民隐，虽内无余帛，外少赢财，而忠勇之性，见义必为，实堪追踪古之名将。昔邓仲华当三辅初复，所至停车劳来，垂发戴白。满其车下，莫不感悦。薛仁贵平百济，合境凋残，僵尸相属。刘仁轨时为别将，校计户口，整理村路，劝课耕种，贷赈贫乏，余众复安生业。以令方古，地方守令视之有愧色焉。我皇上轸念灾区，不惜颁内府之帑金，发太仓之官粟。凡诸阃帅，受国厚恩，言念及斯，当亦同兹悯恻也。应请各省自将军、都统、提督、总兵、副将实缺及现有差使者，酌量力之所及，迅速捐输，多可逾万，少亦数千，或先交本省藩库，或径解被灾省分。仍由督抚代奏，立予旌奖。执管百叩，感与盼俱将。回沟壑之春阳，实赖将军之冬日矣。朱晦翁诗云：若知赤子原无罪，合有人间父母心。敢为诸公咏之。此外参游以下各官，能俯惜穷黎解囊以赈者，听其自便，未敢妄干。

一曰急绅捐。解组归田，优游林下，丰衣足食，罔非君恩，况身在江湖、心依魏阙乎？皇上遣前工部侍郎阎公、前山西布政使张公，使车就道，廪赈灾黎。足见在籍臣工，圣心亦未尝一日忘之也。宜请在籍之督抚、提镇、司道、守令各官，量力输将，宁多勿少。近则赡其乡里，远则惠及邻疆。宋饥，司城子罕出公粟以贷，使大夫皆贷，司城氏贷而不书。宋无饥人。晋侯谋所以息民，魏绛请施舍，输积聚以贷。自公以下，苟有积者，尽出之。国无滞积，亦无困人。曰使大夫皆贷，曰自公以下尽出，是一国之内，凡为大夫，凡公以下，皆有贷，不仅指当官者而言。管子劝桓公退黜城阳，而功臣皆发积藏，收不能自食之氓。圣世清明，绝无城阳其人。盖不能不顿首于诸寓公之庭，为民请命矣。言未既，有告于濬师曰：司城氏曾为大夫之无者贷，子何以截而不书也？笑谢而已。

一曰急商捐。商之名不一，而赀本之大小亦不一。乱离甫定，商不成其为商矣。然赀本殷实足资周转经营者，曰盐商，曰典商，曰西号兑汇商，曰茶商。各省贸易不同，利入较他贾甚多。约举各商之可捐者，如直省之津沽、江苏之上海、湖之南北以及川广两省，今日尚称丰厚。屠长卿隆曰：富者珍宝丰盈，一身而外，长物耳。仓箱充溢，一饱而外，何加焉？即令百姓垂毙而吾安享饶腴，万一民穷盗起，戈矛相向，虽有粟，吾得而食诸？

而富者虽有所积，未关躯命；饥者稍得所济，实延余生。以吾未关躯命之粮，而为彼实延余生之助，官府敬之，百姓感之，而又有阴德，何苦不为？以此相劝，良心必动。善哉言乎！是即百里奚行道有福之意也。宜慎择笃实干练之员，会同该地方官，除著名处所，其余各府厅州县中有前项商目，逐细开列清单，量其赀本，派定捐数。以至小之典铺言之，赀本亦须二三万金。每典劝其捐助三四百金，众擎易举。所捐之数，并非伤筋动骨，而一省便可得数十万两。俗云：善财难舍，贵能优之以礼貌，加之以牢笼，歆之以奖励，而又动之以不得不捐之势，似比寻常劝谕必有把握。其余铺商，量力佽助，不可定其数目，以免滋扰。盖执途人而劝之，非徒无益，亦不雅观。所谓拣佛烧香，究胜于沿门托钵也。

一曰急开破格之捐。秦始皇四年，诏百姓内粟千石，拜爵一级。汉晁错建言，令募天下入粟县官，得以拜爵除罪。宋乾道七年，诏赈济饥民一千五百石至五千石者，立定格目，补授文臣武臣，各有升阶。董氏煟曰：名器固不可滥，然饥荒之年，假此以活百姓之命，权以济事，又何患焉？自咸丰初捐例之开，业已二十余年。委员设局，名目纷烦，减之又减，以至于无可减，直为无了无休之局。不佞拙著《蕉轩随录》中，曾力陈停止道府捐例，盖不胜激切言之矣。今时事孔棘，非重奖不足以鼓舞人心。宜于常例外破一格招之。招之之法如何？曰：请给世职。曷言乎世职之可以轻给也？袁准正《论设官篇》曰：今有卿相之才，居公之位，循其治政，以安国家，未必封侯也。今军政之法，斩一牙门将者，封侯。夫斩一将之功，孰与安天下者？安天下者不爵，斩一将之功者封侯，失封赏之意也。后世鉴之。自宋明迄今，凡公侯伯之赐，皆身为大帅及居卿相之位，循治政以安国家之人。其攻城杀贼，禄赏虽隆，究罕有得者。按《会典》：世职公侯伯以上，为超品；子，正一品。朝廷赏功大典，岂可妄议？今武捐久停，人思自奋。若果毁家纾难，即与攻城杀贼无殊。其有报捐五万两者（米粮棉衣，照价折银），准以男爵，世袭三代。查男爵系二品，向补副将。拟稍为减抑带用爵衔，得补参将游击。报捐三万两者，准以三等轻车都尉，世袭三代；报捐二万两者，准以骑都尉，世袭三代；报捐一万两者，准以云骑尉，世袭三代。均按照定例应得之官补用。拟请旨允准后，行文各直省。以文到日为始，统限一年，不得奏请推展。捐数多，则人无希冀之心而不滥；期限速，则各具奋兴之志以为荣。捐数五万两至万两捐生，亦不能多。十八行省之大，一年之期，倘得三五十人，此项即属巨款。而于捐实在官阶及铨选班次，毫无阻滞紊乱，比捐道府州县尤无流弊。世职四项，按照从前报捐参游都守等官，已逾数倍，更可请旨加恩。其有不谙弓马者，试以文艺，准就文职，亦应破格录用，勿援向来武职改文之例。男爵、轻车都尉准以知府改补，骑都尉准以直隶州改补，云骑尉准以知州改补。现例裁减捐数，知府一员，由俊秀报捐者，不过数千两实银。直隶州及属州更可想见。兹以五万、三万、二万、一万之捐，得改府州，望之似优，其实较筹备例、豫工例，尚多至一倍。赏延于世，而不使有冒滥之嫌；人减我增，人轻我重，而又有合于秦汉之拜爵，似可为劝捐之一策。至花翎，业已不准捐戴，宜暂免停止。有捐实银五千两者，准其戴用。此外三院卿衔及布政使、按察使衔，高宗时曾于淮商江广达等出力报效者特赐之。亦宜酌量变通办理，以示荣宠而劝乐输。

一曰急减妨民之捐。圣经半言理财，财固民命所关也。军务未平，司农告匮，于是各谋生财之道，愈谋而财愈不进。咸丰初，浙江钱江佐雷侍郎以諴军幕，首倡厘捐法，大裨饷需。后此各省仿行，卒平巨寇。无如设局日久，立法日密，官吏、幕友、胥役、仆从任意侵蚀搜括，不堪物价逐昂，民生遂蹙。今若以饷源大宗轻议裁革，必不能挹彼注兹。计惟略示变通，或可稍苏困累。宜由各省酌量情形，将所设厘卡隶之地方州县，而以候补府厅以下人员，按卡之大小，酌派一二员，会同各州县办理。向之所用佐贰杂职、巡缉司事诸名目，一概裁去。由地方官招募年力精壮、有身家妻子及亲族保结者，充作勇丁，月给口粮。另派一武员管领，而以州县为主，道府统辖之，专司各项事宜。厘金数目，各省均有定章。择其稍重者量为轻减，举一切弊端尽行杜绝，商贾更易乐从。所得之数，或按月，或按季，径解藩库。藩司领袖通省，恐有未周，令其于亲信属员中派一二员理之，而总司其成，厘金总局即行裁撤。州县与委员办理妥善者，督抚破格保荐，请旨升擢。敢有从中干没扰害商贾者，一经觉察，轻则褫职遣戍，重则立予正法，俾示劝惩。夫立一法，必使人知法之不可逭。毋朝更暮改，毋瞻顾迟回。统各省有厘处所，约计大小委员薪水、司事人役工食，每年所省，为数实属不少。在卡人役，改作勇丁，勒以兵法，无事专为巡卡，有事即成一旅之师。譬诸一家食指众多，用项浩大，必当量入为出，室无冗人，方可身家保固。若以数百万银钱，尽为候补人员及闲杂人等谋生舞弊之资，恐非政之善也。抑更有说者。用人理财，责在藩司；兵刑，责在臬司；仍设道员，以为藩臬之副。今则凡涉钱谷兵刑者，别设一局，别添委员，而又不能不属之现任司道。事权既分，号令不一，每年坐耗，可以按册而稽。应裁应并，当事者谅早虑之也。吾说出，吾身之锋镝丛之，然而不敢避者，不节财之流，而日思开财之源，其涸有不立见邪？东坡先生云：兴利以富民，不如省事而民自富；广求以丰国，不如节用而国自丰。正今之谓矣。此议不专为荒政言。若于荒时行之，商贾通，而小民亦藉谋其衣食。百姓足，君孰与不足哉？

善后之急

一曰急贤能。朱子云：救荒之政，蠲除赈贷，固当汲汲于其始，而抚存休养，尤在谨之于其终。谈何容易？得一善于抚存休养之循良令，百姓蒙抚存休养之实惠，姑请毕区区之愚，与凡有僚属者商之可乎？亲民之官，无如牧令。灾荒之后，事务益多。知流徙之来归，不知归之之法，则百姓仍转为饿殍；知盗贼之必弭，不知弭之之法，则百姓仍变为盗贼；知征输之宜缓，不知缓之之法，则百姓仍困于饥寒；知农桑之当课，不知课之之法，则百姓仍形其荒废。今之为牧令者，吾知之矣。贡举进士，但知摩揣时文；捐纳军功，未必熟谙吏治。加以捐例迭减，无人不官，所谓荒瘠斥卤之地，弥望皆黄茅白苇也。虽然，采明珠者，不嫌蚌胎之污秽；得美玉者，必攻顽石之嵯峨。汉代用人不拘资格，故黄霸、薛宣、丙吉、朱邑号称循吏，要皆起于卒史、书佐、狱吏、啬夫。人之邪正不齐，视上司所用以为风气。用得其才，则民感其化，民感其化，必相率而勉于善良。贵在平日访察考询，能理烦治剧者若而人，能坐镇雍容者若而人，拔十得五，未始不可收抚字之功。其间或有始勤终怠、言不顾行，一经查明，即列弹章，不必自存回。胡文忠公林翼之言曰：自古无不上当之圣贤豪杰，不因此而别有所趋向。诚名臣风度哉！尚有鳃鳃过虑者。循良州县，操守必谨，用度不足，事事掣肘。刘晏用人，必使所入常有赢余，方不致朘削办公之资。古人善体人情，岂存见好之心耶！鲍子年太守康昔与阎丹初中丞书云：闽吏素少廉名，非其地果有贪枭也。缘汪稼门先生博一时之名，贻靡涯之害。奏明闽省钱粮杂费，裁革无遗。州县皆成瘠苦，办公无力。其仅于考试出卖案首者，尚称好官。闻之刘燕庭布政所谈，甚至官遣丁役赴乡，劝民械斗，为索赃之计，一命议如千两，尤为异闻。濬师提调粤闱，李星衢中丞福泰为言：潮州各县械斗极多，官不问其是非，但两边索银。及银到手，而是非依旧莫判，有延至下任而又复索银者。呜呼！生民之命系于县官，县官如此稍知自爱者不为，而谓循良之吏为之乎？故善用贤能，务使其禄入有余，夫而后官民两得其益矣。

一曰急开垦。亭林顾氏《田功论》云：大兵之后，田多荒莱。诸路闲田，当广行招诱，令人开垦。又云：有田主疾力耕，否者藉而予新氓，不可使吾国有旷土。是说也，窃尝计之。亭林当明社既屋，圣朝龙兴，又因流贼蹂躏，田主十不存一。故其《日知录》中亦引及：明初，承元末大乱，山东、河南多无人之地。洪武有诏能开垦者，即为己业，永不起科之条（景泰二年，户部尚书张凤等奏照部定减轻起科则例）。今国家承平二百余年，咸丰同治间，始于粤匪继之土匪、捻匪，虽流离颠沛之民，资产荡尽。自江宁克复，巨憝以次削平，其本身或子孙归而检籍，有强占者，有盗卖者，皆控官收复。或有本主暂时典出与人者，亦各照原典之价赎回。但力量不齐，田之荒治不一，颇鲜无主之业。若官察其荒而断为无主，另招新业户耕种，必致纷争不已，诸多窒碍。欲谋生养，其惟舍民荒而开官荒乎？官荒各省皆有，如直隶、江南、山东、河南等省濒河堤内滩地（乾隆四十七年，曾查禁。见《会典》），山西、陕西牧厂空地；广东沿海沙坦地，又其最著者。宜择现时被灾省分，由督抚派委干员，会同各地方官，先为清厘，或招人承佃，或劝令富户兴办，务使民志乐从，不可稍形逼迫。并晓以德意，数年之内，绝不升科。从前封禁处所，苟无碍于大局，悉可委婉上达，仰沐恩施。陈榕门相国抚豫章时，首请开广信禁山。老成谋国，不在收目前之功，而贵弭后日之患。事勿畏难，得人则理。其应如何布置，各省自有官文书册籍可稽，非鲰生所可臆揣。总之，野无旷土，户无游民，古人耕九余三，夫是以天下太平也。

一曰急水利。张瀚《淮凤垦田疏》中论广开沟洫云：水土不平，耕作无以施力。必先度量地势高下，跟寻水所归宿，浚河以受沟渠之水，沟渠以受横潦之水。官道之冲，设大堤以通行；偏小之村，亦增单以成径。惟欲于道旁多开沟洫，使接续通流，水由地中行，不占平地。又度低洼处所，多开塘堰，以潴蓄之。夏潦之时，水归沟塘。亢旱之日，可资灌溉。高者麦，低者稻，平衍地多，则木棉桑果，皆得随时树艺。土本膏腴，地无遗利，遍野皆衣食之资矣。此固凡牧民者所宜周知也。李公觉民官山东巡抚，吾家望溪侍郎与论圩田书云：尝客淮扬间，见河堧弃地多肥美。问何以然？曰：恐岁祲而责税急也，或既垦而原占者来争也。往者圣上免各省岁赋，动数十百万。倘能上闻，当丰年存山东岁赋之半，俟荒祲募民兴筑，相地势所宜，为大圩数区。起其土以为堤，而环堤为大川，通沟浍，相输灌，以利船舟。官治庐舍，给牛种，募民耕之。此上策也。次则先使富民试之，预为奏请，坚明约束。有能开地为圩者，便与为世业，可私买卖。敢以故藉争者，重罚之。土熟二十年，而后薄征其租赋。苟一人得其利，则继者不召而麇至。每读此书，辄欲推广其说，告之有司及外宦。职司其事，又谆谆与僚属言之，不以为经费难筹，即以为迂阔不急。仅于驻扎高要一境所谓景福、桂林两大围堤，稍稍培治。数年来，虽无冲决，然天幸而非全在人事也。阳明先生云：无事则开双眼而坐视，有事则拱两手以听人。当日一南赣巡抚尚如此，况吾侪乎？夫运淀治而增膏腴于直东，汾渭通而得转漕于山、陕。于淮，则涡堤芍陂，无水患；于闽，则延祥长林湖，护良田。他如沟豫章而南昌安，浚吴淞而苏省利，大河南北，浙境东西，成法可循，何难开办？古人轸念黎元，预防旱潦，经营措置，曷尝有异术邪？今若先就被灾省分，查明水道堤岸，量其轻重，或筹款，或募民，同力合作，废者兴之，塞者通之，松者坚之，薄者厚之，百姓既借工而得食，农田亦获益而倍收。推之十八行省，军务既平，皆可逐渐料理。一应办法，诸书详备，勿庸缌缕。明洪武时，遣国子生人才分诣天下郡县，集吏民，乘农隙修治水利。二十八年奏闻，天下郡县，塘堰凡四万九百六十七处，河四千一百六十二处，陂渠堤岸五千四十八处。顾氏《日知录》称为太祖勤民之效。我圣朝利济民生，无微不至。封疆大吏，剀切敷陈，未有不邀俞允。安见楚孙叔敖、魏史起、宋欧阳修，不再见于今日哉！

一曰急种植。《周官》：三农生九谷。郑司农注云：稷、秫、黍、稻、麻、大小豆、大小麦也。凡王之膳食用六谷，稻、黍、稷、粱、麦、苽也。以五味五谷养其病，麻、黍、稷、麦、豆也。《淮南子》云：江水肥而宜稻；洛水轻利而宜禾；渭水多力而宜黍；济水通和而宜麦；河水中调而宜菽；汾水濛浊而宜麻。土性各有所宜，人事不容不备。今既无保介田畯之官，能亲民而施其课程者，莫牧令。若一州一邑，听其惰安可乎？贤吏仁民，古政具备。予于五谷外，尚有说焉。稗似蕢害稼，然堪水旱，种无不熟。中有米捣炊食之，不减粟米。又可酿酒，可备凶年。见氾胜之书。玉黍，一名包谷，一名陆谷，一名玉高粱。形似芦稷，而秆较肥矮。六月开花成穗，如芦叶心，别出苞，外垂白须，内结谷，攒簇成穑。生地、瓦砾、山场，皆可植。其嵌石罅，尤耐旱，宜勤锄，不须厚粪，旱甚亦宜溉。米舂为饭，亚于麦，惟不耐饥。可炒食，磨粉为饼，味黏涩。收成至盛，工本轻，为旱种之最。薏米，丛生，秆叶似芦，稷而瘦狭。有夙根自生者，价于谷中为至高，人罕种之。此种不耗地，不耗粪，保水旱，可度植。见包氏《齐民四术》。苜蓿，本大宛种，二月生苗。一科数十茎，一枝三叶，似决明，小如指，顶可茹。秋后结实黑房，米如穄，俗呼水粟。干熯时，诸禾悉槁，惟此独茂。见《史记正字·通庶物异名疏》。人久食蔬菜，无谷气，即有菜色。食蔓菁独否。蔓菁四时皆有，四时皆可食。春食苗；初夏食心，亦谓之苔；秋食茎；冬食根。数口之家，能莳数本，亦可终岁足。蔬子可打油，然灯甚明。每亩根叶可得五十石，每三石可当米一石。是一亩可得米十五六石，则三人卒岁之需。见《蔬谱》。芋与甘薯，吾乡统谓之曰芋。《蔬谱》所云吴郡所产，谓之芋头也。《甘薯疏》云：甘薯有十二胜。收入多，一也。色白味甘（今亦有红、黄色者），诸土种中特为敻绝，二也。益人与薯蓣（即山药）同功，三也。遍地得生，剪茎作种，今岁一茎，次年便可种数十亩，四也。枝叶附地，随节生根，风雨不能侵损，五也。可当米谷，凶岁不能灾，六也。可充笾实，七也。可酿酒，八也。干久收藏，屑之旋作饼饵，胜用饧蜜，九也。生熟皆可食，十也。用地少，易于灌溉，十一也。春夏下种，初冬收入，枝叶极盛，草秽不容，但须壅土，不用锄耘，不妨农工，十二也。昔者吾先君子尝语人曰：乾隆丙午灾，吾伯祖耐斋府君曾先数年买甘薯千石，削皮入大锅中煮之，捣和如稀泥，范作土墼，晒极干，用为乡间庄屋墙壁。人多迂之。及灾无食，尽发墙壁之土墼，去其灰土，入锅得食，味丝毫不减，活人甚众 。绵州李墨庄先生，嘉庆五年使琉球。其国之大臣谓之曰：今年我国甘薯四熟，盖封使之年，天爱贫邦，俾民足食。详《使琉球记》。略举数端，留心民瘼者，劝民仿照前项各法，择地播艺，则救之于未饥，用物约而所及广，不必穷搜农政之书，而人定亦可胜天矣。恭读雍正二年上谕：督抚以下，督率所司，不时资访疾苦。有妨农业者，必为除去。仍于每乡中择一二老农之勤劳作苦者，优其奖赏，以示鼓励。再，舍旁田畔以及荒山不可耕种之处，度量土宜，种植树木，桑柘可以饲蚕，枣栗可以佐食，桐柏可以资用，即榛楛杂木，亦足以供炊爨。其令有司课令种植，仍严禁非时之斧斤、牛羊之践踏、奸徒之盗窃。至孳养牲畜，如北方之羊、南方之彘，牧养如法，乳字以时，于生计不无裨益。所赖亲民之官，委曲周详，多方劝导，庶踊跃争先，人力无遗而地力可尽。该督抚等各体朕惓惓爱民之意，实力奉行等因。钦此。䌷绎纶音，是又近今之宜亟讲者也。

以上各条，有因古人成法而亟当则效，有就现时事势而略示权宜。管蠡之见，则尤以举贤才、安游民为第一要义。一切善政良法，付诸贤才，断无不治。我责其效而听彼设施，不在烦立科条，家喻户晓也。贤才众多，土地辟，人民治，游手好闲之徒无自而容，则生计足而盗贼息，盗贼息而士农工贾各安其业。如此而九畴不叙者，吾不信也。天视自我民视，天听自我民听。人事修举，天心必应，尚何气数之不能挽回哉！陶唐洪水，成汤灾旱，夫固无害于圣王之世也矣！